JUBILÄUMSBAND
HEYNE VERLAG

HEYNE
BÜCHER

In derselben Reihe
erschienen außerdem als Heyne-Taschenbücher:

Spannung · Band 50/1
Das biologische Gartenbuch · Band 50/2
Die großen Filmromane · Band 50/3
Fantasy · Band 50/5
Thriller · Band 50/6
Heiteres · Band 50/7
Liebe · Band 50/8
Unheimliches · Band 50/9
Europäische Erzähler des 20. Jahrhunderts · Band 50/10
Keep smiling · Band 50/11
Action · Band 50/13
Die beste Dr. Oetker Kalte Küche · Band 50/14
Erotik · Band 50/15
Deutsche Erzähler des 20. Jahrhunderts · Band 50/17
Agenten · Band 50/18
Klinik · Band 50/19
Witze · Band 50/20
Horror · Band 50/21
Hallo, Liebling · Band 50/22
Spione · Band 50/23
Crime · Band 50/25
Das endgültige Buch der Sprüche und Graffiti · Band 50/26
Amerikanische Erzähler des 20. Jahrhunderts · Band 50/27
Hochspannung · Band 50/28
Angst · Band 50/29
Schicksal · Band 50/30
Sinnlichkeit · Band 50/31
Ratgeber Recht · Band 50/32
Schocker · Band 50/33
Noch mehr Witze · Band 50/34
Geschichten der Französischen Revolution · Band 50/36
Zukunftsabenteuer · Band 50/37
Super-Thriller · Band 50/38
Das Buch der Sprüche und Graffiti · Band 50/39
Lust · Band 50/40
Ratgeber Gesundheit · Band 50/41
Mord · Band 50/42
Englische Erzähler des 20. Jahrhunderts · Band 50/43
Der Versicherungs-Ratgeber · Band 50/45
Top Secret · Band 50/46
Beschwingt & heiter · Band 50/47
Superhorror · Band 50/48
Frauen · Band 50/49
Sex · Band 50/50
Orakel · Band 50/51
Deutsche Erzähler des 19. Jahrhunderts · Band 50/52
Sehnsucht · Band 50/53
Ratgeber Börse · Band 50/55
Begierde · Band 50/56
Körner, Sprossen, Keime · Band 50/57
Horror Pur · Band 50/58
Glück muß man haben · Band 50/59
Schweizer Erzähler · Band 50/60
Leidenschaft · Band 50/61
Männerwitze · Band 50/62
Super-Spannung · Band 50/63

HEYNE JUBILÄUMS BAND

Zauber der Leidenschaft

Vier ungekürzte Liebesromane

WILHELM HEYNE VERLAG
MÜNCHEN

HEYNE JUBILÄUMSBÄNDE
Nr. 50/65

QUELLENHINWEIS

Johanna Lindsey DIE SPRACHE DES HERZENS/So Speaks The Heart

Published by Arrangement with Avon Books The Hearst Corp.

Aus dem Amerikanischen übersetzt von Uschi Gnade
(Der Titel erschien bereits in der Reihe
»Der große Liebesroman« mit der Band-Nr. 28/79)

Rosie Thomas LIEBESFEUER/Celebration

Aus dem Amerikanischen übersetzt von Uschi Gnade
(Der Titel erschien bereits in der Reihe
»Der große Liebesroman« mit der Band-Nr. 28/142)

Caroline Courtney DAS GEHEIMNIS DES BLUTES/Love in waiting

Aus dem Englischen übersetzt von Iris Foerster
(Der Titel erschien bereits in der Allgemeinen Reihe mit der Band-Nr. 01/6047
unter dem Titel »Camilla – Das Geheimnis des Blutes«)

Barbara Cartland WENDE DES SCHICKSALS/A Rainbow To Heaven

Aus dem Englischen übersetzt von Iris Foerster
(Der Titel erschien bereits in der Allgemeinen Reihe mit der Band-Nr. 01/6961)

Printed in Germany 1991
Umschlagillustration: Mauritius/Three Lions
Umschlaggestaltung: Atelier Ingrid Schütz, München
Satz: IBV Satz- und Datentechnik GmbH, Berlin
Druck und Bindung: Presse-Druck Augsburg
ISBN: 3-453-05483-0

Inhalt

JOHANNA LINDSEY

Die Sprache des Herzens

1

Frankreich, im Jahre 972
Brigitte de Louroux seufzte, ohne die fette Gans aus den blauen Augen zu lassen, die vor ihr auf dem Küchentisch lag. Ihre Stirn legte sie vor lauter Konzentration in Falten, während sie die Federn ausrupfte, wie sie es erst kürzlich gelernt hatte. Es war eine Hausarbeit, die dem siebzehnjährigen Mädchen neu war, aber es war nur eine von vielen Arbeiten, an die sie sich allmählich gewöhnte. Matt strich sie sich eine Strähne ihres flachsblonden Haares aus dem Gesicht.

Das Blut der geschlachteten Gans hatte ihre Schürze und auch den Saum des braunen Wollgewandes bespritzt, das sie darunter trug. Brigitte hatte sich den Großteil ihrer schmucken Garderobe bei den Schmutzarbeiten verdorben, die ihr jetzt aufgezwungen wurden. Diese Plackerei, so gestand sie sich ein, hatte sie sich allerdings selbst – in ihrer Sturheit – ausgesucht.

Auf der anderen Seite des Tisches stand Eudora, deren Arbeit Brigitte ausführte. Eudoras braune Augen ruhten wohlwollend auf ihr, bis Brigitte aufblickte und wie zur Entschuldigung lächelte.

»So ist es nicht recht!« fauchte Eudora, deren Augen plötzlich zornig aufgerissen waren. »Ich, die ich mein Leben lang im Haushalt Eures Vaters gedient habe, und das mit Freuden, muß müßig herumstehen, während Ihr arbeitet.«

Brigitte senkte den Blick, und ihre blauen Augen verschleierten sich. »Das ist immer noch besser, als in das einzuwilligen, was Druoda mit mir vorhat«, murmelte sie.

»Sie ist grausam.«

»Da möchte ich dir fast zustimmen«, sagte Brigitte sachte. »Ich fürchte, die Tante meines Bruders kann mich nicht leiden.«

»Dieses hinterhältige Weib!« erwiderte Eudora hitzig.

Althea, Eudoras Mutter, kam durch die Küche zu ihnen herüber. Sie schwenkte einen großen Löffel. »Das ist noch zu freundlich, Eudora. Druoda zwingt uns, sie als Herrin anzureden, aber sie ist eine nichtsnutzige, dumme Kuh. Sie wird fetter und fetter, und ich habe abgenommen, seit sie hierhergekommen ist. Sie hat gesagt, sie schneidet mir die Finger ab, wenn ich beim Kochen nasche, aber ich frage dich eins: Wer kann kochen, ohne abzuschmecken? Wenn ich koche, muß ich das Essen abschmecken, und trotzdem sagt sie, ich darf es nicht. Was kann ich da noch tun?«

Eudora grinste. »Du kannst ihr Essen mit Hühnermist würzen und hoffen, daß sie nicht dahinterkommt. Das ist es, was du tun kannst.«

Brigitte lachte. »Das würdest du nicht wagen, Althea. Sie würde dich schlagen oder dich rauswerfen. Vielleicht würde sie dich sogar umbringen.«

»Ach, wie recht Ihr doch habt, gnädiges Fräulein.« Althea kicherte, und ihr massiger Körper wogte. »Aber schon der Gedanke hat mir gutgetan. Ich habe die Vorstellung genossen wie eine Süßigkeit.«

Eudora wurde gleich wieder ernst. »Für uns ist es furchtbar, seit Druoda die Herrschaft hier übernommen hat. Sie ist eine grausame Herrin, und ihr feiger Mann tut nichts dagegen. Baronin Brigitte verdient es nicht, wie der unwürdigste Leibeigene auf dem Gut behandelt zu werden.« Eudoras Zorn wuchs an. »Sie ist die Tochter des Hauses, und ihr Halbbruder hätte nach dem Tod ihres Vaters Vorkehrungen für sie treffen sollen. Jetzt, wo er...«

Eudora unterbrach sich und senkte beschämt den Kopf, doch Brigitte lächelte. »Schon gut, Eudora. Quintin ist tot, das ist mir klar.«

»Ich wollte doch nur sagen, daß er Vereinbarungen mit seinem Lehnsherrn hätte treffen sollen. Es ist grausam, daß Ihr einer Frau wie Druoda gehorchen sollt. Sie ist mit ihrem Mann hierhergekommen, sobald der Baron gestorben ist, um Quintins Gnade zu erflehen. Damals hätte er sie schon abweisen sollen. Jetzt ist es zu spät. Sie scheinen zu glauben, daß dieses Lehen ihnen und nicht Euch gehört. Euer Stiefbruder war ein großartiger Mann, aber in dem Fall...«

Brigitte brachte sie mit einem scharfen Blick aus ihren zornentbrannten Augen zum Schweigen.

»Du tust Quintin unrecht, Eudora. Mein Halbbruder konnte nicht wissen, daß Druoda mich von Graf Arnulf fernhalten würde. Aber der Graf ist unser Lehnsherr und jetzt mein rechtmäßiger Vormund – ganz gleich, was Druoda sagt –, und er wird meine Angelegenheiten regeln. Ich muß ihn nur erreichen.«

»Und wie wollt Ihr ihn erreichen, wenn Druoda nicht zuläßt, daß Ihr Euch von dem Gut entfernt?« fragte Eudora hitzig.

»Ich werde einen Weg finden.« Brigittes Stimme fehlte es an Überzeugungskraft.

»Wenn Ihr wenigstens irgendwo eine Familie hättet.« Althea schüttelte seufzend den Kopf.

»Es gibt niemanden. Du solltest es doch am besten wissen, Althea, denn schließlich warst du hier, als mein Vater Baron von Louroux wurde. Er hatte nur wenige Familienangehörige, und der letzte ist beim Feldzug des Königs umgekommen, als Lothringen wieder zurückerobert werden sollte. Von seiten meiner Mutter gab es niemanden, denn sie war Graf Arnulfs Mündel, als sie den Baron geheiratet hat.«

»Gnädiges Fräulein, Druoda läßt Euch jetzt schon schuften wie einen minderen Leibeigenen. Bald wird sie Euch auch wie einen solchen schlagen«, sagte Eudora ernst. »Wenn Ihr wißt, wie Ihr Graf Arnulf erreichen könnt, dann müßt Ihr schnell handeln. Könntet Ihr einen Boten schicken?«

Brigitte seufzte. »Wen, Eudora?« Die Leibeigenen würden mir mit Freuden einen Gefallen tun, aber sie brauchen eine Erlaubnis, um das Gut zu verlassen.«

»Leandor würde Euch helfen. Oder einer der Vasallen«, sagte Eudora beharrlich.

»Druoda hält Leandor auch auf dem Gut fest«, sagte Brigitte. »Sie läßt ihn nicht einmal zur Abtei von Burges gehen, um Wein zu kaufen. Außerdem hat sie die Vasallen meines Bruders davon überzeugt, daß Walafrid, ihr Mann, hier Seneschall wird, sobald sie mich verheiratet hat, und daß sie einen Mann für mich finden wird, der sie nicht veräußert, und das sagt sie nur, damit sie ihr um meinetwillen Gehorsam leisten. Graf Arnulf von Berry lebt mehr als einen Tagesritt entfernt. Wie kann ich zu ihm gelangen?«

»Aber...«

»Sei still, Eudora!« fauchte Althea und warf ihrer Tochter einen warnenden Blick zu. »Du bringst unsere Herrin ganz durcheinander. Soll sie etwa *allein* über Land reisen? Und Dieben und Verbrechern zum Opfer fallen?«

Brigitte erschauerte trotz der Hitze des Küchenfeuers und des Schweißes, der in Perlen auf ihrer Stirn stand. Sie starrte die halbgerupfte Gans düster an und dachte, daß ihre Zukunftsaussichten nicht schlimmer sein konnten.

Eudora warf der Tochter des Barons einen mitfühlenden Seitenblick zu. »Warum geht Ihr nicht ins Freie und füttert Wolff, Mylady? Ich rupfe die Ente für Euch fertig.«

»Nein. Wenn Hildegard reinkäme und sähe, daß ich nicht arbeite, würde sie zu Druoda laufen. Als Mavis sich dagegen verwahrt hat, daß ich diese Arbeit tue, ist sie geschlagen und davongejagt worden. Ich konnte nichts tun, um meiner alten Freundin zu helfen. Die Soldaten befolgen Druodas Anweisungen, nicht meine. Und als ich dann noch hören mußte, daß Mavis auf der Landstraße umgekommen, von Dieben getötet worden ist! Als ich Mavis verloren habe, war es, als hätte ich meine Mutter noch einmal verloren.« Brigitte verlor zusehends die Fassung.

Eilig wischte sie sich die Tränen ab. Mavis war vom Tag ihrer Geburt an ihr Kindermädchen gewesen. Die alte Keltin war ihr eine zweite Mutter gewesen, und seit dem Tod ihrer Mutter war sie ihrem jungen Schützling ein Trost und eine Hilfe gewesen.

»Geht schon, Fräulein.« Althea drängte Brigitte sachte vom Tisch. »Füttert Euren Hund. Er heitert Euch immer wieder auf.«

»Ja, geht ruhig.« Eudora ging um den Tisch herum und nahm Brigittes Platz ein. »Ich kümmere mich um die Gans, und wenn Hildegard reinkommt, kriegt sie was zu hören.«

Brigitte lächelte bei der Vorstellung, was die beiden der fetten Dienerin erzählen würden, die für Druoda spionierte. Sie nahm ein Tablett mit Abfällen für Wolff. Nachdem sie sich von Althea deren eigenen Wollmantel über die Schultern hatte hängen lassen, verließ sie behutsam die Küche; sie warf einen Blick in den großen Korridor. Zum Glück waren nur zwei Diener da, die frische Binsen auf den Boden streuten, und die beiden sahen nicht auf.

Sie kannte alle Leibeigenen des Hauses beim Namen, denn sie gehörten praktisch zur Familie; alle, bis auf Hildegard, die mit Druoda und Walafrid gekommen war. Vor Quintins unerwartetem Tod und dem unerwünschten Wandel im Status seiner Tante, die erst zu Gast war und dann zur Herrin wurde, war es ein glücklicher Haushalt gewesen.

Die Luft war frisch, und der Wind trieb aus Westen die Gerüche der Tierställe herüber. Brigitte ging in diese Richtung. Sie ging am Pferdestall und am Ziegenstall und an den Schlafstellen der Hausangestellten vorbei, die gegenüber von den Ställen untergebracht waren. Neben den Ställen lagen der Schafpferch, der Schweinekoben. Wolff war mit den anderen Jagdhunden in einer großen Scheue neben dem Schweinestall eingesperrt. Das hatte Druoda angeordnet. Wolff, Brigittes Haustier, hatte bisher nichts anderes als Freiheit gekannt und war jetzt im selben Maß wie Brigitte ein Gefangener.

Ihr Vater hatte Wolff vor sieben Jahren in dem Wald gefunden, der sich über einen Großteil des Landes zwischen Louroux und der

Loire erstreckte. Brigitte war gerade zehn Jahre alt geworden, als der Baron den Welpen mit nach Hause brachte. Man konnte deutlich sehen, wie groß das Tier einmal werden würde, und der Hund war bestimmt nicht als Haustier für Brigitte gedacht gewesen. Doch sie hatte sich auf den ersten Blick in Wolff verliebt, und trotz des Verbots, dem Hund nahe zu kommen, konnte sie es nicht lassen, ihn immer wieder aufzusuchen. Es stellte sich bald heraus, daß Wolff ebensosehr an Brigitte hing wie sie an ihm, und so bestand kein Anlaß zur Sorge. Jetzt war Brigitte volle einsachtundfünfzig groß, und doch reichte ihr Kinn nicht weit über Wolffs riesigen weißen Kopf. Wenn er sich gar auf die Hinterbeine stellte, überragte er sie um dreißig Zentimeter.

Wolff hatte gewußt, daß sie kommen würde, und er erwartete sie bereits ungeduldig am Scheunentor. Es mutete fast unheimlich an, aber Wolff schien immer zu wissen, was Brigitte gerade tat. In früheren Zeiten war es oft vorgekommen, daß er gewußt hatte, wann sie das Gut verließ; wenn er an der Leine lag, hatte er sich losgerissen und sich unterwegs zu ihr gesellt. Es war Brigitte nie möglich gewesen, ohne Wolff wegzugehen, ganz gleich, wohin. Doch jetzt gingen sie beide nirgends mehr hin.

Brigitte lächelte ihm zu, als sie das Tor öffnete, ihn ins Freie ließ und das Tor wieder schloß. »Du kommst dir wohl vor wie der Größte, weil du nicht mit deinen Freunden warten mußt, bis dich der Hofmarschall füttert.« Als sie sich vorbeugte, um ihm um den Hals zu fallen, hingen ihre langen strohblonden Zöpfe über seinen gewaltigen Kopf. Zwar hatten die meisten Frauen in Berry die Sitte der langen Leinenumhänge beibehalten, die das Haar bedeckten, aber Brigitte hatte diese Überwürfe nie gemocht. Sie hatte beschlossen, daß ihre Zöpfe keineswegs unschicklich waren, und sie fühlte sich freier, wenn ihr Kopf nicht ständig bedeckt war. Zum Kirchgang trug sie jedoch immer einen weißen Leinenumhang.

Ihre Unterkleider waren gewöhnlich aus brauner gesponnener Wolle und bei warmer Witterung aus einer leichten Baumwolle, die blau oder gelb gefärbt war. Die Kleider, die sie darüber trug, waren in der Regel blau, im Sommer aus hellblauem Leinen und im Winter aus Wolle in einem dunkleren Blau.

»Du kannst dich bei Althea dafür bedanken, daß sie mich aus dem Haus geschickt hat, denn sonst wäre ich jetzt nicht bei dir.«

Wolff bellte zum Haus hinüber, ehe er sich auf sein Fressen stürzte. Brigitte setzte sich lachend neben ihn und lehnte sich an die Tür des Hundezwingers. Sie blickte über die hohe Mauer, die den Gutshof umgab.

Man konnte kaum über die Mauer sehen, es sei denn, man sah direkt in die Baumwipfel hinauf. Das gesamte Gut – der Hof, die Ställe, die Hütten der Dienstboten und der Garten – war von einer sechzig Zentimeter dicken Steinmauer umgeben, die schon vor langer Zeit durch das Alter geschwärzt worden war und Schrammen von Schlachten aufwies. Zu Brigittes Lebzeiten war das Gut nicht mehr belagert worden, aber ihr Großvater hatte etliche Schlachten geschlagen, um sein Lehen zu halten, und ihr Vater hatte in seiner Jugend etliche Angriffe auf sein Erbe erlebt. In den vergangenen zwanzig Jahren hatte es so viele Kämpfe gegen die Sarazenen gegeben, daß fast niemand in Frankreich noch genügend Männer hatte, um seine Nachbarn zu überfallen. Brigitte konnte die Wipfel der Obstbäume im Süden gerade noch erkennen. Als die Obstbäume im vergangenen Jahr geblüht hatten, war ihr Leben noch ganz anders gewesen. Vor einem Jahr hatte sie Quintin und Mavis noch gehabt. Das Lehen, auf dem sie ihr ganzes Leben verbracht hatte, war an Quintin gefallen, und ihr war ein Anteil als Mitgift zugestanden. Jetzt gehörte alles ihr, aber sie konnte es nicht verwalten. Sie brauchte einen Ehemann, da sonst das Lehen an Graf Arnulf zurückfallen würde.

Brigitte sann über ihre Erbschaft nach. Es war ein reicher Landstrich, viele Morgen fruchtbaren Bodens, im Herzen Frankreichs gelegen; in den Wäldern gab es Wild im Überfluß, und das Dorf war gut erhalten. Das alles hatte siebenundzwanzig Jahre lang Thomas de Louroux gehört, ihrem Vater.

Das Gutshaus war prächtig. Baron Thomas hatte es selbst an der Stelle wiederaufgebaut, auf der das alte Gutshaus gestanden hatte, das bei einem Überfall eines aufbegehrenden Vasallen des Grafen Arnulf niedergebrannt war. Die Hälfte des nahe gelegenen Dorfes war ebenfalls abgebrannt, und viele der Leibeigenen waren dabei umgekommen. Die Stroh- und Lehmhütten des Dorfes hatte man mühelos ersetzen können, die Leibeigenen dagegen nicht. Im Laufe der Jahre war das Dorf jedoch gewachsen, und jetzt gab es viele Leibeigene, die von Louroux und dem Land abhängig waren. Zum Schutze aller war eine halbe Meile weiter nördlich auf einem kahlen Hügel ein Bergfried erbaut worden.

Brigitte blickte jetzt in diese Richtung, und sie sah den hohen Turm aufragen, der von der Nachmittagssonne angestrahlt wurde. Quintin war dort geboren worden. Ein ungewöhnlicher Ort für eine Niederkunft, aber die erste Gemahlin, die sich Thomas de Louroux genommen hatte, hatte dort gerade die Vorräte überprüft, als ihre Wehen eingesetzt hatten.

Baron Thomas war gerade erst einer der Vasallen des Grafen Arnulf geworden, als er Leonie aus der Gascogne geheiratet hatte. Baronin Leonie war die Tochter eines Ritters ohne Landbesitz gewesen, aber ihre Armut hatte ihren Mann in dessen Liebe nicht beirren können. Sie bereitete ihm viel Glück und schenkte ihm kurz nach ihrer Eheschließung einen prächtigen Sohn. Doch das Glück war nicht von Dauer. Als Quintin vier Jahre alt war, war ihre Mutter anläßlich der Heirat ihrer einzigen Schwester Druoda mit einem Schreiber namens Walafrid von der Gascogne in ihre Heimat gereist. Als sie auf der Rückreise nach Louroux durch Aquitanien zog, wurde sie mit allen ihren Begleitern von ungarischen Straßenräubern niedergemetzelt.

Thomas war außer sich vor Kummer, und Graf Arnulf, der die Trübsal seines Günstlings nicht mehr mit ansehen konnte, drängte ihn, sein schönes Mündel Rosamond von Berry zu heiraten. Das tat Thomas denn auch nach einer schicklichen Trauerzeit, und die bezaubernde Rosamond gewann sein Herz. Auch ihre großzügige Mitgift war ein Segen für Louroux. Hatte je ein anderer Mann das Glück gehabt, zwei Frauen zu lieben und mit beiden glücklich zu werden?

Nach ein paar Jahren gebar Rosamond eine Tochter, die sie und Thomas Brigitte nannten, und tatsächlich zeigte sich ihre hehre Schönheit schon, als Brigitte noch ein Säugling war. Quintin war damals acht Jahre alt und bereits ein Edelknabe des Grafen Arnulf, auf dessen Burg er seine Fertigkeiten in der Kriegsführung erwarb. Brigitte war ein glückliches Kind, das von seinen Eltern geliebt und von seinem Halbbruder Quintin angebetet wurde. Sie sah ihn zwar nur, wenn er zu Besuch nach Hause kam, aber sie hätte ihn nicht mehr lieben können, wenn er ihr leiblicher Bruder gewesen wäre und seine gesamte Zeit in ihrer Nähe verbracht hätte.

Es war ein wunderbares Leben, bis Brigittes Mutter gestorben war. Damals war Brigitte zwölf gewesen. Noch im selben Jahr erlitt sie einen zweiten Verlust, als Quintin, der zwei Jahre vorher den Ritterschlag erhielt, mit dem Grafen Arnulf zu einer Pilgerfahrt ins Gelobte Land aufbrach. Ihr Vater tröstete sie nach Kräften, obwohl er selbst von Kummer überwältigt war. Im Laufe der kommenden Jahre verzog er sie gewaltig. Brigitte wurde hochmütig und launisch, doch ihr Stolz sollte bestraft werden, als drei Jahre darauf ihr Vater starb.

Zum Glück kehrte Quintin 970, kurz nach dem Tod des Barons, nach Hause zurück und trat das Erbe des Barons von Louroux an. Wenige Monate später trafen Druoda und ihr Gemahl ein und ersuchten Quintin, sie aufzunehmen. Er schlug seiner Tante und deren Mann die Bitte nicht ab. Druoda war demütig und anspruchslos. Abgesehen von den Mahlzeiten hatte Brigitte ihre Anwesenheit im Hause kaum je zur Kenntnis genommen. Ihr Bruder war mit der Absicht nach Hause zurückgekehrt, dort zu bleiben, und alles andere war Brigitte gleich. Sie trösteten einander über den Tod ihres Vaters hinweg.

Dann war vor wenigen Monaten der Abt des Klosters Cluny in Burgund von Sarazenen entführt worden, als er auf dem Großen Sankt Bernhard die Alpen überquerte. Der Graf von Burgund war außer sich und bat seine Nachbarn um Hilfe, denn er wollte das Land von den Räuberbanden der Sarazenen befreien, die seit mehr als einem Jahrhundert alle westlichen Alpenpässe und den Süden Frankreichs unsicher machten. Graf Arnulf hatte nie Streit mit den Sarazenen gehabt, aber er war auf Burgund als Verbündeter angewiesen, und daher sandte er viele seiner Vasallen mit deren Rittern aus, um gegen die Sarazenen zu kämpfen. Auch Quintin war in die Schlacht gezogen.

Quintin war von dieser Aufgabe begeistert. Das Leben eines Ritters bestand aus Kriegen, und er hatte mehr als ein Jahr müßig zu Hause gesessen. Er nahm die meisten seiner Vasallen und deren Männer und auch die Hälfte der Soldaten mit, die den Bergfried bewachten. Er ließ keine anderen Edelleute als Charles und Einhard zurück, die alt und kränklich waren; im übrigen blieb nur Stephen auf dem Gut, dessen Aufgaben in haushaltliche Belange fielen.

Quintin war eines schönen Morgens losgeritten, und damals hatte Brigitte ihren Halbbruder zum letzten Mal gesehen. Sie konnte nicht genau sagen, wann Quintins Schildknappe Hugh die Nachricht von Quintins Tod überbracht hatte. Sie wußte nur, daß es mehrere Monate her war, seit sie aus ihrem Schock erwacht war und man ihr gesagt hatte, es seien Wochen vergangen, von denen sie nichts bemerkt hatte. Sie konnte sich nur zu deutlich an Hughs Worte erinnern. »Baron Quintin ist gefallen, als die französischen Edelleute ein Quartier der Freibeuter bei der Rhonemündung angegriffen haben.« Ihre Qualen hatten von da an nicht nachgelassen.

All diese Todesfälle in ihrer Familie hatten Brigitte so sehr betäubt, daß sie die Veränderungen nicht bemerkte, die sich im Haus vollzogen, und sie fragte sich auch nicht, warum Quintins Vasallen nicht zurückkehrten oder warum Hugh sich wieder auf den Weg zur Südküste gemacht hatte. Mavis versuchte, ihr klarzumachen, daß sie die Veränderungen nicht übersehen durfte, vor allem die Veränderungen, die sich in Druodas Verhalten zeigten. Aber erst als Wolff zu den anderen Hunden gesperrt worden war, fing Brigitte an zu verstehen.

Brigitte hatte Druoda zur Rede gestellt. Das war der Zeitpunkt, zu dem sie erstmals erkannte, daß Druoda nicht die Frau war, für die sie sie gehalten hatte.

»Belästige mich nicht mit solchen Kleinigkeiten, Mädchen! Ich habe Wichtigeres im Kopf«, hatte Druoda gebieterisch gesagt.

Brigitte war in Zorn geraten. »Aber mit welchem Recht...?«

»Mit vollem Recht!« war Druoda ins Wort gefallen. »Als einzige Angehörige deines Bruders und somit als deine einzige Angehörige steht es mir Rechtens zu, hier den Befehl zu übernehmen. Du bist noch nicht mündig und brauchst einen Vormund. Natürlich wird man Walafrid und mich damit betrauen.«

»Nein!« hatte Brigitte zurückgegeben. »Graf Arnulf wird mein Vormund sein. Er wird sich um meine Angelegenheiten kümmern und meine Interessen wahren.«

Druoda war fünfzehn Zentimeter größer als Brigitte. Sie war dicht an sie herangetreten und hatte auf sie heruntergeblickt. »Mein Kind, in dieser Angelegenheit hast du nichts mitzureden. Du kannst dir deinen Vormund nicht aussuchen. Wenn du ohne Verwandtschaft dastündest, wäre Graf Arnulf als der Feudalherr deines Bruders dein Vormund. Aber du bist nicht allein, Brigitte.«

Druoda hatte gelächelt und selbstgefällig hinzugefügt: »Du hast mich und Walafrid. Graf Arnulf wird uns die Vormundschaft übertragen.«

»Ich werde mit ihm sprechen«, hatte Brigitte zuversichtlich erwidert.

»Wie denn? Ohne einen Begleiter kannst du Louroux nicht verlassen, und ich werde dafür sorgen, daß niemand mit dir das Gut verläßt. Graf Arnulf wird nicht hierherkommen, weil er noch gar nicht weiß, daß Quintin tot ist.«

Brigitte keuchte. »Warum hat man ihn nicht benachrichtigt?«

»Ich habe es für das beste gehalten, erst abzuwarten«, sagte Druoda beiläufig. »Bis du verlobt bist. Wozu einem Mann zur

Last fallen, der so beschäftigt ist, wenn ich dir ebensogut auch ohne seine Hilfe einen Mann suchen kann?«

»Du willst mir einen Mann aussuchen? Niemals!« Brigittes Stimme wurde vor Empörung lauter. »Ich werde mir selbst einen Mann aussuchen. Mein Vater hat mir versprochen, daß ich die Wahl treffe, und Quintin war damit einverstanden. Das weiß Graf Arnulf ganz genau.«

»Rede doch keinen Unsinn. Ein Mädchen in deinem Alter ist zu jung, um eine derart wichtige Entscheidung zu treffen. Allein der Gedanke!«

»Dann heirate ich eben gar nicht!« fuhr es Brigitte spontan heraus. »Ich werde in einen Nonnenorden eintreten!«

Druoda lächelte und begann, im Zimmer auf und ab zu gehen. Während sie sprach, dachte sie nach. »So, wirst du das wirklich tun? Eine Dame, die noch keine schwierigeren Arbeiten ausgeführt hat, als das Spinnrad zu bedienen? Nun gut, wenn du Novizin werden willst, kannst du augenblicklich damit anfangen, dich in verschiedenen Beschäftigungen zu üben.« Wieder lächelte Druoda. »Du hast wohl nicht gewußt, daß Novizinnen Tag und Nacht arbeiten wie gemeine Dienstboten?«

Brigitte hatte trotzig da Kinn in die Luft gereckt, aber sie hatte nichts darauf erwidert.

»Du kannst noch hier und heute anfangen. Ja, das kann dir nur guttun.«

Brigitte hatte in ihrer Sturheit eingewilligt. Sie wollte Druoda zeigen, daß sie eine gute Novizin abgeben würde. Sie wich auch nicht von ihrem Vorhaben ab, als sie ein paar Tage später in ihr Zimmer kam und feststellen mußte, daß ihr gesamtes Eigentum verschwunden war. Druoda hatte sie dort erwartet und ihr mitgeteilt, daß Novizinnen keine prächtigen Unterkünfte zustanden und daß sie fortan in einer der Hütten der Diener wohnen würde.

Dennoch war Brigitte nie auf die Idee gekommen, fortzugehen. Selbst damals nicht, als sie den Edelmann Stephen gebeten hatte, dem Grafen Arnulf eine Nachricht zu übermitteln, und er sich geweigert hatte. Sie hatte nie daran gedacht, allein zum Grafen zu gehen. Doch als Mavis mit nichts weiter als den Kleidern, die sie auf dem Leib trug, aus dem Haus gejagt worden war, hatte man Brigitte einsperren müssen, denn sonst wäre sie mit ihr davongelaufen. Drei Tage später wurde Brigitte wieder freigelassen.

Die Zeit, die sie verloren hatte, konnte Brigitte nicht zurückhalten. Sie ging direkt zum Stall, ohne sich über die Folgen bewußt zu werden, die es mit sich bringen konnte, wenn sie das Gut allein verließ. Leandor, der Gutsverwalter von Louroux, malte ihr erst deutlich die Gefahren aus, als er sah, daß sie ihr Reitpferd sattelte.

»Geht nur, und Ihr riskiert, daß Ihr vergewaltigt und ermordet werdet«, hatte Leandor gesagt, den Brigittes Unbesonnenheit erboste. »Ich kann Euch nicht alleine gehen lassen.«

»Ich werde aber gehen, Leandor«, hatte Brigitte entschlossen gesagt. »Wenn ich Mavis nicht in der näheren Umgebung finde, reite ich zur Burg des Grafen Arnulf und ersuche ihn um Hilfe. Es ist längst an der Zeit, daß er von den üblen Taten der Tante meines Bruders erfährt. Ich hätte schon eher losreiten sollen.«

»Und wenn Ihr überfallen werdet?«

»Das würde niemand wagen. Es steht eine zu hohe Strafe darauf, einer Dame ein Leid anzutun. Ich muß Mavis finden.«

Leandor senkte den Kopf. »Ich wollte es Euch nicht sagen, aber man hat Euer Kindermädchen gestern abend gefunden. Sie ist tot.«

Brigitte wich zurück. »Nein«, flüsterte sie kopfschüttelnd. »Nein, Leandor.«

»Eine Frau ist alleine nicht sicher, nicht einmal eine Edelfrau wie Mavis. Und Ihr riskiert angesichts Eurer Schönheit mehr als Mord.«

Der Tod ihrer Freundin hatte Brigitte schon ins Wanken gebracht. Leandors grausige Voraussagen hatten ihre Entschlossenheit, das Gut alleine zu verlassen, endgültig zum Einstürzen gebracht. Sie würde warten. Eines Tages würde Graf Arnulf kommen.

Bis dahin sollte Druoda glauben, sie beabsichtige weiterhin, ins Kloster zu gehen. Vielleicht konnte sie Druodas ehestifterische Bemühungen damit hinauszögern, zumindest für eine Weile.

2

Arles, eine alte Stadt im Herzen der Provence, war vor vielen hundert Jahren an der Rhone erbaut worden. Als einstige bedeutende römische Ansiedlung wurde es Klein-Rom genannt, und man fand dort noch heute römische Altertümer, darunter einen Palast, der von Konstantin erbaut worden war, ein Amphitheater und eine Arena, die noch intakt war.

Arles war Roland von Montville fremd, aber eine unbekannte Stadt würde für den jungen Ritter keine Schwierigkeit darstellen.

Seit er seine Heimat in der Normandie vor sechs Jahren verlassen hatte, hatte sich Roland vielen Herausforderungen gestellt, und er hatte erfahren, wie sehr es ihm wahrhaft an Bildung mangelte.

Man hatte Roland das Schreiben gelehrt, was auch unter Edelleuten nicht gang und gäbe war, und er war ein erfahrener Krieger, doch häufig mußte sich Roland von nicht gelehrten französischen Edelleuten als ungehobelten Bauern bezeichnen lassen, denn er kannte keine Feinheiten. Roland war wie sein Vater, der immer zum ungeschlachten Landadel gehört hatte und sich auch nie ändern würde.

Roland war nur allzu bewußt, daß ihm der Schliff fehlte. In den Jahren, die vergangen waren, seit er Luthor von Montville verlassen hatte, hatte er seinen Vater mehr als einmal dafür verflucht, daß er ihn auf diesem Gebiet im Stich gelassen hatte. Die Damen fühlten sich von ihm gekränkt. Ritter niederen Standes lachten ihn aus, weshalb es im Laufe der Jahre nicht nur gelegentlich zu Krawallen gekommen war.

Roland bemühte sich. Er ließ sich von seinem Schildknappen ein ziemendes Benehmen bei Hofe beibringen, aber seine neuerlernten Manieren wirkten steif, und er kam sich albern dabei vor. Wie konnte man achtzehn Jahre rauher Aufzucht abschütteln? Das war kein leichtes.

In Arles traf Roland zu seinem Erstaunen einen Ritter, der ebenfalls bei Luthor Unterricht bekommen hatte. Roger von Mezidon hatte eine schwarze Seele, falls es das gab, und Roland hatte gehofft, diesen Mann nie wiederzusehen. Roland hatte sich noch nicht von seinem Staunen erholt, als er von Gui von Falaises angesprochen wurde, der nach Arles gekommen war, um Roland zu suchen.

»Die Anweisungen deines Vaters waren so deutlich wie immer«, sagt Gui, nachdem Roland und er einander umarmt und die Neuigkeiten ausgetauscht hatten. Sie hatten einander seit sechs Jahren nicht mehr gesehen, waren aber früher die engsten Freunde gewesen. »Wenn ich dich nicht finde, soll ich mich nicht auf seinem Gut blicken lassen!«

»Wenn das so ist, hast du deinen Herrn nicht enttäuscht«, erwiderte Roland trocken.

Es gefiel ihm nicht, daß Gui seinem Vater die Untertanentreue geschworen hatte, aber er mußte sich sagen, daß Gui Luthor nicht so gut kannte wie er.

»Damit, daß ich dich gefunden habe, ist nur die Hälfte meines

Auftrags erledigt«, gab Gui zu. »Die zweite Hälfte besteht darin, dich zurückzuholen.«

Roland war schockiert, und es kostete ihn Anstrengung, es nicht zu zeigen. »Wieso?« fragte er scharf. »Ist mein Vater schon so vergreist, daß er vergessen hat, wie er mich aus dem Haus jagte?«

»Bist du immer noch verbittert, Roland?« In Guis grünen Augen stand tiefe Betroffenheit.

»Du weißt doch, daß ich nur für den König von Frankreich kämpfen wollte, der der Feudalherr unseres Herzogs war. Aber Luthor war dagegen. Er hat mich zu einem harten Krieger gemacht, aber er wollte mich meine Fähigkeiten nie erproben lassen. Mein Gott, in meinem ganzen Leben war ich noch kein einziges Mal aus Montville rausgekommen, und da saß ich also, achtzehn Jahre alt und gerade zum Ritter geschlagen, und mein Vater wollte mich zu Hause festhalten wie ein Wickelkind. Das war mehr, als ich ertragen konnte.«

»Aber dein Handgemenge mit Luthor war auch nicht schlimmer als sonst«, erwiderte Gui. »Er hat dich geschlagen, wie er dich immer geschlagen hat – Mann gegen Mann mit der bloßen Hand.«

Rolands dunkelblaue Augen wurden dunkler. »Ja, du hast es selbst gesehen, aber du hast die Worte nicht gehört, die anschließend gefallen sind. Ich gebe zu, daß mich ebensoviel Schuld trifft, denn schließlich hat er mich mit seiner selbstgefälligen Sicherheit herausgefordert, mit der er behauptet hat, er würde niemals gegen mich verlieren, nicht einmal, wenn er am Rande des Grabes stünde. Wenn er sich damit nicht vor seiner Frau und seinen Töchtern aufgespielt hätte, hätte ich nicht gesagt, daß ich auch ohne seine Erlaubnis gehen und wahrscheinlich nie mehr zurückkehren würde. Aber ich habe es im größten Zorn gesagt, und er hat darauf gesagt: ›Dann geh, und sei verdammt! Ich werde dich nie zu mir rufen.‹«

»Ich wußte nicht, daß es soweit gekommen ist. Aber das ist sechs Jahre her, Roland, und Worte, die im Zorn gesprochen worden sind, sollte man nicht ein Leben lang nachtragen.«

»Aber er hat es nun mal gesagt, und mein Vater macht keinen Rückzieher. Dieser Mann macht selbst dann keinen Rückzieher, wenn er etwas falsch gemacht hat und es ganz genau weiß.«

Sein Freund runzelte die Stirn. »Es tut mir leid, Roland. Ich wußte nicht, daß ihr euch so sehr zerstritten habt. Du bist gegangen, und ich wußte nur, daß du dich mit Luthor gestritten hast, aber nachdem du fort warst, wollte er nicht mehr über die Sache reden. Jetzt verstehe ich, warum er nie sicher war, ob du wieder nach Hause kommen würdest oder nicht. Aber ich weiß, daß der alte Streithahn dich vermißt hat. Ich bin sicher, daß er eher nach dir hätte schicken lassen, wenn er eine Möglichkeit gefunden hätte, es zu tun, ohne sein Gesicht zu verlieren. Du kennst doch Luthor. Er ist unglaublich stolz.«

»Du hast mir noch nicht erzählt, aus welchem Grund er die Verbannung aufgehoben hat.«

»Dein Vater will, daß du da bist, um sein Lehen für dich zu beanspruchen, falls er stirbt«, sagte Gui abrupt.

Die Farbe wich langsam aus Rolands Gesicht. »Luthor liegt im Sterben?«

»Nein! Das wollte ich damit nicht sagen. Aber es braut sich Ärger zusammen. Deine Stiefschwester Brenda hat geheiratet.«

»Dann hat die alte Hexe also doch noch einen Gefährten gefunden«, sagte Roland kichernd. »Der Kerl muß ein Dummkopf sein, der noch dazu abscheulich aussieht.«

»Nein, Roland, sie hat Thurston von Mezidon geheiratet.«

»Rogers Bruder!« entfuhr es Roland.

»Genau der.«

»Wieso? Thurston war ein gutaussehender Kerl, der viel Erfolg bei den Damen gehabt hat. Warum sollte er Brenda wollen? Nicht nur, daß sie so zänkisch ist wie ihre Mutter, sondern sie ist noch dazu ein reizloses Geschöpf.«

»Ich glaube, ihre Aussteuer hat ihn gereizt«, stimmte Gui zögernd zu.

»Aber ihre Mitgift war nicht groß.«

»Ich habe gehört, daß sie ihn vom Gegenteil überzeugt hat. So sehr war sie von ihm verzückt. Es heißt auch, er habe sie in der Hochzeitsnacht fast totgeschlagen, als er herausgefunden hat, daß ihre Mitgift weniger als die Hälfte dessen betrug, was er sich erwartet hatte.«

»Es war wohl das, was sie verdient hat«, sagte Roland beiläufig.

Es war kein Geheimnis, daß Roland seine beiden älteren Stiefschwestern nicht mochte. Von frühester Kindheit an hatte er viel unter ihnen gelitten, und niemand war zu seinem Schutz dagewesen. Inzwischen empfand er wirklich nichts mehr für die beiden, nicht einmal Mitleid.

»Und was ist mit meiner Schwester Ilse?« setzte Roland das Gespräch fort. »Lebt sie immer noch mit ihrem Mann bei Luthor?«

»Aber ja, Geoffrey zecht zu gern, als daß er ein Gutshaus auf sein kleines Lehen bauen würde«, sagte Gui verächtlich. »Aber es hat sich etwas Entscheidendes geändert. Geoffrey hat sich plötzlich ganz eng mit Thurston angefreundet.«

»Na und?«

»Für Luthor bedeutet das Übles. Er hat einen Schwiegersohn, der wütend über Brendas Mitgift ist und einen größeren Anteil von Montville haben will. Sein anderer Schwiegersohn lebt unter seinem Dach und ist mit Thurston befreundet. Luthor hat das Gefühl, er braucht jetzt Rückendeckung, da sich seine beiden Schwiegersöhne wahrscheinlich gegen ihn verbündet haben.«

»Was hat Luthor zu befürchten? Er hat genügend Männer.«

»Du solltest Thurston nicht unterschätzen. Sein Ehrgeiz und seine Habgier reichen für zwei Männer aus. Er plündert in der Bretagne und in Maine, und er hat ein ziemlich großes Heer angehäuft, so viele Männer, daß Luthor seinetwegen Verstärkung nach Montville geholt hat. Es kommt mit Sicherheit zu einem offenen Krieg, wenn Luthor nicht vorher schlicht ermordet wird.«

»Du glaubst, daß Thurston zu solchen Mitteln greifen würde?«

»Ja, Roland, das glaube ich. Es ist bereits zu einem Zwischenfall gekommen, der sich mit nichts erklären läßt. Und falls Luthor sterben wollte, während du nicht dort bist und Montville für dich beanspruchen kannst, würden Thurston und Geoffrey es für sich beanspruchen, und du würdest ein Heer von der Stärke der Armee des Herzogs brauchen, um es zurückzuerobern.«

»Und was ist, wenn ich Montville nicht haben will?«

»Das darfst du nicht sagen, Roland! Du kannst doch nicht einfach die Pferde aufgeben, die du liebst. Und das Land, das Luthor dir vermachen will!«

Roland fuhr sich mit einer Hand durch sein dichtes, gewelltes Haar. Es bestand kein Anlaß, Gui etwas vorzumachen. »Du hast recht, ich will das Land und die Pferde haben. Das ist aber auch das einzige, was ich von Luthor will.«

»Dann kommst du also mit nach Hause?« fragte Gui hoffnungsvoll. »Obwohl du gesagt hast, daß du nicht zurückkommst?«

»Ich bin in vieler Hinsicht wie mein Vater, Gui, aber wenn ich eine Dummheit ausspreche, stehe ich nicht bis zum Grab dazu. Vielleicht ein paar Jahre lang, aber nicht auf alle Zeiten.« Roland kicherte. »Wozu man sagen muß, daß auch er sich hat erweichen lassen. Oder zumindest scheint es so.«

»Du hast dich verändert, mein Freund. Ich kann mich an viele Schlägereien mit Roger von Mezidon erinnern, weil du eine Bemerkung nicht zurückgezogen hast. Bist du auf deinen Wanderungen auf diesen Lumpen gestoßen?«

»Er ist hier. Mit dem Grafen von Limousin.«

Gui war überrascht. »Wir haben von Rogers Heldentaten gehört. Er hat Ländereien im ganzen Land erworben. Ich frage mich, woher er die Zeit hat, so vielen Herren zu dienen.«

»Er ist genauso habgierig wie sein älterer Bruder Thurston.«

»Hast du denn auch mit Roger gesprochen?« fragte Gui eifrig.

Roland zuckte die Achseln. »Er hat sich nicht in dem Maß mit mir angelegt, in dem er es früher getan hat, aber er ist sich nicht mehr sicher, ob er mich übervorteilen kann.«

»Seit ich dich das letztemal gesehen habe, bist du größer geworden, und du hast auch mehr Muskeln als damals. Ich möchte wissen, daß du jetzt sogar größer als Luthor bist, und mir ist bisher noch niemand begegnet, der auf ihn runterschauen könnte.«

Roland grinste. »Jedenfalls bin ich über Roger hinausgewachsen. Zu seinem großen Leidwesen.«

»Hast du dich in anderer Hinsicht auch verändert?« wagte sich Gui vor. In seinen grünen Augen stand der Schalk. »Haben die Franken dich gezähmt?«

Gui duckte sich, da er mit einem Hieb im Scherz rechnete. »Nein? Dann nehme ich an, daß es jetzt zwei Luthors zu Hause geben wird?«

Roland brummte: »Zumindest schlage ich nur zu, wenn man mich herausfordert, und das ist weit mehr, als ich von meinem Vater behaupten kann.«

Das stimmte. Luthor von Montville war ein barscher, grober Mann, ein Mann, zu dem andere Barone ihre Söhne in die Ausbildung gaben, denn ihre Jungen kehrten als harte, fähige Krieger zurück.

Roland war Luthors einziger Sohn, ein uneheliches Kind. Luthor tat diesen Umstand mit einem Achselzucken ab, aber Roland fand seinen Status unwürdig. Rolands Mutter hatte in einem Dorf in der näheren Umgebung gelebt. Als Frau ohne gesellschaftlichen Rang und ohne Familie war sie im Kindbett gestorben, wie man Roland erzählt hatte, und die Geburtshelferin hatte den Säugling in ihre Obhut genommen. Luthor wußte gar nicht, daß er einen Sohn hatte, bis die alte Frau, die Roland zu sich genommen hatte, kurz vor ihrem Tod nach Luthor schickte.

Da Luthor keinen anderen Sohn hatte, nahm er Roland mit nach Hause zu seiner Frau und verhöhnte Hedda einmal mehr dafür, daß sie ihm nur Töchter geboren hatte. Hedda haßte den Säugling und wollte nichts mit ihm zu tun haben, bis er alt genug geworden war und sie ihre Bosheit an ihm auslassen konnte. Von seinem dritten Lebensjahr an wurde Roland aus jedem beliebigen Grund von ihr und ihren Töchtern geschlagen.

Luthor unternahm keinen Versuch, Rolands grausame Behandlung zu unterbinden. Da er selbst roh aufgezogen worden war, glaubte er, seine Kraft der eigenen harten Jugend zu verdanken.

Von Luthor lernte Roland, zärtliche Gefühle zu unterdrücken und alle Empfindungen bis auf den Zorn unter Kontrolle zu behalten. Ihm wurden das Rennen, das Springen, das Schwimmen und das Reiten beigebracht, und er lernte, den Speer und das Kampfbeil zielsicher zu werfen und das Schwert und seine Fäuste mit Brutalität und Geschicklichkeit zu handhaben. Luthor war ein guter Lehrer; für Fehler gab es Schläge, und mit dem Lob rückte er nur mißmutig heraus.

Rolands Kindheit zeichnete sich durch Schläge von Familienmitgliedern und Außenstehenden aus, denn die Söhne der Edelmänner, die man bei Luthor ausbilden ließ, waren ein übler Haufen, und der gehässigste von allen war Roger von Mezidon, der zwei Jahre älter als Roland war und nach Montville gekommen war, als Roland gerade fünf war. Es gab weiterhin täglich Schläge, bis Roland stark genug war, um sich zu wehren. Luthor, der Hedda und seine beiden Töchter nicht davon abgehalten hatte, Roland zu schlagen, als er klein und wehrlos war, mischte sich auch nicht ein, als Roland groß genug geworden war, um zurückzuschlagen.

Sein Leben war leichter, nachdem er zum erstenmal zurückgeschlagen hatte. Danach übte er an den Frauen des Hauses keine Vergeltung mehr. Er zog es vor, sie zu ignorieren. Vor Mißhandlungen ihrerseits brauchte er sich nicht mehr zu fürchten, und er mußte sich nur noch gegen ältere Jungen und Luthor wehren.

»Können wir morgen früh abreisen?« fragte Gui, als sie vor Rolands Zelt am Stadtrand von Arles standen. Nach gewonnener Schlacht war die Stadt ein Schauplatz für Festlichkeiten, und es bestand kein Anlaß mehr zu bleiben. »Je eher wir abreisen, desto besser. Ich habe fast ein halbes Jahr gebraucht, um dich zu finden.«

»Und wie bist du hier auf mich gestoßen?« fragte Roland.

»Natürlich nur, weil hier eine Schlacht geschlagen worden ist.« Gui grinste breit. »Wenn ich schon nichts anderes gelernt habe, so doch zumindest, daß man dich immer dort findet, wo gerade eine Schlacht tobt. Nach all deinen Schlachten mußt du ebenso viele Lehen haben wie Roger.«

Roland kicherte, und seine Augen funkelten wie Saphire. »Ich kämpfe für Gold, nicht für Grund. Um Ländereien muß man sich kümmern, und mir gefällt es, frei herumzustreifen.«

»Dann mußt du ein Vermögen in Gold haben.«

Roland schüttelte den Kopf. »Tja, das meiste habe ich für Frauen und Getränke ausgegeben, aber ich besitze einen gewissen Reichtum.«

»Und was ist mit den Plündereien bei den Sarazenen?«

»Ja, auch das. Diese Freibeuter hatten Seide und kunstvolle Glasgegenstände, goldene Teller und Lampen. Von den Edelsteinen ganz zu schweigen.«

»Und die Schlacht?«

»Es gab viele Schlachten«, erwiderte Roland. »Die Sarazenen hatten an der ganzen Küste einen Unterschlupf nach dem nächsten. Ihr größter Sammelpunkt war bei Nizza. Sie haben allerdings keine gute Darbietung hingelegt, weil sie ohne Rüstung gekämpft haben. Sie sind gefallen wie Bauern im Kampf gegen geübte Ritter. Manche sind auf ihren Schiffen entkommen, aber wir haben ihre Quartiere geplündert und sie dann in Brand gesteckt.«

»Dann nehme ich an, ich habe mir genau den richtigen Zeitpunkt ausgesucht.«

»Ja. Mein Dienst beim Herzog von Burgund ist abgelaufen. Wir können morgen früh abreisen. Aber heute abend, heute abend zeige ich dir noch etwas Besonderes, *mon ami*. Ich kenne ein anständiges Bierlokal am Nordtor; dort bekommt man eine ausgezeichnet gewürzte Gemüsesuppe, und das Bier ist süßlich.« Plötzlich lachte Roland. »Du kannst dir gar nicht vorstellen, wie sehr ich das Bier meines Vaters vermißt habe. Sollen doch die Franzosen in ihrem verfluchten Wein ersaufen, aber ich will täglich mein Bier mit dem Landvolk trinken.«

Roland befestigte seine Säbelscheide am Gürtel, schob seinen langen Pallasch hinein und legte sich einen langen wollenen Umhang um seine breiten Schultern. Kettenhemd und Rüstung ließ er zurück. Gui stellte neidlos fest, daß er sich zu einem wohlgestalteten Mann ausgewachsen hatte. Felsenfest und bärenstark. Roland war wahrhaft ein Krieger geworden. Luthor würde stolz sein, seinen Sohn im Kampf an seiner Seite zu haben, ob er es zugab oder nicht.

Gui seufzte. Roland war ohne jede Liebe aufgewachsen. Es war kein Wunder, daß er manchmal bärbeißig, übellaunig und verbittert war. Das war sein volles Recht. Doch gleichzeitig besaß Roland auch gute Eigenschaften. Er konnte einem Mann ebensoviel Treue entgegenbringen, wie er einen anderen hassen konnte. Außerdem war er nicht humorlos. Eigentlich war er sehr brauchbar.

»Ich muß dich warnen, Gui«, sagte Roland auf dem Weg in die Stadt. »Roger von Mezidon hat auch die Vorzüge des Bierlokals entdeckt, in das wir jetzt gehen, denn dort gibt es ein gewisses Mädchen, dem sein Interesse gilt.«

»Und zweifellos auch dein Interesse«, bemerkte Gui belustigt. »Ihr beide habt euch immer von denselben Frauen angezogen gefühlt. Habt ihr schon eine Auseinandersetzung um das Mädchen ausgetragen?«

Roland schnitt eine Grimasse, als ihm der jüngst vergangene Vorfall ins Gedächtnis kam. »Ja, wir haben uns geprügelt. Aber dieser hinterhältige Schuft hat mich unversehens überrumpelt, als ich schon zu tief ins Glas geschaut hatte.«

»Du hast also verloren?«

»Habe ich das nicht eben selbst gesagt?« fauchte Roland. »Aber das ist das letztemal, daß ich wegen einer solchen Nebensächlichkeit mit ihm aneinandergerate. Frauen sind alle gleich, und es ist nur allzu leicht, sie zu bekommen. Roger und ich haben genügend Gründe, aufeinander loszugehen, wenn wir die Frauen als einen weiteren Grund aus dem Spiel lassen.«

»Du hast mich noch nicht nach Amelia gefragt«, wagte sich Gui behutsam vor.

»Stimmt, das habe ich nicht getan«, gab Roland zurück.

»Bist du denn gar nicht neugierig?«

»Nein«, sagte Roland. »Ich habe auf meinen Anspruch auf Amelia verzichtet, als ich fortgegangen bin. Sollte sie noch frei sein, wenn ich zurückkehre, dann werde ich sie vielleicht wieder für mich beanspruchen. Wenn nicht...« Er zuckte die Achseln. »Ich kann eine andere finden. Für mich spielt das keine große Rolle.«

»Sie ist frei, Roland. Sie ist dir während dieser ganzen sechs Jahre treu geblieben und hat auf dich gewartet.«

»Ich habe sie nicht geheißen, zu warten.«

»Sie hat es trotzdem getan. Das Mädchen hofft auf eine Heirat mit dir, und selbst Luthor hat nichts dagegen. Er behandelt sie bereits wie eine Tochter.«

Roland blieb mit finsterem Blick stehen. »Sie weiß, daß ich keine

Lust habe zu heiraten. Was hat die Ehe meinem Vater eingebracht – zwei quengelnde Töchter und ein keifendes Weib.«

»Du kannst nicht alle Frauen mit deiner Stiefmutter vergleichen«, bemerkte Gui dazu. »Deine Reisen durch Frankreich haben dir doch sicher gezeigt, daß nicht alle Frauen gleich sind.«

»Ganz im Gegenteil. Ich weiß, daß eine Frau süße Worte findet, wenn sie etwas erreichen will, aber im übrigen sind sie böse Hexen. Nein, ich will keine Frau, die an mir herumnörgelt. Es ist mir lieber, in der Hölle zu verkommen, als zu heiraten.«

»Du bist ein Dummkopf, Roland«, wagte sich Gui vor. »Ich höre das nicht zum erstenmal von dir, aber ich dachte, du hättest es dir anders überlegt. Du solltest heiraten. Eines Tages wirst du einen Sohn wollen. Du brauchst jemanden, dem du Montville hinterlassen kannst.«

»Ich werde es zweifellos zu ein bis zwei unehelichen Kindern bringen. Dazu brauche ich nicht zu heiraten.«

»Aber...«

Roland kniff die dunkelblauen Augen zusammen. »Ich bin mir in dieser Hinsicht ganz sicher, Gui, und deshalb solltest du aufhören zu sticheln.«

»Schon gut«, sagte Gui seufzend. »Aber was ist mit Amelia?«

»Sie hat gewußt, wie ich über diese Dinge denke, als sie in mein Bett gekommen ist. Sie ist eine Närrin, wenn sie geglaubt hat, ich würde es mir anders überlegen.« Sie gingen wieder weiter, und Rolands Tonfall wurde wieder freundlicher. »Im übrigen ist sie die letzte Frau, die ich als Ehefrau empfehlen könnte. Anmutig ist sie und gut gebaut, aber unbeständig. Roger hat sie vor mir gehabt, und es besteht kein Zweifel daran, daß viele andere sie vor ihm gehabt haben. Vielleicht hast auch du sie gekostet. Na los, jetzt gib es schon zu.«

Gui wurde rot und wechselte eilig das Thema. »Wie weit ist es noch zu diesem Bierlokal?«

Roland lachte herzlich über Guis Unbehagen und schlug ihm auf den Rücken. »Sei beruhigt, *mon ami*. Keine Frau ist es wert, daß man mit einem Freund über sie streitet. Du kannst jede Frau haben, die ich habe. Meinen Segen hast du. Wie ich bereits sagte, sind sie alle gleich und nur allzu leicht zu haben, einschließlich Amelia. Und was deine Frage betrifft – die Schenke ist gleich da vorne.«

Roland zeigte auf ein Gebäude am Ende der Straße. Zwei Ritter, die gerade auf die Straße traten, winkten Roland zu.

»Sie haben in der letzten Schlacht auf derselben Seite gekämpft wie ich«, erklärte Roland. »Burgunder aus Lyon. Mir scheint, das ganze Land hat dazu beigetragen, die Sarazenen zu vertreiben. Sogar die Sachsen haben ihre Ritter geschickt.«

»Wäre ich doch eher gekommen«, sagte Gui versonnen.

Roland kicherte. »Hast du deine erste Schlacht noch nicht geschlagen? Luthor war doch sicher nicht all die Jahre über untätig?«

»Nein, aber es ist nur zu Scharmützeln mit Briganten gekommen.«

»Dann mußt du dich ja schon auf die Auseinandersetzung mit Thurston freuen.«

Gui grinste, als sie vor der Schenke standen. »Um die Wahrheit zu sagen: Ich habe nicht viel darüber nachgedacht. Das einzige, worüber ich mir Gedanken gemacht habe, seit ich abgereist bin, war, was ich tun würde, wenn du dich weigern solltest, mit mir zurückzukommen, denn dann hätte ich auch nicht zurückgehen können.«

»Dann bist du jetzt wohl sehr erleichtert?«

»Das kann ich dir versichern.« Gui lachte. »Lieber will ich mit dem Teufel zu tun haben als mit Luthors Verdruß.«

Sie traten ein und fanden eine übervolle Schenke vor, in der Ritter mit Schildknappen und gewöhnlichen Soldaten tranken. Die Schenke war geräumig, mindestens siebzig Quadratmeter, und sie war aus Stein gebaut. Es war voll. Männer standen an der großen Feuerstelle, über der Fleisch gebraten wurde, oder sie standen in Gruppen zusammen und redeten. Es gab zwanzig rohgezimmerte Holztische mit Steinbänken, und fast alle waren besetzt. Trotz der beiden Türen an zwei gegenüberliegenden Seiten des großen Raumes hingen Rauchschwaden in der Luft, und es war sehr warm. Fast alle Ritter trugen Lederhosen und Harnische, ihre Schildknappen nur Leder. Niemandem schien es bequem zu sein...

Zu Hause, fern vom Schlachtgetümmel, trugen Roland und die Männer in seiner näheren Umgebung – Gui, Roger, Thurston und Geoffrey – am liebsten nur Umhänge über Unterhemden und Lederhosen. Man befestigte die Umhänge an einer Schulter und konnte ungehindert nach dem Schwert greifen, das diese Männer ständig bei sich trugen, und diese Kleidung war nicht annähernd so lästig wie Rüstungen, Harnische oder Lederhemden. Manchmal zog Roland dennoch ein Lederhemd vor, denn er hatte sich nie wirklich an den Umhang gewöhnt. Umhänge kamen ihm weibisch vor, und die Tatsache, daß Roger von Mezidon sie trug, ließ sie in Rolands Augen noch fragwürdiger erscheinen.

Roger von Mezidon war da, und er hatte zwei seiner Vasallen und deren Schildknappen mitgebracht. Gui war ohne seinen Schildknappen gereist, und Rolands Schildknappe war unter dem Krummsäbel eines Sarazenen gefallen und nicht durch einen anderen ersetzt worden.

Roland kannte einen von Rogers Vasallen, den Edelmann Magnus, der ein Mündel von Rolands Vater war. Magnus war vierundzwanzig wie Roland, und er war gemeinsam mit Gui, Roger und Roland ausgebildet worden.

Roger war mit sechsundzwanzig der älteste von ihnen, und er war von Anfang an ihr Anführer gewesen. Er war in seiner Jugend sehr verbittert, da er gewußt hatte, daß er sich als zweiter Sohn allein durchs Leben schlagen mußte. Er beneidete Roland, weil dieser mit Sicherheit davon ausgehen konnte, daß er Montville eines Tages bekommen würde, ob er nun ein uneheliches Kind war oder nicht. Daß ein Bastard erben würde, wogegen Roger, der Sohn eines Edelmanns, ohne Erbe ausgehen sollte, nagte an ihm. Roland und Roger wetteiferten in jeder Hinsicht miteinander, und als der Ältere gewann Roger im allgemeinen. Er weidete sich an jeder Niederlage Rolands. Sie zankten und schlugen sich während ihrer gesamten Jugend, mehr, als es zwei Brüder getan hätten, und mit zunehmendem Alter hörten die Kämpfe nicht auf.

Roger bemerkte Roland als erster, und er entschloß sich, ihn zu übersehen, aber Magnus sah Gui und sprang auf, um die beiden zu begrüßen.

»Bei Gott, das ist doch Gui von Falaises, der kleine Knirps!« rief Magnus überschwenglich aus. »Es ist Jahre her, seit ich dich zum letztenmal gesehen habe. Hast du dir nicht Luthor von Montville als deinen Lehnsherrn ausgesucht?«

»Doch«, antwortete Gui steif.

Ihm sträubten sich die Haare, als er den Spitznamen hörte, den man ihm in seiner Jugend gegeben und nie vergessen hatte. *Der Knirps.* Er war von kleinwüchsiger Statur, und daran konnte er nichts ändern. Als Jugendlicher war er deshalb oft gehänselt worden, und Männern wie Roger und Magnus, die vor Kraft und Größe strotzten, diente er häufig als Zielscheibe des Spotts. Roland hatte Mitleid mit ihm gehabt und versucht, ihn zu beschützen; oft hatte er sich für ihn geschlagen. So hatte sich zwischen Gui und Roland ein Band geknüpft, und Gui hatte das Gefühl, Roland die Treue schuldig zu sein.

»Und was bringt Luthors Vasallen nach Arles?« fragte Roger.

»Er hat Schwierigkeiten...«

Ehe Gui mehr herausbekam, versetzte ihm Roland einen Rippenstoß und fiel ihm ins Wort. »Mein Vater vermißt mich«, sagte Roland so beiläufig, daß Magnus sich an seinem Bier verschluckte. Alle Anwesenden wußten, daß diese Behauptung lächerlich war. Roger runzelte finster die Stirn, und Roland konnte absehen, daß ihm noch vor seiner Rückkehr in die Normandie Ärger bevorstand.

Roland setzte sich Roger gegenüber auf eine Steinbank. Eine Kellnerin, eben diejenige, um die er sich mit Roger gestritten hatte, brachte den Neuankömmlingen Bier und lungerte dann in der Nähe herum, denn sie spürte die Spannung, die ihre Anwesenheit erzeugte, und sie suhlte sich lustvoll darin. Es war nicht das erstemal, daß sich zwei Männer um sie stritten, aber nie waren es zwei so brutale und dennoch begehrenswerte Männer gewesen wie diese beiden.

Gui blieb hinter Roland stehen und sann über Rogers finsteres Gesicht nach. Roger war ein gutaussehender Mann mit den typischen blauen Augen und dem strohblonden Haar der Normandie, aber in Rogers Gesicht hatten sich harte Züge und zornige Furchen geschnitten. Er lachte selten, es sei denn, um jemanden zu verhöhnen, und sein Lächeln war eher als hämisches Grinsen zu bezeichnen. Roland und Roger hatten eine ähnliche Statur; beide waren stämmige, muskulöse junge Männer von beträchtlicher Körpergröße. Rolands Züge waren jedoch nicht so hart wie Rogers Gesicht. Roland, der ganz objektiv betrachtet gut aussah, hatte sich seinen Sinn für Humor und eine Spur von Freundlichkeit bewahrt.

»So, dein Vater vermißt dich, das sagtest du doch?« bemerkte Roger lakonisch. »Aber warum schickt er einen Ritter aus, um dich zu holen, wenn jeder niedere Lakai dich hätte finden können?«

»Du zeigst ein ungebührliches Interesse an meinen Angelegenheiten«, sagte Roland gepreßt.

Roger reagierte darauf mit einem sarkastischen Grinsen. »Mein Bruder hat deine Schwester geheiratet«, sagte er und griff mit einem Seitenblick auf Roland nach der Kellnerin und zog sie auf seinen Schoß. »Meines Erachtens eine Mesalliance.«

»Ich hoffe, du hältst uns deshalb noch nicht gleich für verwandt«, knurrte Roland.

»Ich würde mich nicht freiwillig auf die Verwandtschaft mit einem Bastard berufen!« zischte Roger.

Das Schweigen hing schwer in der Luft. Dann hallte Rogers spöttisches Gelächter durch den Raum. »Was? Hast du darauf nichts zu sagen, Roland?« höhnte Roger. Er zog das Mädchen, das auf seinem Schoß saß, an sich und fügte hinzu: »Der Bastard hat seine Nerven verloren, seit er gegen mich verloren hat.«

In Rolands Augen loderten Flammen, die mit einem wüsten Ausbruch hätten einhergehen sollen, aber er sprach sehr ruhig. »Ich bin unehelich geboren, das ist allseits bekannt. Aber hältst du mich für einen Feigling, Roger? Ich hatte schon geargwöhnt, du seist feige. Als du mich letztesmal angegriffen hast, hast du dich vorher vergewissert, daß meine Sinne vom Alkohol umnebelt sind, ehe du dich mit mir einließest!« Roger wollte sich erheben und das Mädchen von seinem Schoß ziehen, aber Rolands scharfer Blick ließ ihn erbleichen. »Ich habe mich getäuscht, Roger. Du bist kein Feigling. Mit deinen Worten forderst du den Tod heraus, und das mit voller Absicht.«

»Roland, nicht!« keuchte Gui, der versuchte, seinen Freund am Aufstehen zu hindern.

Aber der Vulkan, der in Roland ausbrach, ließ sich nicht aufhalten. Er stieß Gui zur Seite, stand auf, zog sein Schwert und bewegte sich so schnell, daß er die Steinplatte der Bank von ihren Stützen riß. Sie fiel dröhnend auf den Boden, und die anderen wichen aus.

Alle Anwesenden hatten ihre Aufmerksamkeit auf die Streitenden gerichtet, aber Roland und Roger vergaßen alles, was um sie herum war. Roger fegte in einer bravourösen Darbietung das Bier vom Tisch, doch das Bier ergoß sich über einen betrunkenen Ritter, und der Mann griff Roger an, ehe Roland ihm zuvorkommen konnte.

Roland wartete ungeduldig ab, während seine Wut brodelte, aber er brauchte nicht lange zu warten. Der Kampf zwischen Roger und dem Ritter stachelte andere zum Kampf an, und kurz darauf war der Saal ein Schlachtfeld. Betrunkene Krieger gingen zum Angriff über, während die nüchternen sich verteidigten. Zwei Soldaten griffen Roland grundlos an, und er verlor Roger im Getümmel aus den Augen. Gui eilte zu seiner Hilfe herbei, und die beiden Freunde machten ihren Feinden schnell den Garaus.

Roland wollte sich gerade umdrehen, um Roger zu suchen, als er hinter sich Stahl klirren hörte. Als er sich umdrehte, stand ihm Roger verblüfft gegenüber; jemand hatte ihm das Schwert aus der Hand geschlagen. Neben ihm drängte sich ein Ritter, den Roland nicht kannte. Der Fremde sah Roland ins Gesicht und wollte ihn gerade ansprechen, als Roger plötzlich sein Schwert aufhob und den Mann aufspießte.

Roland war so aufgebracht, daß er nichts gegen seinen alten Feind ausrichten konnte. Ehe er seine Fassung wiedererlangte, näherte sich ein trunkener Schildknappe Roger von hinten und ließ die stumpfe Seite seines Schwertes auf Rogers Kopf sausen. Roger sackte neben dem Ritter, den er verwundet hatte, zu Rolands Füßen zusammen.

»Laß ihn, Roland.« Gui stand neben ihm.

Roland funkelte ihn böse an. »Hast du es denn nicht gesehen? Wollte mir sein Schwert in den Rücken stecken, und dieser gute Mann hat es verhindert.«

»Ich habe gesehen, daß Roger zu dir gekommen ist, Roland, das ist alles. Sicher hätte er dich gewarnt, ehe er zugestoßen hätte.«

»Ich kenne Roger besser als du, Gui, und ich sage dir, daß er mich ohne Vorwarnung töten wollte«, brummte Roland.

»Dann fordere ihn heraus, wenn er wieder zu sich kommt«, ersuchte ihn Gui flehentlich. »Aber begeh keinen Mord. Laß es für den Moment gut sein.«

Roland hatte nie einen hilflosen Menschen getötet, und so erklärte er sich einverstanden. Er beugte sich über den Ritter, der ihm zur Hilfe geeilt war und der ihm wahrscheinlich das Leben gerettet hatte.

»Der Mann ist noch am Leben, Gui«, rief er aus. »Wir bringen ihn zum Chirurgen in meinem Feldlager.«

Gui zögerte. »Und was ist mit Roger?«

»Laß ihn liegen«, sagte Roland angewidert. »Einer der Männer kann sich um ihn kümmern und mir die Mühe sparen.«

3

Roland wartete unruhig vor dem Zelt des Arztes. Gui trat neben ihm verärgert von einem Fuß auf den anderen.

»Es sind jetzt schon drei Tage, Roland«, sagte er ungeduldig. »Wenn dieser Mann stirbt, dann stirbt er. Du kannst nichts für ihn tun.«

Roland sah Gui wütend an. Die gleiche Szene hatte sich am Vormittag desselben Tages schon einmal abgespielt.

»Wir müssen uns auf den Weg machen, Roland. Roger hat sich bei Nacht und Nebel davongeschlichen, und du kannst ihn nicht zum Duell herausfordern. Wir kommen jetzt schon nicht vor dem ersten Schnee zu Hause an.«

»Ein paar Tage spielen keine Rolle.«

»Du kennst diesen Mann doch gar nicht.«

»Deine Ungeduld spricht nicht für dich, Gui. Ich stehe in der Schuld dieses Mannes.«

»Das kannst du nicht mit Sicherheit sagen.«

»Doch, das kann ich.«

Endlich wurde die Zeltplane hochgeschlagen, und der Arzt des Herzogs näherte sich erschöpft den beiden Männern.

»Er war für ein paar Augenblicke bei Bewußtsein, aber es ist noch zu früh, um zu sagen, ob er es überleben wird. Der Blutstrom ist zum Stillstand gebracht worden, aber ich kann nur sehr wenig für seine inneren Verwundungen tun.«

»Hat er gesprochen?«

Der Arzt nickte. »Er ist erwacht und dachte, er sei in einem Fischerdorf. Ich glaube, daß er viele Wochen an der Küste zugebracht hat, um sich von seinen Verletzungen zu erholen.«

Roland runzelte die Stirn. »Verletzungen?«

Der Arzt schüttelte den Kopf. »Dieser junge Mann muß verflucht sein. Einfach der Gnade des Landvolks ausgeliefert zu werden. Er hat es nur mit knapper Not überlebt. Er behauptet, erst nach einer Woche erwacht zu sein und viele weitere Wochen lang nicht fähig gewesen zu sein, sich zu bewegen oder zu sprechen, wegen eines schlimmen Schlages auf den Kopf.«

»Wer ist der Mann?« fragte Roland eifrig.

»Der Mann ist schwer verwundet. Ich habe ihn nicht gedrängt zu reden, sondern ich habe zugehört, als er von sich aus gesprochen hat. Er war außer sich vor Raserei. Als ich darauf bestanden habe, daß er nicht aufstehen kann, hat er versucht, mir die Umstände des Unrechts zu erklären, das ihm zugestoßen ist. Er hat etwas von einer Schwester erzählt, und er hat gesagt, daß er sich Sorgen um sie macht, aber er ist zusammengebrochen, ehe er mir sagen konnte, worum es geht. Er war ziemlich außer sich.«

»Darf ich ihn sehen?«

»Er ist wieder bewußtlos.«

»Ich werde im Zelt warten, bis er zu sich kommt. Ich muß mit ihm sprechen.«

»In Ordnung.«

Als der Arzt gegangen war, fuhr Gui mit seinem Drängen fort. »Da siehst du es, der Doktor scheint nichts Schlimmes zu befürchten. Laß uns den Heimweg antreten. Hier kannst du ohnehin nichts mehr tun.«

Roland verlor die Geduld mit seinem alten Freund. Seine Ehre gebot ihm zu bleiben. »Verdammter Kerl, du quengelst rum wie eine Frau. Wenn du es so eilig hast zu gehen, dann geh doch... geh!«

»Roland, ich sehe nur, daß Eile geboten ist. Vielleicht ist es sogar schon zu spät. Thurston von Mezidon kann zu einem Angriff ausgeholt haben, während ich fort war, vor dem Kälteeinbruch.«

»Geh jetzt. Ich werde unterwegs auf dich stoßen.«

»Ich kann dich doch nicht allein reisen lassen.«

Roland sah seinen Freund scharf an. »Seit wann brauche ich eine Begleitperson? Oder glaubst du mir etwa nicht, daß ich nachkomme? Ich sehe schon, daß du mir nicht glaubst.« Roland kicherte. »Nimm meine Habe mit, wenn es so ist. Laß mir nur mein Pferd und die Rüstung. Das sollte dir Gewißheit geben, daß ich dir folge. Wenn ich unbehindert vorwärtskomme, treffe ich zwischen der Rhone und der Loire auf dich. Wenn nicht dort, dann direkt nach der Stelle, an der du die Loire verläßt. Warte nicht auf mich, wenn es mir nicht gelingt, dich einzuholen.«

Widerwillig reiste Gui ab, und Roland setzte sich den Nachmittag über neben die Pritsche in dem Zelt. Seine Wache wurde belohnt, als der Verwundete am Abend die Augen aufschlug. Er versuchte, sich aufzusetzen, doch Roland hielt ihn zurück.

»Ihr dürft Euch nicht bewegen. Sonst wird Eure Wunde wieder bluten.«

Die hellbraunen Augen des Mannes waren auf Roland gerichtet. »Ich kenne Euch?« Er sprach deutlich und in französischer Sprache. Dann beantwortete er seine eigene Frage. »Gestern abend in der Schenke.«

»Das ist drei Nächte her, mein Freund.«

»Drei?« stöhnte der Mann. »Ich muß meine Männer suchen und augenblicklich nach Berry zurückkehren.«

»Ihr werdet nirgends hingehen. Jedenfalls nicht in der nächsten Zeit.« Der Mann stöhnte. »Braucht Ihr den Arzt?«

»Nur, wenn er ein Wunder vollbringen und mich von einem Moment zum nächsten heilen kann«, flüsterte der Mann.

Roland grinste. »Was kann ich für Euch tun? Ihr habt mir das Leben gerettet, und jetzt müßt Ihr auch noch dafür leiden.«

»Ich leide unter meiner eigenen Sorglosigkeit. Ich habe nur zweimal in meinem ganzen Leben in einem ernsten Kampf mein

Schwert gehoben, und jedesmal hat es mich in die Nähe des Todes gebracht. Ich höre nicht auf Warnungen. Ich glaube immer, daß Männer faire Kämpfer sind. Für diese Lektion habe ich teuer bezahlt.«

»Ich habe gehört, daß Ihr gerade erst von einer Kopfverletzung genesen seid. Die Sarazenen?«

»Ja. Ich bin mit drei anderen einer fliehenden Bande gefolgt. Als wir sie einholten, sind sie zum Kampf übergegangen, und mein Pferd ist unter mir zusammengebrochen und hat mich abgeworfen. Das nächste, woran ich mich erinnern kann, ist, daß ich mit Kopfschmerzen, die ich keinem anderen wünschen würde, in einem Fischerdorf lag. Dort sagte man mir, ich sei eine Woche lang bewußtlos gewesen. Sobald ich wieder wohlauf war, bin ich nach Arles gegangen. Ich hatte kein Glück bei der Suche nach meinen Vasallen. Ich hatte gehofft, einen oder zwei von ihnen in diesem Bierlokal zu finden, aber ich habe keinen von ihnen gesehen.«

»Für mich war es ein Glück, daß Ihr dort wart.«

»Ich konnte nicht anders handeln, als ich gesehen habe, wie sich dieser Ritter von hinten an Euch herangeschlichen hat«, verkündete der Verwundete.

»Ihr habt jedenfalls damit das Leben Roland de Montvilles gerettet. Was kann ich für Euch tun?«

»Um meine schnelle Genesung beten.«

Roland lachte, denn der Mann hatte trotz seiner Verfassung den Humor nicht verloren.

»Ich werde wirklich für Euch beten. Und wie ist Euer Name? Den brauche ich, wenn ich die Heiligen anrufen soll.«

»Quintin de Louroux.«

»Ihr seid Franke?«

»Ja, aus Berry.«

»Lebt Eure Familie dort?«

»Meine Eltern sind tot. Ich habe nur noch meine Schwester und...« Er unterbrach sich. »Und es gibt doch etwas, was Ihr für mich tun könntet.«

»Ihr braucht mir nur zu sagen, was.«

»Meine Vasallen, die drei, die ich mitgebracht habe. Wenn Ihr diese Männer finden könntet, wäre ich Euch dankbar. Ich würde einen von ihnen in meine Heimat schicken, um meiner Schwester mitzuteilen, daß ich am Leben bin, aber erst in ein paar Wochen nach Hause komme.«

»Eure Schwester hält Euch für tot?«

Quintin nickte schwach. »Ich denke schon. Ich hatte geglaubt, es sei nur eine Frage von ein paar Tagen, bis ich meine Männer zusammengetrommelt habe. Dann wollte ich mich auf den Weg nach Berry machen. Nun hat mir der Arzt gesagt, daß ich drei Wochen lang das Bett hüten muß. Der Gedanke, daß meine Schwester um mich trauern könnte, ist mir unerträglich.«

Ein solches Aufheben um eine Frau ging über Rolands Horizont. »Sie muß Euch sehr teuer sein.«

»Wir stehen einander sehr nah.«

»Dann seid unbesorgt, mein Freund. Ich werde Eure Ritter finden und sie zu Euch schicken. Aber Ihr erbittet zu wenig von mir. Ich würde es als Ehre betrachten, wenn ich Eurer Schwester die Neuigkeiten überbringen dürfte. Ich stehe so hoch in Eurer Schuld, daß es nur eine geringe Gegenleistung wäre, Euch zu innerer Ruhe zu verhelfen.«

»Das kann ich nicht von Euch verlangen«, protestierte Quintin.

»Ihr kränkt mich, wenn Ihr weniger von mir erwartet. Ich muß ohnehin nach Norden reisen, denn mein Vater hat nach mir geschickt, damit ich nach Montville zurückkomme. Ich habe die Reise nur hinausgeschoben, um zu sehen, wie es Euch geht. Habt Ihr denn noch nichts von den Streitrössern von Montville gehört? Mein Reitpferd würde die Pferde Eurer Ritter beschämen, und wenn ich selbst reite, erreichen die guten Nachrichten Eure Schwester nur um so eher.«

Quintins Augen strahlten. »Ihr werdet keine Schwierigkeiten haben, meine Heimat zu finden. Ihr braucht nur zu fragen, wenn Ihr in die Nähe von Berry kommt, und man wird Euch den Weg nach Louroux weisen.«

»Ich werde es finden«, versicherte ihm Roland. »Ihr müßt Euch jetzt ausruhen, damit Ihr wieder zu Kräften kommt.«

»Jetzt kann ich mich ausruhen«, sagte Quintin seufzend. »Mein Dank sei Euch gewiß.«

Roland stand auf, um zu gehen. »Für Euch ist es eine unbedeutende Kleinigkeit, und im Vergleich dazu, daß Ihr mir das Leben gerettet habt, ist es nicht der Rede wert.«

Quintin erhob Einwände. »Ihr habt Eure Schulden beglichen. Erzählt meiner Schwester nicht, daß ich schon wieder verwundet worden bin, denn ich will ihr nicht noch mehr Sorgen bereiten. Sagt ihr nur, daß ich die Dienste des Grafen vorerst nicht quittieren kann, aber bald zu ihr zurückkehren werde.«

Erst als er Arles verlassen hatte, bemerkte Roland, daß er den Namen von Quintins Schwester nicht kannte. Aber das spielte keine Rolle – er würde es herausfinden.

4

Druoda aus der Gascogne räkelte sich in ihren neuen Gemächern auf einem langen grünen Sofa, aß getrocknete Trauben und trank ihren Nektar als süßen Wein. Es war ein später Nachmittag, und wenn der Winter auch bisher milde gewesen war, so war Druoda doch das wärmere Klima Südfrankreichs gewohnt, und sie bestand auf einem Gefäß mit glühenden Kohlen, um ihr Zimmer zu wärmen.

Zu Druodas Füßen kniete Hildegard, die die Zehennägel ihrer Herrin dazu vorbereitete, sie anzumalen – eine der vielen Unsitten, die Druoda von den losen Frauen des Südens erlernt hatte. Es war gar nicht allzu lange her, daß beiden Frauen jeder Luxus fremd war. Noch vor kurzem hatten sie Reisende mit Lebensmittel versorgt, die Kleidungsstücke der Reisenden gewaschen und für sie gekocht und Tag und Nacht gearbeitet. Diese unwürdige Arbeit war nötig gewesen, weil Druodas Vater ihr nichts hinterlassen hatte. Walafrid, ihr Mann, war im Besitz eines großen Hauses, aber er hatte nicht das Geld, es zu unterhalten. Daher hatten sie das Haus zu einer Herberge gemacht und Hildegard angeworben, die ihnen helfen sollte.

Dank dem Tod des Neffen Druodas, Quintin, waren die Zeiten der harten Arbeit vorbei. Das Risiko, Brigittes Vormundschaft zu erheucheln und die Neuigkeiten vom Tod des Barons vor seinem Lehnsherrn geheimzuhalten, ließ sich vorausberechnen. Druoda lachte sich darüber ins Fäustchen, daß sie sich der einzigen Person entledigt hatte, die dem Grafen Arnulf vom Tode des Barons hätte berichten können. Hugh war auf Druodas Anweisung hin zur Südküste zurückgekehrt, um Quintins Tod zu verifizieren. Druoda brauchte keine Verifizierung, aber sie brauchte Zeit, und solange sie darauf wartete, daß Hugh und Quintins Vasallen mit Quintins Besitztümern zurückkehren würden, hatte sie die Zeit, die sie brauchte, um Brigitte zu verheiraten, ohne daß Graf Arnulf sich einmischen konnte.

Wenn es zu einer Verlobung kam, ehe der Graf von Quintins Tod erfuhr, dann erübrigte es sich, einen Vormund für das Mädchen zu ernennen, denn ihr Mann könnte dessen Aufgaben erfüllen. Jetzt mußte nur noch verhindert werden, daß das Mädchen mit dem Grafen sprach, und das ließ sich leicht bewerkstelligen, indem man die beiden auseinanderhielt. Sobald die Heirat stattgefunden hatte, würde der Graf sich nicht mehr einmischen und auch nicht versuchen, die Dinge in die Hand zu nehmen. Nein, er würde Brigittes rechtmäßigem Ehemann die Güter anvertrauen, und dieser würde unter Druodas Kontrolle stehen.

Der Gemahl, tja, das war das Schwierigste gewesen! Druodas komplizierteste Aufgabe hatte darin bestanden, einen Mann zu finden, der Brigitte so sehr begehrte, daß er auf Druodas Forderungen einging. Sie hatte eine lange Liste von Möglichkeiten, eine Liste, die sie von den Dienern hatte erstellen lassen, denn um Brigitte war im Laufe der Jahre häufig angehalten worden. Druoda glaubte, schließlich den Richtigen gefunden zu haben – Wilhelm, Baron von Arsnay. Er hatte im Laufe der letzten Jahre zweimal um Brigitte angehalten, aber Thomas und Quintin hatten seinen Antrag abgelehnt, denn sie hätten nie in Betracht gezogen, ihre hochgeschätzte Brigitte einem Mann zu geben, der älter als ihr Vater war, ganz zu schweigen von einem Mann mit Wilhelms widerlichem Ruf.

Baron Wilhelm war perfekt für Druodas Vorhaben geeignet. Ein Mann, der nicht oft aus Arsnay herauskam und selten die Güter seiner Frau in Louroux inspizieren würde, ein Mann, der so sehr auf eine schöne Jungfrau erpicht war, daß er Walafrid die Herrschaft über Louroux gewähren würde, war genau das richtige. Der alte Narr glaubte, nur eine jungfräuliche Braut könne ihm den Sohn gebären, nach dem er sich so sehnte. Ihm ging es nicht um Brigitte persönlich, wenn er auch ihre Schönheit erfreulich fand. Was er forderte, war ihre Unschuld. Und welche andere junge Frau würde einen so alten Mann zum Gemahl nehmen? Baron Wilhelm zählte auch zu Graf Arnulfs Vasallen, und daher würde der Graf Druodas Wahl nicht in Frage stellen.

Druoda lehnte sich zurück und seufzte vor Zufriedenheit. Wilhelm war die Antwort auf alle ihre Fragen, und sie war sehr mit sich zufrieden, denn erst gestern nacht hatte sie ihre Verhandlungen mit ihm zu einem Abschluß gebracht. Wilhelm war von dieser Eheschließung so hingerissen, daß er Brigitte zweifellos verhätscheln würde, und nach vielleicht einem Jahr würde Brigitte ein unseliges Geschick zustoßen, denn es ging nicht an, daß sie Wilhelm überlebte und in eine Lage kam, in der alles bedroht war, wofür Druoda gearbeitet hatte. Druoda hatte sich Mavis' ohne weiteres entledigt, und sie würde auch Brigitte loswerden. Brigitte würde sterben, Wilhelm würde Baron von Louroux werden, und Walafrid würde Seneschall bleiben. Druoda würde bei alldem immer die Herrin von Louroux sein.

»Wann wirst du es ihr sagen, Druoda?«

Bei Hildegards Frage trat ein Lächeln auf Druodas rundes, schwammiges Gesicht. »Heute abend, wenn Brigitte von ihrer Arbeit erschöpft ist.«

»Wie kannst du so sicher sein, daß sie einwilligt? Selbst ich wäre nicht bereit, Wilhelm d'Arsnay zu heiraten.«

»Unsinn«, schalt Druoda. »Er macht vielleicht nicht den günstigsten Eindruck, und vielleicht hat er auch seltsame Vorstellungen, wenn es um Jungfrauen und Söhne geht, aber er ist ein reicher Mann. Du darfst auch nicht vergessen, daß das Mädchen keine Wahl hat.« Hildegard sah ihre Herrin zweifelnd an, und Druoda lachte. »Soll sie doch protestieren. Sie kann nichts gegen diese Eheschließung unternehmen.«

»Und wenn sie fortläuft?«

»Ich habe zwei üble Wichte angeheuert, die sie bis zu ihrem Hochzeitstag bewachen werden. Gestern nacht habe ich die beiden mitgebracht.«

»Du hast aber auch an alles gedacht«, sagte ihre Dienerin bewundernd.

Druoda nickte grimmig. »Das war auch nötig.«

Druoda war mit der breiten Figur ihres Vaters und auch mit dessen Mondgesicht gestraft, wogegen ihre Schwester Leonie mit dem Aussehen ihrer Mutter gesegnet war. Druoda hatte Leonie immer um deren Schönheit beneidet, und als sie sich dann noch mit dem Baron von Louroux verheiratet und somit eine prächtige Partie gemacht hatte, hatte sich Druodas Neid augenblicklich in Haß auf ihre Schwester und deren Mann verkehrt. Da Leonie und ihr Mann inzwischen gestorben waren, fand dieser Haß seine Zielscheibe in Brigitte.

Jetzt würde Druoda das bekommen, was Leonie einst besessen hatte. Sie hatte zwar keinen so schmucken Gemahl, denn Walafrid war ein dürftiges Exemplar Mann, aber das paßte Druoda in den Kram. Sie hatte einen starken Willen und hätte es nicht ertragen, sich von einem Mann beherrschen zu lassen, ganz gleich, von wem. Im Alter von dreiundvierzig Jahren würde sie endlich alles haben, was ihr bisher versagt geblieben war. Wenn Brigitte erst sicher unter der Haube war und ihr nicht mehr im Weg stand, würde

Louroux unter ihrer Herrschaft stehen, und sie würde eine große Dame sein, eine Dame von Reichtum und Einfluß.

Am späten Abend dieses Tages wurde Brigitte in Druodas geräumiges Gemach zitiert, das Zimmer, das einst ihren Eltern gehört hatte. Das breite Bett mit dem Holzgestell war jetzt mit grellroter Seide drapiert, und prunkvolle Sessel waren in dem Raum aufgestellt worden. Die hohen Schränke waren mit den zahlreichen kostbaren Gewändern und Umhängen gefüllt, die Druoda sich hatte anfertigen lassen. Die Holztische waren durch Bronzetische ersetzt worden, von denen viele mit massiven Goldleuchtern geschmückt waren.

Brigitte haßte das Zimmer in seinem jetzigen Zustand, in dem es nur noch Druodas Verschwendungssucht darstellte. Druoda lehnte sich auf majestätisch-erhabene Art auf ihrem Sofa zurück. Ihr derber, massiger Körper war in nicht weniger als drei lose Leinengewänder verschiedener Farbe und Länge gehüllt. Auf die Ärmelaufschläge des obersten Gewandes waren kleine Smaragde aufgenäht. Diese Edelsteine waren seltener als Diamanten und kosteten ein Vermögen. Druodas Gürtel war ebenfalls mit Smaragden besetzt, wie auch das goldene Schmuckstück, das sie in ihrem aufwendig gewellten dunkelbraunen Haar trug. Zweifellos hatte Hildegard ein Brenneisen zum Einsatz gebracht.

Brigitte hatte den ganzen Tag damit verbracht, im Garten des Gutshauses Unkraut zu jäten. Mit dieser Aufgabe waren bisher immer drei oder vier Leibeigene betraut worden, denn sie gehörte zu den Arbeiten, die sie ihrem Herrn schuldig waren, und dennoch hatte sie es ganz allein getan. Sie hatte auch die Kräuter für den Winter eingelegt. Sie war erschöpft und litt vor Hunger an Magenkrämpfen, denn man hatte ihr gesagt, sie dürfe ihre Arbeit nicht unterbrechen, ehe sie fertig sei, und sie war eben erst fertig geworden. Und jetzt saß hier Druoda mit einem Festmahl, das vor ihr auf dem Tisch stand. Es war mehr, als selbst Druoda hätte essen können – saftiges Schweinefleisch, mehrere Sorten frisches Gemüse, Brot, Obst und süße Backwaren.

»Ich würde mich jetzt gern zurückziehen, Druoda«, sagte Brigitte, nachdem ein paar Minuten lang Schweigen geherrscht hatte. »Wenn du mir jetzt bitte sagen würdest, warum du mich hierher gebeten hast...«

»Ja, ich kann mir vorstellen, daß du müde und hungrig bist«, sagte Druoda beiläufig, während sie sich Süßigkeiten in den Mund steckte. »Sag mir, Mädchen, fühlst du dich überarbeitet? Aber nein, gewiß nicht, denn du klagst nie.«

»Druoda, würdest du mir jetzt sagen, warum du mich hast rufen lassen«, sagte Brigitte matt.

»Ich finde, daß deine Sturheit weit genug gegangen ist, findest du nicht?« Druoda wartete keine Antwort ab. »Natürlich findest du auch, daß es reicht. Vergiß den Unsinn mit dem Kloster. Ich habe wunderbare Neuigkeiten, Brigitte.« Druoda lächelte.

»Was für Neuigkeiten?«

Druoda zog die Mundwinkel herunter. »Dein Verhalten mir gegenüber war nicht ganz so, wie es mir wünschenswert erschienen wäre. Aus meiner Herzensgüte heraus habe ich dennoch eine großartige Heirat für dich arrangiert.«

Brigitte war sprachlos. Sie hatte Druoda bereits mehrfach gesagt, daß sie vorläufig nicht heiraten wollte.

»Nun, Mädchen? Hast du dazu nichts zu sagen?«

»Ich hätte nie gedacht, daß du so großzügig bist, Druoda«, sagte Brigitte. Es gelang ihr, einen Tonfall zu finden, der nicht direkt als Sarkasmus ausgelegt werden konnte.

»Ich wußte, daß du dankbar sein würdest, denn dein Verlobter ist ein bedeutender Mann, und es wird dich freuen zu erfahren, daß auch er ein Vasall deines Lehnsherrn, des Grafen Arnulf, ist. Daher wird der gute Mann sicherlich nichts gegen ihn einzuwenden haben. Ja, mein liebes Kind, du hast wirklich Glück.«

Brigitte hielt immer noch mit ihrem Zorn zurück, obwohl ihre blauen Augen gefährlich funkelten.

»Und was ist mit meiner Trauer? Wie kannst du es wagen, mich zu verheiraten, während ich noch um meinen Bruder trauere?«

»Dein Verlobter kann es kaum abwarten, diese Gemeinschaft einzugehen. Er läßt sich nicht abwimmeln. Morgen früh werden wir uns auf den Weg zu seinem Gutshaus machen, um deine Verlobung zu feiern. Es wird doch möglich sein, daß du um Mittag reisefertig und entsprechend angekleidet bist?«

Brigitte zögerte. Die Möglichkeit, das Gut zu verlassen und vielleicht sogar in die Richtung der Burg des Grafen Arnulf zu reisen!

»Das läßt sich machen«, sagte Brigitte ruhig und fügte hinzu: »Aber du hast mir seinen Namen noch nicht genannt.«

Druoda lächelte genüßlich. »Dein Verlobter ist Wilhelm d'Arsnay.«

Brigitte schnappte nach Luft. Druoda weidete sich daran, wie die Farbe aus ihrem Gesicht wich.

»Dein Glück scheint dich zu überwältigen«, sagte Druoda.

»Baron Wilhelm!«

»Ein nobler Mann.«

»Er ist eine fette, abscheuliche, widerwärtige Drecksau!« rief Brigitte unbesonnen aus. »Lieber will ich sterben als diesen Mann heiraten!«

Druoda lachte. »Wie launenhaft du bist! Erst hast du dich für ein Kloster entschieden, und jetzt ziehst du den Tod der Schande vor!«

»Ich meine es so, wie ich es sage, Druoda!«

»Dann muß ich wohl annehmen, daß du dich umbringen mußt«, seufzte Druoda. »Der arme Wilhelm wird sehr enttäuscht sein.«

»Nur weil du es arrangiert hast, brauche ich ihn noch lange nicht zu heiraten. Wenn du darauf bestehst, gehe ich von hier fort. Mir ist ganz gleich, was mir auf der Straße zustößt, denn es kann nicht schlimmer sein, als diesen abstoßendsten Mann von ganz Berry zu heiraten.«

»Ich fürchte, das kommt nicht in Frage. Du glaubst doch nicht, ich würde zulassen, daß dir unterwegs ein Leid geschieht? Ich habe mein Wort darauf gegeben, daß diese Heirat stattfindet, und sie wird stattfinden.«

Brigitte versuchte verzweifelt, sich zusammenzureißen. »Du kannst mich nicht zwingen, diesen ekelhaften Mann zu heiraten, Druoda. Einen entscheidenden Punkt hast zu vergessen. Ganz gleich, ob du ihn ausgesucht hast oder nicht – Graf Arnulf ist immer noch mein Lehnsherr, und er muß deine Wahl billigen. Er würde mich niemals Wilhelm d'Arsnay geben, Vasall oder nicht.«

»Du glaubst, das täte er nicht?«

»Ich weiß, daß er es nicht tut.«

»Du unterschätzt mich, Mädchen«, knurrte Druoda, die sich nicht länger verstellte. Sie beugte sich zu ihrem Opfer vor. »Der Graf wird sich einverstanden erklären, denn er wird glauben, daß *du* dir diesen Ehegatten ausgesucht hast. Es ist nicht ungewöhnlich, daß eine junge Frau sich einen alten Mann zum Gatten wählt, denn sie wird ihn mit Gewißheit überleben und eines Tages die Freiheiten einer Witwe genießen. Und du, mein Kind, hast einen starken Willen und könntest daher diese Freiheit anstreben. Graf Arnulf wird glauben, daß du dich dafür entschieden hast.«

»Ich werde ihm das Gegenteil erzählen, und wenn es sein muß, sogar an meinem Hochzeitstag!«

Druoda schlug sie mit der flachen Hand fest und lustvoll ins Gesicht. »Schluß mit den Zornausbrüchen, Brigitte. Du wirst zu einem

Zeitpunkt heiraten, zu dem Graf Arnulf deine Hochzeit nicht besuchen kann. Wenn du dich mir widersetzt, bin ich gezwungen, rohe Maßnahmen zu ergreifen. Vielleicht ist dir mit einer kräftigen Tracht Prügel Respekt beizubringen. Und jetzt mach, daß du rauskommst. Raus!«

5

Brigitte wurde geweckt, als sie erst wenige Stunden geschlafen hatte. Ehe sie wirklich wach war, teilte ihr die selbstgefällige Hildegard mit, daß sie im Laufe des Tages ihr früheres Zimmer wieder beziehen würde. Wie typisch für Druoda, ihr jetzt wieder ihr Zimmer zu geben – nur um sich auf das Zusammentreffen mit ihrem Verlobten vorzubereiten.

Brigitte brachte fast eine Stunde in einem großen Badezuber zu, um ihre steifen Glieder ein wenig zu lockern. Gegen ihre rauhen Hände, die abgebrochenen und eingerissenen Fingernägel, Indizien für Monate mühsamer Plackerei, ließ sich nichts tun.

Nach dem Bad stellte sie sich vor ihren Kleiderschrank. Nur zwei gute Kleider waren ihr noch geblieben. In einer großen Truhe stand eine kleinere, doch der wertvolle Schmuck, den sie dort aufbewahrt hatte, war verschwunden. Ein Kamm und ein wertloser Spiegel waren die einzigen Gegenstände, die von ihrer prächtigen Kollektion von Schmuckstücken übriggeblieben waren. Als sie unter einen Stapel Baumwollkleider sah, fand Brigitte zwei schlichte Kleider aus edlem, blauem Leinen, die mit Silberfäden bestickt worden waren. Das längere Gewand war ärmellos, denn es war dazu gedacht, unter dem kürzeren anderen Kleid getragen zu werden, das lange, weite Ärmel hatte. Erstaunt stellte sie fest, daß das Mieder des oberen Kleides mit seltenen Saphiren besetzt war. Ihr Vater hatte ihr das Kleid kurz vor seinem Tod geschenkt. Der lange Umhang, der zu diesen Kleidungsstücken gehörte, war mit Fransen aus silbernen Schnüren eingefaßt und paßte farblich zu dem Unterkleid. Der Verschluß bestand aus einem großen Saphir. Warum waren die Edelsteine nicht entfernt worden?

Brigitte konnte es sich nur so erklären, daß diese Kombination übersehen worden war, als sie in die Hütten der Diener gezogen war. Warum sonst hätte sie noch im Besitz so wertvoller Edelsteine sein sollen? Schließlich waren Smaragde und Saphire seltener als

Diamanten und Perlen. Die Saphire konnten ihr unter Umständen sogar die Freiheit erkaufen.

Kurz nach Morgengrauen wurde ein Pferd für Brigitte vor das Gutshaus gebracht. In ihren blauen Gewändern mit dem Fransenumhang, der am Hals zusammengesteckt war, sah sie fast wieder aus wie früher. Sie sah schön und hochmütig aus, und ihr goldenes Haar fiel in zwei langen Zöpfen über ihre Schultern bis auf die Taille herunter.

Druoda war schon aufgestiegen und erwartete sie. Mit ihr waren zwei stämmige Männer gekommen, die Brigitte noch nie gesehen hatte. Sie wurden ihr nicht vorgestellt, und ihre Anwesenheit wurde auch mit keinem Wort erklärt, sondern Druoda ritt ihnen voraus, direkt auf das Tor in der Steinmauer zu, die das Gut umgab. Die Männer ritten zu beiden Seiten von Brigitte.

Erst Stunden später, als sie nur noch eine Meile von Baron Wilhelms Domäne entfernt waren, ließ Druoda ihr Pferd so weit zurückfallen, daß Brigitte sie über die beiden Männer ausfragen konnte. Ihr Verdacht bestätigte sich.

»Die beiden sind da, um dich zu bewachen«, teilte Druoda ihr kurz und bündig mit. »Sie werden dafür sorgen, daß du nicht vor der Heirat verschwindest.«

Brigitte war außer sich. Wie sollte sie entkommen, wenn sie ständig unter Bewachung stand?

Der Rest des Tages verlief nicht weniger trostlos. Sie verbrachten den Nachmittag mit Baron Wilhelm und seiner fettleibigen Tochter. Wilhelm war ein ungeschlachter, dicker Mann, der wesentlich älter als Brigittes Vater war. Sein Kopf war von dünnen grauen Haarbüscheln umgeben. Er war häßlich, hatte eine rote Knollennase und schwarze Triefaugen, die unablässig auf Brigitte gerichtet waren, bis das Festmahl aufgetragen wurde.

Sie speisten im großen Saal, einem Raum, der bis auf die Tische und die Waffen, die die kahlen Steinmauern zierten, öd und schmucklos war. Brigitte brachte keinen Bissen hinunter, und als sie sah, wie die anderen das Essen in sich hineinschlangen, drehte sich ihr der Magen um. Druoda war in guter Gesellschaft; sie befand sich unter ebensolchen Vielfraßen, wie sie selbst einer war.

Als Vorspeise wurden seltene Quallen und würzige Seeigel serviert, die eilig verschlungen wurden. Der Hauptgang, der aus geröstetem Strauß mit süßer Soße, Turteltauben, Hammel und gekochtem Schinken bestand, war ebenso schnell verschwunden. Kuchen und gefüllte Datteln, die in Honig gebacken waren, bildeten den

Abschluß der Mahlzeit; dazu gab es Wein, der mit Myrrhe gewürzt war. Es gehörte sich, daß ein Festmahl sich über Stunden zog, doch dieses dauerte nicht mehr als eine Stunde.

Nach dem Festmahl fürchtete Brigitte, ihr würde übel werden, denn man zwang sie, sich anzusehen, was Wilhelm sich zur Unterhaltung seiner Gäste ersonnen hatte: Ein Wolf wurde auf einen zahmen Hund gehetzt. Brigitte war tierlieb und lehnte solche Darbietungen absolut ab.

Sie rannte aus dem Saal und holte im Hof tief Atem. Es erfüllte sie mit Dankbarkeit, nicht in der Nähe der anderen sein zu müssen. Doch ihre Erleichterung war kurzlebig, denn Wilhelms Tochter folgte ihr und sagte unvermittelt: »Ich bin hier die Hausherrin, und das werde ich auch immer bleiben. Du bist bereits die vierte Kindsbraut, die mein Vater in dieses Haus bringt, und wenn du dir einbildest, du könntest mir die Herrschaft aus der Hand nehmen, wird es dir wie den anderen ergehen – sie sind alle tot.«

Brigitte, die zu sehr zitterte, um antworten zu können, taumelte von ihr hinweg. Bald darauf verließen sie Wilhelms Haus, und Brigitte stammelte ihre Abschiedsworte durch einen Tränenschleier.

Ihr Blick war noch von Tränen getrübt, als sie sich auf den Heimritt machten. Brigittes Wächter hielten sich dicht neben ihr. Wie konnte sie zu dem Grafen Arnulf reiten, wenn die beiden sie nicht aus den Augen ließen?

Aber was hatte sie zu verlieren, wenn sie einen verzweifelten Versuch wagte, auszubrechen, um zu Arnulf zu reiten? Plötzlich wischte sie sich wütend die Tränen aus den Augen und grub dem Pferd ihre Hacken in die Flanken. Im ersten Augenblick vergrößerte sich der Abstand zwischen ihrer Stute und den anderen Pferden wie im Flug, doch ihre Wächter hatten mit einem Fluchtversuch gerechnet und holten sie bereits ein, ehe sie die letzte Hütte aus Steinbrocken in Wilhelms Dorf erreicht hatte.

Sie brachten sie an die Stelle zurück, an der Druoda sie erwartete, und sie wurde mit einem Schlag begrüßt, der sie so unversehens traf, daß sie von ihrem Pferd fiel. Sie fiel atemlos in den Schlamm. Brigitte kochte vor Wut über, aber sie machte ihrem Zorn nicht an Druoda Luft. Sie beherrschte sich so sehr, daß es Druoda erscheinen mußte, als habe Brigitte sich geschlagen gegeben. Sie wischte sich den Schlamm aus dem Gesicht und ließ zu, daß sie grob auf ihre Stute gehoben wurde.

Brigitte kochte innerlich. Sie wartete geduldig darauf, daß die Wachsamkeit ihrer Begleiter nachlassen würde, und achtete sorgsam darauf, vornübergebeugt zu reiten und sich den Eindruck der Unterwürfigkeit zu geben. Doch Brigittes Gefühle waren alles andere als unterwürfig.

Sie war so sehr von ihren Gedanken in Anspruch genommen, daß sie erst merkte, daß die Dunkelheit hereingebrochen war, als die kalte Nachtluft ihre Wangen beißend streifte. Schnell zog sie die Kapuze ihres Umhangs tief in ihr Gesicht. Während sie das tat, musterte sie verstohlen ihre Begleiter und sah, daß nur Druoda dicht neben ihr ritt. Die Wächter waren ein Stück vorausgeritten, um die Frauen vor einem nächtlichen Überfall zu beschützen.

Das war ihre Chance. Wenn Nacht um sie herum war, konnte sie sich im Dunkel verstecken. So nah wie jetzt würde sie dem Grafen Arnulf nicht mehr kommen. Sie umklammerte mit festem Griff die Zügel, ritt dichter an Druoda heran und benutzte die Zügel als Peitsche, mit der sie Druodas Stute einen Hieb versetzte; während das Pferd auf die Wächter zustürmte, wirbelte Brigitte herum und galoppierte in die entgegengesetzte Richtung davon.

Diesmal gelang es ihr, einen Vorsprung herauszuholen, ehe die Wächter die Verfolgung aufnahmen. Nachdem sie eine halbe Meile auf dem Weg zurückgeritten war, drosselte sie die Geschwindigkeit ihres Pferdes und schlug sich seitlich in die Wälder. Dort waren die Schatten pechschwarz und wie geschaffen, um sich zu verbergen. Eilig ließ sie sich von ihrer Stute gleiten und führte das Pferd langsam durch das dunkle Labyrinth. Kurz darauf hörte sie die Wächter, die auf dem Weg ihre Verfolgung aufgenommen hatten.

Sie kannte den Wald, denn sie war oft mit ihren Eltern durch den Wald geritten, wenn sie den Grafen Arnulf besuchten. Auf der anderen Seite des Waldes verlief eine breitere Straße, die Straße, die von Orleans nach Bourges führte, und auf dieser Straße würde sie zu Arnulf gelangen. Sie mußte nur den Wald durchqueren, doch das war kein kleines Kunststück.

Als ihre Angst vor Druodas Wächtern nachließ, nahm sie erschreckt die bedrohlichen Geräusche des Waldes wahr, und Brigitte erinnerte sich an Leandors gruselige Warnungen vor Dieben und Mördern, vor Räuberbanden, die in den Wäldern hausten. Sie beschleunigte ihre Schritte, bis sie fast rannte, und plötzlich stand sie mitten im Wald auf einer Lichtung. Sie geriet in Panik und sah sich rasend vor Angst nach Männern um, die um ein Feuer herumsaßen, denn genau diesen Anblick erwartete sie. Sie atmete erleichtert auf, denn sie stand auf keiner Lichtung, sondern auf der Straße – sie hatte es geschafft, die Straße zu erreichen!

Sie wich in den Schatten zurück und zog ihre Kleider bis auf ein altes wollenes Unterkleid aus. Dann wickelte sie sich ihre übrigen Gewänder um die Taille. Die Kleider waren dünn genug, um nicht sperrig zu sein. Sie hängte sich ihren Umhang wieder um die Schultern, ohne ihn zu verschließen, damit sie ihn eilig entfernen konnte und nur noch die Tracht des Landvolks trug, wenn sie auf andere Reiter stieß.

Sie stieg wieder auf und ritt nach Süden. Sie fühlte sich übermütig und frei. Es würde nicht zu einer Heirat mit Wilhelm kommen. Und auch Druoda würde es nicht mehr in ihrer Nähe geben, denn Arnulf würde Druoda nicht direkt freundlich behandeln, wenn Brigitte ihm erst erzählt hatte, was sie sich in Louroux hatte zuschulden kommen lassen. Brigitte war geradezu heiter, als ihre kräftige Stute Meile um Meile zurücklegte. Jetzt konnte nichts mehr sie aufhalten.

Und doch hielt sie plötzlich etwas auf. Ihr Pferd blieb stehen und bäumte sich auf, und zum zweiten Mal an diesem Tag fand sich Brigitte schweratmend auf dem Boden wieder. Sie rappelte sich so schnell wie möglich auf die Füße, denn sie fürchtete, ihr Pferd würde durchgehen, aber die Stute stand still, und als Brigitte näher herantrat, sah sie den Grund.

»Na, was haben wir denn da?«

Ein Ritter saß pfeilgerade auf seinem Streitroß, einem Pferd, das größer war als jedes andere, das Brigitte bisher gesehen hatte. Der Ritter selbst war recht großgewachsen, mindestens einen Meter achtzig groß, wenn nicht gar größer. In seiner Rüstung bot er einen äußerst beeindruckenden Anblick. Er zog seinen Helm ab und legte einen dichten blonden Haarschopf frei. Die Haare reichten ihm bis kurz unter den Nacken, eine Länge, die für einen Franzosen zu kurz gewesen wäre. Brigitte konnte seine Gesichtszüge nicht klar erkennen.

»Nun, Dirne?«

Seine tiefe Stimme riß sie aus ihrem Staunen heraus. »Ist das alles, was Ihr zu sagen habt, Ritter, nachdem Ihr eine Dame ganz unfein vom Sattel geworfen habt?«

»So, eine Dame?«

Zu spät fiel Brigitte ein, daß sie ihr abgenutztes, bäuerliches Kleid trug. Sie entschied sich, nichts weiter zu sagen. So eilig wie möglich stieg sie wieder auf ihr Pferd und versuchte, die ledernen Zügel aus seinem Griff zu entreißen. Das gelang ihr jedoch nicht, denn er dachte gar nicht daran, seinen eisernen Griff zu lockern.

»Wie könnt Ihr das wagen?« sagte Brigitte erbost. »Ist es noch nicht genug, daß Ihr mein Pferd dazu gebracht habt, mich abzuwerfen? Jetzt wollt Ihr mich auch noch aufhalten?« Er lachte, und sie sagte hochmütig: »Was ist daran so lustig?«

»Mit deinem hochmütigen Gehabe willst du mir weismachen, du seist eine Dame, aber das bist du nicht«, sagte der Ritter spöttisch. Dann fuhr er fort: »Eine Dame, die ganz allein und ohne Begleiter unterwegs ist?«

In Brigittes Kopf drehte sich alles, aber ehe sie eine Antwort gefunden hatte, sagte der Ritter: »Komm mit.«

»Wartet!« rief Brigitte, als er ihr Pferd in die andere Richtung führte und es hinter sich herzog. »Haltet an!« Er schien sie nicht gehört zu haben, und sie warf einen wütenden Blick auf seinen Rükken. »Wohin bringt Ihr mich?«

»Ich bringe dich dorthin, wohin ich unterwegs bin, und dann können dich andere zu deinem Herrn zurückbringen. Ich bin sicher, daß er sich freut, wenn er sein Pferd wieder bekommt. Vielleicht freut er sich weniger über seine Leibeigene.«

»Ihr haltet mich für eine Leibeigene?«

»Für ein Mädchen vom Lande ist dein Pferd zu edel«, fuhr er fort. »Und selbst ein Herr, der für deine Gunst dankbar ist, würde eine Leibeigene nicht mit einem so wertvollen Kleidungsstück beschenken wie dem Umhang, den du trägst.«

»Das ist mein Umhang, und es ist auch mein Pferd!«

»Deine Verschlagenheit ist bei mir vergeudet«, sagte er. »Was du sagst, interessiert mich nicht.«

»Laßt mich weiterreiten.«

»Nein, du hast gestohlen, und ich kann einen Dieb nicht laufenlassen«, sagte er grob und fügte dann hinzu: »Wenn du ein Mann wärst, würde ich dich erstechen, anstatt meine Zeit damit zu vergeuden, daß ich dich zurückbringe. Tisch mir keine Lügen mehr auf.«

Nun, schließlich war noch nicht alles verloren, dachte Brigitte. Wohin er sie auch brachte – man würde sie dort kennen, und dann würde dieser gemeine Ritter seinen Irrtum bemerken. Zumindest würde es ihr irgendwie gelingen, eine Nachricht an den Grafen Arnulf senden zu lassen.

Es verging eine Stunde, dann eine weitere, ehe er von der Straße abbog und die Richtung nach Louroux einschlug. Jetzt fing Brigitte an, sich ernstlich zu fürchten.

Direkt zu Druoda zurückgebracht zu werden – der Gedanke war

unerträglich. Wenn sie es diesmal nicht schaffte, würde sie nie mehr Gelegenheit bekommen zu fliehen.

Brigitte ließ sich lautlos von ihrem Pferd gleiten und entwich eilig in ein kleines Dickicht. Sie stolperte, fiel hin und zerkratzte sich die Handflächen und eine Wange auf dem rauhen Boden. Ihre Wange brannte, und Tränen schossen ihr in die Augen. Sie stand auf und rannte weiter, aber er war direkt hinter ihr und holte sie ein, ehe sie den Wald erreicht hatte.

Als er neben ihr stand, war der Ritter ein ehrfurchtgebietender Anblick, und alles an ihm war so groß, wie es ihr auf den ersten Blick vorgekommen war. Wie sehr sie diesen Mann haßte!

Brigitte fauchte: »Wer seid ihr? Ich will Euren Namen wissen, denn eines Tages werde ich dafür sorgen, daß Ihr für das büßen werdet, was Ihr mir angetan habt!«

»So, was habe ich dir denn angetan?«

»Ihr habt mich nach Louroux gebracht!«

»Ach! So ist das also. Du bist aus Louroux entflohen.« Er lachte.

Brigitte zuckte zusammen. »Und Ihr freut Euch darüber, daß ich Euretwegen leiden werde?«

»Mir ist das gleich.« Er zuckte die Achseln. »Mich geht hier nur das an, was ich mit der Baronin von Louroux zu besprechen habe.«

»Was wollt Ihr von Druoda?« fragte sie, denn sie nahm an, daß er von Druoda sprach.

»Nichts, was dich etwas angeht, Dirne«, antwortete er abfällig.

»Ihr habt mir Euren Namen noch nicht gesagt«, erinnerte sie ihn. »Oder habt Ihr etwa Angst, mir Euren Namen zu nennen?«

»Angst vor dir, Weib?« fragte er ungläubig. »Wenn ich jemals so tief sinken sollte, mir von einer Frau Schaden zufügen zu lassen, dann habe ich das wohl verdient. Roland von Montville, zu Euren Diensten«, sagte er spöttisch.

Als er sie zu ihrem Pferd zog, geriet sie in Panik. Sie drehte sich zu ihm um und stemmte ihre kleinen Hände gegen seine Brust. »Bitte, Baron Roland von Montville, bringt mich nicht nach Louroux. Druoda wird mich einsperren.«

»Einsperren? Für einen Diebstahl hast du eine Tracht Prügel verdient. Die Baronin ist sehr gütig, wenn sie dich nur einsperrt.«

»Ich sage Euch doch, daß ich nichts gestohlen habe!«

»Lügen!« schrie er aufbrausend. »Es reicht. Meine Geduld ist am Ende!«

Er packte ihre Zügel, und sie legten die kurze Entfernung nach Louroux zurück. Hildegard kam ihnen auf dem von Fackeln erleuchteten Hof entgegen, und ihre Augen leuchteten auf, als sie Brigitte und den großen Ritter sah.

»Lernst du denn gar nichts dazu, Mädchen? Meine Herrin war mehr als gütig zu dir, aber ich fürchte, diesmal wirst du für eine Dummheiten bezahlen. Warte in deinem Zimmer auf sie.«

»In welchem Zimmer, Hildegard?« fragte Brigitte mit Schärfe in der Stimme. »In meinem früheren Gemach oder in dem Schuppen, den ich in letzter Zeit bewohnt habe? Du brauchst nicht zu antworten. Ich gehe in die elende Hütte, denn dort werde ich zweifellos noch vor Ende der Nacht landen.«

Roland sah Brigitte kopfschüttelnd nach, als sie stolz durch den Hof schritt und in eine der vielen Hütten der Dienstboten trat. »Bei allen Heiligen«, seufzte er ungläubig. »Ich habe in meinem ganzen Leben noch keine so unverschämte Leibeigene gesehen.«

»Was?« Hildegard sah verwirrt von der Hütte zu ihm.

Roland lachte höhnisch. »Sie hat versucht, mir einzureden, sie sei eine Dame. Aber so leicht lasse ich mich nicht zum Narren halten. Man sollte diese Dirne nicht nur wegen Diebstahls bestrafen, sondern auch noch für ihre Dreistigkeit. Ich schwöre, daß sie nicht so hochmütig wäre, wenn sie mir gehören würde.«

Hildegard hütete ihre Zunge. Es lag auf der Hand, daß der Ritter Baronin Brigitte nur für eine ausgerissene Leibeigene hielt!

»Wollt Ihr nicht eintreten? Die Baronin Druoda wird sich freuen, daß Ihr... ihren Besitz zurückgebracht habt.«

6

Während es sich der Ritter an einem Tisch im großen Saal bequem machte, erklärte Hildegard Druoda eilig das Nötigste. Der Ritter ließ sich das Essen und den Wein schmecken, den man ihm aufgetischt hatte.

Hildegard kicherte und behielt den Gast wachsam im Auge. »Ich habe ihm ein Pülverchen in den Wein geschüttet, das ihm die Zunge lösen wird.«

»Du hast ihm ein Mittel in den Wein geschüttet?«

»Wir müssen schließlich wissen, was er über Louroux gehört hat, oder etwa nicht? Er ist immer noch ganz klar, aber das wird nicht mehr lange dauern. Komm.«

»Ich kümmere mich um den Normannen. Für dich gibt es Wichtigeres zu tun«, sagte Druoda mit einem gehässigen Blick in die Richtung, in der Brigittes Behausung lag. »Es ist dem Mädchen heute fast gelungen zu entkommen – trotz dieser Dummköpfe, die ich eingestellt habe, um das zu verhindern. Wenn der Ritter nicht gewesen wäre, hätte sie es geschafft, und alles, was wir erreicht haben, wäre verloren gewesen. Zehn Peitschenhiebe werden sie zur Vernunft bringen, damit sie es nicht so schnell wieder versucht.«

»Du willst, daß ich sie schlage?«

»Ja, und zwar fest. Vergiß nicht, ihr den Mund zu stopfen. Ich will nicht, daß das ganze Haus davon erfährt, aber ich will, daß sie größtmögliche Schmerzen erleidet, damit sie körperlich nicht mehr in der Verfassung ist, es noch einmal zu probieren. Sorg dafür, daß es keine Striemen gibt. Wilhelm will keine vernarbte Braut.« Druoda lächelte ihre alte Freundin an. »Ich bin sicher, daß es ihm ein Vergnügen sein wird, ihr selbst erst Narben zuzufügen, wenn das, was ich über ihn gehört habe, der Wahrheit entspricht.«

Druoda ging auf den Ritter zu. Er hatte die Augen geschlossen, und sein Kopf war auf eine Weise auf seine Brust gesunken, als kämpfe er darum, sich wach zu halten.

»Ich bin Euch zu Dank verpflichtet«, sagte Druoda herablassend, während sie näher trat.

Er öffnete die Augen, aber es dauerte ein paar Sekunden, bis er seine Orientierung wiedergefunden hatte. Er war ein ausgezeichnet aussehender junger Mann, dessen ungeschliffene Schönheit verblüffend war. Ein ausgeprägtes, aggressives Kinn, bartlos, doch die Stoppeln eines Tages legten einen dunklen Schimmer darauf, eine scharfe Adlernase, Augen von der Färbung eines Saphirs. Ja, er sah wirklich gut aus. »Seid Ihr die Baronin von Louroux?«

»Ja, das bin ich.«

Roland schüttelte den Kopf, um klarer zu sehen, aber das Bild vor seinen trüben Augen änderte sich nicht. Die große, massige Frau schien fast zweimal so alt wie er zu sein, und sie hatte nichts mit dem Bild von Quintin de Louroux' Schwester zu tun, das er vor Augen gehabt hatte. Warum hatte er eine anmutige oder zumindest junge Frau erwartet?

»Ich bringe Euch frohe Nachrichten, gnädige Frau«, stieß Roland mühsam heraus. »Euer Bruder ist am Leben.«

»Ihr müßt Euch irren, Ritter«, erwiderte Druoda knapp. »Ich habe keinen Bruder.«

Roland stand auf. Wieder verschwamm ihm alles vor Augen, und er ließ sich auf die Bank zurückfallen und verfluchte innerlich die Frau, die ihn hatte warten lassen und ihm einen derart starken Wein vorgesetzt hatte. »Ich weiß, daß Ihr Euren Bruder für tot haltet, aber ich bin gekommen, um Euch zu sagen, daß dem nicht so ist. Quintin de Louroux ist quicklebendig.«

»Quintin... lebt!« Druoda sank neben dem Normannen auf die Bank. »Wie... wie ist das möglich?«

»Der Schildknappe Eures Bruders hat ihn zurückgelassen, weil er ihn für tot gehalten hat, aber der Narr hatte es so eilig, dem Kampfgetümmel zu entkommen, daß er sich nicht vergewissert hat. Euer Bruder ist von Fischern aufgefunden und in ihr Dorf mitgenommen worden. Es hat lange gedauert, aber er ist genesen.«

Druoda sammelte eilig ihren Grips zusammen. Es bestand kein Grund zur Panik. Dieser Mann hielt sie offensichtlich für Quintins Schwester.

»Wo ist... mein lieber Bruder im Moment?«

»In Arles. Ich komme gerade von dort. Ich wollte in den Norden reisen, und daher hat er mich gebeten, Euch die Neuigkeiten zu überbringen, da er noch eine Weile aufgehalten wird. Es lag ihm sehr am Herzen, daß Ihr Euch nicht länger als nötig um ihn grämt.«

»Er ist aufgehalten worden? Wann kann ich mit seiner Rückkehr rechnen?«

»In einem Monat, vielleicht auch noch eher.«

Druoda stand auf. »Es war äußerst zuvorkommend von Euch, mir diese freudigen Nachrichten zu überbringen. Ich bin Euch zutiefst dankbar.«

»Ich stehe in der Schuld Eures Bruders, und daher war dies nur ein geringfügiger Gefallen, den ich ihm tun konnte.«

»In seiner Schuld?«

»Euer Bruder hat mir das Leben gerettet.«

Druoda vergeudete ihre Zeit nicht erst damit, die Geschichte aus ihm herauszuholen. »Ihr werdet heute nacht selbstverständlich mein Gast sein. Ich werde euch ein junges Mädchen schicken, damit Ihr Gesellschaft habt.«

Roland unternahm noch einen Versuche aufzustehen, und diesmal gelang es ihm. »Vielen Dank, Baronin.«

Druoda lächelte, wünschte ihm höflich eine gute Nacht und ließ ihn zurück. Wenn Hildegard kam, würde sie ihm seine Unterkunft zeigen.

Sie traf Hildegard im Hof. »Hast du dich mit dem Mädchen befaßt?«

»Hast du denn nicht das Heulen ihres Hundes gehört? Ich bin froh, daß das Vieh eingesperrt war.«

»Verdammt noch mal, Hildegard! Dann weiß jemand, was du getan hast?« fauchte Druoda.

»Nur der Hund mit seinem scharfen Gehör«, versicherte ihr Hildegard. »Sonst war niemand in der Nähe, der mitgehört haben kann, wie sehr sie gelitten hat.« Dann fragte Hildegard: »Was für Nachrichten hat der Normanne überbracht?«

»Die schlimmsten. Eil dich, und bring ihn schnell in eins der Zimmer. Dann kommst du zu mir. Wir haben viel zu tun.«

Hildegard tat, wie ihr geheißen. Sie fand Druoda in ihrem Zimmer vor. Druoda ging unruhig auf und ab.

»Was ist passiert?«

»Quintin ist am Leben.«

»O nein!« rief Hildegard aus. »Er wird uns umbringen!«

»Schweig, Frau!« krächzte Druoda. »Ich töte nicht zum erstenmal. Wenn es sein muß, werde ich es wieder tun, um das zu behalten, was ich errungen habe. Ich will mir nicht alles wegnehmen lassen. Mein Neffe wird in wenigen Wochen kommen, oder zumindest sagt der Normanne das.«

»Wenn er zurückkommt, wird Brigitte ihm alles erzählen«, schrie Hildegard.

»Sie wird nicht hier sein, um es ihm zu erzählen«, sagte Druoda mit fester Stimme. »Ich werde sie zu Baron Wilhelm bringen, damit sie die Heirat dort erwartet. Dann werde ich mit der Nachricht von Quintins Tod zum Grafen Arnulf gehen. Wir werden dafür sorgen, daß Brigitte vor Quintins Rückkehr verheiratet ist. Und wenn alles nach meinem Wunsch verläuft, wird er ohnehin nie zurückkehren«, sagte sie grimmig.

7

Brigitte lag regungslos auf ihrem Strohsack und ließ den Tränen freien Lauf, aber beim Weinen spannten sich ihre Muskeln an, und die leiseste Bewegung verursachte ihr Qualen.

Sie konnte immer noch nicht glauben, was man ihr angetan hatte. Sie hatte gerade ihre schmutzigen Kleider gewaschen, als Hildegard mit den beiden Wächtern in ihr Zimmer gestürmt war. Sie zogen ihr das abgenutzte Kleid aus und knebelten sie. Sie fand nicht einmal die Zeit, sich gedemütigt zu fühlen, weil sie vor den beiden Männern entblößt war, denn schon im nächsten Augenblick wurde sie mit dem Gesicht nach unten auf ihre Matte geworfen und von den Wächtern festgehalten. Dann setzte der Schmerz ein, als Hildegard den Lederriemen durch die Luft sausen ließ. Es war, als züngelten Flammen über ihren Rücken, wenn der Riemen sie traf, und ihr blieb nichts anderes übrig, als gegen den Knebel in ihrem Mund anzuschreien. Ehe sie den letzten Schlag spürte, verlor sie das Bewußtsein, und als sie wieder zu sich kam, war sie immer noch nackt, aber allein.

Sie fing wieder an zu weinen, aber nur für einen Moment. Sie durfte nicht aufgeben! Sie mußte sehen, daß sie die Kleider mit den aufgenähten Saphiren wieder an sich brachte und sich ein paar Lebensmittel beschaffte. Selbst jetzt war sie vor Hunger geschwächt, denn sie hatte den ganzen Tag lang keinen Bissen gegessen. Sie mußte sich zwingen, von dem Strohsack aufzustehen und noch einmal zu versuchen, davonzulaufen. Diesmal konnte sie Wolff mitnehmen.

Roland warf sich im Schlaf ruckartig von einer Seite auf die andere, denn ein Traum, der, so weit er zurückdenken konnte, immer wiederkehrte, plagte ihn. Träume konnten genüßlich oder beunruhigend sein, und manche waren sogar erschreckend, aber diesen Traum verstand Roland überhaupt nicht. Der Traum ereilte ihn nicht oft, zumindest nicht mehr so häufig wie in seiner Jugend, aber dieser Traum wiederholte sich immer, wenn er Sorgen hatte.

Der Traum begann immer mit einem Gefühl der Zufriedenheit. Und dann kamen Gesichter aus dem Dunkel, das Gesicht eines jungen Mannes und dann das Gesicht einer jungen Frau, Gesichter, die Roland nur aus diesem Traum kannte. Die Gesichter rückten zusammen und blickten von hoch oben auf ihn nieder, doch Roland hatte sich nie vor ihnen gefürchtet. In diesen Gesichtern stand eine solche Wärme und ein solches Glück, ein Glück, das er in seinem ganzen Leben nie erfahren hatte. Aber dann kam etwas, was dieses Glücksgefühl vertrieb, doch er wußte nie, was es war. Die Gesichter verschwanden, und an ihre Stelle traten kurz aufflakkernde Bilder, die ihm immer das Gefühl der Trostlosigkeit vermittelten. Roland erwachte jedesmal mit dem Gefühl, einen entsetzlichen Verlust erlitten zu haben, ohne zu wissen, was er verloren hatte.

Genauso war es diesmal. Er warf sich so wild herum, daß er auf dem Fußboden landete und abrupt erwachte, doch der Traum stand noch lebhaft vor seinen Augen.

Roland zog sich wieder ins Bett und schüttelte den Kopf. Ganz gleich, wie lange er geschlafen haben mochte – es war nicht lange genug, um die Wirkung des Weins aus seinem Körper zu vertreiben.

Er konnte Wein ohnehin nicht ausstehen. Warum im Namen aller Heiligen hatte er nicht um Bier gebeten? Immer noch benommen, stand er taumelnd von dem Strohsack auf und wankte in den dunklen Korridor. Langsam bewegte er sich durch den Gang. Aus der Eingangshalle im unteren Geschoß drang ein schwacher roter Lichtschimmer die Treppe herauf, und an den Wänden tanzten Schatten. Es dauerte eine Weile, bis er seine Orientierung wiedergefunden hatte. Dann blickte er in beide Richtungen, um zu sehen, ob jemand in der Nähe war. Er brauchte dringend ein Bier, um einen klaren Kopf zu kriegen.

Brigitte hielt den Atem an und preßte sich mit dem Rücken an die Wand. Sie stand kaum mehr als einen Meter von ihm entfernt. Würde er sie im Dunkeln erkennen? Sie wollte weglaufen, aber ihre Beine versagten ihr den Dienst. Ihr Rücken schmerzte immer noch, und wenn sie jetzt weglief, mußte sie ohne Wolff, ohne ihre Kleider und ohne ein Pferd gehen. Das einzige, was ihr bisher gelungen war, war, ein paar Lebensmittel zu besorgen, die sie in eine kleine Tasche gesteckt hatte. Sie blieb stocksteif stehen und wagte kaum zu atmen.

Roland sah sie, und obwohl er sie im Dunkeln nicht erkannte, sah er das lange flachsblonde Haar. Er kam auf sie zu. Schlagartig dachte er nicht mehr an Bier. Wenn er schon kein Bier bekam, das für einen klaren Kopf hätte sorgen können, konnte er zumindest die Nacht mit der hübschen jungen Frau verbringen, die Druoda ihm offensichtlich geschickt hatte. Schließlich war es nur höflich, dafür zu sorgen, daß ein Gast Gesellschaft hatte, und dieses Mädchen, das eher abgeneigt wirkte, sich zu ihm zu gesellen, würde er schnell aufwärmen.

Wortlos zog Roland sie in sein Zimmer und schloß die Tür. Er ließ sie nicht los, weil er fürchtete, er könnte sie im Dunkeln aus den Augen verlieren. Doch als er hörte, daß sie weinte, lockerte er seinen Griff.

»Ich werde dir nicht weh tun«, sagte er zart. »Ich füge niemandem grundlos Schmerzen zu. Du brauchst dich nicht vor mir zu fürchten.«

Roland war noch so benommen, daß er nicht merkte, wie schludrig er sprach und daß sein Französisch mit der altnordischen Sprache durchsetzt war, die sein Vater ihn vor langer Zeit gelehrt hatte.

»Ist es meine Größe, die dich erschreckt?« fragte er, während er auf die kleine Gestalt hinunterblickte. »Ich bin auch nicht allzu anders als andere Männer.« Als er auf sie hinuntersah, erkannte er sie plötzlich.

»Verfluchtes Weib, du stellst meine Geduld auf eine harte Probe. Hast du mir heute nicht schon genug Ärger gemacht? Ich werde dir nicht mehr gut zureden, sondern dich zu dem Zweck nutzen, zu dem deine Herrin dich geschickt hat, und dann bin ich fertig mit dir!«

Von dem Moment an, als er angefangen hatte zu sprechen, stand Brigitte Todesängste aus, denn Druodas Zimmer lag direkt gegenüber, und sie war sicher, daß Druoda jedes Wort hören würde. Sie verstand allerdings nicht, was er sagte. Er war offensichtlich betrunken und sprach unklar, aber er benutzte auch Worte aus einer anderen Sprache. Sein Tonfall war barsch, und dadurch wurde ihr klar, daß ihre Pläne wieder durchkreuzt wurden. Heute nacht konnte sie nicht entkommen.

Ihr Schweigen erklärte sich Roland damit, daß sie sich beruhigt hatte, und er fing an, an seinen Kleidern herumzufummeln. Doch der Wein war ihm nicht nur auf den Kopf geschlagen. Er verspürte keine Begierde. Daher näherte er sich der Frau spielerisch. Er zog sie auf den Strohsack, öffnete ihren Umhang und war keineswegs erstaunt, sie nackt darunter vorzufinden. Seine Finger berührten die zarte Haut ihrer Schenkel und das Warme zwischen ihren Beinen. Er setzte seine Erkundigungen auf grobe Weise fort, und seine Finger wandten sich ihren Brüsten zu. Sie waren üppig, voll und reif zum Auspressen. Am kommenden Morgen würden sie blaue Flecken aufweisen, Zeichen der Kraft, die Roland einsetzte, ohne sich dessen bewußt zu sein.

Aber er tat Brigitte nicht weh. Nichts konnte ihr mehr weh tun. Sie war in dem Augenblick ohnmächtig geworden, in dem ihr Rükken mit brutaler Kraft auf dem Strohsack landete. Sie war nackt unter dem Umhang gewesen, weil ihr Rücken nicht einmal die Berührung mit einem Kleidungsstück ertragen konnte. Selbst den Umhang hatte sie kaum tragen können. Die Berührung ihres pochenden Rückens mit dem rauhen Strohsack war unerträglich gewesen.

Doch Roland wußte nicht, daß sie das Bewußtsein verloren hatte. Er merkte auch nicht, daß seine Bewegungen immer langsamer wurden und daß er am Einschlafen war. Sobald er sich in die richtige Lage gebracht hatte, um zuzustoßen, sackte Roland ermattet auf ihr zusammen.

8

Früh am nächsten Morgen klopfte Hildegard an die Tür des Normannen, denn sie wollten den Ritter möglichst schnell wieder loswerden. Im nächsten Augenblick ertönte aus dem Zimmer ein furchterregender Schrei, und Hildegard riß eilig die Tür auf.

»Gott im Himmel!« keuchte sie, als sie Brigitte unter dem Normannen auf dem Strohsack liegen sah. Beide Körper waren nackt und miteinander verschlungen. »Dafür wird Druoda jemanden umbringen!«

Sie eilte aus dem Zimmer, und Brigitte und Roland blieben liegen und sahen einander bestürzt und verlegen an.

Brigitte stieß ihn von sich und stöhnte, als sich ihr Rücken gegen die Matratze preßte. Der Schmerz war nicht mehr ganz so schlimm, aber ihr Rücken war noch wund. Sie war Druoda immer noch nicht entkommen, und dieser Mann hatte sie jetzt schon zum zweitenmal aufgehalten.

Alles, was ihr gestern zugestoßen war, war an sich schon schrecklich genug, und jetzt schien es, als sei sie obendrein auch noch vergewaltigt worden. War jemals eine Frau so verflucht gewesen, wie sie es war? Vergewaltigt, aber Gott sei Dank war sie ohnmächtig geworden und konnte sich nicht an den Vorfall erinnern. Für diese eine Gnade war Brigitte dankbar.

Roland stand wortlos auf und zog sich eilig an. Er konnte es nicht lassen, auf den nackten Körper herunterzublicken, der sich so warm gegen seinen Körper gepreßt hatte. Es war angenehm gewesen, neben ihrem Körper zu liegen, aber mehr Gutes ließ sich nicht über sie sagen. Sie war schmutzig und besudelt. Ihr Alter konnte er nicht schätzen, aber ihr Körper war fest, und sie hatte ein reizend geschnittenes Gesicht. Ihm fiel wieder ein, daß ihre Stimme jung und wohltönend war, aber an viel mehr konnte er sich nicht erinnern. Peinlich berührt wandte er sich vor ihrem abschätzenden Blick ab.

Brigitte räusperte sich. »Wißt Ihr eigentlich, was Ihr mir angetan habt?«

»Ich weiß es«, antwortete Roland mit heiserer Stimme. »Was macht das schon aus?« fuhr er selbstsicherer fort, während er sein Schwert umhängte. »Ich kann nicht direkt behaupten, daß es mir Vergnügen bereitet hat. Offen gestanden erinnere ich mich gar nicht mehr daran, dich genommen zu haben.«

Sie war nicht sicher, ob sie ihn richtig verstanden hatte. »Nicht erinnern?«

»Ich war betrunken«, sagte er platt, da ihm nichts anderes übrigblieb, als die Wahrheit einzugestehen.

Sie fing an, leise vor sich hin zu weinen, und Roland sah sich um, als suche er Hilfe. Er warf einen sehnsüchtigen Blick auf die Tür, aber in dem Moment fing sie an zu lachen, und er wandte sich wieder zu ihr zum. »Bist du verrückt, Dirne?« Seine Stimme klang bestürzt.

»Vielleicht bin ich Euch meinen Dank schuldig. Was bedeutet Schande schließlich im Vergleich zu dem, wovor Ihr mich bewahrt habt? Baron Wilhelm wird mich nicht mehr wollen, nachdem ich von einem betrunkenen Ritter vergewaltigt worden bin.«

Roland konnte nichts darauf antworten, denn in dem Moment stürzte Druoda ins Zimmer. Hildegard folgte ihr auf den Fersen. Druoda war wutentbrannt und ließ ihre Tobsucht an Brigitte aus.

»So! Es ist also wahr! Du hast die Pläne, die ich mit dir gehabt habe, zu Fall gebracht, indem du dich diesem Mann hingibst!« kreischte Druoda. »Das wirst du ein Leben lang bereuen, Brigitte!«

»Ich habe mich ihm nicht *hingegeben*, Druoda«, sagte Brigitte mit fester Stimme. »Er hat mich in sein Zimmer gezerrt und mich vergewaltigt.«

»Was?« schrie Druoda, deren Gesicht dunkelrot angelaufen war.

Brigitte stand langsam auf und hielt züchtig ihren Umhang vor sich. Sie wandte sich an Roland. »Sagt Ihr, wie es kommt, daß ich hier bin.«

Roland sah erst Brigitte genau an, dann Druoda. Er merkte allmählich, daß er einen Fehler gemacht hatte, in der letzten Nacht von falschen Voraussetzungen ausgegangen war. Da er nicht zu der Sorte Mensch gehörte, die anderen die Schuld zuschieben, gab er zu: »Es ist so, wie das Mädchen sagt. Ich habe sie vor meiner Zimmertür gefunden und angenommen, sie sei mir zugedacht. Es ist üblich, daß Gastgeber mir eine...«

»Aber was hattest du hier zu suchen?« schrie Druoda, und Brigitte ließ sich schnell eine halbe Wahrheit einfallen.

»Ich wollte mir etwas zum Essen holen, weil ich gestern fast nichts gegessen habe.«

»Essen?« Es fiel Druoda schwer, all das zu glauben.

Brigitte deutete auf den Fußboden. »Da ist es, in der Tasche. Dort habe ich sie gestern fallen lassen.« Sie betete, Druoda möge nicht in die Tasche schauen, denn die Menge der Lebensmittel war wesentlich größer als das, was Brigitte für eine Mahlzeit gebraucht hätte.

Druoda interessierte sich im Moment nicht für Nebensächlichkeiten.

»Warum hast du nicht geschrien, Brigitte? Du wolltest, daß er dich nimmt, damit ich meine Pläne mit dir nicht in die Tat umsetzen kann!«

»Nein, das stimmt nicht!« schrie Brigitte entsetzt und empört zugleich.

»Warum hast du dann nicht um Hilfe geschrien?«

Brigitte senkte den Kopf und flüsterte zaghaft: »Weil ich ohnmächtig geworden bin.«

Roland brach in Gelächter aus. »Wenn sich das Mädchen an nichts erinnern kann, ist niemandem ein Leid geschehen, Baronin. Seht Ihr, es ist, als sei nie etwas geschehen.«

»Kein Leid!« schrie Druoda. »Sie war Jungfrau ... und sie war einem anderen versprochen.«

»Jungfrau?« keuchte Roland. Auf diese Idee war er offensichtlich nicht gekommen, und er hätte es auch nicht gemerkt.

Zum Teufel, er hatte sich in eine beachtliche Klemme gebracht.

Ehe er sich von seinem Schock erholt hatte, fragte Druoda: »Wie konntet Ihr das übersehen?«

»Ich war zu ... zu betrunken, um es zu merken!« sagte Roland barsch. Er war schrecklich wütend auf sich.

»Das ändert nichts an dem, was Ihr getan habt«, ächzte Druoda bitter.

Sie ging im Raum auf und ab, ohne die anderen zu beachten. Sie hätte das Mädchen längst töten sollen, aber dazu war es jetzt zu spät, denn wenn sie verschwand, würde der enttäuschte Bräutigam Fragen nach ihrem Verbleib stellen. Was sollte überhaupt mit ihm geschehen? Jetzt würde er Brigitte nicht mehr heiraten, denn er wollte nur eine Jungfrau haben.

Trotzdem mußte sie Brigitte loswerden, und zwar schnell, nämlich vor Quintins Rückkehr.

»Druoda«, flüsterte Hildegard, die neben ihr stand. »Gib sie dem Ritter, und alle Probleme sind gelöst.«

»Aber wie?«

»Er hat sie offensichtlich für eine Leibeigene gehalten und muß immer noch daran glauben. Schick sie mit ihm fort.«

»Sobald sie wieder allein sind, wird sie abstreiten, eine Leibeigene zu sein«, flüsterte Druoda zur Antwort.

»Das hat sie wahrscheinlich längst getan, aber er hat ihr nicht geglaubt. Er hält sie für eine Diebin und Lügnerin, und du mußt ihn nur in seinem Glauben bestätigen. Beschimpfe sie als Lügnerin. Bring alles vor, was sein muß, damit er sie mitnimmt und sie nicht wieder zurückbringt.«

»Hildegard, du bist eine Perle!« zischte Druoda fröhlich.

»Als erstes sorgst du dafür, daß er schnell den Raum verläßt, damit er nicht bemerkt, daß auf dem Strohsack keine Blutspuren sind.«

»Wieso?«

»Es sieht so aus, als sei das nicht Brigittes erstes Techtelmechtel.«

Druoda blieb stocksteif stehen. Der Zorn wütete in ihr. Brigitte hatte sie alle zum Narren gehalten. Druoda nahm an, daß sie sich glücklich schätzen konnte, weil es zu diesem Vorfall gekommen war, denn Wilhelm d'Arsnay hätte die Eheschließung für nichtig erklärt, sobald er die Wahrheit über seine Braut herausgefunden hätte. Hildegards Vorschlag war perfekt. Brigitte würde ein Leben als Leibeigene führen, und der Normanne würde sie mitnehmen.

»Geh in mein Zimmer, Brigitte, und warte dort auf mich«, fauchte Druoda.

Brigitte riß den Kopf hoch. »Und was wird aus ihm?«

»Tu, was man dir sagt«

Ohne noch länger zu zögern, hob Brigitte ihre Tasche mit den Lebensmitteln vom Fußboden auf und verließ mit steifen Schritten den Raum.

Druoda folgte ihr bis zur Tür und blieb dort stehen, bis die Neugier des Ritters die Oberhand über sein Schweigen gewann.

»Was habt Ihr mit ihr vor?«

Druoda ging nicht auf seine Frage ein, sondern sah sich auf anmaßendste Weise im Zimmer um. Dann sah sie den Ritter angewidert an. »Hier stinkt es nach Wollust«, sagte sie mit angeekelter Stimme. Dann verließ sie wortlos den Raum.

Roland lief ihr nach und holte sie am unteren Treppenabsatz ein. »Ich habe Euch gefragt, was Ihr vorhabt. Ich weiß, daß das Mädchen andere Fehler hat, aber in dem Fall kann man ihr nicht die Schuld geben. Tut ihr nichts.«

»Ich weiß, wen die Schuld trifft«, sagte Druoda langsam und verdammte ihn mit ihren Blicken für die Tat.

»Es war ein Irrtum, Baronin. Ihr habt mir ein Mädchen für die Nacht versprochen, es sei denn, ich erinnere mich nicht richtig.«

Druoda seufzte unduldsam. »Ihr hättet auf das Mädchen warten sollen, das ich Euch zugedacht habe, statt eine andere zu nehmen, deren einziger Wert in ihrer Unschuld bestanden hat.«

»Der Wert einer Leibeigenen errechnet sich nicht nach ihrer Tugendhaftigkeit.«

»In dem Fall schon. Sie ist eine Geschichtenerzählerin – eine Lügnerin, um es deutlich zu sagen.«

»Was habt Ihr mit ihr vor?«

»Nichts. Sie gehört jetzt Euch, und Ihr habt meinen Segen.«

Roland schüttelte langsam den Kopf. »Nein, Baronin, ich will sie nicht haben.«

»Ihr scheint sie letzte Nacht sehr wohl gewollt zu haben«, erinnerte sie ihn mit schneidender Stimme. »Ich habe weit von hier einen Baron gefunden, der sie nur wegen ihrer Unschuld haben wollte. Das geht jetzt nicht mehr, aber ich will sie hier nicht haben. Wenn Ihr sie nicht mitnehmt, werde ich sie steinigen lassen, weil Ihr eine Hure aus ihr gemacht habt. Als ihre Herrin steht mir das Rechtens zu.«

»So etwas könntet Ihr doch sicher niemals tun.«

»Ihr versteht das nicht.« Druoda dachte in Windeseile nach. »Das Mädchen war die große Schwäche meines Bruders. Er war in sie verliebt und hat sie wie eine Dame behandelt. Daher macht sie soviel Ärger. Sie hält sich für etwas Besseres. Sie ist als Leibeigene geboren, aber die Aufmerksamkeiten meines Bruders sind ihr zu Kopf gestiegen.«

»Wenn Euer Bruder sie liebt, dann sollte sie bei seiner Rückkehr hier sein.«

»Und sofort von ihr erfahren, daß der Mann, den er in gutem Glauben hierhergechickt hat, sie vergewaltigt hat? Er hat sie für sich selbst aufgehoben«, sagte Druoda verschlagen. »Wenn es um das Mädchen geht, ist Quintin nicht zurechnungsfähig. Ich wollte Euch das nicht sagen, weil es mir peinlich ist, aber mein Bruder hat erwogen, sie zu heiraten. Ich muß dafür sorgen, daß sie aus dem Haus kommt. Wenn das Mädchen bei seiner Rückkehr noch hier ist, kann mir passieren, daß er eine Leibeigene heiratet. Ihr nehmt sie mit und sorgt dafür, daß sie nie hierher zurückkehrt, oder ich bringe sie um.«

Roland war in einer aussichtslosen Lage. Er hatte eine Dienerin auf dem Hals, die er nicht gebrauchen konnte und die ihm auf seiner Rückreise nur hinderlich sein konnte, doch er hatte keine Wahl. Er konnte nicht zulassen, daß das Mädchen starb.

»Ich werde mein Pferd satteln, Baronin«, sagte er zähneknirschend. »Laßt das Mädchen zum Stall schicken, ich nehme sie mit.«

»Laßt Euch nicht verdrießen, Ritter. Ich bin sicher, daß Ihr mehr Glück habt als ich und ihren Hochmut brechen werdet, und wenn sie erst gezähmt ist, wird sie Euch von Nutzen sein.«

Als sie sah, daß Roland keineswegs besänftigt war, fügte Druoda hinzu: »Es tut mir wirklich leid, daß Euer Besuch bei uns so enden mußte. Ich möchte Euch noch einen Rat geben. Ihr werdet Euch viel Ärger sparen, wenn Ihr dem Mädchen nicht erzählt, daß ihr Herr noch am Leben ist.«

»Wieso?«

»Sie hält Quintin für tot. Wenn sie wüßte, daß er noch am Leben ist, täte sie alles, um ihn zu finden. Wenn Ihr ihn als Freund betrachtet, solltet Ihr ihm das ebensowenig wünschen wie ich.«

Roland stöhnte. Das konnte ja nett werden, wenn Quintin erfuhr, daß Roland das Mädchen beschlafen hatte, das er hatte heiraten wollen, ob Leibeigene oder nicht.

»Ihr habt mein Wort. Sie wird nie zurückkehren.«

Sobald Roland gegangen war, rief Druoda Hildegard zu sich. Die Heiterkeit der beiden kannte keine Grenzen.

»Geh zu Brigitte und hilf ihr, ein paar Sachen einzupacken. Sie soll ihren neuen Herrn im Stall treffen. Er wartet dort auf sie, aber bestimmt nicht allzu lange. Also sorg dafür, daß sie sich eilt.« Druoda strahlte.

»Und was ist, wenn sie nicht mitgehen will?« fragte Hildegard.

»Sag ihr, daß ich auf die Vormundschaft verzichte. Darüber wird sie so froh sein, daß sie sich glücklich schätzt, bis es zu spät ist. Erklär ihr, daß der Normanne bereut, was er getan hat, und daß er darauf beharrt, sie sicher zum Grafen Arnulf zu geleiten, der gerade den Herzog von Maine besucht.«

»Aber Arnulf ist nicht verreist.«

»Natürlich nicht, aber solange sie es glaubt, wird sie sich nicht über die Richtung wundern, die der Normanne einschlägt, bis sie nach Maine kommen. Und wenn sie erst so hoch im Norden ist, gelingt es ihr kaum, allein nach Berry zurückzukommen – selbst dann nicht, wenn sie dem Normannen ausreißt.« Druoda lächelte. Endlich lief wieder alles glatt.

9

Brigitte näherte sich zaghaft dem Stall. Es erschien ihr höchst befremdlich, Louroux bei Tageslicht zu verlassen, statt sich nachts davonzuschleichen. Natürlich war das Wunder nicht vollkommen. Sie konnte weggehen, aber sie mußte mit dem Mann gehen, der sie genommen hatte, einem Mann, den sie haßte und der sie bis ins Intimste kannte, wogegen sie absolut nichts von ihm wußte. Sie empfand eine Demütigung, die sie nie zuvor gekannt hatte, doch merkwürdigerweise empfand sie zugleich eine tiefe Dankbarkeit.

Als sie in den Stall trat, sah sie ihn neben seinem großen grauen Roß stehen. Der Hengst sah bei Tageslicht nicht allzu freundlich aus, und mit seinem Reiter war es nicht besser. Rolands dunkelblaue Augen glühten zornig auf, als sie näher trat.

»Habe ich Euch warten lassen?« fragte sie furchtsam.

Roland riß sich zusammen. »Mach, daß du aufsteigst«, sagte er seufzend.

Brigitte wich vor ihm zurück. »Auf Euer Pferd? Ich werde auf meinem eigenen Pferd reiten.«

»Bei Gott, du wirst dich auf dieses Pferd setzen, oder ich lasse dich hier!«

Sie hierlassen? Das konnte sie nicht riskieren.

»Dann bitte ich Euch inständigst, hinter Euch sitzen zu dürfen«, sagte sie vorsichtig, denn sie dachte an ihren wunden Rücken.

»Und wohin willst du dein Bündel tun?« fragte er ungeduldig.

»Zwischen uns beide.«

»Ha! Du traust mir nicht und willst mir nicht zu nahe kommen?«

»O nein«, sagte sie eilig. »Ihr habt gesagt, das, was in der Nacht passiert ist, sei ein Irrtum gewesen, und ich glaube Euch.«

»Darauf kannst du wetten. Ich will willige Frauen – und mit Sicherheit reizvollere als dich«, sagte er grob. Er warf einen Blick auf ihren schmutzigen Umhang und ihr verfilztes langes Haar.

Brigitte war getroffen, und in ihre hellblauen Augen traten Tränen. Er hatte nicht das Recht, sie zu beleidigen, aber sie mußte von hier fort sein, ehe Druoda es sich anders überlegte.

Roland wandte sich von ihr ab und stieg auf sein gewaltiges Pferd. Dann streckte er eine Hand aus, um Brigitte beim Aufsteigen zu helfen. Sie nahm seine Hand, aber als sie seinen wütenden Blick sah, ließ sie sie wieder los.

»Wenn Ihr soviel gegen mich habt, warum nehmt Ihr mich dann mit?« fragte sie schlicht.

»Mir bleibt nichts anderes übrig.«

So verhielt es sich also. Brigitte fühlte sich elend. Hildegard hatte gelogen – er wollte sie gar nicht mitnehmen. Druoda besaß die Begabung, anderen Menschen ihren Willen aufzuzwingen. Sie hatte mehr denn je das Gefühl, jemandem zur Last zu fallen, aber sie hatte keine andere Möglichkeit, als mitzugehen.

Sie griff wieder nach seiner Hand, und er hob sie mühelos auf den Rücken des Pferdes. Seine eigenen Vorräte hingen in Bündeln zu beiden Seiten des großen grauen Rosses. Daher saß sie sehr unbequem, und als sie ihre Habe zwischen sich und ihn gepreßt hatte, wurde es nur um so schlimmer.

Sie machte es sich so bequem wie möglich und zog ihre Röcke so weit wie möglich nach unten, aber die Röcke reichten nicht annähernd weit genug, wenn sie rittlings auf dem Pferd saß. Sie richtete sich langsam auf, denn ihr Rücken tat immer noch bei jeder Bewegung weh. Sie war bereit und wartete darauf, daß Roland losreiten würde, aber er schien ebenfalls zu warten. »Was ist?« fragte sie zögernd, als er keine Anstalten machte, loszureiten. »Ich bin soweit.«

Er seufzte. »Bist du so unwissend, wie du tust, oder willst du mich absichtlich provozieren?«

»Wieso provozieren?«

»Du mußt dich an mir festhalten, Kleine, oder du fällst in den Staub.«

»Oh!« Brigitte wurde rot, und sie war froh, daß er sie nicht sehen konnte. »Aber ich kann mich nicht an Euch festhalten. Mein Kleiderbündel ist im Weg.«

»Halt dich an meinem Halsberg fest«, sagte er barsch. Dann warf er einen Blick über seine Schulter und sagte noch unfreundlicher: »Ich warne dich. Laß nicht los. Wenn du runterfällst und dir etwas brichst, kann ich mich davon nicht aufhalten lassen.«

»Und wenn meine Verletzungen mir das Reiten unmöglich machen?« fragte sie schockiert.

»Dann mache ich deinem Elend ein Ende.«

Sie keuchte. »Ich bin doch kein Tier, das man verenden läßt, wenn es sich verletzt!«

»Stell das lieber nicht auf die Probe.«

Brigitte war so schockiert, daß sie nichts mehr zu diesem Thema zu sagen hatte. Mit großem Widerwillen griff sie nach seinem Kettenhemd. Im selben Moment ritt er los. Er ritt geschwind durch das offene Tor und ließ das Dorf hinter sich. Da sie sich festhalten mußte, konnte sie den Leibeigenen nicht winken, die ihr zuwinkten, als sie vorbeigaloppierten.

Roland legte Geschwindigkeit zu, als sie die Straße erreicht hatten. Er schien dieses Gebiet ebenso eilig verlassen zu wollen wie sie. Sie fühlte sich besser, als er sich nach Norden wandte, denn Maine lag im Norden.

Es war sehr bedauerlich, daß Arnulf sich nicht in Berry aufhielt, denn je weniger Zeit sie mit diesem Ritter verbrachte, desto besser. Maine war viele Tagesritte entfernt, und daran konnte sie nichts ändern.

Es würde ihr guttun, Arnulf wiederzusehen. Der alte Ritter war wirklich ein prächtiger Bursche, und Brigitte ließ sich nicht von seiner rauhen Art einschüchtern, denn sie wußte, daß er ein weiches Herz hatte. Er würde Quintins Tod beweinen, und sie wünschte, nicht sie müsse ihm diese Nachricht überbringen, denn sie wußte, daß sie Quintins Verlust noch einmal mit voller Macht empfinden würde.

Die Straße führte durch ein Tal, in dem im Sommer und im Herbst Getreide wuchs. Vor ein paar hundert Jahren waren Zypressen zum Schutz gegen den Wind angepflanzt worden, denn das Tal hatte keinen eigenen Baumbestand. Die Zypressen waren jetzt schief und knorrig und verliehen dem Rhonetal ein düsteres, geheimnisvolles Aussehen.

Während Brigitte sich auf ihr Wiedersehen mit Arnulf freute, brütete Roland vor sich hin. Sein Zorn wuchs ständig an. Die unerwünschte Last hinter ihm würde ihn Zeit kosten, und er würde nichts als Gegenleistung bekommen, denn er wollte nichts von ihr. Auf dem Weg würde er Nahrung kaufen oder jagen müssen, und die Schiffahrt auf der Loire zwischen Orleans und Angers würde er für sie bezahlen müssen.

Das schlimmste war, daß sie ihn aufhalten würde, denn das zusätzliche Gewicht war eine Last für sein Pferd.

Er seufzte gereizt und übellaunig.

Die breite Straße, die durch Zentralfrankreich führte, wurde wesentlich häufiger bereist als die zahlreichen Lehmwege. Viele Leute reisten nach Süden, aber nur wenige zog es in die kälteren Regionen des Nordens, und daher wurde Roland nicht durch andere Reisende aufgehalten. Dennoch war Gui sicher weit vor ihm voraus, denn er hatte den größten Teil der Strecke auf dem Flußweg zurückgelegt.

Wie dringlich war seine Ankunft zu Hause? Hatte Thurston von Mezidon bereits angegriffen, wie es Gui befürchtet hatte? Roland wußte, daß mindestens sieben Tagesritte vor ihm lagen, ehe er das erfahren würde. Während die beiden auf Rolands Heimat zugaloppierten, ließ seine Geduld von Meile zu Meile nach.

10

Es war Mittag, als sie in einer Herberge neben der Straße Rast machten. Sie würden Orleans nicht vor dem nächsten Abend erreichen. Das Pferd konnte sich während der Flußfahrt ausruhen, aber anschließend waren noch mehr als achtzig Meilen zurückzulegen, ehe sie Montville erreichten. Rolands Pferd war sein größter Schatz, das beste aus dem Stall seines Vaters. Der Hengst war es nicht gewöhnt, mehr als Rolands Gewicht zu tragen, und es war Roland verhaßt, ihn mit einer größeren Last zu plagen.

In der Herberge, einem Gasthaus, das von Mönchen geführt wurde, waren noch einige Gäste außer ihnen. Hinter der Herberge lag ein kleines Dorf. Einer der Reisenden wirkte wie ein Kaufmann, ein anderer war ein Ritter mit seinem Schildknappen, seiner Frau und zwei Töchtern. Der dritte Reisende war ein Pilger. Roland nickte den drei Männern kurz zu, ehe er mit seinem Pferd um das Haus herum zu einem plätschernden Bach ritt. Er fragte sich, was die anderen wohl von ihm halten mochten – ein Reisender, der mit einem weiblichen Wesen allein unterwegs war. Sie war mit Sicherheit nicht sein Schildknappe, aber in dieser Eigenschaft würde er sie vorübergehend einsetzen.

Er stieg ab und hielt dann dem Mädchen eine Hand hin, um ihr vom Pferd zu helfen.

»Wäschst du dich eigentlich nie, Mädchen?«

Sie riß die Augen auf, und er stellte fest, daß sie groß und hellblau waren. Ihr hochgerecktes Kinn drückte Stolz aus, den er brechen mußte, ehe er Montville mit ihr erreichte. Eine aufsässige Leibeigene würde bei seiner Stiefmutter einiges erleiden müssen.

»Ich bin es gewohnt, oft zu baden«, antwortete sie leise, aber in ihren Augen stand eine trotzige Herausforderung. »Aber gestern bin ich hingefallen, ehe Ihr mich auf der Straße angehalten habt, und seit da an habe ich keine Zeit gehabt, mich mit meiner Körperpflege zu befassen.«

»Nutz die Gelegenheit, und wasch dich in diesem Fluß«, sagte er barsch.

»Aber es sind Leute in der Nähe«, keuchte sie. »Ich kann doch hier nicht baden, wenn fremde Männer in der Nähe sind.«

»Es ist höchst unwahrscheinlich, daß diese Männer sich für deinen Anblick interessieren«, erwiderte Roland bewußt sarkastisch. »Eil dich. Wir reiten in weniger als einer Stunde weiter.«

Bei Gott, sie würde sich von ihm nicht noch einmal als dreckig bezeichnen lassen! Sie ging flußaufwärts, um eine versteckte Stelle zu suchen, an der sie vor neugierigen Blicken geschützt war, aber er rief ihr nach: »Bleib in der Nähe, damit ich dich im Auge behalten kann.«

Brigitte sträubten sich die Haare. Glaubte er, daß ihr etwas passieren konnte, oder glaubte er, sie würde davonlaufen? Im Moment konnte sie ihm kaum davonlaufen. Sie war auf seinen Schutz angewiesen, bis sie in Maine und bei dem Grafen Arnulf waren.

Sie fand einen halbwegs flachen Felsen am Flußrand und kniete sich darauf. Sie zog ihren Umhang aus und spülte ihn gründlich im Wasser aus. Dann beugte sie sich langsam und unter Schmerzen vor, um sich das Gesicht in dem eiskalten Wasser zu waschen, bis ihre Haut prickelte. Als nächstes kamen die Arme, dann soviel von ihren Beinen, wie sie entblößen konnte, ohne unschicklich zu sein. Als letztes flocht sie ihr Haar auf, das ganz steif war, weil der getrocknete Schlamm darin klebte, und sie tunkte ihren Kopf ins Wasser. Sie spürte, daß viele Blicke auf sie gerichtet waren, und ihr Gesicht glühte vor Verlegenheit, aber sie hatte sich gereinigt, und wenn dieser grobschlächtige Ritter sie noch einmal als dreckig bezeichnen würde, würde sie ihm ins Gesicht spucken.

Brigitte schnürte das Bündel mit ihrer Habe auf und packte erst das Essen aus, das sie mitgenommen hatte, dann ihren Kamm. In ihrem Spiegel sah sie, daß an den Stellen, an denen sie sich das Gesicht zerkratzt hatte, keine richtigen Schnitte, sondern nur rosa Male zu sehen waren, die bald verschwinden würden. Sie fand, daß sie fast wieder so aussah wie sonst auch.

Eine frische Brise sorgte dafür, daß ihr Haar schnell trocknete, und die Sonne trocknete ihren nassen Umhang. Brigitte machte sich hungrig über Altheas süße Brötchen und die kandierten Datteln her. Von Zeit zu Zeit sah sie auf. Der große Ritter, der im Hof des Gasthauses sein Pferd versorgte, ignorierte sie vollständig.

Roland gab vor, ganz vertieft in seine Beschäftigung mit dem Pferd zu sein, aber insgeheim beobachtete er Brigitte, deren Liebreiz ihn verblüffte. Durch das Waschen zeigte sich der zarte Schnitt ihres Gesichtes, und ihr trocknendes strohblondes Haar war ein Wunderwerk. Sie hatte das Aussehen einer Aristokratin, und er konnte gut verstehen, warum sich Quintin in das Mädchen vernarrt hatte. In diesem Augenblick entschied er, daß er sorgsam darauf achten mußte, ihr nicht zu zeigen, daß ihre Schönheit ihn entzückte. Er durfte diesem Mädchen nicht die leiseste Ermunterung geben. Sie war seine Leibeigene, und sie würde niemals etwas anderes sein, sagte sich Roland grimmig.

Er war gezwungen, sich diesen Umstand wieder ins Gedächtnis zurückzurufen, als kurz darauf die drei Männer zu ihm traten.

»Entschuldigt die Störung«, sagte einer der Männer, »aber kommt Ihr aus dem Süden?« Roland nickte, und der bärtige Mann sprach weiter. »Was gibt es Neues über den Ärger dort unten? Sind alle Sarazenen ausgerottet?«

»Ja, alle Piratenhöhlen sind ausgeräuchert worden«, erwiderte Roland. Dann wandte er den Männern den Rücken zu und kümmerte sich wieder um sein Pferd, denn er war nicht zu einer Unterhaltung aufgelegt.

»Siehst du, Maynard«, sagte der Kaufmann. Er klopfte dem älteren Ritter auf den Rücken. »Ich habe dir doch gesagt, daß sie dich dort nicht brauchen. Ihr habt uns gute Nachrichten gebracht, junger Mann«, sagte er zu Roland. »Ich bin Nethard de Lyon, und das ist mein Bruder, der Ritter Maynard. Wir haben gerade dem Bischof von Tours eine Weinlieferung überbracht. Und der Kerl ist...«

»Jonas de Savoy«, sprang der Pilger hilfreich ein. »Ich komme ebenfalls aus Tours, wo ich die Grabstätten von St. Martin aufgesucht habe. Im nächsten Jahr pilgere ich ins Heilige Land.«

Es war ein Gebot des Anstands, daß Roland sich vorstellte. Er konnte sich ein Grinsen über den barschen alten Mann nicht verkneifen, der aussah, als würde er regelmäßig Pilgerfahrten unternehmen. Es gab so viele von der Sorte, Männer, die jedes Jahr zu einem anderen Schrein zogen.

»Wir konnten es uns nicht verkneifen, Euer Weib zu bewundern«, sagte Nethard jetzt liebenswürdig. »Nicht jeder Mann hat soviel Glück.«

»Ihr müßt uns verzeihen, junger Mann«, fügte Jonas hinzu. »Es ist eine Wohltat für meine alten Augen, solche Schönheit zu sehen.«

»Das Weib ist nicht meine Frau«, erklärte Roland, ehe er sich in der Hoffnung, zufriedengelassen zu werden, wieder seinem Pferd zuwandte.

Doch die Männer blieben bei ihm stehen. »Dann ist es wohl Eure Schwester?«

»Nein.«

»Eure Gefährtin?« fragte Nethard beharrlich weiter.

»Sie ist meine Dienerin«, sagte Roland kurz angebunden.

»Aber ihr Auftreten ist aristokratisch«, sagte Jonas überrascht.

»Das hat nichts zu sagen«, sagte Roland. »Das Mädchen ist als Leibeigene geboren.«

»Dann ist sie wohl aus einer illegitimen Verbindung hervorgegangen?«

»Ich weiß nichts von ihrer Abstammung«, erwiderte Roland gelangweilt.

»Würdet Ihr in Betracht ziehen, ihre Dienste zu verkaufen?« fragte Nethard eifrig.

Rolands volle Aufmerksamkeit galt jetzt dem Mann. »Wie bitte?«

Nethard de Lyon zwinkerte. »Käme das für Euch in Frage? Ich würde Euch einen guten Preis zahlen, um sie als Zierde meines Hauses zu erwerben.«

Roland wäre das Mädchen mit dem größten Vergnügen losgeworden, aber er hatte Druoda sein Wort gegeben. »Ich glaube nicht. Als man mir das Mädchen geschenkt hat, mußte ich versprechen, daß sie nie mehr in diese Gegend zurückkehrt.«

»Geschenkt! Das ist einfach unglaublich!« erwiderte Nethard ungläubig. »Sie muß einer Frau gehört haben, die eifersüchtig auf sie war.«

»Ja, einer Frau.« Roland nahm die angebotene Erklärung hin und sagte nichts weiter.

»Aber Ihr wollt sie doch gar nicht«, sagte Nethard vorwitzig. »Das sehe ich genau. Und ein Mädchen wie dieses sollte gehegt und gepflegt werden.«

Roland wurde brummig. »Selbst wenn sie Venus wäre, wäre sie mir eine Last. Ich muß sie trotzdem mitnehmen.«

Nethard schüttelte den Kopf. »Ein Jammer. Ach, daß ein solches Juwel nicht gewürdigt werden soll.« Er seufzte.

»Sie ist hübsch«, sagte Roland finster, »aber sie ist trotzdem eine Last.«

»Er ist blind«, stellte Nethard fest. Die drei verabschiedeten sich höflich und gingen.

Roland durchbohrte die Reisenden mit finsteren Blicken, während sie sich entfernten. Was wußten diese Männer schon? Die Franken umsorgten ihre Frauen liebevoll und beteten ihre Schönheit an. In Rolands Augen war das Dummheit. Eine Frau war eine Frau, und sonst gar nichts. Es war geradezu lächerlich, einer Frau Bedeutung zuzumessen. Frauen waren dazu da, den Männern zu dienen, und das war alles.

11

Als ihr Haar trocken und seidig war, flocht es Brigitte in zwei Zöpfe. Sie schnürte das Bündel mit ihrer Habe wieder zusammen und begab sich widerwillig zu Roland in den Hof. Er deutete auf eine Bank neben dem Gasthaus und sagte, sie solle auf ihn warten.

Brigitte war über seine schroffe Art erbost. Sie hatte damit gerechnet, daß er sich zu ihrer gepflegten Erscheinung äußern würde, und es traf sie, daß er sie ignorierte. Dennoch tat sie, wie er ihr geheißen hatte, und erwartete ihn geduldig auf der Bank. Die Abwechslung im Gasthaus trug nicht dazu bei, ihre Laune zu bessern, denn zu viele Männer sahen sie unverschämt an, und sie fühlte sich unwohl.

Roland war ins Gasthaus gegangen, um etwas zu essen; er war froh, daß sie sich selbst etwas mitgenommen hatte. Schon wenige Minuten später kam ein junger Mann auf sie zu. Sie wäre dankbar gewesen, Gesellschaft zu haben, aber sie mußte schnell feststellen, daß der junge Mann Ausländer war, von seinem dunklen Äußeren her ein Engländer oder Ire, und sie verstand seine Sprache nicht. Er ging aber nicht weg, sondern versuchte weiterhin, sich mit ihr zu unterhalten. Sein Blick ruhte bewundernd auf ihr, und er hatte eine angenehme Art.

Plötzlich tauchte Roland aus dem Nichts auf. Er hatte die Beine gespreizt, die Hände in die Hüften gestemmt und sah sie wütend an. Er packte Brigitte und riß sie auf die Füße. Sie wollte gegen seine Rohheit protestieren, aber als sie seinen eisigen Blick sah, überlegte sie es sich anders.

»Kennst du diesen Mann?«

»Nein.«

»Und trotzdem forderst du ihn auf, sich neben dich zu setzen, und unterhältst dich mit ihm«, sagte Roland mit finsterem Blick, ohne sie aus den Augen zu lassen.

»Das habe ich nicht getan«, sagte Brigitte verängstigt. »Ich habe allerdings auch keine Einwände dagegen erhoben, als er es getan hat. Es spielt ohnehin keine Rolle, weil ich nicht verstanden habe, was er gesagt hat.«

»Verhältst du dich Fremden gegenüber immer so?« fragte Roland grob. Er überging ihre letzte Bemerkung.

»Ich habe nichts Böses getan«, verteidigte sie sich eilig. »Ich hatte ein freundliches Lächeln nötig.«

»Du hast etwas ganz anderes nötig«, sagte Roland unheilverkündend.

Er gab Brigitte keine Gelegenheit, darauf zu antworten. Statt dessen packte er ihren Arm und zerrte sie von dem Gasthaus fort. Es war ihr peinlich, daß er sie wie ein ungezogenes Kind hinter sich herzog, und sie versuchte, sich loszureißen.

»Ich will losgelassen werden!« rief sie laut.

Roland blieb augenblicklich stehen und wirbelte zu ihr herum. Ungläubigkeit war auf sein Gesicht geschrieben.

»*Du* willst?«

»Ihr habt nicht das Recht, mich so zu behandeln«, sagte sie.

»Dann hat deine Herrin also doch recht gehabt. Deine Kühnheit ist verblüffend«, brummte er.

Ohne ein weiteres Wort stieg Roland auf sein Pferd und zog Brigitte hinter sich. Sie wandten sich wieder zur Straße und ritten so schnell wie vor der Rast weiter. Im weiteren Verlauf des Tages sprach keiner von beiden ein Wort. Als die Dunkelheit hereinbrach, bog Roland von der Straße ab und ritt in den Wald.

»Warum reiten wir hierhin?« fragte Brigitte nach einer Weile verängstigt. Die Dunkelheit beunruhigte sie.

»Dein Schweigen war ein Segen«, antwortete Roland barsch. »Ich suche einen Platz, an dem wir die Nacht verbringen können.«

Brigitte war entgeistert. »Soll das heißen, daß wir *hier* schlafen?«

»Siehst du in der Nähe ein Dorf?« fragte er unwirsch. Sein Rükken war steif.

Brigitte vestummte, und jede Art von beunruhigenden Vorstellungen schoß ihr ungebeten durch den Kopf.

Roland hielt sein Pferd an einer Stelle an, an der die Bäume so dicht wuchsen, daß kein Lichtschimmer hindurchdringen konnte. Zwischen den Bäumen war eine kleine Lichtung, und er befahl ihr, Holz und Reisige für ein Feuer zu sammeln. Sie fügte sich wortlos, während er sein Pferd festband.

Sie glaubte, es sei ihm nicht möglich gewesen, bei den armen

Mönchen in der Herberge Vorräte zu kaufen, und daher bot sie an: »Ich habe noch ein paar Lebensmittel. Wenn Ihr mögt, können wir sie uns teilen.«

»Bring sie her«, erwiderte er, ehe er das Feuerholz anzündete, das sie gesammelt hatte.

Sie breitete aus, was noch von ihren Vorräten übrig war, und er stürzte sich darauf. Sie sah ihn sich beim Essen genau an. Das Feuer knisterte und warf Schatten um sie herum, die den übrigen Wald noch dunkler erscheinen ließen. Wieder wunderte sich Brigitte darüber, daß ein Mann, der so angenehm anzusehen war, einen so üblen Charakter haben konnte. Waren alle Normannen so mürrisch, so herrschsüchtig und ständig wütend?

»Wie lange wird es dauern, bis wir nach Maine kommen?« fragte Brigitte, als nichts mehr von dem Essen übrig war. »Ich war noch nie westlich von Berry.«

»Warum fragst du?«

»Ich wollte es nur wissen«, flüsterte sie. Sein durchdringender Blick ängstigte sie. »Schließlich werden wir dort auseinandergehen.«

»Das will ich nicht noch einmal hören, und wehe dir, wenn du mich provozieren willst.«

»Aber Ihr macht Euch doch gar nichts aus meiner Gesellschaft«, sagte sie ruhig, aber deutlich.

»Als ob das eine Rolle spielen würde! Du bist mir aufgezwungen worden, und jetzt fällst du mir zur Last.«

»Warum haßt Ihr mich eigentlich so?«

»Haßt du mich denn nicht auch?« fragte er betont beiläufig.

Sie sah ihn überrascht an. »Wenn Ihr glaubt, ich hasse Euch nur wegen Eurer rohen Behandlung, seit wir in Louroux aufgebrochen sind, dann täuscht Ihr Euch.«

Roland lachte, und sein ganzes Gesicht wurde weicher. Wenn er fröhlich war, sah sein Gesicht wesentlich angenehmer aus. »Du findest also, daß ich roh bin, was?«

»Gewiß seid Ihr das«, erwiderte sie empört. »Ihr habt mir gedroht, und als wir bei der Herberge angehalten haben, habt Ihr mich behandelt, als sei es nicht mein Recht zu reden, mit wem es mir beliebt.«

»Du hast keinerlei Rechte.« Er war wieder kalt, und das Lachen war aus seinen Augen verschwunden. »Das wollen wir jetzt gleich klarstellen, Mädchen. Ohne meine Erlaubnis sprichst du mit niemandem.«

Brigitte war belustigt. »Das kann nicht Euer Ernst sein. Ich vermute, Ihr könnt nichts dafür, daß Ihr so seid, wie Ihr seid, aber Ihr überschreitet wirklich Eure Befugnisse. Ich bin Euch zwar dankbar dafür, daß Ihr mich beschützt, aber es steht Euch als meinem Begleiter nicht zu, mir Vorschriften zu machen.«

Roland schnappte nach Luft. Dann explodierte er. »Bei allen Heiligen, sie hat recht gehabt! Sie hat gesagt, dein Benehmen sei hochmütig, aber ich habe nicht geglaubt, daß du so dumm bist, deine Mätzchen bei mir auszuprobieren!«

Roland reichte es. Ihm war klar, daß er das Mädchen im Moment nicht in seiner Nähe haben konnte. Er drehte sich um, stolzierte zu seinem Pferd und ritt eilig zur Straße zurück. Vielleicht würde sich seine Wut bei einem zügigen Ritt legen.

Brigitte sah der entschwindenden Gestalt bestürzt nach, und ihre Bestürzung verwandelte sich schnell in Angst, als die Geräusche sich weiter und weiter entfernten.

»Was habe ich bloß getan?« flüsterte sie. »Warum haßt er mich so?«

Sie rückte näher ans Feuer und hüllte sich dicht in ihren Umhang. Sie versuchte, sich einzureden, daß er zurückkommen würde. Ja, er würde kommen.

Die nächtlichen Geräusche, die mit dem Wind herübertrieben, wurden lauter. Brigitte zitterte. Sie rollte sich auf dem kalten Boden zu einer Kugel zusammen und zog sich den Umhang bis über den Kopf. Sie betete um den Schutz Gottes, und dann betete sie zu Roland von Montville.

»Bitte komm zurück«, flüsterte sie furchtsam. »Ich schwöre, daß ich meine Stimme nicht mehr gegen dich erhebe. Ich schwöre, keinen Streit mehr anzufangen. Ich werde gar nichts mehr sagen, wenn du bloß zurückkommst.«

Endlich gingen die sonstigen nächtlichen Geräusche im Knistern des Feuers unter, das sie in den Schlaf lullte.

So fand Roland sie bei seiner Rückkehr vor. Er holte sich eine Decke aus einem der Bündel auf seinem Pferd und streckte sich neben Brigitte auf dem Boden aus.

12

Roland wachte abrupt auf, denn er spürte akute Gefahr. Er sprang auf, zog routinemäßig sein Schwert und wirbelte herum, um den Eindringling zu entdecken. In der Dämmerung waren die dunklen Schatten für das Auge fast undurchdringlich, und so sehr er sich auch bemühte – er konnte nichts sehen. Er blieb vollkommen still stehen und wartete angespannt.

Jetzt sah Roland das Tier, das keine zwei Meter von ihm entfernt auf seinen gewaltigen Hinterbeinen saß. Das Tier sah aus wie ein Hund, doch einen so großen Hund hatte Roland noch nie gesehen.

Ohne das wilde Tier aus den Augen zu lassen, stieß Roland das schlafende Mädchen mit seinem Stiefel in die Rippen. Sie setzte sich langsam auf, und als sie sich bewegte, bewegte sich auch der Hund. Er trottete mit wendigen Bewegungen auf sie zu.

»Stell dich hinter mich, schnell«, befahl Roland in rauhem Flüsterton.

»Warum?« Sein Tonfall erschreckte sie, und als sie sein erhobenes Schwert sah, flüsterte sie: »Was ist?«

»Wenn dir dein Leben etwas wert ist, dann tu, was ich sage«, fauchte er.

Brigitte zog sich auf die Füße und duckte sich hinter Rolands breiten Rücken. Sie bekam es ernstlich mit der Angst zu tun, als sie das bedrohliche Knurren eines Tieres hörte. Langsam und zögernd lugte sie an Roland vorbei, um zu sehen, was dort knurrte. Selbst in dem dämmrigen Licht konnte sie diesen Umriß nicht verwechseln. Sie stürzte an Roland vorbei und stellte sich zwischen den Mann und den Hund. Roland sah ungläubig zu, als sie dem riesigen Tier um den Hals fiel und kicherte, als es ihr winselnd das Gesicht ableckte.

»Hast du irgendeine unerklärliche Macht über wilde Tiere?« fragte Roland tief beeindruckt. War das Mädchen eine Hexe?

Brigitte sah mit strahlendem Lächeln zu ihm auf. »Das ist mein Hund. Er ist mir gefolgt.«

Roland steckte sein Schwert in die Scheide und knurrte: »Ich weigere mich zu glauben, daß er dir einen ganzen Tagesritt weit gefolgt ist.«

»Ich habe ihn großgezogen, und er ist mir jahrelang gefolgt. Er muß gestern abend bei der Fütterung aus seinem Käfig entsprungen sein. Er ist sehr intelligent.«

Roland wandte sich wortlos ab. Er stieg auf sein Pferd, und ohne auch nur einen Blick in ihre Richtung zu werfen, ritt er langsam von der Lichtung.

»Wohin reitet Ihr?« rief Brigitte.

Roland rief über seine Schulter zurück: »Wenn ich Glück habe, komme ich mit frischem Fleisch zurück. Nutz deine Zeit, und kümmere dich um das Feuer.«

Dann war er verschwunden. Brigitte seufzte. Die Versprechen, die sie in der vergangenen Nacht abgelegt hatte, lasteten schwer auf ihr. Doch er war zurückgekommen.

Sie sah, daß Wolffs große braune Augen auf ihr ruhten, und sie lächelte fröhlich. »So, mein Liebling, nach dieser langen Reise mußt du müde sein.« Plötzlich warf sie ihm die Arme um den Hals und drückte ihn an sich. »Ach, Wolff, Wolff, ich bin so froh, daß du gekommen ist. Ich hätte dich mitnehmen sollen, aber ich hatte Angst, um Erlaubnis zu fragen. Doch du hast mich gefunden, und jetzt kann uns nichts mehr auseinanderbringen. Mir geht es gleich viel besser. Der Normanne wird mich auf der Reise vor Gefahren beschützen, und du, mein König, wirst mich vor ihm beschützen.«

Seit Wolff da war, hatten Brigittes Ängste nachgelassen, und sie lachte vor Freude. »Komm, das Feuer muß brennen, wenn er zurückkommt, denn er ist ein mißmutiger Mann, der nicht gern wartet. Du mußt hungrig sein, Wolff.« Sie sammelte Zweige zusammen. Wolff blieb an ihrer Seite. »Ich kann mir vorstellen, wie du Leandor überrumpelt hast und gestern vor dem Essen weggelaufen bist. Vielleicht hat Leandor dich aber auch laufenlassen. Ja, das hätte er getan, wenn er geglaubt hätte, daß ich dich brauche.«

Sie plauderte weiterhin mit Wolff, wie sie es immer getan hatte. Sie sprach nur ihre Gedanken laut aus. Das Feuer ließ sich auf den gestrigen verkohlten Holzresten leicht entfachen, und schon bald wärmte sie sich die Hände, denn es war ein frischer Morgen.

Sie hatte ihr Haar gerade gekämmt und geflochten, als Roland zurückkam und ihr einen fetten Hasen vor die Füße warf. »Bereite ihn zu, und heb die Haut auf, damit wir nach dem Essen die Reste in das Fell wickeln können«, sagte er barsch zu ihr. Dann wandte er seine dunkelblauen Augen Wolff zu, der seinen Kopf auf Brigittes Schoß gelegt hatte. »Und er muß gehen. Die Lebensmittel reichen nicht, um sie mit ihm zu teilen.«

»Wolff wird mich nicht verlassen, nachdem er mich endlich gefunden hat«, erwiderte Brigitte zuversichtlich. »Aber um sein Futter braucht Ihr Euch keine Sorgen zu machen. Er ist ein ausgezeichneter Jäger und kann sich sein Abendessen mühelos selbst fangen.« Sie nahm den großen Kopf des Hundes zwischen ihre Hände und sah ihm in die braunen Augen. »Zeig's ihm, Wolff. Komm mit deinem Essen zurück, und ich koche es dir.«

Roland sah kopfschüttelnd dem Hund nach, der das Lager verließ. »Du willst für das Vieh kochen?«

»Er ist kein Vieh«, sagte sie vorwurfsvoll. »Seine Rasse läßt sich nicht bestimmen, aber er zeichnet sich durch seine Größe und seine Schlauheit aus. Natürlich werde ich für ihn kochen. Wolff ist zahm. Er frißt kein rohes Fleisch.«

»Ich auch nicht«, gab Roland zurück. »Mach dich an die Arbeit.«

Ehe er ausgeredet hatte, landete ein kleiner Dolch auf dem Erdboden neben dem Hasen. Brigitte hob ihn auf und verzog das Gesicht. Sie hatte zwar kürzlich gelernt, wie man Tiere häutet, aber sie konnte diese Arbeit nicht ausstehen.

Er machte allerdings keine Anstalten, ihr die Arbeit abzunehmen. Er hatte sich ans Feuer gesetzt und angefangen, den Speer zu reinigen, mit dem er den Hasen getötet hatte. Sie nahm an, daß sie Druoda dankbar dafür sein mußte, Hausarbeiten gelernt zu haben.

»Wie soll ich Euch eigentlich ansprechen?« fragte Brigitte, um ein Gespräch zu beginnen.

Er sah sie nicht an. »Seigneur ist ausreichend.«

»Seigneur Roland?«

»Nur einfach Seigneur.«

»Das ist absurd«, sagte sie, ohne den Blick von ihrer Arbeit zu heben. »Ich werde Euch Roland nennen. Meinen Namen kennt Ihr ja. Ich wünschte, Ihr würdet ihn benutzen. Ich mag es nicht, ständig Dirne oder Mädchen genannt zu werden.«

Rolands Augen blitzten auf. »Jetzt fängt das schon wieder an.« Sein Gesicht verfinsterte sich. »Der Tag hat eben erst begonnen, und schon erzählst du mir wieder, was *du* tun wirst und was *du* willst!«

Brigitte sah bestürzt auf. »Womit habe ich Euch denn jetzt erzürnt?«

Roland stand auf und warf in einem plötzlichen Wutausbruch den Speer von sich. »Du forderst mich ganz bewußt heraus, indem du tust, als seist du etwas, was du nicht bist. Du bist eine Leibeigene, und ich bin dein Herr, und du wirst sofort aufhören, so zu tun, als sei es anders. Ich habe mein Wort gegeben, dich zu behalten, und jetzt habe ich dich am Hals, bis du stirbst. Setz dein Glück trotzdem nicht aufs Spiel, denn sonst könnte dieser Tag eher eintreffen, als du glaubst.«

Brigitte war fassungslos, aber sie ließ es sich nicht in vollem Umfang anmerken. Endlich wurde ihr einiges klar. »Ihr habt Druoda Euer Wort gegeben, das meint Ihr doch?«

»Ja, als sie mir dich gegeben hat.«

»Dazu hatte sie kein Recht!« keuchte Brigitte. »Ich bin keine Dienerin. Ich bin nie eine Dienerin gewesen!«

»Sie hat mir auch gesagt, daß dir Lügen leichter über die Lippen gehen als die Wahrheit, und sie hat mich vor deinen Fantastereien gewarnt.«

»Ihr habt das falsch verstanden. Druoda ist mein Vormund, denn der Rest meiner Familie ist gestorben. Sie ist nicht meine Herrin, sondern die Tante meines Halbbruders. Sie kann mich nicht einfach jemandem *geben*.«

»Sie wollte dich steinigen lassen, Mädchen, und das hätte sie auch getan, wenn ich mich nicht einverstanden erklärt hätte, dich mitzunehmen.«

»Vielleicht hätte sie mich umgebracht, aber nur, weil Ihr die Pläne zu Fall gebracht habt, die sie mit mir hatte.«

»Aber du mußt zugeben, daß ich dir das Leben gerettet habe. Laß mich in Frieden, und sei es nur aus diesem Grund.«

»Ihr habt kein Recht, mich zu behalten. Ich bin eine Dame! Mein Vater war Baron!«

Er hatte sich so dicht vor sie hingestellt, daß seine Augen fast schwarz wirkten. »Was du warst, spielt keine Rolle. Jetzt bist du meine Dienerin. Du bist von mir abhängig, und wenn ich höre, daß du es noch einmal leugnest, wirst du meine Peitsche spüren. Jetzt koch endlich dieses Fleisch!« brüllte er. »Wir haben heute schon genug Zeit verloren.«

Brigitte näherte sich erstarrt dem Feuer. Tränen liefen über ihre Wangen. Die Hoffnungslosigkeit brach über sie herein wie eine schwarze Nacht. Sie war so kaputt, daß sie nicht einmal fragte, warum sie nicht in Maine angehalten hatten. Sie wußte, warum. Druoda hatte sie in diesem Punkt hinters Licht geführt, wie sie sie auch in vielen anderen Dingen belogen hatte.

Was konnte sie tun? Wenn sie versuchte, mit diesem starrköpfigen Mann zu diskutieren und ihm klarzumachen, wie sehr er sich täuschte, würde er sie schlagen. Sie konnte keine Schläge mehr ertragen, zumindest nicht jetzt, denn sie litt noch immer unter den Nachwirkungen der Schläge, die sie bereits bekommen hatte.

Roland behielt sie im Auge, während der Zorn in ihm überschäumte, bis sie mit einem Ausdruck von grenzenlosem Elend und Trostlosigkeit zu ihm herübersah. Dann wandte er seinen Blick fast reumütig ab. Aber nur fast.

Warum weinte sie? Und warum wirkte sie so niedergeschlagen? Schließlich würde sie bei ihm kein schlechteres Leben haben als bisher. Er hatte die Schwielen an ihren Händen gesehen, und er wußte, daß sie an harte Arbeit gewohnt war. Sie würde nicht mehr in einem enormen Haushalt arbeiten müssen, sondern nur noch ihm dienen. Und hatte er ihr nicht das Leben gerettet? Konnte sie ihm nicht wenigstens dafür dankbar sein?

Roland wurde aus seinen Grübeleien herausgerissen, als Wolff ins Lager trottete und zwei tote Waldschnepfen vor Brigittes Füße legte. Er schüttelte den Kopf und räumte schweigend ein, daß der Hund wohl doch aus Louroux gekommen sein mußte. Wahrscheinlich hatte es dort zu Brigittes Aufgaben gehört, sich um das Tier zu kümmern. Wie hätte es sonst sein können, daß das Tier ihre Anweisungen genau befolgte? Der Hund mußte gewohnt sein, ihr zu gehorchen.

Bei Wolffs Rückkehr verwandelten sich Brigittes stumme Tränen in ein lautes Schluchzen, und Roland sprang auf. »Donnerwetter, Weib! Du hast jetzt lange genug geheult!«

Wolff fiel in Brigittes Geheul ein, und Roland warf die Arme in die Luft und entfernte sich von dem Feuer.

Schließlich hörte Brigitte auf zu weinen, und Wolff leckte ihre Tränen ab. Sie stieß einen tiefen Seufzer aus und beendete ihre Arbeit. Bald wurde Wolffs Futter gemeinsam mit dem anderen Fleisch über dem Feuer geröstet, und sie lehnte sich zurück und sah ihren Hund betrübt an.

»Was soll ich bloß tun, Wolff?« fragte sie, als erwarte sie eine Antwort. »Er hat mich zu seiner Dienerin gemacht, und niemand außer mir sagt ihm, daß er nicht das Recht dazu hat.

Das hat mir Druoda angetan!« sagte sie heftig, und ihre Augen funkelten vor Zorn.

Als Roland zurückkehrte, war der Hase gar, und Wolff hatte sein Fressen bereits verschlungen. Sie aßen schweigend, und Brigitte hielt ihre Augen auf den Boden gerichtet.

»Ich will mit dir reden, Mädchen, und ich hoffe, daß du anschließend beruhigt bist«, sagte Roland mürrisch. »Du brauchst dich nicht vor mir zu fürchten, solange du tust, was ich dir sage.«

»Und wenn ich es nicht tue?« fragte sie nach einer Pause.

»Ich werde dich nicht anders behandeln als alle anderen Leibeigenen«, sagte er ganz platt.

»Wie viele Dienstboten habt Ihr?« wagte sie sich vor.

»Ich habe nie einen anderen persönlichen Diener als meinen Schildknappen gehabt, der kürzlich gestorben ist. Es gibt viele Diener im Hause, aber sie stehen im Dienst meines Vaters. Du bist die erste Dienerin, die ausschließlich für mich da ist.«

»Ihr nehmt mich mit zu Euch nach Hause?«

»Ja.«

Während Brigitte noch darüber nachdachte, fuhr er fort.

»Du wirst meine Kleider flicken, mir das Essen servieren und mein Zimmer sauberhalten. Du bist nur mir verantwortlich. Ist das nicht weniger Arbeit, als du gewohnt bist?«

»Viel weniger«, gab sie zu.

Er stand auf und sah sie an. »Ich erwarte Gehorsam. Solange du mich nicht erzürnst, wird es dir gutgehen. Nimmst du dein Los hin und hörst auf, mich zu provozieren?«

Nach kurzem Zögern sprach Brigitte schnell, ehe sie den Mut verlor. »Ich will Euch nicht belügen. Ich werde Euch dienen, solange es sein muß. Aber wenn sich mir eine Gelegenheit bietet, Euch zu verlassen, werde ich es tun.«

Sie erwartete einen neuerlichen Wutausbruch, aber er sah sie nur finster an. »Nein, du wirst mir nicht entkommen«, sagte er in einer fremden Sprache.

»Was?«

»Ich habe gesagt, daß du besser Altnordisch lernen solltest, denn in Montville sprechen viele keine andere Sprache.«

»Und Ihr habt all das mit so wenigen Worten gesagt?« fragte sie skeptisch.

Doch Roland gab ihr zur Antwort. »Komm, wir vergeuden Zeit. Der Hund kann mitkommen. Er eignet sich gut als Geschenk für meinen Vater.«

Brigitte wollte lautstarke Einwände erheben, aber sie überlegte es sich anders. Roland würde zur rechten Zeit selbst herausfinden, daß sich Wolff nicht von ihr fernhalten ließ.

13

Sie erreichten Orleans nicht vor Einbruch der Nacht und mußten wieder nach Sonnenuntergang ihr Lager aufschlagen. Brigitte verbrachte die langen Stunden des unbequemen Ritts damit, sich einzureden, daß sich die Umstände eine Zeitlang aushalten ließen. Immerhin war sie fort von Berry und fort von Druoda.

Was sie brauchte, war ein Ehemann, denn wenn sie erst einmal verheiratet war, hatte Druoda keinen Anspruch mehr auf Louroux und konnte an ihrem Tod nichts gewinnen. Aber um zu heiraten, brauchte sie Arnulfs Einwilligung – oder die seines Feudalherren. Der König von Frankreich war Arnulfs Feudalherr, und darin lag die Antwort. Sie konnte sich an den Königshof begeben und dort heiraten, ehe Druoda davon erfuhr. Sie mußte nur jemanden finden, der sie zur Ile-de-France und zum Hofe Lothars mitnahm. Dann würde sie frei sein, und Druoda würde sich gezwungen sehen, Louroux zu verlassen.

Als die Zeit herangerückt war, das Lager für die Nacht aufzuschlagen, war Brigitte so zufrieden mit dem Stand ihrer Überlegungen, daß sie ihre Lage als einen Segen ansah. Der dritte Tag verging schnell, denn Roland begann, Brigitte die Sprache seiner Vorfahren beizubringen. Die Sprache war nicht leicht zu erfassen, aber sie lernte etliche Wörter und beeindruckte damit Roland.

Die Tage fingen erfreulich an, denn Roland fand bald heraus, daß Wolff tatsächlich ein guter Jäger war. Wenn sie morgens erwachten, lagen zwei große Hasen und eine Wildgans neben ihnen bereit.

Roland fand es erstaunlich, aber recht angenehm, daß der Hund das Jagen für ihn erledigte. Roland reagierte darauf so gutgelaunt, daß er mit Wolff Freundschaft schloß, und zu Brigittes Erstaunen mochte Wolff ihn. Roland ging auch mit Brigitte nicht mehr so grob um. Die drei zogen zufrieden und ausgeglichen auf der Straße weiter.

Die Reise flußabwärts begann am frühen Nachmittag, nachdem sie Orleans erreicht hatten, und Rolands Laune wurde noch besser. Brigitte stellte fest, daß ein Teil seiner Übellaunigkeit darauf zurückzuführen gewesen war, daß sie ihn bei seiner Heimreise aufgehalten hatte. Am Abend, als sie sich beide satt gegessen hatten, stellte sie ihm Fragen.

»Warum habt Ihr es so eilig?«

Sie hatte sich auf dem Deck zusammengerollt und lag mit dem Kopf auf den Armen auf der Seite. Roland saß zu ihren Füßen und blickte geistesabwesend auf den Fluß.

Roland erklärte es ihr knapp. Er erzählte ihr, daß sein Vater einen Vasallen ausgeschickt hatte, um ihn zu suchen, und daß es in Montville bald zum Krieg kommen würde.

»Leider hat es viele Monate gedauert, bis Gui mich gefunden hat, denn ich war im Süden Frankreichs. Vielleicht ist der Kampf schon vorbei.«

Brigittes Interesse war erwacht. »Ihr seid also gerade erst aus dem Süden gekommen?«

»Ja, vom Kampf gegen die Sarazenen.«

Ihre Augen leuchteten auf. »Ich hoffe, Ihr habt viele Sarazenen getötet!« sagte sie impulsiv, denn sie wußte, daß ein Sarazene ihren Bruder umgebracht hatte.

»Das habe ich allerdings getan«, brummte er. »Aber weshalb sollte dich das interessieren? Die Piraten waren nur für den Süden bedrohlich. Du warst weit von diesem Geschehen entfernt.«

»Ich hatte keine Angst um mich«, erklärte sie, und ihre großen blauen Augen sprühten vor Haß für den Mann, der Quintin erschlagen hatte. »Ich hoffe nur, daß alle Sarazenen bis auf den letzten Mann getötet worden sind.«

Roland kicherte. »Meine Venus ist wohl blutrünstig. Das hätte ich nicht gedacht.«

Brigitte senkte den Blick und starrte ins Feuer. Sie seufzte. Was hätte es genutzt, ihm zu erklären, was sie empfand? Ihre Gefühle waren ihm gleich.

»Ich bin nicht blutrünstig«, sagte sie leise. »Die Sarazenen mußten ausgerottet werden, das ist alles.«

»Und so ist es auch gekommen.«

Brigitte wandte sich von ihm ab und drehte ihren Rücken zum Feuer, aber sie spürte, daß sein Blick noch auf ihr ruhte, und ihr war unbehaglich zumute. Was sollte das heißen, daß er sie als seine Venus bezeichnete? Sollte das heißen, daß sie ihm inzwischen besser gefiel? Sie betete, es möge nicht so sein.

Brigitte, die das sichere Gefühl hatte, daß Roland sie weiterhin beobachtete, wurde zunehmend nervöser, bis ihr einfiel, daß sie nicht allein auf dem Boot waren. Wolff lag neben ihr. Ihr treuer Hund würde nicht zulassen, daß der Normanne ihr etwas antat. Bei diesem tröstlichen Gedanken schlief Brigitte ein.

Am nächsten Tag drohte ein Sturm aufzukommen, aber es kam nicht zum Ausbruch. Die Loire war bereits gestiegen und wäre bei einem starken Regenfall sicher über die Ufer getreten, und daher sahen sie besorgt zu den dunklen Wolken auf, die die Sonne verdeckten. Ein starker Wind trug dazu bei, daß es auf dem Fluß unangenehm kalt war. Der Wind behinderte zudem ihre Weiterreise, und das trübte Rolands Stimmung. Er schwieg fast den ganzen Tag, und wenn er sprach, war er mürrisch.

Er ärgerte sich über sich selbst, weil ihm die Kälte etwas ausmachte, denn im Vergleich zu dem, was er die meiste Zeit seines Lebens gekannt hatte, war das Klima mild. Die letzten sechs Monate im Süden Frankreichs hatten sein Blut verdünnt, und das empfand er als seine Schwäche.

Die Nacht erwies sich als die bisher kälteste. Brigitte kuschelte sich dicht an Wolff, um sich zu wärmen, und sie hatte auch nichts dagegen, als Roland sich neben sie legte, denn er hielt den Wind von ihrem Rücken ab. Was für eine Jahreszeit, um heimzukehren, mitten im dicksten Winter! Wenn er zu Hause ankam, würde er sich Winterkleidung anfertigen lassen müssen. Er hoffte, daß das Mädchen gerade Nähte nähen konnte, denn diese Aufgabe würde in ihren Bereich fallen.

Er drehte sich auf die Seite, zu ihr hin, und an ihrem gleichmäßigen Atem konnte er feststellen, daß sie fest schlief. Er nahm einen ihrer langen blonden Zöpfe in die Hand und strich sich mit dem seidigen Ende des Zopfes über die Wange. Er sah ihre liebreizenden Züge vor sich, obwohl er ihr Gesicht nicht sehen konnte, denn er hatte sie in der vergangenen Nacht so lange angestarrt, daß er ihr Bild unauslöschlich vor Augen hatte.

Roland hatte kürzlich einen Anflug von Stolz auf das Mädchen verspürt. Sie war nicht nur ungewöhnlich schön, sondern sie war auch schnell von Begriff und hatte bereits ein Gefühl für das Altnordische entwickelt.

Sie schien ihn als ihren Herrn akzeptiert zu haben, und er hatte den Eindruck, daß sie gewillt war, ihm zu dienen. Das freute ihn, denn es bedeutete, daß er nicht auf die Diener seines Vaters angewiesen war. Er erinnerte sich nur zu gut daran, daß die Diener immer dann, wenn er etwas brauchte, auf Heddas Geheiß hin beschäftigt gewesen waren.

Dieses Mädchen würde ihm eine gute Dienerin sein. Daher widerstrebte es ihm, eine Bettgeschichte mit ihr anzufangen. Er hatte das sichere Gefühl, daß es ein Fehler wäre, das Verhältnis zwischen ihnen beiden zu ändern. Roland wandte sich seufzend von ihr ab und verfluchte das Mädchen für seine Schönheit.

14

Der Sturm war nach Süden weitergezogen, ohne ihnen Schwierigkeiten zu machen, und während des ganzen folgenden Tages hatten sie schönes Wetter. An diesem Tag kamen sie zum Sitz des Grafen der Tourraine. Brigitte wünschte, sie hätte das Kloster von St. Michel besuchen können, aber das Boot legte nur so lange an, bis Passagiere ausgestiegen und neue Passagiere zugestiegen waren. Dann wurde die Fahrt wieder fortgesetzt.

Die beiden Neuzugestiegenen waren große, grob aussehende Sachsen. Die sächsischen Herzöge hatten die Franken in ihrem östlichen Königreich geschlagen und herrschten unter Otto über Deutschland, eine Tatsache, die den Franzosen nicht gefiel. Diese beiden hatten finstere, wetterfeste Gesichter und langes, unbändiges Haar, das die Farbe trockenen Herbstgrases hatte. Sie trugen dicke Pelze, die ihnen ein bärenhaftes, bedrohliches Aussehen verliehen. Sie waren bewaffnet.

Die Sachsen hielten sich abseits, doch als ihre Blicke mit unmißverständlichem Interesse auf Brigitte fielen, fühlte sie sich unwohl und stellte sich dichter neben Roland. Er sah sie nicht an, auch dann nicht, als ihr Arm versehentlich seinen streifte. Seit einigen Tagen schien er ihre Blicke zu meiden, und sie fragte sich, warum.

Am Spätnachmittag des nächsten Tages, dem sechsten Reisetag, passierten sie die Stelle, an der die Maine und die Loire zusammenfließen, und hier ließ Roland sich am Ufer absetzen. Brigitte war es zuwider, ihren unbequemen Platz auf dem Pferd wieder einzunehmen, aber als sie fragte, ob sie ein Stück zu Fuß gehen dürfe, wurde ihr die Bitte abgeschlagen. Roland war entschlossen, vor Einbruch der Nacht eine möglichst weite Strecke zurückzulegen.

Die Nacht brach schnell herein, und sie hielten in einem kleinen Gehölz am linken Ufer der Maine an. Sie waren nur wenige Meter vom Fluß entfernt, und Brigitte dachte daran zu baden. Sobald Roland auf die Jagd gegangen war, sammelte sie eilig Feuerholz zusammen und stapelte es auf dem Boden. Dann zog sie ein frisches Gewand aus ihrem Bündel, lief zum Ufer und freute sich, daß sie noch etwas Sauberes zum Anziehen hatte.

Auf der anderen Seite des Flusses lagen einsame Sümpfe, die im blauen Licht der Dämmerung öd und trostlos aussahen. Flußaufwärts kam etwas Schwarzes, Eckiges auf Brigitte zugetrieben. Sie erstarrte vor Schreck und kletterte eilig auf die niedrige Böschung, als sie sah, daß es ein Boot war. Sie verbarg sich hinter einem Baum und fluchte, weil sie aufgehalten wurde. Wolff kam und kauerte sich neben sie, und sie streichelte geistesabwesend seine Ohren, während sie ungeduldig dem Schiff entgegensah, das sich nur langsam vorwärts bewegte. Schließlich sah sie Wolff an und runzelte die Stirn.

»Du solltest dir lieber selbst dein Abendessen besorgen, Wolff. Der Normanne nimmt das Fleisch an, das du ihm bringst, aber ich zweifle daran, daß er dir den gleichen Gefallen tut und für dich jagt.« Als das Tier sich nicht von der Stelle rührte, versetzte sie ihm einen leichten Stoß. »Geh schon, sobald das Boot weg ist, ist alles in Ordnung. Ich komme allein zurecht.«

Sie sah ihm nach, als er davontrottete. Dann sah sie wieder auf den Fluß und mußte feststellen, daß das Boot, auf dem Vieh transportiert wurde, gerade erst auf sie zukam. Es fuhr so langsam an ihr vorbei, daß es zum Verrücktwerden war. Brigitte wußte, daß sie wieder an der Lagerstatt sein mußte, die sie aufgeschlagen hatten, wenn Roland zurückkam.

Endlich wurde das Boot kleiner und kleiner, und Brigitte zog sich nackt aus und lief eilig ins Wasser. Es war so eisig, daß es ihr den Atem verschlug, aber sie tauchte trotzdem unter. Ihre Zähne klapperten, und sie rieb sich am ganzen Körper, wobei sie ständig nach weiteren unerwünschten Schiffen Ausschau hielt. Auf dem Fluß war nichts zu sehen, aber das spielte jetzt keine große Rolle mehr, denn der Himmel war schwarz geworden, und der Mond war noch nicht aufgegangen. Sie zweifelte daran, daß jemand sie sehen würde – selbst wenn ein Schiff direkt an ihr vorbeigefahren wäre.

Brigitte eilte sich sehr und war froh, als sie das eisige Wasser hinter sich gelassen hatte. Sie fing an, am ganzen Körper zu zittern, und zog sich eilig ihr sauberes Kleid über, ohne sich erst abzutrocknen. Sie band es mit dem geflochtenen Gürtel zu, den sie vorher auch getragen hatte. Jetzt fror sie, und ihr wurde klar, daß dieser kleine Luxus des Badens ihr wahrscheinlich eine Erkältung eintragen würde. Luxus? Nein, sie war nicht bereit, ein Bad als einen Luxus anzusehen.

An ihren nassen Füßen haftete Erde, und daher entschied sie sich, ihre Sandalen noch nicht anzuziehen. Sie nahm sie gemeinsam mit dem Kleid, das sie vorher getragen hatte, in die Hand und begab sich zur Lagerstelle zurück. Dabei verfluchte sie sich dafür, das Feuer nicht vor ihrem Bad angezündet zu haben. Es war dunkle Nacht, und sie fror sehr.

Dann sah sie die Funken und glaubte, vor Angst zu sterben. Sie hielt den Atem an, bis sie sah, daß Roland neben dem Feuer kauerte.

Sie stieß einen Seufzer der Erleichterung aus. »Ihr habt mir einen furchtbaren Schrecken eingejagt«, sagte Brigitte, als sie näher kam und eilig ihre Sachen fallen ließ. »Wie lange seid Ihr schon hier?«

Als er sich umdrehte, ließ sein Blick sie zusammenfahren. »So lange, daß ich mich gefragt habe, warum ich weder ein Feuer noch ein tollkühnes Weib hier vorfinde.«

»Ich hätte nicht geglaubt, daß Ihr so schnell zurückkehrt.«

»Glaubst du, ich habe Augen wie dein Hund und kann das Wild im Dunkeln sehen?« erwiderte er gehässig. »Ich habe zu lange gewartet, bis ich das Lager aufgeschlagen habe. Es gibt kein Fleisch, es sei denn, Wolff hat mehr Glück als ich. Ich sehe, daß er nicht hier ist.«

»Ich habe ihn fortgeschickt, nachdem Ihr gegangen seid.«

Roland stand auf und sah sie an. »Komm her, Mädchen. Wo bist du gewesen?«

Brigitte zögerte. Sie kannte diesen Tonfall. Sein Mund war verkniffen. Die Stoppeln, die auf seinem Kinn gewachsen waren, waren überraschend dunkel und ließen ihn heimtückischer wirken. Seine Augen waren ein brennendes Spiegelbild des Feuers zu seiner Seite, und als er die Hand nach ihr ausstreckte, schnappte Brigitte nach Luft und machte einen Satz nach hinten. Seine Hand erwischte ihren Arm und glitt dann herunter. Als er sie zurückzog, war sie naß.

»Es war dir wohl wichtiger, schwimmen zu gehen, als bei dieser Kälte ein Feuer anzuzünden?«

Sie schöpfte Mut, denn schließlich hatte er sie nicht geschlagen. »Ich wollte Euch keine Ungelegenheiten bereiten.«

»Mir?« brummte er. »Schau dich an. Dein Arm ist wie Eis, und deine Lippen sind blau.« Er stieß sie derb zum Feuer. »Wärm dich auf. Wenn du mir jetzt krank wirst, bei Gott... hast du denn keinen Verstand, Mädchen?«

Sie stand mit dem Rücken zum Feuer und sah ihm ins Gesicht. Ihre Lippen zitterten. »Ich wollte mich reinigen, und solange Ihr in der Nähe wart, konnte ich mich nicht vollständig baden.«

»Warum nicht?«

Sie senkte den Blick und war froh, daß er ihr Erröten nicht sehen konnte. »Es schickt sich nicht.«

»Es schickt sich nicht?« schrie er. Dann unterbrach er sich, und seine Blicke wanderten langsam an ihrem Körper herunter. Unter der weichen Wolle, die sich an ihre nasse Haut schmiegte, waren alle Konturen zu erkennen.

Als Rolands Blicke sich schließlich mit ihren trafen, vergrößerten sich seine Augen, aber nicht vor Zorn. Es war ein Blick, den sie in ihrer behüteten Jugend nicht oft gesehen hatte, aber sie erkannte ihn instinktiv. Entsetzen packte sie.

Sie wich langsam vor ihm zurück, ohne an das Feuer hinter ihrem Rücken zu denken, doch er griff schnell nach einem ihrer Zöpfe und zerrte sie roh an sich. Sie schlug gegen seinen steinharten Körper, und es raubte ihr den Atem. Er legte einen Arm um ihre Taille, und sie konnte sich nicht mehr rühren.

Mit seiner freien Hand bog er ihren Kopf nach oben, und seine Blicke streiften langsam über ihr Gesicht. Er sog jeden Zentimeter besitzergreifend mit seinen Augen ein. »Vielleicht kann ich dich besser wärmen als das Feuer, was?« sagte er heiser, ehe seine funkelnden dunkelblauen Augen wieder in ihre Augen sahen. Seine Blicke waren heißhungrig, doch er sagte leise: »Es hilft dir nicht, dich gegen mich zu wehren, falls es das sein sollte, was du vorhast. Das weißt du selbst.«

Sie war doch so sicher gewesen, daß er sie nicht wollte. Was hatte diesen Sinneswandel bewirkt?

Er zog sie dichter an sich, und dann ließ er sie los, um nach ihrem Gürtel zu greifen. In dem Moment sprang Brigitte mit einem Satz zur Seite. Wenn es ihr gelang, außer Reichweite des Feuerscheins zu kommen, würde ihr die Dunkelheit zur Hilfe kommen, und sie konnte sich verstecken. Aber sie kam nicht weit, ehe er sie an der Taille packte und sie gezwungen war, mit einem Ruck stehenzubleiben. Er wirbelte sie herum und hob sie auf seine Arme. »Hast du wirklich geglaubt, du könntest mir davonlaufen?«

Seine Stimme war nicht grob. Er wirkte sogar ausgesprochen belustigt. Brigitte funkelte ihn böse an, und er lachte vor Heiterkeit.

»Wo ist die Dirne geblieben, die in dem Moment vor Angst ohnmächtig geworden ist, in dem ich sie auf mein Bett geworfen habe? Ich muß feststellen, daß du seit jener Nacht, die noch gar nicht lange her ist, mutiger geworden bist.«

»Ihr haltet Euch zuviel zugute«, sagte sie schroff. Sie war wütend, weil er sich über sie lustig machte. »Ich bin ohnmächtig geworden, weil mein Rücken geschmerzt hat, nicht aus Angst vor Euch.«

»Was war mit deinem Rücken?«

»Ich bin geschlagen worden – und das hatte ich Euch zu verdanken«, fauchte sie mit haßerfülltem Blick.

Roland runzelte die Stirn und legte sie sachte auf seiner Decke neben dem Feuer ab. Trotz ihrer gemurmelten Proteste öffnete er ihren Gürtel und zog ihr das Kleid aus. Dann hob er ihr Unterkleid hoch und berührte den Bereich, der ihr keine Schmerzen mehr bereitete. Dann stieß er sie wieder auf die Decke und sah sie scharf an.

»Hast du noch Schmerzen?«

»Nein. Warum?«

»Man sieht die Striemen noch. Eine Tracht Prügel, deren Spuren jetzt noch zu sehen sind, muß sehr schlimm gewesen sein. Natürlich hast du damit rechnen müssen, da du deine Herrin bestohlen hattest.«

»Ich habe Euch doch gesagt, daß ich keine Diebin bin. Das, was man mir angetan hat, hat man getan, weil ich versucht habe wegzulaufen...«

Noch während sie sprach, merkte sie, daß er ihr nicht zuhörte.

Sein Mund senkte sich jetzt auf ihre Lippen, und es zog ihr die Brust zusammen. Sie wußte, daß sie gegen seine Kraft nicht das mindeste ausrichten konnte, und ihr war grauenvoll bewußt, daß er ihr Unterkleid bis über ihre Brüste hochgezogen hatte.

Mit beiden Händen krallte sie sich in sein dichtes Haar, um seinen Kopf hochzuziehen. »Ihr werdet mich nicht nehmen!«

Er setzte sich auf und entfernte ihre Hände mühelos aus seinem Haar.

»Du willst es mir wohl erschweren?« Er grinste. Ohne eine Antwort abzuwarten, zog er kichernd sein schweres Kettenhemd und sein Lederhemd über den Kopf. Sie setzte sich keuchend auf, aber er stieß sie mit einer Hand zurück und hielt sie auf dem Lager fest, während er sich mit seiner anderen Hand an seiner Hose zu schaffen machte.

Brigitte schloß die Augen und zwang sich, nicht zu weinen. Roland verschränkte seine Hände hinter ihren Schultern. Es war so leicht für ihn gewesen, so verflucht leicht. Sie schlug die Augen auf und sah ihn wutentbrannt an. »Ich hasse Euch!«

Er sah sie lange an, und sie erwiderte seinen Blick kühn. Während sie in seine tiefblauen Augen starrte, mußte Brigitte plötzlich zu ihrem eigenen Erstaunen die Feststellung machen, daß sie sich wirklich etwas aus Roland machte. Sie hätte nicht sagen können, daß sie ihn liebte. Das wäre zu weit gegangen. Schließlich war er trotz allem grob und unwirsch und manchmal grausam in seinen

Bemerkungen, doch zugleich war er auch stark, entschlossen und aufrichtig, und ihr gefiel mehr an ihm, als sie sich hatte eingestehen wollen. Außerdem glaubte sie zu sehen, daß er sie zärtlich, wenn nicht gar liebevoll ansah. Er gibt vor, sich nur zu nehmen, was ihm zusteht, dachte sie, aber es steckt mehr hinter seinem Benehmen, weit mehr.

Roland dachte darüber nach, wie bezaubernd sie aussah und wie sehr er sie begehrte. Brigitte gegenüber würde er das niemals zugeben, aber sie war etwas Besonderes. Sie war charmant, und ihr Mut und ihre Intelligenz begeisterten ihn. Nein, es ging nicht an, ihr das zu sagen, aber Roland machte sich schon jetzt sehr viel aus ihr.

Er küßte ihr schönes Gesicht und ließ seine Lippen dann langsam über ihren Hals zu ihren kleinen Brüsten gleiten. Sie sahen so zerbrechlich aus wie Porzellan, aber sie faßten sich an wie sonnengereifte Pfirsiche, und er schmiegte sein Gesicht an ihren Busen. Nach einer Weile erfaßte ihn plötzlich große Ungeduld nach ihrer Süße, und er zog ihre Schenkel auseinander und drang in sie ein.

Roland blieb die Luft weg. Das jungfräuliche Hindernis war noch da! Er war vor den Kopf gestoßen, aber er sagte kein Wort. Er bewegte sich sehr sachte in ihr, und nach den ersten vorsichtigen Stößen spürte er, daß sie sich entspannte. Er gab sich große Mühe, behutsam mit ihr umzugehen, und er bewegte sich lange in ihr, ehe er erschauernd auf sie fiel. Kurz darauf zog er sich aus ihr zurück, legte sich neben sie und blickte lächelnd in ihr Gesicht.

»Warum lächelst du so selbstgefällig?« fragte Brigitte erbost. »Du hast gesagt, du würdest mir nicht weh tun, aber du hast mir weh getan!«

»Das stand zu erwarten, denn du warst noch eine Jungfrau.«

»Aber...« setzte sie unbeholfen an, und er mußte über ihre Verwirrung lachen.

»Du kannst mir nicht die Schuld an all diesen Mißverständnissen geben. Wärst du nicht ohnmächtig geworden, hättest du es selbst gemerkt.«

»Aber du hast doch gesagt, du hättest mich genommen.«

»Ich habe nichts mitgekriegt. Ein betrunkener Mann tut manchmal Dinge, an die er sich hinterher nicht erinnern kann.« Er zuckte die Achseln. »Ich bin einfach davon ausgegangen, daß ich dich genommen habe. Es war aber gar nicht so.«

Sie lag stumm dort, innerlich aufgewühlt, und ihre Gedanken drehten sich im Kreis. Sie sagte kein Wort.

Roland fuhr mit einem Finger zärtlich über ihr geschwungenes

Kinn. »Was spielt das für eine Rolle, mein kleines Juwel? Ob jetzt oder damals – du gehörst ohnehin mir.«

»Aber Druoda hätte mich dir nie gegeben, wenn sie gewußt hätte, daß es nicht zu einer Vergewaltigung gekommen ist.«

»Aber sie hätte dich einem anderen gegeben. Wo ist da der Unterschied?«

Roland gab ihr keine Gelegenheit zu antworten. Seine Lippen verschlossen ihren Mund mit einem langen, zärtlichen Kuß. Als er seinen Mund von ihren Lippen gelöst hatte, fragte er: »Habe ich dir sehr weh getan?«

»Nein.«

Es klang fast verbittert, und er schüttelte den Kopf. »Ich habe versucht, dich in Ruhe zu lassen. Ich wollte dich schon eher haben, aber ich habe dich trotzdem nicht angerührt.«

»Warum dann jetzt?« Sie wirkte mindestens so neugierig wie vorwurfsvoll.

Er zog die Augenbrauen hoch. »Das fragst du noch, wenn du mich mit nassen Kleidern begrüßt, die sich an deinen Körper schmiegen und jede Rundung deutlich abzeichnen? Ich bin doch nicht aus Stein.«

Brigitte seufzte. Es war eine Dummheit gewesen, in ihrer Wachsamkeit ihm gegenüber nachzulassen.

»Du hast gesagt, daß ich dir nicht gefalle«, sagte sie jetzt. »Ist denn alles, was du sagst, gelogen?«

»Damals warst du nicht gerade in Form. Ich müßte blind sein, damit du mir nicht gefällst. Außerdem gefällt mir die Vorstellung, daß dich kein anderer Mann gehabt hat.«

Er grinste jetzt, und seine Arroganz machte sie wütend. »Ich wünschte, es hätte hundert Männer vor dir gegeben!«

Darüber lachte er nur, und sie stieß ihn erbost von sich. »Laß mich in Ruhe, du ausgewachsener Lümmel!«

Roland ließ zu, daß sie aufstand. Er kicherte immer noch, als sie nach ihrem Kleid griff und mit steifen Schritten zum Fluß ging.

»Wohin gehst du?« rief er, doch sie blieb nicht stehen.

»Ich gehe wieder baden, nachdem du mich besudelt hast!« rief sie über die Schulter zurück, und sein Lachen folgte ihr bis zum Fluß hinunter.

15

Brigitte lag steif neben dem Feuer. Ihre Hände und Füße waren mit Streifen ihres Bündels zusammengebunden, und sie konnte nicht schlafen.

Es war schlimm genug, daß Roland von Montville sie genommen und sich dann darüber ins Fäustchen gelacht hatte. Er war sich seiner so sicher gewesen, und er war so selbstzufrieden gewesen, daß sie angefangen hatte, ihn dafür zu hassen. Daher hatte sie, sobald er sich hingelegt hatte und fast augenblicklich eingeschlafen war, wieder darüber nachgedacht, fortzulaufen. Ja, sie hatte geglaubt, ihm damit zeigen zu können, wie wenig sie sich aus Roland von Montville machte.

Als der Mond noch nicht hochstand, hatte sie ihre Habe gepackt, Wolff geweckt, um ihn mitzunehmen, und sich leise von der Lagerstatt entfernt, um Roland zu entwischen. Sobald das Feuer weit genug hinter ihr lag, war sie gerade lange genug stehengeblieben, um in ihre Sandalen zu schlupfen. Dann hatte sie angefangen zu rennen.

Brigitte hörte nur das Geräusch ihrer eigenen Schritte, und daher ahnte sie nicht im mindesten, daß Roland die Jagd aufgenommen hatte. Als er die Hand ausstreckte und ihren Arm packte, schrie sie vor Entsetzen auf. Er zerrte sie zum Lager am Feuer.

Er sah starr vor Zorn mit böswilligen Blicken auf sie herunter. »Du kannst dich glücklich schätzen, weil ich so nachlässig war, dich nicht vor den Folgen zu warnen, wenn du wegläufst. Aber hiermit warne ich dich. Falls du es jemals wieder probieren solltest, wird dein Rücken die Peitsche spüren. Einen Hieb für jede Stunde, die ich brauche, bis ich dich gefunden habe.«

Brigitte lief ein Schauer über den Rücken, und sie glaubte, die Peitsche zu spüren. »Dann muß ich eben dafür sorgen, daß du mich niemals findest«, flüsterte sie so leise, daß er es nicht hören konnte.

Roland sah sie finster an. »Ich will genau wissen, was du eben gesagt hast, Dirne, und zwar die Wahrheit!«

Sie reckte ihr Kinn in die Luft, und die Lüge ging ihr leicht über die Lippen. »Ich habe gesagt: Und was, wenn du mich nicht findest?«

»Ich werde dich finden. Ich habe mein Wort gegeben, daß du mir nie entkommen wirst, und für mein Wort bürge ich mit meinem Leben. Laß dir eins sagen für den Fall, daß du so dumm bist, es noch einmal zu probieren. Du bekommst von mir keine Schläge, die nur rote Striemen hinterlassen. Wenn ich dich auspeitsche, verlierst du Blut. Die Male, die ich dir beibringe, wirst du dein Leben lang zur Erinnerung behalten. Du wirst mir gehorchen.«

Dann hatte er ihr die Hände und Füße gebunden und grimmig gescherzt: »Damit ich in Frieden schlafen kann.«

Kurz darauf hörte Brigitte, daß sich in der Nähe des Lagers etwas rührte. Dann bellte Wolff plötzlich laut.

Was dann geschah, sah Brigitte verschwommen vor sich. Roland sprang schnell auf und packte sein Schwert. Doch um ihn herum standen zwei Männer, und er konnte nicht beide gleichzeitig im Auge behalten. Als er sich einem von den beiden zuwandte, schlug ihm der andere von hinten auf den Kopf. Mit einer Axt. Brigitte sah voller Entsetzen, wie Roland am Boden zusammenbrach.

Brigitte stieß einen Schrei aus, und Wolff griff den Mann an, der Roland niedergeschlagen hatte. Sie konnte nicht zusehen, denn der andere Mann rannte auf sie zu und kniete sich neben sie.

»Bring schnell das Vieh um«, rief er über die Schulter. »Dann bekommst du deine Belohnung.«

Brigitte sah in sein hämisch grinsendes Gesicht. Es waren die Sachsen, die sie auf dem Boot gesehen hatte! Aber die beiden waren nicht an Land gegangen, als Roland und sie ausgestiegen waren. Wie kam es, daß sie hier waren?

»Warum hat der Ritter dich gefesselt?« fragte der Sachse, während er die Schnüre durchschnitt, mit denen ihre Hände und Füße gebunden waren. »Hat er dich deinem Herrn gestohlen?«

Brigitte war zu erschrocken, um etwas zu sagen, aber er wartete keine Antwort ab. »Ist ja egal. Du bist es wert, einen Umweg zu machen und einen Mann zu töten. Ja, das bist du ohne weiteres wert.«

Sie konnte seine Worte kaum hören, denn Wolff knurrte bösartig, während er den anderen Sachsen angriff, doch sie verstand nur allzugut, worum es ging. Die Sachsen waren ihnen gefolgt und hatten Roland überfallen, um sie zu stehlen. Sie würde von der Hölle eines Normannen in die Hölle eines Sachsen geraten!

Brigitte schrie wieder auf, als der Sachse seinen Dolch an den Halsausschnitt ihres Kleides führte, um seine Beute zu entblößen. Doch im nächsten Moment waren der Dolch und der Sachse verschwunden. Wolffs Angriff hatte den Mann mehrere Meter zur Seite geschleudert. Der Mann stand nicht mehr auf. Brigitte wandte sich ab, denn sie konnte nicht zusehen, wie ihr geliebter Hund sich an die Instinkte seiner Ahnen erinnerte und den Sachsen in Stücke riß. Brigitte fiel der Hund wieder ein, auf den Baron Wilhelm einen

Wolf gehetzt hatte, und sie erschauerte angesichts der Ähnlichkeit, die ihr Haushund mit dem wilden Wolf aus den Wäldern aufwies. Als Wolff sein Werk beendet hatte, war der Mann so zerfetzt, wie es Baron Wilhelms Hund gewesen war. Beide Sachsen waren auf gräßliche Weise gestorben. Die Kehle und der Bauch des anderen Mannes waren aufgeschlitzt. Als wieder Ruhe herrschte und Brigitte sich im Lager umsah, schlug es ihr auf den Magen, und sie konnte nichts gegen die heftigen Krämpfe tun. Wolff kam zu ihr und stellte sich neben sie, aber als sie sah, daß das Blut seiner Opfer in seinem Fell klebte, wurde ihr nur noch übler.

Brigitte hatte noch nie einen Mord gesehen, und jetzt stand sie hier im Wald mit drei toten Männern. Drei? Sie riß die Reste ihrer Fesseln von ihren Händen und Füßen und lief zu der Stelle, an der Roland neben dem Feuer lag. Sie sah kein Blut, aber er lag erschrekkend still da.

Ihr wurde bewußt, daß sie frei war, frei! Sie konnte sich auf den Weg zu König Lothar machen! Roland war tot! Dann ging ihr die gesamte Tragweite der Ereignisse auf. Er war wirklich tot. Empfand sie etwas anderes als nur Erleichterung?

»Ich kann nicht hier bleiben«, sagte sie laut zu sich selbst.

Sie stand auf und berührte Wolffs Kopf, um ihn zu loben, aber sie zog ihre Finger augenblicklich wieder zurück. Sie waren blutverschmiert. Eilig rieb sie sich die Finger am Boden ab. Dann deutete sie auf den Fluß.

»Geh, Wolff. Wasch dich. Geh schwimmen.« Er rührte sich nicht von der Stelle, bis sie zornig mit dem Fuß auf den Boden stampfte. »Tu, was ich dir sage. Ich packe meine Sachen zusammen, und sobald du sauber bist, ziehen wir weiter.«

Wolff trottete widerstrebend davon, aber Brigitte machte keine Anstalten, ihre Habe zusammenzupacken. Sie blieb regungslos stehen, wo sie stand, legte ihre Arme dicht um ihren Körper und sah auf Roland hinunter. Die Bäume raschelten im Wind, und sie spürte die Kälte, aber sie bückte sich nicht, um ihren Umhang aufzuheben. Sie blickte starr auf die Decke, auf der sie mit Roland gelegen hatte.

Als Wolff zum Lager zurückkehrte, zitterte sie vor Kälte, aber sie hatte sich nicht von der Stelle gerührt. Wolff war klatschnaß, aber sauber, und sie lächelte ihn matt an und rief ihn zu sich. Sie bückte sich und hob die Decke hoch, um ihn abzutrocknen, doch vorher schüttelte er sich und spritzte sie und alles andere mit Wasser voll. In dem Moment hörte sie das Stöhnen.

Brigitte erstarrte. Einer der Männer war noch am Leben. Aber welcher? Nein, sie wollte es gar nicht wissen, denn sie wollte keinen von den dreien jemals wiedersehen.

»Komm, Wolff! Wir haben es eilig.«

Sie warf die Decke über ihn und rieb ihn mit ein paar kräftigen Bewegungen oberflächlich ab. Dann griff sie nach ihrem Umhang und ihrem Bündel. Sie lief zu Rolands Pferd, doch als sie vor dem Hengst stand, blieb sie stehen. Die Größe des Tieres schüchterte sie ein. Wenn der großgewachsene Ritter neben seinem Hengst gestanden hatte, war es weniger auffallend gewesen. Und wie sollte sie ohne eine hilfreiche Hand des Ritters überhaupt aufsteigen?

Sie nahm viele Anläufe, bis er ihr gelang, sich auf den harten Sattel zu ziehen. Schweratmend vor Anstrengung saß sie auf dem Pferd und sah sich nach Wolff um. Er war immer noch beim Lagerfeuer und beschnupperte Rolands Leiche. Sie rief ihn, dann noch einmal, doch der Hund setzte sich neben den Normannen und wollte sich nicht von der Stelle rühren.

Brigitte stieß einen erbitterten Seufzer aus. *Er* war es also. Er war derjenige von den dreien, der noch am Leben war. Sie hätte sich denken können, daß der überhebliche Schurke zu zäh war und nicht so leicht starb. Sie ließ sich von dem Pferd gleiten und ging langsam auf das Feuer zu. Sie warf Wolff einen lieblosen Blick zu und bückte sich, um sich Roland genau anzusehen.

Er hatte eine gewaltige Beule auf dem Hinterkopf. Die Waffe des Sachsen mußte sich umgedreht haben, während er zuschlug, und nur die flache Kante der Axt war auf Rolands Kopf niedergesaust. Während sie diese Feststellung machte, sah sie, daß Rolands Atem ging. Er würde mit schmerzendem Kopf zu sich kommen, aber er war wirklich noch am Leben.

Brigitte sah Wolff an, der sich neben den Normannen legte. Sie funkelte ihn böse an. »Du erwartest doch nicht etwa, daß ich hierbleibe und ihm helfe, oder? Ich muß von hier fortreiten.«

Brigitte stand auf, aber der Hund erhob sich nicht. »Ich gehe«, teilte sie ihm mit. »Wenn ich hierbleibe, wird dieser Mann mich versklaven. Willst du das etwa? Willst du, daß ich unter ihm zu leiden habe?«

Das Tier stand immer noch nicht auf, um ihr zu folgen. Brigitte war außer sich. »Ich sage dir, daß er unsere Hilfe nicht braucht!« schrie sie. »Jetzt komm schon!«

Sie machte sich wieder auf den Weg, aber sie sah über ihre Schulter zurück, ob Wolff ihr folgte. Doch er hatte sich nur noch dichter zu dem Normannen gelegt, und sein Kopf ruhte neben Roland auf dem Boden.

»Verfluchtes Vieh, dann bleib doch bei ihm!« schrie Brigitte. »Aber wenn du glaubst, daß du es bei ihm besser hast als bei mir, dann täuschst du dich gewaltig. Wenn du dir Mühe gibst, ihm zu gefallen, wirst du seine Stiefel spüren, denn er gehört zu dieser Sorte von Männern.«

Sie stolzierte davon, fest entschlossen, sich nicht noch einmal umzusehen. Sie stand noch nicht vor dem Hengst, als Wolff das trostloseste Geheul ausstieß, das sie je gehört hatte. Es hallte durch den Wald. Als sie sich umdrehte, sah sie, daß Wolff den Normannen mit der Schnauze anstieß, als wolle er ihn umdrehen.

»Laß ihn in Ruhe, Wolff!« keuchte sie, denn sie fürchtete, Roland könnte aufwachen, ehe sie losgeritten war.

Sie lief zurück, um den Hund fortzureißen, und in dem Moment sah sie die Blutlache, die unter dem Mann hervorsickerte. Er war schwer verwundet. Aber wieso? Unter großen Mühen gelang es Brigitte, ihn umzudrehen. Dann sah sie das Schwert, das Roland aus der Hand gefallen war, als der Hieb ihn niederstreckte. Die Spitze war auf einem großen Stein gelandet und hatte Roland eine Wunde in der Seite zugefügt, als er daraufgefallen war.

»Es würde ihm nur recht geschehen, durch seine eigene Waffe zu sterben«, sagte Brigitte kalt.

Sie konnte nicht sehen, wie schlimm die Wunde war, aber auf dem Boden war eine große Blutlache, und durch sein Hemd sikkerte mehr Blut. Sie drehte sich zu Wolff um, der sie erwartungsvoll ansah, und sagte verbissen: »Nach dem, was er mir angetan hat, bin ich nicht verpflichtet, ihm zu helfen. Du brauchst mich gar nicht so traurig anzusehen, Wolff. Wenn ich seine Wunde verbinde, kann es passieren, daß er zu sich kommt, und dann habe ich meine Chance zur Flucht verspielt. Außerdem steht nicht mit Sicherheit fest, daß er stirbt, wenn ich ihm nicht helfe.«

Brigitte richtete sich auf und warf noch einen Blick auf den bewußtlosen Ritter. Sie zog die Schultern hoch und sagte: »Hör sich das einer an. Es klingt, als sei ich genauso gemein und herzlos wie dieser Mann. Ich kann einen Menschen nicht sterben lassen, nicht einmal den da.«

»Es freut mich, das zu hören.«

Brigitte keuchte, als Roland seine dunklen Augen aufschlug und ihr ins Gesicht sah. »Seit wann bist du wieder bei Bewußtsein?« platzte sie heraus.

»Seit du mich so unsanft umgedreht hast«, knurrte er. »Ich spüre entsetzliche Stiche in meinem Kopf.«

»Sieh dir lieber deine Seite an, Normanne, denn du blutest wie eine abgestochene Sau«, sagte sie grob.

Roland setzte sich langsam auf, aber er fiel gleich wieder auf einen Ellbogen und griff sich mit der anderen Hand an den Kopf. »Mein Gott, mein Schädel fühlt sich an, als sei er gespalten.« Dann sah er sie scharf an. »Warst du das?«

»Wenn es dir weh tut, wünschte ich, ich wäre es gewesen«, sagte sie. »Ich war es aber nicht. Ein Mann, den du nicht gesehen hast, hat dir von hinten einen Hieb versetzt.«

»Ich glaube eher, daß du es doch warst«, sagte er skeptisch.

»Dann sieh dich um. Da liegen zwei Leichen, die noch nicht begraben sind.«

Roland sah sich um. Er war fassungslos. Dann fiel sein Blick auf Wolff, der neben ihm lag. »Es scheint, ich habe deinen Hund unterschätzt.«

»Merk dir das für das nächste Mal, wenn du mir etwas antun willst«, warnte ihn Brigitte. »Wenn ich wenigstens gewußt hätte, was für ein Prachtkerl Wolff ist, hättest du seine Zähne schon längst gespürt wie diese beiden Sachsen.«

»Sachsen?«

»Die beiden, die wir auf der Bootsfahrt getroffen haben.«

Roland runzelte die Stirn. »Das müssen Diebe gewesen sein. Warum hätten sie uns sonst folgen sollen?«

»O ja, es waren Diebe«, gab sie zurück. »Und ich war es, was sie stehlen wollten.«

»Verdammt noch mal«, knurrte Roland. »Wußte ich doch, daß du mir mit deinem süßen Frätzchen noch Ärger machen würdest. Ich nehme an, du hast diese Sachsen auf dem Schiff schon dazu ermuntert?«

»Wie kannst du es wagen?« Sie sog geräuschvoll den Atem ein. »Ich kann nichts dafür, wie ich aussehe, aber ich führe keinen Mann absichtlich in Versuchung. Ich will nicht, daß es Männer nach mir gelüstet. Was du mit mir getan hast, war so nieder, wie ich es mir immer vorgestellt habe.«

»Es reicht!«

»Nein, es reicht noch lange nicht«, brauste sie auf, denn sie wollte ihn noch mehr verletzen. »Du bezeichnest dich als meinen Herrn, und du hast mich noch nicht einmal vor diesen Räubern geschützt, wie es die Pflicht eines Herrn ist. Ich würde sagen, daß du dein Anrecht auf meine Dienste verspielt hast, denn du hast deine Verpflichtung mir gegenüber nicht erfüllt.«

»Haben sie dir etwas getan?« fragte er aufgebracht.

»Äh... nein, aber das habe ich nicht dir zu verdanken.«

»Wenn dir kein Leid geschehen ist, will ich nichts mehr von Rechten und Verpflichtungen hören. Außerdem habe ich mich bemüht, dich zu beschützen. Das kann ich mit meinen Wunden beweisen.«

Brigitte empfand bohrende Reue, weil sie ihn provoziert hatte. Sie verstummte.

»Ich glaube, mich zu erinnern, daß du gesagt hast, du würdest meine Wunde verbinden?« rief er ihr ins Gedächtnis.

»Das tue ich, sobald dir eins klar ist – ich fühle mich nicht dazu verpflichtet, weil du dich als meinen Gebieter aufspielst.«

»Dann tu es als Christin«, sagte er müde. Erschöpft schloß er die Augen. »Bring es hinter dich.«

Sie drehte sich um und ging zu seinem Pferd, um sein Gepäck nach etwas zu durchsuchen, das sich als Verband eignete. Roland hielt sie zurück, ehe sie sein Gepäck aufgeschnürt hatte.

»Dort findest du keinen Stoff.«

Sie sah ihn an. »Ein altes Hemd tut es auch.«

»Wenn du ein Hemd zerreißt, sind die Streifen nicht lang genug. Du wirst bei deinen Kleidern etwas finden müssen.«

»Bei meinen!« ächzte sie. Sie kam zurück und stellte sich über ihn. »So viele Kleider habe ich nicht bei mir, daß ich für dich etwas entbehren könnte. Ich werde eine der Decken nehmen.«

»Wir brauchen die Decken noch, denn je weiter wir nach Norden kommen, desto kälter wird es werden«, teilte ihr Roland mit.

Unwillig schnappte sie sich das Bündel mit ihrer Habe und zog ihr abgetragenstes Kleid heraus, ein gelbes Leinenkleid, und sie tröstete sich mit dem Wissen, daß es sie im Norden ohnehin nicht warm halten würde. Das blaue Leinenkleid, das sie mitgenommen hatte, würde ihr dort ebenfalls nichts nutzen. Das bedeutete, daß ihr nur zwei wollene Kleider blieben.

Als Brigitte sich wieder zu Roland umdrehte, stellte sie fest, daß er seinen Gürtel aufgeschnallt hatte und versuchte, sein Hemd auszuziehen. Einen Moment lang sah sie zögernd zu, wie er sich abmühte. Dann stieß sie seine Hände zur Seite und zog ihm das Kleidungsstück über den Kopf. Er war blaß und matt, aber er verfolgte jede ihrer Bewegungen, als sie seine Wunde reinigte und sie dann sorgsam mit den Leinenstreifen verband. Als sie fertig war, half sie ihm in ein frisches Hemd, deckte ihn mit einer Decke zu und ging zum Feuer, um es neu zu schüren.

»Wirst du das Blut aus meinem Hemd waschen, kleines Fräulein?« fragte er.

Brigitte nickte gleich, weil er sie gebeten hatte, statt zu fordern. Sie hob sein Hemd vom Boden auf und ging zum Fluß hinunter. Als Brigitte zum Lager zurückkehrte, breitete sie Rolands Hemd auf einem Baumstumpf zum Trocknen aus. Dann sah sie nach, ob er schlief.

»Tut die Beule auf deinem Kopf sehr weh?« flüsterte sie.

»Ja«, erwiderte er mit verzerrtem Gesicht. »Womit hat er mich niedergeschlagen?«

»Mit einer Axt«, entgegnete sie. »Du hast Glück gehabt. Dich hat nur die stumpfe Seite getroffen.«

»Hm«, brummte er. »Mir kommt es vor, als würde die spitze Seite immer noch in meinem Kopf stecken.«

»Wenn es so wäre, wäre das nur zu meinem Besten«, dachte Brigitte. Sie errötete angesichts ihrer eigenen Grausamkeit.

16

Der Geruch nach gebratenem Fleisch ließ Brigitte erwachen. Ein schneller Blick in alle Richtungen erwies, daß die toten Sachsen nicht mehr da waren. Die Lichtung sah aus wie vor dem Zwischenfall. Roland kauerte vor dem Feuer. Wolff saß neben ihm, und sie sah beide böse an.

»Für einen schwerverwundeten Mann hast du einiges geleistet«, bemerkte sie bissig.

»Guten Morgen, Fräuleinchen.«

Sie überging seine Begrüßung. »Deine Wunde ist doch nicht etwa wieder aufgegangen?«

Er kicherte vor sich hin. »Nein, das Pferd hat die Arbeit getan«, sagte er.

»Und wo kommt das Fleisch her?«

»Das hat dein Hund herangeschafft.«

Brigitte sah Wolff strafend an. »Verräter! Mußt du dich denn dafür verausgaben, *ihm* zu gefallen!«

»Sprichst du immer mit Tieren?« fragte Roland sie mit einem versteckten Seitenblick.

»Nur mit diesem einen«, erwiderte sie erbost. »Das scheint allerdings in letzter Zeit zu wenig zu führen.«

»Ich hoffe, du erwartest keine Antwort von ihm.«

»Natürlich nicht«, sagte sie eingeschnappt. »Ich spinne doch nicht, Roland.«

Er runzelte die Stirn. »Ich habe dir nicht gestattet, mich so anzusprechen.«

»Ich habe nicht um Erlaubnis gefragt.«

Er zog die Augenbrauen zusammen. »Du wirst mich mit Seigneur ansprechen, wie es sich gehört.«

»Das werde ich nicht tun. Du bist nicht mein Herr und Gebieter«, sagte Brigitte mit fester Stimme. »Mein Vater war mein Gebieter, und nach ihm mein Bruder, doch jetzt ist der Graf von Berry mein Herr. Ihn würde ich mit Seigneur ansprechen, aber du bist Roland von Montville, und sonst gar nichts. Ich werde dich entweder Roland oder den normannischen Bastard nennen – was von beidem, ist mir gleich.«

Roland stand auf und trat mit blitzenden Augen auf sie zu. »Ich warne dich, Dirne...«

»Dirne!« sprudelte Brigitte heraus. »Ich heiße Brigitte – hast du gehört? *Brigitte!* Und wenn du mich noch einmal Dirne nennst, schreie ich!«

Roland war so erstaunt über ihren Ausbruch, daß der finstere Blick von seinem Gesicht verschwand. »Du hast heute morgen den Teufel in dir. Was ist über dich gekommen, Mädchen?«

»Du!« rief sie. Sie stand kurz vor den Tränen. »Du hast kein Recht dazu, einfach auf zu sein und rumzulaufen, wenn du vor ein paar Stunden noch fast tot warst. Du hast den Teufel in dir. Du müßtest schwach sein, aber er gibt dir Kraft!«

»Ach, das ist es also.« Plötzlich lachte er. »Du hattest immer noch die Absicht zu fliehen, und du hast geglaubt, ich sei zu schwach, um dich zurückzuhalten. Tja, es tut mir leid, daß ich dich enttäuschen muß, aber ich habe von frühester Jugend an gelernt, Schmerzen mit Fassung zu ertragen.«

An jenem Morgen erreichten sie nach ein paar Stunden langsamen Reitens Angers. Roland trieb das Pferd nicht so an wie bisher. Statt bei dem Grafen von Anjou vorzusprechen, hielt Roland beim Kloster an, um Vorräte zu besorgen und vom Tod der beiden Sachsen zu berichten. Dann verließen sie die alte Stadt.

Brigitte war mehr als nur ein wenig enttäuscht. »Warum konnten wir nicht wenigstens eine Nacht dort bleiben? Du hättest die Ruhe gebrauchen können. Ein Tag hätte doch keine Rolle gespielt.«

»Ich habe keinen Anlaß dazu gesehen«, erwiderte Roland barsch.

Auf dem Weg nach Angers waren beide stumm gewesen, aber jetzt war Brigitte bereit weiterzustreiten. »Warum meidest du Städte? Du hast jede Stadt, die auf dem Weg liegt, so schnell wie möglich wieder verlassen.«

Er wandte sich nicht zu ihr um. »Es ist nicht ratsam, an einem Ort zu verweilen, den man nicht kennt.«

»Natürlich nicht. Es ist besser, draußen im Freien auf dem kalten Boden zu schlafen«, sagte sie sarkastisch.

»Du nörgelst wie eine Ehefrau«, sagte Roland scharf. »Hör mit deinem Geschwätz auf.«

Brigitte spürte einen Stich, aber sie war unerschrocken. Sie ritten durch Weinreben auf flachen Hängen außerhalb von Angers und kamen dann zu einem Morast. Je weiter sie Angers hinter sich zurückließen, desto gereizter wurde Brigitte. Sie würde auch heute nacht kein warmes Bett und keine Gesellschaft haben. Wenn es so weiterging, würde sie niemals Hilfe finden.

»Ich kann nicht glauben, daß Angers dir fremd ist. Du kennst doch sicher jemanden dort. Es ist noch nicht zu spät, um umzukehren.«

»Ich habe nicht die Absicht, umzukehren, Mädchen. Und ich kenne auch niemanden dort.«

»Aber du bist nicht weit von hier zu Hause, oder?« wagte sie sich vor.

»Noch ein paar Tagesritte. Aber es gibt keinen Grund, aus dem ich Leute aus Angers kennen sollte. Ich war nie länger dort. Mein Vater hat immer dafür gesorgt, daß ich in der Nähe war, und als ich von zu Hause fortgeritten bin, bin ich nach Osten geritten.«

Brigitte kicherte. »Du solltest immer in der Nähe bleiben? Welcher Sohn eines Edelmannes soll sich in der Nähe seiner Heimat aufhalten? Söhne von Edelleuten werden an andere Höfe geschickt, damit sie dort etwas lernen. Wenn das bei dir nicht so war, mußt du von bäuerlicher Abstammung sein.«

Rolands Rücken wurde steif. »Mein Vater wollte mich selbst erziehen«, sagte er eisig. »Und sobald wir Montville erreichen, wirst du zweifellos erfahren, daß ich ein illegitimes Kind bin. Meine Mutter war eine Leibeigene, und ich bin der uneheliche Sohn meines Vaters.«

»Oh!« Ihr fiel nichts ein, was sie dazu hätte sagen können.

»Ich gebe es offen zu.«

»Das täte ich vielleicht auch, wenn es bei mir der Fall wäre«, sagte sie. »Aber ich bin nicht unehelich geboren.«

Er hielt das Pferd an und drehte sich zu ihr um. »Deine Zunge braucht eine Pause«, sagte er abfällig. »Ein kleiner Spaziergang könnte guttun.«

Mit diesen Worten setzte er sie auf dem sumpfigen Boden ab, ohne ihren wütenden Aufschrei zu beachten. Er trieb sein Pferd wieder an, und Brigitte blieb nichts anderes übrig, als ihm zu folgen. Wolff lief neben ihr her.

17

Roland hielt auf einem Hügel an. Unter ihm lag Montville, sein Zuhause. Brigitte beugte sich auf die Seite, um sich den Ort genauer ansehen zu können, an dem sie eine Zeitlang wohnen würde. Alles war weiß, denn eine dichte Schneedecke lag auf der Festung, die zur Linken auf einem Hügel aufragte, auf dem nahegelegenen Dorf, auf den Wiesen, den Obsthainen, dem Weideland und dem Wald im Hintergrund.

Der Schnee fiel erbarmungslos und erinnerte Brigitte mit Unbehagen an die vergangene Nacht, in der die ersten Flocken gefallen waren und Roland ihre Wärme gesucht hatte. Sie hätte es vorgezogen zu erfrieren, aber er hatte sie nicht in Ruhe gelassen und ihren zarten Körper an seinen gezogen, ohne sich um ihre Proteste zu kümmern. Doch er hatte sich ihr nicht aufgezwungen. Sie wußte nicht, ob sie das seiner Wunde oder Wolffs tiefem Knurren zu verdanken hatte. Doch er hatte warme Küsse auf ihren Nacken gedrückt, bis sie sich aus seiner Umarmung gewunden hatte. Anschließend hatte er sie nicht mehr belästigt, wenn man davon absah, daß er eine Hand schwer auf ihre Hüfte gelegt und sie dort liegengelassen hatte – als Zeichen seiner Besitzansprüche.

Brigitte versuchte, die Erinnerung an die letzte Nacht aus ihrem Gedächtnis zu löschen, während sie auf Rolands Zuhause hinunterschaute. Um sich abzulenken, dachte sie daran, daß sie Rolands Vater kennenlernen würde, und sie fragte sich, was sie diesem Edelmann erzählen würde. Würde er ihr glauben, wenn sie ihm sagte, wer sie war und was ihr zugestoßen war? Roland ritt den Hügel hinunter, und Brigitte spürte die ersten Anzeichen von Angst. Was war, wenn er ihr nicht glaubte? Was war, wenn sie diesen Ort nie mehr verlassen würde, sondern gezwungenermaßen den Rest ihres Lebens hier als Dienerin verbringen mußte?

Ein Wachposten grüßte Roland mit einem Winken und bedeutete ihm, durch das offene Tor zu reiten. Niemand kam aus dem Haus, um die Ankömmlinge zu begrüßen. Der Burghof war windig und menschenleer. Nicht einmal ein Reitknecht kam aus dem Stall, um Roland das Pferd abzunehmen.

»Ist hier alles in Ordnung?« fragte Brigitte voller Unbehagen, als Roland direkt vor dem Stall abstieg und ihr von seinem Pferd half.

»Nichts scheint im argen zu liegen.«

»Aber warum ist niemand ins Freie gekommen, um dich zu begrüßen? Die Wachen müssen unsere Ankunft bemerkt und deinen Vater verständigt haben«, sagte sie, als sie aus dem Stall kamen und auf das Haus zugingen.

»Ja, ich bin sicher, daß er über mein Eintreffen informiert ist.«

»Trotzdem kommt er nicht?« fragte Brigitte erstaunt.

Roland lächelte nachsichtig. »Nur ein Narr würde an einem Tag wie heute seinen Platz am warmen Feuer aufgeben.«

»Aber es ist auch kein Diener gekommen, und niemand hat dir das Pferd abgenommen«, sagte Brigitte beharrlich.

Roland zuckte die Achseln. »Du wirst selbst sehen, daß Montville nicht allzu gastlich ist, Brigitte. Ich habe nichts anderes erwartet.«

»Du hast gesagt, daß dein Vater viele Leibeigene hat.«

»Das stimmt auch, aber sie tanzen nach Heddas Pfeife, und als sie von meinem Kommen erfahren hat, hat sie sie zweifellos mit hundert anderen Aufgaben betraut. Diese Frau nimmt große Mühen auf sich, damit ich mich hier nicht willkommen fühle. Ich habe nicht damit gerechnet, daß sich in den sechs Jahren, die ich unterwegs bin, etwas geändert hat. Meine Stiefmutter ist ein gehässiges Weib. Ich würde dir raten, ihr aus dem Weg zu gehen, denn sie kann dich bestimmt nicht leiden.«

»Wieso? Sie kennt mich doch gar nicht.«

»Das ist auch nicht nötig«, sagte Roland kichernd. »Hedda wird dich schon allein deshalb ablehnen, weil du mir dienst. Es hat ihr schon immer großes Vergnügen bereitet, mir das Leben zu versauern. Sie sorgt mit allen Mitteln dafür, daß nie ein Diener in der Nähe ist, wenn ich etwas brauche. Aber jetzt habe ich dich, und über dich kann sie nicht verfügen. Das wird ihr gar nicht passen.«

»Sie haßt dich wohl?«

»Ich erinnere sie an ihr Versagen, meinem Vater einen Sohn zu gebären. Meine Mutter war nicht aus Montville. Als sie gestorben ist, hat Luthor mich hierhergebracht und mich seinen beiden Töchtern vorgezogen, die Hedda ihm geboren hat. Alles, was du hier siehst, wird eines Tages mir gehören – einem illegitimen Sohn, und nicht Luthors rechtmäßigen Töchtern.«

»Dann nehme ich an, daß deine Schwestern dich ebenfalls hassen«, sagte Brigitte aufseufzend. »Das sind ja nette Familienverhältnisse, Roland. Und du hast mich hierhergebracht, und ich muß unter diesen unangenehmen Menschen leben.«

»Fürchte dich nicht, mein kleines Juwel«, sagte er leichthin zu ihr. »Ich werde dich vor ihrem Zorn beschützen.«

Das Gutshaus war ungewöhnlich groß, und die große Eingangshalle war gewaltig. Sie war halb aus Holz und halb aus Stein gebaut, und die Eingangshalle von Louroux wäre darin untergegangen. Brigitte sah, daß in diesem Raum auch gekocht wurde, denn dort standen zwei große Herde. Auf der einen Feuerstelle kochte es sprudelnd in großen Kesseln, und darüber wurde ein großes Stück Fleisch gebraten. Diener eilten durch den Raum und servierten einer großen Gesellschaft das Abendessen.

Drei Tische standen mitten im Raum. Einer der Tische stand parallel zu den beiden anderen auf einer Estrade. An den beiden langen Tischen, die unten standen, saßen jetzt Soldaten, bewaffnete Krieger, Edelknaben, Ritter mit ihren Schildknappen und mehrere Damen. Vor dem kleineren Herd, der die Wärme spendete, standen Bänke. Zur Linken, über dem Feuer, auf dem gekocht wurde, war ein offenes Portal, ein Rundbogen, der es dem Beobachter im oberen Geschoß des Gutshauses ermöglichte, alles im Auge zu behalten, was sich in der Halle abspielte.

An dem Tisch auf der Estrade thronte in der Mitte ein älterer Mann von beträchtlichem Umfang. Sein Haar hatte die Farbe von Weizen und war nach Art der Normannen kurz geschnitten. Er war bartlos wie viele der anderen Männer auch, und in sein Gesicht hatten sich tiefe Falten gegraben. Das Gesicht wies auf einen starken Charakter hin. Wenn auch kaum Ähnlichkeit mit Roland bestand, war Brigitte doch sicher, daß das Luthor sein mußte, der Herrscher von Montville.

Zu beiden Seiten von ihm saßen Frauen, von denen eine etwas älter als Roland war. Die andere war wesentlich älter. Sie waren mit Sicherheit Mutter und Tochter. Beide zeichneten sich durch die gleichen deutlichen Züge aus: spitzes Kinn, schmale Augen, Adlernase.

Die Menge machte solchen Lärm, daß niemand Brigitte und Roland bemerkte, und so konnte sich Brigitte in Ruhe im Saal umsehen. Doch sie hatte nicht lange Zeit, ihre Umgebung zu mustern. Wolff nahm die Witterung der Hunde auf, die durch den Saal liefen. Er stieß ein herausforderndes Geheul aus und griff den erstbesten Köter an, ehe Brigitte ihn aufhalten konnte. Andere Hunde mischten sich ein, und es kam zu ohrenbetäubendem Lärm.

Brigitte lief dunkelrot an. Ihr Hund hatte für einen solchen Tumult gesorgt, daß alle Anwesenden verstummten. Nervös trat sie einen Schritt vor, um Wolff zurückzurufen, doch Roland hielt sie zurück.

»Laß ihn nur, Brigitte«, kicherte er belustigt. »Für ihn ist das ein fremdes Terrain. Es ist geschickt von ihm, sich von Anfang an zu behaupten.«

»Aber für mich ist es beschämend.«

»Wie das?« Roland zog die Augenbrauen zusammen. »Du vergißt, daß er jetzt mir gehört. Er zeigt den Hunden meines Vaters nur, daß sie ein neues Leittier haben. Das ist etwas, was wir in Montville gut verstehen.«

»Was? Den Kampf um die Vorherrschaft?«

»Ja.«

»Aber dein Vater gebietet hier, oder etwa nicht?«

»Aber gewiß«, sagte Roland. Er nickte. »Aber es wird unvermeidlich sein, daß ich ihn herausfordere oder er mich.«

»Das ist ja unerhört!«

»Hier nicht, mein Fräulein. Luthor will es nicht anders haben. Er herrscht durch seine Körperkraft, wie es auch seine Vorfahren getan haben. Er glaubt, daß er nicht der rechte Herrscher ist, wenn er nicht jedem seiner Männer überlegen ist. Und alle müssen wissen, daß er seinen Erben noch immer schlagen kann.«

»Das ist ja barbarisch!« keuchte Brigitte. Dann erholte sie sich so weit, daß sie hinzufügen konnte: »Und du bist auch ein Barbar!«

Roland grinste hämisch. »Hast du das jetzt erst bemerkt?«

In diesem Augenblick lief ein dralles Mädchen mit wehenden kastanienbraunen Locken auf sie zu. Brigitte sah erstaunt zu, wie das Mädchen seine Arme um Rolands Hals warf und ihn ausgiebig küßte.

»Was soll das heißen?« schmollte das Mädchen, als er sich aus ihrer Umarmung löste. »Warum kannst du mich nicht gebührend begrüßen, *mon cher?*«

Roland sah sie finster an. »Amelia, was wir damals miteinander hatten, war privat, und du wolltest es an die Öffentlichkeit bringen. Hast du denn keine Scham, Dirne – dich mir vor den Augen aller an den Hals zu werfen?«

Amelia keuchte und riß wütend ihre blauschwarzen Augen auf. »All diese Jahre habe ich auf deine Rückkehr gewartet. Luthor weiß es, und er hat nichts dagegen.«

»Was weiß er?« fragte Roland. »Hast du ihm von unserem Techtelmechtel erzählt? Hast du deinem Vater Schande gemacht, indem du deine Geilheit laut verkündet hast?«

»Warum bist du so zu mir?« rief Amelia. »Ich habe niemandem von uns erzählt. Luthor hat nur bemerkt, wie verhärmt ich nach deiner Abreise war. Er hat sich darüber lustig gemacht.«

»Und was wird er jetzt denken, nachdem er deine Kühnheit gesehen hat? Und dein Vater, der uns im Moment zusieht? Verdammt noch mal, Amelia!« fauchte Roland. »Ich habe dich nicht geheißen, auf mich zu warten. Worauf hast du gewartet? Ich habe dir nie versprochen, dich zu heiraten.«

»Ich dachte...«

»Dann hast du eben falsch gedacht!« fiel er ihr ins Wort. »Und es war dumm von dir zu warten, wenn dein Vater dich längst verheiratet hätte. Ich hatte nicht die Absicht, je zurückzukommen, und das hast du genau gewußt.«

»O nein, Roland«, sagte sie eilig. »Ich wußte, daß du zurückkommen würdest, und du bist gekommen.«

»Genug, Amelia. Mein Vater erwartet mich.«

»Unsinn!« Sie sah von Roland zu Brigitte, die ein paar Schritte zur Seite gegangen war, weil es ihr peinlich war, diese Unterhaltung mit anzuhören. »Ach! Das ist es also?« schrie Amelia. »Du hast dir bereits eine Frau genommen. Du Bastard!« fauchte sie. Ihre Augen waren schwarz vor Zorn. »Du treuloser Hund!«

Roland zuckte zusammen und sah ernstlich böse auf sie herunter. »Sieh dich vor, Frau, denn sonst wirst du meinen Handrücken spüren, und ich werde deinen Vater töten müssen, wenn er mich deswegen zum Duell herausfordert. Wenn du schon nicht an dich denkst, dann denk wenigstens an ihn.«

Amelias dunkle Augen füllten sich mit Tränen. »Wie konntest du nur eine andere heiraten?«

Roland seufzte erbittert. »Ich habe nicht geheiratet! Und ich werde auch nicht heiraten, denn ihr seid alle gleich mit eurem verfluchten Nörgeln und Wimmern. Ihr bringt die Geduld eines Mannes zum Reißen. Ich nehme mir keine Frau, die ich nicht abschieben kann, wenn sie mich nicht mehr reizt und nur noch keift.«

Roland ging, und Brigitte blieb stehen. Sie wußte nicht, was sie tun sollte, denn er hatte ihre Anwesenheit restlos vergessen. Amelia sah sie feindselig an, und Brigitte folgte Roland eilig. Sie folgte ihm mit hocherhobenem Kopf und achtete nicht auf die neugierigen Blicke, die auf sie gerichtet waren. Sie fühlte sich vollkommen allein, aber sie faßte sich ein Herz, als Wolff zu ihr kam, nachdem er den letzten der Hunde von Montville besiegt hatte. Zumindest hatte Wolff sich prächtig gehalten.

Luthor von Montville stand auf, als Roland sich ihm näherte, aber das war auch schon alles, was er angesichts der Rückkehr seines Erben tat. Dieses seltsame Treffen zwischen Vater und Sohn verwirrte Brigitte. Keiner der beiden Männer lächelte zur Begrüßung, und keiner von beiden sagte ein Wort. Sie standen einander mit versteinertem Gesichtsausdruck gegenüber, eher Gegner als Verwandte. Sie musterten einander prüfend und stellten die Veränderungen fest, die sich in den letzten sechs Jahren vollzogen hatten.

Schließlich machte Luthor den Mund auf. »Du kommst spät«, sagte er.

»Ich bin aufgehalten worden.«

»Das hat mir Gui bereits mitgeteilt«, erwiderte Luthor unfreundlich. »Du hast am Totenbett eines Franzosen gewacht. Das schien dir wohl wichtiger zu sein als die Zukunft von Montville?«

»Der Mann hat mir das Leben gerettet. Es hat mich nur wenige Tage gekostet, dort zu bleiben und mich zu vergewissern, daß er es überlebt hat.«

»Er hat es überlebt?«

»Ja.«

»Hast du deine Schuld bei ihm beglichen?«

Roland nickte.

Das schien Luthor friedfertiger zu stimmen. »Gut. Ich will nicht, daß dich andere Verpflichtungen von hier fortrufen, wenn es Ärger gibt. Du bist allein mit diesem Gepäck gereist?« fragte Luthor mit einem Nicken in Brigittes Richtung. Er ließ sich nicht dazu herab, sie anzusehen. »Wo ist dein Schildknappe?«

»Ich habe ihn im Süden verloren.« Roland grinste plötzlich. »Aber dieses Gepäck hat mir entsprechende Dienste geleistet.«

Luthor brach in schallendes Gelächter aus, und alle Männer, die in Hörweite saßen, fielen in sein Lachen ein. Amelia war ihnen auf die Estrade gefolgt. Sie sagte giftig: »Ich wußte gar nicht, daß es in Frankreich Mode ist, eine Hure als Schildknappen zu bezeichnen.«

Roland drehte sich zu Amelia um. Die schlagfertige Antwort lag ihm schon auf den Lippen, doch sein Blick fiel auf Brigitte, und er sah die Tränen, die in ihren Augen glitzerten.

»Ich muß mich entschuldigen, Fräulein«, sagte er liebenswürdig. »Es gibt hier Damen, die in die Gosse gehören.«

Nicht nur Brigitte schluckte. Sie konnte nicht verstehen, daß er zu ihrer Verteidigung einsprang, nachdem er selbst gerade über sie hergezogen hatte.

Ehe Brigitte ihre Fassung wiedergewonnen hatte, fauchte Amelia: »Wie kannst du es wagen, mich so zu beleidigen, Roland?«

Er wandte sich mit eisigem Blick zu ihr um. »Wenn du keine Beleidigungen verträgst, Amelia, dann teil nicht erst selbst welche aus.«

Amelia wandte sich jetzt an Luthor. »Herr Baron, Euer Sohn hat nicht das Recht, so mit mir zu sprechen. Er hat auch nicht nur mich beleidigt. Er hat von *Damen* gesprochen.«

»Ha! Das hat er wohl getan.« Luthor kicherte und dachte gar nicht daran, Amelia zu Hilfe zu kommen, wie sie es erhofft hatte. Er sprang auch nicht für die Damen an seiner Seite ein, die vor Zorn entrüstet stumm dasaßen. Er wandte sich an Brigitte und fragte: »Hat die Dirne einen Namen?«

»Die *Dirne* hat einen Namen«, erwiderte Brigitte kühn. »Ich bin Brigitte de Louroux, Herr Baron.«

Roland runzelte die Stirn. »Sie ist jetzt Brigitte von Montville – meine Dienerin.«

»Das wird sich erst noch herausstellen«, sagte Brigitte erbost. Dann wandte sie sich ab und ging erhobenen Hauptes zum Feuer. Sie rief Wolff zu sich.

»Ha!« kicherte Luthor. »Jetzt ist mir klar, was dich aufgehalten hat.«

»Das Mädchen muß sich erst noch an einen neuen Herrn gewöhnen. Bisher hat sie mir nur Ärger gemacht.«

»Wie bist du auf ein so hübsches Mädchen und ein so prachtvolles Tier gestoßen?«

»Das Mädchen ist mir aufgedrängt worden«, antwortete Roland ohne Umschweife, »und der Hund ist ihr gefolgt.«

Luthor sah Brigitte genau an. »Die Dirne beträgt sich wie eine Dame. Ich könnte schwören, daß sie von guter Herkunft ist, denn eine so stolze Art kann man nicht lernen.«

Roland sah seinen Vater fest an. »Laß sie das nie hören, denn genau das will sie dich glauben machen.«

»Willst du damit sagen, daß sie behauptet, eine Dame zu sein?«

»Sie wird zweifellos nichts unversucht lassen, um dich davon zu überzeugen.«

Luthor runzelte die Stirn. »Bist du denn ganz sicher, daß sie es nicht ist?«

»Verdammt noch mal!« rief Roland aus. »Ich bin vollkommen sicher! Und überhaupt macht mir das Mädchen schon genügend Ärger. Mach du mir also ihretwegen nicht noch mehr Ärger, Alter.«

»Alter, so, so«, brummte Luthor. »Wir treffen uns bei Sonnenaufgang im Hof, und dann werden wir ja sehen, wer hier der Alte ist.«

Roland nickte wortlos. Er wollte den alten Streit nicht wieder aufleben lassen.

Als er darüber in Kenntnis gesetzt worden war, welche Vorkehrungen Thurston von Mezidon für die Schlacht getroffen hatte und welche Gegenmaßnahmen in Montville ergriffen worden waren, sah Roland zu dem Feuer hinüber, vor dem Brigitte saß. Sie hatte den anderen den Rücken zugekehrt. Ihre schmale Hand lag auf Wolffs zottigem Kopf, und sie streichelte gedankenverloren das Tier. Er fragte sich, woran sie wohl dachte, während sie in das flackernde Feuer schaute. Was sollte er mit der frechen Göre anfangen? Warum beharrte sie nach wie vor darauf, über ihre Herkunft zu lügen? Sie hatte bereits alles getan, nur bei Gott hatte sie noch nicht geschworen. Aber er wußte, daß sie das nicht tun würde, denn sie war gläubig. Das hatte sie bewiesen, als sie geblieben war und sich um seine Wunden kümmerte, statt zu fliehen. Sie hätte ihn sterben lassen können, aber sie hatte es nicht getan. Vielleicht haßte sie ihn nicht ganz so sehr, wie sie sich den Anschein gab.

Roland hielt ein Dienstmädchen an, das an ihm vorbeiging. Er flüsterte ihr etwas zu. Dann beobachtete er, wie das Mädchen sich Brigitte näherte. Das Bild, das Brigitte bot, war ein Bild ruhiger Versunkenheit, doch innerlich brodelte es, und ihr unterdrückter Zorn kochte fast über. Roland ging in seiner Arroganz zu weit.

Brigitte hörte nicht, daß das Mädchen auf sie zukam, und als sie Brigitte auf die Schulter klopfte, fuhr Brigitte zusammen.

»Was willst du?« fauchte sie.

Das Mädchen riß verwirrt die Augen auf. Sie wußte nicht, was sie von dieser schönen Französin halten sollte, die der Sohn ihres Herrn als Dienerin bezeichnete und die doch so vornehm wirkte.

»Baron Roland gebietet Euch, Euch zu ihm an den Tisch zu setzen und zu essen, ehe Ihr Euch zurückzieht«, sagte das Mädchen nicht ohne Nervosität.

»Ach, tut er das?« Brigitte drehte sich um und sah Roland, der sie beobachtete, und ihr Zorn flackerte erneut auf. »Gut, du kannst diesem arroganten Lümmel sagen, daß ich mich nicht so weit erniedrige, mich an einen Tisch mit ihm zu setzen!«

Dem Mädchen traten die Augen aus dem Kopf. »Das könnte ich ihm niemals sagen!«

Brigitte stand auf. »Dann tue ich es eben.«

»Bitte! Tut das nicht. Ich kenne ihn, und er kann fuchsteufelswild werden, gnädiges Fräulein.«

Brigitte sah das Mädchen verblüfft an. »Warum hast du mich gnädiges Fräulein genannt?«

Das Mädchen senkte schüchtern den Kopf. »Es ... es scheint angebracht zu sein.«

Plötzlich lächelte Brigitte. Sie wußte es nicht, aber dieses Lächeln machte viele derer benommen, die sie beobachteten. »Du hast mir große Freude gemacht. Wie heißt du?«

»Ich werde Goda genannt.«

»Goda, es tut mir leid, daß ich dich angefaucht habe. Ich habe noch nie zu den Menschen gehört, die ihrem Ärger an einer Dienerin Luft machen, und der Himmel sei vor, daß ich so werde wie Roland.«

»Werdet Ihr Euch jetzt zu Baron Roland setzen?«

»Nein, das werde ich nicht tun. Aber du kannst mir zeigen, wo ich schlafen werde. Ich will nichts weiter als ein wenig Ruhe.«

»Ja, gnädiges Fräulein«, sagte Goda leise.

Roland folgte Brigitte mit seinen Blicken, als sie mit dem Mädchen den Saal verließ. Er dachte an das Lächeln, das sie Goda geschenkt hatte, und plötzlich wurde ihm klar, daß er große Sehnsucht danach hatte, dieses Lächeln wiederzusehen, aber diesmal sollte es ausschließlich ihm gelten.

Hör sich das einer an, dachte Roland belustigt. Ich buhle um die Gunst eines Dienstmädchens!

18

Brigitte wurde zu einer kleinen Hütte auf der anderen Seite des Hofes geführt. Die Unterkunft war nicht viel besser als der Schuppen, in dem sie in Louroux gezwungenermaßen gewohnt hatte, aber es gab wenigstens eine saubere Schlafstelle und jede Menge Decken. Als sie ihre Habe in einer alten Truhe verstaut und die Spinnweben aus dem Raum gefegt hatte, bat sie Goda, ihr das Badehaus zu zeigen und ihr etwas Eßbares ins Bad zu bringen.

Das Mädchen willigte sofort ein, und dafür war Brigitte ihr sehr dankbar. Sie träumte schon lange von einem heißen, dampfenden Bad, und es war ihr inzwischen vollkommen gleich, daß sie das Dienstbotenbad benutzen würde, einen Zuber, der von zahllosen anderen benutzt wurde. Sie hatte ihre Befugnisse bereits überschritten, als sie Goda gebeten hatte, ihr etwas Eßbares zu bringen, denn Dienstboten forderten andere Dienstboten nicht dazu auf, sie zu bedienen.

Nach einer Weile saß Brigitte auf ihrem Bett und trocknete ihr Haar. Ihre Füße standen neben dem Kohlebecken, das Goda ihr freundlicherweise gebracht hatte. Roland öffnete ihre Tür, ohne anzuklopfen, und das erboste sie. Sie entschloß sich, ihn zu ignorieren.

»Findet diese Unterkunft deine Billigung?« fragte Roland nach kurzem Schweigen.

»Was führt dich hierher, Roland?« fragte sie wachsam.

»Ich wollte sehen, wie es dir geht«, erwiderte er. »Außerdem hast du meine Frage noch nicht beantwortet.«

»Spielt es denn eine Rolle, ob das Zimmer meinen Anklang findet oder nicht?« fragte sie erbittert.

»Die Hütte ist solider gebaut als die, in der du in Louroux gewohnt hast.«

»Du weißt gar nichts!« zischte sie. »Das nimmst du nur an, weil du gesehen hast, wie ich in diese Hütte gegangen bin.«

»Ich vermute, du willst damit sagen, daß diese Hütte nicht deine Unterkunft war.«

»Ich käme nicht im Traum darauf, dir irgend etwas zu sagen«, entgegnete sie übellaunig. »Wenn ich mit dir rede, könnte ich auch gleich gegen eine Wand reden.«

Roland überging die Beleidigung. »Wenn das nicht deine Unterkunft war, Brigitte, warum bist du dann dorthin gegangen?«

»Weil ich stur bin. Hast du das noch nicht gemerkt?«

»Doch, das habe ich allerdings gemerkt.« Er kicherte.

»Das ist gar nicht komisch, Roland«, sagte sie gestelzt. »Genau die Dinge, die dich auf die Idee gebracht haben, ich könnte eine Dienerin sein, waren Umstände, die ich mir mit meiner eigenen Sturheit eingehandelt habe.«

»Was willst du damit sagen?«

»Du glaubst mir ohnehin nicht, was ich sage, und ich habe es satt, daß man mir nichts glaubt.«

Roland schlenderte durch das Zimmer und blieb dicht vor Brigitte stehen. Er hob ihr Kinn mit einem Finger hoch und zwang sie, in seine durchdringenden Augen zu schauen.

»Findest du denn nicht auch, daß es an der Zeit ist, dein Verhalten zu ändern?« fragte er freundlich.

»Du spielst mit mir, Roland, und das gefällt mir nicht!« fauchte sie. »Ich käme nicht einmal auf die Idee, dich zu verführen, wenn du meine einzige Zuflucht wärst.«

Roland packte sie an den Schultern. »Mich verführen, mein kleines Juwel? Aber das hast du doch längst getan.«

Er nahm ihr Gesicht zwischen seine Hände, und seine Lippen bestürmten zärtlich ihren Mund. Brigitte war überrascht über die angenehmen Empfindungen, die sein Kuß in ihr hervorrief, und es dauerte mehrere Sekunden, bis sie gegen seine Brust stieß.

»Wenn du auch nur den geringsten Anstand besäßest, würdest du mich deinen Gelüsten nicht unterwerfen!« schrie sie.

»Ach, Brigitte, du spielst nicht brav mit«, seufzte er enttäuscht.

»*Dein* Spiel spiele ich überhaupt nicht mit!« gab sie empört zurück. »Du kannst mich als Leibeigene bezeichnen, aber du kannst nicht leugnen, daß ich unschuldig war, bis du mich berührt hast. Ich will nicht deine Hure sein!«

»Nur ich habe dich gehabt, *cherie*, und nur ich werde dich in Zukunft haben. Das macht dich nicht zur Hure.«

»In meinen Augen schon!«

Roland seufzte. »Was muß ich denn noch tun, um dich geneigter zu stimmen?«

»Du scherzt!« Sie lachte spöttisch und riß sich von ihm los. Sie wich auf die andere Seite des Bettes zurück, drehte sich zu ihm um, stemmte die Arme in die Seiten und sah ihn mit funkelnden Augen an. »Du raubst mir meine Unschuld und sagst hinterher, daß es nichts macht. Du demütigst mich und zwingst mich, dich zu bedienen. Erwartest du vielleicht, daß ich mich dafür bedanke?«

»Verdammt noch mal!« knurrte Roland. »Ich bin gekommen, um dich zu versöhnen, und du keifst.«

»Das, was du getan hast, kannst du nicht wiedergutmachen... niemals!«

»Dann vergeude ich meine Zeit.« Er drehte sich um und stolzierte zur Tür. Auf dem Weg blieb er stehen und sah sie noch einmal finster an. »Ich warne dich hiermit, Dirne. Ich kann dir das Leben versüßen, aber ich kann es dir auch unerträglich machen. Mir ist das gleich. Es liegt ganz an dir. Du solltest dein Verhalten überdenken, denn ich bin deiner Halsstarrigkeit überdrüssig.«

Er schlug die Tür zu und war fort. Brigitte setzte sich wieder auf ihr Bett. Selbstmitleid überwältigte sie. Wolff kam zu ihr herüber und schleckte ihr das Gesicht ab.

»Was soll ich bloß tun, Wolff?« fragte sie entmutigt. »Er erwartet von mir, daß ich einfach aufgebe und ihm lächelnd diene. Wie könnte ich das tun?«

Tränen standen in ihren Augen. »Ich hasse ihn! Ich hätte ihn sterben lassen sollen! Warum habe ich das nicht getan? Wir müssen von hier entkommen, Wolff, es muß sein!«

19

Als Roland am nächsten Morgen in aller Frühe seinen Vater im Hof traf, um den Kampf mit ihm auszutragen, war er kaum besser gelaunt. Er war erst einen Tag zu Hause, und schon sollte seine Kraft auf die Probe gestellt werden. Aber nicht nur das war die Ursache der Zornesfalten, die auf seinem Gesicht standen. Auch Amelia war schuld.

Sie war in der vergangenen Nacht in sein Zimmer gekommen. Ihre Stellung als Kammerzofe sicherte ihr ein Zimmer in Heddas Nähe, was bedeutete, daß sie auch in Rolands Nähe war. Zu anderen Zeiten war ihm das zupaß gekommen, doch jetzt war es Roland nicht danach zumute, die Stelldichein mit Amelia wieder aufzunehmen.

Als sie leise an seine Tür geklopft hatte, hatte er geglaubt, es sei

Brigitte, die gekommen war, um sich geschlagen zu geben und sich mit ihm auszusöhnen. Bei diesem Gedanken durchzuckte Roland ein Schauer der Erregung, und als er die Tür aufmachte, fiel ihm das Gesicht herunter.

»Deine Enttäuschung ist nicht zu übersehen, Roland«, sagte Amelia mit einem Hauch von Erbitterung. »Du hast gehofft, ich sei die Dirne mit dem gelben Haar.«

»Hau ab, Amelia«, erwiderte Roland zornig. »Ich habe dich nicht gebeten zu kommen.«

»Du wirst mich darum bitten, sowie du es satt hast, daß sie sich dir widersetzt«, sagte Amelia zuversichtlich. »Nur ihr Widerstand reizt dich, sonst gar nichts.«

Amelia kicherte. »Ich weiß, daß du grob sein kannst, *mon cher*. Du packst eine Frau an, wie du dein Schwert packst – mit festem Griff. Mir macht das nichts aus, aber ihr. Das stimmt doch?«

»Du solltest lieber nach einem anderen Mann Ausschau halten, der dich in kalten Nächten wärmt, Amelia.«

»Ihretwegen?« zischte sie.

»Sie hat nichts damit zu tun, Amelia, wir beide haben viele vergnügliche Nächte miteinander verbracht, aber als ich fortgegangen bin, war es zu Ende. Es tut mir leid, daß du etwas anderes geglaubt hast.« Er war nicht bereit, sich mit ihr über Brigitte auseinanderzusetzen.

Amelia drehte sich um und lief davon. Roland schlug die Tür hinter ihr zu. Er war wütend auf sich, weil er nicht nahm, was sich ihm freiwillig bot. Die Wahrheit war, daß er eine andere begehrte, eine Frau, die er nicht haben konnte, ohne sie dazu zu zwingen, und der Gedanke, sich ihr aufzuzwingen, war ihm zuwider.

Als er seinem Vater in der kalten Dämmerung gegenüberstand, grübelte er über den Zwischenfall mit Amelia nach. Sein nachdenkliches Stirnrunzeln blieb nicht unbemerkt.

»Was bedrückt dich, Roland?« fragte Luthor, während er seine Arme lockerte. »Bist du während deiner Abwesenheit von Montville verweichlicht und fürchtest, daß du dich nicht gut halten wirst?«

»Wenn sich hier jemand fürchtet, dann bist das du, Alter«, antwortete Roland mürrisch.

»Das werden wir ja sehen«, kicherte Luthor. Dann fuhr er liebenswürdig fort: »Ich habe von deinen zahllosen Abenteuern gehört. Du mußt König Lothairs Bemühungen satt haben, Lothringen wieder zu erobern.«

Roland zuckte die Achseln. »Es war keine echte Herausforderung. Kleine Scharmützel, die wir abwechselnd gewonnen und verloren haben. Eine Schlacht muß irgendwann zu einem Ergebnis führen, aber in dem Fall frage ich mich, ob der Kampf je zu einem Ende kommt.«

»Dann bist du also in die Champagne gezogen und anschließend nach Burgund?« fragte Luthor beiläufig.

»Du bist bestens informiert«, knurrte Roland.

»Ich habe viele Freunde, die mich dann und wann benachrichtigt haben, wenn du aufgetaucht bist. In der Provence war das, was ich dir beigebracht habe, nicht vergeudet. Diese Schlacht hätte auch mir Spaß gemacht.«

»Sie war schnell vorüber.«

»Welchen Weg durch Frankreich hast du auf deiner Rückreise eingeschlagen?«

Roland wunderte sich über Luthors Neugier, doch er beantwortete die Fragen. »Ich bin bis Berry auf der Loire gereist. Dort habe ich die mir anvertraute Nachricht überbracht und das Mädchen geschenkt bekommen.«

»Dann bist du durch Blois und Maine auf dem direkten Weg nach Montville gekommen?«

»Nein, in Orleans bin ich wieder auf dem Fluß weitergereist. Bis zum Zusammenfluß mit der Mayenne. Dann bin ich auf direktem Weg nach Norden geritten.«

»Du bist also durch Angers gekommen?«

Roland bemerkte plötzlich ein Schwanken in Luthors Stimme. Er runzelte die Stirn. Sein Vater war erschrocken. »Ja, aber spielt das denn eine Rolle?«

»Nein, keineswegs«, erwiderte Luthor. »Laß uns beginnen«, fügte er barsch hinzu.

Roland dachte nicht mehr an Luthors Verhör und wärmte sich für den bevorstehenden Kampf auf. Sein Vater genoß solche Kraftproben, aber erst in den letzten Jahren, ehe er seiner Heimat den Rücken zugekehrt hatte, war es Roland möglich gewesen, dabei gut abzuschneiden. Der Wille, seinen Vater zu besiegen, war immer dagewesen, aber es hatte lange gedauert, bis er die Mittel dazu in der Hand gehabt hatte.

Das erste metallische Klirren zog andere Männer an; Brigitte erwachte von Schlachtgeräuschen, und sie eilte zur Tür, denn sie fürchtete, Montville sei angegriffen worden. Sie schnappte entgeistert nach Luft, als sie sah, daß Roland und sein Vater einen ernsten

Kampf ausfochten. Brigitte warf sich eilig ihren wollenen Umhang über und lief ins Freie. Sie kam nicht mehr dazu, die Kapuze über ihr ungeflochtenes, flatterndes Haar zu ziehen. Sie stand neben zwei Soldaten und sah fasziniert und entsetzt zugleich zu, wie sich Luthor auf Roland stürzte und mit seinem gewaltigen Schwert zu einem Hieb nach dem nächsten ausholte. Er zwang Roland zum Rückzug. Roland hatte alle Hände damit zu tun, die Hiebe mit Schwert und Schild abzuwehren. So ließ er sich quer über den Hof treiben, bis er endlich zu einem kräftigen Schlag auf Luthors Schwert ausholte und zum Gegenangriff ansetzte. Jetzt sah sich Luthor zum Rückzug gezwungen.

»Wie lange geht das schon so?« flüsterte Brigitte den Soldaten zu, ohne Roland aus den Augen zu lassen.

»Noch nicht lange«, antwortete einer der beiden.

Doch der Kampf sollte sich in die Länge ziehen. Die Sonne ging auf und stieg höher hinauf, und der Kampf wütete weiter. Keiner der beiden Männer gab auf. Brigitte ermüdete schon das Zusehen. Sie wußte, wie schwer das Schwert eines Ritters war. Sie konnte es mit beiden Händen kaum hochheben. Die Körperkraft und Willensstärke, die man brauchte, um so lange durchzuhalten, flößte Brigitte Ehrfurcht ein.

Doch als die beiden Männer immer wieder den Hof von einer Seite zur anderen kreuzten und einmal der eine und einmal der andere angriff, wurde das Schauspiel monoton. Dann änderte sich plötzlich das Tempo, als würden beide Männer frische Kraftreserven anzapfen. Roland holte schnell mit dem Schwert nach Luthors rechter Seite aus, doch mitten in der Bewegung änderte er die Richtung und zielte nach links. Luthor hatte nicht damit gerechnet. Er hob seinen Schild nicht schnell genug, und Rolands Waffe schlitzte mehrere Glieder von Luthors Kettenhemd auf und bohrte sich in Luthors Schulter.

Beide Männer blieben still stehen. Brigitte nahm an, der Kampf sei vorüber. Sie war völlig fassungslos, als Luthor plötzlich lachte. Was dachten sich diese Menschen bloß? Im nächsten Moment schlug Luthor jedoch das Schwert aus Rolands Hand, und sein eigenes Schwert stieß gegen Rolands Brust.

Roland warf seinen Schild auf den Boden und gestand somit stumm seine Niederlage ein. Luthor senkte sein Schwert.

»Als du Blut gesehen hast, hättest du zustoßen sollen, Roland«, kicherte Luthor. »Du kannst doch nicht einfach aufhören und nachschauen, wie schwer du deinen Feind verwundet hast.«

»Wenn du ein echter Feind gewesen wärst, Alter, dann hätte ich allerdings zugestoßen«, erwiderte Roland.

»Vielleicht sollte ich das gelten lassen und mich mit dir auf ein Unentschieden einigen. Ja... diesmal gibt es keinen Sieger. Bist du damit einverstanden?«

Roland nickte. Dann grinste er. Er deutete auf Luthors Schulter und sagte: »Das mußt du dir verarzten lassen.«

»Ich spüre den kleinen Kratzer kaum«, brummte Luthor. »Deine Kratzer könnten die zarte Hand deiner hübschen Magd vertragen.«

Roland drehte sich um und sah, daß Brigitte ihn beobachtet hatte. Sie war ein bildschöner Anblick, und ihr Haar fiel im Sonnenschein wie eine Flut gesponnenen Goldes über ihre Schultern. Schüchtern senkte sie den Blick, und Roland war von ihrem Anblick hypnotisiert und vergaß seine schmerzenden Muskeln.

Luthors polterndes Gelächter riß ihn aus seiner Betäubung auf. »Du ziehst das arme Mädchen mit deinen Blicken aus, mein Junge«, schalt Luthor. »Kannst du nicht warten, bis ihr allein seid?«

Roland errötete.

»Heute kann ich stolz auf dich sein, Roland«, sagte sein Vater. »Du bist ein brauchbarer Sohn. He, du hast mir einen guten Kampf geliefert, und ich weiß, daß deine Wunde noch nicht vollständig verheilt ist. Du hast alles gelernt, was ich dir beigebracht habe, und noch mehr.«

Roland wußte nicht, was er sagen sollte. Es war das erste Mal, daß Luthor ihn gepriesen hatte. Und dann gleich im Übermaß. Zum Glück erwartete Luthor keine Antwort. Er wandte sich ab, um zu gehen, und ließ Roland stehen, der ihm verwundert nachblickte. Sein Vater hatte sich verändert. Vielleicht wurde er doch endlich alt.

Die anderen waren ins Haus gegangen, und Brigitte und Roland standen allein im Hof.

»Deine Wunde ist aufgeplatzt«, schalt Brigitte.

Roland lächelte entschuldigend. »Es war keine Absicht. Würdest du sie verbinden?«

»Ich nehme an, das muß ich tun, denn ich sehe niemanden, der sich darum reißt, es zu tun«, sagte sie ernst.

»Was bedrückt dich?« fragte er zögernd.

»Du!« fauchte sie. Ihre Hände stemmten sich von allein auf ihre Hüften. »Der Blödsinn, den ich gerade mit ansehen mußte.«

»Das war doch nur ein Spiel, *cherie.*«

»Das war kein Spiel. Es war Wahnsinn«, gab sie erhitzt zurück. »Ihr hättet einander umbringen können.«

»Wir haben nicht gekämpft, um zu töten, Brigitte«, erklärte Roland geduldig. »Es war eine Kraftprobe und sonst gar nichts. Stellen französische Ritter ihre Geschicklichkeit nicht zum Spaß auf die Probe?«

»Doch, ja«, erwiderte sie unwillig. »Aber nicht so ernst. Ihr habt gekämpft, als stünde die Ehre eines jeden auf dem Spiel.«

Roland kicherte. »Gewissermaßen war es auch so. Unsere Kämpfe sind recht ernst zu nehmen. Luthor besteht darauf, daß jeder, den er ausbildet, hinterher zu den Besten gehört. Er ist ein meisterlicher Krieger, und um die Wahrheit zu sagen: Ich habe mich noch nie so lange gegen ihn gehalten.«

»Aber es hat mit einem Gleichstand aufgehört«, hob Brigitte hervor. »Das konnte sogar ich sehen. Du hättest deinen Vater auch geschlagen, wenn du nicht einfach aufgehört hättest.«

»Ist dir eigentlich klar, daß du mich gerade lobst, *cherie?*« fragte Roland sie in einem scherzhaften Ton.

Brigitte errötete ganz reizend. »Ich... ich...«

»Laß es gut sein«, sagte er mit gekünsteltem Ernst. »Verdirb nicht das einzige Lob, das ich je aus deinem Mund gehört habe, mit einer scharfen Antwort. Sei nur dieses eine Mal gnädig.«

»Du machst dich über mich lustig, Roland. Außerdem hast du das Thema gewechselt.«

»Es war ein ermüdendes Thema«, sagte er ausweichend. »Und außerdem haben wir schon genug Zeit vergeudet. Allmählich glaube ich, du willst mich durch den Blutverlust schwächen, indem du hier stehenbleibst und mit mir streitest.«

»Das ist gar keine schlechte Idee«, sagte Brigitte. »Komm jetzt. Zu meinem Zimmer ist es nicht weit.«

»Nein, ich muß meine Kleider wechseln, und in meinem Zimmer gibt es Verbandszeug. Hilf mir jetzt bitte, damit ich den Weg schaffe.«

»Du kannst nicht allein laufen?« Sie riß die Augen auf.

Er nickte. »Ich habe das Gefühl, ich kann keinen Muskel bewegen«, stöhnte er. »Wenn du mir nur einfach deine Hand geben würdest, *cherie*. Ich folge dir, wohin du willst.«

»So, meine Hand willst du?« fauchte sie. »Das kommt nicht in Frage.«

Er griff nach ihrer Hand und ging auf das Gutshaus zu. »Wenn das so ist, mußt du mir eben folgen, fürchte ich«, sagte er, während er sie hinter sich herzog.

In Rolands Zimmer herrschte ein wüstes Durcheinander. Brigittes Blick wanderte schnell von einer offenen Truhe zur nächsten, verweilte auf den Kleidern, die über den Boden verstreut lagen, auf dem zerknitterten Bettzeug und dem krumpligen Teppich. Eine dicke Staubschicht bedeckte einen Tisch mit Marmorplatte und einen hochlehnigen Stuhl, und die Wände waren vom Ruß geschwärzt.

»Und du schläfst wirklich hier?« fragte Brigitte angewidert.

Er grinste breit. »Das Zimmer war viele Jahre unbenutzt, und heute morgen hatte ich es eilig. Du wirst nicht allzu lange brauchen, um das Zimmer wieder in Ordnung zu bringen.«

»Ich?« Sie wandte sich entgeistert zu ihm um.

Roland seufzte. »Bitte, Brigitte, fang nicht wieder damit an. Ist es denn zuviel verlangt, daß du dich ein bißchen um mich kümmerst?«

Brigitte zögerte. Er hatte sie gebeten, nichts gefordert, und das reichte zumindest für den Moment aus.

Als sie ihn verbunden hatte, wandte sich Brigitte einer der Truhen zu. Roland grinste. Er war mit Brigitte allein in seinem Zimmer, und ausnahmsweise war Wolff einmal nicht dabei. Zudem war sie gut aufgelegt.

»Welche Farben stehen mir, *cherie?«*

»Zweifellos blau und vielleicht dunkelbraun. Ich kann mir vorstellen, daß du in Dunkelbraun eine gute Figur abgeben würdest.«

»Dann hast du doch sicher nichts dagegen, mir ein oder zwei neue Hemden zu nähen? Ich habe nicht viele Hemden.«

»Mit deinem Unschuldsblick kannst du mich nicht täuschen. Ich werde dir Hemden nähen, und sei es nur, um dir zu beweisen, daß ich nähen kann. Aber du brauchst nicht zu glauben, daß ich mich von dir versklaven lasse.«

Als sie das alte braune Hemd bereitgelegt und Rolands Wunden verbunden hatte, wollte Brigitte gehen. Roland rief sie zurück. »Ich will nicht, daß du gleich wieder wegläufst.«

»Warum?« fragte sie argwöhnisch.

»Beruhige dich, Brigitte, und laß endlich die Tür aus dem Auge. Ich vergewaltige dich nicht.« Er seufzte. »Hast du denn so viel Angst vor mir?«

»Ja«, antwortete sie wahrheitsgemäß.

Er runzelte die Stirn. »War ich denn so grob zu dir?«

Als eine Antwort ausblieb, fragte er: »Hältst du mich für einen Grobian, Brigitte?«

»Du warst sehr grob«, antwortete sie, wiederum der Wahrheit entsprechend. »Dein Benehmen läßt viel zu wünschen übrig, Roland, und du braust zu leicht auf.«

»Du auch«, hob er hervor.

Sie grinste. »Das weiß ich selbst. Ich habe viele Fehler. Das ist mir klar. Aber wir haben uns gerade über deine Fehler unterhalten, die dir keineswegs bewußt zu sein scheinen.«

Er hob die Hand und strich ihr zärtlich über die Wange. »Für dich ändere ich mich sogar.«

Nach einer langen verblüfften Pause fragte sie: »Warum?«

»Damit du öfter lächelst.«

»Ich hatte wenig Grund zum Lächeln, Roland«, sagte sie frei heraus.

»Das wird sich ändern.«

Sie wich vor ihm zurück, und ihre Augen nahmen eine dunklere Tönung an. »Spielst du mit mir?«

»Nein, ich meine es völlig ernst«, sagte er leise.

Er beugte sich vor und küßte sie, erst sachte, um sie nicht zu erschrecken, dann heftiger. Sie fürchtete sich wirklich und stieß gegen seine Brust. Roland ließ sie nicht los. Er zog sie dichter in seine Arme. Dort, wo sich ihre Brüste gegen seine breite Brust drückten, spürte er ein Brennen. Als sie sich zwischen seinen Beinen wand, entrang sich ihm ein schmerzliches Stöhnen. Sie hatte ihn entflammt, doch sie widersetzte sich ihm.

Seine Lippen fuhren die zarte Rundung ihres Nackens nach. »Brigitte, ich will dich haben«, hauchte er in ihr Ohr.

»Roland, du hast gesagt, du würdest mich nicht vergewaltigen«, keuchte sie. Sie versuchte vergeblich, sich von ihm loszureißen.

»Laß mich dich lieben«, murmelte er heiser. »Laß dich lieben, Brigitte.«

Er küßte sie, ehe sie sich wehren konnte, doch schließlich gelang es Brigitte, sich aus seiner Umarmung zu befreien.

»Roland, du tust mir weh!« schrie sie.

Er beugte sich vor, um sie anzusehen, und er sah ihre geschwollenen Lippen. »Verflucht, Brigitte, warum bist du bloß so zerbrechlich?« stöhnte er.

»Ich kann nichts daran ändern, wie ich bin«, sagte sie mit zitternder Stimme. »Ich bin behütet aufgewachsen. Meine Haut ist empfindlich und nicht an solche Behandlung gewöhnt.«

Er hob ihr Kinn und berührte ihre Lippen zart mit einem Finger. »Ich wollte dir nicht weh tun«, sagte er leise.

»Ich weiß«, gestand sie ein. »Aber du versuchst, mich zu etwas zu zwingen.«

Roland grinste schuldbewußt. »Ich konnte nicht anders.«

Plötzlich erwachte Brigittes Zorn. »Wagst du es, mir schon wieder die Schuld zuzuschieben? Diesmal sind meine Kleider nicht naß und fast durchsichtig.«

»Nein.«

»Dann sag mir, was ich getan habe, damit ich es bestimmt nie wieder tue!« sagte sie hitzig.

Roland lachte herzlich. »Ach, mein kleines Juwel, du bist so unschuldig. Schon deine Nähe ist verführerisch. Weißt du denn nicht, wie erlesen schön du bist?«

»Dann darfst du eben nicht in meine Nähe kommen.«

»O nein, Brigitte«, erwiderte er. Er schüttelte langsam, aber ganz entschieden den Kopf. »Du bist das, wovon jeder Mann träumt, aber nur ein Mann ist im Besitz dieses Schatzes – ich. Ich werde mich dir nicht fernhalten.«

»Ich gehöre dir nicht, Roland.« Sie riß sich von ihm los und wich ein paar Schritte zurück. »Ich werde dir nie gehören.«

Roland schlug sich mit der Faust auf den Schenkel. »Warum haßt du mich derart?« rief er erbittert aus.

»Das weißt du ganz genau.«

»Ich habe doch gesagt, daß ich mich ändern werde.«

»Das hast du gesagt, und direkt anschließend hast du mich wieder an dich gerissen. Ich kann deinen Worten nicht glauben.«

»Dein Urteil ist streng, Brigitte. Das, was eben passiert ist, stand nicht in meiner Macht.«

»Muß ich denn in ständiger Furcht leben? Ich will es wissen, Roland, und zwar jetzt.«

Er sah sie finster an. Er konnte nicht wahrheitsgemäß sagen, daß er sie nie mehr bedrängen würde, denn er wußte inzwischen, auch wenn er es nicht wahrhaben wollte, wie wenig er sich unter Kontrolle hatte, wenn es um sie ging. Zum Teufel, er wollte aber auch nicht, daß sie sich vor ihm fürchtete. Außerdem erboste ihn die Vorstellung, daß sie ihn fürchtete.

»Nun, Roland?«

Er wandte sich ab. Er war aufgewühlt. »Dräng mich nicht, Dirne!« brüllte er.

Sie sah ihn flehentlich an. »Ich muß die Antwort wissen.«

»Ich muß es mir überlegen. Und jetzt gehen wir«, fauchte er. »Es ist Essenszeit!«

20

Der Saal war an jenem Morgen nicht allzu voll, doch Luthor war dort. Er rief Roland zu sich.

Brigitte ging zum Feuer. Neben dem Herd wurden die Nahrungsmittel aufbewahrt und zubereitet. Alle Kochgeräte hatten dort ihren Platz; Kessel aus Eisen und Leder, Salzfässer und Brotbehälter standen herum. Bierkrüge und silberne Wasserkannen standen in den Regalen, und in einem Schrank wurden Töpfe aus Blech, Blei und Eisen und Teller aus Holz und aus Zinn aufbewahrt. In anderen Regalen lagen Kräuter und Gewürze zum Trocknen, und an der Rückwand des Raumes standen Getreidefässer. Im Moment war ein großer Tisch neben dem Eingang voll mit Käse, frisch gebackenem Brot und großen Gefäßen mit Apfelwein.

Brigitte stellte Roland unaufgefordert eine große Portion Brot und Käse hin, doch sobald sie ihm das Essen gebracht hatte, ging sie eilig wieder. Sie setzte sich ans Feuer. Dort wurde Hafersuppe für die Dienstboten ausgeschöpft, und sie nahm von Goda eine Schale Suppe und einen Runken Roggenbrot entgegen. Das war das Essen, das für die Dienstboten bestimmt war, aber das war ihr gleich. Sie war zu aufgewühlt, um sich viel aus dem Essen zu machen.

Sowie Roland den Saal verlassen hatte, fragte sie Goda, wo sie Kernseife und Reinigungsutensilien finden könne. Dann eilte sie in sein Zimmer. Sie verbrachte den Rest des Tages damit, seine Sachen zu säubern und zu richten. Er hatte nicht viel zum Anziehen, doch seine Truhen waren mit wertvollen Besitztümern ausgefüllt: erlesene Stücke aus Glas, Gold und Edelsteine, Wandtepppiche mit östlichen Motiven und so viele edle Stoffe, daß sie sich fragte, ob er Kaufmann werden wollte.

Als Brigitte Ordnung gemacht und sein Zimmer geputzt hatte, erwies es sich als gemütlich und gut eingerichtet. Die Felle, die vor den Fenstern hingen, hielten die Kälte ab und waren doch lichtdurchlässig. Die Matte auf dem Boden war eine Neuheit aus Fell. Man bekam warme Füße, und optisch war der Teppich wesentlich schöner als ein Binsengeflecht. Das breite Bett hatte Federkissen,

Leinenbezüge und eine Decke, die prall mit Eiderdaunen gefüllt war.

Brigitte hob es sich für den Schluß auf, das Bett zu machen, denn es widerstrebte ihr, sich auch nur in die Nähe dieses Betts zu begeben. Sie fragte sich unwillkürlich, wie lange es noch dauern würde, bis sie hier schlief. Das war es, was Roland wollte. Er hatte sich wahrhaft deutlich ausgedrückt.

Als das Tageslicht schwächer wurde und es an der Zeit war, wieder nach unten zu gehen, wurde Brigitte zunehmend nervöser. Es war viel leichter gewesen, sich gegen Roland zu behaupten, als sie unterwegs gewesen waren. Sie hatte seine Grobheiten hingenommen und Zuflucht zum Zorn genommen. Aber der Mann, mit dem sie es jetzt zu tun hatte, war ein anderer; Roland war wirklich besorgt, ihr nicht weh zu tun. Das hatte sie aus der Fassung gebracht, denn sie wußte kaum noch, wie sie sich jetzt verhalten sollte.

Brigitte kehrte schweren Herzens in den großen Saal zurück. Sie wußte recht genau, was sie zu tun hatte. Selbst die Natur war gegen sie, aber daran ließ sich nichts ändern. Lieber riskierte sie, auf der Flucht zu erfrieren, als hierzubleiben und abzuwarten, bis Roland in den erhofften Genuß kam.

Trotz der vielen Menschen, die sich im Saal drängten, sah Brigitte sofort, daß Roland noch nicht da war. Sie bediente sich und setzte sich auf eine leere Bank, die an der Wand stand, denn sie hoffte, gegessen zu haben, ehe er eintraf. Dann konnte sie ihm eilig das Essen vorsetzen und sich sogleich in ihr Zimmer zurückziehen. Wenn das, was er gesagt hatte, der Wahrheit entsprach und sie ihn schon allein durch ihre Nähe in Versuchung führte, dann brauchte sie sich nur noch wegen der kommenden Nacht zu sorgen, denn am folgenden Morgen würde sie fort sein.

Sie sah Wolff neben dem Tisch des Hausherrn sitzen. Luthor warf ihm persönlich Fleischstücke hin. Doch als der Hund Brigitte sah, stürzte er auf sie zu und setzte sich neben sie. Sie begrüßte ihn mit einem Lächeln. Ein weiterer Hund kam hinzu, denn der Essensgeruch hatte ihn angelockt, aber Wolff vertrieb ihn augenblicklich und setzte sich zu Brigittes Füßen.

Sie beugte sich vor und streichelte ihn. »Ich sehe, daß der Hausherr persönlich für dich sorgt. Freunde dich trotzdem nicht allzusehr mit diesem Ort an, denn wir bleiben nicht hier.«

Als er ihre Hand ableckte, runzelte sie die Stirn. »Diesmal wirst du meine Meinung nicht ins Wanken bringen, Wolff.«

Zu spät bemerkte Brigitte, daß sie laut gesprochen hatte, und sie sah sich eilig um. Bis auf Wolff war niemand in ihrer Nähe. Dann sah sie sich im Raum um. Roland war nicht eingetreten, während sie sich von Wolff hatte ablenken lassen.

Am Tisch des Hausherrn saß ein gutaussehender junger Ritter, den sie noch nie gesehen hatte. Ihr Blick blieb einen Moment lang auf ihm ruhen, doch dann fühlte er sich beobachtet und sah lächelnd zu ihr herüber. Er stand auf und kam auf sie zu.

»Gnädiges Fräulein.« Er verbeugte sich vor ihr. »Ich bin Gui de Falaises. Man hat mir nicht gesagt, daß wir Gäste haben.«

Brigitte wußte, wer er war. Er war der Vasalle Luthors, der ausgeschickt worden war, um Roland zu suchen.

»Hat Euch denn niemand gesagt, wer ich bin?« fragte sie freundlich.

»Ich bin gerade erst von meinem Wachposten zurückgekehrt, gnädiges Fräulein«, erklärte Gui. Dann grinste er. »Doch noch nie hat eine solche Schönheit diesen Saal geziert. Baron Luthor hat sich einer Unterlassung schuldig gemacht – Euch nicht zu erwähnen.« Seine grünen Augen funkelten vor Freude.

»Ihr seid sehr freundlich«, sagte Brigitte schüchtern.

»Sagt mir«, sagte er lächelnd, »wie mag eine solche Schönheit wohl heißen?«

Brigitte zögerte. Er hatte sie als gnädiges Fräulein angesprochen. Er hielt sie für eine Dame. Warum sollte sie ihm nicht die Wahrheit sagen?

»Ich bin Brigitte de Louroux«, sagte sie leise.

»Wer ist Euer Lehnsherr? Vielleicht kenne ich ihn.«

»Graf Arnulf von Berry ist mein Gebieter«, sagte sie leichthin, als könne niemand wagen, daran zu zweifeln.

»Ihr seid mit ihm gemeinsam hier?«

»Nein.«

»Nun sagt nur nicht, daß Ihr einen Gemahl habt, der Euch hierhergebracht hat«, sagte Gui, offensichtlich enttäuscht.

»Ich bin nicht verheiratet«, erwiderte Brigitte. Dann entschied sie sich, ihm die volle Wahrheit zu erzählen. »Baron Roland hat mich gegen meinen Willen hierhergebracht.«

Auf Guis gutgeschnittenes Gesicht traten Erstaunen und Verwirrung. »Roland? Ich verstehe kein Wort.«

»Das läßt sich auch nicht leicht erklären«, sagte Brigitte voller Unbehagen.

Er setzte sich neben sie. »Ihr müßt mir alles erzählen. Wenn Roland Euch entführt hat...«

»Roland ist nicht ganz im Unrecht«, gestand sie widerwillig ein. »Seht Ihr, mein Vater war der Baron von Louroux, und mein Bruder war sein Nachfolger.« Sie erzählte Gui ihre Geschichte, und er hörte ihr mit gebannter Aufmerksamkeit zu, bis sie am Ende angelangt war.

»Aber Roland ist doch kein Narr«, protestierte er dann. »Er mußte doch sehen, daß Ihr eine Dame seid – ganz gleich, was Druoda ihm erzählt haben mag.«

Brigitte seufzte. »Es gab viele Umstände, die dazu geführt haben, daß er Druoda und nicht mir geglaubt hat.«

»Man muß Roland klarmachen, daß er weit gefehlt hat«, sagte Gui ernsthaft.

»Ich habe es versucht, aber es war nutzlos. Roland gefällt, daß ich seine Dienerin bin, und ich glaube, daß er absichtlich die Augen vor der Wahrheit verschließt, weil ihm die Wahrheit nicht paßt.« Gui lächelte über diese treffende Beschreibung der Charakterzüge seines Freundes.

Die breite Holztür, die in den Saal führte, wurde in dem Moment geöffnet, und Roland betrat den Raum. Brigitte stand eilig auf. Sie zweifelte schon jetzt daran, ob es klug gewesen war, was sie soeben getan hatte. Aber was hatte sie denn eigentlich getan? Sie hatte doch nur die Wahrheit gesagt. Und Gui hatte ihr geglaubt. Vielleicht würde er sich auf ihre Seite schlagen.

»Roland ist gekommen«, sagte Brigitte zu ihrem neuen Freund. »Ich muß ihm das Essen servieren.«

Gui erhob sich empört. »Nein, Ihr dürft ihn nicht wie eine gewöhnliche Leibeigene bedienen.«

»Doch, das muß ich tun«, erwiderte sie. »Andernfalls wird er mich schlagen.«

Gui lief vor Zorn rot an, als sie sich umdrehte und davoneilte. Sie häufte Wurst, Wild und Beilagen auf einen großen Teller und drehte sich gerade rechtzeitig um, um zu sehen, wie fröhlich Roland Gui begrüßte. Auch Guis unterkühlte Reaktion entging ihr nicht.

Brigitte brachte das Essen und das Bier für Roland zum Tisch des Hausherrn und sah sich dabei verstohlen nach den beiden Männern um, zwischen denen sich ein hitziger Wortwechsel entsponnen hatte. Auch andere blickten zu den beiden hinüber, und sie wurde zunehmend nervöser. Hätte sie nur hören können, was die beiden sagten! Sie wagte es nicht, ihnen zu nahe zu kommen.

»Wie hast du diesen Schaden angerichtet, Dirne?«

Brigitte hielt den Atem an und drehte sich zu Luthor um.

»Ich weiß nicht, wovon Ihr redet, Baron.« Sie antwortete ihm mit fester Stimme, aber sie wagte nicht, ihm in die Augen zu sehen.

»Ich habe gesehen, daß du mit meinem Vasallen gesprochen hast, und jetzt streitet er mit meinem Sohn. Die beiden sind Freunde, Mädchen. Sie haben sich noch nie gestritten.«

»Ich habe nichts getan, was ich bereue«, erwiderte Brigitte unwirsch, während sie das Essen hinstellte.

Luthor erhob sich und nahm sie zur Seite. »Ich kann nur hoffen, daß das, was du getan hast, kein Duell nach sich zieht. Ich habe einiges dagegen, einen guten Mann zu verlieren – vor allem, wenn sich gerade eine Schlacht zusammenbraut.«

»Ist das alles, was Euch Euer Sohn bedeutet – ein guter Mann, der auf Eurer Seite kämpft?«

»Ich spreche von Gui, Mädchen, denn es besteht kein Zweifel daran, wer als Sieger aus einem Duell hervorgehen würde. Wenn ich glauben würde, daß mein Sohn deinetwegen in Gefahr schwebt, würde ich dich lebendig häuten lassen, ob Dame oder nicht.«

Brigitte riß die Augen auf. Er wußte es! Verdammt noch mal, er wußte, daß sie eine Dame war, und dennoch ließ er zu, daß Roland sie unterjochte, obwohl er wußte, daß er dazu nicht das geringste Recht hatte.

»Ihr seid ein widerlicher Kerl!« zischte Brigitte zornig. »Ihr wißt genau, was ich bin, und dennoch laßt Ihr das Unrecht zu, das Euer Sohn mir antut!«

Luthor kicherte in sich hinein. »Für mich spielt das keine Rolle. Roland beansprucht dich als seine Dienerin, und somit bist du seine Dienerin. Darüber streite ich mich nicht mit ihm.«

»Aber er ist im Unrecht!« schrie Brigitte.

»Du mußt mich verstehen, Kleine. Ein Mann braucht einen Sohn, der seinen Platz einnimmt, wenn es ihn nicht mehr gibt. Dazu kommt, daß ich meinen Sohn an meiner Seite brauche, damit wir gemeinsam um mein Leben kämpfen können. Ich bin stolz auf das, was ich aus meinem Sohn gemacht habe. Vor Jahren habe ich ihn durch eine kleine Dummheit fast verloren, und nur der bevorstehende Kampf gegen meinen Schwiegersohn konnte ihn zurücklocken. Aber jetzt ist er wieder da, und ich gehe nicht das Risiko ein, ihn noch einmal zu verlieren.«

»Brigitte!«

Sie zuckte bei diesem Donnerhall zusammen, und als sie sich

umdrehte, kam Roland auf sie zu. Sein Gesicht war eine dunkle Zornesmaske. Sie spürte, daß ihre Knie weich wurden.

»Ach, Kleines«, sagte Luthor bedrückt, »ich fürchte, jetzt wirst du doch bereuen, was du angeblich nicht bereust.«

Sie funkelte ihn an. »Und Ihr würdet sogar zulassen, daß er mich schlägt, oder etwa nicht?«

»Ich bin nicht für dich verantwortlich, Mädchen«, sagte der ältere Mann. Er wandte sich ab.

»Du brauchst dich gar nicht bei meinem Vater zu verstecken, Dirne«, knurrte Roland. »Er wird dir nicht helfen.«

Brigitte sprach mit ruhiger Stimme. Sie bemühte sich verzweifelt, ihre Angst nicht zu zeigen. »Das habe ich auch nicht von ihm erwartet. Er hat mir bereits gesagt, daß er alles billigt, was du tust.«

»Du hast ihn also um Hilfe gebeten?«

»Nein, Roland«, fiel Luthor ein. »Sie ist nicht zu mir gekommen. Ich habe sie von mir aus angesprochen.«

»Wage bloß nicht, sie zu verteidigen«, stieß Roland kalt hervor.

Luthor zögerte nur einen Augenblick. Dann verbeugte er sich und ließ die beiden allein auf der Estrade stehen. Roland griff nach Brigittes Arm und machte eine Bewegung wie um zum Schlag auszuholen. Sie geriet in Panik, aber statt zurückzuweichen, warf sie sich auf ihn. Sie krallte ihre Finger in sein Hemd und drückte sich so dicht an ihn, daß sie die Wärme seines starren, unnachgiebigen Körpers spürte.

»Wenn du mich unbedingt schlagen mußt, Roland, dann tu es mit der Peitsche«, flüsterte sie. »Ich würde einen Schlag von deiner Faust nicht überleben – nicht, wenn du so wütend bist. Du würdest mich umbringen.«

»Verfluchtes Weib!« knurrte er. Er versuchte, ihre Finger auseinanderzubringen.

Doch sie ließ nicht los. »Nein! Du bist wütend, und du weißt selbst nicht, wie stark du bist. Mit deinen Fäusten würdest du mich umbringen. Willst du das etwa?«

»Laß mich los, Brigitte«, befahl Roland, obwohl sein Zorn schon am Erlöschen war.

Sie hörte seinen veränderten Tonfall. Dann spürte sie den Wandel, der mit seinem Körper vor sich ging, und sie sah den Schimmer in seinen Augen. Sie stieß ihn von sich, und an die Stelle ihrer ursprünglichen Furcht traten andere Ängste.

»Ich... ich wollte mich dir nicht an den Hals werfen«, sagte sie unbeholfen.

Roland seufzte. »Geh in dein Zimmer. Du hast heute schon für genug Ärger gesorgt.«

»Ich hatte nicht die Absicht, Unruhe zu stiften«, sagte sie schüchtern, aber sachlich.

Doch seine Augen nahmen eine dunklere Färbung an, und sein Körper wurde wieder unerbittlich hart. »Geh mir aus den Augen, Weib, ehe ich es mir anders überlege!«

Sie rief Wolff zu sich und verließ den Raum durch die Tür, die zum Stall führte, denn die große Eingangstür war so schwer, daß sie sie nicht öffnen konnte. Sowie sie den Saal verlassen hatte, zitterte sie innerlich. Wie dicht ihr eine ordentliche Tracht Prügel bevorgestanden hatte! Aber warum war Roland bloß so wütend? Was war zwischen ihm und Gui vorgefallen?

Sie ging durch den Stall und bemerkte, daß Rolands Pferd dort unter vier anderen Pferden stand, die sie noch nie gesehen hatte. Zweifellos gehörten diese Pferde Gui und den anderen, die mit ihm Wache gestanden hatten. Viele Männer standen unter Luthors Befehl. Sie fragte sich, wo die übrigen Pferde untergebracht sein mochten. Sie ging dieser Frage nicht länger nach. Solange auch nur ein Pferd dort stand, mit dem sie in der Nacht entkommen konnte, konnte ihr alles andere gleich sein.

Brigitte zog sich die Kapuze über den Kopf und wickelte sich in ihren Umhang, ehe sie durch den Hof zu ihrer kleinen Hütte ging. Es hatte an jenem Tag nicht geschneit, aber die Luft war eisig. Bei solchen Witterungsverhältnissen würde ein Davonlaufen schwierig sein. Aber sie war fest entschlossen, fester denn je.

Ihr Zimmer war kalt und dunkel, und heute nacht würde sie kein Kohlebecken bekommen. Ohne Kohlen oder eine Kerze, in deren Schein man etwas sehen konnte – solche kostbaren Gegenstände wurden nicht an Dienstboten verschwendet –, hatte Brigitte keine andere Wahl, als sich ins Bett zu legen. Zumindest würde sie weniger frieren, wenn sie ins Bett ging. Sie zog sich nicht aus, denn sie wollte keine Zeit damit verlieren, sich anzuziehen, wenn die Stunde ihres Aufbruchs herangerückt war.

Sie hörte Wolff, der unruhig im Dunkeln herumlief, und sie fauchte ihn an. »Leg dich hin und schlaf, solange es noch geht, denn wenn wir erst von hier weggehen, gibt es keine Ruhepausen mehr. Und es wird schon bald soweit sein, Wolff, nämlich dann, wenn kein Laut mehr zu hören ist.«

21

Etliche Stunden später hatte Brigitte sich zwei weitere Gewänder übergezogen. Sie nahm alle Decken aus ihrem Zimmer mit und ging mit Wolff direkt zum Stall. Sie wollte gar nicht erst versuchen, sich Nahrungsmittel zu besorgen, denn sie fürchtete, jemand könnte sie sehen, während sie sich durch die Halle schlich. Sie zweifelte nicht daran, daß Wolff Wild für sie beide jagen würde. Zudem war sie noch im Besitz eines Feuersteins, eines kostbaren Feuersteins, den Roland ihr im Wald gegeben hatte.

Zum Glück standen die vier anderen Pferde noch im Stall, und sie brauchte nicht Rolands riesiges Streitroß zu nehmen. Das erleichterte sie sehr. Das Pferd wäre zu groß für sie gewesen. Noch schlimmer war, daß Roland sie auf Lebzeiten gesucht hätte, wenn sie sein Pferd mitgenommen hätte, denn ein im Kampf geübtes Pferd war wesentlich wertvoller als jeder Diener.

Die anderen Pferde waren nicht ganz so groß, und eines, ein kastanienbrauner Wallach, scheute nicht, als sie versuchte, ihn zu satteln. Sie band ihre Habe an den Sattel, nahm die Zügel in die Hand und trat vorsichtig auf den nachtschwarzen Burghof.

Hier wurde es erst wirklich schwierig. Brigitte wußte, daß die meisten Güter zumindest einen weiteren Zugang neben dem bewachten Tor hatten, aber diesen Weg nun zu finden, war etwas anderes, denn die Wahrscheinlichkeit sprach dafür, daß ein Tor in der Mauer geschickt getarnt und nicht leicht zu finden war. In Louroux gab es für den Fall einer Belagerung einen geheimen unterirdischen Gang, von dem nur wenige Menschen wußten.

»Komm, Wolff«, flüsterte sie. »Wir müssen einen Weg finden, der aus dieser Festung führt. Hilf mir, Wolff. Wir suchen eine Tür. Eine Tür. Aber sei leise.«

Sie begann links neben den Unterkünften der Dienstboten mit ihrer Suche und arbeitete sich zielstrebig zur Rückfront des Gutshauses vor. Dort fand sie die Pferche der Tiere und einen riesigen Schuppen, der mit nichts Ähnlichkeit aufwies, was sie je gesehen hatte. Sie fragte sich, ob dort die restlichen Pferde untergebracht waren, aber sie ging der Sache nicht nach. Langsam tastete sie sich an der Mauer entlang. Sie führte das Pferd an den Zügeln hinter sich her, und Wolff lief voraus.

Als sie die Hälfte des Runds abgeschritten hatte, ohne Glück zu haben, begann Brigitte, sich Sorgen zu machen. Sie rechnete sich ihre Chancen aus, wenn sie versuchen würde, sich an den Wächtern vorbeizuschleichen, und sie betete, diesen Versuch nicht wagen zu müssen. Sie war in Eile. Wenn sie nicht innerhalb der nächsten Stunden zurückkam, würde Roland von ihrer Flucht erfahren und die Verfolgung aufnehmen. Ihre einzige Hoffnung bestand darin, daß man ihre Abwesenheit nicht vor dem Morgen entdecken würde. Sie brauchte jede einzelne Stunde, die noch von der Nacht verblieben war, um weit, weit fort zu sein, ehe sich Roland auf die Suche nach ihr machte.

Wolff bellte, und Brigitte stockte der Atem. Sie fürchtete, die anderen Hunde würden ebenfalls ein Gebell anstimmen und das ganze Haus aufwecken. Sie lief schnell zu ihm, ehe er noch mehr Lärm machen konnte, und sie seufzte erleichtert auf, als sie die Tür sah. Die Tür war verriegelt, aber es gelang ihr, den Querbalken nach oben zu schieben, und als sie ihn auf den Boden senkte, fiel er fast herunter. Die Tür ließ sich leicht öffnen.

Doch wieder sanken Brigittes Hoffnungen. Vor ihr ging es mindestens sechzig Zentimeter steil nach unten, denn die Tür war zwar innerhalb der Mauer auf einer Höhe mit dem Boden, doch außerhalb der Mauer ging es steil bergab. Und das war noch gar nicht das Schlimmste. An der äußeren Begrenzung der Mauer, die unter ihr lag, war ein kleiner Streifen Erde, vielleicht dreißig Zentimeter breit, und dann folgte ein steiler Hang von mindestens vier Metern Länge, der mit Schnee bedeckt war. Ein schöner Ausgang! Wie, um Gottes willen, sollte sie das Pferd diesen Hang hinunterführen, ohne dem armen Tier den Hals zu brechen? Doch sie mußte den Versuch wagen. Verdammt noch mal! Sie mußte es einfach versuchen! Sie hielt die Zügel fest und stieg auf den schmalen Streifen Erde hinunter. Dann rief sie Wolff zu sich. Er sah erst sie an, dann den Hang, dann wieder sie, aber er machte keine Anstalten, ihr zu folgen.

»Wenn ich das kann, kannst du es auch«, sagte sie streng. »Für das Pferd wird es schwierig werden.«

Vorsichtig bewegte sich Wolff vorwärts. Er zögerte nur noch einen Moment, ehe er sprang. Er landete auf halber Höhe des Hangs, rutschte ein Stück tiefer, kam wieder auf die Füße und lief den Hang hinunter.

Als sie sah, wie Wolff sich abmühte und doch ausgerutscht war, fühlte sich Brigitte entmutigt. Wie sollte das Pferd es schaffen? Bei dem Sprung konnte es sich ein Bein brechen. Doch sie mußte hart bleiben. Sie brauchte ein Pferd. Ohne Pferd würde sie es nie zur Ile-de-France schaffen.

»Komm, mein stolzes Roß«, redete sie ihm zu und zog an den Zügeln. Es gelang ihr, den Wallach zum Tor zu ziehen, doch dann schnaubte das Pferd und wich zurück. »Jetzt komm schon. Du wirst den Abhang hinunterrutschen. Zeig uns, wieviel Mut die Normannen von einem guten Pferd wie dir erwarten.«

Das Tier wollte sich nicht von der Stelle rühren, und sie besaß nicht annähernd die Kraft, es dazu zu zwingen. Sie ließ sich verzweifelt auf den Boden sinken. Was konnte sie jetzt noch tun? Wenn sie zu Fuß davonlief, würde Roland sie bald finden.

Wolff sprang den Abhang wieder hinauf, stellte sich neben sie und stieß sie mit seiner Schnauze an. Er war ganz aufgeregt und konnte es kaum erwarten, sich auf den Weg zu machen.

Sie seufzte. »Es wird nichts, mein Schatz. Das Pferd rührt sich nicht von der Stelle. Vielleicht ist es klüger als ich und weiß, daß es den Sprung nicht schafft.« Sie stand auf, doch ihre Schultern sackten herunter. Sie war niedergeschlagen. »Wir müssen wohl doch versuchen, die Wachposten zu überlisten. Ich glaube nicht, daß wir viel Glück haben, aber wir müssen es versuchen. Komm, spring wieder in den Hof.« Brigitte seufzte.

Wolff sprang mit Leichtigkeit durch das Tor. Im nächsten Augenblick schnappte er nach der Hinterhand des Pferdes. Brigitte ging aus dem Weg und ließ gerade noch rechtzeitig die Zügel los, ehe das Roß mit einem Satz vorwärts sprang. Sie sah verblüfft zu, als das gewaltige Tier auf dem Bauch den Hang hinunterglitt. Wolff sprang hinterher. Am unteren Ende des Hanges stand das Pferd wieder auf. Es war so verblüfft, daß es geduldig wartend stehenblieb.

Brigitte wollte ihren Augen nicht trauen. Eilig zog sie die Tür zu und ließ sich den Hang hinuntergleiten. Als sie unten angekommen war, schlang sie ihre Arme um Wolffs Hals und drückte den Hund mit aller Kraft an sich.

»Du bist einfach wunderbar«, flüsterte sie. »Einfach großartig! Ach, mein Schatz, du hast mich gerettet. Und jetzt geht es los!«

Eilig sah sie sich das Pferd genauer an. Der Wallach schien in bester Verfassung zu sein. Sie ließ sich einen Moment Zeit, um ihn zu beschwichtigen und ihn zu loben, ehe sie sich auf seinen Rücken zog und losritt. Bald fiel der Braune in einen zügigen Galopp, und wie der Wind flogen sie über das Weideland, von dem Montville umgeben war. Brigitte war aufgekratzt, und als sie die Festung erst ein gutes Stück hinter sich gelassen hatten, lachte sie erleichtert auf.

Sie hatte es geschafft! Roland würde sie nie erwischen. Es spielte keine Rolle, ob er ihr bis zur Ile-de-France folgen würde, denn wenn sie erst dort angekommen war, würde sie unter dem Schutz des Königs stehen. König Lothair würde sich an sie erinnern – oder wenn nicht an sie, dann doch an ihren Vater. Und falls Roland es wagen sollte, Lothair gegenüber Ansprüche auf sie zu erheben, würde er für alles zur Rechenschaft gezogen werden, was er ihr angetan hatte. Nein, jetzt konnte nichts mehr sie aufhalten.

Der Rest der Nacht verging wie im Flug, und ehe sie es merkte, zog die Dämmerung heran. Die Sonne kam nicht heraus, um den Schnee zu schmelzen, sondern sie blieb hinter dichten Wolken verborgen wie vor ihr der Mond. Doch das bleiche Licht der Sonne reichte aus, um die karge Landschaft zu erkennen, und Brigitte machte einen weiten Bogen um eine Festung, auf die sie direkt zugeritten war. Sie wußte, daß sie keinem Normannen trauen konnte.

Es wäre einfacher gewesen, wenn sie sich nach Süden gewandt und die Richtung eingeschlagen hätte, aus der sie gekommen waren, denn dieser Weg war ihr vertraut. Doch Paris und der Hof des Königs lagen im Osten, und sie würde wesentlich eher dort ankommen, wenn sie sich direkt nach Osten wandte, obwohl sie den Weg nicht kannte.

Die Sonne stand schon hoch, als Brigitte in einem dichten Unterholz anhielt, um die Tiere rasten zu lassen. Wolff hatte ohne große Mühe schritt gehalten. Manchmal war er vorausgelaufen, und manchmal war er auch zurückgeblieben oder hatte kleine Streifzüge unternommen, die ihm Freude machten. Brigitte wußte, daß er müde war, und sie durfte das Pferd nicht zu sehr strapazieren.

Sie machten nicht lange Rast. Brigitte versuchte, ein kleines Feuer zu machen, um sich kurz aufzuwärmen, aber es gelang ihr nicht, weil alle Zweige und das Reisig, die sie fand, feucht waren. Sie band Zweige zusammen und nahm sie mit, denn sie hoffte, das Holz würde auf dem Ritt im Wind trocknen.

Diese Schwierigkeit hatte Brigitte nicht in Betracht gezogen. Auch war ihr nicht klar, daß sie vergessen hatte, Wasser mitzunehmen, bis sie sah, wie Wolff den Schnee aufschleckte. Zum erstenmal war sie dankbar für den Schnee. Sie hob selbst eine Handvoll Schnee auf, um ihren Durst zu löschen.

Sie zogen weiter. Brigitte war zwar schon hungrig, aber mit dem

Essen würde sie bis Einbruch der Nacht warten müssen. Sie wollte keine Zeit verlieren und Wolff auf die Jagd schicken. Zum Glück hatte das Pferd unter dem Schnee ein paar Büschel Gras gefunden, und Wolff und sie konnten noch eine Weile warten.

Sie kamen aus den Wäldern und überquerten offenes Weideland. Brigitte gelang es, einen Morast zu umrunden, der sie viel Zeit gekostet hätte, aber sie hatte weniger Glück, als sie vor einem dichten Wald stand, der sich in beide Richtungen quer über das Land zog und ihr keine andere Wahl ließ, als geradeaus durch die Bäume zu reiten. Als die Nacht hereinbrach, hatte sie das andere Ende des Waldes noch nicht erreicht, und sie war gezwungen, hier ihr Lager aufzuschlagen. Wenn sie durch offenes Weideland geritten wäre, hätte sie sich erst Stunden später ein Quartier für die Nacht gesucht, aber im Wald war es so dunkel, daß sie nicht weiterreiten konnte.

Mehr Glück hatte sie beim Feuermachen, da sie Holz mitgenommen hatte, doch das Holz war immer noch so feucht, daß das Feuer übermäßig Rauch entwickelte. Als das Feuer brannte, fühlte sie sich sicher genug, um Wolff auf die Jagd zu schicken. Während er fort war, sattelte sie das Pferd ab, legte ihm eine Decke über den Rücken und setzte sich dann ans Feuer.

Ihre Gedanken schweiften zu Roland, und sie sah ihn lebhaft vor sich. Er gab eine gute Figur ab, war so stark und schön. Alles hätte ganz anders sein können, wenn er ihr nur geglaubt hätte, als sie gemeinsam Louroux verlassen hatten. Hätte er sie doch zu dem Grafen Arnulf gebracht! Das wäre anständig und ehrenhaft gewesen. Dann hätte sie heute vielleicht eine andere Meinung von ihm. Vielleicht hätte sie ihn sogar ungeachtet seiner Grobheit ein wenig mögen können.

Aber so war es nun einmal nicht. Haß war Brigitte bislang fremd gewesen, und dieses Gefühl behagte ihr nicht. Sie hatte noch nie so stark empfunden, noch nie so sehr gehaßt. Nicht einmal Druoda. Ihr war verhaßt gewesen, was ihr Druoda aufgezwungen hatte, aber nicht die Frau selbst. Warum rief Roland derart starke Gefühle in ihr hervor?

Brigitte hörte Laute, die näher kamen, und sie hielt den Atem an, bis Wolff im Gebüsch auftauchte. Er hatte einen guten Fang gemacht, und Brigitte bereitete ihnen eilig das Essen zu. Dann legte sie sich neben das Feuer und schlief fast augenblicklich ein. Wolff rollte sich zu ihren Füßen zusammen. Doch es dauerte nicht lange, bis Brigitte von seinem tiefen Knurren erwachte. Wolffs Ohren waren aufgestellt, und das Fell auf seinem Rücken sträubte sich. Plötzlich schoß er ins Dunkel des Waldes und verschwand aus ihrer Sicht.

Brigitte rief ihn zurück, doch Wolff gehorchte nicht. Hellwach setzte sie sich auf. Die kleinen Reste des Feuers wiesen darauf hin, daß sie etwa eine Stunde geschlafen hatte. Sie schlang die Arme um die Knie und starrte in die Richtung, die Wolff eingeschlagen hatte, und fragte sich, was für ein wildes Tier ihn fortgelockt haben mochte.

Gab es wilde Bären in diesem dunklen Wald? Soweit sie wußte, hatte Wolff nie gegen einen so mächtigen Gegner gekämpft. Wie würde es ihm im Kampf gegen einen Bären ergehen? Oder gar gegen einen Keiler?

Als sie Wolffs Bellen nicht einmal mehr in der Ferne hörte, machte sie sich zunehmend mehr Sorgen. Nichts war von ihm zu hören und zu sehen. Sie rief ihn zurück, dann noch einmal, diesmal lauter. Sie stand auf und ging unruhig auf und ab. Plötzlich blieb sie stehen und schalt sich dafür aus, daß sie ihrer Fantasie zu freien Lauf gelassen hatte. Wolff würde zurückkommen.

Wieder setzte sie sich ans Feuer. Als wolle er ihr beweisen, wie lächerlich ihre Ängste gewesen waren, kam Wolff zum Lager zurück. Sie seufzte erleichtert auf. Doch ihre Erleichterung war nur von kurzer Dauer, und ihre Ängste lebten wieder auf, als sie sah, daß er nicht allein war. Ihm folgte ein Hund, und dahinter kam ein Pferd.

Brigitte erkannte das Pferd, ehe sie den Reiter sah. Roland saß steif auf dem Rücken des Hengstes. Er trug keine Rüstung, sondern einen dicken Pelzumhang über dem Hemd und der Hose.

Brigitte verschlug es vor Staunen die Sprache. Sie war auch zu erschrocken, um sich von der Stelle rühren zu können, und selbst, als Roland mit einer dicken Schnur in der Hand abstieg, blieb sie stumm und reglos stehen. Sie verfolgte sein Vorgehen benommen. Er rief Wolff zu sich, und dieser vertrauensselige Dummkopf gehorchte ihm. Der Hund rührte sich nicht, als Roland das Seil um seinen Hals band. Dann führte Roland Wolff zu einem Baum und band ihn mit der kurzen Leine an den Baum. Es geschah wirklich, doch Brigitte konnte es einfach nicht glauben.

Der Hund, der mit Roland gekommen war, fand die Essensreste, das übrige Fleisch, das Brigitte in das Fell des Tieres gewickelt hatte. Er riß die Haut herunter, um an das Fleisch zu kommen. Brigitte sah dem Hund einen Moment lang zu, und dann reimte sich plötzlich alles zusammen. So hatte Roland sie gefunden! Der Hund hatte die Fährte aufgenommen!

Als ihr Blick wieder auf Roland fiel, hatte er Wolff an den Baum gebunden. Auch der Grund, aus dem er ihren Hund festband, ehe er auch nur ein Wort gesagt hatte, war klar. Roland hatte etwas so Schreckliches vor, daß er Wolff nicht frei herumlaufen lassen konnte. Ehe sie diesen Gedanken zu Ende gedacht hatte, rannte Brigitte zu ihrem Pferd, als stünde ihr Leben auf dem Spiel.

Sie hatte sich zu lange Zeit gelassen. Roland erwischte sie an ihrem Umhang, ehe sie das Pferd auch nur erreicht hatte, und ihre Kehle wurde von dem Ruck eingeschnürt, mit dem sie zum Stehen kam. Dann wirbelte Roland sie zum Feuer herum. Sie fiel hin und scheuerte sich die Handflächen auf. Wolff begann zu knurren. Brigitte kämpfte gegen die Tränen an, die ihr bereits in den Augen standen.

Sie sah Rolands Stiefel, die weit auseinandergespreizt dicht vor ihr standen. Sie ließ ihren Blick etwas höher gleiten und sah seine Hände, mit denen er sich den Gürtel auszog. Als sie noch höher blickte, sah sie den verbissenen Ausdruck auf seinem Gesicht, und sie wurde weiß.

Ehe Brigitte die Worte fand, um ihn anzuflehen, sauste Rolands Gürtel auf ihren Rücken nieder. Ihr Atem stockte, und sie schrie auf. Er schlug noch einmal zu, und sie stieß einen lauteren Schrei aus. Aus weiter Ferne hörte sie Wolffs wütendes Knurren, und als die Leine ihn zurückhielt, gab er einen fürchterlichen Laut von sich.

Sie hatte sich inzwischen zu einer Kugel zusammengerollt und erwartete den nächsten Peitschenhieb, der jedoch ausblieb. Dennoch hatte sie Angst, zu Roland aufzublicken, und daher konnte sie nicht wissen, daß er seinen Gürtel längst hingeworfen hatte. Roland war außer sich und so entsetzt über sein eigenes Vorgehen, daß er ein paar Meter zur Seite gegangen war. Er atmete tief durch, um wieder ruhiger zu werden. Dann kam er zurück und fiel neben ihr auf die Knie.

Roland zog Brigitte in seine Arme, und sie ließ es zu. Sie war so trostbedürftig, daß ihr selbst Rolands Trost recht war. Ihre Tränen trockneten, aber Roland ließ sie nicht los und strich weiterhin über ihr Haar. Lange Zeit sagte keiner von beiden ein Wort. Schließlich rückte Brigitte von Roland ab, und in ihren Augen standen Vorwürfe.

»Verdammt noch mal!« fluchte er, während er aufstand und in seiner vollen Größe über sie ragte. »Wagst du es, reulos zu sein?«

»Reue?« warf sie ihm an den Kopf. »Nach allem, was du getan hast?«

»Die Jagd hat mich einen ganzen Tag gekostet, Weib. Dafür hast du mehr verdient, als du bekommen hast!«

»Von dir gefunden zu werden, ist schon Strafe genug, und zwar eine größere Strafe, als ich ertragen kann«, fauchte sie. Sie zog sich auf die Füße und funkelte ihn mit ihren blauen Augen an. »Aber dir ist das gleich. Du willst, daß ich leide!«

»Ich wollte dir nicht weh tun«, sagte er wütend. »Du zwingst mich dazu!«

»Wie konnte ich das vergessen, mein Herr und Gebieter«, sagte sie ebenso wütend. »Ich selbst bin die Ursache all meines Schmerzes. Ich habe mich wohl auch selbst geschlagen.« Er kam bedrohlich auf sie zu, doch sie wich nicht von der Stelle. »Ach! Werde ich mich etwa wieder schlagen, Herr Baron?«

»Für eine Dirne, die gerade Schläge bekommen hat, bist du bewundernswert frech.« Er sah sie finster an.

Sie riß die Augen weit auf. »Du normannischer Schurke! Wenn ich ein Mann wäre, würde ich dich töten!«

Plötzlich lachte er. »Wenn du ein Mann wärst, *cherie*, wäre das, was ich denke, sündig.«

Sie schnappte nach Luft und wich vor ihm zurück. »Ich bin eine Frau, aber deine Gedanken sind trotzdem sündig.«

Roland grinste. »Du brauchst nicht vor mir wegzulaufen, Brigitte. Ich habe einen anstrengenden Ritt hinter mir, und im Moment reizt mich nur der Schlaf.«

Brigitte ließ ihn nicht aus den Augen, als er zu seinem Pferd ging, um Lebensmittel und Decken zu holen. Roland kam zum Feuer zurück und schürte es, ehe er sich daneben legte.

»Hast du Hunger?« fragte er.

Sie war verblüfft. Er benahm sich, als sei nichts geschehen. »Nein«, sagte sie steif. »Ich habe ausgezeichnet gegessen.«

»Ach so, dein Hund hat für dich gesorgt.« Roland drehte sich um und sah Wolff an. Seine Stirn war in nachdenkliche Falten gelegt. »Glaubst du nicht auch, daß du nicht so schnell wieder weglaufen würdest, wenn ich mir dieses Tier vom Hals schaffen würde? Was tätest du ohne den Hund? Wer würde für dich auf die Jagd gehen?«

»Nein«, schrie Brigitte. Sie ließ sich neben Roland auf die Knie sinken. »Wolff ist alles, was ich noch habe.«

»Du hast mich«, rief er ihr behutsam ins Gedächtnis zurück.

Sie schüttelte den Kopf. »Du fügst mir Qualen an Leib und Seele zu. Nur Wolff kann mich trösten. Ich liebe ihn.«

»Und mich haßt du?«

»Das, was du mir antust, läßt mich dich hassen.«

Roland brummte: »Gib mir dein Wort, daß du nicht wieder wegläufst.«

»Du würdest dem Versprechen eines *Dieners* glauben?« fragte sie sarkastisch.

»Dich würde ich beim Wort nehmen.«

Sie reckte ihr Kinn stolz in die Luft. »Ich könnte dir mein Wort geben, aber es wäre gelogen. Ich verspreche nichts, was ich nicht halten kann.«

»Verfluchtes Weib!« krächzte er. Er warf einen Ast ins Feuer, und die Funken stoben durch die Luft. »Dann kann ich dir auch nicht versprechen, dich nie mehr zu schlagen, und beim nächsten Mal bist du vielleicht nicht so dick eingemummt.«

»Ich habe nichts anderes von dir erwartet!« fauchte Brigitte.

Roland sah in ihr finsteres Gesicht und seufzte. »Leg dich schlafen, Brigitte. Es ist sinnlos, sich mit dir einigen oder auch nur mit dir diskutieren zu wollen.«

Roland legte sich hin, doch Brigitte blieb, wo sie war. Sie kniete steif auf dem Boden. Nach einer Weile sagte sie leise: »Eins könntest du tun, Roland, und ich würde gewiß bei dir bleiben.«

»Ich weiß genau, was jetzt kommt«, erwiderte er gereizt. »Aber ich kann dir nicht aus dem Weg gehen.«

»Das meine ich nicht, Roland.«

Er setzte sich abrupt auf, denn es war ihr gelungen, seine Neugier zu wecken. »Was denn?«

»Schick jemanden zum Grafen Arnulf, um meine Identität zu überprüfen, und ich bin einverstanden, in Montville zu warten, bis der Bote zurückkehrt.«

»Und wenn die Antwort des Grafen dich als Lügnerin entlarvt – was dann?«

»Bist du denn immer noch so sicher, daß ich lüge, Roland?« wagte sie sich vor.

Er brummte vor sich hin. »Nun gut. Ich werde mich an den Grafen wenden, um all dem ein Ende zu setzen. Aber ich verstehe einfach nicht, was du dir davon versprichst.«

Sie lächelte, denn sie hatte sich entschlossen, ihm etwas vorzuspielen. Bis der Bote ausgeschickt wurde, mußte sie Roland in dem Glauben lassen, daß er recht hatte. »Das ist ganz einfach. Wenn du einen Boten losschickst, räumst du wenigstens die Möglichkeit ein, daß du dich irren könntest. Schon allein das reicht mir.«

»Hm!« gab er zurück. Er drehte sich um. »Diese Logik kann nur ein Weib verstehen.«

Brigitte hätte am liebsten gelacht. Wie schnell er ihr die Lüge abgenommen hatte! Sie legte sich ans Feuer, um zu schlafen.

22

Roland erwachte bei Einbruch der Dämmerung. Er blieb ausgestreckt auf dem Boden liegen und sah nachdenklich durch die Baumwipfel den bleichen Himmel an. Brigitte schlief friedlich, ohne sich des Aufruhrs bewußt zu sein, den sie in seinem Innern ausgelöst hatte.

Wie wütend er gestern gewesen war! War nicht einmal so sehr, weil sie ihn verlassen hatte, sondern noch mehr wegen der Gefahren, in die sie sich dabei begeben hatte. Der kleine Dummkopf hätte Dieben oder auch Schlimmerem zum Opfer fallen können. Dennoch nagte auch an ihm, daß sie ihm davongelaufen war, und das um so mehr, weil ganz Montville es wußte. Seine Pein bedurfte der Linderung. Was hatte dieses Mädchen ihm getan? Im einen Moment wollte er nichts weiter als sie beherrschen, und im nächsten Moment wollte er nichts weiter als sie beschützen. Er verstand nicht, daß sie solche Gefühle in ihm wachrief, und zum erstenmal in seinem Leben war er verwirrt. Hatte er sich nicht sogar mit ihren lächerlichen Forderungen einverstanden erklärt?

Roland runzelte die Stirn, als er an die Nachricht dachte, die er an den Grafen schicken mußte, weil er es Brigitte versprochen hatte. Entweder war sie wirklich von nobler Herkunft, oder Graf Arnulf mochte sie gern, und sie hoffte auf seine Hilfe. In beiden Fällen stand auf dem Spiel, daß Roland sie verlieren würde, und bei dieser Vorstellung war ihm ganz elend zumute. Er kannte sie erst seit kurzem, aber er war sich darüber klar, daß er sie nicht verlieren wollte.

»So ein verdammter Mist!« murmelte er, während er sich auf die andere Seite wälzte und dem neuen Tag entgegensah.

Es war nicht allzu spät, als Roland und Brigitte durch das Tor in den Burghof von Montville ritten. Brigitte war verwirrt, als sie kurz nach Sonnenuntergang die Festung vor sich liegen sah, denn sie war die halbe Nacht und einen ganzen Tag lang geritten, um möglichst viel Entfernung zwischen sich und Montville zu legen, und für den Rückweg hatten sie wesentlich kürzer gebraucht. Sie mußte vom Weg abgekommen sein und kostbare Zeit verloren haben. Sie seufzte. Jetzt war es zu spät, der Sache auf den Grund zu gehen.

Als sie abstiegen und ihre Pferde in den Stall führten, fragte Brigitte: »Du hast doch sicher nicht vergessen, daß du mir versprochen hast, einen Boten auszuschicken, oder etwa doch?«

»Das habe ich nicht vergessen«, murmelte Roland. Er streckte die Hand aus, zog ihre Kapuze zurück und legte Brigittes Zöpfe bloß. Er nahm jeden Zopf mit einer Hand und zog Brigitte dichter an sich. »Ich habe allerdings auch nicht vergessen, daß du mich hättest bitten können, dich nie mehr anzurühren, und du hast es nicht getan.«

»Du sagtest bereits, daß du darauf nicht eingehen würdest«, erwiderte Brigitte steif.

»Aber du hast gar nicht erst versucht, mit mir darüber zu verhandeln, *cherie*«, hob Roland mit freudig funkelnden Augen hervor.

»Ich habe bekommen, was ich wollte, Roland, und ich muß dich nur noch wenige Wochen lang ertragen. Es macht einen Unterschied, wenn ich weiß, daß mein Unglück bald ein Ende findet.«

»Dein Unglück?«

Seine Lippen berührten ganz zart ihren Mund, dann ihre Wange, dann die empfindliche Stelle unter dem Ohrläppchen. Als ihr eine Gänsehaut über den Rücken lief, stöhnte sie. Er ließ sie augenblicklich los und grinste teuflisch.

»Nur noch ein paar Wochen? Dann muß ich wohl das beste daraus machen.«

Er wartete keine Reaktion ab, sondern ging durch den Stall auf den Eingang zum Saal zu. Brigitte sah ihm bestürzt nach. Sie fragte sich, warum sie stehengeblieben war und zugelassen hatte, daß er sie küßte. Was war bloß in sie gefahren?

Sie rieb sich unsanft die Arme, schüttelte den Kopf und eilte hinter ihm her. Sie sagte sich, daß es an seiner Zartheit liegen mußte. Mit Sanftmut konnte er sie immer wieder überraschen.

Die Essenszeit war schon vorbei, aber es war noch nicht leer im Saal. An den Tischen, die nicht erhöht standen, feierten die Männer ein Trinkgelage. Am Feuer würfelte Luthor mit Robert und einem weiteren Ritter, während Hedda, Ilse und ihre Kammerzofen in der Nähe Stickereien anfertigten. Hedda war eine große, knochige Frau, deren braunes Haar grau geworden war, und Ilse sah genauso aus, wie ihre Mutter vor dreißig Jahren ausgesehen hatte. Einige Diener waren noch in der Kochecke am Werk. Ein junger Knabe war dazu bestimmt worden, die Hunde von dem Fleisch fernzuhalten, das noch auf dem Rost briet, und ein anderer wedelte mit einem Fächer den Rauch durch ein Loch über der Kochstelle.

Roland wartete, bis Brigitte ihn eingeholt hatte. Erst dann trat er in den Saal. »Hol uns beiden etwas zum Essen, und setz dich zu mir an den Tisch.« Als sie Einspruch erheben wollte, drohte er ihr mit einem erhobenen Finger. »Ich bestehe darauf. Wir sollten das Unwetter gemeinsam über uns ergehen lassen.«

Brigitte blieb wie angewurzelt stehen. »Welches Unwetter?«

Roland grinste breit, als er einen Anflug von Panik auf ihrem Gesicht erkannte. »Du hast dich eines schweren Vergehens schuldig gemacht, und meine Stiefmutter war vollkommen außer sich. Als ich dir nachgeritten bin, hat sie gewütet, und zweifellos hat sie den anderen Dienstboten den ganzen Tag lang damit in den Ohren gelegen, wie furchtbar du bist. Aus Montville ist noch nie ein Leibeigener davongelaufen.«

Brigitte erbleichte. »Was... was wird sie mir antun?«

»Hedda? Nicht das geringste. Du vergißt, daß ich dein Herr bin, und das bedeutet, daß du dich nur vor mir verantworten mußt. Diesmal wirst du mir dankbar sein, daß ich dich beschütze.« Er gab ihr keine Gelegenheit, etwas zu erwidern, sondern legte seine Hand auf ihren Rücken und gab ihr einen Schubs. »Geh schon, ich bin am Verhungern.«

Brigitte eilte zur Küche, um Essen zu holen. Die Köchin grollte ob der Verspätung, denn sie war gerade dabei, das restliche Fleisch vom Knochen zu lösen, um eine Pastete daraus zu machen. Trotzdem füllte sie zwei Teller, während die anderen Dienstboten Brigitte interessiert musterten.

Brigitte wurde zusehends nervöser. Sie hatte wirklich geglaubt, das Schlimmste sei vorüber, aber anscheinend war dem nicht so.

Als sie mit einem Krug Bier und den beiden Tellern auf den Tisch des Hausherrn zuging, sah sie, daß Luthor und Hedda sich zu Roland gesellt hatten und am anderen Ende des Tisches saßen. Brigitte verlangsamte ihre Schritte, aber sie konnte nicht verhindern, daß sie das meiste von dem, was gesprochen wurde, hörte.

»Nun?« bohrte Hedda. »Wirst du sie entkleiden und im Hof auspeitschen lassen? Das schreckliche Beispiel, das sie den anderen gegeben hat, darf nicht ungesühnt bleiben.«

»Das ist nicht deine Sache, Frau«, sagte Luthor, ehe Roland etwas sagen konnte.

»Und ob es das ist«, rief Hedda empört. »Er hat diese französische Schlampe hierhergebracht, und ich fürchte ohnehin schon, daß ihr Hochmut meine Diener ansteckt. Jetzt läuft sie auch noch weg, nachdem sie sich das Nötige gestohlen hat! Ich verlange...«

Brigitte ließ die Teller benommen auf den Tisch fallen und verschüttete das Bier. Sie drehte sich mit weit aufgerissenen, erschrokkenen blauen Augen zu Roland um.

»Ich habe nicht gestohlen.«

»Du kannst schlecht behaupten, daß das Pferd dir gehört hat«, sagte er belustigt.

Brigitte spürte, daß ihre Knie weich wurden; Roland streckte schnell die Arme nach ihr aus und setzte sie auf den Stuhl, der neben seinem stand. Wessen beschuldigte man sie? Für den Diebstahl von Lebensmitteln konnte man ihr eine Hand verstümmeln. Aber ein *Pferd*?! Ein Pferd war das Herzblut eines Ritters, das höchst gepriesene aller Tiere, weit mehr wert als ein Diener, sogar mehr wert als ein Stück Land! Ein freigelassener Leibeigener hätte mit Freuden seinen Hof gegen ein Pferd eingetauscht, denn ein Pferd war ein Merkmal für Reichtum und erhob seinen Besitzer in einen höheren Stand als den der Bauern. Der Diebstahl eines Pferdes war ein Verbrechen, das mit einem Mord gleichzusetzen war, und allein der Gedanke, ein Diener könnte ein Pferd stehlen, war unvorstellbar.

Rolands Belustigung verging, als er feststellen mußte, daß Brigitte ernstlich entsetzt war. »Komm schon, was geschehen ist, ist geschehen.«

»Ich... ich hatte nicht vor, es zu stehlen«, stammelte sie. »Ich habe nicht daran gedacht... ich meine... ich bin nicht auf den Gedanken gekommen, daß es Diebstahl ist, als ich das Pferd genommen habe. Ich mußte noch nie fragen, wenn ich ein Pferd haben wollte und... hilf mir, Roland!«

Sie fing an zu weinen, und Roland war wütend auf sich selbst, weil er sie in überflüssigem Maß verängstigt hatte. »Brigitte, beruhige dich. Du hast nichts zu befürchten. Du hast ein Pferd gestohlen, aber es war Guis Pferd, und er wird der Sache nicht weiter nachgehen.«

»Aber...«

»Nein«, sagte Roland mit sanfter Stimme. »Ich habe mit Gui gesprochen, ehe ich dir nachgeritten bin. Er hat sich mehr um dich als um sein Pferd gesorgt. Er wird keine Vergeltungsmaßnahmen fordern.«

»Wirklich nicht?«

»Nein, wirklich nicht.«

»Euer Gespräch war äußerst unterhaltsam«, mischte sich Hedda ein. Ihre lange Nase wirkte noch länger als gewöhnlich, und ihre blaßgrauen Augen durchbohrten Brigitte. »Aber das tut nichts zur Sache. Es mag sein, daß Gui keine Vergeltung fordert, aber ich fordere sie gewiß.«

»Wer bist du, daß du etwas von mir forderst?« setzte Roland unheilverkündend an.

Hedda lief fahl an, und ihre olivgrüne Haut war rotgesprenkelt. »Du verhätschelst dieses Luder!« klagte sie Roland an. »Wieso? Hat sie dich verhext?«

»Ich verhätschele sie nicht«, gab Roland zurück. »Ich habe sie bereits bestraft.«

»Wenn du das getan hast, war es nicht genug!« fauchte Hedda. »Sie bewegt sich ganz normal und ohne Schmerzen.«

Roland stand auf. In seine Augen trat ein bedrohliches Funkeln. »Zweifelst du an meinem Wort? Willst du selbst spüren, was Brigitte erlitten hat?« Er griff nach seinem Gürtel. Hedda wurde bleich. Sie rutschte unruhig auf ihrem Stuhl herum und sah sich nach Luthor um. Luthor sah sie nicht an, sondern behielt seinen Sohn im Auge.

»Luthor!«

»Nichts da, Weib, du brauchst mich gar nicht anzusehen. Du hast ihn provoziert. Ich habe dich gewarnt und dir gesagt, daß das nicht deine Sache ist. Du hast noch nie gewußt, wann du dich raushalten mußt.«

In dem Moment, in dem Roland einen Schritt auf Hedda zuging, sprang sie auf und rannte aus dem Saal. Luthor kicherte vor sich hin.

»Ach, tut mir das gut zu sehen, wie meine zänkische Frau den Schwanz einzieht und wegläuft.« Luthor beugte sich herüber und klopfte Roland auf den Rücken. Dann nahm er wieder auf seinem Stuhl Platz und forderte lautstark frisches Bier. »Es ist schon einige Jahre her, seit sie meine Faust zum letztenmal gespürt hat – zu viele Jahre.«

»War Hedda vielleicht nicht so zänkisch, während ich fort war?« fragte Roland.

Luthor zuckte die Achseln. »Vielleicht war es mir auch egal.«

Daraufhin verstummte Roland und fiel über sein Essen her. Frisches Bier wurde serviert, und Luthor lehnte sich zurück, um Brigitte besser sehen zu können.

»Du ißt nicht gerade viel, Kleines«, äußerte sich Luthor. »Ist das Essen nicht nach deinem Geschmack?«

»Ich fürchte, mir ist der Appetit vergangen, Baron«, erwiderte Brigitte schwach.

»Dabei kann es nicht bleiben.« Luthor grinste sie an. »Ein so zierliches Mädchen wie du braucht Kraft, um es mit meinem Sohn aufzunehmen.«

»Da habt Ihr leider recht.«

Roland sah seinen Vater böse an. Luthor amüsierte sich über Rolands finsteres Gesicht. Er trank einen großen Schluck von seinem Bier. Dann beugte sich der ältere Mann vor und sagte sehr ernst: »Weiß mein ritterlicher Vasall, daß du zurückgekehrt bist, Roland?«

Roland wich Luthors Blick aus. »Ich überlasse es dir, ihn darüber zu unterrichten.«

Luthor zog seine buschigen Augenbrauen finster zusammen. »Die Dirne hat eure Zusammenkunft hinausgezögert, als sie weggelaufen ist. Bist du dazu gekommen, es dir noch einmal zu überlegen?«

»Die Entscheidung liegt nicht bei mir. Hat er es sich anders überlegt?«

»Nein«, gestand Luthor widerstrebend ein. »Ich kann die Sturheit dieses Jungen nicht verstehen.«

»Das liegt nur daran, daß er seiner Sache sicher ist«, sagte Roland. »Ich habe nichts anderes von ihm erwartet.«

»Aber er hat dich immer verehrt. Ich hätte nicht geglaubt, daß es je dazu kommen würde.«

»Was willst du von mir?« fragte Roland. In seinem Tonfall lag Gereiztheit. »Soll ich seine Herausforderung etwa übergehen?«

»Natürlich nicht. Aber wenn sich die Sache durch eine Unterhaltung regeln ließe...«

»Das ist unwahrscheinlich, Luthor.«

»Und sei es nur, um kein Blut zu vergießen?«

»Halt dich raus!« brüllte Roland erbost. »Mir gefällt die ganze Sache genausowenig wie dir, aber ich habe längst versucht, vernünftig mit ihm darüber zu reden, und er denkt nicht daran, seinen Standpunkt zu ändern.«

»Würdest du von deinem Standpunkt abrücken?«

»Nein.«

Luthor schüttelte den Kopf. »Weißt du, *sie* könnte dem ein Ende machen.«

»Ich denke nicht daran, sie darum zu bitten.«

Brigitte hielt es nicht mehr aus. »Wer ist ›sie‹?«

»Du, Kleines«, erwiderte Luthor.

Roland schlug mit der Faust auf den Tisch. »Du hast absichtlich in ihrer Gegenwart davon angefangen!« warf Roland seinem Vater erbittert vor. Er funkelte Luthor böse an.

»Soll das heißen, daß sie von all dem nichts weiß?« fragte Luthor ungläubig.

»Nein.«

»Nun, wenn das so ist, sollte sie es wissen«, gab Luthor eingeschnappt zurück.

»Was wissen?« fragte Brigitte, doch keiner der beiden Männer ging darauf ein.

»Es hat keinen Zweck, Luthor. Sie ist sturer als du und ich zusammen.«

Luthor stellte seinen Bierkrug ab, erhob sich steif und ließ die beiden allein. Er war ganz offensichtlich nicht über den Ausgang der Dinge erfreut.

Als sie allein waren, wartete Brigitte auf eine Erklärung, doch Roland sagte nichts und sah sie auch nicht an. Schließlich lehnte sie sich vor, um ihm einen Anstoß zu geben.

»Nun?«

»Iß auf, Brigitte. Ich begleite dich nach dem Essen in dein Zimmer«, sagte er verdrossen.

»Roland! Wer hat dich zum Duell herausgefordert?«

Sie zuckte zusammen, als sie seinen wütenden Blick sah. »Wenn du aufgegessen hast, gehen wir.«

23

Roland nahm Brigittes Arm und zerrte sie aus dem Raum und über den Hof. Er riß die Tür ihrer Hütte auf und stieß sie ins Zimmer. Er trat nach ihr ein, bemerkte die heißen Kohlen und stellte fest, daß ihre Habe aus dem Stall hierhergebracht worden war. Es war hell im Zimmer. Die Ölschalen an der Wand waren angezündet.

»Jemand hat sich um deine Belange gekümmert«, bemerkte er

mürrisch. »Der armen Seele wird es übel ergehen, wenn Hedda erfährt, daß eine ihrer Dienerinnen meine Dienerin bedient.«

»Ich habe nicht darum gebeten.«

»Das hast du auch nicht nötig«, erwiderte er kühl. »Dein Betragen selbst schüchtert die weniger glücklichen Leibeigenen ein.«

»Glücklich? Ich?«

»Ja, natürlich«, sagte er mit Schärfe. »Dein Rücken und deine Füße schmerzen nicht am Ende eines langen Arbeitstages, und deine Hände bluten nicht mindestens einmal wöchentlich. Du hast nicht viele zu bedienen – nur einen. Du lebst das Leben einer Dame.«

Er drehte sich um, um zu gehen, doch Brigitte stürzte an ihm vorbei und schlug die Tür zu, ehe er sie erreicht hatte. »Warte, Roland.« Sie sah ihm ins Gesicht. Sie hatte die Hände gegen die Tür gestemmt und vertrat ihm den Weg.

»Du hast mir immer noch nicht gesagt, wer dich zum Duell herausgefordert hat. Ich muß es wissen!«

»Warum?« fragte er finster. »Damit du damit prahlen kannst?«

»Bitte, Roland«, flehte sie. »Ist es Gui?«

»Natürlich ist es Gui«, fuhr er sie an. »Du weißt also doch, was du angerichtet hast.«

»Ich schwöre dir, daß ich nie etwas Böses anrichten wollte, Roland«, sagte sie ernst. »Ich habe ihm nur die Wahrheit gesagt. Er ist auf mich zugekommen, weil er mich für einen Gast gehalten hat. Roland, er hat mich als Dame behandelt, ohne auch nur irgend etwas über mich zu wissen.«

»Und diesen Irrtum hast du natürlich schamlos ausgenutzt.« Rolands Augen funkelten. »Du mußtest ihm auch gleich erzählen, daß ich dich gegen deinen Willen hierhergebracht habe. Du hast mich als einen Schurken hingestellt, Brigitte!«

»Du bist ja auch ein Schurke!«

»Herr im Himmel!« entfuhr es ihm. »Mit dir kann man nicht reden.«

Roland streckte die Hand nach der Tür aus, doch Brigitte griff mit beiden Händen nach seinem Arm.

»Roland! Hättest du mir bloß eher davon erzählt! Ich hätte dich beruhigen können.«

»Steckt etwa ein Geheimnis hinter der ganzen Sache?« fragte er. Seine Augen hatten sich zu Schlitzen verengt.

»Ich weiß nur, daß es nicht zu einem Duell kommen wird«, verkündete Brigitte mit stolz erhobenem Kinn.

Roland grinste über ihre Arroganz. Er kam nicht gegen seine Belustigung an. »Und warum nicht, wenn ich fragen darf?«

»Weil ich es nicht zulassen werde.«

»Du...« Er starrte sie ungläubig an.

»Was ist daran so erstaunlich?« fragte Brigitte forsch.

»*Du* wirst es nicht zulassen?«

»Ich meine es ernst, Roland. Ich will nicht die Schuld daran tragen, daß Blut vergossen wird.«

Roland lächelte matt. »Welch ein Jammer, daß du dir das nicht eher überlegt hast«, sagte er leise.

»Es ist noch nicht zu spät.«

»O doch, das ist es, mein kleines Goldstück.« Er strich ihr zart über die Wange. »Du wolltest einen Gefährten, und in Gui hast du ihn gefunden. Er glaubt an dich, und daher schreibt ihm seine Ehre vor, sich um deiner willen zu duellieren.«

Brigitte war bestürzt. »Aber ich will nicht, daß er das tut! Ich werde es ihm sagen.«

»Brigitte, ich wünschte wirklich, es wäre so einfach. Aber Gui glaubt, ich habe ihm einen Schimpf damit angetan, daß ich jemanden, den er für eine feine Dame hält, so behandelt habe wie dich. Er ist ein Ritter mit einem weichen Herz, der ritterlichste Mann, den ich je kennengelernt habe. Er gibt sich mit nichts anderem zufrieden als damit, für deine Ehre zu kämpfen.«

»Er wird auf mich hören.«

»Ach, Brigitte, du bist ebenso naiv wie schön«, seufzte Roland.

»Aber dein Vater hat gesagt, ich könnte das Duell verhindern«, rief sie. »Sag mir, was ich tun muß.«

»Kannst du dir das nicht denken?« murmelte Roland leise. Es dauerte einen Moment, doch dann riß sie die Augen auf und wandte sich ab. »Nicht das!«

»Das ist die einzige Möglichkeit, Brigitte. Wenn du nicht zugibst, daß du gelogen hast, wird Gui um deiner willen kämpfen, und es kann passieren, daß ich meinen besten Freund töte.«

»Aber ich habe nicht gelogen!«

»Kannst du nicht dieses eine Mal deinen Stolz überwinden?«

»Tätest du es?«

»Ich habe es bereits getan. Ich bitte dich, das zu tun, obwohl ich entschlossen war, dich aus dieser Sache herauszuhalten. Ich bin gemeinsam mit Gui aufgewachsen, und es war mir immer selbstverständlich, ihn vor denjenigen zu beschützen, die ihn übervorteilen wollten, weil er klein ist. Ich liebe ihn längst wie den Bruder, den ich nie hatte, und ich will mich nicht mit ihm duellieren.«

Brigitte zog die Schultern hoch und sah Roland wieder an. Sie war verzweifelt, aber sie sah keinen anderen Ausweg.

»Gut«, sagte sie erbärmlich. »Ich werde tun, worum du mich gebeten hast.«

»Es reicht nicht, daß du ihm sagst, du hättest gelogen«, sagte Roland behutsam. »Du mußt ihn wirklich davon überzeugen.«

»Das werde ich tun. Bring mich jetzt zu ihm.« Sie seufzte jämmerlich.

»Ich werde ihn zu dir bringen.«

Brigitte ließ sich auf die Bettkante sinken. Sie fühlte sich benommen und ausgelaugt. Ihr blieb keine Wahl. Sie mußte lügen. Sie konnte nicht zulassen, daß Roland seinen Freund verwundete, ihn vielleicht sogar tötete.

Sie legte eilig ihren Umhang und zwei ihrer Gewänder ab, denn sie war noch nicht in ihrem Zimmer gewesen, seit Roland sie nach Montville zurückgebracht hatte. Kurz darauf ging die Tür auf, und Roland trat ein. Ihm folgte der verwirrte Gui. Brigitte drehte sich um und rang nervös die Hände.

Gui trat vor und verbeugte sich vor ihr. Seine grünen Augen waren ernst. »Roland hat gesagt, Ihr wünschtet mich zu sehen.«

»Ja, unbedingt«, bestätigte sie leise. Dann sah sie Roland an. »Würdest du uns allein lassen? Ich möchte mich allein mit dem Ritter unterhalten.«

»Nein«, erwiderte Roland. Er schloß die Tür und lehnte sich mit dem Rücken daran. »Ich bleibe hier.«

Brigitte sah Roland böse an, aber sie konnte es jetzt nicht auf einen Streit ankommen lassen. Diener stellten die Befehle ihrer Herren nicht in Frage, und dieses eine Mal mußte ihre Haltung wahrhaft unterwürfig sein.

Sie lächelte Gui schüchtern an. »Mögt Ihr Euch setzen?« fragte sie und wies auf ihre Schlafstelle. »Ich fürchte, ich kann Euch keinen Stuhl anbieten.«

Gui setzte sich und sah sich im Zimmer um. »Ihr schlaft in diesem Schuppen?« fragte er. Ehe Brigitte antworten konnte, warf er Roland einen bitteren Blick zu.

»Das Zimmer ist recht gemütlich«, sagte Brigitte eilig. »Ich ... ich bin nichts Besseres gewohnt.«

»Aber gewiß ...«

»Hört mir zu«, fiel ihm Brigitte ins Wort, ehe er mehr sagen konnte. Sie setzte sich neben ihn, aber sie konnte ihm nicht ins Gesicht sehen. »Ich fürchte, ich habe Euch ein schweres Unrecht angetan, indem ich meinen kindlichen Narrheiten freien Lauf gelassen habe.«

»Welchen Narrheiten?«

»An dem Tag, an dem wir uns in dem großen Saal unterhalten haben... alles, was ich da zu Euch gesagt habe, war gelogen. Ich spiele gern und oft die Dame, besonders gern gegenüber Männern, die nichts über mich wissen. Es tut mir ernstlich leid, daß Ihr das ernst genommen habt. Mit diesem Spielchen habe ich bisher nie Unheil angerichtet.«

Gui runzelte die Stirn. »Ich sehe, daß Roland Euch gut unterrichtet hat, gnädiges Fräulein.«

»Ich heiße nur ganz schlicht Brigitte, und Ihr täuscht Euch in mir«, sagte sie mit fester Stimme. »Ich bitte Euch, vergebt mir meine Kühnheit, aber es geht nicht an, daß dieses Mißverständnis bestehen bleibt. Ich war immer eine Dienerin. Ich habe zu meinem Entsetzen erfahren, daß Ihr meinen Herrn zum Duell herausgefordert habt, weil ich Euch ein albernes Spielchen vorgespielt habe. Ich habe ihn gebeten, Euch zu mir zu bringen, damit ich Euch die Wahrheit sagen kann, ehe es zu spät ist. Ihr dürft Euch nicht meinetwegen duellieren. Ich habe Euch nicht die Wahrheit erzählt.«

Guis Augen spiegelten seine Zweifel wider. »Es schmeichelt mir, daß Ihr Euch meinetwegen solche Mühe macht. Das ist wirklich freundlich von Euch, gnädiges Fräulein.«

»Ihr glaubt mir nicht?« keuchte sie.

»Keineswegs«, sagte er gelassen.

»Dann seid Ihr ein Narr!«

»Da, seht Ihr es?« Er grinste triumphierend. »Eine schlichte Dienerin würde es nie wagen, so mit mir zu sprechen.«

Brigitte sprang auf und sah Roland an, der das Geschehen beobachtete und ihr nicht zur Hilfe kam. Sie holte tief Atem. Sie suchte verzweifelt nach einem Weg, den jungen Ritter zu überzeugen, denn sie wußte, daß das Duell mit seinem Tod enden würde. Als sie sah, wie Rolands Blicke sie durchbohrten, hatte sie eine Eingebung.

Sie wirbelte zu Gui herum, stemmte die Hände auf die Hüften und musterte ihn geringschätzig. »Ich habe nicht gesagt, daß ich eine schlichte Dienerin bin! Seht mich doch an«, fauchte sie hochmütig. »Glaubt Ihr wirklich, daß nicht jeder Mann früher oder später für mich schwach wird, ob Herr oder nicht?«

»Ich... ich bitte um Entschuldigung!« stammelte Gui.

»Wenn ich zeitweise dreist bin, dann liegt das daran, daß mein letzter Herr mich wie seinesgleichen behandelt hat. Ich war die Mätresse des Barons.« Sie lächelte unverschämt. »Er war alt und einsam, und er hat mich wunderbar verdorben!«

»Aber Ihr sagtet doch, der Baron de Louroux sei Euer Vater gewesen!« rief Gui aus.

Brigitte geriet ins Wanken. Es fiel ihr entsetzlich schwer, aber was blieb ihr anderes übrig?

»Er war *wie* ein Vater zu mir – außer im Bett, versteht sich. Fragt Roland, wenn Ihr mir nicht glaubt. Er wird Euch sagen, daß ich keine Jungfrau war, als ich zu ihm ins Bett gekommen bin.«

Sie wollte damit ausdrücken, daß sie Rolands Mätresse war, doch als Roland nichts sagte, fügte sie hinzu: »Seht Ihr – er streitet es nicht ab. Werdet Ihr Eure lächerliche Herausforderung jetzt zurückziehen?«

Gui spürte einen Stich. »Ich hatte nicht das Gefühl, es sei ein lächerlicher Grund für ein Duell.«

Gütiger Himmel, hatte sie denn noch nicht genug gesagt? »So laßt mich noch eins sagen. Der Mann, der jetzt mein Herr ist, hat alles, was ich mir von meinem Gebieter nur wünschen kann. Er ist ein starker, ausdauernder Liebhaber, und ich bin sehr mit ihm zufrieden.«

Gui stand eilig auf. »Warum seid Ihr ihm dann davongelaufen?«

Brigitte hatte sich verhaspelt. Sie zögerte. Dann sagte sie: »Bitte, zwingt mich nicht, es in seiner Gegenwart auszusprechen.«

»Ich bestehe darauf.«

Sie rang die Hände und sah zu Boden, um größte Verlegenheit vorzutäuschen. Dann beugte sie sich vor und flüsterte, damit Roland sie nicht hören konnte. »Ich wußte nichts von Amelia, als er mich hierhergebracht hat. Als ich gehört habe, daß sie seine Mätresse war und ihn immer noch haben will, hatte ich Angst, er könnte mich abschieben. Das würde ich nicht ertragen. Deshalb bin ich gegangen.«

»Warum wollt Ihr nicht, daß er das hört?« fragte Gui skeptisch.

»Seht Ihr denn nicht, daß ich ihn liebe? Ich habe bereits mehr zugegeben, als er wissen sollte. Worin liegt der Reiz, wenn er weiß, wie ich empfinde? Er würde meiner überdrüssig und würde sich eine andere suchen.«

Gui sah sie lange an. Ihre Nerven vibrierten vor Anspannung. Sie hatte sich verausgabt und war an dem Punkt angelangt, an dem sie am liebsten laut herausgeschrien hätte, daß alles eine Lüge war. Sie hatte sich mit dieser Komödie restlos überfordert. Würde ihr Spiel Gui vor dem Tod bewahren?

Gui trat zurück, und sie wandte sich erleichtert ab. Er verzichtete auf weitere Einzelheiten. Aber wie dachte er jetzt über sie? Sie mußte sich zusammenreißen, um nicht in Tränen auszubrechen. Ständige Demütigung war für sie alltäglich geworden.

»Somit wäre es sinnlos, mich mit dir auf dem Feld der Ehre zu treffen, Roland. Da du mich hierhergebracht hast, damit ich mir das anhöre, nehme ich an, daß du meine Entschuldigung entgegennimmst?«

Brigitte drehte sich nicht um, um Zeuge von Rolands zustimmendem Nicken zu werden. Sie fühlte sich so sehr kasteit, daß sie keinen der beiden Männer ansehen konnte. Sie wollte nur noch, daß die beiden gingen, und sie hielt den Atem in der Erwartung an, daß sich die Tür öffnen und sich wieder schließen würde.

In dem Moment, in dem sie hörte, daß die Tür geschlossen wurde, warf sie sich auf ihr Bett und heulte ihr Elend hinaus. Solche gräßlichen Lügen! Es war unverzeihlich, daß sie ihrem Vater so übel nachgeredet hatte, und sei es selbst, um einem jungen Mann das Leben zu retten. Und diese gräßlichen Dinge, die sie über Roland gesagt hatte! Wo waren diese Lügen hergekommen? Wie hatten sie ihr so schnell in den Sinn kommen können?

»War es so schlimm, Brigitte?«

Sie fuhr zusammen, und als sie sich umdrehte, sah sie, daß Roland neben ihrem Bett stand. »Warum bist du noch hier?« fragte sie. »Geh weg!«

Sie begrub ihr Gesicht wieder im Kissen und weinte noch heftiger. Roland konnte es nicht ertragen. Die Tränen einer Frau hatten ihm bisher nie etwas ausgemacht, doch jetzt... er drehte sich um, um zu gehen, doch dann überlegte er es sich plötzlich anders. Er setzte sich auf die Bettkante und zog Brigitte in seine Arme.

Brigitte wehrte sich. Sie wollte nicht von ihm getröstet werden. Sie wollte nur noch mit ihrem Elend allein sein.

Roland hielt sie mit sanfter Gewalt fest, doch loslassen wollte er sie nicht. Schließlich gab Brigitte ihren Widerstand auf und legte sogar ihre Wange auf seine Brust. Ihre Tränen durchnäßten Rolands Hemd. Er wiegte sie sachte, und seine Hände strichen über ihren Rücken, über ihr Haar. Doch sie hörte nicht auf zu weinen, und ihr Schluchzen ging ihm zu Herzen.

»Brigitte, pst, Brigitte, ganz ruhig«, bat er sie leise. Er küßte ihre Wangen. »Ich kann dich nicht weinen sehen.«

Brigitte wußte nicht, wie es dazu kam, doch Rolands Lippen näherten sich ihren Lippen, und sie brachte nicht die Kraft auf, sich ihm zu widersetzen. Sein Mund war warm und schmeckte nach ihren eigenen salzigen Tränen. Als er anfing, sie auszuziehen, wußte sie, daß es zu spät war, ihn zurückzuhalten, und statt sich zu sträuben, kämpfte sie gegen ihren eigenen Willen, sich ihm zu widersetzen, an. Heute nacht gehörte sie ihm, und das wußten sie beide.

Brigitte geriet in einen Zustand wilder Hingabe. Roland kniete neben dem schmalen Bett, bewirkte mit seinen Händen und Lippen kleine Wunder und entlockte ihr leidenschaftliche Reaktionen, von denen sie bisher nicht gewußt hatte, daß sie dazu fähig war. Er koste sie von Kopf bis Fuß, ohne auch nur eine Stelle auszulassen, und seine Berührungen waren zart, zum Verrücktwerden zart. Es ging schon längst nicht mehr um ihr Bedürfnis nach Zärtlichkeit. Sie wollte sein Gewicht auf sich spüren, sich von seinen Lippen verschlingen lassen, von seiner Glut verzehrt werden. Mehr als alles andere wollte sie, daß er sein steifes Glied in sie stieß, sie in ihren Tiefen berührte.

Doch als er endlich zu ihr kam, bewegte er sich behutsam und ganz langsam, und sie hielt es einfach nicht aus. Sie hob ihre Hüften, um ihn ganz in sich aufzunehmen. Was daraufhin erfolgte, konnte man nur als Wunder bezeichnen. Ein enger Knoten schnürte sich in ihr zusammen, wurde enger und enger, bis er unter seiner eigenen Spannung zerriß, und durch ihren ganzen Körper zuckte ein Pochen, das köstlich war und nie mehr aufzuhören schien.

Roland folgte ihr eilig zur Erfüllung seiner Wünsche. Nach einer Weile rückte er nur so weit neben sie, daß sein Gewicht nicht mehr auf ihrem zarten Körper ruhte. Sie wollte nicht, daß er zur Seite rückte, und das erfüllte ihn mit tiefer Zufriedenheit. Sie schliefen ineinander verschlungen ein, und auf ihren Gesichtern stand ein glückliches Lächeln.

24

»Es sitzt gut, findest du nicht?«

Brigitte trat einen Schritt zurück, um Roland in dem blauen wollenen Hemd zu bewundern, das sie ihm genäht hatte. Es war gerade fertig geworden. Es saß eng auf seinen breiten Schultern an und betonte seine gute Figur. Die dunkelblaue Wolle vertiefte das Blau seiner Augen. Sie war stolz darauf, wie gut er darin aussah, und sie wartete begierig darauf, daß er etwas sagen würde, aber er war so sehr damit beschäftigt, sich die Nähte und Säume anzusehen, daß er sie nicht zu hören schien.

»Nun, was meinst du?«

»Es ist halbwegs bequem.«

»Ist das alles, was du dazu zu sagen hast?« rief Brigitte entrüstet aus. »Und was ist mit meinen Nähten? Sie werden weder aufgehen noch reißen!«

»Ich habe schon bessere gesehen«, erwiderte er teilnahmslos, während er die Nähte einer genauen Untersuchung unterzog.

»Oh!« Sie warf ihm die Spule mit dem Nähgarn nach, und sie hätte ihm auch die Schere nachgeworfen, wenn sie sie zur Hand gehabt hätte. »Du wirst sehen, daß ich mir mit dem nächsten Hemd weniger Mühe gebe!«

Roland grinste. »Du mußt noch lernen, wann ich Spaß mache, Brigitte. Ich bin mit deiner Arbeit mehr als zufrieden. Dieses Hemd beschämt meine übrigen Kleidungsstücke. Deine Nähte sind vollkommen.«

Brigitte strahlte. Sie hatte die letzten sechs Tage damit verbracht, Rolands Hemd und einen farblich dazu passenden kurzen blauen Umhang anzufertigen. Sie hatte in seinem Zimmer genäht, in dem es sehr gemütlich war. Seit der Nacht, in der sie sich geliebt hatten, war ein Waffenstillstand eingetreten. Sie sprachen nicht darüber, aber von da an war alles anders.

Mehr denn je bemerkte sie jetzt, wie attraktiv er war. Sie sah sein hellblondes Haar, das sich in seinem Nacken kräuselte, seine kleinen Lachfalten und sein Strahlen, wenn er lächelte. Es ließ ihn Jahre jünger wirken. Und er lachte in letzter Zeit häufiger, wesentlich häufiger.

Roland neckte Brigitte nach wie vor, aber sie fühlte sich nicht mehr angegriffen. Er bemühte sich wirklich, seine Grobheit zu zügeln, und er strengte sich weiterhin an, betont freundlich zu sein. Sie wußte schon länger, daß er bereit war, sich für sie zu ändern, aber bisher war ihr das gleich gewesen. Jetzt freute sie sich über seine Bemühungen. Immer öfter kam es vor, daß sie sich dabei ertappte, wie sie Roland beobachtete, ihn ohne jeden bestimmten Grund ansah.

Was ihrem Waffenstillstand Dauer gab, war vor allem, daß Roland ihr bis auf einen keuschen Kuß, wenn er sie abends in ihr Zimmer brachte und sie dort allein ließ, nicht zu nahe trat. Brigitte war zufrieden, und von ihr aus konnte es so weitergehen. Sie war nicht sicher, wie sie sich verhalten würde, wenn Roland sie erneut begehren sollte. Einerseits hatte er ihr Genuß bereitet, doch andererseits war es sündhaft. Sie wollte sich nicht zwischen diesen beiden Aspekten entscheiden, und sie war dankbar, daß Roland sie nicht drängte. Solange er sie in Ruhe ließ, ließ er ihr Zeit.

Es war allerdings so, daß die Zeit gegen Brigitte arbeitete, doch das war ihr nicht bewußt. Erst gestern war sie zunehmend nervöser geworden, als die Sonne unterging und die Stunde nahte, zu der Roland sie zum Abendessen abholen würde. Heute war sie sehr aufgeregt gewesen, als er das neue Hemd anprobiert hatte. Sie machte sich keine Gedanken darüber, wie es kam, daß seine Anerkennung ihr plötzlich so wichtig war. Sie fragte sich auch nicht, warum sie eilig ihr Haar gerichtet und ihre Kleider glattgestrichen hatte, ehe er ins Zimmer kam.

»Du hast dir einen netten Tag verdient, Brigitte«, sagte Roland, während er den kurzen Umhang am Hals verschloß und ihn über seine Schultern warf. »Hättest du Lust, morgen auszureiten? Im Stall meines Vaters stehen ein paar zahme Stuten, und du kannst dir eine aussuchen.«

Sein Anerbieten überraschte sie. »Bist du sicher, daß dein Vater nichts dagegen hat?«

»Er hat gar nichts dagegen.«

»Aber ist es nicht unsicher in den Wäldern?«

Nur einen Moment lang spiegelten seine Augen Verwirrung wider. »Ach, du hast das Gerede wohl gehört? Thurston exerziert seit einigen Wochen mit seinen Männern, aber niemand würde sein Heer gern im Winter in den Krieg führen. Thurston wird warten, bis es wieder wärmer wird. Zumindest wartet er so lange, bis er einen sicheren Vorteil für sich sieht. Im Moment ist er nicht im Vorteil. Im Winter sind wir immer gut mit Lebensmitteln eingedeckt, und daher kann ihm eine Belagerung nichts nutzen. Außerdem wird Luthor seine Männer nicht ausschicken, um im Schnee zu kämpfen. Das weiß Thurston.«

Brigitte legte die Stirn in Falten. »Läßt sich das wirklich nicht ohne einen Krieg regeln?«

»Nein. Thurston ist habgierig. Er hat meine Stiefschwester Brenda, aus der er sich nicht das geringste macht, aus reiner Habgier geheiratet. Er hat mit mehr Land gerechnet, als er bekommen hat, und er wird keine Ruhe geben, ehe ihm alles gehört. Er wird sterben. Auf andere Weise läßt sich dieser Streit nicht beilegen.«

Brigitte runzelte erneut die Stirn. »Ich war noch nie inmitten eines Kriegsgetümmels. Mein Vater hat sein Land bewacht und verteidigt, aber die einzigen Schlachten, die in Louroux geschlagen worden sind, haben sich alle vor meiner Geburt zugetragen. Natürlich haben er und mein Bruder beide in anderen Kriegen gekämpft, aber nur fern von Louroux.«

»Du hast noch nie erwähnt, daß du einen Bruder hast«, sagte Roland. Er drehte sich zu Brigitte um.

»Weil er tot ist«, erwiderte sie leise. »Ich spreche nicht gern über ihn.«

Roland wußte nicht, was er sagen sollte, und daher wechselte er das Thema. »Es mag sein, daß du in das Kriegsgeschehen gerätst, Brigitte, aber hier bist du sicher.«

»Und was ist, wenn Montville fällt?«

»Das ist nicht anzunehmen, *cherie*.«

»Aber es ist auch nicht ausgeschlossen«, hob sie hervor. Sie holte tief Atem und seufzte. »Vielleicht ist es besser, wenn ich doch nicht hier bin.« Er sah sie so scharf an, daß sie stammelte: »Ich meine, ich... ach, du weißt doch, was ich gemeint habe.«

»Nein, Brigitte, das weiß ich nicht. Wenn du nicht hier bist, wo bist du dann?«

»Du hast einen Boten zum Grafen Arnulf geschickt. Muß ich es dir noch näher erklären?« Als keine Antwort kam, war es an Brigitte, Roland scharf anzusehen. »Du *hast* doch einen Boten zum Grafen geschickt?«

Roland zögerte, doch als er die Furcht bemerkte, die plötzlich in Brigittes Augen trat, nickte er widerstrebend. »Ja, das habe ich getan.«

»Dann ist ja klar, wovon ich spreche.«

»Glaubst du wirklich, daß Graf Arnulf mir dich wegnehmen kann?«

»Er... er wird dir zumindest die Augen öffnen«, sagte sie zögernd.

Roland trat näher zu ihr und fuhr mit einem Finger über ihr stolzes Kinn. In seinen Augen stand Kummer.

»Müssen wir wirklich noch einmal davon anfangen, mein kleines Juwel? Ich würde viel lieber deine Gesellschaft genießen, ohne dein bezauberndes Gesicht vom Zorn entstellt zu sehen.«

Sie mußte lächeln. Er hatte fast nie erlebt, wie reizend sie sein konnte, und seine Befürchtungen waren albern. Trotzdem hatte er recht. Es war sinnlos, sich weiterhin zu streiten. Bald war ohnehin alles vorbei. Bei diesem Gedanken schwand das Lächeln aus ihrem Gesicht, obwohl sie nicht hätte sagen können, warum.

Als sie wenige Minuten später den Saal betraten, ließ Brigitte ihre Blicke schnell über die Anwesenden gleiten, wie sie es sich zur Gewohnheit gemacht hatte. Sie sah sich vor Hedda und Ilse vor, den beiden großen, unangenehmen Frauen, die ständig auf ihr herumhackten. Gewöhnlich hatte sie nichts in ihrer Nähe zu suchen, denn die beiden waren Damen, und sie war eine Dienerin. Doch Amelia war nur Zofe, und daher war Brigitte oft gezwungen, in ihrer Nähe zu sitzen und ihre bösen Blicke über sich ergehen zu lassen.

Heute saß Amelia nicht auf dem Platz, auf dem sie sonst saß, sondern servierte einem Fremden Bier, der zu Luthors Rechten neben Hedda saß.

»Dein Vater hat einen Gast«, sagte Brigitte leise zu Roland.

Roland sah zu seinem Vater hinüber und blieb erstarrt stehen. Mordlust trat auf sein Gesicht, und seine Hand wanderte zum Heft seines Schwertes. Brigitte sprang mit einem Satz zurück, als Roland zum Tisch des Hausherrn stürzte. Sie schnappte nach Luft, als sie sah, wie er den Fremden von seinem Stuhl hob und ihn quer durch den Raum schleuderte. Alle, die am Tisch des Hausherrn saßen, sprangen auf, und Luthor packte Rolands Arm und hielt ihn fest.

»Was hat das zu bedeuten, Roland?« herrschte Luthor ihn wütend an. Wie konnte sein Sohn einen seiner Gäste angreifen!

Roland riß sich los und wandte sich zornentbrannt seinem Vater zu. »Hat Gui dir denn nicht erzählt, was in Arles passiert ist, nachdem er mich gefunden hat?«

Jetzt verstand Luthor, und er versuchte, Roland zu beschwichtigen. »Ja, er hat mir von dem Kampf zwischen dir und Roger erzählt, aber dieser Streit ist doch beigelegt worden.«

»Beigelegt?« entfuhr es Roland. »Wie könnte dieser Streit beigelegt werden, solange dieser räudige Hund noch am Leben ist?«

»Roland!«

»Gui hat dir offensichtlich nicht alles erzählt. Roger war an jenem Tag auf Mord aus. Er wollte mich von *hinten* erschlagen, Luthor. Der Franzose hat es verhindert, und zur Strafe dafür hat Roger versucht, ihn ebenfalls umzubringen.«

»Das ist gelogen!«

Vater und Sohn wandten sich zu dem goldblonden Mann um, der bemüht war, nicht in Rolands Reichweite zu kommen.

»Wer behauptet hier, daß ich dich von hinten angegriffen habe?« schrie Roger de Mezidon empört. »Du beschuldigst mich zu Unrecht, Roland.«

»Nennst du mich einen Lügner, Roger?« fragte Roland voller Hoffnung. Er suchte verzweifelt nach einem Grund, sich augenblicklich mit Roger zu schlagen.

»Gar nichts schimpfe ich dich«, wandte Roger eilig ein. »Ich sage nur, daß du... nicht richtig unterrichtet bist. Ich bin auf dich zugekommen, aber ich hätte nicht ohne dein Wissen zugeschlagen. Ich wollte gerade deine Aufmerksamkeit auf mich lenken, als mich ein dummer Franzose angegriffen hat. Ich habe mich dann erst um ihn gekümmert.«

»Dich angegriffen hat?« rief Roland ungläubig aus. »Er hat verhindert, daß du mich tötest, und dafür wäre er fast gestorben.«

»Du täuschst dich in diesem Punkt«, sagte Roger gleichmütig. »Ich hatte nicht die Absicht, dich zu töten.«

Luthor stellte sich vorsichtig zwischen die beiden. »Zwei Meinungen stehen sich gegenüber, und es wird nicht leicht sein, diesen Zwist zu lösen. Solange die Ursache ungeklärt ist, wird hier nicht gekämpft.«

»Die Sache steht außer Zweifel«, verkündete Roland hitzig.

»Es reicht, wenn ich meine Zweifel habe«, erwiderte Luthor verdrossen. »Hiermit erkläre ich den Streit für beendet, Roland.«

Roland war aufgebracht, doch sein Vater hatte sich deutlich ausgedrückt, und er konnte sich nicht gegen ihn stellen, ohne ihn zu beschämen. Doch den Mund konnte er auch nicht halten.

»Warum ist er hier? Füttern wir unsere Feinde durch?«

»Roland!« sagte Luthor warnend. »Roger ist kein Feind Montvilles, solange er sich nicht selbst dazu erklärt. Ich hoffe, es wird nie dahin kommen, daß ich einem Mann die Verantwortung für das Vorgehen seines Bruders in die Schuhe schiebe.«

»Aber er wird gemeinsam mit Thurston gegen dich kämpfen!« rief Roland aus.

Roger schüttelte den Kopf. »Ich beziehe keine Stellung für Luthor oder meinen Bruder. Luthor war zu mir wie ein Vater, und obwohl Thurston mein Bruder ist, schließe ich mich ihm nicht an.«

»Das behauptest du«, höhnte Roland.

»Ich glaube ihm«, sagte Luthor, »und deshalb will ich nichts mehr davon hören. Roger war viele Jahre hier zu Hause. Er ist hier willkommen, solange ich keinen Grund habe, ihn nicht mehr willkommen zu heißen. Jetzt setzt euch hin, und laßt uns gemeinsam essen.«

Roland brummte grimmig vor sich hin.

»Jetzt reiß dich zusammen, Roland. Sei nicht so übellaunig«, schalt Luthor. »Die reizende Brigitte weiß gar nicht mehr, was sie von dir halten soll.«

Roland drehte sich um und stellte fest, daß Brigitte ihn verwirrt ansah. Sie ließ ihn nicht aus den Augen. Er ging auf sie zu, sie wich zurück, denn sein finsteres Gesicht schüchterte sie ein. Er versuchte, sie mit einem Lächeln zu beschwichtigen, doch er brachte keines zustande. Brigitte drehte sich um und lief aus dem Saal.

»Brigitte!«

Sie blieb stehen, doch ihr Herz schlug mit unverminderter Heftigkeit.

»Was ist in dich gefahren, Brigitte? Ich will dir gar nichts tun«, murmelte Roland, als er Brigitte eingeholt hatte. »Verzeih mir, daß ich dich erschreckt habe.«

»Ich verstehe es einfach nicht, Roland, sagte sie zögernd. »Du hast dich so verändert... du hast gerast wie ein Irrer. Warum hast du diesen Mann grundlos angegriffen?«

»Ich hatte einen Grund. Einen allzu guten Grund. Aber ich fürchte, wenn ich jetzt darüber rede, geht es mit mir durch, und ich stürze mich noch einmal auf ihn. Roger ist mein langjähriger Feind.«

Brigitte warf einen neugierigen Blick auf den goldblonden Mann, der neben Hedda am Tisch des Hausherrn saß. Er war jung, sah sehr gut aus, hatte eine dunkle, sonnengebräunte Haut und war prächtig gekleidet. Er war so groß wie Roland. Eine glanzvolle Erscheinung.

Rolands Augen folgten Brigittes Blick. Sein Gesicht verfinsterte sich. »Roger ist ein beeindruckender Anblick. Spielst du etwa mit dem Gedanken, ihn gegen mich auszuspielen, wie du es schon bei Gui versucht hast?«

Brigitte sah ihn sofort an. »Ich habe dir gesagt, daß ich das nie vorhatte!« fauchte sie, doch er ging nicht darauf ein.

»Trotz seiner Reizbarkeit fühlen sich Frauen zu Roger hingezogen. Halte dich ihm fern«, sagte Roland finster. »Ich warne dich. Man kann ihm nicht trauen.«

»Ich sehe keinen Grund, mich ihm zu nähern«, erwiderte Brigitte mürrisch.

Roland ließ seine Blick langsam über sie gleiten, ehe er ihr wieder in die Augen sah. »Aber er hat allen Grund, sich dir zu nähern, Kleines.«

Brigitte richtete sich energisch auf. »Dieses Gespräch behagt mir nicht, Roland. Wir haben schon genug Zeit vertrödelt. Ich bringe dir jetzt das Essen.«

»Und dein Essen auch.«

»Heute nicht«, sagte sie mit fester Stimme. »Ich werde mit den Dienstboten essen.«

Er hielt sie am Handgelenk fest. »Warum?«

»Laß mich los, Roland. Alle sehen uns zu.«

Roland rührte sich nicht von der Stelle und sah Brigitte versonnen nach. Er schüttelte den Kopf. Ihre Launen waren ihm unverständlich. Er hatte sich schon so oft gefragt, ob es wirklich sein konnte, daß Brigitte zwei so verschiedene Seiten hatte. Je länger er darüber nachdachte, desto klarer wurde ihm, daß die streitsüchtige Göre, die er kannte, vielleicht gar keine streitsüchtige Göre, sondern ganz einfach eine zartfühlende Dame war, die sich von ihren derzeitigen Lebensumständen beleidigt und angegriffen fühlte. Das würde viel erklären – eigentlich sogar zuviel.

Roland betete darum, er möge sich täuschen. Er hoffte inständig, daß die reizende, sanfte, gesetzte Art, die Brigitte in dieser letzten Woche zur Schau getragen hatte, nur aufgesetzt war. Wenn ihr Betragen keine Vorspiegelung falscher Tatsachen war, mußte er der Möglichkeit ins Auge sehen, daß sie wirklich eine Dame war. Mit diesem Gedanken wollte er sich gar nicht erst vertraut machen.

25

Der große Saal von Louroux war düster und fast leer. Der Baron kauerte gekrümmt auf einem Stuhl, dessen Holz mit Blattgold belegt war und ertränkte sein Unglück in starkem Wein. Außer ihm war niemand im Raum. Quintin de Louroux war zu Hause, aber seine Heimkehr war von Kummer überschattet. Diejenige, um deretwillen er zurückgekommen war, war nicht dort, um ihn zu begrüßen. Den Grund ihrer Abwesenheit konnte er bis jetzt noch nicht verstehen. Seine lebenslustige, schöne Schwester war ins Kloster gegangen!

Es sah Brigitte so gar nicht ähnlich, sich von der Welt abkapseln zu wollen, sich in einem trostlosen Nonnenstift zurückzuziehen. Er hätte es noch eher verstanden, wenn sie ihn für tot gehalten hätte. Doch Druoda hatte Brigitte gesagt, daß Quintin noch am Leben war, und dennoch hatte sie sich ein karges Leben auserkoren. Sie war gegangen, ohne seine Rückkehr abzuwarten. Warum bloß?

Druoda hatte gesagt, Brigitte sei kurz nach seinem Aufbruch nach Südfrankreich leidenschaftlich religiös geworden und habe sich auf das klösterliche Leben vorbereitet, indem sie in eine der Dienstbotenunterkünfte gezogen sei und sich grenzenlos im Haushalt abgeschuftet habe, um sich auf das harte Leben vorzubereiten, für das sie sich entschieden hatte.

Das Schlimmste war, daß Brigitte niemandem gesagt hatte, in welchen Orden sie eintreten wollte. Es konnte Jahre dauern, bis er sie wiederfand, und bis dahin würde sie eine solche Demut gelernt haben, daß es ihm nie gelingen würde, sie zu überreden, wieder mit ihm nach Hause zu kommen.

»Sie hat mich angefleht, dir zu sagen, daß du sie nicht suchen sollst, Quintin«, hatte Druoda mit einem feierlichen Ausdruck in ihren betrübten braunen Augen gesagt. »Sie ist sogar soweit gegangen, zu sagen, sie würde einen neuen Namen annehmen, damit es dir nicht möglich ist, sie zu finden.«

»Hast du denn nicht versucht, ihr dieses Vorhaben auszureden?« hatte Quintin gefragt. Die Neuigkeiten hatten ihn schwer getroffen, und er war aufgebracht.

»Natürlich habe ich es versucht, aber du weißt selber, wie stur deine Schwester sein kann. Ich habe ihr sogar angeboten, ihr einen wohlhabenden Gatten zu suchen, aber allein die Vorstellung hat sie entsetzt. Wenn du mich fragst, hat der Gedanke an eine Heirat viel mit ihrer Entscheidung zu tun gehabt. Ich glaube, sie hat Angst vor Männern.«

Hatte Druoda recht? Fürchtete sich Brigitte vor der Ehe?

»Du hättest ihr die Wahl ihres Gatten niemals selbst überlassen dürfen, Quintin«, hatte Druoda hinzugefügt. »Du hättest darauf bestehen sollen, Brigitte schon vor langer Zeit zu verheiraten.«

Jetzt plagte Quintin die Reue. Wenn er ihr einen netten Mann gesucht hätte, ehe er in den Krieg gezogen war, wäre sie jetzt hier. Sie wäre verheiratet und würde vielleicht schon ein Kind erwarten. Jetzt würde sie die Freuden der Mutterschaft nie kennenlernen, nie erfahren, was die Liebe eines hingebungsvollen Mannes bedeutete.

War ein Leben im Dienste Gottes wirklich das, was sie wollte?

Ach, er konnte es einfach nicht glauben. Konnte sich Brigitte so sehr verändert haben? Es war zu schrecklich, und er durfte gar nicht daran denken, das süße Lächeln seiner Schwester und ihre fröhliche Art nie wiederzusehen. Seine Schwester, der einzige Mensch, aus dem er sich wirklich etwas machte, war fort.

Quintin trank aus der Flasche. Wozu erst einen Krug benutzen? Zwei leere Flaschen lagen schon vor ihm auf dem Tisch. Ein verschwenderisches Mahl stand ebenfalls bereit, das seine Tante eigens für ihn zubereitet hatte, aber ihm war der Appetit vergangen, und er warf den drei Hunden, die zu seinen Füßen saßen, die Fleischbrocken hin. Als er nach Hause gekommen war, waren die Hunde eingesperrt gewesen, ein Umstand, den es in Louroux noch nie gegeben hatte. Aber nicht nur das hatte sich geändert. Die Diener freuten sich, ihn zu sehen, aber sie waren nicht annähernd so fröhlich wie sonst. Viele hatten versucht, ihn allein zu sprechen, doch Druoda hatte sie abgewiesen, denn sie wollte nicht, daß Quintin gestört wurde.

Seit seiner Heimkehr am frühen Nachmittag hatte Quintin niemanden außer Druoda gesehen. Sie hatte ihn über Brigittes Abwesenheit unterrichtet. Er hatte sich daraufhin eingeschlossen und jeden angebrüllt, der zu ihm vordringen wollte. Es war schon spät am Tag, und er war erschöpft und dennoch hellwach. Der Wein half ihm auch nicht weiter, und er fragte sich allmählich, wie viele Flaschen er brauchen würde, um einzuschlafen.

Am kommenden Tag hatte er viel zu tun, und er konnte es sich nicht leisten, nicht auf der Höhe zu sein. Er würde augenblicklich mit der Suche nach Brigitte beginnen. Er hätte heute bereits Vorkehrungen getroffen, wenn seine Männer nicht heute morgen auf eine Bande von Straßenräubern gestoßen wären. Zwei Männer waren verwundet, einer von beiden ernstlich. Aber damit konnte er sich jetzt nicht befassen. Er mußte erwägen, welche seiner Männer er mit sich auf die Reise nehmen würde, um Brigitte zu suchen, und noch hatte er sich nicht entschieden, welche Richtung er einschlagen würde. Ihm fehlte noch eine Information, etwas, was ihm die Suche erleichtern würde, doch ihm war entfallen, was das war. Vielleicht war er doch nicht so hellwach, wie er glaubte.

Plötzlich richtete er sich entschlossen auf. Es war ihm wieder eingefallen. Natürlich! Brigitte konnte Louroux nicht allein verlassen haben. Jemand mußte sie begleitet haben. Druoda mußte wissen, wer ihr Begleiter gewesen war! Bei diesem Gedanken sprang

Quintin auf. Er wankte, fiel auf den Stuhl zurück und stöhnte. Das Blut hämmerte gegen seine Schläfen.

»Bitte, Herr, ich muß Euch sprechen.«

Quintin kniff die Augen zusammen und bemühte sich, die Schatten mit seinem Blick zu durchdringen, doch er konnte niemanden sehen. »Wer ist da?«

»Eudora, Herr«, lautete die furchtsame Antwort.

»Ach, Altheas Tochter.« Er lehnte sich auf seinem Stuhl zurück. »Wo bist du Mädchen? Komm heraus.«

Eine zierliche Gestalt löste sich von der Treppe, zögerte, blieb stehen und trat dann näher. Die Talgkerzen auf dem Tisch waren zu Stummeln heruntergebrannt und flackerten so stark, daß Quintin das Mädchen zweimal, nein, dreimal vor sich herumtanzen sah.

»Steh still, Mädchen!« fauchte Quintin gereizt.

»Ich... ich stehe still, Herr.«

»Was soll das heißen?« Er runzelte die Stirn. »Deine Stimme klingt ängstlich. Habe ich dich jemals mißhandelt, Eudora? Du hast keinen Grund, dich vor mir zu fürchten.«

Eudora rang nervös die Hände. »Ich habe schon eher versucht, mit Euch zu sprechen, Herr, aber Ihr... Ihr habt ein großes Stück Käse nach mir geworfen und gesagt, daß ich verschwinden soll.«

Quintin kicherte. »So? Habe ich das getan? Ich fürchte, ich kann mich nicht daran erinnern.«

»Ihr wart reichlich außer Euch, was kein Wunder ist, wenn man bedenkt, was passiert ist, während Ihr fort wart.«

Quintin seufzte, als er diese Worte hörte. »Sag mir, Eudora – warum hat sie das bloß getan?«

»Es steht mir nicht zu, schlecht über Eure Tante zu reden«, erwiderte Eudora voller Unbehagen.

»Meine Tante? Ich rede von meiner Schwester. Aber wahrscheinlich weißt du gar nichts darüber. Wo ist Mavis? Sie stand Brigitte am nächsten. Sie muß am ehesten wissen, warum Brigitte diese Entscheidung getroffen hat.«

»Hat man Euch das etwa nicht gesagt?« fragte Eudora überrascht. »Mavis ist tot.«

Quintin kniff die Augen zusammen. »Mavis! Wie das?«

»Eure Tante hat sie verjagt, und sie ist noch am selben Tag auf der Landstraße von Räubern ermordet worden. Obgleich ich mich manchmal frage, ob es wirklich Diebe waren, die sie getötet haben.«

Quintin starrte das Mädchen an. Er war plötzlich völlig nüchtern. »Mit welchem Recht hat meine Tante das getan?«

»Sie hat sich zur Herrin von Louroux erklärt, sobald wir die Nachricht von Eurem Tod erhielten.«

Diese Neuigkeiten störten Quintin nicht weiter. »Willst du damit sagen, daß sie zu Brigittes Vormund ernannt worden ist?«

Eudora fühlte sich zunehmend unwohler. »O nein, Herr, nicht zu ihrem Vormund. Der Graf von Berry hat nie von Eurem Tod erfahren.«

Quintin setzte sich plötzlich auf. »Wie ist das möglich?«

»Druoda hat ihm die Nachricht vorenthalten. Sie hat auch nicht zugelassen, daß Fräulein Brigitte Louroux verläßt und zu ihm geht. Nicht einmal Eure Vasallen wollten Eurer Schwester helfen, weil alle angenommen haben, daß Druoda und ihr Gemahl bald die Vormundschaft über die Baronin übertragen kriegen. Sie haben nur Druodas Befehle befolgt. Selbst Walafrid hat nichts gegen seine Frau unternommen.«

»Weißt du, was du sagst, Mädchen?« fragte Quintin mit bedrohlich leiser Stimme.

Eudora trat beunruhigt einen Schritt zurück. »Es ist die Wahrheit, Herr. Ich schwöre es Euch. Ich glaubte, Eure Tante hätte Euch bereits alles gestanden, denn sonst hätte ich es nicht gewagt, an Euch heranzutreten. Alle wissen, wie sie Eure Schwester behandelt hat – sie kann unmöglich damit rechnen, das alles vor Euch geheimhalten zu können.«

»Meine Tante hat kein Wort von alldem gesagt.«

»Dann tut es mir leid. Ich bin nicht gekommen, um Schlechtes über Druoda zu sagen. Ich bin nur gekommen, weil ich wissen wollte, ob Ihr mir sagen könnt, was mit Fräulein Brigitte geschehen ist. Ich habe mir solche Sorgen gemacht. Sie sollte längst zurück sein.«

»Zurück? Was soll das jetzt schon wieder heißen, Eudora?« fragte Quintin gedehnt. »Vielleicht erzählst du mir am besten alles, was du über meine Schwester weißt.«

Eudora setzte zu ihrer Erzählung an. Anfänglich sprach sie zögernd, dann überstürzten sich die Worte fast.

»Sie hat versucht, davonzulaufen, und sie hätte es auch geschafft, wenn dieser Normanne sie nicht gefunden hätte.«

»Welcher Normanne?«

»Der, der hierhergekommen ist, um die Baronin von Louroux zu suchen«, erklärte Eudora.

»Roland von Montville?«

»Ja ... ich glaube, so hieß er. Sie ist mit dem normannischen Ritter losgezogen.«

»Ja, das erklärt alles«, sagte Quintin. »Roland von Montville ist derjenige, der die Neuigkeiten gebracht hat, daß ich nicht tot bin.«

»Aber das haben wir erst eine Woche später gehört«, erwiderte Eudora eilig. »Und Fräulein Brigitte hat es gar nicht erfahren. Da bin ich mir ganz sicher.« Dann fragte Eudora voller Überschwang: »Was ich nicht verstehe, ist, daß Eure Tante gehofft hat, *all* das vor Euch ...« Eudora unterbrach sich und sah mit weit aufgerissenen Augen die drei Hunde zu Füßen des Barons an. »Was fehlt Euren Hunden, Herr?« flüsterte sie.

Als Quintin sich umdrehte, sah er, daß zwei der Hunde zusammengebrochen waren und sich vergeblich bemühten, aufzustehen. Der dritte fiel gerade hin. Die Beine sackten unter ihm zusammen. Er starrte erst die Hunde an, dann die Fleischbrocken, die neben ihnen lagen. Er brauchte Zeit, um zu verstehen, was hier passiert war, doch dann verstand er es nur allzugut. Quintin sah das üppige Mahl auf dem Tisch an, das seine Tante eigens für ihn zubereitet hatte.

»Der schwarze Hund liegt ungewöhnlich still da, Herr«, sagte Eudora mit zitternder Stimme.

»Ich fürchte, ich habe meine eigenen Hunde vergiftet«, sagte Quintin erschreckend ruhig.

»Ihr?«

»Ich habe ihnen etwas von dem Fleisch gegeben, das für mich zubereitet worden ist«, erwiderte er grimmig. »Mir scheint, ich sollte jetzt schon nicht mehr atmen.«

»Ihr habt von diesem Essen gegessen?« keuchte Eudora voller Entsetzen.

»Keinen Bissen. Ich habe nur den Wein getrunken.«

»Sie hat ... sie hat versucht ...«

»... mich umzubringen«, beendete Quintin den Satz. »Die Schwester meiner Mutter. Mein eigenes Blut. Und jetzt liegt auf der Hand, warum sie ihre Sünden nicht bekannt hat und mich um Nachsicht bat. Wenn ich beim Abendessen nicht gestorben wäre, hätte sie morgen wieder versucht, mich zu vergiften. Irgendwann wäre es ihr auch gelungen, weil ich nie erfahren hätte, was sie vorhat. Ich hätte keinen Argwohn geschöpft. Eudora, du hast mir das Leben gerettet, in dem du hierhergekommen bist. Verdammt noch mal! Was hat sich meine Tante von dieser Übeltat erhofft?«

»Wenn Eure Schwester fort ist und Ihr tot wärt, Herr, könnte sie Louroux dann nicht für sich beanspruchen?« schlug Eudora vor.

Quintin seufzte. »Ich nehme an, Arnulf hätte sie zuvorkommend behandelt, weil sie blutsverwandt mit mir ist. Diese Hexe! Mein Gott... wo ist Brigitte? Wenn Druoda mich umbringen könnte, könnte sie ebensogut Brigitte umbringen!«

»Das glaube ich nicht, Herr. Fräulein Brigitte ist mit dem Normannen davongeritten. Ihr kann nichts zugestoßen sein.«

»Aber wohin hat Roland sie gebracht?« stöhnte Quintin. »Bei Gott, wenn Druoda mir nicht sagen kann, wo ich Brigitte finde, werde ich sie mit bloßen Händen töten!«

Quintin schritt aus dem Saal. Er war jetzt vollkommen nüchtern und nur noch von kalter Wut erfüllt.

26

»Bringt mich zurück!«

Bei diesem gequälten Aufschrei riß Brigitte die Augen auf. Dann drehte sie sich in dem breiten Bett um und sah Roland an.

Er schlief fest, aber er redete – oder, genaugenommen, flehte er.

»Bringt mich zurück«

Roland warf seinen Kopf von einer Seite zur anderen und schlug unter der Decke um sich. Mit einer Hand schlug er Brigitte auf die Brust. Sie schnappte nach Luft und setzte sich auf.

Sie rüttelte seine Schulter. »Wach auf!« Er öffnete die Augen und sah ihr ins Gesicht, und sie sagte gereizt: »Du behandelst mich schon schlecht genug, wenn du wach bist, Roland. Ich brauche deine Mißhandlungen nicht auch noch, wenn du schläfst.«

»Was soll der Unsinn, Weib?« Er seufzte verärgert. »Was habe ich denn jetzt schon wieder getan?«

»Ich bin davon wach geworden, daß du im Schlaf laut geschrien hast, und dann hast du mich geschlagen. Hast du so schlecht geträumt?«

»Dieser Traum bringt mich immer aus der Fassung. Ich verstehe ihn nicht und habe ihn noch nie verstanden.« Er sah sich finster im Dunkeln um.

»Du hast diesen Traum schon öfter geträumt?« fragte sie überrascht?

»Ja. Er verfolgt mich schon, soweit ich mich erinnern kann.« Er schüttelte den Kopf. »Du hast gesagt, ich hätte geschrien. Was habe ich gesagt?«

»›Bringt mich zurück.‹ Es klang ganz hilflos und verlassen, Roland.«

Roland seufzte noch einmal. »In dem Traum kommen nur Gesichter vor, das eines jungen Mannes und einer Frau, Gesichter, die ich nicht wiedererkenne. Ich sehe sie, und wenn ich sie nicht mehr sehen kann, habe ich das Gefühl eines so entsetzlichen Verlustes, als würde ich alles verlieren, was mir lieb und teuer ist.«

»Aber du weißt nicht, was es ist?«

»Nein. Ich habe nie etwas so hoch geschätzt, daß ich Angst gehabt hätte, es zu verlieren.« Er sah sie mit einem seltsam zärtlichen Blick an. »Bis jetzt.«

Brigitte wandte errötend ihren Blick ab. »Vielleicht vergißt du deinen Traum leichter, wenn wir jetzt nicht mehr darüber sprechen.«

»Ich habe ihn schon vergessen«, sagte er lächelnd und fuhr mit einem Finger über ihren nackten Arm.

Brigitte wich zurück. »Roland...«

»Nein!« Er schlang einen Arm um ihre Taille, um sie an seiner Seite festzuhalten, doch sie riß in heller Panik die Augen auf. Er seufzte. »Ach, Brigitte, laß dich doch von deinen Gefühlen leiten.«

»Das tue ich doch!« schrie sie.

Roland drückte sie gewaltsam auf das Bett, beugte sich über sie und flüsterte: »Du lügst, mein kleines Juwel. Du hast überhaupt nichts gegen meine Aufmerksamkeiten. Wenn du ehrlich wärst, würdest du zugeben, daß du das magst.« Er küßte ihren Nacken. »Und das.« Er knetete zart ihren Busen unter dem dünnen Leinengewand. »Und das.« Seine Lippen senkten sich auf ihre nieder und neckten sie liebevoll. »Und...«

»Nein!« Sie packte seine Hand, ehe sie den Hügel zwischen ihren Beinen erreicht hatte. »Hör auf!«

Als er auf sie niederblickte, stand in seinen Augen glühende Begierde. Sie nahm sein Gesicht zwischen ihre beiden Hände. »Bitte, Roland. Mach nicht alles kaputt.«

»Kaputt?«

Trotz ihrer Bemühungen, ihn zurückzuhalten, küßte er sie noch einmal, diesmal leidenschaftlich. Doch dann ließ er sie abrupt los und setzte sich im Bett auf.

»Das einzige, was ich gern kaputtmachen möchte, ist deine Entschlossenheit, mir gegenüber ungerührt zu bleiben, aber ich weiß, daß du weiterhin Teilnahmslosigkeit heucheln willst.«

Brigitte sagte nichts darauf, denn etwas in ihr hatte sich geregt, als seine Lippen sie versengt hatten. Spürte er es? War ihm bewußt, daß sie sich nicht widersetzt hätte, wenn er sie nicht aus seinem Kuß entlassen hätte? Sie war sogar enttäuscht darüber, daß er so leicht aufgegeben hatte. Was war mit ihr los? War sie wollüstig geworden, ohne es selbst zu bemerken?

»Du bist doch nicht böse auf mich?« fragte sie zögernd. Sie hoffte inständig, daß er nicht böse war.

»Nicht böse. Enttäuscht und reichlich ungehalten, aber nicht böse. Ich nehme an, ich muß dir Zeit lassen, damit du dich an mich gewöhnen kannst.«

»Ihr seid sehr großzügig, Herr«, sagte sie bissig. Sie war jetzt ebenso ungehalten wie er. »Laßt mir weiterhin Zeit, und ich bin fort, ehe Eure Geduld am Ende ist.«

Zu spät wurde ihr klar, was sie gesagt hatte, und sie lief dunkelrot an und fing an zu stottern, doch sein Gelächter übertönte ihr Gestammel.

»So! Mir scheint, meine Geduld ist uns beiden nur ein Ärgernis, was?«

»Nein, Roland«, warf Brigitte eilig ein. »Du hast mich falsch verstanden.«

»Das glaube ich kaum.« Er lächelte vielsagend.

Er wollte sie packen, doch sie entwischte aus dem Bett und lief eilig zu ihren Kleidern. Sie zog sich etwas Gelbes über, strich das Kleidungsstück glatt und sah zögernd zu ihm hinüber. Er saß kopfschüttelnd im Bett.

Während er aufstand und nach seinen Kleidern griff, sagte er: »Nun gut. Eines Tages wirst du lernen, daß die Beziehung zwischen einem Mann und seiner Frau etwas sehr Intimes ist, und zwar nicht nur ab und zu.« Nach einer Pause fügte er hinzu: »Wir können eine ebenso vertrauliche Beziehung zueinander haben.«

»Heißt das, daß du mir einen Heiratsantrag machst?«

Er sah sie so lange und so aufmerksam an, daß sie nervös wurde. »Würdest du annehmen?«

»Ich...«

Sie runzelte bestürzt die Stirn. Ihr Impuls, die Vorsicht in den Wind zu schlagen und ja zu sagen, war sehr stark, doch sie unterdrückte ihn sofort.

»Nun, was ist?«

»Natürlich würde ich nicht annehmen«, antwortete sie mit schneidender Stimme.

Roland zuckte die Achseln. »Dann besteht für mich kein Anlaß, dir dieses Angebot zu machen.«

Brigitte wandte sich ab. Sie war zutiefst verletzt. Er machte sich nicht viel aus ihr. Die Ehe bedeutete ihm nichts. Vielleicht bedeutete *sie* ihm nichts.

Mit steifen Schritten ging sie zur Tür und wandte sich zu Wolff um. Sie schnippte mit den Fingern, um ihm zu bedeuten, daß er mitkommen sollte. Dann verließ sie den Raum, ohne auf Roland zu warten. Wie hatte sie zulassen können, daß er sie überredete, die Nacht in seinem Zimmer zu verbringen?

Zum Teufel mit diesem Mann? Schattierungen gab es bei ihm nicht. Entweder er verbarg seine Gefühle sorgsam, oder er ließ sie in Ausbrüchen blinden Zorns explodieren. Wie mochte er wirklich für sie empfinden? Würde er sie vermissen, wenn sie fort war?

Sie wagte kaum, sich zu fragen, wie die Antwort lauten mochte.

27

Der Ritt mit Roland durch die frische Morgenluft war belebend. Es war nicht wärmer geworden, und der kalte Wind, der ihr entgegenschlug, hatte Brigittes Wangen gerötet, doch sie genoß den Ausritt und war in gehobener Stimmung.

Es war schon spät am Morgen, als sie zur Burg zurückkehrten. Roland blieb noch eine Weile im Stall, und Brigitte ging allein in sein Zimmer. Sie setzte sich hin, um zu nähen, und verlor sich in ihren Grübeleien.

Als die Tür aufging, war Brigitte froh, aus ihren düsteren Überlegungen gerissen zu werden. Doch dann sah sie, daß es nicht Roland war, sondern daß Roger von Mezidon das Zimmer betrat, als sei es sein eigenes. Er schloß die Tür hinter sich, ging durch den Raum und blieb wenige Schritte vor ihr stehen. Brigitte war reichlich überrascht, und sie überlegte sich, aus welchem Grund er hier sein mochte, doch es gab keinen anderen Grund als den, den Roland ihr zur Warnung genannt hatte. Als

Rogers blaue Augen über sie glitten, merkte sie, wie recht Roland gehabt hatte.

»Du bist genauso hübsch, wie ich dich in Erinnerung hatte«, sagte er routiniert.

Seine Schmeichelei rief Brigittes Unbehagen wach. »Ihr solltet nicht hier sein.«

»Du kannst mir glauben, daß ich das selbst nur allzugut weiß.«

»Warum seid Ihr...«

»Du heißt Brigitte«, unterbrach er sie. Er trat einen Schritt näher. »Ein alter fränkischer Name. Er paßt zu dir. Ich habe schon viel von dir gehört.«

Sein selbstbewußtes Auftreten und sein vertrauter Ton gefielen ihr nicht. »Mich interessiert nicht, was man Euch erzählt hat«, sagte sie mit Schärfe. Sie war froh, daß Wolff unter Rolands Bett lag.

»Dein Tonfall ist verletzend, Mädchen. Ich nehme an, daß Roland dich vor mir gewarnt hat?«

»Er glaubt, daß Ihr ein Auge auf mich geworfen habt und auf Vergewaltigung aus seid.«

»Ach, warum sagst du so etwas, Kleine? Es muß nicht so kommen.«

Brigitte sprang sofort auf. »Wollt Ihr damit sagen, daß Roland recht hat?«

Roger stand so dicht vor ihr, daß er nur die Hand auszustrecken brauchte und mit einem Finger über ihre Wange streichen konnte. »Ich bin hier«, sagte er zur Antwort, und als sie zusammenzuckte, kicherte er. »Ich habe dich letzte Nacht schon lange gesucht, bis ich endlich dahintergekommen bin, daß Roland eine so gute Beute nicht aus seiner Reichweite läßt. Er kann sich wirklich glücklich schätzen, aber jetzt ist es an der Zeit, daß ich an seinem Glück teilhabe.«

»Ihr werdet mich nicht anrühren!« fauchte Brigitte.

Roger ließ sich dadurch nicht abschrecken. Er streckte seine Hand nach ihr aus, und sie schlug seine Hand zur Seite. Sofort griff seine andere Hand nach ihrem Nacken. Ehe sie schreien konnte, hatten sich Rogers Lippen auf ihren Mund gepreßt.

Brigitte war wie betäubt und reagierte zu langsam. Rogers Kuß war nicht unangenehm, aber er ging ihr auch nicht nah. Wenn sie das Zittern in ihren Knien gespürt hätte, das rasche Wirbeln in ihrem Magen oder auch nur das leiseste Prickeln, hätte es durchaus sein können, daß sie den Kuß geduldet hätte, denn sie hätte mit Dankbarkeit zur Kenntnis genommen, daß Roland nicht der einzige war, der sie aufwühlen konnte. Das war jedoch nicht der Fall, und so versuchte sie schließlich, Roger von sich zu stoßen. Er hielt sie nur noch fester und packte mit beiden Händen ihren Kopf, um seinen Mund auf ihre Lippen zu pressen.

Brigitte geriet nicht in Panik. Die lange Nadel, die sie noch eingefädelt in der Hand hielt, war genau das, was sie brauchte. Schnell stach sie die Spitze in Rogers Arm. Mit einer derart verblüfften Reaktion hatte sie nicht gerechnet. Er sprang zurück, und die Nadel schlitzte den Baumwollstoff seines langärmeligen Hemdes auf und ritzte einen roten Strich in seinen Arm.

Beide standen einen Augenblick lang wie hypnotisiert da und starrten die Blutspur an. Dann richtete Roger seinen Blick wieder auf sie, und sie zuckte unter seinem Ausdruck zusammen. In diesem Moment konnte sich Brigitte ohne weiteres vorstellen, daß Roger unehrenhafte Mittel einsetzte, um einen Mann zu töten. Er hatte etwas Teuflisches an sich. Sie wich eilig zurück und zog den hochlehnigen Stuhl zwischen sich und ihn.

»Du brauchst nicht vor mir davonzulaufen, Kleine.« Der finstere Ausdruck auf seinem Gesicht strafte seinen sanften Tonfall Lügen. »Du hast mich nur mit einer Nadel gestochen. Deine Nägel könnten weit mehr Unheil anrichten... und ich schwöre dir, daß ich dir Gelegenheit geben werde, sie zu benutzen.«

»Ihr habt einen Fehler gemacht. Dafür wird Roland Euch töten.«

Er zog spöttisch die Augenbrauen zusammen. »Wirst du es ihm denn auch sagen? Wagst du etwa zu beichten, daß ich dich gehabt habe? Glaubst du, er will dich noch, wenn er das weiß?«

»Glaubt Ihr, Ihr lebt lange genug, um das noch zu erfahren?« setzte sie dem entgegen. »Roland ist jeder Grund recht, Euch zum Duell zu fordern. Wißt Ihr denn wirklich nicht, wie sehr er auf eine Gelegenheit wartet, Euch zu töten? Ich weiß nicht genau, wie es dazu gekommen ist, aber ich bin inzwischen ziemlich sicher, daß Ihr seinen Haß verdient habt.«

»Du kleines Miststück«, zischte Roger.

Er riß den Stuhl zur Seite, und Brigitte rief Wolff, ohne erst lange nachzudenken. Der riesige Hund kroch unter dem Bett heraus, sprang in die Luft und warf Roger flach auf den Rücken. Wolff stürzte sich auf Rogers Kehle, und der großgewachsene Mann brauchte seine gesamte Kraft, um den Hund zurückzuhalten.

»Ruf dieses Ungeheuer zurück! Um Gottes willen, Weib! Ruf ihn zurück!«

Brigitte zögerte gerade so lang, daß Roger in Panik geriet. Dann rief sie Wolff widerwillig zurück. Er gehorchte ihr. Sie kniete sich neben ihn, um ihn zu loben, doch sie behielt Roger, der langsam aufstand, im Auge.

Er warf ihr einen ungläubigen Blick zu. »Du mußt verrückt sein, dieses Ungeheuer auf mich zu hetzen. Das Vieh hätte mich umbringen können!«

»Ja, das hätte er ohne weiteres tun können«, erwiderte Brigitte mit einem Anflug von Bosheit. »Vielleicht hätte ich ihn nicht zurückrufen sollen. Er hat schon Männer getötet, die mich überfallen wollten. Zweifellos hat es ihm Spaß gemacht. Seht Ihr, der Hund ist wild und ungezähmt.«

»Jesus! Du bist so heidnisch wie Roland!«

»Und was seid Ihr, edler Herr?« gab sie verächtlich zurück. »Seid Ihr denn nicht gekommen, um Euch auf mich zu stürzen? Ich nehme an, Ihr seht nichts Böses darin, über ein kleines Dienstmädchen herzufallen, was? Ihr seid ein Schwein!« zischte sie wutentbrannt.

»Du wagst dich weit vor, freches Gör!« knurrte er, und seine Augen funkelten gefährlich.

»So?« Sie lachte bitter. Von ihrer Furcht war nichts geblieben. »Ich wage viel, weil meine Erziehung es mir gebietet. Ihr sagt, Ihr hättet viel über mich gehört? Nun, Ihr seid falsch unterrichtet, denn hier weiß niemand, wer ich bin. Ich bin Brigitte de Louroux aus Berry, die Tochter des früheren Baron de Louroux und jetzt Mündel des Grafen von Berry sowie auch Erbin von Louroux und der gesamten Umgebung.«

»Du konntest es wohl kaum erwarten, ihm das zu erzählen, was?«

Roger und Brigitte drehten sich beide erschrocken um. Roland stand mit undurchsichtiger Miene in der offenen Tür.

»Wenn du schon länger dort stehst, weißt du selbst, daß ich ihm nur erklärt habe, warum ich die Kühnheit besitze, ihn als Schwein zu bezeichnen, Roland.«

Sie sagte das so ruhig und sachlich, daß Roland in Gelächter ausbrach.

»Spricht sie die Wahrheit, Roland?« fragte Roger. »Ist sie von edler Herkunft?«

Rolands Antwort verschlug Brigitte den Atem.

»Sie ist alles, was sie zu sein behauptet.«

»Warum gibt sie dann vor, eine Dienerin zu sein? Das ist ja empörend!«

»Bist du empört, Roger?« fragte Roland hämisch, während er in sein Zimmer trat. »Willst du mich zum Duell herausfordern, um die Ehre dieser Dame zu verteidigen?«

Roger zögerte. Er wich Rolands durchdringendem Blick aus. Brigitte hatte den Eindruck, daß er unmerklich erblaßte. Roland war nicht annähernd so ruhig, wie er sich den Anschein gab. Er wirkte wie ein wildes Tier, das sich an seine Beute heranpirschte. Er war frei von jeder Furcht und von reiner Vorfreude erfüllt. Er wollte von Roger zum Duell herausgefordert werden – um jeden Preis.

»Roger?«

»Ich fordere dich nicht heraus, Roland, nicht hier in Montville. Mir ist klar, daß du glaubst, moralisch im Recht zu sein, wenn du mich tötest. Der Zorn verdoppelt deine Kraft. Aber du täuschst dich in mir, Roland.«

»Ich glaube dir kein Wort.«

»Deshalb bin ich trotzdem nicht so dumm, mich hier und jetzt mit dir zu duellieren. Ich war nur neugierig und wollte wissen, warum die Dame unter Vorspiegelung falscher Tatsachen hier lebt.«

Brigitte mischte sich impulsiv ein. »Das geht Euch nichts an.«

»Das hast du schön gesagt, Brigitte«, sagte Roland mit kalter Stimme. »Aber sollten wir meinen reizenden Freund nicht aufklären? Schließlich steht ihm für seine Bemühungen mehr als ein Kratzer auf seinem Arm zu.« Roland starrte Roger mit haßerfülltem Blick an. »Wie kommst du überhaupt zu diesem Kratzer, Roger? Könnte es sein, daß die Dame gezwungen war, sich zu verteidigen? Hat sie dich deshalb als Schwein beschimpft?«

Brigitte stellte sich schnell zwischen die beiden Männer. »Hör auf, Roland. Ich weiß genau, worauf du hinauswillst, aber ich habe dir bereits gesagt, daß ich mich nicht in diese Dinge hineinziehen lasse.«

»Du warst fassungslos, als ich eingetreten bin«, rief er ihr ins Gedächtnis zurück. »Warum?«

»Das Benehmen dieses Herrn hat mich beleidigt – es war dem deinen allzu ähnlich«, sagte sie spitz, und es war ihr vergönnt, daß er zusammenzuckte.

Roger lenkte ihre Aufmerksamkeit mit einer beredten Verbeugung auf sich. »Wenn ich gewußt hätte, daß Ihr eine Dame seid, gnädiges Fräulein, hätte ich es nie gewagt, Euch zu beleidigen.«

»Das ist keine Entschuldigung«, erwiderte Brigitte kühl.

»Scher dich raus, Roger!« knurrte Roland mit wildem Blick. »Mit dir befasse ich mich später, falls mir die Dame nicht eine unschuldige Erklärung dafür geben kann, daß sie Euer Blut sehen wollte. Bis dahin kann ich Euch nur warnen, nie mehr in ihre Nähe zu kommen.«

Roger verließ eilends den Raum.

Brigitte war wütend, weil Roland versucht hatte, sie als Vorwand zu benutzen, um einen Mann zu töten. »Ich bin also die Dame? Seit wann bin ich für dich eine Dame?« fragte sie, sobald Roger die Tür geschlossen hatte. »Glaubst du mir endlich, oder hast du nur ihm gegenüber so getan?«

»Erst wirst du meine Fragen beantworten, Brigitte!«

»Das werde ich nicht tun!« schrie sie und reckte ihr Kinn in die Luft.

Roland wandte seinen Blick ab. »Na, meinetwegen. Ja, ich habe ihm gegenüber so getan. Wäre es dir lieber gewesen, wenn ich mich vor ihm von dir als Lügner bezeichnen ließe?«

»Ich wünschte nur, deine Gründe wären weniger abscheulich«, entgegnete sie enttäuscht. »Du hast gehofft, daß er dich herausfordern würde.«

»Das streite ich nicht ab«, erwiderte Roland barsch. Er sah ihr fest in die Augen. »Als ich ihn mit dir zusammen gesehen habe, wollte ich ihn in Stücke reißen. Gleichzeitig wollte ich nicht, daß du das Gefühl hast, etwas mit seinem Tod zu tun zu haben. Wenn er mich herausgefordert hätte, hätte ihn allein die Schuld an seinem Tod getroffen.«

»Du bauschst die Sache zu sehr auf, Roland«, sagte sie ärgerlich. »Er hat mich nur geküßt, und dafür hat er bekommen, was er verdient hat.«

Roland drehte sich um und stürzte zur Tür. Brigitte rief ihm nach: »Roland! Ich bin froh, daß er mich geküßt hat!«

Er hielt in der Bewegung inne, blieb einen Moment lang stehen und wandte sich dann langsam um und sah Brigitte an. »Hast du ihn dazu ermutigt?« fragte Roland leise.

»Nein.«

»Aber du hast dich gern von ihm küssen lassen.«

»Wenn ich mich gern von ihm hätte küssen lassen, hätte ich ihn dann zurückgestoßen?« schrie sie. »Ich habe nur gesagt, daß ich froh bin, daß es passiert ist. Es hat mir nämlich etwas bewiesen.«

»Was?«

Sie senkte die Lider und flüsterte mit kaum hörbarer Stimme: »Ich habe nichts dabei empfunden.«

Das sagte Roland mehr als tausend Worte. Er verstand. Er allein konnte Empfindungen in ihr auslösen. Roger nicht. Vielleicht kein anderer Mann auf Erden. Und das hatte sie wirklich zugegeben...

Er trat langsam zu ihr, nahm ihr Gesicht zwischen seine Hände und küßte sie zart. Ihre Knie wurden weich, in ihrer Magengrube braute sich ein Sog zusammen, und ihr ganzer Körper prickelte. Als er sie auf seine Arme nahm und sie zu seinem Bett trug, hatte sie nichts dagegen einzuwenden. Sein Wille war auch ihr Wille.

Sie wollte diesen Mann. Als er ihr das Kleid auszog und es in seiner Ungeduld, seine bloße Haut an ihren nackten Körper zu pressen, zerriß, konnte sie an nichts anderes mehr denken als daran, wie sehr sie ihn wollte. Dieser schöne, starke Mann, dieser zarte Mann, dieser aufbrausende, rachsüchtige Mann – er war der einzige Mann, den sie in ihren Armen halten, den sie streicheln und den sie auskosten wollte. Und als er sie mit dem Rhythmus seiner Bewegungen mitriß, als er sie zu diesen unglaublichen ekstatischen Höhen hinauftrieb, fragte sie sich einen Moment lang, ob sie sich in Roland von Montville verliebt hatte.

28

Der Tag begann mit strahlendem Sonnenschein, zu jener kalten Jahreszeit ein Anlaß zur Fröhlichkeit. Als Roland den Saal verlassen und sich zu dem morgendlichen Exerzieren in den Burghof begeben hatte, machte sich Brigitte auf die Suche nach Goda. Sie fand sie in der Speisekammer vor. Goda zog einem Kaninchen, das später zum Essen serviert werden sollte, die Haut ab.

»Wenn es dir recht ist, könnte ich deine Hilfe brauchen, Goda«, sagte Brigitte vorsichtig. Sie setzte sich neben das Mädchen auf die Bank. »Roland besteht darauf, daß ich eine Weile nichts für ihn nähe, sondern mir selbst ein Kleid schneidere. Ich brauche Hilfe beim Zuschneiden.«

»Ich helfe Euch sehr gern, wenn ich hier fertig bin. Baronin Hedda hat mich mit dieser Arbeit beauftragt, und ich wage es nicht, fortzugehen, ehe ich fertig bin.«

Bei der Erwähnung von Rolands Stiefmutter erwachte Brigittes schon seit langem unterdrückte Neugier. »Haßt Hedda Roland? Er hat mir gesagt, daß sie ihn haßt, aber es fällt mir schwer, das zu glauben.«

»Oh, doch, gewiß. Es war schon immer so. Baron Roland hat es hier schwer gehabt. Ich darf gar nicht daran denken, was er als Kind hier alles erlitten hat.«

»Erzähl mir von seiner Kindheit. Du warst damals schon hier?«

»Ich war damals noch zu jung, um im Haus zu arbeiten, aber meine Mutter hat hier gearbeitet. Ach, und welche Geschichten sie zu Hause im Dorf erzählt hat! Damals dachte ich wirklich, sie hätte diese Geschichten erfunden, um mir angst zu machen, damit ich brav bin. Später war ich dann ganz entsetzt, als ich erfahren habe, daß alles wahr ist.«

»Was für Geschichten?«

»Wie die Baronin Hedda den armen kleinen Jungen behandelt hat«, erwiderte Goda. Dann verstummte sie. Sie zog dem Kaninchen die Haut ab und griff nach einem Beil.

»Und weiter?« fragte Brigitte ungeduldig. »Erzähl mir mehr.«

Goda sah sich nervös um, ehe sie antwortete. »Die Baronin Hedda hat ihn bei jeder Gelegenheit fürchterlich geschlagen, und wenn Baron Luthor nicht in der Nähe war, hat sie ihn auch grundlos verprügelt. Ilse und die Baronin Brenda waren genauso schlimm wie ihre Mutter, wenn nicht gar schlimmer. Eines Tages hat man die Baronin Brenda dabei ertappt, daß sie ihn mit einer Peitsche geschlagen hat, und der Junge war blutüberströmt und bewußtlos, aber sie hat nicht aufgehört, ihn auszupeitschen.«

»Wieso?« keuchte Brigitte.

»Er hat es gewagt, ›Schwester‹ zu Baronin Brenda zu sagen.«

»Mein Gott!«

Goda lächelte. Sie verstand Brigittes Entsetzen. »Er hat es schwer gehabt, und es ist nie besser geworden. Als er so groß und stark war, daß er sich gegen die Damen wehren konnte, mußte er es mit seinem Vater aufnehmen. Und unser Herr ist der strengste Lehrmeister, den man sich denken kann. Wenn Roland nicht sofort alles konnte, was Luthor ihm beigebracht hat, hat er für sein Versagen schreckliche Hiebe einstecken müssen. Und außerdem mußte er sich noch gegen die beiden älteren Jungen behaupten.«

Brigitte sah Goda stumm bei der Arbeit zu. Während sie über Rolands schreckliches Leben nachdachte, überkam sie große Traurigkeit. Ihr Herz strömte für den kleinen Jungen über, der so übel mißhandelt worden war. Um so mehr wußte sie jetzt Rolands Bemühen um Zartgefühl zu schätzen, das er ihr gegenüber schon an den Tag gelegt hatte. Es war bemerkenswert, daß er überhaupt zu Zärtlichkeiten in der Lage war.

Kurz darauf ging Brigitte mit Goda durch die große Eingangshalle. Brigitte freute sich darauf, den Stoff für ihre neuen Kleider zuzuschneiden. Sie war so sehr in Gedanken verloren, daß sie unachtsam mit Goda bis zur Treppe ging. Doch die schrille Stimme, die sie aus ihren Gedanken riß, ließ beide Mädchen stehenbleiben.

In Godas Augen trat Entsetzen. Brigitte drehte sich um und sah Hedda, die auf die Treppe zustampfte. Sie war gefolgt von Ilse, Amelia und Ilses Kammerzofe.

»Nun?« schrie Hedda, als sie die Mädchen erreicht hatte. Sie stemmte die Hände auf ihre knochigen Hüften und sah Goda böse an. »Antworte, Mädchen!«

Goda wurde weiß, denn es war ihr wohl bewußt, was es bedeutete, von Hedda einzeln vorgenommen zu werden. »Ich... ich...«

Weiter kam sie nicht. Brigitte geriet in Wut, als sie sah, wie eingeschüchtert ihre Freundin war. »Goda wollte mich in das Gemach meines Herrn begleiten«, sagte Brigitte barsch zu Hedda. Sie bemühte sich nicht, ihre Abneigung für diese Frau zu verbergen.

»Wie das? Er braucht meine Dienerin nicht. Er hat jetzt selbst eine Dienerin.«

Der Spott der Frau blieb nicht ohne Wirkung auf Brigitte, und das Kichern der drei Frauen, die hinter Hedda standen, brachte sie in Rage, doch sie kämpfte gegen ihre ausbrechende Wut an.

»Baron Roland braucht Goda nicht, aber ich habe sie gebeten, mir zu helfen.« Brigitte hatte mir ruhiger Stimme gesprochen.

Heddas Reaktion verblüffte sie. »Du!« schrie die Frau heraus. »Bei allen Heiligen! Bei Gott...«

»Madame, Ihr braucht gar nicht erst so zu tun, als sei ein Verbrechen begangen worden«, unterbrach Brigitte sie scharf. »Ich habe Goda lediglich gebeten, einen Moment mit mir zu kommen. Sie hat ihre Pflicht erledigt. Ich wollte sie nicht von ihrer Arbeit abhalten.«

»Ruhe!« schrie Hedda wütend. »Godas Pflichten sind nie erledigt. Sie kann nicht über ihre Zeit verfügen. Sie dient mir und denen, denen ich ihre Dienste anbiete – aber bestimmt nicht der Hure eines Bastards!«

Brigitte schnappte nach Luft. Sie wäre nicht überraschter gewesen, wenn Hedda sie geschlagen hätte. Das gehässige Kichern der anderen Frauen dröhnte lauter und lauter in ihrem Kopf, und sie stellte fest, daß diese Frauen den Vorfall genüßlich auskosteten.

»Goda!« fauchte Hedda. »Geh wieder an die Arbeit. Mit dir befasse ich mich später.«

Goda eilte mit Tränen in den Augen davon. Brigitte sah ihr nach.

Sie wußte, daß sie schuld war, wenn das Mädchen bestraft wurde. Aber was hatte sie eigentlich Schreckliches getan? Hedda mußte nur auf einen Vorwand gewartet haben, Goda mit ihrer Grausamkeit zu bestrafen.

»Und jetzt zu dir!« Hedda wandte ihre Aufmerksamkeit wieder Brigitte zu. »Verschwinde aus diesem Raum. Mir bleibt nichts anderes übrig, als deine Anwesenheit zu dulden, wenn dieser Bastard in der Nähe ist, aber wenn er nicht da ist, hast du hier nichts zu suchen.«

Brigitte richtete sich stolz auf. Am liebsten hätte sie die alte Hexe geschlagen. Mit beherrschter, ruhiger Stimme sagte sie: »Madame, Ihr habt das Benehmen einer Kuh.« Heddas Gesicht lief dunkler an, und sie sprudelte Beschimpfungen hervor, doch Brigitte fügte hinzu: »Und wenn Euch jemand als Dame bezeichnet, so tut er das nur, um sich über Euch lustig zu machen.«

Brigitte wandte ihr den Rücken zu, doch ehe sie die erste Treppenstufe erreicht hatte, krallte sich Heddas klauenähnliche Hand in ihre Schulter und wirbelte sie herum. Die Frau schlug ihr fest ins Gesicht, und Brigittes Kopf fiel auf die Seite. Ihre Wange brannte teuflisch, doch sie rührte sich nicht. Sie blieb still stehen und sah Hedda verächtlich an.

Brigittes Geringschätzung entlockte Hedda einen Schrei. Hedda war es gewohnt, daß Diener ihr zu Füßen fielen, wenn ihr Zorn sie traf. Sie geriet außer sich und hob erneut die Hand, doch plötzlich wurde ihre Hand von hinten festgehalten. Dann wurden Hedda die Füße unter dem Körper fortgerissen, und sie wurde zwischen ihr weibliches Gefolge geschleudert. Alle vier Frauen wurden von Heddas Gewicht zu Boden gerissen.

Amelia war die erste, die sich von ihrem Erstaunen erholte, aufstand und zurückwich. Ilse und ihre Kammerzofe zogen sich kurz darauf auf die Füße und rannten aus dem Saal, ohne sich umzusehen. Hedda erhob sich unter Mühen, und als sie wankend dastand, ragte Roland über ihr.

»Wenn du noch einmal Hand an sie legst, bringe ich dich um, du alte Hexe!« sagte Roland mit einer Stimme, die ihr das Blut gefrieren ließ. »Mit meinen bloßen Händen werde ich den letzten Funken deines erbärmlichen Lebens aus dir herausquetschen! Ist das klar?«

Anstelle einer Antwort schrie Hedda, so laut sie konnte. Im nächsten Moment stürzten Ritter, Schildknappen und Edelknaben aus dem Burghof ins Haus, und aus allen Ecken liefen Dienstboten zusammen. Brigitte flüchtete erschrocken einige Stufen höher und verbarg sich ängstlich im Schatten. Hatte sie diesen Aufstand verursacht?

Niemand näherte sich den beiden Gegnern, sobald die Leute sahen, wer neben ihrer Herrin stand. Wenn es jemand anderes gewesen wäre, hätten sie die Frau ihres Herrn mit ihrem Leben beschützt. Doch niemand hätte sich gegen den Sohn des Barons gestellt. Alle wußten, wem die Gunst des Barons galt.

»Was, zum Teufel, ist hier los?« Luthor bahnte sich einen Weg durch die Menge und trat vor. Als er Hedda und Roland sah, die einander wütend anfunkelten, verfinsterte sich sein Gesicht.

»Luthor!« wimmerte Hedda. »Er hat versucht, mich umzubringen!«

Luthor sah Roland an und begegnete seinem wütenden Blick. »Wenn ich die alte Hexe hätte töten wollen, dann wäre sie jetzt tot«, fauchte Roland. »Ich habe sie gewarnt und ihr gesagt, daß ich sie umbringe, wenn sie jemals wieder Hand an Brigitte legt. Niemand hat anzurühren, was mir gehört, niemand! Auch du nicht«, warf er Luthor entschlossen an den Kopf.

Vollkommenes Schweigen herrschte im Saal. Alle Anwesenden warteten gespannt darauf, wie sich der Hausherr verhalten würde. Vor nicht allzu vielen Jahren hätte Roland sich mit dieser Äußerung Schläge von Luthor eingehandelt.

»Er ist nicht der Hausherr«, meldete sich Hedda zu Wort. »Mit welchem Recht sagt er *dir*, was du tun darfst und was nicht?«

»Schweig, Frau!« Luthor sah seine Frau kühl an. Dann brüllte er: »Raus! Raus mit euch allen!«

Alles drängte sich zu den Türen, und auch Hedda wollte entfliehen, doch Luthor knurrte. »Du nicht, Frau!«

Schnell leerte sich der Saal bis auf Luthor, Hedda, Roland und Brigitte, die alle auf der Treppe vergessen hatten. Jetzt hatte sie Angst, sich von der Stelle zu rühren. Sie hielt den Atem an. Würde Roland aus dem Haus gejagt werden? Wie konnte er es wagen, vor allen Anwesenden so mit seinem Vater zu sprechen?

Doch Luthors Zorn galt nicht seinem Sohn. Er versetzte Hedda einen wuchtigen Schlag, und wieder flog sie die Stufen hinunter. Dann stellte er sich über sie. Sein Gesicht war dunkelrot angelaufen.

»Du hast Roland zu dieser Äußerung gezwungen, Weib. Er hat seine Befugnisse nicht überschritten, denn ich habe nichts mit diesem Mädchen zu tun. Sie gehört ihm allein!«

Luthor wandte sich angeekelt ab. Dann fuhr er sehr kühl fort:

»Du warst gewarnt, Hedda. Du wußtest, daß das Mädchen dich nichts angeht. Sie ist Rolands Sache, und er hat geschworen, sie zu beschützen. Glaubst du, bloß weil du meine Frau bist, brauchtest du seine Warnungen nicht zu achten? Frau, wenn er dich wegen dieses Mädchens umbringt, werde ich ihn nicht daran hindern. Er würde mich nur von einem eklen Geschwür befreien, von dem ich mich selbst vor Jahren schon hätte befreien sollen.« Als Hedda nach Luft schnappte, fügte er hinzu: »Du kannst froh sein, daß ich dich mit diesen Worten nicht vor den anderen beschämt habe. Beim nächsten Mal nehme ich keine Rücksicht mehr auf dich, Hedda.«

Mit diesen Worten verließ Luthor den Saal.

29

Zwei Tage waren seit Brigittes Wortwechsel mit Hedda vergangen. Die Tage verliefen ruhiger, denn Hedda und ihre Kammerzofe wagten sich nicht in den Saal, wenn Brigitte dort anwesend war. Sie hatte die beiden seit da an nicht mehr gesehen, und dafür war sie dankbar.

Es waren bitterkalte Tage mit violettgetönten Wolken, die ständig neu heranzogen. Wieder braute sich ein Sturm zusammen. Der letzte Schnee war noch nicht geschmolzen, und bei einem neuerlichen Schneesturm würde der weiße Teppich, der sich erstreckte, so weit das Auge reichte, bald dicker werden.

Brigitte machten diese düsteren Tage jedoch gar nichts aus. Sie war glücklich. Sie verstand sich selbst nicht, und sie versuchte erst gar nicht zu verstehen, warum sie glücklich war. Sie fühlte sich prächtig. Alle bemerkten diese Veränderung. Ihr übersprudelndes Lachen war häufig zu hören. Ihr Lächeln führte zu Äußerungen der anderen, und manchmal kam ein scheues, verstecktes Lächeln zurück. Auch die Blicke, mit denen sie Roland ansah, entgingen niemandem.

Der alte Baron sah all das und freute sich. Die jungen Schelme sind verliebt, dachte er versonnen. Sehnsüchtig erinnerte er sich an seine erste Liebe, die er verloren hatte, ehe er die Schreckschraube kennengelernt und geheiratet hatte, die heute seine Frau war. Luthor hatte seine Gerda nie vergessen. Nie hatte er eine andere Frau geliebt. Wenn sie am Leben geblieben wäre, hätte Gerda ihm Söhne geschenkt.

Söhne. Vor Luthors Augen trat immer ein Schleier, wenn er an Söhne dachte. Ein Mann von seinem Betragen, der zudem solche Kraft besaß, hätte Söhne haben müssen. Doch Luthor hatte Töchter, verfluchte Töchter, die genauso schrecklich wie ihre Mutter waren. Hedda war nach Ilse nicht mehr schwanger geworden, und auch seine übrigen Bettgefährtinnen hatten nicht von ihm empfangen.

Doch Luthor hatte Roland, und Roland war ein Mann, auf den man stolz sein konnte, die Erhörung seiner Gebete. Was Roland nicht über seine Geburt wußte, konnte ihm auch nicht weh tun. Nein, Luthor würde das Geheimnis mit sich ins Grab nehmen, und Montville würde nach Luthors Tod einen mächtigen Herrscher haben. Dafür hatte er gesorgt.

Roland streifte Brigittes Wange mit einem federleichten Kuß. Sie hatten gerade gegessen, und er lachte über ihre Verlegenheit, ehe er aus der Halle schlenderte. Sie blieb zurück und lächelte ihm nach, zugleich verlegen und doch über seine zum Abschied gezeigte Zuneigung erfreut.

Roland ging mit großen Schritten zum Stall. Sein Pferd stand schon gesattelt dort und erwartete den morgendlichen Ausritt, den Roland seinem prächtigen Hengst selten versagte. Die dunkleren Wolken im Norden schwebten immer noch dichter über dem Horizont. Sie trieben nach Osten, dann nach Westen und wieder nach Osten, als seien sie unentschieden, nach welcher Richtung sich der Sturm entfesseln sollte. Roland hoffte, daß diese dunklen Wolken im Norden bleiben würden. Er ließ sich ungern auf der Burg festhalten, und der Sturm versprach heftig zu werden.

Das Pferd begrüßte Roland mit einem Schnauben und blies ihm seinen warmen Atem ins Gesicht, der in der eisigen Luft gefror. Roland sprach fröhlich mit dem Tier, während er es aus dem Stall führte. Das Pferd war kribbelig und angespannt.

In der Stalltür traf Roland Gui, der sein eigenes Pferd gerade wieder in den Stall brachte. Beide blieben stehen, um sich zu unterhalten, doch auf die alten Freunde legte sich ein unbehagliches Schweigen.

»Du hast mir einiges voraus«, bemerkte Roland beiläufig. Er hoffte, Gui würde zur Abwechslung freundlich reagieren.

Guis knappes ›Ja‹ enttäuschte ihn.

Roland sah Gui nach, der ihm den Rücken zugewandt hatte,

zuckte gereizt die Schultern und wollte auf sein Pferd steigen. Dann überlegte er es sich anders und folgte Gui in den Stall.

»Was ist los mit dir, alter Freund?« fragte Roland. »Hast du Brigitte in jener Nacht nicht geglaubt?«

Gui wollte ihm nicht antworten, doch als er sah, wie bestürzt und getroffen Roland war, ließ er sich erweichen. »Wenn es damals zwischen euch so gewesen wäre wie heute, hätte ich ihr vielleicht geglaubt. Ich lasse mich nicht zum Narren halten, Roland. Es war eine edle Lüge, daß sie den Tod von einem von uns beiden verhindert hat – meinen Tod«, räumte er ein. »Ich bin mir vollkommen darüber klar, daß ich es nicht gegen dich aufnehmen kann.«

»Verdammter Kerl!« sagte Roland verärgert. »Warum hast du mich dann kein zweites Mal herausgefordert?«

»Damit die Dame sich umsonst bemüht hat?« fragte Gui erstaunt.

Roland fühlte sich äußerst unbehaglich, denn Gui war verbittert. »Ich mißhandele sie nicht, Gui. Du siehst doch, daß sie glücklich ist. Kannst du denn nicht verstehen, daß ich mich und unsere Liebe verfluche, wenn ich zugebe, daß sie das ist, was sie zu sein behauptet? Du kennst die näheren Umstände nicht. Ich habe sie aus Louroux mitgebracht, und niemand hat etwas dagegen gehabt. Sie ist mir geschenkt, mir *aufgezwungen* worden. Wenn sie wirklich die Tochter eines Barons wäre – glaubst du, dann wäre das passiert? Verdammt noch mal, ganz Berry wäre hier und würde fordern, daß ich sie freilasse!«

Guis Augen verengten sich zu wütenden Schlitzen. »Wer sagt, daß das nicht noch passiert? Und wer kann behaupten, daß die Dame nicht vielleicht deshalb glücklich ist, weil sie sicher sein kann, daß es bald dahin kommt? Und so ist es auch, denn sie hängt der irrigen Annahme nach, daß du einen Boten nach Berry geschickt hast. Aber ich weiß, daß du niemanden ausgeschickt hast!«

Roland schnappte nach Luft. »Woher weißt du das?«

Gui zuckte die Achseln. Er freute sich über Rolands Fassungslosigkeit. »Wenn man bedenkt, wieviel die Dienstboten klatschen, ist es ein Wunder, daß die Dame noch nicht selbst weiß, daß du sie hintergangen hast. Ich bin gespannt, wie sie reagiert, wenn sie dahinterkommt. Glaubst du, daß sie dann immer noch so glücklich ist?«

»Sie hat inzwischen nicht mehr den Wunsch, mich zu verlassen«, sagte Roland steif.

»Bist du dir so sicher?«

Einen Moment lang hätte Roland gern seine Faust auf Guis höhnischen Mund geschmettert. Dieser Drang war sehr ausgeprägt, doch statt dessen stieß er einen Zorneslaut aus und schwang sich auf sein Pferd, um möglichst viel Entfernung zwischen sich und den Mann zu legen, der seine eigenen Zweifel laut aussprach.

Er sprengte sein Pferd so plötzlich in den Hof, daß ein Ritter und ein Edelknabe, die sich gerade im Schwertkampf übten, zur Seite springen mußten und langgestreckt in den Schnee fielen. Roland gab dem Hengst grausam die Sporen und flog dem offenen Feld entgegen.

Doch zum erstenmal in seinem Leben hatte Roland keine Kontrolle über sein Pferd. Der Hengst machte eine scharfe Drehung, und Roland konnte ihn nicht dazu bewegen, die gewünschte Richtung wieder einzuschlagen. Das Roß galoppierte an den Hütten der Diener vorbei, wirbelte mit seinen Hufen Schlamm auf, der die unbehauenen Bretter bespritzte, galoppierte zurück in den Hof, unterbrach wiederholt den Schwertkampf, schoß dann wie verrückt durch den Hof und machte unberechenbare Kehrtwendungen.

Roland war außer sich. Er konnte das Tier nicht zum Stehen bringen, und das Pferd schien völlig blind herumzulaufen und schoß direkt auf die Steinmauer neben dem Gutshaus zu. Erst im letzten Moment machte es eine neuerliche Kehrtwendung und galoppierte in wilden Sätzen auf den hinteren Burghof zu. Sobald der Hengst den freien Hof hinter dem Gutshaus erreicht hatte, bockte er. Er versuchte verzweifelt, seinen Reiter abzuwerfen. Das gelang ihm schließlich auch. Roland flog über den Kopf seines Pferdes und landete im Schlamm. Dann wälzte er sich so schnell wie möglich aus dem Weg, denn die Vorderfüße des Pferdes hätten ihm fast die Schulter gebrochen.

Roland setzte sich langsam auf. Sein ganzer Körper tat ihm weh. Er sah seinem Pferd zu, das noch einige Minuten lang bockte, ehe es schließlich still stehen blieb. Roland machte es nichts aus, daß er so schmählich abgeworfen worden war. Statt dessen empfand er große Trauer über den Verlust seines Pferdes, als ihm klar wurde, daß der Hengst durchgedreht hatte und beseitigt werden mußte. Bei dieser Vorstellung zerriß es Roland die Eingeweide. Dieses Pferd war sein Stolz, der edelste Hengst, den die Zucht von Montville je hervorgebracht hatte. Ein solches Pferd würde es kein zweites Mal geben.

Von allen Seiten kamen Männer hinzugelaufen, die sich um Roland versammelten, als er aufstand. Reitknechte näherten sich vorsichtig dem Hengst, doch Roland rief sie zurück. Man würde dem

Pferd ein Messer in die Kehle stoßen müssen, doch das war ganz seine Sache und nicht die eines anderen.

Gui kam auf Roland zu und bot ihm ein Tuch an, mit dem er sich den Schlamm aus dem Gesicht und von den Händen wischen konnte. »Bist du verletzt?«

Roland schüttelte den Kopf. »Kleine Schrammen, mehr nicht.«

»Mein Gott, wie kann das nur kommen? Ich habe noch nie ein so besessenes Pferd gesehen. Hund und Wölfe, ja, aber nie ein Pferd, und erst recht nicht dieses!«

Roland war ebenso bestürzt wie Gui. »Er ist besessen.«

Der schmerzliche Ausdruck, der in Rolands Augen stand, sagte Gui, was hier getan werden mußte. »Es tut mir so leid, Roland. Willst du, daß ich...«

»Nein«, fiel ihm Roland ins Wort. Er zog seinen Dolch und ging mit schweren Schritten auf sein Pferd zu.

Gui folgte ihm. »Laß dir wenigstens helfen. Du wirst ihn nicht allein festhalten können.«

Roland nickte, und gemeinsam gingen sie auf das ungebärdige Pferd zu. Das Tier wich aus und verrollte die Augen. Seine Füße wühlten den Schlamm auf, doch endlich ließ sich das Tier von Rolands beschwichtigender Stimme soweit beruhigen, daß Roland nach seinen Zügeln greifen konnte.

»Ich werde ihn abschirren«, bot Gui an. »Es wäre schwierig, den Sattel zu entfernen... hinterher.«

Roland sah ihn böse an. »Zum Teufel mit dem Paradegeschirr! Das Pferd... ah...«, rief er aus. Dann sackten seine Schultern herunter, und er gab sich geschlagen. »Schon gut. Mach, was du willst. Ich halte ihn fest.«

Behutsam sattelte Gui das Pferd ab und drückte einem Stallburschen den Sattel in die Hand. Es herrschte Schweigen im Hof, und alle Anwesenden beobachteten mit feierlicher Stille, wie Roland sich wappnete, seinem geliebten Pferd die Kehle durchzuschneiden. Guis greller Aufschrei durchdrang die Stille wie ein Donnertosen.

Als Roland das Blut und all die Dornen sah, die in dem Rücken des Pferdes steckten, Stachel, die er mit seinem eigenen Körpergewicht tief in den Rücken des Pferdes getrieben hatte, durchflutete ihn Erleichterung. Doch in diese Erleichterung mischte sich Entsetzen, denn schließlich war er schon drauf und dran gewesen, den Hengst zu töten. Wenn Gui nicht gewesen wäre, hätte er das Pferd nicht abgesattelt und die Dornen zu spät bemerkt.

»Roger«, zischte Roland.

Gui, der neben Roland stand, spürte, wie ihm eine Gänsehaut über den Rücken lief. »Das kannst du nicht mit Sicherheit sagen, Roland.«

Roland schien kein Wort gehört zu haben. Er drehte sich auf dem Absatz um und lief auf das Haus zu. Gui eilte ihm nach.

»So hör doch, Roland«, sagte er, als er ihn eingeholt hatte. »Du hast keine Beweise.«

Roland blieb stehen und drehte sich zu Gui um. Er hatte sich kaum noch unter Kontrolle. Er konnte seinen Haß nicht zügeln, doch er durfte ihn nicht an Gui auslassen.

»Ich habe nicht den geringsten Zweifel daran.«

»Und was ist, wenn du dich irrst?«

»Jetzt versuchst du schon zum zweitenmal, diesen Lump zu verteidigen. Deine Mühe ist vergebens, Gui«, sagte Roland düster. »Ich sollte mir das Genick brechen oder mein edles Pferd töten. Mein Leben lang habe ich unter anderen zu leiden gehabt, und damit reicht es jetzt. Endgültig.«

»Und wenn du dich doch täuschst?« sagte Gui hartnäckig.

»Das ist mir, ehrlich gesagt, egal. Ich hätte Roger schon längst in Stücke reißen sollen.«

Gui rannte nicht hinter ihm her, als Roland seinen Weg zum Haus mit unerschütterlicher Entschlossenheit fortsetzte. Gui seufzte. Selbst wenn Roger nicht die Schuld an dieser entsetzlichen Tat trug, so trug er doch die Schuld an vielem anderen.

30

Brigitte war mit Kleidungsstücken beladen, als sie Rolands Zimmer verließ. Sie stieß die Tür mit ihrem Fuß zu und ging durch den Korridor. Sie blieb abrupt stehen, als sie Roger von Mezidon sah, der in dem Bogenfenster saß, von dem aus man den Saal überblicken konnte. Er sah jedoch nicht auf den Saal hinunter, sondern er sah sie direkt an, als habe er schon länger hier gethront, um sie abzufangen.

Schnell warf sie einen Blick hinter sich, und als sie merkte, daß Wolff ihr nicht gefolgt war, sondern hinter verschlossener Tür in Rolands Zimmer saß, stöhnte sie. Sie wollte das Bündel, das sie im Arm hatte, fallen lassen, als Roger aufstand und auf sie zukam, doch dann fiel ihr wieder ein, daß Roland Roger gewarnt hatte, ihr nicht noch einmal zu nahe zu treten. Gewiß würde er nicht so dumm sein, diese Warnung zu ignorieren.

»So, so, Fräulein Brigitte«, sagte Roger spöttisch, »Ihr gebt also nicht nur vor, eine Dienerin zu sein, sondern Ihr spielt die Rolle zudem ausgezeichnet. Darf ich fragen, warum?«

»Laßt mich vorbei.«

»Stoßt mich nicht zur Seite, gnädiges Fräulein, nachdem ich so lange vergeblich auf Euch gewartet habe. Ich bin schon fast daran verzweifelt, Euch jemals ohne eines Eurer Ungeheuer auf den Fersen zu finden. Der Wolf und der Löwe bewachen Euch gut.«

»Ich bin sicher, daß Roland sich über Eure Beschreibung seiner Person amüsieren wird«, erwiderte sie. »Ich höre sein brüllendes Gelächter ganz deutlich.«

»Ihr spielt mit mir«, sagte Roger mißmutig. »Glaubt Ihr, daß ich diesen Tölpel fürchte?«

Sie zog eine Augenbraue hoch. »Das tut Ihr nicht? Aber es stimmt, ich kann selbst sehen, daß Ihr ihn nicht fürchtet, denn Ihr habt Rolands Warnung in den Wind geschlagen. Ihr lebt sehr gefährlich. Eines Tages wird man Balladen von Eurer Tapferkeit singen.«

»Euer Spott ist unangebracht, Fräulein.« Roger machte keine Anstalten, seine Wut zu verhehlen. »Hebt ihn Euch für Roland auf, denn er verweichlicht, während Ihr ihn zähmt.«

Er griff nach ihr, doch sie trat schnell einen Schritt zurück. In ihren Augen stand eine Warnung. »Ich schreie, wenn Ihr mich anrührt. Ihr seid abscheulich!«

»Das mag wohl sein, doch zumindest würde ich Euch als Gemahlin nehmen.«

»Als Gemahlin?«

»Ihr wirkt überrascht. Roland hält nicht genug von Euch, um Euch die Ehe anzubieten?«

»Er weiß nicht, daß...«

Brigitte unterbrach sich. Sie staunte über sich selbst. Wie kam sie dazu, Rolands Verhalten ihr gegenüber zu verteidigen? Respektierte Roland sie nicht? Sie hatte sich ihm ganz hingegeben. Hatte er deshalb eine schlechte Meinung von ihr?

Sie warf Roger einen haßerfüllten Blick zu, denn er hatte Zweifel in ihr wachgerufen. Dann sagte sie: »Ich habe alles gesagt...«

Eine Stimme, die sie beide kannten, brüllte Rogers Namen von der Halle her und übertönte Brigittes Worte. Sie starrte Roger an und glaubte, seine Angst riechen zu können. Roland war einmal mehr zu ihrer Rettung herbeigeeilt. Andererseits konnte er gar nicht wissen, daß Roger ihr den Weg verstellt hatte. Gab es einen anderen Grund für den tödlichen Klang, den Rolands Stimme hatte?

Roland stürzte die Treppe hinauf und warf sich mit Wutgeheul auf Roger. Brigitte stand erstarrt da, und ihr Atem stockte, als Rolands große Hände sich um Rogers Kehle schlossen. Roger schlug rasend um sich. Er erwischte Brigitte, die auf den Boden fiel, und die Kleidungsstücke, die sie an sich gedrückt hatte, verteilten sich über den Fußboden. Als sie zu den beiden Männern aufsah, war Roger am Ersticken. Es war ihm nicht gelungen, Rolands Finger von seinem Hals zu lösen. Ihr Magen drehte sich um, als ihr klar wurde, daß sie Zeugin eines Totschlags war. Die Vorstellung, daß Roland Roger wirklich umbringen könnte, war ihr unerträglich.

»Halt!« schrie sie, als sie es nicht mehr aushielt.

Roland sah auf, und das war Rogers Gelegenheit, beide Arme zwischen Rolands Arme zu stecken und seinen Griff zu lösen. Er holte zu einem Schlag auf Rolands Kiefer aus, doch Roland rührte sich auf diesen Treffer hin nicht von der Stelle. Der Schlag schien ihm nicht das geringste auszumachen. Roger geriet in Panik. Er konnte Roland nichts anhaben. In seiner Panik trat Roger blind um sich. Mit einem Stiefel trat er gegen Rolands Brust, und Roland taumelte zurück und auf das Bogenfenster zu. Brigitte schrie laut auf, als das Fenstersims, das keine sechzig Zentimeter über dem Fußboden war, sich in Rolands Kniekehlen bohrte und er durch die Öffnung fiel.

Brigitte schloß die Augen. Alles in ihr wehrte sich gegen die Vorstellung, daß es aus war mit Roland. Wie oft war sie an diesem Fenster stehengeblieben und hatte einen Blick nach unten geworfen, ehe sie die Treppe hinuntergegangen war? Es war eine mörderische Höhe, und der harte Steinfußboden des Saals lag viele Meter tief. Roger hatte ihn hinabgestoßen. Roger!

Sie schlug die Augen auf, doch Roger stand nicht mehr neben ihr. Er stand am Fenster und lachte sich ins Fäustchen. Als sie sah, wie er dortstand und durch das Fenster sah, überkamen Brigitte plötzlich Gelüste, die ihr bislang unbekannt gewesen waren – Mordlust. Aus diesem Antrieb stand sie auf und bewegte sich langsam und vorsichtig auf das Fenster zu. Sie ging in sich und fand dort wirklich Mordlust vor. Während sie sich zentimeterweise vorwärts bewegte, hatte sie Zeit, sich zu sagen, daß es wirklich Mord war, und dennoch blieb sie nicht stehen. Ihre Hände streckten sich aus.

Roger, der immer noch am Fenster stand und nach unten schaute, hatte sich nicht von der Stelle gerührt. Sie nahm ihre Kraft zusammen. Ihre Hände waren nur noch Zentimeter von Rogers Rücken entfernt. Sie brauchte sich nur noch vorzubeugen. Doch in dem Moment beugte sich Roger vor und fing an, mit seinen Fäusten auf das Fenstersims zu hämmern. Dann sah sie Finger, die sich an das Fenstersims klammerten. Rolands Finger! Es war ihm gelungen, sich im Sturz am Fenstersims festzuhalten, und jetzt versuchte Roger, auf seine Finger einzuschlagen, bis er losließ.

Brigitte verstand auch im nachhinein nie, woher sie die Kraft genommen hatte, Roger von diesem Fenster fortzuziehen und ihn die wenigen Meter bis zur Treppe zu stoßen, bis er taumelnd die Steinstufen hinunterfiel und Roland Zeit fand, durch das Fenster in die Sicherheit zu klettern. Roger war nicht verletzt. Er kam auf die Füße, rannte die restlichen Stufen hinunter und floh. Roland stürzte ihm nach.

Im Stall holte Roland Roger ein, und Roger sprang eilig durch die offene Tür und glitt auf dem schlammigen Hof aus. Roland stürzte sich auf ihn. Bald hatte sich eine größere Menschenmenge angesammelt, und Brigitte traf gleichzeitig mit Gui dort ein. Luthor war schon dort und sah zu, wie sein Sohn mit bloßen Händen tötete. Gui stellte sich neben Luthor und sah ebenfalls zu. Brigitte rannte zu den beiden und grub ihre Finger in Luthors Arm. Er sah sie mit seinen unergründlichen Augen an. »Könnt Ihr sie auseinanderbringen?« flehte sie.

»Nein, Kleines«, sagte Luthor barsch, ehe er sich dem blutigen Geschehen wieder zuwandte.

»Bitte, Luthor!«

Falls er sie gehört hatte, ließ er es sich nicht anmerken. Sie warf noch einen Blick auf die beiden Männer, die am Boden lagen. Roger bewegte sich nicht mehr, doch Roland hämmerte immer noch mit seinen Fäusten auf ihn ein.

Brigitte wandte sich ab, und als sie wieder ins Haus lief, brannten Tränen in ihren Augen. Sie sah nicht, daß Roland aufhörte zu schlagen, und sie sah auch nicht, daß er angewidert den Hof verließ. Roger war übel zugerichtet, aber er war noch am Leben.

31

Brigitte verbrachte den Rest des Tages hinter verschlossener Tür in Rolands Zimmer. Sie grübelte vor sich hin, weinte und verfluchte Roland. Erst spät am Abend erfuhr sie, daß Roland Roger doch nicht getötet hatte.

Goda überbrachte ihr die Neuigkeiten. Roland hatte das Mädchen nach oben geschickt, damit sie Brigitte holte. Er war immer selbst gekommen, um in ihrer Begleitung zum Abendessen zu gehen, doch heute hatte er Goda geschickt. Brigitte sollte gleich erfahren, woran das lag.

»Er ist vollständig betrunken, gnädiges Fräulein«, teilte Goda Brigitte widerwillig mit. »Sobald Roger von Mezidon von seinem Schildknappen durchs Tor geführt worden ist, hat er angefangen, dem Bier zuzusprechen. Gut, daß wir den jetzt los sind.«

»Ist er halbwegs auf den Beinen?«

»Er beschimpft Gott und die Welt, und er ist schlechter Laune«, erwiderte Goda. »Aber das ist der Alkohol. Ich glaube, er weiß selbst nicht mehr, was er redet.«

»Ich habe Roger gemeint. Wie geht es ihm?«

»Nicht schlechter, als zu erwarten war«, antwortete Goda. »Sein Gesicht ist geschwollen, und ein paar Knochen sind gebrochen – ich glaube ein Finger und mehrere Rippen. Aber ich glaube, daß sich das alles wieder flicken läßt. Eigentlich ein Jammer!«

»Du bist grausam, Goda«, fauchte Brigitte. Dann seufzte sie bedrückt. »Verzeih mir. Es steht mir nicht zu, dich zu verurteilen. Schließlich hätte ich Roger beinahe umgebracht.«

»Wann denn das?« Goda machte vor Staunen Kulleraugen.

»Heute morgen«, gab Brigitte zu. »Als der Kampf gerade angefangen hatte.«

»Aber der junge Baron ist nicht tot. Warum seid Ihr so ärgerlich?«

»Wieso?« fragte Brigitte mit schriller Stimme. »Wie kannst du das noch fragen? Roger ist ein schlechter Mensch, aber das ändert nichts daran, daß er schreckliche Angst vor Roland hatte. Es war kein fairer Kampf, und das macht mich krank. Roland war zu wütend, um fair zu kämpfen. Er wollte Blut sehen, und das hat er auch bekommen. Er wollte Roger mit bloßen Händen umbringen.«

Goda legte sachte eine Hand auf Brigittes Schulter. »Hattet Ihr nicht ganz das gleiche vor?«

»Das ist etwas ganz anderes«, erwiderte Brigitte unerschütterlich. »Ich dachte, Roland sei tot.«

Kurz darauf zog Goda sich stumm zurück, und Brigitte ließ sich auf einen Stuhl fallen. Nein, sie wollte Roland jetzt nicht sehen – nicht, wenn er betrunken war.

Roland war nicht so betrunken, daß ihm entgangen wäre, daß hier etwas nicht stimmte. Goda kam allein zurück. Warum wollte Brigitte nicht zu ihm kommen? Seine Miene verfinsterte sich. Die Antwort lag nur zu klar auf der Hand. Der Grund war der, aus dem er sich den Krug ständig nachfüllte. Aus demselben Grund hatte er sich auch den ganzen Tag in der Halle aufgehalten. Er hatte Angst, Brigitte zu sehen. Sie wußte, daß er sie hintergangen hatte. Jemand mußte es ihr erzählt haben. Vielleicht sogar Roger. Warum sonst hätte sich dieser Schurke heimtückisch an sie heranschleichen sollen, obwohl Roland ihn gewarnt hatte, nicht in Brigittes Nähe zu kommen? Ja, das war es. Brigitte wußte, daß er sich nicht an ihre Abmachungen gehalten hatte und doch keinen Boten zum Grafen Arnulf geschickt hatte.

Er legte den Kopf auf die Arme und stieß einen tiefen Seufzer aus. Verdammt noch mal! Warum mußte das passieren, wenn sich gerade alles zum Besseren wendete? Er wünschte diesen Tag zum Teufel. Es blieb ihm trotzdem nichts anderes übrig, als sich mit ihr auseinanderzusetzen. Das Beste war, wenn er es gleich hinter sich brachte. Roland verließ den Saal. Kurz darauf trat er in sein Zimmer. Er fand Brigitte vor, die gerade dabei war, das Bündel mit ihrer Habe zusammenzuschnüren, das sie mitgebracht hatte, als sie in sein Zimmer eingezogen war.

Dieser Anblick brachte ihn aus der Fassung. Er sah sich Brigitte verlieren. Er sah vor sich, daß sie einander wieder fremd würden, und diese Vorstellung war ihm unerträglich.

»Muß das wirklich sein?« fragte Roland leise, denn etwas anderes fiel ihm nicht ein.

Brigitte geruhte, ihn flüchtig anzuschauen. »Natürlich muß es sein. Roger ist fort. Für mich besteht kein Anlaß mehr, in diesem Zimmer zu bleiben. Du wolltest doch nur seinetwegen, daß ich hier schlafe, oder?«

»Und wenn ich dich bitte zu bleiben? Ich weiß, daß Roger ursprünglich der Grund dafür war, daß du hier geblieben bist, aber...«

»Du kannst darauf bestehen, daß ich in diesem Zimmer bleibe, aber ich will nicht mehr hier wohnen. Nicht nach dem, was heute war.«

Ihre Stimme war eisig, und Rolands Hilflosigkeit nahm zu.

»Brigitte, ich weiß, daß du verärgert bist...«

»Das ist reichlich milde ausgedrückt«, fauchte sie.

»Dann laß deinen Zorn an mir aus. Aber tu es gleich, damit das erledigt ist. Wenn es möglich wäre, würde ich rückgängig machen, daß ich dich belogen habe.«

»Belogen?« fragte sie bestürzt.

Roland bemerkte ihr Staunen, und er hätte sich am liebsten die Zunge abgebissen. Doch wenn sie gar nicht wütend war, weil er sie hintergangen hatte, dann...

»Warum bist du mir böse?«

Sie ging nicht darauf ein. »Wieso belogen, Roland?«

Er spielte den Unschuldigen. »Wovon sprichst du?«

»Du... oh!« rief sie aus. »Ich weigere mich, mit dir zu reden, solange du betrunken bist!«

Brigitte ging zur Tür. Sie vergaß das Bündel mit ihrer Habe, doch Roland verstellte ihr eilig den Weg. »Warum bist du so wütend?« Er bemühte sich, einschmeichelnd zu wirken. »Weil ich ein bißchen zuviel getrunken habe?«

»Von mir aus kannst du dich in Bier ersäufen«, zischte sie, und ihre blauen Augen sprühten Funken. »Was mich abstößt, ist deine Brutalität. Deine Blutrünstigkeit heute morgen war geradezu bestialisch. Fast hättest du Roger umgebracht!«

»Aber ich habe ihn nicht umgebracht, Brigitte«, erwiderte er behutsam. Er versuchte, sie zu verstehen, doch ihr Zorn war ihm unergründlich.

Roland hob eine Hand, um ihre Wange zu streicheln, doch sie fuhr zusammen. »Ich ertrage es nicht, mich von dir berühren zu lassen, nachdem ich eine solche Grausamkeit beobachtet habe.«

Jetzt reichte es Roland doch. »Du wagst es, die Seite dieses Unholdes zu ergreifen und dich gegen mich zu stellen! Meine Berührung ist dir wohl widerlich? Verdammt noch mal, Dirne, du kommst in den Vorzug, von mir beschützt zu werden. Du bist eine Leibeigene, und doch behandele ich dich wie eine Königin. Ich bin dein Herr, und doch verdammst du mich!«

»Ich habe dich nicht darum gebeten, mich zu beschützen«, warf Brigitte eilig ein.

»Bei Gott, dann werde ich dir meinen Schutz entziehen, und du kannst selbst sehen, wie du ohne mich zurechtkommst!«

»Roland!«

»Deine Untreue macht mich krank. Verdammt noch mal!« tobte

er. »Ich habe üblere Schläge von Roger eingesteckt, als ich jünger war. Jetzt habe ich ihm endlich heimgezahlt, was er verdient hat, und du verdammst mich und erträgst es nicht, von mir berührt zu werden.«

»Bitte, Roland«, rief Brigitte. »Ich wollte nicht den Eindruck erwecken, daß ich nicht zu dir halte.«

»Die Angst gibt dir einen neuen Tonfall ein, aber ich kenne deine wahren Gefühle!« Rolands Wut war schrankenlos. »Mach, daß du wegkommst, Brigitte. Ich gebe dir, was du willst. Du bist jetzt frei. Du bist mich los!«

Brigitte hatte einen solchen Kloß im Hals, daß sie nichts sagen konnte. Sie packte ihr Kleiderbündel und lief aus dem Zimmer. Ohne sich umzusehen, schloß sie die Tür hinter sich. Sobald die Tür zwischen ihnen war, brach sie in Tränen aus. Was hatte sie bloß getan? Was, um Himmels willen, hatte sie getan?

32

»Roland hat dich also von deinen Diensten entbunden?«

Brigitte stocherte abwesend in ihrem Frühstück herum. Luthors prüfender Blick bereitete ihr Unbehagen. Sie konnte seinen Blick nicht erwidern. Sie saß auf einer der Bänke, auf denen die Dienstboten aßen, und dieser Umstand tat allen kund, daß zwischen Roland und ihr etwas nicht stimmte. Roland schien ihre Gegenwart nicht wahrzunehmen, und das bestätigte den Verdacht. Luthor wußte, was vorgefallen war, denn Roland hatte es ihm erzählt.

»Warst du nicht ein wenig zu hart zu ihm?« fuhr Luthor fort. Er blieb neben der Bank stehen und sah auf Brigitte hinab.

Brigitte hielt den Kopf weiterhin gesenkt, um Luthor nicht ansehen zu müssen. »Doch, das war ich.«

»Warum, Kleines?« fragte Luthor freundlich. »Er hat nichts getan, wofür er sich schämen muß.«

»Das ist mir inzwischen auch klar«, gestand sie. »Gestern sind zu viele verwirrende Dinge direkt hintereinander passiert, und ich war außer mir und wütend.«

»Im Moment ist er gut aufgelegt. Wenn du ihm sagen würdest, was du mir gerade gesagt hast, würde er es vielleicht verstehen.«

Endlich sah sie Luthor an. »Das glaubt Ihr ebensowenig wie ich. Ich habe ihn verletzt, und jetzt will er, daß ich dafür leiden muß.«

»Roland wird sich erweichen lassen«, sagte Luthor brummig.

»Das mag sein«, sagte sie versonnen. »Aber bis es soweit ist, bin ich nicht mehr hier.«

Luthor sah sie fest an. »Und wo willst du hin, Kleine?«

»Ich kann hier nicht mehr bleiben. Ich gehe noch heute.«

»Zu Fuß?«

»Ich besitze kein Pferd, Herr Baron.«

Luthor schüttelte heftig den Kopf. »Ich werde nicht zulassen, daß du zu Fuß fortgehst.«

»Rolands Ansprüche auf mich sind hier allgemein anerkannt worden, und jetzt müßt Ihr erkennen, daß ich keinem Herrn mehr unterstehe, denn er hat mir die Freiheit gegeben. Niemand kann mich mehr davon abhalten, fortzugehen, und zwar wohin ich will.«

»Das kann ich wohl«, sagte Luthor gereizt. »Als Hausherr kann ich nicht zulassen, daß du etwas so Dummes tust, wie von hier zum nächsten Lehen zu laufen.«

»Ich habe Euch einmal um Hilfe gebeten, und Ihr habt meine Bitte abgeschlagen. Jetzt bietet Ihr mir Hilfe an, obwohl ich keine Hilfe will.«

»Damals hast du von mir gewollt, daß ich mich gegen meinen Sohn stelle«, rief ihr Luthor ins Gedächtnis zurück.

»Ach! Ihr sorgt Euch nicht um meine Sicherheit. Euch interessiert nur Roland. Ihr wollt mich hier behalten, weil Ihr glaubt, daß er seine Meinung über mich ändert.«

»Ich weiß, daß er es sich anders überlegen wird.«

»Soll ich das so verstehen, daß Ihr mir Euren Schutz anbietet?«

»Ja.«

»Roland wird Euch Eure Einmischung nicht danken, Baron. Er erwartet von mir, daß ich gehe.«

»Unsinn«, schalt Luthor. »Mein Sohn wird wieder zu Verstand kommen.«

Brigitte zuckte die Achseln. »Nun, gut, dann werde ich noch eine Weile bleiben. Es wird nicht mehr allzu lange dauern, bis mein Herr mich holen läßt. Dann werdet Ihr mich gehen lassen müssen, wenn Ihr nicht riskieren wollt, Krieg gegen den Grafen von Berry zu führen.«

»Was, zum Teufel, soll das heißen?« brummte Luthor, der sich über die neuerliche Wendung des Gesprächs ärgerte.

Brigitte lächelte. »Roland hat einen Boten nach Berry geschickt, der meine Behauptungen überprüfen wird. Dann wird Roland erfahren, daß ich die Tochter des früheren Baron von Louroux bin. Wenn Graf Arnulf nach mir schickt, wird Roland endlich wissen, daß ich ihn nicht belogen habe und daß alles ein Irrtum ist.«

»So, einen Boten?« sagte Luthor mehr zu sich selbst als zu Brigitte. »Roland hat dir gesagt, daß er jemanden losgeschickt hat?«

»Ja«, antwortete sie. »Er hat sich damit einverstanden erklärt, und ich mußte ihm dafür versprechen, daß ich nicht wieder davonlaufe.«

»Ich verstehe«, sagte Luthor nachdenklich.

»Ist dir klar, was es für Roland bedeutet, wenn deine Behauptung bewiesen wird? Er ist ein Ehrenmann, Kleines, und er wird jede Form der Wiedergutmachung akzeptieren, die Graf Arnulf von ihm fordert. Wenn der Graf fordert, daß Roland sich mit einem Helden aus Berry duelliert, bis einer von beiden tot ist, wird Roland sich einverstanden erklären. Dabei könnte er sterben.«

»Nein!« sagte Brigitte nachdrücklich. »Ich werde nicht zulassen, daß es dazu kommt. Es war alles nicht seine Schuld. Die Schuld trifft einen anderen. Und ich... ich hege keinen Groll gegen Roland.«

»Nun, dann müssen wir wohl abwarten, was die Zukunft bringt«, sagte Luthor kichernd. »Vielleicht verläßt du uns, aber vielleicht bleibst du auch hier, damit zwischen dir und meinem Sohn wieder alles so wird, wie es war.«

»Zwischen uns wird es nicht mehr so werden, wie es war.«

»Wie ich schon sagte – wir werden es ja sehen. Es wird übrigens nur ein paar Tage dauern, bis Roland sich erweichen läßt«, prophezeite Luthor. »Denk an meine Worte, Kleines.«

Brigitte runzelte die Stirn. Vor wenigen Sekunden hatte er noch die Folgen des Zorns des Grafen Arnulf gefürchtet, und jetzt war er seelenruhig. Ein eigentümlicher Mensch, dieser Mann.

Als er gehen wollte, sagte sie plötzlich: »Ich nehme Euren Schutz an, Baron, aber ich bin nicht bereit, Euch zu dienen.«

Luthor drehte sich um, sah sie kurz an und brüllte vor Lachen. »Das habe ich auch nicht von dir erwartet, Kleines. Du kannst tun und lassen, was du willst. Versuch bloß nicht, Montville allein zu verlassen.«

»Und was ist mit Baronin Hedda? Werdet Ihr sie von mir fernhalten?«

»Sie wird dich nicht belästigen.« Luthor neigte den Kopf zu einer leicht spöttischen Verbeugung und ging.

Brigitte war sehr erleichtert. Sie hatte Montville nicht ohne ein

Pferd verlassen wollen. Jetzt konnte sie warten, bis Graf Arnulf oder sein Gesandter sie nach Hause brachte.

Kurz darauf verließ sie den Saal, um in ihre Hütte zurückzukehren. Sie hatte eine schreckliche Nacht dort verbracht. Allein und unglücklich. Im Hof begegnete sie Roland. Er sah sie, und sie blieb stehen, doch er wandte sich sofort ab. Sie warf ihm einen wütenden Blick nach und eilte weiter.

Schweren Herzens schloß sie die Tür der Hütte hinter sich. Ihr war elend zumute. Sie setzte sich auf ihr Bett und stöhnte: »Ich sollte mir nichts daraus machen, aber ich ... ich ... ich mache mir etwas daraus.«

Während des Vormittags blieb sie auf dem Bett liegen und weinte die meiste Zeit. Gegen Mittag zog sie sich mühsam auf die Füße und trat zu der alten Truhe, in die sie in der vergangenen Nacht ihre Habe geworfen hatte. Sie sah sich ihre Kleider an und entschloß sich, sie alle zu waschen, selbst das blaue Leinenkleid, das sie seit der Nacht nicht mehr getragen hatte, in der sie Roland zum erstenmal gesehen hatte. Sie strich mit den Fingern über die funkelnden Saphire auf dem Mieder, und sie fragte sich, wie Roland reagieren würde, wenn sie am Abend mit einem solchen Gewand zum Essen erscheinen würde. Sie seufzte. Es würde Ärger geben. Man würde sie vielleicht sogar des Diebstahls bezichtigen. Doch waschen würde sie das Kleid trotzdem.

Sie hängte sich die Kleider über den Arm und ging zur Tür, doch in dem Moment, in dem sie die Tür öffnete, kam Amelia auf sie zu und starrte Brigitte voller Bosheit an.

»Was willst du?«

Amelia lachte hämisch, warf ihr rotbraunes Haar zurück, verschränkte die Arme vor ihrem üppigen Busen und lehnte sich an den Türrahmen, um Brigitte den Weg zu verstellen. »Immer noch die hochnäsige kleine Hure, was? Ich nehme an, du glaubst, daß er dich wieder in sein Bett läßt?«

Brigitte errötete. Sie bemühte sich, nicht zu zeigen, wie schokkiert sie war. Sie würde sich nie an Amelias rüde Art gewöhnen können, doch es ging Amelia nichts an, daß sie sich von ihrem vulgären Gerede vor den Kopf stoßen ließ.

»Wie soll ich das beantworten?« erwiderte Brigitte mit ruhiger Stimme. »Natürlich könnte ich ihn wieder haben, wenn ich ihn wollte, aber ich will ihn nicht.«

Amelia riß die Augen auf und kniff sie dann zusammen. »Lügnerin! Er ist fertig mit dir. Es hat nicht gerade lange gedauert, bis er dich satt gehabt hat.« Sie lachte. »Mir hat er wesentlich länger gehört als dir, und ich kriege ihn auch wieder. Er wird mich heiraten, und nicht eine elende französische Hure, die gar nicht wissen kann, was ihm gefällt. Du hast ja gesehen, wie schnell er dich satt hatte.«

Brigittes Wangen brannten. Amelia hatte sie tief getroffen, all ihren Anstrengungen zum Trotz.

»Ich habe nur einen Mann gekannt, Amelia«, rutschte es ihr heraus, ohne daß sie die Worte zurückhalten konnte. »Du magst noch so oft glauben, daß es ihm nicht mit mir gefallen hat, aber ich weiß es besser. Roland weiß, daß ich unschuldig war, als er mich genommen hat. Das kannst du von dir wohl kaum behaupten, oder?«

»Du gemeines Luder!«

Brigitte lacht freudlos. »Meinetwegen, aber die Hure von uns beiden bist du. Ich habe gehört, was über dich geredet wird, und sicher hat Roland auch davon gehört.«

»Lügen! Man breitet Lügen über mich aus!« fauchte Amelia, und ihre braunen Augen wurden schwarz.

»Ich glaube, daß Roland sehr viel von dir weiß, Amelia«, gurrte Brigitte.

»Dann will ich dir mal was sagen, was *du* nicht weißt«, kreischte Amelia erbost. »Er hat dich belogen, und mich hat er nie belogen!« Sie strahlte vor Vergnügen über die Verwirrung, die auf Brigittes Gesicht stand. »Du bist eine Närrin! Alle wissen von dem Handel, den du mit ihm abgeschlossen hast. Die kleine Goda hat nichts Besseres zu tun, als zu schwätzen. Alle wissen, daß Roland sich nicht an eure Abmachung gehalten hat. Er macht sich so wenig aus dir, daß ihm selbst diese Mühe zuviel ist.«

Brigitte ballte die Hände zu Fäusten, und ihre Nägel gruben sich in ihre Handflächen. »Willst du damit sagen, daß er keinen Boten nach Berry geschickt hat?«

»Natürlich nicht. Wozu auch?« höhnte Amelia. »Wie dumm du bist.«

»Das ist nicht wahr!« rief Brigitte. Sie warf ihre Kleider auf ihr Bett, lief an Amelia vorbei und rannte auf den Hof hinaus, um Roland zu suchen.

Er saß auf einem Pferd. Es war nicht sein eigenes, denn die Wunden waren noch nicht verheilt.

Brigitte lief auf ihn zu und rief unvermittelt: »Hast du dich an unsere Abmachungen gehalten? Hast du einen Boten zum Grafen Arnulf geschickt?«

»Nein, da habe ich nicht getan«, sagte er, und seine Augen flakkerten einen Moment lang auf.

Nach dem benommenen Schweigen, das folgte, stieß Brigitte einen gequälten Schrei aus. »Warum nicht?«

»Es war eine unsinnige Bitte«, sagte er schlicht. Er bemühte sich, seine Beschämung nicht zu zeigen.

»Du hältst so wenig von mir, daß du mich belügst?«

Roland beugte sich vor, und seine blauen Augen waren nachtschwarz, doch ehe er etwas erwidern konnte, fuhr Brigitte fort.

»Du bist ein Lump! Das werde ich dir nie verzeihen!«

Er riß sein Pferd herum und ritt davon, ohne etwas zu antworten. Seine augenscheinliche Gleichgültigkeit raubte ihr die letzte Selbstbeherrschung, und sie schrie seiner kleiner werdenden Gestalt nach: »Ich hasse dich, Roland! Ich hoffe, der Teufel erwartet dich schon voller Ungeduld! Verdammter Kerl, verdammter Kerl, verdammter Kerl!«

Hände führten sie zu ihrer Hütte zurück, doch sie spürte sie nicht. Über einen längeren Zeitraum nahm sie nichts um sich herum wahr.

In jener Nacht schritt Roland den Hof ab wie eine Wildkatze ihren Käfig. Einmal, zweimal, dreimal ging er auf Brigittes Hütte zu, doch im letzten Moment wandte er sich abrupt ab. Jedesmal hörte er ihre Tränen und zog sich wieder zurück. Es würde zu nichts führen, sie jetzt um Verzeihung zu bitten. Sie brauchte Zeit.

In jener Nacht träumte Roland wieder den alten Traum, der ihn verfolgte, so weit er zurückdenken konnte. Doch als er diesmal erwachte, war er nahe daran, den Traum zu verstehen. Diesmal hatte er wirklich verloren, was ihm am teuersten war.

33

Drei Tage waren vergangen, und Brigitte war erschöpft bis auf die Knochen, als sie ihr Ziel erreichte. Während der beiden ersten Tage war sie erbarmungslos weitergeritten, und sie wäre am frühen Morgen des dritten Tages in Angers angekommen, wenn kein Schneesturm aufgezogen wäre. Zum Glück war der Sturm am späten Nachmittag weitergezogen. Von da an war es nur langsam weitergegangen, denn sie mußte durch Schneewehen von einem Me-

dem Grafen zu bereden? Daß er mit einer Petition von einer Leibeigenen rechnen mußte, die sich als Dame ausgab? Daß er selbige auf direktem Wege zu ihm bringen lassen sollte? Verdammter Kerl! Natürlich würde er dem Grafen diese Geschichte auftischen. Das sah ihm ähnlich! Dieser hinterhältige Schurke. Verdammt noch mal, warum mußte er vor ihr ankommen? Wie hatte er das überhaupt geschafft?

Sie drehte sich um und verließ unauffällig den Saal. Sie hatte sich die Kapuze ins Gesicht gezogen, doch sobald sie den Korridor erreicht hatte, rannte sie los und blieb erst stehen, als sie den Stall erreicht hatte. Sie stieß fast mit dem jungen Stallknecht zusammen, der ihr das Pferd abgenommen hatte.

»Wo ist meine Stute? Wo? Ich habe es eilig!«

»Da ... gnädiges Fräulein«, stammelte der Junge. Er wies auf eine Box. Brigitte lief die wenigen Meter und führte die Stute eilig aus dem Stall.

Ohne fremde Hilfe stieg sie auf. Sie zwang sich, im Schritt zu reiten, bis sie das Palasttor hinter sich gelassen hatte. Es erforderte ihre gesamte Willenskraft, den Hof langsam zu durchqueren. Sie fürchtete, Roland könnte ihr jeden Moment nachlaufen. Mehrfach konnte sie es nicht lassen, einen Blick zurückzuwerfen.

Endlich befand sich Brigitte außerhalb des Gemäuers. Niemand folgte ihr. Zumindest bisher nicht. Sie schlug im Galopp die Richtung nach Süden ein, doch plötzlich hielt sie ihr Pferd so abrupt an, daß sie fast gestürzt wäre. Wolff! Sie hatte ihn im Kloster zurückgelassen. Sie machte eilig kehrt und ritt zum Kloster zurück. Jetzt achtete sie wieder darauf, nicht zu schnell zu reiten, um keine Aufmerksamkeit zu erregen. Während des Ritts machte sie sich Gedanken über das Dilemma, in das sie jetzt geraten war, und fortwährend sah sie über ihre Schulter zurück. Der kleinste Laut, den sie hörte, war Roland, der hinter ihr hergaloppierte.

Plötzlich war er wirklich da. Er kam ihr auf der Straße entgegen. Sie hielt ihr Pferd an, denn sie war zu überrascht, um sich zu fragen, wieso er vor ihr war und von Norden kam. Er hätte hinter ihr sein und vom Schloß her kommen müssen. Zutiefst verwirrt schüttelte sie den Kopf. Er kam immer näher, und sein schwarzer Umhang bauschte sich hinter ihm im Wind. In heller Panik wirbelte sie ihr Pferd herum und bohrte ihm die Fersen in die Seiten. Doch kurz darauf war Roland dicht hinter ihr. Er konnte nicht nach den Zügeln ihres Pferdes greifen, da sie sich von ihm abwandte, und daher griff er statt dessen nach ihr und zog sie über den Zwischenraum zwischen den beiden Pferden auf seinen Schoß. Sie wand sich los und machte es ihm nahezu unmöglich, sein Pferd unter Kontrolle zu behalten.

»Hör auf, Brigitte. Sonst fallen wir beide runter«, sagte er.

»Dann fallen wir eben!« schrie sie.

Es gelang ihm, sie mit einem Arm festzuhalten und mit der anderen Hand sein Pferd zum Stehen zu bringen. »So. Und wenn du jetzt nicht aufhörst zu schreien, lege ich dich übers Knie und verpasse dir eine Tracht Prügel, bei der es zu einem Menschenauflauf kommt.«

Roland hatte leise gesprochen, dicht neben ihrem Ohr, und sie wurde augenblicklich ruhiger. »Dir ist das zuzutrauen, du brutaler Kerl«, sagte sie gefaßter.

Daraufhin kicherte er. »Du hast mir wieder einmal eine fröhliche Jagd eingebrockt, mein kleines Juwel.«

»Du hattest kein Recht, mir nachzujagen«, fauchte sie. »Hast du vergessen, daß du mich freigelassen hast?«

»Ich habe es mir anders überlegt«, sagte er langsam.

Sie war außer sich. »Du unerträglicher Lümmel! So kannst du nicht mit mir umgehen, und das weißt du ganz genau. Du kannst mich nicht nach Lust und Laune freilassen und mich zurückholen! Und überhaupt warst du nie mein Herr. Ich habe dir nie die Lehenstreue geschworen.«

»Ich habe dir die Treue geschworen. Das reicht. Komm jetzt, wir brauchen uns nicht länger zu streiten. Hör auf zu zappeln. Ich habe dich, und du weißt, daß du gegen mich nichts ausrichten kannst.«

Sie verstummte, und Roland ritt weiter, um Brigittes Stute einzufangen. Er hatte Brigitte wieder. Sie war wutentbrannt, und sie war selig. Er war ihr nachgeritten, war ihr den ganzen Weg gefolgt.

»Wohin bringst du mich?« fragte sie ruhig.

»Nach Hause.«

»Nach Berry?« fragte sie schnell.

»Nach Montville. Du bist jetzt dort zu Hause, und so wird es immer sein. Ich habe geschworen, daß du nie nach Berry zurückkehren wirst, und dieses Versprechen hatte ich vergessen, als ich dich freigelassen habe.«

Brigitte erstarrte. »Deshalb bist du mir also gefolgt! Nur deshalb! Ich hasse dich!«

»Brigitte«, knurrte Roland. Er hielt sie fester. »Was willst du von mir hören? Daß ich es nicht ertragen konnte, dich gehen zu lassen? Daß ich mich fühle, als sei ein Teil von mir fort, wenn du nicht in meiner Nähe bist? Ich bin ein Krieger, Brigitte. Ich kenne keine zärtlichen Worte. Erwarte sie nicht von mir.«

»Du hast sie gerade gesagt, Roland«, flüsterte sie leise.

Beide verstummten. Brigitte entspannte sich in Rolands starken Armen. Zufriedenheit durchflutete sie. Sie versuchte nicht, gegen sich selbst anzukämpfen, sondern ließ ihren Gefühlen freien Lauf. Dann fiel ihr plötzlich Wolff ein.

»Warte!« Sie richtete sich so abrupt auf, daß sie mit ihrem Kopf gegen Rolands Kinn stieß. Er fluchte. Sie erklärte ihm, was ihr eingefallen war, und Roland richtete sich nach ihren Wünschen.

Als sie im Kloster eintrafen, war Wolff nicht aufzufinden. Kurz nachdem Brigitte fortgeritten war, war er mit einem Rudel anderer Hunde davongelaufen und noch nicht zurückgekehrt. Sie konnten nichts anderes tun, als seine Rückkehr zu erwarten.

Roland zahlte für ein privates Gemach und erzählte dem Geistlichen schamlos, Brigitte sei seine Frau. Selbst wenn der Geistliche ihm nicht glaubte, ließ der junge Mann sich nichts anmerken. Brigitte fand das gar nicht komisch.

»Sonst erzählst du jedem, daß ich deine Dienerin bin«, sagte sie, sobald sie mit Roland allein war. »Warum nicht dem Geistlichen?«

Er wollte sie packen, doch sie duckte sich unter seinem Arm durch und wich zurück. »Was tust du da eigentlich?«

»Komm schon, *cherie*, du weißt genau, was ich im Sinn habe. Es ist sieben Tage her, seit ich dich in meinen Armen gehalten habe, und das ist zu lange.«

»Du hast mich auf dem Weg hierher im Arm gehalten«, erwiderte sie spitz.

»Verdammt noch mal, du weißt genau, was ich gemeint habe.«

»Verfluchter Kerl, ich bin gar nicht sicher, ob ich mit dir zusammensein will.«

»Du Lügnerin. Du paßt in niemandes Arme so gut wie in meine. Jetzt komm.«

»Roland«, protestierte sie. »Das ist ein geheiligter Ort. Hast du denn kein Schamgefühl?«

»Nicht, wenn es um dich geht.«

Er griff nach ihrer Schulter und drehte sie zu sich um. Ihr Körper schmiegte sich an ihn, und nach wenigen Sekunden hatte sie das Gefühl, als sei ihr Körper ein Teil seines Körpers. Sie sah das Feuer in seinen Augen, ehe sein Mund sich fordernd auf ihre Lippen senkte. Ihre Lippen öffneten sich und kamen seinem zarten Angriff entgegen. Sein warmer Atem war betäubend. Wenn er sie nicht festgehalten hätte, wäre sie auf den Boden gefallen. In seine Arme passen? Sie war ausschließlich für seine Arme geschaffen.

Er gab ihre Lippen frei und hob sie auf seine Arme. Sie versank in einen Traum, einen Traum, in dem seine Augen sie liebten und vor Sehnsucht nach ihr brannten. Doch als sie unter sich das Bett und auf sich Rolands Hände spürte, wußte sie, daß es kein Traum war.

Er entkleidete sie langsam und flocht ihre Zöpfe auf, um seine Finger spielerisch durch ihr Haar gleiten zu lassen. Sie kostete seine prickelnden Berührungen aus und konnte es nicht lassen, ihn bei jeder sich bietenden Gelegenheit zu berühren. Eine Hand, einen Arm, seine Wange. Es war ein Genuß, ihn zu fühlen.

Als auch Roland nackt war, strich Brigitte über die harten Muskeln auf seiner Brust und richtete sich auf, um seine Schultern zu küssen. Dann drängte sie ihn, sich hinzulegen. Sie wollte ihn lieben, ihm zeigen, wie froh sie war, wieder bei ihm zu sein.

Sie beugte sich über ihn, und ihr strohblondes Haar fiel wie eine seidige Liebkosung auf seine Brust. Sie küßte seine Lippen und neckte ihn, küßte ihn zärtlich und ließ dann wieder ihre kleine Zunge spielerisch in seinen Mund eindringen. Sie knabberte an seinem Ohr und fuhr dann mit ihren Lippen und ihrer Zunge über seinen Hals und seine Brust. Während seine Hände ihre Brüste streichelten, spielten ihre Lippen mit seinen Brustwarzen. Sie wollte seinen ganzen Körper küssen, wie er es so oft bei ihr getan hatte, doch als ihre Lippen tiefer glitten, packte Roland sie an den Schultern und zog sie zu sich hinauf.

»Du kleine Hexe«, keuchte er heiser. »Du hast mich bereits in Flammen gesetzt. Noch nie habe ich dich mehr begehrt als jetzt. Noch tiefer, und ich würde meinen Samen zu schnell ergießen.«

»Dann nimm mich jetzt, mein Liebhaber.« Sie grinste. »Nimm mich.«

Er rollte sich auf sie und nahm sie leidenschaftlich und wild, und sie kostete jeden seiner Stöße genüßlich aus. Sie erreichten gemeinsam den Höhepunkt, ein langes, wunderbares Wogen.

Roland löste sich von ihr, rutschte zur Seite und zog Brigitte dicht an sich. Sie kuschelte sich an seine Schulter, schlang ein Bein zwischen seine Beine, und ihre Hand ruhte besitzergreifend auf seiner Brust. Nie war ihr friedlicher zumute gewesen als in dem Moment, in dem der Schlaf über sie hereinbrach, und sie fühlte sich sicher und geborgen. Die Zukunft lag in weiter, weiter Ferne.

34

»Brigitte!«

Die Hand, die auf ihrer Hüfte lag, schüttelte sie sanft, und ein Lächeln trat auf ihr Gesicht, noch ehe sie die Augen öffnete. Roland beugte sich über das Bett und drückte einen zarten Kuß auf ihre Wange. Er war angezogen.

»Du hast eine Stunde geschlafen, mein kleines Juwel. Komm jetzt. Wir können bei Sonnenuntergang schon weit geritten sein.«

Brigitte lachte und streckte sich träge. »Bist du sicher, daß du jetzt losreiten willst?« fragte sie mit einem schelmischen Blick in den Augen.

»Ach, Kleines, führ mich jetzt nicht in Versuchung«, stöhnte er. Er drehte sich um und suchte ihre Kleider zusammen. Sie kicherte, und zur Strafe warf er mit den Kleidern nach ihr. »Dafür wirst du mir heute nacht noch bezahlen, das verspreche ich dir«, knurrte er.

Sie war übermütig und bester Laune. Glücklicher hätte sie nicht sein können.

»Ist Wolff wieder da?« fragte sie, während sie in ihre Kleider schlüpfte.

»Ja.«

Roland setzte sich auf die Bettkante und sah ihr beim Anziehen zu. Dann legte er seine Hand um ihr Handgelenk und zog sie dichter zu sich, bis sie zwischen seinen Beinen stand. Sie war erstaunt und tief gerührt, als er seine Arme um sie schlang und seinen Kopf an ihre Brust drückte. Eine ganze Weile hielt er sie so fest. Sie war tief bewegt und schlang ihre Arme um seinen Kopf, um ihn festzuhalten, denn sie verstand, was er ihr damit sagen wollte.

»Liebst du mich, Brigitte?«

Diese Frage brachte sie fast zum Weinen, denn sie wußte es wirklich nicht. »Mir ist in meinem Leben viel Liebe entgegengebracht worden. Die Liebe meiner Mutter und meines Vaters, die meines Bruders und die Liebe von Dienstboten und Freunden. Aber das, was ich für dich empfinde, ist ganz anders als das, was ich für alle anderen empfunden habe. Ich bin nicht sicher, ob das, was ich empfinde, Liebe ist, Roland. Ich habe nie einen Mann geliebt, und daher kann ich es dir nicht sagen.«

»Auch nicht...« Er brachte es nicht über die Lippen. Er wollte sie nicht an ihren Herrn in Louroux erinnern, der sie geliebt und verwöhnt hatte. Wahrscheinlich war er es auch gewesen, der ihr das saphirbesetzte Kleid geschenkt hatte.

Sie nahm seinen Kopf zwischen ihre Hände und zwang ihn, sie anzusehen. »Auch nicht wen?«

»Ich dachte nur, daß es in Berry jemanden geben muß«, sagte er ausweichend. »Jemanden, den du heiraten wolltest oder mit dem du einen großen Teil deiner Zeit verbracht hast?«

Sie lächelte. »Es hat niemanden gegeben. Und ich kann dir eins sagen, Roland: Ich bin gern mit dir zusammen. Ich war verzweifelt, als du mich abgeschoben hast. Die Vorstellung, daß du dir zu wenig aus mir machst, um dich an unsere Abmachungen zu halten, hat mich völlig fertiggemacht. Sagst du mir jetzt, warum du mich belogen hast?«

»Ich hatte Angst, daß jemand kommen und dich mir wegnehmen würde«, sagte er schlicht, ohne sie aus den Augen zu lassen. Sie drückte ihn dichter an sich.

»Willst du immer noch, daß ich jemanden nach Berry schicke?« flüsterte er.

»Nein«, entgegnete sie flüsternd. »Jetzt nicht mehr.« Sie wollte gar nicht mehr daran denken.

Er preßte sie noch einmal an sich. Dann ließ er sie los und gab ihr einen Klaps auf den Hintern. »Zieh dich endlich an, Dirne.«

Er griff wieder auf seine rauhe Art zurück, denn die zärtlichen Gefühle, die sie in ihm hervorrief, machten ihn hilflos. Er brauchte sie weit mehr, als daß es mit der Vereinigung ihrer Körper getan wäre. Und wenn sie ihn nicht liebte – liebte denn er sie? Er hatte nie Liebe gekannt, keine Form von Liebe. Er wußte nichts über die Liebe, aber er wußte, daß er von Brigitte geliebt werden wollte. Vielleicht würde sie sich eines Tages sicher sein und es ihm sagen. Im Moment reichte das Wissen, daß sie glücklich war, daß nichts Bedrohliches aus Berry zu erwarten war und daß sie ihn nicht noch einmal verlassen würde.

»Das Kleid ist zu dünn für den Ritt«, unterbrach sie seine Überlegungen. »Ich sehe, daß du dich umgezogen hast.« Sie hatte das braune wollene Hemd bemerkt, das er unter seinem schwarzen Umhang trug.

Er sah an sich herunter. »Ich habe mich nicht umgezogen, *cherie*. Ich habe nichts anderes zum Anziehen mitgenommen. Dazu war keine Zeit.«

»Roland, du lügst mir frech ins Gesicht«, sagte Brigitte überrascht.

»Ich lüge?«

»Du sagst, daß du nichts anderes zum Anziehen mitgenommen

hast. Ich habe dich heute morgen im Palast gesehen, und du hast ein juwelenbesetztes Hemd getragen.«

Roland lachte. »Du irrst dich. Ich bin gerade erst in Angers eingetroffen, als ich dir begegnet bin.«

»Aber ich sage dir doch, daß ich gesehen habe, wie du dich mit dem Grafen unterhalten hast«, beharrte sie.

»Nein, das hast du nicht«, erwiderte er mit fester Stimme. »Jemand muß mir ähnlich gesehen haben.«

»Ich erkenne dich doch, wenn ich dich sehe, Roland«, sagte sie verbittert. »Ich war schockiert, dich dort vorzufinden. Und diese Frau, die sich bei dir eingehängt hatte! Du hast dich mit dem Grafen unterhalten, als wärt ihr alte Freunde. Du hast mir erzählt, daß du niemanden in Angers kennst.«

»Ich habe dich nicht belogen, Brigitte. Ich war nicht im Palast. Ich habe den Grafen von Anjou noch nie gesehen. Das kann ich beschwören.«

Sie runzelte die Stirn und sah ihn bestürzt an. Warum sollte er sie in diesem Punkt belügen? Sie rief sich in Erinnerung zurück, wie er auf sie zugeritten war. In dem Moment hatte sie gewußt, daß er unmöglich aus dieser Richtung kommen konnte, nachdem sie ihn im Palast gesehen hatte, und doch war er dort gewesen. Außerdem konnte sie sich nicht erinnern, das juwelenbesetzte Hemd an ihm gesehen zu haben, als sie zum Kloster geritten waren. Als sie dieses Zimmer betreten hatten, hatte sie keine Augen für Kleider gehabt.

»Das verstehe ich nicht, Roland«, sagte sie langsam. Es war ihr ein Rätsel. »Du warst der Mann, den ich im Palast gesehen habe. Er hatte dein Gesicht... deinen Körperbau. Und er war so groß wie du. Wie viele Männer von deiner Größe kennst du? Sein Haar hatte dieselbe Farbe wie deines.« Sie unterbrach sich und riß entgeistert die Augen auf. »Vielleicht hatte er eine weniger breite Brust? Nein, ich glaube nicht.«

Roland war ebenso verwirrt wie sie. »Wer war der Mann, der mir so rundum gleicht?«

»Es schien ein Edelmann zu sein. Die Frau an seiner Seite war mit edelstem Samt bekleidet und reich mit Juwelen geschmückt. Der Graf hat sich freundschaftlich mit ihm unterhalten. Ich kann es dir nicht erklären, Roland. Es war weit mehr als eine Ähnlichkeit. Was ich gesehen habe, war das, was du siehst, wenn du in einen Spiegel schaust. Er hätte dein Zwillingsbruder sein können.«

Roland brummte unwillig. »Ausgerechnet Zwillinge. Wenn Luthor zwei Söhne geboren worden wären, dann kannst du dein Leben darauf setzen, daß er beide zu sich nach Hause geholt hätte. Ich würde mir diesen Mann gern selbst ansehen«, sagte er plötzlich. »Zieh deinen Hofstaat an, Brigitte. Wir reiten zum Hof des Grafen.«

35

»Evarard de Martel. Ihr solltet Euch schämen.«

Roland sah belämmert die plumpe Frau an, die ihm einen finsteren Blick zuwarf, ehe sie Brigitte vernichtend ansah und kehrtmachte. Sie hatten gerade den Palast betreten. Der Graf gab einen Empfang in seinen Privatgemächern. Dutzende von Männern und Frauen warteten in dem großen Saal, weil sie hofften, zum Grafen vorgelassen zu werden. Es war schon Nachmittag, und viele würden ein anderes Mal wiederkommen müssen.

»Hat diese Frau mit mir gesprochen?« flüsterte Roland Brigitte zu. Sie hatte sich bei ihm eingehängt und stand dicht neben ihm.

»Allerdings, und gegen mich hat sie einiges gehabt.«

»Sie hat mich Evarard de Martel genannt.«

Brigitte nickte. »Offensichtlich ist ihr derselbe Irrtum unterlaufen wie mir, nur diesmal umgekehrt. Der Mann muß Evarard heißen.«

»Wie sollen wir ihn finden?« sagte Roland, dem in diesem Punkt unwohl zumute war.

Das höfische Leben hatte ihm nie behagt. Im Laufe der Jahre, die er im Dienste des Königs von Frankreich gestanden hatte, hatte er sich dem königlichen Hof mit Vorbedacht ferngehalten.

»Siehst du ihn?« fragte Roland.

Brigitte hatte sich bereits zweimal im Saal umgesehen. »Er ist nicht hier.«

»Ach, Baron Evarard, Ihr seid wieder da. Diesmal auf freier Wildbahn?« Der stattliche Mann, der Brigitte bereits am Vormittag angesprochen hatte, kam auf sie zu. »Seid Ihr Eurer jungen Braut schon so schnell überdrüssig geworden?« fügte er mit einem gehässigen Zwinkern hinzu, ehe er sich an Brigitte wandte. »Gnädiges Fräulein, habt Ihr Eure Audienz bei dem Grafen bekommen?«

»Nein, ich fürchte, ich bin zu schnell wieder gegangen«, sagte sie ausweichend.

»Es reicht«, sagte Roland unwirsch. Er zog Brigitte von dem redseligen Herrn fort. »Ich weiß jetzt, daß du heute morgen hier warst, aber warum? Du wolltest den Grafen sprechen. Warum?«

»Du hast keinen Grund, dich aufzuregen, Roland«, sagte Brigitte, während sie seine Finger von ihrem Arm löste. Roland hatte fest zugedrückt. »Ich war hier, um eine Eskorte nach Berry zu erbitten. Du hast doch nicht etwa geglaubt, ich hätte vor, den ganzen Weg allein zurückzulegen?«

»Verzeih mir«, seufzte er und strich mit seinen Fingern durch ihr Haar. »Die Sache mit diesem Evarard de Martel hat mich aus der Fassung gebracht.« Dann grinste er. »Ich nehme an, ihm habe ich zu verdanken, daß du dir nicht den Schutz des Grafen gesichert hast, sondern mir wieder in die Arme gelaufen bist?«

»Ich nehme an, du hast recht.«

»Dann suchen wir ihn doch, damit ich mich bei ihm bedanken kann. Warte hier. Ich werde mich erkundigen, wo er wohnt.«

Brigitte hielt seinen Arm fest, als er sich abwandte, um zu gehen. »Das kannst du nicht machen, Roland. Alle werden dich für verrückt halten, weil alle glauben, daß *du* Baron Evarard bist. Überlaß mir das Fragen. Ich finde heraus, wo dieser Mann wohnt und was sich sonst noch über ihn in Erfahrung bringen läßt.«

Roland nickte widerstrebend. Brigitte sprach mit zwei Damen, ehe sie jemanden fand, der den Baron Evarard kannte. Die ältere Dame, eine Cousine des Grafen von Anjou, war äußerst gesprächig.

»Ich hoffe, Ihr habt kein Auge auf den lieben Evarard geworfen, denn er ist frisch verheiratet und sehr in seine Braut verliebt«, sagte sie in vertraulichem Ton. »Ich fürchte, Ihr würdet sehr enttäuscht sein.«

»O nein, gnädige Frau«, versicherte Brigitte ihr. »Ich frage aus reiner Neugier. Der junge Baron sieht einfach unverschämt gut aus. Seine Frau hat wirklich Glück gehabt.«

»Ja, die beiden sind ein nettes Paar«, antwortete die Cousine des Grafen. »Der Graf selbst hat diese Hochzeit arrangiert, um dem Baron Goddard de Cernay einen Gefallen zu tun.»

»Baron Goddard?«

»Evarards Vater. Der Baron ist eng mit meinem Cousin befreundet.«

»Cernay ist recht weit von hier, nicht wahr?« tastete sich Brigitte, die noch nie von Cernay gehört hatte, vor.

»Nicht allzu weit. Gleich am anderen Ufer der Loire und dann ein Stück nach Westen. Cernay liegt in Poitou.«

Brigitte wußte, daß eine alte Römerstraße direkt von Berry nach Poitou an der Westküste führte.

»Aber Baron Evarard lebt doch hier in Anjou, oder nicht?« fragte Brigitte.

»Er lebt in Poitou, in der Nähe seines Vaters, meine Liebe«, sagte die großgewachsene Dame. »Er ist mit seiner Familie hier zu Gast. Die Hochzeit ist hier abgehalten worden, und als die kalte Witterung frühzeitig eingesetzt hat, hat mein Cousin darauf bestanden, daß die ganze Familie den Winter über hierbleibt.«

»Ist es eine große Familie? Hat Baron Evarard Geschwister?«

»Mein Gott, Ihr seid aber wirklich neugierig. Er ist ein Einzelkind. Soweit ich gehört habe, war es eine schwierige Geburt für Baronin Eleonore. Sie ist nie mehr schwanger geworden, die arme Frau. Ich habe selbst sieben Kinder und vierunddreißig Enkel. Und alle bereiten sie mir Freude.«

»Ihr könnt Euch glücklich schätzen, gnädige Frau. Ihr habt viel Geduld mit mir gehabt. Meine liebe Mutter hat immer gesagt, ich sei zu neugierig, und das würde mir noch zum Schaden gereichen. Ich danke Euch vielmals.«

Brigitte wandte sich eilig ab, ehe die Frau sie zu ihrer Person ausfragen konnte. Sie ging aus dem Saal, denn sie wußte, daß Roland sie beobachtete. Er folgte ihr, und sie trafen sich im Gang vor dem großen Saal.

»Nun?«

»Er hält sich mit seiner Familie hier im Palast auf. Sie sind bei dem Grafen zu Gast.«

»Seine Familie?«

»Seine Frau und seine Eltern. Sein Vater ist der Baron de Cernay und ein enger Freund des Grafen.«

»Ich habe nie von ihm gehört.«

»Ich auch nicht«, erwiderte Brigitte.

»Und?« fragte Roland ungeduldig. »Ich weiß, daß du diese Frage gestellt hast, Brigitte, also heraus damit.«

»Er ist ein Einzelkind«, gestand sie mit schuldbewußtem Lächeln ein. Er kannte sie zu gut. Er wußte, welchen Verdacht sie geschöpft hatte.

»Ich möchte diesen Mann trotzdem kennenlernen«, sagte Roland.

»Ich auch.« Brigitte grinste keck. »Zu schade, daß er verheiratet ist. Er könnte mehr nach meinem Geschmack sein als du.«

»So, meinst du?« Er griff nach ihr.

»Roland«, sagte sie lachend. Sie hielt ihn sich fern und wurde wieder ernster. »Ich werde einen Pagen suchen, der mich zu seinen

Gemächern führt. Du folgst mir unauffällig. Paß auf, daß der Page dich wirklich nicht sieht«, warnte sie ihn ernstlich. »Sonst würde er dich für de Martel halten.«

Die Gemächer des Barons de Cernay befanden sich auf der Ostseite des Palastes. Der Page stellte Brigitte keine weiteren Fragen und ließ sie vor einer verschlossenen Tür im Gang stehen. Kurz darauf kam Roland zu ihr.

Brigitte erwartete, daß er klopfen würde, doch er sah nur stirnrunzelnd die geschlossene Tür an, als fürchte er sich vor der Entdeckung, die ihn auf der anderen Seite der Tür erwarten konnte. Sie merkte, daß Roland nicht klopfen würde und daß er eigentlich schon gar nichts mehr wissen wollte.

»Das ist ja absurd«, sagte er mürrisch. »Wir haben hier nichts zu suchen, und es geht nicht an, daß wir diese Leute stören.«

Er wollte wieder gehen, und Brigitte flüsterte: »Es gibt keinen Grund, diese Leute nicht kennenzulernen, Roland.«

»Und was sollen wir ihnen erzählen?« fragte er. »Daß wir neugierig sind?«

»Ich habe den Verdacht, daß wir ihnen gar nichts zu erzählen brauchen«, erwiderte Brigitte leise. Ihr Blick ruhte auf der Tür, als könne sie durch die Tür hindurchsehen.

Sie klopfte an, ehe Roland sie zurückhalten konnte, und anschließend mußte sie dafür sorgen, daß er stehenblieb, bis die Tür geöffnet wurde. Im letzten Moment trat er zurück und stapfte durch den Korridor.

»Komm zurück, Roland«, rief Brigitte leise. »Du mußt zurückkommen, weil ich nicht eher gehe.«

Er drehte sich um und sah sie finster an. In dem Moment öffnete sich die Tür. Roland blieb stehen und trat nicht näher. Eine große Frau stand in der Tür und sah Brigitte an, die allein zu sein schien. Die Frau war etwa vierzig Jahre alt und sehr schön. Sie wirkte majestätisch und hatte hellblondes Haar und unglaublich blaue Augen, Augen wie Saphire, Augen wie Rolands Augen.

»Ja, bitte? Was kann ich für Euch tun?« fragte die Frau mit einer angenehm melodischen Stimme.

»Ich möchte Evarard de Martel sprechen, gnädige Frau. Wäre es möglich, ihn einen Moment lang zu sehen?«

»Mein Sohn ist hier, und er wird sich freuen, Euch zu sehen«, erwiderte die Dame freundlich. »Dürfte ich fragen, was Ihr von ihm wollt?«

»Ihr seid die Baronesse de Cernay?«

»Ja, das bin ich.«

»Baronesse, mein Herr, Roland von Montville, würde Euren Sohn gern kennenlernen.« Brigitte drehte sich zu um. »Bitte, Roland«, flehte sie ihn an.

Er trat widerstrebend aus dem Dunkel und schleppte sich vorwärts, als sei er auf dem Weg zu seiner Hinrichtungsstätte. Endlich stand er neben Brigitte. Brigitte nahm seine Hand, um ihn am Fortlaufen zu hindern. Sie war nicht sicher, was sie erwartete.

Die Frau runzelte die Stirn. »Was soll dieser Unfug, Evarard?« fragte die Baronesse streng.

Roland antwortete nicht. Er stand dem Gesicht aus seinem Traum gegenüber, einem Gesicht, das viele Jahre älter war, doch es war dasselbe Gesicht, das ihn seit seiner frühesten Kindheit verfolgte. Er fand keine Worte.

Ein tiefes, klangvolles Lachen drang aus einem der Zimmer hinter der Tür, und dann hörte man die Stimme eines Mannes, der einen anderen im Scherz ausschalt. Die Baronesse erbleichte. Sie trat einen Schritt zurück und schwankte, als fiele sie jeden Moment in Ohnmacht. Roland trat einen Schritt vor, um sie aufzufangen, doch sie schnappte nach Luft und wurde steif. Ihre Augen wurden immer größer, und er rührte sie nicht an. Er konnte seinen Blick ebensowenig von ihrem Gesicht losreißen wie sie den Blick von seinem. Dann streckte sie eine zitternde Hand aus und berührte zart sein Gesicht.

»Raoul.« Das Flüstern entrang sich ihr gemeinsam mit einem Schluchzen. Sie trat noch weiter zurück und schrie: »Goddard! Goddard, komm schnell!« Ein Mann kam eilig durch eine Tür, und als er hinter ihr stand, rief sie mit gebrochener Stimme: »Sag es mir ... sag mir, daß es kein Traum ist. Sag mir, daß er es wirklich ist, Goddard!«

Der Mann blieb stehen. Als er Roland sah, wurde sein Gesicht vor Schreck aschfahl. Roland wich zurück und stellte sich neben Brigitte. Es war der Mann aus seinem Traum. Roland war in seinen eigenen Alptraum geraten.

»Raoul!«

Der Mann hatte gesprochen. Roland sah erst Brigitte an, dann den Mann. Seine Bestürztheit verwandelte sich in Zorn.

»Ich bin Roland von Montville«, verkündete er mit Nachdruck. »Ich heiße nicht Raoul!«

Die junge Frau, die Brigitte an jenem Morgen mit Evarard de Martel gesehen hatte, kam in diesem Augenblick hinzu, und als sie

Roland sah, blieb ihr die Luft weg. Evarard folgte seiner Frau zur Tür.

»Emma?« fragte Evarard, als er ihren bestürzten Gesichtsausdruck bemerkte. Dann sah er in die Richtung, in die sie schaute, bis sein Blick auf Roland fiel.

»Mein Gott!« brachte Roland unter Mühen hervor. Er ging an dem Baron und der Baronesse vorbei und trat langsam vor Evarard. Er fühlte sich unwiderstehlich zu ihm hingezogen. Er sah in einen Spiegel und fand sich selbst in jeder Einzelheit in einem anderen Mann wieder.

Evarard und er blieben Auge in Auge stehen. Beide waren genau gleich groß. Evarard hob eine Hand und berührte mit einer zarten Geste ungläubig Rolands Wange. Roland stand vollkommen still, und seine Blicke glitten über den anderen.

»Bruder!« rief Evarard aus.

Roland sah ihn gepeinigt an, denn in diesem Schrei war die Wahrheit enthalten. Alle Entsetzen seines Lebens, seines sinnentleerten Lebens, zogen gleichzeitig vor seinen Augen vorüber, und er wandte sich an den Baron und die Baronesse.

»Mußtet Ihr mich weggeben?« flüsterte er gequält. »Waren zwei Söhne zuviel? Hattet Ihr einen Grund, mich nicht zu mögen?«

»Mein Gott, Raoul, du irrst dich!« rief Goddard entsetzt aus. »Man hat dich uns genommen – gestohlen!«

Roland funkelte ihn erbost und ungläubig an und rannte zur Tür.

Brigitte, die wußte, daß er gehen würde, ohne sich anzuhören, was diese Menschen zu sagen hatten, schloß eilig die Tür, lehnte sich daran und verstellte ihm den Weg, doch Roland zerrte sie am Handgelenk zur Seite, riß die Tür auf und zog sie aus dem Raum und durch den Korridor. Sie versuchte, ihn aufzuhalten, und sie schrie: »Du kannst nicht einfach gehen, Roland.«

In seinen Augen stand unendlicher Schmerz, und als er sie ansah, merkte sie, wie aufgewühlt er war. Dann preßte er sie an sich, und sie spürte, daß er von Kopf bis Fuß zitterte.

»Ich darf ihnen nicht glauben, Brigitte. Ich müßte Luthor umbringen!«

»Nein, Roland! Nein. Du mußt bedenken, daß Luthor seine Gründe hatte. Ein Mann, der sich so verzweifelt einen Sohn wünscht, daß er auch vor einem Diebstahl...«

»Mein Leben mit ihm war die Hölle!«

Evarard war ihnen nachgelaufen, doch er blieb stehen und sah, wie sich die beiden aneinanderklammerten, und er hörte, was sie redeten.

»Du mußt wieder zurückgehen, Roland«, sagte Brigitte mit fester Stimme. »Du kannst nicht leugnen, was vorgefallen ist. Und dein Bruder, Roland – bist du denn gar nicht neugierig auf ihn? Willst du ihn nicht kennenlernen?«

Sie wischte mit ihrem Umhang über seine Augen und wunderte sich darüber, daß er weinen konnte.

»Ach, *cherie*.« Roland küßte sie zärtlich. »Was täte ich bloß, wenn du nicht da wärst und mich wieder zur Vernunft bringen würdest?«

»Dann würdest du dich mit mir duellieren müssen«, mischte sich Evarard schließlich ein. »Ich lasse dich nämlich nicht gehen.«

Roland wandte sich seinem Bruder zu. Plötzlich grinste er, als sein Blick auf Evarards schmale Gestalt und seine höfische Kleidung fiel. »Das würde dir gewisse Schwierigkeiten machen... Bruder. Ich sehe, daß du kein Krieger bist.«

»Und ich sehe, daß du einer bist«, gab Evarard mit ebenso breitem Grinsen zurück.

Dann sahen die beiden Männer einander stumm an. Brigitte schüttelte den Kopf. Roland brauchte einen Schubs.

»Jetzt geh schon, verdammt noch mal.« Sie stieß ihn vorwärts. »Begrüße deinen Bruder, wie es sich gehört. Er hat sich von deiner bösen Miene einschüchtern lassen. Sonst hätte er dich längst begrüßt, wie es sich ziemt.«

Roland ging langsam und zögernd auf seinen Bruder zu. Dann schlang er seine Arme um Evarards Hals und drückte ihn heftig an sich. Evarard lachte, und Brigitte weinte.

Als die drei jungen Leute wieder in den Raum traten, lag Eleonore weinend in Goddards Armen. Er schüttelte sie sachte an den Schultern, um ihr zu sagen, daß Roland wiedergekommen war, und als sie ihn sah, weinte sie nur um so heftiger. Sie kam auf den Sohn zu, den man ihr all diese Jahre lang vorenthalten hatte. Eleonore nahm Rolands Gesicht zwischen ihre Hände, und in ihren Augen schimmerten Tränen. Roland wurde plötzlich kalt, dann wurde ihm wieder warm. Er bekam kaum noch Luft, doch er wandte seinen Blick nicht von ihr ab. Das war seine Mutter, seine leibliche Mutter. Aus seinem tiefsten Innern stieg ein Stöhnen auf, und er zog sie in seine Arme und vergrub sein Gesicht in ihrem Nacken und murmelte Dinge, die nur für ihre Ohren bestimmt waren.

»Mein Raoul!« flüsterte sie, während sie ihn an sich drückte. »Als du durch diese Tür gegangen bist, dachte ich, ich hätte dich ein zweites Mal verloren. Ich hätte es nicht ertragen, dich wieder zu verlieren. Aber du bist zurückgekommen, mein Junge, du bist zu mir zurückgekommen.«

Roland weinte. Seine Mutter. Wie sehr er diese Mutter gebraucht hatte, als er klein war. Wie sehr er sich nach ihr gesehnt hatte, und jetzt strömte sie im Überfluß Liebe aus, die er sich immer so vergeblich gewünscht hatte.

Goddard trat näher und umarmte wortlos seinen Sohn. Roland war zurückhaltender. Eine Mutter und ein Bruder waren etwas vollkommen Neues, doch einen Vater hatte er bereits. Dennoch war Luthor nicht sein Vater, und er war ihm auch nie wirklich wie ein Vater vorgekommen.

Endlich erwiderte Roland doch die Umarmung seines Vaters, und plötzlich lachte er und zog Brigitte an sich. »Ist dir eigentlich klar, *cherie*, daß ich somit kein illegitimes Kind mehr bin? Ich bin kein Bastard.«

Sie sah fröhlich in sein strahlendes Gesicht.

»Oh, Raoul«, keuchte Eleonore. »Hast du das etwa geglaubt?«

»Es ist mir so erzählt worden, gnädige Frau. Von dem Mann, der behauptet, mein Vater zu sein.«

»Wer ist der Mann, der dich uns weggenommen hat?« fragte Goddard Roland.

»Luthor von Montville.«

»Das wird er teuer bezahlen!« sagte Evarard wütend.

»Darum werde ich mich kümmern, Bruder«, erwiderte Roland unterkühlt. Dann fügte er freundlicher hinzu: »Aber ich will nicht mit ihm reden. Seid ihr Franzosen?« Als Goddard nickte, kicherte Roland. »Dann bin ich also Franzose. Ha!« Er zwinkerte Brigitte zu. »Du kannst mich nicht mehr als Normannen beschimpfen, wenn du mich beleidigen willst.«

»Roland!« rief sie verlegen aus.

»Du bist in der Normandie aufgewachsen?« fragte Goddard jetzt. »Hat er dich dorthin gebracht?«

»Ja.«

»Kein Wunder, daß wir dich nicht gefunden haben. Wir haben ganz Anjou und die angrenzenden Bezirke abgesucht, aber wir wären nie auf die Idee gekommen, in einer so entlegenen Gegend wie der Normandie nach dir zu suchen.«

»Was hat dich nach Angers geführt?« fragte Evarard.

»Meine Jagd nach der Kleinen«, sagte Roland. Er zog Brigitte an sich und kicherte. »Ich muß mich bei dir dafür bedanken, daß ich sie gefunden habe, und ich muß ihr dafür danken, daß ich dich gefunden habe. Sie hat dich heute morgen gesehen, als sie den Grafen sprechen wollte. Doch sie hat dich für mich gehalten und ist aus dem Palast geflohen. Wenn sie nicht fortgelaufen wäre, hätte ich sie nie gefunden.«

Als ihn alle Anwesenden bestürzt ansahen, sagte er: »Das ist eine sehr lange Geschichte, die wir uns für ein anderes Mal aufheben sollten.

Erzählt mir, was damals vor vielen Jahren passiert ist«, sagte Roland dann zu seinen Eltern. »Wie ist es Luthor gelungen, mich euch wegzunehmen?«

Eleonore antwortete. »Wir waren hier in Angers, um das Erntedankfest zu feiern. Der Graf hatte in jenem Jahr eine so prächtige Ernte, daß er ein großes Fest veranstaltet hat, zu dem alle Edelmänner des ganzen Landes geladen waren. Wir hatten dich und Evarard in den großen Saal mitgenommen – ich fürchte, um mit euch zu prahlen. Wir waren so stolz auf unsere Zwillinge. Ihr wart damals noch ganz klein, Wickelkinder, und ihr wart so süß.« Roland errötete, doch Evarard, der es gewohnt war, von seiner Mutter mit solchen Ausdrücken bedacht zu werden, lachte. »Am späten Abend hat meine Kammerzofe euch in das Zimmer, in dem wir jetzt sind, zurückgebracht. Und seit da an haben wir nichts mehr von dir gesehen, Raoul.«

»Roland, mein Liebling«, verbesserte Goddard sie freundlich. »Er hat fast sein ganzes Leben lang Roland geheißen. Wir werden uns von dem Namen trennen müssen, den wir ihm bei seiner Geburt gegeben haben.«

»Für mich wird er immer Raoul bleiben.« Eleonore schüttelte hartnäckig den Kopf.

»Deine Mutter ist eine sentimentale Frau, Raoul«, erklärte Goddard. »Uns beiden ist das Herz gebrochen, als wir in unsere Zimmer kamen und das Mädchen bewußtlos war und Evarard allein im Bett lag. Du warst fort. Ich hatte Feinde. Welcher Mann hat keine Feinde? Ich fürchtete, einer meiner Feinde hätte dich gestohlen, und ich fürchtete, du seist tot. Aber deine Mutter hat nie die Hoffnung aufgegeben. In all diesen Jahren hat sie nie die Hoffnung aufgegeben.«

»War dieser Mann, dieser Luthor, gut zu dir?« fragte Eleonore vorsichtig.

»Gut?« Roland runzelte die Stirn und sah nachdenklich vor sich hin. Es gab Dinge, die er diesen Menschen niemals erzählen würde. Wer konnte schon verstehen, wie hart sein Leben wirklich gewesen war? Wie sollte er ihnen sein Leben erklären?

»Luthor ist ein Krieger, und er ist hart geworden«, setzte Roland an. »In der Normandie wird er hoch geschätzt. Edelmänner warten Jahre, um ihre Söhne bei ihm ausbilden zu lassen. Meine eigene Ausbildung hat begonnen, sobald ich ein Schwert halten konnte. Luthor hat sich besondere Mühe mit mir gegeben. Er war... ein harter Lehrmeister. Er hat mich nicht nur die Kunst der Kriegführung gelehrt, sondern auch die Strategien. Er hat mich dazu gebracht, Perfektion anzustreben.« Roland grinste, um seine Worte abzuschwächen. »Von früher Jugend an bin ich darauf vorbereitet worden, Montville eines Tages zu übernehmen und es auch gegen andere halten zu können, denn Montville geht an mich, obwohl Luthor zwei Töchter von seiner Gemahlin hat. Jetzt weiß ich, daß ich nicht blutsverwandt mit Luthor bin, und daher nehme ich an, daß Montville mir nicht zusteht.«

»Das steht natürlich außer Frage, da er Töchter hat«, hob Goddard hervor. »Aber du...«

Roland unterbrach ihn auf äußerst grobe Art. »Ich könnte Montville auch an mich bringen, wenn es mir rechtmäßig nicht zusteht. Daran besteht kein Zweifel.«

Das sagte seiner Familie mehr über ihn als alles andere. Er war ein Krieger, ein verbitterter Mensch, ein tatkräftiger Mann, der sich nahm, was er wollte. Diese sanftmütigen Menschen würden Schwierigkeiten haben, solche kraftvolle Entschlossenheit zu verstehen.

»Roland macht nicht viele Worte«, sagte Brigitte, um das Schweigen zu brechen. »Er will damit nicht sagen, daß er die Absicht hat, Montville gewaltsam einzunehmen, sondern nur, daß er es könnte, wenn er es wollte.«

Roland sah sie finster an, denn er fand nicht, daß seine Worte einer Erklärung bedurften. Sie kniff ihn freundlich und zog sich damit ein noch finsteres Gesicht zu.

»Du sollst nicht das Gefühl haben, daß du etwas verloren hast, weil du nicht der Sohn dieses Mannes bist«, sagte Goddard. »Ich weiß nichts über Montville, aber du hast ein großes Stück Land in Poitou, das dir mein Lehnsherr, der Graf von Poitou, bei deiner Geburt geschenkt hat. Evarard hat sich mit derselben Sorgfalt um dein Land gekümmert, die er seinen eigenen Ländereien hat angedeihen lassen. Wie deine Mutter hat auch er nie die Hoffnung aufgegeben, daß du eines Tages zu uns zurückkehren wirst.«

»Tja, Bruder«, sagte Roland grinsend, »bin ich ein reicher Mann?«

Evarard beantwortete ihm diese Frage mit Vergnügen. »Du bist um einiges reicher als ich, denn deine Pacht hat sich im Laufe der Jahre angesammelt, wogegen ich von meinen Pachteinnahmen leben mußte. Ich muß gestehen, daß ich im großen Stil lebe.«

Roland lachte. »Wenn das so ist, dann bestehe ich darauf, daß du die Pachteinnahmen behältst, die sich für meine Ländereien angesammelt haben, denn du hast dir sicher viel Mühe für mich gemacht.«

»Das geht nicht an!« protestierte Evarard überrascht.

»Natürlich geht das«, beharrte Roland. »Ich will nichts, was ich nicht selbst verdient habe. Außerdem wäre ich dankbar, wenn du dich weiterhin um meine Ländereien kümmern würdest, bis ich einen Anspruch auf das Land erhebe.«

»Du willst nicht gleich haben, was dir gehört?«

»Jetzt«, sagte Roland finster, »muß ich erst nach Montville zurückkehren.«

»Ich begleite dich in die Normandie«, bot Evarard an.

Doch Roland schüttelte entschieden den Kopf. »Ich muß mich allein mit Luthor auseinandersetzen. Er wird dich hassen wie Tod und Teufel, Bruder, denn wenn du nicht so aussehen würdest, wie du aussiehst, hätte ich nie etwas über meine Familie erfahren, und ich wäre auch nie dahintergekommen, welche Sünde er begangen hat. In Montville würdest du in Lebensgefahr schweben.«

»Und was ist mit dir?«

»Ich kann es mit Luthor aufnehmen. Ich habe keine Angst vor ihm. Er muß sich im Gegenteil vor mir vorsehen.«

»Roland«, setzte Evarard zögernd an. Er runzelte die Stirn. »Vielleicht wäre es das klügste, diesen Mann nicht wiederzusehen. Könntest du weiterleben, wenn du ihn umgebracht hättest?«

»Ich könnte nicht weiterleben, wenn ich mir nicht anhören würde, was er dazu zu sagen hat«, sagte Roland leise. Seine Stimme war ruhig, doch seine Augen waren hart.

Sie zogen in ein anderes Zimmer um, aßen zum erstenmal seit dreiundzwanzig Jahren als Familie zusammen zu Abend und redeten die ganze Nacht. Roland hörte sich schweigend die Familienerinnerungen an, und Brigitte fragte sich, ob das Gehörte seinen Kummer darüber, nicht an all dem teilgehabt zu haben, nicht noch verstärkte. Er war gebannt und konnte seinen Blick nicht von diesen Menschen losreißen.

36

»Brigitte, ist dir eigentlich klar, daß ich meine Familie vielleicht nie gefunden hätte, wenn du mir nicht davongelaufen und nach Angers geritten wärst? Jahrelang hat Luthor Einwände erhoben, wenn ich nach Angers reiten wollte, denn er hat gewußt, was ich unter Umständen dort vorfinden würde. Ich habe mich nie gefragt, was er gegen Angers hat. Diesmal ist es ihm mißlungen, mich von Angers fernzuhalten, und zwar deinetwegen.«

Sie standen auf dem Hügel südlich von Montville, von dem aus man die Gegend überblicken konnte. Brigitte sah der bevorstehenden Auseinandersetzung sorgenvoll entgegen, denn Roland war drei Tage lang wortkarg neben ihr hergeritten.

Er grinste sie an. »Jedesmal, wenn du mir davongelaufen bist, ist auch etwas Positives dabei herausgekommen.«

»Was war es denn beim erstenmal?«

»Warst du nicht anschließend die meine?«

Sie errötete. »Wirst du dich unter vier Augen mit Luthor unterhalten?« fragte sie, um auf ihre akuten Befürchtungen zurückzukommen.

»Das spielt keine Rolle.«

»Es spielt eine furchtbar große Rolle, Roland. Bitte, du mußt allein mit ihm reden. Niemand in Montville braucht zu erfahren, was vorgefallen ist. Ich weiß, daß du aufgebracht bist, Roland, aber laß sich das nicht in blinder Wut äußern. Luthor hat dich während all dieser Jahre als seinen Sohn angesehen. Dich verbinden Jahre mit Luthor, Jahre, die so schwer wiegen wie Blutsverwandtschaft. Denk daran, wenn du ihm gegenüberstehst.«

Roland antwortete nicht, sondern ritt langsam den Hügel hinunter, und Brigittes Ängste hatten sich keineswegs gelegt.

Als sie eintraten, fanden sie Luthor in der großen Halle. Er sah ihnen mit solcher Wachsamkeit entgegen, daß man glauben konnte, er wisse bereits, was vorgefallen war.

»Du hast sie also wieder einmal mitgebracht«, sagte Luthor fröhlich. Er erhob sich von seinem Stuhl vor dem Feuer.

»Ich habe sie wieder mitgebracht.«

Luthor sah Brigitte an. »Habe ich dir nicht gesagt, daß er sich erweichen läßt, Kleines?«

»Das habt Ihr gesagt, Baron«, antwortete Brigitte leise.

»Du warst eine Woche unterwegs«, sagte Luthor zu Roland. »Ich nehme an, du hast sie erst in Angers eingeholt?«

»Ja, sie war dort.«

Lange Zeit herrschte Schweigen, und dann stieß Luthor das Seufzen eines gebrochenen Mannes aus. »Du weißt es?«

Roland antwortete nicht. Das war auch nicht nötig. »Ich möchte dich allein sprechen, Luthor«, sagte er. »Reitest du mit mir aus?«

Luthor nickte und folgte Roland aus dem Saal. Während Brigitte den beiden nachsah, war sie von schrecklichem Mitleid mit dem alten Mann erfüllt. Sie hatte gesehen, wie Luthors Schultern zusammengesackt waren, und sie hatte die Resignation bemerkt, die sich auf seinem erschöpften Gesicht ausdrückte.

Roland ritt zügig voraus und stieg auf dem Hügel ab, auf dem er erst vor kurzem mit Brigitte angehalten hatte. Er erinnerte sich an ihre Warnung, doch in ihm stieg eine Wut auf, die darum kämpfte, daß er ihr freien Lauf ließ, die unaussprechliche Wut eines kleinen Jungen, der um Liebe bettelt, die Wut eines kleinen Jungen, der brutal geschlagen, verspottet und gedemütigt wird. Seine Wut erinnerte ihn an all das und machte ihm bewußt, daß nichts von all dem nötig gewesen wäre.

Luthor stieg ab, und als er seinem Sohn gegenüberstand, fragte Roland in einer Mischung aus Wut und gequälter Verzweiflung: »Verdammt noch mal, Luthor! Warum?«

»Ich werde es dir erzählen, Roland«, sagte Luthor leise. »Ich werde dir erzählen, welche Schande es für einen Mann ist, keine Söhne zu haben.«

»Das ist keine Schande«, rief Roland aus.

»Das kannst du nicht wissen, Roland«, sagte Luthor ernst. »Du kannst nicht wissen, wie sehr ich mir einen Sohn gewünscht habe, bis du selbst einen Sohn haben willst. Töchter habe ich – Dutzende von Töchtern, über die ganze Normandie verstreut. Aber nicht einen Sohn, nicht einen einzigen! Ich bin ein alter Mann, fast sechzig Jahre alt. Ich habe mir inbrünstig einen Sohn gewünscht, der meine Ländereien übernehmen kann. Ich hätte Hedda fast umgebracht, als sie mir schon zum zweitenmal eine Tochter geboren hat. Deshalb hat sie nie mehr Kinder bekommen, und das ist auch der Grund, aus dem sie dich so sehr gehaßt hat.«

»Aber warum mußte es ausgerechnet ich sein, Luthor? Warum

nicht ein beliebiger Bauernsohn – ein Kind, das dankbar für das wäre, was du ihm geben konntest?«

»Bist du mir denn nicht dankbar? Ich habe aus dir einen Mann gemacht, den man nicht unterschätzen darf, einen großen Krieger. Dafür bist du nicht dankbar?«

»Du hast mich hierhergebracht und mich von dieser alten Hexe großziehen lassen, mich unter ihr leiden lassen. Du hast mich von einer liebenden Mutter fortgeholt... und mir dafür Hedda gegeben!«

»Ich habe einen starken Mann aus dir gemacht, Roland.«

»Mein Bruder ist stark, obwohl er von liebenden Eltern aufgezogen worden ist. Du hast mir alles vorenthalten, Luthor!«

»Ich habe dich geliebt.«

»Du weißt nicht, was Liebe ist!«

»Du irrst dich«, erwiderte Luthor, nachdem er einen Moment lang schockiert geschwiegen hatte. In seinen Augen stand Schmerz. »Ich weiß nur nicht, wie man anderen seine Liebe zeigt. Trotzdem liebe ich dich, Roland. Ich habe dich geliebt wie einen eigenen Sohn. Ich habe dich zu meinem Sohn gemacht.«

Roland unterdrückte unter Mühen sein Mitleid und fragte barsch: »Aber warum ausgerechnet mich?«

»Sie hatten zwei Söhne, zwei Söhne, die beide zur selben Zeit geboren waren, und ich hatte keinen. Ich war mit Herzog Richard in Angers. Als ich den Baron und seine Frau mit ihren Zwillingen gesehen habe, hat mich diese Ungerechtigkeit überwältigt. Ich hatte nicht vor, dich einfach mitzunehmen. Ich war sehr impulsiv, und plötzlich kam mir eine Idee. Ich habe keine Gewissensbisse gehabt, Roland. Ich kann nicht von Reue sprechen. Die beiden hatten Zwillinge. Wenn ein Sohn fort war, würden sie immer noch einen Sohn haben. Sie würden einen Sohn haben, und ich würde einen Sohn haben. Ich bin zwei Tage und Nächte durchgeritten und habe mein Pferd beinahe umgebracht, um dich so schnell wie möglich hierherzubringen. Du warst mein Sohn.«

»Mein Gott!« schrie Roland zum Himmel gewandt. »Du hattest nicht das Recht, das zu tun, Luthor.«

»Das weiß ich. Ich habe grundlegend in dein Leben eingegriffen, aber ich sage dir eins: Ich werde dich nicht um Vergebung bitten, denn wenn ich es noch einmal tun müßte, würde ich das gleiche wieder tun. Montville braucht dich«, sagte er mit veränderter Stimme. Allmählich richtete er sich wieder ein wenig auf.

»Nach dir wird ein anderer Montville übernehmen, aber dieser andere werde nicht ich sein«, sagte Roland erbittert.

»Nein, Roland, das kann nicht dein Ernst sein. Ich habe fast die Hälfte meines Lebens darauf verwendet, dich auf deine Aufgabe vorzubereiten, hier die Herrschaft zu übernehmen. Du bist nicht blutsverwandt mit mir, aber ich würde Montville niemand anderem als dir anvertrauen.«

»Ich will es nicht haben.«

»Willst du, daß es an Thurston fällt?« fragte Luthor erbost. »Er macht sich nichts aus dem Land und den Leuten und aus den Pferden, die wir beide lieben. Er will nur seinen Besitz vermehren und immer größere Reichtümer anhäufen. Er wird den Zorn des Herzogs Richard mit seinen Kleinkriegen um mehr Land auf sich ziehen, und Montville wird untergehen. Willst du, daß es dazu kommt?«

»Es reicht!«

»Roland...«

»Ich habe gesagt, es reicht!« schrie Roland. Er schwang sich auf sein Pferd. »Ich muß nachdenken, Luthor. Ich weiß nicht, ob ich dich weiterhin ertragen kann, nachdem ich weiß, was ich inzwischen weiß. Ich muß nachdenken.«

Kurz darauf trat Roland in sein Zimmer. Die Wärme, die ihm entgegenströmte, wirkte wie ein Balsam auf seinen Zorn. Noch nie hatte dieses Zimmer Wärme ausgestrahlt, doch wenn Brigitte dort war...

Sie musterte ihn gespannt und besorgt. Roland ließ die Schultern hängen und fiel seufzend auf einen Stuhl. Er wich Brigittes forschendem Blick aus.

»Ich weiß es nicht, Brigitte«, sagte er leise. »Ich kann ihm nicht verzeihen, aber ich bin nicht sicher, was ich tun soll.«

»Habt ihr euch geschlagen?«

»Nur mit Worten.«

»Und welchen Grund hat er genannt?«

»Wie du schon vermutet hast, wollte er unbedingt einen Sohn haben.« Roland legte seinen Kopf in Brigittes Hände. Dann sah er zu ihr auf. »Bei Gott, ich wünschte, er hätte sich nicht mich ausgesucht!«

Auf seinen gequälten Aufschrei hin sank Brigitte vor Roland auf die Knie und zog ihn in ihre Arme. Sie sagte kein Wort.

Roland strich zärtlich über ihr Haar. Er war bewegt. »Ach, mein kleines Juwel. Was täte ich ohne dich?«

37

Durch die dicht vorgezogenen Felle vor den Fenstern drang ein schwacher Lichtschein. Es dämmerte, als Brigitte von Rolands Schritten erwachte. Eine einzige Flamme in einer Ölschale warf dunkle Schatten durch den Raum. Der Talgdocht war fast heruntergebrannt.

Brigitte stützte sich auf einen Ellbogen, und ihr Haar fiel als goldene Woge über ihre Schultern. »Kannst du nicht schlafen?«

Er fuhr überrascht zusammen. »Nein, ich habe gar nicht geschlafen.« Er ging unbeirrt im Zimmer auf und ab.

»Ist es denn so schwierig, Roland? Kann ich dir helfen?«

Roland setzte sich mit dem Rücken zu Brigitte auf die Bettkante. »Ich muß die Entscheidung selbst treffen. Es geht um Montville, nicht um Luthor. Er will nach wie vor, daß ich es übernehme.«

»Was hast du daran auszusetzen? Hast du nicht schon immer gewußt, daß du eines Tages Montville besitzen würdest!«

»Als ich vor sechs Jahren von hier fortgegangen bin, habe ich Montville aufgegeben. Ich hatte vor, nie mehr zurückzukehren. Und jetzt habe ich Montville wieder aufgegeben.«

»Du bist nach Hause gekommen, als du gebraucht wurdest. Du wirst nach wie vor gebraucht. Montville ist noch bedroht. Das macht dir Sorgen. Du kannst nämlich nicht einfach weggehen, solange du weißt, daß du hier gebraucht wirst.«

»Ich könnte beschwören, daß du eine Hexe bist«, sagte Roland. Er sah Brigitte über seine Schulter an.

»Du kannst Montville nicht von Luthor loslösen, Roland. Darin liegt das Problem. Aber das sind zwei getrennte Dinge. Montville wird immer eine starke Hand brauchen.«

Er streckte sich neben ihr auf dem Bett aus. »Aber noch ist Luthor hier. Wenn ich in einem Moment gehe, in dem ich weiß, daß ein Krieg auf Montville zukommt, gebe ich jedes Recht auf, einen Anspruch auf Montville erheben zu können. Aber wenn ich bleibe, muß ich gemeinsam mit Luthor bleiben. Ich bin nicht sicher, ob das geht. Ich wollte ihn töten, Brigitte. Ich wollte ihn zu einer letzten Kraftprobe herausfordern – einem Kampf auf Leben und Tod. Ich weiß nicht, was mich zurückgehalten hat – vielleicht du und das, was du mir gesagt hast. Aber wenn ich bleibe, kann es dazu kommen, daß ich ihn zum Duell fordere.«

»Wer kann sagen, was kommen wird und was nicht?« Brigitte hatte leise gesprochen und ihren Kopf auf seine Brust gelegt. »Du kannst warten, bis die Zeit deine Probleme löst, Roland. Du kannst bleiben und abwarten, was geschieht. Wenn du an den Punkt kommst, an dem deine Erbitterung alles andere überwiegt und du nur noch die Wahl hast, Luthor zu töten oder zu gehen – dann geh. Laß bis dahin alles ruhen. Zügele deinen Groll, und bleib hier. Ist das nicht ohnehin das, was du willst?«

Roland bog ihr Gesicht zu sich und berührte zart ihre Lippen mit seinem Mund. »Wie ich schon sagte – du bist eine Hexe.«

Stunden später, als Brigitte und Roland unten im Saal saßen, kam ein Ritter ins Haus gestürzt. Er eilte auf Luthor zu, um ihm die Nachricht zu überbringen, daß ein Heer im Anmarsch war. »Thurston von Mezidon hat das Ende des Winters nicht abgewartet. Er kommt jetzt schon!«

Roland und Luthor standen beide auf und sahen einander an. »Was denkt er sich bloß dabei?« fragte Roland aufgebracht. »Er weiß, daß wir gegen eine Belagerung gewappnet sind. Sein Heer wird erfrieren.«

»Ist er vielleicht sicher, daß er uns aus der Festung hinauslocken kann?« schlug Gui vor.

»Vielleicht ist er zuversichtlich, daß er einen Weg in die Festung findet«, sagte Luthor finster. Er sah seine Tochter Ilse an, die die Augen auf ihren Schoß senkte. »Wohin ist Geoffrey, dein Mann, wirklich gegangen, als er uns vor drei Tagen verlassen hat? Ist er zu Thurston gegangen?«

»Nein!« Ilse wurde angesichts der Beschuldigung ihres Vaters aschfahl. »Geoffrey ist nach Rouen geritten, um seine Familie zu besuchen, und genau das hat er dir gesagt!«

»Wenn ich ihn gemeinsam mit Thurston vor den Mauern sehe, bringe ich dich um, Frau, das schwöre ich dir. Ob Tochter oder nicht – niemand verrät Montville und bleibt am Leben.«

Bei den herzlosen Worten ihres Vaters brach Ilse in Tränen aus und rannte aus dem Saal. Die Dorfbewohner waren gewarnt worden und stürmten in den Burghof. Die Tore wurden geschlossen, die Mauern bemannt.

Roland wandte sich an Luthor. »Wenn wir sehen, wie Thurston vorgeht, wissen wir, was mit Geoffrey los ist. Wie nah ist das Heer?« fragte er den Ritter.

»Ein Teil – wahrscheinlich die Hälfte des Heeres – ist gerade auf dem Hügel im Süden gesichtet worden. Der andere Teil der Truppen ist noch nicht in Sicht.«

»Das wird nicht lange dauern«, sagte Roland unheilverkündend. »Zweifellos legt Thurston es auf einen großen Auftritt an. Er will uns umzingeln. Los, auf die Mauern.«

Sie rannten hinaus. Roland befahl Brigitte, dortzubleiben und den Raum unter keinen Umständen zu verlassen. »Ich halte dich auf dem laufenden, sobald ich Gelegenheit dazu habe.«

Sie sah ihm nach und spürte, wie sich ihre Brust zusammenzog. Wie schnell sich sein Problem gelöst hatte. Luthor und er hatten an diesem Vormittag nicht miteinander gesprochen. Das eisige Schweigen zwischen den beiden hatte geflüsterte Äußerungen hervorgerufen. Doch jetzt war Montville bedroht, und augenblicklich taten sich die beiden zusammen.

Von seinem Standort auf dem höchsten Punkt der Mauer konnte Roland die schneebedeckten Hügel überblicken. Luthor, Gui und Robert standen neben ihm. Niemand konnte auch nur eine Seele sehen, die sich dort draußen bewegte, weder im Norden, noch im Westen und auch nicht im Süden.

»Er ist verrückt geworden«, sagte Roland zuversichtlich. »Seht euch nur diesen Schnee an. Nach dem letzten Sturm ist der Schnee einen Meter hoch liegengeblieben. Er muß verrückt sein.«

»Oder besonders geschickt«, sagte Luthor. »Ich kann mir beim besten Willen nicht denken, was er vorhat. Ich wüßte nicht, wodurch er sich im Moment einen Sieg erhofft.«

Roland runzelte die Stirn. »Wie groß war das Heer?«

Robert holte den Ritter hinzu, der auf seinem Rundgang das Heer bemerkt hatte.

»Ich habe mehr als hundert Reiter gezählt, und mindestens die Hälfte davon waren Ritter«, antwortete der Mann. »Zwei Wagen waren auch dabei.«

Roland war verblüfft. »Woher, zum Teufel, sollte er so viele Pferde haben?«

»Zweifellos hat er sie gestohlen«, schlug Gui vor. »Vermutlich den Bretonen, die er überfallen hat.«

»Gleichzeitig ist das nur die Hälfte seiner Truppen, wenn nicht gar weniger, soweit wir bisher wissen«, hob Robert hervor.

»Wieviel Fußvolk?« fragte Roland.

»Kein Fußvolk.«

»Gar keins?«

»Genau«, sagte der Ritter nüchtern.

»Aber so viele Reiter! Wir haben nicht halb so viele Männer, die das Reiten gelernt haben«, rief Luthor.

»Das weiß Thurston. Vielleicht ist das der Vorteil, den er sich ausrechnet.«

»Seht euch das an!« Gui starrte auf die Hügelkuppe.

Ein einzelner Reiter kam in Sicht, hielt sein Pferd an und sah sich Montville von oben an. Selbst auf die große Entfernung hin konnte man sehen, daß es sich um einen Ritter in voller Rüstung handelte.

»Ist das Thurston?« fragte Gui.

»Ich bin nicht sicher«, erwiderte Luthor. »Roland?«

Roland kniff die Augen zusammen, um besser sehen zu können. »Er ist zu weit weg.«

Schließlich tauchte ein anderer Reiter neben dem Ritter auf, und dann kamen viele Ritter zu Pferde hinzu, bis sich eine langgezogene Kette von Berittenen über den südlichen Hügel zog. Das war noch längst nicht Thurstons gesamtes Heer. Dennoch waren diese Reiter ein schrecklicher Anblick. Es handelte sich fast ausschließlich um Ritter, und ein Ritter zählte soviel wie zehn Mann Fußvolk.

»Jetzt wird sich herausstellen, was er vorhat«, sagte Luthor mit ruhiger Stimme, als der erste Reiter auf Montville zuritt.

Er kam allein, und Roland sah ihm gespannt entgegen, denn Thurstons Kühnheit überraschte ihn. Was erwartete er sich davon, allein zu kommen? Ein einziger Pfeil würde ausreichen, um seinem Angriff ein Ende zu setzen.

Als der Ritter näher kam, runzelte Roland die Stirn. Es war nicht Thurston.

Der Ritter war jetzt direkt unter ihnen angelangt. Er sah an den hohen Mauern von Montville herauf, und Roland konnte sein Gesicht deutlich erkennen. Er schnappte nach Luft. Das durfte nicht wahr sein. Doch es war so.

»Verdammter Mist!« knurrte Roland.

»Was hat das zu bedeuten, Roland?« fragte Luthor.

»Den hat der Teufel geschickt, um mich zu schikanieren!« krächzte Roland.

»Würdest du dich bitte verständlicher ausdrücken?«

»Das da draußen ist nicht Thurstons Heer, Luthor. Montville wird es erst später mit Thurston aufnehmen müssen. Dieses Heer von Rittern kommt aus Berry!«

»Roland von Montville! Werdet Ihr Euch hinauswagen und Euch mir stellen?« rief der Ritter von unten herauf.

Roland holte tief Atem, ehe er von der Brustwehr hinunterrief: »Ich komme!«

Luthor hielt ihn am Arm fest. »Wer, zum Teufel, ist das?«

»Das ist der Baron de Louroux, der Mann, der mir in Arles das Leben gerettet hat, der Mann, der mich mit der Nachricht nach Louroux geschickt hat, die mich auf dem Weg hierher aufgehalten hat.«.

»Louroux? Das Mädchen kommt aus Louroux!«

»Du hast mich richtig verstanden. Das ist der Grund, aus dem er hier ist.« Roland hätte gelacht, wenn er nicht so wütend gewesen wäre. »Ist das noch zu fassen? Mitten im Winter kommt er mit einem ganzen Heer durch Frankreich gezogen, um eine Dienerin zu holen! Eine Dienerin!«

»Dann ist sie vielleicht doch keine Dienerin«, wagte sich Luthor murmelnd vor.

»Mich interessiert einen Dreck, was sie ist!« brüllte Roland. »Er kriegt sie nicht.«

»Du willst gegen einen Mann kämpfen, der dir das Leben gerettet hat?«

»Wenn es sein muß, kämpfe ich gegen sein ganzes Heer.«

»Wenn das so ist, brauchst du nicht vor die Mauer zu gehen, Roland«, sagte Luthor schnell. »Sie können das Mädchen nicht holen, wenn wir ihnen die Tore nicht öffnen.«

Luthor wollte Roland Rückendeckung und Hilfe anbieten, obwohl dies nicht seine Schlacht war. Roland entging nicht, was das bedeutete.

»Ich gehe trotzdem zu ihm«, sagte er mit ruhigerer Stimme. »Diese Höflichkeit bin ich ihm schuldig.«

»Nun gut«, willigte Luthor ein. »Aber bei dem ersten Anzeichen dafür, daß es Ärger gibt, wird ein Pfeil sein Herz durchbohren.«

Roland ritt in schnellem Galopp durch das Tor. Quintin hatte sich zurückgezogen und erwartete ihn auf halber Höhe zwischen Montville und seinem Heer. Soviel zu Luthors Pfeil, dachte Roland mit einem Anflug von schwarzem Humor. Er war erbost, geradezu aufgebracht. Die Baronin Druoda hatte ihn belogen. Quintin konnte beim besten Willen nicht wissen, wo er Brigitte finden würde, wenn Druoda es ihm nicht selbst gesagt hatte. Doch sein Zorn entsprang weniger dieser Tatsache als Rolands Eifersucht. Ein anderer Mann wollte Brigitte so sehr, daß er mit einem Heer anrückte, um sie zurückzuholen. Liebte Quintin de Louroux sie immer noch so sehr?

Quintin sah Roland von Montville mit zusammengekniffenen Augen entgegen. Ein heftiger, bitterer Zorn loderte in ihm, ein Zorn, der nicht nachgelassen hatte, seit er vor mehr als zwei Wochen Louroux verlassen hatte. Sein Zorn hatte sich seit da an nur verstärkt.

Druoda hatte alles gestanden. Sie hatte gestanden, daß sie Ränke geschmiedet hatten, um Louroux an sich zu bringen, gestanden, daß sie Brigitte gezwungen hatte, eine Verlobung mit Wilhelm d'Arsnay einzugehen, gestanden, daß sie ein Zusammentreffen zwischen Brigitte und Arnulf verhindert hatte, gestanden, daß sie Brigitte geschlagen hatte.

Roland von Montville hatte Brigitte vergewaltigt. Druoda hatte gesagt, daß dieser Mann sie vergewaltigt hatte, obwohl er wußte, wer sie war. Damit hatte er Druodas Pläne zu Fall gebracht. Druoda hatte gestanden, daß sie in Panik geraten war, als Quintin zurückgekehrt war, und sie hatte gestanden, daß sie versucht hatte, ihn zu vergiften. Sie hatte ihn um Gnade angefleht. Er war insofern gnädig gewesen, als er sie töten wollte und sie statt dessen nur verbannt hatte.

Roland war es, den er jetzt töten wollte, Roland, den er guten Glaubens nach Louroux geschickt hatte, Roland, der in Druodas Schuld stand und zum Lohn Brigitte vergewaltigt und sie aus ihrer Heimat entführt hatte.

Die beiden Streitrösser trafen im offenen Gelände aufeinander, und Rolands Hengst überragte das andere Pferd um fast zwanzig Zentimeter. Ebenso ungleich wie die Pferde waren auch ihre Reiter. Roland hatte verächtlich auf Helm und Schild verzichtet und sich nur sein Schwert an die Hüfte gehängt, wogegen Quintin ihm in voller Rüstung gegenüberstand. Dennoch war Roland der Größere, der Stärkere und vielleicht auch der Geschicktere von beiden.

»Ist sie hier, Normanne?« fragte Quintin.

»Sie ist hier.«

»Dann muß ich Euch töten.«

»Wenn Ihr mich tot sehen wollt, Baron, dann müßt Ihr ein Dutzend Eurer stärksten Männer schicken, die bereit sind, es mit mir aufzunehmen.«

»Eure Überheblichkeit kann mich nicht umstimmen«, erwiderte Quintin. »Ich schicke keine anderen, die an meiner Stelle kämpfen. Ich selbst werde Euch töten, und dann werde ich Baronin Brigitte nach Hause bringen.«

Roland nahm die Wahrheit hin, ohne sich anmerken zu lassen, daß sich seine schlimmsten Befürchtungen bewahrheitet hatten. Baronin Brigitte. Es stimmte also.

»Brigitte ist jetzt hier zu Hause«, sagte Roland mit ruhiger Stimme. »Ich werde sie zur Frau nehmen.«

Jetzt lachte Quintin hämisch. »Glaubt Ihr, ich würde zulassen, daß sie Euresgleichen heiratet?«

»Wenn Ihr erst tot seid, könnt Ihr nicht mehr viel dagegen ausrichten«, erwiderte Roland.

»Mein Gebieter, der Graf Arnulf, ist in dieser Hinsicht über meine Wünsche unterrichtet. Wenn ich sterbe, wird er sich Brigittes annehmen, und er ist hier, um sich selbst davon zu vergewissern, daß sie nicht hierbleibt.«

»Ihr habt ganz Berry zu ihrer Rettung hierhergebracht, was? Um die Mauern von Montville zu stürmen, braucht Ihr ein größeres Heer als das, was Ihr zusammengetrommelt habt.«

»Wenn es sein muß, wird es dazu kommen. Aber wenn Ihr Euch auch nur das Geringste aus Brigitte machen würdet, würdet Ihr sie gehen lassen. Wir beide werden trotzdem kämpfen, aber sie darf nicht das Gefühl haben, daß sie die Schuld daran trägt, wenn es Tote gibt. Und hier wird es viele Tote geben.«

»Ich gebe Brigitte nicht her«, sagte Roland leise.

»Dann verteidigt Euch«, erwiderte Quintin barsch. Er zog sein Schwert.

Das Klirren von Stahl lockte Männer auf die Mauern von Montville. Brigitte folgte in ihrer Ungeduld den anderen auf die Mauern.

Sofort erkannte sie Roland und sein Streitroß, und ihr Atem stockte. Er holte zu einem rasenden Angriff auf seinen Gegner aus, doch er trug keine Rüstung. Dieser Narr! Wie leicht er dabei sterben konnte!

Sie sah Luthor, der wenige Meter neben ihr stand, und sie ging zu ihm. »Worum kämpfen die beiden?« fragte sie, und die Angst um Roland ließ ihre Frage schroff klingen. »Kommt es nicht zu einem Krieg? Wird alles in dieser Schlacht entschieden?«

Luthor blickte ernst zu ihr herunter. »Du solltest nicht hier oben sein, Kleines.«

»Sagt mir, was hier vorgeht!« Ihre Stimme war schrill. »Was hat das zu bedeuten? Warum kämpft Thurston gegen Roland?«

»Das ist nicht Thurston. Aber wenn du Angst um Roland hast, dann kann ich dich beruhigen. Du brauchst keine Angst um ihn zu haben«, erwiderte Luthor stolz. »Der Franzose macht es ihm leicht.«

»Ein Franzose? Ein französisches Heer?«

Brigitte sah über die Brüstung der Mauer auf das Heer, das auf dem langgezogenen Kamm des Hügels aufgereiht war. Sie sah viele Flaggen, und manche kamen ihr bekannt vor. Dann sah sie Arnulfs Banner und schnappte nach Luft. Er war doch noch zu ihrer Rettung gekommen! Und neben seinem Banner wehte... o Gott! Sie ließ ihren Blick zu dem Ritter schweifen, der gegen Roland kämpfte, und stieß einen Schrei aus.

Quintin hörte den Schrei. Brigitte hatte seinen Namen gerufen. Was er hörte, war ihr flehentlicher Aufschrei, gerettet zu werden. Auch Roland hörte den Schrei, doch er hörte Freude aus Brigittes Stimme heraus. Dennoch hatte der Schrei auf beide Männer dieselbe Wirkung. Beide wollten jetzt mehr denn je das Blut des anderen sehen.

Quintin wurde vom Pferd geschlagen, und die Männer kämpften auf dem Boden weiter. Schon jetzt wirkten sich die kraftvollen Schläge, die er abwehrte, auf Quintin aus. Er wußte ebenso genau wie alle anderen, daß er sterben würde. Aber er würde nicht sterben, ehe er alles versucht und seine Kraft bis zum letzten verausgabt hatte.

Es war zwecklos. Roland war einfach zu stark und zu gewandt im Umgang mit dem Schwert, und Quintin hatte keine Chance gegen ihn. Selbst ohne Schild trieb er Quintin in die Enge. Roland trieb ihn minutenlang in die Verteidigung, und dann spürte Quintin, daß Rolands Schwert durch die Glieder seines Kettenhemdes drang und sich in seine Schulter stieß.

Dieser Schmerz! Quintin ließ sich auf die Knie fallen. Er tat es gegen seinen Willen. Seine Beine gaben unter ihm nach. Er versuchte, sein Schwert nicht loszulassen, doch er konnte seine Hände nicht besser gebrauchen als seine Beine. Das Schwert fiel ihm aus der Hand, und im selben Augenblick spürte er Rolands Schwert an seiner Kehle.

»Es wäre mir ein leichtes. Ist Euch das klar?« sagte Roland kalt. Er übte gerade so viel Druck auf das Schwert aus, daß ein kleines Rinnsal aus Blutstropfen an Quintins Hals herunterlief.

Quintin verzichtete auf eine Antwort. Seine Schulter schmerzte rasend. Er hatte versagt. Oh, Brigitte!

Das Schwert löste sich schwungvoll von seiner Kehle. »Ich schenke Euch das Leben, Quintin de Louroux«, sagte Roland mit Nachdruck. »Ich schenke es Euch nur, weil ich Euch das schuldig bin. Somit sind wir jetzt quitt. Ich stehe nicht mehr in Eurer Schuld.«

Roland stieg auf und ritt nach Montville zurück, während vier französische Ritter sich von dem Hügel im Süden näherten, um ihren Herrn zu holen. Brigitte. Sie wußte es... sie wußte es! Sie hatte Quintin gesehen. Und sie war eine Dame, Quintins Mündel. Kein Wunder, daß er sie heiraten wollte. Eine Dame, keine Leibeigene. Druoda hatte ihn belogen! Doch sie hatte nicht gelogen, als sie ihm erzählt hatte, was Brigitte und Quintin füreinander empfanden. Soviel war augenscheinlich. Ebenso deutlich wurde Roland bewußt, daß Brigitte niemals freiwillig bei ihm bleiben würde. Roland hatte ihren freudigen Aufschrei gehört, als sie Quintins Namen gerufen hatte, den Namen dessen, den sie liebte.

38

»Was, zum Teufel, hat Brigitte auf der Mauer zu suchen gehabt?« fragte Roland, als Luthor ihm im Stall entgegenkam.

»Sie ist mit den anderen auf die Mauer gerannt, um Zeugin eines großartigen Duells zu werden«, erwiderte Luthor gut gelaunt. »Bei Gott, du hast diesen Franzosen gezeigt, mit wem sie es zu tun haben!«

»Wo ist sie jetzt?« fauchte Roland gereizt.

»Ach, das Mädchen ist doch nicht so stark, wie ich geglaubt habe. Sie ist ohnmächtig umgefallen, als du den französischen Ritter besiegt hast. Ich habe sie in dein Zimmer bringen lassen.«

Roland stürzte aus dem Stall, eilte hastig durch die Halle, sprang in großen Sätzen die Treppe hinauf und riß die Tür zu seinem Zimmer auf.

Brigitte lag bewußtlos auf dem Bett. Der Lärm drang in ihre Bewußtlosigkeit durch, und sie fing an zu stöhnen, doch sie war immer noch nicht voll bei Bewußtsein und ganz in den Aufruhr versunken, der sich in ihrem Innern abspielte.

Roland setzte sich neben sie und strich ihr das Haar aus dem Gesicht. »Brigitte? Brigitte!« sagte er und tätschelte ihre Wange.

Ihre Augen öffneten sich einen Spalt weit und wurden immer größer, als sie auf Roland fielen. Ein Schluchzen entrang sich ihrer Kehle, und sie hämmerte mit ihren Fäusten auf seine Brust ein, bis er ihre Hände festhielt.

»Du hast ihn umgebracht!« schrie Brigitte mit schriller Stimme. *»Du hast ihn umgebracht!«*

Roland kniff erbost die Augen zusammen. »Er ist nicht tot«, sagte er barsch, »er ist verwundet.«

Er beobachtete den Wandel der Empfindungen, die sich auf Brigittes Gesicht jagten. Sie setzte sich auf.

»Ich muß zu ihm gehen.«

Er drückte sie auf das Bett zurück. »Du wirst nicht zu ihm gehen, Brigitte.«

»Ich muß gehen!«

»Nein«, sagte er barsch, und dann: »Ich weiß, wer es ist, Brigitte.«

Diese Äußerung versetzte ihr einen Schock. »Du weißt es? Du weißt es und kämpfst trotzdem gegen ihn? Mein Gott, wie ich dich hasse!« schluchzte sie. »Ich dachte, daß du dir ein wenig aus mir machst. Aber du hast kein Herz. Du bist aus Stein!«

Roland war überrascht, als er merkte, wie tief ihn ihre Worte verletzten. »Ich hatte keine andere Wahl, als mich mit ihm zu duellieren!« sagte er wütend. »Ich lasse nicht zu, daß er dich bekommt! Du kannst ihn nur über meine Leiche heiraten, Brigitte!«

»Ihn heiraten?« rief sie mit gebrochener Stimme. »Meinen Bruder heiraten?«

Roland ließ Brigitte los und sah sie dumm an. »Deinen Bruder?«

»Wie kannst du es wagen, mir etwas vorzumachen? Du weißt, daß Quintin mein Bruder ist! Du hast es selbst gesagt!«

Roland schüttelte benommen den Kopf. »Ich dachte, er sei dein Herr. Quintin de Louroux ist dein Bruder? Warum hast du mir das nicht gesagt?«

Brigitte hörte seine Worte trotz ihres lauten Schluchzens. »Ich dachte, er sei tot, und es hätte mich zu unglücklich gemacht, über ihn zu sprechen.«

»Wer, um Himmels willen, ist Druoda, wenn sie nicht seine Schwester ist? Sie hat mir erzählt, daß er die Absicht hat, dich zu heiraten, und daß sie diese Heirat verhindern will. Sie hat gesagt, sie würde dich vor seiner Rückkehr nach Louroux töten, wenn ich mich nicht einverstanden erkläre, dich mitzunehmen.«

»Lügen, alles Lügen!« schrie Brigitte aufbrausend. »Sie ist Quintins Tante. Ich habe dir immer wieder gesagt, daß sie gelogen hat. Warum hast du mir nicht geglaubt...?« Brigitte war außer Atem. »Vor Quintins Rückkehr nach Louroux?« keuchte sie fassungslos. »Du wußtest, daß er am Leben ist, und du hast es mir nicht gesagt?«

Roland konnte ihr nicht in die Augen sehen. »Ich dachte, daß du ihn liebst und versuchen würdest, wieder zu ihm zu gehen«, setzte er an.

Doch Brigitte war zu aufgebracht um zuzuhören. »Daß ich ihn liebe? Natürlich liebe ich ihn! Er ist mein Bruder. Er ist alles, was mir von meiner Familie noch geblieben ist. Und ich gehe zu ihm – jetzt sofort!«

Sie sprang auf, doch Roland erwischte sie, ehe sie die Tür erreicht hatte. »Das kann ich nicht zulassen, Brigitte. Wenn ich dich jetzt zu ihm gehen lasse, wird er dich davon abhalten, wieder zu mir zu kommen.«

Sie starrte ihn entgeistert an. »Glaubst du denn, daß ich zu dir zurückkommen will? Ich will dein Gesicht nie wiedersehen! Du hast dich mit meinem Bruder duelliert und ihn beinah umgebracht!«

»Du gehst nicht fort, Brigitte«, sagte Roland mit steinerner Entschlossenheit.

»Ich hasse dich, Roland!« zischte sie. »Du kannst mich hier festhalten, aber mich bekommst du nicht. Wenn du mich hier einsperrst, bringe ich mich um!«

Sie brach schluchzend auf dem Fußboden zusammen. Roland blieb stehen und starrte sie hilflos an. Dann verließ er den Raum.

Es war spät am Abend. Das französische Heer hatte sich vor Einbruch der Nacht zurückgezogen, aber nicht weit. Die Rauchwolken vieler Lagerfeuer, die hinter dem Hügel aufstiegen, bezeugten, daß die Franzosen gleich hinter dem Hügel Deckung gesucht hatten. Sie hatten die Absicht zu bleiben.

Roland war den ganzen Tag über nicht mehr in seinem Zimmer gewesen. Er wußte nicht, wie er sich Brigitte gegenüber verhalten sollte. Er überlegte sich, was er ihr sagen sollte, und jedesmal konnte er sich Brigittes Antwort ausmalen. Ihm wurde klar, daß er ihr nicht entgegentreten konnte.

Er hatte sich hartnäckig geweigert, ihr im Laufe dieser vielen Wochen zu glauben, und doch hatte sie von Anfang an nichts anderes als die Wahrheit gesagt. Er hatte eine Tochter aus gutem Hause vergewaltigt. Er hatte sie gezwungen, ihm zu dienen. Er hatte sie ausnehmend schlecht behandelt. All das hatte sie ihm verziehen, aber sie würde ihm nicht verzeihen, daß er sich mit ihrem Bruder duelliert hatte. Das würde sie ihm nie verzeihen und auch nicht, daß er ihr die Nachricht vorenthalten hatte, daß Quintin noch am Leben war. Es war nicht sein Recht, sie hier festzuhalten, aber der Gedanke, sie zu verlieren, war ihm unerträglich. Außerdem würde

Quintin einer Heirat zwischen Brigitte und Roland niemals zustimmen.

Vielleicht würde der Franzose sich erweichen lassen, wenn er feststellte, daß er seine Schwester nie wiedersehen würde, falls er seine Einwilligung zu dieser Ehe nicht gab. Brigitte würde sich nicht zu dieser Hochzeit bereit erklären, aber man konnte eine Frau auch ohne ihre Zustimmung heiraten. Dazu war nur die Genehmigung ihres Vormunds erforderlich.

Wenn er ihr sagte, wie leid es ihm tat, daß er ihr Unrecht getan hatte, würde sie ihn vielleicht nicht mehr ganz so sehr hassen. Er mußte sie sofort sehen. Er hielt es nicht mehr aus, sich ihren Haß auszumalen.

Mit einem schwachen Hoffnungsschimmer öffnete Roland die Tür seines Zimmers. Er war etwas zuversichtlicher als im Laufe des Tages. Doch sein Zimmer war leer. Brigittes Habe war noch da, doch sie war verschwunden. Die Durchsuchung des Gutshauses erwies sich als eine Zeitverschwendung. Weder Brigitte noch ihr Hund waren aufzufinden. Was schließlich entdeckt wurde, war, daß der Hintereingang des Hauses von innen geöffnet worden war. Der Riegel war nicht wieder vorgeschoben worden. Auch der geheime Ausgang in der Mauer war unverschlossen.

Roland eilte in den Stall und sattelte sein Pferd. Brigitte mußte die Burg nach Einbruch der Dunkelheit verlassen haben, denn sonst wäre sie in den Feldern nicht unbemerkt geblieben. Vielleicht hatte sie das Lager der Franzosen noch nicht erreicht. Vielleicht, ganz vielleicht, konnte er sie vorher noch abfangen. Darauf mußte er seine Hoffnung setzen.

Sein Herz schlug rasend, als er endlich die Kuppe des Hügels im Süden von Montville erreichte. Auf der anderen Seite des Hügels lagerten keine Truppen mehr, und er sah nichts als freies Weideland und die Überreste zahlreicher Lagerfeuer, die jetzt verglüht waren. Asche wehte über den zertrampelten Schnee.

»Brigitte! Brigitte!« Es war ein leidenschaftlicher, hoffnungsloser Aufschrei, den nur der Wind hörte.

39

Brigitte kuschelte sich im Wagen dicht an ihren Bruder. Sie hatten keine Eile, denn die Ritter aus Berry hätten es gern mit Verfolgern aufgenommen. Sie setzten ihren Weg langsam fort, doch jede Stunde brachte sie weiter von Montville fort.

Brigitte lehnte erschöpft ihren Kopf zurück und sah zu dem sternlosen Nachthimmel auf. Quintin schlief unruhig. Das Fieber wütete in ihm, und er hatte schreckliche Schmerzen. Er stöhnte im Schlaf, und Brigitte konnte ihm nicht helfen. Sie hatte im Gegenteil zu einer Verschlechterung seines Zustands beigetragen, denn sie hatten sich entsetzlich gestritten, fast so schlimm, wie sie sich mit Roland gestritten hatte.

Quintin war nicht bereit gewesen, die Heimreise anzutreten. Er war wild darauf gewesen zu bleiben. Er wollte Montville angreifen, das ummauerte Lehen dem Erdboden gleichmachen. Was er sich am meisten wünschte, war Rolands Kopf. Als sie das gehört hatte, war Brigitte erbleicht. Sie wußte nicht genau, wie es gekommen war, doch plötzlich hatte sie Roland verteidigt.

»Er hat dich am Leben gelassen! Er hat dir das Leben geschenkt, obwohl er dich hätte töten können!« hatte sie geschrien.

Doch Quintins rasende Wut hatte sich nicht besänftigen lassen. Sie hatte sich sogar noch gesteigert. »Für das, was er dir angetan hat, muß er sterben!«

»Aber es ist doch nicht Rolands Schuld, daß es so gekommen ist«, hatte Brigitte beharrlich betont. »Es ist Druodas Schuld.«

»Nein, Brigitte. Der Normanne hat Druoda überredet, dich mit ihm gehen zu lassen.«

Brigitte hatte darüber nachgedacht und dann bitter über die absurde Vorstellung gelacht. »Hat sie dir das erzählt? Ach, Quintin, du weißt immer noch nicht, wie geschickt sie lügt. Roland wollte mich nicht haben. Er war wütend, weil er mich mitnehmen mußte. Vielleicht will er mich jetzt, aber damals wollte er mich nicht. Druoda hat ihm gesagt, daß sie mich umbringt, wenn er mich nicht mitnimmt. Und weil er selbst etwas falsch gemacht hat, hat er sich einverstanden erklärt.«

»Auch *das* ist ein Grund, aus dem er sterben muß!«

»*Das* hat sich gar nicht in Louroux abgespielt«, hatte Brigitte heftig entgegnet.

»Du... du willst damit sagen, daß er dich gar nicht vergewaltigt hat?«

»Ja. Er war betrunken, und ich war so entsetzt, daß ich nichts gesagt habe. Wir dachten beide, es sei passiert, aber die Wahrheit ist, daß er eingeschlafen ist und ich ohnmächtig geworden bin. Am nächsten Morgen haben wir beide angenommen, es sei dazu gekommen, und Druoda hat das auch vorausgesetzt. Aber das war alles ein Irrtum.«

»Trotzdem hat er dich mitgenommen, obwohl er wußte, daß du meine Schwester bist und daß Druoda nicht das Recht hatte, dich ihm zu überlassen.«

»Ist das schon wieder eine von Druodas Lügen? Roland hat mich für eine Dienerin gehalten. Er hat mir nicht geglaubt, als ich ihm gesagt habe, daß es nicht so ist, weil Druoda ihm eingeredet hat, daß ich eine Dienerin bin. Selbst heute noch, als du gekommen bist, hat er geglaubt, du seist mein Herr. Er hat nicht gewußt, daß ich deine Schwester bin. Er hat Druoda für deine Schwester gehalten.«

»Warum sollte Druoda mich noch belügen, nachdem sie mir alles andere gestanden hat?«

»Kannst du dir das nicht selbst denken?« fragte Brigitte. »Ich kann dir diese Frage leicht beantworten, denn ich kenne sie, weil ich mit ihr zusammengelebt habe. Wenn sie dich in bezug auf Roland belogen hat, dann nur, um ihre eigenen Übeltaten weniger entsetzlich erscheinen zu lassen. Hast du sie getötet?«

»Nein, ich habe sie verbannt.«

»Siehst du? Sie ist davongekommen, aber du bist hierhergekommen, um Roland zu töten. Du willst ihn immer noch umbringen, obwohl er dir das Leben geschenkt hat.

Aber Roland hat gewußt, daß du am Leben bist, und er hat es mir nie gesagt«, sagte Brigitte dann zu sich selbst. »Bis heute habe ich geglaubt, daß du tot bist.«

»Das kannst du nicht zu seiner Verteidigung vorbringen, Brigitte. Schließlich habe ich ihn nach Louroux geschickt, damit er dir sagt, daß ich noch am Leben bin.«

»Er hat es Druoda erzählt, weil er sie für deine Schwester gehalten hat. Er hat getan, was du ihm aufgetragen hast, Quintin.«

»Du erfindest Ausreden für ihn«, hatte Quintin ihr vorgeworfen. »Wie kommst du dazu, ihn zu verteidigen?«

Brigitte hatte die Augen niedergeschlagen, ehe sie leise eingestanden hatte: »Ich war glücklich hier, Quintin. Am Anfang nicht, aber mit der Zeit bin ich glücklich geworden. Ich will ebensowenig, daß du Roland tötest, wie ich will, daß er dich tötet. Und wenn wir nicht von hier fortgehen, wird mit Gewißheit einer von euch beiden sterben. Ich will nach Hause. Hier haben wir nichts mehr zu tun. Es besteht kein Grund, mich zu rächen, denn mir ist kein Unrecht zugestoßen.«

»Willst du damit sagen, daß er dich während der ganzen Zeit nie angerührt hat?« fragte Quintin zweifelnd.

»Das hat er nicht getan«, erwiderte Brigitte mit fester Stimme. Sie hoffte, die Auseinandersetzung mit dieser Lüge beenden zu können.

So kam es auch. Quintin erklärte sich einverstanden, die Heimreise anzutreten. Es wurde kein Wort mehr darüber verloren.

Sie würde Roland nie wiedersehen. Sie würde ihre Gefühle für ihn tief in sich begraben und sich bemühen, durch nichts mehr an ihn erinnert zu werden. Irgendwie würde es ihr gelingen, alles zu vergessen, was sich zwischen ihr und Roland von Montville abgespielt hatte.

40

Die warme Frühlingsluft ließ das Land auftauen und brachte Thurston von Mezidon nach Montville. Das normannische Heer war nicht allzu beeindruckend, nicht mehr, nachdem Montville erst vor Monaten von bedeutend größeren Truppen bedroht gewesen war. Mindestens zweihundert Männer kämpften auf Thurstons Seite, aber darunter waren nicht mehr als ein Dutzend Reiter.

Roland sah verächtlich die Ansammlung von Männern an, die gekommen waren, um ihm Montville wegzunehmen. Die meisten waren käufliche Gesellen, darunter vielleicht einige gute Kämpfer, doch größtenteils Bauern, die versuchten, ihr Los zu verbessern. Loyalität gab es unter diesen Männern nicht. Männer, die sich für Geld anwerben ließen, kämpften nicht bis zum bitteren Ende.

Vier Ritter kamen auf die Tore von Montville zugeritten. Thurston führte sie an. Roland erkannte einen der drei anderen und grinste hämisch. Roger. Er hatte sich seinem Bruder angeschlossen. Vielleicht wollte er die Schlacht nur nutzen, um Gelegenheit zu finden, Roland endlich zu töten. Roger mußte Thurston berichtet haben, wie gut bemannt Montville war, und dennoch war sein Bruder dumm genug, Krieg zu führen. Roland war sicher, daß auch Geoffrey unter den Männern dort unten war.

»Luthor!« krächzte Thurston von unten herauf. »Ich fordere dich auf, um Montville zu kämpfen!«

»Und mit welchem Recht?« fragte Luthor.

»Mit dem geheiligten Recht der Ehe mit deiner ältesten Tochter. Bei deinem Tod fällt Montville an mich. Ich habe keine Lust, so lange zu warten.«

»Du kleiner Kläffer«, rief Luthor mit einem verächtlichen Lächeln. »Du bist hier ohne alle Rechte. Mein Sohn Roland wird Montville bekommen. Du? Niemals!«

»Er ist ein unehelicher Bastard! Du kannst ihn nicht deiner rechtmäßigen Tochter vorziehen!«

»Das kann ich, und das habe ich bereits getan!« rief Luthor von der Mauer herunter. »Ich habe ihn so aufgezogen, daß er meinen Platz einnehmen wird, und so wird es auch sein.«

»Dann fordere ich deinen Bastard heraus!«

Roland hatte diesen Wortwechsel ungeduldig mit angehört. Er war begierig darauf zu kämpfen. Die Verzweiflung, der er sich überlassen hatte, seit Brigitte fortgegangen war, hatte sich in letzter Zeit in unbeherrschten Zorn verwandelt. Das war die Gelegenheit, die er brauchte, um seinem Zorn Luft zu machen.

Doch Luthor hatte andere Pläne. Er packte Rolands Arm und gebot seinem Sohn Schweigen.

»Du und deine Handlanger!« warf Luthor Thurston an den Kopf. »Mein Sohn würde sich nicht dazu herablassen, sich mit deinesgleichen zu messen. Er verschwendet seine Geschicklichkeit nicht an nichtsnutzige Bauern.«

»Feiglinge« plusterte sich Thurston auf. »Versteckt Euch ruhig hinter Euren Mauern. Mit mir bekommt Ihr es trotzdem zu tun!«

Die Ritter ritten zu ihren Truppen auf dem Feld zurück. Roland sah ihnen nach und wandte sich wütend an Luthor.

»Warum hat du das getan? Ich hätte mit ihm kämpfen und dem Ganzen ein kurzes, schmerzloses Ende bereiten können.«

»Ja, sicher«, sagte Luthor hintersinnig, »das hättest du tun können – in einem fairen Kampf. Benutz deinen Verstand, Roland. Thurston ist schon in seiner frühen Jugend zu mir gekommen, aber er war immer faul und wollte nichts lernen. Er ist der jämmerlichste Ritter, der je durch diese Mauern geritten ist. Rechne dir aus, wie seine Chancen gegen dich oder gegen mich stehen. Thurston weiß ganz genau, daß er nicht gewinnen kann, und trotzdem sagt er uns den Kampf an. Warum? Er hätte es nie getan, wenn er nicht einen hinterhältigen Plan hätte, der ihm den Sieg sichert.«

»Soll das heißen, daß du vorhast, dich hinter diesen Mauern zu verstecken?«

»Natürlich nicht«, brüllte Luthor. »Möglicherweise hat er damit gerechnet, einen Krieg umgehen zu können, indem er mich umbringt, aber er wird seinen Krieg bekommen. Wir lassen es zu einer Schlacht auf dem Gelände kommen, aber zu einem Zeitpunkt, den ich bestimme.«

»Und in der Zwischenzeit läßt du zu, daß er Montville verheert?« fragte Roland. Er sah Thurstons Truppen nach, die sich mit angezündeten Fackeln teilten und sich in Richtung auf das Dorf in Bewegung setzten.

Luthors Augen flackerten gefährlich auf, als er sah, was Roland gerade beobachtet hatte. »Dieser Schurke! Nun denn«, grollte er. »Wir reiten sofort hinaus und beenden möglichst schnell diese Angelegenheit.«

Roland bemühte sich, Luthor von einem vorschnellen Schritt abzuhalten, aber es war zu spät. Luthor hörte nicht auf ihn. Er konnte nicht mehr klar denken, sondern ließ sich sein weiteres Vorgehen von seinem Zorn diktieren, und das konnte sich kein Krieger leisten. Dennoch hatte Roland keine andere Wahl, als sich Luthor anzuschließen. Kurz darauf saßen vierzig Männer auf vierzig der besten Streitrösser des Landes, und Luthor erteilte den Befehl zum Angriff. Die Ritter und Soldaten von Montville ritten durch die Tore, um gegen den Baron von Mezidon und seine Männer zu kämpfen.

Roland führte die Hälfte der Verteidiger Montvilles an. Sie ritten hinter den Fackelträgern her. Das Dorf stand bereits in Flammen, und aus jeder Hütte und Scheue drang schwarzer Rauch und orange Flammen. Thurstons Männer hatten das Feuer sich selbst überlassen und sich ihren Kameraden wieder angeschlossen. Roland kehrte um und ritt mit seinen Leuten hinter ihnen her.

Als er das Schlachtfeld erreichte, gefror sein Blut angesichts dieses Gemetzels. Dann packte ihn das Entsetzen, und ein wilder Schmerz durchzuckte ihn, als er sah, daß Luthor fiel. Es war schon passiert, ehe Roland Luthor eingeholt hatte, und er sah, wie Thurston sie in die Falle gelockt hatte. Über den Hügel im Süden waren dreißig weitere Reiter gekommen, um Luthor und seine Männer zu überfallen. Eine alte Kriegslist, aber sie hatte sich bewährt. Luthor war gefallen, und die Hälfte seiner Männer war gefallen.

Roland konnte nicht mehr klar denken. Luthor hatte sich von seinen Gefühlen lenken lassen, und jetzt ging es Roland ebenso. Wie ein Verrückter stürzte er sich ins Gefecht, und seine zwanzig Krieger folgten ihm. Er durchbrach die Flanke und hieb nach allen Seiten mit seinem Schwert um sich, bis er mitten im Getümmel war. Dort fand er Luthor. Thurstons Schwert hatte ihn durchbohrt.

Thurston von Mezidon erstarrte, als er Rolands Augen sah. In ihnen stand der Tod geschrieben. Rolands Pferd stürzte auf ihn zu und Roland hob sein blutiges Schwert. Thurston saß in der Falle. Er konnte nicht entkommen, und bei Rolands Wutgeheul gerann ihm das Blut und er blieb wie versteinert stehen.

Thurston kämpfte wild und ziellos und war schnell erledigt. Doch als Roland sein Schwert aus Thurstons Leiche zog, drang eine Klinge in seinen Rücken. Er riß vor Erstaunen die Augen auf, doch er reagierte augenblicklich, indem er seinen rechten Arm mit dem Schwert nach hinten riß. Er traf etwas, aber er sah nicht, was es war. Er hatte zu große Schmerzen, um sich umzudrehen. Seine Blutrünstigkeit hatte nicht nachgelassen, und das Schlachtgetöse dröhnte noch in seinem Kopf, aber er war fast blind und zudem verwirrt, denn er konnte nichts anderes mehr sehen als Luthor, der fiel, den starken, unschlagbaren Luthor, der unter dem Schwert eines anderen fiel.

Ein anderes Pferd stieß mit Rolands Pferd zusammen, und Roland fiel vom Pferd. Unter betäubenden Schmerzen fiel er auf den Boden. Dann sah und hörte er nichts mehr.

»Er ist tot!« rief Hedda, als zwei Ritter Roland ins Haus trugen. »Oh, endlich!«

Gui sah sie finster an, während er dafür sorgte, daß Roland neben die anderen Verwundeten gelegt wurde. Dann schickte Gui die Ritter wieder hinaus. Er wandte sich an Hedda und sagte kühl: »Er ist nicht tot, noch nicht.«

Sie riß ihre braunen Augen enttäuscht auf. »Aber er wird doch sterben?«

Der hoffnungsvolle Klang ihrer Stimme war für Gui abscheulich, und er gestattete sich, ihre Stellung in Montville zu vergessen. »Raus mit Euch! Ihr habt Euren Gatten verloren. Habt Ihr keine Tränen für ihn übrig?«

Hedda sah ihn wütend an. »Ich werde Tränen um meinen Herrn vergießen, sobald dieser Bastard tot ist!« zischte sie. »Er hätte schon viel eher sterben sollen. Sein Pferd hätte ihn umbringen müssen. Ich war so sicher, daß es klappt! Es hätte damals schon zu Ende mit ihm sein sollen!«

»Gnädige Frau?« sagte Gui, der davor zurückschreckte, die Frage zu formulieren.

Sie wich zurück und schüttelte den Kopf. »Ich habe nichts gesagt. Ich war es nicht. Ich war es nicht!«

Hedda lief zu Luthor. Seine Leiche war auf Stroh gebettet worden. Sie warf sich auf ihn, und ihre Klagelaute hallten durch den Saal, doch Gui wußte, daß ihre Tränen nicht echt waren.

»Dann habe ich mich also in Roger getäuscht.«

Gui sah Roland an, der die Augen geöffnet hatte.

»Hast du gehört, was sie gesagt hat?« fragte er Roland.

»Ich habe es gehört.«

Gui kniete sich neben Roland. In seiner Stimme lag Erbitterung, als er sagte: »Du hast dich nur in diesem Punkt in Roger getäuscht. Seinetwegen liegst du jetzt hier.«

Roland versuchte, sich aufzurichten, doch er ließ sich mit schmerzverzerrtem Gesicht wieder zurückfallen. »Wie schlimm bin ich verwundet?«

»Sehr schlimm«, gab Gui zu, »aber du bist stark.«

»Luthor war auch stark«, sagte Roland, und wieder sah er das blutige Schauspiel vor sich. Ohne Pause lief es vor seinen Augen ab.

»Es tut mir leid, Roland. Er ist tot.«

Roland schloß die Augen. Natürlich. Er hatte es schon gewußt, als er gesehen hatte, wie Luthor fiel, Luthor. Nicht sein Vater und doch sein Vater. Die langen Jahre, die sie miteinander verbanden, hatten ihn zu seinem Vater gemacht – genauso, wie Brigitte es gesagt hatte. Die Bande waren stärker, als Roland es sich je hätte vorstellen können. Der Schmerz, der tief in seinem Inneren einsetzte, war stärker, als er erwartet hatte.

»Er wird in Frieden ruhen«, sagte Roland schließlich. »Er ist gerächt.«

»Ich habe es gesehen«, erwiderte Gui leise. »Und ich habe auch gesehen, wie du dich selbst gerächt hast.«

Roland runzelte die Stirn. »Was soll das heißen?«

»Weißt du denn nicht, wer dir das Schwert in den Rücken gebohrt hat?« fragte Gui. »Roger. Du hast ihn mit deinem Schwert aufgespießt, und er ist noch vor dir vom Pferd gefallen. Roger ist tot.«

»Bist du ganz sicher?«

»Ja. Thurstons Männer haben sich in alle Winde verstreut, aber Rogers Verrat steht außer Zweifel. Es tut mir leid, daß ich dir nicht eher geglaubt habe. Ich habe selbst bei Roger für ausgeschlossen gehalten, daß er seinen Feind von hinten angreift. Aber du hast ihn besser gekannt als ich.«

Roland hörte Guis letzte Worte nicht, weil eine segensreiche Bewußtlosigkeit über ihn gekommen war. Er konnte den Schmerz über seinen Verlust und den Schmerz seiner Wunde nicht mehr spüren.

Während Roland seinen Kampf um Leben und Tod ausfocht, sah Brigitte dem Erwachen des Frühlings mit schwerem Herzen entgegen. Sie konnte ihr Geheimnis nicht länger für sich behalten. Quintin war außer sich, als sie es aufgab, Ausreden für ihr Gewicht zu erfinden, und die Wahrheit eingestand.

»Ein Kind?« schrie er aufgebracht. »Du wirst das Kind dieses Normannen zur Welt bringen?«

»Mein Kind.«

»Du hast mich belogen, Brigitte!« brüllte Quintin.

Der Grund für seinen grenzenlosen Zorn lag darin, daß sie ihn zum erstenmal in ihrem Leben belogen hatte. Sie hatte ihren Zustand vor ihm geheimgehalten, seit sie nach Louroux zurückgekehrt waren, obwohl sie es zu diesem Zeitpunkt bereits gewußt hatte. Es stand fest, daß sie es damals schon gewußt hatte, denn sie war jetzt im vierten Monat schwanger.

»Warum? Warum hast du mich belogen?« fragte Quintin.

Brigitte hatte den Schmerz in seinem Tonfall wohl gehört. »Wenn ich dir die Wahrheit gesagt hätte, wärst du doch nicht von Montville aufgebrochen, oder?«

»Natürlich nicht.« Er war schockiert.

»Da hast du deine Antwort, Quintin«, erwiderte Brigitte erbarmungslos. »Ich wollte nicht zulassen, daß Männer sich wegen meiner Ehre bekämpfen, wenn ich selbst zugelassen habe, daß man mir diese Ehre raubt. Es bestand kein Anlaß für eine Schlacht.«

»Worin hast du mich denn noch belogen?«

Sie senkte die Lider, denn sie brachte es nicht über sich, seinem anklagenden Blick zu trotzen. »Ich habe dir nicht gesagt, was ich wirklich empfinde«, gestand sie schließlich ein. »An jenem Tag war ich wütend. Ich habe Roland gehaßt, weil er sich mit dir duelliert hat. Das hat mich so sehr verletzt, daß ich am liebsten gestorben wäre.«

»Und doch hast du ihn mir gegenüber verteidigt.«

»Ja«, hauchte sie leise.

Quintin verließ den Raum, und Brigitte blieb tränenüberströmt zurück. Er war von ihr enttäuscht, und das brach ihr das Herz. Nur sie selbst wußte, wie sehr sie sich nach Roland sehnte. Täglich betete sie, er möge kommen, um sie zu holen. Aber wie sollte sie Quintin das erklären?

41

Roland streckte sich stöhnend. Es erschien ihm, als würde er immer steif bleiben und sich nie mehr wirklich von seiner Verwundung erholen. Er drehte sich zu seinem Bruder um, der ihn anlächelte.

»Ich möchte wetten, daß du keine Narben hast. Sonst fändest du meine Schmerzen nicht so lustig, Bruder«, brummte Roland.

»Die Wette gewinnst du«, sagte Evarard kichernd. »Ich halte nichts von einem kriegerischen Leben, und ich habe wenig Mitleid mit denen, die Krieg führen und stöhnen, wenn sie ihre Wunden spüren.«

Roland fand das gar nicht lustig. »Ich stöhne nicht wegen Kleinigkeiten.«

»Nein, nur wegen ihr.«

Roland sah ihn finster an. »Ich will nicht mehr über sie sprechen. Ich habe dir gestern abend ohnehin schon zuviel erzählt.«

»Und dabei gestöhnt.« Evarard lachte.

Roland sprang auf. Ein stechender Schmerz durchzuckte ihn, und er krümmte sich. Seine Wunde war erst zwei Monate alt und noch äußerst empfindlich. »Ich brauche deinen Spott nicht«, sagte er mürrisch.

Evarard ließ sich durch Rolands Verschlossenheit nicht aus der Fassung bringen.

»Wo ist dein Humor, Mann? Ist er dir gemeinsam mit dieser Dame abhanden gekommen?«

»Evarard, ich schwöre dir, daß ich dich in Stücke reißen würde, wenn du nicht mein Bruder wärst!« knurrte Roland mit geballten Fäusten. »Fang nie wieder von ihr an, wenn ich in der Nähe bin.«

»Gerade weil ich dein Bruder bin, kann ich sagen, was ich denke«, sagte Evarard ernst. »Du würdest es dir zweimal überlegen, ehe du mir deine Faust ins Gesicht schlägst, denn es wäre dasselbe, als würdest du dich selbst schlagen.«

»Sei dir nicht zu sicher, Bruder.«

»Siehst du?« sagte Evarard feierlich. »Du reagierst viel zu ernst, wenn ich nur einen Spaß mache. In dir lebt Zorn, Roland. Du läßt ihn in deinem Innern gedeihen, statt zuzusehen, daß du ihn loswirst.«

»Du unterstellst mir zuviel.«

»So, tue ich das?« wagte sich Evarard vor. »Sie hat dich verlassen. Sie wollte lieber mit ihrem Bruder weggehen als bei dir bleiben. Hast du das etwa leichtgenommen?«

»Es reicht, Evarard!«

»Du wirst diese Dame nie wiedersehen. Das ist dir völlig gleich, was?«

»Es reicht!« schrie Roland aufbrausend.

»Und das bezeichnest du nicht als Zorn?« fuhr Evarard gewagt fort, denn Rolands Gesicht drückte blanke Wut aus. »Sieh dich an, Bruder. Du würdest mich am liebsten zusammenschlagen, weil ich dir genau sage, was an dir nagt. Warum setzt du deinem Leben nicht einfach ein Ende? Du kannst offensichtlich nicht ohne diese Frau leben, und doch unternimmst du nichts, um sie wieder zu erobern.«

»Verdammt noch mal, Evarard. Sag mir, wie ich sie wieder erobern und ihr Herz gewinnen kann, wenn sie mich verachtet? Sag mir, wie ich in ihre Nähe kommen soll, wenn ihr Bruder mich umbringen würde, wenn ich ihm unter die Augen komme?«

»Ach, Roland, das sind nur Hindernisse, die du dir selbst in den Weg legst. Sie sind kleiner, als du glaubst. Du versuchst es gar nicht erst. Du hast Angst, du könntest versagen. Wenn du versagst, wäre es wirklich das Ende, aber du weißt nicht, ob du versagen wirst, und solange du es nicht versuchst, wirst du es auch nie wissen.«

Als Roland schwieg, nutzte Evarard seinen Vorteil. »Was ist, wenn das Mädchen ebenso verzweifelt ist wie du? Was, wenn sich ihr Bruder wieder beruhigt hat? Ich werde den Mund nicht halten. Alles, was du falsch gemacht hast, geht nur dich und das Mädchen etwas an. Du mußt dich mit ihr aussprechen. Vielleicht versteht sie dich viel besser, als du glaubst. Aber woher willst du das jemals wissen, solange du sie nicht siehst? Geh. Geh nach Berry, Roland. Sprich mit ihrem Bruder. Dann sprichst du mit ihr und sagst ihr, was du auf dem Herzen hast. Du hast nichts zu verlieren, und wenn du gar nicht erst hingehst, ist ohnehin alles verloren.«

Roland dachte an sein Gespräch mit Evarard zurück, als er Louroux näher kam. Der gesunde Menschenverstand seines Bruders war nötig gewesen, um ihm zu zeigen, was für ein dickschädeliger Narr er war.

Es war Sommeranfang. Zu lange hatte er sein Elend hingenommen und nichts getan. Zu lange war er von Brigitte getrennt gewesen und hatte über diesen Tatbestand gewütet. Er hätte eher zu ihr kommen sollen, um sie zu holen. Und überhaupt hätte er sie gar nicht erst gehen lassen dürfen.

»Baron Roland von Montville, gnädiger Herr«, kündigte Leandor voller Unbehagen an.

Quintin sprang auf, als Roland dem Gutsverwalter in den Saal folgte, und er legte seine Hand auf das Heft seines Schwerts.

»Wenn Ihr mich zum Duell herausfordert, Baron, nehme ich die Herausforderung nicht an«, sagte Roland sofort. Damit verschaffte er sich einen Vorteil vor Quintin. Quintin war sprachlos. Rolands Auftauchen brachte ihn aus der Fassung. In seinen kühnsten Träumen hätte er sich nicht ausgemalt, daß der Normanne so dreist sein könnte, nach Louroux zu kommen. Schließlich hätte Quintin ihn in Ketten legen und nie wieder freilassen können. Er war der Hausherr.

»Ihr müßt ein Mann sein, der sein Leben nicht zu Ende leben will, oder Ihr seid der größte Narr der Christenheit«, sagte Quintin, als er seine Stimme wiedergefunden hatte. »Ich habe Euch bisher nicht für einen Dummkopf gehalten, Normanne, aber schließlich habe ich mich von Anfang an in Euch getäuscht. Ich habe mein Vertrauen in Euch gesetzt, aber Ihr habt mir eine Lektion von unschätzbarem Wert erteilt.«

»Ich bin nicht gekommen, um mit Euch zu streiten«, erwiderte Roland. »Ich bin gekommen, um Frieden zu stiften.«

»Frieden?« schrie Quintin, den Rolands Ruhe in Wut brachte. Ohne zu zögern, schlug er dem größeren Mann ins Gesicht. Roland schien den Schlag gar nicht wahrzunehmen. Er war ungerührt.

»Verdammt noch mal!« brüllte Quintin. »Wie könnt Ihr es wagen, hierherzukommen?«

»Weil ich sie liebe«, erwiderte Roland schlicht und mit einer Festigkeit, die sich nicht leugnen ließ. Die Worte klangen echt. Er hatte sie mühelos gesagt, und er sagte sie noch einmal. »Ich liebe Brigitte. Ich möchte sie zur Frau nehmen.«

Quintin erstickte fast. »Ihr habt sie auch schon aus reiner Wollust begehrt und nicht davor zurückgeschreckt, sie gewaltsam zu nehmen! Ihr habt sie gewaltsam genommen!«

»Hat sie Euch das erzählt?«

»Ihr habt sie genommen, und das spricht für sich!«

»Ich habe Brigitte nie Gewalt angetan«, erwiderte Roland. »Ich bin anfangs unsanft mit ihr umgegangen, das gebe ich zu, denn ich war verbittert. Aber es hat nicht lange gedauert, bis Eure Schwester mich verändert hat, weil ich ihr unter allen Umständen gefallen wollte.«

»Das zählt nicht.«

Roland verlor die Geduld. »Verdammt noch mal! Versetzt Euch doch an meine Stelle. Druoda hat mir Brigitte geschenkt. Ich habe Druoda für Eure Schwester gehalten. Brigitte war mir als Dienerin anvertraut worden. Allein mit ihr nach Montville zu reisen, war eine Qual, und das wäre es für jeden Mann gewesen, wenn er sich einer solchen Schönheit gegenübersieht. Wir haben beide geglaubt, ich hätte sie schon hier in Louroux entjungfert. Wenn ich gewußt hätte, daß sie noch Jungfrau war, hätte ich sie vielleicht in Ruhe gelassen – das kann ich nicht sagen. Aber so war es nicht. Habt Ihr denn nie eine Frau ohne ihre Zustimmung in Euer Bett geholt?«

»Wir sprechen von meiner *Schwester* und nicht von irgendeinem Dienstmädchen, das nichts anderes erwarten kann und von Geburt an dazu erzogen worden ist, seinem Herrn zu dienen. Brigitte ist eine Tochter aus gutem Hause, und das, was sie Euretwegen durchgemacht hat, sollte keine Dame erleiden müssen!«

»Sie hat mir verziehen«, sagte Roland leise, aber beharrlich.

»So, hat sie das wirklich getan? Das wäre mir neu, denn sie spricht nie von Euch.«

»Mein Duell mit Euch hat sie gegen mich aufgebracht«, gab Roland zurück.

»Das bleibt sich gleich, denn sie wird Euch nie wiedersehen.«

»Seid doch vernünftig. Ich biete ihr die Ehe an. Ich habe inzwischen die Herrschaft über Montville, und auch in Cernay besitze ich viel Land. Als meine Frau würde es ihr an nichts fehlen, vor allem nicht an Hingabe. Ich würde ihr Leben lang täglich wiedergutmachen, was ich ihr an Unrecht angetan habe. Was geschehen ist, läßt sich nicht ändern. Ich kann Euch wirklich schwören, daß ich ihr nie mehr ein Leid zufügen würde.«

»Das, was Ihr Brigitte angetan habt, läßt sich durch nichts wiedergutmachen«, sagte Quintin kalt.

»Was sagt Brigitte dazu?«

»Das ist nicht ausschlaggebend.«

Roland verlor erneut die Geduld. »Würdet Ihr zumindest gestatten, daß ich selbst mit ihr spreche?«

»Ich sagte Euch bereits, daß Ihr sie nie wiedersehen werdet. Jetzt macht Euch schleunigst wieder auf den Weg, Normanne, solange ich Euch noch in Frieden ziehen lasse. Ihr vergeßt, wo Ihr seid.«

»Das habe ich keineswegs vergessen, Baron«, erwiderte Roland leise und mit festem Blick. »Brigitte bedeutet mir mehr als mein Leben.«

Quintin sah ihm schweigend nach, als Roland sich umdrehte und das Haus verließ, aber er hatte keine Zeit, über diese letzten tiefempfundenen Worte nachzudenken, denn in dem Moment kam Brigitte ins Zimmer. Verdammter Mist! Das letzte, was Brigitte jetzt gebrauchen konnte, war, daß sie diesen Mann sah und außer sich geriet. Sie war in einer elenden Verfassung und in letzter Zeit oft schnippisch.

»Leandor sagt, daß Besuch gekommen ist«, sagte Brigitte, als sie auf Quintin zukam.

»Leandor hat sich geirrt«, erwiderte Quintin barscher, als er es gewollt hatte.

»Sich geirrt?«

»Es war nur ein Bote«, erwiderte er. Am frühen Morgen war ein Bote gekommen, von dem seine Schwester nichts wußte. »Arnulf gibt im kommenden Monat ein Fest anläßlich der Hochzeit einer seiner Nichten. Ich bin eingeladen.«

»Dann bist du vielleicht gar nicht hier, wenn...«

»Nein«, schnitt er ihr das Wort ab. »Vielleicht nicht.«

Eilig verließ er den Raum, denn Gespräche über die bevorstehende Geburt waren ihm peinlich. Brigittes Zustand war ihm peinlich, das Wissen, was ihr angetan worden war, war ihm peinlich, und die Tatsache, daß der Mann, der sie in diese Lage gebracht hatte, noch am Leben war, war ihm peinlich. Es fiel ihm zusehends schwerer, Brigitte anzusehen. Sie wußte, wie schmählich er versagt hatte, als er sie rächen wollte. Sie hatte versucht, diesen Umstand herunterzuspielen, doch Quintin wußte, wie sie empfinden mußte. Er konnte ihr nicht vorwerfen, daß sie ihren Glauben an ihn verloren hatte.

42

Brigitte schlenderte langsam und träge durch den Obsthain. Immer wieder versuchte sie, die welken Blätter zu fangen, während sie zu Boden schwebten. Dann legten sich ihre Hände um ihre Taille und tasteten über die flache Stelle. Sie hatte ihre Last lange getragen, aber jetzt war diese Zeit vorbei. Die Geburt war nicht schwierig gewesen, oder zumindest hatte Eudora das gesagt. Brigitte war zu jenem Zeitpunkt anderer Meinung gewesen, ganz anderer Meinung.

Doch sie konnte sich nicht allzu deutlich an die Schmerzen erinnern, und sie war glücklich, jetzt Mutter zu sein. Doch wenn sie wie jetzt allein war, brach Unglück über sie herein. Sie haßte es, an Roland zu denken, und dennoch konnte sie nicht aufhören, an ihn zu denken. Sie haßte den Schmerz, den der Gedanke an ihn in ihr auslöste, und sie haßte ihre Sehnsucht nach ihm, doch sie dachte immer nur an ihn.

Brigitte glaubte, einer Einbildung erlegen zu sein, als sie einen Reiter sah, der sich den Toren von Louroux näherte. Sie ging unter den Bäumen zum Rand des Obstgartens, denn sie war sicher, daß die Erscheinung verschwinden würde. Etwas an dem Pferd erinnerte sie an Rolands Hengst. Sie schalt sich für ihre zügellose Fantasie.

Brigitte raffte ihre Röcke und ging auf das Haus zu. Mit jedem Meter beschleunigte sie ihre Schritte, und als sie durch die Tore lief, rannte sie bereits. Sie blieb erstarrt im Hof stehen, denn sie war schon so nah, daß sie das Pferd, das der Reitknecht zum Stall führte, deutlich sehen konnte. Der Reiter war nicht dort. Ihr Herz überschlug sich. Sie rannte auf das Haus zu, stolperte durch die Tür und blieb wieder erstarrt stehen. »Roland!« keuchte sie.

Doch niemand hätte ihre Stimme hören können, denn sie wurde von Quintins Geschrei übertönt. Roland und Quintin standen einander gegenüber. Quintin war außer sich vor Wut, und Roland wollte eben sein Schwert ziehen.

»Hört auf!« schrie Brigitte, während sie sich zwischen die beiden stellte. »Ich sage euch, daß ihr aufhören sollt!« Sie stieß Roland an, und er starrte sie verblüfft an. Dann wandte sie sich an ihren Bruder. »Was hat das alles zu bedeuten?«

»Er ist hier nicht willkommen.«

»Du würdest ihn hinauswerfen«, fragte sie erhitzt, »ohne erst zu fragen, warum er gekommen ist?«

»Ich weiß, warum er gekommen ist.«

»Warum?«

»Deinetwegen.«

Roland hatte die Antwort gegeben. Brigitte gestattete sich, sich umzudrehen. Sie sah ihn an. Ihre Blicke streiften über ihn. Sie war gänzlich unfähig, ihren Blick von ihm loszureißen, und er verschlang sie mit diesen dunkelblauen Augen.

»Laß uns allein, Quintin«, sagte Brigitte leise, ohne ihren Bruder anzusehen.

Quintin packte ihren Arm und wirbelte Brigitte zu sich herum. »Ich lasse dich nicht allein mit ihm.«

»Ich will mit ihm reden, Quintin.«

»Nein.«

»Das ist mein gutes Recht. Laß uns jetzt allein. Bitte.«

Quintin war wütend, doch er verließ den Raum. »Ich bin in der Nähe, wenn du mich brauchst, Brigitte.«

»Verdammt noch mal«, sagte Roland, sobald die beiden allein waren. »Dein Bruder ist ein streitsüchtiger, halsstarriger...«

»Sieh dich vor, Roland«, schnitt Brigitte ihm das Wort ab. Ihre Augen waren eisblau. »Sowie ich durch die Tür gekommen bin, hat er angefangen zu schreien. Wenn du nicht in genau dem Moment gekommen wärst, hätte ich...«

Roland errötete schuldbewußt, und die Feindseligkeit in Brigittes Augen ließ ihn verstummen.

»Ich weiß genau, was du getan hättest, Roland«, sagte sie ungerührt. »Ich kenne dich nur zu gut. Du hättest dich mit meinem Bruder geschlagen.«

»Nein, das nicht«, versicherte er ihr eilig. »Ich wollte nur dafür sorgen, daß er aufhört zu schreien.«

»Sag mir lieber, warum du hier bist«, sagte sie barsch.

Roland stieß einen tiefen Seufzer aus. Schreckliches stand ihm bevor, und der Anfang war am schwersten. Doch Brigitte stand vor ihm, und wie schön sie war, bei Gott! Sie war sogar noch schöner, als er sie in Erinnerung gehabt hatte.

»Wie sehr ich dich vermißt habe, *cherie*«, sagte Roland impulsiv. Brigitte war überrascht.

So hatte er nicht anfangen wollen. Die Worte hatten sich selbständig gemacht und waren ihm von allein über die Lippen gekommen. Damit hatte Brigitte nicht gerechnet.

»Wir waren viele Monate lang getrennt, Brigitte«, fuhr Roland leise fort. »Mir sind sie vorgekommen wie Jahre, denn ohne dich war diese Zeit unerträglich lang.«

Brigitte kniff die Augen zusammen. »Erwartest du etwa, daß ich dir glaube, daß du mich so sehr vermißt hast?«

»Ich meine es ernst, und ich meine noch viel mehr ernst«, erwiderte Roland mit Wärme in der Stimme. »Ich möchte, daß du mit mir nach Montville kommst. Luthor ist tot, und Montville gehört jetzt mir.«

Sie riß die Augen auf. »Luthor ist tot? Du hast ihn doch nicht...«

»Nein, nicht ich. Thurston ist im Frühling gekommen, und wir haben eine Schlacht geschlagen. Ich habe Luthor persönlich gerächt. Ich bin dahintergekommen, daß ich... daß ich den alten Mann viel mehr mochte, als mir klar war.«

»Das mit Luthor tut mir leid«, sagte sie ernst. »Sind viele umgekommen?«

»Nein, es hat mehr Verwundete als Tote gegeben. Aber Thurston und Roger sind beide unter meinem Schwert gefallen. Sie werden uns in Zukunft keinen Ärger mehr machen.«

»Roger ist tot?«

»Er hat mich erstochen, und ich habe rein aus Reflex nach ihm ausgeholt. Ich habe ihn gar nicht mehr gesehen, ehe ich vom Pferd gefallen bin.«

»*Du* hast ein Schwert zu spüren bekommen? Du bist verwundet worden?« Ihre Blicke wanderten ängstlich über ihn.

»Am Rücken«, sagte Roland langsam.

Sie riß die Augen auf. »Dann hat er also wieder versucht, dich von hinten zu ermorden? Genauso wie damals in Arles?«

»Das weißt du?«

Sie funkelte ihn böse an. »Eine bedeutungslose Angelegenheit, die du nie erwähnt hast – mein Bruder hat dir das Leben gerettet! Und du hast es ihm angemessen entgolten, nicht wahr?« fauchte sie erbittert.

»Brigitte...«

»Ich weiß, daß du mich nicht für seine Schwester gehalten hast, aber du hast ihn für meinen Herrn gehalten. Du hast geglaubt, daß er vorhat, mich zu heiraten. Und trotzdem hast du mich mitgenommen! Du hast sein Vertrauen enttäuscht und ihn betrogen.«

»Das habe ich ohne mein Wissen getan, Brigitte, denn wir sind beide davon ausgegangen, daß ich dich hier in Louroux schon vergewaltigt habe. Das ließ sich nicht mehr rückgängig machen. Glaubst du etwa, ich sei stolz darauf gewesen? Ich war wütend auf mich, und ich war auch wütend auf mich, weil ich ihn betrogen habe, indem ich dich mitgenommen habe. Aber was blieb mir denn sonst noch übrig? Druoda hat damit gedroht, dich zu töten, wenn ich dich nicht mitnehme. Was hättest du denn an meiner Stelle getan?«

»Du hättest eins tun können, Roland: Du hättest mich kampflos freigeben können, als Quintin gekommen ist, um mich zu holen!«

»So einfach war es nicht, *cherie*«, sagte er zärtlich. »Ich konnte dich ihm nicht geben, weil ich davon ausgehen mußte, daß *er* dich heiraten will. Ich wollte, daß du *meine* Frau wirst.«

Brigitte wandte sich ab. Die Worte hallten in ihrem Kopf nach. *»Ich wollte, daß du meine Frau wirst.«*

Roland legte die Tatsache, daß sie sich abwandte, als Zorn aus. »Jetzt weiß ich, daß er dein Bruder ist, Brigitte, und ich würde mich nie mehr mit ihm duellieren. Ich habe versucht, Frieden mit Quintin zu schließen, aber er wollte mir nicht zuhören. Ich habe bei ihm um deine Hand angehalten, und er hat abgelehnt. Ich kann deinetwegen nicht mit ihm kämpfen, und er will dich mir nicht geben. Brigitte, ich will dich zur Frau haben. Ich habe noch nie etwas so sehr gewollt, wie ich dich will.«

Brigitte spürte, daß ihr die Tränen kamen. Wie viele Male hatte sie gebetet, diese Worte eines Tages zu hören? Aber das war lange her, und sie hatte auch aufgehört zu beten, daß er kommen würde. Ihr Stolz war verletzt. In ihr war nur noch Bitterkeit, weil er sie im Stich gelassen hatte. Während der langen Monate ihrer Schwangerschaft, während dieser langen Monate, in denen sie ihn gebraucht hätte, war er nicht dagewesen.

»Es ist zu spät, Roland«, flüsterte sie schließlich.

Rolands Herzschlag setzte aus. »Du bist verheiratet?«

»Nein.«

»Dann ist es nicht zu spät«, sagte er hoffnungsvoll.

Er streckte die Hände nach ihr aus, doch sie machte sich steif. Mit abgewandtem Gesicht sagte sie: »Rühr mich nicht an, Roland. Du hast nicht das Recht, mich anzurühren. Du hast nicht das Recht, jetzt hierherzukommen und mir einen Heiratsantrag zu machen. Wo warst du vor Monaten, als... als...« Ein Kloß in ihrer Kehle drohte, sie zu ersticken. Sie hätte am liebsten geweint und kämpfte verzweifelt gegen die Tränen an. »Ich heirate dich nicht, Roland. Du hättest eher kommen sollen, als... als ich noch etwas für dich empfunden habe. Ich... ich empfinde nichts mehr für dich.«

Roland packte sie wütend an den Schultern und zwang sie, ihn anzusehen. »Ich bin eher gekommen, vor Monaten schon, doch dein Bruder hat mich rausgeworfen! Seit da an bin ich auf der Wanderschaft. Ich konnte nicht nach Hause gehen. Ohne dich bedeutet mir mein Zuhause nichts.«

Sie schüttelte entschieden den Kopf. »Ich glaube dir kein Wort. Quintin hätte mir erzählt, wenn du hier gewesen wärst.«

»Verdammt noch mal, Brigitte!« schrie Roland. »Ich liebe dich!«

»Wenn du mich lieben würdest«, schrie sie zurück, »dann wärst du eher gekommen!«

In seiner Verzweiflung zog er sie roh an sich und bestürmte ihre Lippen mit einem wilden Kuß. Er hatte ihr sein Herz geöffnet, und sie wollte ihn vernichten. Sie riß ihn in Stücke.

Brigitte stieß Roland heftig von sich, bis er gezwungen war, sie loszulassen. Mit Augen, die ihn verfluchten, sagte sie: »Das hättest du nicht tun sollen. Ich liebe dich nicht, Roland!«

Roland fand seinen Stolz wieder. Er drehte sich um und ging, ohne sich auch nur noch einmal nach ihr umzusehen.

»Mein Gott, das macht mir auch nichts aus!« schrie sie laut in die leere Halle.

»Was macht dir nichts aus?«

Als sie sich umdrehte, stand Quintin in der Tür. Sie ballte die Fäuste, um nicht augenblicklich zu weinen.

»Es macht mir nichts aus, daß Roland wieder gegangen ist«, erwiderte Brigitte steif.

»Es freut mich, das zu hören«, sagte Quintin, doch in seiner Stimme schwangen Zweifel mit.

Er wußte nicht, was er sagen sollte, denn seine Reue überwältigte ihn. Er hatte alles mitgehört, und jetzt wünschte er, er hätte die beiden nicht belauscht. Er kannte seine Schwester sehr gut. Sie meinte nicht alles, was sie zu Roland gesagt hatte, so, wie sie es gesagt hatte. Warum hatte er als ihr eigener Bruder nicht gemerkt, wieviel sie sich aus diesem Mann machte? Warum hatte er zugelassen, daß sein Zorn ihn Brigitte gegenüber blind gemacht hatte?

Es war noch nicht zu spät, um die Angelegenheit in Ordnung zu bringen. Doch wie sollte er ihr sagen, welche Schrecklichkeit er begangen hatte? Würde diese Enthüllung sie gegen ihn aufbringen? Quintin wappnete sich und nahm seinen Mut zusammen.

»Dein Roland ist dreister als jeder andere, den ich kenne«, setzte Quintin an. »Oder verliebter.«

»Was sagst du da?«

»Er war schon einmal hier, Brigitte. Ich habe es dir nicht gesagt, weil ich dachte, du würdest außer dir sein, vor allem in deinem Zustand. Er hat versucht, Frieden mit mir zu schließen, aber ich habe ihn zurückgewiesen. Ich habe ihn davor gewarnt, sich hier jemals wieder blicken zu lassen, aber wie du selbst siehst, hat er sich meine Warnung nicht zu Herzen genommen. Und jetzt kann ich dich nur noch bitten, mir zu verzeihen, daß ich dir nichts davon gesagt habe. Er ist ein barbarischer Rohling, aber wenn du ihn haben willst, hole ich ihn zurück.«

»O Gott! Quintin!« Brigittes Tränen strömten über. »Ist es zu spät?«

Er lächelte schwach. »Ich werde ihn zurückholen.«

»Nein!« schrie sie. »Ich bin es, die ihn zurückholen muß.«

Brigitte rannte aus dem Haus. Quintin folgte ihr bis zur Tür und sah ihr nach, als sie durch den Hof rannte, durch die Tore lief und aus seiner Sicht entschwand. Er zwang sich, stehenzubleiben, wo er stand. Er durfte sich nicht noch einmal einmischen.

Roland ritt auf dem Lehmweg fort, doch er war noch so nah, daß er ihren rasenden Aufschrei hören konnte. Er hielt nicht an. Er warf nicht einmal einen Blick zurück.

Sie lief hinter ihm her und rief wieder und wieder seinen Namen. Ihr verfluchter Stolz war schuld, daß Roland jetzt fortritt. Ihr Stolz! Zum Teufel mit ihrem Stolz. Sie fing an zu schluchzen, weil sie fürchtete, es sei wirklich zu spät, weil sie fürchtete, ihn zu sehr verletzt zu haben.

»Roland, bitte!«

Unter heftigem Schluchzen stolperte sie über ihre Röcke, fiel hin und riß sich die Haut an den Handflächen auf. Sie zog sich auf die Füße und taumelte weiter, doch die Entfernung zwischen ihr und Roland war größer geworden, und sie zweifelte daran, daß er sie noch hören konnte.

»Roland... komm zurück«

Es war ihr letzter erbärmlicher Aufschrei, und Roland ignorierte ihn. Brigitte brach mitten auf der Straße zusammen und fiel auf die Knie. Ihr Kopf fiel resigniert vornüber, und ihr Körper wurde von gepeinigten Schluchzlauten geschüttelt.

Sie sah nicht, daß Roland sich umdrehte und sie auf der Straße kauern sah. Er hielt sein Pferd an, zögerte einen Moment lang und galoppierte dann zu Brigitte zurück. Sie hörte den Hufschlag seines Pferdes und stand auf. Doch als sie Rolands rasenden Zorn erkannte, brachte sie kein Wort heraus.

»Was soll dieser Irrsinn?« fragte er aufgebracht. »Ist dir noch mehr eingefallen, womit du mir das Herz durchbohren kannst?«

Brigitte konnte ihm keinen Vorwurf machen. Sie war herzlos gewesen.

»Roland.« Zögernd streckte sie eine Hand aus und legte sie auf sein Bein. Ihre Augen flehten ihn an, ihr Glauben zu schenken. »Roland, ich liebe dich.«

Seine Augen durchbohrten sie tiefer als je zuvor. »So«, sagte er eisig. »Und was soll ich jetzt tun? Dich noch einmal bitten, die meine zu werden, damit du noch einmal ablehnen kannst? Hat dir ein Hieb mit der Klinge in mein Herz nicht gereicht?«

»Roland, ich war verletzt, weil du so lange nicht gekommen bist. Ich habe so oft gebetet, du mögest kommen, aber ich hatte die Hoffnung aufgegeben. Ich war unglücklich, und ich war verbittert, weil ich dachte, du machst dir nichts mehr aus mir. Ich habe mich verzweifelt bemüht, dich zu vergessen, aber das ist mir nicht gelungen.«

Rolands Miene wurde nicht freundlicher. »Wenn du mich lieben würdest, Brigitte, dann hättest du mich nicht zurückgewiesen.«

»In dem Moment hat nur mein verletzter Stolz aus mir gesprochen. Ich habe geglaubt, wenn du mich liebtest, wärst du eher gekommen.«

»Das habe ich getan.«

»Das weiß ich inzwischen. Quintin hat es mir gerade gestanden. Er hat mir damals nichts gesagt, weil er nicht wußte, daß ich dich liebe. Ich konnte es ihm nicht sagen, weil er dir nicht vergeben wollte.«

»Willst du damit sagen, daß du mir verziehen hast, was zwischen Quintin und mir war?«

»Ich liebe dich, Roland. Ich würde dir alles verzeihen... alles. Bitte, laß deinen Stolz nicht zwischen uns stehen, wie ich es getan habe. Ich würde es nicht überleben.«

Roland sprang vom Pferd und zog sie in seine Arme.

»Mein kleines Juwel«, sagte er heiser. »Kein Mann kann eine Frau mehr lieben, als ich dich liebe. Jetzt gehörst du für immer mir. Nichts auf Erden kann das verhindern, solange ich weiß, daß deine Liebe mir gehört.« Er sah ihr tief in die Augen. »Du bist sicher? Du hast keine Zweifel?«

»Ich bin sicher. Ganz, ganz sicher.« Sie lächelte in sein gutgeschnittenes, ausgeprägtes Gesicht hinauf.

Roland lachte freudig. »Jetzt können wir nach Hause gehen.«

43

Quintin war nicht überrascht, als Brigitte und Roland Arm in Arm und dicht aneinandergeschmiegt das Haus betraten. Roland hatte seinen Arm besitzergreifend um Brigittes Taille gelegt. Doch die himmelhohe Freude, die seine Schwester ausstrahlte, machte Quintin sprachlos.

Sie blieben mitten im Raum stehen, und Roland sah Quintin wachsam an. Quintin sprang von seinem Stuhl auf. »Um Gottes willen, Roland. Ich bin doch kein Menschenfresser«, sagte er mit einem gutgelaunten Grinsen. »Ich bin auch nicht so stur, daß ich nicht zugeben kann, wenn ich mich geirrt habe. Ich will, daß Brigitte glücklich wird, und ich sehe selbst, daß sie das nur an deiner Seite wird.«

»Heißt das, daß wir deinen Segen haben?«

»Meinen Segen und meine besten Wünsche für ein langes, glückliches Leben zusammen«, sagte Quintin feierlich.

»Siehst du jetzt, warum ich Quintin so sehr liebe?« fragte Brigitte lächelnd. Sie ging zu ihrem Bruder und umarmte ihn. »Danke, Quintin.«

»Bedank dich nicht bei mir, Kleines. Es tut mir leid, daß du so lange von dem Mann getrennt warst, den du liebst. Ich hoffe, du kannst mir verzeihen, daß ich dir soviel Kummer bereitet habe.«

»Natürlich verzeihe ich dir. Jetzt habe ich ihn, und nichts kann uns mehr trennen.«

Quintin lächelte sie liebevoll an. »Hast du ihm schon erzählt, daß...«

Brigitte drehte sich zu Roland um und nahm ihn an der Hand. »Komm. Ich muß dir einen großen Schatz zeigen.«

Sie zog ihn hinter sich her, die Treppe hinauf, durch den Korridor und bis zu einer geschlossenen Tür. Ein zotteliges Tier lag neben der Tür auf dem Boden und machte den beiden Platz.

»Ich hoffe, du hast mich nicht hinter dir hergezogen, um mir dann nur Wolff zu zeigen«, sagte Roland mit gespielter Strenge.

Sie grinste und sah ihm fest in die Augen. »Nein, nicht ihn.«

»Dann hat es sicher noch solange Zeit«, murmelte er heiser, während seine Lippen sich auf ihren Mund preßten. Er drückte ihre zierliche Gestalt an sich und küßte sie ausdauernd.

Doch Brigitte wand sich aus seiner Umarmung. »Roland, bitte...« Sie sah ihn lächelnd an, schüttelte den Kopf und öffnete dann ganz behutsam die Tür. Brigitte ging voraus. Sie bedeutete

Roland, leise zu sein, und zog ihn mitten ins Zimmer. Dort stand ein Bett mit hohen Gitterstäben, über die weiße Spitzen drapiert waren. Was er auch erwartet haben mochte – gewiß nicht das, was in diesem Bett lag.

Er sah Brigitte stirnrunzelnd an. »Säuglinge? Du hast mich hierhergebracht, damit ich mir Säuglinge ansehe?«

»Sind sie nicht schön?«

»Ich denke schon«, brummte er.

Sie beugte sich über das Bett, und eine winzige Hand griff nach ihrem spielerisch ausgestreckten Finger. »Sie sehen einander gleich, findest du nicht?«

»Ich denke schon.«

»Genau gleich?«

Er sah von einem der kleinen Gesichter ins andere, und ihm fielen die blonden Haarbüschel auf, die dunklen kleinen Augen, die identischen Züge. Dann lachte er verständnisvoll.

»Ha, Zwillinge! Du wolltest mir die Zwillinge zeigen, weil du an Evarard und mich gedacht hast.«

Brigitte war enttäuscht. Er hatte sie nicht verstanden.

»Diese Zwillinge sind ganz besondere Zwillinge.« Sie nahm eins der Kinder auf den Arm und hielt es Roland hin. »Das ist Judith. Hier, halt sie mal.«

»Nein!« Er trat entsetzt einen Schritt zurück.

»Sie tut dir nichts, Roland«, sagte Brigitte grinsend.

Er sah sie finster an. »Das Baby ist zu klein. Ich könnte ihm aus Versehen weh tun.«

»Unsinn.«

Sie drängte ihn nicht. Offensichtlich hatte er noch nie ein Baby im Arm gehabt, aber das würde er lernen.

Sie legte Judith wieder ins Bett und hob das andere Kind hoch. »Und das ist Arland.«

»Ein Junge?« fragte er ungläubig.

Sie war belustigt. »Ein Junge.«

»Aber du hast doch gesagt, daß es Zwillinge sind.«

»Das sind sie auch.«

Er sah die beiden Säuglinge genauer an und fragte zögernd: »Woher hast du gewußt, welcher welcher ist?«

Sie legte Arland wieder hin und kitzelte spielerisch seinen Bauch. »Ich weiß es, Roland. Und du wirst es auch lernen.« Sie sah ihn erwartungsvoll an, aber er hatte es immer noch nicht erraten. Daher sagte sie betont: »Ich finde, daß sie dir beide ähnlich sehen.«

In dem Augenblick, in dem Roland klar wurde, was ihre Anspielungen zu bedeuten hatten, und er endlich verstand, warum diese Zwillinge ihr so nahegingen, wich ein Großteil der Farbe aus Rolands Gesicht. »Deine... und meine?«

»Unsere Kinder, mein Liebster.«

Er zog sie an sich und sah über ihre Schulter die Babys an. »Ich darf mir gar nicht vorstellen, daß du das alles ohne mich durchgemacht hast. Ich wäre nie auch nur auf die Idee gekommen...« Plötzlich schob er sie auf Armeslänge von sich. »Und du hättest mich gehen lassen, ohne mir das zu sagen?«

»Das hätte ich getan«, gab sie zu. Sie reckte ihr Kinn auf die ihm so vertraute Weise in die Luft.

Roland schüttelte den Kopf. »Du bist ein stures Weibsstück«, sagte er seufzend.

»Das bin ich«, gab Brigitte zu. Sie zog die Mundwinkel hoch.

Er zog sie wieder in seine Arme. Seine Stimme war zärtlich. »Aber du bist *meine* sture kleine Hexe. Meine!« Er drückte sie ganz dicht an sich. »Und die gehören auch mir, ein Junge und ein Mädchen, zwei Juwelen von meinem kleinen Juwel. Was bist du doch für ein Wunder! Und wie sehr ich dich liebe, Mädchen. Mein Gott, wie sehr ich dich liebe! Ich werde dich nie mehr fortgehen lassen.«

Dann besiegelte er dieses Gelübde mit einem Kuß, und Brigitte fand keine Gelegenheit, ihm zu sagen, wie sehr sie ihn liebte. Doch sie würde es ihm noch sagen, später und für den Rest ihres Lebens.

ROSIE THOMAS

Liebesfeuer

1

Göttliche Liebe, Wunder der Liebe, sang der Chor. Die heiße Nachmittagssonne drang durch die Fensterrosette und tauchte die kleine Kirche bis hin zu den Stufen zum Altar in ihr gleißendes Licht. Es fiel auch auf die Braut, die sich in einem Hauch aus weißem Tüll und Seide lächelnd zu ihrem Bräutigam umdrehte. Sein schwarzer Frack funkelte wie rosafarbene und purpurne Diamanten, als er ihre Hand nahm und in seinen Arm einhängte.

Zwei winzige Brautjungfern in Vergißmeinnichtblau bückten sich, um die Enden der Schleppe ihres Brautkleides aufzuheben, und die kleine Prozession zog aus der strahlenden Helligkeit und dem Blumenduft der Kirche in die schummrige Sakristei.

Die Braut schlug die Augen nieder und sah, daß ihre linke Hand den Brautstrauß aus cremefarbenen und gelben Rosen umklammert hielt. An ihrem Ringfinger funkelte der schlichte schmale Goldring, doch sie würdigte ihn kaum eines Blickes. Ihre verkrampften weißen Knöchel irritierten sie. Bedachtsam legte sie die Blumen hin und nahm den goldenen Füllfederhalter. Ihre linke Hand strich das Papier glatt, und der Finger des Pfarrers deutete auf die Stelle, an der sie unterschreiben sollte.

Sie schrieb.

›Annabel Elizabeth.‹

Dann schrieb sie nicht weiter. In dem muffigen kleinen Raum herrschte Stille, doch man konnte die Gemeinde hören, die gerade die letzte Strophe des letzten Chorals anstimmte. Mühsam konzentrierte sie sich wieder auf die Urkunde und schrieb ihren neuen Namen hin.

›Brooke.‹

So, jetzt war es geschehen. Aber es war ein entsetzlicher Fehler.

Es gab keine Person namens Annabel Elizabeth Brooke, und es würde sie auch nie geben. Unwillig schüttelte sie die Hand des Pfarrers ab. Er versuchte, ihr den Federhalter aus der Hand zu nehmen, aber sie war noch nicht fertig. Unter den Namen dieser nichtexistierenden Person schrieb sie in tiefschwarzen Buchstaben, die Kerben auf der Seite hinterließen:

›All das ist ein schrecklicher Irrtum.‹

Dann wandte sie sich ab und rannte fort. Sie riß sich den gräßlichen, beengenden weißen Schleier herunter, schürzte ihre langen Röcke über den hellen Seidenstrümpfen und lief in großen Sätzen davon. Als sie die Stufen zum Altar hinuntersprang und zwischen den Reihen von gaffenden Gästen durch das Mittelschiff stürzte, konnte sie Edwards Stimme hören, die sie rief.

»Bell! Bell! Um Gottes willen, lauf nicht weg. Komm zurück. Komm zu mir zurück!«

Ihr Gesicht war tränenüberströmt, und ein Schluchzen löste sich aus ihrer Brust, aber sie wollte nicht umkehren. Nie, nie, nie.

Die Schläferin wälzte sich herum und riß die Arme über den Kopf, um sich zu schützen. Sie schlug die Augen auf und spürte augenblicklich, daß sie naß waren. Sie atmete schwer, und der böse Traum versuchte immer noch, sie in seinem Würgegriff zu halten, aber sie riß sich los.

»Es ist nicht passiert«, sagte sie sich mit der ruhigen Stimme ihrer wachen Stunden. »Es hätte niemals passieren können.« Aber warum, warum bloß verfolgten sie immer wieder diese Träume, die sie plagten und in Schrecken versetzten? Wovor fürchtete sie sich so sehr?

Bell Farrer strich sich matt ihr zerzaustes dunkelbraunes Haar aus dem Gesicht und sah sich im Zimmer um. Es war schon Tag, aber es war noch früh. Die beruhigenden Beigetöne ihres Zimmers waren wohltuend und erinnerten sie wieder an ihren geordneten Arbeitsalltag. Solange sie wach war, hatte sie alles unter Kontrolle. Nur nachts konnten ihre unbewußten Ängste aufwogen und sie ersticken. In der Realität hatte sie keinen Grund, vor etwas davonzulaufen, und sie hatte auch nichts zu verbergen.

Jedenfalls gab es niemanden, vor dem sie etwas zu verbergen hatte.

Bell sah das glatte, unberührte Kissen an, das neben ihrem feuchten und verknitterten Kopfkissen lag. Klar. Edward war nicht da.

Sie lebten nicht mehr zusammen, und ihm war klar, daß sie ihn niemals heiraten würde. Eigentlich hatte er immer alles verstanden, nur nicht diese merkwürdige, perverse Angst, die sie dazu getrieben hatte, ihn aufzugeben. Dennoch kannte er sie besser als jeder andere auf Erden; er kannte die wahre, verletzbare Bell, die sich vor ihren übrigen Freunden erfolgreich zu verbergen schien. Wenn sie ihn jetzt anrief, konnte sie ihm diesen blöden Traum erzählen, und sie würden gemeinsam darüber lachen.

Bell griff nach dem Hörer, doch dann ließ sie ihre Hand auf den Nachttisch fallen. Sie durfte nicht vergessen, daß sie jetzt auf sich gestellt war. Sie lebte das Leben einer erfolgreichen Karrierefrau, das Leben, von dem sie immer geträumt hatte, und ihre Planung ließ keinen Raum dafür, jedesmal Edward anzurufen, wenn sie nach einem schlimmen Traum Trost brauchte.

Statt dessen schlug sie die Decke zurück und tappte in die Küche, um sich eine große Kanne Kaffee zu kochen. Eine halbe Stunde später saß sie in ihrer Denkerkleidung, einer Jeans und dem leuchtendroten Sweatshirt, das ihr Edward von einer Geschäftsreise aus Amerika mitgebracht hatte, hinter ihrem Schreibtisch. Auf einem Stapel von Notizen lagen *Cocks et Féret*, die Bibel des Bordeaux, und *The Great Vintage Wine Book* von Michael Broadbent. Bell blätterte darin, bis sie die Seiten über die Bordeaux-Weine aufgeschlagen hatte. Sie fuhr mit dem Finger über die gedruckten Spalten und suchte nach dem Stichwort Château Reynard.

Mit ihren siebenundzwanzig Jahren war Bell Farrer die Redakteurin für Wein und Essen bei einer überregionalen Zeitung. Sie hatte als jüngste Praktikantin unter den Reportern begonnen und sich hochgearbeitet. Der Herausgeber, ein Sturkopf aus dem Norden, der die Schickeria Londons verabscheute, hatte sich nur mühsam davon überzeugen lassen, daß seine Zeitung überhaupt jemanden brauchte, der über Wein und Essen schrieb. Bells Form der Berichterstattung war jedoch ziemlich ungewöhnlich, und Henry Stobbs war schon immer gut darin gewesen, neue Talente zu entdecken. Bells Name sprach sich mit der Zeit in ihrer eigenen Generation herum, bei Leuten, die Geld auszugeben hatten und nichts von überholten Konventionen wissen wollten. Sie lasen, was sie schrieb, und dann aßen sie in den Restaurants, die sie besprach, und bestellten die von ihr empfohlenen Weine.

Aber sie kauften auch die Zeitung, für die Bell schrieb, und das machte Henry Stobbs glücklich.

Bell fand, wonach sie gesucht hatte, und las die Liste mit den näheren Angaben und den Geschmacksnoten. Konzentriert zog sie die Stirn in Falten. Morgen begann ihr bisher größter Auftrag, und sie hatte noch eine Menge vorzubereiten. Bell hatte eine Einladung bekommen, ein paar Tage in Château Reynard im Haut-Médoc zu verbringen, um anschließend über die Herstellung eines der besten Weine auf Erden zu schreiben. Als sie darüber nachdachte, spürte sie die Nervosität in ihrem Magen. Baron Charles de Gillesmont, ihr Gastgeber, galt als zurückhaltend und schwierig, aber er stand auch in dem Ruf, der Presse gegenüber feindselig eingestellt zu sein. Bell war aufgeregt gewesen und hatte sich geschmeichelt gefühlt, als sie diese exklusive Einladung erhalten hatte. Keiner ihrer Kollegen von der Presse war eingeladen worden, doch jetzt wünschte sie, sich hinter der fröhlichen Schar von Schreibern verstecken zu können, deren Gesellschaft sie gewohnt war. Doch sie erstickte diesen Gedanken im Keim.

»Komm schon«, sagte sie sich unwillig. »Das ist ein ganz großer Coup, und du wirst das Beste daraus machen. Sie werden dich schon nicht fressen, und überhaupt sind es nur drei Tage, und irgendwie muß ein Artikel dabei rausspringen, der Stobbs paßt.«

Sie beugte sich wieder über das Buch, doch neben ihr läutete das Telefon.

»Hallo. Sag mir, wenn dir der Anruf nicht willkommen ist, und ich hänge augenblicklich auf.« Bell lächelte strahlend, und neben ihren Mundwinkeln bildeten sich Grübchen.

»Edward. Wußtest du, daß ich von uns geträumt habe?«

»So?« Die Stimme klang vorsichtig, die Reaktion eines Menschen, der erst kürzlich gekränkt worden ist und zu seinem eigenen Schutz schnell in die Abwehr geht. Bell zuckte zusammen und ließ das Thema eilig auf sich beruhen.

»Tut mir leid, es war völlig banal. Was fängst du mit diesem schönen Sonntag an?« Vor ihrem Fenster sah sie die Sommersonne auf den Baumwipfeln der Kensington Gardens.

»Ich frage mich, ob wir uns heute abend treffen sollten, ehe du zu deiner Reise aufbrichst. Ich komme auf einen schnellen Schluck vorbei, und dann gehen wir ins Les Amoureuses. Es kann sein, daß Mary und Elspeth auch mitkommen.«

»Gut«, sagte Bell versonnen. Sie erinnerte sich an seine Stimme, die ihr im Traum nachgerufen hatte: ›Geh nicht weg. Komm zu mir zurück.‹ Aber sie wollte ihre Freiheit haben, und sie wollte sie so sehr, daß sie ihnen beiden weh getan hatte. Jetzt war sie frei, und sie konnte keine Ansprüche mehr an ihn stellen. Am allerwenigsten stand ihr das Recht auf seine ausschließliche Aufmerksamkeit zu, doch gerade das war es, was sie noch mehr vermißte, als sie sich selbst eingestehen wollte. Es war immer noch besser, ihn einen Abend lang mit ihren Freundinnen teilen zu müssen, als ihn gar nicht zu sehen und allein zu Hause zu sitzen.

»Wir sehen uns gegen sieben.« Er legte auf.

Bell lehnte sich auf ihrem Stuhl zurück und kaute auf ihrem Bleistift herum. Wenn sie zuversichtlich war, paßte es ihr gut in den Kram, daß sie allein war.

In ihren besten Momenten war sie sicher, daß sie es gegen den

Rest der Welt aufnehmen und dabei spielend gewinnen konnte. Sie liebte ihre Arbeit, und sie hatte jede Menge Freunde. Sie hatte alles sorgsam geplant und malte sich aus, wie sie immer erfolgreicher wurde, reiste und schrieb und ständig neue Menschen kennenlernte. Liebhaber würden sich auch darunter finden lassen – ja, gewiß. Aber sie war sicher, daß sie nicht heiraten wollte. Ihre Gedanken scheuten vor dieser ominösen Wahrheit zurück. Sie wollte nicht darüber nachdenken, warum es so war, jedenfalls im Moment nicht. Es hing zu eng mit ihrem Schuldbewußtsein wegen dem panischen Rückzug von Edward zusammen, aber auch mit den Ängsten, die zu diesen schrecklichen Träumen von Hochzeiten führten. Aber auch mit anderen Dingen.

Es galt, sich auf die Arbeit zu konzentrieren. Schließlich war das, was zählt, ihre Karriere. Solange sie es schaffte. Ihre Sache richtig machte. Das schrieb, was die Leute lesen wollten.

Bell preßte sich die Handballen auf die Augen. Heute fürchtete sie sich und fühlte sich einsam. Damit hatte sie nicht gerechnet, als sie sich blindlings von Edward losgerissen hatte. Manchmal sah das Leben trostlos aus. Es gab unausgefüllte Wochenenden, an denen jeder, den sie kannte, fort zu sein schien, um ein paar romantische Tage zu zweit zu verbringen. Zu Partys mußte sie alleine gehen und dann zusehen, wie sie in einem Taxi entkam. Es gab Tage wie heute, an denen sie eine Schulter brauchte, um sich auszuweinen, und jemanden, der ihr einredete, daß sie es fertigbrachte, die Rolle der ruhigen, selbstsicheren Karrierefrau durchzuhalten, wenn sie in seinem Schloß mit dem Baron zusammentraf.

Sie seufzte. Selbstmitleid half ihr nicht weiter.

Mit noch größerer Entschlossenheit wandte sie sich ihrer Arbeit wieder zu.

Für den Rest des Tages arbeitete sie hart und konzentrierte sich ganz auf die Seiten, die vor ihr lagen. Endlich hatte sie das Gefühl, alle Hintergrundinformationen gebüffelt zu haben, die sie möglicherweise brauchen könnte. Sie nickte entschieden, sortierte ihre Notizen ordentlich und heftete sie an die Liste mit ihren Fragen; Stichworte für den Fall, daß sie bei ihrem ersten Gespräch mit dem Baron ins Stocken geriet.

Bell sah auf ihre Armbanduhr. Noch eine Stunde bis zu ihrer Verabredung mit Edward. Jede Menge Zeit, um sich umzuziehen und zu packen. Les Amoureuses war ein recht neuer Club mit einer winzigen Tanzfläche und guter französischer Küche. Es würde heiß und voll dort sein. Bell zog eine blaßviolette Bluse mit einem runden Halsausschnitt und eine enge Hose im selben Farbton an, darüber eine weite, kräftig violette Leinenjacke. Sie bürstete ihr Haar, bis es ihr Gesicht mit den hohen Wangenknochen schimmernd umrahmte, und sie tupfte behutsam amethystfarbenen Lidschatten auf ihre Lider. Das war es schon. Bell zog eine derbe Stofftasche aus dem Schrank und sah sich ihre Garderobe an. Ihre Arbeit brachte mit sich, daß sie viel herumreiste und routinemäßig knitterfreie Sachen einpackte, doch ein mehrtägiger Aufenthalt in einem Schloß in Bordeaux in Gesellschaft eines Barons setzte eine genauere Planung als sonst voraus.

Mit flinken Bewegungen breitete sie ihre Reisekleidung aus – sorgsam ausgewählte Kombinationen in hellen Farbtönen, zu denen jeweils Accessoires in ihren Lieblingsfarben gehörten, Blaugrün und Violett. Zuletzt zog sie eine besonders geliebte Abendjacke heraus, deren graue und violette Streifen mit vielfarbigem Garn und Goldfäden durchwirkt waren. Bell wußte, wie gut ihr die Jacke stand, und sie lächelte zufrieden, als sie das Revers glattstrich. Sie gewöhnte sich mit der Zeit an den Ruf, der ihr vorauseilte, aber als Frau genoß sie das Erstaunen der Leute, wenn sie sie tatsächlich vor sich sahen – insbesondere das Staunen von Franzosen mittleren Alters. Sie war viel jünger und sah wesentlich besser aus als alles, was diese Menschen erwartet hatten.

Vielleicht würde ihr die Reise doch Spaß machen. Bell stellte zufrieden fest, daß die Kleider leicht in die Tasche paßten, als es klingelte. Edward hatte keinen Wohnungsschlüssel mehr.

Sie machte die Tür auf und lächelte ihn an.

Wie immer fand Edward, daß sie großartig aussah. Sie war nicht wirklich hübsch, aber um so interessanter. Außerdem war sie fast so groß wie er und dünn, fast schlaksig. Heute trug sie ihr Haar offen, und es spielte frivol um ihr schmales Gesicht. Ihre Augen waren blaugrün und änderten mit dem Licht ihre Farbe.

Er küßte sie flüchtig auf die Wange und folgte ihr in das Zimmer, das sie gemeinsam eingerichtet hatten. Die Möbel hatten sie bei Auktionen ersteigert, und andere Einrichtungsgegenstände hatten sie in Trödelläden auf dem Land aufgetrieben. Er starrte eine Palme an und versuchte, die Erinnerungen, die in ihm aufstiegen, einzudämmen.

»Was möchtest du trinken?« wiederholte Bell.

»Äh... Weißwein?« sagte er unentschlossen. Er sah aus dem Fenster, nahm die vertraute Aussicht wahr, und Bell drückte ihm ein kaltes Glas in die Hand.

»Sancerre«, sagte sie. »Sag mir, was du davon hältst.«

Sie hatten Bells stetigen Aufstieg auf der Leiter des Erfolges, zu dem sie entschlossen war, gemeinsam erlebt. Er hatte die ganz besonderen Flaschen mit ihr geleert und die delikaten Mahlzeiten mit ihr eingenommen, sie beraten und ihr Mut zugesprochen.

Endlich sahen sie einander in die Augen, und sie lächelte ihn verlegen an.

»Edward, ich...«, doch er legte seine Finger auf ihre Lippen, um sie daran zu hindern, weiterzusprechen.

Er führte sie zu dem Schaukelstuhl, der vor einem der Fenster stand, und setzte sich neben sie. Sie saßen stumm da und sahen aus dem Fenster, wie sie es schon Hunderte von Malen getan hatten. Sie schlang ihre Finger in ihr Haar.

»Ich bin heute so... so traurig«, sagte sie schließlich. »Ich denke schon den ganzen Tag daran, was wir alles gemeinsam getan haben. Wie aufgeregt und voller Hoffnung wir waren. Eine solche Verschwendung.« Ihre Stimme klang bitter.

»Nein, es war keine Vergeudung. Du hast etwas über dich selbst erfahren. Ich bin auch hinter vieles gekommen. Du hattest recht, Bell.« Er redete schnell und eindringlich und versuchte, nicht nur sie, sondern auch sich selbst davon zu überzeugen. »Du hättest mich nicht heiraten können, und wir hätten einander nicht glücklich gemacht. Nicht auf Dauer.«

Sie nickte und hoffte, daß er recht hatte.

»Es wäre noch trauriger, wenn wir einander überhaupt nicht vermissen würden«, sagte er.

»Nach all diesen Jahren.«

Vier Jahre, um genau zu sein, bis ihre Furcht vor Beziehungen übermäßig geworden war. Vier Jahre, bis ihr klar geworden war, daß sie nie mehr ausbrechen würde, wenn sie es jetzt nicht tat. Eine lange Zeit, um sich daran zu gewöhnen, jemandem so nahe zu sein. Lange genug, um von ihm abhängig zu werden. Fast zu lang.

»Erinnerst du dich noch«, sagte Edward in das Schweigen hinein, das auf sie herabgesunken war, »wie wir das Zimmer zum erstenmal betreten haben? Wir kannten einander erst ein paar Wochen, aber wir waren ziemlich sicher, daß wir zusammenleben wollten. Von da an waren wir immer glücklich.«

Bell lachte, als sie wieder daran dachte. »Ich war schrecklich verliebt in dich. Ich konnte mein Glück gar nicht glauben. Sobald wir die Schlüssel hatten, sind wir mit einem Schwung von Büchern und dieser Topfpalme hergekommen...«

»... und ich habe dich gepackt, und wir haben auf dem nackten Fußboden miteinander geschlafen.«

»Ich weiß, daß wir uns nur an die guten Seiten erinnern, aber es war wunderbar. All diese Sonntage, an denen wir bis zur Mittagessenszeit im Bett geblieben sind...«

»... und dann im Park spazierengegangen sind...«

»... und dann Hering gegessen und eine Flasche Chablis getrunken haben...«

»... und dann ins Kino gegangen sind und Pizza gegessen haben.«

»Es war nicht immer Pizza. Manchmal war es auch ein Curry.«

Sie hatten sich auf einer Party kennengelernt, einer ganz gewöhnlichen Party in einer Privatwohnung mit verschüttetem Bier auf dem Boden und einem Mädchen in einem langen Rock, das auf der Treppe saß und weinte. Edward hatte Oxford im Jahr zuvor abgeschlossen, langweilte sich bei seiner Arbeit und fühlte sich in London in seiner Bewegungsfreiheit eingeschränkt. Er war gereizt und, ohne es zu wissen, sehr einsam. Dann sah er Bell.

Sie rekelte sich malerisch auf einem Sessel und hatte ihren Rotwein noch nicht angerührt. Edward konnte deutlich sehen, daß sie dem Mann nicht zuhörte, der auf ihrer Armlehne thronte. Selbst in diesem Schummerlicht fielen Edward ihre leuchtend blaugrünen Augen auf, die weit in die Ferne blickten.

Bell fühlte sich noch mehr ausgeschlossen als Edward. Sie war gerade aus Frankreich zurückgekommen. Dort hatte sie ein Jahr gelebt, und jetzt versuchte sie, sich wieder im wirklichen Leben zurechtzufinden. Dieses wirkliche Leben schien auf nicht mehr und nicht weniger hinauszulaufen als auf einen äußerst unbedeutenden Job bei einer Zeitung. Sie wußte, daß sie dabei sogar noch Glück gehabt hatte, und sie erkannte deutlich, daß sie ihre Arbeit so gut wie möglich machen mußte, wenn sie je einen besseren Job haben wollte. Aber trotzdem war sie ungeduldig und ruhelos.

Sie seufzte und ließ ihre Blicke über den Mann gleiten, der immer noch auf ihrer Armlehne saß und versuchte, die Musik zu übertönen. Mit zweiundzwanzig wußte Bell erstaunlich wenig über Männer, aber sie wußte genug, um zu erkennen, daß der da mit ihr schlafen wollte. Bei diesem Gedanken runzelte sie die Stirn und wußte, daß sie ihn abwehren würde, indem sie sich kühl und erstaunt gab. Das klappte immer. Im Grunde genommen war sie verwirrt, schüchtern und keineswegs selbstsicher, aber sie wurde immer besser darin, es nicht zu zeigen. Je mehr sie ihre natürliche Zurückhaltung hochspielte, desto mehr hielten andere sie für ruhiges Selbstvertrauen.

Das war ganz einfach, aber es fiel ihr gar nicht leicht, ihre Abwehrmechanismen einzustellen. In Wirklichkeit war sie nicht überheblich oder kalt, obwohl andere Menschen sie oft dafür hielten. Sie war nur, wenn es um Liebe ging oder auch nur um demonstrative Zuneigung, noch nicht einmal im Anfängerkurs.

Bells Mutter war gestorben, als sie elf Jahre war, und sie war mit ihrem Vater aufgewachsen. Sie hatte keine Geschwister, und ihr Vater war von seinem eigenen Kummer so sehr zerrüttet, daß er seinem bestürzten Kind nicht helfen konnte.

In der Pubertät war sie eine zurückhaltende Leseratte gewesen. Mit sechzehn war der Babyspeck sozusagen über Nacht verschwunden, aber inzwischen hatte sie sich zu sehr daran gewöhnt, allein zu sein, und sie wußte nicht, was sie mit den jungen Männern anfangen sollte, die sich scharenweise um sie rissen. Sie hielt sie höflich, aber entschieden auf Distanz und blieb weiterhin bei ihren Büchern. Sie hatte ihr Studium genossen und einen ausgezeichneten Abschluß gemacht, und sie hatte auch ein paar sehr gute Freunde gefunden. Aber sie hatte sich nie verliebt. Sie hatte keine Ahnung, wie das anderen Leuten zustoßen konnte.

Bell glaubte im nachhinein, daß sie die Antwort auf ihre unausgesprochene Frage *Wie* bekommen hatte, als Edward sich einen Weg durch das Zimmer bahnte und vor ihr stehenblieb. Sie sah einen Mann mit braunen Augen und seidenweichem, zurückgekämmtem Haar und einem strahlenden Lächeln vor sich stehen. Er deutete auf ihr Glas.

»Darf ich dir etwas anderes zu trinken besorgen?«

Sie stand auf und stellte das Glas behutsam auf den Kaminsims. Dann sah sie Edward fest in die Augen und antwortete: »Ich glaube nicht, daß es hier etwas gibt...«

»Wenn das so ist«, sagte er entschieden, »muß ich dich wohl von hier fortbringen.« Er nahm sie an der Hand und ging mit ihr zur Tür.

»Bell? Du gehst doch nicht fort, oder?« rief eine Stimme von ihrer Armlehne.

»Doch«, flüsterte sie so leise, daß nicht einmal Edward es hörte. »Ich glaube, ich gehe jetzt.«

Im Korridor blieben sie nebeneinander stehen und sahen in die Küche. Dort tropfte Bier aus einem Faß auf einen Teppich aus Zeitungen. Grüne und braune Weinflaschen standen zwischen dem Käse und den Baguettes. Sie sahen einander in die Augen und lächelten.

»Hast du einen Mantel dabei?«

Die Schlafzimmertür war jetzt abgeschlossen, aber der Berg von Mänteln war in den Flur geworfen worden. Sie kamen im Treppenhaus an dem Mädchen mit dem langen Rock vorbei und standen schließlich auf der Straße. Edward kam es zum erstenmal so vor, als rieche die dicke Londoner Luft sauber und belebend.

Er führte Bell zum Abendessen aus und brachte sie dann nach Hause.

Eine Woche lang trafen sie sich täglich, ehe er sie küßte, und es dauerte einen Monat, bis er das Gefühl hatte, sie allmählich auch nur ein wenig kennenzulernen. Jedesmal, wenn er sie sah, erstaunte ihn wieder, wie ihre Schönheit sich entfaltete. Anfangs hatte er in ihr lediglich ein attraktives Mädchen mit ungewöhnlichen Augen gesehen, aber mit der Zeit bemerkte er den Glanz ihres dunklen Haares, den zarten Schwung ihres langen Halses, ihre seidige Haut und ihren sensiblen Mund.

Ihr Gesicht veränderte sich immer wieder.

Für Bell war es eine lehrreiche Zeit. Langsam kam sie dahinter, daß sie Edward trauen konnte und er sie nicht enttäuschen würde. Er langweilte sie nie und war nie um eine Antwort verlegen. Zu ihrer Freude stellte sie fest, daß er ihr einen Schritt voraus war und nur darauf wartete, daß sie ihn einholte, wenn er nicht an ihrer Seite war. Sie fand heraus, daß sie bei ihm wie bei keinem anderen sie selbst sein konnte. Mit der Zeit zeigte sie ihm Aspekte ihrer Persönlichkeit, die sie vor Jahren tief in sich begraben hatte; ein kleines Mädchen mit der Überzeugung, daß man ihm die Mutter weggenommen hatte, um es für die eigene Schlechtigkeit zu bestrafen. Selbst ihre engsten Freunde kannten ihre Wutausbrüche und ihre Anfälle von finsterem Pessimismus nicht. Bell verbarg sie nicht vor Edward, und ihre Gefühle wurden schnell tiefer, als sie sah, daß er ihre schlechten Eigenschaften so dankbar hinnahm wie die guten.

Die Gewohnheiten von Jahren fielen von ihr ab, als sie den Rhythmus eines Lebens mit ihm zu akzeptieren begann. Nach einem Leben voller Einsamkeit fing sie an, im Plural zu denken.

Eines Abends brachte Edward sie wie sonst auch nach Hause. Sie hatten sich einen Film angesehen und dann in dem winzigen Restaurant gleich um die Ecke gegessen. Bell hatte sein Gesicht im Kerzenschein betrachtet und schockiert festgestellt, daß sie die

Konturen seines Gesichtes so gut kannte wie ihre eigenen Züge. Einen Moment lang war sie erstaunt, als ihr wieder einfiel, daß sie einem Menschen, den sie so sehr liebte, nach wie vor einen Teil ihrer selbst vorenthielt.

In ihrer Wohnung zog Edward Bell in seine Arme, um ihr einen Gutenachtkuß zu geben.

»Geh nicht fort«, hatte sie leise und doch deutlich gesagt. »Es tut mir leid, daß es so lange gedauert hat, aber jetzt bin ich soweit.«

Mehr brauchte sie nicht zu sagen. Edward öffnete ihre Schlafzimmertür, zog Bell mit einer unendlichen Zärtlichkeit aus und kniete dann neben ihr.

»Bist du ganz sicher?«

Ihre Augen strahlten, als sie antwortete: »Ganz sicher. Ich liebe dich, Edward.«

Die Tiefe ihrer Leidenschaft hatte ihn verblüfft. Es war, als hätte sie sich blind in ein unerforschtes Meer gestürzt und festgestellt, daß sie schwimmen konnte wie ein Fisch.

Sie waren sehr glücklich miteinander gewesen. Daran konnte Bell sich noch gut erinnern. Bis ihr Verlangen nacheinander in ihren Augen beängstigend geworden war, eher eine Bedrohung als eine Form der Sicherheit. Bis diese Träume eingesetzt hatten, in denen sie unter Wasser festsaß oder ihn nicht aus brennenden Gebäuden retten konnte. Oder in denen sie ihn sitzenließ. Der Traum des frühen Morgens fiel ihr wieder ein, und sie spürte das wogende Brautkleid, das sie mit ihren Fäusten umklammerte, um schneller laufen zu können. Ihr Mund wurde trocken.

Es war schmerzlich gewesen, und es tat immer noch weh, aber sie hatte das Richtige getan. Sie wünschte, sie hätte nie das nagende Gefühl gehabt, ihr fehle etwas. Dann hätte sie für alle Zeiten mit Edward glücklich werden können. Aber so sollte es nicht sein, und jetzt kostete sie selbst in den einsamsten Momenten ihre Freiheit aus. Sie hatte sie sich mühsam errungen, diese Unabhängigkeit, und jetzt erschien sie ihr als etwas Kostbares, als eine Belohnung.

Plötzlich wogte eine erdrückende Zärtlichkeit für ihn in ihr auf. Sie beugte sich vor, schlang ihre Arme um seine Schultern und rieb ihre Wangen an seinem Haar.

»Danke«, sagte sie. »Es hat mir geholfen, hier zu sitzen und an all das Schöne zu denken. Es kommt mir jetzt weniger als ... eine Vergeudung vor.«

Die Weinflasche war leer, und Edward stand auf und sah sie fragend an.

»Ich hole meine Sachen.«

Edward blickte ihr nach. Automatisch streckte sie im Vorbeigehen ihre Finger aus und berührte die feuchte Erde, in der die Topfpalme stand. Er roch den Staub und ihr Parfüm, sah sich in ihren Armen liegen und spürte die Palmwedel, die seine Haut streiften. Plötzlich sehnte er sich danach, noch ein letztes Mal ihren Körper zu spüren. Sie stand in der Tür und stellte den Kragen ihrer Jacke auf.

»Gehen wir essen«, sagte er, und seine Stimme klang rauh vor Verlangen. Sie hörte es sofort, und ihr Blick fiel auf die Palme. Wie gut wir einander doch kennen, dachte er.

»Ja«, sagte sie zärtlich. »Das sollten wir wohl tun.« Sie hängte sich bei ihm ein und schloß die Tür hinter sich.

Sämtliche Tische waren besetzt, und an der Bar und auf der Tanzfläche drängten sich Menschenmengen. Edward und Bell sahen sich nach ihren Freunden um und fanden sie an einem Ecktisch: die große blonde Mary, die kleine dunkle Elspeth mit den halbmondförmigen Brillengläsern und Marcus, Edwards besten Freund. Er hatte strohblondes Haar und ein reges Mienenspiel.

Der Abend ließ sich an wie Hunderte von anderen, dachte Bell, als sie sich setzten.

Seltsam, daß das Leben eine solche Mischung aus Erschreckendem und absolut Alltäglichem und Vorhersehbarem war.

»... und du kommst gut in der Finanzwelt zurecht?« fragte Mary.

»Alles beim alten«, antwortete Edward ausweichend. Er arbeitete mit großem Erfolg in einer Handelsbank, doch darin sah er etwas, das man soweit wie möglich für sich behielt.

»Bell ist die einzige, die etwas Interessantes tut. Ihr solltet ihren Terminkalender sehen. Morgen Bordeaux, nächste Woche Kalifornien.«

»Kalifornien?« Mary und Elpseth sahen sie mit so unverhohlenem Neid an, daß Bell errötete.

»Das habe ich alles nur Marcus zu verdanken«, sagte sie eilig. »Ich werde bei einem Freund von ihm wohnen und für die Zeitung eine Serie über das Leben an der Westküste schreiben. Wein, Essen, Leute. Das habe ich Stobbs schon vor Ewigkeiten vorgeschlagen, und die Idee hat ihm gefallen, aber er hat mir Spesen zugestanden, von denen ich in San Francisco etwa fünfundzwanzig Minuten leben könnte. Daher hat Marcus den Vorschlag gemacht, ich solle bei seinem reichen Freund in Napa Valley wohnen, der geschrieben hat, er würde mich gern aufnehmen. Jetzt kann ich es mir also doch leisten. Ich bin noch nie an der Westküste gewesen und möchte mich furchtbar gern dort umsehen. Aber es wird harte Arbeit werden«, brachte sie zu ihrer Verteidigung hervor.

»Arbeit?« fragte Mary spöttisch. »Was ist das für ein Freund, Marcus? Hast du noch andere von der Sorte übrig?«

Marcus kaute betont langsam auf dem Bissen in seinem Mund herum und ließ dann ein breites, nichtssagendes amerikanisches Lächeln auf seine Züge treten.

»Englischen Mädchen stellt er mit Freuden ein Bett zur Verfügung. Vor allem, wenn sie einen Arsch wie du haben, Mary.«

Bell sagte: »Marcus, davon hast du mir kein Wort gesagt.«

Marcus zwinkerte ihr zu. »Keine Sorge, du wirst ihn mögen. Er ist in jeder Hinsicht überlebensgroß. Ein Einzelkämpfer und mit ziemlicher Sicherheit ein Hochstapler. Der gibt genügend Stoff für deine Artikel ab.«

»Wer könnte schon besser mit einem solchen Menschen umgehen als du, Bell?« warf Mary ein. »So eisig, wie du sein kannst.«

Schweigen legte sich über den Tisch, und Edward sagte: »Sollen wir tanzen, Bell? Ich glaube, wir finden gerade genug Platz für unsere Füße.«

»Ich muß mich ebenfalls entschuldigen«, sagte Marcus. »Ich gehe zu den kleinen Jungen.«

Die beiden Frauen blieben allein am Tisch zurück. Mary zündete sich eine von Marcus' Zigaretten an und beobachtete Edward und Bell, die eng umschlungen tanzten, weil sie zu wenig Platz hatten.

»Ich glaube, sie wird es noch bereuen«, sagte sie.

»Was?« Elspeths Stimme klang resigniert.

»Das mit Edward natürlich. Er liebt sie immer noch, das arme Schwein. Und Bell Farrer legt es darauf an, allein übrigzubleiben. Eine dieser einsamen, erfolgreichen Frauen, die nur noch über ihre Arbeit reden. Was hat sie denn? Edward wird eines Tages sehr reich sein.«

»Mary«, protestierte Elspeth, »Bell macht sich nichts aus Geld. Sie ist nicht so. Glaubst du nicht, es könnte sein, daß sie ihn einfach nicht so sehr lieben kann, wie er es braucht? Du könntest es natürlich.«

Mary ging nicht auf diesen Seitenhieb ein.

»Durchaus möglich. Ich glaube nicht, daß Bell in der Lage ist, jemanden zu lieben – außer sich selbst. Sie könnte einfach nicht so reserviert und tüchtig und erfolgreich sein, wenn sie nicht ihre gesamte Aufmerksamkeit auf dieses höchste Ziel richten würde.«

Elspeth lachte. »Ich weiß, was du meinst, aber ich finde, du bist zu hart. Schließlich ist es kein Zufall, daß alle sie mögen, nur du vielleicht nicht.«

»Ich mag sie auch. Ich glaube nur einfach nicht an sie. Sie ist zu gut, um wahr zu sein, das ist alles.«

»Du bist neidisch.«

Das Mädchen drückte seine Zigarette aus und starrte die Freundin an. »Natürlich bin ich neidisch. Darum geht es doch gerade. So liebenswert sie auch sein mag – wenn jeder, der sie kennt, neidisch auf sie ist, wird sie eines Tages allein und unglücklich sein. Man muß verletzbar sein, wenn man die Sympathie anderer Menschen will, und hältst du Bell etwa für verletzbar?« Es kam keine Antwort, und beide sahen dem Gedränge auf der Tanzfläche zu. Keine von ihnen hatte je erlebt, daß Bell weinte, krank oder unsicher war. Über Jahre hatte niemand sie so erlebt, bis auf Edward.

Und jetzt hatte sie Edward nicht mehr.

Bell hätte ungläubig gelacht, wenn sie diese Unterhaltung mit angehört hätte. Sie schmiegte sich an Edward und fühlte sich sehr sicher. Verführerisch sicher.

Und doch mußte sie morgen nach Frankreich fahren und dem beängstigenden französischen Baron allein gegenübertreten. Ihm nicht nur gegenübertreten, sondern ihn so sehr beeindrucken, daß er über sein Schloß redete, wie er nie mit anderen Journalisten gesprochen hatte. Sie wollte nicht hinfahren, aber sie konnte auch nicht bleiben und alles beim alten belassen.

Bell wußte, daß sie in einer Klemme saß. Es hätte sie belustigt zu wissen, daß sie in diesem Augenblick von allen beneidet wurde.

Schließlich nahm der Abend ein Ende. Sie standen alle vor der Tür des Clubs und umarmten einander freundschaftlich. Die beiden Frauen und Marcus wünschten ihr eine gute Reise.

»Wenn wir uns vorher nicht mehr sehen, schick uns eine Postkarte aus San Francisco«, sagte Elspeth. »Und laß es dir prächtig gehen.«

»Grüß Valentine von mir«, rief Marcus. »Tschüüüs.«

Edward schlug die Tür seines klapprigen Wagens zu und fuhr rückwärts aus der Sackgasse, ehe er Bell ansah.

»Laß den Kopf nicht so hängen«, riet er ihr. »Du hast es nämlich wirklich gut.« Sie biß sich auf die Lippen. Er hatte ihr Selbstmitleid durchschaut.

Er verabschiedete sich vor ihrer Haustür von ihr und fuhr unter fröhlichem Winken und dem üblichen dreimaligen Hupen fort.

Bell schloß die Wohnungstür auf und ging in ihr Schlafzimmer. Gepackt hatte sie schon, und schläfrig fühlte sie sich noch nicht. Vielleicht noch einen Gutenachtdrink. Sie goß sich einen großen Cognac in Edwards leeres Weinglas, das noch auf dem Couchtisch stand, und trat vor ihre Frisierkommode, um in den aufgeschlagenen Terminkalender zu sehen.

Für den kommenden Tag war eingetragen: ›10.00 Wigmord & Welch. Flugzeug 12.30.‹ Das hieß, als erstes eine Weinprobe bei einem alteingesessenen Handelshaus, das immer einen Besuch lohnte, und von da aus direkt zum Flughafen. Die nächsten drei Tage waren mit Diagonalen ausgestrichen, über die sie ›Ch. Reynard‹ geschrieben hatte. Der zweite dieser drei Tage war ihr achtundzwanzigster Geburtstag.

Bei dieser Erkenntnis lächelte Bell kläglich und setzte sich vor den Spiegel, um ihr Gesicht zu betrachten. Noch nicht allzu viele Falten, und die, die man deutlich sehen konnte, waren ausschließlich Lachfalten. Automatisch griff sie nach ihrer Bürste und fuhr mit rhythmischen Bewegungen durch ihr Haar. Das abendliche Haarbürsten war eine Gewohnheit, die sie aus ihrer Kindheit mit herübergenommen hatte, und sie hielt so verbissen daran fest, als könne sie damit eine Verbindung zu ihrer Mutter aufrechterhalten.

In einer der letzten Erinnerungen, die Bell an sie hatte, stand sie neben ihr, und ihre ebenso blaugrünen Augen sahen Bells Augen im Spiegel an.

»Hundertmal, Bell«, sagte sie, »und dein Haar wird schimmern wie Seide.«

Natürlich, das war es.

Das, wovor sie sich wirklich fürchtete, und das, woran sie absolut nicht denken wollte. Es sei denn, in Momenten wie diesem, wenn sie mit einem Cognacschwenker in der Hand allein war und die Erinnerungen zu lebhaft waren, um sie zurückzudrängen. All das hatte sie mit dem quälenden klaren Blick der Kindheit gesehen. Ihre Mutter war gestorben, und sie hatte den Verfall ihres Vaters beobachtet. Tag für Tag, Jahr für Jahr war er wehrlos zu einem Wrack dessen geworden, was er einst gewesen war.

Bell glaubte nicht, daß sie ihre früheren Lebensjahre romantisch verzerrt sah. Ihre Eltern waren offensichtlich sehr verliebt gewesen. Ihr einziges Kind hatte ihnen voll und ganz ausgereicht. Bell hatte den Eindruck, ihr Vater wollte nicht, daß ihre Mutter ihre Liebe noch mehr verteilte. Er wollte den Löwenanteil für sich selbst haben.

Wahrscheinlich war das egoistisch, aber er hatte genügend dafür gebüßt.

Es hatte anfangs sehr schöne Zeiten gegeben. Ihr Vater war ein erfolgreicher Börsenmakler, sie hatten ein schönes Haus in Sussex, machten Ferien in Frankreich und veranstalteten Geburtstagsfeste für Bell.

Joy Farrer, ihre geistreiche und schöne Mutter, war wohl nie sehr kräftig gewesen. Bell erinnerte sich an ihre dünnen Arme und die knochige Brust. Manchmal hatte sie geheimnisvolle Krankheiten gehabt, doch Bell erinnerte sich an diese Tage nur als flüchtige Schatten, die ihre Kindheit trübten.

Dann war sie plötzlich nicht mehr da.

Als Bell abends ins Bett ging, mahnte sie sie noch, ihr Haar gründlich zu bürsten, und am nächsten Morgen war sie fort. Im Haus wurde geflüstert, und sie sah die ernsten Gesichter von Fremden. Die Tür zum Arbeitszimmer ihres Vaters war abgeschlossen.

Erst Tage später erzählten sie ihr, daß sie tot war, aber sie hatte es eigentlich von dem Moment an gewußt, in dem sie an jenem Morgen aufgewacht war. Das Haus hatte nach Tod gerochen. Eine Haushälterin war gekommen, doch Bell hatte allein und für sich geweint. Der Verlust war erdrückend, und nachts versuchte sie, sich mit ihrem Kissen zu ersticken, um dem Elend ein Ende zu machen. Ihr kindlicher logischer Verstand war der festen Überzeugung, daß der Tod ihrer Mutter ihre, Bells, Schuld war.

In den ersten Monaten hatte sie ihren Vater kaum gesehen. Sie erfuhr Jahre später von einer Tante, daß er sich angewöhnt hatte, jeden Abend mit dem Wagen durch die Straßen von Sussex zu fahren. Immer im Kreis, ohne ein Ziel. Mit einer Flasche Whisky auf dem Beifahrersitz. Als er wegen Trunkenheit am Steuer verhaftet wurde, ging Bell ins Internat und erfuhr nichts davon. Er holte sie lediglich nicht mehr ab, wenn die Schulferien begannen, und sie reiste statt dessen mit der Lokalbahn. Sie wußte nur, daß er immer dünner wurde und daß seinen gutgeschnittenen grauen Anzügen, die jetzt zu weit, verknittert und schmutzig waren, ein ungewohnter Geruch entströmte.

Ihr einst so gutaussehender, selbstsicherer Vater wurde zu einem grauhaarigen Fremden, der sich merkwürdig benahm.

Mit vierzehn Jahren erkannte Bell mitten in den Sommerferien, daß ihr Vater Alkoholiker war. Sie fand den Plastiksack mit den leeren Whiskyflaschen in der Garage, als sie Terpentin suchte. Sie hatte sich bemüht, die schmuddelige Küche mit weißer Farbe zu verschönern.

Das war der Tag, an dem Bell erwachsen wurde.

Sie verstand schlagartig, wie sehr er nach dem Tod seiner Frau verfallen war. Im selben Moment akzeptierte sie eine weitere Schuld, die auf ihr lastete. Hätte sie ihn doch bloß in irgendeiner Weise für den Tod der Mutter entschädigen können. Wäre sie bloß älter oder in seinen Augen interessanter gewesen. Hätten ihre Mutter und ihr Vater einander doch nicht ganz so sehr geliebt, und wäre sie doch liebenswerter gewesen.

Wäre doch nur alles anders gekommen.

Ihr Vater war gestorben, als sie siebzehn war. Natürlich an Leberzirrhose. Bell sah auf ihr leeres Glas. Es war die reinste Ironie, daß sie sich heute ihren Lebensunterhalt damit erwarb, über Getränke zu schreiben. Sie spielte mit dem Gedanken, sich noch einen Cognac einzuschenken, aber es fiel ihr leicht, sich dagegen zu entscheiden. Nein. Was ihr auch zustoßen mochte – sie glaubte nicht, daß sie damit Probleme haben würde. Es reichte, mit angesehen zu haben, was ihrem Vater passiert war.

Bell sah ihr weißes Gesicht im Spiegel an. »Wenn du schon darüber nachdenkst, warum versuchst du dann nicht, absolut aufrichtig zu sein?«

Hast du Angst, Edward könnte eines Tages genauso zugrunde gehen, wenn du verschwindest? Versuchst du, ihn auf deine eigene unbeholfene Art zu schützen?

Nun ja, schon...

Oder fürchtest du vielmehr, es könne dir so gehen? Keine zu große Hingabe und folglich kein Risiko?

Ja.

Bell verschränkte ihre Arme auf dem Frisiertisch, legte den Kopf darauf und weinte.

Wenn ihr ein anderer Mensch ihre eigene Geschichte erzählt hätte, hätte sie sie als zu glatt und zu stimmig abgetan. Durch die Tragödie ihrer Eltern unfähig zu Liebe und Ehe? Äußerlich aus reinem Selbstschutz kühl und gefaßt, aber innerlich ein Wirrwarr von Schuldgefühlen? Menschen waren doch gewiß komplexer?

»Der hier nicht«, sagte Bell schluchzend.

Schließlich legte sich der Sturm. Sie zog eine Handvoll Kosmetiktücher aus der Schachtel, die vor ihr stand, und schneuzte sich. Rote Augen sahen sie aus dem Spiegel an.

»Was du brauchst«, wandte sie das Wort wieder an sich selbst, »ist, daß du morgen wie eine Vogelscheuche aussiehst. Das hat dir gerade noch gefehlt. Das gibt dir exakt das nötige Selbstvertrauen. Komm schon, Bell, was vorbei ist, ist vorbei, und du mußt trotzdem weitermachen. Wenigstens scheinst du dich selbst recht gut zu durchschauen.«

Sie streckte sich selbst die Zunge heraus, und ihr Spiegelbild grinste sie an. Was ihr auch bevorstehen mochte – sie war bereit.

2

Als Bell drei Stunden nach der morgendlichen Weinprobe in der Air France 707 auf ihrem Fensterplatz saß und auf die französische Atlantikküste hinunterblickte, saß Baron Charles de Gillesmont seiner Mutter an dem langen, auf Hochglanz polierten Eßtisch aus Walnußholz gegenüber. Mit einem zierlichen Messer mit Perlmuttgriff schälte er einen Pfirsich. Die goldgelbe Schale war hauchdünn und riß an keiner Stelle ab. Hélène de Gillesmont beobachtete ihn gereizt.

»Charles«, sagte sie mit scharfer Stimme, da sie das angespannte Schweigen nicht länger ertrug, »du könntest mir wenigstens soviel Höflichkeit erweisen, dir anzuhören, was ich zu sagen habe.« Der Baron blickte auf und legte grenzenlos gelangweilt den Pfirsich und das Messer hin.

»Es tut mir leid, daß du es einfach nicht einsiehst. Ich kann nicht mit ansehen, wie du dich und uns weiterhin derart quälst. Wir haben weiß Gott genug darüber geredet. Ich sage dir, es besteht keine Möglichkeit, nicht die geringste Möglichkeit, daß Catherine und ich wieder zusammenkommen. Es ist zuviel geschehen, als daß wir einfach umkehren und wie früher weitermachen könnten. Und du weißt selbst nur zu gut, daß sie in Paris glücklich ist. Und ich ... ich bin beschäftigt. Ich habe hier genug zu tun. Ich will nichts daran ändern, Hélène.«

»Ich kann verstehen, daß du noch bekümmert, ja sogar schokkiert bist, aber nicht, daß du dich geschlagen gibst. Mein Sohn?

Wenn du Catherine doch bloß wieder hierherbringen, diesem Pariser Unfug ein Ende setzen könntest. Schließlich bist du ihr Ehemann. Dann machst du ihr noch ein Kind und...«

Charles stieß seinen Stuhl zurück und sprang so heftig auf, daß sein Glas umfiel. Ein paar Tropfen Wein rannen über das polierte Holz.

»Warum kannst du nicht still sein?« Seine Stimme war kaum mehr als ein Flüstern, und sein Gesicht war totenblaß. Hélène zuckte erschrocken zusammen. Ihre Augen mieden das Gesicht ihres Sohnes, bis er wieder mit normaler Stimme weitersprach.

»Würdest du mich jetzt entschuldigen? Ich muß nachsehen, ob Jacopin zum Flughafen gefahren ist.«

»Und warum«, rief seine Mutter ihm nach, »müssen wir ausgerechnet jetzt ein ausländisches Mädchen im Haus haben, das keiner von uns kennt?«

Charles drehte sich in der Tür um und lächelte matt.

»Mama, warum denn nicht jetzt? Nichts ist im Moment anders als sonst. So sieht jetzt unser Leben aus. Nichts wird sich daran ändern, und du solltest dich besser daran gewöhnen. Du hast schließlich immer noch mich und Juliette.«

»Ein feines Paar. Meine schönen Kinder, der Neid aller, und was ist aus euch geworden? Ein sturer, kalter Mann, der wie ein Mönch lebt, und ein Hippiemädchen.«

Charles war bereits gegangen. Miß Farrer würde innerhalb der nächsten Stunde kommen, und es lohnte nicht mehr, sich an die Arbeit zu machen, da er ihr den restlichen Nachmittag widmen mußte. Er setzte sich in seinem Arbeitszimmer auf einen Sessel und sah aus dem Fenster auf den gepflegten Rasen und den Kies der Auffahrt.

Bell ging an den drei lächelnden Stewardessen vorbei, die in der Tür des Flugzeugs standen, und blieb auf der Stahltreppe stehen. Trotz der Flughafengerüche nach Öl und Gummi konnte sie den wahren Geruch des Landes ahnen. Er war erdhaft und sinnlich, aber auch sauber und natürlich, bestand aus feuchtem Laub, üppigem Essen und Holzrauch. Selbst hier im Tumult des Flughafens fühlte sie die Fruchtbarkeit, das Gedeihen und die Stille. Es war schön, wieder hier zu sein.

Als sie durch den Zoll gegangen war und ihr Gepäck geholt hatte, legte sich eine Hand auf ihren Arm.

»Miß Farraire?« Als sie sich umdrehte, sah sie auf ihrer Schulterhöhe des runzlige, braune Gesicht eines kleinen Mannes in einem blauen Overall und mit einer blauen Mütze. Sie lächelte ihn an und kam sich wie eine Riesin vor.

»Ja, das bin ich.«

»Keine allzu schmeichelhafte Fotografie, wenn ich das so sagen darf, aber für diesen Zweck ausreichend.« Bell, die an das Pariser Französisch gewohnt war, hörte seinen starken Dialekt heraus, als sie bestürzt auf die Zeitschrift blickte, die er in der Hand hielt. Es war ein Beitrag von ihr, den man mit einem großen Schnappschuß bebildert hatte.

»Wo auf Erden haben Sie diese Zeitschrift her?«

»Monsieur denkt an alles. Sie werden ja sehen. Dort geht es zum Wagen, Madame. Ich heiße übrigens Jacopin. Willkommen in Bordeaux.«

Baron Charles' Wagen war ein geräumiger, brandneuer grauer Mercedes, der mit einer dicken Staubschicht überzogen war. Nachdem sie den häßlichen, modernen Stadtrand hinter sich gelassen hatten, fuhren sie ins Haut-Médoc.

Bell ertappte sich dabei, daß sie tonlos wie eine Litanei die wohlklingenden Namen der Châteaus aufzählte, an denen sie vorbeifuhren. Von den Reben, die in dieser flachen, gesichtslosen Landschaft wuchsen, stammten die berühmtesten und edelsten Weine der Welt. Beidseits der Straße erstreckte sich ein Meer von seegrünen Reben, deren kostbare Trauben friedlich in der Augustsonne reiften. Gelegentlich konnte sie durch die schmiedeeisernen Tore einen Blick auf eins der Schlösser erhaschen. Sie fuhren an der Gironde entlang durch eine verlassene Gegend.

Jacopin warf einen Seitenblick auf Bell.

»Sie kennen unser Land sehr gut?« fragte er.

»Nicht allzugut. Ich bin drei- oder viermal hiergewesen, aber immer in Gesellschaft anderer Journalisten. Es ist mein erster Besuch im Château Reynard und ich habe erstmals Gelegenheit, mir den Betrieb eines berühmten Weinguts eine Zeitlang aus der Nähe anzusehen. Ich freue mich enorm darauf«, fügte sie wahrheitsgemäß hinzu. Jacopin nickte verständnisvoll.

»Natürlich«, murmelte er, als könne er sich nicht vorstellen, sie sei irgendwo anders besser aufgehoben.

Die Landschaft wurde hügeliger, und Bell wußte, daß sie bald da waren. Die Tore standen offen, und sie hielten vor den Stufen an.

Château Reynard stammte aus dem späten achtzehnten Jahrhundert: eine symmetrische Anlage, wie sie Bell schon oft auf Bildern gesehen hatte. Doch sie war nicht darauf vorbereitet gewesen, wie schlicht und doch ehrfurchtgebietend die Anlage wirkte.

Ein Flügel einer massiven Doppeltür wurde geöffnet, und Bell sah einen Mann in einem klassischen dunklen Anzug. Er blieb einen Moment lang oben auf der Treppe stehen und sah von der Terrasse aus ausdruckslos auf sie herunter. Dann kam er über den rechten Treppenbogen langsam auf sie zu. Bells Herz versagte.

Der Baron sah noch besser aus, als sie erwartet hatte. Er war auch jünger, als sie ihn sich vorgestellt hatte, erst Mitte bis Ende Dreißig. Er hatte ein aristokratisches Gesicht mit einem langen, schmalen Nasenrücken, das Gesicht eines Mannes, der Unterwürfigkeit gewohnt war. Sein blondes, von der Sonne aufgehelltes Haar war kurz geschnitten, und seine Augen waren leicht zusammengekniffen.

Der uneingeschränkte Alleinherrscher, dachte Bell.

Um seinen Mund spielte die Andeutung eines Lächelns, aber keine Spur davon war in seinen Augen zu sehen. Er hielt ihr die Hand hin, und sie drückte sie fest und bemühte sich, ihre gesamte Freundlichkeit in ihr Lächeln einfließen zu lassen.

Schließlich wäre sie nicht hiergewesen, wenn er sie nicht selbst eingeladen hätte.

»Willkommen im Château Reynard, Miß Farrer«, sagte er. »Ich bin Charles de Gillesmont.« *Ja, ich glaube nicht, daß ich dich für den Butler gehalten hätte.*

»Würden Sie bitte mitkommen? Jacopin, ich bringe das Gepäck von Miß Farrer ins Haus. Ich bin sicher, daß du genug anderes zu tun hast. Jacopin ist unser *Maître de chais*«, sagte er zu Bell. Sie sah den kleinen Mann noch einmal mit anderen Augen an, und ihr Blick drückte Respekt aus. Als Kellermeister trug er fast so viel Verantwortung wie der Baron selbst für das, was in den Flaschen mit dem Etikett Château Reynard auf den Markt kam. Jacopin zwinkerte ihr zu und stieg wieder in den großen Wagen. Als der Kies aufwirbelte und der Wagen um die Kurve fuhr, sah Bell ihm voller Bedauern nach.

Mit dem Gefühl, sich auf Zehenspitzen in die Höhle des Löwen zu schleichen, folgte sie Charles de Gillesmont in sein Schloß.

Als sie nebeneinander auf den Steinfliesen der Eingangshalle standen, bemerkte Bell, daß er wesentlich größer war als sie. Seine Augen waren dunkelblau und an den Rändern der Iris noch dunkler. Er hatte volle Lippen, und seine Oberlippe war stark geschwungen.

»Marianne wird Sie in Ihr Zimmer bringen«, sagte er. Ein dünnes, dunkelhaariges Mädchen in einer Dienstbotenlivree kam auf sie zu. »Ich bin sicher, daß Sie nach Ihrer Anreise eine Stunde Ruhe und Entspannung gebrauchen können. Kommen Sie nach unten, wenn Sie soweit sind.« Mit einem förmlichen Nicken ließ er sie stehen.

Bell folgte Marianne gehorsam. Eine breite Steintreppe mit kunstvollen schmiedeeisernen Geländern führte geschwungen zu den oberen Stockwerken, und als Bells Augen den Stufen nach oben folgten, blieb ihr Blick auf dem Blinken und Funkeln eines Kristallüsters im Treppenhaus hängen.

»Hier entlang, Madame«, forderte das Mädchen sie auf und wandte sich nach rechts. Von beiden Seiten fiel durch hohe, schmale Fenster Licht in den breiten Korridor. An den Wänden wechselten sich schwere Eichentruhen und Stühle aus dunklem, geschnitztem Holz ab. Bis auf den Laut ihrer Schritte auf dem dünnen Läufer herrschte absolute Stille.

»Hier wären wir«, sagte Marianne und öffnete eine Tür am Ende des Korridors. Das große Zimmer lag in einem der schmalen Flügel des Hauses und hatte an drei Wänden Fenster. Es war sehr sonnig, sauber und schlicht. Marianne öffnete eine weitere Tür.

»Ihr Bad, Madame. Brauchen Sie im Moment noch etwas?«

»Nein, alles ist bestens. Vielen Dank.«

Sowie sie allein war, trat Bell an eins der Fenster. Das Schloß lag auf einer kleinen Anhöhe, und vom ersten Stock aus bot sich ihr ein eindrucksvoller Ausblick. Sie konnte den Fluß, das Städtchen Pauillac und die riesige Ölraffinerie am Flußufer sehen. Im Hintergrund schienen kleinere Industriegebiete zu liegen, doch im Vordergrund zogen sich Pfade und die weiße, staubige Straße durch endlose Weinberge.

Vom rechten Fenster aus, das auf den identischen gegenüberliegenden Flügel des Schlosses blickte, konnte sie die Fassade sehen. Eine schmächtige Frau in einem marineblauen Plisséekleid mit einer Schleife am Hals schlenderte über den Rasen vor dem Haus. Ein fetter Dackel watschelte hinter ihr her.

»Das«, dachte Bell, »muß die verwitwete Baronesse sein. Ich frage mich, wo die junge Baronin wohl stecken mag?« Versonnen wandte sie sich dem linken Fenster zu und vergaß augenblicklich die Familienangelegenheiten des Barons. Unter ihr lagen die langen, niedrigen Weinkeller des Gutes. Sie hatten Ziegeldächer, waren weiß getüncht und um einen Innenhof mit Kopfsteinpflaster angeordnet. Männer in blauen Overalls liefen über den Platz, und Bell sah Jacopin, der in der offenen Tür eines der Keller stand und in ein Gespräch mit einer dicken Frau mit weißer Schürze vertieft war. Der Anblick erinnerte sie daran, daß sie hier war, um die Arbeit auf einem Winzergut zu beobachten und eine Geschichte darüber zu schreiben, und augenblicklich erwachten ihre Energien.

Abgesehen von einem hohen Messingbett mit gestärkter weißer Baumwollbettwäsche war das Zimmer fast leer. Eine hübsche Kommode stand an einer Wand, und darüber hing ein großer Spiegel in einem vergoldeten Rahmen mit mattem, altem Glas. Zwei Sessel mit blaßblau moirierten Seidenbezügen und ein kleiner blaßblauer Bettvorleger, der mit ausgeblichenen Rosenknospen gemustert war, und das war es auch schon.

»Der Baron investiert seine Profite offensichtlich nicht in luxuriöses Wohnen«, murmelte Bell vor sich hin, und sie war um so erstaunter, nachdem sie einen Blick in das Badezimmer geworfen hatte. Es war der Gipfel des Luxus. Badewanne und Dusche waren getrennt, ein flauschiger Teppich lag auf dem Boden, und auf einem Bambusstuhl stapelten sich weiche, weiße Handtücher. Ein langer, weißer Bademantel hing an einem Haken, und vorgewärmte Lockenwickler standen auf einem Glasregal neben einer Reihe von verlockenden Kristallgefäßen bereit. Der zarte Duft teurer französischer Seife hing im Raum.

Der Kontrast zwischen dem schlichten Schlafzimmer und dem hedonistischen Charakter des Bades faszinierte Bell, und sie fragte sich, ob Charles für diesen Gegensatz verantwortlich war.

O Gott, Baron Charles. Sie mußte sich an die Arbeit machen, so sehr sie dieser unterkühlte Franzose auch aus der Fassung brachte. Sie spritzte sich kaltes Wasser ins Gesicht, kämmte sich das Haar und packte dann ihren Kassettenrecorder aus.

Los, an die Arbeit!

Charles saß in der schummerigen Eingangshalle auf einem Sessel und las. Er stand auf, als sie die Treppe herunterkam, und sah ihr ungerührt entgegen. Von einem Lächeln war immer noch nichts zu sehen, aber Bell fand, sein Gesicht wirkte weniger verkrampft.

»Wenn es Ihnen recht ist, Miß Farrer, könnten wir uns jetzt über das Château und darüber, wie wir das Weingut führen, unterhalten. Dann möchten Sie sich vielleicht morgen alles von der praktischen Seite her ansehen.« Bell nickte, und bei dieser Kopfbewegung glaubte sie zu erkennen, daß Charles kühl auf den Schwung ihrer Wangen sah. Ihre Blicke trafen sich, und einen Moment lang herrschte Schweigen.

»Das klingt gut«, sagte sie leise. »Und wollen Sie mich nicht Bell nennen?« Sie sprachen seit ihrer Ankunft Französisch, und der spröde, einsilbige englische Namen schien plötzlich unpassend.

»Bell?« Die blauen Augen sahen sie wieder an, und plötzlich hörte sie ihre eigene Stimme und wußte sofort, daß sie zu schnell redete.

»Ich bin auf den Namen Annabell getauft worden, aber irgendwie paßt er nicht zu mir...«

»Nein«, sagte er. Sie bemerkte erstaunt, daß er belustigt war. Auf englisch fuhr er fort: »Dann also Bell. Ich bin ganz schlicht Charles.« Als er den Namen mit einem weichen ch und dem rollenden r aussprach, klang er in Bells Ohren alles andere als schlicht. Sie lachte und hielt ihm ihre Hand hin. Er schüttelte sie, schien sich an etwas zu erinnern und zog seine Hand zurück.

»Wollen Sie nicht mitkommen? In meinem Arbeitszimmer sind wir ungestört.« Er führte sie in den kleinen, unordentlichen Raum und schloß die schwere Eichentür hinter ihnen.

Es war nicht gerade ein einfaches Gespräch.

Charles de Gillesmont beantwortete ihre Fragen über Rebsorten, Hektar und Rationalisierung mit minutiöser Genauigkeit. Er konnte ihr sämtliche Zahlen auswendig nennen und erklärte ihr sorgsam die speziellen Probleme und Vorteile, mit denen man es auf diesem Weingut zu tun hatte.

All das waren Informationen, die sie in den entsprechenden Büchern selbst hätte finden können. Das meiste stand bereits in ihren Notizen.

Er wollte entschieden nicht darüber reden, was es hieß, ein französischer Baron zu sein und einen der berühmtesten Weine auf Erden herzustellen.

Plötzlich sah Bell Henry Stobbs vor sich, wie er mit einem Finger auf ihr säuberlich geschriebenes Manuskript tippte und sagte: »Blutleer. Verdammt belanglos. Wir haben dich nicht hingeschickt, damit du fünf Seiten voll mit Zahlen zurückbringst, Schätzchen. Wo ist die Story? Wo ist der Saft?«

Bell biß die Zähne zusammen. Irgendwie mußte sie ihn aus der Reserve locken, seine formelle Zurückhaltung durchbrechen und das aus ihm herauskitzeln, was die Leute interessierte. Sie beugte sich vor und lächelte den Baron entwaffnend an.

»Seit Jahrhunderten sitzen die de Gillesmonts im Château Reynard, ich weiß.«

»Seit vierhundert Jahren.«

»Ja, danke. Wie steht es um den Fortbestand der Tradition? Möchten Sie und Ihre Frau, daß Ihre Kinder das Gut so weiterführen, wie Sie es tun?«

Sie war sicher, daß er verheiratet war, denn sie hatte es überprüft, doch die blauen Augen durchbohrten sie eiskalt und gekränkt.

»Verzeihen Sie mir, aber ich dachte, Sie schreiben über Wein? Das hat mir zumindest Ihr Herausgeber mitgeteilt, als er mir geschrieben hat, um anzufragen, ob Sie herkommen könnten.«

»Mein Herausgeber hat an Sie geschrieben?« Ihr dämmerte einiges. Sie hatte diese exklusive Einladung nicht etwa bekommen, weil Charles ihre Arbeit gesehen und bewundert hatte. Wie hatte sie nur so dumm sein können, das zu glauben? Es war nichts weiter als eine von Henrys Intrigen.

»Ja, natürlich. Normalerweise hätte ich abgelehnt, aber er hat einige Ihrer Artikel beigelegt. Mich hat Ihr ungewöhnlich einfühlsamer Zugang zu diesem Thema beeindruckt.« Das war doch schon etwas. »Daher erstaunt es mich, daß Sie mir Fragen stellen wie eine Klatschspaltenkolumnistin. Wie viele Ihrer Leser könnten irgendein Interesse an meiner Frau haben? Und an Kindern?«

Bell lief dunkelrot an. Sein beißender Tonfall stachelte sie zu einer sofortigen Erwiderung an.

»Natürlich schreibe ich über Wein. Ich bin eine gute Journalistin, weil ich weiß, was die Leute lesen wollen. In dem Fall heißt das Dinge über Sie und nicht nur über den Wein. Ich muß meine Arbeit so gut wie möglich machen, denn andernfalls bin ich meinen Job los. Und was Sie mir bisher erzählt haben, ist nicht gerade prickelnd.« Sie deutete auf den Kassettenrecorder, blickte auf und sah ihn an. Sie war darauf gefaßt, sich weiterhin verteidigen zu müssen, doch überrascht stellte sie fest, daß er lachte.

Sein Gesicht war vollkommen verändert. Die harten Züge waren ausgewischt, und er wirkte fast knabenhaft.

Er hat einen auffallend sinnlichen Mund, dachte Bell und spürte, daß sich etwas in ihrer Kehle zusammenzog.

»Muß es denn prickeln?« fragte Charles.

»Ja«, sagte sie trotzig.

Er beugte sich vor und schaltete den Recorder aus.

»Sie hängen an Ihrem Job, stimmt's?« Er sah sie jetzt anders an, wie einen Menschen und nicht wie eine schnüffelnde Journalistin.

»Ja«, antwortete sie, und dann sagte sie zu ihrem eigenen Erstaunen: »Es ist das einzige, woran ich noch hänge.«

Warum auf Erden sagte sie das zu einem frostigen fremden Adeligen? Irgendwie hatte er sie überrumpelt. Er sah sie jetzt ernst und eindeutig mitfühlend an. Nachdem er sich noch einmal vergewissert hatte, daß der Recorder auch wirklich ausgeschaltet war, sagte er leise: »Dann haben wir eins gemeinsam.«

Er stand auf, kramte in einem Schrank herum und holte zwei Champagnergläser heraus. Als er sie auf den Tisch stellte, sagte er: »Meine Frau und ich leben getrennt.« Es hätte wie eine beiläufige Äußerung geklungen, wenn Bell nicht den Schmerz und die Erbitterung auf seinem Gesicht gesehen hätte. Die geringschätzige Selbstsicherheit war verflogen. Für einen flüchtigen Augenblick war er nichts weiter als ein unglücklicher Mann. »Entschuldigen Sie mich.« Er verließ das Zimmer, aber Bell kam dazu, ihre Gedanken zu ordnen. Ehe sie den bestürzenden Wandel in seinem Auftreten verkraftet hatte, war er mit einer Flasche *Krug* zurückgekommen, Jahrgang 1964.

Mit geschickten Fingern öffnete er die Flasche und ließ den Champagner in die schmalen, hohen Gläser schäumen. Das eine reichte er Bell, ehe er sein eigenes Glas hob.

»Auf Sie, Bell. Und auf den Erfolg Ihrer Arbeit.«

Sie tranken einen Schluck, und für den Moment vergaß Bell alles bis auf das belebende Prickeln des wunderbaren Champagners in ihrem Mund. Als sie ihn wieder ansah, musterte Charles sie mit entschiedenem Wohlwollen.

»Danke«, sagte sie und meinte damit sowohl seine guten Wünsche als auch den Champagner. Er deutete eine ironische Verbeugung an und lehnte sich wieder an den Kaminsims. Es war sehr still und warm in dem Zimmer, in das die Strahlen der frühen Abendsonne fielen.

»Ja«, sagte Charles eher zu sich selbst. »Meine Frau und ich leben getrennt. Eine Scheidung ist ausgeschlossen, und daher...«

Bell runzelte die Stirn. Dann fiel es ihr ein. Die aristokratischen de Gillesmonts waren natürlich sicher fromme Katholiken.

»...kann ich weder Ihnen noch Ihren Lesern vorhersagen, was hier in Zukunft geschehen wird. Das hängt davon ab, wer das Gut von mir übernimmt. Wer es auch sein mag, es wird kein Kind von mir sein.« Charles war sehr bleich geworden, und er sprach so leise, daß Bell die Worte nur mit Mühe verstehen konnte. Sie wußte nicht, was sie dazu sagen sollte, und im nächsten Moment hatte er sich wieder gefaßt und fuhr fort.

»Ich kann Ihnen nur sagen, daß, solange ich noch atme, hier alles genauso bleiben wird, wie es immer gewesen ist. Darin liegt zumindest ein gewisser Bestand. Ich weiß, in einer Zeit, in der alle anderen auf Neuerungen versessen sind, liegt das nicht gerade im Trend. Das können Sie gern über mich schreiben, wenn Sie glauben, daß sich irgend jemand dafür interessiert. Noch ein Glas Champagner?« Eine Spur seiner glatten Reserviertheit schlich sich wieder ein. Bell hielt ihm ihr Glas hin.

»Tut mir leid. Ich hatte nicht die Absicht, in Ihren Privatangelegenheiten herumzuschnüffeln. Tun Sie es als vulgäre journalistische Neugier ab.«

Er sah sie forschend an. »Ich glaube nicht, daß das Vulgäre Ihnen liegt. Ich habe Ihr Gesicht beobachtet, als wir gerade eben diese Unstimmigkeit hatten. Sie waren betroffen. Diese Form von Sensibilität kann einer Journalistin nicht hilfreich sein.«

»Hier läuft aber auch alles falsch.« Bell versuchte zwanglos zu lachen. »Eigentlich sollte ich Sie ausfragen.«

»Nun, vielleicht wäre es amüsanter, wenn wir die Rollen tauschen. Ich könnte mich an einer Charakterstudie versuchen und ein paar persönliche Fragen stellen. Sehen wir doch mal... vielleicht leiden Sie an einem kürzlich erst gebrochenen Herzen?«

Bell sah überrascht in seine dunkelblauen Augen. Es war einfach lachhaft.

Sein forschender Blick brachte sie in Verlegenheit, aber gleichzeitig wollte sie mit ihm weiterreden. Es war, als sei er ihr auf eine Weise, die sie nicht definieren konnte, vertraut.

»Nein«, sagte sie schließlich. »Kein gebrochenes Herz. Eher ein trauriges, überflüssiges Durcheinander, dessen ich mich schäme. Ihm hat es weher getan als mir. Ich wünschte, es wäre umgekehrt gewesen.«

»Ja«, sagte er trocken. »Das wünscht man sich immer. Und was jetzt?«

»Jetzt werde ich die größte Weinreporterin auf Erden.«

»Gewiß. Dem kann ich mich unmöglich in den Weg stellen. Wir werden gemeinsam etwas erdichten müssen, was Ihren Herausgeber zufriedenstellt.«

Charles warf einen Blick auf seine Armbanduhr und legte die Stirn in Falten.

»Nichts würde mir größeres Vergnügen bereiten, als den ganzen Abend mit Ihnen hier zu sitzen.«

Das war die sprichwörtliche Höflichkeit der Franzosen, doch Bell ertappte sich bei der Hoffnung, ein Funke Wahrheit könne doch daran sein.

»Aber ich glaube, ich sollte Sie jetzt meiner Mutter vorstellen. Sie erwartet uns sicher schon. Vor dem Abendessen sitzt sie immer im Salon.«

Charles entleerte sein Champagnerglas und nahm die halbleere Flasche. Bell stand ebenfalls auf und sah dann auf ihre nackten, sonnengebräunten Beine.

»Vielleicht sollte ich mich umziehen?«

»Nein, das glaube ich nicht. Wir sind nur zu dritt. Meine Schwester Juliette ist bis morgen fort.«

Er hielt ihr die Tür auf und wirkte ungeduldig. Bell folgte ihm gehorsam.

Auf der anderen Seite der Eingangshalle führten zwei getäfelte Türen in einen länglichen, anmutigen Salon.

Er wirkte äußerst französisch und gleichzeitig sehr feminin auf Bell. Die zierlichen Stühle und Chaiselongues waren vergoldet und mit ausgeblichener blaßroter Seide bezogen. Die getäfelten Wände waren blaßblau gestrichen und wurden von goldgerahmten Landschaftsmalereien und zahllosen Miniaturen belebt.

Charles' Mutter saß neben einem Kamin aus weißem Marmor und war über einen Stickrahmen gebeugt. Als sie eintraten, fiel ihr Blick sofort auf die Champagnerflasche in Charles' Hand.

»Charles«, sagte sie mit einer hohen, klaren Patrizierstimme, »hättest du nicht ein Tablett und eine Serviette finden können?« Bell hatte den Eindruck, daß er steifer wurde, als er die Flasche behutsam auf einem Tisch mit Intarsienarbeiten abstellte.

»Mama«, sagte er, »das ist Bell Farrer. Bell, meine Mutter – Hélène de Gillesmont.« Mutter und Sohn waren einander sehr ähnlich, doch das Gesicht der Baronesse war stärker von Stolz und Herablassung gezeichnet.

Ihre kalten Augen glitten über Bells schlichte blaue Leinenbluse und den leicht verknitterten Rock, und die hellen Augenbrauen wurden eine Spur hochgezogen. Bells Gastgeberin trug ein hellgraues Abendkleid von außergewöhnlicher Eleganz und eine dreifache Perlenkette.

Sie streckte widerstrebend ihre Hand aus. Ein großer Smaragd blinkte an ihrem Ringfinger.

»Guten Tag, Miß äh... Wollen Sie sich nicht setzen? Mein Sohn wird Ihnen noch ein Glas einschenken.« Sie sprach ein perfektes Englisch, das dem der Königin ähnelte.

Bell setzte sich auf den nächstbesten zierlichen Stuhl und seufzte innerlich. Ein Minuspunkt für die schmuddelige englische Journalistin. Sie vermutete, daß ihr harte Arbeit bevorstand, wenn sie diesen Abend überstehen wollte. Vielleicht half es ihr weiter, wenn sie mit ihrem fast ebenso perfekten Französisch angab.

»Was für ein wunderschöner Raum. Er strahlt eine solche Ruhe aus.«

Die Erwiderung wurde auf englisch gegeben.

»Ja. Meine Schwiegertochter und ich haben ihn gemeinsam eingerichtet.« Es war eine gezielte Brüskierung, und Bell war gereizt. Sie sah Charles an, doch er starrte mit abgewandtem Gesicht aus dem Fenster.

Es würde ein schwieriger Abend werden.

Bell kam es vor, als seien mindestens fünf Stunden vergangen, als sie Hélènes Salon wieder betraten, um dort den Kaffee zu trinken.

Bell fragte sich, wann sie wohl frühestens unter dem Vorwand, müde von der Reise zu sein, entkommen konnte.

»Ihr Zimmer ist doch behaglich, Miß äh?«

»Bell Farrer«, sagte Bell nachdrücklich. »Ja, danke, es ist recht gemütlich. Ist das schöne Badezimmer neu?«

»Catherine, meine Schwiegertochter, hat es ausgestattet.«

Hélène warf einen Blick auf ihren Schreibtisch, und Bells Augen folgten ihrer Blickrichtung. Dort stand eine Fotografie von Catherine. Ihre Augen waren unter dunklen Wimpern verborgen, doch das Kinn war eindeutig zu spitz. An ihrem langen, schmalen Hals trug sie anscheinend ein Diamantkollier.

Bell war fasziniert. Charles' Frau. Sie wirkte zerbrechlich, aber sehr schön. Charles umklammerte seine kleine goldene Tasse, als wolle er sie in Stücke brechen.

Hélène hatte ihre Stickerei wiederaufgenommen und sprach mit ihrer hohen, herablassenden Stimme.

»Wir haben vor, im ganzen Haus neue Bäder einzurichten. Es ist erstaunlich, wie sehr sich Catherines Vorstellungen immer mit meinen gedeckt haben.« Sie seufzte resigniert. »Ganz im Gegensatz zu Juliette und mir. Meine eigene Tochter ist mir heute ein Rätsel. Sowie Catherine aus Paris zurückkommt...«, fuhr Hélène fort, und Bell hörte verwundert zu.

Charles hatte gesagt, sie lebten getrennt. Waren sie etwa doch nicht auseinandergegangen?

»Sie ist krank gewesen. Sie brauchte viel Ruhe und eine Luftveränderung, aber jetzt geht es ihr wieder gut, und sie wird bald nach Hause kommen. Dann werden wir...«

Mit den geschmeidigen Bewegungen einer Katze sprang Charles auf. Es dauerte nur einen Sekundenbruchteil, bis seine finstere Gestalt über seiner Mutter aufragte. Bell sah, daß seine Hände zu Fäusten geballt waren.

»Mama«, zischte er, »du wirst mit diesem Theater aufhören. Und zwar jetzt!« Hélène schrak einen Moment lang zurück, ehe ihr Gesicht harte und trotzige Züge annahm.

»Du bist ein Narr, und nicht nur ein Narr, sondern auch rücksichtslos. Du zerstörst mein Leben und auch dein eigenes.«

Bell wünschte, der Fußboden würde sich öffnen und sie verschlingen. Im Moment nahm keiner von beiden ihre Anwesenheit wahr, aber später würden sie sich wieder daran erinnern, daß sie dabeigewesen war, und es würde ihnen schwerfallen, ihr das zu verzeihen.

Charles' Gesicht war grau, und er schien mühsam nach Luft zu ringen.

»Dein Leben. Die Heuchelei und der Schwindel, die dein Leben ausmachen, interessieren mich nicht. Du weißt nichts über menschliche Gefühle. Ob Liebe oder Haß, Hauptsache, der Schein bleibt gewahrt.«

Hélène hielt ihren Strickrahmen wie einen Schild vor sich.

»Du erzählst mir etwas von Liebe und Haß? Du bist kaum besser als ein Mörder, und du...«

Bell sank auf ihrem Stuhl zurück, als sie den Ausdruck sah, der in Charles' Augen stand. Er hob die Faust und ließ sie bleischwer wieder sinken. Hélènes Stimme stockte bei diesem Anblick.

»Du weißt, daß ich nicht... Ich wollte doch nur sagen, daß du zugesehen hättest, wie Catherine vor Kummer stirbt, ohne einen Finger zu rühren... Es ist anderen überlassen worden...«

»Wirst du den Mund halten?« Charles spuckte die Worte wie Gift aus.

Hélène stand auf. Ihr Kopf reichte kaum an seine Schulter, und sie mußte zu ihm aufblicken. Sie wirkte um Jahre gealtert und schrecklich verbittert.

»Warum mußt du uns vor... vor diesem Mädchen demütigen?« Sie wies mit einer Handbewegung auf Bell. »Vor einer Fremden. Ich schäme mich für dich. Ich schäme mich.«

Sie wandte sich ab und verließ das Zimmer.

Bell schluckte mit trockenem Mund. Sie starrte das Muster des Teppichs an und wünschte sich an jeden anderen Ort auf Erden. Es war ganz unerwartet zu dieser Szene gekommen, und sie war schockiert. Es war so vieles in der Luft gelegen, was sie nicht verstehen konnte. Nicht verstehen wollte. Was immer sich auch im Château Reynard abgespielt haben mochte – es hatte das Leben von Hélène und Charles zerstört.

Sie hörte einen Laut und blickte zu Charles auf. Auf seinem Gesicht sah sie eine Bestürzung und ein Entsetzen, als starre er in eine tiefe, dunkle Grube, die sich vor seinen Füßen geöffnet hatte.

Bell kannte diesen Gesichtsausdruck. Im selben Moment wußte sie, warum Charles tief in ihrem Innern dieses seltsame Gefühl der Vertrautheit ausgelöst hatte.

Ihr Vater. Diese herablassende Selbstsicherheit, die durch einen Verlust Lügen gestraft wurde, der Schmerz, der sich auf seinem Gesicht ausdrückte.

O Gott.

Ohne sich Zeit zum Nachdenken zu lassen, ging sie zu Charles und legte ihre Hände auf seinen Arm. Diesmal war sie wenigstens alt genug, um zu verstehen, wenn es schon nicht in ihrer Macht stand zu helfen. Einen Moment lang sah dieser Mann bestürzt in ihre Augen. Dann stöhnte er leise, schlang seine Arme um sie und ließ seinen Kopf auf ihre Schulter sinken.

Bell hatte keine Vorstellung davon, wie lange sie so dort standen. Es kam ihr vor, als seien ihr Kopf und ihr Körper vollkommen blutleer, und sie hatte Mühe, aufrecht stehen zu bleiben, mit Charles de Gillesmont gesamtem Gewicht auf den Schultern.

Schließlich blickte er auf, zuckte kurz zusammen und ließ sie los.

Als er zu sprechen begann, war seine Stimme belegt.

»Ich schäme mich auch, Bell. Es tut mir leid, daß Sie das über sich ergehen lassen mußten.« Er bemühte sich sichtlich, sich zusammenzureißen, und Bell sah das Phantom des eleganten Barons wieder vor sich auftauchen.

»Wie Sie sehen, geht es in diesem Haushalt nicht immer glücklich und zufrieden zu. Das ist einer der Gründe, warum wir nicht allzuoft Angehörige Ihres Berufsstandes hier empfangen. Ich bin froh, daß ausgerechnet Sie heute abend hier waren.« Er bemühte sich, ungezwungen darüber hinwegzugehen, doch er meinte jedes Wort ernst.

Bell nickte. Für sie war es zwar schockierend gewesen, aber sie war doch froh, daß sie bei ihm gewesen war.

»Ich glaube, wir könnten einen Drink gebrauchen«, sagte er. »Lassen Sie uns diesen Raum verlassen.«

In seinem behaglichen Arbeitszimmer sagte er so eilig, als wolle er es hinter sich bringen: »Sie müssen sich fragen, was all das heißen sollte. Meine Mutter macht es einem nicht leicht, mit ihr auszukommen, aber sie hat zu viele Enttäuschungen erlebt. Sie hat Catherine sehr nahegestanden, und sie vermißt sie sehr. Es ist unverzeihlich, daß ich mich derart habe gehenlassen. Manchmal kann ich...«

Bell schüttelte den Kopf. »Nein. Bitte, das ist wirklich nicht nötig.«

Sie schrak vor der Vorstellung zurück, die Geheimnisse dieser Familie zu erfahren. Sie konnte sich genug zusammenreimen und hatte keinerlei Verlangen, den Schmerz noch einmal zu wecken, den sie auf Charles' Gesicht gesehen hatte. Das kannte sie zu gut aus ihrer eigenen Familie.

Charles wirkte erleichtert. Er setzte sich auf einen Ledersessel, und Bell saß unversehens im Schneidersitz auf dem Fußboden und lehnte an seiner Armlehne. So hatte sie oft mit Edward dagesessen, erinnerte sie sich mit einem kläglichen Lächeln. Er schien im Moment sehr weit fort zu sein.

Charles murmelte: »Dann erzählen Sie mir etwas anderes. Solange es nichts mit dem Château Reynard zu tun hat. Erzählen Sie mir von Bell Farrer.«

Sie tat es, erst stockend, doch seine behutsamen Fragen ließen sie flüssiger weiterreden. Nach allem, was sie an diesem Abend erlebt hatte, hatte sie nicht das Gefühl, Dinge zu ihrem eigenen Schutz vor ihm verbergen zu müssen. Es hätte ihr unpassend erscheinen müssen, daß sie hier saß und Charles de Gillesmont, den sie erst seit wenigen Stunden kannte, ihre persönlichen Überlegungen unterbreitete.

Und doch erschien es ihr nicht unpassend.

Charles saß regungslos auf seinem Sessel, während sie redete. Seine Augen waren auf ihr Profil gerichtet.

Es war sehr spät, als Bell sich streckte und sich lächelnd zu ihm umdrehte. »Das ist alles. Ich weiß heute, woran ich mit mir bin. Oder zumindest glaube ich, es zu wissen.«

»Sie glauben es zu wissen«, stimmte er ihr zu und lächelte sie an.

Sie standen auf, und er nahm ihren Arm und führte sie durch die dunkle Eingangshalle zur Treppe.

»Gute Nacht«, sagte Bell. Sie hätte ihm gern gesagt, daß alles in Ordnung war, daß sie vergessen würde, was sie an diesem Abend gehört hatte, doch sie fand die rechten Worte nicht. »Vielen Dank für Ihre Einladung«, sagte sie schlicht.

Sie nahm eine Bewegung in der Dunkelheit wahr, und einen elektrisierenden Moment lang glaubte Bell, er würde sie küssen.

Nein, dachte sie dann. Noch nicht. Jetzt nahm er ihre Hand, beugte sich darüber und küßte sie. Als er wieder aufblickte, sahen sie einander in die Augen und mußten beide lachen.

»Wenn man schon ein französischer Baron ist«, murmelte er, »dann kann man sich auch gleich wie einer benehmen. Sie wären sicher enttäuscht gewesen, wenn ich Ihnen keinen Handkuß gegeben hätte.«

»Bitter enttäuscht«, sagte Bell.

Er ließ ihre Finger los, und sie stieg die Treppe hinauf. Als sie im oberen Stockwerk angekommen war und hinuntersah, stand er noch da und blickte ihr nach.

Am nächsten Tag begann Charles seine Führung durch die Keller. Bell fiel sofort auf, daß die primitiven Geräte, mit denen hier gearbeitet wurde, liebevoll in Schuß gehalten wurden, doch alles war sehr altertümlich. Charles unternahm nichts, um die technologischen Fortschritte einzuführen, die sich in die Keller der anderen Châteaus längst eingeschlichen hatten. Eine Zeitlang dachte Bell, konnte er noch so weitermachen, aber schließlich würde sich seine Weigerung, mit der Zeit zu gehen, gegen ihn wenden. Bell wußte, daß bereits jetzt gemunkelt wurde, das Château Reynard könne seine Spitzenposition nicht ewig halten. Sie konnte Charles verstehen, aber sie wußte auch, daß er sich täuschte. Wenn er zu lange an den überlieferten Methoden festhielt, war das das Ende des Château Reynard.

Wie konnte man das einem Mann wie Charles de Gillesmont beibringen? Bell warf einen Blick auf das kantige Profil an ihrer Seite, erinnerte sich wieder an seine arrogante Miene und schauderte bei diesem Gedanken zusammen.

Um die Mittagszeit hatte Charles anderes zu erledigen und vertraute Bell Jacopins Führung an, der ihr zuzwinkerte und strahlend sagte: »Kommen Sie mit!«

Mit den Arbeitern zusammen nahm sie in der Küche einen deftigen Eintopf zu sich. Es ging laut zu, es wurde viel gelacht, und der Wein floß in Strömen. Bell dachte an das steife Abendessen in Hélènes Salon und fand die Abwechslung erfrischend.

Am Nachmittag liefen sie durch die Weinberge, und als Jacopin sie zum Château zurückbrachte, bog gerade Juliette um die Ecke und lächelte sie mit strahlendweißen Zähnen an. Bell fand sofort, Charles habe zwar alle Schönheit seiner Familie geerbt, doch seine Schwester um so mehr an Herzlichkeit und guter Laune.

»Kommen Sie, lassen Sie uns ins Haus gehen.« Juliette hängte sich bei Bell ein. Der Unterschied zwischen diesem lebhaften, freundlichen Mädchen und ihrem zurückhaltenden Bruder faszinierte und amüsierte sie.

Hélène schien auch nichts mit Juliette gemein zu haben. Bell bemerkte die Tonklümpchen auf den Ärmeln des grauen Pullovers, die kurzen, stumpfen Fingernägel und das sommersprossige Profil, das frei von jeglichem Make-up war.

Kein Wunder, daß die beiden Frauen nicht miteinander auskamen.

Juliette sprudelte über vor guter Laune und Direktheit. Bell schloß nicht allzu schnell neue Freundschaften, aber für Charles' Schwester konnte sie sich vom ersten Augenblick an rückhaltlos erwärmen.

Juliette führte Bell in ihr Zimmer und setzte sich dort auf das Bett. Sie schien Lust zu haben, sich ausgiebig zu unterhalten.

»Ich habe gehört, was gestern abend vorgefallen ist. Es muß schrecklich für Sie gewesen sein.«

»Für die beiden ist es schlimmer gewesen. Geht das schon lange so?« fragte Bell.

»Seit Catherine fortgegangen ist.«

Juliettes Offenheit ging Bell nah, als das Mädchen begann, über ihre Mutter zu sprechen.

»Sie ist einsam. Und sie wird älter. Und je älter sie wird, desto stärker werden ihre Dynastie-Instinkte. Sie hat meinen Vater sehr geliebt und ihr eigenes Château aufgegeben, obwohl ihre Familie ganz in der Nähe lebte. Dann ist Papa gestorben, aber Charles hatte gerade geheiratet, und sie glaubte, nun kämen Kinder. Unmengen von Kindern, damit die Familie erhalten bleibt, verstehen Sie. Das Château, das Geschäft, die Tradition. Alles, was Papa und ihr wichtig war. Catherine war in ihren Augen perfekt. Aristokratisch natürlich«, sagte sie mit Mundwinkeln, die sich zu einer Grimasse verzogen, »äußerst korrekt und auf ihre Weise klug. Charles hatte sie kennengelernt und sie gleich darauf geheiratet. Ich kenne ihn besser als jeder andere.« Bell hörte den Stolz aus ihrer Stimme heraus und vermutete, daß sie ihren Bruder sehr liebte. »Ich habe es von Anfang an für einen Fehler gehalten. Charles ist sehr reserviert, aber das ist nur äußerlich. Er braucht einen Menschen, der so stark und aufrichtig und leidenschaftlich ist wie er selbst. Catherine wirkt nachgiebig, und das ist das Falsche für de Gillesmont, aber ihr Kern ist aus Stahl. Und das ist auch das Falsche für Charles.«

»Warum haben die beiden überhaupt geheiratet?« fragte Bell.

»Ach, sie waren zweifellos verliebt. Aber sobald sie verheiratet waren, kam eine Entdeckung nach der nächsten. Ich glaube nicht, daß es je zwischen ihnen gestimmt hat. Sogar im Bett nicht«, fügte sie leise hinzu. »Es ist zu furchtbaren Auseinandersetzungen gekommen. Zu wirklich gräßlichen Auseinandersetzungen. Hélène hat äußerst diskret darauf reagiert, aber ich habe es nicht ausgehalten. Ich bin nach Bordeaux gezogen.« Juliette senkte den Kopf und verbarg ihn hinter ihrem Haar.

»Dann... dann ist etwas Tragisches passiert, und das hat sie einander nicht nähergebracht, sondern sie nur noch weiter auseinandergetrieben. Sie haben sich gegenseitig so unglücklich gemacht. Schließlich ist Catherine fortgegangen. Sie hat ein paar Kleider in ihren kleinen Renault gepackt und ist einfach verschwunden. Das war mutig, finden Sie nicht auch? Seitdem ist Charles' Leben leer, aber wenigstens nicht mehr so qualvoll wie vorher. Ich bin zurückgekommen, um ihm Gesellschaft zu leisten. Das braucht er.«

Lange herrschte Schweigen, bis Bell sagte: »Und was wird jetzt geschehen?«

Juliette zuckte die Achseln. »Nichts. Alles wird so bleiben, wie es ist.«

»Können sie sich denn nicht scheiden lassen?« fragte sie Juliette, doch sie kannte die Antwort.

»Nein, Bell. Charles ist ein sehr religiöser Mensch. Daran ist nichts zu ändern. Catherine ist seine Frau, und vor Gott wird sie es immer bleiben. Sie können nicht zusammenleben, aber sie können auch nicht voneinander befreit werden. Niemals.«

»Ich werde mich jetzt umziehen«, sagte Bell.

Das Mädchen merkte augenblicklich, daß sie allein sein wollte. Sie stand eilig auf und drehte sich in der Tür noch einmal um.

»Geben Sie sich nicht zuviel Mühe. Mama bleibt am Tag nach einer Szene immer in ihrem Zimmer. Ihr Haar steht Ihnen übrigens so, wie Sie es tragen. Es betont den Schwung Ihrer Wangen und Ihres Halses. Wunderbar modelliert.«

Bell schickte sie lachend weg, und Juliette rief aus dem Korridor: »Ich bin nämlich Bildhauerin. So etwas entgeht mir nicht.«

Stirnrunzelnd zog Bell ihre Jeans aus und schlüpfte in das zarte Kleid aus Crêpe de Chine. Etwas Unangenehmes und Unerwartetes war passiert, und sie mußte sich zwingen, sich damit auseinanderzusetzen.

Charles de Gillesmont war nicht mehr jemand, den sie für die Zeitung interviewen sollte. Er war ein Mann, und sie fand ihn attraktiv. Dazu kam das intuitive Wissen, daß auch er sich zu ihr hingezogen fühlte.

Aber mehr durfte nicht daraus werden. Es konnte nichts anderes daraus werden. Es durfte nichts anderes daraus werden. Es war schade, aber das war die einzig vernünftige Antwort. Charles war unwiderruflich verheiratet. Er hatte es ihr selbst gesagt, und seine Schwester hatte es ihr bestätigt. Außerdem lebte er in einer Welt, die nicht das geringste mit ihrer Welt zu tun hatte.

Und was war mit ihrer eigenen Entschlossenheit, allein durchs Leben zu gehen? Charles de Gillesmont paßte nicht in die Kategorie leichtfertiger Affären am Wegesrand. Und sie war auch nicht das englische Aschenbrödel, das dem mysteriösen französischen Baron im Handumdrehen verfallen war. Bedauerlicherweise ging es tiefer.

Charles faszinierte sie. Sie lechzte danach, ihn näher kennenzulernen. Sie wollte ihn weiterhin bewundern und ihm ehrfürchtig gegenüberstehen, und gleichzeitig wollte sie ihn mit ihrem eigenen, mühsam erworbenen Verständnis trösten.

Unmöglich. Ein romantischer Traum.

Doch so einfach war das alles nicht. Da war die arrogante Sinnlichkeit seines Mundes, seine Art, ihr fest und gebieterisch in die Augen zu sehen, gerade eine Sekunde zu lange. Bell stellte erschrocken fest, daß sie sich auch physisch von ihm angezogen fühlte.

Sie durfte nicht mehr daran denken, sich nicht die Zeit lassen, über ihn nachzudenken. So einfach war das.

Bell geriet sofort ins Wanken, als sie die Geschwister nebeneinander auf einem der blaßblauen Sofas im Salon sitzen sah. Beide lachten herzlich, und als sie eintrat, sprangen sie sofort auf, um sie herzlich zu begrüßen.

Bells Herz hämmerte, als Charles ihre Hände nahm und sie zur Begrüßung auf beide Wangen küßte. Sie begehrte ihn, es hatte keinen Sinn, sich etwas vorzumachen. Es war unmöglich und dennoch möglich. O nein.

Doch.

Der Abend war in jeder Hinsicht das Gegenteil des Vorabends. Juliette und Charles ergänzten einander prächtig. Die beiden hatten einander ihr Leben lang sehr nahegestanden. Als naive Kinder waren sie durch die zugigen Winkel des Châteaus gestrichen, und als Jugendliche war ihnen ihre Position in der Welt klar geworden, und sie hatten gesehen, welche Erwartungen die Welt an sie stellte. Juliette hatte sich diesen Erwartungen widersetzt, war Bildhauerin geworden und in ein berühmtes Atelier in Paris gegangen. Ihre Wechsel waren ausgeblieben, und sie hatte von dem gelebt, was sie in ihrer Freizeit als Kellnerin verdienen konnte. Für Charles wäre die Flucht noch leichter gewesen, wenn er sie angestrebt hätte, aber er hatte das Châteaux Reynard und die Erzeugung von Wein im Blut und fügte sich klaglos in sein Erbe.

Juliette und ihr bohemienhafter Lebensstil waren für ihn ein kostbares Alter ego. Bell konnte nur vermuten, wie eng die Bande zwischen beiden sein mußten, aber sie sah augenblicklich, wieviel sie einander bedeuteten.

Die drei blieben bis spät in die Nacht an einem Ende des langen Tisches sitzen. Rubinrot schimmerte der Rest des Weines in der Karaffe. Es war ein Château Reynard 1961, und Bell verstand, daß Charles ihr etwas von sich selbst geben wollte, indem er ihr seinen besten Wein vorsetzte.

Beim Cognac redeten sie über familiäre Gemeinsamkeiten, und Juliette versteifte sich darauf, sie und Charles seien aufgrund ihrer Sternzeichen so verschieden voneinander.

»Ich bin Waage«, sagte sie, »und Charlot ist Skorpion. Trübsinnig und schwierig, aber...«

»Um Gottes willen, Juliette, langweile uns nicht mit diesem Unsinn.«

»Meinetwegen, aber jetzt wäre ich gerade zu den schmeichelhafteren Seiten gekommen. Was ist mit Bell? Ich schätze, Sie sind...«

»Löwe«, warf sie eilig ein.

»Ha! Die Extrovertierte mit dem verletzbaren Herzen.«

»Alles falsch«, sagte Bell lächelnd. »Ich bin nach außen hin verletzbar, aber mein Herz ist von reinem Stahl eingefaßt.«

Charles musterte sie einen Moment lang mit hochgezogenen Augenbrauen. Bell lief langsam dunkelrot an.

»Löwe? Dann müssen Sie ja bald Geburtstag haben«, warf Juliette ein, ehe sich das Schweigen zu lange hinzog.

Bell sah von einem zum anderen. Es gab keinen Grund, ihren Geburtstag nicht mit Freunden zu verbringen, selbst wenn die Freundschaft noch so neu war.

»Ich werde morgen achtundzwanzig.«

»Morgen?« Juliette sprang auf. »Morgen haben Sie Geburtstag? Das sagen Sie uns ja gerade im richtigen Moment. Wir müssen unbedingt ein Fest feiern. Charlot – meinst du nicht auch?«

»Nur, wenn Bell es möchte.«

»Natürlich will sie das. Das stimmt doch, meine Liebe? Ich muß telefonieren und mit Madame Robert reden, der Köchin . . . Oh, was für ein Spaß. Mama wird außer sich sein.«

Juliette tanzte in ihrer Aufregung durch das Zimmer, drückte jedem der beiden einen Kuß auf das Haar und verschwand.

Charles nahm Bells Hand. »Haben Sie etwas dagegen?« fragte er leise.

»Nein.«

Es wurde sehr still im Raum, als sie dasaßen und einander ansahen. Eins seiner Lider zuckte, und Bell wurde klar, daß auch Charles sich vor etwas fürchtete.

Zögernd ließ Charles seine Fingerspitze über die Konturen ihres Mundes gleiten und zog die Kämme aus ihrem langen Haar.

»Du bist sehr schön«, murmelte er. »Und außergewöhnlich.«

Dann zog er sie an ihren Händen auf die Füße und in seine Arme. Bell fühlte sich von der Macht seines Kusses davongetragen. Die Zeit blieb für sie stehen, Fragen blieben unbeantwortet, Ängste wurden mißachtet.

Schließlich führte Charles sie die Treppe hinauf. Vor ihrer Zimmertür blieben sie wortlos stehen und sahen einander in die Augen. Seine Hand lag auf dem Türgriff.

»Nein, noch nicht«, hauchte Bell. »Bitte, Charles. Ich muß nachdenken.«

»Ich weiß. Morgen müssen wir uns unterhalten, Bell.«

Dann wandte er sich abrupt ab und verschwand.

»Morgen«, sagte Bell in das Dunkel hinein. Dann fiel ihr wieder ein Satz ein, den Juliette gesagt hatte. Er hatte den ganzen Abend unbewußt an ihr genagt und war jetzt endlich wieder in ihr Bewußtsein aufgetaucht.

»Und dann ist etwas Tragisches geschehen«, hatte sie gesagt. Ihr Gesicht war unter ihrem Haar verborgen gewesen.

Etwas Tragisches? Etwas, was Charles betraf?

Morgen.

3

Valentine Gordon hatte die Hände hinter dem Kopf gefaltet und atmete gereizt aus. Er lag auf dem Rücken in seinem Bett und sah auf die grünen Ziffern der Digitaluhr. Es war vier Uhr dreiundzwanzig, und er hatte noch kein bißchen geschlafen. Sein Blick fiel auf das weißblonde Haar, die entblößten Schultern und die festen Brüste des Mädchens, das neben ihm schlief. Sie atmete so tief und so gleichmäßig wie schon seit Stunden, seit er sich von ihr fortgewälzt und in die Dunkelheit zu starren begonnen hatte. Er streckte seine Hand aus, um die gebräunte Haut zu berühren, und er fand, er könnte das Mädchen eigentlich wecken und wieder mit ihm schlafen. Dann legte er die Stirn in Falten und zog seine Hand zurück. Er wußte, daß sie augenblicklich auf ihn eingehen würde, wenn auch gähnend und mit den Bewegungen eines kleinen Kätzchens, und diese Vorstellung langweilte ihn.

Statt dessen stand er auf und tastete nach seinem Morgenmantel. Trotz der Kühle des klimatisierten Raumes fühlte er sich klebrig. Außerdem war er übellaunig. Er wollte etwas oder jemanden, aber Sam war es nicht. Wenn er sie schlafen ließ, lief sie ihm wenigstens nicht nach und plauderte und kicherte.

Er ging ins Wohnzimmer, zog die Gardinen auf und ließ die Glastüren zur Seite gleiten. Es wurde jede Minute heller. Die Luft, die von der Veranda ins Haus kam, duftete und war nach der Hitze des Vortages jetzt noch warm, aber sie roch angenehm frisch. Valentine trat ins Freie und lehnte sich über das weiß gestrichene Geländer, um die Aussicht zu betrachten.

Er sah auf die Weinberge hinaus, das Meer von grünem Laub, das sich über den Talboden zog. Die Sonne war schon ein ganzes Stück über den Horizont aufgestiegen, und der Himmel über den steilen Hängen des Tales nahm das leuchtende Blau des kalifornischen Augustes an. Es war sehr, sehr still.

Fast alles, was er sah, gehörte ihm, aber dieses Wissen ließ ihm keine genüßlichen Schauer mehr über den Rücken laufen. Valentine wußte, daß er sich langweilte, und er wußte auch, daß Langeweile einen anderen, gefährlichen Valentine ans Licht brachte.

Er wandte sich vom Napa Valley ab und beschloß, sich eine große Bloody Mary zu mixen, um dem Tag die unangenehme Unschuld zu nehmen. Dann erinnerte ihn der Schmerz zwischen seinen Augen wieder an die vergangene Nacht, und er ließ sich auf einen der gepolsterten Liegestühle fallen. Valentine zog seinen Bademantel aus, ließ ihn neben sich fallen, wälzte sich auf den Bauch und streckte sich nackt auf den Polstern aus. Es war die schattige Westseite des Hauses. Sekunden später war er eingeschlafen.

Um neun war es schon heiß, und der Wind hatte sich gelegt. Sam kam durch die offenen Glastüren und brachte ein Tablett mit Orangensaft und einer Kanne Kaffee ins Freie. Valentine schlief noch, und sie stellte das Tablett ab und ließ ihre Blicke über seinen Körper gleiten. Valentine Gordon war dreißig, und sie wußte, daß er zuwenig aß und zuwenig schlief, aber dafür zuviel trank. Trotzdem hatte er den Körper eines zwanzigjährigen Athleten, breite Schultern und schmale Hüften. Sam kniete sich neben ihn und ließ ihre Haar über seinen Rücken gleiten, bis er wach wurde. Er lächelte nicht, aber das war sie gewohnt.

»Erst den Kaffee, Sam.«

Sie goß ihm eine Tasse ein, die er durstig leerte. Dann zog er sie neben sich, knöpfte ihre weite Bluse auf und ließ seine Hände über ihre kleinen Brüste gleiten. Sam schloß die Augen.

Er schlief nach allen Regeln der Kunst mit ihr und widmete seinem Vorgehen anscheinend seine gesamte Aufmerksamkeit, doch als das Mädchen unter ihm stöhnte und wimmerte, hörte Valentine nichts anderes als den Gesang der Vögel im Garten. Hinterher löste er sich aus ihren Armen und zündete sich eine Zigarette an. Endlich sah er ihr ins Gesicht.

»Sam. Es tut mir leid, aber es ist aus.« Er biß die Zähne zusammen, als er sah, daß Tränen in ihre stiefmütterchenblauen Augen traten. Es würde keine hohlen Worte geben, kein Gerede darüber, was das beste für sie beide war. Das zumindest war er ihr schuldig.

»Valentine«, sagte sie zart und ungläubig und schüttelte heftig den Kopf, während ihre Tränen flossen. »O Valentine, bitte, nicht.«

Weit entfernt, in der zurückhaltenden Pracht des großen Salons von Château Reynard, sprach eine andere Frau seinen Namen aus.

»Im Napa Valley«, sagte Bell Farrer strahlend. »Bei Valentine Gordon von der Weinkellerei Dry Stone.«

Während sie das sagte, dachte Bell, es war der seltsamste und schönste Geburtstag in ihrem ganzen Leben gewesen.

Die Geschwister hatten sie zum Frühstück in dem sonnigen Eßzimmer erwartet. Bell stellte erleichtert fest, daß von Hélène immer noch nichts zu sehen war.

»Alles Gute zum Geburtstag«, jubelte Juliette. Sie schenkte Orangensaft aus einem gläsernen Krug ein, und Bell sah, daß er prickelte und schäumte.

Juliette schenkte ihr eine kleine Skulptur, einen Mädchenkopf, und Charles überreichte ihr zum Geburtstag einen schmalen Armreif aus reichverziertem Elfenbein. Die feinen Schnitzereien stellten Rebstöcke und Trauben dar. Das Stück war kunstvoll gearbeitet.

»Danke«, sagte Bell schließlich. »Er ist erlesen schön. Ich werde immer an dich denken, wenn ich ihn trage.«

»Genau diese Absicht stand dahinter.«

Wie sexy, dachte Bell. Diese perfekten Manieren in Verbindung mit dem Schnitt seines Mundes und dem Ausdruck in seinen Augen.

Er gab ihr das Gefühl, wieder ein kleines Mädchen zu sein, das ihm mit einer gewissen Ehrfurcht begegnete und fasziniert, benommen und verzaubert war.

Später hatte er gesagt: »Darf ich dich zum Mittagessen nach Bordeaux einladen? Dort gibt es ein Restaurant, das dir, glaube ich, gefallen wird, und wir hätten eine Gelegenheit, uns zu unterhalten.«

Bell war schon oft in Bordeaux gewesen, doch diesmal sah sie es mit neuen Augen. Hierher gehörte Charles, zwischen diese feudale Architektur des achtzehnten Jahrhunderts, die einen unaufdringlichen, diskreten Wohlstand ausdrückte.

Charles führte sie in eine kleine Seitenstraße und zu einer grünen Tür, die keine Aufschrift trug.

»Ah, Baron Charles, Bonjour«, sagte die grauhaarige Frau in dem schwarzen Kleid, die in der Eingangshalle saß, als Charles die Tür geöffnet und Bell an der Hand genommen hatte. »*Et Madame*«, fügte sie mit einem Blick auf Bell hinzu. Charles küßte ihr die Hand.

»Madame Lestoq«, murmelte er, und Bell riß vor Staunen die Augen auf.

»Das also ist *Chez Lestcq*«, sagte sie, als sie sich an den einzigen freien der zehn Tische gesetzt hatten.

»Natürlich. Wohin sonst hätten wir an deinem Geburtstag gehen sollen?«

Bell wußte, daß das Essen in diesem winzigen Restaurant einen legendären Ruf hatte, fast so legendär wie die Schwierigkeiten, dort einen Tisch zu bekommen. Man hatte ihnen den besten Tisch im ganzen Raum gegeben, und da Charles erst vor einigen Stunden erfahren hatte, daß heute ihr Geburtstag war, mußte er einigen Einfluß geltend gemacht haben.

Bell hatte vor, die Speisekarte Buchstabe für Buchstabe zu lesen, doch Charles winkte ab, als sie ihnen gebracht wurde. Kurz entschlossen bestellte er für beide. Bell machte schon den Mund auf, um Einwände zu erheben, doch dann besann sie sich eines Besseren.

Während der vorzüglichen Mahlzeit erzählte er ihr von seiner und Juliettes Kindheit. Nach dem Tod seines Vaters hatte er die Verantwortung für das Weingut stolz auf sich genommen. Als Bell behutsam anfragte, ob man sich nicht doch überlegen sollte, wie man mit neuer Technologie Arbeit sparen konnte, wurde er unwirsch.

Dann bemerkte er ihre Verlegenheit und griff nach ihrer Hand.

»Du bist ganz und gar ein Kind des zwanzigsten Jahrhunderts, Bell. Du hast soviel Freiheit, der Mensch zu sein, der du sein willst. Aber kannst du nicht verstehen, wie anders das bei mir ist?«

Bell nickte.

Charles hob ihre Hand an seine Lippen, drehte sie um und küßte ihre Handfläche. Es war eine Geste, die so unverhohlen sexy war, als hätte er über den Tisch gegriffen, um ihr Kleid aufzuknöpfen.

»Ja, du verstehst es«, hauchte er. Die Augen der anderen Gäste im Raum wandten sich wieder diskret ihren Tellern zu.

Nach dem Essen liefen sie schweigend am Fluß entlang. Charles runzelte die Stirn. Wenn die Sinnlichkeit seines Mundes und die Menschlichkeit in seinen Augen sich verbargen, sah er so kalt und aristokratisch aus wie ein Profil auf einer alten Münze. Schließlich drehte er sich zu ihr um und sah sie an.

»Ich scheine dich laufend zu bitten, Dinge zu verstehen, Bell. Ich weiß, daß du mich verstehen kannst und verstehen wirst. Deshalb fühle ich mich zu dir hingezogen wie seit langen Jahren zu niemandem mehr.«

Bell wartete schweigend ab und sah ihn an. Er holte tief Atem.

»Weißt du, was es heißt, Katholik zu sein?«

Das war es also. Eigentlich hatte sie es von Anfang an gewußt.

Charles sprach über seinen Glauben, der ihm als Kind so einfach und so natürlich erschienen war. Bis er sich mit neunzehn verliebt hatte. Oder zumindest hatte er sich eingebildet, verliebt zu sein.

Jeanne war älter als er, die Tochter eines Bäckers. Sie waren ein Liebespaar geworden. Er war vernarrt in sie, doch Schuldgefühle hatten ihn gemartert. Jeanne hatte eine Heirat fest ins Auge gefaßt, doch Charles hatte selbst auf dem Gipfel seiner Leidenschaft gewußt, daß das unmöglich war. Wochenlang hatte er gezaudert und die unerlaubten Genüsse ausgekostet, die Jeanne ihm nur zu gern bereitete. Er war nicht mehr in die Kirche gegangen und hatte sich jedesmal, wenn er mit ihr schlief, gelobt, es würde das letzte Mal sein.

Dann hatte er sich zur Beichte durchgerungen.

Der Geistliche hatte ihm genau das gesagt, was er von Anfang an gewußt hatte. Schluß mit Jeanne.

Sie hatte mit allen Waffen um ihn gekämpft, doch sein Glaube hatte gesiegt.

Dann hatte er sie Monat für Monat schmerzlich vermißt.

Fast zehn Jahre später hatte er Catherine kennengelernt, eine dunkle Schönheit wie Jeanne. Sowie er sie sah, fühlte er sich an seine frühere qualvolle Liebe erinnert. Doch Catherines Familie war so alt wie seine. Sie selbst war jung, reich und jungfräulich.

Einfach perfekt.

Wenige Wochen später hatten sie geheiratet und den Segen der Kirche bekommen. Wieder einmal unterlief Charles der verheerende Irrtum, Sex mit Liebe zu verwechseln. Sein Glaube sollte auf die Probe gestellt werden wie nie zuvor.

Seine Ehe war von Anfang an ein Fehlschlag gewesen, eine grausame Flut von herben Enttäuschungen und gegenseitigen Vorwürfen. In seiner Verwirrung über all die gräßlichen Dinge, die sich in den ersten Monaten abspielten, hatte er fast seinen Glauben verloren. Dann hatte er sich ihm in seiner Verzweiflung wieder zugewandt. Er hatte festgestellt, daß sein Glaube Bestand hatte, und so war er zum Kernpunkt der Beständigkeit in seinem Leben geworden. Sonst war ihm nichts geblieben. Es war eine Ironie des Schicksals, daß gerade dieser Glaube ihn an eine Frau band, mit der er niemals leben konnte und von der er sich nie würde lösen können.

»Das ist alles, was ich habe – bis auf Juliette«, sagte er zu Bell. »Es ist mir beim besten Willen nicht möglich, dir oder mir vorzumachen, ich sei nicht verheiratet. Dich auch nur so zu küssen wie gestern abend oder an dich zu denken, wie ich an dich denke, ist...«

»Sünde.« Bell nahm es ihm ab, den Satz zu beenden. »Charles, ich kann die Kraft deines Glaubens nur bewundern, ohne sie verstehen zu können. Aber warum sollte es etwas Böses sein, wenn wir empfinden, wie wir es tun, und wenn wir einander näher kennenlernen wollen, solange es niemandem weh tut? Will Gott, daß du ewig allein bleibst und dir die Freuden zwischenmenschlicher Beziehungen versagst, weil du diesen einen Fehler gemacht hast?«

Sie fühlte sich gereizt, als er sie belustigt ansah.

»Das klingt dir wohl zu naiv! Aber warum muß denn alles so schwierig sein? Warum können wir nicht einfach sehen, wie es weitergeht?«

Charles nahm ihre Hände.

»Du bist so unschuldig, Bell, und so frei von weiblicher List, daß ich fast vergessen könnte, daß du eine Frau bist. Nichts wäre mir lieber, als jetzt, sofort, mit dir ins Bett zu gehen, und ich glaube, wir würden ein perfektes Paar abgeben. Aber es ginge gegen meinen Glauben und gegen jegliche Prinzipien, nach denen ich mich bemüht habe zu leben. Bis heute.«

Bell nickte, und ihr Herz griff bereits nach dem Hoffnungsschimmer, der in den beiden letzten Wochen gelauert hatte.

»Ja, das verstehe ich, Charles«, sagte sie impulsiv. »Es ist so schnell gegangen, aber ich weiß, daß es wichtiger ist als alles, was mir bisher zugestoßen ist. Die Zeit spielt für mich keine Rolle. Willst du dir nicht Gedanken darüber machen oder dir vielleicht sogar Rat von einem Geistlichen holen?«

Sein Blick war nahezu berechnend.

»Ich kann dich kaum bitten zu warten«, sagte er kühl, »während ich mit meinem Gewissen ringe.«

Bell küßte ihn. »Doch«, sagte sie. »Du kannst mich darum bitten. Ich will dich, und du kannst dich darauf verlassen, daß ich warte, ganz gleich, wie lange du dazu brauchst. Um jeden Preis.« Einen Moment lang lauschte Bell ihren eigenen Worten mit ungläubiger Benommenheit. Nein, warte mal..., wollte sie schon sagen, als ihr dämmerte, daß sie ihre kostbare, hart errungene Unabhängigkeit aufgab. Dann folgte auf ihre Unsicherheit eine Woge absoluter Überzeugung. Das war der Mann, zu dem sie gehörte. Warum hätte sie sich jemals wieder nach ihrer Unabhängigkeit sehnen sollen? Als Bell Charles wieder ansah, war ihr Lächeln frei von jedem Zweifel. Auf Charles' Gesicht breitete sich Erstaunen, Ungläubigkeit und allmählich Glück aus, als er seine Arme um sie schlang.

Juliette stürzte aus dem Haus, als sie vorfuhren. »Ich dachte schon, ihr kommt nicht mehr. Ich habe sechsunddreißig Leute eingeladen.«

Sie unterbrach sich und sah scharf von einem Gesicht zum anderen. Ihr Tonfall änderte sich. »Oh, ich verstehe«, sagte sie leise. »Ich verstehe.«

Ihr sommersprossiges Gesicht war voller Sorge, wirkte jedoch überhaupt nicht überrascht. Sie hängte sich bei Bell ein und führte sie die Treppe hinauf.

»Du mußt dich umziehen«, sagte sie. »Uns bleibt nur noch eine Stunde.« Mit diesen Worten führte sie Bell in ihr Zimmer und schloß energisch die Tür hinter sich.

»Darf ich dir etwas sagen?«

»Ja, natürlich.«

»Wenn ihr euch ineinander verliebt, wirst du dann versuchen, behutsam zu sein? Natürlich deinetwegen, aber auch seinetwegen? Es wird für keinen von euch beiden leicht werden, aber ich fürchte, Charles hat schon so viel durchgemacht...«

Für ihre Sorge um den Bruder schloß Bell das Mädchen noch mehr ins Herz.

»Wenn ich ihn glücklich machen kann«, antwortete sie, »werde ich es tun.«

»Ja, das glaube ich auch. Und jetzt beeil dich!«

Der Ballsaal mit seinem blanken Parkett und den Kronleuchtern erstreckte sich über die gesamte Breite der Hauptfassade. Bell war von dieser Pracht erschlagen.

Die Gäste erschienen in Scharen. Bell erkannte die Gesichter einiger Weinhändler. Sie waren in dunklen Anzügen erschienen, und ihre Frauen trugen Modellkleider. Juliettes Freunde erschienen in Jeans. Es war eine beeindruckende Leistung, fand Bell, daß Juliette all das in weniger als einem Tag aufgezogen hatte.

Als sie mit Charles tanzte und in seinen Armen lag, führte er sie so gekonnt, als seien beide nur ein Wesen. Bell erkannte schlagartig, daß Edward der falsche Mann gewesen war. Jetzt war sie wie durch ein Wunder über den richtigen gestolpert.

Diesmal hatte sie keine Zweifel und keine Ängste. Sie konnte ihre gesamte Kraft und ihre Sicherheit darauf verwenden, Charles zu helfen.

»Es gibt nur eins«, flüsterte sie Charles ins Ohr, »was mir diesen Tag verdirbt. Daß ich morgen abreisen muß. Es gibt noch so vieles, was ich über dich wissen möchte.«

Eindringlich antwortete er: »Sobald die Lese vorbei ist, werden wir wieder zusammenkommen. Irgendwie. Ich verspreche es dir.«

Später saß Bell zwischen einer Gruppe von Besuchern an einem runden Tisch im Eßzimmer, und alle Blicke richteten sich auf sie, als ein fröhlicher Weinhändler mit einem roten Gesicht sie fragte: »Sagen Sie, Miß Farrer, wohin führen Ihre Reisen Sie als nächstes?«

»Oh, etwas sehr Aufregendes«, antwortete sie. »Ich reise nach Kalifornien, ins Napa Valley. Ich werde bei Valentine Gordon von der Weinkellerei Dry Stone unterkommen.«

Juliette schnappte hörbar nach Luft, und ein entsetztes Schweigen schien sich über den gesamten Raum zu legen. Die Stille schien endlos zu dauern. Bestürzt sah Bell von einem Gesicht ins andere, und alle schienen sie feindselig anzustarren.

Hilflos wandte sie sich zu Charles um, doch er würdigte sie keines Blickes. Steif stand er auf und ging.

Im nächsten Moment fingen Juliette und der Playboy am Tisch gleichzeitig an, übertrieben laut zu reden.

Bell hatte es die Sprache verschlagen. Sie stieß ihren Stuhl klappernd zurück, entschuldigte sich und sah sich gehetzt nach Charles um. Er war verschwunden, doch eine andere Hand legte sich auf ihren Arm.

»Laß ihn in Ruhe, Bell.« Sie zog sie fort, während allgemein geflüstert wurde und sich die Blicke auf sie richteten. »Komm mit. Ich muß dir etwas sagen.«

Bell wußte immer noch nicht, wie ihr geschah. Juliette drückte ihr einen Cognac in die Hand. Sie hatte zwar schon Schwierigkeiten damit, daß ihr der Raum vor den Augen verschwamm, doch sie bestand darauf, einen Cognac zu brauchen, ehe sie noch einmal über all das sprach.

»Charles und Catherine hatten ein Kind«, sagte sie ohne jede Einleitung. Dabei sah sie Bell nicht an. »Es war ein Junge. Christophe. Wir alle haben ihn angebetet.«

Bell wartete mit pochendem Herzen auf das, was jetzt kommen

würde. Dicke Tränen rannen über das Gesicht ihrer Freundin und spritzten auf die Finger, die den Cognacschwenker umklammert hielten.

»Er ist gestorben. Kurz nach seinem zweiten Geburtstag. Er war ein so unschuldiges Geschöpf. Blond wie wir. Die kleinen goldenen Locken lagen flach auf seinem Kopf an – wie Eheringe.« Sie schluchzte inzwischen. Bell kniete sich neben sie und zog sie in ihre Arme.

»Juliette, es tut mir leid. Es tut mir so leid«, flüsterte sie hilflos in die blonde Lockenmähne. Juliette holte tief Atem, blinzelte und wischte sich das Gesicht dann mit einem Taschentuch ab.

»Ich höre schon auf zu weinen. Jetzt ist es ja draußen. Es war eine Hirnhautentzündung, und er war noch zu klein und hatte nicht die Abwehrkräfte, die er gebraucht hätte.« Sie trank einen großen Schluck Cognac, und es gelang ihr, die besorgt blickende Bell anzulächeln.

»Was ich dir erzählen werde, wirft kein gutes Licht auf Charles, aber ich glaube, daß es dir hilft, ihn besser zu verstehen. Es ist wichtig, daß du diese Dinge weißt, und er wird sie dir nie erzählen. Also los!«

Bell setzte sich wieder auf ihren Stuhl und wartete.

»Ich habe dir erzählt, daß sie von Anfang an nie glücklich miteinander waren. Aber sie haben sich sehr bemüht, und wenn es auch schreckliche Streitereien gegeben hat, ist es doch noch zu Aussöhnungen gekommen. Sie haben mit der Zeit ein Schema entwickelt. Charles ist es gelungen, noch mehr in seinem eigenen Kopf zu leben – darin war er schon immer gut –, und Catherine ist ganz in ihren häuslichen Pflichten aufgegangen. Sie und Mama haben sich immer enger angefreundet, und natürlich war das Baby unterwegs. Nach seiner Geburt war die Freude darüber, einen Sohn und Erben zu haben, so groß, daß beide sich verändert haben. Sie hatten solche Freude an ihm. Dadurch ist ein wirkliches Band zwischen ihnen entstanden. Ich glaube, damals habe ich angefangen zu glauben, es könnte doch noch etwas daraus werden. Ich habe nicht hier gelebt, aber ich war oft hier, und ich hatte den Eindruck, sie hätten sich mit ihren Gegensätzen arrangiert und lebten friedlich nebeneinander her. Nicht direkt zusammen, aber zumindest partnerschaftlich. Es kamen zwei glückliche Jahre. Dann ist er ganz plötzlich gestorben.

Catherines Kummer war unsäglich, und sie lebte ihn restlos aus, gab sich ihm vollkommen hin, und eigentlich war das genau das richtige. Mama hat ihr geholfen. Ich habe getan, was ich tun konnte, und ihre eigene Familie hat ihr auch beigestanden. Laura, das Kind ihrer Schwester – die Skulptur, die ich dir geschenkt habe, stellt es dar –, ist fast zur selben Zeit wie Christophe geboren, und ihre Schwester konnte besser als jeder andere von uns verstehen, was sie durchmachte. Aber von Charles' Seite kam nichts.

Natürlich war Christophe auch sein Kind, und auch für ihn war es ein Verlust, aber er schien vor Catherines Kummer zurückzuweichen, als sei er davon angewidert. Sie hätte seine Hilfe gebraucht, aber er hat sich ihr ganz und gar entzogen. Mechanisch ging er seiner Arbeit nach, sprach mit niemandem, aß kaum etwas und mied uns alle wie eine Seuche. Ich glaube, sein Verhalten in diesen Wochen hat in Catherine jedes Gefühl für ihn abgetötet. Langsam kam sie über Christophes Tod hinweg und war fast wieder sie selbst, aber ich wußte, daß die Ehe in die Brüche gegangen war.«

Das paßte alles zusammen. Bell konnte sich gut vorstellen, wie Charles sich zurückzog, sein eigenes Leid in sich verschloß und es haßte, wenn andere es offen auslebten. Charles mußte den Tod dieses unschuldigen Kindes als eine Strafe Gottes aufgefaßt haben, wenn er selbst damals seinen Glauben nicht verloren hatte.

»Und dann hat Catherine ihn verlassen?« fragte sie mit einem Anflug von Ungeduld, denn sie konnte nicht verstehen, was diese traurige Geschichte mit dem frostigen Ende ihres Geburtstagsfestes zu tun hatte. Inzwischen waren drei Jahre vergangen.

»O nein«, sagte Juliette eilig. »Damals noch nicht. Es ist ganz anders gekommen. Du weißt, daß das Château Larue-Grise früher der Familie meiner Mutter gehört hat?«

Bell schüttelte überrascht den Kopf und wunderte sich über diesen abrupten Themenwechsel. Larue-Grise war ein einst renommiertes Anwesen, wenige Kilometer von Château Reynard entfernt. Seit fünfzehn Jahren war es mit dem Gut bergab gegangen, doch vor einiger Zeit hatte es den Besitzer gewechselt, und jetzt wurde Großartiges darüber berichtet.

»Nein«, antwortete sie. »Das wußte ich nicht. Ich weiß nur, daß es jetzt einem amerikanischen Konsortium gehört, das große Geldsummen investiert, neu anpflanzt und alles wieder in Schuß bringt... Tut mir leid, aber das klingt nicht allzu höflich gegenüber der Familie deiner Mutter.«

»Das spielt keine Rolle. Es war kein Geld da, und die Familie hat, wie du so richtig sagtest, nominell an ein amerikanisches Konsortium verkauft.«

»Nominell?«

Juliette lächelte bitter.

»Ja. Dahinter steckt in Wirklichkeit dein neuer Freund – Valentine Gordon.« Sie hielt die Hand hoch, um Bell zum Schweigen zu bringen. »Warte noch. Du wirst dich zweifellos mit ihm anfreunden. Er ist sehr charmant. Äußerst attraktiv. Wir mochten ihn alle, bis auf Charles, der von Anfang an nichts mit ihm zu tun haben wollte. Sie sind zu verschieden, verstehst du, in jeder denkbaren Hinsicht radikale Gegensätze. Valentine ist jedenfalls aus Kalifornien gekommen und nach Larue-Grise gezogen, um die Umgestaltung zu überwachen, eine Form von Verjüngungskur für das Gut. Er ist mit einer bewundernswerten Gründlichkeit vorgegangen – nicht nur die Reben wurden aufgestockt, die Keller mit der neuesten Technologie ausgerüstet, sondern das Schloß selbst mußte restauriert werden, bis es wieder in seiner früheren Pracht dastand. Es ist naheliegend, daß er Hélène aufgesucht hat, um soviel wie möglich über früher zu erfahren. Wir haben uns alle mit ihm angefreundet – zumindest wir Frauen. Das war kurz vor Christophes Tod.«

Juliette sah Bell jetzt auf ihre offene und direkte Art an. Ihre Stirn war in Falten gelegt, weil es sie alle Konzentration kostete, trotz der Wirkung dessen, was sie getrunken hatte, den Faden zu behalten und ihre Geschichte zu Ende zu erzählen.

»Ich mochte ihn besonders gern«, sagte sie, nachdem sie einen Moment lang gezögert hatte. »Er kann sich durchsetzen, und er bekommt, was er will, aber er geht mit einer – mit einer Rücksichtslosigkeit und einem solchen Leichtsinn vor, daß man immer das Gefühl hat, er macht sich eigentlich aus nichts etwas. Eine verhängnisvoll anziehende Mischung.«

Bell zog die Augenbrauen hoch. Sie brauchte ihre Frage nicht in Worte zu fassen.

»Nein«, erwiderte Juliette, »aber ich hätte mich mit dem größten Vergnügen mit ihm eingelassen, wenn ich damals nicht vergeben gewesen wäre.«

Bell begann zu verstehen.

»Dann kam es zu Christophes Krankheit. Hinterher hat sich Valentine eine Zeitlang als ein wirklicher Freund erwiesen. Er hat nicht zur Familie gehört, aber er war immer da, wenn einer von uns es hier nicht mehr ausgehalten hat. Ich habe mich oft genug in seinen Armen ausgeweint, und Catherine auch.«

Bells Verdacht erhärtete sich und wurde zu einer unerfreulichen Gewißheit.

»Er hat sie verführt?«

»Ja. Er wollte sie haben und hat seine Chance gewittert. Er hatte nicht vor, sie Charles wegzunehmen. Er wollte keine Verantwortung für sie übernehmen oder ihr dabei helfen, sich von ihrem Schock zu erholen, und er hatte auch keine anderen noblen Motive. Er wollte nur eine Kerbe mehr in seinen Gürtel ritzen.« Juliettes Gesicht war jetzt vor Zorn gerötet, und ihre Hände waren zu Fäusten geballt.

»Er ist ein Lump. Ich habe es kommen sehen, und ich habe beobachtet, wie die arme Catherine anfing, sich an ihn zu klammern. Es ging ihr inzwischen besser, und sie hatte sich dem Leben wieder zugewandt, und mehr als alles andere brauchte sie Liebe. Dazu war Valentine Gordon natürlich nicht der Mann, aber das war ihr nicht klar. Er war freundlich, herzlich, sehr lebendig und alles andere als unnahbar. Natürlich hat sie ihn mit Charles verglichen, der kein Wort mehr sagte und mit diesem schrecklich verbissenen und angewidertem Gesicht herumlief.«

Der Rest der Geschichte sprudelte so hastig aus ihr heraus, als könne sie es nicht erwarten, das Ganze hinter sich zu bringen.

»Dann ist das Unvermeidliche passiert. Valentine hat eine Party gegeben, um das Ende der Lese zu feiern. Das tut er immer – er tat es immer. Catherine wollte hingehen, aber auch Charles schien Lust zu haben mitzugehen. Damals fand ich das merkwürdig, aber später habe ich es dann verstanden. Es wurde viel getrunken wie immer, wenn Valentine in der Nähe ist. Dann«, sagte Juliette seufzend und zuckte die Achseln, »hat Charles sie zusammen gesehen. soweit ich weiß, nicht im Bett, aber sie müssen etwas getan haben, was seinen Argwohn zur Gewißheit werden ließ. Statt sich die beiden an Ort und Stelle unter Ausschluß der Öffentlichkeit vorzunehmen, hat er sich davongeschlichen und gewartet, bis sie sich den Gästen wieder angeschlossen hatten.«

Sie schlug sich die Hände vor die Augen, als ertrage sie es nicht, sich zu genau an das Geschehen zu erinnern.

»Dann ist er vor mehr oder weniger der gesamten Bevölkerung des Médoc aufgestanden und hat Valentine beschuldigt, er wolle ihm die Frau wegnehmen. Und er hat ihn zum Duell herausgefordert.«

Bell blieb vor Erstaunen der Mund offenstehen.

»Zum Duell?«

»So ähnlich hat Valentine auch reagiert. Ich kann heute noch hören, was er in die entsetzliche Stille hinein gesagt hat: ›Jesus Christus, ein beknacktes Duell? Wir leben im zwanzigsten Jahrhundert, Baron. Warum kommen Sie nicht einfach her und schlagen mir die Fresse ein?‹ Charles hat es natürlich nicht getan. Ich wünschte, er hätte es getan. Statt dessen hat er sich abgewandt und ist gegangen. Valentine stand da, und Catherine wirkte wie ein Geist an seiner Seite. Val hat versucht, es mit einem Lachen abzutun, obwohl seine Stimme gebebt hat, aber ich glaube, in dem Moment hat er sich wirklich gewünscht, er hätte die Herausforderung angenommen.«

Bell sagte: »Ganz so leichtsinnig ist er wohl doch nicht.« Juliette lächelte sie an.

»Es ist ja schön, daß du dich hinter Charles stellst, aber du darfst nicht glauben, Val hätte es aus Feigheit abgelehnt, sich bei Morgengrauen mit Pistolen zu treffen – oder wie die verrückte Idee meines Bruders auch ausgesehen haben mag. Er fand es nur einfach unangemessen, ein Problem so lösen zu wollen.«

Bell wußte, daß Juliette recht hatte, doch sie sah lebhaft vor sich, wie Charles auf einer taufeuchten Wiese im grauen Morgenlicht dastand in Erwartung des Kampfes. Dieses Bild erregte sie auf ganz perverse Art. Plötzlich begehrte sie ihn noch mehr.

»Und was dann?«

»Nach der Party, am nächsten oder übernächsten Tag, hat Catherine ihre Sachen gepackt und ist gegangen. Valentine hat sich nicht mehr blicken lassen, und kurz darauf habe ich gehört, daß er nach Kalifornien zurückgegangen ist. Das ist alles, Bell.«

»Und du haßt ihn.«

Juliette lächelte sie verschmitzt und resigniert zugleich an, und dieses Lächeln überraschte Bell.

»Valentine hassen? Nein, er ist kein Mann von der Sorte, die einem das leichtmacht. Und das, was hier passiert ist, hatte ja eigentlich gar nichts mit ihm zu tun. Er hat Catherine nur so behandelt, wie er jede Frau behandelt. Und dich wird er mit Sicherheit auch so behandeln.« Bei diesem Gedanken verfinsterte sich Juliettes Gesicht. »Aber Charles haßt ihn. Charles ist sehr leidenschaftlich, und in seiner Leidenschaft neigt er zu Extremen. Val Gordon tut gut daran, sich von ihm fernzuhalten.«

Juliette stand auf und wankte leicht. »Hast du jetzt verstanden, was heute abend los war?« Bell nickte benommen. »Dann muß ich ins Bett gehen. Ich bin betrunken, und ich ertrage es nicht, noch länger an Christophe zu denken.«

Bell ließ sich matt auf ihr weißbezogenes Bett sinken und ließ den zurückgehaltenen Tränen ihren Lauf. Der arme Charles. Der arme Charles und die arme Catherine. Daß das Leben so grausam sein konnte. Kein Wunder, daß der Schmerz in seinen Augen Bell so deutlich an ihren Vater erinnert hatte. Es war der Schmerz über einen untröstlichen Verlust, der Schmerz, vor dem sich Bell selbst so sehr fürchtete.

O Gott, wie konnte sie nur so naiv gewesen sein, sich einzubilden, sie könne diesen Schmerz mit ihrer Wärme schmelzen? Sie hatte schon einmal in ihrem Leben versagt, und diesmal hatte sie nicht mehr als kümmerliche drei Tage. Und nach Ablauf dieser Tage ging sie fort. Zu Valentine Gordon.

Bitterer und grausamer hätte es nicht kommen können. Kein Wunder. Nein, es war wirklich kein Wunder.

Schließlich schlief Bell in ihren Kleidern ein und wachte erst wieder auf, als Marianne ihr das Frühstück brachte.

Der Kaffee war stark und dampfte. Bell kippte ihn hinunter, während sie ihre Tasche packte. Eine heiße Dusche half gegen die Kopfschmerzen, und in frischen Kleidern fühlte sie sich fast wieder wie ein Mensch, aber ihr Gesicht war totenbleich. Der rosige Schimmer des gestrigen Tages war ganz und gar verschwunden.

Es wurde wieder an ihre Tür geklopft.

»Charles ...« Er stand da und sah sie so reserviert wie bei seiner ersten Begrüßung auf der Treppe des Schlosses an. »Charles, es tut mir so leid. Es tut mir alles so leid. Einfach alles.« Sie begrub ihr Gesicht an seiner Brust und nahm beseligt vor Erleichterung wahr, daß seine Arme sich um sie schlangen.

»Valentine Gordon ist ein gefährlicher Mann«, sagte er steif, und ihr bangte plötzlich vor den Wochen, die vor ihr lagen. Wie konnte sie alleine dorthin fahren?

»Ich fahre nicht hin. Ich werde nicht hinfahren«, sagte sie in ihrer Verzweiflung. Stobbs war ihr egal. Ihr Job war ihr egal. Nichts zählte mehr, nur noch Charles.

»Natürlich fährst du hin. Du mußt es tun. Die größte Weinreporterin auf Erden. Du hast es mir selbst gesagt.«

Das klang schon eher nach dem Charles, den sie zu kennen glaubte. Bell lächelte erleichtert.

»Wann sehen wir uns wieder?«

»Wenn ich meine letzte Traube gepflückt habe und du heil aus Kalifornien zurückgekommen bist.«

Sein Tonfall war absichtlich unernst gehalten.

Heil?

Der Abschied von Château Reynard tat sehr weh. Bell hätte Hélènes kalte Finger fast umklammert, als sie sich im Salon von ihr verabschiedete. Juliette war draußen und lehnte an dem Mercedes. Sie malte Rankenmuster in den Staub der Motorhaube, während sie auf die beiden wartete. Die Frauen umarmten einander wortlos. Dann flüsterte Juliette: »Denk daran. Ich habe dir gesagt, daß es nicht leicht wird. Aber er braucht dich.« Dann sagte sie lauter: »Komm bald wieder zu uns, Bell.«

Bell nickte und schluckte schwer an dem Kloß in ihrer Kehle. Dann saß sie im Wagen und verrenkte sich den Hals, um noch einen letzten Blick auf die Fensterreihe zu werfen, in der sich die Sonne spiegelte.

Als sie den Flughafen viel zu schnell erreichten, wurde Flug AF 2192 nach London Heathrow bereits aufgerufen. Es war an der Zeit, sich zu verabschieden.

Im Beisein des Zöllners hob Charles ihre Hand an seine Lippen und küßte sie.

»Sag nur nicht, du wärst andernfalls nicht enttäuscht gewesen«, erinnerte er sie.

»Du könntest mich niemals enttäuschen. Und noch etwas, Charles ...«

»Ja, was ist?«

»Ich werde dich auch nicht enttäuschen.«

Sie schwiegen lange. Bell hatte plötzlich eine böse Vorahnung. Sie erkannte, daß er die Vertrautheit, die Glanz und Wärme in seine Augen gebracht hatte, abblockte. Vor ihr stand der elegante, förmliche und reservierte Baron Charles de Gillesmont. Der Baron deutete eine höfliche Verbeugung an.

»Nun. Wir werden ja sehen.«

Mit einem bitteren Geschmack im Mund wandte Bell sich ab. Der Zöllner schlug ihren Paß auf und winkte sie durch. Charles blieb stehen und blickte ihr nach, bis sie aus seinem Blickfeld entschwand, doch sie drehte sich nicht zu ihm um. Einer seiner Mundwinkel zuckte.

Das Flugzeug rollte zur Startbahn und wartete auf die Starterlaubnis. Bell wandte sich von dem kleinen Fenster ab. Sie sah auf ihre Hände hinunter, die auf der Schnalle ihres Gurts lagen, und mit einer schnellen Bewegung zog sie sich den Armreif aus Elfenbein aus und steckte ihn in ihre Handtasche, damit sie ihn nicht mehr zu sehen brauchte.

Zwei Tage später saß Bell in London hinter ihrem Schreibtisch, um im letzten Moment den Artikel über den Baron de Gillesmont und das Château Reynard zu schreiben. Morgen würde sie nach San Francisco fliegen.

Sie kam nicht mit ihrer Arbeit voran, ständig mußte sie an Charles denken. Das Telefon läutete, und sie nahm gereizt den Hörer ab.

»Bell Farrer?«

Die Stimme war ihr unbekannt, klang jedoch amerikanisch, freundlich und träge.

»Am Apparat.«

»Hier ist Valentine Gordon aus Kalifornien. Kommen Sie morgen?«

»Ja.«

»Allzuviel verraten Sie mir ja nicht. Wir wäre es, wenn Sie mir sagen, wann Sie ankommen, damit ich Sie abholen kann?«

»Um siebzehn Uhr fünfzehn Ortszeit. Aber Sie brauchen sich meinetwegen keine Umstände zu machen. Ich finde schon allein zu Ihnen.«

Sie hörte ihn leise lachen.

»Ich bewundere diesen Pioniergeist, aber er ist überflüssig. Mir paßt es morgen gut in den Kram, Sie abzuholen.«

Bell runzelte die Stirn. Sie wollte sich nicht von ihm überrumpeln lassen.

»Ich will mir einen Mietwagen nehmen, am besten gleich am Flughafen.«

»Nicht nötig«, sagte er leichthin. »Hier steht ein Wagen rum, den niemand braucht. Sie können ihn gern benutzen.«

Es erschien ihr am einfachsten, gleich zu kapitulieren, zumal es keine Rolle spielte.

»Okay«, sagte sie kurz angebunden, und er teilte ihr fröhlich mit, er werde sie am Flughafen erwarten. Als sie gerade einhängen wollte, sagte er noch etwas.

»Sie wären enttäuscht, wenn ich es nicht sage«, sagte er. »Einen schönen Tag noch.« Dann hörte sie ein Klicken, und das Gespräch war beendet.

Schmerzlich erinnerte sie sich wieder an den Handkuß, den Charles ihr gegeben hatte. Ein ganz schöner Zufall, daß sie dieselben Formulierungen benutzten, sich auf dieselbe Weise über die eigenen Stereotypen lustig machten. Gleichzeitig fiel ihr auf, daß Valentine gar nicht wie ein Lump auf sie gewirkt hatte.

Bell preßte sich die Finger auf die Schläfen und versuchte, wieder einen klaren Kopf zu bekommen. Sie konnte nicht logisch denken. Sie vermißte Charles in einem Maß, das sie betäubte, und die Intensität der Gefühle, die so unerwartet in ihr aufgekeimt waren, bestürzte sie.

Sie mußte sich konzentrieren, diese Arbeit hinter sich bringen. Das war das einzige, was sie im Moment tun konnte.

Vier Stunden später war sie dabei, ihr Manuskript zu überarbeiten. Sie beschloß, den Artikel nicht noch einmal durchzulesen, weil sie Angst hatte, Charles' Stimme wieder zu hören. Nachdem sie alles in einen Umschlag gesteckt hatte, bestellte sie einen Boten.

Ihre Arbeit war erledigt, und in den nächsten Wochen stand ihr ein neuer Auftrag bevor – das war alles. Nachdenklich packte sie ihr Flugticket in ihre Handtasche.

4

»Sie hatten einen schlechten Flug?« erkundigte sich Valentine mitfühlend, als Bell sich in seinem Wagen matt zurücklehnte. »Sollen wir anhalten und etwas essen, oder fahren wir direkt ins Napa Valley?«

»Direkt ins Napa Valley.« Sie dachte nur noch sehnsüchtig an ein kühles, dunkles Zimmer und ein Bett. Auf dem gesamten Flug hatte sie kein Auge zugetan. Sie fühlte einen bohrenden Schmerz zwischen ihren Augen und fühlte sich klebrig und verschwitzt.

Valentine gab Gas. Bei seinem nächsten Seitenblick stellte er fest, daß Bell die Augen geschlossen hatte. Ihre Erscheinung hatte ihn freudig überrascht. Er hatte mit einem pummeligen Mädchen mit Brille und Aktentasche gerechnet, und dann stand ihm diese große, schlanke Brünette in der weiten leuchtendblauen Leinenhose und dem T-Shirt in Regenbogenfarben gegenüber. Ihre Augen waren so blaugrün wie nichts, was er je gesehen hatte; daran konnten auch die dunklen Ringe nichts ändern.

Ihre Begrüßung erschien ihm unterkühlt, aber ihre Figur und die langen Beine gefielen ihm.

Bell schlug kurz die Augen auf, stellte fest, daß alles genauso aussah, wie sie es sich vorgestellt oder in zahllosen Filmen gesehen hatte, und nickte wieder ein.

Als sie das nächste Mal aufwachte, waren sie bereits im Napa Valley. Sie setzte sich aufrecht hin und sah aus dem Fenster.

»Wir sind da«, sagte er und hielt den Jeep vor einem niedrigen weißen Bungalow an. Die Luft war immer noch drückend, aber glasklar. Bell hörte die Zikaden und fühlte sich plötzlich besser als auf dem gesamten Weg seit Heathrow.

Sie folgte Valentine ins Haus, und er zeigte ihr ihr Zimmer.

»Ich bin in dem Zimmer dort hinten«, sagte er und deutete auf eine Tür. »Falls Sie noch etwas essen oder trinken oder sich eine Zeitlang unterhalten mögen, ehe Sie ins Bett gehen: Tschüs.«

Sie hatte sich eigentlich gleich ins Bett legen wollen, aber jetzt beschloß sie, sich erst noch etwas zu entspannen, um besser schlafen zu können. Valentine beschäftigte sie, während sie sich kämmte. Seine lockere Art gefiel ihr, aber sie merkte, daß sie ihm gegenüber gehemmt war, weil sie einiges über ihn wußte. Den einfachsten Worten unterstellte sie eine andere Bedeutung.

Immer wieder sah sie Charles' Gesicht vor sich und hörte seine Stimme. Sie knallte ihre Bürste auf den Tisch und wünschte, sie wüßte nichts von dieser ganzen Geschichte. Charles war etwas ganz Besonderes. Oder redete sie sich das nur ein? In ihrer Vorstellung sah sie Tausende von Kilometer vor sich, die sie von ihm trennten. Charles war weit weg, und die Entfernung schwächte seine Macht. Schon jetzt empfand sie eine gewisse Bestürzung, wenn sie sich an die Vorfälle im Château Reynard erinnerte.

Bell sah in den Spiegel. Sie hatte Vorurteile gegen Valentine Gordon aufgebaut, die ihr die nächsten Wochen wohl auch nicht gerade erleichtern würden. Sie wappnete sich und machte sich auf die Suche nach ihm.

Als sie den großen Raum betrat, in dem er saß, blieb sie vor Erstaunen wie erstarrt stehen. In ihrem eigenen Zimmer und auf dem Weg durch das Haus war ihr nichts Ungewöhnliches aufgefallen, doch jetzt stand sie fasziniert auf der Türschwelle.

Das Zimmer war mit allen erdenklichen Sachen vollgestellt, die so wirkten, als hätte jemand mit einem Auge für außergewöhnlichen Trödel und einem feinen Gefühl für wertvolle Antiquitäten sie wahllos zusammengetragen. Valentine saß im Schneidersitz auf dem Fußboden vor dem großen unverputzten Steinkamin. Ein Hockney hing zwischen viktorianischen Stühlen, und die ansonsten moderne Einrichtung stand auf Perserteppichen.

Was sie hier sah, verstieß gegen alle Regeln – aber es stimmte, so, wie es war. Bell war bezaubert, und das war ihr anzusehen.

»Mein Zimmer gefällt Ihnen?«

»Ja. Ja, sehr. Es ist nicht allzu – amerikanisch.«

»Ich weiß nicht, ob ich das schmeichelhaft finden soll. Ich bin Gott weiß wo gewesen. Hier und da. Sogar in Frankreich habe ich eine Zeitlang gelebt.«

»Ja, ich weiß.«

Es war ihr über die Lippen gekommen, ehe sie die Worte zurückhalten konnte. Ihm wäre es nicht aufgefallen, wenn sie es beiläufig dahingesagt hätte, doch sie errötete heftig. Er sah sie neugierig an.

»Das wissen Sie?«

Jetzt war es zu spät. Sie konnte ebensogut gleich damit herausrücken.

»Ja. Ich war gerade im Château Reynard. Dort habe ich für einen Artikel recherchiert. Dabei habe ich erfahren, daß Sie Nachbarn waren.«

»Ja, ich kann mir denken, daß Sie das gehört haben.« Keiner von beiden erwähnte diesen Umstand mit einem weiteren Wort, und eine halbe Stunde später fing Bell an zu gähnen und ging ins Bett.

Sie schlief vierzehn Stunden an einem Stück.

Als Valentine ihr am nächsten Tag die Weinkellerei zeigen wollte, erklärte er ihr, er müsse sich fürs Büro anziehen. Fünf Minuten später war er wieder da. Er trug bananengelbe Jeans, ein Sweatshirt und Stoffschuhe.

»Ich als Boß muß eine gewisse Förmlichkeit wahren«, hatte er allen Ernstes zu ihr gesagt, als sie sich auf den Weg machten.

Dry Stone war ein Musterbetrieb für den Einsatz neuester und verfeinertster Technologie bei der Herstellung von Wein. Valentine zeigte ihr stolz seine Computerzentrale.

Anschließend führte er sie in das Labor und machte sie mit Bob Cornelius, seinem Chemiker, bekannt.

»Freut mich, Sie kennenzulernen«, sagte Bob strahlend. »Ich hab' ein paar Sachen von Ihnen gelesen. Genaugenommen war ich es, der Val gesagt hat, er solle Sie herholen, damit Sie sich anschauen, was wir hier treiben.«

»Sagen Sie«, sagte Bell, »Sie haben doch größere Studien mit dem Eichenholz der Fässer betrieben, oder? Könnten wir uns darüber unterhalten?«

Bob strahlte sie an. »Klar, wenn Sie Zeit haben. Es ist etwas komplex, wenn Sie sich wirklich für die Einzelheiten interessieren.«

»Aber gern«, sagte Bell und packte ihr Notizbuch aus.

Sie unterhielten sich fast eine Stunde über pH-Werte, kritische Temperaturen, chemische Verdampfbarkeit und abstruse Formeln. Bell konnte mühelos mitreden, und Valentine beobachtete sie voller Bewunderung.

Sie nahmen ein einfaches Mittagessen zu sich, und schon jetzt wußte Bell, daß Valentine seine Arbeit sehr ernst nahm. Er lebte von der Herstellung einer Vielfalt von Tafelweinen. Das Klima gewährleistete viele sonnige Monate im Jahr, und nichts konnte schiefgehen. Daher konnte er es sich leisten, die edlen Weine als sein Hobby anzusehen, und sie waren es auch, denen Valentines wahres Interesse galt.

Sein Spitzenwein war ein roter Bordeaux, der Dry Stone Cabernet Sauvignon, aber da er erst seit acht Jahren produziert wurde, ließ sich noch nicht absehen, wie gut dieser Wein wirklich war. Trotzdem war er unter Kennern schon gesucht, und die neuen Jahrgänge verschwanden vom Markt, sowie sie erhältlich waren.

Nach dem Essen blieben sie im Schatten sitzen, und Valentine sah immer wieder Bells Profil an. Die erdrückende Langeweile, vor der ihm gegraut hatte, verflog sichtlich. Er freute sich schon darauf, gegen die Herausforderung anzutreten, die Bell für ihn darstellte. Er wußte, daß sie es ihm schwermachen würde, aber er zweifelte keinen Moment lang daran, daß er als Sieger aus diesem Kampf hervorgehen würde.

Der Lärm eines kleinen Motorrads zerriß die Stille. Valentine seufzte. »Da kommt Joannie. Ich habe ihr selbst beigebracht, diese Maschine zu fahren, aber sie macht mir keine Ehre. Sie ist – meine Haushilfe«, erklärte er. »Sie kommt ab und zu, um zu putzen und zu kochen, wenn ich – äh –, wenn ich allein bin.«

Bell stellte sich gerade die kalifornische Ausgabe einer grauhaarigen englischen Putzfrau mit Staubtüchern und einer bedruckten Kittelschürze vor. Dann kam Joannie über den Rasen auf sie zugerannt, und Bell mußte sich auf die Lippen beißen, um nicht laut über ihre derart falsche Vorstellung zu lachen. Joannie war bestenfalls siebzehn, und sie trug die knappsten Shorts und das engste Oberteil, das Bell je gesehen hatte. Sie bestand nur aus anschmiegsamen Rundungen, und ihre porzellanblauen Augen waren voller schmelzender Bewunderung auf Val gerichtet.

»Tut mir leid, daß ich so spät komme«, keuchte sie.

»Kein Problem, Darling«, sagte Val. Er zwinkerte Bell zu und stellte die beiden einander vor. Das Mädchen kicherte ansteckend, und zu dritt schlenderten sie über den Rasen zum Haus.

»Ich werde staubsaugen«, sagte Joannie, »und ich werde abstauben, ohne etwas zu zerbrechen, Val, Darling, das verspreche ich dir. Was ist mit dem Abendessen? Bell, such dir in der Gefriertruhe aus, worauf du Last hast, und ich koche es euch. Ich bin eine ziemlich gute Köchin, stimmt's, Val? Na ja, wenigstens bei einfachen Gerichten«, räumte sie entwaffnend ein.

»Mach dir keine Mühe«, sagte Val freundlich. »Wir gehen heute abend zu den Kleins. Bist du auch da?«

Joannie zog einen Schmollmund. »Du weißt doch, daß ich nicht darf. Dad ist so spießig. Er nimmt mich nie zu ihnen mit. Was tut ihr da bloß alle?«

»Das wirst du schon noch herausfinden, wenn du erwachsen bist«, sagte Valentine. Er gab ihr einen Klaps auf den Hintern. »Und jetzt los, aber daß es mir hinterher nicht so aussieht, als sei eine Büffelherde durch das Haus gelaufen.«

Sie warf noch einen letzten Blick auf ihn, ehe sie verschwand, und Bell sah, daß in ihren Augen eine sehnsüchtige Aufforderung stand. Valentine drehte sich zu Bell um und lächelte schief, als er ihren Blick sah.

»Ich weiß«, sagte er kläglich. »Ich glaube, ich habe ein Problem am Hals. Aber ich kenne sie, seit sie dreieinhalb ist, und ihr Vater ist einer meiner ältesten Freunde. Um Himmels willen, sie ist wirklich sicher vor mir.«

Bell lächelte nicht. Das hält dich nicht davon ab, sie zu ermutigen, dachte sie. Ich weiß, was du bist. Einer von der Sorte, die nicht widerstehen kann, ihren Charme an jedem weiblichen Wesen zwischen fünfzehn und fünfzig auszuprobieren. In deinem Fall haben wir es zwar mit einem ganz beträchtlichen Charme zu tun. Aber du brauchst nicht zu glauben, daß das bei mir zieht, Mr. Gordon.

»Meine Güte, nehmen Sie doch nicht alles so ernst«, sagte Valentine. »Ich habe noch zu tun. Wir werden gegen sieben zu den Kleins aufbrechen. Ach, und noch was – machen Sie sich keine Mühe, sich herauszuputzen.«

Die hellblauen Augen funkelten belustigt. Dann war er verschwunden.

Um acht saßen sie mit einem Drink in der Hand da und hörten eine Sonate von Mozart. Valentine lehnte sich mit geschlossenen Augen zurück und schien ganz in die Musik vertieft zu sein. Bell starrte ihn verblüfft an. Schließlich sagte sie leise: »Es ist gleich acht. Sollten wir nicht bei Ihren Freunden anrufen und Bescheid geben, daß wir später kommen?«

Er schlug die blauen Augen auf und lachte. »Es spielt keine Rolle, wann wir kommen. Trinken wir doch noch etwas.« Bell bemerkte, daß er sie unverhohlen von Kopf bis Fuß musterte, als sie vor ihm stand. Sie drehte sich im Kreis, damit er sie auch von hinten sehen konnte, aber das brachte ihn nicht in Verlegenheit.

»Du siehst großartig aus«, sagte er plötzlich ernst. »Und so nahbar. Darf ich?«

Ehe sie ihm ausweichen konnte, sprang er auf und küßte sie flüchtig auf einen Mundwinkel.

»Nein, Sie dürfen nicht«, sagte sie. Sie war es gewohnt, weit derbere Annäherungsversuche abzuwehren.

»Wenn das so ist, könnten wir uns gleich auf den Weg machen.«

In der großen Garage neben dem Haus stand neben dem Jeep, mit dem er sie vom Flughafen abgeholt hatte, ein funkelnder dunkelblauer BMW.

»Ich glaube, heute abend sollten wir stilvoll ausfahren«, sagte er, »aber laß dir erst die wahren Lieben meines Lebens zeigen.« Bell blinzelte und sah sich in der finsteren Garage nach einem Schrank voller kichernder, sonnengebräunter kalifornischer Schönheiten um. Dann sah sie, daß er die Hüllen von drei schweren Motorrädern zog. Er ließ seine Hand über den Tank eines schwarz-silbernen Ungeheuers gleiten.

»Eine BMW 750«, sagte er. »Und das hier ist eine Kawasaki, die neueste, schwerste und beste. Und hier haben wir etwas ganz Besonderes. Eine alte 1000er Vincent. Britisch natürlich, wie früher alle guten Motorräder. Etwas vom Schönsten auf Rädern, was es gibt.« Seine Stimme klang warm, zärtlich und kehlig, und Bell spürte eine Gänsehaut über ihren Nacken laufen.

»Irgendwann machen wir abends eine Spritztour«, versprach er ihr.

Dann hielt er ihr die Tür des BMW auf. Auf der Fahrt hörten sie *Hotel California*, und beide stellten fest, daß sie gerade heute wirklich zu einer Party aufgelegt waren.

Don Klein begrüßte die beiden auf der Veranda des Hauses, und als sie eingetreten waren, kam eine kleine, rundliche Frau in einem rosafarbenen Kleid aus der Menge auf sie zu. Sie war in den Vierzigern und hatte intelligente, freundliche Augen unter einer blonden Frisur, die etwas zu jung für ihr Gesicht war.

»Ich bin Marcie – willkommen. Fühlt euch ganz zu Hause. Bell, du bist heute die Berühmtheit. Alle wollen den Ehrengast kennenlernen. Komm mit.«

Auch Bell hatte Lust, alle Anwesenden kennenzulernen; die Atmosphäre ungezwungener Freundlichkeit, die im Raum hing, behagte ihr, und sie fühlte sich sofort wohl. Sie ließ sich ein Glas Weißwein einschenken – alle tranken Wein – und folgte der Gastgeberin durch das Gedränge.

Sämtliche Gäste schienen mit Wein zu tun zu haben, ob sie ihn nun anbauten, Kellereien besaßen oder mit Wein handelten. Es schmeichelte Bell, daß die meisten zu wissen schienen, wer sie war, und daß sie nur allzugern mit ihr über ihre Güter reden wollten. Schnell wurde Bell klar, daß es eine Männerwelt war. Die Frauen waren freundlich zu ihr, doch jede einzelne fragte sie, ob man als Karrierefrau nicht sehr unter Druck stünde. Jede einzelne fragte sie, ob sie verheiratet wäre. Jedesmal, wenn sie das verneinte, wurde sie erstaunt angesehen, und dann schossen die Blicke zu Valentine. Bell wußte, was sich die Frauen dachten, und es belustigte sie. Noch mehr amüsierte sie sich darüber, daß ihr Geheimnis in ihrer Immunität gegenüber Valentines Charme lag, der als unwiderstehlich galt. Sie hatte ja Charles, und niemand sonst konnte sie jetzt noch interessieren.

Bells Notizbuch füllte sich mit Einladungen zum Mittagessen, zu einem Drink am Pool, zum Abendessen, zum Brunch am Sonntag und mit Terminen zur Besichtigung von Weinbergen und Weinkellereien. Erleichtert stellte sie fest, daß es ihr nicht an Material für ihre Artikel fehlen würde.

Sie brauchte sich nicht von der Stelle zu rühren, denn ständig neue Menschen kamen auf sie zu, um sie zu begrüßen, sie zu sich einzuladen, sie aufzufordern, ihre Meinung zu einem Chardonnay zu sagen, ihr zu versprechen, eine Kiste Wein nach Dry Stone rüberzuschicken.

Sie lernte auch Joannies Eltern kennen.

»Sie müssen unbedingt zu uns kommen und Val mitbringen«, sagte Joannies Mutter. »Joannie wird außer sich sein vor Freude. Sie betet Val an.« Dann legte sie die Stirn in Falten und sah ihrer Tochter noch ähnlicher. »Manchmal glaube ich sogar, daß ihre Heldenverehrung für ihn etwas zu weit geht...«

Bells Blick fiel auf Val, der lässig und entspannt zwischen den beiden hübschesten Mädchen im ganzen Raum saß. Er war ein Vielfraß, wahrscheinlich vollkommen skrupellos und mehr als nur eine Spur von gefährlich, aber sie mochte ihn zusehends mehr.

»Was meinen Sie dazu?« hatte Joannies Mutter gesagt. Jetzt sah sie Bell an und erwartete offensichtlich eine Antwort.

»Ich weiß nicht so recht«, erwiderte sie ausweichend. »Wahrscheinlich braucht man sich deshalb keine Sorgen zu machen.«

Bell brachte es nicht über sich, ihr zu sagen, wenn sie Joannies Mutter wäre, ließe sie das Mädchen nicht in den Umkreis von einer Meile um Valentine Gordon kommen. Es konnte nur noch eine Frage der Zeit sein, bis er begann, dieses pfirsichzarte, golden schimmernde Fleisch als eine leichte Beute anzusehen.

Die Kleins hatten begonnen zu grillen, und Valentine holte Bell, die gerade Jim Taylor von der University of California in Davis kennengelernt hatte, zum Essen ab. Gemeinsam mit ihm und Bob Cornelius begab sie sich auf den geräumigen Patio.

Jims Arbeitsplatz war ein Mekka für Weinforschungen, und Bell wollte sich die Chance, sich mit ihm zu unterhalten, unter keinen Umständen entgehen lassen. Er bezeichnete Valentines Wein als einen der besten von ganz Kalifornien. Zu ihrem Erstaunen stellte Bell fest, daß sie stolz auf dieses Lob war.

Die Musik setzte ein, ständig tauchten neue Gesichter auf, und es wurde getanzt und geredet bis in die Morgenstunden.

Bei Einbruch der Dämmerung tanzten sie immer noch, und Bell war plötzlich restlos erschöpft. Kein Anzeichen sprach dafür, daß die Party ihrem Ende zuging, und sie bat Val, sich entschuldigen zu dürfen.

»Du willst nach Hause?« fragte er, und sie nickte benommen. Minuten später saßen sie in dem BMW. Bell lehnte ihren Kopf an die kühle Fensterscheibe und versuchte nachzudenken. Sie hatte viel getrunken und spürte, daß die Kopfschmerzen einsetzten, aber sie wußte, daß sie ihre gesamte Entschlossenheit aufbringen mußte. Valentine durfte ihr nicht näherkommen. Sie war heute abend gefährlich nah an dem Punkt gewesen, nach seiner Nähe zu verlangen. So schnell und so selbstverständlich. Jetzt mußte sie um so stärker gegen diesen Drang ankämpfen. Er saß neben ihr und summte. Arrogant und selbstsicher. Ihr Entschluß vertiefte sich.

Vor der Tür ihres Zimmers blieb sie mit der Hand auf dem Türgriff stehen.

»Es war ein wunderbarer Abend. Vielen Dank.«

Seine Arme legten sich um sie, und er senkte den Kopf, um sie zu küssen. Sie wandte ihr Gesicht ab, und seine Lippen konnten nur ihre Wange streifen. Seine Stimme klang gereizt.

»Wollen wir hier wirklich Tag für Tag nebeneinander herleben, ohne einander besser kennenzulernen?«

»Ja«, sagte sie. »So ist es.«

Seine Arme fielen herunter. Er war wütend. Seine ganze Liebenswürdigkeit war von ihm abgefallen.

»So was Dummes«, sagte er. »Und eine solche Zeitvergeudung. Woran liegt es? Bist du einem netten jungen Mann in Kensington versprochen?« Seine Stimme klang jetzt höhnisch.

»Nein«, sagte sie wahrheitsgemäß. »Ich will ganz einfach nicht mit dir ins Bett gehen. Nicht jetzt. Und auch nicht ein anderes Mal.« Es gab nur einen Menschen, den sie haben wollte, und der saß am anderen Ende der Welt.

Bell schlief traumlos und fest, sowie sie sich zugedeckt hatte.

Wenige Meter von ihr entfernt lag Valentine hellwach auf seinem Bett und starrte die Decke an. Immer wieder sah er sie vor sich, aber es ging ihm nicht um ihren Körper. Er hatte zahllose andere nackte Frauenkörper gesehen, manche hübscher als Bell. Was er immer wieder vor sich sah, war der Ausdruck ihrer Augen, ein Trotz, der sich mit Unsicherheit mischte, und gleichzeitig eine verbissene Entschlossenheit. Sie interessierte ihn zunehmend mehr, und daher begehrte er sie immer stärker. Stöhnend wälzte er sich herum und versuchte das Verlangen zu ersticken, das ihn aufzureiben begann.

›Heute nicht. Und auch nicht ein anderes Mal‹, hörte er sie sagen. Vielleicht nicht heute. Aber es ist nicht aller Tage Abend.

Der Tagesablauf in Dry Stone war äußerst erfreulich. Bell schwamm erst ein paar Runden, ehe sie mit Valentine auf der schattigen Veranda frühstückte. Dann stieg sie in den minzgrünen Jeep und fuhr mit der Sonne auf den Schultern und dem Wind in ihrem zerzausten Haar durch das Napa Valley. Sie besuchte die anderen Weingüter und hörte aufmerksam zu, wenn die Besitzer von ihrem Anwesen und ihren Plänen sprachen. Tag für Tag probierte sie fruchtigen Cabernet und gehaltvollen Chardonnay und machte Eintragungen in ihr Notizbuch. Sie unterhielt sich mit den Männern, die mit der Pflege der dicken, heranreifenden Trauben betraut waren. Diese Männer waren ruhiger als die Winzer in Bordeaux. Sie konnten sich auf die Sonne verlassen, die täglich herunterbrannte, um ihre Mühen zu belohnen. Man brauchte keine plötzlichen, heimtückischen Wetterumschläge zu fürchten, die das Hegen und Warten eines ganzen Jahres auf einen Schlag vernichten konnten.

Dann nahm sie im Kreis von neuen Freunden ihr Mittagessen zu sich. Es war der gastlichste Ort, den sie je gesehen hatte.

Am späten Nachmittag fuhr sie nach Dry Stone zurück, setzte sich an Valentines Pool, schrieb ihre Notizen auf ihrer Reiseschreibmaschine ab und gestaltete sie zu Artikeln, die sie in regelmäßigen Abständen mit der Post nach London schickte. Abends fuhren sie im allgemeinen zu Freunden von Valentine, die sie zum Essen eingeladen hatten, oder sie aßen in heimeligen kleinen Restaurants mit karierten Tischdecken und Weinkrügen, die großzügig nachgefüllt wurden. Zwei- oder dreimal machte Joannie ihr Versprechen wahr und briet ihnen ein Steak oder kochte ihnen Fisch, und sie häuften amerikanisches Eis direkt aus den Kühltruhenbehältern auf ihre Teller.

Bell wußte, daß Valentine sie sorgsam beobachtete. Wenn sie aufblickte, ruhten seine Augen oft auf ihr und musterten sie nachdenklich. Dann lächelte er und wandte sich von ihr ab. Er berührte sie auch oft, ließ beiläufig einen Arm auf ihre Schultern fallen oder legte liebevoll eine Hand auf ihre Wange. Zum Abschluß eines besonders gelungenen Abends gab er ihr ein- oder zweimal einen Gutenachtkuß, kurz und flüchtig, und sie versuchte nicht, ihre Lippen von ihm abzuwenden. Aber er drängte sie nie wieder, und keiner von beiden erwähnte ihre Ablehnung mit einem einzigen Wort.

Trotzdem fühlte sie sich alles andere als sicher in ihrer Haut. Sie war der Überzeugung, daß er nur auf etwas wartete und immer auf dem Sprung war. Sobald ihre Abwehr durchlässig wurde, war es um sie geschehen. Sie war ständig auf der Hut. Wenn sie darüber nachdachte, fand sie, daß ihre gemeinsamen Tage dadurch nur um so reizvoller und prickelnder waren. Bell war sich absolut darüber im klaren, daß sie seine Gesellschaft anregend fand.

Hinter seinem Charme steckte etwas Unkalkulierbares, aber auch eine Entschlossenheit, seinen Willen zu bekommen, von der sie sich herausgefordert fühlte. Sie mochte Valentine Gordon, mochte ihn oft sogar sehr. Manchmal stellte sie fest, daß sie gegen ihren Willen körperlich auf ihn reagierte. Auch Valentine nahm diese Momente wahr, und wenn sie zu ihm aufblickte, beobachtete er sie mit seinen klaren blauen Augen und wartete. Dann ging ihr jedesmal wieder die Erinnerung an Château Reynard durch den Kopf, und sie wandte sich abrupt von dem Amerikaner ab und verlor sich in ihrer Sehnsucht nach Charles.

Als Bell ihre Erkundungen im Napa Valley abgeschlossen hatte, wandte sie ihre Aufmerksamkeit Sonoma und dann Santa Rosa und den Weinkellereien am Russion River zu. Für diese längeren Fahrten nahm sie Valentines BMW.

Einmal fuhr sie auch ins Landesinnere und blieb drei Nächte fort, die sie bei Freunden von Valentine in Fresno und Modesto verbrachte. Als sie nach Dry Stone zurückkam, erwartete er sie. Er lehnte in der einsetzenden Abenddämmerung am Geländer der Veranda. Als sie seinen dunklen Schopf und die vertraute schlanke Gestalt sah, schlug ihr Puls schneller, und sie bremste vor dem Haus heftiger als nötig ab. Er sprang über das Geländer und öffnete die Wagentür für sie.

»Hattest du eine gute Reise?« fragte er beiläufig, und sie sah in seine Augen. Sie funkelten belustigt, und sie zuckte zusammen.

»Ja, es hat viel gebracht.«

»Schön«, sagte er spöttisch, »hör mal, Joannies Eltern haben uns zum Abendessen eingeladen. Deshalb habe ich schon so eifrig nach dir Ausschau gehalten.«

Verstehe, dachte sie, aber warum war sie enttäuscht?

»Schaffst du das noch? Sie freuen sich schon so lange darauf, dich wiederzusehen, und du hast so wenig Zeit.«

Sie gingen gemeinsam ins Haus.

»Ich will nur noch schnell duschen.«

Auf der Heimfahrt machte sie ihm Vorhaltungen, weil sie fand, daß er Joannie zu sehr ermutigte. Er plänkelte mit ihr wie mit einem Schulmädchen, und doch schien er sie auf einer anderen Ebene auf die Probe stellen zu wollen. Anscheinend mußte er sich überall bestätigen.

»Vor den Augen ihrer Eltern hast du sie systematisch angemacht. Und vor meinen Augen!« sagte sie entrüstet.

»Blödsinn«, sagte er mit einer höhnischen Stimme, die sie schon einmal gehört hatte. »Außerdem brauchte ich etwas zum Ausgleich für meinen englischen Eiszapfen.«

Er umklammerte das Lenkrad so fest, daß der Wagen bedrohlich ins Schleudern geriet. »Was glaubst du denn, Bell? Glaubst du, es fiele mir leicht, dich Tag für Tag zu beobachten und mich zu benehmen, als steckte ich in einer Zwangsjacke?«

Sie wandt matt ihren Kopf ab.

»Du solltest endlich erwachsen werden«, war alles, was sie herausbrachte. »Es gibt auch Dinge, die du nicht bekommst.«

Sie fuhren schweigend nach Hause. Valentine war wütend, und als er den Wagen geparkt hatte, seufzte Bell.

»Ich habe von Anfang an versucht klarzustellen, daß ich nicht mit dir schlafen will. Soll ich lieber ausziehen? Ich könnte problemlos woanders wohnen.«

»Nein«, sagte er, als das Dunkel des Korridors beide geschluckt hatte. »Ich will nicht, daß du ausziehst.« Er ließ sie stehen und ging ins Bett. Sie trat auf die Veranda und wünschte sich wie schon so oft in die Sicherheit Château Reynards.

5

Während die heißen Tage vorübergingen, fühlte sich Bell immer heimischer an der Westküste. Nichts schien je nach Abmachung zu verlaufen. Die lustigsten Partys waren die, die im letzten Moment improvisiert wurden, und es stellte sich heraus, daß die Tage die hektischsten und erfolgreichsten waren, für die sie keinerlei Pläne gemacht hatte. In Valentines Gesellschaft fiel es leicht, für den Moment zu leben und alles auszukosten, was sich von selbst ergab.

Bei einer von einem Dutzend Grillpartys lernte Bell den Herausgeber einer regionalen Tageszeitung kennen.

»Fantastisch!« sagte er und grinste sie an. »Was halten Sie davon, mir einen netten Bericht über die französischen Châteaus zu schreiben? Sie wissen schon, die ganz großen Namen. Jede Menge Tratsch hinter den Kulissen und nicht zu viel technische Daten?«

»Ja, ich verstehe.« Jetzt grinste Bell ihn an. »Da könnte ich mich dransetzen.«

Sobald sie hinter ihrer Schreibmaschine saß, wünschte sie, sie hätte den Auftrag abgelehnt. Jedes Wort führte ihr das Médoc vor Augen, und der Name jedes einzelnen Château erinnerte sie an Reynard. Und an Charles, der ihr ferner denn je erschien. Bei der Arbeit durchlebte sie immer wieder diesen letzten Vormittag mit ihm.

Wenn du heil aus Kalifornien zurück bist. Heil? Unangetastet von seinem Feind Valentine Gordon? Bell lächelte. Sie war in Sicherheit, obwohl Juliette mit ihrer Prophezeiung recht behalten hatte. Valentine war ein neuer Freund, und sie mochte ihn. Und doch sah sie in ihrer Fantasie allzu lebhaft vor sich, wie sich dieses selbe lächelnde Gesicht über den Mund von Catherine de Gillesmont beugte, um sie zu küssen, wie diese starken Arme sie an sich zogen, wie er es bei Bell auch schon probiert hatte. Dann hörte sie ihn mit dieser schleppenden, melodischen Stimme Charles' leidenschaftliche, anachronistische Aufforderung zum Duell verspotten, und ihre Nackenhaare stellten sich vor Entrüstung auf. Sie hatte gesehen, wie Valentines Zauber auf Joannie und auf die Mädchen wirkte, die in Scharen auf Partys rumhingen, aber ihr Talisman gegen diesen Zauber war das Versprechen, das sie Charles gegeben hatte.

Sie brauchte diesen Talisman. Es war nicht einfach, immer wieder gegen Valentines Überzeugung anzukämpfen, daß sie auch im Bett ihren Spaß miteinander haben sollten. In dieser kalifornischen Atmosphäre wäre es Bell auch ganz natürlich erschienen, alles mitzunehmen, was der Moment an Vergnügungen zu bieten hatte. Aber am stillen Wasser der Gironde hatte sie Charles versprochen, auf ihn zu warten. Zu warten? Bis er sein Verlangen nach ihr mit seinem Gewissen bereinigt hatte? Sich mit seiner bedrohlichen, vertrackten, übermächtigen Kirche arrangiert hatte? Bell seufzte. Wie lange konnte das dauern? Monate oder Jahre? Und selbst dann – was würde sie bekommen? Einen Mann, der von Tragödien und Enttäuschungen Narben davongetragen hatte und sich in eine Rüstung als Selbstschutz zurückzog, an der alles abprallte.

Je öfter sie an Charles dachte, desto mehr entglitt er ihr. Das machte sie traurig. Sie sah sein Gesicht nicht mehr vor sich, nur manchmal noch die blauen Tiefen seiner Augen oder seinen geschwungenen, klar gezeichneten Mund.

Dann setzten die Zweifel ein. Drei kurze Tage waren es gewesen. In der Sonne Kaliforniens fiel es ihr schwer, die Gewißheit heraufzubeschwören, die sie empfunden hatte.

Das bist du, Bell Farrer, murmelte sie dann. Du sitzt in Kalifornien, wirst ständig von Einladungen überhäuft, lernst Dutzende von netten Menschen kennen und tust all das, was du am liebsten magst. Und doch schmachtest du insgeheim nach einem unerreichbaren Mann, den du kaum kennst. Die Erkenntnis wurmte sie, daß diese strahlenden Tage aus purem Gold gewesen wären, wenn sie Charles nie kennengelernt hätte. Sie wäre Valentine offen und unvoreingenommen begegnet. Ja, dachte sie, sie wäre mit ihm ins Bett gegangen und hätte die Genüsse ausgekostet, die ihr sein Körper bereitet hätte. Sie hätte die Bedingungen festgelegt und dafür gesorgt, daß sie psychisch unbelastet und ohne Schaden davonkam. Nach Ablauf ihres Aufenthaltes wären sie glücklich und zufrieden wieder ihre eigenen Wege gegangen. Sie wären gute Freunde geblieben und hätten einmal im Jahr in London oder in Los Angeles zusammen zu Abend gegessen. Aber so, dachte sie reumütig, würde ihrer Freundschaft immer die Form von Ausgewogenheit fehlen, die dadurch entstanden wäre. Sie war hier, beobachtete jede Reaktion, die sie bei ihm auslöste, und distanzierte sich abweisend und zimperlich, und damit verleugnete sie sich selbst.

Am nähesten fühlte sie sich Charles, wenn sie sich an das gegenseitige Verständnis erinnerte, das sie füreinander aufbrachten und für den Selbstschutz des anderen. Sie lebten nach denselben Maßstäben und Vorstellungen. Im Vergleich dazu erschien ihr Valentines Leichtlebigkeit zu flüchtig und vergänglich.

Wenn sie an diesen Punkt gelangte, fühlte sie sich unweigerlich reizbar und rastlos. In genau dieser Verfassung stürzte sie ins Freie, um zu schwimmen. Bis sie vor Müdigkeit beinahe umfiel.

Valentine hielt sie am Ellbogen fest.

»He, was ist los mit dir?«

»Ich weiß es auch nicht. Ich bin so – so unruhig. Ich kann einfach nicht still dasitzen.«

Es klang dämlich, aber ihr fiel nichts Besseres ein.

»Dann fahren wir doch nach Las Vegas.«

»Nach Las Vegas?«

»Ja, klar. Auf der Stelle. Gegen Rastlosigkeit ist das das beste Heilmittel auf Erden. Pack deine Tasche, und los geht's.«

»Aber was ist mit...«

»Widersprich mir nicht!«

Mehr gab es dazu nicht zu sagen. Prickelnde Vorfreude stieg in ihr auf, als sie ein paar Kleidungsstücke in ihre Stofftasche packte. Valentine hupte schon, ehe sie fertig war.

»Hast du denn nichts einzupacken?« fragte sie atemlos, als sie in den Wagen stieg und er Gas gab.

»Das einzige, was man in Las Vegas braucht, ist das Stehvermögen zum Durchmachen.«

Auf der Fahrt durch die Dunkelheit erzählte Valentine ihr von seinen früheren Fahrten nach Las Vegas, von den Pokerspielen hinter zugezogenen Vorhängen, die über Tage fortgesetzt wurden.

»Warum schläfst du nicht eine Zeitlang?« schlug er vor, als er sah, daß Bell wieder bedrückt wirkte.

»Nein. Ich will nicht schlafen«, sagte sie schnell. Sie wollte die Augen offenhalten und ihren Gedanken keinesfalls freien Lauf lassen. »Sprich mit mir! Erzähl mir mehr von dir!«

»Jetzt bist du dran. Was ist dir zugestoßen? Was hat dich zu dem gemacht, was du heute bist?«

Es war das erste Mal, daß Valentine mehr über sie wissen wollte, als sie ihm von sich aus erzählte, und sie war überrascht. Einem Mann, der so sehr in der Gegenwart lebte, mußte die Vergangenheit unbedeutend erscheinen. Mich zu dem gemacht, was ich bin? dachte Bell. Nein, ich will nicht, daß du mehr darüber erfährst. Das ist ein Teil meines Lebens, mit dem du nichts zu tun hast. Bitte, bleib hier in Kalifornien. Und doch sehnte sie sich einen Moment lang danach, ihm von Charles zu erzählen. Es hätte sie erleichtert, mit jemandem über ihn sprechen zu können. Egal, mit wem. Sogar mit Valentine. Doch sie drängte ihr Eingeständnis zurück und sah ihn an. Ihre Antwort wies ihn bewußt ab.

»Du meinst, was mich immun gegen deinen unwiderstehlichen Charme gemacht hat?«

Er kicherte in sich hinein und wirkte absolut gelassen. Er schien nicht zu merken, daß sie ihn damit zurückgewiesen hatte.

»Natürlich. Es hätte keinem von uns beiden geschadet. Ganz unverbindlich, wenn es das ist, was du haben willst.«

Bell zögerte und wählte sorgsam ihre Worte.

»Nein, das ist absolut nicht das, was ich haben will. Verstehst du, du hattest gewissermaßen recht, als du im Scherz gefragt hast, ob ich jemandem versprochen bin. Wenn die Dinge auch nicht so liegen, wie du sie dir jetzt sicher vorstellst.« Sie unterbrach sich und suchte wieder sorgsam nach Worten. »Aber ich mag dich sehr. Das hast du wahrscheinlich längst gemerkt. Wenn die Dinge anders gelaufen wären – na ja, dann wäre eben alles anders, das ist alles.«

Er starrte ihr eine volle Sekunde lang ins Gesicht, ehe er seine Aufmerksamkeit wieder der Straße zuwandte.

»Das klingt äußerst weiblich und sieht dir gar nicht ähnlich. Du bist zu intelligent, um dir einzubilden, du könntest deine wahren Motive hinter einem dämlichen romantischen Geheimnis verbergen. Aber wenn du es so haben willst...«

Sie antwortete nichts darauf, und eine Zeitlang schwiegen sie und waren in Gedanken versunken. Dann sagte Valentine ganz leise: »Schau!«

Vor ihnen ragte aus der schwarzen Wüste wie eine Fata Morgana der Lichterglanz auf. Der Himmel hinter Las Vegas ging von Schwarz über Grau zu Rosarot über.

Bell schnappte nach Luft. »Das *ist* romantisch.«

Als sie durch die Stadt fuhren, begannen die schillernden Neonbänder zu verblassen, als das Tageslicht kräftiger wurde, doch in sämtlichen Hotels und Spielhallen herrschte noch Leben. Bell blieb vor Erstaunen die Luft weg, als sie über den Strip fuhren.

»Welches nehmen wir?« fragte Valentine. »Was nicht heißen soll, daß sie nicht alle gleich sind. Sag schon. Mich juckt es in den Fingern.«

»Alle. Eins nach dem anderen. Nein, warte. The Pink Slipper. Das ist es.«

In Zeitlupe ergoß sich aus einer riesigen, leuchtendgrünen Champagnerflasche ein Strom funkelnden goldenen Lichtes in einen fluoreszierndn rosa Schuh. Während sie zusahen, richtete sich die Flasche wieder auf und senkte sich erneut nach vorn, und das Spiel wiederholte sich.

»Gut, dann wird es eben The Pink Slipper.«

Das Hotelfoyer unterschied sich grundlegend von allem, was Bell je gesehen hatte. Unmengen von blinkenden, surrenden Spielautomaten standen an den Wänden, und die Spieler, die die Münzen einwarfen und die Tasten und Hebel bedienten, wirkten wie Roboter.

Valentine hatte schon Chips besorgt, und sie betraten den fensterlosen Saal. Wenn man von der Müdigkeit absah, von der das Gesicht des Mannes gezeichnet war, der ein paillettenbesticktes Jackett trug und in ein Mikrofon sang, und wenn man nicht auf die glasigen Augen und das matte Lächeln der erschöpften Croupiers achtete, hätte man nicht sagen können, welche Tages- oder Nachtzeit es war. Langbeinige Mädchen in pinkfarbenen Satinshorts balancierten Tabletts mit Getränken, Sandwichs und Hamburgers. An den Füßen trugen sie Stöckelschuhe aus pinkfarbenem Satin.

Die Spieltische waren wie Radspeichen um die Bühne angeordnet. Über jedem hing ein blinkender Kronleuchter. Als sich der Sänger schließlich zu mäßigem Applaus verbeugte, wurde das Klappern der Roulettekugeln zum vorherrschenden Geräusch.

Valentine führte Bell zu zwei freien Plätzen am erstbesten Tisch. Der Croupier lächelte sie automatisch an und sagte: »Willkommen.« Es war eine Frau, die sich ein rosa Plastikherz mit der Aufschrift ›CINDY‹ an den Busen gesteckt hatte. Die anderen Spieler am Tisch blickten keinen Moment lang auf.

Bell folgte Valentines Beispiel und legte einen ihrer rosa Chips auf eine Zahl. Dann beobachtete sie das hypnotisierende Kreisen des Roulettes.

Bald stellte sie fest, daß sie keine geborene Spielerin war. Sie fand es nicht aufregend, sondern langweilig, eine ständige Wiederholung. Und sobald der Stapel ihrer Chips etwas größer geworden war, hatte sie den absurden Wunsch, nichts mehr zu riskieren. Sie wollte Valentine genau die richtige Anzahl an Chips zurückgeben, und als Cindy eine Augenbraue hochzog, schüttelte sie den Kopf und setzte nicht mehr. Valentine spielte weiter und verlor ständig. Sie beugte sich zu ihm und flüsterte: »Ich höre jetzt auf. Ich bin müde.«

Er setzte seine letzten Chips und sah ungerührt zu, wie Cindy sie mit ihrem Rechen zusammenfegte. Dann zog er einen Schlüssel mit einem Stöckelschuh aus rosa Plastik als Anhänger aus der Tasche und reichte ihn ihr.

»So was Verrücktes. Du hast eine Gewinnsträhne. Ich sehe mich jetzt nach einem Kartenspiel um. Ach, übrigens, wir müssen uns mit einer Suite begnügen. Es gab keine zweite mehr. Süße Träume.« Bell war zu müde, um etwas dagegen einzuwenden.

Er küßte sie auf die Stirn, und sie sah ihm mit einem zärtlichen Lächeln nach, das sie überrascht hätte, doch sie bemerkte es nicht.

Die Suite, die er für sie gebucht hatte, war in allen erdenklichen Pinkschattierungen gehalten. Im Schlafzimmer standen zwei große Doppelbetten mit schockierend grellen Rüschendecken. Als Bell die Tagesdecke zurückzog, stöhnte sie laut beim Anblick des Satinbettzeugs in einem blassen Rosé.

Durch die Jalousien konnte sie einen Swimmingpool sehen, der sie lockte, aber erst mußte sie schlafen.

Als sie aufwachte, blieb sie sekundenlang erstarrt liegen und blinzelte. Die Innenausstattung war der reinste Alptraum.

Dann fiel es ihr wieder ein. Sie drehte sich um und warf einen Blick auf das zweite Bett. Valentine schlief. Sie sah seinen schlanken, braungebrannten Körper unter den rosa Rüschen und lächelte über diesen unpassenden Anblick. Dann stützte sie ihren Kopf auf eine Hand, um ihn genauer anzusehen. Bell fühlte sich ihm sehr nahe. Es war, als sei er ein Mensch, den sie sehr gut kannte und doch – auf reizvolle, aber auch qualvolle Weise – nicht kannte, und er war ein Mann, den sie wirklich gern kennengelernt hätte. Schokkiert stellte sie fest, daß es ihr vollkommen natürlich erschienen wäre, aufzuwachen und seinen warmen Körper neben sich zu spüren. Es wäre ganz einfach gewesen, sich dieser Wärme zuzuwenden und sie die Zweifel zerstreuen zu lassen, die sie umfingen. Sowie ihr dieser Gedanke kam, schaltete sie bewußt ab. Dann schloß sie die Augen und ließ Charles an die Stelle des Bildes von Valentines schlafendem Gesicht treten. Sie sah ihn vor sich, wie sie ihn auf dem Flughafen gesehen hatte, bleich und zurückhaltend, und jetzt verstand sie, wovor er sich gefürchtet hatte. Er mußte die magnetische Anziehungskraft, die von Valentine ausging, nur zu deutlich erkannt haben. Er hatte schon einmal erlebt, wie sie sich auswirkte. Kein Wunder, daß Charles ihn haßte. Eilig beugte sich Bell über ihre Tasche, die offen neben ihrem Bett lag. Sie wühlte darin herum und zog den Armreif aus Elfenbein heraus. Ihre Hand schloß sich um ihn, bis die Schnitzereien sich schmerzhaft in ihre Finger bohrten. Erst dann drehte sie sich wieder zu Valentine um, und als sie den Kopf bewegte, sah sie, daß die niedrige Kommode zwischen ihren Betten mit einer dicken Schicht von Hundertdollarscheinen bedeckt war. Den nächsten Schock bekam sie, als sie gleichzeitig feststellte, daß die blauen Augen weit offen waren und sie beobachteten, ohne mit der Wimper zu zucken.

»Guten Morgen«, sagte Bell. »Hast du einen Banküberfall gemacht?«

Er stöhnte.

»Wenn ich doch bloß pokern könnte«, sagte er mit heiserer Stimme, »ohne dabei Whisky zu trinken. Dann wäre ich ein reicher Mann. Na ja, wenigstens müssen meine Augäpfel glänzend zur Einrichtung passen. Sei ein Schatz, und hol mir nebenan ein Glas Perrier aus dem Kühlschrank. Und bring mit, was du an Schnapsersatz finden kannst.«

Bell stand auf und war froh über das lange T-Shirt, das sie anstelle eines Nachthemds trug. Sie brachte ihm einen Becher Wasser und ein Glas gespritzten Weißwein. Er trank beides auf einen Zug aus. Dann zog er sie an ihren Handgelenken zu sich. Sie legte ihre Hände auf seine Stirn, und er stöhnte leise.

»Wie kühl und lindernd. Wie der Rest von dir auch sein muß.«

Seine Augen waren aufgeschlagen, und er sah sie fest an. Ihr fiel auf, daß sein Blick frei von Arroganz und Provokation war. Nur die schlichte, uralte Bitte eines Mannes an eine Frau stand darin.

»Willst du nicht dieses Ding ausziehen und dich neben mich legen?« flüsterte er.

Bells Herz hämmerte in ihrer Brust. Es wäre so einfach gewesen, so unkompliziert, daß es sie erschreckte. Die Angst ließ ihre Stimme unnatürlich schrill und hoch klingen, als sie antwortete.

»Nein. Nein. Bestimmt nicht. Bitte, verdirb nicht alles. Ich kann nicht.«

»Du kannst nicht. Um Himmels willen, bist du nicht zu alt für solche alberne Spielchen?« Seine Augen sprühten zornige Funken.

»Jetzt hör mir mal zu. Ich habe genug von dieser Bettelei. Das ist nicht mein Stil. Aber ich weiß, daß du es haben willst, Schätzchen, und zwar genausosehr wie ich. Aber du bist nicht so ehrlich, es zuzugeben. Denk daran, wenn du soweit bist, und du wirst dahin kommen, dann mußt du mich bitten. Klar? Und jetzt geh raus, weil ich mich anziehen will. Andernfalls könnte ich deine jungfräulichen Schamgefühle verletzen.«

Bell nahm ihre Tasche, ging ins Wohnzimmer und schloß die Tür hinter sich. Einen Moment lang war sie wütend, weil er sie so barsch weggeschickt hatte, doch ihr Ärger legte sich schnell. Ganz Las Vegas lag unter ihr. Sie hatte sich vorgestellt, es sich gemeinsam mit Valentine anzuschauen, und ohne ihn fand sie die Aussicht erschreckend trostlos. Verdammt noch mal, dachte Bell verärgert. Er ging ihr auf die Nerven, und er hielt sich nicht an die Spielregeln. Trotzdem ging er ihr unter die Haut, und jetzt wurde ihr klar, daß sie den Tag nicht ohne ihn verbringen wollte.

Es war zu schade. Sie würde dennoch allein losziehen und ihn sich selbst überlassen. Eilig zog Bell sich an und trat leise auf den anonymen Korridor des Hotels. Sie sah nach rechts und nach links und versuchte, sich zu erinnern, welche Richtung sie zu dem Aufzug einschlagen mußte, mit dem sie gestern nach oben gefahren war. Sie rannte fast durch den finsteren pfirsichfarbenen Tunnel, als es ihr wieder eingefallen war. Sie hatte keine Ahnung, wohin sie gehen wollte, aber es war ein Muß, Valentines Nähe zu meiden, bis sie sich wieder im Griff hatte und ihre Gedanken ordnen konnte.

Bell fuhr ins Parterre. Als sich die Türen des Aufzugs öffneten, sah sie hinter einem gepflasterten Platz, auf dem Tische unter rosa Sonnenschirmen standen, das Blau des Swimmingpools. Er war fast leer und funkelte einladend in der Nachmittagssonne. Minuten später war Bell im Wasser. Sie schwamm schneller und immer schneller, bis sie keine Luft mehr bekam und nicht mehr denken konnte. Dann zog sie sich aus dem Wasser und legte sich keuchend auf eine Liege. Die Sonne erschien wie zwei kupferne Scheiben auf der Netzhaut ihrer geschlossenen Augen, und trotzdem tauchten die Fragen wieder auf. Charles, Catherine, Valentine, Catherine, Charles. Wie war sie bloß in all das hineingeraten?

Bell setzte sich. Ihr fiel auf, daß sie sehr hungrig war. Sie gelobte sich, erst zu essen und dann zu denken. Eine Kellnerin in einem rosa Jackett kam vorbei.

»Kann ich hier draußen etwas essen?«

»Ja, sicher.«

»Ich nehme – ach, bringen Sie mir ein Roggenbrötchen mit Huhn und viel Mayonnaise und einen Salat mit French Dressing. Und zwei Äpfel und ein großes Glas Milch.«

Beim Essen lenkte Bell sich ab, indem sie die anderen Gäste am Pool beobachtete. Es waren sehr gepflegte Frauen in mittleren Jahren. Ihre Augen verbargen sie hinter Sonnenbrillen mit untertassengroßen Gläsern, und nur ihre kaum wahrnehmbaren Kopfbewegungen verrieten, daß ihnen das Kommen und Gehen zwischen dem Pool und den Tischen nicht entging.

Ansonsten lagen junge Männer in der Sonne. Ihre eingeölten, schimmernden Körper fielen zwischen den Massen älteren, gerade faltig werdenden Fleisches ins Auge. Die Jungen trugen vorwiegend sehr dünne Jogging-Anzüge aus Nylon, und sie schlenderten ungehemmt mit ihren Handtüchern, ihren Kämmen und ihren Zigarettenpäckchen durch die Gegend. Während Bell sie beobachtete, bückte sich einer von ihnen und gab einer Frau mit knallroten Lippen und einem Turban Feuer. Seine Beinmuskeln spannten sich und lockerten sich dann wieder. Bell lächelte, als ein Schatten über ihre Liege fiel. Er wurde von einem hellblonden Riesen mit kleinen Augen und perlweißen Zähnen geworfen. Er zwinkerte ihr zu.

»Hallo. Was dagegen, wenn ich mich zu dir setze? Du wirkst recht einsam.«

Bell runzelte die Stirn. Das fehlte ihr gerade noch.

»Lieber nicht. Ich habe über einiges nachzudenken, und denken kann ich am besten allein.«

»Ach, sei doch nicht so. Ich lade dich zu einem Drink ein. Was ist denn das, doch nicht etwa Milch?«

»Gehen Sie, bitte! Ich will nicht angequatscht werden.«

Er grinste sie unverfroren an.

»Wie du willst. Wir sehen uns sicher noch.« Er schlenderte weiter.

Bell seufzte und kniff die Augen zu. Jetzt mußte sie nachdenken. Valentines Pfeil hatte sie getroffen. Er hatte ihr vorgeworfen, daß sie ihre Spielchen mit ihm trieb, ihn aufreizte und ihn dann zurückwies, und das wurmte sie. Sie war stolz darauf, daß sie zu unkompliziert und zu ehrlich für solche Spielchen war. Aber sie wußte auch, daß er nicht ganz unrecht hatte. Bell ärgerte sich über seine Unterstellungen und über die Lage, in die er sie gebracht hatte. Sie zählte seine Provokationen an den Fingern ab. Der letzte Punkt ihrer Aufzählung war seine unschuldige, von Herzen kommende Bitte an sie. Er hatte sie manipuliert, und noch mehr ärgerte sie, daß er damit Erfolg gehabt hatte. Ihr war heiß, und sie fühlte sich unwohl, und sie erkannte die Anzeichen. Es war ein mühsam ersticktes Verlangen. Es hatte keinen Sinn, sich etwas vorzumachen. Sie begehrte ihn.

Aber auch, wenn er sie manipuliert hatte – sie war sich darüber im klaren gewesen, daß er sie anziehend fand, und sie hatte es genossen. Sie hatte sich bemüht, ihm zu gefallen. Ob unbewußt oder bewußt – das spielte eigentlich keine Rolle. Konnte sie ihm vorwerfen, daß er darauf reagiert hatte? Oder daß er seine Ziele offen eingestand? Eigentlich nicht.

Und wie sollte es jetzt weitergehen, fragte sie sich kühl. Das hier war Amerika. Nevada, Kalifornien, fremde Orte, ein Monat, der ohne Bezug zu ihrem alltäglichen Leben war. Es war eine Kapsel klar definierter Zeit, von der bereits mehr als die Hälfte vergangen war. Vor ihr lag die Gewißheit, daß sie zu Charles gehen mußte. Sie fühlte sich wie von einem Magneten von ihm angezogen. Aber warum sollte sie sich bis dahin nicht etwas Besonderes gönnen? Den Abschied von ihrer Unabhängigkeit feiern, um die sie gekämpft hatte? Schließlich war das das Ende ihrer Ungebundenheit. Von jetzt an, nach ihrer Rückkehr aus Kalifornien, würde sie Charles gehören – genau, wie sie es ihm versprochen hatte.

Aber hier und jetzt konnte sie beim besten Willen nicht leugnen, wie sehr sie sich zu Valentine hingezogen fühlte. Allmählich wurde dieser Drang unwiderstehlich. Sobald sie es sich eingestanden hatte, spürte Bell, daß sich eine bleierne Last von ihren Schultern hob. Sie dachte schnell weiter. Konnte sie sich nicht hier, in dieser neuen Welt, die keine Fragen stellte, einem attraktiven Mann hingeben – ohne Charles damit zu betrügen? Die beiden Welten hätten nicht weiter voneinander entfernt sein können, und die eine brauchte die andere nicht zu überschatten.

Und doch. Und doch.

Valentine war nicht nur irgendein Mann. Er war Charles' erklärter Feind. Das spielte eine Rolle. Darum ging es und nicht um die bloße Tatsache, mit einem anderen Mann zu schlafen. Darin lag das Verheerende.

Bell sah sich um. Die jungen Männer liefen immer noch auf und ab und genossen es, ihre Körper zur Schau zu stellen. Die Frauen sahen ihnen zu. Sie lächelten bewundernd. Ein dunkelhaariger Junge, der südländisch wirkte, beugte sich zu einer eingeölten älteren Frau hinunter und flüsterte ihr etwas ins Ohr. Sie nickte vergnügt und lachte dann.

Keiner von diesen Menschen macht sich Gedanken darüber, dachte Bell. Sex ist nichts weiter als eine unter vielen Vergnügungen, wie das Essen oder ein Sonnenbad. Genauso sieht es Valentine. Spielt es denn eine so große Rolle, was ich jetzt tue, bevor ich zu Charles gehe? Ja, lautete die Antwort ihres Gewissens, doch der Rest von ihr stimmte dem nicht zu. Mach schon, sagte sie sich, nimm dir, was du von Valentine haben willst. Stell es dir als ein Fest vor, wenn du Lust hast, feiere es, herauszufinden, was du wirklich willst. Und dann fahr nach Hause, und laß alles hinter dir zurück.

Bell nickte bedächtig. Jetzt wußte sie, wie es mit Valentine weitergehen mußte. Eine saubere Geschichte, bei der sie sich abreagierte, unverbindlich und zur beiderseitigen Zufriedenheit.

Ja. Sie würde es tun. In dieser kleinen Blase unwirklicher Zeit konnte es niemandem weh tun.

Bell drehte sich um, weil sie sich die Sonne auf den Rücken scheinen lassen wollte. Sie lächelte mit geschlossenen Augen in das weiche Kopfpolster.

Es würde sie erleichtern, von der Beute zum Jäger zu werden. Sie würde es in demselben Maß auskosten, in dem sie sich darauf freute, Valentine eine neue, ganz andere Bell vorzusetzen. O ja, sie würde es genießen. Aber sie mußte den Moment sorgsam auswählen – den richtigen Ort und den richtigen Zeitpunkt...

Auf dem Grat zwischen Tagtraum und Schlaf genoß Bell die Sonne und begann sich wohl zu fühlen.

Als die Sonne tiefer sank und hinter dem höchsten Hotelklotz verschwand, setzte sich Bell wieder auf und streckte sich. Sie war entschlossen, Valentine noch ein paar Stunden aus dem Weg zu gehen. In ihrer momentanen Verfassung war sie gern allein. Sie stand auf, duschte sich, steckte ihr Haar hoch und schminkte sich sorgfältig. In der Tasche hatte sie ein schlichtes eierschalenfarbenes Kleid, das wie ein Hemd ohne Kragen geschnitten war. Sie zog es zu einem Paar hochhackiger leuchtendblauer Riemensandalen an und band sich einen dünnen blauen Ledergürtel um die Taille. Ein Hauch von Cloë, und sie war fertig. Jetzt würde sie sich Las Vegas ansehen.

Der Armreif aus Elfenbein baumelte lose an ihrem gebräunten Handgelenk, als sie sich die Tasche über die Schulter hängte und das Foyer betrat. An der Bar bestellte sie sich einen großen Gin-Tonic und trat dann durch die Drehtüren auf den Strip.

Die Nacht brach mit der Plötzlichkeit einer Wüstennacht herein.

Neonreklamen ersetzten das Tageslicht, und der Puls der Stadt beschleunigte sich. Der Verkehr wurde dichter, und das Hupen war über den zahlreichen Wellen blecherner Musik, die aus den Hotels drangen und sich übereinanderlegten, zu hören. Bell schlenderte weiter und sah sich die Auslagen von scheußlichen Souvenirläden an. Dabei fragte sie sich, wer auf Erden ein Plastikroulette auf einem Ständer aus nachgemachtem Onyx als Aschenbecher haben wollte.

Um sie herum bewegte sich alles schnell voran. Die Menschen hatten es eilig, irgendwohin zu gelangen, und niemand würdigte sie auch nur eines Blickes.

Es stellte sich heraus, daß es ein leichtes war, in Las Vegas allein zu sein.

Bell sah sich der Reihe nach die gleichförmigen Hotels an. Sie saß auf Barhockern, nippte an Drinks und beobachtete die Tänzerinnen bei ihren Routinedarbietungen. Es gab Cowgirls mit silbernen Fransen, die ihre silbernen Pistolen herumwirbelten, Mädchen in knappen Trikots mit dem Muster der amerikanischen Flagge und Zylindern, Mädchen mit Federbüschen im Haar und sonst fast gar nichts. Zwischen den Tänzerinnen traten Sänger und Komiker in samtenen oder paillettenbesetzten Smokings auf. Niemand sah ihnen zu. Alle Augen waren auf die Spielautomaten, das Roulette oder die Karten gerichtet.

Um etwa zehn war Bell bei ihrem sechsten Drink. Sie fing gerade an, sich ein klein wenig einsam zu fühlen und Selbstmitleid zu haben. Sie überlegte, daß sie sich eigentlich auf den Rückweg zum Pink Slipper machen könnte, um Valentine zu suchen. Dann setzte zu ihrem Leidwesen irgendein Sänger in diesem Hotel – wie immer es heißen mochte – zu ›The Green Green Grass of Home‹ an. Bell wußte, daß es lächerlich war, und sie lachte auch über ihre Sentimentalität, aber trotzdem brannten Tränen unter ihren Lidern. Das grüne Gras der Heimat stand für sie für England, neblig und regnerisch im September und mit dem Duft von welkem Laub und Holzrauch. Es war so weit, so grenzenlos weit weg. Was tat sie überhaupt an diesem gräßlichen Ort?

Es war zu spät, um ein Schluchzen zu ersticken, und die beiden ersten Tränen liefen schon über ihre Wangen.

»Es sieht so aus«, sagte eine Stimme neben ihr, »als würde dir das Denken nicht allzugut bekommen.«

Es war der blonde Riese, den sie am Swimmingpool gesehen hatte. Bell schniefte und hielt die Tränen zurück.

»Ich habe es Ihnen doch gesagt. Ich will nicht angesprochen werden. Ich bin – nicht allein hier.«

»Und ich habe dir gesagt, du sollst tun, was dir paßt. Aber es gefällt mir nicht, wenn ich ein hübsches Mädchen ganz allein auf einem Barhocker sitzen und weinen sehe. Ich wollte gerade mal Pause machen und eine Pizza essen. Möchtest du mitkommen und mir alles erzählen?«

»Nein, ganz bestimmt nicht. Ach, Mist. Okay.« Warum denn nicht, ehe sie allein hier saß?

Er streckte eine sommersprossige Hand aus und half ihr vom Barhocker. Dann saß Bell in einer rustikalen Pizzakneipe, in der das gesamte Holzdekor aus Plastik bestand. Alles übrige war rot-weiß kariert und mit leeren Chiantiflaschen dekoriert.

Der Riese saß ihr gegenüber, stopfte sich dreieckige Pizzastücke in den Mund und nickte ermutigend, während sie ihm alles erzählte. Von Charles, Valentine, Catherine, Juliette, Hélène, dem Katholizismus, rauschenden Festen, einer Scheidung, den Versprechen und den Kompromissen. All das sprudelte aus ihr heraus. Das gutgelaunte Gesicht strahlte sie an, als sie ihre Geschichte erzählt hatte. Er schob sich gerade den letzten Bissen ihrer Pizza, die sie nicht angerührt hatte, in den Mund.

»Und wo liegt dein Problem? Hier ist der Böse, alles ist fein und säuberlich getrennt, und du nimmst ihn dir, bis du genug von ihm hast. Dann beschäftigt er dich nicht mehr, und du gehst wieder nach Bordeaux oder wohin auch immer und zu dem Guten. So einfach ist das. Ich wünschte nur, mein Leben wäre genauso einfach.«

»Glaubst du das wirklich?«

»Klar. Verlaß dich auf deine eigenen Instinkte, Schätzchen. Verpfusch dir nicht alles, indem du es zu kompliziert machst. Dieses ganze verklemmte Gerede über Schuldbewußtsein und Betrug ist Quatsch.«

Bell grinste ihn an, und seine Pranke mit den krausen blonden Haaren legte sich auf ihre Hand.

»Danke. Du hast mir schon allein durch dein Zuhören sehr geholfen. Ich weiß noch nicht mal, wie du heißt. Ich glaube, ich bin leicht angetrunken.«

»Jim.«

Zwei Tassen mit graubraunem Kaffee wurden vor sie hingestellt. Bell griff dankbar nach ihrer Tasse.

»Lebst du hier? Was tust du?«

»Ja. Ich bin Schauspieler, aber ab und zu muß ich mich mit anderen Dingen über Wasser halten. Ich tue dies und das, arbeite mal als Barkeeper, dann als Leibwächter, du verstehst schon.«

»Ja. Ich habe dich heute nachmittag gesehen. Was ist das für ein Gefühl?«

Sein Gesicht errötete ein wenig, und Bell wünschte, sie hätte den Mund gehalten, aber das, was sie am Swimmingpool beobachtet hatte, faszinierte sie.

»Entschuldige. Ich wollte dir nicht zu nahetreten.«

»Schon gut. Manche dieser Damen sind ganz harmlos und einsam, und es hilft ihnen. Ich bin gut, verstehst du.«

Bell war von seinen Qualitäten überzeugt, schon allein von denen als guter Zuhörer. Sie trank ihren Kaffee aus und stand auf.

»Ich muß jetzt gehen. Danke, Jim. Laß mich wenigstens die Rechnung bezahlen.«

»Ich habe schon bezahlt«, sagte er kurz angebunden. Dann fügte er kaum hörbar hinzu: »Du bist wahrscheinlich nicht in Stimmung, es dir besorgen zu lassen?«

Das war sie durchaus, aber nicht von einem hünenhaften Profi. Sie sagte freundlich: »Nein, wirklich nicht. Aber trotzdem danke. Was hättest du denn...«

Er schnitt ihr das Wort ab.

»Um Himmels willen, nichts. Soll das ein Witz sein? Doch nicht von jemandem wie dir.«

»Ich fühle mich geschmeichelt«, sagte sie und meinte es ernst. »Auf Wiedersehen, Jim.« Sie legte ihre Hand auf seinen behaarten Arm und bahnte sich dann einen Weg zur Tür.

Der Rückweg zu der Champagnerflasche, die immer noch goldenes Licht in den fluoreszierenden Stöckelschuh goß, kam ihr sehr lang vor. Die Suite war leer, aber das Bettzeug auf Valentines Bett war total verknittert und zerwühlt. Neben dem Bett stand ein Aschenbecher, der halb voll war. Die Stummel waren mit Lippenstift beschmiert. Bell hob den Aschenbecher auf, unterdrückte ihren Abscheu und leerte ihn in den Papierkorb.

Das habe ich mir wohl selbst zuzuschreiben, dachte sie. Aber davon wird es auch nicht erfreulicher. Sie schloß resolut die Tür hinter sich, um das ungemachte Bett nicht mehr sehen zu müssen. Dann machte sie sich auf die Suche nach ihm.

Es war nicht schwierig, ihn zu finden.

Er spielte am selben Tisch Roulette. Auf Bells Platz neben ihm saß ein dralles, knackiges Mädchen mit einem verdrossenen Gesichtsausdruck. Beide blickten gleichzeitig zu ihr auf, und sie erkannte sofort, daß Valentine betrunken war. Das sonst so klare Weiß seiner Augen war blutunterlaufen, und sein Blick war glasig. Das Mädchen glitt sofort von seinem Stuhl. Sie streckte die Hand aus, nahm schweigend die Hälfte der rosa Chips, die sich vor Valentine stapelten, steckte sie in ihre Handtasche und ließ sie zuschnappen.

»Tschüs, Süßer«, sagte sie. »Danke für alles.«

Valentine würdigte sie keines Blickes. Zu Bell sagte er: »Magst du etwas trinken? Komm mit. Mir geht es prima.«

Bell schüttelte den Kopf.

»Laß uns nach oben gehen und schlafen. Und dann verschwinden wir von hier.«

»Nach oben, so? Klingt gut. Geh voraus, Lady Macbeth.«

Sowie sie ihre Suite erreicht hatten, schien er mühelos nüchtern zu werden.

Er blieb einen Moment lang vor seinem Bett stehen und sah das zerknautschte Bettzeug verächtlich an. Dann warf er einen Blick auf Bells frisch gemachtes Bett. Als sie aus dem Bad kam und sich schlafen legen wollte, warf er ihr einen kühlen Blick zu.

»Hier gefällt es mir nicht mehr. Ich schlafe drüben auf dem Sofa. Gute Nacht.«

Bell sah ihm nach und litt unter dem eisigen Hohn in seiner Stimme. Perverserweise fühlte sie sich von seiner Kälte noch mehr angezogen. Am liebsten wäre sie ihm gefolgt und hätte versucht, ihm diese Kälte zu nehmen. Plötzlich fiel ihr auf, daß er hinter seinen unterkühlten Worten vielleicht seine verletzten Gefühle verbarg – eine neue Nuance seines Charakters. Wenn sie es war, die seine Gefühle verletzt hatte, dann sollte sie seinen Kummer auch lindern, um die Freundschaft zu erhalten. Dann erinnerte sich Bell wieder bitter daran, daß sie vermutlich keine Freunde mehr waren.

Der Abschied von Las Vegas war schmerzlos.

Bei einem schweigsamen Frühstück hatte Valentine seinen Autoschlüssel auf den Tisch fallen lassen. Bell hatte ihn erstaunt angesehen. Er war blaß und sah müde aus.

»Du fährst«, sagte er, und sie hatte die Wagenschlüssel eingesteckt, ohne weitere Fragen zu stellen.

Sie hatten kaum miteinander geredet, als sie Las Vegas hinter sich ließen und der Wagen die Serpentinen der Sierra Nevada erklomm. Bell genoß, wie der Wagen beschleunigte, und die Herausforderung, die die gewundenen Kehren darstellten, bereitete ihr Vergnügen.

Valentine sagte: »Du fährst gut. Es wirkt ausgesprochen sexy, wenn eine Frau fährt wie ein Mann und ihre Freude daran hat.«

Bell strahlte ihn an und vergaß die angespannte Atmosphäre, die zwischen ihnen herrschte.

»Danke.«

»Wir sollten bald unsere Spritztour mit dem Motorrad unternehmen. Kannst du fahren? Es müßte dir Spaß machen.«

»Ich wäre lieber deine Sozia.«

»In ein paar Tagen könnten wir vielleicht an der Küste nach Norden fahren.«

»Ja, laß uns das tun.«

Wieder herrschte eine Zeitlang Schweigen. Dann sagte er: »Ich kann nicht behaupten, daß es mir leid tut, wieder nach Hause zu fahren. Sag wenigstens, daß der Ausflug dich von deiner Rastlosigkeit geheilt hat.«

Sie lächelte ihn an. »Er hat mich von meiner Rastlosigkeit geheilt.«

Zwei Tage später saß Bell auf dem Schaukelstuhl in dem fantastischen Durcheinander von Valentines Zimmer. Die Porzellanschäferinnen und die glatten Oberflächen von Metallskulpturen blinkten und waren von dem weißen Staub befreit, der im Sommer alles überzog. Joannie hatte offensichtlich hart gearbeitet. Bell schaukelte versonnen, und ihr Blick wanderte amüsiert von einem Stück zum anderen. Sie fühlte sich ruhig und selbstsicher. Seit sie aus Las Vegas zurückgekommen waren, herrschte ein Waffenstillstand. Valentine hatte lange Stunden in der Kellerei verbracht, und Bell hatte eineinhalb Kolumnen geschrieben. Wenn sie einander gesehen hatten, waren sie höflich und rücksichtsvoll miteinander umgegangen.

Jetzt, fand Bell, war es an der Zeit, ihr Fest zu feiern.

Valentine kam mit einem Krug mit frisch gepreßtem Orangensaft ins Zimmer. In seinem dünnen weißen Hemd und der Bluejeans wirkte er fast so jung wie die Jungen in der Weinkellerei. Er reichte ihr ein Glas Saft, und ihre Finger berührten sich. Einen Moment lang verharrten sie so.

»Ich habe mich halbwegs von meinen Wunden erholt«, sagte er schließlich. »Laß uns heute abend auf eine Party gehen, an der Küste, im Norden der Bucht. Es sind alte Freunde von mir aus Berkeley. Was hältst du davon?« Sie sahen einander erwartungsvoll in die Augen.

»Ja. Laß mich nur noch schnell den Saft trinken. Dann ziehe ich mich um.«

»Zieh dich warm an«, rief er ihr nach. »Wir fahren Motorrad.«

Als sie in ihrer leuchtendblauen Pumphose und einem roten Trikot mit Knöpfen, das eng anlag, zurückkam, zog er eine Augenbraue hoch.

»Du siehst aus wie ein Gemälde. Lautrec vermutlich.«

Sie bemerkte die kleinen Fältchen neben seinen Augenwinkeln. Warum hatte sie sie bisher nie gesehen? Weil er sie bisher nie so angesehen hatte wie im Moment?

»... aber ich habe *warm* gesagt.«

Sie hielt ihm eine rote Trainingsjacke hin, und er nahm sie ihr aus der Hand. Als sie in die Ärmel geschlüpft war, lehnte sie sich zurück, und seine Arme legten sich auf ihre Schultern. Sie spürte seinen warmen Atem in ihrem Haar. Keiner von beiden sagte ein Wort. Dann drehte er sie zu sich um.

»Möchtest du lieber hierbleiben?« flüsterte er.

Ihre Stimme klang heiser und gar nicht wie sonst.

»Laß uns auf die Party gehen. Ich freue mich schon auf die Fahrt.«

Er fuhr sehr langsam auf der schweren, schwarzsilbernen Kawasaki. Sie hatte ihre Arme um seine Taille geschlungen und lernte, sich mit ihm in die Kurve zu legen. Sie war begeistert von seinen breiten Schultern, die sie gegen den Wind schützten, und von der duftenden Nachtluft, die sie einatmete. Das war etwas völlig anderes, als in einem Wagen zu fahren.

Auch die Party unterschied sich sehr von allen Festen im Napa Valley. Die Leute waren wesentlich jünger und langhaarig, und ihre Kleidung erinnerte an frühere Hippiezeiten. In allen Zimmern des kleinen Hauses drängten sich Menschen, und der würzige Geruch von Marihuana hing in der Luft. Die Musik war ohrenbetäubend, Fairport Convention und Bruce Springsteen.

»Ganz schön abgefahren, findest du nicht?« flüsterte Valentine.

Im Gegensatz zu sonst blieb er den ganzen Abend über an ihrer Seite. Sie tanzten ein bißchen, aßen etwas, schlossen sich einem Grüppchen auf der Veranda an, das Joints herumreichte. Wie immer fand Bell, daß sie erst kribbelig und dann schläfrig davon wurde. Der Abend plätscherte dahin, und die bewußte Sanftmut begann, sie zu ersticken. Ihre Haut prickelte in einer Form, die sie immer weniger ignorieren konnte.

Valentine, der neben ihr stand, lachte fröhlich und zündete den nächsten Joint an.

»Bleib locker«, sagte er. »Du wolltest herkommen.«

»Und jetzt will ich gehen. Bitte. Hier sind zu viele Menschen, und ich will nur mit dir zusammensein.«

Sein Gesicht hinter der Rauchschwade blieb ausdruckslos, aber seine Augen musterten sie prüfend.

»Bittest du mich darum?«

Valentine wollte den Moment seines Sieges auskosten. Bell schloß die Augen. In einer Sekunde war alles zu spät.

Charles. Nein, nicht jetzt. An ihn würde sie später denken.

»Ja, du verfluchter Kerl. *Ich bitte dich darum.*«

Er zog sie heftig auf die Füße.

»Gott steh dir bei, wenn du es dir jetzt noch anders überlegst.«

Dann saßen sie wieder auf dem Motorrad. Sie preßte ihr Gesicht an die Schulter seiner Lederjacke und schloß die Augen. Diesmal holte er alles aus der Maschine, was sie hergab. Seine dunkle Gestalt vor ihr beugte sich so weit nach vorn, daß sie keinen Schutz mehr hinter seinem Rücken fand. Die Geschwindigkeit riß ihr Haar zurück und trieb ihr die Tränen in die Augen.

Schneller und immer schneller. Die Lichter am Straßenrand verschwammen zu einer Schnur, und sie schnappte keuchend nach Luft. Sie biß die Zähne aufeinander und betete wortlos, er möge aufhören. Aber sie schossen wie in einem Raumschiff durch die Nacht. Er legte sich so schräg in die Kurven, daß Bell die Augen zukniff. Ihre Hände gruben sich in seine Jacke, und sie war sicher, daß ein Sturz unausweichlich war. Sie sah mit geschlossenen Augen den gekrümmten Umriß ihres eigenen Körpers auf dem Straßenbelag und das Blut und den Kies, der daran klebte. Hör auf, stöhnte sie, doch die Worte wurden von ihren Lippen gerissen und gingen in dem Orkan unter. Scheinwerfer, die ihnen entgegenkamen, blendeten sie für einen Sekundenbruchteil und waren dann fort. Wenn sie einen Wagen überholten, schnappten ihre Ohren kurz den Hupton auf, ehe die Entfernung ihn schluckte. Sie fragte sich, wie schnell sie wohl fuhren, und ihr schwindelte. Es war schneller als alles, was sie je für möglich gehalten hatte, und es wurde immer schneller und noch schneller, bis der Wind ihr entgegenschlug wie eine Mauer. Entsetzliche Wogen der Angst umschlangen sie, und irgendwo inmitten all dieser Ängste spürte sie ihre Erregung, eine physische Erregung, ein wildes Gefühl. Sie ging mit einem unformulierten Wunsch einher, der ein Todesverlangen sein mußte, dem Wunsch, die Maschine möge in einem Funkenregen explodieren und sie und Valentine mit ihr.

Nur ein einziges Mal riß er den Kopf herum und sah sie an. Voller Entsetzen sah sie, daß eine Art von Wahnsinn in seinen tränenden Augen stand. Dann sah sie wieder nur sein schwarzes Haar, das im Wind wehte. Er legte sich nach links, dann wieder nach rechts, und einen kostbaren Moment lang fuhren sie aufrecht. Mit einem peitschenscharfen Knall platzte ein Insekt an ihre Wange, und dann gingen sie wieder in die Kurve, und die Straße klappte sich hoch und kam der erbärmlichen Zerbrechlichkeit ihrer Knochen und ihrer Haut entgegen.

Dann, als sie schon nicht mehr daran glaubte, fuhr er langsamer. Er bog von der Straße ab, und sie fuhren einen holprigen Pfad hinunter. Sie konnte das Salz in der Luft riechen. Irgendwo vor ihnen mußte der Ozean liegen. Sie zitterte; ihre Arme fühlten sich so schwach, daß sie fürchtete, sich nicht mehr festhalten zu können. Sie fuhren jetzt auf Sand, und Valentines Arme stemmten sich fest gegen den Stummellenker, damit das Vorderrad auf dem weichen Untergrund griff. Das Motorrad machte Sätze und schlitterte seitlich, und Valentine fluchte leise vor sich hin.

Schließlich streifte das Gras der Dünen ihre Schenkel. Mit der rechten Hand nahm Valentine das Gas zurück und hielt an. Das Dröhnen der Maschine hörte auf, sie stotterte noch ein paarmal, und dann trat Stille ein.

Bell ließ ihren Kopf nach vorn gegen seine Schulter fallen, und Tränen strömten über ihre Wangen. Das Dröhnen in ihren Ohren legte sich allmählich, und sie konnte das Tosen der Brandung ganz in ihrer Nähe hören.

»Du Schurke«, war alles, was sie herausbrachte, und ihre Stimme klang wie ein schwacher Windhauch im Gras der Dünen. Sie hätte gern mit ihren Fäusten auf sein Gesicht und seine Brust eingeschlagen, einen Hagel von Hieben über ihn hereinbrechen lassen, aber ihre Arme kamen ihr so bleiern vor, daß sie sich nicht heben konnte. Das Entsetzen hatte jede andere Empfindung in ihr ausgelöscht.

Valentines Arme schlangen sich um sie, und er hob sie mühelos vom Motorrad. Mit den Fingerspitzen wischte er die Tränen von ihren Wangen. Sein Mund fand ihre Lippen, und eine Sekunde lang hing sie regungslos in seinen Armen.

Dann wurde das Vakuum des abebbenden Entsetzens von einer anderen Empfindung erfüllt. Sie kam wellenförmig, breitete sich vom Mittelpunkt ihrer physischen Existenz aus und überflutete alles, bis die gesamte Welt untergegangen und vergessen war. Das einzige, was noch existierte, war ihr Verlangen nach Valentine. Sie keuchte erstickt und griff mit ihren Händen in sein zerzaustes schwarzes Haar. Sie zog sein Gesicht so brutal zu sich, daß ihre Knochen sich aneinander rieben und seine Bartstoppeln ihre Lippen aufscheuerten. Ihr Mund öffnete sich seiner forschenden Zunge und kam ihr gierig entgegen.

In dem Moment, in dem sie wußte, daß sie sich nicht mehr auf den Füßen halten konnte, griff Valentine in eine der schmalen Satteltaschen des Motorrads. Er breitete eine Decke auf dem weichen Sand aus, und sie ließ sich darauf sinken und riß ihn mit sich. Nur seine Nähe zählte noch.

Seine Hände zitterten, als er ihre Bluse aufknöpfte. Seine Finger glitten über ihren mädchenhaften Brustkorb und legten sich endlich auf ihre runden Brüste. Bells Körper wand sich und zuckte in seinem schmerzhaften Verlangen, als sich sein Mund auf ihre Brustwarzen senkte und spielerisch um sie kreiste. Sie biß die Zähne zusammen und griff nach dem Gürtel seiner Jeans. Sie mußte ihn berühren, ihn erkunden, ihn entdecken.

Ihre Kleider behinderten sie nur noch für Sekunden. Als sie sich endlich von ihnen befreit hatte, spürte sie seinen festen männlichen Körper auf ihrer elektrisierten Haut. Sie stöhnte und fürchtete, einfach nicht länger warten zu können. Ihre Hände versuchten, ihn in sie zu führen, doch er hob die Hüften und wich ihr aus.

»Bitte! O bitte«, flüsterte sie mit den Lippen auf seinen geschlossenen Lidern. Ihre Kehle war trocken und brannte.

»Warte noch!«

Dann glitt sein Mund von ihrem Gesicht und bewegte sich nach unten, über ihren flachen, zarten Bauch zu der Hitze und Nässe ihres Verlangens nach ihm. Wieder wurde sie von seiner Zunge erkundet, und er brachte sie näher und immer näher an den Rand der Explosion. Ihre Finger gruben sich in sein Haar, und ihre Hüften wölbten sich ihm entgegen. Ihre Augen starrten blind in den weiten Sternenhimmel.

Es war zu spät. Sie schrie in ihrer Hilflosigkeit auf, doch dann lag sein Mund wieder feucht auf ihren Lippen, und er war in ihr. Ihre Körper bewegten sich gemeinsam, ruckten, umklammerten sich, wälzten sich herum und streckten sich. Valentines Stöhnen kam tief aus seiner Brust und drang durch die warme Nacht. Für Bell explodierte der Himmel in eine Million von Splittern aus schwarzem und silbernem Licht, die den einbrechenden Damm und dann die köstlichen Wogen der Erleichterung, die in ihr wogten, widerspiegelten.

Valentine zuckte, lag still da und ließ seinen nassen Kopf auf ihre Brust fallen, Bell lag blind und erstarrt unter ihm, und ihre Finger beschrieben unbewußt Kreise in dem weißen Sand. Es schien Stunden zu dauern, bis die Sterne sich wieder zu den vertrauten Sternenbildern zusammenfügten und sie blinzelnd in den rötlichen Mond sah, der am Rand ihres Gesichtsfeldes hing. Allmählich schlichen sich wieder Laute in die Welt ein. Das Gras rauschte im warmen Nachtwind, und das gedämpfte Tosen der Brandung war wieder wahrzunehmen.

Sie zitterte unwillkürlich, und Valentine legte sich neben sie und hüllte sie beide in die Decke. Sie blieben stumm liegen und sahen einander in die Augen. Ihre Münder berührten sich fast. Bell lauschte den Wellen, die sich brachen. Die Nacht war ruhig und unwahrscheinlich friedlich. Ein Stern, der heller als die übrigen leuchtete, lenkte ihre Aufmerksamkeit auf sich. Sie flüsterte vor sich hin: »Wie priesterhaft die reine See bespült...«

Valentine beugte sich wieder über sie und nahm ihr die Sicht auf den Himmel. Er küßte ihre Augenbrauen und ihre Wangenknochen.

»... der Erde Küsten, die von Menschen grau«, beendete er die Strophe für sie und verschloß ihren Mund mit seinen Lippen, ehe sie ihr Erstaunen äußern konnte. Dankbar gab sie sich ihm hin. Diesmal schliefen sie unendlich langsam miteinander. Sie erkundeten die verborgen gebliebenen Stellen ihrer Körper mit ihren Zungen und Fingerspitzen wie Blinde. Diesmal war das Schweigen, das über ihnen gehangen hatte, verflogen. Mit der Aufrichtigkeit von Kindern murmelten sie einander zu, was sie sich wünschten und was sie empfanden. Bell stellte fest, daß er sehr zart war, wenn er ihren Körper liebkoste und lockte, aber stahlhart in der Beherrschung über seinen eigenen Körper. Als er endlich wieder in sie eindrang, bewegte er sich so langsam, daß es sie fast um den Verstand brachte. Ein bebendes Prickeln durchzuckte sie, wenn er sein Glied fast ganz aus ihr herauszog und dann unbeirrbar wieder zustieß. Der Rhythmus wurde schneller, und er stieß tiefer in sie, bis sie ganz plötzlich aufschrie, genau in dem Moment, in dem es um sie geschehen war. Sein leises Stöhnen antwortete ihr, und über ihre eigene Lust hinweg spürte sie sein Pulsieren in sich.

Anschließend war sie von einer außerordentlich süßen Trägheit befallen. Die gesamte Spannung, die vibrierend zwischen ihnen gestanden hatte, war verflogen. Sie schlief in seinen Armen ein, und ihr Haar, das feucht von ihrer beider Schweiß war, hing auf sein Gesicht.

»Wach auf, Liebling«, sagte er schließlich. »Ich will dich nach Hause ins Bett bringen. Die frische Luft ist ja schön und gut für junge Leute...«

Bell lachte zärtlich und streckte sich genüßlich, als sie wieder daran dachte, und seine Finger umspannten die straffe Haut über ihren Rippen. Die Brandung wogte noch auf den Strand. Bell stand auf, und er sah sie im Mondschein an.

»Laß uns erst schwimmen gehen«, sagte sie. »Komm schon!«

Sie rannten zum Wasser, und ihre Fersen wirbelten den feinen Sand auf. Das Meer war weiß vor Schaum, als sie hineinliefen, nach Luft schnappten, weil es so kalt war, und laut lachten. Sie sprangen über Wellen, tauchten unter ihnen hindurch und ließen sich von ihnen tragen. Dann schnappte er sie und warf sie um, und sie fielen in die Gischt und rangen miteinander. Bell wand sich von ihm los wie ein Aal und lief wieder über den Strand. Valentine wankte hinter ihr her. Sie erreichten die grasbewachsene Senke, in der das Motorrad parkte, und beide keuchten und waren erschöpft. Da sie keine Handtücher hatten, rieben sie einander mit der rauhen Decke trocken. Bells Haut prickelte und glühte, als er ihr in ihre verknitterten, sandigen Kleider half. Er zog seine Lederjacke an und zog den Reißverschluß bis zum Hals zu.

»Es wird kalt werden auf dem Rückweg«, sagte er.

Sie blickte in die blauen Augen auf. Das provozierende Funkeln war einem entspannten Schimmer des Triumphes gewichen, aber sie verübelte ihm selbst das nicht. Für Valentine war es ein gewisser Sieg, aber zum Teil auch für sie – obwohl er darauf nicht kommen konnte. Ihr Unterbewußtsein sagte ihr, daß sie nichts bereuen sollte, aber sie gestattete es sich für den Moment nicht, näher darüber nachzudenken. Er war ein fantastischer Liebhaber. Sie würde das beste daraus machen, aus dem Fest, mit dem sie ihre Unabhängigkeit beendete, in den Tagen, die ihr noch blieben.

»Was bist du doch für eine seltsame Mischung«, war alles, was sie sagte. »Auf dem Weg hierher hast du uns beide fast umgebracht, und jetzt machst du dir Sorgen, ich könnte frieren.« Ihre Augen wurden sanfter. »Und du nimmst mir die Worte aus dem Mund, wenn ich die liebste Strophe meines Lieblingsgedichts aufsage.«

Valentine schwang sich auf das Motorrad und trat auf den Anlasser. Das Motorengeräusch war ohrenbetäubend. Er bedeutete ihr mit einer Kopfbewegung, hinter ihm aufzusteigen. Sie tat es und schlang ihre Arme fest um seine Taille.

»Weißt du nicht, daß extreme Empfindungen einander verstärken?« fragte er tückisch.

»In der Praxis war es mir nicht klar, aber jetzt habe ich es erfahren«, schrie sie über die Motorengeräusche zurück.

»Und du hast kein Monopol auf Sensibilität. Und auch nicht auf die Lyrik der Romantik. Ich kann sogar einiges für mich beanspruchen, was du mir nicht zutraust. Aber darauf kommen wir noch zu sprechen.«

Er ließ die Kupplung los, und das Motorrad begann über den Sand zu schlittern.

»Fahr bitte langsam«, bat sie ihn, und er nickte.

Es erschien ihr als das Natürlichste auf Erden, sich neben Valentine in sein überdimensionales Bett zu legen, als sie wieder in Dry Stone waren. Auf seinem Nachttisch fiel ihr ein hoher Stapel Bücher auf, und darauf lag eine Zweihunderterpackung Schlaftabletten.

Das Zimmer war schlicht und gemütlich wie ihr Gästezimmer, doch die Vorhänge waren schwer, weil sie möglichst viel von dem hellen kalifornischen Licht abhalten sollten. An der Wand, die dem Fußende des Bettes gegenüberlag, hing ein Aquarell von einem Château. Es war weniger imposant in seiner Anlage als Reynard, und es war auch weniger eindrucksvoll gelegen, doch die Farbe des Steins und die architektonische Ähnlichkeit waren nicht zu übersehen. Das mußte das Château Larue-Grise sein, einst im Besitz der Familie von Hélène de Gillessesmont, heute Valentines Konsortium gehörend.

Bell zwang sich, ihren Blick abzuwenden.

Valentine lag auf dem Rücken neben ihr und streckte seinen Arm aus, um sie dichter zu sich zu ziehen. Sie legte ihren Kopf auf seine Schulter und sah sich seine Gesichtszüge aus der Nähe an.

»Du schläfst schlecht?«

Er zuckte die Achseln.

»Manchmal. Aber wozu auch, wo man doch so viel anderes im Bett tun kann?«

»Wie Biographien lesen?« Sie wies mit einer Kopfbewegung auf den Bücherstapel.

»Nein, nicht unbedingt. Soll ich es dir zeigen?«

»Morgen.« Bell streckte sich, um das Licht auszuschalten. Dann kuschelte sie sich wieder dicht an ihn.

»Gute Nacht.«

Und doch schlief Valentine vor ihr ein. Bells warmer Körper an seiner Seite beruhigte ihn, und für ein paar Stunden war die ärgerliche Rastlosigkeit, die ihn wachhielt, von ihm abgefallen. Irgendwie gefiel ihm diese englische Journalistin, und er fand sie auf eine Weise unterhaltsam, wie Dutzende von anderen Mädchen es nicht gewesen waren. Sie stachelte ihn an, und ihre gelegentliche Widerborstigkeit reizte ihn. Valentine lächelte, als er einschlief.

Bell lag regungslos neben ihm. Als sein Atem langsamer und tiefer ging, rückte sie behutsam von ihm ab, bis sie auf ihrer Bettseite lag. Sie starrte durch das Dunkel auf die Stelle, an der das kleine Gemälde hing. Alles, was dort abgebildet war, bis hin zu dem typischen Licht, erinnerte sie an Reynard. Ein Teil von ihr wollte diese Erinnerung eilig abblocken, sie restlos unterdrücken, ehe sie über diesen Ort oder seine Bewohner nachdenken konnte. Charles schien ihr im Moment unwahrscheinlich fern zu sein, und doch begannen Schuldbewußtsein und Reue die glückliche Zufriedenheit ihrer Nacht mit Valentine zu trüben. Trotz allem, was sie sich in dieser Nacht erlaubt hatte, klammerte sich Bell an das Bild von Charles, das sie für alle Zeiten in sich trug. Obwohl der Mann, der neben ihr schlief, aus Fleisch und Blut war, wiederholte sie immer wieder tonlos das Versprechen, das sie ihm gegeben hatte. Schon jetzt kannte sie Valentine Gordon wesentlich besser als den rätselhaften und gequälten Franzosen, doch was sie haben wollte, war Charles. Der Amerikaner erstaunte sie sogar mit den Einblicken, die er ihr manchmal gewährte. Dann zeigte er ihr einen anderen, verborgenen Valentine, der sich sehr von dem unterschied, den die Welt sonst zu sehen bekam. Trotzdem konnte dorthin, wo ihr wahres Ich saß, nur Charles vordringen.

Es dauerte lange, bis sie schließlich einschlief, und zu bald darauf wurde sie wieder geweckt. Bells Traum von Hélène, die in ihrem Salon am Schreibtisch saß und Valentines Bild in dem silbernen Rahmen ansah, verblich allmählich, und als sie die Augen aufschlug, sah sie dem echten Valentine ins Gesicht.

Er wirkte ausgeruht, entspannt und aufreizend selbstsicher. »Willkommen in meinem Bett. Endlich. Findest du nicht, wir sollten die verlorene Zeit nachholen?«

Sie schlang ihre Arme träge um seinen Hals und zog ihn zu sich herunter.

»Mhm. Ich glaube schon, daß wir das tun sollten.«

Er fing wieder an, sie gekonnt und ausgiebig zu küssen, und sie ließ sich mit einem zufriedenen Seufzer auf die Kissen zurückfallen. Dann sah sie über Valentines Schulter, wie sich die Schlafzimmertür langsam öffnete. Joannie stand mit einem Tablett in der Tür. Eine kleine Kanne Kaffee, eine Tasse mit Untertasse, ein Glas Orangensaft. Unter einem Arm hatte sie sich einen dieser idiotischen Staubwedel aus Federn geklemmt, und sie trug nichts weiter als einen sehr knappen Bikini. Frühstück für ihren Helden und hinterher vielleicht eine kleine Kabbelei.

Als sie die beiden sah, wurde ihr Gesicht weiß, und ihre Augen und ihr Mund wurden kreisrund. Valentine spürte, daß Bell unter ihm erstarrte. Er sah sich um.

»Um Himmels willen, Joannie, hau ab!« Sie ließ das Tablett fallen und lief fort, ohne sich noch einmal umzusehen.

»So ein Mist«, stöhnte Valentine. »Jetzt haben wir den Ärger.«

»Den hast du dir selbst zu verdanken«, sagte Bell ungerührt. »Bringt sie dir immer das Frühstück und trägt dabei praktisch nichts außer einem erwartungsvollen Lächeln auf dem Leib?«

»Sei nicht so gehässig«, sagte er barsch. »Das steht dir nicht.« Er schlug die Bettdecke zurück, zog sich einen Bademantel an und trat in der Tür auf die Porzellanscherben, die in dem verschütteten Kaffee schwammen. »Ich sollte lieber nachsehen, ob sie auch keine Dummheiten macht.«

Ganz richtig, dachte Bell. Versuch nur, alle bei Laune zu halten. Der kleine Zwischenfall hatte sie maßlos aufgebracht. Vielleicht war eine Spur von Eifersucht mit im Spiel. Anders ließ sich das nicht erklären. Er hätte jetzt bei ihr sein sollen, statt einem Teenager nachzulaufen, der scharf auf ihn war. Falsch, sagte sich Bell. Sauber, klinisch und unverbindlich, damit sie ihn vergessen konnte. Darum ging es doch. Versonnen zog sie ihren Bademantel an und trat auf die Veranda, um nachzusehen, was los war.

Joannie lag auf dem Bauch auf einer der Sonnenliegen und hatte ihr Gesicht im Polster vergraben. Sie schluchzte hemmungslos, als Valentine näher kam und seine Hand auf ihre Schulter legte. Augenblicklich drehte sie sich zu ihm um.

»Du verstehst überhaupt nichts. Ich liebe dich, Valentine. Du bist der einzige Mensch auf der Welt, der mir wichtig ist, und dauernd tust du – so was.« Sie wies mit einer Handbewegung auf sein Schlafzimmerfenster. Dann schluchzte sie nur um so heftiger. »Ich dachte, du machst dir etwas aus mir. Ich dachte, eines Tages...«

Valentine hielt ihre Handgelenke fest und sagte beschwichtigend: »Joannie, Kleines, natürlich mache ich mir etwas aus dir.«

»Weil ich so ein süßes kleines Mädchen bin? Ich würde für dich sterben.«

Sie warf sich wieder auf die Polster und weinte noch hemmungsloser. Valentine sah hilflos auf sie herunter.

»Mein Gott, so ein Unsinn. Das bildest du dir doch alles nur ein.«

Bell kam über den weißgestrichenen Holzfußboden auf sie zu.

»Warum läßt du mich nicht einen Moment mit Joannie allein?«

Er stand auf und ging. Er war sichtlich erleichtert. Joannies Stimme klang erstickt, aber trotzig.

»Geh weg!«

Bell setzte sich neben sie und sagte, so sachte sie konnte: »Furchtbar, findest du nicht auch? Es tut mir leid, daß du das eben mit ansehen mußtest.«

Das Mädchen sah sie jetzt an. Ihr Gesicht war gerötet, und die Tränen strömten über ihre Wangen.

»Es tut dir leid? Warum sollte es dir leid tun? Du hast ihn doch, oder nicht? Den einzigen Mann, der mir je etwas bedeutet hat – ohhh, Valentine.«

Bell legte ihre Arme um sie und wiegte sie wie ein Kind. »Ich habe ihn nicht, Joannie. Er lebt nach seinen eigenen Vorstellungen, und das sollten wir auch tun. Wo bleibt dein Stolz? Sieh dir erst mal mehr von der Welt an, ehe du solche einseitigen Entscheidungen triffst. Ich weiß, daß das bescheuert und schulmeisterlich klingt, aber ich habe dir zehn Jahre Lebenserfahrung voraus. Vergiß das nicht. Im Ernst, du wirst dich immer wieder verlieben und darüber wegkommen, wenn du Valentine Gordon längst vergessen hast.«

Joannie schüttelte den Kopf.

»O nein. Jemanden wie ihn wird es in meinem ganzen Leben nicht mehr geben. Er ist so lustig und so klug und so sexy. Die anderen sind doch nur dumme Jungen.«

Wie wäre es mit eingebildet und egoistisch und arrogant, dachte Bell, als sie seine Eigenschaften aufzählte. Und gleichzeitig offen, freizügig, unvorhersagbar und erfinderisch.

»Ja, all das ist er, aber er hat auch andere Eigenschaften. Niemand ist vollkommen. Versuch, ihn als Ganzes zu sehen, statt dich in das Bild zu verlieben, das du dir von ihm machst.«

In dieser Richtung gab es noch einiges zu sagen. Sie saßen noch eine Stunde da und redeten. Dann ging Bell ins Haus, um zu duschen und sich anzuziehen. Joannie folgte ihr ins Haus. Sie hatte sich inzwischen beruhigt und trug ein verletztes, aber würdiges Auftreten zur Schau. Das machte sich sehr komisch auf ihrem runden, lächelnden Gesicht. Als Bell aus dem Bad kam, drehte Joannie den elfenbeinfarbenen Armreifen zwischen den Fingern.

»Der ist sehr hübsch.«

»Ja. Ein Mann den ich liebe, hat ihn mir geschenkt. Den ich liebe und nicht haben kann. Was soll's.«

Dieses offene Gespräch unter Frauen muß mir auch unter die Haut gegangen sein, dachte Bell.

»Wahnsinn. Was für ein Mensch ist er?«

»Ach, er ist klug und sexy. Und manchmal auch lustig. Und tief verletzt und einsam und schwierig. Er ist weit, weit fort, und ich wünschte, er wäre näher.«

»Irre. Und was tust du dann hier mit Val?«

Eine gute Frage.

»Na ja, manchmal ist es einfacher und angenehmer, mitzunehmen, was sich ergibt, statt eine große Sache daraus zu machen, daß man etwas nicht bekommt. Solange man an seinen eigenen Vorstellungen festhält und nicht grundlos anderen weh tut. Kannst du das verstehen?«

»Ja, ich glaube schon. Hör mal, Bell, ich muß jetzt nach Hause gehen. Kommst du mit, wenn ich mich von ihm verabschiede?«

Joannie hatte ein T-Shirt und einen knielangen Rock über ihren Bikini gezogen. Sie machte einen äußerst sittsamen Eindruck.

Sie fanden Valentine am Swimmingpool.

»Tschüs, Valentine. Wenn es dir recht ist, komme ich eine Zeitlang nicht vorbei, um sauberzumachen. Demnächst habe ich Prüfungen, du verstehst schon.«

Er lächelte sie freundlich mit seinen strahlendblauen Augen an. Bell konnte nur zu gut verstehen, was das Mädchen in ihm sah.

»Das geht klar, Joannie. Schau mal vorbei.«

»Nein, wohl kaum.« Das klang jetzt sehr würdevoll.

Sie brachten sie zu ihrer Honda und sahen hinter ihr her, als sie auf dem holprigen Pfad entschwand.

»Danke, Bell. Das war nett von dir, und ich bin wirklich froh, daß du das getan hast.« Er drückte ihre Hand.

»Geh ab heute vorsichtiger mit ihr um, ja?«

»Ja.« Er seufzte. »Trotzdem wird sie mir fehlen. Sie ist einfach schnuckelig. Aber da wir gerade davon sprechen – vor dieser kleinen Störung...«

Lachend gingen sie zusammen ins Haus.

Die letzte Woche ihres Aufenthaltes in Kalifornien war ein Traum. Sobald Valentine bekommen hatte, was er wollte, nämlich Bell in sein Bett, war er wie ein Kind mit einem neuen Spielzeug. Er bekam einfach nicht genug davon, sie glücklich zu machen. Bell unternahm eine letzte Besichtigungsrundfahrt durch die Weinkellereien und sprach mit den Winzern. Nachmittags saß sie in der Sonne, ging ihre Aufzeichnungen durch und machte sich Notizen zu weiteren Artikeln. Sie und Valentine führten allein zu Hause einige Weinproben durch und tranken sich durch eine ganze Reihe von Flaschen, aber sie spuckten den köstlichen Saft der Trauben, die in der kalifornischen Sonne gereift waren, nicht aus. Angetrunken und albern tollten sie im Pool herum und liebten sich dann erfinderisch in Valentines Bett. Alles war genau so, wie Bell es sich erhofft hatte – unschuldig, fröhlich, klar umrissen und keine Spur von bedrohlich.

Eines Abends beugte sich Valentine über ihren Schreibtisch, als sie gerade schuldbewußt und mit beträchtlicher Verspätung einen Stapel Postkarten schrieb. Die an Charles und Juliette, auf der lediglich stand: ›Bordeaux ist einmalig und unvergleichlich‹, lag ganz unten im Stapel. Auf eine unwahrscheinlich blaue Ansicht der San Franzisco Bay mit Alcatraz im Vordergrund und der Golden Gate Bridge in der Ferne schrieb Bell ihre Grüße an Phillippa Gregory, die Moderedakteurin ihrer Zeitung in London. Bell und Phillippa teilten sich gemeinsam ein Büro und ließen sich regelmäßig Postkarten zukommen. »In Kalifornien ist alles größer und schöner, als ich es mir vorgestellt habe. B.« Valentine brach in schallendes Gelächter aus.

»Das will ich doch hoffen.» Er nahm die nächste Karte in die Hand und sah sich die Adresse an. »Und wer ist Edward Brooke?«

»Ach, ein alter Bekannter. Oder besser gesagt: ein früherer Freund.«

»Ach ja.« Er sah sie versonnen an und wirkte ernster als sonst. »Wenn man bedenkt, daß wir einander inzwischen recht gut kennen, wissen wir nicht allzuviel voneinander, meinst du nicht auch?«

Bell lehnte sich auf ihrem Stuhl zurück und grinste ihn an.

»Okay. Die großen Bekenntnisse sind fällig. Du fängst an.«

Er genoß es sichtlich, ihr seine Version der Geschichte seines Lebens zu erzählen. Er spielte seine Erfolge herunter, damit es mehr nach dem üblichen Werdegang eines jungen Amerikaners klang. Seine Kindheit hatte er in Santa Monica verbracht. Sein Vater war dort als Immobilienmakler tätig gewesen. Er stammte aus einer wohltuend mittelständischen, wohltuend glücklichen Familie. Er hatte drei Schwestern, hübsche, alberne Mädchen, aber Valentine war immer der Klügste gewesen, der Stolz seiner Eltern und der Neid der Freunde seiner Schwestern.

»Wie du es nur zu oft im Film gesehen hast«, sagte er zu Bell. »Eisdielen und Baseball-Spiele. College-Bälle und Autokino. Ein Leben ungestörter Freuden, das keine Fragen stellt. Dann drei Jahre in Berkeley, in Hauptfach Wein und Weiber, in den Nebenfächern ein wenig Einblick in englische Literatur und Geschichte.«

»Keats«, sagte Bell.

»Aber selbstverständlich Keats.« Er lächelte sie an.

Danach hatte er mit Verspätung die Seelenqualen der Pubertät ausgestanden. Er hatte sie gelindert, indem er zwei Jahre lang durch Europa gereist war. Er hatte auf Bauernhöfen gearbeitet, Lastwagen gefahren, im Herzen des Beaujolais Trauben gepflückt. Dann war er zufällig nach Bordeaux gekommen. Dort hatte er sofort das Gefühl gehabt, zu Hause zu sein.

»In einem Café habe ich ein Mädchen kennengelernt. Mit einem runden Gesicht und einem kleinen, runden Hintern. Der Inbegriff einer Französin, äußerst irritierend und auf absurde Weise sexy. Ich schreibe ihr heute noch. Sie ist im Pays d'Auge mit einem Bauern verheiratet. Aber das war der Ort, an dem ich aufgeblüht bin. Ich hatte zum erstenmal in meinem Leben das Gefühl, lebendig zu sein.« Liebe und Bedauern waren aus seiner Stimme herauszuhören, als er von dem dünnen, steinigen Erdreich entlang der Gironde und von dem matt schimmernden Licht am Meer sprach. Es war mehr als eine romantische Schwärmerei. Er erinnerte sich an sehr, sehr harte Arbeit, an dunkle Winter und an den kalten Nebel, der über dem flachen Land aufstieg. Und an den Wein, den Wein.

»Ich weiß noch genau«, murmelte er, »wie ich mitten im Médoc auf der Straße zwischen den Weinbergen stand und durch die verrosteten Tore das vernachlässigte Weingut betrachtet habe. Am Dach mußten Reparaturen durchgeführt werden. Die Weinstöcke hätten schon vor Jahren alle durch neue ersetzt werden sollen. Was für eine Vergeudung, dachte ich mir. Hätte es doch nur mir gehört. Und dann habe ich gedacht: Warum denn nicht? Einen Monat später war ich wieder in L.A. und habe mich um meine Geschäfte gekümmert. Meine Familie war nach Florida gezogen. Meine Schwestern waren ausnahmslos gut verheiratet. Ich hatte ein gewisses Kapital und habe mir das hier gekauft. Ich hatte Glück. Alles lief sehr gut. Fünf Jahre später wurde dieses Château von einem Konsortium gekauft, dem ich vorstand.«

Zum erstenmal hörte Bell Stolz in seiner Stimme, einen gerechtfertigten Stolz. Er sprach jetzt über seine anderen Ländereien in Frankreich und erzählte ihr, daß ihm inzwischen ein schmaler Streifen von Meursault und ein paar Hektar Land an der Côte d'Or gehörten, doch sie wollte mehr über Bordeaux wissen. Die Neugier übermannte sie.

»Das war das Château Larue-Grise?« unterbrach sie ihn unschuldig.

»Wie bitte? Ja. Ja, klar. Ich hatte ganz vergessen, daß du es weißt. Es war das Château Larue-Grise, das ist richtig. In einer der schönsten und fruchtbarsten Gegenden auf der ganzen Welt.«

»Es klingt, als würdest du es vermissen.«

Er wandte sich zu ihr um und sah sie genau an. Bell biß sich auf die Lippen. Ihr Gesicht durfte ihm nicht verraten, daß es um mehr als beiläufige Fragen ging.

»Ja, ich vermisse es«, sagte er schließlich.

»Wirst du nicht wieder dort leben?«

Argwohn blitzte in seinen Augen auf.

»Warum willst du das wissen, Bell? Ich hatte vergessen, daß du ein paar Tage dort warst, chez de Gillesmont. Man muß dir dort etwas erzählt haben.«

»Ach, nur, daß du dich mit den Frauen gut verstanden hast, aber daß du und Charles...« So. Jetzt hatte sie also seinen Namen ausgesprochen. »... daß ihr euch nicht besonders gut leiden konntet.«

Valentine schnaubte verächtlich.

»Uns nicht besonders gut leiden konnten? Ich sage dir eins, de Gillesmont ist durch und durch ein absoluter Mistkerl. Versnobt. Reaktionär. Kalt wie das Grab. Tut mir leid, wenn du dich mit ihm verstehst, aber das ist wirklich wahr.«

Bell atmete bewußt gleichmäßig, um die glühenden Worte zu seiner Verteidigung, die ihr auf der Zunge lagen, zurückzuhalten.

»Ja, ich mag ihn. Ich mag sie alle. Sogar Hélène.«

Valentine lächelte zynisch und dachte offensichtlich an etwas, das lange zurücklag. Er schenkte sich einen Whiskey ein und setzte sich auf seinen Schaukelstuhl.

»Ich werde es dir erzählen. Es ist nicht gerade eine besonders erfreuliche Geschichte, aber irgend etwas sagt mir, daß du bereits mehr als die Hälfte davon kennst. Dann kannst du dir meine Version auch noch anhören. Wer hat übrigens mit dir geredet? Die goldige kleine Juliette?«

»Ja. Sie hat mir gesagt, wie gern sie dich hatte.«

Er nickte und wirkte kein bißchen erstaunt. Sein selbstgefälliger Gesichtsausdruck erboste Bell. Sie wandte sich ab und sah aus dem Panoramafenster auf die Hügel hinaus, doch sie hörte ihm aufmerksam zu.

»Es war so: Bob Cornelius und ich waren im Château Larue und haben versucht, alles wieder in Schuß zu bringen. Es gab teuflisch viel zu tun. Ich wußte, was mit dem Boden geschehen mußte. Das war kein Problem. In den Weinkellern haben wir uns die gesamten altmodischen Keltern und Fässer vom Hals geschafft und nur das Allerneueste besorgt. Anfangs haben unsere Nachbarn uns kritisch beobachtet, ganz zu schweigen von all dem, was im Freien vor ihrer Nase stattgefunden hat, während wir alles ausgerissen und neu angepflanzt haben. Natürlich ist es noch zu früh, um sagen zu können, wie sich die neugepflanzten Weinstöcke machen, und zwei schlechte Jahrgänge waren uns auch nicht gerade eine Hilfe, aber schließlich wird sich erweisen, daß ich recht hatte.«

Seine Stimme klang ungewohnt hart. Bell fiel wieder ein, wie zurückhaltend Charles sich äußerte, wenn es um seine Pläne für Reynard ging. Sie dachte an die überholte Ausstattung seiner Keller. Deutlich erkannte sie, daß Valentine recht behalten würde. Der blendende Ruf von Château Reynard fing schon an zu verblassen, und in eingeweihten Kreisen wurde beifällig über das neue Regime auf Château Larue gemunkelt. Dieser verfluchte Valentine.

Sie sah weiterhin aus dem Fenster und bemühte sich, unbeteiligt zu wirken. Valentine trank einen Schluck von seinem Whiskey.

»Ich wollte das Haus wieder instand setzen. Es sollte wieder so aussehen wie früher. Es liegt auf der Hand, daß ich Hélène de Gillesmont aufgesucht und ihr Fragen gestellt habe. Wir sind glänzend miteinander ausgekommen. Ich habe ein wenig mit ihr geflirtet, sie mit ihrem angenehmen Leben als Baronin auf den Arm genommen – du erinnerst dich doch: goldene Prozellantäßchen und Seidentapeten? Es hat nicht lange gedauert, bis wir zusammen in die Pariser Auktionshäuser gefahren sind und da ein Schreibpult und dort Sèvres-Porzellan erstanden haben. Sie kennt sich gut aus und hat mir viel beigebracht.«

Mit einer ausholenden Geste wies er auf die edlen Stücke, die er so willkürlich in seinem Zimmer in Kalifornien zusammengetragen hatte.

»Catherine hat uns ein- oder zweimal begleitet.«

»Was für eine Frau ist sie?« Bell konnte es nicht lassen, diese Frage zu stellen, doch er schien nicht zu bemerken, daß ihre Stimme bebte.

»Sie ist sehr schön und unwahrscheinlich schick. Nach außen hin gibt sie sich liebreizend und unterwürfig, aber darunter besteht sie aus reinem Stahl. Die konnte es wahrhaft gegen diesen kalten Fisch von einem Mann aufnehmen. Ich fand sie faszinierend.«

»Ach, wirklich?«

O nein, er war nicht kalt, nicht, wenn er sie so berührt und so angesehen hatte. Dessen war sich Bell ganz sicher. Aber er war ein Mann, der hohe Ansprüche stellte, an sich selbst und an andere. Und der lästige moralische Maßstäbe anlegte. Das würde der fröhliche, impulsive Valentine Gordon nie auch nur ansatzweise verstehen.

»Nicht so, wie du denkst«, fuhr er fort. »Jedenfalls damals nicht. Es ist nun mal nicht meine Angewohnheit, die Frauen anderer Männer zu vögeln. Es sei denn, sie stürzen sich regelrecht auf mich, und dann ist es ihre eigene Entscheidung. Catherine hat mich als ein Exemplar, das für eine ganz bestimmte Gesellschaftsklasse und einen ganz bestimmten Kulturkreis steht, interessiert. Eine fast ausgestorbene Gattung. Für einen Jungen aus Santa Monica extrem europäisch und exotisch.«

Jetzt hör aber auf, dachte Bell. Du bist ein begeisterter Geschäftsmann, ein exzellenter Manipulator und reichlich gerissen. Wenn du etwas nicht bist, dann der biedere Junge aus dem hintersten Westen. Doch sie sagte nichts.

»Nein, bemüht habe ich mich, wenn überhaupt, um Juliette. Aber sie war gerade an einen anderen Mann vergeben, und daher habe ich mir meine Zerstreuung auch woanders gesucht. Eine Zeitlang war alles ganz locker und entspannt. Abgesehen davon, daß le Baron Charles und ich einander sorgsam aus dem Weg gegangen sind.« Er sprach den Namen mit einem so gedehnten Ch und einem derart rollenden r aus, daß er lächerlich klang. »Ihm war alles verhaßt, was ich getan habe, schon aus Prinzip. Er hat mich sogar dafür gehaßt, daß ich Amerikaner bin, um Himmels willen. Ein solcher Saftsack.«

So siehst du das also, dachte Bell und schloß die Augen. Valentine schwieg und wurde finsterer. Beide wußten, was als nächstes kommen mußte.

Seine Stimme war wesentlich leiser, als er weitersprach.

»Dann ist ihnen das Kind gestorben. Ein fantastischer Junge, und ich bin wirklich kein großer Liebhaber von Kindern. Ich sehe ihn jetzt noch vor mir, wie er die Stufen des Châteaus hinunterspringt und Mama! Papa! quietscht, wenn wir zusammen von irgendwo zurückkommen. Er hatte sehr gute Manieren, wie alle diese französischen Kinder, aber er hatte gleichzeitig jede Menge Unfug und Blödsinn im Kopf. Ja, jedenfalls ist er gestorben. Wie du weißt. Es hat sich alles innerhalb von einer Woche abgespielt. Catherine wäre beinah auch gestorben, und innerlich war sie eine Zeitlang tot. Und dieser Lump ist rumgelaufen, als sei er in Zement gegossen. Er hat nichts für sie getan. Ihr keine Zärtlichkeit, kein Mitgefühl und keine Unterstützung gegeben. Sie war seine Frau, vergiß das nicht, und ihr Kind war gestorben.«

»Auch er hatte ein Kind verloren«, sagte Bell leise. Aber ja. Sie konnte vor sich sehen, wie hart er gewirkt haben mußte. Selbst wenn ihr Mitgefühl Charles und seiner eigenen Verzweiflung und Bestürzung galt, wünschte sie doch, er hätte es über sich gebracht, Catherine zu helfen.

»Tja, ich vermute, das, was jetzt kommt, hat dir Juliette erzählt. Catherine hat angefangen, mich zu besuchen. Mich, einen mehr oder weniger Fremden. Ich habe getan, was ich konnte. Ich habe mit ihr über den Jungen geredet und ihr gesagt, es sei nicht ihre Schuld. Ich habe sie in den Arm genommen. Ihr Haar gestreichelt. Versucht, mir nicht vorzustellen, wie es wäre, ihr die Kleider vom Leib zu reißen, und das war gar nicht leicht. Eines Abends ist sie nach dem Abendessen zu mir gekommen. Sie hatten, glaube ich, gestritten. Ich habe sie geküßt, und sie hat überdeutlich darauf reagiert. Daraufhin bin ich mit ihr ins Bett gegangen und habe sie eine Stunde lang alles vergessen lassen. Sie hat es genossen, Bell. Wie sie aufgetaut ist – es war das reinste Wunder. Am nächsten Tag haben wir es wieder getan. Und danach noch oft, und sie ist langsam wieder unter die Lebenden zurückgekehrt.«

Der uneigennützige Heiler, dachte Bell. Aber in ihrem Innersten wußte sie, daß sie ihn nicht dafür verdammen konnte. In seinen eigenen Augen hatte er richtig gehandelt.

»So stand es also während des ganzen Sommers. Charles hat nichts und niemanden zur Kenntnis genommen, und Catherine kam allmählich über die Geschichte hinweg. Gleichzeitig wurde ihr klar, daß ihre Ehe kaputt war. Ich glaube nicht, daß es etwas mit mir zu tun hatte. Ich war höchstens eine Art Katalysator. Sie hat mich gefragt, was sie meiner Meinung nach tun sollte, aber ich habe mich herausgehalten. Schließlich hat sie sich selbst entschlossen, ihn zu verlassen und fortzugehen und den Versuch zu unternehmen, in Paris noch einmal ganz von vorn anzufangen. Dann ist es, wie in jedem guten Melodram, zum Eklat gekommen. Aber davon hast du bestimmt schon gehört?«

»Erzähl es mir!« sagte Bell ohne jeden weiteren Kommentar.

»Ich habe ein Lesefest veranstaltet. Sämtliche de Gillesmonts sind erschienen, was mich doch eher überrascht hat. Fast das ganze Médoc hat sich versammelt. Ich war, wie ich ohne jede Scham bekenne, betrunken. Und es ist mir schwergefallen, die Finger von Catherine zu lassen. Also bin ich mit ihr in die Bibliothek gegangen, in die niemand anders Zutritt hatte, weil meine Bücher zu wertvoll sind. Aber irgendwie muß uns Charles dort gesehen haben. Er hat gewartet, bis wir uns den übrigen Gästen wieder angeschlossen haben, zerzaust und zerknittert, wird behauptet. Dann ist er aufgesprungen wie eine Figur aus einem Schundroman und hat mich öffentlich angeklagt, ich wolle ihm seine Frau wegnehmen. Er hat mich zu einem Duell herausgefordert.«

Er trank einen großen Schluck aus seinem Glas, und Bell sah, daß er jetzt wütend war. Sein Gesicht war gerötet, und neben seinen Mundwinkeln hatten sich tiefe, senkrechte Falten gebildet, die Bell bisher noch nie gesehen hatte.

»Er hat es vor allen Anwesenden getan, also vom Bürgermeister von Bordeaux bis zu meinem Kellermeister. Ich habe ihn nur ausgelacht. Ich dachte, es läge alles nur daran, daß ich betrunken war. Du weißt schon, alles kam mir unwirklich und verzerrt vor, und ich stellte mir vor, daß es ihm nicht anders ging. In das entsetzliche Schweigen hinein, das entstanden war, habe ich dann zu ihm gesagt, er solle kein Dummkopf sein, sondern einfach herkommen und mich verdreschen oder so was. Er hat sich nur umgedreht und ist gegangen. Ganz allmählich haben die Leute wieder angefangen, sich zu unterhalten und so zu tun, als sei nichts vorgefallen. Aber ich glaube, und das kann ich nicht vergessen, daß ich in allen Gesichtern Verachtung gesehen habe. Als seien sie der Meinung gewesen, ich hätte die Herausforderung zum Duell annehmen sollen.«

Valentine beugte sich plötzlich vor und begrub sein Gesicht in seinen Händen.

»Himmel, ich wünschte, ich hätte es getan. Es wäre mir eine willkommene Gelegenheit gewesen, ihm eins überzubrennen, sei es in Form von Pistolen bei Morgengrauen oder sonstwie. Ich hätte den

Quatsch, den er sich ausgedacht hat, mitspielen sollen. Wenigstens Katie zuliebe.« Er seufzte und blickte wieder auf. Bell saß immer noch mit abgewandtem Kopf da und sah aus dem Fenster. »So hat es sich abgespielt. Catherine hat ihre Sachen gepackt und ist fortgegangen. Sie hat sich nicht von mir verabschiedet. Und von ihm wahrscheinlich auch nicht. Ich hatte die Schnauze voll von Bordeaux, und daher bin ich wieder nach Hause gefahren. Ende meiner Geschichte.«

Bell blieb regungslos sitzen. Sie war absolut erschüttert. Valentine hatte seine Version der Geschichte so selbstverständlich erzählt, daß sie sich sicher war, die volle Wahrheit gehört zu haben. Lange, unheilvolle Risse bildeten sich in der Gewißheit, die sie um Charles gewoben hatte. Sie fühlte sich, als führe sie in einem dunklen Aufzug zu schnell in die Tiefe.

Als erstes mußte sie Valentine aus dem Weg gehen, ohne sich anmerken zu lassen, wie sehr seine Geschichte sie verwirrt hatte. Sie stand auf, streckte sich und gähnte. Dann schlenderte sie zu ihm und küßte seinen Hinterkopf.

»Ich glaube nicht, daß du etwas falsch gemacht hast«, sagte sie zu ihm und staunte selbst darüber, wie beiläufig ihre Stimme klang. »Nicht gegenüber Catherine und auch nicht, was dieses dämliche Duell angeht. Einen von euch hätte es erwischt, und wozu wäre das gut gewesen? Nur dein männlicher Stolz hat ein wenig gelitten.«

Er nickte und verlor das Interesse an diesem Thema. »Ja, wahrscheinlich hast du recht. He, was hältst du davon, essen zu gehen?«

»Ich habe vorher noch ein paar Kleinigkeiten zu erledigen. Und ein Bad möchte ich auch noch nehmen. Können wir es um eine Stunde verschieben?«

»Ja, klar.«

Sie war ihm entkommen. In ihrem Zimmer schloß sie die Tür hinter sich und legte sich auf ihr Bett.

Denken. Sie mußte nachdenken.

Wo stand sie eigentlich zwischen diesen beiden Männern, die einander so sehr haßten? Sie zwang sich, sich noch einmal vorzustellen, was sich in Reynard abgespielt hatte. Charles, der die Glut unter seiner kühlen Haltung verbarg. Auf die eine oder andere Weise hatte er ihr tiefstes Inneres angesprochen. Selbst, wenn er sie kaum berührt hatte, selbst, wenn sie kaum etwas über ihn wußte, nur die schmutzigen Tatsache, die sie gerade eben zum zweitenmal gehört hatte. Irgendwie wußte sie, daß sie ihn brauchte und er sie. Sie erinnerte sich an die Schönheit und Vollkommenheit von Reynard, dem Charles als Alleinherrscher vorstand, und ein Schauer lief ihr über den Rücken. Noch war alles ein wenig kühl in seiner Pracht, aber Bell wußte, daß sie das ändern konnte. Sie wollte den Glanz mit Charles teilen, ja, aber sie wollte auch, daß er sich dort wieder heimisch fühlte. Sie würde die perfekte Herrin von Reynard sein. Charles und sie gehörten zusammen, als seien sie einander vorbestimmt. Dessen war sich Bell sicher.

Oder besser gesagt, sie mußte jetzt besorgt feststellen, daß sie sich dessen sicher gewesen war. Charles erschien ihr jetzt eher wie ein Schatten, ein Gespenst, und nicht wie ein Mann aus Fleisch und Blut. Sie konnte sich nicht mehr genau daran erinnern, was sie so heftig zu ihm hingezogen hatte. Und sie wußte, daß sie den Mann in der Geschichte, die Valentine ihr gerade erzählt hatte, gar nicht mochte.

Vielleicht, vielleicht. Vielleicht war alles ein Irrtum. Was war, wenn sie sich in beiden Männern gründlich täuschte? In ihrer Magengrube bildete sich ein Knoten aus Angst und Hoffnungslosigkeit. Bell hätte am liebsten geweint, aber ihre Augen blieben heiß und trocken. Fieberhaft klammerte sie sich an das einzige, das für sie feststand. Valentine war ihr nie auch nur annähernd so nahegegangen wie Charles. Und das, obwohl er nur wenige Meter von ihr entfernt war, warm und lebendig und aus Fleisch und Blut. Er bedeutete ihr weniger als die getrübte Erinnerung an Charles.

Vielleicht löste sich diese Erinnerung so schnell auf wie Frühnebel an einem Junimorgen. Vielleicht würde sie feststellen, daß sie sich in ihm ganz gräßlich und geradezu peinlich getäuscht hatte. Aber die Erinnerung an ihn war alles, woran sie sich in all diesem Durcheinander klammern konnte, und sie würde sich weiß Gott daran klammern. Bis Charles selbst ihr bewies, daß sie im Recht war. Oder sich irrte.

Es wurde an ihre Tür geklopft, und Valentine trat ein. Sein Haar war naß vom Duschen, und auf seinen sonnengebräunten Schultern hingen noch Wassertropfen. Sie sahen einander in die Augen, und gegen ihren Willen spürte Bell, daß die prickelnde Wärme, die sie so gut kannte, sie durchströmte.

Mit brutaler Gewalt verbannte sie die Gedanken von vorher aus ihrem Schädel und streckte die Arme nach Valentine aus, um ihn an sich zu ziehen. Ehe seine eigene Lust ihn mitriß, wunderte sich Valentine über ihre fiebrige Glut. Sie wand sich und kratzte, als wolle sie sich gegen ihn wehren, doch zugleich zog sie ihn näher und immer näher zu sich.

»Bald ist es vorbei«, flüsterte sie leidenschaftlich. »Bald. Dann ist es aus.«

Ihre Nägel gruben sich tiefer in seinen Rücken. Valentine verstand sie vollkommen falsch, obwohl Bedauern in ihrer Stimme mitgeschwungen hatte. Er lächelte sein selbstgefälliges Lächeln und verbarg sein Gesicht in ihrem Haar.

6

Die schwüle Luft eines Londoner Spätsommers legte sich auf sie. Es war zum Ersticken. Bell fühlte sich unglücklicher als je in ihrem ganzen Leben. Sie war ihrer selbst überdrüssig und stand machtlos vor ihrer dumpfen Verzweiflung und ihrem Zorn.

Valentine und das goldene Licht Kaliforniens waren verblaßt wie ein Traum. O ja, auf gewisse Weise hatte die Reise viel Spaß gemacht, und zwar so lange, wie es ihr gelungen war, ihre Gedanken abzuschalten und sich Valentines Armen und seinem Mund, aber auch seiner unwiderstehlich guten Laune hinzugeben. Entgegen ihren Absichten mochte sie ihn, doch sobald sie von ihm getrennt war, staunte sie selbst über das, was sie getan hatte. Sie hatte sich ihm hingegeben. Was blieb denn von ihm übrig, wenn man sein Lachen und sein freundliches Wesen abzog, was außer einem egoistischen Draufgänger mit so vielen Kerben in seinem Gürtel, daß er sie bestimmt schon lange nicht mehr zählen konnte?

Wie hatte sie das nur tun können?

Erbittert erinnerte sich Bell daran, wie sie es vor sich selbst gerechtfertigt hatte. Als ein Fest. Eine Feier zum Abschied von ihrer Unabhängigkeit. Und was hatte sie gefeiert? Nichts. Es war ein schlichter Betrug an Charles gewesen und sonst gar nichts. Sie hatte ihm ihr Versprechen gegeben, und dann war sie ausgeschwirrt und hatte es augenblicklich gebrochen. Sich Valentine hingegeben – *ausgerechnet Valentine* –, und das so unbesonnen, als hätte sie ihm die Zeitung von gestern gereicht.

Und sie hatte Charles gesagt, er könnte ihr vertrauen.

Charles, Charles. Der Name hallte wie ein Echo in ihrem Kopf, doch er beschwor nichts weiter herauf als noch mehr Schuldbewußtsein, noch mehr Bestürzung. Es versetzte ihr einen Stich, als sie feststellte, daß auch sein Bild verblaßt war, nicht nur das von Valentine, dem Eindringling. Sie hatte sich verliebt, rief sie sich immer wieder ins Gedächtnis zurück. Aber in was? In einen Titel oder in ein Profil auf einer griechischen Münze?

Oder in einen Mann aus Fleisch und Blut?

Wenn er wirklich ein Mann war, wo war er dann jetzt? Warum rief er sie nicht an oder schrieb ihr oder kam, um sie ausfindig zu machen? Und selbst wenn er es getan hätte, wie hätte sie ihm nach allem, was geschehen war, in die Augen sehen können?

Bell lief in ihrer Wohnung auf und ab. Alles war verstaubt und roch muffig, aber sie war innerlich zu aufgewühlt und äußerlich zu matt, um etwas daran zu ändern.

London hatte einen qualvoll langen, heißen Sommer hinter sich. Der September lag in den letzten Zügen, und ständig drohten Gewitter, die nie kamen. Jeder Atemzug schmeckte verbraucht, und jede Fahrt zum Zeitungsgebäude oder nach Hause mit der U-Bahn war ein Alptraum aus Hitze und Dreck.

Im Büro hämmerte Bell hektisch auf ihre Schreibmaschine ein, und diese Anfälle wechselten mit langen Phasen ab, in denen sie dasaß und ins Leere schaute. Selbst hier herrschte eine unbehagliche Atmosphäre, und es kam ihr so vor, als bräche auch hier bald ein Sturm anderer Art herein. Die Verkaufszahlen der Zeitung gingen gewaltig zurück, und es waren unerfreuliche Gerüchte im Umlauf, daß Maßnahmen ergriffen werden müßten. Mit Einsparungen war zu rechnen.

Bell schenkte dem keine weitere Beachtung. Es kostete sie schon genug Mühe, ihren Alltag hinter sich zu bringen. Deshalb rührte es sie auch kaum, als sie hörte, daß Henry Stobbs sehr zufrieden mit ihren Artikeln aus Kalifornien war und daß ihre Glosse über Charles und das Château Reynard bereits erschienen und in Vergessenheit geraten war. Sie war grundlegend überarbeitet worden, aber immerhin noch erkennbar. Unpersönlich, unpräzise und oberflächlich – aber mehr war auch nicht zu erwarten gewesen. Unter den gegebenen Umständen.

Jetzt wartete sie auf das Vorübergehen der flauen Zeiten. Mit dem ersten Herbsthauch würden neue Restaurants ihre Türen öffnen, und dann war es wieder so kühl und windig, daß das Essen ein Vergnügen war. Außerdem konnte man auf die neue Ernte gespannt sein.

So verbrachte Bell ihre erste Woche in England. Mechanisch tat sie, was für ihren Tagesablauf nötig war. Sie rief absichtlich niemanden an, um zu erzählen, daß sie wieder da war. Ihr war nicht danach zumute, mit Freunden zu reden, noch nicht einmal mit Edward. Mit ihm sogar am allerwenigsten. Edward, der sie so gut kannte, daß er sie durchschaute und alles erkannt hätte, was sie mühsam verbarg.

Am Montag darauf kam Phillippa Gregory aus dem Urlaub zurück. Bell und die Moderedakteurin der Zeitung hatten ein gemeinsames Büro. Phillippa ließ ihre Tasche auf den Tisch fallen, trat mit zwei Schritten durch den kleinen Raum ans Fenster, umklammerte die Gitterstäbe und rüttelte sie theatralisch.

»Wieder fünfzig Wochen hinter Gittern. Sieh dir das nur an! Dafür habe ich die Traumstrände von Kreta verlassen und mich aus Nicos Armen gelöst. Oder Jannis, wie auch immer er geheißen haben mag.«

Durch das Fenster konnte man auf einen Schacht von fünf Stockwerken blicken. Der Boden war mit leeren Plastikbechern, Pappkartons und einer Schicht von Taubendreck bedeckt. Phillippa wandte sich seufzend zu ihrem Schreibtisch um. Trotzig zog sie den Reißverschluß ihres Overalls noch weiter herunter.

»Und, Kleines, wie läuft es bei dir?«

»Wunderbar. Alles bestens.«

»O Gott, so steht es also! Was ist los, hat es dir an der Westküste nicht gefallen? Schau dir deine Farbe an. Ich wünschte, ich würde so braun wie du. Komm schon, erzähl es Tante Phil. Ein Mann? Etwa Edward?«

»Nein, nicht direkt.« Bell stellte sich vor, welche Erlösung es bedeuten mußte, mit einem vernünftigen Menschen darüber zu reden. Sie wußte, daß Phil sich gerne oberflächlich gab, aber in Wirklichkeit ein herzensguter Mensch war.

»Weißt du was? Ich sehe mir jetzt der Form halber mal an, was sich auf meinem Schreibtisch getürmt hat, und mache ein paar Anrufe. Und dann gehen wir rüber in den Blue Lion und trinken einen. Ja?«

»Okay«, willigte Bell ein. Das war eine gute Idee. So ging es ohnehin nicht mehr lange weiter mit ihr.

Zwei Stunden später saßen sie in der vollen Bar, in der es von Zeitungsreportern und Druckern wimmelte. Es roch nach Bier und Rauch und Pasteten. Bell fühlte sich an Tausende von früheren Mittagspausen erinnert und sah bedrohlich weitere Tausende vor sich. Mein Gott, was für eine Aussicht. Hatte sie wirklich jemals geglaubt, ihr Leben würde was mit Glanz und Glamour zu tun haben?

Phil kam mit zwei doppelten Gin und Schinkenröllchen, die

nicht gerade frisch waren, von der Bar zurück. Sie trank einen Schluck und seufzte erleichtert.

»Das ist wenigstens etwas, wozu ich gern zurückkehre. Was mich betrifft, können die ihren Retsina behalten.«

Bell lachte zum erstenmal seit Tagen.

»Philly, Schätzchen, es tut mir leid, daß ich dich mit einem so langen Gesicht begrüßt habe. Es liegt nur daran, daß mir das Leben in der letzten Zeit ziemlich aus der Hand geglitten ist, und du warst nicht da, um all den Kleinkram für mich zu sortieren.«

»Hm. Tja, wenn es nicht der gute, alte Eddy ist, wer ist es dann? Ein Neuer?«

»Zwei.«

»Zwei? Himmel, und du beklagst dich? Das ist doch kein Problem, Schätzchen. Gib mir einfach den ab, den du nicht willst. Du kannst mir jeden abgelegten geben, ich bin nicht kleinlich. Wer sind sie überhaupt, die beiden?«

Jetzt kicherte Bell. »Warte es ab. Es wird dir gefallen. Einer ist ein französischer Baron, und der andere ist ein kalifornischer Millionär.«

»Du meine Güte, und das ist so schrecklich für dich? Wo ist der Haken? Der eine ist fünfundachtzig und der andere hat einen Buckel? Mach dir keine Sorgen, ich habe mir schon immer was aus älteren Männern gemacht...«

Bell lachte immer noch, aber sie spürte, daß die nervöse Anspannung, die sie in den letzten Tagen über Wasser gehalten hatte, jetzt zum Ausbruch kam. Ihre Augen brannten und verschleierten sich. Innerhalb von Sekunden strömten die Tränen schneller über ihr Gesicht, als sie sie fortwischen konnte. Phillippa nahm ihr Handgelenk.

»He, halt mal! Ich habe dich noch nie weinen sehen. Wenn die Angelegenheit so ernst ist – was es auch sein mag –, dann erzählst du es mir am besten. Hier, schau mal – Papiertaschentücher. Wisch dir die Tränen ab, oder Graham Tordoff kommt rüber und versucht, seinen Arm um dich zu legen, und das hat dir gerade noch gefehlt. Zwei sind unterhaltsam, aber drei fallen – wenn Tordoff einer von ihnen ist – unter Schmierenkomödie.«

Bell wischte sich das Gesicht ab und sah rüber zur Bar. Tordoff, der erfolgloseste Frauenheld unter den Sportreportern, hörte sofort auf, sie anzugaffen, und versuchte es mit einem mitfühlenden Lächeln.

»Was also ist so schlimm, daß es dir den Genuß daran verdirbt, an einem feuchtkalten Montagmorgen im Blue Lion zu sitzen?« fragte Philllippa entschieden, als sie Bell den nächsten Gin in die Hand gedrückt hatte.

»Du erinnerst dich doch an Château Reynard, Philly? Und an Baron Charles de Gillesmont.«

»Ah, das ist also der französische Baron.«

»Ich habe mich in ihn verliebt. Über Nacht. Einfach so. Als hätte mich etwas erwischt. Ich versuche gar nicht erst, dir zu erklären, was ich empfunden habe, weil es so albern klingt. Aber ich bin noch nie einem Menschen wie ihm begegnet, und ich hätte im Traum nicht für möglich gehalten, daß ich mich derart – überwältigen lassen könnte. Es war, als hätte ich ihn schon mein ganzes Leben gekannt. Als wüßte er alles, was es über mich zu wissen gibt, ohne danach zu fragen. Ich bin sicher, Phil, ich liebe ihn, und ich brauche ihn. Er ist auf seine Art sehr reserviert, aber auch sehr – leidenschaftlich. Ich glaube – ich denke schon, daß er dasselbe empfindet wie ich.«

»Und?«

»Ich habe ihm sozusagen ein Versprechen gegeben. Er ist verheiratet und lebt getrennt, und er ist – tief verletzt. Ihr Kind ist gestorben. Und er ist katholisch, ein überzeugter Katholik, und deshalb kann er sich nicht scheiden lassen. Deshalb habe ich ihm versprochen, auf ihn zu warten. Während er versucht, mit sich ins reine zu kommen.«

»Hat er dieses Versprechen von dir gefordert?«

»Nein. Aber er hat es entgegengenommen.«

»Ah.«

»Dann bin ich nach Kalifornien geflogen. Irgendwie bin ich dort durchgedreht. Der kalifornische Millionär, Valentine. Ich habe in seinem Haus gewohnt. Er hat ein sonniges Gemüt und lacht den ganzen Tag, und er ist ein wunderbarer Unterhalter. Und er hat von Anfang an versucht, mich in sein Bett zu kriegen.«

»Oh, dieser gemeine Kerl.«

»... und ich mochte ihn, und irgendwie ist er mir unter die Haut gegangen. Ich habe ihn mit der Zeit auch begehrt. Es war nicht nur ein sexuelles Verlangen, wenn es sich auch am Anfang hauptsächlich darum gedreht hat. Aber er war so offen und unkompliziert, und das nach Charles. Ich mochte ihn wirklich sehr. Es war alles sehr sinnlich, impulsiv und direkt, verstehst du? Also habe ich nachgegeben. Nein, ich habe nicht nachgegeben. Ich habe ihn mir bewußt genommen. Ich habe mir eingeredet, es sei ein Fest...«

»Ein Fest?« Phillippa sah sie überrascht an, und Bell stockten die Worte. Sie versuchte, das Durcheinander in ihrem Kopf zu entwirren, ehe sie weiterredete.

»Ja«, sagte sie schließlich. »Endlich wußte ich, wen ich wollte. Welches Leben ich mir wünschte. Und das war nichts anderes, als mit Charles im Château Reynard zu leben. Alles stimmte, verstehst du. Charles, seine Art zu leben... Ich hatte das Gefühl, endlich meine Idealvorstellung gefunden zu haben. Dann habe ich weit weg an der Westküste von mir selbst gerechtfertigt, daß ich mich so sehr von Valentine angezogen fühlte. Ich habe mir gesagt, es sei ein letztes Mal. Ein Abschied von allem – meiner Karriere, meiner Freiheit, meiner Ungebundenheit, von allem. Ich habe mich gern davon verabschiedet, aber ich fand, dieser Abschied sei es wert, mit einem besonderen Menschen gefeiert zu werden. Oder zumindest habe ich mir das eingeredet. Und Valentine ist etwas ganz Besonderes.«

Bell hörte auf, ihr Glas zu fixieren, und sah Philllippa an.

»So entsetzlich schrecklich ist das doch gar nicht.«

»Es ist alles noch viel schlimmer. Sie kennen einander. Sie *hassen* sich. Valentine – hat Charles' Frau direkt nach dem Tod ihres kleinen Jungen verführt. Charles hat ihn zu einem Duell herausgefordert...«

»Um Himmels willen.«

»Sie haben sich nicht duelliert, aber Charles hat mich gewarnt, ehe ich nach Kalifornien gefahren bin. Er hat gesagt: ›Valentine Gordon ist ein gefährlicher Mann.‹ Ich dachte, er wollte damit sagen, er sei gewalttätig oder so was, verstehst du... Und ich bin ihm augenblicklich auf den Leim gegangen. Tage nachdem ich ihm mein Versprechen abgegeben habe, muß ich mich ausgerechnet bei Charles' größtem Feind wiederfinden... Philly, dafür hasse ich mich.«

Phillippa sah sie forschend an.

»Und was hast du Charles erzählt?«

Bell war verblüfft. »Ihm erzählt? Gar nichts. Wir haben uns nicht mehr gesprochen, seit ich aus Bordeaux abgereist bin.«

»Du hast ihn nicht angerufen? Du hast nicht gesagt: Hallo, ich bin wieder zurück?«

»Nein. Wie hätte ich das tun können?«

»Auf deinem Schreibtisch steht etwas kleines Rotes, das sich Telefon nennt. Man hebt den Hörer ab und läßt sich mit der Auslandsvermittlung verbinden. Ich dachte, du hättest mir erzählt, daß du ihn liebst. Wenn das so ist, wärst du doch sicher nicht zu stolz, dich von dir aus bei ihm zu melden?«

»Nicht zu stolz. Ich fürchte mich.«

»Warum fürchtest du dich vor ihm?«

»Er ist – einfach großartig.« Bell legte die Stirn in Falten und bemühte sich, dieses Gefühl näher zu bestimmen.

»Er legt strenge Maßstäbe an sich selbst an. Das löst bei mir aus, daß auch ich – diesen Maßstäben entsprechen will.«

»In dem Punkt hast du dich bisher nicht besonders geschickt angestellt.«

»Nein.«

»Hör mal, Bell. Sprich mit ihm. Hör auf, im dunkeln zu tasten wie eine viktorianische Romanheldin. Vergiß deinen amerikanischen Don Juan – schreib ihn als eine Erfahrung ab. Wenn du ehrlich bist – und wenn du wieder so klar siehst wie sonst –, dann weißt du doch selbst, daß nur Charles zählt.«

Sie hat recht, dachte Bell. Schon allein Charles' Stimme zu hören, würde alles ändern. Sie lehnte sich auf ihrem Plastikstuhl zurück und lächelte Phillippa herausfordernd an.

»Das mache ich. Noch heute nachmittag. Laß uns erst noch etwas trinken, und erzähl mir von Jannis. Oder Nico, oder wie auch immer er hieß.« Sie lachten beide.

Als sie allein wieder in ihrem Büro saß, griff Bell nach dem Telefon, um in Reynard anzurufen. Nach Phillys Gin zur Mittagszeit fühlte sie sich beschwingt, und der Gedanke, in wenigen Sekunden mit Charles zu reden, raubte ihr den Atem. Sie stellte sich das behagliche Durcheinander in seinem Arbeitszimmer vor, das alte schwarze Telefon, das auf dem schönen antiken Schreibtisch stand.

Das Klingelzeichen war kaum ertönt, als eine arrogante französische Stimme antwortete.

»Oui? Château Reynard.«

Es war Hélène. Bell schnürte es die Kehle zu. Sie war nie auch nur auf den Gedanken gekommen, es könne jemand anderer als Charles am anderen Ende der Leitung sein.

»Oh, es tut mir leid, wenn ich Ihnen Ungelegenheiten mache. Hier spricht Bell Farrer. Ich rufe aus London an.«

»Ja?«

»Könnte ich bitte Charles sprechen?«

»Ich fürchte, nein.« Das war alles. Keine weitere Erklärung, kein Wort darüber, wo er war oder wann sie zurückrufen sollte. Bell biß die Zähne zusammen.

»Erwarten Sie ihn in absehbarer Zeit?«

»Ich fürchte, das kann ich Ihnen nicht beantworten. Ich mische mich im allgemeinen nicht in seine persönlichen Angelegenheiten.«

»Vielleicht könnten Sie ihm sagen, daß ich angerufen habe? Ich glaube, er hat meine Nummer.«

»Ja. Auf Wiedersehen.«

Bell beugte sich sehr langsam vor und legte den Hörer wieder auf. Dann saß sie da und starrte verdrossen das Telefon an.

Phillippa kam zurück. Sie winkte schockiert.

»Bist du durchgekommen?« fragte sie teilnahmslos. Sie dachte offensichtlich an etwas ganz anderes.

»Was? Ach so, nein. Ich habe ihn nicht erreicht. Ich habe seiner Mutter eine Nachricht hinterlassen.«

»Auch gut. Bell, wußtest du, wie schlimm die Dinge hier stehen?«

»Schlimm?«

Phillippa seufzte. »Wir können nur noch die Daumen drücken. Es steht jetzt fest, daß viele von uns entlassen werden.«

Bell spürte, daß eine kalte Angst an ihr zu nagen begann. Sie spannte ein neues Blatt in ihre Schreibmaschine ein. Plötzlich geriet sie in Panik. Was war bloß los mit ihr? Charles würde sie heute abend zurückrufen. Oder spätestens morgen. Sie stürzte sich in die Arbeit, um an nichts anderes mehr zu denken.

Am Abend kam kein Anruf, und auch am Tag darauf rief Charles nicht an. Am dritten Tag begrub sie ihre Hoffnung. Sie fühlte sich abgewiesen und fügte sich dumpf in ihr Schicksal. Selbst Phillippa konnte sie mit ihren Späßen nicht aufmuntern.

Den Berichten der Fachpresse konnte Bell entnehmen, daß in Frankreich nach einigen Regentagen ein außergewöhnlich schöner Altweibersommer angebrochen war. Die Bedingungen waren perfekt für einen denkwürdigen Jahrgang, und Bell war sicher, daß Charles hoffte und betete und auf den richtigen Moment wartete, um mit der Lese der prallen Trauben zu beginnen. Er war beschäftigt. Zu beschäftigt, um an sie zu denken. Außerdem hatte er sie von Anfang an gewarnt, sie müßte warten, *bis ich meine letzte Traube gepflückt habe.*

Es war qualvoll, nicht zu wissen, was er tat oder woran er dachte, aber bis dahin würde sie sich zurückhalten. Keine weiteren Anrufe.

Bell schien in jeder Hinsicht nur noch dazusitzen und zu warten. Nicht nur, daß kein Anruf von Charles kam. Die Gerüchte über bevorstehende Entlassungen nahmen zusehends Gestalt an. Niemand wußte, wie es weitergehen sollte.

Eines Morgens, als sie sich besonders unkonzentriert, übellaunig und reizbar fühlte, läutete das Telefon auf ihrem Schreibtisch. Bell hatte aufgehört, jedesmal wieder damit zu rechnen, daß sie Charles' Stimme am anderen Ende der Leitung hörte.

»Bell Farrer«, sagte sie ausdruckslos.

»Hallo. Was gibt es Neues in Kensington?«

»Valentine.« Schon allein durch den Klang seiner Stimme schien strahlender kalifornischer Sonnenschein in das kleine graue Büro zu strömen. Alles Schöne, was sie gemeinsam erlebt hatten, fiel ihr wieder ein. Bell lächelte. Phillippa hatte ihre Arbeit niedergelegt und starrte sie an.

»Valentine, wo bist du?«

»Im Napa Valley, aber in drei Tagen bin ich in London. Bei der Internationalen Winzerkonferenz. Ich sitze im Ausschuß. Bell, bist du noch da? Hör mal, hast du am achtundzwanzigsten Zeit? Dann gehen wir zusammen zum *Dinner* und zum Ball.«

»Also...« Bell suchte krampfhaft nach einer Ausrede. Es durfte keinen Valentine mehr geben. Damit war jetzt Schluß. Aber seine Stimme klang so herzlich und so heiter, und es tat so gut, eingeladen zu werden. Doch wenn sie hinging, mußte sie eins bedenken: Was passierte, wenn Charles auf irgendeine Weise erfuhr, daß sie mit Valentine dort gewesen war? Die Welt des Weins war letztlich so klein und so schwatzhaft, daß es ihm jederzeit zu Ohren kommen konnte. Dann loderte Zorn in ihr auf, und Bell dachte wieder daran, daß Charles weit, weit fort war und sie nicht einmal angerufen hatte. Ihr wurde klar, wie einsam sie sich seit Wochen fühlte und wie sehr sie sich auf Valentines Gesellschaft freute.

Ja, warum zum Teufel eigentlich nicht?

Es konnte Spaß machen, einen Abend mit ihm zu verbringen. Wenn Charles etwas davon erfuhr, dann konnte sie auch nichts daran ändern. Bell preßte die Lippen zusammen.

»Ja, mit dem größten Vergnügen. Ich habe nichts anderes vor.« Die Worte sprudelten aus ihr heraus, und Philly schnappte entgeistert nach Luft, ehe sie sich wieder in ihre Arbeit vertiefte.

Nachdem Valentine aufgelegt hatte, spürte Bell immer noch die innere Wärme, die seine Stimme ausgelöst hatte.

Ich mag ihn wirklich, dachte sie. Wenn ich jemanden nicht ausstehen kann, dann bin das ich selbst.

»Philly«, sagte sie beiläufig, »ich bin zum Dinner der Internationalen Winzerkonferenz eingeladen. Und anschließend zum Ball. Nicht mehr und nicht weniger. Was soll ich bloß anziehen?«

Phillippa schüttelte den Kopf.

»Du gibst mir Rätsel auf. Ich dachte, dieser Mann sei ein libidinöses Ungeheuer, und jetzt gehst du wie Aschenbrödel mit ihm auf den Ball und machst dir Gedanken darüber, was du tragen sollst. Was geht bloß in deinem Kopf vor?«

Bell nickte betrübt. »Ich weiß. Ich verstehe es selbst nicht. Ich hatte einfach Lust hinzugehen.«

Philly zuckte die Achseln. Dann strahlte sie Bell an.

»Wenn du schon Aschenbrödel bist, dann bestehe ich darauf, die gute Fee zu sein.«

Phillippa sprang so schnell auf, daß ihr Drehstuhl sich in Bewegung setzte. Sie schloß den hohen, schmalen Schrank hinter ihrem Schreibtisch auf. Darin hing ein Traum von einem Ballkleid.

»Aschenbrödel, du wirst den Ball besuchen.«

Bell schnappte nach Luft und schüttelte den Kopf.

»Das kann ich unmöglich anziehen. Ich würde es nicht wagen, auch nur darin zu atmen.«

Die Wogen des schwarzen Taftes schimmerten. Die langen Röcke waren weit, das Mieder trägerlos, und die eingearbeiteten Fischbeinstäbchen sorgten für eine schmale Taille. Das Kleid war romantisch und verrucht zugleich.

»Exklusiv für reiche Berühmtheiten entworfen«, sagte Phillippa. »und für diese Zeitung fotografiert, damit es den kleinen Leuten wie dir und mir den Atem verschlägt. Ich leihe es dir. Das Mannequin war nur ein paar Zentimeter kleiner als du, und du bist schlank genug. Es wird dir stehen.«

Bell strich begehrlich über die Stoffalten. »Und was ist, wenn ich Suppe darauf kleckere?«

Phillippa zuckte zusammen. »Das wirst du nicht tun. So einfach ist das.«

Plötzlich gab es wieder etwas, worauf sie sich freuen konnte. Bell lächelte Phillippa dankbar an. »Ich leihe es mir schrecklich gern aus. Ich werde auch gut darauf aufpassen.«

Das Mädchen sah sie lange an. »Ich hoffe, du paßt wirklich auf. Und ich spreche nicht nur von dem Kleid.«

Keine von beiden erwähnte Valentine.

Für Bell verliefen die Tage bis zu Valentines Ankunft ereignislos. London war immer noch in diese stillstehende, drückende Hitze gehüllt, in der man kaum atmen konnte. Die Blätter hingen staubig und regungslos an den Bäumen, und das Gras war verbrannt und braun.

Charles hatte nicht angerufen. Bell machte sich klar, daß sie diesen Vorwand benutzte, um ihren Abend mit Valentine zu rechtfertigen. Doch das war nicht alles. Es verletzte sie wirklich, daß Charles sie nicht zurückgerufen hatte. Es hätte ihn so wenig gekostet, und er mußte wissen, wieviel es ihr bedeutet hätte.

An dem Tag, an dem der Ball stattfinden sollte, kam Bell zu spät ins Büro. Sie kam vom Friseur und fand eine Notiz in Phillippas Handschrift vor.

›Valentine Gordon hat angerufen. Er holt dich um sieben in deiner Wohnung ab.‹

Mit andersfarbigem Stift hatte Phillippa darunter geschrieben: ›Stobbs will dich sprechen.‹

Stobbs fühlte sich dazu berufen, immer wieder kleine Restaurants in entlegenen Vororten ausfindig zu machen. Vielleicht hatte er wieder eine seiner Entdeckungen gemacht.

»Möchten Sie sich eine Tasse Kaffee mit in sein Büro nehmen?« fragte Stobbs' Sekretärin freundlich, als Bell eintrat.

Das war mehr als ungewöhnlich. Es war geradezu unerhört. Böse Vorahnungen beschlichen Bell.

»Ja, gern«, sagte sie mit belegter Stimme.

»Kommen Sie rein!«

Bell setzte sich ihm gegenüber.

»Eine angenehme Aufgabe ist das nicht«, sagte er zu ihr.

Bell saß erstarrt da, als ein langes Schweigen auf seine Worte folgte. Rück schon raus damit, dachte sie. Sag nur bitte nicht das, wovon ich fürchte, daß du es sagen wirst.

»Sie alle wissen von unseren Problemen mit den zurückgehenden Verkaufszahlen und der abnehmenden Zahl an Anzeigenkunden?«

Bell nickte benommen.

»Wir müssen achtzig Mitarbeiter entlassen, darunter zehn Journalisten.«

Bell konnte sich nichts mehr vormachen. Es war klar, worauf das Ganze hinauslief. Sie war entlassen.

Als sie wieder in ihr Büro trat, war Phillippa zurückgekehrt. Sie zuckte zusammen, als sie Bells Gesicht sah.

»Was, du auch?«

»Ja, ich auch.«

Bei diesem ersten Anzeichen von Mitgefühl löste sich Bells gesamte Selbstbeherrschung in nichts auf. Sie ließ sich auf ihren Schreibtischstuhl fallen, begrub den Kopf in ihren Armen und brach in Tränen aus. Andere Journalisten versammelten sich allmählich in ihrem Büro. Zornige Gesprächsfetzen zogen durch die Luft, die sich mit Schwaden von Zigarettenrauch füllte. Phillippa war diesmal noch heil davongekommen, aber sie sagte grimmig, es sei ja nur die erste Runde. Sie zählte die Namen an ihren Fingern ab und kam auf genau zehn. Das entsprach dem, was Stobbs gesagt hatte.

»Wir kämpfen bis zum bitteren Ende«, sagte jemand. »Um drei tagt die Gewerkschaftsgruppe.«

»Keins dieser Entlassungsschreiben ist rechtsgültig«, sagte eine andere Stimme.

»Das ist der reinste Ausverkauf...«

»Verrat...«

»Eine abgekartete Sache...«

Bell sah sich matt im Raum um. Sie sah nur kämpferische Gesichter und Finger, die sich in die Luft bohrten, um Worten Nachdruck zu verleihen. Der Rauch brannte in ihren Augen.

Der Zorn und der Trotz, die sich ihrer in Stobbs' Büro bemächtigt hatten, waren verflogen. Jeder Kampfgeist war aus ihr gewichen. Sie wollte nur noch fort von hier. In die dunkle Grube kriechen, die sich plötzlich dort klaffend aufgetan hatte, wo einst ihr erfolgreiches, zufriedenes, durchorganisiertes Leben gewesen war.

»Ich glaube, ich gehe nach Hause«, sagte sie zu Philly.

»Eine gute Idee. Morgen beginnt der eigentliche Kampf. Ach ja, und noch was: Genieße den heutigen Abend. Versuch, all das für ein paar Stunden zu vergessen.«

»Ja. Danke.«

Bell wußte bereits, daß sie nicht um ihre Stellung kämpfen würde. Sie würde sich still zurückziehen. Sich einen anderen Job suchen, das war alles.

Sie hatte sogar schon eine Idee. Es war erst der Keim eines Gedankens, doch er begann bereits Wurzeln zu schlagen.

Bell wagte kaum zu atmen, als sie das Kleid über ihren Kopf zog. Die schwarzen Falten raschelten auffällig, als sie das enge Mieder zuschnürte. Die trägerlose Corsage war so tief ausgeschnitten, daß der Ansatz ihrer Brüste zu sehen war. Von dort aus verengte sie sich zu einer unglaublich schmalen Taille. Das Kleid saß so perfekt, als sei es für sie maßgeschneidert worden.

Bell sah in dem langen Spiegel an sich selbst herunter und lächelte.

Impulsiv schürzte sie die weiten Röcke und knickste vor ihrem Spiegelbild. Sie wirkte unwahrscheinlich vornehm und gleichzeitig aufreizend sexy. Es mußte daran liegen, daß das Kleid viel nackte Haut freiließ, die noch golden von der kalifornischen Sonne schimmerte und sich gegen das raschelnde schwarze Gewebe absetzte, das sie bis zur Vollendung betonte.

Bell bewegte den Kopf in alle Richtungen, bis ihre dunklen Lokken ihren Hals freiließen und auf ihren Rücken fielen. Es war ein köstliches Gefühl, derart narzißtisch zu sein.

Dieses Kleid schrie regelrecht nach Schmuck. Sie würde eine Goldkette dazu tragen, das letzte Geschenk ihres Vaters.

Valentine. Wo blieb er bloß? Zwanzig nach sieben. Bell wußte, daß er sich immer verspätete, aber heute ärgerte sie sich darüber, daß er sie warten ließ.

Sie hatte sich dazu gebracht, nicht mehr über ihre Kündigung nachzudenken. Mit eiserner Willenskraft hatte sie sich gezwungen, keinen Gedanken mehr an dieses Thema zu vergeuden. Sie würde es Valentine gar nicht erst erzählen. Heute nicht, erst morgen. Sie hatte sich sehr sorgfältig geschminkt und wirkte aufgeblüht, und ihre Augen strahlten. Keine Spur von Tränen oder Angst war zu sehen. Es hatte die größte Anstrengung gekostet, und jetzt war sie aufgeregt und konnte es kaum noch erwarten.

Aber Valentine war nicht da.

Bells Fassade der Heiterkeit und des Glücks begann gerade die ersten Risse zu bekommen, als an der Tür geläutet wurde.

Er war gekommen.

Sobald Bell ihn sah, war ihre Gereiztheit verflogen. Im engen Korridor ihrer Wohnung wirkte er größer und breiter gebaut, als sie ihn in Erinnerung hatte. Statt einer Entschuldigung für seine Verspätung stand das vertraute Lächeln auf seinem Gesicht. Sie hatte vergessen, wie sehr dieses Lächeln sein Gesicht verändern konnte.

Valentine führte sie aus dem dunklen Flur in ihr helles Wohnzimmer.

Sie blieben mitten im Raum stehen und starrten einander an. Dann küßte er sie.

»Du siehst fantastisch aus«, sagte er. »Und du riechst und

schmeckst köstlich. Im nachhinein glaube ich, ich habe dich vermißt. Hast du?«

Es war eine rhetorische Frage.

»Kein bißchen.« Bell grinste ihn an und löste sich aus seinen Armen. Sie hatte bemerkt, daß ihre altbekannte Reaktion auf ihn sie wieder einmal zu durchfluten begann.

Zu ihrem Erstaunen sah er gut aus in seinem Abendanzug. Sie hatte ihn noch nie mit einer Krawatte gesehen, und jetzt stand er in seinem schwarzen Frack und mit der passenden weißen Frackschleife vor ihr. Die dunkle Kleidung ließ ihn besonders braun und gesund wirken. Das leuchtende Blau seiner Augen wurde unterstrichen. Er brachte einen frischen Hauch salziger Pazifikluft in die abgestandene Stickigkeit Londons.

»So ein Jammer. Sollen wir gehen?«

Er bot ihr den Arm an, und sie hängte sich bei ihm ein.

Auf der Straße war ein dunkelblauer Bentley mit einem livrierten Chauffeur geparkt.

»Gut, daß ich das Motorrad nicht mitgebracht habe. Ein Windhauch, und dieses Kleid würde davonfliegen, und dann würde man uns beide verhaften.«

Der Chauffeur hielt ihnen die Tür auf, und beide lachten vergnügt, als sie einstiegen.

Das Dinner des Ausschusses der Internationalen Winzerkonferenz IWC, das feierlichste Ereignis des ganzen Jahres, sollte diesmal in der Goldsmith' Hall im Herzen der City stattfinden.

Als sie durch die Fleet Street fuhren, wandte Bell ihren Blick betont von den Zeitungsgebäuden ab und lehnte sich erst wieder auf dem gepolsterten Sitz zurück, als der Wagen surrend den Ludgate Hill hinauffuhr. Die Kuppel von Wrens St. Paul ragte über ihnen auf. Dahinter hatten sich dunkle Gewitterwolken geballt. Der lange erwartete Sturm braute sich zusammen. Bell spürte einen Schauer über ihren Rücken laufen. Dann fühlte sie sich wieder gelöst und heiter. In diesem flotten Wagen mit Valentine an ihrer Seite war sie vollkommen gegen die Naturgewalten abgeschirmt. Heute abend würde sie nicht naß werden. Und sie brauchte auch in keiner Schlange zu stehen, um auf ein Taxi zu warten. Warum sollte sie dieses Privileg nicht auskosten, solange sie es hatte, dachte sie, denn morgen war all das wieder vorbei.

Aschenbrödel war durchaus ein passender Name für sie, überlegte sie versonnen. Ein geborgtes Kleid, ein Leihwagen und ein Mann, den sie sich noch einmal auslieh, nachdem sie ein Fest mit ihm gefeiert hatte, das ihr nicht zustand und das längst hätte vorüber sein sollen.

Jedenfalls blieben ihr noch ein paar Stunden bis Mitternacht.

Der Wagen hielt vor dem Portal an, und eine gestreifte Markise reichte bis an den Bordstein. Bell und Valentine betraten das Foyer. Als Bell eindeutig zwei Dior-Kleider und ein anderes als vermutlich von Balenciaga identifizierte, dankte sie Phillippa inbrünstig dafür, daß sie ihr dieses Kleid geliehen hatte.

Valentine begrüßte die anderen Mitglieder des Komitees. Sie wirkten alle mindestens zwanzig Jahre älter als er. Die beiden kommenden Tage würden sie gemeinsam hinter geschlossenen Türen tagen, und Bell lächelte, als sie sich Valentines amerikanischen Slang zwischen all diesen glatten französischen, deutschen und italienischen Stimmen vorstellte, die sich äußerst gewählt ausdrückten.

François Pirron, der erlauchte Präsident der Konferenz und einer der großen Namen in der Welt des Weins, begrüßte sie. Er nahm Bell an beiden Händen und küßte sie auf die Wangen.

»Einem alten Mann«, sagte er und zwinkerte Valentine charmant zu, »müssen Sie die Bewunderung aus der Ferne gestatten.«

Bell schlug lächelnd die Augen nieder und errötete leicht. Das war ihre übliche Reaktion auf galante Franzosen in einem gewissen Alter. Aus dem Augenwinkel beobachtete sie das Eintreffen eines weiteren Paares. Der Mann hatte eine gewisse Ähnlichkeit mit Charles, überlegte sie versonnen.

Sie war es gewohnt, daß ihr Herz einen Moment stehenblieb, wenn sie glaubte, ihn von einem abfahrenden Bus aus oder in einem Taxi zu sehen, das in die andere Richtung davonfuhr. Oder auf dem Bahnsteig einer U-Bahn-Station, wenn sich die Türen vor ihren Augen schlossen.

Aber es war ja doch nie Charles. Sie wandte sich von dem Neuankömmling ab und sah dann doch noch einmal hin.

Blondes, auf einem edel geformten Kopf zurückgekämmtes Haar. Ein grüblerisches Profil mit schwachen Schatten unter hohen Wangenknochen. Dunkle Abendkleidung, tadellos, aber unverwechselbar französisch geschnitten.

Es war Charles.

O mein Gott, bitte, nicht. Und sie stand neben Valentine Gordon. Charles kam die Treppe herauf, direkt auf sie zu. Juliette trug ein scharlachrotes Rüschenkleid und näherte sich lächelnd an seiner Seite.

Ein Blitz durchzuckte Bell, der die dunkle Glaskuppel über ihrem Kopf in gleißendes Licht tauchte. Fast im selben Moment donnerte es ohrenbetäubend über London. Der Sturm war hereingebrochen.

Flieh! Verschwinde! Versteck dich!

»Fehlt dir etwas?« Valentine und François Pirron musterten sie besorgt.

Sie war so schockiert, daß sie laut gekeucht hatte, ohne es zu merken.

»Ja«, gelang es ihr zu kichern. »Ich fühle mich ein wenig – benommen. Wenn ich mich kurz...«

»He, warte! Ich finde schon jemand, der sich um dich kümmert. Hallo, Sie da...« Valentine hielt eine Aufwärterin, die gerade an ihnen vorbeikam, am Arm fest. »Zeigen Sie ihr, wo sie sich einen Moment hinlegen kann«, ordnete er an. »Sorgen Sie dafür, daß sie frische Luft bekommt, ja...« Wie aufdringlich amerikanisch er plötzlich auf sie wirkte.

Bell rannte fast, und die Aufwärterin blieb besorgt an ihrer Seite. Gemeinsam erreichten sie die Garderobe. Überall kalter Marmor und polierte Messingbeschläge. Der Regen prasselte irgendwo im Dunkel über ihr auf ein Glasdach und floß gurgelnd und glucksend durch ausgetrocknete Rinnsteine.

Eine fette Aufsichtsperson in einem türkisen Nylonoverall nahm sich ihrer wie eine Glucke an.

»Es ist doch nicht der böse Sturm da draußen, oder, Kleines?« fragte sie. »Hier bist du vollkommen sicher.«

Die Aufwärterin lehnte sich an eine Tür und beobachtete die beiden. Sie war offensichtlich froh, sich fünf Minuten ausruhen zu können. »Ihr ist schwindlig geworden«, erklärte sie.

»Es geht mir schon besser«, brachte Bell mühsam heraus. »Ich wäre nur gern ein paar Minuten lang allein.« Die Frauen entfernten sich enttäuscht und ließen sie auf dem Sessel mit dem verblichenen Chintzbezug in einer Ecke sitzen. Die Wände waren verspiegelt, und als Bell aufblickte, sah sie hundert zusammengekauerte Bells, die sich in der Unendlichkeit verloren.

Allmählich hörte ihr Herz auf zu hämmern. Sie glaubte jetzt nicht mehr, daß ihr schwindlig oder übel werden könnte. Statt dessen sah sie Phillys Gesicht vor sich. Sich auf dieses Kleid zu übergeben, war aber auch wirklich unvorstellbar.

Nein. Ihr blieb nur eins übrig. Sie mußte diskret verschwinden, ehe Charles sie entdeckte. Valentine würde sie irgend etwas erzählen. Daß sie ganz plötzlich krank geworden war. Ein Blick in den Spiegel überzeugte sie davon, daß das die richtige Antwort war. Ihr Gesicht war so weiß, daß das behutsam aufgetragene Rouge wie die Farbtupfer auf der Maske eines Clowns herausstach.

Sie mußte Valentine sofort suchen und darauf beharren, daß er sie nach Hause bringen ließ. Notfalls würde sie sogar durch den strömenden Regen laufen.

Doch es sollte anders kommen.

Die ersten Menschen, auf die ihr Blick fiel, als sie den überfüllten Vorraum unauffällig wieder betrat, waren Charles und Juliette.

Gleichzeitig bemerkten die beiden Bell. Juliette kam auf sie zu.

»Bell, wie schön, dich zu sehen.« Sie blieben gleichzeitig vor Bell stehen. »Wir sind heute nachmittag erst in London angekommen. Wir hatten vor, dich morgen anzurufen. Aber es ist ja fantastisch, daß du heute abend hier bist. Charles ist im letzten Moment in den Ausschuß gewählt worden, weil der arme Bressandes so plötzlich und unerwartet gestorben ist.«

Bell hörte nichts von alledem.

Sie sah nichts außer Charles, der vor ihr stand.

Er beugte sich vor, um flüchtig und reserviert ihre Lippen zu küssen. »Du siehst hinreißend aus«, murmelte er.

Er war so stark, so mächtig, so sicher und so unausweichlich.

»Charles. Charles.« Bell vergaß alles andere. Sie nahm seine Hände und umklammerte sie mit ihren kalten Fäusten. Sie stotterte vor Aufregung. »Ich habe dich angerufen. Ich wollte mit dir reden. Dir was erzählen. Hat Hélène es dir nicht ausgerichtet?« Während sie es sagte, wurde ihr selbst klar, was geschehen war. Natürlich hatte Hélène, die grießgrämige und verbitterte Hélène, es ihm nicht gesagt. Warum war sie nicht von selbst darauf gekommen? Hätte sie doch bloß daran gedacht. Dann wäre sie nicht so verletzt gewesen. Dann wäre sie heute abend nicht mit Valentine hier. Es war eine grausame Fügung des Schicksals, das ihr diesen Streich gespielt hatte. Und doch konnte sie nur sich selbst die Schuld daran geben.

Charles' Augen waren dunkel geworden. »Nein, Bell, das habe ich nicht gewußt.« Sein Mund schwebte gefährlich nah über ihren Lippen, sinnlich und fordernd. Jetzt nahmen beide keinen anderen Menschen um sich herum mehr wahr. Sie glaubten, allein in diesem Raum zu sein.

Allein auf Erden.

»Erzähl es mir«, beharrte er mit gesenkter Stimme. »Worum geht es?« Dann fiel ihm wieder ein, wo er war, und er winkte mit einer unwilligen Geste ab. »Nicht hier, ich weiß. Morgen. Morgen können wir uns unterhalten. Bell, du weißt, daß ich dich brauche.«

Sie sahen einander in die Augen und verschlangen sich gegenseitig mit ihren Blicken. Draußen toste der Donner und brauste durch den verhangenen Himmel. Durch telepathische Ströme mußte er ihre Panik gewittert haben, und seine Augen prägten sich ihr Gesicht ein, als würde er sie nie wiedersehen.

Bell wußte, daß sie nur noch Sekunden hatte, wenige Sekunden, in denen ihr seine Zuneigung und seine Bewunderung gehörten, ehe er herausfand, daß sie ihn betrogen hatte. Ehe er begann, sie zu verabscheuen.

Dann streckten sich sonnengebräunte Finger aus und legten sich wie ein Schraubstock um ihr Handgelenk.

»Hast du alte Freunde getroffen, Schätzchen?« Valentines Stimme klang unbeteiligt, und doch hörte sie bedrohliche Untertöne heraus, die sie bisher noch nie vernommen hatte.

Charles' Blick löste sich von Bells Gesicht und wandte sich dem Kalifornier zu. Anstelle der Leidenschaft und der Sehnsucht in seinen Augen trat jetzt Erstaunen. Dann dämmerte ihm die bittere Erkenntnis. Diese wurde von kalter, erbarmungsloser Wut verjagt. Er sah aus wie aus Eis gemeißelt: scharfe, gefrorene Kanten. Nur seine Augen waren lebendig, und aus ihnen sprach bitterer Schmerz.

Bell wußte, daß er jetzt so aussah, wie er in den Zeiten seines größten Kummers und seiner tiefsten Verzweiflung ausgesehen haben mußte. Ihr Herz fing an zu bluten.

Sie, Bell, hatte ihm das angetan. Dem Mann, den sie liebte.

»Sie«, sagte Charles. Er stieß diese eine Silbe mit der ganzen Intensität seines Abscheus und Mißtrauens aus und schleuderte sie Valentine entgegen. Dann glitt sein Blick über Bell und löste sich wieder von ihr. Er wußte, was geschehen war. Er hatte es mit diesem einen Blick erkannt.

»Ja, Baron, ich.« Valentine grinste hämisch. »Aufgeputzt für das große Fest und mit meinem Mädchen am Arm.«

Bell hielt vor Entsetzen den Atem an, doch Charles hatte sich bereits abgewandt. Er bot seiner Schwester den Arm an. Juliette war abseits gestanden, doch jetzt hängte sie sich augenblicklich bei ihm ein.

Sie sah Bell an, zog kurz die Achseln in ihre Richtung hoch und drückte damit auf diese unnachahmlich französische Art ihre Resignation und ihre Enttäuschung aus.

Die de Gillesmonts schritten durch die Türen, an denen die Namen der Gäste verkündet wurden, ehe sie ihre Plätze am Tisch einnahmen.

»Baron Charles de Gillesmont, Château Reynard, und Mademoiselle de Gillesmont«, wurden sie vorgestellt.

Valentine wandte sich abrupt zu Bell um. Das Lächeln stand wie vergessen auf seinem Gesicht und hatte jede Wärme und Herzlichkeit eingebüßt. Unter seiner Sonnenbräune war er rot angelaufen.

»Ich habe dir doch gesagt, daß dieses Arschloch und ich einander sorgsam meiden, komm jetzt!« sagte er. Er war sichtlich bemüht, sein Gleichgewicht wiederzufinden. »Laß uns reingehen.«

»Mr. Valentine Gordon, Dr. Stone Winery. Miß Bell Farrer.« Der Mann nannte sogar den Namen der Zeitschrift, für die sie arbeitete. Valentine mußte ihn davon unterrichtet haben. Wie amerikanisch, daß er ihre Anwesenheit noch aufwertete, indem er sie mit einem Etikett versah. Bell empfand eine heftige Abneigung gegenüber dem Kulturkreis, den sie noch vor kurzem für so freundlich, herzlich und natürlich gehalten hatte. Jedenfalls täuschte sich Valentine. Sie war jetzt nichts weiter als Bell Farrer, die nirgends mehr hingehörte.

Mit bleiernen Füßen ließ sich Bell von ihm in die kerzenerleuchtete Pracht des Speisesaals führen.

Gold, Silber, Damast, Kristall.

Geschliffene Bemerkungen, denen sie nicht folgen konnte, auch dann nicht, wenn sie sich noch so sehr anstrengte. Erlesene Gerichte, die wie Staub in ihrem Mund schmeckten. Die besten Weine sämtlicher Mitglieder des Ausschusses.

Wieder einmal hatte sie einen Château Reynard Jahrgang '61 in ihrem Glas. Bell trank einen Schluck, und der Saal verschwamm vor ihren Augen. Bitter erinnerte sie sich daran, wie sie diesen sagenumwobenen Wein das letzte Mal gekostet hatte. Zu dritt hatten sie verschwörerisch im Lichtschein am Ende des langen Eßtischs im Château Reynard gesessen und zusammen gelacht.

Charles' gemeißeltes Profil blieb von ihr abgewandt. Er sah sie kein einziges Mal an. Juliette sah ihr einmal in die Augen und wandte sich dann wieder ab.

Das Essen erschien ihr wie eine Ewigkeit.

Valentine, der neben Bell saß, trank zielstrebig immer mehr. Als der Tisch abgeräumt wurde, war er der geistreiche Mittelpunkt eines Kreises von lachenden Gesichtern. Er redete sprudelnd und scherzte, doch Bell bemerkte seine leicht schleppende Stimme, die sie bisher nur einmal gehört hatte. In Las Vegas. Bell wandte sich dem stämmigen Deutschen zu ihrer Linken zu, vor dem jetzt kein Teller mehr stand. Da ihm die Möglichkeit genommen worden war, in sich hineinzuschlingen, sah er sich nach einem Gespräch um. Verzweifelt zermarterte sie sich das Gehirn, denn ihr fiel nichts ein, was sie zu ihm hätte sagen können.

Dann wurden die Reden gehalten.

Endlose Reden.

Schließlich eine Ansprache von Charles, kurz und gewandt. Er dankte dem Ausschuß für die Ehre, die man ihm durch seine Hinzuwahl erwiesen hatte, und verlieh seiner Hoffnung Ausdruck, der Konferenz ebensoviel nutzen zu können wie seine ›chers collègues‹.

Bells Augen waren gierig auf ihn gerichtet. Sie wollte sich jede Einzelheit einprägen: ein Schatz, über den sie eifersüchtig wachen würde, denn ihr standen trostlose Zeiten bevor.

Endlich war es vorbei. Wie sollte sie es jetzt durchstehen zu tanzen, noch mehr Menschen zu sehen und sich weiterhin unterhalten zu müssen? Valentine schüttelte noch einen Cognac in sich hinein und führte sie entschlossen zu dem wartenden Wagen.

»Zum Dorchester, James«, sagte er mit belegter Stimme zu seinem Chauffeur. Er legte den Arm um Bells Schultern, und seine Hand tastete nach ihrer Brust. Sie zuckte sofort zusammen und wehrte ihn ab. Seine besitzergreifende Art machte sie wütend. Ihr Körper gehörte Valentine nicht. Nichts von ihr gehörte ihm, nicht ein Atom. Bell starrte auf die menschenleeren Straßen hinaus, ohne etwas wahrzunehmen. Sie war nur nicht bereit, Valentine anzusehen. Regentropfen zersplitterten funkelnd an den Fensterscheiben, und die Scheibenwischer bewegten sich hypnotisch hin und her. Sein Gesicht hatte in dem Schein der Straßenlaternen etwas Maskenhaftes, doch seine Augen waren fragend auf ihr Profil gerichtet.

»Hast du Sorgen, Bell?« fragte er freundlich. Er schlüpfte so schnell aus der Rolle des krakeelenden Trinkers heraus, wie sie es schon in ihrer Suite in Las Vegas erlebt hatte. Als sie nicht antwortete, ließ er sich wieder gehen und fuhr mit dem Handballen bewundernd über ihre Wirbelsäule.

»Das ist genau das Kleid«, sagte er anzüglich, »bei dem Vorfreude aufkommt, es einer Frau auszuziehen.«

Das tust du nicht, dachte Bell, und ihre Abneigung gegen ihn stieg in ihr auf.

»Aber vorher«, fuhr er fort, »sind der Champagner und die tanzenden Mädchen fällig. Wir werden das Dorchester heute nacht auf den Kopf stellen, was? Und danach...« Er kicherte leise vor sich hin.

Bell schreckte vor ihm zurück. Elf Uhr. Wie lange würde es noch dauern, bis sie entkommen konnte? Eine Stunde? Zwei Stunden?

Valentine war allem Anschein nach bestens aufgelegt, als sie den Ballsaal betraten. Er zerrte sie auf die volle Tanzfläche und preßte sie sofort eng an sich. Bell spürte seinen Körper, den sie so gut kannte und der ihr jetzt so gar nicht gelegen kam. Sie versank tiefer und immer tiefer in ihrem Elend. Die Musik toste ohrenbetäubend, ihr Kopf schmerzte, und sie konnte sich kaum dazu durchringen, auf Valentines fröhliche Bemerkungen zu reagieren, die er ihr pausenlos ins Ohr flüsterte. Sie sah ihm kein einziges Mal in die Augen, und daher entging Bell der stählerne Glanz, der sein strahlendes Lächeln Lügen strafte.

Seine Beliebtheit überraschte Bell. Von allen Seiten wurde ihm zugewinkt und zugelächelt. Er kannte Gott und die Welt und wurde ständig von neuen Leuten begrüßt. Bell sah erbittert mit an, wie die Frauen ausnahmslos zerflossen und ihm schöne Augen machten, wenn er sie küßte, während ihre Männer daneben standen und beifällig strahlten.

Es schien, als könne Valentine nichts falsch machen.

Mit wem sie sich auch unterhielten – er hatte während des gesamten Abends seine Finger mit ihren verschlungen und einen Arm um ihre Taille gelegt. Jedesmal, wenn er sie auf die Tanzfläche wirbelte, glitten seine Hände über ihre Hüften und preßten sie immer dichter an ihn. Als wollte er der ganzen Welt beweisen, daß ich sein Eigentum bin, dachte Bell. Sie hätte am liebsten laut geschrien. Hör auf! Ich ertrage das nicht. Ihr blieb jedoch nichts anderes übrig, als ihr Gesicht abzuwenden und durch eine steife Körperhaltung ihre Ablehnung auszudrücken.

Hunderte von Delegierten und ihre Gäste drängten sich in dem riesigen Ballsaal. Wenn sie Glück hatte, brauchten Charles und sie sich hier nicht noch ein zweites Mal zu sehen. Vielleicht waren er und Juliette gar nicht zu dem Ball erschienen.

»Valentine«, sagte sie schließlich durch zusammengepreßte Lippen. »Ich bin müde. Könnten wir uns einen Tisch suchen und uns setzen?«

Er warf ihr einen flüchtigen Blick zu. »Aber selbstverständlich.« Er fand einen Tisch am Rand der Tanzfläche und bestellte Champagner.

Es war unvermeidlich, daß sich Bekannte von beiden um den Tisch versammelten. Die Mädchen umschwirrten Valentine, als sei er ein Topf Honig, und er lächelte Bell durch diese dichten Schwärme hindurch nahezu trotzig an. Sie wandte ihren Blick wieder ab und sah den tanzenden Paaren zu. Einerseits sehnte sie sich danach, andererseits graute ihr davor, einen Blick auf Charles zu erhaschen. Mechanisch leerte sie ihr Champagnerglas, ohne etwas zu schmecken, und beugte sich vor, um es auf den Tisch zu stellen. Valentines Finger schlossen sich um ihr Handgelenk.

»Sollen wir tanzen? Oder woanders hingehen? An einen – stilleren Ort?« Wieder setzte er dieses anzügliche Lächeln auf, doch diesmal war es eher hämisch.

»Nein.« Bell sprang auf und griff nach ihrer schwarzsilbernen Handtasche.

»Würdest du mich bitte für fünf Minuten entschuldigen?« Sie wollte sich ein paar Minuten lang in den ruhigen Vorraum der Toilette zurückziehen. Vielleicht hatte sie dann die Kraft, von hier zu entkommen.

»Aber selbstverständlich«, sagte Valentine wieder. Trotz seiner konventionellen Höflichkeit stand Wut in seinen Augen, und ehe Bell den Tisch verlassen hatte, hatte er sich an ein rothaariges Mädchen vom französischen Verkehrsverein gewandt.

»Du tanzt doch sicher mit mir, Prinzessin, ja?« hörte Bell ihn sagen. Ohne sie eines Blickes zu würdigen, führte er das Mädchen auf die Tanzfläche. Einen Arm hatte er bereits um ihre Taille geschlungen.

Bell entfernte sich mit langsamen Schritten vom Tisch. Sie war wutentbrannt über sich selbst und über Valentine. Nach Hause, dachte sie. Ich muß irgendwie nach Hause kommen.

Jemand verstellte ihr zwischen den Rokokosäulen den Weg. Es war Charles.

Mit ernster Stimme sagte er zu ihr: »Würdest du mit mir tanzen?«

Bell war zu bestürzt, um darauf zu reagieren. Sie ließ sich von ihm an der Hand nehmen. Seine Hand fühlte sich sehr kühl und trocken an.

Als sie das letzte Mal zusammen getanzt hatten, hatte im Château Reynard der blanke Fußboden geblinkt, und sie war verwirrt und überglücklich gewesen.

Nichts von dem war jetzt noch übrig, nur die Ironie, daß seine Arme sie hielten und er sie so geschmeidig führte.

»Ich muß mich bei dir entschuldigen«, murmelte sie an seiner Schulter. Er beugte sich ein wenig zurück und sah sie kühl und erstaunt an.

»Entschuldigen?« Seine Augenbrauen zogen sich ein wenig hoch. Es war, als seien sie einander in diesem Augenblick vorgestellt worden. Er führte eine kunstvolle Drehung mit ihr aus.

Die Worte, die Bell sich in ihrem Kopf zurechtgelegt hatte, ergaben keinen Sinn. Wie konnte sie diesen großen, überheblichen Mann an die Dinge erinnern, die sie an ihrem achtundzwanzigsten Geburtstag am Ufer der stillen Gironde zueinander gesagt hatten?

Er war nicht einmal mehr derselbe Mann, der ihr erst vor wenigen Stunden zugeflüstert hatte, daß er sie brauchte. Die stählernen Jalousien waren heruntergezogen. Charles gestattete sich den Luxus, sie zu brauchen, nicht länger.

Bell hatte ihn verloren. Benommen erkannte sie es und fügte sich.

Es war ihre eigene Schuld.

Schuld, Schuld, Schuld, dröhnte es in ihrem Kopf, während die laute Musik und ihr Kopfschmerz gemeinsam den Rhythmus dazu stampften.

Schließlich sagte Charles: »Du bist mir nichts schuldig.« Sein Blick war über ihren Kopf hinweg in die Unendlichkeit gerichtet.

»O Gott. Bitte, hör mir zu, Charles! Ich habe dir versprochen...«

Seine stahlharten Augen senkten sich auf ihr Gesicht, und ihre Stimme stockte.

»Mach keine weiteren Versprechungen. Du bist nicht reif dafür, Bell.«

Bell verstummte. Sie fühlte sich ausgescholten wie ein Kind, das versucht, in den Angelegenheiten Erwachsener, die sein Verständnis überschreiten, mitzumischen.

Es gab nichts mehr dazu zu sagen.

Im nächsten Augenblick sprach Charles freundlich von seinen Erwartungen an die diesjährige Weinlese. Der Moment ihrer Nähe war vorübergegangen. Er hatte sie nur deshalb zum Tanzen aufgefordert, weil er zu sehr Gentleman war, um ihre Anwesenheit auf diesem Ball zu ignorieren. Er wollte dem, was sie einander bedeutet hatten, was auch immer es sein mochte, ein sauberes, offizielles

Ende setzen. Es wäre nicht sein Stil gewesen, sie links liegenzulassen, nachdem er sie mit Valentine Gordon gesehen hatte.

Charles de Gillesmont war zu gesittet, um sich so zu benehmen, zu kultiviert.

Nein, statt Zorn und verletzter Gefühle, anstelle eines Dramas, begegnete er ihr mit den höflichen Banalitäten einer Unterhaltung unter Fremden. Wie verschlossen er ist. Wie abgeschirmt. Es war alles so gräßlich. Bell dachte ernsthaft daran, laut zu schreien oder ohnmächtig zu werden – irgend etwas zu tun, um diese distanzierte Ruhe zu zerstören. Aber sie wußte, daß es ihr nichts genutzt hätte. Hysterie hätte nur bewirkt, daß er sie noch mehr verabscheute. Charles führte sie sachte, aber unbeirrbar wieder zu dem Tisch, an dem sie mit Valentine gesessen war. Sobald die Kapelle nicht mehr spielte, ließ er sie los. Bells Arme fielen matt an ihr herunter. Charles deutete eine förmliche Verbeugung an und bedankte sich bei ihr.

»Vielleicht werden wir dich eines Tages wieder im Château Reynard begrüßen dürfen.«

Aber vielleicht auch nicht.

Er hob ihre Hand an seine Lippen und küßte sie. Die blauen Augen mit den geheimnisvollen goldenen Sprenkeln hielten ihren Blick eine Sekunde fest und glitten dann weiter.

»Ich bin sicher, daß dein Begleiter dich schon vermißt«, sagte er leise. »Auf Wiedersehen, Bell.«

Dann war er fort, eine große, elegante Gestalt, die sich geschmeidig durch die Menge bewegte.

Auf Wiedersehen. Bells Lippen formten die Worte, doch ihr Herz weigerte sich zu akzeptieren, daß er fort war. Sie blieb wie angewurzelt auf der Stelle stehen und starrte blicklos in die wogende Masse von fremden Gesichtern, die sich vor ihr bewegte. Sie konnte sein blondes Haar nicht mehr über den Köpfen der Tänzer sehen. Er war gegangen.

Ihr Körper schmerzte, als sei sie verprügelt worden.

Nach Hause. Plötzlich war alles, woran sie noch denken konnte, die Stille und Sicherheit ihres eigenen Zimmers. Sie mußte sich augenblicklich auf den Heimweg machen.

Von Valentine war nichts zu sehen. Die Champagnerflasche war leer, und die rosa Angorastola der rothaarigen Frau hing über ihrem freien Stuhl. Viel Glück, ihr beiden. Bell wollte Valentine Gordon nie mehr sehen und in ihrem ganzen Leben nicht mehr an ihn denken.

Sie wandte sich ab.

Der Portier des Dorchester rief ihr ein Taxi, als sie zitternd auf den Stufen stand. Er hielt sogar einen Schirm über ihren Kopf, um sie gegen den strömenden Regen zu schützen, als sie einstieg.

Kein ganz so demütigender Abgang wie der von Aschenbrödel, dachte Bell, doch sie hatte mehr dabei verloren. Sie hatte keinen gläsernen Schuh in Charles' Hand zurückgelassen. Und selbst wenn es so gewesen wäre, hätte er ihn in den nächsten Abfalleimer geworfen.

Das Taxi bog in den Verkehr der Park Lane ein. Bell war zu tief in ihre eigenen Gedanken versunken, und daher sah sie nicht, daß Valentine an dem verblüfften Portier vorbeirannte und etwas durch den Regenguß hinter ihr herrief. Zu spät. Eine Mischung von Gereiztheit und Enttäuschung stand auf seinem Gesicht, als er im Regen stehenblieb und hinter den roten Rücklichtern hersah, ehe er den Kopf schüttelte und wieder in das strahlende Foyer trat.

7

Irgendwo klingelte es.

Bell streckte eine Hand nach dem Wecker aus, aber das schrille Läuten hörte nicht auf. Sie war benommen von der Schlaftablette, die sie in den frühen Morgenstunden genommen hatte. Widerwillig schlug sie die Augen auf. Als ihr Blick auf das schwarze Abendkleid fiel, das in seiner Schutzhülle über der Schranktür hing, fiel ihr alles wieder ein. Eine Woge des Elends schwappte über sie hinweg.

Diese verdammte Klingel. Sie mußte etwas gegen das Läuten tun. Inzwischen war ihr klar, daß es die Türklingel war und daß jemand sich dagegenzulehnen schien. Sie tastete sich schlaftrunken dem Lärm entgegen.

In der Tür stand ein Bote eines Blumenladens, der fast ganz hinter einer Pyramide von roten Rosen verborgen war. Er grinste sie keck an.

»Der Kunde hat gesagt, ich sollte nicht fortgehen, ehe ich sie abgeliefert habe. Persönlich.«

Bell seufzte matt. »Wie spät ist es?«

»Neun.« Er gaffte sie an. »Neun Uhr morgens, wenn Sie das meinen.«

»Danke.« Sie schloß die Tür und riß den weißen Umschlag auf, der an der Zellophanhülle steckte.

Die Nachricht war auf das Briefpapier des Connaught geschrieben. Valentines Hotel.

›Ich hätte letzte Nacht besser auf dich aufpassen sollen. Als ich mit der Rothaarigen von der Tanzfläche zurückgekommen bin, warst du fort, und das kann ich dir nicht vorwerfen. Bist du wenigstens heil zu Hause angekommen?

Und wirst du mir verzeihen, was ich auch getan haben mag?

V.‹

Der Brief fiel ihr aus den Händen, als Bell die Blumenpracht ansah. Es waren die langstieligen Rosen, die ausschließlich für Floristen gezüchtet wurden, ohne Dornen und irgendwie steril. Die Farbe ließ sie an Blut denken.

Sie seufzte wieder und ging in die Küche, um ein Gefäß zu suchen, das groß genug war, um die Blumen aufzunehmen. Die langen grünen Stiele wurden in das Wasser gestopft. Sie unternahm keinen Versuch, den Strauß liebevoll zu arrangieren. Dann ließ sie die Blumen auf der Arbeitsfläche stehen, ohne sie auch nur noch eines Blickes zu würdigen. Sie verließ die Küche und hob den Brief vom Teppich auf, um ihn in den Papierkorb fallen zu lassen.

Valentine Gordon und sein unerwünschtes Friedensangebot waren bedeutungslos.

Nur ein Mensch zählte, und der war aus ihrem Leben verschwunden.

Mit langsamen, bedächtigen Bewegungen zog sich Bell an und traf während dessen diverse belanglose Entscheidungen, um sich abzulenken. Dann setzte sie sich einen starken Kaffee auf und strich reichlich Marmite auf ihren Toast. Sie lächelte schief auf ihren Teller hinunter. Das hatte ihre Mutter ihr immer vorgesetzt, wenn sie als kleines Kind krank gewesen war, und die Gewohnheit hatte sie übernommen. Es war das beste, wenn sie sich selbst etwas Gutes tat, dachte Bell. Sonst täte es schließlich gar niemand.

Hör auf damit!

Sie hatte einiges zu tun, und zwar jetzt, und dazu gehörte nicht, sich in Selbstmitleid zu suhlen. Wenn sie heute auch noch so unglücklich war, wußte Bell doch tief in ihrem Innern, daß sie alles überstehen und auf die Füße fallen würde. Sie war es gewohnt zu kämpfen, und die meisten ihrer Kämpfe hatten sich darum gedreht, mit der Einsamkeit fertig zu werden. Aber diesmal war es anders, denn sie selbst hatte einen üblen Fehler gemacht, einen entsetzlichen und verheerenden Fehler, und dieser Fehler hatte sie Charles gekostet.

Denk jetzt nicht daran. Es war geschehen. Es war passiert, und es ließ sich nicht rückgängig machen. Sie war jetzt auf sich gestellt, und sie mußte lernen, damit zu leben.

Wie recht sie doch gehabt hatte, dem Frieden nicht zu trauen. Sogar bei Edward hatte sie gefürchtet, ihr Glück sei zu schön, um wahr zu sein. Und jetzt...

Sie mußte jetzt praktisch vorgehen und sich um die Angelegenheiten kümmern, bei denen sie hoffen konnte, etwas ändern zu können. Der erste Punkt war ihre Arbeit.

Bell rief bei der Zeitung an und sprach mit der Sekretärin, die sie sich mit drei andern Journalisten geteilt hatte. Ihr stand noch Urlaub zu. Sie nahm ihn jetzt, ab heute morgen. Sie war sicher, daß man unter den gegebenen Umständen Verständnis dafür aufbrachte etc, etc. Für den unwahrscheinlichen Fall, daß sie gebraucht würde, sei sie zu Hause zu erreichen.

Sie legte den Hörer mit einem Seufzer der Erleichterung auf.

Weiter.

Die Idee, die gestern in ihrem Kopf erste Wurzeln geschlagen hatte, trieb Sprößlinge in alle Richtungen. Sie nahm sie sich noch einmal unter den verschiedensten Blickwinkeln vor.

Der gestrige Abend hatte die Lage natürlich verändert. Alles war verändert, bis auf die Notwendigkeit, sich eine neue Stellung zu suchen. Genau das war es. Ihr Job war das einzige gewesen, was sie in den letzten Monaten aufrecht gehalten hatte, und jetzt, nachdem sie ihn so plötzlich verloren hatte, wollte sie nicht mehr in London bleiben. Ihr Leben hier war bedeutungslos und ohne Inhalt geworden.

Vor der letzten Nacht hatte sie mit dem Gedanken gespielt, nach Bordeaux zu gehen. Sie spürte, daß diese verschlafene, wohlhabende Stadt sie magnetisch anzog.

Warum wollte sie jetzt nicht mehr daran denken? fragte sich Bell. Bordeaux war eines der bedeutenden Zentren des Weinanbaus, vielleicht das bedeutendste. Mit ihrem fließenden Französisch und ihren Kenntnissen vom Weingeschäft konnte sie einen Job bekommen, der ihrer Erfahrung eine interessante, neue Dimension hinzufügen würde.

Hastig holte Bell ein Blatt Papier heraus und unterteilte es in zwei

Spalten. PRO war die erste Überschrift, KONTRA der Titel der zweiten Spalte.

Sie brauchte nicht lange, um niederzuschreiben, was dafür sprach. Ihr Französisch war ausgezeichnet, und sie kannte sich mit Wein aus. In Maschineschreiben und Steno war sie gerade gut genug, um damit durchzukommen, wenn sich nichts Besseres ergab. In diesen harten Zeiten würde es ohnehin schwierig sein, in London einen vergleichbar guten Job wie den zu finden, den sie gerade losgeworden war. Wozu sollte es gut sein, hierzubleiben und irgend etwas Langweiliges zu tun? Wenn sie nach Bordeaux ging, entstand zumindest der Eindruck, als ergriffe sie die Initiative, und sie war sicher, daß sie ihr Wissen vertiefen und neue Kontakte anknüpfen konnte, solange sie dort war. Außerdem fühlte sie sich von der dortigen Lebensweise angesprochen. Die ruhige Selbstverständlichkeit war genau das, was sie in ihrer eigenen Unsicherheit brauchte.

Die Liste der Argumente, die dagegen sprachen, kostete sie mehr Zeit, und sie runzelte die Stirn, als sie die Punkte aufzählte und sich dabei zwang, realistisch zu bleiben. Sie würde ihr sorgsam gesponnenes Netz an Kontakten in London einbüßen, und sie würde die Freunde vermissen, die ihr bis heute so wichtig erschienen waren. Einen Job hatte sie bisher nicht. Wo sie leben sollte, wußte sie auch nicht. Und genug Geld, um durchzukommen, während sie sich nach einer neuen Arbeit umsah, hatte sie schon gar nicht. Dann strich sie jeden einzelnen dieser Punkte wieder aus. Sie war unabhängig. Sie würde Arbeit und ein Zimmer finden, und sie hatte Henrys Abfindung in der Tasche.

Ihr Bleistift schwebte zwischen den beiden Spalten, als sie bei der entscheidensten aller Fragen angelangt war. Sie wußte, daß sie sich über ihr wahres Motiv für den Wunsch, in Bordeaux zu arbeiten, klar werden mußte. Dort gehörte Charles hin, und sie erinnerte sich aus diesem Grund mit Vergnügen an die Stadt. Aber spielte es jetzt noch eine Rolle, ob sie sich in Alaska oder nur dreißig Kilometer von ihm niederließ? Sie war eine Fremde. Nein, schlimmer noch, sie war eine Bekannte. Aber wenn sie so nah war – würde Charles dann nicht vielleicht doch manchmal an sie denken? Würde er sie vielleicht sogar wiedersehen wollen? Es würde immer die Chance bestehen, ihm zufällig über den Weg zu laufen, und sie würde mit Menschen zu tun haben, die ihn kannten und die sich in denselben Kreisen bewegten. Bell erkannte, daß dieser Faden zu dünn war, um ihre gesamte Zukunft an ihn zu hängen, aber zumindest mußte sie so nicht ohne jede Hoffnung leben. Selbst der leiseste Hoffnungsschimmer war besser als nichts, besser als in London zu bleiben und dem nachzutrauern, was sie verloren hatte.

Plötzlich schrieb Bell in die Spalte PRO mit großen Druckbuchstaben: ES IST DAS, WAS ICH TUN MÖCHTE. Das war es also. Bell lehnte sich auf ihrem Stuhl zurück und lächelte zufrieden vor sich hin. Sie hatte ihre Entscheidung getroffen. Jetzt brauchte sie nur noch über die praktische Seite nachzudenken. Bell schlug ihr Adreßbuch auf und fragte sich, wen sie zuerst anrufen sollte.

Ehe sie dazu kam, läutete es wieder an der Tür.

Draußen stand der letzte Mensch auf Erden, den sie im Moment sehen wollte. Valentine.

Bell erstarrte in ihrer eisigen Ablehnung, als er dort stand und sie anlächelte. Er sah überhaupt nicht angegriffen aus. Seine Augen waren so klar, und er wirkte so ausgeruht, als wäre er gestern um halb elf ins Bett gegangen und hätte vorher lediglich eine Tasse heiße Milch getrunken.

»Ich hätte mir Asche auf mein Haupt gestreut«, sagte er, »aber in meinem Hotel waren nur die Stummel von Havannas aufzutreiben.«

Bells Lippen waren zusammengekniffen. Das ist gar nicht komisch, hätte sie am liebsten gesagt. Laß mich in Ruhe, ja?

Valentines Lächeln verflog, als er sah, wie kalt ihre Augen waren. Sie wirkte müde und blaß und wehrlos. Er hatte nie damit gerechnet, daß Bell, die so forsch und so selbstsicher war, so aussehen könnte. Er wollte sie in den Arm nehmen, aber sie wandte sich ab, ehe seine Hände sie berührt hatten.

»Darf ich nicht reinkommen?« fragte er überflüssigerweise und schloß die Tür hinter sich. »Ich will nicht draußen im Flur darüber reden.« Es kam immer noch keine Antwort. »Bell, was ist denn los? Ist etwas passiert?«

Sie hatte keine Ahnung, wie sie das beantworten sollte. Sie war immer noch wütend auf ihn und glühte vor Abneigung, aber gleichzeitig war sie den Tränen gefährlich nahe. Doch der unerwünschte, unbestreitbare Charme begann bereits auf sie zu wirken. Sie war hin und her gerissen zwischen dem Bedürfnis, ihm Gehässigkeiten an den Kopf zu werfen und ihn zu verletzen – als Rache für die bloße Tatsache, daß er sich gestern nacht nicht in Luft aufgelöst hatte –, und zwischen dem angsterfüllten, sehnsüchtigen Wunsch, er möge sie wieder in die Arme nehmen.

»Es tut mir leid, wirklich sehr leid, daß du dich gestern abend nicht amüsiert hast«, sagte er zärtlich. »Und ich schäme mich für mein ungehobeltes Benehmen. Reicht das noch nicht?« Er kam jetzt auf sie zu, und seine Augen waren auf ihr Gesicht gerichtet. Bell wich vor ihm zurück und zog ihre dünne Jacke fester um sich.

»Warum?« fragte sie, um Zeit zu gewinnen, ohne wirklich zu wissen, wovor sie sich fürchtete. »Warum mußtest du dich so benehmen, als sei ich dein Eigentum?«

Valentine blieb stehen, und sein Gesicht lief rot an. Er wirkte bedrohlich, und Bell sah, daß seine Hände zu Fäusten geballt waren, und zwar so fest, daß seine Knöchel unter der sonnengebräunten Haut weiß schimmerten.

»Warum? Tja, warum habe ich...« Er sprach weiter, als rede er mit sich selbst. »Ich glaube nicht... daß mir je klar war... wie sehr ich diesen Mann hasse. Deinen Freund Charles. Und mich hat erstaunt, wie sehr es mich getroffen hat, ihn an deiner Seite zu sehen.«

Bell spürte, daß sich auf ihrem Kopf alle Haare aufstellten. Ein kalter Finger legte sich auf ihr Herz. Sie war zwischen zwei Männern gefangen, die einander erbittert und erbarmungslos haßten.

»Er ist nicht mein Freund«, flüsterte sie mit einer Bitterkeit, die er nicht hören konnte.

Valentine wandte sich abrupt ab und lehnte sich ans Fenster. Seine Augen waren auf die Bäume hinter den Dächern gerichtet.

»Diese marmorne Kälte. Diese aufgesetzte Scheinheiligkeit. Himmel!« Er knurrte die Worte. »Das bringt mich innerlich zum Sieden. Ich will randalieren und am liebsten alles zertrümmern, und ich will mich vulgär und brutal benehmen, wenn ich ihn nur sehe.«

Einen Moment lang herrschte schockiertes Schweigen. Die Worte schienen wie ein Fluch zwischen ihnen in der Luft zu hängen.

Dann zuckte Valentine die Achseln und lachte leise, um die Wirkung seines Ausbruchs abzuschwächen. »In Anbetracht dessen finde ich, daß ich mich reichlich zusammengerissen habe. Meinst du nicht auch?«

Bell suchte krampfhaft nach einer Möglichkeit, dem Gespräch eine andere Wendung zu geben. Solange Charles' Name im Raum hing, fürchtete sie, sich zu verraten. Und Valentine durfte nie dahinterkommen, was sich in der vergangenen Nacht wirklich abgespielt hatte.

»Solltest du nicht in einer Konferenz sitzen?« fragte sie.

»Ja, aber ich bin statt dessen hier.« Valentine kam mit zwei ausholenden Schritten auf sie zu und hatte sie im Arm, ehe sie ihm ausweichen konnte. Seine Arme schlangen sich um sie, und sie konnte ihm nicht mehr entkommen. Er zog sie dichter an sich. Sein Körper preßte sich an ihre Hüften, und sein Mund bewegte sich langsam auf ihre Lippen zu.

Bell schloß die Augen. Sie fühlte sich genauso wie damals nach der irrwitzigen Motorradfahrt durch die kalifornische Nacht, als sie schließlich am Strand angekommen waren und sie die Brandung vor sich gehört hatte. Der Schock und die Angst ebbten allmählich ab, und an ihre Stelle trat ein übermächtiges Verlangen.

Valentine strich ihr das Haar aus dem Gesicht und starrte in ihre blaugrünen Augen.

»Laß uns ins Bett gehen«, sagte er ohne Umschweife.

Es kostete Bell eine übermenschliche Anstrengung, sich von ihm loszureißen. Sie wankte zu ihrem Schaukelstuhl und setzte sich. Dann zog sie die Knie an, als wolle sie eine Schranke zwischen ihm und ihr zu ihrem Schutz errichten.

»Nein.« Sie schüttelte den Kopf, um dem Wort Nachdruck zu verleihen. Valentine betrachtete sie verärgert und belustigt zugleich, aber er vertraute darauf, über ihren Willen zu siegen.

»Ich will nicht«, sagte sie und begann wieder einmal selbst daran zu glauben, daß sie es ernst meinte.

»Etwas ist passiert, und ich muß mich damit auseinandersetzen, und für anderes – bleibt kein Platz.«

Valentine kam zu ihr und kniete sich neben ihr auf den Teppich. Er hörte ihr nicht zu.

»Hör mal, Bell, ich habe eine Idee. Bob Cornelius und ich fahren nach der Konferenz zur Traubenlese nach Larue-Grise. Warum kommst du nicht mit? Du könntest für deine Zeitung über die Weinlese berichten.«

Bell wollte schon den Kopf schütteln, doch dann überschlugen sich ihre Gedanken. Larue-Grise? Nein. Unmöglich. Das war das feindliche Lager. Dann rief sie sich wieder ins Gedächtnis zurück, daß der einzige Mensch, an den sie jetzt noch denken mußte, sie selbst war. Valentine war ein nützlicher Verbündeter, fand sie, und sie bemühte sich, den Fall nüchtern zu betrachten. Larue-Grise war als ein vorübergehender Aufenthaltsort geradezu perfekt. Vielleicht konnte sie für eine der Farbbeilagen einen Bericht über die Weinlese verkaufen ... oder an eine Illustrierte ... Irgendwo in ihr flackerte ein kleiner Funke Enthusiasmus. Sie würde arbeiten. Es war nur ein momentaner Rückschlag, daß sie ihren Job verloren hatte. Sie lächelte Valentine dankbar an.

»Ja, das täte ich gern.«

»Wunderbar.« Er war jetzt wieder blendend gelaunt. »Wenn es mir nicht gestattet ist, mit dir ins Bett zu gehen, darf ich dann noch eine Tasse Kaffee trinken, ehe ich gehe und mich zu meinem Komitee verziehe?«

Bell schenkte ihm eine Tasse Kaffee ein und reichte sie ihm. Vorsichtig sagte sie: »Ich war letzte Nacht auch nicht gerade in Hochform. Ich habe gestern meinen Job verloren. Man hat mich aus Kostengründen wegrationalisiert.«

Valentine riß ganz plötzlich den Kopf zu ihr herum. Auf sein anfängliches Staunen folgte Mitgefühl.

»So ein Mist, Bell, das sind wirklich schlechte Nachrichten. Was ist passiert?«

Sie erzählte es ihm, reihte die nackten Tatsachen sachlich aneinander. Als sie ihm alles erzählt hatte, drückte er sie ermutigend an sich.

»Du wirst einen neuen Job finden. Kein Problem. Du bist weiß Gott forsch und gewitzt genug. Hier geht es um die Kühnheit des Gedankens. Gib deine eigene Zeitung heraus!«

»Ja«, sagte sie traurig, »ich denke schon, daß ich eine neue Stellung finde.« Sie hob ihr Kinn und starrte ihn an. »Jedenfalls werde ich erst mal selbständig arbeiten. Ich werde versuchen, einen Bericht über diese Weinlese zu verkaufen. In Larue-Grise fange ich damit an.«

»Du willst also trotzdem kommen? Obwohl du nicht für deine Zeitung darüber schreiben kannst?« Bell zuckte zusammen. Sie kam sich vor, als hätte er sie geschlagen. Sie suchte verzweifelt nach Ausreden und versuchte, die bröselnde Mauer ihres Selbstschutzes aufrechtzuerhalten. So hat er es nicht gemeint, sagte sie sich. Er meint nur, du könntest zuviel anderes zu tun haben, wenn du dir einen neuen Job suchst. Das heißt noch lange nicht, daß er dich jetzt nicht mehr will. Ja, natürlich, zum Teil konnte es an ihrer Stellung gelegen haben, aber zumindest nicht ausschließlich. Eindeutig nicht nur daran.

»Ich weiß es wirklich noch nicht genau«, sagte sie laut und bemühte sich, es so klingen zu lassen, als müsse sie noch einmal drüber nachdenken. »Ich habe meine Pläne noch nicht – in Ruhe ausreifen lassen. Es ist besser, wenn ich nichts verspreche.«

Er lächelte sie an. Er sieht sehr gut aus, und er ist sehr großzügig, dachte sie unwillkürlich, aber er läßt sich von niemandem zum Narren halten. Er küßte sie jetzt wieder und strich ihr das Haar aus dem heißen Gesicht.

»Du mußt genau das tun, was du willst, Prinzessin«, murmelte er. »Du weißt, wo ich bin, und wenn ich etwas für dich tun kann...«

Sie schüttelte den Kopf und lächelte ihn strahlend an.

»Nichts. Wirklich nicht.« Innerlich war sie so aufgewühlt, daß sie fürchtete, ihre gesamte Anspannung könnte sich in einer Flut von Tränen und Worten lösen, die sie endgültig verraten hätten. Sie wollte, daß er fortging, ehe es dazu kam.

»Ich muß noch einige Anrufe machen«, sagte sie. Er ließ sie los und sah auf seine Uhr.

»O Gott, wahrscheinlich schließen sie mich aus dem Ausschuß aus, oder sie werden mir meine Auszeichnungen wegnehmen oder was für gräßliche Strafen sie auch immer für Schulschwänzer im Ärmel haben mögen.«

Er warf ihr von der Tür aus einen Kuß zu und sagte dann plötzlich ernst: »Ich bin noch zwei Tage im Connaught und dann bis zum Ende der Weinlese in Larue. Du bist mir jederzeit gern willkommen, Bell...«

Dann war er, Gott sei Dank, verschwunden. Sie wußte jetzt, daß sie nicht nach Larue-Grise gehen würde. Nie im Leben. Die Kluft zwischen dem gewandten, gerissenen Valentine und Charles, der Jahrhunderten entstammte, in denen solche Überlegungen nichts zählten, war ihr nie weiter erschienen als jetzt. Bell war sich sicher, daß sie ohne den Schatten eines Zweifels wußte, welchen der Männer sie haben wollte. Es war Charles – und alles, wofür Charles stand. Im Vergleich damit und mit der Erinnerung an den letzten Abend, die noch ganz frisch war, erschien ihr Valentine als ein aufdringlicher Emporkömmling.

Bell blieb eine geschlagene Stunde lang in ihrer gewohnten Haltung sitzen. Dann saß sie noch eine Stunde lang da und dachte nach. Draußen regnete es immer noch, und die Temperatur mußte um fast acht Grad gefallen sein. Dicke, pralle Regentropfen klatschten gegen die Fensterscheiben, und die Blätter wurden vor dem Hintergrund eines bleigrauen Himmels durch die Luft gepeitscht. Der Sommer war über Nacht zum Winter geworden.

Schließlich stand sie steif auf. Sie war sicher, daß sie aus London fortgehen mußte, und Frankreich war wirklich verführerisch. Es gab nur einen Menschen, mit dem sie jetzt darüber reden konnte, entschied sie. Edward. Edward würde ihr selbstlos raten.

Bell wählte seine Nummer, die der Privatleitung, die ohne Umweg zu seinem Schreibtisch führte. In all den Jahren, seit sie ihn kannte, hatte sie diese Nummer nur ein halbes Dutzend Mal gewählt. Edward hob sofort ab und wirkte sehr geschäftsmäßig. Als er ihre Stimme erkannte, sagte er: »Bell? Du bist es? Seit wann bist zu zurück?«

»Erst seit ein paar Tagen. Edward, es tut mir leid, daß ich dich damit belästige.« Bell biß sich auf die Unterlippe. So weit hatten sie sich bereits voneinander entfernt. »Etwas Schreckliches ist passiert. Stobbs hat mich im Rahmen von Sparmaßnahmen wegrationalisiert. Ich habe eine Vorstellung davon, was ich tun sollte, und jetzt brauche ich Rat.«

Sie stand wieder kurz vor den Tränen und sprach überstürzt weiter. »Du bist eben doch mein bester Freund, Eddie.«

Am anderen Ende der Leitung herrschte Schweigen.

Dann sagt Edward: »Du weißt, daß ich für dich tue, was ich kann, Bell. Und das mit deinem Job tut mir furchtbar leid für dich. Es ist nur so, daß wir – ich fahre von hier aus direkt nach Gatwick. Ich mache Urlaub. Nur für zwei Wochen. Sobald ich wieder da bin, komme ich zu dir, und dann können wir darüber reden.«

Wir fahren in die Ferien, das wolltest du doch gerade sagen, dachte Bell. Mach schon, versuch nicht, mich zu schonen. Wer ist sie?

»Wie schön für dich. Mach dir keine Sorgen wegen meines blöden Jobs – ich dachte nur, es sei eine gute Idee, mit jemandem die verschiedenen Möglichkeiten durchzusprechen. Wohin fährst du?«

»Nach Italien. In die Nähe von Neapel.«

»Wie schön. Mit wem?«

Wieder Schweigen. Sie wußte, daß er ihr nicht weh tun wollte, selbst jetzt nicht, nach allem, was geschehen war. Mach dir keine Sorgen, hätte sie gern gesagt, ich werde allmählich immun dagegen.

»Ach, ich habe sie vor etwa einem Monat kennengelernt. Ich weiß noch nicht, ob etwas daraus wird. Bell, aber es schien mir einen Versuch wert zu sein.«

»Das freut mich. Hör mal, wir sehen uns, wenn du wieder da bist. Laß es dir gutgehen, und viel Spaß.«

Sie legte auf.

Heute bekam sie es von allen Seiten ab.

Laß dich nicht gehen. Wenn du erst anfängst zu weinen, kannst du nicht mehr aufhören. Geh spazieren. Frische Luft, das war die Antwort.

Bell fand ganz hinten in einem Schrank ein Paar klobige grüne Gummistiefel und zog einen alten Mantel an. Sie nahm einen Schirm mit und beschloß, sich dem Wetter auszusetzen. Auf dem Weg zum Park drehte sie sich an der Kreuzung noch einmal um. Sie sah gerade noch eine Gestalt in einem gelben Ölmantel, die vor ihrer Haustür zögernd stehenblieb, ehe sie eintrat.

Ein Irrtum war ausgeschlossen. Das lange blonde Haar war klatschnaß und daher dunkler, und der Mantelkragen war aufgestellt und verbarg ihr Gesicht, aber es war mit Sicherheit Juliette. Und offensichtlich suchte sie Bell.

Bells erster Instinkt war der, wegzulaufen. Sie schreckte vor der Vorstellung zurück, Charles' Schwester gegenüberzutreten und noch einmal den Vorwurf in den dunkelblauen Augen zu sehen, die seinen so quälend ähnlich waren. Im nächsten Moment keimte eine kühne Hoffnung in ihr auf, und ihr Herz schlug heftig gegen ihre Rippen. Vielleicht brachte sie ihr eine Nachricht von ihm. Um Himmels willen, was wäre passiert, wenn sie einander verfehlt hätten?

Bell rannte zu ihrer Haustür zurück. Sie sprang durch die Pfützen und stieß mit Leuten zusammen, die ihr entgegenkamen, und dabei wagte sie kaum zu hoffen, daß Charles... daß Charles...

Juliette hatte sich schon von ihrer Wohnungstür abgewandt, als Bell keuchend die Treppe hinaufsprang.

»Hallo«, sagt sie nur. »Ich bin froh, daß du doch noch hier bist.«

»Juliette«, keuchte Bell. »Juliette...« Die Französin nahm ihren Arm.

»Ich glaube, es hört bald auf zu regnen. Würdest du mir die Kensington Gardens zeigen?«

Sie gingen gemeinsam wieder die Treppen hinunter. Draußen schaute Bell zum Himmel hinauf und spannte ihren bunten Schirm auf.

Als sie den Park erreicht hatten, schlug Bell automatisch den Weg ein, der sie zur Arbeit führte. Der Boden war jetzt dunkel und naß und roch stark nach vermodertem Laub. Die Luft war so sauber, als sei sie gründlich gereinigt, und der Regen tropfte erfrischend durch das Laub. Es war sehr still. Die feuchte, schwere Luft dämpfte die Verkehrsgeräusche.

Juliettes Hand schloß sich fester um ihren Arm, als sie einen Anlauf nahm, etwas zu sagen.

Bell wartete mit pochendem Herzen.

»Lauf nicht weg«, sagte sie schließlich so leise, daß Bell die Ohren spitzen mußte, um sie zu verstehen. »Er braucht dich immer noch.«

Eine Amsel begann zu singen, und Bells Herz schlug höher.

»Hat er dich zu mir geschickt?« fragte sie vorsichtig.

Juliette schüttelte ihre nassen blonden Locken.

»Nein, Bell. Das täte er nie. Ich bin gekommen, weil ich immer noch glaube – weil ich immer noch daran denke, wie ihr einander angesehen habt, als du in Reynard warst. Was auch seitdem geschehen sein mag«, fuhr sie fort, und ihr sommersprossiges Gesicht wandte sich zu Bell und sah sie an, »ich glaube, du könntest ihm helfen, wieder unter die Lebenden zurückzukehren.«

Bell zuckte zusammen. Und was hatte sie statt dessen getan?

Sie liefen weiter und sahen den Regentropfen zu, die auf den Kies klatschten. Dann tastete sich Juliette behutsam weiter vor. »Ich weiß, daß es mich nichts angeht. Aber du und Valentine, seid ihr...?«

Bell spürte einen Schauer über ihren Rücken laufen. Es war ihr mehr als unangenehm, es der offenen und ehrlichen Juliette eingestehen zu müssen. Sie schämte sich mehr denn je, und sie war unendlich wütend auf sich selbst. Doch Juliette glaubte, daß er sie immer noch brauchte. Das hatte sie gesagt. Bell gab sich einen Ruck, um ihre kalifornischen Erlebnisse zu erzählen.

»Ich bin mit der Erwartung hingefahren, einer Art von Ungeheuer zu begegnen«, setzte sie an.

Juliette lachte, ein herzliches Lachen.

»O nein. Ich habe es dir doch gesagt. Das ist er nicht. Weißt du, sogar gestern abend, als ich ihn gesehen habe, habe ich gespürt, wie sehr ich mich unterschwellig zu ihm hingezogen fühle. Worin besteht sein Geheimnis? Weißt du es?«

Bell fiel in Juliettes Gelächter ein, und gleichzeitig spürte sie eine Woge von Zuneigung und Dankbarkeit gegenüber Charles' Schwester in sich aufsteigen. Intuitiv hatte sie etwas gesagt, was es Bell tausendmal leichter machte, ihre peinliche Geschichte zu erzählen.

Bell erzählte ihr alles. Juliette hörte ihr aufmerksam zu und nickte manchmal.

Erst als Bell anfing zu beschreiben, wie es ihr seit ihrer Rückkehr nach London gegangen war, drehte sich Juliette zu ihr um, um ihr ins Gesicht sehen zu können. Mit einer Mischung aus Mitgefühl und Erwartung hörte sie zu. Inzwischen hatte ihr Spaziergang sie in den Hyde Park geführt, und sie standen jetzt vor dem Café. Die weißlackierten Metalltische bei der Serpentine waren leer. Das Wasser, das darauf stand, spiegelte den grauweißen Himmel wider. Es hatte aufgehört zu regnen, und Bell holte am Kiosk Kaffee in Plastikbechern. Sie setzten sich an einen der Tische. Die Boote, die vor ihnen vertäut waren, hüpften sachte auf und ab, als eine schwache Brise aufkam. Im Westen schaute ein Zipfel blauen Himmels durch die Wolken, als der Wind die Sturmwolken weitertrieb.

Bell fuhr mit dem Finger die Rinnsale auf der Tischplatte nach. Ihr Gesicht war vor Sorge angespannt.

»Ich versuche nicht, Ausreden für das zu finden, was sich in Dry Stone abgespielt hat, aber dort hat alles ganz anders ausgesehen, Juliette. Ich habe Charles vermißt, und er schien mir so fern zu sein. Ich hatte nichts von ihm gehört, und gerade das hätte ich so dringend gebraucht. In Reynard hat sich alles derart überstürzt, daß ich völlig verwirrt war. Ich habe immer mehr geglaubt, ich hätte mich vielleicht in jeder Hinsicht getäuscht, mir alles nur eingebildet. Ich bin mir so dumm vorgekommen, alle meine Hoffnungen auf Charles zu setzen. Deshalb habe ich Valentines Drängen nachgegeben. Es war nichts weiter als – vergnüglich, etwas, was einfach so geschehen ist und was man vergessen kann, sowie es vorbei ist. Und es hat mir klargemacht, daß ich von Anfang an recht hatte. Ich liebe Charles. Er bedeutet mir mehr als alles andere auf Erden. Aber trotzdem mag ich Valentine, verstehst du? Ich habe ihn heute morgen gesehen. Er ist zu mir gekommen, um sich zu entschuldigen. Vorher hat er mir ungefähr tausend rote Rosen geschickt. Ich hätte mich fast bereit erklärt, mit ihm nach Larue-Grise zu gehen.«

Juliette zuckte zusammen. »Nein, tu das bloß nicht.«

»Ich werde es nicht tun. Es ist seltsam, meinst du nicht auch? Wie ungerührt Valentine all die Dinge lassen, die uns solche Qualen bereiten, und daß er dabei immer noch liebenswert ist. Ich wollte wütend auf ihn sein, aber es ist mir einfach nicht gelungen. Er hat es fertiggebracht, daß ich statt dessen noch wütender auf mich war.«

Bell lächelte kläglich. Dann fiel ihr wieder ein, welche Wut und Leidenschaft sie schon an Valentine erlebt hatte. Er war doch nicht unverletzlich.

»Sie hassen einander, stimmt's?« fragte sie und spürte wieder den kalten Hauch einer bösen Vorahnung.

»Ja, sie hassen einander, Bell«, sagte Juliette abrupt. »Was erhoffst du dir?«

»Ich wünschte, ich könnte die Zeit um einen Monat zurückdrehen. Ich will wieder in Reynard sein, und alles soll so sein, wie es war. Nichts von alledem soll geschehen sein.« Dabei wies Bell mit einer weitausholenden Geste auf die Leere um sie herum.

»Das führt zu nichts«, sagte Juliette sanft. »Was willst du jetzt?«

Bell schlug die Augen nieder, doch Juliette konnte die leidenschaftliche Überzeugung in ihrer Stimme nicht entgehen, als sie antwortete: »Ich will mit Charles zusammensein. Ich will alles wiedergutmachen.«

Juliette packte ihr Handgelenk. »Dann tu es!«

Bell redete weiter, und sie sprach schnell. »Hör zu, Juliette, ich habe meinen Job verloren.« Sie tat den verblüfften Ausruf der mitfühlenden Französin mit einer Handbewegung ab. »Seitdem habe ich mir endlose Gedanken gemacht. Ich will nicht hierbleiben. Mein Leben hier ist – bedeutungslos geworden – aus den verschiedensten Gründen. Meine Arbeit, all meine Bemühungen, erfolgreich und unabhängig zu sein und mein eigenes Leben zu leben – nichts von alledem zählt.« Während sie darüber sprach, wurde Bell zusehends sicherer. Die tiefe Überzeugung, daß sie Charles liebte, gab ihr diese Sicherheit, und schon allein darin lag ein Trost. Er mochte sie im Moment zurückgewiesen haben, aber niemand konnte ihr das wunderbare Wissen nehmen, daß sie ihm einmal etwas bedeutet hatte. Sie hatte seine Überheblichkeit durchbrochen und den wahren Charles gesehen – und daran klammerte sie sich wie an ein wunderwirkendes Amulett. Bell wußte, wie sehr man sich hinter den eigenen Abwehrmechanismen verschanzen konnte, und sie berauschte sich an dem Wissen, daß sie zu Charles vorgedrungen war. Sie preßte ihre Finger auf die Schläfen, als wolle sie ihre plötzliche Gewißheit festhalten.

»Alles, was ich im Moment will, ist, in Charles' Nähe zu sein. Hoffen zu können, daß ich ihn manchmal sehe, selbst wenn es bei der bloßen Hoffnung bleibt. Ich habe eine Idee. Es kommt dir vielleicht verrückt vor...«

»Los, weiter«, befahl Juliette.

»Ich könnte nach Bordeaux gehen und dort arbeiten. Mir eine Unterkunft suchen. In seiner Nähe sein, sonst nichts, für den Fall, daß er mich doch noch will... Würdest du mir helfen?«

Juliettes Augen leuchteten. »Ja. Es wird alles gut werden, Bell. Du wirst sehen.« Dann schoß ihr ein Gedanke durch den Kopf, und sie wurde ernst. »Ich – ich glaube nicht, daß ich dich ins Château Reynard einladen kann. Einerseits wegen Hélène, aber auch Charles ist noch schockiert, verstehst du, und ich fürchte, auch wütend.«

»Ich weiß«, sagte Bell und dachte wieder an die Förmlichkeit, an der er stahlhart festgehalten hatte, als sie am vergangenen Abend zusammen getanzt hatten.

»Er braucht Zeit, um nachzudenken. Aber ich kann eine andere Unterkunft für dich suchen, Bell.« Jetzt strahlte sie wieder. »Ich hab's. Ich weiß, wohin mit dir. Der perfekte Ort. In Vayonnes. Das liegt zwischen Bordeaux und uns. Es ist ein Gasthaus mit reinem Sommerbetrieb, und sonntags fahren die Städter zum Essen hin. Die Durands sind Freunde von mir, das Essen ist gut und...«

»Ist es teuer?« fragte Bell vorsichtig.

»Hm, nicht allzu teuer. Sie haben ein kleines Häuschen im Garten, ein Ferienhaus für den Sommer. Ich werde sie überreden, es über den Winter billig zu vermieten.« Juliette klatschte in die Hände. »Es wird dir dort gefallen, das weiß ich. Das Gasthaus heißt Le Girafe.«

»Die Giraffe?«

»Ja. Es ist eine sehr traurige Geschichte. Jedesmal, wenn ich daran denke, fange ich an zu weinen.«

Juliette sah sich bekümmert um. »Ein paar Zirkusleute aus Paris sind nach Afrika gefahren – das ist schon zweihundert Jahre her –, um für ihre Auftritte wilde Tiere zu fangen. Sie haben eine Giraffe gefangen, die erste, die sie je gesehen hatten. Sie haben sie mitgenommen, durch ganz Afrika und Spanien, über die Pyrenäen und weiter nach Paris. Jede Nacht haben sie Rast gemacht und die Leute für Geld dieses erstaunliche Phänomen betrachten lassen. Die Herberge in Vayonnes war einer der Orte, an denen sie übernachtet haben, und sie ist nach dem großen Ereignis umbenannt worden. Die arme alte Giraffe ist an Kälte und Erschöpfung gestorben, ehe sie Paris erreicht hatten.«

Bell war emotional in einem Zustand der Überreiztheit. Sie spürte, daß die Tränen in ihre Augen traten, als sie an das armselige Geschöpf dachte und sich vorstellte, wie es durch den winterlichen Schnee wankte und sich mit jedem Schritt weiter von seiner Heimat entfernte.

»Siehst du?« sagte Juliette, und auch in ihren Augen standen Tränen. »Ist das nicht traurig?«

Die beiden Mädchen saßen einander an dem Tisch gegenüber und lachten über ihre unangebrachten Tränen.

Ein Band war zwischen ihnen geschmiedet.

Le Girafe, dachte Bell. Warum denn nicht? Irgendwie klang es genau richtig.

Danach war alles erstaunlich schnell gegangen. Bell hatte ihre Wohnung einem Makler übergeben, den Scheck über ihre Abfindungssumme zur Bank gebracht.

»Auf Wiedersehen«, hatte Henry Stobbs zum Abschied zu ihr gesagt und ihre Hände eine Sekunde zu lange festgehalten. »Es tut uns leid, Sie zu verlieren, das wissen Sie doch? Wenn ich irgend etwas für Sie tun kann, persönlich, meine ich...«

»Danke«, hatte Bell gesagt. Sie wollte keinen Moment länger bleiben.

Mit drei anderen Journalisten, die von der Zeitung fortgingen, hatte sie im Restaurant auf der anderen Straßenseite zu ihrem Ausstand ein Mittagessen organisiert. Es war ein erstaunlich fröhliches Fest daraus geworden.

Phillippa hatte gesagt: »Bist du sicher, daß du das Richtige tust?« Bell hatte genau nachgedacht und dann gesagt: »Ja.«

»Na, dann viel Glück.« Sie hatten sich umarmt und geküßt, und Philly hatte noch einen ihrer Witze gemacht.

Manches werde ich vermissen, hatte sich Bell überlegt. Ganz einfache Dinge. Aber sie ging schließlich nicht ins Exil. Sie konnte jederzeit zurückkommen und nicht zwangsläufig mit dem Gefühl, gescheitert zu sein. Bell reiste mit dem Auftrag nach Frankreich, für eine Hochglanzillustrierte ein ›Stimmungsbild‹ der Weinlese zu entwerfen. Von einer Fachzeitschrift hatte sie das Versprechen bekommen, ihr die Artikel abzukaufen, die sie schickte.

Es war nicht gerade ein spektakulärer Neuanfang, aber es war zumindest etwas. Die Reise war auch nicht die komfortabelste, die sie je unternommen hatte. Da sie jedoch entschlossen war, ihr Geld so lange wie möglich zusammenzuhalten, hatte Bell sorgsam erkundet, wie sie am billigsten reisen konnte. Dabei war herausgekommen, daß man die Nachtfähre nach Dünkirchen nehmen und dann mit dem Zug von Paris nach Bordeaux fahren mußte. Das dauerte insgesamt zwanzig Stunden, zudem war sie mit sperrigem Gepäck beladen. Die Anschlüsse lagen ungünstig, und der Zug war überfüllt.

Als der Zug in den Bahnhof von Bordeaux einfuhr, war Bell erschöpft und fühlte sich einsam. Sie hatte plötzlich entsetzliche Angst, sie könnte alles falsch gemacht haben. Sie zerrte ihre Taschen aus dem Waggon und sah sich auf dem Bahnhof und am Ausgang um.

Nirgends war ein vertrautes Gesicht zu sehen. Sie gestand sich ein, daß sie gehofft hatte, Juliette vorzufinden, aber sie war nicht da.

Ein Taxi. Sie würde ein Taxi nach Vayonnes und zum Le Girafe nehmen. Es war Anfang Oktober, und die Luft war kalt und dünn. Ein paar welke Blätter wirbelten auf. Die Boulespieler hatten sich für den Winter in billige Cafés zurückgezogen, in denen sie griesgrämig saßen und dem Klappern der Flipperkugeln zuhörten oder in den Fernseher über der Bar schauten.

Der Wagen, der vorn in der Taxischlange stand, war ein alter Citroën mit einem Fahrer, der Bell an einen unfreundlichen Jacopin erinnerte. Er murrte, weil er sie so weit aus der Stadt hinausbringen sollte, und hievte ihre Taschen in den Wagen. Sie fuhren in die einbrechende Dunkelheit. Die Straße war eine von denen, auf denen sie gemeinsam mit Charles gefahren war, und Bell spürte buchstäblich, wie der ausgefranste Faden, der sie mit ihm verband, anfing zu vibrieren und sich spannte.

Vayonnes, Bienvenu. Bell sah das Willkommensschild, als sie daran vorbeifuhren, und dann fuhren sie langsamer durch das Dorf. Es war eine Ortschaft wie tausend andere. Kleine Häuser standen an der Hauptstraße, und die Vorhänge waren schon für die Nacht zugezogen. Die Stahlläden der Metzgerei waren heruntergelassen, und der Bäcker schloß gerade sein Geschäft. Er hatte die Baguettes für das Abendessen unter seinen Arm geklemmt.

Das Gasthaus lag am Dorfrand, von der Straße zurückgesetzt. Das Haus sah sehr alt aus und wirkte solide gebaut. Über dem Fachwerk sah sie die Ziegel des Giebeldaches. Der Taxifahrer bog nach links ab und hielt auf dem Kopfsteinpflaster an. Bell saß da und stellte sich vor, wie die Giraffe hier im Kreise gaffender Bauern umhergestelzt war, ehe sie in einen eiskalten Stall gesperrt wurde.

»*Voyons, madame*«, sagte der Fahrer unfreundlich.

Während Bell ihn bezahlte, wurde die Tür des Gasthauses geöffnet, und freundliches Licht fiel auf das Kopfsteinpflaster. Eine dicke Frau in einem schwarzen Kleid stand in der Tür.

»*Bonsoir, chérie*«, rief sie. »*Soyez bienvenue*...«

Bell war von einem Gefühl der Erleichterung durchströmt. Sie wurde erwartet. Sie war doch nicht ganz allein.

Sie folgte der freundlichen Gestalt ins Haus. Durch die Haustür trat man direkt in ein großes, gemütliches Zimmer. In einem steinernen Kamin knisterte ein Feuer, und eine Gruppe von bequemen Stühlen stand zwischen den vergilbten Wänden herum, an denen blinkende Kupferpfannen hingen. Durch einen Bogen in der Wand konnte Bell Tische mit rotweißkarierten Tischdecken sehen. Es roch köstlich nach Knoblauch, frischem Brot und duftenden Kräutern.

Madame Durand schnaufte und lachte.

»Und Sie sind heute von London gekommen? Die ganze Strecke an einem Tag? Sicher wollen Sie gleich in das kleine Häuschen gehen und sich dort einrichten? Es ist durchgelüftet und steht für Sie bereit!« Bell nickte dankbar, und die Frau nahm einen großen schwarzen Schlüssel von einem Haken neben der Tür.

»Da wären wir also«, murmelte sie. »Wir haben uns ja so gefreut, als Mademoiselle Juliette uns erzählt hat, daß sie uns jemanden für den Winter vorbeischickt. Hier ist es sehr still, verstehen Sie... Hier entlang, Chérie.«

Sie überquerten wieder den Platz mit dem Kopfsteinpflaster. Das kleine Haus war weiß getüncht und hatte ein Ziegeldach und zwei Fenster auf Augenhöhe und ein tieferes Fenster neben der winzigen Haustür. Die roten Vorhänge waren zugezogen, und ein rosiger Lichtschein drang nach draußen.

Madame Durand schloß die Haustür auf, und Bell folgte ihr in das kleine Wohnzimmer. Vor dem Holzfeuer stand ein Sessel, und auf dem Steinboden lagen alte Teppiche. Eine Holztreppe führte in einem fast ängstigenden Winkel zum oberen Stockwerk. Ein kleiner runder Tisch war gedeckt.

Juliette saß auf dem Sessel und strahlte sie an.

»Willkommen zu Hause!«

»Es ist ja so hübsch hier«, sagte Bell und sah sich begeistert in dem winzigen Haus um. »Einfach perfekt. Wie ein Märchenhaus.«

Madame Durand lachte wieder. »So, und jetzt lasse ich euch mit eurem Abendessen allein. Kommen Sie bloß rüber, wenn Sie irgend etwas brauchen. Meine kleine Tochter kommt morgen früh und fragt nach, ob sie die Einkäufe für Sie erledigen soll. Gute Nacht, meine Lieben.«

Sie zwängte sich durch die schmale Tür, und Bell hörte ihre Schritte auf dem Kopfsteinpflaster. Irgendwo in der Nähe bellte ein Hund, und dann legte sich Stille über das Haus.

Bell lief zu Juliette und umarmte sie.

»Ich danke dir. Wie schön, daß du das für mich gefunden hast! Ich fühle mich jetzt schon hier zu Hause. Darf ich mich weiter umsehen?«

Juliette grinste. »Ob du darfst? Es ist dein Haus. Aber ich warne dich, ein wenig primitiv ist es schon...«

In der Küche gab es ein steinernes Spülbecken und einen alten Herd.

»Aber Madame Durand sagt, du müßtest natürlich mit ihnen essen, sooft du Lust hast. Und wenn du einmal keine Lust hast, schickt sie dir das Essen rüber.«

Bell wollte Einwände erheben, doch Juliette winkte ab. »Ich würde mich mit dem größten Vergnügen darauf einlassen, wenn ich du wäre. Sie kocht einfach traumhaft.«

Das übrige Haus bestand aus einem Schlafzimmer mit einem hohen Bett, über dem ein Bild der Heiligen Familie hing, und aus einem winzigen Bad.

Die beiden Mädchen stiegen die Treppe vorsichtig wieder hinunter und zogen die Köpfe ein, um nicht an den Dachbalken anzustoßen. Bell ließ sich mit einem zufriedenen Seufzen auf den Sessel sinken und bemerkte eine verstaubte Flasche Bordeaux auf dem Kaminsims. Es war ein Chambréing.

Juliette folgte ihrem Blick, und wieder trat ein Lächeln auf ihr sommersprossiges Gesicht.

»Ich wollte dich am Bahnhof abholen«, sagte sie, »aber es ist mir etwas dazwischengekommen. Nämlich Madame Durand, die angerufen hat, um zu fragen, ob unser englischer Gast rechtzeitig zum Abendessen da sein wird.« Sie unterbrach sich, ehe sie nach einer Kunstpause mit dem Knalleffekt rausrückte. Bell sah sie verwirrt an.

»Charles war am Telefon. Daher mußte ich länger zu Hause bleiben und es ihm erklären.«

Charles. Früher oder später hätte er es ja doch erfahren müssen. Aber warum schien sich Juliette so sehr darüber zu freuen?

»Was hat er gesagt?« fragte sie so ruhig wie möglich.

»Ach, gar nichts. Er war sehr ernst.« Auch Juliette machte ein ernstes Gesicht, und Bell war wieder einmal über diese mysteriöse Ähnlichkeit verblüfft, die sie wie zwei Seiten derselben alten Münze wirken ließ. »Aber er hat gesagt, ich sollte mich vergewissern, daß es dir an nichts fehlt. Und er hat mir das für unser Abendessen mitgegeben.«

Sie drehte die Flasche um, damit Bell das Etikett lesen konnte. Es war der kostbare Château Reynard Jahrgang '61. Ein Willkommensgruß, der ihr mehr sagte als alles andere, was er sich hätte ausdenken können.

Als sie wieder in die dunkelblauen Augen seiner Schwester sah, wußte Bell, daß es die richtige Entscheidung gewesen war, nach Bordeaux zu kommen.

Nach dem Essen saßen sie noch gemeinsam vor dem Feuer und leerten die Flasche.

Als Juliette dann gegangen war, wurde die Stille nur noch durch das Knistern der frischen Holzscheite unterbrochen. Bell fühlte sich so ruhig wie seit Wochen nicht mehr. Sie war da, wo sie hingehörte.

Trotz aller Unsicherheiten und Probleme, die vor ihr lagen, trotz des Umstandes, daß sie hier in einem lustigen kleinen Haus neben dem Le Girafe saß und keinen Job und keine konkreten Pläne hatte, fühlte sie sich ausgeglichen und stark. Sie wußte, daß sie alles in Ordnung bringen konnte.

Plötzlich packte sie das Verlangen, die Grenzen ihres neuen Territoriums abzustecken. Sie zog Mantel und Stiefel an und nahm den großen schwarzen Schlüssel, den Madame Durand ihr dagelassen hatte. Dann legte sie ihn lächelnd wieder auf den Tisch. Etwas sagte ihr, daß dies kein Ort war, an dem die Menschen ihre Türen voreinander verschlossen.

Nur das Mondlicht beleuchtete den Platz vor dem Haus. Le Girafe war bereits dunkel. So ist es auf dem Land, dachte Bell. Sie lief durch den dunklen Ort, und ihre Gedanken drehten sich um die beiden Männer in ihren Châteaus und um den Wein, den Charles ihr als Willkommensgruß hatte überbringen lassen. Es war nur eine Frage der Zeit, bis er selbst zu ihr kommen würde.

Hierher gehörte sie. Wenn sie es wagen durfte zu hoffen, daß Charles und sie füreinander bestimmt waren, dann war sie hier genau richtig.

Bell steckte ihre Hände tiefer in die Manteltaschen und machte sich auf den Heimweg zu ihrem hohen, altmodischen Bett in dem winzigen Schlafzimmer ihres Häuschens.

Ja, auf den Heimweg. Hier war sie zu Hause.

8

Am frühen Morgen stand Bell am Fenster, als der Bäcker und der Fischhändler kamen und Madame Durand ihre Waren begutachtete.

»Fühlen Sie sich wohl?« fragte sie Bell. »Haben Sie zu tun, oder könnten Sie zu uns kommen, um meinen Mann kennenzulernen?«

Bell folgte ihr durch das leere Eßzimmer in die Küche. An dem großen Tisch stand ein etwas dürrer, dunkelhäutiger Mann in einer gestreiften Schürze und schnitt Fleisch in Scheiben. Er kam auf Bell zu und drückte ihr die Hand, nachdem er sich die Hände sorgsam an der Schürze abgewischt hatte.

Bell sah die Schinken und Würste, die an den Wänden hingen, und den riesigen Herd, der vor Sauberkeit blitzte, und die Unmengen von Pfannen und Messern, die es hier gab.

»Bonjour, Monsieur«, sagte Bell lächelnd. Wenn man sie als ein Paar betrachtete, waren die Durands ein Klassiker der Karikatur.

»Setzen Sie sich, so setzen Sie sich doch«, sagte Madame Durand. Bell setzte sich an ein Ende des großen Tisches, und kurz darauf stand eine große Schale *Café au lait* vor ihr, dann eine perfekte Brioche. Madame Durand bereitete gerade mit energischen Bewegungen Teig zu, der hinterher wundersamerweise als eine absolut gleichmäßige, elastische Fläche vor ihr lag.

»Hier geht es am Wochenende rund«, erklärte sie. »Dreißig bis vierzig Leute zum Mittagessen und zum Abendessen, und man kommt nicht dazu, sich auch nur fünf Minuten hinzusetzen. Aber an den Wochentagen im Winter – da sehen wir niemanden außer uns selbst.« Das Paar lächelte einander zärtlich an. Bell sonnte sich in der entspannten Atmosphäre. Ein florierendes kleines Geschäft, die Gesellschaft ihrer Kinder und zur Zerstreuung ein gelegentlicher Gast wie sie. So ließ es sich nicht schlecht leben, fand Bell, und mit einem Anflug von Traurigkeit fiel ihr wieder ein, wie einsam sie war. Dennoch würde es ihr hier schwerfallen, sich einsam zu fühlen. Die Atmosphäre war zu freundlich und zu herzlich.

»Sind Sie mit der Familie de Gillesmont befreundet?« fragte Monsieur Durand mit offenkundigem Interesse.

»Juliette de Gillesmont ist meine Freundin«, antwortete Bell vorsichtig, »aber ich habe mich der Familie nicht für einen so langen Besuch aufdrängen wollen.«

Als sie aufstand, hatte sie versprochen, zum frühen Mittagessen wieder zurückzukommen. Madame Durand hatte ihr zudem versichert, nichts auf Erden sei einfacher, als den Teig für eine Brioche zuzubereiten, und sie könne gern einmal morgens kommen und ihr dabei zusehen.

Als sie zu dritt durch das Restaurant gingen, deckte ein junges Mädchen bereits die Tische für die Gäste, die zum Abendessen erwartet wurden.

Die Durands begleiteten Bell zur Tür. Dort hörten sie einen schnellen Wagen, der näher kam und dann vor dem Haus vorfuhr. Es war ein grauer Mercedes mit einer dicken Staubschicht. Bell hatte das unverwechselbare Profil gerade erst wahrgenommen, als Madame Durand murmelte: »Baron Charles. Er muß gekommen sein, um Sie zu besuchen.«

Sie wirkte beeindruckt. Er ist hier ein bedeutender Mann, dachte Bell. Ihr kam es vor, als hätte sich der Boden unter ihren Füßen hochgeklappt und sinke jetzt in Zeitlupe wieder in die richtige Lage zurück. Es schien Ewigkeiten zu dauern, bis Charles aus seinem Wagen gestiegen war und über das Kopfsteinpflaster auf sie zukam. Der laue Wind zerzauste sein blondes Haar.

Sie hatte gerade noch Zeit, um zu denken: *Ich kann nicht denken,* und festzustellen, daß ihre Beine unter ihr nachgeben wollten.

Dann schien sich die Welt wieder einzupendeln. Bell hatte sich wieder unter Kontrolle und erwartete gelassen, was auf sie zukam. Charles nickte den Durands zu. Dann glitten seine Blicke über Bells Gesicht.

»Ich habe mich gefragt, ob du vielleicht Lust hättest, zu uns zu kommen und dir die Weinberge anzusehen?« fragte er.

»Ja, gern. Warum nicht? Das wäre sehr interessant.«

»Wir fangen morgen oder übermorgen mit der Lese an«, sagte er kühl, »und dann haben wir alle Hände voll zu tun. Daher wäre es heute am besten.«

Er wünschte dem Restaurantbesitzer und seiner Frau einen schönen Morgen und hielt Bell die Wagentür auf. Sie stieg ein, und Charles setzte sich neben sie. Er fuhr los und schlug einen Weg ein, der nicht einmal in die Richtung von Reynard führte. Bell war glücklich und zufrieden. Sie war bei ihm, und er brachte sie an einen von ihm gewählten Ort. Warum oder wohin war ihr gleich.

Charles trug eine Cordhose und derbe, schlammbespritzte Stiefel und einen dicken marineblauen Pullover. So gar nicht formell hatte sie ihn noch nie gesehen. Er wirkte nahbarer und irgendwie auch jünger.

»Wohin fahren wir?›« fragte sie, ohne sich allzusehr für die Antwort zu interessieren.

Er lächelte. »Uns haben so viele Hindernisse im Weg gelegen, und doch sind wir jetzt beide hier. Daher finde ich, wir sollten uns miteinander aussprechen, ehe wir einander wieder verlieren.«

Er nahm eine Hand vom Steuer und griff nach Bells Hand.

»Wenn du nichts dagegen hast, würde ich gerne einen Spaziergang mit dir machen. Hier ist es besonders friedlich.«

Bell ließ den Kopf gegen die Nackenstütze fallen und sah durch halbgeschlossene Augen, wie die Bäume und Zäune an ihnen vorüberzogen. Ihre Hände berührten einander, sie waren zusammen, und das war genug.

Charles hielt vor einem Gatter an, und Bell stieg aus. Sie waren landeinwärts gefahren, und hier war der Wind stärker. Bell zitterte. Sie trug nur eine dünne Bluse. Das Haar wurde ihr ins Gesicht geweht, und sie hob automatisch die Hand, um es zurückzustreichen.

»Hier.«

Er hielt ihr einen dunkelblauen Pullover – ähnlich seinem eigenen – hin. Er zog ihn ihr über den Kopf und bückte sich dann, um flüchtig ihre Wange zu küssen. Dann wandte er sich und öffnete das Gatter.

»Komm!«

Ein Pfad verlief diagonal an einem Hang und verschwand unter den dunklen Baumkronen am Horizont. Sie setzten sich gemeinsam in Bewegung, Seite an Seite. Der Weg war nur für einen breit genug, deshalb lief Charles auf den unebenen Grasbüscheln. Er hatte die Hände tief in den Taschen. Der Wind wehte ihm das Haar aus der Stirn, und er war mehr denn je der vollkommene Aristokrat.

Bell fürchtete sich aber nicht mehr vor ihm. Sie standen im Moment auf derselben Stufe. Wir müssen beide etwas erklären, dachte sie. Wir müssen versuchen, einander zu verstehen.

»Nun?« fragte sie behutsam. Charles' Blick war auf die Bäume vor ihnen gerichtet.

»Es hat mich beunruhigt, dich in London mit Valentine zu sehen.«

Einfach so. Valentine. Als sei er ein gemeinsamer Freund, der Charles verärgert hatte. Dramatischer oder bedeutsamer klang es nicht. »Ihn nach so langer Zeit wiederzusehen, hat mich an jene unglücklichen Zeiten erinnert. Ich mußte wieder an Catherine denken und an all die verheerenden Dinge, die wir drei einander angetan haben. Ich wollte, daß du nichts mit alledem zu tun hast.« Er schwieg einen Moment, ehe er weitersprach.

»Als du hierhergekommen bist, Bell, schien es, als brächtest du so viel Glück mit. Ich begehrte dich so sehr, aber ich konnte es mir nicht erlauben, dich für mich haben zu wollen. Ich habe dich fortgehen lassen – und das hat mich einiges gekostet –, weil ich nicht das Recht habe, dich zu bitten, daß du bleibst. Ich kann mich nicht an dich binden. Ich bin bereits verheiratet, und nach einem Fehlschlag«, sagte er mit erbittert heruntergezogenen Mundwinkeln, »ist es schwer, an einen neuen Anfang zu glauben. Vielleicht ist es doch das beste, allein zu bleiben.«

Bell griff instinktiv nach seiner Hand, um ihm Sicherheit zu geben, doch er zog sie sachte zurück. »Warte. Ich wollte dich nicht in all das hineinziehen. Ich hatte das Gefühl, alles, was ich dir bieten könnte, seien Qualen und Schwierigkeiten. Ich bin nicht frei und kann dir nicht das geben, was zählt. Dann hast du mir gesagt, daß du Valentine kennst. Daß du zu ihm nach Kalifornien fährst. Daß du absurderweise bereits in die ganze Geschichte verwickelt bist.« Charles nickte, als bestätige er sich selbst etwas. »Du. Ich. Cathereine. Valentine. Wir haben alle damit zu tun. Möge Gott uns beistehen.«

Ohne es zu merken, lief Bell immer schneller. Sie wartete auf das Ende seiner Geschichte und siedete vor Ungeduld. Charles lief schneller, um mit ihr Schritt zu halten. »Mir blieb nichts anderes übrig, als deine Rückkehr aus Kalifornien abzuwarten. Abzuwarten, um zu sehen, wie weit du dich hineinziehen läßt. Und ich warte noch immer.«

Bis zum Hals, dachte Bell. So weit, daß ich fast untergegangen wäre.

»Dann habe ich dich bei diesem Dinner gesehen. Und ich war erstaunt darüber, wie erleichtert ich war. Da standest du mit demselben Lächeln, dieselbe Bell wie vorher. Und im nächsten Moment war alles vorbei. Valentine stand neben dir und hatte seine Hand auf deinen Arm gelegt. Besitzergreifend.« Er zuckte die Achseln, und Bell sah, wie bei dieser Erinnerung der Zorn in seinen dunklen Augen aufblitzte.

»Ich habe einen Fehler gemacht«, sagte sie mit ruhiger Stimme. »Das ist mir inzwischen klar. Ist das nicht genug?«

Er lächelte. »O doch. Es spielt keine Rolle, was damals geschehen ist. Was zählt, ist das Hier und Jetzt. Entscheidend ist, was du willst. Ob dir wirklich klar ist, worauf du dich einläßt.«

Bell blieb erstarrt stehen und drehte sich zu ihm um. Der kalte Wind peitschte ihr lose Haarsträhnen ins Gesicht, die sie unwillig zurückstrich.

»Was ist mit dir und mir?« fragte sie heftig. »Was ist mit dir? Ist dir denn nicht klar, daß ich hier auf deinem Territorium bin, und das ohne – ohne jeden Rückhalt?«

»Außer meiner Schwester«, sagte Charles und lächelte schwach.

Bell sprach glühend weiter. »Gut, dann habe ich eben Juliette. Aber ich bin zu dir gekommen. Das muß ausreichen, um dir zu sagen, was ich will und wie sehr ich darüber nachgedacht habe. Schön, du hast gewartet, aber ich habe auch gewartet. Jetzt mußt du mich miteinbeziehen, Charles. Ich will alles wissen. Ich will dich kennenlernen. Keine Geheimnisse mehr.«

Der Wind peitschte ihr die Worte aus dem Mund und trug sie mit sich. Obwohl sie beinah schrie, mußte Charles sich vorbeugen, um sie verstehen zu können. In seinen Augen sah sie etwas Forschendes und Wachsames, aber auch eine Art Belustigung.

»Geheimnisse? Es gibt keine Geheimnisse, abgesehen von menschlichen Gefühlen.«

Er legte einen Arm um ihre Schultern, und sie stiegen weiter bergauf. »Hör zu«, sagte er und richtete seinen Blick starr auf das Gras weit vor ihnen. »Hältst du es für möglich, daß zwei Menschen einander lieben und doch nicht zusammensein können, ohne einander weh zu tun?«

Bell nickte. Sie wußte, was jetzt kommen mußte. Charles würde über seine Frau sprechen. Und doch war sie überrascht. Er beließ es bei dem, was er gesagt hatte, als sei damit alles geklärt.

»Als mein Sohn geboren wurde, hat all das nicht mehr gezählt. Für keinen von uns beiden. Es gab einen Grund, alles besser zu machen, und dieser Grund war Christophe. O ja, die Vaterschaft hat meine gesamten Erhaltungsinstinkte geweckt, mein Dynastiedenken. Ich war stolz, Reynard einen Sohn gegeben zu haben. Aber es ging tiefer. Es hat eine neue Form von Liebe in mir aufkommen lassen. Das war es, was mich überrascht hat. Die inbrünstige, fürsorglichste Liebe, in der es nur Zärtlichkeit gab. Keine Ausflüchte. Keine Schuldgefühle.«

O Charles! Bell hielt ihre Reaktion zurück, doch sie dachte: Auch die Liebe zwischen Erwachsenen kann frei von solchen Regungen sein. Sicher kam es manchmal zu Angst, zu Schmerz und zu Verlusten, ja, aber daneben gab es so viel anderes... Was hatte er sich bloß in all diesen Jahren gedacht?

»Das waren die glücklichsten Zeiten.« Er lächelte bei der Erinnerung daran. »Christophe hatte ein gewinnendes Wesen. Catherine und ich haben ihn beide so sehr geliebt. Zu sehr, vermute ich.« Das Lächeln schwand von seinem Gesicht, und an seine Stelle traten die tiefen Furchen des Schmerzes um seinen Mund. Seine Stimme wurde immer leiser. »Ich habe in diesen letzten Stunden an seinem Bett gesessen und seinen Todeskampf erlebt. Ich habe gesehen, wie die Krankheit ihm die Kräfte geraubt hat, und ich konnte beobachten, wie seine Augen allmählich erloschen. Wenn es für ihn nur die geringste Chance gegeben hätte, ich hätte mich dafür foltern lassen. Ich wäre den qualvollsten Tod gestorben, den man nur ersinnen könnte. Aber diese Möglichkeit ist mir versagt geblieben. Man hat ihn uns genommen. Mit Christophes Tod war uns alles genommen.«

Charles zuckte die Achseln. Seine Schultern waren so gebeugt wie die eines alten Mannes.

»Alles«, wiederholte er.

Bell bemühte sich, die Tränen in ihren Augen wegzuwischen. Dann hielt sie ihr Gesicht in den Wind.

»Danach herrschte nur noch Finsternis«, sagte er.

»Auch für Catherine?« fragte Bell. Christophe war schließlich auch ihr Sohn, hätte sie gern dazugesagt.

»Catherine ...« sagte Charles. Er sprach ihren Namen so langsam aus, als wolle er seinen Geschmack auf der Zunge prüfen.

»Christophes Tod hat uns getötet, verstehst du. Catherine suchte menschlichen Trost. Menschliche Erklärungen für das, was geschehen war. Und Verständnis. Das konnte ich ihr nicht geben. Ich habe selbst keinen Trost und keine Erklärung gefunden.« Seine Stimme klang jetzt hart, und der Schmerz auf seinem Gesicht war eisiger Kälte gewichen.

»Warum nicht?« fragte Bell herausfordernd. »Das ist doch das einzige, was wir als menschliche Wesen tun können. Einander helfen, einander trösten. Und nirgends mehr als in der Ehe.«

Wie mein Vater und meine Mutter, dachte Bell. Das ist es. Ich war zu klein, um es meinem Vater zu geben, und ich wußte, daß ich nicht versuchen dürfte, es Edward zu geben. Aber ich sehne mich danach, dir genau das zu geben.

Charles sah sie lange an, ehe er sich um eine Antwort bemühte. Sie erreichten jetzt den Schutz der Bäume, und der Wind ließ nach.

»Ich wollte es tun, aber es war mir nicht möglich. Ich war verloren. Mein Glaube, mein Sohn, mein ganzer Lebensinhalt waren mir genommen worden, und ich habe mich von meinem Groll ertränken lassen. Catherine trug zu dieser Erbitterung bei. Wir waren miteinander gescheitert. Unser ganzes Leben war ein Fehlschlag. Wie hätte ich sie trösten sollen, wo ich doch selbst vor dem Ruin stand?«

»Valentine Gordon konnte es«, sagte Bell bewußt brutal. Sie wollte ihre neuerrungene Offenheit bis an ihre Grenzen treiben. Sie würden nichts voreinander verbergen, und es würde keine dunklen Winkel geben, in denen neuerliche Mißverständnisse keimen konnten. Zu ihrem Erstaunen lachte Charles.

»O ja, Valentine konnte es. Auf seine Weise. Hast du dir Valentine je als einen Plünderer vorgestellt? Er ist wie ein mittelalterlicher Raubritter; ein Wegelagerer, der im Dunkeln heranreitet, um dem Land soviel wie möglich zu entreißen, ohne es vorher in mühsamer Arbeit zu bepflanzen und die Saat zu hegen. Er ist gekommen und hat sich Catherine geholt, als er morsche Stellen im Zaun gefunden hatte. Und doch hat er ihr nach einem verrückten Gesetz der menschlichen Natur dort geholfen, wo ich es nicht konnte.«

Nein, dachte Bell. Er ist kein Plünderer. Plötzlich sah sie Valentine vor ihrem geistigen Auge in lebhaften Farben vor sich stehen, wie er in Dry Stone zwischen den Weinstöcken herumlief und sich bückte, um eine Handvoll Erde aufzuheben. Er ließ sie durch seine Finger gleiten und sagte zu ihr: »Das ist es. Das Herz des Ganzen. Das nackte Erdreich. Und das da.« Er deutete auf die Sonne, die über ihnen an einem blauen Himmel stand. Bell erinnerte sich so deutlich wie bisher nie an den Klang seines Lachens und an den Ausdruck leidenschaftlicher Hingabe auf seinem sonnengebräunten Gesicht. Nein, Valentine nutzte zwar Lücken in Zäunen, aber er kümmerte sich liebevoll um seine Saat. Er war gerissen und griff eilig zu, wenn sich ihm eine Gelegenheit bot, aber das war nur ein Aspekt seiner Person. Und Catherine hatte er nicht heimlich geraubt. Das mußte Charles wissen.

»Er ist sehr herzlich, und er ist sehr stark«, begann sie behutsam.

»Ja, sicher«, antwortete er. »Er hat eine Unzahl von verabscheuungswürdigen Eigenschaften und ein oder zwei bewunderswerte. Obwohl ich ihm nicht über den Weg traue, kann ich nicht leugnen, daß es so ist.«

»Als ich bei ihm in Kalifornien war...«

Charles wandte seinen Blick ab. »Das hat nichts damit zu tun, Bell.« Er machte ihr unmißverständlich klar, daß er es nicht hören wollte. Bell biß sich auf die Lippen und hielt den Mund.

»Was zählt, ist das Hier und Jetzt«, wiederholte er.

Seite an Seite erreichten sie den Waldrand und sahen in das schummerige Dunkel vor ihnen. Es war ein alter Baumbestand aus Buchen und Eichen, was in dieser Gegend sehr ungewöhnlich war. Vermodertes Laub auf dem Boden dämpfte ihre Schritte. Bell spürte, daß sich die Atmosphäre dieses Ortes wie eine Kapuze um ihren Kopf schloß.

Charles ging voran, und ihr Schweigen wirkte verschwörerisch. Umgestürzte Baumstämme und Äste lagen auf dem Weg, und oft waren sie von dichtem Moos bewachsen. Die Welt schien plötzlich alle Farben bis auf ein mattes Grün und ein dunkles Grau verloren zu haben.

Es ging noch ein Stückchen sanft bergauf, und dann hatten sie den Kamm des Hügels erreicht. Ein dicker Baumstamm lag auf dem Boden. Sie setzten sich auf ihn und sahen auf der gegenüberliegenden Seite ins Tal. Es war die dem Meer zugewandte Seite, und die Bäume waren weniger dicht. Daher hatten sie einen guten Ausblick auf die flache Landschaft. Kein Laut war zu hören, und alles um sie herum schien wie verzaubert.

Charles wandte sich zu ihr um: ein rätselhafter Mann, aber der Mann, den sie wollte.

»Warum bist du hier?« flüsterte er.

Ohne jedes Zögern antwortete sie: »Deinetwegen.«

»Und wirst du bleiben, nachdem du jetzt über mich weißt, was du weißt?«

»Ich habe es von Anfang an gewußt. Charles, willst du, daß ich bleibe?«

»Ich kann dir nichts versprechen, Bell. Du weißt, was mit mir los ist.«

»Willst du, daß ich bleibe?«

»Bitte, bleib! Bleib, bis die Weinlese vorbei ist. Nach der Weinlese«, sagte er, und seine Stimme senkte sich wieder zu einem Flüstern, »werde ich dich entweder bitten, für immer hierzubleiben, oder wir werden beide wissen, daß ich dich fortgehen lassen muß. Bis dahin weiß ich es, das verspreche ich dir.«

Seine Hände legten sich auf ihre Hand, und sie saßen da und sahen einander in die Augen. Bei diesem Licht waren Charles' Augen fast schwarz. Ein unwirkliches Schweigen hüllte den Wald ein, wie um ihnen zu versichern, daß sie keine Worte brauchten.

Dann beugte sich Charles ganz langsam vor. Sein Mund ertastete die Form von Bells Lippen, und seine Zunge fuhr zart die Umrisse nach. Seine Hände legten sich um ihr Gesicht, und ihre Augen erkundeten begierig und wortlos die winzigen Veränderungen, die sich in seinem Blick vollzogen.

Bell fühlte sich hautlos, als seien ihre Nerven und ihre Muskeln seinen Fingern schutzlos ausgesetzt. Da war nichts von der Leidenschaft, die sie empfunden hatte, als er sie zum erstenmal geküßt hatte, und diese träumerische Gewißheit war Lichtjahre von dem strudelnden Sog des Verlangens entfernt, in den Valentine sie gestürzt hatte.

Charles blickte auf und wies mit einer Kopfbewegung auf das flache Land. »Da, sieh es dir an. Ist das der Ort, an dem du sein willst? Hierhin gehöre ich, verstehst du?«

Bell sah auf die Ebene hinaus und erinnerte sich. Château Reynard. Sonnenbeschienener, pockennarbiger gelber Stein. Weißgetünchte Weinkeller. Mit Steinfliesen belegte Fußböden. Weinstöcke, braune Erde und die Jahreszeiten – Nebel, Frost, Regen und Sonne. Sie wäre mit Charles überall hingegangen, aber gerade hier liebte sie ihn besonders.

»Ja«, sagte sie zu ihm. »Ich möchte hier zu Hause sein.«

Er lächelte sie an, und die Stille schloß sich wieder um sie.

Dann verschlug es ihnen den Atem, als ein Schuß durch die Stille peitschte. Er hallte durch den verzauberten Wald, und in den Zweigen über ihnen flatterten Hunderte von Flügeln. Bell schnappte nach Luft und zuckte zusammen. Charles zog sie enger an sich, um sie zu beschützen. Dann lachte er.

»La chasse«, sagte er. »Die Bauern machen Jagd auf Ringeltauben, vermute ich. Wir sollten lieber wieder gehen.« Er stand auf und half ihr auf die Füße. Ihre Finger waren ineinander verschlungen, als sie sich an den Abstieg machten.

»Ich war mit neunzehn Jahren zum letztenmal hier. Jeanne hat mich hiergeführt.« Er wandte sich bei dieser Erinnerung noch einmal kurz um. »Endlos währende Nachmittage. Glühend, heimlich und verwirrend. Ich habe immer einen verzauberten Ort darin gesehen. Außerhalb der Zeit, außerhalb der Realität.«

»Ich danke dir dafür, daß du mich hierhergebracht hast, Charles. Es freut mich wirklich. Ich bin sehr glücklich.«

Er starrte sie an, erst erstaunt, dann dankbar.

»Glücklich? Ich habe es dir doch gesagt, Bell. Du scheinst Glück mitzubringen.«

Bell war klar, daß dieser gemeinsam verbrachte Nachmittag in den stillen, geheimnisvollen Wäldern etwas Besonderes war, einer der seltenen Momente, da er jemanden in sein Vertrauen zog. Charles hatte sie in sein Leben einbezogen, ganz so, wie sie es sich erhofft hatte.

Sie waren zusammen, und sie wollte nie mehr etwas anderes haben.

Als sie wieder aus den Bäumen herauskamen, war die Sonne weit nach Westen gezogen und warf lange Schatten hinter die Grasbüschel. Viele Stunden waren vergangen. Sie liefen jetzt schneller und erreichten den grauen Wagen, der vor dem Gatter geparkt war.

»Charles, ich muß mir Arbeit suchen.«

»Arbeit?«

Bell erklärte es ihm so knapp wie möglich.

Charles runzelte die Stirn.

»War es ein harter Schlag für dich, deine Stellung bei der Zeitung zu verlieren?«

Bell gestattete sich ein zynisches Lächeln. »Nicht so hart wie die anderen Dinge, die mir gleichzeitig zugestoßen sind.«

Zur Antwort lächelte auch er. »Ja. Als erstes könntest du Jacques Lapotin in Bordeaux aufsuchen. Nach der Lese werde ich sehen, was ich sonst noch für dich tun kann.«

»Mach dir darüber jetzt keine Sorgen«, sagte sie eilig. »Ihr fangt morgen mit der Lese an?«

Charles richtete seinen Blick instinktiv zum Horizont, an dem langgestreckte rötliche und graue Wolken hingen. Trotz des Windes war das Wetter beständig.

»Ja, so Gott will. Meine Pflücker sind einsatzbereit, und ich glaube, es ist an der Zeit zu beginnen.«

»Das wäre früher als gewöhnlich.«

Charles runzelte wieder die Stirn, und Bell fiel wieder der Alleinherrscher ein, der Baron, der wie ein Monarch durch seine Keller schritt. »Es ist trotzdem der richtige Zeitpunkt«, sagte er zu ihr. »Wir erwarten einen kalten Herbst.«

Sie hatten den Wagen erreicht, und er hielt ihr die Tür auf.

»Komm nach Reynard und schau uns bei der Lese zu«, schlug er vor und gab ihr damit zu verstehen, daß er ihr die Andeutung verziehen hatte, er beginne überstürzt mit der Lese. Bell strahlte ihn glücklich an.

»Vielleicht am letzten Tag. Du wirst schnell vorankommen wollen, und ich muß mich um einen Job kümmern und Nachforschungen für einen Artikel betreiben.«

»Das klingt sehr ernst. Muß ich bis dahin warten?«

»Hm. Vielleicht.« Sie lachten, ein Lachen, mit dem sie einander neckten, ein Zeichen ihrer Vertrautheit.

Charles fuhr sie zum Le Girafe und setzte sie auf dem Kopfsteinpflaster ab. Als er fortfuhr, winkte er ihr zu und lächelte sie strahlend an. Bell war so glücklich, daß sie sich an nichts zu klammern brauchte.

Bell summte zufrieden vor sich hin, als sie durch Bordeaux lief. Sie wußte, daß sie Glück hatte, daß sie unglaubliches Glück hatte, aber das Leben schien sich wieder eingerenkt zu haben. Es gab immer noch genug Grund zur Unsicherheit, aber an diesem strahlenden Herbstmorgen war es ihr unmöglich, etwas anderes als seligen Optimismus zu empfinden. Als sie lächelnd in den blaßblauen Himmel aufblickte, schweiften Bells Gedanken kurz zu den Weinbergen von Reynard. Sie wußte, daß Charles' Erntehelfer inzwischen mit der Arbeit begonnen hatten, durch die Weinstöcke liefen, sich bückten, die Stiele durchschnitten und die Dolden saftiger Trauben in die bereitstehenden Körbe warfen.

Während der Weinlese war sie immer aufgeregt, aber dieses Jahr hatte sie das Gefühl, dazuzugehören wie die Pflücker.

Bell blieb vor einem großen Haus mit hübschen schmiedeeisernen Gittern vor den oberen Fenstern stehen. Nummer achtundsechzig. Das war es also, dachte sie und stieg die Stufen hinauf, um auf der diskreten Tafel neben der Klingel die Worte *Jacques Lapotin/Négociant* zu lesen.

Monsieur Lapotin hatte ihr Mut gemacht, als sie ihn angerufen hatte. Nach einer längeren Busfahrt von Vayonnes versuchte Bell jetzt, die geschäftsmäßige Haltung einzunehmen, die für ein Vorstellungsgespräch nötig war.

Sie mußte diesen Job haben.

Der rotgesichtige Mann, der hinter seinem Schreibtisch aufstand, um sie zu begrüßen, kam ihr sofort bekannt vor. Bell starrte ihn an und suchte verzweifelt einen Grund dafür, daß sein Anblick ihr solches Unbehagen bereitete. Dann fiel es ihr wieder ein. Natürlich. Er war dabeigewesen, als sie auf ihrem Geburtstagsfest vor den versammelten Gästen verkündet hatte, daß sie auf dem Weg nach Kalifornien und zu Valentine Gordon war. Der Mann wirkte jetzt unpersönlicher, aber es stand außer Zweifel, daß er es war. Auch er erkannte sie.

»Miß Farrer. Sie sind also Miß Farrer. Wollen Sie wirklich hier in Bordeaux arbeiten?«

Bell murmelte, sie wolle ihre Erfahrungen ausweiten und das Gewerbe von möglichst vielen Seiten kennenlernen. Der Mann nickte zufrieden.

»Ja. Bessere Empfehlungen hätten Sie nicht mitbringen können. Baron Charles hat sich sehr wohlwollend über Sie geäußert...«

Er hatte also bereits mit Lapotin über sie geredet. Charles, der Allmächtige. Dankbarkeit durchflutete Bell, und sie ertappte sich dabei, daß sie benommen lächelte.

»Und jetzt, Miß Farrer, erzählen Sie mir am besten, was Sie können.«

Nachdem Bell sich ihm angepriesen hatte, fand sie, der Händler müsse so beeindruckt sein, daß er ihr seinen eigenen Posten anbieten würde.

»Ausgezeichnet.« Er nickte jetzt freundlicher. »Sie kommen genau zur richtigen Zeit. Meine Assistentin kriegt gerade ein Baby. Ich kann Ihnen den Job nicht für alle Zeiten anbieten, aber...« Er zuckte vielsagend die Achseln, als wolle er damit ausdrücken, bei jungen Müttern wisse man nie, woran man sei.

»Das soll mir recht sein«, sagte Bell.

Sie besiegelten ihre Abmachung mit einem Händedruck, als das Telefon auf seinem Schreibtisch läutete.

»Schicken Sie sie rauf«, sagte Lapotin. »Miß Farrer und ich haben unsere Unterhaltung gerade beendet.« Er legte auf und sah Bell über seinen Schreibtisch hinweg an. Bildete sie es sich ein, oder lag da einen Augenblick lang ein Ausdruck nicht nur geschäftsmäßigen Interesses auf seinem Gesicht?

»Freunde von Ihnen, soviel ich weiß«, sagte er zu ihr. Das mußte Charles sein. Bell wandte sich freudig zur Tür um und erwartete, ihn jeden Augenblick eintreten zu sehen.

Dann hörte sie Stimmen auf der Treppe, amerikanische Stimmen, und ein träges Lachen, das ihr so vertraut wie ihr eigenes war. Die beiden Männer, die in der Tür erschienen, waren Bob Cornelius und Valentine.

»Hallo«, sagte Valentine. »Jacques hat mir erzählt, daß ihr euch trefft.«

Offensichtlich freute er sich ganz spontan darüber, sie zu sehen. Ehe Bell sich von der Stelle rühren oder sich überlegen konnte, was sie sagen sollte, umarmte er sie. Über seine Schulter sah sie Bob, der hinter seinen runden Brillengläsern blinzelte und murmelte:

»Hallo.« Bell war peinlich deutlich bewußt, daß sich Lapotins Blick durch ihre Schulterblätter bohrten. Zweifellos beobachtete er diesen kleinen Vorfall äußerst interessiert. Dieser verdammte Kerl. Bell spürte Wut in sich aufsteigen. Sie wollte Valentine meiden und nicht in das gefährliche Netz geraten, das er ständig ausgeworfen hatte. Und doch kam er ihr immer wieder in die Quere. Du, ich, Catherine, Valentine, hatte Charles gesagt. Wir haben alle damit zu tun. Möge Gott uns beistehen.

Valentine durfte nichts mehr damit zu tun haben. Bell würde es nicht zulassen. Sie sah mit geheuchelter Besorgnis auf ihre Armbanduhr.

»Ich muß jetzt gehen. Und du hast sicher Geschäftliches mit Monsieur Lapotin zu besprechen...«

Wie albern und steif und aufgesetzt das alles klang. Sie löste sich von Valentine und hatte es so eilig zu entkommen, daß sie fast mit Bob zusammenprallte.

»Sie scheinen überall nützliche Freunde zu haben.« Lapotins Stimme klang plötzlich schmierig.

»Valentine ist ein wichtiger Kunde. Ich hoffe zumindest, daß er das sein wird. Bleiben Sie und trinken Sie etwas mit uns – Sie können das als den ersten Auftrag ansehen, den Sie für mich erledigen.«

Lapotin stellte bereits Gläser und eine Flasche auf den Tisch.

Bell saß in der Falle.

Als sie endlich wieder auf der Straße stand, hatten Bob und Valentine sie wie zwei Polizisten in die Zange genommen. Valentine lächelte und hielt sich eine Hand über die Augen, denn die Sonne stand schon tief am Himmel.

»Wie denkt ihr über das Essen? Meeresfrüchte? Bell? Bob?« Er hängte sich wieder bei ihr ein, und Bell erstarrte. »Ich war wirklich erstaunt, als Jacques mir erzählt hat, daß er glaubt, du seist diejenige, die Arbeit sucht. Aber es paßt alles zusammen. Ich finde es richtig, daß du jetzt hier bist. Aber warum hast du dich nicht bei mir gemeldet?«

Was glaubst denn du, dachte Bell. Weil ich dich nicht sehen wollte, was denn sonst.

Valentine führte sie sachte, aber entschlossen über den Bürgersteig. Bell widerstand dem flüchtigen Impuls, doch mitzugehen, und sie blieb einfach stehen.

»Valentine, ich habe viel zu tun, ich muß gehen.«

Sie wandte sich ab. »Auf Wiedersehen. Ich rufe dich an. Tschüs, Bob.«

Valentine hörte auf zu lächeln und setzte spöttisch ein bußfertiges Gesicht auf. »Du bist immer noch sauer über den Abend in London?« Bob Cornelius trat zwei Schritte zur Seite und sah sich taktvollerweise fasziniert ein zerrissenes Zirkusplakat an.

»Nein, natürlich nicht.« Bell zwang sich zu einem Lächeln. »Ich brauche nur eine Zeitlang meine Ruhe. Bitte!«

»Ah. Ich verstehe.« Valentines Augen sahen ihr forschend ins Gesicht. Ihm entging wirklich kaum etwas. Er ist zu intelligent, dachte Bell. Bald wird er es sich denken können. Doch er ließ sie achselzuckend los.

»Komm mal nach Larue-Grise«, sagte er mit ruhiger Stimme. »Ich möchte, daß du es dir ansiehst. Im Moment steht es in seiner vollen Pracht.« Er war stolz auf das Gut, von dem Hélène de Gillesmonts Familie stammte. Er sah zu der kraftlosen Abendsonne auf. »So wird es noch zwei Wochen bleiben. Dann müssen wir mit der Lese beginnen. Es wird ein großartiger Jahrgang.«

Bell machte den Mund auf, um ihm zu sagen, daß er zu lange abwartete, doch dann überlegte sie es sich anders. Valentine bemerkte es, und sein zuversichtliches Grinsen wurde breiter. »Du glaubst, ich treibe es zu weit? Ich verlasse mich zu sehr auf mein Glück? Mach dir keine Sorgen, Liebes. Mit meinen neuen Traktoren und den automatischen Pflückmaschinen können wir alles innerhalb von vier bis fünf Tagen schaffen. Nur in sogenannten Châteaus wie Reynard braucht man heute noch zwei Wochen.«

Valentine zog sie an sich und küßte sie energisch auf den Mund. »Komm, wenn du lange genug allein warst.« Dann schlenderte er mit Bob unter den Plantanen weiter.

Bell schlug bewußt die entgegengesetzte Richtung ein. Sie war nicht sicher, wohin sie gehen sollte, aber sie wollte möglichst große Entfernung zwischen sich und Valentine legen. Ich habe ihn verärgert, dachte sie. Doch zugleich rief sie sich ins Gedächtnis zurück, daß das nicht die geringste Rolle spielte.

Valentine, der nur nach außen hin seine ganze Aufmerksamkeit darauf verwandte, mit Bob darüber zu diskutieren, wo sie essen sollten, war keine Spur von verärgert. In seinem Hinterkopf stellte er jedoch überrascht fest, daß Bell Farrer ihm etwas bedeutete. Irgendwie war sie ihm unter die Haut gegangen.

Es war nicht nur so, daß er sie begehrte, obwohl er sie im Moment mehr begehrte als jedes Mädchen, das er je gekannt hatte. Auf eine rätselhafte Weise fühlte er sich von ihr herausgefordert. Außerdem verbarg sie etwas vor ihm. Nach all den Frauen, die Valentine offenen Herzens zu Füßen gefallen waren, verlieh das Bell etwas Exotisches. Und es machte sie nur um so begehrenswerter.

Valentine war sich seines strahlenden, selbstgefälligen Lächelns, das Bell immer wieder erboste, nicht bewußt. Er dachte sich lediglich, daß es eine Weile dauern würde, aber er war sicher, daß er schließlich gewinnen würde. Bell würde ihm ihr Geheimnis präsentieren wie die Perle in einer Auster.

Diese Aussicht regte Valentines Appetit an. Meeresfrüchte, dachte er. Und zwar Austern.

Bell hatte sich den billigsten Wagen gemietet, den sie gefunden hatte. Erst in der folgenden Woche sollte sie ihre Arbeit bei Jacques Lapotin beginnen, aber sie brauchte ab sofort mehr Beweglichkeit. Es wäre unmöglich gewesen, sich auf den Bus zu verlassen, der nur zweimal täglich fuhr und auf seinem Weg nach Bordeaux durch Vayonnes kam. Der Wagen war ein strapazierfähiger kleiner Fiat, der sie an Edwards Wagen erinnerte. Bell fuhr langsam aus Bordeaux heraus und in Richtung Vayonnes.

Zwei Kilometer vor dem Dorf nahm Bell einen anderen Wagen wahr, der gefährlich dicht auffuhr. Der grüne Renault scherte immer wieder aus, um sie zu überholen, und mußte dann in letzter Sekunde wieder einscheren, um in die Kurve zu gehen oder um den Gegenverkehr vorbeizulassen. Als sie das Ortsschild von Vayonnes passierten, hörte sie die Hupe, und zugleich schoß der Wagen an ihr vorbei. Bell drehte sich erschrocken um und sah eine dunkelhaarige Frau am Steuer. Dann war der Renault verschwunden. Mit rücksichtsloser Geschwindigkeit und unter ständigem Hupen fuhr er durch die Ortschaft. Bell schüttelte mißbilligend den Kopf und verlangsamte die eigene Geschwindigkeit, um von der Straße abzubiegen und auf dem Kopfsteinpflaster anzuhalten.

Charles richtete sich auf, weil ihm der Rücken weh tat. Seine Stiefel waren über und über schmutzverkrustet, und er war erschöpft von dem ewigen Bücken. Für ihn bestand zwar keine Notwendigkeit, hier zu sein und wie die Arbeiter die Trauben zu pflücken, aber die Bande zwischen ihm und der Erde seiner Weinberge waren so stark, daß er sich keinen Ort vorstellen konnte, an dem er jetzt lieber gewesen wäre. Er war von allen Seiten von den Pflückern umgeben. Sie und ihre Familien kamen aus den umliegenden Weilern, um Jahr für Jahr die Trauben des Barons zu pflücken. Heute morgen, am ersten Tag der Lese, hatten sie sich wie immer lachend und scherzend an die Arbeit gemacht. Jetzt, am frühen Abend, waren alle müde und schweigsam. Sie waren sich allzusehr bewußt, wie weit sich die grünen Weinstöcke vor ihnen erstreckten und welche schwere körperliche Arbeit ihnen noch bevorstand. Erst in den beiden letzten Tagen würden sie wieder anfangen, Witze zu machen.

Charles blickte zum Himmel auf. Im schwindenden Tageslicht war er blaßblau, aber immer noch klar. Am Horizont zeigte sich ein zartrosa Schimmer, doch er glaubte, etwas in der Luft zu riechen, das ihm gar nicht gefiel. Es war noch weit weg, aber es lag etwas in der Luft. Er warf noch einen letzten Blick auf die Pflücker und vergewisserte sich, daß sie alle hart arbeiteten. Dann rief er Jacopin zu sich. Der kleine Mann wirkte ebenso müde und besorgt wie er. Es würde noch mindestens einen Tag dauern, bis ihre Muskeln sich wieder an diese Arbeit gewöhnt hatten. Die Aufsicht, die der Kellermeister über die Arbeit führte, war so unerbittlich wie die des Barons.

»Noch eine halbe Stunde etwa, bis wir kein Licht mehr haben«, sagte Charles zu ihm. »Wir machen bis dahin weiter.«

Die beiden Männer bückten sich wieder, um sich an die Arbeit zu machen. Charles vergaß die Sorge um die Weinlese. Er dachte an Bell im Wald auf dem Kamm des Hügels und an ihre schimmernde Haut in dem schummrigen Licht.

Schließlich war der Tag vorüber. Die Pflücker rieben sich ihre schmerzenden Muskeln, als sie zwischen den Weinstöcken herauskamen. Heißer Kaffee und Cognac erwarteten sie in der Kellerei. Dann würden sie auseinandergehen und sich auf den Heimweg machen, wenn sie in der Nähe wohnten. Die anderen, die weiter weg lebten, würden sich in ihre Unterkünfte im Küchentrakt des Châteaus zurückziehen.

Die Arbeit begann am kommenden Morgen bei Tagesanbruch, und so würde es jeden Tag sein, bis die letzten Trauben gepflückt waren.

Charles und Jacopin gingen auch auf die Kellerei zu. Die erste Wagenladung Trauben war bereits in den alten Fermentierbottich gekippt worden, und der Geruch des purpurnen Saftes hing schwer und berauschend in der Luft.

Erst als er sich vergewissert hatte, daß alles seine Ordnung hatte, trat Charles in die Dunkelheit und ging auf das Schloß zu. Er sprang leichtfüßig die Stufen hinauf, ohne an irgend etwas zu denken, und spazierte in die erwartungsvolle Stille der majestätischen Eingangshalle.

Ein Lichtstrahl fiel aus der offenstehenden Tür zum Salon auf den Fußboden. Charles drehte sich zur Treppe um, weil er vorhatte, nach oben zu gehen und sich umzuziehen, doch dann zuckte er die Achseln. Vorher wollte er in den Salon gehen und mit seiner Mutter und seiner Schwester etwas trinken.

Der Anblick, der sich ihm bot, ließ ihn erstarrt auf der Schwelle stehenbleiben.

Die drei Frauen saßen stumm da, und ihre Gesichter waren ihm zugewandt. Sie wirkten wie Schauspielerinnen, die ihre Stellung eingenommen hatten und nur noch darauf warteten, daß sich der Vorhang zum letzten Akt hob. Hélène wirkte triumphierend und besorgt zugleich, doch Juliette war unter ihren Sommersprossen bleich vor Angst. Charles sah in das dritte Augenpaar und erkannte sofort die Frage, die in ihm stand.

»Catherine«, sagte Charles leise. Dann wiederholte er ihren Namen fragend. »Catherine? Warum bist du hier?« Aber er wußte es bereits.

Hélène erhob sich würdevoll und gab Juliette einen Wink.

»Wir werden euch allein lassen, Charles. Catherine, meine Liebe.«

Als sie miteinander allein waren, stellte Charles Belanglosigkeiten fest wie etwa, daß Catherine sich zum Abendessen in pastellfarbenen Seidenjersey gekleidet hatte. Ihr dunkles Haar schmiegte sich dicht an ihren Kopf, und sie trug eine Perlenkette, die sie als Hochzeitsgeschenk bekommen hatte. Ihre Erscheinung war so makellos wie immer, aber auch ihre Entschlossenheit war noch die alte, dachte er. Als er seine Hände auf ihre Schultern legte und auf sie heruntersah, fiel ihm auf, wie winzig sie ihm nach Bell vorkam.

Nach Bell.

Wie ein Gazevorhang legten sich die Schuldgefühle und die bösen Vorahnungen über den Raum.

»Warum bist du hier?« fragte er noch einmal.

Auf Catherines Gesicht standen neben ihrem Trotz Verletzbarkeit und Traurigkeit, als sie flüsternd antwortete: »Ich will alles noch einmal mit dir besprechen, Charles. Ich will verstehen, warum es schiefgegangen ist, und ich will wissen, ob wir es nicht in Ordnung bringen können. Seit Valentines Erntefest sind zwei Jahre vergangen. Zwei Jahre, und jetzt ist wieder Erntezeit. Ich konnte nicht länger in Paris bleiben. Ich wollte hiersein, hier bei dir, wenn die Trauben gepflückt werden, hier, wo ich hingehöre. Ehe es zu spät ist. Bitte, Charles.«

Bis auf das Ticken der Porzellanuhr auf dem Kaminsims herrschte Stille im Raum. Als die Sekunden sich dahinzogen, wurde Charles klar, was sie meinte. Es gab also doch kein Hintertürchen. Kein Entkommen davor, zu verletzen und sich verletzen zu lassen. Der Gedanke daran, was er Bell antun mußte, traf wie ein Schlag. Dann wurden seine Züge vor Zorn und Ablehnung hart.

»Und wie stellst du dir einen neuen Anfang vor?« fragte er mit der graueneinflößenden Kälte, an die sich Catherine nur allzugut erinnerte. Sie nahm seine Hände in ihre und sagte sanft: »Vor allem stelle ich mir vor, daß wir nicht so miteinander umgehen. Indem wir einander sachte und geduldig behandeln. Ich bin deine Frau, Charles, hast du das vergessen? Wirst du versuchen, dich um uns zu bemühen?«

Charles seufzte und nahm sie dann widerstrebend in seine Arme. Als sein Gesicht auf ihr Haar sank, spürte er die absolute Vertrautheit ihres Körpers und roch den unvergessenen Duft ihrer Haut.

Ich bin deine Frau, Charles.

Juliette hatte sich vom Salon aus auf geradem Wege in Charles' Arbeitszimmer zurückgezogen. Eine Zeitlang saß sie auf einem seiner abgenutzten Sessel und dachte nach und kaute dabei versonnen auf einem Fingernagel herum. Catherine war zurückgekommen, und sie war noch dieselbe Catherine, die Juliette mochte und bewunderte. Aber gleichzeitig war sie reifer geworden, und das stand ihr gut. Juliette vermutete, daß diese Reife aus Catherines Erfahrungen in Paris resultierte, aber gerade diese Erfahrungen mußten Catherine schließlich davon überzeugt haben, daß sie zu ihrem Mann und nach Reynard gehörte.

Juliette ruckelte bei diesem Gedanken unruhig herum. Sie war zwischen ihrer Loyalität gegenüber ihrer Schwägerin und ihrer Freundschaft mit Bell qualvoll hin und her gerissen. Ihrer Verantwortung für Bell.

Die Engländerin saß dort draußen auf dem Lande allein in ihrem kalten kleinen Ferienhäuschen und wartete und glaubte fest daran, daß Charles zu ihr kommen würde. Und das tat sie, weil Juliette sie dazu ermutigt hatte.

Das Abendessen auf Château Reynard verlief an jenem Abend unerfreulich. Juliette war gewöhnlich diejenige, die am meisten redete, aber heute war sie still, und der Gedanke an das, was bevorstand, deprimierte sie. Gelegentlich warf sie einen Blick auf Charles und versuchte herauszufinden, was er empfand, doch sein Gesicht war bis auf die harten Züge seines zusammengekniffenen Mundes ausdruckslos. Sie vermutete, daß er vor dem Essen etwas getrunken hatte, und jetzt ließ er sein Essen stehen und trank gleichmäßig weiter. Ihr Leben lang hatte Charles zu viel Selbstbeherrschaung besessen, um sich je zu betrinken, und sie wußte, daß es auch heute nacht nicht soweit kommen würde. Also trank er mit Sicherheit, um sich abzustumpfen, und Juliette fürchtete, daß ihm das nicht gelingen würde. Charles tat ihr entsetzlich leid, aber auch die beiden Frauen, die auf ihn warteten. Sie waren so verschieden voneinander, doch beide liebten ihn.

Hélène übernahm die Gesprächsführung, und Catherine tat, was sie konnte, um die trübselige Atmosphäre aufzulockern. Auch Catherine warf von Zeit zu Zeit einen Blick auf Charles, fragende, fast flehentliche Blicke, doch er schien sie nicht zu bemerken. Das Gespräch der drei Frauen über eine Neuausstattung der Zimmer im oberen Stockwerk kam nur stockend in Gang.

Endlich hatten sie die Mahlzeit hinter sich gebracht. Charles stieß seinen Stuhl zurück und stand auf.

»Würdet ihr mich entschuldigen?« sagte er abrupt und sah von Hélène zu Catherine, als seien sie gemeinsam für das grimmig aufrechterhaltene höfliche Benehmen verantwortlich. »Ihr wißt schon, die Weinlese«, erklärte er mit einer übertriebenen Geste. »Ich habe sehr viel zu tun.«

Catherine blickte ihm nach und biß sich auf die Lippen. Tränen standen in ihren Augen, doch sie unterdrückte sie, ehe die beiden anderen sie sehen konnten.

Juliette entschuldigte sich ebenfalls. Sie stieg mit schweren Schritten die Treppe hinauf, um ihren Mantel und ihre Wagenschlüssel zu holen, und als sie wieder herunterkam, traf sie auf Charles. Er schlich sich wie ein Gespenst aus seinem Arbeitszimmer. Erst starrte er sie nur an. Dann umklammerte er ihr Handgelenk mit eisernem Griff.

»Wohin willst du?«

Juliette roch den Cognac. Armer Charles.

»Zu Bell. Sie muß wissen... oh!«

Charles zerrte sie näher und verrenkte ihr beinahe das Handgelenk.

»Findest du nicht, daß du dich schon mehr als genug eingemischt hast?« Sie hatte ihn noch nie derart wütend erlebt, noch nie so wütend auf sie. »Glaubst du, irgend jemand anders und nicht ich sollte jetzt zu Bell fahren?«

»Ja. Nein... ich dachte nur...«

»Dann hör auf zu denken, Juliette! Laß uns in Ruhe! Laß mich in Ruhe!«

Er ließ ihre Hand los, stieß sie von sich und verschwand aus der Eingangshalle in die Dunkelheit.

Wenige Sekunden später hörte sie den Mercedes abfahren. Plötzlich stand Catherine neben ihr.

»Was geschieht hier, Juliette?«

»Ich weiß es nicht«, sagte sie mehr oder weniger wahrheitsgemäß. »Ich weiß es wirklich nicht.«

Bell saß in der Stille ihres kleinen Hauses. Sie hatte eine einfache Mahlzeit zu sich genommen und dabei ein Buch neben sich aufgeschlagen gehabt. Gerade war sie draußen gewesen, um im Hof Holz zu holen und den Korb mit Scheiten nachzufüllen. In dem Moment waren die Lichter ausgegangen. Die Hunde hinter dem Haus hatten sofort angefangen, hysterisch zu bellen, und eine vage Furcht war ihr über den Rücken gelaufen. Die glühende Röte des Feuers warf gerade so viel Licht in den Raum, daß sie etwas sehen konnte; doch plötzlich füllte sich das Zimmer mit bedrohlichen Schatten, und draußen war alles tiefschwarz.

Das brachte ihr gegen ihren Willen wieder ihre Einsamkeit zu Bewußtsein – und die unverschlossene Tür, die direkt in die Nacht hinaus führte.

Fang bloß nicht an, dich zu fürchten, schalt sie sich. Das ist nur ein Stromausfall. Such ein paar Kerzen.

Sie tastete immer noch in den pechschwarzen Nischen der Küche herum, als der Strahl einer starken Taschenlampe über den Hof näher kam. Es war Monsieur Durand, der einen Karton unter den Arm geklemmt hatte.

»Das ist der Generator«, sagte er verdrossen. »Im Winter kommt das oft vor, und zwar vorzugsweise dann, wenn wir zum Abendessen ein volles Haus haben. Es kann eine Weile dauern, bis sich einer der Ingenieure überreden läßt, rauszukommen und den Schaden zu richten. Hier sind ein paar Kerzen.« Er kramte in der Kiste herum. »Und Streichhölzer. Kommen Sie allein zurecht?«

»Aber natürlich«, versicherte Bell mehr zu sich selbst als dem Restaurantbesitzer. Sie liefen gemeinsam durch das Zimmer und zündeten die billigen weißen Haushaltskerzen an und steckten sie in Kerzenhalter. In dem weichen Kerzenschein war das Zimmer noch hübscher, aber trotzdem lauerten seltsame Schatten unter der Treppe und hinter der Küchentür.

Monsieur Durand stapfte wieder zum Haus zurück, und Bell setzte sich und versuchte, beim Licht von zwei Kerzen, die in einem Kerzenhalter auf ihrer Stuhllehne standen, zu lesen. Es war aussichtslos. Kurz darauf ließ sie das Buch auf den Boden gleiten und starrte statt dessen versonnen in das Feuer.

Ihr Kopf und ihr Herz standen noch ganz unter dem Eindruck von Charles – seit gestern, als sie diese Stunden in dem Zauberwald verbracht hatten. Sie würde mit Freuden alles für ihn aufgeben. Ob er nach der Ernte zu ihr kam oder ob er Monate oder Jahre brauchte – sie würde auf ihn warten. Am Ende würde er ihr gehören. Sie mußte fest daran glauben. Und sie würde die Ungewißheiten ihrer Karriere und die Freiheit eines selbständigen Lebens mit Freuden gegen den unerbittlichen Lauf der Jahreszeiten an Charles' Seite eintauschen.

Sie war so tief in Gedanken versunken, daß der Wagen bereits vor dem Haus vorfuhr, als sie ihn hörte. Die Scheinwerfer glitten über ihre Fenster, und der starke Motor verstummte plötzlich. Vielleicht wollte jemand ins Le Girafe.

Sie hörte Schritte und eine Hand, die auf ihre Türklinke drückte.

»Wer ist da?« Ihre Stimme war schrill und erkennbar voller Angst.

»Charles«, lautete die geflüsterte Antwort.

Bell riß die Tür auf, und er trat in das Zimmer. Er mußte den Kopf unter den geschwärzten Balken einziehen. Das verwirrte Lächeln, mit dem sie ihn begrüßte, verflog, als sie sein Gesicht sah. Er war sehr blaß, und seine Augen funkelten gefährlich im flackernden Schein der Kerzen.

Charles streckte seine Arme aus und zog sie an sich. »Ich mußte kommen«, flüsterte er. »Hast du etwas dagegen?«

Bell schüttelte den Kopf. Sie freute sich, aber seine impulsive Art überraschte sie. Sie wollte ihn etwas Belangloses fragen, doch er verschloß ihr den Mund mit seinen Lippen. Augenblicklich suchte seine Zunge nach ihrer, und er zog sie mit einer Erbarmungslosigkeit an sich, die ihr neu war. Sein Gesicht lag glühend heiß auf ihrer Wange, aber seine Hände waren eiskalt.

Als Bell nach Luft schnappte und ihren Kopf zurückbog, sperrte er die Augen weit auf. Sein klares Profil schwebte über ihrem Gesicht und blieb einen Moment lang unbewegt. Seine Augen durchbohrten sie gnadenlos. Dann fragte er mit beinahe sich überschlagender Stimme: »Bell, ich muß etwas wissen. Ich muß dich näher kennenlernen. Ich muß dich besitzen. Bist du dazu bereit?«

Das war es also. War das wirklich schon alles? War das ein solches Problem? Bell erinnerte sich instinktiv daran, wie sehr sich diese Situation von Valentines lässigen Annäherungsversuchen unterschied. Dieser Augenblick, dieser kurze Augenblick ließ einen Schauer des Triumphes und der Erregung über ihren Rükken rieseln, wie sie ihn bisher noch nie erlebt hatte.

Natürlich würde sie sich Charles hingeben. Bereitwilligst. Mit sehnsüchtigem Verlangen. Entschlossen hob sie den Kopf, damit ihre Lippen einander wieder berühren konnten.

»Ja«, sagte sie. Sekundenlang hing das geflüsterte Wort zwischen ihnen in der Luft, ehe er seine Hände auf ihren Hals legte und mit einer einzigen heftigen Bewegung ihre Bluse von ihr riß. Ihre nackten Schultern und Brüste schimmerten im flackernden Schein des Feuers und der Kerzen.

9

Bell beugte sich über Charles und küßte sein Gesicht. Sie stellte fest, daß seine Augen fest geschlossen waren, und schockiert schmeckte sie die salzigen Spuren von Tränen. Es konnten doch nicht ihre eigenen Tränen sein, oder etwa doch? Sie beugte sich wieder über ihn und versuchte, mit ihrem Haar auch noch den Schein der einzigen Kerze von seinem Gesicht fernzuhalten.

Die intime Beleuchtung ließ das winzige Zimmer noch kleiner erscheinen, als es war. Bells Welt war sogar innerhalb dieser engen Grenzen noch einmal geschrumpft und bestand nur noch aus dem hohen Messingbett und dem nackten Mann, der verkrampft in ihren Armen lag. Darüber hinaus existierte für sie nichts auf Erden.

Es war so einsam hier.

Obwohl sie Charles' Haut unter ihren Handflächen spürte, sein Körper an sie geschmiegt war und sein Atem in ihr Gesicht wehte, fühlte sie sich allein. Sie waren so weit voneinander entfernt, als sei eine dicke Scheibe Spiegelglas zwischen sie geglitten.

O ja, es hatte sehr schön angefangen. Er hatte sie die schmale Wendeltreppe mehr oder weniger hinaufgetragen und sie dann bei Kerzenschein ausgezogen. Sein Gesicht hatte starkes sinnliches Verlangen ausgedrückt, aber seine Hände hatten gezittert. Bell hatte sich so sicher gefühlt, und sie hatte ihn so sehr begehrt.

Einige wunderbare Momente lang hatten sich der unnahbare Baron und der leidenschaftliche Mann zu einem Menschen verbunden, und er hatte ihr gehört. Bell legte die Stirn in Falten und versuchte sich zu erinnern, was geschehen war. Irgendwann war irgend etwas schiefgegangen. Der Schatten eines Zweifels – und sie hatte ihn verloren.

Und doch gab es keinen wirklichen Grund dafür, daß sie sich derart zurückgewiesen fühlte. So kraß von ihm getrennt. Er hatte getan, was er sich vorgenommen hatte, gekonnt und blutleer. Selbst in den Sekunden der größten Nähe, in denen er sich in ihren Armen starr aufgerichtet und bebend auf sie gesunken war, hatte er ihr nicht gehört.

Bell seufzte tief. Und jetzt, dachte sie, hatte er geweint. Warum bloß? Warum, wenn doch alles so einfach zu sein schien? Mit grimmigem Pessimismus begann Bell daran zu zweifeln, daß es ihr je gelingen würde, ihn aufzutauen. Dann stieß sie diesen Gedanken unwillig von sich.

Charles bewegte sich und schlug die Augen auf. »Es tut mir leid«, sagte er. »Es war meine Schuld, daß es nicht so gut war, wie es hätte sein können.« Dann sah er ihren Körper an, der ausgestreckt neben ihm lag, und sagte zärtlich: »Du bist sehr schön.«

Bell lächelte. »Typisch französische Galanterie. Aber zum Versagen gehören immer zwei. Was ist los, Charles? Willst du es mir nicht sagen?« Wieder verschloß sich sein Gesicht in Abwehr, und ihre Sorge wuchs.

»Erzähl schon«, forderte sie ihn auf und bemühte sich, ihre Stimme unbeschwert klingen zu lassen. »Ich kann es verkraften, was immer es sein mag.«

Charles' Gesicht wurde finster, und er schüttelte den Kopf. Bell wartete, aber es kam kein weiteres Wort.

»Soll ich uns einen Drink holen?« flüsterte sie schließlich.

»Ja, bitte.«

Bell tappte nach unten, um die Cognacflasche zu suchen. Dabei blies sie die Kerzen aus.

Charles trank sein Glas auf einen Zug leer. Dann ließ er seinen Kopf auf die harten Kissen fallen. Seine Augen schlossen sich, und Bell beobachtete, wie er von einer Sekunde zur nächsten einschlief. Er wirkte angespannt und erschöpft. Das Kerzenlicht ließ seine eingefallenen Wangen noch hagerer erscheinen und warf dunkle Schatten unter seine Augen.

Wie verletzbar Menschen doch im Schlaf sind, dachte Bell. Zu ihrem Erstaunen stand ihr plötzlich das Bild des schlafenden Valentine vor Augen, wie er in ihrer Suite in Las Vegas unter rosa Nylonrüschen lag. Darüber mußte sie lachen.

Als sie ihr Glas ausgetrunken hatte, lehnte sich Bell zurück und deckte sie beide zu. Wenigstens war er da, bei ihr.

Sie preßte ihr Gesicht an Charles' Schulter und atmete seinen warmen, männlichen Geruch ein. Schließlich würde doch noch alles gut werden, redete sie sich ein, als sie einschlief. Sie würde es schon schaffen.

Die Kerze flackerte kurz auf und erlosch.

Charles war schon wach, als sie wieder die Augen öffnete. Das schmutziggraue Viereck aus Licht am Fußende des Bettes sagte ihr, daß es gerade begann, hell zu werden. Charles' Mund lag an ihrem Ohr.

»Ich muß gehen«, sagte er.

»Warte!« Bell streckte sehnsüchtig die Arme nach ihm aus. Sie mußten ins reine kommen, ehe er fortging und sie allein ließ. Sie legte ihre Arme um seine Schultern, um ihn wieder an ihren warmen Körper zu ziehen. Mit ihrer Zunge fuhr sie über die blonden Haare auf seinem Nacken. Einen Moment lang gab er ihr nach. Dann verspannte er sich wieder, löste sich von ihr und stand auf. Sie lag da und starrte ihn an.

»Nicht jetzt«, flüsterte er. »Nicht jetzt.« Er zog das verknitterte weiße Hemd und seinen unpassenden schwarzen Frack an. »Jacopin erwartet mich schon.«

Bell nickte und fand sich betroffen damit ab. Die Weinlese mußte weitergehen.

Als er mit offenem Hemd und lose an seinem Hals baumelnder Krawatte und mit unrasierten Wangen in ihrem kleinen Zimmer stand, wirkte Charles wie ein Bohemien. Er sah attraktiver aus als je zuvor, und Bell wünschte, er wäre wieder in ihr Bett gekommen.

»Adieu«, sagte er. Was stand in seinem Gesicht? Reue? Schuldbewußtsein? Sorge oder gar Angst?

Bell lauschte seinen Schritten, ehe sie sich umdrehte und sich bemühte, wieder einzuschlafen.

Charles zögerte einen Moment, ehe er die Reynard entgegengesetzte Richtung einschlug. Er hielt in einem kleinen Weiler mit einem winzigen Kirchlein an und sah auf seine Uhr, als er die Glokken eindringlich läuten hörte. Sieben Uhr, Frühmesse.

Charles schlüpfte in den Beichtstuhl. Der gähnende junge Geistliche starrte einen Moment lang den unrasierten Mann in seiner Abendkleidung an.

»Vergib mir, Vater, denn ich habe gesündigt.«

Der Geistliche faltete seine Hände, um sich die Beichte des Barons geduldig anzuhören.

Um acht Uhr hatte Charles wieder seine derben Stiefel an und war mit Jacopin auf dem Weg zu den Weinbergen.

Catherine hatte in dem kärglich eingerichteten Zimmer geschlafen, das Bell damals bewohnt hatte. Als sie aufstand, sah sie ihren Mann mit dem Kellermeister an seiner Seite über den Rasen laufen. Sie lächelte über diesen vertrauten Anblick und begab sich dann in ihr luxuriöses Bad, um zu duschen.

Weder an diesem noch am kommenden Tag hörte Bell etwas aus dem Château Reynard.

Sie war ohnehin beschäftigt.

Sie mußte ihren Bericht über die Weinlese vorbereiten und saß pflichtbewußt vor ihrer Reiseschreibmaschine, um ein paar Ideen grob zu skizzieren. Ihr ging auf, daß sie besser beraten wäre, wenn sie vor Antritt ihrer Arbeit bei Monsieur Lapotin ihr Können als Sekretärin entstaubte und die Spinnweben entfernte, doch diese Aussicht langweilte sie so tödlich, daß sie beschloß, auch so zurechtkommen zu müssen.

Am dritten Tag frühstückte Bell bei den Durands. Als das Frühstücksgeschirr abgeräumt war, erteilte Madame Durand Bell die versprochene Lektion in der Herstellung gleichmäßiger Teigstücke für eine Brioche. Das Telefon läutete ständig, und jedesmal dachte Bell, es müsse Charles sein. Oder wenigstens Juliette.

Morgen, sagte sich Bell, als sie wieder in ihrem Häuschen saß. Ihre Ungeduld begann ihr die Selbstbeherrschung zu rauben. Morgen war Sonntag, und sicher wurde in den Weinbergen weniger gearbeitet als an den Wochentagen. Sie würde dem Château Reynard einen Besuch abstatten und sich ansehen, wie man mit der Weinlese vorankam. Und sie wollte ihre Freunde besuchen.

Charles war seltsam und distanziert, aber Bell sagte sich, daß sie das von Anfang an gewußt hatte. Mit seinen sorgsam aufgebauten Abwehrmechanismen, die seinem Selbstschutz dienten, war er kein Mann, dem man leicht näherkommen konnte, und diese Herausforderung war es, die sie immer gereizt hatte. Eines Tages würde sie den vollkommenen Durchbruch schaffen, und je schwieriger er sich jetzt erwies, desto offener und natürlicher würde sie selbst sich geben. Sie hatte vor, ganz unbefangen in Reynard vorbeizuschauen. Niemandem würde es merkwürdig vorkommen.

Während sie sich Gedanken über Charles machte, stellte Bell fest, daß es ihr schwerfiel, an die Nacht zu denken, die sie mit Charles verbracht hatte.

Er hatte sie begehrt, daran bestand kein Zweifel. Aber trotzdem war es ihm gelungen, seine innere Distanz zu wahren. Im Grunde genommen war sie entrüstet, wenn sie bedachte, wie offen und bereitwillig sie ihm entgegengekommen war. Er war ein seltsamer, geheimnisvoller Mann. Bei der Erinnerung an seine Hände auf ihrem Körper lief Bell ein Schauer über den Rücken.

Sie war nicht sicher, welche Form von Spiel von ihr erwartet wurde, und sie lehnte Spiele ohnehin ab. Sie gestand sich ein, daß seine Anziehungskraft nicht nachgelassen hatte. Folglich mußte sie einfach weitermachen, bis sie ihn für sich gewonnen hatte.

Sie war schließlich auf sich gestellt. Heute war sie groß genug und stark genug.

Der Sonntag war ein schöner, klarer Tag.

Valentine strahlte vor Vergnügen, als die Schatten der Pappeln, die die Straße säumten, auf sein Gesicht fielen. Das Motorrad schnurrte freundlich, und die weiße Straße schlängelte sich verlokkend vor ihm.

»Reynard«, murmelte er.

Er fuhr zum Wohnsitz der de Gillesmonts, und dieses Wissen gab der Fahrt und seiner Vorfreude eine besondere Würze. Valentine lächelte noch strahlender, als er auskostete, wie geheimnisvoll die Einladung war. Sekunden später sah er das Château auf dem niedrigen Hügel und bog in die Einfahrt ein. Kies spritzte zur Seite, als er das Motorrad unter den Fenstern von Hélènes Salon anhielt. Als Valentine sich zurücklehnte, um zu den klassischen Proportionen aufzublicken, die über ihm aufragten, kam eine schlanke Gestalt aus dem Haus und trat auf die Treppe. Sie zögerte einen Moment lang und kam dann auf ihn zu.

Catherine de Gillesmont war so schön wie damals, dachte Valentine, und ebenso entschlossen, ihren Kopf durchzusetzen. Warum war sie wieder hier, und warum hatte sie ihn so eindringlich gebeten, sie nach so langer Zeit ausgerechnet hier zu besuchen?

»Valentine. Ich danke dir, daß du so schnell gekommen bist.« Sie sahen einander in die Augen. Valentine stellte fest, daß sie ihn fest und ernst ansah. Er ignorierte die ausgestreckte Hand und beugte sich vor, um sie auf die Wange zu küssen und einen Moment lang die Erinnerungen auszukosten, die der Duft ihres Parfüms wiederaufleben ließ. Sein Mund berührte ihre Lippen, doch Catherines Körper war steif und unnahbar.

Soso, dachte Valentine. Als Freund herbei zitiert und nicht als Liebhaber.

»Wie hätte ich einer derart mysteriösen Aufforderung widerstehen können?« antwortete er leichthin. »Du siehst wunderbar aus, Catherine.«

»Komm rein«, sagte sie lediglich, und sie stiegen gemeinsam die Treppe hinauf.

Bell fuhr langsam auf Reynard zu. Der Altweibersommer schien kein Ende zu nehmen. Vielleicht sollte Valentine doch recht behalten, dachte Bell. Jeder zusätzliche Sonnentag würde seinen Trauben guttun und ihnen den ganz besonderen Geschmack verleihen.

Auf der Fahrt durch das Weinanbaugebiet stellte Bell fest, daß beiderseits der Straße reges Treiben herrschte. Man hatte auf fast allen Gütern mit der Lese begonnen. Nach dem langen, warmen Herbst, in dem genau die richtige Menge Regen gefallen war, sah es ganz nach einem großartigen Jahr aus. Wenn Valentine ein riskantes Warten auf die letzten Sonnenstrahlen gut überstand, konnte es für ihn ein Spitzenjahrgang werden. Sie hoffte es für ihn. Das hatte er wirklich verdient.

Auf dem Hügel links neben der Straße lag das Château Reynard. Bell dachte absichtlich weiterhin an Valentine und seine ultramoderne Technologie. Sie wollte sich ihre Sorglosigkeit bewahren. Nicht einmal unterbewußt durfte das Gefühl in ihr aufkommen, sich in die Höhle des Löwen zu begeben.

Sie fuhr durch das Tor und die Auffahrt hinauf. Aus dem Augenwinkel sah sie die Gestalten zwischen den Weinstöcken. Charles war ein gebieterischer Herrscher, dachte sie versonnen.

Dann hielt sie auf dem Kies vor der klassischen Fassade an. Einen Moment lang kam ihr etwas unstimmig vor, doch sie wußte nicht, was. Dann sah sie es. Ein schweres metallic-blaues Motorrad war unter den Fenstern des Salons geparkt. Die de Gillesmonts hatten an diesem Sonntagmorgen noch einen weiteren Besucher...

Valentine saß auf einem zierlichen Stuhl und hatte seine langen Beine vor sich ausgestreckt. Er musterte Catherine skeptisch, als sie sich vorbeugte und mit leiser, eindringlicher Stimme sprach.

Schließlich fiel er ihr ins Wort. »Alles recht und schön, aber ich fühle mich hier immer noch fehl am Platz. Charles reißt mir wahrscheinlich den Kopf ab, wenn er mich sieht. Wo steckt er überhaupt?«

Catherine winkte ungeduldig ab. »In den Weinbergen natürlich, wo sonst? Bitte, Valentine! Du mußt mir helfen, die Spannungen hier abzubauen. Du hast immer noch sehr viel damit zu tun, verstehst du. Ich bin zu Charles zurückgekommen, und ich will, daß es wieder so wird, wie es war – wie es vorher war.«

»Hm. Das ist leichter gesagt als getan. Sehen wir doch mal, ob ich es kapiert habe. Wir streben ein Ende der Fehde zwischen Gordon und de Gillesmont an? Einen Händedruck unter Männern, ein mürrisches ›Tut mir leid, Alter, daß ich es mit deiner Frau getrieben habe‹, und dann ist alles wieder in Butter? Jesus Christus. Katie, er hat mich zu einem Duell herausgefordert. Oder erinnerst du dich etwa nicht mehr daran? Wir können einander nicht ausstehen!«

»*Bitte,* Valentine.«

»Okay. Tut mir leid. Du willst mich als harmlos und liebenswürdig darstellen, als einen leutseligen Amerikaner aus der Nachbarschaft, der rein zufällig zur falschen Zeit am falschen Ort war? Ich kann den ganzen Wirbel nicht verstehen. All das bin ich doch sowieso. Wenn man davon absieht«, sagte er und grinste sie an, »daß es vielleicht der falsche Zeitpunkt war, aber mit Sicherheit der richtige Ort.«

Catherine war nicht nach seinen Scherzen zumute. Ihr Gesicht blieb bleich und ernst.

»Hör zu. Ich will Charles zeigen, daß das zwischen dir und mir nichts Ernstes ist – und nie ernst war.« Sie holte tief Atem und legte ihre weißen Hände Finger an Finger zusammen, als wolle sie einer Schulklasse etwas Kompliziertes erklären. »Und das kann ich ihm nicht zeigen, wenn du wie eine unsichtbare Bedrohung in der Nachbarschaft lebst. Wir wollen uns wie kultivierte Menschen benehmen. Laß uns alle zusammen essen. Ich erwarte nicht, daß ihr euch anfreundet...«

»Das siehst du realistisch.«

»Aber mir würde es helfen, die Dinge mit Charles wieder ins reine zu bringen, wenn wir diesen Kriegszustand beenden könnten.«

Valentine sah ihr einen Moment lang ins Gesicht und sagte dann ernst: »Du willst wirklich, daß etwas daraus wird?«

Catherine nickte nachdrücklich. »Ich muß es versuchen. Ich habe versucht, ohne ihn zu leben, zwei endlose Jahre lang, und es ist nichts geworden. Und mit anderen Menschen klappt es auch nicht. Ich vermisse Charles zu sehr. Jetzt weiß ich, daß ich ihn wieder für mich gewinnen will.« Sie schwieg einen Moment lang und fügte dann hinzu: »Es war sehr schwer, hierher zurückzukommen. Charles kann einem angst machen. Seine Rüstung ist nicht leicht zu durchdringen.«

Valentine überlegte es sich sorgsam.

»Ja. Sieh mal, Catherine, ich mag deinen Mann nicht besonders. Ich kann sehr schlecht mit seiner Arroganz und seiner Überheblichkeit umgehen, und mit seinen Scheuklappen erst recht nicht. Aber um deinetwillen werde ich versuchen, das Kriegsbeil zu begraben. Reicht das?« Valentine lächelte wieder strahlend, als er sich genüßlich auf der zierlichen Sitzgelegenheit streckte. »Weißt du was? Bringen wir es doch gleich hinter uns. Ich bleibe zum Mittagessen, aber nur, wenn Charles eine Flasche Krug aufmacht.«

Catherine stand auf, und ein mattes Lächeln ließ ihren verkniffenen Mund und ihr spitzes Kinn weicher wirken. »Danke«, sagte sie. »Ich gebe den Champagner sofort in Auftrag.«

Als sie mit anmutigen Bewegungen zur Klingel ging, sah sie den kleinen Fiat, der gerade vor dem Château anhielt. Ein Mädchen stieg aus, blieb einen Moment lang zögernd stehen und sah an der Fassade hinauf. Catherine sah eine üppige dunkle Lockenpracht, ein ausdrucksstarkes Gesicht, das wahrscheinlich schön war, wenn es lachte, und eine schlanke Gestalt, die sich trotz ihrer Größe anmutig bewegte.

»Wer kann das wohl sein?« murmelte Catherine.

Valentine trat an das Fenster und schaute hinaus.

»Weißt du das nicht? Das ist Bell Farrer. Ich bin übrigens mit ihr befreundet. Mit Charles und Juliette ist sie auch befreundet. Sie ist etwas ganz Besonderes.«

»Ach, wirklich?« sagte Catherine.

Marianne öffnete Bell die Tür. Das Mädchen lächelte sie nervös an. »*Bonjour, Madame.* Sie sind im Salon. Wenn Sie mir bitte folgen würden...«

Bell folgte ihr ins Haus.

Die geräumige, hohe Eingangshalle, die gewundene Treppe, die unter dem prächtigen Kronleuchter nach oben führte – alles war noch genau so, wie sie es in Erinnerung hatte. Sogar der schwache Geruch nach Bienenwachs und Möbelpolitur hing in der Luft.

Marianne hielt ihr die Tür auf, und Bell hörte, daß den Anwesenden ihr Name genannt wurde. Selbst wenn sie noch so entschlossen war, sich ganz ungezwungen zu geben, mußte Bell sich jetzt zusammenreißen. Hélène ist sicher da, dachte sie. Und Charles haßt vermutlich Überraschungen. Aber es war zu spät, sich jetzt Gedanken darüber zu machen. Sie konnte nur hoffen, daß Juliette auch da war.

Der erste Mensch, den sie sah, stand mit den Händen in den Taschen so salopp da, als lebte er hier. Es war *Valentine*. Das Motorrad. Natürlich.

Aber...

Dann sah sie das elegante dunkelhaarige Mädchen, das auf Hélènes Stuhl an dem marmornen Kamin saß. Auch ihre Haut war wie Marmor und hatte doch den warmen Schimmer, der der Perlenkette an ihrem Hals entsprach.

»Bell! Schön, dich zu sehen.« Valentine legte einen Arm um ihre Schultern und führte sie näher zu dem Gesicht, das sie nicht erkennen wollte. Es konnte doch nicht sein...

»Catherine sagt, daß ihr euch noch nicht kennengelernt habt. Catherine de Gillesmont, Bell Farrer.«

Sie kämpfte mühsam gegen die eisernen Klammern an, die sich um ihre Brust und ihre Kehle legten und sie zu ersticken drohten.

»Guten Tag, Bell.«

Die Baronin hielt ihr die Hand hin. Ihre Begrüßung war eine Spur herzlicher als vor vielen Wochen die von Hélène, aber wirklich nur eine Spur. Charles' Frau wirkte sehr kühl und fast feindselig. Panik und Verwirrung stiegen in Bell auf, als sie nach den rechten Worten suchte.

Nichts stimmte mehr. Was hatte Catherine nach all dieser Zeit hier zu suchen? Und warum hatte niemand Bell erzählt, daß sie hier war?

O Charles! Plötzlich sah sie deutlich vor sich, wie es sich abgespielt haben mußte: Er hatte es in jener Nacht gewußt und ihr nichts davon gesagt.

Bell wollte spontan die Flucht ergreifen, augenblicklich diesem schicken Salon und der eleganten Fremden entkommen, die so perfekt in diese Umgebung paßte. Aber sie blieb wie angewurzelt auf der Stelle stehen, brachte kein Wort heraus und errötete wie ein Schulmädchen, das beim Abschreiben ertappt worden ist.

Valentine kam ihr zu Hilfe. Er nahm ihre Hand und führte sie zu einem der Sofas mit den Seidenbezügen.

»Ich habe mich gerade zum Mittagessen eingeladen.« Er grinste sie an. »Ich glaube, das solltest du auch tun. Findest du nicht auch, Katie?«

Katie? Und was hatte Valentine hier zu suchen, hier im Herzen des feindlichen Territoriums? Bell kam sich vor, als seien alle vernünftigen Wegweiser auf Erden abmontiert und an den falschen, den erschreckend falschen Orten wieder aufgestellt worden.

»Natürlich«, sagte Catherine höflich. »Ich wollte gerade läuten und uns Champagner bringen lassen, ebenfalls auf Valentines Beharren hin. Aber ich glaube, es geht schneller, wenn ich ihn selbst hole.« So, wie sie das sagte, klang es wie eine Reise ins Ungewisse. »Und ich sollte Madame Robert Bescheid geben, daß wir zwei Gäste zum Mittagessen haben.«

Bells Blicke folgten ihr, als sie mit der perfekten Körperhaltung einer eleganten Französin zur Tür ging und ein diskreter Duft von Lilien und Flieder durch den Raum wehte. In Gegenwart von Charles' Frau fühlte sich Bell ungeschickt, schmuddelig und zerzaust. Valentine drückte jetzt wieder ihre Hand.

»Was tust du hier? Machst du einen Anstandsbesuch?«

Bell zuckte die Achseln und bemühte sich erneut um ein lockeres Auftreten. Seit Catherine das Zimmer verlassen hatte, fing sie sich wieder. Valentine durfte niemals die Wahrheit erraten.

»Ich bin zufällig vorbeigekommen und dachte mir, ich schaue mal rein.«

»Ach so. Du wirkst sehr bedrückt, daher frage ich. Fehlt dir etwas?«

»Nein. Natürlich nicht. Und überhaupt«, fuhr sie ihn an, »was hast du zum Teufel hier zu suchen? Ich dachte, ihr wäret Todfeinde, der Baron und du.« Bell merkte, wie ein Teil der Wut und der Bestürzung, die in ihr siedeten, in ihren scharfen Tonfall einfloß. Falls Valentine es auch bemerkte, entschied er sich, nicht darauf einzugehen.

»Catherine hat mich gebeten zu kommen«, sagte er ernst. Bell glaubte, etwas in seinen Augen zu sehen, das sie verblüffte. Valentine konnte sie nach wie vor haben, oder?

Sie warf einen Blick auf Hélènes Schreibtisch, auf dem die Fotografie von Catherine in ihrem silbernen Rahmen stand. Die Französin sah aus wie eine Lilie und roch auch so. Äußerlich zart und weiß und duftend und dabei doch so kräftig und zäh.

Bell war eifersüchtig. Dieses Gefühl war ihr fremd, und sie haßte es, und es war unlösbar mit dieser häßlichen Situation verknüpft, die sie verletzte und demütigte. Bell kam sich vor, als hätte sie sich aufgrund falscher Anweisungen zu einem klammheimlichen Überfall nach Reynard geschlichen, um dort den unbesiegbaren General vorzufinden, der längst seinen Besitz angetreten hatte. Und nicht nur den Besitz des rechtmäßigen Territoriums, sondern auch der gesamten Umgebung. O Gott, sie mußte augenblicklich von hier verschwinden.

Valentine redete scherzhaft und oberflächlich auf sie ein.

»Ich bin schon ein wenig gekränkt. Du mußt öfter an Larue vorbeigekommen sein, aber bei mir hast du nie reingeschaut und mich besucht. Warte nur, bis du siehst, was ich mit dem Gut gemacht habe. Ich lade dich hiermit zum letztenmal ein.«

»Ich weiß, es tut mir leid«, sagte Bell teilnahmslos. Sie hörte Catherines Absätze auf den Steinfliesen der Halle klappern und wußte, daß sie jeden Moment zurückkommen würde. »Ich komme, wann du willst. Ich habe sowieso nichts zu tun.«

Ihre Stimme klang derart trostlos, daß Valentine sie genau ansah.

»Stellen Sie ihn dort ab, Marianne«, sagte die junge Baronesse. Bell sah das angelaufene Silber des Sektkühlers und hörte das Klirren der Gläser. »Valentine, würdest du...«

Er öffnete geschickt die Flasche und ließ den Champagner in die zerbrechlichen Gläser sprudeln. Bell nahm ihr Glas entgegen und sagte dann: »Danke. Aber zum Mittagessen werde ich mich Ihnen nicht aufdrängen, Catherine.« Sie hoffte, daß ihre Stimme gefaßt klang, obwohl sie eigentlich nur kehrtmachen und fortlaufen wollte.

Catherine legte die Stirn in Falten. »O doch, Sie müssen unbedingt zum Essen bleiben. Findest du nicht auch, Valentine? Es ist längst alles geregelt.«

Sie gab Bell das Gefühl, eine alte Jungfer aus dem Dorf zu sein, die gedrängt wurde, im Herrschaftshaus zu bleiben und sich gegen ihren Willen verwöhnen zu lassen. Zum Teufel mit ihr! Dann würde sie eben bleiben und sich behaupten – mochte kommen, was wollte.

Wieder waren Schritte in der Eingangshalle zu hören und kamen näher. Bell drückte die Schultern zurück, um nicht in ihrem Stuhl zu versinken. Die Schritte waren zu schnell und zu leichtfüßig, um die von Charles zu sein, und die Schuhe waren zu spitz und zu hochhackig, um Juliette zu gehören.

Hélène, ganz klar.

Sobald Hélène eintrat, sprang Valentine auf und streckte ihr seine Hände entgegen.

»Baronesse, wir haben uns viel zu lange nicht gesehen. Catherine hat recht gehabt. Aber Sie sehen blendend aus, besser denn je.«

Bell beobachtete ihn und wunderte sich einmal mehr darüber, wie geschickt er seinen Charme spielen lassen konnte. Er war wirklich charmant, frei von jeder Unaufrichtigkeit, von jeder Gehemmtheit und so direkt. Man konnte deutlich erkennen, daß er sich freute, Hélène zu sehen, und die Herzlichkeit, die er ihr entgegenbrachte, wirkte sofort auf die ältere Frau. Vor Bells Augen schmolz die frostige Korrektheit dahin, und sie lächelte kokett wie ein junges Mädchen.

»Valentine! Sie Schwindler. Was führt Sie zu uns?«

»Ich hatte gehofft, Sie zu sehen, was sonst?« Dazu sein spöttisches, strahlendes Lächeln.

»So ein Unsinn.« Hätte Hélène einen Fächer zur Hand gehabt, dachte Bell, dann hätte sie ihm spielerisch einen Klaps auf die Finger gegeben. Valentine war wirklich sehr geschickt.

»Catherine, vielleicht kannst du mir eine vernünftige Erklärung geben. Was hat das zu bedeuten?«

Charles' Frau legte den Kopf auf die Seite.

»Es ist schon alles richtig so, Hélène. Wir haben vieles hinter uns zu bringen, und das geht nur, wenn wir es ohne Erbitterung tun.«

»Ja, nun...« Charles' Mutter runzelte die Stirn, um Catherine zu bedeuten, sie solle solche Angelegenheiten nicht vor Fremden erörtern. »Und Miß äh – ist auch da?«

»Bell Farrer«, warf Bell automatisch ein.

»Bell ist eine gute Freundin von mir«, sagte Valentine, um sie in den Kreis einzubeziehen. »Ist die Welt nicht winzig?«

»Ja, das kann man wohl sagen. Ich hoffe, Sie bleiben beide zum Mittagessen? Valentine, Sie bleiben doch, nicht wahr? Und Sie, äh – Bell?«

»Catherine hat darauf bestanden«, sagte Bell, doch Hélène wandte sich schon wieder von ihr ab.

»Wenn Sie schon hier sind, Valentine, dann sollten Sie sich zu mir setzen und mir erzählen, was Sie inzwischen alles getan haben.«

Sie nahmen nebeneinander auf einem der Sofas Platz und waren kurz darauf in eine Unterhaltung vertieft. Valentines leises Lachen und ein gelegentliches schrilles, abgehacktes Kichern von Hélène – es klang so, als versuche sie gerade, sich wieder zu erinnern, wie man lacht – sagten Bell, daß die beiden sich freuten, einander wiederzusehen. Catherine und Bell saßen jetzt allein zu beiden Seiten des marmornen Kamins und sahen einander an.

Wie perfekt sie ist, dachte Bell. Makellos, faltenlos und fleckenlos. Nicht ein Haar stand von ihrem Kopf ab. Und von dem Leiden, das sich in Charles' Gesicht gefurcht hatte, war nirgends etwas zu sehen. Und doch hatte sie genausoviel verloren wie er. Bell vermutete, daß Catherine de Gillesmont wesentlich robuster war, als ihr zartes Äußeres vermuten ließ. Sie mußte eine prächtige Feindin abgeben.

Bells Gefühle waren in Aufruhr. Ihr erster Impuls hatte darin bestanden fortzulaufen, und ein Teil von ihr wollte immer noch verschwinden und sich der peinlichen Konfrontation entziehen, die bevorstand. Dagegen bewirkte ein anderer Instinkt – ein Instinkt, der losgelöst von allem anderen zu existieren schien und sich ihrer Kontrolle entzog –, daß sie sich danach sehnte, Charles zu sehen. Selbst hier, im Kreise seiner Familie, sogar am selben Tisch mit Valentine Gordon. Sogar nach der enttäuschenden gemeinsamen Nacht und obwohl ihr der Verdacht dämmerte, daß Charles sie nur benutzt hatte, um vor Catherines Rückkehr zu fliehen. Abscheu und Zorn stiegen in ihr auf, doch beides diente nur dazu, ihre Entschlossenheit zu stärken. Sie würde weiterhin um ihn kämpfen.

»Kennen Sie meinen Mann und meine Schwägerin gut?«

Das ist erst der Anfang der Täuschungsmanöver, die dir bevorstehen, warnte Bell sich selbst. Du bist es dir selbst und auch ihm schuldig, deine Gefühle zu verbergen.

»Nicht allzugut. Wir haben uns im August kennengelernt. Charles war so freundlich, mich zu bitten, ein paar Tage hier zu verbringen, um für meine Zeitung einen Bericht über ihn und das Château vorzubereiten. Die Zeitung, für die ich damals gearbeitet habe. Ich bin Journalistin.« Bell fand, das klang zu eingeschüchtert, und sie zwang sich dazu, fröhlich weiterzuplappern. »Dann haben wir uns beim Dinner der Internationalen Weinhändlerkonferenz wiedergesehen, aber dort war ich als Valentines Gast.«

Catherines haselnußbraune Augen lösen sich für einen Moment von ihrem Gesicht und glitten zu Valentine. Dann sah sie wieder Bell an. Stellte sie ein leises Nachlassen der Feindseligkeit fest, oder bildete sich Bell das nur ein? Sie fühlte sich hoffnungslos verloren. Sie hatte keine Ahnung mehr, was wirklich vorging und was sie irrtümlich erhoffte oder fürchtete.

»Ich verstehe«, sagte Catherine.

Dann herrschte peinliche Stille.

Bell war fast erleichtert, als sie die Stimme von Charles und Juliette hörte. Juliette lachte, als sie gemeinsam durch die Eingangshalle liefen, und Bell sah plötzlich vor sich, was für ein Bild sie jetzt boten. Sie mußten einander die Gesichter zugewandt haben, die so verschieden und doch so ähnlich waren. Auch Hélène und Valentine hatten ihre Unterhaltung eingestellt. Zu viert saßen sie regungslos da und warteten schweigend. Bells Augen waren auf die Tür gerichtet. Plötzlich stand Charles da, und die Luft blieb ihr im Hals stecken. Die Geschwister kamen direkt aus den Weinbergen; sie trugen ihre schmutzige Arbeitskleidung, aber ihre Gesichter waren frisch von der Arbeit im Freien.

Charles' Blick fiel sofort auf Valentine, der in seiner typischen lässigen Haltung neben Hélène saß.

Eine knisternde Spannung lud den Raum elektrisch auf.

Drei, vier, fünf Sekunden lang sagte niemand ein Wort. Die beiden Männer starrten einander immer noch an. Charles' dunkelblaue Augen waren unergründlich, und in Valentines strahlendblauen Augen funkelte ein kaltes Licht.

Dann erhob sich Catherine. Sie ging wortlos auf ihren Mann zu und hängte sich bei ihm ein. Bell sah die Mischung aus Trotz und Furcht, die auf ihrem Gesicht stand, und ihr wurde klar, daß sie ein gewaltiges Risiko einging. Um welchen Einsatz sie auch spielen mochte – sie hatte offensichtlich alles zu gewinnen oder zu verlieren.

»Ich habe Valentine gebeten, zu uns zu kommen«, sagte sie zu Charles. »Es ist an der Zeit, daß wir alle vernünftig werden und bereit sind zu vergessen.«

Langsam, ganz langsam löste sich Charles' finsterer Blick von Valentine und wandte sich seiner Frau zu. »Vergessen?« wiederholte er, und seine Mundwinkel zuckten gequält. »Ich habe versucht zu vergessen, Catherine. Ich kann es nicht.« Er löste seinen Arm von ihr und wollte sich abwenden. In dem Moment sah er Bell auf ihrem Stuhl beim Kamin.

»Bell!« Es war ein unwillkürlicher Ausruf. Er war schockiert, und das war nicht zu überhören. Bell war glasklar bewußt, daß alle sie beobachteten und gewissermaßen ihre Reaktion abwarteten, um danach das Verhältnis der beiden zueinander zu beurteilen. Zu ihrem grenzenlosen Erstaunen war sie der Lage gewachsen. Ihre Stimme war fest und ihr Lächeln natürlich und nicht übertrieben.

»Ich kam zufällig vorbei und dachte, ich schaue mal rein. Ich hatte nicht vor, bei etwas Wichtigem zu stören.« Mit einer perfekt beiläufigen Handbewegung umfing sie Valentine, Catherine und Charles. Und sogar Juliette, die bisher noch im Hintergrund geblieben war. Ihre Freundin, die vor Verwirrung verstummt war, konnte Bell nicht in die Augen sehen.

Der peinliche Moment war überstanden, und sie hatte die Situation gerettet. Charles und Bell standen nicht mehr im Mittelpunkt der Aufmerksamkeit, und daher konnte sie es sich erlauben, ihn wieder anzusehen. Er war wütend. Ob auf Catherine, auf Valentine oder auf Bell wegen ihres unerwarteten Auftauchens, das konnte Bell beim besten Willen nicht beurteilen.

Hélène erwies sich ausnahmsweise als ihre Verbündete. Sie kommandierte sie alle in das würdevolle Eßzimmer und versuchte so zu tun, als hinge keine Drohung in der Luft, kein unausgesprochenes Geheimnis, das über ihrer aller Köpfe schwebte.

Hélène nahm am Kopfende des Tisches Platz, und Charles setzte sich auf seinen gewohnten Platz ihr gegenüber. Selbst in dieser äußerst förmlichen Atmosphäre schien sich Valentine kein bißchen unsicher zu fühlen. Er behandelte Hélène und Bell, die auf seiner anderen Seite saß, zuvorkommend. Mehr Champagner war aufgetischt worden, und er hob sein Glas zu seinem Gastgeber.

»Zumindest sind wir uns über den vollkommenen Champagner einig.«

»Wenigstens das.« Charles' Reaktionen waren so knapp wie möglich gehalten, und er hielt den Blick auf seinen Teller gerichtet, obwohl er so gut wie nichts aß. Bell konnte nur raten, was er vermutlich durchmachte, während er gezwungen war, in seinem eigenen Haus an einem Tisch zwischen seiner Frau und der Außenstehenden zu sitzen, die er gerade erst zu seiner Mätresse gemacht hatte, und dabei den lockeren, sprudelnden Äußerungen seines alten Feindes zuhören mußte. Die Spannung zeigte sich auf seinem Gesicht, das bis in die Nasenflügel weiß war.

Auch Juliette sagte kaum ein Wort.

Zu ihrem Erstaunen stellte Bell fest, daß sie das Gespräch in Gang halten konnte. Sie ertappte sich dabei, daß sie amüsant über ihre künftige Arbeit bei Jacques Lapotin sprach und von der Schreibmaschine erzählte, die sie morgen in dem kleinen Arbeitsraum seiner Sekretärin erwartete. Catherine und Hélène zeigten ihre Dankbarkeit, indem sie sie mit Fragen nach ihrer Arbeit, ihren Plänen und ihrem Leben im Le Girafe überhäuften.

»Es ist einfach bezaubernd«, erzählte Bell. »Es ist der freundlichste Ort, an dem ich je gelebt habe. Und ich habe sogar mein eigenes kleines Häuschen, wie ein Puppenhaus. Und all das habe ich Juliette zu verdanken.«

»Wenn der Winter kommt, wird es kalt dort sein«, sagte Juliette. Es war fast ein Flüstern. Endlich hatte sie sich dazu durchgerungen, Bell in die Augen zu sehen, und ihr Gesicht war voller Sorge und Mitgefühl und drückte gleichzeitig eine stumme Entschuldigung aus.

Mach dir nichts draus, hätte Bell gern zu ihr gesagt. Es war nicht deine Schuld. Niemand trägt die Schuld daran. Und außerdem ist hier noch gar nichts entschieden. Diese Erkenntnis erstaunte sie, doch in dem Moment sagte Valentine etwas zu ihr. Er hatte beständig getrunken. Mit dem Champagner hatte es angefangen, und jetzt machte er mit dem Bordeaux weiter, gegen den absolut nichts einzuwenden war, aber das ließ ihn neben Charles' distanzierter Herablassung nur um so geistreicher und herzlicher erscheinen.

»Bell, warum hast du mich nie eingeladen, mir dieses wunderbare Plätzchen anzusehen? Ein Puppenhaus? Ich kann mir nichts Behaglicheres vorstellen, als mit dir in einem Puppenhaus zu sitzen.«

Er legte sein Messer hin und nahm ihre Hand. »Sag mir, wann. Morgen?«

Bell brauchte nicht aufzublicken. Sie spürte die Weißglut und die Eifersucht in Charles auflodern, ehe er sie wieder hinter seiner Rüstung aus Selbstbeherrschung verbarg.

In dem Moment erkannte sie, daß es unmöglich war, daß dieses Netz von Bitterkeit und Eifersucht, in dem sie sich alle versponnen hatten, sich friedlich lösen ließ. Kalte Furcht ergriff sie, und sie antwortete stockend.

»Ich muß morgen arbeiten. Das habe ich dir doch erzählt. Für Monsieur Lapotin.«

»Na, dann eben am Abend. Wir könnten zusammen in deinem Puppenhaus zu Abend essen.«

Tat er es absichtlich, um Charles zu ködern?

»Vielleicht«, sagte sie behutsam, »wenn ich meinen Artikel über die Weinlese geschrieben habe. Das muß ich als erstes hinter mich bringen.«

»Ach ja, die Weinlese«, sagte Valentine. Er füllte sein Glas nach und hob es zu einem Trinkspruch. »Das ist etwas, was uns allen wichtig ist. Auf die Weinlese!«

Sie tranken, und die Stille senkte sich schwerer auf sie herab. Die Frauen warteten darauf, daß die Gefechtslinien abgesteckt wurden.

Valentine lehnte sich auf seinem Stuhl zurück und ließ einen Arm lässig über die geschnitzte Rücklehne hängen, während er Charles ansah. »Ich habe vorhin gesehen, daß Sie fast fertig sind mit dem Pflücken.«

»Noch ein paar Tage«, sagte Charles vorsichtig.

»Ja, es geht sehr langsam, wenn die Trauben manuell gepflückt werden.«

Charles drehte sein leeres Glas in der Hand, und das Licht spiegelte sich darin.

»Sie werden die Lese sehr schnell hinter sich bringen müssen. Selbst mit all Ihren Geräten glaube ich nicht, daß Sie es rechtzeitig schaffen. Das schlechte Wetter naht.«

Valentine lachte sein leises, spöttisches Lachen, doch es lag eine gewisse Schärfe darin.

»Schlechtes Wetter? Das glaube ich nicht, Baron. Das Wetteramt und unsere eigenen Geräte in Larue behaupten etwas anderes.«

Charles' Stimme wurde sehr leise. »Ich habe mein ganzes Leben in dieser Gegend verbracht, und vor mir haben meine Vorfahren vierhundert Jahre hier gelebt. In fast jedem dieser Jahre ist in Reynard Wein hergestellt worden. Glauben Sie, mit alledem in meinem Blut könnte ich nicht wittern, was in der Luft hängt, und die Zeichen am Himmel lesen?«

Valentine lachte wieder. »Nein, ich glaube nicht, daß Sie diese Dinge nicht beherrschen. Was ich allerdings nicht glaube, ist, daß Ihre Nase und Ihre Augen ihre Sache besser verstehen als die beste Technologie. Aber wir werden es ja sehen, stimmt's? Ich bin zuversichtlich – nein, sicher –, daß dieses Jahr das beste von allen für Larue wird. Und ich glaube, daß Sie Ihre Chancen auf einen großartigen Jahrgang verspielt haben, indem Sie zu früh mit der Weinlese begonnen haben. So einfach ist das.«

»Ich habe nicht zu früh mit der Lese begonnen.«

»O doch, Baron, das haben Sie getan.«

Wieder senkte sich Schweigen über sie herab.

Darum geht es nämlich eigentlich, dachte Bell.

Im Grunde genommen ist keine von uns Frauen von Bedeutung. Sie hassen einander, weil sich in diesem Punkt die Geister scheiden und sie zu verschiedenen Lagern gehören. Die Alte Welt und die Neue, altes Blut und neues Blut. Und jetzt stehen diese Welten einander in Form von zwei trotzigen Männern gegenüber, die verschiedene Prinzipien verkörpern: bedächtige Sicherheit und vorschnelle Risikobereitschaft. Bereits jetzt hatten sie sich in einen gewissen Kampf verbissen.

Nur die Sonne an einem ruhigen blaßblauen Herbsthimmel oder graue Wolkenmassen vom Atlantik konnten den Sieger ermitteln.

Es war ganz gleich, was Catherine ihnen allen anzutun versuchte: ganz gleich, was aus Bell, aus ihrer Liebe zu Charles und aus ihrer nicht unterdrückbaren Zuneigung zu Valentine wurde – am Ende war all das bedeutungslos. Was zählte, war das über die Jahrhunderte überlieferte Geheimnis, durch das sich der purpurne Saft der Trauben auf wunderbare Weise in Wein verwandelte.

Das war es, was in der Luft hing, und es hatte nichts mit Liebe, Sex oder Eifersucht zu tun. Was die Männer bewegte, war ihre Leidenschaft, mit der sie für ihre jeweiligen Welten einstanden, und die Rivalität entsprang der Tatsache, daß sie Gegner waren.

Daß es zu einem Zusammenprall kommen würde, war so sicher wie die Existenz der friedlichen Landschaft vor den Fenstern von Reynard.

Ein Schauer lief über Bells Rücken, als sie sich fragte, wem ihre wahre Loyalität gehörte. Das Alte oder das Neue, dachte sie, woran glaube ich nun? Natürlich an die vierhundertjährige Tradition von Château Reynard, beantwortete sie ihre Frage, doch gleichzeitig erinnerte sie sich wieder an die blitzblanke, rationelle Technologie in Dry Stone, und sie war im Zweifel.

Charles legte seine Serviette hin und sagte: »Ich muß mich wieder an die Arbeit machen.«

»Dürfen wir mitkommen, Baron? Es ist eine reine Frage des Interesses. Ich bin nicht darauf aus, Ihnen eines Ihrer Geheimnisse zu entreißen.« Valentine brachte sein Anliegen mit einschmeichelnder Höflichkeit vor.

»Bei mir gibt es keine Geheimnisse. Ich mache hier alles so, wie es im Haut-Médoc seit Generationen gemacht wird. All das konnten Sie sich in Larue ansehen, ehe Sie die Weinstöcke ausgerissen haben. Aber Sie können selbstverständlich mitkommen.«

Das war der Baron, den Bell kennengelernt hatte. Höflich, aber reserviert. Sie mußte sich immer wieder sagen, daß sie ihn auch als einen anderen Mann kannte. Sie kannte den Charles aus den Zauberwäldern auf den flachen Hügeln, aber jetzt war die Erinnerung daran schmerzhaft. Nach dieser kurzen, kostbaren Zeit schien er wieder einmal aus ihrer Reichweite gerückt zu sein. Sie schlenderten in die Nachmittagssonne.

Catherine und Hélène hatten eingewandt, sie hätten zuviel zu tun, um Stunden durch die Weinberge zu laufen, doch Valentine und Bell waren den Geschwistern ins Freie gefolgt.

In Zweiergruppen liefen sie über das Gras, auf das die jetzt schon länger werdenden Schatten fielen. Charles und Valentine gingen schweigend voraus, und Juliette lief neben Bell her. Bevor Juliette den Mund aufmachte, sah sie sich um, um sich zu vergewissern, daß ihr Bruder wirklich außer Hörweite war.

»Ich habe das Gefühl, daß ich an allem schuld bin. Ich habe dich ermutigt herzukommen.«

»Wie könntest du schuld sein? Hast du gewußt, daß Catherine zurückkommt?«

»Nein, natürlich nicht. Ich habe es für unmöglich gehalten. Keiner von uns hat etwas gewußt. Sie stand plötzlich da.«

»Wann war das?«

»Vor zwei Tagen.«

Ja. In derselben Nacht war Charles zu ihr gekommen. Hatte er versucht zu entkommen, oder hatte er sich selbst etwas beweisen wollen?

So oder so hatte ihn seine Entschlußkraft im Stich gelassen, und sie hatten einander verloren. Sie überquerten den schmalen Pfad, der das Château von den ummauerten Weinbergen trennte. Charles hielt ihnen das Tor auf, und sie gingen unter einem Bogen mit dem verwitterten Wappen der de Gillesmonts durch.

Die Pflücker waren gerade von ihrer Mahlzeit in Madame Roberts Küche zurückgekehrt und beugten sich widerwillig über die Weinstöcke. Die Besucher gingen an den abgeernteten Reben vorbei. Dort war die Erde von den schweren Stiefeln der Arbeiter zertrampelt. Bell fand, nach der klaustrophobischen Anspannung im Eßzimmer des Châteaus rieche die Luft wunderbar. Sie roch so sauber und so stark nach reifen Früchten und feuchter Erde.

Jacopin kam ihnen entgegen, und sein runzliges Gesicht strahlte vor Freude. Alle begrüßten ihn und drückten ihm die Hand. Valentine mußte sich fast bücken, um dem kleinen Mann die Hand zu geben.

»Bonjour, bonjour. Es klappt ganz prima. In drei bis vier Tagen

– schlimmstenfalls in einer Woche – haben wir alles in Sicherheit gebracht. Ich habe gehört, Monsieur, Sie hätten in Larue noch gar nicht mit der Lese begonnen.«

»Hier spricht sich aber auch alles rum. Mir bleibt noch jede Menge Zeit, verstehen Sie.«

»Oh, ich hoffe, Sie täuschen sich nicht.«

»Das hoffe ich auch, Jacopin, aber ich glaube nicht, daß ich mich irre.«

Charles wandte sich ab, um mit seinen Männern zu sprechen, und Juliette hatte sich schon verzogen. Bell sah sie mit einem Korb über die Arbeit gebeugt, und sie wünschte sich sehnlichst, sie hätte sich ihr anschließen können. Sie beneidete Juliette darum, daß sie dazugehörte, daß sie zu Reynard gehörte. Sie konnte nicht vergessen, daß sie hier lediglich zu Besuch war. Jetzt würde sie hier immer nur eine Besucherin sein.

Mit Valentine an ihrer Seite folgte sie Jacopin zu dem Gelände, wo heute gelesen wurde. Valentine bückte sich und ließ die kieshaltige Erde durch seine Finger gleiten, wie er es in der glühenden Sonne von Dry Stone getan hatte. Seinen leuchtendblauen Augen entging nichts. Er sah das dunkle, knorrige Holz des alten Rebstocks, dessen Strünke nach der üppigen diesjährigen Ernte brutal beschnitten waren, und er strich so zärtlich über die Reben wie über einen Frauenhals. Sein Seufzer war kaum hörbar, doch Bell nahm ihn wahr.

»Was ist?« fragte sie leichthin. »Verlierst du die Zuversicht?«

Valentine beugte sich vor und ließ eine Dolde Trauben, die er gerade gestreichelt hatte, in den nächstbesten Korb fallen.

»Nein, Prinzessin, nichts dergleichen. Ich denke nur, wenn wir all diese Zeit hinter uns hätten, ein so langes, solides Wachstum, dann wären wir weltweit die Größten.«

»Wenn wir...?«

Valentine blickte zu ihr auf und blinzelte gegen das Licht. Er war einen Moment lang ernst. Dann kam das vertraute Lächeln zurück.

»Ich habe damit nicht unbedingt dich und mich gemeint. Ich meine, daß Menschen wie wir nicht in diese Welt gehören.« Mit einer umfassenden Geste beschrieb er die geduldigen Pflücker, die altmodischen Anlagen und die Fassade des Châteaus hinter der Mauer. »Wir sind Emporkömmlinge, du und ich. Wir haben vielleicht nicht die Privilegien oder die richtigen Namen, aber wir haben den Verstand und den Mumm. Wir werden am Ende gewinnen.«

Er richtete sich wieder auf und rieb sich die Erde von den Fingern. Dann erstaunte er sie damit, daß er seine Hand ausstreckte und sie auf ihre Wange legte. »Deshalb mag ich dich. Verstand und Mumm. Ich weiß nicht so recht, was du hier tust, aber auf gewisse Weise bist du mutig. Vielleicht«, sagte er, und seine Stimme sank zu einem vertraulichen Flüsterton ab, den Bell sofort wiedererkannte. »Ich meinte wirklich dich und mich.«

Was soll das heißen? Bell spürte, daß sie albern errötete, und dann sah sie das arrogante, siegessichere Lächeln, das ihr früher so imponiert hatte. Sie trat einen Schritt zurück, denn sie wußte nicht, was sie sagen sollte. Alle schnodderigen Bemerkungen, die ihr durch den Kopf gingen, klangen hohl und falsch. Endlich wandte Valentine seinen Kopf ab. Der Moment war vorübergegangen.

Bell wagte es, einen Blick über ihre Schulter zu werfen, weil sie sehen wollte, ob Charles sie beobachtete. Nein, sie war in Sicherheit. Er war ganz davon in Anspruch genommen, einer kleinen Gruppe von Pflückern Anweisungen zu erteilen. Doch Valentine war ihrer Blickrichtung gefolgt, und jetzt trat Erstaunen auf sein Gesicht.

»Mir ist nicht ganz klar, was du hier tust«, wiederholte er, »aber mir ist gerade ein Gedanke gekommen.«

Bells Herz machte einen Satz. Plötzlich sank Stille über die Weinberge herab. Bis auf eine Amsel in den Pappeln, die aus voller Kehle sang, war kein Laut zu hören.

»Was ich hier tue?« sagte sie leichthin in die lauschende Luft. »Ich versuche, mir meinen Lebensunterhalt zu verdienen. Aus London zu entkommen. Spielt das denn eine Rolle?« Sie fragte sich, ob ihre Stimme wirklich so künstlich klang, wie es ihr vorkam.

»Nicht im entferntesten. Aber ich sähe ungern, daß du dich in Schwierigkeiten bringst.«

»Völlig ausgeschlossen.« *Ich stecke bereits in entsetzlichen Schwierigkeiten.*

»Gut.« Er legte eine Hand leicht auf ihren Ellbogen. »Kehren wir um? Alles, was ich hier sehe, überzeugt mich davon, daß der Baron seine Sache ordentlich macht.«

Er ist nicht dahintergekommen, dachte sie und fühlte sich ganz matt vor Erleichterung. Wenn er etwas geahnt hätte, hätte er es nicht lassen können, das Messer noch tiefer in ihre Wunde zu stoßen.

Valentine war gefährlich. Bell konnte die Gegensätze nicht vergessen, die unter der Oberfläche dieses zerbrechlichen Waffenstillstands brodelten. Welches Spiel Catherine de Gillesmont auch spielen mochte – es würde für alle das beste sein, wenn die beiden Männer jeweils in ihrer eigenen Welt blieben. Ihre Erleichterung darüber, daß sie jetzt verschwinden konnte, war so groß, daß sie sich von seiner nächsten beiläufig klingenden Frage aus dem Gleichgewicht bringen ließ.

»Hast du immer noch so viel zu tun? Warum ißt du nicht am Mittwoch mit mir zu Abend? Ich hole dich gleich von Lapotin ab, und dann gehen wir aus.« Bell wollte krampfhaft einen Vorwand finden, um die Einladung abzusagen, doch dann überlegte sie es sich anders. Ihr war bewußt, daß sie Valentine so gern wie immer hatte, und in den ansonsten leeren Wochen, die vor ihr lagen, war es eine angenehme Zerstreuung, mit ihm essen zu gehen.

»Ja, in Ordnung«, sagte sie unsicher. Er tätschelte ihre Schulter und sah sie mit seinem strahlenden Lächeln an.

Charles entfernte sich von seinen Arbeitern, als Bell und Valentine auf ihn zukamen.

»Ich muß nach Vayonnes zurückfahren«, sagte Bell zu ihm.

Sie sahen sich einen kurzen Moment lang besorgt in die Augen, ehe er sagte: »Selbstverständlich.«

Sonst gar nichts.

»Auf Wiedersehen«, sagte Bell und wandte sich ab, um zu gehen. Charles tat nichts, um sie zurückzuhalten, und Wut auf ihn loderte in ihr auf. Sie war ausgeschlossen worden, und das so deutlich, als sei eine Stahltür zwischen ihnen ins Schloß gefallen. Charles hatte nichts gesagt, und Catherines Anwesenheit in Reynard war unerklärlich, aber sie machte es Bell unmöglich zu bleiben. Als sie fortging, spürte sie, daß sie ihre ganze Welt dort zwischen den Weinstöcken von Reynard zurückließ.

In dem Mauerbogen drehte sie sich ein letztes Mal um. Sie sah Charles' blonden Kopf und sein scharf geschnittenes Profil, und seine gesamte Aufmerksamkeit war seiner Arbeit zugewandt. Die Weinstöcke, die sich um ihn rankten, erschienen Bell in dem Moment wie eine Gefängnisanlage.

Auf Wiedersehen. Auf Wiedersehen.

Dann sah Bell Juliette, die auf dem zerfurchten Pfad auf sie zulief. Sie wartete auf sie, und die Französin umarmte sie heftig.

»Ich möchte zu dir kommen und dich besuchen«, flüsterte sie. »Darf ich?«

Bell lächelte sie an. »Ja. Bitte, komm zu mir. Mach dir keine Sorgen, Juliette. Mit mir ist alles in Ordnung – oder zumindest wird alles gut werden.« Juliette sah ihre Entschlossenheit und einen Anflug von gesunder Selbstironie in den Tiefen von Bells Augen. Ihre Freundin würde zurechtkommen, soviel verstand sie jetzt. Das Überleben mochte sie zwar einiges kosten, aber es bestand kein Zweifel daran, daß sie überleben würde.

Auch Valentine schlenderte auf dem Pfad voran. Er hatte die Hände in die Taschen gesteckt, und Bell konnte sein Pfeifen hören. Dieser Klang erinnerte sie an sonnige Vormittage in Dry Stone, an denen sich die Sonne im blauen Wasser des Pools gespiegelt hatte. Wie unsäglich weit war all das von hier entfernt.

Juliette winkte Bell zu, als sie sich wieder an die Arbeit machte.

Der Umstand, daß sie vor Valentine unbeteiligt wirken wollte, erleichterte es Bell, sich abzuwenden und fortzugehen.

»Willst du nicht doch bald nach Larue kommen?« fragte er sie, als sie den Pfad überquerten und zu der gewundenen Auffahrt schlenderten.

»Doch, bald«, stimmte Bell ihm teilnahmslos zu.

»Dann komm am Samstag morgen. Komm und sieh zu, wie wir mit der Lese beginnen.«

Vor den Stufen zum Château hielt er ihr die Wagentür auf, und sie stieg in ihren kleinen Fiat. Bell suchte zerstreut nach ihren Schlüsseln und merkte nicht, daß sie zu der makellosen Fassade aufblickte und sich bemühte, sich dieses Bild für alle Zeiten einzuprägen. Es war so schön. So quälend schön. Sie hatte das Gefühl, mit einer Liebe daran zu hängen, die schon fast körperlich war.

Reynard... Charles... und Reynard.

Ihre Finger schlossen sich um den harten Schlüsselanhänger, und sie beugte sich zum Zündschloß vor. Valentine trat zurück, und sie war zu sehr mit ihrem heimlichen Abschied beschäftigt, um sein finsteres Gesicht zu bemerken.

»Paß auf dich auf, Bell«, glaubte sie zu hören.

Dann tauchte Catherine wie ein mageres, dunkles Gespenst an Valentines Seite auf.

»Kommen Sie doch wieder einmal zu Besuch, nicht wahr?« sagte sie zu Bell. Bell lächelte sie zum Abschied an, und das kostete sie alle Kraft. Dann fuhr der Wagen mit einem Satz los. Das letzte, was Bell von Château Reynard sah, waren Catherine und Valentine, die gemeinsam die Treppe hinaufstiegen und durch die schweren Doppeltüren traten.

Wieder spürte sie die Stiche der Eifersucht und der Erbitterung.

10

Endlose Tage. Tage ohne Ziel und sinnentleert.

Bell war nicht im Einklang mit der Welt. Jeden Abend auf der Heimfahrt von Bordeaux sah sie Gruppen von Pflückern zusammenstehen, die feierten, daß die letzte Traube geerntet war. Danach würden die Feste in den Châteaus folgen, rauschende Feste, bei denen sich die Tische unter herzhaften Gerichten bogen und der Wein in Strömen floß, während die Fiedeln und das Akkordeon spielten.

Es war der Höhepunkt des ganzen Jahres.

Man jubilierte. Ein wunderbares Jahr. Ein klassischer Jahrgang.

Bell kam sich vor, als sei sie der einzige Mensch auf Erden, der sich nicht darüber freuen konnte, daß die Ernte eingebracht war. Was war von der alten Bell übriggeblieben? Sie hatte ihre Unabhängigkeit wieder, aber sie erschien ihr eher als Einsamkeit. Charles hatte ihr ihre gesamte Sicherheit genommen und sie leer zurückgelassen. Sie war ruhig, aber es war keine heitere Ausgeglichenheit, sondern abgestumpfte Isolation. Sie war entschlossen, weiterzukämpfen, aber im Moment fiel ihr nichts ein, was sie hätte tun können, und daher folgte einer dieser sinnentleerten Tage auf den anderen.

Ihre Arbeit war langweilig, aber sie stürzte sich bis über den Kopf hinein, um sich abzulenken. Lapotin sah sie täglich bewundernder an.

Valentine hatte sein Versprechen eingehalten und sie am Mittwoch abend abgeholt. Jacques Lapotin war schon nach Hause gegangen, und Bell stülpte die Schutzhülle über die verhaßte Schreibmaschine. Sie hatte Valentines Einladung bewußt aus ihren Gedanken verbannt, wie sie jetzt schockiert feststellen mußte, als sie widerwillig die Treppe hinunterlief, um dem beharrlichen Klingeln ein Ende zu bereiten.

Valentine lehnte an dem schmiedeeisernen Treppengeländer. Der Kragen seiner schwarzen Lederjacke war aufgestellt. Darunter trug er einen Seidenschal, und seine Hände steckten in den Taschen seiner Jeans.

Sie trug einen roten Pullover und eine Cordhose. Valentine zog sie in seine Arme, und die Wärme, die von ihm ausging, war wohltuend. Dann reichte er ihr einen Sturzhelm.

»Erst müssen wir dafür sorgen, daß wir Appetit bekommen, und dann werden wir diesen Appetit befriedigen«, sagte er zu ihr. »Ich rede natürlich nur vom Essen.« Wieder das alte arrogante Grinsen, aber gleichzeitig war auch ein Ausdruck von Wärme in seinem Gesicht. Bell stellte erstaunt fest, daß sie lachte.

Valentine fuhr so langsam durch die Abendluft, daß Bell keinen Grund hatte, sich zu fürchten. Als sie die Stadt hinter sich gelassen hatten, bog Valentine erst in kleinere Nebenstraßen und dann immer schmalere Pfade ein, bis Bell das Gefühl hatte, daß sich außer ihnen niemand durch die Landschaft bewegte. Sie lehnte sich an Valentines Rücken und entspannte sich restlos. Die frische Luft, die ihr ins Gesicht wehte, machte wirklich hungrig. Ein Teil ihres Unglücks war von ihr genommen, und sie schlang ihre Arme fester um Valentines Taille. Daraufhin drehte er sich um und lächelte sie betörend an. Schließlich hielten sie auf einem keineswegs bemerkenswerten Platz in einer keineswegs bemerkenswerten Ortschaft an. *Les Canetons* stand auf dem verborgenen Aushängeschild des einzigen Gasthauses. Bell sah sich verblüfft um, doch Valentine wollte nichts verraten.

»Ich habe noch nicht genug Hunger«, sagte er zu ihr. »Laß uns schnell noch einen kurzen Spaziergang machen.«

Es führte sie auf einen Hügel und blickte von dort aus auf die blinkenden Lichter des Dorfes zurück.

»Ich liebe all das«, sagte Valentine ganz schlicht. Bell warf einen Seitenblick auf ihn und sah, daß sein Gesicht sehr bewegt war und daß sein Blick auf etwas gerichtet war, das hinter der gar nicht spektakulären Aussicht lag, die sich ihnen bot.

Wie sehr er Charles doch ähnelt, dachte sie und erinnerte sich an den ruhigen Nachmittag in dem verzauberten Wald über dem Médoc. Das habt ihr miteinander gemeinsam. Ihr liebt das Land so sehr, wie ihr Menschen liebt. Selbst die Menschen, die euch am nähesten stehen. Manchmal sogar noch mehr.

Plötzlich schlangen sich Valentines Arme um sie. Sie spürte seinen warmen Atem auf ihrem Gesicht.

»Bell, wirst du...«

Ein Gefühl von Wehrlosigkeit und Angst ergriff sie, und sie war verblüfft über die Heftigkeit ihrer Gegenwehr.

»Nein! Verlang nichts von mir, Valentine. Ich kann nicht. Nicht jetzt. Ich kann einfach nicht. Bitte!«

Augenblicklich sanken Valentines Hände von ihr, und sein Gesicht wurde ausdruckslos. Lange stand ein tiefes Schweigen zwischen ihnen, und Bell hörte die Kirchenglocken des Nachbardorfes. Dann lächelte Valentine wieder, diesmal besonders zynisch.

»Okay. Dann laß uns gehen und wenigstens *einen* Appetit stillen.«

Er nahm ihre Hand, und ohne Absprache rannten sie den flachen Abhang hinunter. Bell fühlte sich erleichtert. Sie wollte nicht wissen, worum Valentine sie gebeten hätte. Er würde sie kein zweites Mal darum bitten, und das war genug. Sie mußte ihn sich um jeden Preis vom Leib halten.

Als sie schnaufend und mit geröteten Wangen vor der Tür des Gasthauses standen, sah Bell, daß jetzt auf dem ganzen Platz Wagen aller Preisklassen parkten. Dann führte Valentine sie in das Restaurant. Der große Saal war hell erleuchtet, und an den meisten Tischen saßen Gäste, doch die Bedienung führte Valentine und Bell zu einem kleinen Tisch für zwei Personen, der durch eine hölzerne Trennwand vom Rest des Restaurants abgesondert war. Sie müssen uns für ein Liebespaar halten, dachte Bell traurig. Wie leicht alles gewesen wäre, wenn sich die Geschehnisse nur anders abgespielt hätten.

Diese Überlegungen nutzten ihr jetzt auch nichts mehr.

Bell zwang sich, ihre Aufmerksamkeit wieder dem Augenblick zuzuwenden. Sie sah sich im Raum um.

»Keine Speisekarten?« fragte sie Valentine, um wieder in die Normalität zurückzukehren.

»Keinerlei Auswahl«, sagte er und zog die Augenbrauen spöttisch hoch. »Nimm einfach, was du kriegst, und bedank dich dafür.«

Das Essen war wirklich exzellent. Derbe, bäuerliche Portionen wurden ihnen vorgesetzt, alles stimmte und hatte seinen Eigengeschmack bewahrt, und nichts war übertrieben verfeinert. Es war beste traditionelle Küche. Sie unterhielten sich über Belanglosigkeiten wie alte Freunde, die entspannt zusammensitzen.

»Die alten Weltuntergangspropheten haben recht«, sagte Valentine. »Das schlechte Wetter kommt wirklich. Wir beginnen am Wochenende mit der Lese.«

»Warum nicht eher?« fragte Bell besorgt. »Es könnte dir hinterher leid tun.«

»Ich bin ein Spieler, Bell. Ich bin nicht wie du. Erinnerst du dich an Las Vegas?« Valentines Zähne blitzten weiß in seinem sonnengebräunten Gesicht auf, als er sich mit deutlichem Genuß auf sein Opfer stürzte. »Ich habe gesagt, daß wir nicht vor dem Wochenende anfangen, und wir tun es auch nicht. Jeder einzelne Sonnentag zählt, verstehst du, und meine Informationen sagen mir, daß ich noch jede Menge Zeit habe. Du wirst sehen, daß ich recht behalte«, sagte er und lachte unbefangen.

Nur einmal hätten sie beinah die dünne Eisschicht durchbrochen, die den Abend vor den dunklen unterschwelligen Strömungen bewahrte, die unter ihrer entschlossenen Fröhlichkeit dahinflossen.

»Du wirst doch kommen und dir ansehen, wie wir am Samstag mit der Lese beginnen?« fragte Valentine.

Bell, die sich in ihrer derzeitigen Stimmung auf nichts einlassen wollte und außerdem die schwache Hoffnung hegte, Charles könnte zu ihr kommen, fand den Gedanken unerträglich, sie könnte in diesem Augenblick nicht zu Hause sein.

»Nein«, sagte sie so sanft wie möglich. »Ich glaube nicht.«

Valentine packte ihren Arm und war plötzlich wütend.

»Warum nicht? Die Lese dieses verfluchten Barons hast du dir angesehen, oder etwa nicht?« Er starrte sie an, und in seinen Augen brannte etwas wie Verachtung: »Du brauchst mir nichts zu erzählen. Du bildest dir wohl ein, in ihn verliebt zu sein oder so was – wie ein dummes Schulmädchen. Ist das das ganze Geheimnis? Wenn ja, dann bist du dümmer, als ich es für möglich gehalten habe. Kannst du ihn denn nicht ohne rosa Brille sehen? Siehst du nicht, wie er in seinem Schloß sitzt und krampfhaft seinen Sittencode aufrechterhält, sein gottverfluchtes vierhundertjähriges Erbe, das er bewahren muß, und seine Frau, um Himmels willen? Wie willst du denn in all das hineinpassen?«

Bell zog ihre Hand zurück. Ihr Gesicht war weiß, aber ihre Stimme felsenfest, als sie antwortete.

»Sei still, Valentine! Du täuscht dich, und es geht dich ohnehin nichts an. Schon gut, ich komme am Samstag nach Larue, wenn es dir so viel bedeutet.«

Valentine seufzte matt.

»Es bedeutet mir nicht das geringste, Prinzessin. Tu, was dir beliebt. Ach, Mist, laß uns noch eine Flasche Wein trinken und über etwas anderes reden.«

Es war spät, als Valentine sie vor dem Le Girafe absetzte. Bell stieg ab, legte ihre Hand auf Valentines Arm und stand unsicher da. Er zog sie roh an sich, und als er sie küßte, wußte Bell, daß sie ihn immer noch begehrte.

»Laß mich mit dir reinkommen«, flüsterte er eindringlich.

»Nein.« Sie hoffte, daß es weniger unsicher klang, als sie sich fühlte. »Gute Nacht, Valentine. Und vielen Dank.«

Er fuhr ab, und Bell ging auf ihre Haustür zu. Sie mochte Valentine, und sie mochte ihn sogar immer mehr. Es fiel ihr hier genauso schwer, ihm zu widerstehen, wie in Kalifornien.

Und doch war er nur Valentine. Charles hob sich gegen ihn ab wie gegen jeden anderen Mann, den sie je kennengelernt hatte. Charles war, was sie wollte, und sie wollte auch alles haben, wofür er stand. Stündlich klammerte sich Bell in diesen endlosen Tagen an den Gedanken an Charles. Solange sie hier war und solange sie Charles etwas bedeutete – und sie war sicher, daß sie ihm etwas bedeutete –, bestand noch Hoffnung.

Das Haus kam ihr in dieser Nacht einsamer denn je vor.

An einem anderen Abend hatte Juliette sie besucht. Das zögernde Klopfen an der Tür erinnerte sie wieder an den Abend, an dem Charles unerwartet vor ihrer Tür gestanden war. Selbst jetzt versetzte es ihr einen Schock, sein Profil unter Juliettes sommersprossigen Wangen zu sehen und die vertraute Haarfarbe an ihr wiederzufinden.

Anfangs waren die beiden Frauen verlegen gewesen.

Bell kochte Kaffee und suchte verzweifelt nach etwas Heiterem, was sie durch die Küchentür hätte rufen können.

»Valentine hat mich zum Abendessen eingeladen«, sagte sie schließlich. »Wir waren im *Les Trois Canetons.* Das hat mir gut gefallen.«

»O Bell«, sagte das Mädchen und legte impulsiv ihre Hand auf Bells Handgelenk. »Du mußt dich hier so einsam fühlen.«

»Nein, eigentlich gar nicht. Ich arbeite hart, und die Durands sind immer in der Nähe.« Einen Moment lang herrschte Schweigen, bis sie sich nicht mehr zurückhalten konnte und fragte: »Wie geht es ihm? Was tut er?« Sie biß sich sofort auf die Lippen und ärgerte sich über ihren Mangel an Selbstbeherrschung, doch Juliette nickte ihr wie eine Komplizin zu.

»Er arbeitet. Er arbeitet pausenlos. Er ist von morgens bis abends in den Weinbergen, und nachts sitzt er allein in seinem Arbeitszimmer. Aber morgen ist der letzte Tag, und wenn er sich nicht mehr auf die Weinlese herausreden kann, wird er sich dem stellen müssen, was um ihn herum passiert.«

»Was passiert denn?« Bell war das Gefühl verhaßt, zu schnüffeln und Charles' Schwester Informationen über Charles' Ehe entlocken zu wollen. Aber von ihrem Stolz war nicht mehr viel übrig. Sie lechzte danach, es zu hören. Juliette sah ihre Freundin einen Moment lang an. Dann legte sie ihre Hand auf Bells Hand.

»Catherine will ihn wieder für sich gewinnen. Sie kämpft darum, die Dinge wieder in Ordnung zu bringen.«

»Das weiß ich.« Bells Stimme war ein bloßes Flüstern. »Und Charles?«

»Ich weiß es nicht. Ich durchschaue ihn nicht mehr. Ich glaube, daß er auch kämpft, aber er ficht Kämpfe in seinem Innern aus, und ich weiß nicht, wogegen.«

Er kämpfte. Was oder wen bekämpfte er?

Plötzlich traten nach all diesen Tagen Tränen in Bells Augen. Sie spürte sie einen Moment lang unter ihren Lidern brennen, und dann strömten sie unaufhaltsam über ihre Wangen. Es war eine Erleichterung, endlich weinen zu können.

Juliette wollte etwas sagen, und Sorge trat auf ihr Gesicht, aber Bell schüttelte durch den Tränenschleier ihren Kopf.

»Laß mich am besten allein. Bitte!«

Juliette ging. Die Tür fiel quietschend hinter ihr ins Schloß. Es war ein endgültiger Laut, der ihre Abgeschiedenheit bekräftigte.

Bell stieg im Dunkeln langsam die Stufen hinauf und legte sich quer auf das hohe Bett. Sie glaubte, irgendwo noch ganz vage die Wärme von Charles' Nähe spüren zu können.

Als sie sich ausgeweint hatte, schlief sie ein.

Sobald sie erwachte, wußte Bell, daß sich etwas verändert hatte. Sie blieb noch eine Minute unter der Decke liegen und versuchte sich klarzumachen, was das wohl sein konnte. Dann begriff sie es. Natürlich. Es war das Licht. Kein Sonnenschein drang durch die dünnen Vorhänge.

Als sie sich aufrichtete und ihre Beine über die Bettkante schwang, war das geblümte Linoleum kalt unter ihren Fußsohlen. Im ganzen Schlafzimmer war es kalt. Ihr Atem hing wie ein Schleier in der Luft.

Bell zog sich einen Pullover über ihr Nachthemd und ging nach unten, um sich den Himmel anzusehen. So weit das Auge sehen konnte, hingen dort helle, hohe Wolken, und ein ungewohnt schneidender Wind kam aus Nordwesten. Als Bell in der Tür stand und die kühle Luft schnupperte, trat Madame Durand auf den Hof.

»Der Winter kommt«, rief sie. »Sie brauchen jetzt Ölöfen im Haus. Durand wird sie Ihnen rüberbringen.«

Bell ging wieder ins Haus und suchte sich einen dickeren Pullover und Socken. Nach dem langen Sommer fühlte sie sich in den warmen Kleidungsstücken eingeengt. Valentine, dachte sie, ich hoffe, du hast nicht doch zu lange gewartet.

In dem Moment bog das Motorrad von der Straße ab und hielt auf dem Kopfsteinpflaster an. Es war die metallicblaue Maschine, die sie vor dem Château Reynard gesehen hatte.

Bell freute sich, daß er gekommen war, denn sie bezweifelte, daß sie die Energie aufgebracht hätte, heute von sich aus nach Larue zu fahren, obwohl sie es versprochen hatte.

Sie trat aus dem Haus. Ihr dunkles Haar war noch ungebürstet und fiel offen über ihre Schultern. Valentine sah sie mit unverhohlener Bewunderung an.

»Du siehst aus wie damals im Napa Valley«, sagte er zu ihr und küßte sie auf den Mundwinkel. »Ich bin gekommen, um dich abzuholen.«

Bell hatte nicht daran gedacht, daß sie auf der Fahrt an Reynard vorbeikommen würden. Als es plötzlich vor ihnen auftauchte, sah sie, daß sich in den Weinbergen nichts regte. Charles hatte seine Trauben in Sicherheit gebracht.

Diese Überlegung ließ Bell wieder zum Himmel aufblicken. Er war jetzt noch grauer geworden und wies eine bedrohlich gelbe Färbung auf. Instinktiv klammerte sie sich fester an Valentine und verbarg ihr Gesicht hinter dem Schutz seiner breiten Schultern.

Sie fuhren durch die menschenleeren Weinberge und an den Châteaus vorbei, in denen sich jetzt alle Aufmerksamkeit auf die großen Fässer in den Kellern richtete.

Larue lag inmitten der Weinberge, nicht außerhalb von ihnen wie Château Reynard. Männer in gelbem Ölzeug liefen zwischen den Weinstöcken herum. Dann fiel Bells Blick auf den funkelnden, brandneuen mechanischen Pflücker.

»Komm mit!« Valentine strahlte sie begeistert an. »Sieh zu, wie die ersten Trauben gepflückt werden!«

Bell beobachtete fasziniert, wie sich der mechanische Pflücker in Bewegung setzte und seine Arme ausstreckte. Bob Cornelius trat zu ihnen.

»Es funktioniert wirklich«, sagte sie lächelnd.

»O ja, es funktioniert!« sagte Bob. »Ich bete nur zu Gott, daß die Maschine schnell genug arbeitet.«

»Was?«

»Das Wetter ist schneller umgeschlagen, als wir dachten. Der Sturm naht schon.«

»O nein!«

»Doch. Wir haben höllisch viel Arbeit vor uns.« Der Wissenschaftler wirkte ungewohnt grimmig.

»Die Wettervorhersagen sind miserabel«, rief Bob in den aufkommenden Wind. Alle drei blickten nach Nordwesten. Dort türmten sich die grauen dichten Wolkenmassen. Dann sahen sie wieder den Pflücker an, der sich zwischen den Weinstöcken bewegte. Plötzlich wirkte er wesentlich kleiner, ein Spielzeug in den erschreckenden Dimensionen der Weinberge. Valentines Gesicht war finster. Bell wußte, was er jetzt dachte. Starker Regen und heftiger Sturm bedeuteten eine Katastrophe.

»Es gibt nichts, was wir tun können.« Valentine zuckte die Achseln und bemühte sich, heiter zu bleiben. »Vielleicht kommt der Sturm doch nicht so schnell.« Er vergewisserte sich, daß die Trauben auf das Fließband fielen, und rief dann seinen Vorarbeiter zu sich, einen dunkelhäutigen, ernsten Spanier mit einem großartigen El-Greco-Gesicht.

Als Valentine ihm Anweisungen gab, stellte Bell fest, daß sein Spanisch genausogut wie sein Französisch war. Er sprach es zwar mit einem starken Akzent, aber fließend und grammatikalisch einwandfrei.

»Und jetzt trinken wir erst mal einen Kaffee«, sagte er.

Der Wind wurde immer stärker, als sie stumm auf das Haus zugingen.

Bell sah, daß Larue-Grise kleiner war, als sie es sich vorgestellt hatte. Sie kannte es nur von dem Bild, das in Dry Stone in Valentines Schlafzimmer hing. Ihm fehlte die Vollendung von Reynard, aber irgendwie wirkte es freundlicher, wie eine lachende Frau mit Falten im Gesicht neben einer ernsten, makellosen Schönheit. Im Lauf der Jahre war angebaut worden. Das Haus war offensichtlich mit dem Platzbedarf der Familie, in deren Besitz es gewesen war, immer mehr gewachsen. Ein Flügel war nachträglich angebaut worden, und zwei zusätzliche Fenster waren in einer anderen Mauer eingelassen worden. Bell stellte ungerührt fest, daß Hélène de Gillesmonts Vorfahren unbeschwerter gewesen sein mußten als die alte Dame. Der Stein hatte dieselbe Farbe wie in Reynard, und die hohen Fenster der Fassade waren auf dieselbe Weise angeordnet, und doch unterschieden sich die beiden Schlösser so sehr voneinander wie ihre Besitzer.

»Was hältst du davon?« fragte Valentine. »Es ist zwar nicht Versailles, aber mir gefällt es.« Stolz war aus seiner Stimme herauszuhören.

»Mir auch«, sagte Bell. Sie sah die Massen von roten Geranien an, die in Steintöpfen neben der Eingangstür erst um diese Jahreszeit aufgeblüht waren. Sie wirkten in diesem kalten Licht fehl am Platz, und auf dem Pflaster lag auch schon ein Teppich von leuchtenden Blütenblättern.

Valentine und Hélène hatten Großes geleistet, als sie die Einrichtung für das Haus zusammengetragen hatten, doch Bell fiel es schwer, sich vorzustellen, daß Valentine abends in seinen Jeans und seinem Sweatshirt auf einer seidenbezogenen Chaiselongue saß.

Die Küche war eine andere Welt. Benutzte Pfannen und Kaffeetassen stapelten sich überall, und inmitten des Durcheinanders stand ein Transistorradio, das eingeschaltet war.

»Pst!« Valentine wollte Bell und Bob zum Schweigen bringen, doch das war überflüssig. Alle drei erstarrten, als der französische Nachrichtensprecher mit dem Wetterbericht begann.

»...Böen von Windstärke acht...«, hörte Bell, »auf die anhaltende Regenfälle folgen. Sicht mittelmäßig bis schlecht.«

Valentine schaltete das Radio aus. Er wirkte grimmiger, als Bell ihn je gesehen hatte. Er trat mit den Händen in den Hosentaschen ans Fenster und sah hinaus. Die Haltung wirkte lässig, doch jeder einzelne Muskel drückte seine Anspannung aus.

»Jetzt schon?« sagte er schließlich mit gesenkter Stimme. »Ich wußte, daß es kommen wird, aber alles hat dafür gesprochen, daß es noch Tage von uns entfernt ist, weit draußen über dem Atlantik. Wo ist dieser verdammte Wind bloß hergekommen? Das gibt es doch gar nicht.« Und wie es das gab. Sie konnten es alle hören und sehen. Der Wind riß die Blätter von den Bäumen und trieb den Regen vom Meer aufs Land.

Weder Bell noch Bob fiel etwas ein, was sie optimistischer hätte stimmen können.

Da ihr nichts Besseres einfiel, begann Bell, die Teller und Tassen in das Spülbecken zu stellen. Sie merkte, daß sie einen Bärenhunger hatte. Heute hatte sie nicht gefrühstückt, und gestern hatte sie das Abendessen ausfallen lassen.

»Soll ich uns etwas kochen?« fragte sie Bob.

»Klar. Eier, Brot und alles andere ist da drüben.« Bell sah sich die altmodische Speisekammer mit dem Steinfußboden und den steinernen Wandregalen an. Im Sommer mußte es hier erfrischend kühl sein, doch jetzt war es eisig.

Bell bereitete große Mengen von lockerem, schaumigem Rührei

zu und goß Kaffee in die Tassen. Dann setzten sie sich an ein Ende des wuchtigen Eichentisches und horchten auf den Wind. Ein Fensterladen mußte sich losgerissen haben. Jedesmal, wenn er klappernd gegen die Mauer schlug, wurde die Furche zwischen Valentines Augen tiefer.

Als sie gegessen hatten, stieß Valentine seinen Teller fort und sah erst Bell und dann Bob an.

»Ich glaube«, sagte er leise, »diesmal habe ich alles verpfuscht. Aber ich will versuchen, so viele Trauben wie möglich zu retten. Hilfst du mir, Bell? Jedes Paar Hände...«

Bell stand auf und sah ihn fest an.

»Das weißt du doch.«

»Kommst du, Bob?«

Sie zogen sich Öljacken und dicke Handschauhe an. Der Himmel war noch dunkler geworden, doch der Wind schien im Moment nachgelassen zu haben. Statt dessen herrschte jetzt eine brütende Stille, in der jeder Laut gespenstisch klang.

»Der Wind...«, sagte Bell atemlos. Sie begann, Hoffnung zu schöpfen, doch Valentine sah sich gar nicht erst um.

»Hast du noch nie von der Ruhe vor dem Sturm gehört?«

Während er die Worte aussprach, klatschten die ersten Regentropfen auf das Pflaster. Zu dritt rannten sie los.

Valentines Pflücker standen gebückt zwischen den Reben, doch ihre Körbe waren noch leer, und es waren nur wenige Männer. Viel zuwenige.

Niemand schenkte dem mechanischen Pflücker jetzt noch Beachtung. Alle Augen waren auf die empfindlichen Trauben gerichtet, und langsame Hände kämpften darum, sie zu retten.

Bell nahm sich einen Korb und eine Schere. Ihre Finger hatten zu wenig Gefühl in den dicken Handschuhen, und sie streifte sie ab. Die scharfen Zweige ritzten ihre Hände auf, doch sie kümmerte sich nicht darum. Ihr Rücken und ihre Schultermuskeln schmerzten von der ungewohnten Arbeit, aber nichts von alledem zählte jetzt. Wichtig war nur, daß der Regen möglichst spät einsetzte.

Der Wind hatte wieder eingesetzt. Er war wie aus dem Nichts gekommen, und er war noch heftiger und noch kälter, und es regnete. Es bestand auch keine Aussicht, daß es aufhören würde.

Schneller! Du mußt schneller arbeiten.

Der Wind heulte, und der Regen prasselte in ihr Gesicht.

Als sie endlich ihren Korb gefüllt hatte, hob sie ihn hoch und rannte los. Sie wunderte sich über ihre eigene Kraft. Starke Hände nahmen den Korb entgegen und leerten ihn aus. Dann rannte sie wieder zu der Stelle zurück, an der sie aufgehört hatte. Die trockene Erde sog den Regen gierig auf, und schon jetzt klebten Lehmklumpen an ihren Stiefeln. Valentine war direkt vor ihr, und sein Schweiß und der Regen klatschten sein schwarzes Haar an seine Stirn. Als er sich bückte und sich wiederaufrichtete, ohne sich umzusehen, konnte Bell einen Blick auf sein Gesicht werfen. Der unbändige Zorn, den sie dort sah, schockierte sie.

Das wird er sich nie verzeihen, dachte sie.

Dann begann wieder die Tretmühle ihrer Arbeit, und inzwischen protestierte jeder Muskel in ihrem ganzen Körper.

Kein Ende in Sicht. Keine Erholungspause. Denk gar nicht erst daran! Mach weiter! Mach einfach weiter!

Bell hörte das Dröhnen der Motoren erst, als die Wagen durch die Tore fuhren. Als sie aufblickte, sah sie den grauen Mercedes vorfahren. Dahinter folgte eine Reihe von staubigen Lastwagen. Bell blieb wie angewurzelt stehen, als Charles aus seinem Wagen sprang. Er ließ die Tür offenstehen und hatte auch den Motor nicht ausgeschaltet. Durch den Schlamm rannte er auf sie zu und kümmerte sich nicht darum, daß häßliche Lehmspritzer seine elegante Kleidung beschmutzten. Hinter ihm folgte Jacopin, dessen blauer Overall im Wind flatterte. Sie hatten eine Schar von Pflückern mitgebracht, und alle rannten jetzt.

Charles war kaum in Hörweite, als er Valentine rief.

»Hier sind Pflücker. Wo sollen wir anfangen?«

Wut, Stolz und Verzweiflung kämpften auf Valentines Gesicht miteinander. Ein Blick zum Himmel sagte ihm deutlich, daß er keine Wahl hatte.

»Da drüben«, rief er. »Körbe stehen dort.«

Charles' Männer fächerten sich routiniert auf und machten sich daran, die Trauben zu pflücken. Bell hegte eine leise Hoffnung, daß sie mit dieser Verstärkung vielleicht doch noch eine Chance gegen den Sturm hatten.

Ehe sie sich wieder über die Reben bückte, wurde sie von Charles mit einem kurzen Nicken begrüßt. Auf seinem Gesicht stand keine Spur von Erstaunen. In Charles' Augen war es richtig, daß sie unter den Pflückern war, die alle verzweifelt darum kämpften, die empfindlichen Trauben zu retten. Bell bückte sich wieder über ihre Arbeit.

Bildete sie es sich ein, oder steigerte sich der Wind zu einem Sturm? Die Blätter, über die sie sich beugte, wurden grausam vom

Wind gepeitscht, und an den knorrigen Ranken hingen keine Trauben mehr. Bell hob sie vom Boden auf. Sie waren naß und glitschig, und der kostbare Saft war ausgelaufen. Ein Blick zum Himmel genügte. Die dichten Wolken, die über ihn zogen, ließen ihn fast schwarz erscheinen.

Dann traf etwas wie ein Peitschenhieb auf ihr Gesicht.

Nein, nur das nicht. Es konnte nicht sein. Es war nicht kalt genug. Dann spürte sie die eisige Böe und wußte, daß es doch kalt genug war.

Jetzt kam es wieder. Es war ein Hagelschauer.

Regen während der Ernte kann die besten Jahre zu schlechten machen, aber Hagel ist das Ende, und jeder Winzer betet, davon verschont zu bleiben. Die kleinen Kügelchen schlitzen die zarte Haut der Trauben auf, und das Fruchtmark ist verloren. Hagel ist der endgültige Vernichter, der in Sekundenschnelle eine ganze Ernte zerstören und die Arbeit und die Hoffnung eines ganzen Jahres zunichte machen kann.

Langsam richtete sich Bell auf. Instinktiv hielt sie den Arm schützend vor ihr Gesicht, um es gegen die beißenden Hagelkörner abzuschirmen. Der Boden unter ihren Füßen wurde jetzt schon grau, denn das Eis schmolz, und der Hagel prasselte immer noch wie Kieselsteine auf die Trauben.

Sie sah, daß sich auch Valentine aufrichtete und sein Gesicht zum Himmel wandte. Seine Arme fielen matt an ihm herunter, und er senkte eilig seinen Blick. Die gesamte Wut war aus ihm gewichen. An ihre Stelle war die Ermattung nach einer Niederlage getreten.

Bell lief schon auf ihn zu und wollte ihn in die Arme nehmen, ohne sich etwas dabei zu denken. Dann fiel ihr Charles wieder ein.

Auch Charles sah sich den Hagel an. Jacopin, der neben ihm stand, starrte entgeistert auf diese Verheerung. Einen Moment lang verharrten alle regungslos und schwiegen betroffen. Die beiden Scharen von Pflückern standen mit leeren Händen im Kreis um Charles und Valentine herum.

Als Charles schließlich sprach, bebte seine Stimme vor Mitgefühl. Er war sichtlich schockiert. Alles Selbstherrliche war von ihm abgefallen.

»Hätten wir doch bloß helfen können. Gegen den Regen hätten wir es geschafft. Aber Hagel...« Bell fand es irritierend, ihn derart hilflos zu sehen.

Endlich rührte sich Valentine. Er drehte sich benommen zu seinem Rivalen um und legte dann die Stirn in Falten, um sich mühsam zu konzentrieren.

»Nett, daß Sie es versucht haben, Baron«, sagte er tonlos. »Aber für eine noble Geste war es zu spät.« Während er das sagte, griff er nach einer Traube, die noch an einem Weinstock hing. Er riß sie mit einer heftigen Drehung ab und hielt sie wie eine Trophäe in die Luft.

Wie Roboter kamen alle näher und versammelten sich um Valentine – die Pflücker, Charles und Jacopin, Bell und Bob. Die Schalen der Trauben waren eingerissen und zerfetzt, und der Saft rann wie Blut aus der breiigen Masse heraus.

Dieses Jahr würde es in Larue-Grise keinen Wein geben.

In dem Schweigen, das auf sie herabsank, standen die beiden Männer und starrten einander an. Bell sah ihre Gesichter in dem seltsamen Licht, und ein Schauer der Angst überlief sie. Charles. Er war jetzt wieder stolz, sein Gesicht gemeißelt, sein Ausdruck arrogant. Der geborene Aristokrat, der es gewohnt war, gnädig seine Hilfe anzubieten, und sich des Dankes gewiß sein konnte. Ein Mann, der genau wußte, wohin er gehörte, und der sich auskannte, wo er war.

Valentine war auf seine eigene Art auch stolz, und der entsetzliche Schlag hatte ihm das Gleichgewicht geraubt. Auf seinem Gesicht stand jetzt ein Ausdruck, den Bell noch nie dort gesehen hatte. Ein Ausdruck von Verschlossenheit, Blindheit und Abwehr. Und doch lauerte Gefahr in ihm.

»Ich glaube, Sie haben gewonnen«, sagte er zwischen bleichen Lippen hervor.

»An einem solchen Sieg liegt mir nicht.« Charles' Stimme war wie ein Peitschenknall. Er hatte sich von seinem Schock über die vernichtete Ernte erholt. Sein Mitgefühl war verflogen, und jetzt tat er den Fall ab. Diese Erkenntnis reizte Valentine mindestens so sehr zum Gegenangriff, wie es eine Drohung von Charles getan hätte.

Valentines leuchtendblaue Augen funkelten. »Und woran liegt Ihnen überhaupt etwas?« flüsterte er.

Bell senkte ihren Blick auf den schlammigen Boden und wartete atemlos die kalte, bissige Antwort ab.

Aber niemand sagte etwas.

Sie hob wieder den Kopf und sah Charles in die Augen. Er brauchte nichts zu sagen. Sein Blick war auf sie gerichtet, und in diesem Moment bestürzender Klarheit sah sie die Leidenschaft in seinem Gesicht – hoffnungslos mit Zweifeln und Ängsten vermengt –, die sie selbst empfand.

Valentine beobachtete die beiden ganz genau. Er zuckte sichtlich zusammen, doch als Charles seinen Blick wieder von Bell losgerissen hatte, war nichts mehr davon zu erkennen.

»Warum sollte Sie das interessieren?« antwortete Charles mit einer gewissen Verspätung, aber deshalb nicht weniger unwirsch. Ohne Valentines Antwort abzuwarten, wandte Charles sich ab und ging auf seinen Wagen zu.

»Aber es interessiert mich wirklich«, rief Valentine ihm nach. Er mußte schreien, damit der Baron ihn hören konnte.

Charles ging unbeirrt weiter. Er bedeutete Jacopin, zu ihm in den Mercedes zu steigen. Ohne sich noch einmal umzusehen, fuhr er los. Seine Pflücker machten sich auf den Heimweg. Bell spürte Valentines Blicke, die sie durchbohrten. Als sie sich endlich in der Lage fühlte, ihm in die Augen zu sehen, erkannte sie, daß ihm ein Licht aufgegangen war, und sie bemerkte auch die Woge von Traurigkeit. Sie wußte, wie sehr er jetzt Trost brauchte.

Sie konnte zumindest versuchen, ihm Trost zu spenden. Als Freundin. Sie konnte ihm nicht die Liebe geben, die er von ihr verlangte, aber sie konnte ihm in seiner Niederlage beistehen. Wenn auch alles so zerstört schien wie diese Ernte, so mußte es doch etwas geben, was sie tun konnte, um ihm hier und jetzt zu helfen.

Die Heftigkeit des Sturmes hatte nachgelassen, doch der Regen fiel weiterhin wie ein dichter grauer Vorhang, der sich noch über Stunden vor den Himmel legen würde. Valentine ließ matt die Schultern hängen. Die Traube in seinen Händen fiel vor seine Füße in den Schlamm.

»Wir können ohnehin nichts mehr tun«, sagte er verdrossen. »Kommt alle mit ins Haus.«

Sie hatten den Pflückern Essen und wärmenden Cognac vorgesetzt. Als schweigsame Schar waren die Männer aufgebrochen, nachdem sie unbeholfen versucht hatten, Valentine etwas Tröstliches zu sagen.

Jetzt saß Bell mit Valentine und Bob am Küchentisch. Die beiden reichten schweigend die Cognacflasche von einem zum anderen. Valentine hatte sein Gesicht in den Händen begraben und bewegte sich nur, um sein Glas zu heben oder den Arm auszustrecken und es nachzufüllen. Um sie herum herrschte tiefe Stille im Haus. Bell kam es vor, als sei selbst der Stein dieses Gemäuers betroffen über diese Katastrophe. Der lockere Fensterladen schlug nicht mehr gegen die Hauswand, und selbst die Uhren schienen ihr Ticken eingestellt zu haben. Nur der Regen, der monoton gegen die Fenster prasselte, schien noch einen Funken von Leben in sich zu haben.

Als Valentine endlich den Kopf wieder hob, schmolz Bell vor Mitgefühl dahin. Er sah so bekümmert aus, als hätte er einen schweren Verlust erlitten. Den lachenden, selbstsicheren Valentine hatte es umgeworfen.

»Ich liebe diesen Ort«, flüsterte er, ohne einen von den beiden anzusehen. »Und ich habe alles zerstört. Ich habe ihn auf eine so üble und miese Weise beleidigt!«

Bob Cornelius ruckelte voller Unbehagen auf seinem Stuhl herum. »Alles Blödsinn«, sagte er mürrisch. »Du konntest es nicht wissen. Ausgerechnet ein Hagelschauer...«

»Ich hätte es wissen *müssen*«, zischte Valentine. »Der verfluchte Baron hat es schließlich auch gewußt, oder etwa nicht? Mit seiner Schar von eingeschüchterten Männern, die er für sich arbeiten läßt, und mit seinen verfluchten vierhundert Jahren Geschichte sitzt er da drüben, und seine Trauben sind in Sicherheit, und meine hängen da draußen...« Valentine sprang auf und riß dabei seinen Stuhl um. Er wankte ans Fenster, lehnte sich dagegen und preßte seine Stirn an das beschlagene Glas. »Meine hängen da draußen, sinnlos vergeudet.« Seine Stimme sank zu einem Flüstern ab. »Es ist meine Schuld. Meine eigene Schuld. Ich hätte es wissen müssen.«

»Du hast es aber nicht gewußt«, sagte Bob sanft. »Und im Moment können wir nichts tun. Wir können nur dafür sorgen, daß es nie mehr soweit kommt.«

Valentine drehte sich um und sah sie beide an.

»Ja, das weiß ich. Du hast recht, Bob, und ich danke dir. Aber«, sagte er achselzuckend, »du kennst mich doch. Ich bin nicht allzugut darin, mich geschlagen zu geben. Das war noch nie meine stärkste Seite.« Er lächelte kläglich über seine Niederlage, und Bell sah ihn sofort lächelnd an. Das gefiel ihr besser an ihm als der Charme des Playboys, den er immer wieder mit einer erstaunlichen Leichtigkeit aufbieten konnte.

»Ich habe mich noch nicht bei euch bedankt«, fuhr Valentine fort. »Bei keinem von euch beiden. Ich danke euch, aber dir ganz besonders, Bell.« Er kam zum Tisch zurück, blieb neben ihrem Stuhl stehen und bückte sich, um nach ihrer rechten Hand zu greifen. Er drehte sie um und sah die tiefen roten Kratzer und die aufgescheuerten Fingerkuppen an. Unter ihren Nägeln saß schwarze Erde.

»Was bist du doch für ein komisches Mädchen«, flüsterte er. »Was für ein seltsames, geheimnisvolles Mädchen.« Jetzt war Bob derjenige, der übereilt auf die Füße sprang.

»Ich schätze, ich gehe mal rüber in die Kellerei. Wir haben eine Wagenladung eingefahren, ehe der Regen begonnen hat, vergeßt das nicht.«

Valentine lachte bitter. »Eine Wagenladung. Genug für zwei Dutzend Kisten.«

Bob war schon auf dem Weg. »Schon. Aber denk an den Seltenheitswert. Diese Flaschen kann kein Mensch bezahlen.«

Valentine nickte. »Ja. Laßt uns an etwas anderes denken. Egal, woran.«

Dann war Bob verschwunden, und sie saßen allein in der warmen, unordentlichen Küche. Valentine saß auf der Tischkante und sah in Bells Augen hinunter. Sie stellte fest, daß sie ihren Blick im ersten Moment abwenden wollte, doch dann ließ dieses Bedürfnis nach. Ihr Herz überschlug sich förmlich.

»Du seltsames Mädchen«, sagte er wieder. »Weißt du was? Damals im Napa Valley dachte ich, wir seien einander so ähnlich. Risikofreudig. Siegessicher. Geschickt. Aber jetzt...«

Bell zuckte innerlich zusammen, während sie das Ende des Satzes erwartete.

»Aber jetzt bin ich gar nicht mehr sicher, ob du wirklich so cool bist.« Er sah sie eindringlich an. »Du kennst dich selbst nicht allzugut, stimmt's? Und die Männer auch nicht, oder, Bell?«

Sie vergrub ihr Gesicht niedergeschlagen in ihren Armen. Sie hätte alles darum gegeben, diesen wissenden blauen Augen zu entkommen. Valentine hatte gesehen, wie Charles sie draußen im Sturm angesehen hatte, und er hatte auch den Blick in ihren Augen gesehen.

Jetzt war es kein Geheimnis mehr.

»Nein«, murmelte sie in den dicken Ärmel ihres Pullovers. »Aber ich lerne es auf die harte Tour.«

Valentines Hand legte sich leicht auf ihre Schulter.

»Möchtest du darüber reden?«

»Nein. Nein, es gibt nichts dazu zu sagen.«

»Das ist nicht wahr, oder?«

Bell stürzte sich auf die versprengten Reste ihrer Entschlossenheit und richtete sich wieder auf.

»Lassen wir das.«

Er sah sie lange und kühl an und zuckte dann die Achseln. »Okay.« Dann goß er ihre Cognacgläser bis zum Rand voll.

»Wollen wir wie alte Freunde unseren Kummer ersäufen.« Er hob sein Glas, legte den Kopf ins Genick und leerte es auf einen Zug.

Bell starrte ihr Glas benommen an. Was für ein entsetzliches Durcheinander. Charles. Ich weiß jetzt, daß du mich liebst, und genauso klar ist mir, daß wir einander nicht haben können.

Unsern Kummer ersäufen? Du hast deine Trauben verloren, ich meine Hoffnung.

Warum nicht?

Sie trank einen großen Schluck von ihrem Cognac und ließ sich hustend gegen die Stuhllehne fallen, als Valentine ihr mit einer ironischen Geste nachschenkte.

Die trübe Jahreszeit war angebrochen. Die Jahreszeit von Schmerz, Verlust und Qual.

Prost.

Stunden später kam Bob Cornelius zurück und fand die beiden immer noch in der Küche vor. Die Cognacflasche war leer, doch ihr Inhalt hatte keinem von beiden zum Vergessen verholfen. Valentine stand wieder am Fenster, und sein gesamter Körper drückte seine Niedergeschlagenheit aus.

Bell hatte ihre Hände um eine Tasse gefaltet, in die sie den bitteren Rest aus der Kaffeekanne gegossen hatte. Sie runzelte die Stirn und spürte das Einsetzen eines heftigen Kopfschmerzes. Sie war schlicht außerstande, etwas zu sagen, was einem von ihnen weitergeholfen hätte. Es war wohl das beste, wenn sie wieder nach Hause fuhr und versuchte zu schlafen. Um vielleicht so eine Zeitlang alles zu vergessen. Morgen würde sie sich dann wieder in Jacques Lapotins Büro begeben und die Zollerklärungen mit fünf Durchschlägen ausfüllen und endlose Mengen von Briefen tippen.

Die Sinnlosigkeit all dessen brachte sie zum Lachen, ein bitteres Lachen, das ihr nicht gut stand.

»Komm schon, Bell, so schlimm ist es nun auch nicht. Es wird für uns alle auch wieder bessere Jahre geben.« Bob. Der nette, fröhliche Bob.

Und kein Jahr mehr wie dieses, hoffe ich.

»Ich muß nach Hause.« Ihre Stimme klang verschwommen in ihren Ohren. Valentine drehte sich zu ihr um.

»Bleibst du nicht hier?«
Sie schüttelte den Kopf.
»Nein.« Sie sagte es so nachdrücklich, daß beide Männer verstummten.
»Du solltest lieber nicht mehr selbst fahren«, sagte Bob autoritär. »Ich bringe dich rüber.«
Sie hatte ihren Mantel angezogen und folgte ihm aus der Küche, als Valentines Stimme sie veranlaßte, abrupt stehenzubleiben.
»Du kommst doch zu meiner Party?«
Bell und Bob drehten sich auf der Stelle um und starrten ihn an. »Zur Party?«
»Klar. Ich feiere jedes Jahr nach der Ernte ein Fest. Und zwar ein richtig großes. Stimmt's, Bob?«
»Aber dieses Jahr wirst du es nicht tun.«
»O doch, gerade dieses Jahr.« Valentine griff nach der Cognacflasche und stellte sie gereizt auf den Tisch, als ihm wieder einfiel, daß sie leer war.
»Ein gewaltiges Fest. Ein rauschendes Fest. Wir laden alle ein. Sogar den Baron. Insbesondere den Baron. Er geht leidenschaftlich gern auf Partys, und meine sind ihm die liebsten.«
»Ich finde die Idee beschissen«, sagte Bob.
»Vielen Dank für deine Unterstützung. Du kommst doch, ja, Bell?« wiederholte er. »Alle meine Freunde werden hier sein.« Das war ein bewußter Stachel. Bell war mutlos. Es war ein katastrophaler Plan, der von vornherein zum Scheitern verurteilt war, doch sie schreckte davor zurück, Valentine in seiner momentanen Stimmung ihre Meinung zu sagen. Vielleicht würde er sich morgen eines Besseren besinnen.
»Ja, ich werde kommen«, sagte sie ohne jede Spur von Begeisterung, und als er lächelte, war er fast wieder der alte Valentine. Sie lächelte ihn jetzt auch an.
»So ist es schon besser«, sagte er.
Wir sind einander ähnlich, dachte Bell, als sie Bob aus dem finsteren Château in den Regen folgte. Sie reckte ihr Kinn aus dem Mantelkragen und zog die Schultern hoch. Zuviel Unglück war über sie hereingebrochen. Es war an der Zeit, daß sie sich wieder in den Griff kriegte. Wenn man dazu Verstand und Mumm brauchte, dann sollte ihr das recht sein – schließlich glaubte Valentine, daß sie beides besaß, oder etwa nicht?
Bell merkte, daß Bob sie von der Seite ansah.
»Ein schlimmer Tag«, sagte sie, um das Schweigen zu brechen.

Bob lächelte schwach. »Mhm. Weißt du, Valentine hat schon einmal etwas falsch gemacht. In unserem zweiten Jahr in Dry Stone. Er hat ein abgekürztes technisches Verfahren ausprobiert, und was dabei herauskam, war eine Unmenge von untrinkbarem Wein. Dabei hat er viel Geld verloren, und das konnte er sich damals überhaupt nicht leisten. Aber daraus hat er eine ganze Menge gelernt. Mein Gott, und wie schnell er gelernt hat.« Bob lachte leise. »Darin liegt seine wahre Stärke.«

Bell starrte den ernsten kleinen Wissenschaftler an und sah ihn mit neuen Augen.

Ja, dachte sie. Genau das ist es. Genau so ist Valentine, und ich habe es bis heute nicht bemerkt. Wie sehr ich es bewundere, wenn jemand aus seinem Schaden lernt.

Ich hoffe nur, daß es mir auch gelingt.

11

Die Fassade von Château Larue-Grise war hell erleuchtet. Bell saß geborgen in der Dunkelheit ihres Wagens, doch selbst dort konnte sie die Musik hören.

Knirschende Schritte kamen an dem Fiat vorbei, und teilnahmlose Gesichter wandten sich flüchtig zu ihr um. Es waren eine Frau in einem Pelz und ein Mann in einem dicken Wintermantel. Bell hörte ein leises Lachen. Dann gingen sie auf die Lichter des Hauses zu.

Instinktiv strich Bell mit der Hand über ihr Haar, um es zu glätten. Sie hatte sich in ihrem primitiven kleinen Bad sorgsam hergerichtet. Die violette Jacke mit den Goldfäden war das festlichste Kleidungsstück, das sie für den Winter in Bordeaux mitgenommen hatte. Es erinnerte sie an diese andere verhängnisvolle Party, die Juliette in Reynard veranstaltet hatte, um Bells Geburtstag zu feiern. Vor Hunderten von Jahren. Vielleicht würde sie auch Charles an die spurlos verflogenen Sekunden erinnern, als sie auf dem polierten Parkettboden Walzer getanzt hatten, allein im Salon.

Sie wollte ihn heute abend hier sehen. Trotz allem war es ihr immer noch wichtig, ihn sehen zu können.

Der Weg zur Tür war lang und kalt, doch Bell war er nicht lang genug. Sie haßte es, allein zu Partys zu gehen, und sie haßte insbesondere den Moment, in dem sie in den hellen Lichtschein treten mußte und dabei wußte, daß alle anderen einander kannten. Jedes Lachen erschien ihr bedrohlich. Es war ein Moment intensiverer Einsamkeit als jeder andere, und heute abend lastete die Einsamkeit viermal so stark wie sonst auf Bell.

Komm schon. Gib dir einen Ruck.

Sie hob die Hand, um nach dem schweren Türklopfer zu greifen, doch die Tür öffnete sich unter ihrem sanften Druck. Menschenmengen drängten sich in der Eingangshalle, und Bell drückte die Schultern nach hinten, schlüpfte ins Haus und hielt ein Lächeln auf Abruf parat. Dann sah sie zu ihrer Erleichterung, daß Bob Cornelius ganz in ihrer Nähe war.

»Hallo! Schön, daß du kommen konntest.« Wie immer blinzelte er hinter seinen Brillengläsern. »Hör mal, Bell, du siehst einfach fantastisch aus. Valentine hat schon nach dir gefragt.«

»Ich gehe nur kurz nach oben und...«

»Ja, sicher, aber komm gleich wieder.«

Bell bahnte sich einen Weg durch die Menge und stieg die Treppe hinauf. Sie fand ein Schlafzimmer mit einem großen Spiegel. Genau das fehlte im Le Girafe.

Ja, so konnte sie bleiben. Der Blick, mit dem sie sich musterte, war prüfend und kritisch, aber sie sah wirklich gut aus. Die blaugrünen Augen waren vielleicht eine Spur zu hell, aber niemand hätte daraus auf die unerklärliche Vorfreude schließen können, die sie beschlich.

Als sie wieder auf dem oberen Treppenabsatz stand, stützte sich Bell auf das Treppengeländer und sah auf die Köpfe hinunter. Niemand, den sie kannte. Noch nicht.

Doch – dort war Valentine. Er trug ein weißes Hemd mit offenem Kragen, Jeans und Leinenschuhe. Man hätte ihn für einen Achtzehnjährigen halten können. Ausgeschlossen, daß ihm dieses Schloß wirklich gehörte, daß er der Gastgeber all dieser Menschen war. Während sie ihn noch beobachtete, sah Bell, daß Bob Cornelius zu ihm trat und er ihm eine kurze Frage stellte. Bob nickte bekräftigend und zeigte auf die Treppe. Valentine hatte ihn nach ihr gefragt.

Seine Blicke folgten Bobs Finger und glitten dann höher. Er hatte sie gesehen. Er bahnte sich einen Weg zur Treppe und begrüßte lachend Menschen, an denen er vorbeikam. Dann sprang er leichtfüßig die Stufen hinauf und kam auf sie zu. Kurz darauf stand er an ihrer Seite und drehte sie zu sich herum, um ihr ins Gesicht sehen zu können.

»Es tut mir leid, daß du selbst herkommen mußtest«, sagte er ernst. »Ich hätte dich abgeholt, aber...«

Wie nett er sein kann, wenn er nur will, dachte Bell zum hundertstenmal.

»Ich kann mir ganz gut selber helfen«, sagte sie lächelnd zu ihm. Das war eine glatte Lüge.

Valentine war immer noch ernst; sein Anblick war ihr so vertraut geworden.

»Ich wünschte, niemand außer uns beiden wäre hier.«

Nein, sag nicht so was, dachte Bell.

»Bob und ich haben versucht, es dir auszureden.« Sie sagte es leichthin. »Aber du wolltest ja nicht auf uns hören.«

Er sah sie noch einem Moment lang an. Dann ließ er seine Hände von ihren Armen sinken.

»Sollen wir nach unten gehen? Sicher möchtest du einige Leute kennenlernen und die, die du kennst, treffen.«

Bell biß sich auf die Lippen. Seine Stimme ließ erkennen, daß er enttäuscht von ihr war. Alles war so verfahren, daß sie nichts richtig machen konnte, ganz gleich, was sie tat. Irgend jemand würde sich so oder so verletzt fühlen. Ihr Blick war auf Valentines Schultern gerichtet, als sie ihm nach unten folgte. Seine Gestalt war ihr so sehr vertraut.

Sie hoffte, daß es ihr gelingen würde, Valentine nicht zu verletzten.

Und bitte nicht Charles.

Sich selbst – das war etwas anderes. Sie hatte es verdient. Schon allein dafür, daß sie nicht von Anfang an klarer erkannt hatte, daß sie mit dem Feuer spielte. Alles fiel auf sie selbst zurück. Bell und Valentine stürzten sich in das Getümmel. Bell war bereit.

Eine Party wie so viele andere. Valentine hatte sie zu einer Gruppe von lebhaften Menschen mit geröteten Gesichtern geführt und sie dort stehenlassen. Jetzt war sie auf sich allein gestellt. Doch es gab jede Menge Gesprächsstoff.

»Ein fürchterliches Pech, dieser unberechenbare Hagel«, sagte jemand.

»Ja, einerseits schon, aber er hat natürlich auch viel zu lange gewartet«, sagte ein anderer Winzer.

»Gräßlich für den guten Valentine. Alle anderen hatten solches Glück.«

Die Worte kamen von einer gutaussehenden Frau.

Der arme Valentine, dachte Bell. Ihm mußte die Vorstellung verhaßt sein, daß sie ihn alle bemitleideten und über seinen Mißerfolg tratschten. Sie blieb noch einen Moment lang stehen und hörte zu, als sie darüber redeten, für wie begabt und für wie stur sie ihren Gastgeber hielten. Als das Thema sich erschöpft hatte und sie sich an Bell wandten und einen Gesprächsbeitrag von ihr erwarteten, sah sie in ihr leeres Glas und brachte nuschelnd eine Entschuldigung vor. Es war so einfach, sich in die Menge zu mischen.

Bell sehnte sich nach Anonymität. Sie wünschte sich, unsichtbar zu sein und an einer Wand herumlungern zu können und nach den Gesichtern Ausschau zu halten, die sie interessierten, ohne dabei gesehen zu werden.

Könnte sie doch Charles und Catherine zusammen sehen! Wenn sie feststellen konnte, wie die beiden einander ansahen, wenn sie sich unbeobachtet fühlten, dann hätte sie vielleicht Bescheid gewußt, ob sie sich heimlich davonschleichen sollte oder ob sie noch hoffen durfte.

Seltsam, dachte sie, daß sie mit der festen Überzeugung hergekommen war, der heutige Abend würde eine Lösung bringen. Jetzt merkte sie, daß sie lediglich auf einem ganz gewöhnlichen Fest war.

Sie schlenderte in den Salon. Der Teppich war zurückgerollt, und die Musik schlug ihr entgegen wie eine Mauer. Bell glaubte, Haschisch zu riechen.

In ihrer Verfassung paßte es Bell gut in den Kram, daß sie herumschlendern und anderen ungestört zusehen konnte. Ein kleinerer Raum war mehr im amerikanischen Stil eingerichtet. Dort saßen Männer in dunklen Anzügen, und unter ihnen entdeckte Bell Jacques Lapotin. Zu ihrem Erstaunen warf er ihr eine Kußhand zu und hob sein Glas. Da sie sich nicht setzen wollte, wies sie auf ihr leeres Glas und winkte ihm zu.

Als sie sich abwandte, sah sie die de Gillesmont. Obwohl sie fest mit ihnen gerechnet hatte, war sie schockiert. Sie standen in der Tür und sahen den Tänzern zu, wie sie es noch vor kurzem selbst getan hatte. Charles hatte seine Frau an seiner einen und seine Schwester an der anderen Seite. Er wirkte durch das Getümmel im Saal auffallend groß und blond. Sein Gesicht drückte eine Spur vor Mißbilligung aus. Nein, es war nicht zu erwarten gewesen, daß er sich auf einem solchen Fest besonders wohl fühlte.

Catherine trug ein kurzes schwarzes Kleid mit frivolen Federn am Halsausschnitt und am Saum. Ihr ovales Gesicht war der Menschenmenge zugewandt, die sie stumm beobachtete. Sie fühlte sich sicher an der Seite ihres Mannes.

Bell schluckte, als sie feststellte, wie erbittert sie war.

Juliette kannte die jungen Leute, die tanzten. Sie hatten sie an den Armen gepackt und zu sich auf die Tanzfläche gezogen. Sie lachte. Auch sie war unter Freunden.

Es war bitter. Bell wandte sich ab, denn sie wußte, daß Selbstmitleid eine unnütze Schwäche war. All das hatte sie ganz und gar sich selbst zuzuschreiben. Ein Panzer des Selbstschutzes begann sich zu bilden. Sie wollte nicht von ihnen gesehen werden. Noch nicht. Bewußt ging sie auf Jacques Lapotin zu, der in der hintersten Ecke des Raumes saß.

»Darf ich mich zu Ihnen setzen?« murmelte sie. »Es ist so voll dort draußen.«

»Aber selbstverständlich. Sie kennen Michel Lebegue?« Das war ein großer Name in Bordeaux. Er mußte der Enkel oder der Urenkel der Familie sein, ein junger Mann mit seidigem, dunkelbraunem Haar und dunkelbraunen Augen, die dicht beieinanderstanden. Es war ein schmales, schlaues, komisches Gesicht, das an ein kleines intelligentes Tier erinnerte.

»*Enchanté.*« Er beugte sich über Bells Hand und gab ihr einen Handkuß. »Aber Sie haben nichts zu trinken. Darf ich Ihnen etwas besorgen?«

Jacques lächelte und zuckte die Achseln. Er war stolz auf die charmante Art, mit der sein Landsmann Damen behandelte. Warum eigentlich nicht? Sie konnte sich hinsetzen und sich eine Weile unterhalten. Wahrscheinlich würde sie auch ein wenig mit dem jungen Monsieur Lebegue flirten. Sie hatte ohnehin nichts zu tun.

Der Abend ließ sich harmlos an. Michel war amüsant. Er brachte ihr einen kleinen Teller mit sorgsam arrangierten Speisen und faltete eine Serviette auseinander. Er sorgte dafür, daß ihr Glas ständig gefüllt war, und beim Essen erzählte er ihr witzige und boshafte Geschichten über die Leute, die an ihnen vorbeikamen.

Valentine kam nur einmal in das Nebenzimmer, in dem sie saßen. Er sah sie augenblicklich in der Ecke sitzen. Sie fragte sich, ob er erleichtert wirkte oder ob sie wünschte, es sei so gewesen.

»Ich hätte mir ja denken können, daß ich dich an der Seite des gefährlichsten Halunken im ganzen Haus vorfinde.« Er lachte und schien Spaß an seiner eigenen Party zu haben. Bell freute sich darüber.

»Verzieh dich, Valentine«, sagte Michel.

Die beiden Männer waren offensichtlich alte Freunde. »Bei ihm fühle ich mich sicher«, sagte sie und blickte lächelnd zu Valentine auf.

»Seien Sie sich nicht zu sicher«, sagte Michel und legte einen Arm um ihre Schultern. Valentine ging wieder.

Später führte Michel sie in den Saal, um mit ihr zu tanzen. Die Beleuchtung war jetzt gedämpfter, doch die Tänzer hüpften noch ausgelassen herum. Bell trat sich die Schuhe von den Füßen und ließ sich ganz von dem Rhythmus mitreißen. Das tat gut. Es war schön, am Leben zu sein und für einen Moment alles vergessen zu können.

Eine Hand legte sich sachte auf ihren Ellbogen.

Bell drehte sich um und stand Catherine gegenüber.

»Ich dachte mir, daß wir uns hier vielleicht treffen«, sagte Catherine. »Könnten wir uns nicht ein ruhigeres Plätzchen suchen? Valentine hat oben ein kleines Wohnzimmer.«

Natürlich kannte Catherine sich bestens in seinem Haus aus. Bell widerstand dem Impuls des Kaninchens, vor der Schlange zu fliehen. Sie biß die Zähne aufeinander und wußte, daß ihr keine einfache Situation bevorstand.

Was will sie von mir? An Catherines Ohren blitzten Diamanten, und Bell trug den Elfenbeinarmreif wie einen Talisman unter ihrem Ärmel.

Bell sah sich in dem Wohnzimmer um. Hier also hielt sich Valentine auf, hier und in der Küche und nicht in dem prunkvollen Salon, den er gegen Geld zur Besichtigung hätte freigeben können.

Catherine setzte sich und zupfte an einer Feder. Dann drehte sie sich zu Bell um. Reinster Stahl, hatte jemand gesagt. War es Juliette gewesen? Valentine? Dieses spitze Kinn und die Entschlossenheit in den weit auseinanderliegenden haselnußbraunen Augen. Wie ungewöhnlich, daß so viele Dinge sie mit einer Frau verbanden, die sich derart von ihr unterschied. Zwei Männer. Valentine und Charles. Bell hatte das Gefühl, ihr Atem ginge zu laut.

»Ich hatte gehofft, Sie hier zu treffen«, sagte Catherine. »Wir sollten einander besser kennenlernen.« Sie sprach mit kristallklarer Stimme. »Valentine sagt, Sie seien etwas ganz Besonderes. Juliette nennt Sie eine gute Freundin. Der einzige Mensch, der nie über Sie redet, ist Charles.«

Es entstand eine lange Pause.

»Seltsam, nicht?«

Dann weißt du es also, dachte Bell. Ihre Gedanken überschlugen sich. Was hast du vor? Willst du mir drohen? Mir den Kampf ansagen? Oder mich nur abschrecken?

»Charles hat mir sehr geholfen. Ich würde ihn gern als einen Freund betrachten.«

Bell ging auf das Spiel ein. Sie wirkte gänzlich ungerührt.

Catherine hatte ihren Blick jetzt gesenkt. Ihre Augen waren unter den langen schwarzen Wimpern verborgen. Sie sah genauso aus wie auf der Fotografie, die Hélène auf ihrem Schreibtisch stehen hatte. Doch als sie weitersprach, war ihre Stimme leise und heiser. Es klang, als brächte sie jedes einzelne Wort nur mühsam heraus. Ihr hübsches Gesicht war jetzt angespannt und starr.

»Hilfe. Freunde. Das sind beides Dinge, die ich auch brauche, und ich stelle fest, daß beides rar ist.« Sie unterbrach sich wieder und schien auf etwas zu warten, doch Bell half ihr mit keinem Wort weiter. Sie wußte auch gar nicht, was von ihr erwartet wurde. Catherine senkte ihren Kopf noch tiefer, und ihre Stimme wurde zu einem Flüstern.

»Ich habe etwas Entsetzliches getan, Bell. Ich habe meinen Mann betrogen, und das auch noch mit einem Mann, den ich gar nicht geliebt habe. Ich habe etwas gesucht, und ich war so dumm, es an den falschen Orten zu suchen.«

Die Worte entrangen sich Catherine gequält. »Als mein Baby gestorben ist, wollte ich auch sterben. Diese Unschuld. Die Vollkommenheit seiner Hände, seines Haares und seines Lachens. Und dann plötzlich war alles vorbei.«

Hör auf! Bitte, hör auf, hätte Bell am liebsten gesagt.

»Danach war nichts. Dann hat allmählich das Bedürfnis nach Hilfe und nach der Nähe eines Menschen eingesetzt. Charles konnte mir keines von beidem geben, und ich hätte das verstehen und ihm helfen müssen. Statt dessen habe ich mich von ihm abgewandt. Mich Ihrem Freund Valentine Gordon zugewandt.«

Bell saß steif da. Sie wollte sich das Ganze nicht noch einmal bis zum bitteren Ende anhören, aber sie wußte, daß ihr nichts anderes übrigblieb.

»Das hieß, daß ich schließlich von Charles fortgehen mußte. Aber wir gehören zusammen, Bell. Sogar in unserem Scheitern gehören wir zusammen. Ich bin Charles' Frau, verstehen Sie, und aufgrund unseres gemeinsamen Glaubens weiß ich, daß er das nie vergessen kann. Ich bin seine Frau«, wiederholte Catherine, »und ich bin die einzige, die ihn von seinem Kummer und von seinen Schuldgefühlen wegen des Todes unseres Sohnes befreien kann. Christophe war schließlich auch mein Kind. Charles und ich haben diesen Schicksalsschlag gemeinsam erlitten, und das bindet uns enger aneinander als jedes Glück. Enger und schmerzlicher. Ich weiß das inzwischen, weil ich versucht habe, ohne ihn zu leben. Ich habe es allein und mit anderen Männern versucht, und ich bin gescheitert. Und genauso wird auch er ohne mich nur immer wieder scheitern können. So viel weiß ich jetzt.«

Bell stellte schockiert fest, daß in Catherines Wimpern Tränen hingen, die stärker leuchteten als ihre Diamanten.

»Warum erzählen Sie mir all das?« Sie bekam keine Antwort. »Wie kann ich Ihnen helfen?«

Die haselnußbraunen Augen sahen sie jetzt direkt an, und hinter den Tränen stand ein hartes Funkeln.

»Ich glaube, das wissen Sie recht gut.«

Ja.

Als Bell wieder aufblickte, war Catherine gegangen.

Eine prachtvolle Feindin. So hatte sie Catherine eingeschätzt, als sie sie kennengelernt hatte. Sie hatte sich getäuscht. Es war mehr als großartig, daß Catherine auf die Idee verfallen war, Bell ihre eigenen Wunden zu zeigen und sie um Hilfe anzuflehen.

Es war einfach brillant.

Das hieß, daß es nicht zu einem Wettstreit um ihn kommen würde. Bell sah sich im Scheinwerferlicht als die wahre Feindin dastehen. Sie hatte Catherine den Mann wegnehmen wollen.

Und sie wollte es immer noch. Aber damit mußte Schluß sein, und zwar hier und jetzt. Der arme Charles. Arme Bell. Und die kluge, geschickte Catherine. Bell wußte, daß sie zu verschieden voneinander waren, um sich jemals zu mögen, aber sie konnte Bewunderung für Catherine empfinden. Mehr als nur das – Catherines Worte hatten ihr deutlich gemacht, wovor sie so lange absichtlich die Augen verschlossen hatte. Charles würde sein Glück niemals mit einer anderen Frau finden. Alle seine Eigenschaften, die Bell so stark zu ihm hingezogen, sein Erbe, sein Traditionsbewußtsein und seine starren Moralbegriffe, sein geduldiges Hinnehmen der Einschränkungen, die seine Vorstellungen ihm auferlegten – all das hieß, daß er sich nur eine Partnerin wählen konnte. Und die hatte er bereits gewählt. Catherine, die dieselbe Herkunft und denselben Hintergrund hatte und im selben Glauben erzogen worden war, war seine Frau geworden. Das war unabänderlich, und Bell, die ganz entschieden aus der falschen Welt stammte, sah endlich ein, daß sie nicht darauf hoffen konnte, daran in Zukunft etwas zu ändern. Noch entscheidender war, daß es ihr nie gelingen konnte, die Vergangenheit auszulöschen, die die beiden miteinander verband. Catherine und Charles gehörten wahrhaft zusammen, sowohl in ihrem Scheitern als auch in ihrer Hoffnung auf einen Erfolg. Diese Gewißheit und das Gefühl der Niederlage stellten sich gleichzeitig ein, und eine erstickende Woge des Elends spülte über sie hinweg.

Du hast keine Zeit für dein Selbstmitleid. Du hast zu tun.

Bell mischte sich wieder unter die Gäste.

Der Lärmpegel war um etliche Dezibel angestiegen, die Rauchschwaden waren dichter geworden, und überall wurde getanzt und getrunken. Es war ein gelungenes Fest. Ein richtig großes Fest, wie es sich Valentine gewünscht hatte. Juliette und Valentine tanzten jetzt zusammen, und beide lachten schallend. Sie sahen sie und winkten ihr zu. Bell hätte auch gern gelacht. Sie hatte es allmählich satt, die außenstehende Beobachterin zu sein, die immer nur kühl lächelte. Aber erst muße sie jemanden finden. Als sie sich auf der Suche nach ihm umdrehte, spürte sie wieder eine Hand auf ihrem Ellbogen. Diesmal war es Juliette. Plötzlich merkte Bell, daß sie keine Lust mehr hatte, der Gegenstand von Mitgefühl und Sorge zu sein.

»Es ist alles in Ordnung, Juliette. Catherine hat sich gerade mit mir unterhalten.« Juliette sah sie fragend an, und Bell sprach weiter. »Ich weiß, wo ich stehe, oder besser gesagt, wo nicht mein Platz ist. Weißt du, wo ich Charles finden kann?«

Juliette deutete auf die Treppe, und Bell sah ihn auf dem oberen Absatz stehen. Er beugte sich über das Geländer und beobachtete die Menschen, wie Bell es kurz nach ihrer Ankunft getan hatte. Dann kam er die Treppe herunter und durch die Menschenmenge auf sie zu. Er war einen halben Kopf größer als alle anderen. Bell spürte einen Schmerz, der sie zu ersticken drohte.

Auch in den Tiefen von Charles' Augen stand dieser Schmerz.

»Ich möchte mit dir reden«, sagte Bell, und ihre Stimme klang heftig.

»Komm mit!«

Hinter einer geschlossenen Tür verbarg sich ein ruhiges, finsteres Zimmer. Ledergebundene Bücher standen hinter Gittertüren an holzgetäfelten Wänden. In dem steinernen Kamin verglühte ein

Feuer in grauweißer Asche. Als sich die schwere Tür wieder geschlossen hatte, waren sie allein.

Bell fühlte sich matt. Sie lehnte ihren Kopf an den steinernen Kaminsims und starrte in die Glut. Was gab es überhaupt noch zu sagen?

Auch Charles sagte kein Wort. Statt dessen schlug er seine Arme um sie, und sein Mund streifte ihr Haar, ihre feuchten Lider und schließlich ihren Mund.

Bell seufzte. Sie war so müde, und es war so friedlich hier. Sie würde ihn nie mehr so nah bei sich spüren. Nie mehr seinen Herzschlag fühlten, seinen warmen Atem auf ihrer Haut.

Charles löste sich von ihr, um sie ein letztes Mal anzusehen. Bell wußte, daß er sich ihr Gesicht einprägte, jede Einzelheit in seinem Gedächtnis speicherte, und sie verzehrte sich nach ihm. Schließlich lächelte er, ein trauriges Lächeln, das sein edelgeschnittenes Gesicht unendlich verletzbar wirken ließ. Sie kannte ihn in den verschiedensten Stimmungen, aber so hatte sie ihn noch nie gesehen. Die goldenen Sprenkel in den Tiefen seiner Augen strahlten.

Bell hörte das zarte Flüstern von Asche, die auf den Steinboden fiel.

»Ich liebe dich«, sagte Charles.

Die Worte hätten den Klang vollkommenen Glücks haben sollen, statt dessen erweckten sie Trostlosigkeit.

»Ich liebe dich auch«, hauchte Bell. »Könnten wir doch nur...« Doch Charles' Finger legte sich auf ihre Lippen und hielt die Worte zurück. Sie war froh darüber. Es gab keine Worte, die jetzt noch etwas hätten ändern können. Sie wußte, daß es keinen Sinn mehr hatte, weiterzukämpfen. Sie würde nie wirklich zu ihm vordringen können, und ebensowenig konnte Charles hoffen, sich je wirklich von seiner Vergangenheit freimachen zu können.

Entschlossen knöpfte Bell die Manschette ihrer Jacke auf. Sie zog den Elfenbeinarmreif von ihrer Hand. Einen Moment lang hielt sie ihn fest, ehe sie ihn Charles reichte.

»Ich kann ihn nicht behalten«, sagte sie lediglich. Sie wußte, daß es nicht nötig war, ihre Gründe zu erklären. Sie hätte das Schmuckstück nie mehr ansehen können, weil es ihr zu weh getan hätte. Charles nahm den schönen Armreif, drehte ihn zwischen seinen Fingern und tastete die prallen Trauben und die kunstvoll geschnitzten Blätter. Bell sah, daß seine Hände von der Arbeit in den Weinbergen schwielig und zerkratzt waren. Genau wie ihre Hände, mit denen sie auf Valentines Land gearbeitet hatte.

Das Land. Die Jahreszeiten. Alles geht weiter. Als sei nichts geschehen.

Charles drehte den Armreif ein letzten Mal, ehe er ihn einsteckte. Wie Menschen in einem dichten Nebelschleier streckten sie blind die Arme nacheinander aus, und ihre Münder trafen sich gierig ein letztes Mal.

Wie sie so engumschlungen dastanden, wurde plötzlich die Tür aufgerissen. In dem Lichtschein, der ins Zimmer drang, stand Valentine, der Eindringling. Es war zu spät. Sich schuldbewußt voneinander loszureißen war zwecklos. Statt dessen lösten sich ihre Arme quälend langsam, und Bell wankte rückwärts zur nächsten Wand. Instinktiv schlangen sich ihre Finger um die kalten Gitterstäbe vor dem Bücherregal. Hilflos klammerte sie sich an ihnen fest.

Es herrschte langes Schweigen, und Charles und Valentine maßen einander mit Blicken. Dann ließ Valentine die Tür leise ins Schloß fallen.

Sie saßen in der Falle, alle drei. Gemeinsam.

Valentine lief wie ein Tiger hinter Gittern im Zimmer auf und ab, doch Charles stand steif und regungslos da und blickte ins Nichts. Bell spürte einen Schauer der Angst prickelnd über ihre Kopfhaut laufen. Ihr Atem ging kurz und schnell, und die alte Furcht war wieder erwacht. Von dem Moment an, da er sie gesehen hatte, hatte Valentine noch keinen Blick in ihre Richtung geworfen. Seine gesamte Aufmerksamkeit, die Aggression, die sie so ängstigte, galt Charles.

Valentine nahm ein silbernes Zigarettenetui vom Tisch und öffnete es. Charles schüttelte unwillig den Kopf, doch Valentine zuckte nur die Achseln, nahm sich eine Zigarette und zündete sie mit übertriebener Sorgfalt an. Er holte tief Atem.

»Sie sind also doch nicht ganz so vollkommen, Baron. Es erleichtert mich, das zu erfahren.«

Seine Stimme war seidenweich. »Erinnern Sie sich an den Tag vor genau zwei Jahren? Als Sie mich mit Catherine gesehen haben? Hier in diesem selben Zimmer war es, nicht wahr?«

»Valentine, hör auf!« Bells Stimme klang flehentlich, doch er hörte nicht auf sie.

»Nein, Bell, du nicht. Heute abend will ich mich mit Charles unterhalten.« Er lief immer noch auf und ab, als mache es ihm die innere Anspannung unmöglich, stillzustehen.

»Erinnern Sie sich noch, was sonst an diesem Abend passiert ist?«

Charles stand regungslos da und gab dem Amerikaner nicht die Genugtuung einer Antwort.

»Vielleicht erinnern Sie sich nicht mehr? Sie haben mich herausgefordert. Zu einem Duell natürlich. Wie altmodisch, wie europäisch, wie romantisch.« Seine Stimme war jetzt gefährlich ruhig geworden. »Wissen Sie, Baron, daß ich seit jener Nacht immer wieder bereut habe, daß ich nicht gegen Sie angetreten bin? Daß ich mich nicht auf einen Kampf mit Ihnen eingelassen habe?«

»Nein. Du bist verrückt.« Bell schluchzte fast vor Angst. Er würdigte sie keines Blickes.

»Sei still!«

Endlich brach Charles sein starres Schweigen.

»Wenn es Ihnen so wichtig ist, können Sie sich immer noch mit mir duellieren.«

Valentine lächelte. »Ich weiß, daß ich das tun kann, Baron. Und ich werde es tun. Mit dem allergrößten Vergnügen.«

Als Bell von einem Mann zum anderen sah, da begriff sie den Kern ihrer Angst. Es waren bittere, böse Worte, die hier fielen.

Die Männer waren wütend, ja, aber es war eine kalte, lang nachglühende Wut. Nicht die Form von Flammen, die über Nacht aufzüngeln und mit dem Licht des Tages erlöschen. Sie würden einander bekämpfen, doch es würde kein schneller Kampf werden. Dann hätten sie sich gleich aufeinanderstürzen können. Was sie planten, war eine bewußte, zerstörerische Schlacht. Niemand konnte sie jetzt noch zurückhalten. Ein unterdrückter Laut entrang sich ihrer Kehle, wie das Wimmern eines Kindes, doch keiner von beiden hörte es.

Valentine drehte sich entschlossen um und warf seine Zigarette in das erloschene Feuer.

»Ich erinnere mich vage«, sagte er mit einer Stimme, die geschäftlich klang und Böses ahnen ließ, »in Büchern, in denen so etwas vorkommt, gelesen zu haben, daß es das Privileg dessen ist, der herausgefordert worden ist, die Wahl der Waffen zu haben.«

Charles neigte den Kopf. »Sie sind erstaunlich belesen. Ja.«

Seine Stimme klang teilnahmslos. »Die Wahl der Waffen liegt bei Ihnen.«

Valentine wandte sich ihm zu.

»In diesem Fall, Baron, werden wir auf meinen Motorrädern ein Rennen fahren.«

Charles' Gesicht verriet keinen Funken von Erstaunen. Bell hörte mit wachsendem Entsetzen zu. Einer von beiden würde auf diesen heimtückischen Maschinen umkommen. Valentine zählte sachlich und kühl die Bedingungen auf.

»...morgen bei Tagesanbruch. Von den Toren Larues zu den Toren Reynards. Keine anderen Regeln; wer als erster ankommt, hat gewonnen. Um diese Tageszeit sollte dort kein Verkehr sein. Und es ist eine gute, gerade Straße.«

Er hat alles vorausgeplant, dachte Bell. Es sorgsam durchdacht. Und den rechten Zeitpunkt abgewartet.

»Ich weiß, daß die Straße gerade ist.« Charles' Stimme war bissig, und auf seinem Gesicht stand Verachtung. »Dann bis morgen bei Tagesanbruch.«

Er hatte sich schon abgewandt, als ihm Bell wieder einfiel. Er kam zu ihr zurück, sah sie einen Moment lang an und küßte dann ihre Lippen. Sein Gesicht war kalt wie Marmor.

»Gute Nacht.« Die Verabschiedung, die erstaunlich zart klang, galt ihnen beiden. Die Tür wurde geöffnet und wieder geschlossen.

Bell suchte nach Worten und spürte jetzt auch in sich die Wut aufsteigen. Valentine lächelte zufrieden.

»Warum?« fragte sie schließlich. »Warum willst du dich selbst und Charles gefährden? Diese verdammten Motorräder. Tu es nicht. Sei kein leichtsinniger Dummkopf. Es ist noch nicht zu spät.«

Valentines Miene veränderte sich nicht, aber zumindest sah er Bell jetzt an.

»Ich glaube, daß von uns allen du der größte Dummkopf bist, Bell.«

Da ist etwas Wahres dran, dachte Bell bitter.

»Es ist nicht das, was du denkst...« Die klassischen Worte der uralten Entschuldigung rutschten ihr so heraus, doch sie stockte schon, ehe Valentine sich abwandte.

»Du brauchst dir nicht einzubilden, es sei deinetwegen. Es mußte zwangsläufig dahin kommen. Es war unvermeidlich, und ich bestimme die Bedingungen. Um Gottes willen, es ist doch nichts weiter als ein Rennen. Kein Blödsinn mit Waffen. Was kann schon passieren? Nichts.«

Bell schloß die Augen. Was konnte passieren? Sie erinnerte sich an ihr Grauen während der Fahrt durch die kalifornische Nacht, an die brutale Nähe der Straße und die Zerbrechlichkeit ihrer Körper, die so dicht über ihr kauerten. Sie wußte leider nur zu gut, was passieren würde.

»Gehen wir wieder zu den Gästen!« Valentine sah so gut und sportlich und energiegeladen aus wie immer. »Ins Bett zu gehen hat doch keinen Sinn, oder?«

Bell sah auf ihre Armbanduhr. Zwei. Bis zur Morgendämmerung blieben nur noch wenige Stunden.

»Nicht den geringsten Sinn«, gab sie zurück und zwang sich zu einem Lächeln. Sie wollte ihm nicht zeigen, wie groß ihre Angst wirklich war. Bob. Bob Cornelius. Das war es. Sie würde ihn suchen und zu Hilfe holen. Irgendwie mußte es sich bewerkstelligen lassen, daß dieses Rennen nicht stattfand.

Bob saß in der chaotischen Küche und hatte ein Glas Wodka vor sich stehen. Sein Ernst war verflogen, und er lächelte matt.

»Die anderen gehen schon«, sagte er. »Viel zu früh.«

»Ich bin noch da«, sagte Bell eindringlich. »Hör zu, Bob, ich brauche deine Hilfe. Erinnerst du dich noch an das Duell? Valentine und Charles de Gillesmont?« Sie sah, daß Bobs Gesicht sofort ernst und interessiert wurde.

»Ja. Ich erinnere mich an das Duell.«

»Sie wollen jetzt doch gegeneinander antreten. Morgen. Nein... heute morgen. In der Morgendämmerung. Sie wollen auf Valentines Motorrädern ein Rennen von hier nach Reynard fahren.«

Bob wirkte erleichtert. »So schrecklich ist das gar nicht. War es Vals Idee?«

Bell nickte.

»Dann finde ich sie erstaunlich vernünftig. Ich dachte, du sprichst von einem echten Kampf. Dabei geht es nur um ein Rennen.«

Es waren Valentines Worte. Bell umklammerte Bobs Handgelenk.

»Wir müssen sie davon abbringen. Sie werden sich dabei umbringen.«

»Sie davon abbringen? Valentine von etwas abbringen?« Er lachte und schien sich wirklich zu amüsieren. »Ist dir immer noch nicht aufgefallen, daß er tut, was er sich vornimmt?«

»Doch. Das ist mir aufgefallen. Aber muß er sich ausgerechnet vornehmen, sich zu verstümmeln? Oder jemand anderen zu verstümmeln?«

Bob sah sie kurz an und nahm ihre Hand. »Mach dir keine Sorgen. Es wird schon gutgehen. Wo ist er?«

»Er kostet seine Party bis zum letzten Moment aus.«

Bob kicherte. »Ja, klar.«

Ein paar Gäste waren noch da. Valentine stand in der Tür und winkte einer lärmenden Menge von Gästen nach, die sich gerade verabschiedet hatten. Als er Bob sah, trat ein breites, zuversichtliches Strahlen auf sein Gesicht.

»Bob! Ich brauche dich als meinen Sekundanten. Ich kann mich zwar nicht mehr erinnern, was die Aufgabe eines Sekundanten ist, aber der Baron wird uns zweifellos über die trickreichen Punkte der Etikette aufklären können.«

»Ja, klar«, sagte Bob, »das ist seine Spezialität.«

Er freut sich genauso darüber wie Valentine, dachte Bell. Es war zum Verzweifeln.

Was kann ich bloß tun? dachte sie.

»Du gehst jetzt am besten nach Hause und legst dich ins Bett«, sagte Valentine zu ihr. »Du kommst doch allein zurecht?«

»Ja.« Bell wandte sich ab. Sie gab sich geschlagen.

»Ich sehe mir die Motorräder an. Ich denke, ich frisiere sie noch ein bißchen ...«

Er rieb sich tatsächlich in seiner Vorfreude die Hände.

»Und ich sehe zu, daß ich mich noch ein bißchen hinhaue, ehe das große Rennen losgeht«, sagte Bob, wobei er gähnte und sich streckte.

Wenige Minuten später war Bell allein mit den letzten Gästen. Niemand beachtete sie, als sie ein paar Gläser vom Boden aufhob und einige Stühle aufrichtete.

Es war für sie unvorstellbar, nach Hause zu fahren. Was hätte sie dort schon tun können? Doch nur dasitzen und abwarten, wann ihr jemand die Neuigkeiten überbrachte. Wenn sie hierblieb, erfuhr sie wenigstens sofort, was los war.

Sie ging in die Küche und kochte sich einen starken schwarzen Kaffee und beobachtete, wie die Zeiger der Uhr sich qualvoll langsam bewegten. Das Fenster ohne Vorhang war ein schwarzes Rechteck.

Kurz vor halb sechs glaubte Bell den ersten grauen Schimmer zu sehen. Sie blieb unentschlossen sitzen und fragte sich, was sie jetzt tun sollte. Der Gedanke jagte ihr zwar Angst ein, aber sie wußte, daß sie den Start des Rennens mit ansehen mußte. Es bestand immer noch eine winzige Chance, daß sie die beiden überreden konnte, das Rennen ausfallen zu lassen.

Es nieselte erbarmungslos von einem grauen, bewölkten Himmel. Nirgends war ein Laut zu vernehmen. Vielleicht kam es doch nicht dazu.

Vielleicht hatte sie sich alles nur eingebildet. Vielleicht...

Nein, eine vergebliche Hoffnung. Sie hörte das Dröhnen von zwei Motoren, die angelassen wurden. Valentin und Bob kamen auf den beiden Maschinen ums Haus herum. Valentine strahlte vor Freude. Er genießt es unsäglich, dachte Bell.

Sie bemerkten sie und hielten vor ihr an. Es war ein aussichtsloses Unterfangen, Valentine von seinem Vorhaben abzubringen. Er fuhr mit Bob zur Straße. Dort warteten sie.

Während sie zitternd vor Kälte dastand, sah Bell, worauf sie warteten.

Es war der graue Mercedes, der wie ein Schatten durch den Nieselregen kam.

Charles saß am Steuer, und neben ihm saß Jacopin – auch der Baron hatte seinen Sekundanten mitgebracht. Der Wagen hielt an, und Charles stieg aus. Sein Gesicht war blaß und ausdruckslos, und als sein Blick auf Bell fiel, konnte sie nichts in seinen Augen lesen. Er ging direkt auf Valentine zu, und Bell sah zu ihrem Erstaunen, daß sie fast gleich groß waren. Wie merkwürdig. Sie hätte schwören können, daß Charles wesentlich größer war.

Vor ihnen lag eine glatte, schwarze, eine bedrohliche Straße. Das nasse Laub der Pappeln leuchtete, und die Landstraße glänzte speckig.

Es war eine heimtückische Straße, und auch das Wetter war heimtückisch.

Jacopin hielt das weiße Taschentuch in die Luft. Dann ließ er den Arm fallen, und sie donnerten mit quietschenden Reifen los. Gummigestank hing in der Luft, und die beiden Motorräder verschwanden im Regen.

Bell biß sich so fest in ihren Handrücken, daß sie vor Schmerz aufschrie. Das Dröhnen erstarb, und die Stille, die jetzt einsetzte, flößte ihr noch größeres Grauen ein.

Nichts, aber auch gar nichts, war mehr zu hören. Kein Vogel, kein knackender Zweig, nicht einmal der Wind in den Bäumen.

Bell befiel Panik. Bob und Jacopin standen da und starrten in die Ferne, ohne einander anzusehen.

Bell hörte sich schreien.

»Steht nicht hier rum! Folgt ihnen!« Sie zerrte heftig an Jacopins Arm und versuchte, ihn zu dem Mercedes zu zerren, doch der kleine Franzose blieb beharrlich.

»Ich soll hier warten«, sagte er störrisch und ließ keinen Zweifel an seiner Entschlossenheit aufkommen.

»Bob! Dann komm du mit! Bitte!«

»Nein, Bell. Misch dich nicht ein!«

O Gott. Bell sah ihren eigenen Wagen an, der am Ende der Auffahrt stand. Sie versuchte, die Entfernung abzuschätzen, und stellte sich vor, wie sie in ihren albernen, hochhackigen Schuhen oder gar barfuß losrannte. Es war zu weit. Der dicke Mercedes stand direkt vor ihr, und der Zündschlüssel steckte.

Ohne einen weiteren Gedanken daran zu verschwenden, sprang Bell auf den Fahrersitz und ließ den Motor an. Sie kämpfte mit der Lenkung und der ungewohnten Gangschaltung und glitt mit ihren nassen Schuhsohlen auf den Pedalen aus. Sie stieß rückwärts auf die Straße und schoß davon.

Wo sie wohl schon waren? Ihr Atem ging stoßweise, und das Blut hämmerten in ihren Ohren. Die Straße vor ihr war erfreulich leer. Sie mußten schon fast in Reynard sein. War es denn möglich, daß keinem von beiden etwas zugestoßen war? Erleichterung durchflutete sie bereits, als sie den Mercedes in die Kurve lenkte, die ihr den Blick auf Reynard und auf das Ziel des Rennens freigeben würde. Dann mußte sie mit quietschenden Reifen etwas ausweichen, das vor ihr auf der Straße lag.

Es war eines der Motorräder, und das Vorderrad drehte sich noch. Das andere Motorrad stand still und unschuldig am Straßenrand. Bell trat auf die Bremsen, und der schwere Wagen geriet ins Schleudern. Vor ihr lag ein Mensch auf der Straße, und eine schwarze Gestalt, die nicht zu erkennen war, hatte sich über ihn gebeugt.

Bitte, lieber Gott, betete Bell, als sie auf die beiden zulief, laß es nicht Charles sein.

Nicht Charles. Nicht Charles.

Als sie die beiden erreicht hatte, wagte Bell es nicht, auf die liegende Gestalt hinabzublicken. Statt dessen richtete sich ihr Blick auf das Visier des Helmes von demjenigen, der über ihr stand. Noch wußte sie nicht, wer es war. Dann hob eine behandschuhte Hand den Helm, und sie starrte in Charles' weißes Gesicht.

Valentine? War er es, der dort lag?

O nein! Nein! Nein! Nicht Valentine.

Bell kniete sich auf die Straße, und ihre steifen weißen Hände legten sich hilflos auf seinen Körper. Sie sah Blut auf der Straße und Blut auf seinem sonnengebräunten Gesicht.

Er durfte nicht tot sein. O bitte, nur das nicht.

Seine Augen waren geschlossen, und er lag regungslos da. Bell wagte es nicht, seine Kleidung zu öffnen und sich die Wunden anzusehen. Er mußte still liegenbleiben. Hatte er viel Blut verloren? Nein. Ihre Finger, die über die schwarze Straße glitten, fanden nur Regenwasser. Dann waren es vielleicht doch nur Kratzer.

Mochte Gott ihr beistehen.

Bell warf wieder einen Blick auf Charles. Er war leichenblaß und stand unter Schock. Einen entsetzlichen Moment lang graute Bell vor ihm, er erschien ihr wie der Todesengel in seiner schwarzen Lederkleidung. Dann gab sich Charles einen mühsamen Ruck. Ohne nachzudenken, riß er die Situation an sich und übernahm das Kommando, wie es von Geburt an seine Rolle war.

»Bleib bei ihm!« befahl er. »Rühr ihn nicht an, und versuch auch nicht, ihn von der Stelle zu bewegen!«

Er warf einen kurzen Blick auf seinen Mercedes, dessen Räder in der weichen Erde der Böschung eingesunken waren. »Ich hole Hilfe. Keine Panik. Ich glaube nicht, daß es allzu schlimm ist.« Er war jetzt absolut konzentriert und so gefaßt, als läge ein Fremder vor seinen Füßen.

Bell sah in sein vertrautes aristokratisches Gesicht, und tief in ihrem Innern geschah etwas. Sie konnte die Tränen nicht zurückhalten, die über ihr Gesicht strömten, und sie mußte die Zähne zusammenbeißen, um die hysterischen Schreie zurückzuhalten, die in ihrer Kehle aufstiegen. Die pure Angst um Valentine vermengte sich mit der plötzlichen und grauenhaften Erkenntnis, daß sie sich über Monate selbst betrogen hatte. Zu diesem kalten Franzosen wäre sie nie durchgedrungen. In diesem Augenblick, auf dieser schrecklichen Landstraße, begriff sie den wahren Charles: kalt, bestimmend und leicht angewidert von den chaotischen, brutalen und unwürdigen Realitäten des Lebens. Sie hatte sich vom wirklichen Leben abgewandt, und jetzt verströmte dieses auf dem nassen Boden vor ihren Augen.

Die Tränen machten sie blind, und ihre Schreie waren nur ein leises Stöhnen.

Charles packte ihren Arm und schüttelte sie.

»Hör auf!« befahl er. »Sei nicht hysterisch.«

Das Stöhnen ebbte ab, und Bell sah wieder auf Valentine. Seine Augen waren jetzt offen und bewegten sich. Er versuchte, durch seine blutenden Lippen zu sprechen. Er war am Leben und bei Bewußtsein. Wie durch magische Schleusen strömte neue Kraft in sie.

»Beweg dich nicht! Sag nichts, Val! Du hast es gleich geschafft. Wir holen Hilfe.«

Charles stand immer noch neben ihnen. Bell kam es vor, als sei er plötzlich sehr weit weg und äußerst unwichtig.

»Geh schon!« rief sie ihm zu. Er wandte sich augenblicklich ab und lief zu seinem Wagen.

Stille kehrte ein. Bell saß auf der Straße und hielt Valentines Kopf auf ihrem Schoß. Er sah sie an, und in den leuchtendblauen Augen, die sich zusehends verschleierten, zeigte sich das Einsetzen der Schmerzen. Doch eine Andeutung seines charakteristischen Lächelns zuckte in seinen Mundwinkeln.

Tränen rannen über Bells Gesicht. Valentine! Mühsam und unter Schmerzen drehte er seinen Kopf um und flüsterte: »Tut mir leid. Ich habe schon wieder mal alles verkehrt gemacht.«

»Du sollst nicht sprechen. Hilfe für dich ist unterwegs.«

Fallendes Laub wirbelte wie Konfetti auf.

Dann plötzlich ein Mosaik von Geräuschen und Gesichtern.

Charles kehrte grimmig und stumm zurück. Dann rannten Bob und Jacopin auf sie zu. Ihnen folgte ein weißer französischer Krankenwagen mit kreischenden Sirenen. Weiße Mäntel beugten sich über den Mann, der auf der Straße lag, und Hände berührten ihn dort, wo Bell es nicht gewagt hatte. Dann hoben sie ihn auf eine Tragbahre. Sie zogen ihm den Helm ab.

»Lassen Sie mich mitkommen«, bat sie, als die Tragbahre aufgeladen wurde. Die Krankenpfleger traten zur Seite, damit sie einsteigen konnte.

Ehe sich die Türen schlossen, sah Bell noch einmal in Charles' Gesicht. Der unbeteiligte Blick in seinen Augen schockierte sie. Dann wurden die Türen zugeschlagen. Auch wenn sie ihn nicht mehr sehen konnte, hatte sie den Gesichtsausdruck des Franzosen auf dem endlosen Weg nach Bordeaux ständig vor Augen.

Es roch nach Desinfektionsmitteln. Bell saß da, und niemand sah sie an. Es kam ihr vor, als sei es Stunden her, seit Valentine fortgebracht worden war. Seine Augen hatten sich während der langen, qualvollen Fahrt geschlossen, und er hatte sich in sich selbst zurückgezogen.

»Sie sind die Ehefrau des Patienten?« war sie in der Aufnahme gefragt worden.

»Nein.«

»Eine Verwandte?«

»Nein. Eine Freundin.« Die Frau war ungeduldig geworden. Bell hatte festgestellt, daß sie Valentines vollen Namen nicht kannte, sein Geburtsdatum nicht wußte und nicht beantworten konnte, wer seine nächsten Anverwandten waren und wann er in das Land eingereist war – oder dergleichen Dinge, die so wichtig klangen und doch in Wirklichkeit völlig belanglos waren.

»Warten Sie hier«, hatte man zu ihr gesagt.

Nehmt ihn mir nicht weg. Die Worte wurden zu einer Litanei. Nehmt ihn mir nicht weg. Nicht jetzt. Nicht nach allem, was geschehen ist. Bell sah immer wieder die Unfallstelle vor sich, wie sie sie vorgefunden hatte. Der Anblick hatte sich ihr eingeprägt, und immer wieder empfand sie dieselbe entsetzliche Angst, die an Panik grenzte.

Warum kam denn niemand? Was taten sie bloß hinter den geschlossenen Türen mit ihm? Am Ende des Ganges, gleich neben dem Eingang, war jemand, der nicht weiß gekleidet war. Bell sah, daß es Juliette war, die auf sie zukam. Die Sorge im Gesicht ihrer Freundin spiegelte ihre eigene Angst wider. Sie streckten einander die Hände entgegen, und Bell klammerte sich an die Wärme von Juliettes Fingern. Ihre eigenen fühlten sich wie Eis an.

»Gott sei Dank, daß du gekommen bist. Ich halte es nicht aus, hier zu sitzen und zu warten. O Gott.« Bell war wütend auf sich, weil sie weinte, aber die Tränen galten nicht ihr selbst, sondern ausschließlich Valentine. Juliette nahm sie in den Arm und flüsterte bedeutungslose tröstliche Worte. Dann setzte sie sich neben Bell und reichte ihr eine Thermosflasche mit heißem Kaffee und einem großzügigen Schluck Cognac. Bell wärmte ihre Hände dankbar an dem Plastikbecher.

»Charles hat mir von diesem dämlichen Rennen erzählt«, sagte Juliette. »Was ist eigentlich passiert?«

»Ich weiß selbst nicht mehr als du«, sagte Bell matt. »Ich habe den Start beobachtet. Und ich habe den Ausgang gesehen. Das ist alles.« Aber es war nicht alles. Es kam noch etwas dazu, was sie nicht vergessen konnte. »Juliette, ich habe mich in jeder Hinsicht so sehr getäuscht. Charles war so weit weg. Er schien sich überhaupt nichts daraus zu machen. Als hätte all das nichts mit ihm zu tun.« Bells Stimme klang wie die eines bestürzten kleinen Kindes.

»O doch, es hat ihm etwas ausgemacht«, sagte Juliette sanft. »Er kann seine Gefühle nur nicht zeigen. So war es schon immer. Bei Catherine. Bei Christophe.«

Sie wandte sich ab und sah in den langen Korridor. »Ich liebe ihn. Mehr als jeden anderen Menschen auf Erden. Aber ich weiß, wie eisern seine Schutzmechanismen sind – für jemand, der ihn nicht kennt, beleidigend. Kannst du das verstehen?«

Ja. Bell konnte das verstehen. Aber der Eindruck des eben Geschehenen war noch zu frisch, um ihm verzeihen zu können. Schon gar nicht Charles, den sie doch um ein Haar über alles geliebt hätte. Bell wußte, daß sie ihm nie verzeihen würde, wie er auf Valentine herabgeblickt hatte, als sei er über die unwürdige Haltung, das Blut und die Verletzbarkeit des menschlichen Körpers empört. Als seien – und bei dieser Vorstellung lief ihr ein Schauer über den Rücken – die Regeln des Anstands auf vulgäre Weise gebrochen worden. Der arme Charles, dachte sie. Er sitzt in seinem Leben und in seiner Rolle fest, in seiner traurigen Unfähigkeit, bluten, weinen und schwitzen zu dürfen wie andere Menschen. Valentine war besser dran, obwohl er jetzt irgendwo hinter den geschlossenen Türen lag. Er war absolut frei, weil er sich keinen Zwang antat, und er konnte lächeln, auch wenn er Fehlschläge erlitt.

Die beiden Frauen warteten gemeinsam und schwiegen, denn es gab nichts mehr zu sagen.

Bob Cornelius kam und setzte sich neben Bell.

»Irgendwelche Neuigkeiten?« Er war grau vor Sorge.

»Bisher noch nicht.« Bob ließ sich auf seinem Stuhl zurücksinken.

»Ich mußte mit der Polizei reden. Mein Französisch ist einfach mies. Charles hat schließlich alles geregelt.«

Ja, dachte Bell, das kann Charles sicher gut.

Endlich tauchte der französische Arzt auf. »Sind Sie die Freunde von Mr. Gordon?«

Alle drei nickten. Der Arzt sah in seine Notizen, als müsse er sich erst daran erinnern, welche Neuigkeiten er ihnen zu übermitteln hatte.

»Ihr Freund hat eine Gehirnerschütterung. Aber nur eine leichte. Der Oberschenkelknochen ist gebrochen, und zwar kompliziert. Wir haben ihn geschient. Drei Rippen gebrochen. Schlimme Prellungen. Ein paar Schürfwunden, eine tiefe Schnittwunde und oberflächliche Hautabschürfungen.«

Kein Kommentar dazu. Das war alles. War das alles?

»Wird er wieder gesund?«

»O ja, daran besteht kein Zweifel«, beantwortete der Arzt Bells Frage. »Er wird nur ein paar Monate lang nicht Motorrad fahren können.« Das schien den Arzt richtiggehend zu freuen.

Juliette und Bob lächelten einander und den Arzt an und sagten immer wieder: »Gott sei Dank.« Bells Erleichterung war so groß, daß sie stumm blieb. Nichts anderes zählte. Er würde nicht sterben. Das war ihr genug.

»Dürfen wir ihn besuchen?« fragte Juliette.

»Aber nur für eine Minute. Dort.«

Valentine lag mit Verbänden auf seiner entblößten Brust in einem weißen Bett. Auch sein Kopf war bandagiert, und über dem Bett war ein Gestell angebracht, damit das Bettzeug nicht auf sein rechtes Bein fallen konnte. Bob und Juliette liefen eilig auf ihn zu, doch Bell blieb zurück. Sie hatte merkwürdigerweise plötzlich eine Scheu vor ihm.

Valentine war benommen. Bob nahm seine Hand, und Juliette beugte sich zu ihm hinunter und küßte ihn auf die Wnage. Als sie sich abwandten, blieb Bell am Fußende des Bettes stehen. Sie sah gebannt in sein Gesicht und bemerkte sein mattes Lächeln. »Danke«, flüsterte er. Sie wußte, wovon er sprach. Sie war ihnen gefolgt und bei ihm gewesen, als er sie gebraucht hatte. Und jetzt war sie bei ihm im Krankenhaus.

»Pst«, sagte sie.

»Er wollte wirklich gewinnen, dein Baron.« Valentine brachte die Worte mühsam heraus. Dann schlossen sich seine Augen, und Bell merkte, daß er erschöpft war. Sie ging.

Sicher. Charles hätte eine Niederlage nicht ertragen, und am allerwenigsten gegen Valentine. Ganz anders Valentine; ihn interessierte ausschließlich das Rennen selbst. Es war wie mit der Weinlese. Eine Lektion, aus der man etwas lernen mußte. Ja. Dafür bewunderte sie ihn – und ihre Bewunderung war groß und von Dauer.

Bob und Juliette warteten auf sie. Nachdem die Erleichterung abgeebbt war, wurde Bell von Müdigkeit übermannt. Sie wankte, als Bob sie zum Wagen führte.

Nach Hause, dachte sie. Sie konnte nur noch an das hohe Messingbett mit dem Bild der Heiligen Familie denken und an das tröstliche Vergessen, in das der Schlaf sie hüllen würde.

12

Bell saß neben Madame Durand und sah ihr zu, wie sie eine Pâté zubereitete.

Sie macht keine falsche oder zu hastige Bewegung, dachte Bell. Ganz im Gegensatz zu mir. Ich will nicht mehr über mich nachdenken. Ich habe mich selbst satt. Ich habe zu viele unverzeihliche Fehler gemacht.

Madame Durand sah sie an, als Bell seufzte. Sie wischte sich die Hände an ihrer Schürze ab.

»Ich glaube, Sie fühlen sich hier nicht so wohl, wie Sie es gehofft hatten«, sagte sie.

»Ich bin hier sehr glücklich«, antwortete Bell hastig. »Ich liebe dieses Gasthaus. Aber nein, Sie haben natürlich recht. Vielleicht sollte ich gar nicht in Frankreich sein.«

»Chérie, warum fahren Sie nicht wieder nach Hause? Zurück zu Ihrer Familie?«

Bell schüttelte traurig den Kopf.

»Dann eben zu Ihren Freunden. Zu den Leuten, zu denen Sie gehören. Wir werden Sie vermissen, wir alle, aber es ist nicht richtig, daß ein junges Mädchen ganz allein im Winter in diesem kleinen Sommerhaus sitzt.«

Bell nahm eine Knoblauchknolle vom Tisch und drehte sie zwischen den Fingern. Dann roch sie daran. Ein typisch französischer Geruch.

»Ich glaube«, sagte sie zögernd, »das ist ein guter Rat.«

Wie viele Abende wollte sie denn noch in dem Sessel vor dem Feuer verbringen und erfolglos versuchen zu lesen? Wie viele Tage in Jacques' Büro?

Sogar Valentine brauchte sie nicht mehr. Er erholte sich schnell und stellte dabei wie in jeder anderen Hinsicht seine übermenschliche Energie und Vitalität zur Schau. In den allerersten Tagen hatte Bell ihn auf dem Hinweg von Jacques Lapotin jeweils für wenige Minuten besucht. Obwohl er regelmäßig von Scharen von Besuchern mit Blumen, kostbaren Weinflaschen und Stapeln von Büchern überhäuft wurde, war er ungeduldig und langweilte sich, seit die Gehirnerschütterung vorübergegangen war. Er verlangte, daß man ihn mit Neuigkeiten aus der Außenwelt unterhielt, und seine blauen Augen funkelten vor Ruhelosigkeit. Bell hatte das Gefühl, ihm nichts bieten zu können. Die letzten Tage hatten sie ausgelaugt. Sie konnte nichts weiter tun, als sich zu vergewissern, daß er wirklich noch lebte und daß es ihm täglich besser ging. Ansonsten überließ sie ihn der Gesellschaft der fröhlichen jungen Leute aus Bordeaux, den freundlichen Kaufleuten und den eleganten Französinnen, die ihn allesamt besser zu kennen schienen als sie.

Am vierten oder fünften Tag fand Bell das kleine Einzelzimmer leer vor. Monsieur hatte sich in die dritte Klasse verlegen lassen. Dort fand Bell ihn vor. Zwei rheumatische alte Männer hockten auf seiner Bettkante, und die bewundernden Blicke aller Unfallopfer und rekonvaleszenten Patienten, die operiert worden waren, richteten sich auf ihn. Valentine sonnte sich darin. Die Krankenschwestern verwöhnten ihn; die Nonnen, die in ihrer langen weißen Tracht und ihren gestärkten weißen Hauben durch die Station liefen, besuchten ihn immer wieder. Typisch Valentine, dachte Bell. Aus der Langeweile eines Krankenhausaufenthaltes machte er eine Party.

Zu ihrem Erstaunen fand sie ihn bei einem ihrer Besuche allein vor. Bob war gerade dagewesen und hatte ihm einen Stapel von Berichten, Briefen und Computerausdrucken aus Dry Stone gebracht. Valentine blätterte die Papiere durch.

»Sieh dir das an«, begrüßte er sie. »Wenn ich nicht augenblicklich aus dieser Bruchbude rauskomme, wird mein gesamtes Imperium in sich zusammenbrechen.«

Bell setzte sich auf seine Bettkante.

»Valentine«, sagte sie unvermittelt, »was ist passiert? Bei dem Rennen. Wieso bist du gestürzt? Ich weiß, daß du dieses ekelhafte Motorrad fahren kannst, als seist du auf ihm zur Welt gekommen.«

Valentine sah sie forschend an und zog seine schwarzen Augenbrauen zusammen.

»Was passiert ist?« wiederholte er schließlich. »Ich bin einfach runtergefallen. Ins Schleudern gekommen. Du hast es doch selbst gesehen, oder nicht?« Dann runzelte er die Stirn und wandte sich ab. »Es macht mir nicht gerade besonderes Vergnügen, darüber zu reden, wenn du es genau wissen willst.« Er legte seine Hand auf ihre, doch er wollte keine weiteren Fragen mehr hören. Dennoch nagte der winzige Zweifel weiterhin an Bell. Würde sie je erfahren, was sich wirklich an diesem häßlichen, regnerischen Morgen auf der Straße zwischen Larue und Reynard abgespielt hatte?

Bells Gedanken kehrten wieder in die Wärme der Küche zurück, und sie sah, daß Madame Durand sie immer noch besorgt musterte. Sie strich sich die Schürze glatt.

»Ja, Madame Durand.« Bell konnte ihr zustimmen. »Vielleicht

wäre es wirklich das beste, wieder nach Hause zu fahren.« Aber was wollte sie dort tun? Und wo wollte sie wohnen?

Bell kehrte wieder in ihr Häuschen zurück. Ihre Gedanken drehten sich wie immer im Kreis, und wie immer ragte eine Mauer vor ihr auf, wenn sie aus diesem Kreis ausbrechen wollte. Sie hatte zu viel falsch gemacht, und jetzt war es wohl zu spät – entschieden zu spät. Sie hatte eine Wahl getroffen, und sie hatte die falsche Wahl getroffen. Wie hätte sie jetzt darum bitten können, all das rückgängig machen zu dürfen – nach allem, was geschehen war?

Es war unmöglich.

Sollte sie wirklich wieder nach Hause fahren? In das nasse, winterliche London? Um sich ein neues Leben aus dem Nichts aufzubauen! Was hätte sie sonst noch tun können? Und wen gab es sonst noch? Einen Mann, nur diesen einen, und sie hatte ihm wie ein schmollendes Schulmädchen den Rücken gekehrt, um hinter einem Tagtraum herzulaufen.

Es blieb ihr gar nichts anderes übrig.

Das war es also. Sie holte ihren Koffer unter dem Bett hervor. Viel hatte sie nicht einzupacken. Seltsam, daß sie sich in diesem winzigen Häuschen so zu Hause fühlte, obwohl sie fast keine persönlichen Gegenstände mitgebracht hatte.

Trotzdem zögerte sie den Abschied noch hinaus. Zwei weitere Tage vergingen. Bell beschloß, den rechten Moment abzuwarten, um Jacques Lapotin mitzuteilen, daß sie fortgehen wollte.

Dann bekam sie einen Anruf im Büro. Es war Michel Lebegue, den sie auf Valentines Fest kennengelernt hatte. Er lud sie zum Essen ein.

»Ich habe Ihnen ein Angebot zu unterbreiten. Und einen Tanz sind Sie mir auch noch schuldig, oder haben Sie das vergessen?«

Bell wollte ihn schon barsch abwimmeln und ihm mitteilen, sie sei für Angebote – welcher Art auch immer – nicht zu haben, und außerdem sei sie schon auf dem Weg nach London. Dann sah sie, daß Jacques sie forschend ansah, und sie wußte, daß sie erst Ihren Arbeitgeber davon unterrichten mußte.

»Äh – danke«, sagte Bell in den Hörer.

»Gut. Dann also morgen abend? Wann soll ich Sie abholen und wo?«

»Das ist nicht nötig«, antwortete Bell eilig. »Nach der Arbeit besuche ich Valentine im Krankenhaus, und dann könnten wir uns vielleicht in der Stadt treffen?«

Sie vereinbarten ein Treffen, und Michel legte auf. Bell wich Jacques' fragendem Blick aus und klemmte sich wieder hinter ihre Schreibarbeiten.

Valentine war von einer Besucherschar umgeben, und als er Bell in ihrem dunklen Kleid aus Seidencrêpe sah, zog er die Augenbrauen hoch.

»All dieser Aufwand nur, um mich zu besuchen?« fragte er zynisch und hielt ihr ein Glas mit dem unvermeidlichen Champagner hin. Bell versetzte es einen Stich, daß er sie behandelte wie all die anderen Mädchen, die ihn in Massen besuchten, doch dann sagte sie sich, daß sie keinen Grund hatte zu erwarten, daß er sie anders behandelte.

»Keineswegs.« Ihr Tonfall paßte gut zu seinem. »Ich gehe mit Michel Lebegue essen.« Wenn sie gehofft hatte, verräterische Anzeichen von Zorn oder Eifersucht zu sehen, dann wurde sie enttäuscht. Valentine lachte fröhlich.

»Dann paß gut auf dich auf.«

Bell ärgerte sich. Er behandelte sie wie eine dumme kleine Schwester. Oder wie Joannie.

»Auf Wiedersehen«, sagte sie. Der nächste Korken knallte, und um sie herum klirrten Gläser. »Und noch eine schöne Party.« Die Traurigkeit war deutlicher aus ihrer Stimme herauszuhören, als ihr bewußt war. Valentine sah mit einer Zärtlichkeit hinter ihr her, die sie erstaunt hätte.

Michel erwartete sie im Le Vendage.

Das Restaurant war klein, dunkel, schick und teuer. Das Essen stand in einem fast so guten Ruf wie das von Chez Lestoq, doch das Ambiente unterschied sich um Lichtjahre von der gediegenen Strenge Lestoqs. Hier standen die Tische um eine Tanzfläche herum, und leise Musik spielte zu Kerzenlicht. Michel küßte ihr zur Begrüßung die Hand. Bell bemühte sich zwar mit brutaler Entschlossenheit, die Erinnerungen nicht aufleben zu lassen, doch der Abend – ein Abend, auf den sie sich ohnehin nicht freute – ließ sich sehr schlecht an.

Michel erkannte augenblicklich ihre Verfassung, und er gab sich alle Mühe, ihre finsteren Gedanken zu vertreiben. Hingebungsvoll und ohne eine Reaktion von Bell zu erwarten, überhäufte er sie mit Geschichten, mit Klatsch aus Bordeaux und mit Scherzen.

Das Essen und der Wein waren einfach entwaffnend. Endlich fühlte sie sich gelöster. Sie lächelte Michel an und hob ihr Glas.

Auf Bordeaux, dachte sie. Auf Wiedersehen. Und danke.

Zum Kaffee tranken sie einen vierzig Jahre alten Armagnac.

»Und jetzt zu meinem Antrag«, sagte Michel nach dem Dessert.

Bell wartete amüsiert ab.

»Sie wissen, daß wir, Lebegue und Fils, expandieren?«

Sie nickte und drehte ihr Glas in der Hand.

»Wir hoffen, auf dem englischsprachigen Markt Fuß zu fassen. England und natürlich auch Amerika.« Er unterbrach sich und sagte dann: »Hätten Sie Lust, sich uns anzuschließen? Ich kenne Ihre Arbeit, und mich beeindruckt, wieviel Sie wissen. Ihre Muttersprache ist natürlich von Nutzen, aber das ist noch nicht alles. Sie haben Stil.«

Bell lächelte.

Es war ein wunderbares, schmeichelhaftes und verlockendes Angebot. Lebegue & Fils war eine große Firma mit einem guten Namen. Für sie zu arbeiten, erkannte Bell mit großem Bedauern, wäre für sie eine faszinierende Chance gewesen. Aber nach allem, was geschehen war, war die Vorstellung, in Bordeaux zu bleiben, undenkbar – und schon gar nicht, wenn sie in dieser Welt arbeitete und Charles und Valentine immer wieder treffen mußte. Trotzdem war es wohltuend, daß ihr dieses Angebot gemacht worden war. Erstmals seit langem fühlte sich Bell wieder zuversichtlich.

Auch sie wählte ihre Worte sorgsam, ehe sie antwortete.

»Danke, Michel. Ihr Angebot freut mich – und es schmeichelt mir. Aber ich muß wieder nach London gehen. Und zwar sehr bald. Aus persönlichen Gründen«, fügte sie entschieden dazu. »Nichts wäre mir lieber gewesen als die Chance, für Lebegue & Fils zu arbeiten«, fuhr sie wahrheitsgemäß fort, »aber ich fürchte, es ist mir nicht möglich. Es tut mir wirklich sehr leid.«

Er lächelte sie bedauernd an. »Mir tut es auch leid.«

Michel Lebegue, dachte Bell, du hast mir einen riesigen Gefallen getan. Was ist bloß so lange mit mir los gewesen? Im Moment habe ich vielleicht nicht den tollsten Job, aber ich weiß, daß ich gut bin. Ich kann jederzeit nach London zurückgehen und mir einen anderen Job suchen. Einen besseren Job. Ich weiß, daß ich das kann, und noch entscheidender ist, daß ich es verdammt noch mal auch tun werde.

»Und was ist mit meinem Tanz?« murmelte Michel.

»Mit dem größten Vergnügen.« Sie lächelte glücklicher als seit Tagen. Michel legte seine Arme um sie, und seine Wange schmiegte sich an ihre, als sie sich zu der langsamen Musik bewegten.

»Hmm«, flüsterte er, »ich glaube, so sind Sie mir doch lieber als im Büro.«

Bell zuckte zusammen, als seine Hand über ihren Rücken glitt. Dann lachte sie über sich selbst. Wenn sie allein nach London zurückging, allein in eine Welt, in der sie sich auskannte, dann würde es genauso aussehen. Natürlich würde es Männer geben, die sie zum Abendessen ausführten und anschließen versuchten, sie zu küssen.

So schrecklich war das doch gar nicht.

Eigentlich war sie glücklich dran. Bis auf eins hatte sie alles, was sie auf Erden brauchte. Und es war zwecklos, weitere Tränen zu vergießen, selbst dann, wenn die Welt ohne diese eine Sache grau wirkte und spöttisches kalifornisches Gelächter in ihr hallte.

Als sie wieder am Tisch saßen, fragte Michel: »Kann Sie denn niemand dazu überreden, in Bordeaux zu bleiben?«

»Doch, ein Mensch könnte es.« Der Wein und der Armagnac ließen Bell diese Antwort geben, ohne vorher nachzudenken. »Aber ich glaube nicht, daß er es will.«

»Valentine«, sagte Michel scharfsinnig. »Oh. Ich verstehe... Na gut, wenn ich gegen Valentine antreten muß, dann bleibt mir wohl nichts anderes übrig, als gegen ihn anzutreten. Aber mit mir wären Sie wirklich viel besser beraten. Valentine ist doch ein Cowboy. Diese ewigen Jeans.«

Bell lachte.

»Muß ich denn einen von euch nehmen?«

Der zuvorkommende kleine Franzose ließ sich lebhaft auf den Kampf ein. Bell mußte bald entdecken, daß Valentine sie nicht umsonst gewarnt hatte. Vor Michel war man wirklich nicht sicher. Aber er war selbst in seiner Zudringlichkeit noch amüsant. Bell mochte ihn sehr.

Schließlich entkam sie ihm. Michel, der bis zum Schluß spöttisch sein Leid beklagte, hielt ihr die Wagentür ihres Fiat auf und beugte sich darüber.

»Gute Nacht«, sagte er. »Übrigens, Valentine sollte dazu gebracht werden, alles zu tun, damit Sie hierbleiben. Weiß er denn überhaupt von seinem Glück?« Michel küßte sie flüchtig und trat dann zur Seite, um sie abfahren zu lassen.

Während der Heimfahrt war Bell in Gedanken versunken. Da sie jetzt wieder an sich selbst glaubte, war sie nur um so entschlossener, ihren Aufbruch nicht länger hinauszuzögern.

Es war an der Zeit abzureisen.

In Vayonnes lag das Gasthaus bereits im Dunkeln. Bell betrat ihr Haus. Sie sammelte ihre Bücher auf und warf sie in den Koffer.

Der Rückzug hatte begonnen.

»Jacques, ich muß Ihnen etwas sagen.«

Bell legte einen letzten Stapel Formulare auf seinen Tisch und wartete.

»Und was wollen Sie mir sagen?«

Es entstand eine Pause. Bell sah den dekorativen Balkon mit dem schmiedeeisernen Gitter vor dem hohen Fenster an und wandte ihm dann wieder ihren Blick zu.

»Ich verlasse Bordeaux«, sagte sie langsam. »Ich gehe nach London zurück. Es tut mir leid, daß ich Sie im Stich lasse.«

Der Weinhändler sah sie über den Rand seiner Brille an. Dann setzte er die Brille ab und fing an, sie zu putzen.

»Sie haben in Bordeaux nicht das gefunden, was Sie gesucht haben.« Es war keine Frage. Bell lächelte ihn traurig an.

»Nein, wohl kaum.«

»Allzu glücklich sind Sie auch nicht gewesen.« Auch dagegen konnte sie beim besten Willen nichts einwenden. Hatte man es ihr wirklich so deutlich angesehen? Jacques setzte seine Brille wieder auf, ehe er sich vorbeugte und Bells Hand tätschelte.

»Machen Sie sich keine Sorgen. Geben Sie mir eine Woche vorher Bescheid?«

»Natürlich, Jacques. Und danke.«

Bell stand in der Telefonzelle des Gasthauses der Durands.

»Oui?« Gott sei Dank war es Charles' Stimme. Sie hatten nicht mehr miteinander gesprochen, seit er auf der Straße von Larue nach Reynard über Valentine gebeugt dagestanden hatte. Die Worte sprudelten aus ihr heraus.

»Charles, ich – ich verlasse Bordeaux. Ich wollte kommen, um mich zu verabschieden.«

»O Bell, ich wollte dich so gern sehen. Aber so, wie es jetzt steht – was bleibt uns noch?«

»Ich weiß«, fiel ihm Bell ins Wort, um ihnen beiden jede weitere Peinlichkeit zu ersparen.

»Wann kann ich vorbeikommen?«

»Du willst herkommen?«

»Ja.« Dessen war sie sich sicher. Sie wollte sich offiziell verabschieden.

»Dann komm morgen«, sagte Charles. »Wir würden uns freuen, wenn du zum Mittagessen kämst.«

Wir, dachte Bell erbittert. »Ja, ich werde rechtzeitig dasein.«

Es war mehr oder weniger ihr letzter Tag in Bordeaux. Ihr Flugticket hatte sie bereits gekauft. Es lag auf dem leeren Regalbrett in ihrem Zimmer. Sie verschwendete keinen Gedanken mehr an Sparsamkeit. Wozu auch?

Ehe sie nach Reynard fuhr, mußte sie zu Valentine fahren und sich von ihm verabschieden. Das würde schwieriger als alles andere sein.

Bewußt wählte Bell eine Zeit, die außerhalb der üblichen Besuchszeiten lag. Wenn das Personal ihn so gern mochte, ließ man vielleicht zu, daß eine Besucherin hineinschlüpfte, um ihn in einem ruhigen Moment zu erwischen.

Wie sollten sie miteinander reden, wenn so viele andere Gesichter sich um das schmale Bett drängten?

Bell hatte keine Ahnung, was sie sich erhoffte. Sie glaubte noch nicht einmal wirklich, daß sie sich etwas erhoffen konnte. Dennoch klammerte sie sich an den Wunsch, Valentin möge in diesen allerletzten Momenten, die ihnen noch blieben, ehe sie ins Exil ging, noch etwas sagen, ihr ein Zeichen geben – irgend etwas tun, was sie dazu gebracht hätte zu bleiben. In Wahrheit hatte sie ihre entschlossenen Vorbereitungen zu ihrer Abreise in einer Traumwelt durchgeführt, in der nichts wirklich war außer der glühenden Hoffnung, Valentine möge sie davon abhalten, fortzugehen.

Bell blieb vor der Tür stehen und sah, daß Valentine mit einem der alten Männer Karten spielte. Sie unterhielten sich und lachten.

»Darf ich meinen Freund besuchen?« fragte Bell die junge Krankenschwester, die hinter ihr im Korridor auftauchte. »Es geht um etwas Privates, und während der Besuchszeiten geht es hier so hektisch zu.«

Die Krankenschwester lächelte verschwörerisch. »Aber natürlich. Und ziehen Sie die Trennwände vor, wenn Sie mögen.«

Bell betrat die Station. Valentine lächelte und freute sich, daß er Gesellschaft bekam. Der alte Mann entfernte sich schlurfend.

»Setz dich, und erzählt mir etwas, das mich zum Lachen bringt«, sagte Valentine und klopfte auf die Bettkante.

»Es ist nicht allzu komisch«, sagte Bell. In dieser Station voller Franzosen gab die englische Sprache ihnen so viel Privatsphäre wie dicke Mauern. »Ich bin gekommen, um mich zu verabschieden.«

Er sah ihr ins Gesicht, und sein Lächeln war verflogen.

»Um dich zu verabschieden?« Sein Gesicht verriet nichts. Kein Bedauern und nicht die Spur von Erstaunen.

»Ja.« Bell sprach sehr leise, und sie spürte schon jetzt die bittere Enttäuschung, die sie ergriff. »Ich kann nicht hierbleiben. Nicht nach all dem, was uns allen hier zugestoßen ist. Ich muß nach London zurückgehen. Und wieder arbeiten.« Sie unterbrach sich und wartete darauf, daß er etwas sagen würde, doch auch Valentine schien etwas zu erwarten, und das behagte ihr überhaupt nicht. Die Sekunden zogen sich in die Länge, während seine blauen Augen sie stechender denn je musterten. »Ich muß weggehen«, wiederholte sie, »es sei denn...«

Seine schwarzen Augenbrauen zogen sich einen Millimeter nach oben, und er erwartete immer noch etwas von ihr.

Bell gelang es nicht, die Worte zu finden. Sie wußte nicht, wie sie es ihm sagen sollte. Was hätte sie schon sagen können, nachdem sie ihn so grob zurückgewiesen hatte? Daß es ihr leid tat, daß sie sich in ihren eigenen Gefühlen getäuscht hatte? Nach ihrem sonnendurchfluteten Monat in Kalifornien... der Nacht, in der er den Ball veranstaltet hatte – und nachdem er sie in Charles' Armen vorgefunden hatte? Und nach dem abscheulichen Rennen?

Scham erfüllte sie, und jede Farbe wich aus ihrem Gesicht und von ihren Lippen. Sie hatte ihre Gelegenheit verpaßt. Wieder einmal stellte Bell fest, daß sie am falschen Ort war. Valentine wollte nicht mehr mit ihr zusammen sein, und es hätte auch nichts genutzt, wenn sie den Mut aufgebracht hätte, ihn um Verzeihung zu bitten. Weshalb also hätte sie sich weiteren Demütigungen aussetzen sollen?

Schließlich ermutigte er sie kein bißchen. Ihm war es gleich, ob sie hierblieb oder nicht.

»Ja«, fuhr Bell fort. Sie sprach bewußt lauter, damit ihre Stimme überzeugender klang.

»Ich bin praktisch schon unterwegs.« Sie sehnte sich danach, heiße Tränen zu vergießen, doch sie hielt sie mühsam zurück.

Das Schweigen wurde immer tiefer. Schließlich blickte Valentine auf und sah sie an, aber er sagte nur: »Du mußt tun, was du für das beste hältst.«

»Ja, ich weiß.« Bell sprang taumelnd auf. »Es ist das beste. Sicher.« Sie beugte sich zum letzten Mal über sein Gesicht, um ihn zu küssen, und seine Hand streichelte ihre Wange. »Sieh zu, daß du bald wieder gesund wirst, ja?«

Er nickte. »Darauf kannst du wetten. Viel länger können sie mich nicht hier einsperren.«

»Auf Wiedersehen, Valentine.« Hatte sie diese Worte wirklich ausgesprochen?

Sie konnte in seinen Augen erkennen, daß er enttäuscht von ihr war, aber es schien jetzt keine Chance mehr zu bestehen, daran noch etwas zu ändern.

»Auf Wiedersehen, Bell.« Seine Stimme war fest, und seine Augen waren schon nicht mehr auf sie gerichtet, sondern sahen durch sie hindurch.

Bell wandte sich ab und floh in die Einsamkeit des langen Korridors. Das trostlose Gefühl der Enttäuschung darüber, daß sie verloren hatte, was ihr das Wichtigste war, drohte, sie mit sich zu reißen. Tränen liefen über ihre weißen Wangen.

Wie dumm ich doch gewesen bin. Dieser Refrain ging ihr wieder und immer wieder durch den Kopf. Sie fühlte sich, als sei sie zur Sklaverei verurteilt worden.

Auf dem Parkplatz begegnete Bell Bob Cornelius. Er brachte Valentine bergeweise neue Papiere, aber als er sie sah, deponierte er alles auf dem nassen Asphalt vor seinen Füßen und legte seine Hände auf ihre Schultern.

»Was ist los? Es muß etwas Schlimmes passiert sein. Komm schon, erzähl mir alles. Laß dir von mir helfen!«

Wie nett er doch ist, dachte Bell, als sie sah, wie die besorgten kurzsichtigen Augen sie anblitzten. Ich wünschte, er könnte mir wirklich helfen.

»Ich war gerade bei Valentine, um mich zu verabschieden.« Inzwischen schluchzte sie.

»Und wie kommt das?« fragte Bob behutsam.

»Ich habe mich ja so sehr getäuscht, Bob. Und jetzt will er mich nicht mehr haben.« Ihre Stimme war gedämpft, doch der Schmerz war nicht zu überhören.

»Und das wünschst du dir?«

»O ja. Aber es ist zu spät. Alles ist kaputt!«

»Hör mir zu, Bell!« Bobs Finger legten sich fester auf ihre Schulter. Er schüttelte sie fast. »Hast du ihm das gesagt?«

Bell atmete ein und bemühte sich, ihre Tränenflut einzudämmen. Dann rieb sie sich mit einem Taschentuch die Augen trocken. Sie stand auf dem Parkplatz eines städtischen Krankenhauses und fühlte sich so unglücklich wie in ihrem ganzen Leben noch nicht. Sie hatte das verloren, was ihr wichtiger als alles andere war. Sie war Bob sehr dankbar, aber es gab nichts, was er für sie tun konnte. Sie sehnte sich inbrünstig danach, allein zu sein, um ihre Wunden unbeobachtet zu lecken. Sie holte noch einmal tief Atem, und dann sah sie ihn durch den Tränenschleier an.

»Nein, Bob. Wozu auch? Du hast nicht gesehen, wie teilnahmslos er reagiert hat. Ich bin ihm vollkommen gleichgültig. Bob, ich danke dir. Ich war dumm, und es tut mir leid, und jetzt muß ich unbedingt allein sein. Ich fliege nach London zurück.«

Bob ließ sie los, und sie drückte ihn kurz an sich. »Auf Wiedersehen, und vielen Dank für alles.«

Bell wankte zu ihrem Wagen und fuhr los. Bob sah ihr einen Moment lang nach. Dann schüttelte er den Kopf, hob seinen Papierstapel wieder auf und machte sich auf den Weg zu Valentine.

In Reynard wurde sie sicher schon erwartet. Bell preßte sich den kalten Schwamm auf die Augen und starrte wieder in den kleinen Spiegel mit dem stumpfen Glas. Ihr Gesicht war totenblaß – bis auf die angeschwollenen roten Ränder ihrer Augen. Jeder hätte auf den ersten Blick erkennen können, daß sie geweint hatte. Aber das war jetzt auch schon egal. Mit Fingern, die immer noch zitterten, tupfte sich Bell Rouge auf die Wangen und tuschte sich die Wimpern. Jetzt sah sie aus, als versuchte sie, ihren Kummer hinter einer tapferen Miene zu verbergen. Aber auch das war jetzt egal.

Zum letztenmal fuhr sie von dem Kopfsteinpflaster auf die Straße nach Reynard. Die Weinberge waren jetzt kahl, die Reben zurückgeschnitten. Bald war es Zeit, den Boden umzupflügen. In den langen, kalten Wintermonaten würden die Weinstöcke überdauern, bis der erste warme Hauch des Frühlings sie wieder vor Kraft strotzen ließ. Bell wandte ihren Kopf ab. Der Frühling war ihr im Moment sehr fern.

Vor ihr auf dem Hügel erhob sich Reynard. Bell erinnerte sich daran, wie sie das imposante Schloß zum erstenmal gesehen hatte. Ehe all das begonnen hatte. Das Leben hatte damals so vielversprechend ausgesehen. Und jetzt – nun ja, jetzt würde das Leben eben irgendwie weitergehen müssen. Aber sie hatte die Chance verpaßt, etwas aus ihren vielversprechenden Aussichten zu machen.

Weine bloß nicht wieder, warnte Bell sich selbst. Bring diese letzte Hürde hinter dich. Dann kannst du nach Hause gehen. Impulsiv ließ sie den Wagen neben der Straße vor den Toren des Châteaus stehen. Vor ihr lag der tückische Straßenabschnitt, auf dem Valentine seinen Unfall gehabt hatte. Selbst jetzt noch spürte Bell einen Schauer über ihren Rücken laufen und erlebte noch einmal den Schock über den Anblick, der sich ihr geboten hatte.

Wie schon tausendmal seit jenem Morgengrauen dankte sie wortlos Gott dafür, daß Valentine noch am Leben war.

Bell lief die Auffahrt hinauf. Sie war sich so sicher gewesen, daß es richtig war, herzukommen und sich zu verabschieden. Sie wollte, daß sie alle es sahen – daß es unmißverständlich war. Aber jetzt fürchtete sie sich, und sie war traurig und fühlte sich zu leicht verletzbar.

Im Schatten des Hauses zögerte sie. Sie hörte Stimmen. Wahrscheinlich saßen sie im Salon. Die hohen Türen waren zum Rasen hin geöffnet, und die letzte Oktobersonne schien ins Haus. Bell ging auf die Türen zu, und im nächsten Moment sah sie sie. Das Bild, das sich ihr bot, prägte sich für alle Zeit in Bells Bewußtsein ein. Hélène saß vor dem Kamin und wirkte so heiter, wie Bell sie nie zuvor gesehen hatte. Catherine und Juliette saßen nebeneinander auf einem der Sofas, und Catherines dunkler Kopf war über die Seiten eines Fotoalbums gebeugt. Charles lehnte mit dem Gesicht im Schatten hinter ihnen.

Bells erster Eindruck war der, daß sich in diesem Raum kultivierte Franzosen aufhielten, die in Abwesenheit von Fremden gelöst miteinander umgingen. Sie saßen zwischen den schönen Gegenständen, die sie besaßen, in dem Château, in dem ihre Familie seit ewigen Generationen lebte. Die Bande der Kultur, ihrer Nationalität und auch der Tragödie, die sie erlebt hatten, schmiedeten sie fest aneinander. Wie hatte sie, Bell Farrer, eine Engländerin ohne Familie und ohne einen Platz auf Erden, je hoffen können, dazuzugehören?

Oder auch nur zu verstehen, was all das hieß? Valentine hatte recht. Sie waren Emporkömmlinge, alle beide. Sie hatte Charles geliebt, ja, eine unstandesgemäße Liebe, die sich von ihrer Hoffnungslosigkeit genährt hatte, aber sie hätte nie Wahrheit werden können.

Bell hob ihre Hand, um leicht gegen die Glasscheibe zu klopfen.

»Störe ich? Ich habe Stimmen gehört und bin außen um das Haus gelaufen.«

Sofort blickten alle auf und begrüßten sie lächelnd. Eine Sekunde lang hielten Charles' Hände ihre kalten Finger, aber sie sah ihm nicht in die Augen.

»Komm rein, und setz dich zu uns. Wir sehen uns Familienfotos an.« Catherine rückte zur Seite, damit Bell sich neben sie auf das

Sofa setzen konnte. Juliette begrüßte sie mit einer Umarmung und einem Kuß auf die Wange. Sogar Hélène lächelte und hielt ihr die beringte Hand hin. Bell setzte sich neben Catherine, und ihr Blick fiel auf die aufgeschlagenen Seiten des Albums.

»Das sind Bilder von Christophe«, sagte Catherine leise. »Es ist so lange her, seit einer von uns sie sich angesehen hat.«

Bell sah ein ovales Porträt von einem kleinen Jungen. Er hatte Charles' helles Haar und seine helle Haut, aber den Gesichtsschnitt von Catherine. Bell spürte eine Woge von Mitgefühl für Catherine und Charles in sich aufsteigen. Die beiden hatten den größtmöglichen Verlust erlitten, gegen den ihr eigener verblaßte. Bell wünschte den beiden sehnlich, daß sie wieder zueinander finden und noch ein Kind haben würden – ein Kind, das die quälende Kluft, die sich zwischen ihnen geöffnet hatte, ein wenig verkleinern konnte.

»Wie sehr er euch beiden ähnelt«, sagte Bell leise.

Charles nahm ihr das Album aus den Händen und legte es in die Schublade eines Tisches mit Intarsienarbeiten.

Hélène sah erst Catherine und dann ihren Sohn und sagte: »Charles, wilst du Bell nichts zu trinken anbieten?«

Sie hat sich endlich meinen Namen gemerkt, dachte Bell. Die Großzügigkeit des Siegers.

Das Mittagessen ähnelte den anderen Mahlzeiten, die Bell in Reynard zu sich genommen hatte. Es gab einfaches, ausgezeichnetes Essen, das auf edlem Porzellan serviert wurde, dazu erlesenen Wein in zerbrechlichen Gläsern. Die Gespräche waren zurückhaltend, höflich und ohne peinliche Pausen, und alle redeten abwechselnd miteinander.

»Die Ernte«, sagte Bell über den Rand ihres Weinglases. »Wird es ein so guter Jahrgang, wie du es dir erhofft hast?« Zum erstenmal bei diesem ihrem letzten Zusammentreffen sah sie Charles in die Augen, und dort sah sie den Stolz und die Freude aufblitzen.

»O ja. Der Wein wird alle unsere Hoffnungen übertrffen. Wir haben schon die ersten Anzeichen dafür, daß es ein klassischer Jahrgang wird. Sogar Jacopin ist optimistisch.«

Der neue Wein fermentierte jetzt in den großen Holzfässern in Charles' Kellern. Der arme Valentine, dachte Bell bei dieser schmerzlichen Erinnerung. Seine blitzblanken Fässer waren jetzt leer.

»Das sind erfreuliche Neuigkeiten«, sagte Bell zu Charles. »Ich werde nächstes Jahr auf den neuen Château Reynard achten.«

»Du gehst also wieder nach London zurück, um dort zu arbeiten?«

»Ja. Ich will wieder arbeiten, wenn ich auch noch nicht genau weiß, wo. Aber ich bin sicher, daß sich etwas Interessantes finden läßt.«

»Das glaube ich bestimmt«, antwortete Charles freundlich.

Nach dem Mittagessen und dem Kaffee im Salon sah Bell auf ihre Armbanduhr und stand dann auf. Die Feuerprobe war vorüber, und es war gar nicht allzu schlimm gewesen. Jetzt war sie doch froh, daß sie sich zu diesem Schritt durchgerungen hatte.

»Ich muß mich auf den Heimweg machen. Ich habe noch nicht mit dem Packen begonnen.«

Sie folgten ihr in die eindrucksvolle Eingangshalle. Catherine nahm Bells Hand und hielt sie einen Moment lang fest. Der Blick ihrer haselnußbraunen Augen besagte alles, unter anderem auch ›danke‹ und ›es tut mir leid‹.

Hélène brachte es über sich, Bell auf beide Wangen zu küssen, ehe sie ihrem fetten Dackel wieder in den Salon folgte.

»Auf Wiedersehen, Bell«, sagte sie, ehe sie verschwand. »Es war sehr interessant, Sie kennenzulernen.«

Juliette verabschiedete sich herzlich und beharrte darauf, daß man sich wiedersehen würde.

»Wenn ich das nächste Mal nach London komme, stehe ich wieder vor deiner Haustür.« Sie küßten einander und dachten an jenen Tag zurück. Bell wußte, daß sie sich freuen würde, Juliette wiederzusehen. Aber noch war es zu früh. Sie brauchte eine Weile Zeit.

»Wo steht dein Wagen?« fragte Charles.

»Unten am Tor.«

»Dann begleite ich dich.«

Gemeinsam machten sie sich auf den Weg.

»Ich möchte dir etwas sagen, Bell«, sagte Charles, als sie in der Stille des Nachmittags allein miteinander waren.

»Ja?« sagte sie.

Charles hatte sein Gesicht von ihr abgewandt, aber sie sah sein Profil. Seine Stirn war gerunzelt. Sein Mund und seine Wangen zeigten seine Anspannung. Er sah älter aus. Plötzlich sah sie vor sich, wie er als alter Mann aussehen würde.

»Das Rennen«, sagte Charles mit harter Stimme. »Ich wollte es gewinnen. Mir war es wichtig, nicht von Valentine Gordon geschlagen zu werden. Und doch bin ich fast auf der ganzen Strecke hinter ihm zurückgeblieben, obwohl er mir die schwerere Maschine gegeben hatte. Als wir dann diese Kurve dort drüben erreicht hatten«, sagte Charles und deutete durch die Bäume auf den Straßenabschnitt, »wußte ich, daß meine letzte Chance gekommen war.«

Bell hörte ihm angespannt zu und zählte ihre gleichmäßigen Schritte auf dem Kies der Auffahrt.

»Und daher«, sagte Charles, »habe ich beschleunigt und ihn geschnitten, als wir in der Kurve lagen. Aber ich habe mich verrechnet. Ich hatte nicht genug Platz, um an ihm vorbeizukommen, und die Kurve war schärfer, als ich dachte. Valentine mußte das Motorrad herumreißen, um mir Platz zu machen, und damit hat er mich vor einem Sturz bewahrt, aber er...«

»Hätte sich fast umgebracht«, beendete Bell den Satz mit ausdrucksloser Stimme. Jetzt verstand sie es. Und Valentine hatte nicht gewollt, daß sie es erfuhr. Es mußte ihm widerstrebt haben, das verklärte Bild, das sich Bell von Charles gemacht hatte, zu zerstören. Wie blind und dumm sie doch gewesen war.

»Und was hast du der Polizei erzählt?« Bell konnte die Kälte und die Erbitterung nicht aus ihrer Stimme verbannen.

»Genau das. Sie wollten es eigentlich gar nicht so genau wissen. Weil ich bin, wer ich bin.«

Und wer bist du, Charles de Gillesmont? Ein einsamer Mann in einer luxuriösen Welt, von Schuldgefühlen gemartert, und deine Steifheit und deine Angst haben dir sogar die Liebe deiner Frau genommen. Noch einmal wogte Mitgefühl in ihr auf, und sie blieb stehen und drehte sich um, um ihm in die Augen zu sehen. Sie waren dunkel und gequält, und er sah sie so forschend an, daß sie sich am liebsten abgewandt hätte, um ihn in seiner Verletzbarkeit zu schonen.

»Mach dir keine Sorgen, Charles«, murmelte sie. Sie nahm seine Hände und rieb sie sanft. »Mach dir keine Vorwürfe mehr. Valentine wird nie so viel leiden wie du. Er macht sich nicht so viele Sorgen wie du, und er legt auch nicht deine starren Maßstäbe an sich an. Das heißt, daß die Welt ihm seltener einen Schlag versetzen kann. Auf seine Weise gewinnt er immer, ganz gleich, wer zuerst im Ziel ist.«

Gegen ihren Willen war die Tiefe ihrer Gefühle für Valentine aus ihrer Stimme herauszuhören. Sie lächelte. Charles sah es, und er verstand sie.

Neben Bells Wagen blieben sie dicht voreinander stehen. »Geh zu ihr zurück«, flüsterte Bell. »Bring es wieder in Ordnung.«

Charles stöhnte, und dann legten sich seine Arme wie ein totes Gewicht um sie.

»Ich habe dich geliebt.«

Sie konnte die leisen Worte kaum hören.

»Aber es konnte nichts daraus werden.«

»Ich weiß.« Ich habe dich auch geliebt, aber ich bin froh, daß das jetzt vorbei ist.

Er küßte sie auf die Lippen und wandte sich dann ab. Er trat durch die hohen Eisentore.

Bell blickte ihm nach. Er wirkte niedergeschlagen und so allein, daß wieder Tränen in ihre Augen sprangen. So muß es sein, sagte sie sich. Aber er wird sich nicht geschlagen geben. Am Ende werden alle beide gewinnen. Sie haben zu viel, als daß es ihnen entgleiten könnte.

Bell steig in ihren Wagen, startete den Motor und fuhr fort, ohne noch einen Blick auf Château Reynard zu werfen.

Die späte Sonne wärmte das Kopfsteinpflaster vor dem Le Girafe. Bells Koffer lag geöffnet auf ihrem Bett. Sie mußte nur noch ihre Kleider zusammenfalten und hineinlegen. Sie setzte sich auf den Sessel und versuchte zu lesen. Um sie herum war nichts, nur Stille und Leere, bis sie auf der Straße einen Wagen hörte. Er kam näher und wurde langsamer. Dann bog er von der Straße ab und hielt auf dem Kopfsteinpflaster an. Es war ein gelbes Taxi aus Bordeaux mit dem Nummernschild über der Windschutzscheibe.

Jemand stieg mit ungeschickten, unbeholfenen Bewegungen aus. Ein großer, schlanker Mann mit schwarzem Haar lehnte sich an den Wagen und stützte sich auf seine Krücken.

Valentine.

Bells Herz machte einen Satz, und reines Glück durchströmte sie. Die letzten Sonnenstrahlen fielen in ihr Zimmer.

Er humpelte auf ihre Tür zu. Bell sah, wie schwerfällig er sich mit den ungewohnten Krücken bewegte, und sie liebte ihn für den Ausdruck der Entschlossenheit auf seinem Gesicht. Sie ging zur Tür und öffnete sie, und dann standen sie einander gegenüber.

Valentines Gesicht war ernst, als er sie ansah.

»Ich bin gekommen, so schnell ich konnte«, sagte er zu ihr.

»Warum hast du mich dann überhaupt weggehen lassen?« fragte Bell. Das war das erste, was ihr durch den Kopf ging. Sie war bestürzt und verwirrt, und sie fürchtete, daß sie schon wieder zu hoffen wagte.

»Laß uns ins Haus gehen.« Er humpelte die Stufen zur Haustür hinauf, und Bell hätte ihm gern geholfen, aber sie wußte nicht, wie.

Mit einer gereizten Geste ließ Valentine die Krücken fallen und humpelte zum Tisch. Dort ließ er sich auf den Sessel sinken. Er mußte den Kopf einziehen, weil die Dachbalken zu niedrig waren, und in dem kleinen Haus wirkte er plötzlich riesig und linkisch.

»Mit dem Puppenhaus hattest du recht«, sagte er trocken, während er sich mit hochgezogenen Augenbrauen umsah. »Warum, Bell? Warum versteckst du dich ganz allein in diesem winzigen Haus?«

»Valentine.« Bell ertrug es nicht länger. Sie fuhr sich fieberhaft mit den Händen durch das Haar und über das Gesicht und versuchte, sich zusammenzureimen, was hier geschah. »Was tust du hier? Du solltest im Krankenhaus sein. Und wir haben uns schon verabschiedet.«

Er brachte sie mit einer einzigen strengen Geste zum Schweigen. »Du hast dich verabschiedet, ja. Ich bin gekommen, um dir etwas zu sagen. Es geht um etwas, was ich dir nicht in einer Krankenhausstation sagen konnte, umgeben von traurigen alten Männern und von Krüppeln. Wirst du mir jetzt zuhören, Bell?«

Sie nickte benommen und wandte ihre Blicke von ihm ab.

»Ich will, daß du mir gegenüber ehrlich bist«, sagte er, und sie wartete und zählte die Sekunden. »Und auch dir selbst gegenüber. Dafür erzähle ich dir die schlichte Wahrheit. Ist das ein Angebot?«

Wieder nickte sie. Wenn sie sein Gesicht gesehen hätte, hätte die Zärtlichkeit, die darin stand, ihr Zuversicht gegeben, doch sie hielt ihre Augen abgewandt.

»Also«, sagte er mit gesenkter Stimme, »die Wahrheit ist, daß ich dich liebe.« Er sagte es so schlicht, daß es ihr einen Hieb versetzte. »Ich hätte es dir schon vor langer Zeit sagen sollen, aber erst, als ich dich in meiner Bibliothek mit Charles gesehen habe, ist mir klargeworden, daß es mich umbringen würde, dich zu verlieren.«

Bell wandte sich zu ihm und begrub ihr Gesicht an seiner Schulter.

Valentines Finger gruben sich in ihr Haar, und er zog ihren Kopf hoch und beugte sich mühsam zu ihr herunter, um ihre Augen und ihre Stirn zu küssen.

»Warte!« Das war ein Befehl. »Jetzt bist du dran. Sei ehrlich, Bell, und sag mir die Wahrheit.«

Sie suchte nach Worten und redete dann einfach drauflos. »Ich habe nichts verstanden. Dich nicht, mich nicht, Charles nicht. Vor allem Charles nicht.« Valentine lächelte schief, als er den Namen hörte. Er klang für sie beide jetzt so bedeutungslos. »Ich dachte, ich wollte den perfekten Mann«, fuhr Bell fort, »und Charles hatte genau die richtigen Zutaten – äußerlich betrachtet. Ich habe immer wieder Vorwände gefunden, die seine Reserviertheit entschuldigen sollten, weil ich mich davon herausgefordert fühlte. Ich habe mir gesagt, ich würde es schaffen, zu dem warmen, persönlichen Kern vorzudringen. Aber ich habe mich in jeder Hinsicht getäuscht, und ich habe mir einen Mann ausgemalt, der in Wirklichkeit gar nicht existiert. Erst in dem Moment, in dem ich an die Unfallstelle gekommen bin, nachdem ich auf dem ganzen Weg gebetet hatte, daß Charles nichts passiert, ist mir alles klar geworden. Ich wäre gestorben, wenn du tot gewesen wärst. Nichts anderes hat mehr gezählt. Ich nicht, Charles nicht, gar nichts.« Valentine hielt ihr Gesicht in seinen Händen, damit sie den Kopf nicht abwenden konnte.

»Also am Ende doch nicht Charles de Gillesmont«, sagte er leise, »sondern ich.«

Bell konnte verstehen, daß seine Stimme triumphierend klang.

»Bell, du weißt es jetzt seit Tagen. Seit ich in diesem Krankenhaus liege. Warum konntest du es mir nicht sagen? Ich habe darauf gewartet. Endlos gewartet.«

Warum konnte ich es ihm nicht sagen, dachte Bell hilflos.

»Hör zu«, sagte er. »Bob konntest du es schließlich auch sagen. Sogar diesem Sacha Distel hast du es erzählt...«

»Wem?«

»Michel Lebegue. Und beide sind zu mir gekommen, um es mir zu sagen. Aber du nicht. Warum nicht, Bell?«

Die leuchtendblauen Augen hielten ihren Blick fest und sahen sie fordernd an. Bell gab ihre letzte Abwehr auf und ließ ihn ihre entsetzliche Schwäche erkennen.

»Ich habe mich geschämt«, murmelte sie. »Und gefürchtet.«

»Bell, Liebling, wir fürchten uns doch alle. Und mit Scham muß man leben können. Wie ich nach der Lese.«

»Ich weiß, ich weiß«, sagte sie. »Auch dafür habe ich dich geliebt.«

Er sah sie jetzt ganz merkwürdig und gebannt an.

»Sag das noch einmal!« befahl er.

»Ich liebe dich.«

Diesmal legte sich sein Mund auf ihre Lippen.

»Wir brauchen einander«, hauchte er nach einer Ewigkeit. »Als gleichwertige Partner. Ich bin dein Gegengewicht. Keine Vaterfigur, nicht der Junge von nebenan. Aber auch kein Märchenprinz, in dessen Adern Eis fließt, sondern ein wirklicher Mann aus Fleisch und Blut. Wir sind zwei Hälften, die perfekt zusammenpassen.«

Bell ließ sich gegen ihn sinken und begann in seiner Umarmung die Irrwege der letzten Wochen zu vergessen. Nach einer Weile sagte Valentine: »Heirate mich! Nimmst du mich mit all meinen Fehlern?«

»Ja. Und nimmst du mich mit meinen?«

Er lachte laut vor Fruede. »Ach, Bell! Wohin gehen wir? Such es dir aus! Amerika ... Paris ... London – wie du willst. Oder nein, was wäre mit Burgund? Ich kaufe dir eins dieser alten Steinhäuser an der Côte d'Or ...«

Bell löste sich von ihm und legte einen Finger auf seine Lippen.

»Mir ist es gleich, wohin wir gehen. Ich will mit dir schlafen. Und zwar jetzt ...«

Valentine ließ seine Arme von ihren Schultern fallen. Er lachte und stöhnte gleichzeitig. »Und wie soll das damit gehen?« Er zeigte auf den schweren Gips an seinem Bein. »Damit käme ich noch nicht mal die Treppe rauf.«

Bell lachte jetzt auch.

»Doch, ich glaube schon. Komm mit, ich zeige es dir.«

Sie stützte ihn, als sie gemeinsam die schmale Treppe bewältigten, mit eingezogenen Köpfen durch die Tür traten und in das hohe Messingbett stiegen.

Ihre Münder, ihre Arme und ihre Körper fanden einander in ihrer Gier. Das ist jetzt mein wahres Fest, dachte Bell. Ich feiere endlich die Wahrheit. Lernen kann qualvoll sein, aber das Wissen macht so viel Freude.

In diesem kleinen Häuschen öffneten Bell und Valentine geheime Türen und schritten gemeinsam hindurch. Dort gab es keine Zeit, keine Mauern und keinen Himmel und keine Bestimmungen außer ihren eigenen.

Schließich lagen sie erschöpft und ruhig da. Sie hielten einander in den Armen und lauschten der Stille des finsteren Zimmers. Valentines Lippen glitten über Bells Haar.

»Ich muß dir noch etwas sagen.« Sie zuckte zusammen und fürchtete sich wieder, doch er lachte.

»Der Abend meiner Party, als ich dich mit Charles gefunden habe ...«

»Nein!«

»Warte ... hör doch zu. Ich habe dir gesagt, du hättest nichts damit zu tun, daß ich das Rennen gegen ihn fahren wollte.«

Bell nickte. Das Bild der beiden Männer stand noch lebhaft vor ihr.

»Das war gelogen. Es war deinetwegen. Weil er dich bekommen hatte und nicht ich. In dem Moment wußte ich, daß es unmöglich so sein darf.« Valentine lachte und zog sie dichter an sich. »Ich hätte zu den Säbeln greifen sollen. Oder zu Steinschloßgewehren vielleicht. Wer weiß, ich hätte sogar gewinnen können.«

»Sei still!«

»Dann komm näher!«

Bell schloß die Augen, als ihr das reine Glück bewußt wurde. Sie wußte, daß auch schwierige Zeiten kommen würden. Doch sie würde nie mehr erwarten, daß ein Märchen Wahrheit wird, nicht mit diesem Mann, dessen Fehler und Stärken sie kannte und so sehr liebte wie das Leben selbst. Aber in dieser Nacht waren sie aus dem Nebel der Ungewißheit aufgetaucht und standen in strahlendem Glanz da.

»Ich liebe dich, Valentine.«

Wieder sein leises, fast spöttisches Lachen. Valentine beugte sich über sie, und seine leuchtendblauen Augen waren hypnotisch nah.

»Dann beweise es!«

Ja. Die Nebel waren aufgestiegen, und die Sonne schien von einem strahlenden Himmel.

CAROLINE COURTNEY

Das Geheimnis des Blutes

Erstes Kapitel

Mrs. Fernaby hielt die schlanken, beinahe durchsichtigen Hände der Wöchnerin und murmelte leise, ermutigende Worte. Endlich hatte die junge Frau es geschafft und brachte mit einem gurgelnden Schrei ihr Kind zur Welt. Sie schloß erschöpft die Augen, während Mrs. Fernaby das Neugeborene zärtlich aufnahm. Sie beugte sich über die reglos daliegende Mutter.

»Schauen Sie, Sie haben eine wunderschöne kleine Tochter! Sie ist wirklich makellos!«

Mrs. Fernaby wusch das Kind und hüllte es in Windeln und ein weiches Tuch. Das alles hatte sie einmal hoffnungsvoll für ein eigenes Kind angeschafft. Aber nach fast sechs Ehejahren hatte sich Mrs. Fernaby bekümmert damit abgefunden, daß sie kinderlos bleiben würde.

Sie und ihr Mann Thomas besaßen ›The Crown‹, eine Taverne in Cheapside, dem Herzen des Londoner East End. Ihre Ehe war nicht glücklich. Thomas Fernaby hatte sich im Laufe der Jahre immer mehr dem Alkohol zugewandt, und da seine Frau Hannah keine Anstalten machte, ihm starke, kräftige Söhne zu gebären, behandelte er sie immer gröber, besonders wenn er betrunken war. Hannah hatte ein gutes Herz und versuchte, gelassen mit ihm umzugehen, aber allmählich verlor sie ihre einstmals unerschütterliche Kraft.

An einem kühlen Morgen, als sie die Haustür öffnete, um Wäsche in den Hof zu tragen, hatte sie dort ein schönes junges Mädchen ohnmächtig auf ihrer Türschwelle gefunden, das offensichtlich kurz vor der Niederkunft stand. Mrs. Fernaby war von Mitleid erfüllt worden, und da sie von kräftiger Statur war, hatte sie den zarten Körper in die kleine Dachkammer neben derjenigen, die sie mit ihrem Mann bewohnte, hinauftragen können.

Nachdem das Mädchen einen starken, heißen Tee zu sich genommen hatte, erholte sie sich ein wenig und öffnete beklommen die Augen. In stockendem Englisch versuchte sie, ihre Dankbarkeit auszudrücken.

Mrs. Fernaby setzte sich neben die junge Frau, rieb ihre kalten Hände und versicherte ihr, daß sie von jetzt an nichts mehr zu befürchten hatte. Sie würde gut für sie sorgen.

Die junge Frau richtete sich abrupt auf und sagte mit angsterfüllter Stimme:

»Sie sind gut... *mais* isch 'abe kein Geld... *ne pas* einen 'eller... isch...«

»Eine kleine Französin, wie?« fragte Hannah Fernaby lächelnd. »Wir haben genug zu essen, und ich lasse Sie nicht gehen, bis Ihr Kind geboren ist.«

Da Thomas Fernaby jeden Abend betrunken zu Bett ging, konnte sie die Tatsache, daß ein nicht zahlender Gast in seinem Haus weilte, vor ihm verbergen.

Mrs. Fernaby fühlte sich zu der unglücklichen Frau seltsam hingezogen. Es gelang ihr immer besser, sich trotz der Sprachbarriere mit ihr zu verständigen. Zu ihrem Erstaunen erfuhr sie, daß die junge Frau eine französische Aristokratin war, eine Gräfin de Courville, und daß sie und ihr Gatte François erst kürzlich aus Frankreich geflohen waren, nachdem ihre Besitztümer in der Nähe von Paris und ihr ganzes Vermögen von der neuen Republik konfisziert worden waren.

»Wir... wir 'offten, wir finden unsere... unsere *amis*... Freunde, ist das richtig? Aber jetzt, da mein François *est mort*... tot ist...« Sie vergrub ihr Gesicht in das Kissen und weinte.

Mrs. Fernaby streichelte ihr langes, seidiges Haar und schwieg eine Weile.

»Wissen Sie den Namen Ihrer Freunde?« fragte sie schließlich. »Soll ich jemanden benachrichtigen?«

Die Gräfin schüttelte den Kopf und sagte leise: »Nein. Wir 'aben...«

Hannah Fernaby schloß die junge Frau und ihr ungeborenes Kind in ihr Herz und füllte so die Leere in ihrem eigenen Leben.

»Ihnen wird nichts Böses mehr geschehen, das verspreche ich bei allem, was mir heilig ist. Sie haben schon eine Freundin gefunden.«

An diesem Abend setzten die Wehen ein. Die Gräfin war kaum zwanzig Jahre alt, aber der Mut, den sie an den Tag legte, bewies, wieviel Leid sie bereits durchgemacht hatte. Es war glücklicherweise keine schwere Geburt, wie Mrs. Fernaby gefürchtet hatte. Sie dauerte kaum acht Stunden, doch die junge Mutter hatte nicht die Kraft, sie zu überleben.

Als Mrs. Fernaby ihr das gewickelte Kind reichen wollte, wandte sie sich ab und sagte:

»Nehmen Sie sie bei sich auf, Mrs. Fernaby.« Sie atmete schwer.

»Und nennen Sie sie Camilla. In meinem Koffer ist eine *pacquette*... geben Sie es ihr später...«

Sie richtete sich halb auf, ihr schönes Gesicht verklärte sich. Dann fiel sie mit dem Schrei: »François!« in die Kissen zurück. Sie war tot.

Danach konnte Mrs. Fernaby die Wahrheit vor ihrem Mann nicht länger verbergen. Leichenträger wurden gerufen und brachten den in Leintücher gewickelten Körper der jungen Frau auf den Armenfriedhof.

Auch die gebieterischen Schreie des Neugeborenen konnten nicht länger verheimlicht werden.

Als Thomas Fernaby feststellte, daß seine Frau ein Kind angenommen hatte, noch dazu ein Mädchen, das Männer wie er ohnehin als puren Ballast betrachteten, da man es später nur bei Hausarbeiten einsetzen konnte, behandelte er seine Frau noch herzloser als zuvor.

Aber Mrs. Fernaby entwickelte einen Mut, den sie vorher nicht gekannt hatte. Camilla war jetzt ihr Kind, das sie sich so sehnlichst gewünscht hatte. Von nun an hatte ihr Leben einen Sinn, einen Mittelpunkt, auf den sie alle ihre Liebe und Sorge richten konnte.

Camilla Fernabys achtzehnter Geburtstag stand kurz bevor. Sie war auf dem Heimweg von dem eleganten Geschäft in Mayfair, wo sie eine Lehrstelle gefunden hatte. Es war eine Strecke von drei Meilen, aber ihr schlanker Körper war durchtrainiert, und sie hatte sich schon lange daran gewöhnt, morgens und abends zu Fuß zu gehen. Sie verlangsamte ihren Schritt, als der Boden unter ihren Füßen von den makellos gesäuberten Gehwegen in großes Kopfsteinpflaster überging und die Rinnsteine vor Verstopfung überliefen. Unbeweglich hielt sie den Kopf nach vorne gerichtet, als ein paar Straßenjungen ihr unzüchtige Worte nachriefen. Diese Jungen verstanden darunter den Ausdruck von Liebe und Verlangen, doch die groben Worte stießen sie nur ab. Sie wurden von denselben Jungen geschrien, die sie, als sie noch Kinder gewesen waren, gnadenlos wegen ihrer sauberen, hübschen Kleider und den hochgesteckten Unterröcken, die ihre Mutter für sie genäht hatte, gehänselt und laut verspottet hatten. Hätte ihr Charakter einen Rückhalt gebraucht, so hätten die Kämpfe ihrer Kindheit ihn gestählt. Doch ihr war der starke Charakter schon angeboren. Anfeindungen bedeuteten für Camilla eine Herausforderung.

Die Mädchen, die sich damals an dem grausamen Spiel beteiligt hatten, sahen Camilla schweigend vorübergehen, und ihre Blicke waren halb bewundernd und halb neiderfüllt.

Denn aus dem hübschen Kind Camilla war eine außerordentlich schöne junge Frau geworden, mit leuchtendem dunkelgoldenem Haar, großen grauen Augen unter geraden Augenbrauen und einer Magnolienhaut, die ihre zarten Gesichtszüge noch verschönerte. Ihr Mund war bezaubernd. Er lachte gern und schimmerte verführerisch in blassem Rot. Diese Schönheit hatte Mrs. Fernaby veranlaßt, Camilla nach Mayfair in die Lehre zu geben, doch dieselbe Schönheit hatte drei Monate vorher ihren Mann auf die Idee gebracht, daß man damit Geld verdienen konnte.

An jenem schicksalhaften Abend war Mrs. Fernaby nach dem Essen ausgegangen, um eine kranke Freundin zu besuchen. Camilla war allein mit ihrem Vater in der Küche geblieben und hatte das Geschirr gespült.

Immer, wenn sie allein mit ihrem Vater war, stieg Angst und zugleich ein Schuldgefühl in ihr auf. Sie wußte, wie schlecht er ihre Mutter behandelte, denn die Wand zwischen den beiden Dachkammern war dünn. Aber sie selbst hatte bis jetzt keinen Grund, sich zu fürchten, und doch konnte sie dieses Gefühl nicht unterdrücken.

Mr. Fernaby stützte sich auf die Stuhllehne und starrte Camilla lauernd an. Er war nicht betrunken, obwohl er einige Krüge voll Bier zu sich genommen hatte, denn seine Kumpane kamen immer mittags zwischen ein und drei Uhr in die Taverne. Am Abend nahmen junge, wohlhabende Stutzer ihrer Platz ein, die in letzter Zeit auf ihrer ständigen Suche nach neuem Amüsement die Crown entdeckt hatten. Sie tranken eher Wein als Bier und brachten gutes Geld in Thomas Fernabys Taschen. Deshalb war er auch sehr zufrieden damit. Er hatte für die Zukunft ehrgeizige Pläne, zumal die übertriebenen Extravaganzen des regierenden Prinzregenten neue Höhepunkte erreicht hatten, und die Söhne der Wohlhabenden nichts Besseres zu tun hatten, als ihr Geld für immer abwechslungsreichere Vergnügungen auszugeben.

»Möchtest du etwas, Vater?« fragte Camilla.

»Du bist ein hübsches Mädchen geworden, das kannst du mir glauben. Ich finde, es ist langsam an der Zeit, daß du für Kost und Logis bezahlst. Du wirst ab heute am Abend in der Schankstube mithelfen.« Er musterte sie abschätzig von oben bis unten. »Du wirst unseren Kunden gefallen.«

Camilla erblaßte. Sie nahm ihren ganzen Mut zusammen und

sagte: »Ich will für meinen Unterhalt gern arbeiten, Vater. Aber ich werde nicht in der Schankstube bedienen! Ich habe, als ich fünfzehn war, schon einmal in der Schankstube beim Bierausschenken geholfen, wenn du dich daran erinnerst. Die Männer wurden aufdringlich, und deshalb hat Mama es verboten!«

Thomas Fernaby lachte heiser. »Immer noch prüde, eh? Verdammt noch mal, Hannah hat dir wahrhaftig Flausen in den Kopf gesetzt. Du bist hier in Cheapside groß geworden, und plötzlich will sie aus dir eine feine Dame machen. Ich war es, der dich in der ›Crown‹ beköstigt und bekleidet hat, und deshalb möchte ich jetzt meinen Anteil zurück! Angele dir einen reichen Schnösel, der dich heiratet und uns ein Vermögen bringt. Denke darüber nach!«

Er stand auf, nahm seinen schwarzen, mit dunkelgrünen Borten besetzten Mantel vom Haken und legte eine Hand auf die Türklinke. »Ich gehe jetzt zum Hahnenkampf. Das ist ein guter Zeitvertreib, du solltest mitkommen. Beschäftige dich gefälligst mal mit Leuten deiner Art.«

Er musterte sie anzüglich. »Zieh inzwischen dein bestes Kleid an. Ich sehe dich heute abend Punkt sieben in der Schankstube.«

Thomas Fernaby ging hinaus und schlug die Tür hinter sich zu.

Camilla sank unglücklich auf einen Stuhl. Ihre Knie zitterten. Sie würde nicht noch einmal in der Taverne servieren. Die Erinnerung an die derben, lüsternen Hände, die nach ihr gegriffen hatten, wenn sie vorüberging und eine Karaffe auf den Tisch stellte, ließen sie vor Ekel erschauern. Und doch hatte Thomas Fernaby die Macht, seinen Befehl durchzusetzen, weil er ihr Vater war.

Camilla hatte sich noch nicht wieder gefaßt, als Mrs. Fernaby nach Hause kam.

»Was ist los, mein Liebling?« fragte sie, noch ehe sie die Haube und ihren Schal abgelegt hatte.

»Ich soll heute abend in der Schankstube servieren«, sagte Camilla tonlos. »Vater sagt, ich muß für meinen Unterhalt aufkommen.«

»Das wirst du nicht tun! Du wirst diese jungen Dandys nicht bedienen, nur damit mein Mann noch mehr Geld scheffeln kann. Du bleibst hier in der Küche! Aber jetzt mache ich uns erst einmal Tee.«

Hannah Fernaby schimpfte leise vor sich hin, während sie den Tee aufbrühte. Zum hundertsten Mal wünschte sie, sie hätte einen Zufluchtsort, wo sie und ihre geliebte Pflegetochter in Frieden leben könnten, für immer befreit von ihrem geldgierigen Mann. Aber sie sah keinen Ausweg. Sie hatte viele Freunde, aber alle waren arm, und so sehr sie es auch wünschte, sie wußte nicht, wie sie Camillas aristokratische Familie ausfindig machen sollte.

Camillas erste Reaktion auf die Worte ihrer Mutter war Dankbarkeit, aber dieser folgten rasch Bedenken, als ihr bewußt wurde, wie schwer Thomas Fernaby seine Frau für einen solchen Ungehorsam bestrafen würde. Es mußte eine andere Lösung geben.

»Ich könnte Vater sagen, wie schwer ich arbeite, Mama«, sagte sie eifrig. »Ich weiß, verglichen mit dem, was du tust, ist es wenig. Aber ich mache die Betten, putze im oberen Stock die Zimmer und die vier Räume im Erdgeschoß, in denen die Gäste übernachten. Ich schrubbe die Treppen und fege in der Schankstube den schmutzigen Sand aus und streue neuen auf den Fußboden. Und das alles, bevor Vater aufsteht. Vielleicht wird er es schätzen, wenn er es weiß. Dazu helfe ich dir ja auch noch in der Küche.«

Mrs. Fernaby brachte die Teekanne zum Tisch, auf den Camilla Tassen und einen Krug Milch gestellt hatte.

»Es ist zwecklos, Liebling. Er wird sagen, das sei deine Pflicht und keine rechte Arbeit. Es geht ihm nur um Geld, um immer mehr Geld.«

Hannah Fernaby nippte an dem heißen Tee und versuchte, die Niedergeschlagenheit von sich abzuschütteln, die sie in letzter Zeit so oft überkam.

Camilla beobachtete sie besorgt. Sie liebte ihre Mutter von ganzem Herzen und wollte sie aufheitern und beschützen. Sie verdrängte ihre eigene Furcht vor dem Abend und täuschte eine Unbeschwertheit vor, die sie nicht empfand.

»Liebste Mama, Vater hat recht, ich sollte wirklich Geld verdienen. Aber ich werde es nur für dich tun, und eines Tages kaufe ich dir ein schönes Haus, in dem du den ganzen Tag bedient wirst, schöne seidene Kleider trägst und die Damen der Gesellschaft dich besuchen, um mit dir Tee zu trinken.«

Die Fantasie ging mit ihr durch, und begeistert fuhr sie fort: »Wie fangen wir das an? Als erstes werde ich keine Fußböden mehr scheuern, sondern ein höheres Ziel anstreben, ein viel höheres.« Sie dachte einen Augenblick nach, während Mrs. Fernaby von ihrer Begeisterung angesteckt wurde und die Grazie bewunderte, die mit jeder Bewegung die aristokratische Abstammung des Mädchens zu beweisen schien.

Glücklich fuhr Camilla fort: »Warum kann ich eigentlich nicht die Zofe einer vornehmen Dame werden, Mama? Bitte nimm deine Tasse mit zum Schaukelstuhl und sieh, ob ich es richtig mache.«

Lächelnd tat Mrs. Fernaby, worum sie gebeten worden war.

Camilla machte zwei zierliche Schritte auf sie zu und sagte: »Haben Sie geläutet, Mylady? Darf ich Ihnen den Tee bringen? Ihre Abendrobe ist schon gerichtet, und ich habe mehrere Paar Tanzschuhe für Sie bereitgestellt, damit Sie wählen können. Ich glaube, es wird ein großer Abend werden, und wir sollten an Ihre Bequemlichkeit denken...« Camilla unterbrach sich, und ihre Augen leuchteten. »Ist das der richtige Ton, Mama? Ich glaube, es würde mir Spaß machen, einer Dame zu dienen, und außerdem würde ich dabei viel lernen.«

Plötzlich richtete sich Mrs. Fernaby kerzengerade in dem Schaukelstuhl auf. »Ich bin sicher, du würdest es großartig machen, mein Kind. Aber du hast mich eben auf eine Idee gebracht. Würdest du wirklich gern in der höheren Gesellschaft arbeiten?«

»Sicher!«

»Gut, dann geh und ziehe dein neues Ausgehkleid an. Seine Farbe paßt vorzüglich zu deinem Haar, und bringe deinen besten Mantel und die Haube mit. Wir gehen sofort aus. Der Vater ist beim Hahnenkampf, sagst du?«

Camilla nickte, und ihre Aufregung wuchs.

»Mama, kannst du mir wirklich so rasch eine Stelle besorgen?«

Hannah Fernaby stand auf. »Ja, wenn du nicht weiter redest. Wir haben nicht viel Zeit, bis Thomas nach Hause kommt, und zum West End ist es ziemlich weit.«

Man mußte Camilla nicht zweimal bitten. Sie lief rasch in ihre Dachkammer hinauf, und ihr Herz schlug wie wild. Ins West End! Das war ein legendärer Ort, der Stadtteil Londons, in dem nur die allerhöchsten Kreise der Gesellschaft wohnten, Damen, die nicht vor Mittag aufstanden, in eleganten Kutschen ausfuhren, seidene Gewänder trugen und Besuche machten, während die jungen Männer, stattlich und hochmütig – sie hatte sie abends in der Taverne durch die Vorhänge beobachtet – Brokatröcke, weiße Seidenhosen und Schnallenschuhe trugen. Ihr glänzendes Haar war zu Zöpfen geflochten und mit Bändern zusammengehalten.

Drei Minuten später erschien Camilla wieder in der Küche. Ihr Ausgehkleid war so frisch wie der Frühling, und ein paar vorwitzige Löckchen ringelten sich unter ihrer Haube hervor.

Mrs. Fernaby, mit schwarzer Haube und schwarzem Schal, verbarg ihre Nervosität, denn sie widersetzte sich schamlos den Wünschen ihres Mannes, und die Strafe würde hart sein.

Camilla sah so bezaubernd aus, daß Mrs. Fernaby ihre Befürchtungen zuerst einmal beiseite schob. Wenn ihr Plan erfolgreich war, konnte sie Camilla in jene Welt einführen, der sie rechtmäßig angehörte.

Sie schob Camilla rasch zur Hintertür hinaus.

»Wohin gehen wir, Mama? Bitte sage es mir, sonst sterbe ich noch vor Neugier.«

Während sie sich eilig vom Haus entfernten, sagte Mrs. Fernaby:

»Ich hatte als Mädchen eine gute Freundin. Thomasina Prosser hieß sie damals. Wir hatten natürlich Träume, wie alle jungen Mädchen, von einem wohlhabenden Ehemann.« Sie lächelte wehmütig. »Das waren närrische Träume, weil solche Männer nicht nach Holborn oder Cheapside oder ähnliche Stadtteile kamen, denn sie fürchteten sich vor Straßenräubern und Dieben.«

Sie gingen eine Weile schweigend durch enge Gassen und ignorierten dabei die beißenden Gerüche der Armut. Dann fuhr Mrs. Fernaby fort: »Als ich siebzehn wurde, verliebte ich mich in Thomas Fernaby. Damals war er ein netter, junger Mann. Das dachte ich wenigstens. Er war groß und stark und noch nicht dem Alkohol verfallen. Wir heirateten. Thomasina aber wartete auf ihren Traummann. Wir waren nicht mehr so eng miteinander befreundet, denn ich hatte viele Pflichten. Thomas hatte von seinem Vater die Crown Taverne geerbt. Aber eines Tages kam Thomasina zu einer Tasse Tee bei mir vorbei und erzählte mir, sie habe den Heiratsantrag eines Apothekerlehrlings angenommen. Samuel Castle hieß er und arbeitete in einem Hinterzimmer in der Strand. Ich war überrascht, denn das war nicht das, was Thomasina sich erträumt hatte. ›Du hast also deine ehrgeizigen Pläne aufgegeben‹, sagte ich. Sie lächelte. ›Überhaupt nicht, Hannah, du wirst sehen...‹«

»Und was geschah dann?« fragte Camilla. Sie war ein wenig atemlos, weil es ihr schwerfiel, mit ihrer Mutter Schritt zu halten.

»Das kannst du bald selbst feststellen«, sagte Hannah lächelnd. »Das heißt, wenn Thomasina mich nicht vergessen hat.«

Zum erstenmal klang in ihrer Stimme Besorgnis mit, doch dann schob sie ihre Zweifel beiseite.

»Aber nein, wir waren zu gute Freundinnen. Sie wird mir zuhören, da bin ich ganz sicher.«

Sie eilten schweigend weiter, und Camillas Augen wurden immer größer vor Staunen. Nun gingen sie durch gepflegte Straßen, zu deren beiden Seiten prächtige Herrenhäuser standen.

Elegante Kutschen fuhren vorüber, und als zufällig eine Haustür aufging, trat ein Diener mit gepuderter Perücke respektvoll vor den Eingang.

»Mama, lebt deine Freundin wirklich hier?« flüsterte Camilla.

»In einer noch schöneren Gegend«, nickte Mrs. Fernaby. »Ich habe Thomasina seit ihrer Hochzeit zwar erst einmal besucht, und das war vor vielen Jahren. Aber sie ist eine gute Seele. Ihr Charakter wird sich nicht verändert haben.«

Jetzt stiegen in Camilla Zweifel auf. Ihre Sehnsucht, ihr Leben in einer so reichen Umgebung zu verbringen, wurde mit jeder Minute größer. Aber wie sollte das für sie, ein Mädchen aus Cheapside, möglich sein?

Sie liefen jetzt durch die prächtigsten Straßen, die man sich vorstellen konnte, dann zum Berkeley Square, wo die Messinglampen und die Kutschen auf Hochglanz poliert waren und mit den schimmernden Fellen der kastanienbraunen, schwarzen oder grauen Pferde wetteiferten. Auf dem breiten Gehweg gingen Herren mit brokatbesetzten Mänteln, Kastorhüten und Spazierstöcken mit goldenen Knaufen.

»Mama, wohnt deine Freundin wirklich hier?« fragte Camilla ehrfürchtig.

»Gleich um die Ecke, mein Kind. Nun sei aber nicht nervös, denn ich möchte, daß Thomasina den besten Eindruck von dir bekommt, sonst stellt sie dich nicht ein.«

Sie kamen zur Curzon Row, einer schmalen Straße mit eleganten kleinen Läden – Modistinnen, Schneiderinnen, Hutmacherinnen, Juwelieren –, und endlich standen sie vor einem bezaubernden, bogenförmigen Fenster mit einem Schild: ›Maison Castle – Parfums‹.

Mrs. Fernaby holte tief Luft, öffnete die Tür und setzte dadurch ein Glockenspiel in Gang. Noch ehe Camilla die Wunder, die hier ausgestellt waren, betrachten konnte, ging an der Rückseite des Ladens eine Tür auf, und eine kleine, elegante Frau mit einer weißen Musselinhaube und einem mit blauen Rüschen besetzten Gewand kam auf sie zu. Sie hinkte ein wenig und stützte sich auf einen Ebenholzstock.

»Thomasina?« fragte Mrs. Fernaby, denn sie war nicht ganz sicher, ob dies wirklich ihre alte Freundin war.

Einen schrecklichen Augenblick lang sah Mrs. Castle sie verständnislos an, aber dann rief sie freudig: »Hannah! Um alles in der Welt! Bist du es tatsächlich? Ich bitte dich, komm in meinen Salon.«

Während sie sprach, hatte Camilla herrliche Düfte wahrgenommen, und sie wünschte aus ganzem Herzen, hier, in dem Geschäft mit dem hübschen blauen und silbernen Dekor, arbeiten zu dürfen.

Auch Mrs. Castles kleines Heiligtum war entzückend möbliert, mit zwei Polstersesseln zu beiden Seiten des Ofens, auf dem leise ein Silberkessel summte. Schneeweiße Spitzenvorhänge zierten die Fenster, von dem aus man in einen kleinen Hof hinaussah, und auf dem Tisch stand ein silbernes Tablett mit zarten Porzellantassen, kleinen Tellern und einem silbernen Sahnekännchen.

Mrs. Castle bat Mrs. Fernaby, auf einem der Stühle Platz zu nehmen. Camilla blieb schweigend neben dem Fenster stehen.

»Du bist wahrhaftig hochgekommen, Thomasina«, sagte ihre Freundin und lächelte. »Ich hätte dich schon längst besucht, aber die Taverne ist neuerdings in Mode gekommen. Ich dürfte eigentlich auch jetzt gar nicht hier sein, weil mich mein Mann ausschimpft, wenn ich mich nicht um meine Pflichten kümmere.«

Mrs. Castles Lächeln erinnerte Camilla an eine zufriedene Tigerkatze.

»Ja, es geht mir in der Tat sehr gut. Mein Mann ist sehr liebevoll«, sagte sie und wartete sichtlich darauf, daß Mrs. Fernaby auf den Zweck ihres Besuches zu sprechen kam.

»Ich habe dich aufgesucht, weil ich dich um einen Gefallen bitten möchte, Thomasina«, begann Mrs. Fernaby. »Darf ich dir meine Tochter Camilla vorstellen? Komm her, mein Kind.«

Während Mrs. Castle das schöne Mädchen mit zusammengekniffenen Augen musterte, sprach Mrs. Fernaby weiter: »Ich habe sie gut erzogen und bin sicher, daß sie sich tadellos benehmen kann. Sie ist jetzt fast achtzehn Jahre alt und... und wenn du zufällig ein Lehrmädchen brauchen solltest, könntest du sicher sein, daß du in ihr eine wohlerzogene, fleißige und ausgezeichnete Kraft hättest.«

»Sie ist dir in der Taverne sicher eine große Hilfe?«

»Das schon. Aber mein Mann möchte, daß sie ab sofort in der Schankstube arbeitet, und ich finde das nicht schicklich. Die jungen Herren sind guter Herkunft, aber bei ihrer Schönheit fürchte ich, sie könnten glauben, sie hätten mit Camilla leichtes Spiel, wenn sie betrunken sind.«

Sie hielt inne und konnte ihre Sorgen nicht verbergen. Mrs. Castle nickte verständnisvoll.

»Eine Schankstube ist wirklich nicht der richtige Ort für ein hübsches Mädchen. Komm zu mir, Kind. Ich habe dich noch nicht sprechen hören. Würdest du gern in einem Geschäft wie diesem hier arbeiten?«

Camilla machte einen kleinen Knicks und erwiderte mit ihrer wohlklingenden Stimme: »Ja, Madame. Ich habe noch nie so etwas Schönes gesehen wie Ihr Geschäft.« Sie schlug ihre schönen grauen Augen auf und sah Mrs. Castle ernst an. »Ich würde sehr gern für Sie arbeiten, und ich scheue mich auch nicht vor einer langen Arbeitszeit.«

Mrs. Castle nickte, und ihre silbernen Löckchen schimmerten unter der weißen Haube. »Mein Rheumatismus wird immer ärger, Camilla, und deine jungen Beine wären eine große Hilfe für mich im Geschäft. Aber ich möchte dich warnen. Du wirst viel lernen müssen, denn wir können uns keine Ungeschicklichkeiten leisten. Mr. Castle stellt teure Parfums her und außerdem Pomaden für die Herren und teure Toilettenartikel für die Damen. Ich kann dir einen Shilling in der Woche geben.«

Mrs. Fernaby wollte protestieren, weil ihre Freundin Camilla einen unfairen Handel anbot. Sie hatte gehofft, ihrem Mann sagen zu können, daß das Mädchen mindestens zwei Shilling nach Hause brachte. Aber Camilla kam ihr zuvor. Wenn sie jeden Tag in dieser schönen Umgebung verbringen und regelmäßig durch die vornehmen Straßen gehen durfte, war dies ein Vorzug, für den sie sogar ganz umsonst gearbeitet hätte.

»Das ist sehr großzügig von Ihnen, Mrs. Castle«, sagte sie rasch. »Ich werde mir Mühe geben, immer zu Ihrer Zufriedenheit zu arbeiten, und ich bin nicht ungeschickt.«

Mrs. Castle strahlte sie an. »Ich sehe, du bist nicht nur schön, sondern auch klug, meine Liebe. Ich erwarte dich morgen früh um acht.« Sie wandte sich an Mrs. Fernaby. »Darf ich dir eine Tasse Tee anbieten, Hannah? Es ist ein weiter Weg nach Cheapside.«

Aber Mrs. Fernaby war schon aufgestanden. Sie schwankte zwischen Erleichterung und Enttäuschung über das knauserige Angebot ihrer Freundin. »Nein, danke. Wir haben nicht mehr viel Zeit, bis die Taverne geöffnet wird.«

Camilla spürte die Kühle in der Stimme ihrer Mutter und fügte besonders freundlich hinzu: »Sie sind die Güte selbst, Mrs. Castle. Ich werde morgen pünktlich sein.«

Als sie gegangen waren, suchte Thomasina sofort ihren Mann auf, der von früh bis spät in seinem großen Laboratorium arbeitete, seltene Kräuter, Gewürze und Blüten in einem großen Mörser zerstampfte und neue Düfte erzeugte, um die vornehme Gesellschaft zu erfreuen.

»Ich habe einen guten Handel gemacht, Mann«, sagte sie. »Für nur einen Shilling in der Woche – kaum der Preis für ein Stück Seife – habe ich das reizendste Geschöpf, das du je gesehen hast, als Ladenhilfe angestellt. Sie hat gute Manieren und eine ordentliche Aussprache.«

Während sie ihm erzählte, was geschehen war, liefen Mrs. Fernaby und Camilla in größter Hast zur ›Crown‹ zurück.«

»Mama!« sagte Camilla, und ihre Augen leuchteten vor Begeisterung. »Ich werde dir abends noch mehr helfen, denn daß du mir so eine Chance gegeben hast, kann ich kaum wieder gutmachen. Ich werde die großen Damen und Herren der Gesellschaft bedienen. Noch nie habe ich ein so hübsches Geschäft gesehen.«

Ihre Mutter brachte es nicht über sich, ihre Enttäuschung über ihre alte Freundin laut zu äußern. Wenn Thomas darauf bestehen sollte, daß Camilla heute abend in der Schankstube bediente, würde sie Thomasina bitten, dem Mädchen Kost und Logis zu gewähren, sobald sie gezeigt hatte, was sie wert war.

Als sie die Küche betraten, erwartete Thomas sie mit hochrotem Gesicht. »Herumschwänzeln, wie? Keinen Tee gemacht und das Feuer herunterbrennen lassen! Unerhört! Ich dulde das nicht noch einmal. Geh an deine Arbeit, Frau, und du, Mädchen, mach dich hübsch für die Herren!«

»Ich werde nicht in der Taverne arbeiten, Vater«, sagte Camilla mutig. »Ich habe heute eine gute Anstellung im West End bekommen, und in der Zeit, die mir noch übrig bleibt, helfe ich Mama wie gewöhnlich im Haus und in der Küche.«

Er riß wütend seine geröteten Augen auf.

»Verdammt noch mal, ich habe gute Lust, dich zu verprügeln! Wenn ich etwas befehle, gehorcht man mir!« Er schlug mit der Faust auf den Tisch. »Ich sage dir, du wirst hier arbeiten! Für mich! West End? Wahrhaftig, das sind die Hirngespinste deiner Mutter, wie? Ich war gut genug, dein Vater zu sein, o ja, das war sehr bequem. Du bist eine undankbare Göre, und heute abend bedienst du in der Schankstube oder es geht dir schlecht!«

Mrs. Fernabys Augen funkelten wie die einer Tigerin, die ihr Junges verteidigt. »Sie wird nichts dergleichen tun. Sie hat jetzt eine gute Stellung, und sie wird gutes Geld nach Hause bringen. Das ist es doch, worauf es dir ankommt!«

»Wieviel?« fuhr er seine Frau herrisch an.

Ehe Camilla etwas sagen konnte, murmelte die Mutter: »Drei Shilling die Woche.«

Das war viel Geld für ein junges Mädchen, und es überraschte ihn.

»Nun, du wirst es mir jeden Freitag abliefern, Mädchen. Du schuldest mir eine Menge Geld über all die Jahre. Und Frau«, fuhr er höhnisch fort, »da sie dir weiterhin in der Küche helfen wird, sollten wir abends in der Taverne schmackhafte Pasteten und ähnliches servieren. Die jungen Herren sind dünn wie Bohnenstangen, aber sie essen, was das Zeug hält. Wußtest du, daß im ›Prinzen‹ jeden Abend achtzehn verschiedene Gerichte serviert werden? Also ab an die Arbeit! Du machst Fasanenpastetchen, und ich lasse die jungen Dandys dafür bezahlen.« Er ging hinaus.

»Oh, Mama, wie soll ich ihm drei Shilling in der Woche geben?« rief Camilla aufgeregt. »Und er bürdet dir noch mehr Arbeit auf.«

»Ich schaffe es schon«, sagte Mrs. Fernaby beschwichtigend. »Außerdem werde ich das Extrageld mit Nähen verdienen. Und was die Pasteten anbelangt, so wird er eben kein so gutes Essen mehr vorgesetzt bekommen, denn ich habe dafür dann keine Zeit mehr. Liebling, ich möchte nur das Beste für dich, und bei Thomasina wirst du die Leute deines Standes kennenlernen.«

»Meines Standes? Das verstehe ich nicht.«

Mrs. Fernaby wandte sich rasch ab, verwirrt über ihren Versprecher. Geschäftig hängte sie die Haube und ihren Schal auf. Camilla würde ihre wahre Herkunft bald erfahren müssen, aber sie wollte nicht vor ihrem achtzehnten Geburtstag in drei Monaten mit ihr darüber sprechen. Es war selbstsüchtig von ihr, das wußte sie, aber sie fürchtete, daß Camilla, sobald sie die Wahrheit kannte, ihr Vorwürfe machen könnte, weil sie sich nicht um eine aristokratische Familie bemüht hatte, die sie erzogen hätte, und das würde sie nicht ertragen.

»Wir müssen uns jetzt um die Pasteten kümmern«, sagte sie kurz angebunden. »Ich bereite den Teig zu, und du gehst rasch auf den Markt und kaufst, was Mr. Potts übrig hat, Fasan, Ente oder Hase, es ist ganz egal. Ich werde es gut würzen.«

In dieser Nacht schlief Camilla wenig. Sie fragte sich unablässig, ob sie Mrs. Castle zufriedenstellen würde und wie sie ihrer geliebten Mama helfen könnte. Sie träumte abwechselnd von stattlichen jungen Herren auf dem Berkeley Square und den bösen, geröteten Augen Thomas Fernabys. Von jetzt an würde sie in zwei Welten leben.

Zweites Kapitel

Camilla verließ am nächsten Morgen um sieben Uhr das Haus. Es war ein herrlicher Apriltag. Weiße Wolken segelten über einen azurblauen Himmel, und das Sonnenlicht tauchte sogar die schäbigsten Gebäude in Gold. Ihre Mutter hatte ihr ein kleines Päckchen mit Pasteten mitgegeben, die vom vorangegangenen Abend übriggeblieben waren.

»Ich fürchte, Thomasina ist geizig geworden, und sie wird erwarten, daß du dein eigenes Essen mitbringst«, sagte sie. Dann umarmte sie Camilla, was eine seltene Geste war, und fügte hinzu: »Mache es gut, mein Liebling. Du wirst den vornehmen Herrschaften gefallen.«

Der Weg zum Maison Castle schien kürzer zu sein als am Tag zuvor, und Camilla summte leise vor sich hin, denn heute brauchte sie keine Treppen zu scheuern, und sie war im Begriff, in eine neue, märchenhafte Welt einzutreten, in der die wichtigsten Leute des ganzen Landes ein und aus gingen.

Wen würde sie wohl als ersten bedienen? fragte sie sich. Eine Herzogin? Aber nein, die standen später am Tag auf. Vielleicht einen jungen Herrn? Sie lächelte. Sie würde einen kleinen Knicks machen und ihm eine Auswahl der allerfeinsten Pomaden vorlegen. Sie hoffte, daß er dunkelhaarig sein möge, denn Männer mit schwarzen Haaren und braunen Augen waren ihr immer stärker erschienen als deren ebenso stattliche blonde Altersgenossen.

Als sie ins West End kam, wunderte sie sich über die höflichen Grüße, mit denen man sie bedachte, als wäre sie dort schon bekannt. Ein junger Diener, der einen Messingtürklopfer polierte, hielt inne, sah sie an und rief ihr fröhlich zu: »Warum so eilig, Miß? Keine Zeit für einen Kuß?«

Sie warf den Kopf zurück und ging mit geröteten Wangen weiter. Bald gewöhnte sie sich daran und sah es als Beweis dafür, daß sie hübsch war. Ein Junge, der Obst und Gemüse austrug, warf ihr einen Apfel zu.

»Das ist mein schönster, aber du verdienst einen Pfirsich«, rief er lachend.

Camilla fing die Frucht auf und lächelte. Jetzt bin ich eine von ihnen, dachte sie, als sie die fröhlichen Annäherungsversuche abwehrte. Ich arbeite hier! Und es erfüllte sie mit Stolz, denn diese schönen Straßen würden ihr bald so vertraut sein wie die in Cheapside. Sie kam zehn Minuten vor der Zeit in Maison Castle an.

Mrs. Castle trug noch ihren Morgenmantel und eine Spitzenhaube.

»Du bist pünktlich, Camilla, das ist gut. Mein Rheumatismus plagt mich heute früh wieder einmal schrecklich, deshalb setze ich mich lieber hin, während ich dir deine Pflichten erkläre. Wir öffnen das Geschäft erst um neun Uhr. Gute Kunden sind um diese Zeit sowieso selten unterwegs, und nur die Crême der Gesellschaft gibt uns die Ehre.«

Sie lächelte zufrieden, weil sie billig ein Mädchen eingekauft hatte, das die lästigen Aufgaben übernehmen würde.

Aber ihre Augen waren nicht unfreundlich, und Camilla gab sich Mühe, ihren Ansprüchen standzuhalten. Alles in dem eleganten kleinen Geschäft gefiel ihr – der Charme des silber-blauen Dekors, die herrlichen Düfte, die Sauberkeit, die sich so sehr von dem Sand auf dem Fußboden in der Taverne unterschied, und vor allem der Gedanke an die Kunden.

Mrs. Castle nahm auf einem Stuhl hinter dem Ladentisch Platz und gab Befehle: »Hinten, in der Küche, direkt hinter meinem Salon, findest du frische Staubwedel über dem Herd. Hole sie und staube jedes Parfumfläschchen auf den Regalen sorgfältig ab, und dann alles andere. Zweimal in der Woche räumst du die Regale aus und wäschst alles gründlich.«

Camilla arbeitete flink und befolgte alle Anweisungen genau. Die Flakons waren exquisit, kleine Fläschchen aus blauem Bristolglas mit silbernen Stöpseln und exotischen Namen auf den Etiketten: Hibiskus, Primula, Akanthus, Weißer Flieder und viele andere. Einige trugen die Namen von Göttinnen, wie zum Beispiel ›Eau d'Aphrodite‹ und andere, die sie nicht kannte. Die Preise ließen sie den Atem anhalten. Einige Parfums kosteten zwei Guineen!

Sie wurde neugierig auf Mr. Castle. Er schien ein Künstler zu sein, denn die wohlriechenden Seifen waren wie Blumen geformt, und die Pomaden und Haaröle für die Herren wurden in winzigen Kristallkaraffen angeboten.

Als sie alles zu Mrs. Castles Zufriedenheit ausgeführt hatte, stand diese auf.

»Das war ein guter Anfang, Camilla. Es ist erst halb neun. Während ich mich ankleide, kümmere dich bitte um dein Haar. In der Küche ist ein Spiegel. Für ein erstklassiges Ladenmädchen sind

Löckchen *comme il faut*. Und offen gesagt, ist dein Kleid ganz abscheulich und altmodisch. Sage bitte Mrs. Fernaby, daß ich ein hellblaues Bedrucktes wünsche mit Reifrock und einem weißen Musselintuch über den Schultern.«

Camilla besaß nichts dergleichen. Stolz richtete sie sich vor Mrs. Castle auf und ihre grauen Augen blitzten, als sie sagte: »Ich fürchte, das geht nicht, Mrs. Castle. Mama arbeitet schon jetzt viel zu schwer in der Taverne. Sie kann nicht Ihnen zuliebe noch länger aufbleiben und Kleider nähen. Und für einen Shilling in der Woche kann man kaum bedruckten Stoff und Musselin kaufen.«

In diesem Augenblick war es ihr egal, ob Mrs. Castle sie entließ. Spannung lag in der Luft.

»So, du fühlst dich deiner Mutter verpflichtet und hast dazu noch einen aufsässigen Geist. Lege diese Haltung nicht vor den Kunden an den Tag. Sie ziehen höfliche, zurückhaltende Manieren vor, gleichgültig, wie mißgelaunt sie selber sind. Aber ich fürchte, es bleibt mir nichts anderes übrig, als dich zu meiner Schneiderin zu schicken, damit sie dir die passenden Kleider näht. Ich werde ihr Anweisung geben, daß sie den billigsten Stoff verwendet. Ich glaube, ich habe noch einen alten Spitzenvorhang beiseite gelegt, den du als Stola tragen kannst. Nun kümmere dich um deine Frisur.«

Sie ging energisch hinaus und stützte sich dabei auf ihren Stock.

Camilla lächelte befriedigt. Mrs. Castle würde zu jeder List greifen, um Geld zu sparen, aber sich ihr zu widersetzen, war anscheinend ungefährlich.

Als sie in der Küche vor dem kleinen Wandspiegel stand, versuchte sie vergeblich einzelne Haarsträhnen zu Locken zu wickeln. Ihr Haar war so kräftig und üppig, daß Mrs. Fernaby es immer nur nach hinten gekämmt und mit einem breiten Band zusammengehalten hatte. Selbst als Camilla nun das Haar am Wasserhahn anfeuchtete, wollte es nicht in Form bleiben. Sie stampfte ärgerlich mit dem Fuß auf.

»Es ist zwecklos! Es wird mir nie gelingen!«

Eine sanfte Stimme hinter ihr erschreckte sie, und sie fuhr herum. »Nichts ist ›zwecklos‹, mein Kind. Was bekümmert dich?«

Ein großer, schlanker Mann mit silbernem Haar, das über seinen kahler werdenden Kopf gekämmt war, stand vor ihr.

»Du mußt Camilla Fernaby sein. Gestatte, wenn ich mich vorstelle, ich bin Samuel Castle.«

Seine hellen Augen waren so sanft wie seine Stimme.

»Kann ich dir irgendwie helfen?«

»Sie sind sehr freundlich, Mr. Castle, aber ich glaube, das kann niemand. Mrs. Castle wünscht, daß ich Locken trage, aber mein Haar ist dafür ganz ungeeignet.«

Er berührte ihr Haar, ohne vertraulich zu werden und lächelte. »Du hast außerordentlich schönes Haar, mein Kind, aber das einzelne Haar ist zu fein für Locken. Setz dich auf diesen Stuhl. Ich bin sicher, daß dir eine andere Frisur gut stehen wird. Ich bin Apotheker und verstehe eine ganze Menge von Haaren.«

Camilla empfand sofort große Sympathie für den alten Herrn.

»Ich weiß, Sie stellen all die wunderbaren Dinge her, die es in Ihrem Geschäft zu kaufen gibt, nicht wahr? Alle Parfums und Toilettenartikel.«

»Ja, aber es ist nicht nur Arbeit, sondern auch ein Vergnügen«, sagte er, während er ihr Haar zu einem Knoten am Hinterkopf aufsteckte. »Jetzt muß ich mir aus dem Laden meiner Frau Nadeln und eine Haube holen.«

Schließlich war er fertig. Eine von Mrs. Castles schneeweißen Musselinhauben vervollständigte die Frisur. Er nahm den Spiegel von der Wand und hielt ihn Camilla hin.

»Ich hoffe, das Ergebnis findet deinen Beifall.«

Camilla hielt vor Überraschung den Atem an. »Ja, das steht mir ausgezeichnet. Aber... wird Ihre Frau nicht ärgerlich sein?«

In diesem Augenblick humpelte Mrs. Castle herein und musterte Camilla.

»Ich bin Camilla zufällig in der Küche begegnet, meine Liebe«, sagte er. »Die Locken wollten ihr nicht gelingen, und da ich ein wenig von Haaren verstehe, habe ich mich um sie gekümmert. Sieht sie nicht bezaubernd aus?«

Camilla entging nicht, wie sehr Mrs. Castle ihren Gatten schätzte, und daß sein Wort für sie das Evangelium war. Sie betrachtete zufrieden das Ergebnis und nickte.

»Wie geschickt du bist, Samuel. Die Frisur ist ungewöhnlich und wunderschön.«

Mr. Castle hatte die Haube weit nach hinten geschoben, so daß nur ein kleiner Teil des schönen dunkelgoldenen Haares bedeckt war. Zwei Löckchen kringelten sich zart zu beiden Seiten, und der Knoten war die Perfektion selbst.

So begann Camilla ihren ersten Tag als Ladengehilfin.

Als eine silberne Glocke neun Uhr schlug, wies Mrs. Castle Camilla an, die Ladentür, die sich zwischen zwei hübschen, bogenförmigen Fenstern befand, zu öffnen. Blütenweiße Vorhänge, die mit blauen Bändern eingefaßt waren, rahmten die Schaufenster ein, in denen Waren ausgelegt waren.

Als Camilla den Riegel zurückschob und den schweren Schlüssel im Schloß herumdrehte, war sie ein wenig nervös. Sie betete inbrünstig darum, daß Mrs. Castle die ersten Kunden bedienen möge, damit sie selbst sah, wie man es richtig machte.

Aber niemand kam. Die Zeit zog sich hin, bis es zehn Uhr schlug, und immer noch war kein Kunde erschienen. Dies steigerte Camillas Nervosität. Mrs. Castle saß ruhig da und las die ›Court News Sheet‹. Allmählich wurde das Schweigen bedrükkend.

Endlich klingelte die Ladenglocke, und zwei junge Herren kamen herein. Der eine gähnte, ohne die Hand vor den Mund zu halten.

»Wenn man mit Prinny im Carlton House Karten spielt, ist man hinterher immer ganz erledigt, nicht wahr, Christopher?«

Sein Begleiter, ein gedrungener, hellblonder Mann, antwortete grinsend: »Du hast wohl verloren, wie, und zu viel Rotwein getrunken?«

Sein Freund seufzte. »Fünfzig Guineen, die Hälfte meines monatlichen Taschengeldes. Seine Königliche Hoheit mogelt fürchterlich. Aber sein Rotwein ist nicht übel.«

»Wenn du es nicht übertreibst, kannst du dir immer noch Castles Pomaden leisten«, sagte der blonde Mann.

»Mein lieber Bonzo, ich bin heute abend bei Lady Ankerton eingeladen, und du weißt, man kann nicht ohne auf dem Ball erscheinen.« Er gähnte wieder, trat lässig an das Regal mit den Pomaden und fuhr im Plauderton fort: »Ihre Anstrengungen, um dieses dumme Huhn von Tochter unter die Haube zu bringen, sind einfach lächerlich. Aber ihr Champagner ist verdammt gut.«

Er nahm ein kleines Kristallfläschchen nach dem anderen in die Hand, und Camilla, die still und mit gesenktem Blick im Hintergrund stand und ihn durch ihre langen Wimpern hindurch beobachtete, fürchtete, er könnte eine fallen lassen.

Doch der Herr traf seine Wahl rasch und schlenderte dann zum Ladentisch, wo Mrs. Castle Camilla zu sich rief, damit sie dem Abschluß des Handels beiwohnte.

Camilla wickelte das Päckchen in blaues Papier und verschnürte es mit einem silbernen Band. Sie war dabei etwas verlegen, da die fröhlichen Augen des blonden Herrn beifällig auf ihr ruhten.

Sie machte einen kleinen Knicks und überreichte seinem Freund das Päckchen. »Das macht eine Guinea, bitte, Sir.«

»Verdammt, eine Guinea!« sagte er murrend und zog seine Börse. »Es ist ein Glück für Mr. Castle, daß er so *à la mode* ist. Aber ich bin sicher, er bekommt bald eine billigere Konkurrenz.«

Als Camilla an Mr. Castles freundliches Wesen dachte, hätte sie am liebsten eine bissige Antwort gegeben, aber Mrs. Castle behielt sie im Auge, und deshalb blieb sie stumm.

Nachdem die beiden Herren gegangen waren, wandte sie sich an Mrs. Castle. »Haben alle jungen Herren so schlechte Manieren und reden so schamlos über unseren Prinzregenten?«

»Achte nicht auf sie, mein Kind«, riet Mrs. Castle. »Das sind unwichtige Leute, aber zum Glück zahlen sie. Und was den Prinzregenten anbetrifft, so wirst du von unserer Kundschaft viel Klatsch über ihn hören. Sie scheinen alle zu glauben, das Ladenpersonal hätte keine Ohren.«

»Es kann doch nicht wahr sein, daß er beim Kartenspiel mogelt«, sagte Camilla irritiert. Mrs. Fernaby hatte sie mit großem Respekt vor dem Königshaus erzogen.

In diesem Augenblick läutete die Ladenglocke wieder. Es war inzwischen elf Uhr geworden, und um diese Zeit gingen die jungen Damen aus, um ein paar Kleinigkeiten zu besorgen, ehe sie ihre Morgenschokolade tranken. Die drei Mädchen, die den Laden betraten, waren ungefähr in Camillas Alter. Ihre Morgentoilette erfüllte Camilla mit Bewunderung. Sie trugen lange, zweireihige Mäntel aus farbigen Stoffen über knöchellangen Röcken, teure Pelzpelerinen gegen den frischen Frühlingswind und hohe Hüte, die mit kostbaren Federn verziert und passendem Pelz besetzt waren, dazu feine Glacéhandschuhe und Goldtäschchen. Sie waren vergnügt und keineswegs einschüchternd, so daß Camilla eifrig vortrat, um sie zu bedienen.

Ihre Stimmen klangen hell. »Wir hätten gern ein passendes Parfum für einen Ball. Bitte helfen Sie uns«, sagte eine von ihnen, und ihre blauen Augen leuchteten. »Es ist unser erster Ball, und Maison Castle ist die *crême de la crême,* wie Mama immer sagt.«

Camilla vergaß ihre Unsicherheit und stürzte sich in das Abenteuer, obwohl sie noch nicht alle Parfums kannte. Aber die jungen Mädchen waren leicht zufriedenzustellen, und jede zahlte zwei Guineen für ihre Errungenschaft und dankten ihr überschwenglich.

Mrs. Castle machte Camilla mürrisch ein Kompliment, fügte aber hinzu: »Heute nachmittag kommen die großen Damen der Gesellschaft und die Lords. Glaube also nicht, daß ein Erfolg genügt.«

Camilla wäre nicht zum Mittagessen eingeladen worden, wenn nicht die stille Intervention Mr. Castles gewesen wäre, der darauf bestand, daß sie eine warme Mahlzeit verdient hatte.

Am Nachmittag kamen zwei elegant gekleidete Damen, und sogar Mrs. Castle machte einen kleinen Knicks und redete die eine mit ›Euer Gnaden‹ an. Eine Zofe, die sie begleitete, trug einen kleinen Weidenkorb, in den sie die Einkäufe verstaute. Die Hüte der Damen waren eine Offenbarung aus Federn, Blumen und Schleiern und schützten die Frisuren vor dem Frühlingswind. Diamanten funkelten in den Spitzenschals, und große Broschen glitzerten an den herrlichen Seidenstoffen ihrer gefütterten Mäntel über den dazu passenden Röcken.

Die Herzogin – denn was konnte sie anderes sein, dachte Camilla – trug ein Lorgnon aus Schildpatt an einer langen Goldkette. Mit diesem musterte sie Camilla interessiert, die mit gesenktem Blick dastand.

»Hm«, lautete schließlich ihr Urteil. »Da haben Sie wirklich eine Schönheit zur Hand, Mrs. Castle. Ich hoffe, Sie werden ihr nicht erlauben, den leichtsinnigen jungen Stutzern, die mehr Geld als Verstand haben, den Kopf zu verdrehen.«

Mrs. Castle errötete.

»Ganz gewiß nicht, Euer Gnaden, bei allem, was mir heilig ist. Das Mädchen ist die Tochter einer Freundin, die in Not geraten ist. Sie ist sehr zurückhaltend und hat einen makellosen Charakter.«

»Ich freue mich, das zu hören.« Die Herzogin klappte ihr Lorgnon zu und verlangte, die neuesten Parfumkreationen gezeigt zu bekommen.

Camilla war ärgerlich. Wie konnte Mrs. Castle behaupten, ihre gute Mama sei ›in Not‹ geraten. Sie lernte eine Menge über Mrs. Castle, stellte aber vor allem fest, daß sie, was auch immer passieren würde, liebend gern hier weiter arbeiten wollte.

Binnen zwei Wochen fühlte sich Camilla in dem Geschäft wie zu Hause. Sie ließ sich von Mrs. Castle nicht schikanieren und entwikkelte eine schüchterne Freundschft zu Mr. Castle, dessen kostbare Parfums sie beglückten. Er erwies ihr sogar hin und wieder die Ehre, sie nach ihrer Meinung über seine neuesten Kreationen zu fragen.

Außerdem öffnete sich ihr im West End eine neue Seite des Lebens. Sie wurde oft auf Botengänge geschickt und lieferte in vornehmen Häusern Bestellungen ab. Als sie mit den gepflegten Straßen und Plätzen vertrauter wurde und ebenso mit dem Anblick der prachtvollen Kutschen und der elegant gekleideten Menschen, überkam sie ein seltsames Gefühl. Hier gehöre ich hin, dachte sie erstaunt, das ist meine Welt, und eines Tages wird sie es wirklich sein. Sie erzählte allerdings Mrs. Fernaby nichts von ihren Gedanken, wenn sie nach Hause kam.

Eines Nachmittags, als sie an der Ecke der Curzon Street stand und zusah, wie einige Reiter aus dem Hyde Park zurückkehrten, fiel Camilla eine dunkelgrüne Kutsche am Straßenrand auf, vor die ein Paar Schimmel gespannt waren.

Kurze Zeit später öffnete ein Diener eine Haustür zwischen zwei weißen Säulen. Mit leichten Schritten trat ein junger Mann aus dem Haus, drehte sich um und gab über die Schulter zurück einen kurzen Befehl, so daß Camilla sein Gesicht sah. Ihr stockte der Atem. Er war so völlig anders als die jungen Männer, die bisher in Mrs. Castles Geschäft gekommen waren. Er war groß und schlank. Das dichte, schwarze Haar war zu einem Zopf geflochten und von einer breiten, schwarzen Schleife zusammengehalten. Die Augen waren dunkel und seine Haut gebräunt. Er hatte das edelste Gesicht, das sie jemals gesehen hatte. Sein Mantel war einfach geschnitten und aus dunkelgrünem Tuch. Seine makellosen Hosen gingen ohne eine einzige Falte in weiche Rehlederstiefel über. Er sprang in seine Kutsche und gab dem Kutscher eine Anweisung. Dieser drehte sich nickend um, lächelte und berührte seinen Hut.

Camilla hatte noch nie erlebt, daß ein Kutscher seinen Herrn anlächelte.

Langsam atmete sie aus, und ihre Augen leuchteten. Sie hatte eben den Mann gesehen, der ihr Herz auf den ersten Blick gewonnen hatte.

Von diesem Augenblick an hatten ihre romantischen Träume einen Mittelpunkt.

Sie hatte, wie es in den alten Märchen hieß, ihren Prinzen gesehen.

Nach diesem Tag nützte sie jede Gelegenheit für einen Botengang, der sie in die Nähe der Curzon Street führen konnte, und oft wartete sie an der Ecke, so lange sie es wagen konnte. Die Tage, an denen sie ihn nicht sah, waren grau. Mindestens dreimal begegnete sie ihm, und sie fragte sich immer von neuem, was es wohl war, das ihn so sehr von allen anderen unterschied. Es war nicht nur seine makellose Kleidung, sondern eher seine vornehme Haltung. Sie gab ihm viele Titel, doch keiner war ihr gut genug, um ihm angemessen zu sein. War er ein Herzog? Vielleicht. Oder ein ausländischer Fürst, wegen seines dunklen Teints? Dann kam sie zu dem Schluß, daß er ein Lord sein mußte, obwohl das nichts sehr Großartiges war. Aber es paßte am besten zu ihm.

Sir Michael Monford selbst fiel das schüchterne Mädchen an der Ecke nicht auf. Mit achtundzwanzig Jahren war er noch ledig, obwohl er Bälle besuchte und wegen seiner interessanten, geistreichen Konversation bei Abendgesellschaften sehr begehrt war. Die Töchter der vornehmsten Familien waren alle mehr oder weniger in ihn verliebt. Da sie an die blumigen Phrasen ihrer Verehrer gewöhnt waren, fanden sie Sir Michaels Zurückhaltung besonders aufreizend. Er flirtete niemals und fühlte sich zu keiner der jungen Damen hingezogen, die er bis jetzt kennengelernt hatte. Außerdem hatte er viele Interessen und keine Zeit, um an eine Heirat zu denken. Er unterhielt einen Stall mit vier edlen Pferden und ritt ausgezeichnet; er las viel und liebte besonders Kunst und Literatur. Hin und wieder besuchte er seine Ländereien in Berkshire, wo seine Mutter mit seiner Schwester Augusta ein weiträumiges Landhaus bewohnte.

Sir Michael liebte seine Schwester, aber manches an ihr störte ihn. Mit zwanzig Jahren war sie ungraziös und zu dick. Sie verschlang schamlos üppige Pasteten und Berge von Süßigkeiten. Obwohl sie Rassepferde zur Verfügung hatte, haßte sie das Reiten und jede körperliche Betätigung.

Wenn Lady Monford zum Einkaufen nach London kam, wohnte sie mit Augusta in seinem Haus an der Curzon Street. Aber sie kamen nur selten, eigentlich immer dann, wenn die neueste Garderobe für die nächste Saison zu bestellen war.

Camilla, die unsterblich in ihren unbekannten jungen Mann verliebt war, fürchtete, daß jemand so Stattliches wie er verheiratet sein mußte, obwohl sie noch nie gesehen hatte, daß ihn eine Dame begleitete.

Das Leben im West End schlug Camilla immer mehr in ihren Bann und verstärkte das merkwürdige Gefühl, daß sie hierher gehörte. Aber wie sollte sie, die Tochter eines einfachen Tavernenbesitzers aus Cheapside, jemals zur *haute monde* gehören?

Inzwischen stellte Mrs. Castle fest, daß mehr junge Herren als zuvor ihr Geschäft aufsuchten und dabei Camilla keck ansahen. Da Mrs. Castle bemüht war, ihre illustren Kundinnen nicht zu vergrämen, sagte sie eines Tages zu Camilla:

»Ich kann mit meinem Rheuma unmöglich den ganzen Tag neben dir sein, Kind. Aber ich vertraue darauf, daß du die jungen Herren nicht durch unziemliche Blicke ermutigst.«

Camilla errötete. Warum sollte sie andere Männer ermutigen, wenn sie ihr Ideal schon gefunden hatte?

»Ganz gewiß nicht, Mrs. Castle«, versicherte sie. »Ich mache mir überhaupt nichts aus ihnen. Ich bediene sie höflich, so wie Sie es wünschen, das ist alles.«

Mrs. Castle glaubte ihr, denn ihr Gatte mochte das Mädchen und hatte eine hohe Meinung von Camilla. »Sie mag wohl die Tocher deiner Freundin sein, meine Liebe, aber sie hat die Manieren einer jungen Dame«, sagte er.

Eines Abends hatte Camilla auf dem Heimweg beim Berkeley Square ein besonderes Erlebnis. Vor dem Eingang eines Herrenhauses wurde ein roter Teppich bis zum Bordstein aufgerollt. Darüber spannte sich eine rotweiße Markise zum Schutz vor eventuellem Regen. Jedes Fenster im Haus erstrahlte hell im Glanz von Kristallkronleuchtern, und leise Musik drang auf die Straße.

Camilla blieb wie gebannt stehen. Eine Kutsche nach der anderen fuhr vor. Damen in den kostbarsten Gewändern, mit Juwelen geschmückt, stiegen aus, und alle wurden von ebenso kostbar gekleideten Herren begleitet, die sie am Arm zum Haus führten.

Ob ihr ›Lord‹ wohl auch erscheinen würde? Ob auch er eine Dame am Arm führen würde? Nachdem sie zwanzig Minuten gewartet hatte, fiel ihr siedendheiß ein, daß ihre Mutter sie gebeten hatte, an diesem Abend pünktlich zu sein, um ihr in der Küche zu helfen. Nun war es schon so spät!

Doch es war gut, daß sie nicht pünktlich war, denn Thomas Fernaby unterbreitete seiner Frau in dieser Zeit einen neuen Plan.

»Mein Entschluß ist gefaßt, Frau. Egal, was für fadenscheinige Ausreden du wieder vorbringst, diesmal wird nicht daran gerüttelt!« Er setzte sich schwerfällig in den Schaukelstuhl. »Das Geschäft geht gut, aber es gibt jede Nacht noch mehr goldene Sovereigns zu verdienen. Und ich werde sie verdienen, das schwöre ich!«

Mrs. Fernaby, die vom Kochen müde war, stützte sich auf den Küchentisch. »Ich hoffe, du verlangst nicht, daß ich noch mehr Pasteten richte, Thomas. Das ist nicht möglich.«

»Pasteten?« Er lachte heiser. »Nein! Nein, ich habe vor, den jungen Herren eine andere Kost anzubieten. Sie werden sich auf die Dauer nicht damit zufriedengeben, daß es in Cheapside nur guten Wein und Pasteten gibt. Sie werden stärkere Reize haben wollen.« Er tat so, als dächte er nach und fuhr dann behäbig fort: »Die Reisenden, die im ersten Stock Zimmer mieten, bringen wenig Profit. Vermietet werden sollen sie aber, diese vier guten Zimmer. Deshalb werden wir keine Reisenden mehr aufnehmen, sondern wir werden die Räume in ein Bordell umwandeln. Eine ganze goldene Guinea von jedem der Herren, der die Dienste in Anspruch nehmen will, springt dabei heraus.« Er blies befriedigt seine roten Wangen auf. »Crown-Bordell, das klingt gut. Ich möchte, daß die Zimmer innerhalb von drei Tagen gerichtet sind. Ich werde noch heute abend die Neuigkeit verbreiten.«

Mrs. Fernaby glaubte, ihr würden die Sinne schwinden.

»Ein... ein Bordell? Hier unter unserem Dach? Eine solche Gottlosigkeit kann nicht dein Ernst sein!«

Thomas Fernaby stand auf. Er sah furchterregend aus, und seine kleinen Augen blitzen vor Bosheit und Habgier.

»Dieses Mal bringst du mich nicht davon ab, Frau. Seine Königliche Hoheit hurt herum, wo und wann es ihm gefällt, und seine jungen Stutzer wollen das gleiche tun. Ich möchte deine Moralpredigten nicht mehr hören! Gottlosigkeit, wahrhaftig! Das ist jetzt in Mode, und weshalb soll ich mir das Gold nicht holen? Du wirst die Zimmer richten, andernfalls hat meine Freundlichkeit ein Ende!«

»Ich will damit nichts zu tun haben, Thomas«, wehrte sich Hannah Fernaby verzweifelt. Sie war blaß geworden. »Und noch viel weniger will ich solche Frauen in meinem Haus haben.«

Er ging schwerfällig zur Tür und versetzte ihr den letzten Hieb. »Künftig wird der hochnäsige Balg Camilla die Zimmer alleine putzen. Ich besorge die Mädchen – Peg aus Holborn hat sich bereit erklärt. Und die junge Joan übt ihr Gewerbe auch lieber in einem trokkenen Bett als in einem Hauseingang aus. Und noch etwas. Ich verlange, daß unsere Pflegetochter die Hauptattraktion ist!«

»So etwas kannst du nicht tun, Thomas.« Hannah Fernaby war jetzt schneeweiß vor Entsetzen geworden. »Wenn du meine Camilla mit hineinziehst, ersteche ich dich mit dem Küchenmesser, das schwöre ich dir bei allen Heiligen.«

»Schwöre alles, was du willst, Frau. Sie schuldet mir eine Menge Geld für ihren bisherigen Lebensunterhalt. Von den drei Shilling, die sie jetzt nach Hause bringt, bekommt man noch nicht einmal ein

Huhn satt. Im Bordell wird sie gutes Geld für mich verdienen, und damit basta!« Er schlug die Küchentür hinter sich zu.

Hannah Fernaby sank wie betäubt auf einen Stuhl. Ein Bordell! Alle diese widerlichen Scheußlichkeiten sollten direkt unter ihrem eigenen Schlafzimmer stattfinden. Aber das war ja noch nichts im Vergleich zu der Gefahr, die Camilla drohte.

In drei Tagen sollte das Bordell eröffnet werden, hatte Thomas Fernaby gesagt. Das war genau Camillas achtzehnter Geburtstag! Angst und Kummer überwältigten Mrs. Fernaby. Sie hatte seit Wochen kleine Geschenke gesammelt, hübsche Bänder, zwei Batisttaschentücher, die sie umhäkelt hatte, ein kleines Handtäschchen, das sie für ein paar Pennys von einem Hausierer erstanden hatte und ein halbes Dutzend andere Kleinigkeiten. Sie hatte vorgehabt, einen Kuchen zu backen, an dem sie und Camilla sich satt essen wollten, wenn die abendliche Arbeit getan und Thomas in sein Bett getaumelt war.

Jetzt würde Camilla die Taverne um ihrer eigenen Sicherheit willen so schnell wie möglich verlassen und bei Mrs. Castle Zuflucht suchen müssen. Hannah Fernaby begann zu weinen. Alle Prüfungen und Schicksalsschläge seit ihrer Hochzeit gipfelten in dieser Tragödie, sie würde ihr Allerliebstes verlieren. Selbst ihr abgrundtiefer Ekel vor dem Bordell schien bedeutungslos zu sein, verglichen mit diesem Schmerz.

Ein Blick auf die Uhr sagte ihr, daß Camilla jeden Augenblick nach Hause kommen würde. Rasch wusch sie sich das Gesicht und versuchte, ruhiger zu werden. Sie konzentrierte sich auf die Pasteten, damit die Tränen nicht mehr rollen konnten und Camilla nichts von ihrem Kummer merkte.

Camilla, die in Gedanken immer noch bei den Menschen war, die sie hatte zum Ball eintreffen sehen, achtete diesmal nicht besonders auf das Äußere ihrer Mutter. Als sie sich die Schürze umband, um Mrs. Fernaby in der Küche zu helfen, sprudelte sie über vor Eifer, ihr Erlebnis ihrer Mutter mitzuteilen.

»Dieser Prunk, Mama! Es waren die herrlichsten Stoffe und Farben, die man noch nicht mal träumen kann. Ein Seidenkleid schillerte in unzähligen Blau- und Grüntönen, als sich die Dame bewegte. Und mit den Diamanten hätte man ganz Cheapside aufkaufen können. Manche Edelsteine waren so groß wie Taubeneier. Die Herrn waren ebenso kostbar gekleidet. Sie trugen Brokatröcke, die in Silber und Gold bestickt waren, juwelenbesetzte Strumpfbänder und Diamantenschnallen an den Schuhen.«

Camilla seufzte. Nachdenklich sagte sie: »Was für ein Leben muß das sein, in solch einem Luxus – bis Mittag zu schlafen und dabei zu wissen, daß immer eine Kutsche für einen bereitsteht.« Mit einem Anflug von Stolz fügte sie hinzu: »Und alle diese Damen und Herren kaufen bei dem guten Mr. Castle ein.«

»Du magst ihn, nicht wahr?« fragte Mrs. Fernaby. »Und was hältst du von seiner Frau?«

»Mrs. Castle ist in seinen Händen wie Butter. Nachdem ich jetzt drei Monate bei ihr arbeite, scheint sie ganz zufrieden mit mir zu sein, obwohl sie die Augen offen hält, wenn ich einen jungen Herrn bediene. Aber das ist ganz unnötig, denn sie sind für mich nichts anderes als verwöhnte Kinder.«

Camilla lachte nachsichtig, erwähnte aber nichts von ihrer Liebe zu dem jungen Mann aus der Curzon Street. Sie würde niemals darüber sprechen, nicht einmal mit ihrer Mutter, die ihr am nächsten stand, denn es lag zu sehr im Bereich der Wunder, daß sie ihn jemals kennenlernen würde.

Sie widmete sich mit Hingabe den Pasteten und anderen Delikatessen – Austern, die in Schinken eingewickelt und gebacken wurden, wie Thomas Fernaby es gewünscht hatte.

Mrs. Fernaby wurde das Herz immer schwerer, und doch hatte Camillas Fröhlichkeit sie etwas beruhigt. Da die Castles sie schätzten, würden sie ihr ein Obdach sicher nicht verwehren.

Zu ihrem Entsetzen erschien plötzlich ihr Mann in der Küche, um einen Krug Grog zu holen. Normalerweise rief er von der Taverne aus, daß er ihm gebracht werden soll. Mrs. Fernaby zitterte von Kopf bis Fuß. Würde er jetzt Camilla seine Pläne unterbreiten?

Aber er blieb nur kurz stehen, sah das Mädchen zufrieden an, nahm mit einem lüsternen Grinsen den schweren Krug und sagte: »Pures Gold!«

Mrs. Fernaby blieb keine andere Wahl – Camilla mußte sie verlassen.

Drittes Kapitel

Am Morgen ihres achtzehnten Geburtstags fand sich Camilla von den bezaubernden kleinen Geschenken ihrer Mutter umgeben, und sie war glücklich und voller Zuneigung für sie, fragte sich aber, wie ihre Mutter es geschafft hatte, diese Dinge so lautlos in ihre Kammer zu bringen.

Camilla wußte auch nicht, daß Mrs. Fernaby selbst das jetzt hassenswerte erste Stockwerk täglich während der frühen Morgenstunden putzte, wenn ihr Mann und Camilla noch schliefen, um ihr diese demütigende Arbeit zu ersparen.

Auf einen Impuls hin hatte Mrs. Fernaby beschlossen, Camilla gleich am frühen Morgen zu beschenken, statt bis zum Abend zu warten, denn bis dahin konnte viel geschehen.

Und es sollte in der Tat der ereignisreichste Tag in Camillas bisherigem Leben werden. Als sie im Maison Castle eintraf, wurde sie von Mrs. Castle mit einem freundlichen Lächeln empfangen. Sie überreichte ihr ein kleines Päckchen und sagte: »Herzlichen Glückwunsch zum Geburtstag, Camilla. Du bist ein liebes Mädchen und mir eine große Hilfe.«

In dem Päckchen war ein Stück Seife, das wie eine Schlüsselblume geformt war.

Camilla errötete vor Freude, spürte aber, daß es zu intim gewesen wäre, ihre Herrin zu küssen. »Mrs. Castle, Sie sind so freundlich zu mir. Vielen Dank.«

Als sie ihre Pelerine hinter der Küchentür aufhängte, kam Mr. Castle aus seinem Labor und sah sie schüchtern an. »Meine Frau sagte mir, daß du heute Geburtstag hast, mein Kind. Ich wünsche dir noch viele glückliche Jahre und hoffe, daß dir dies gefällt.«

Er hielt ihr ein kleines Flakon mit seinem neuesten Parfum hin, und Camilla rief entzückt: »Mr. Castle, das ist das schönste Geschenk, das ich in meinem ganzen Leben bekommen habe! Ich... ich habe das gar nicht verdient.«

Ihre grauen Augen leuchteten. Er nickte und sagte lächelnd: »Ich glaube doch, mein Kind. Selten wird mein Parfum von einer so schönen Frau benützt. Du bist für uns wie eine Tochter.«

»Ich danke Ihnen aus tiefstem Herzen«, flüsterte Camilla gerührt.

Diese Überschwenglichkeit machte ihn so verlegen, daß er sich rasch in sein Labor zurückzog.

Camilla verstaute ihre Schätze sorgfältig in ihrem neuen Handtäschchen und spürte zum erstenmal, daß sie erwachsen geworden war, auch wenn es für sie keinen großen Ball oder eine andere Festlichkeit gab, um dieses Datum zu feiern. Aber eines Tages würde sie ihren Traumlord aus der Curzon Street kennenlernen. Sie würde keinen anderen als ihn heiraten.

Der Tag verlief glücklich. Alle Kunden, die das Geschäft aufsuchten, mochte sie, und viele davon redeten sie inzwischen mit ihrem Vornamen an, was sie als schmeichelhaft empfand.

Sie erledigte zwei Botengänge und verweilte jeweils einige Minuten an der Ecke der Curzon Street, aber das Haus blieb still, und es stand auch keine Kutsche davor. Aber in seiner Nähe zu sein, war an einem solchen Tag schon Glück genug.

Am Abend erlaubte Mrs. Castle ihr, eine halbe Stunde früher als gewöhnlich nach Hause zu gehen.

»Deine Mutter hat sicher eine kleine Überraschung für dich bereit, meine Liebe. Um diese Zeit kommen nicht mehr viele Kunden, und ich komme gut allein zurecht.«

Camilla bedankte sich noch einmal, setzte ihre Haube auf, legte den Umhang um und machte sich auf den Heimweg. Sie würde schon kurz nach acht Uhr zu Hause sein.

Plötzlich hatte sie eine Idee. Sie würde das Parfum ihrer Mutter schenken, so gerne sie es auch selbst behalten hätte. Ihre Mutter tat so viel für sie und verdiente noch die zwei Shilling extra die Woche, indem sie bis spät abends nähte. Mama würde das teure Parfum nie benützen, sondern das Fläschchen ihr ganzes Leben lang als einen kostbaren Schatz aufbewahren.

Als Camilla nach Hause kam, blieb sie überrascht stehen. Vor der Taverne standen mehr Kutschen als sonst, und die Fenster im ersten Stockwerk waren hell erleuchtet. Als sie näher kam, hörte sie Gelächter und Gesang. Einen Augenblick überlegte sie, ob man für sie vielleicht doch eine Geburtstagsfeier arrangiert hatte. Aber sie schob diesen Gedanken sofort beiseite. Eine derartige Extravaganz würde Thomas Fernaby niemals dulden. Es mußten Herren auf der Durchreise sein, die hier Quartier genommen hatten.

Sie ging über den Hof und betrat das Haus durch den Hintereingang. Mrs. Fernaby war abgespannt, nervös und offensichtlich sehr aufgeregt. Sie drehte sich abrupt um, als Camilla in die Küche trat, beinahe so, als wäre diese unwillkommen.

»Camilla, du bist schon da? Ich habe dich frühestens in einer halben Stunde erwartet.«

Camilla umarmte sie. »Liebste Mama, Mrs. Castle hat mich eine halbe Stunde früher gehen lassen. Sie weiß, daß ich heute Geburtstag habe. Oh, es war ein herrlicher Tag! Sie beschenkten mich so reich, und ein Geschenk ist für dich.«

Camilla öffnete ihr Handtäschchen und hielt Mrs. Fernaby das Parfumfläschchen hin. Das Kerzenlicht entfaltete die ganze Schönheit des blauen Bristolglases mit dem kleinen, silbernen Stöpsel.

Ihre Mutter zuckte zurück. »Nein, nein, Kind. Das wäre das schönste Geschenk, das ich je bekommen habe. Aber es paßt nicht zu mir. Bitte behalte es, denn du wirst jetzt eine wirkliche Dame.«

Camilla war verwirrt. Irgend etwas stimmte nicht. Ihre Mutter verheimlichte ihr etwas, wie sie immer alles Unangenehme vor ihr ferngehalten hatte. Sie sah sie fragend an, doch ihre Mutter beschäftigte sich angelegentlich mit einem dampfenden Wassertopf.

Camilla ging zu ihr hinüber, legte die Arme um ihre Schultern und drehte sie sanft zu sich herum.

»Was ist geschehen, Mama? Du bist so niedergeschlagen. Ich bin kein kleines Kind mehr. Bitte sage es mir. Und was bedeutet der Lärm oben im ersten Stock? Haben wir neue Gäste bekommen? Machen sie dir zuviel Arbeit?«

Mrs. Fernaby hatte den ganzen Tag nach einer Erklärung für Camilla gesucht. Ihr Entsetzen über die Eröffnung des Bordells vergrößerte noch ihr Schuldgefühl. Wenn sie nicht so egoistisch gewesen wäre, ihre geliebte Pflegetochter über ihren achtzehnten Geburtstag hinaus bei sich zu behalten, wäre das Mädchen lange vor dem schicksalhaften Abend bei den Castles in Sicherheit gewesen. Nun aber war der Schaden angerichtet, und Camilla durfte niemals die Wahrheit erfahren.

Tapfer lächelnd sagte Mrs. Fernaby: »Das ist ein neuer Einfall deines Vaters. Er will an den jungen Herren, die die Taverne besuchen, noch mehr Geld verdienen. Einer von ihnen sagte ihm vor ein paar Tagen, daß es langweilig wäre, nur wegen ein paar Glas Wein nach Cheapside zu kommen. Er sagte, Vergnügungen, wo man Damen mitbringen könnte, seien jetzt in Mode, und auch Musik gehöre dazu.«

»Warum hast du mir das nicht gleich gesagt? Du mußt viel Arbeit gehabt haben, bis die einfachen Zimmer für solche Vergnügungen hergerichtet waren. Ich hätte dir doch geholfen, oder noch besser, ich hätte es allein gemacht, denn ich bin jung und ermüde nicht so rasch.«

Mrs. Fernaby schüttelte den Kopf. »Nein, Liebes, dem Himmel sei Dank, daß dein Weg dich jetzt in eine schönere Welt führt. Das habe ich mir immer gewünscht und mich auch darum bemüht. Das Leben in der Taverne ist nichts für dich. Und jetzt binde deine Schürze um und hilf mir bei den Füllungen.«

Camilla, die von der Antwort ihrer Mutter alles andere als befriedigt war, tat, worum sie gebeten wurde. Glücklicherweise hörte man den Lärm von oben nur schwach, weil es in der Küche zischte und dampfte, und da Camilla nicht die leiseste Vorstellung von einem Bordell hatte, ahnte sie nicht, was oben wirklich vorging.

Als die letzten Pasteten im Ofen waren, rief Thomas Fernaby die Treppe herab: »Einen großen Krug Grog, Hannah! Ein bißchen rasch! Wenn das Mädchen schon da ist, soll sie ihn heraufbringen.«

Mutter und Tochter sahen einander mit unverhohlener Furcht an. Wollte Thomas Fernaby sie nun doch in seine verwerflichen Pläne hineinziehen, fragte sich Hannah, während Camilla nur fürchtete, daß sie gegen ihren Willen gezwungen werden könnte, den Gästen Wein und Bier zu servieren.

Sie ging zu den Steinkrügen, die zum Wärmen in einer Reihe neben dem Herd standen. Der Grog wurde früh am Abend zubereitet und simmerte leicht am Herdrand vor sich hin. Daneben lag ein eiserner Schöpflöffel.

Während Camilla den größten Krug mit Grog füllte, sagte sie: »Bitte reg dich nicht auf, Mama. Vater kann mich nicht zum Bedienen zwingen, und er wird es auch nicht tun. Es gibt hier unten viel zuviel Arbeit.«

Mit vorgetäuschter Selbstsicherheit hob sie den schweren Krug und ging zur Küche hinaus.

Zwischen dem Küchentrakt und der eigentlichen Taverne hing ein schwerer Vorhang. Ein kurzer Durchgang trennte beide voneinander. Sie hörte den Lärm von oben und blieb zögernd stehen. Etwas Derbes lag in dem Lachen der Frauen. Es war die Art Gelächter, das Camilla hier im East End oft gehört hatte, aber niemals von den Damen im Maison Castle.

Als sie darüber nachdachte, wurde der grüne Flanellvorhang beiseite geschoben. Da sie die stämmige Gestalt ihres Vaters erwartete, streckte sie den Krug hin, um sich sofort wieder in die Küche zurückziehen zu können, sobald er ihn ihr abgenommen hatte.

Aber nicht ihr Vater stand vor ihr, sondern ein großer, schlanker junger Mann mit hellblondem Haar. Er taumelte, hielt in dem dunklen Gang einen Augenblick inne, bis sich seine Augen an das Dämmerlicht gewöhnt hatten, und blickte Camilla überrascht an, die ihm den würzig duftenden Grog hinhielt. Begierig griff er danach, aber seine Schritte waren so unsicher, daß er schwankte und den Krug zu Boden fallen ließ, wo er in viele, kleine Scherben zerbrach.

Das starke Aroma des verschütteten Grogs nahm Camilla fast den Atem. Sie preßte sich an die Wand, denn nachdem der junge Mann den Krug hatte fallen lassen, griff er nach ihr. Und ehe sie fortlaufen konnte, nahm er sie in die Arme.

»Bitte lassen Sie mich sofort los, Sir«, keuchte Camilla und drehte ihren Kopf zur Seite. Ihr wurde fast übel von dem Geruch des Alkohols, den er ausdünstete und der jetzt mit dem Geruch des Grogs einen ekelerregenden Gestank verbreitete.

Aber er lachte nur heiser. »Zimperlich, eh?«

Er zog sie grob an sich. Seine Arme umfaßten ihre schlanke Taille. Dann hob er ihr Gesicht an und versuchte, sie genauer zu sehen.

»Meine Güte, ich schw... schwöre, du bist bildschön, meine Süße!«

Er wollte sich über sie beugen und sie küssen. Aber es gelang ihm nur, zwei unsichere Schritte nach rückwärts zu taumeln. Sie gerieten dadurch beide in das rosarote Licht der Kerzenleuchter, die an der Wand des Treppenhauses befestigt waren.

»Verflucht, was soll die Koketterie? Schließlich habe ich eine Guinea dafür bezahlt!«

Sein Lachen ging in einen würgenden Husten über. Er war sehr betrunken.

Camilla nahm inzwischen ihren ganzen Mut zusammen und sagte fest: »Ich bin die Tochter von Thomas Fernaby, dem Besitzer der Taverne. Ich verlange, daß Sie mich augenblicklich loslassen!«

Entweder hörte er ihre Worte nicht, oder er mißverstand sie, denn seine heißen, feuchten Hände verstärkten noch den Druck um ihre Taille.

»Ich hätte nie gedacht, daß es so... anständig hier zugeht! Verdammt! Du mußt der Goldfisch in seinem Teich sein! Und ich will dich haben, und zwar jetzt! Los, hilf mir die Treppe hinauf!«

Als er sie mit Gewalt zur ersten Stufe zerrte, wußte Camilla sich nicht anders zu helfen, als laut zu rufen: »Vater! Vater! Bitte hilf mir!«

Sie merkte nicht, wie der Flanellvorhang zur Seite geschoben wurde, denn sie war steif vor Schreck und den gräßlichen Ahnungen, die die Worte des Betrunkenen in ihr hatten aufsteigen lassen.

Gierig versuchte der Mann weiter, sie die Treppe hinaufzuziehen. Er war taub für alles, was um ihn herum vorging.

Plötzlich, als sie nahe daran war, vor Angst und Entsetzen in Ohnmacht zu fallen, wurde ihr Peiniger weggezerrt, und sie konnte wieder atmen. Eine tiefe, wohltönende Stimme sagte: »Sie sind wieder betrunken, Randal. Lassen Sie das Mädchen in Ruhe! Haben Sie nicht gehört, daß sie nach ihrem Vater rief? Gehen Sie Ihren schmutzigen Vergnügungen oben nach, wenn es sein muß. Ich selbst würde keinen Schritt in diese Richtung tun.«

Fluchend stolperte der blonde Mann namens Randal die Treppe hinauf und brummte:

»Wo ist meine Süße? Verdammt, Monford, scheren Sie sich zum Teufel!«

»Ich glaube ihr, daß sie Fernabys Tochter ist, und Sie werden sie in Ruhe lassen. Sie haben ihren Krug zerbrochen, das sollte Ihnen genügen.«

Camilla preßte sich an die Wand. Ihr Retter wandte sich mit einem entschuldigenden Lächeln an sie.

»Ich fürchte, Sir Caspar Randal ist sehr betrunken. Er war noch nie ein Mann nach meinem Geschmack. Rufen Sie ruhig nach Ihrem Vater, wenn er noch einmal zudringlich werden sollte. Mit den Gebräuchen dieser Gasthäuser kenne ich mich nicht genug aus. Ich gehe selten in diese Lokale.«

Camilla stockte der Atem. Es war ihr Lord aus der Curzon Street!

Ihre Augen wurden groß und dunkel, und Scham überflutete ihre Wangen. Ausgerechnet hier mußte sie ihm begegnen, in dem schummrigen Gang einer Taverne. Ihre Schürze war vom Grog durchnäßt, sie war nicht viel besser als ein Dienstmädchen, und ein sehr schäbiges noch dazu.

Ohne auf eine Antwort von ihr zu warten, kniete er sich mit seiner makellosen seidenen Hose hin und begann, die Scherben des Kruges aufzulesen.

Verwirrt rief Camilla: »Mylord, bitte tun Sie das nicht! Ihre teure Hose!«

Sie kniete neben ihm nieder und sammelte fieberhaft die Scherben auf. Er sah sie lächelnd an, und sein Gesicht war schöner denn je.

»Ich bin kein Lord. Mein Name ist Sir Michael Monford. Zu Ihren

Diensten. Und was meine Hose betrifft, zum Teufel damit! Ich wollte sowieso eben nach Hause fahren, aber Ihr Vater wollte uns unbedingt seine schöne Tochter vorstellen.« Er sah sie interessiert an. »Und Sie sind auch wirklich bezaubernd, Miß Fernaby.«

Es war ein liebenswürdiges Kompliment, beiläufig hingesagt, aber in ihrer Verliebtheit war Camilla ganz zu Unrecht verletzt. Das Wort ›bezaubernd‹ paßte nicht für ein junges Mädchen aus Cheapside, sondern nur für die anmutigen jungen Damen, die in seiner eigenen Welt lebten.

Tapfer rang sie sich ein Lächeln ab.

»Vielen Dank, Sir. Aber bitte stehen Sie jetzt auf. Sie haben mir sehr geholfen. Ich hole einen Eimer Wasser, dann habe ich den Gang im Nu wieder sauber.«

Er lachte. »Weisen Sie niemals bereitwillige Hilfe zurück, und, um die Wahrheit zu sagen, ich finde es kurzweiliger, Ihnen nützlich zu sein, als in der Taverne herumzusitzen. Ist das unverzeihlich, da Ihr Vater die Taverne besitzt?«

Sie rang sich ein kleines Lächeln ab. »Um ebenfalls die Wahrheit zu sagen, ich hasse die Taverne. Mein Vater möchte, daß ich in der Schankstube serviere. Aber ich will es nicht. Ich helfe lieber meiner Mutter in der Küche.«

Da er immer noch lächelte und die Scherben zwischen ihnen aufgehäuft lagen, fuhr sie kühn fort: »Sind Sie sehr sportlich, Sir Michael? Reiten Sie gern und lieben Sie Pferde?«

Seine Miene war belustigt, und er vergaß für einen Augenblick ihre bescheidene Stellung.

»Das ist wirklich amüsant. Ich reite diesen Sommer Rennen in Brighton, wenn Seine Königliche Hoheit dort residiert. Aber ich bitte um Nachsicht, Sie interessieren sich doch sicher nicht für Pferde?«

»Nein, ich reite nicht, aber ich finde Pferde sehr schön.«

Sie hätte ihm gern erzählt, daß sie im West End viele schöne Pferde gesehen hatte, aber sie überlegte es sich anders. Es war schlimm genug, daß sie eine Gastwirtstochter aus Cheapside war, aber wenn sie ihm nun noch offenbarte, daß sie in einem Geschäft bediente, so vornehm es auch sein mochte, würde seine Meinung über sie keineswegs besser werden. Sie gehörten zwei verschiedenen Welten an, und zwischen ihnen lag eine unüberbrückbare Kluft.

»Sie haben eine schöne Stimme, Miß Fernaby. Sie würde auf Pferde sehr beruhigend wirken.« Er stand auf.

Camilla richtete sich ebenfalls auf und sah erschrocken den Grogflecken an seinem Knie.

»Sir, darf ich Ihnen nicht den Fleck auswaschen? Ich fürchte, wenn er angetrocknet ist, geht er nicht mehr heraus.«

Er sah lachend an sich herab, und dann blickte er sie an. Sie war in einem beklagenswerten Zustand.

»Vielen Dank, aber ein Paar Hosen bedeuten mir nichts, das versichere ich Ihnen. Es wird gut sein, wenn Sie Ihre eigenen Kleider waschen.«

Plötzlich wurde der Flanellvorhang grob beiseite gezogen. Thomas Fernaby sah sie finster an, und Camilla bemerkte, daß sein Gesicht noch röter war als sonst. Er hatte an diesem Abend schon viele Trinksprüche auf den Erfolg des Bordells ausgebracht!

»Ha!« schrie er Sir Michael an. »Sie wollen mir wohl meine beste Ware stehlen, ohne zu bezahlen, wie? Ich will Ihnen eines sagen, mein feiner Herr. Die Mädchen, die für mich arbeiten, kosten einen Sovereign!« Er wurde ordinär. »Wenn Sie Ihren Spaß gehabt haben, bezahlen Sie auch dafür, und zwar sofort, oder ich rufe die Wache!«

Camilla war blaß geworden. »Wie kannst du nur so sprechen, Vater. Dieser Herr war so freundlich und hat...«

»Halte den Mund! Mit dir befasse ich mich später«, fauchte er sie an. »Geh hinauf und verdiene deinen Unterhalt, so wie die anderen Dirnen, denn jetzt weiß ich, daß du nicht besser bist als sie!«

Sir Michaels Miene war wie versteinert. Das Mädchen war also doch eine Dirne, und sie hatte ihn getäuscht! Wie würde Caspar Randal triumphieren, wenn man ihm die Geschichte erzählte. Ohne ein weiteres Wort zog er seine Börse heraus und warf zuerst ihr einen Sovereign hin und dann Thomas Fernaby einen zweiten, der hämisch lachte.

Sir Michael hörte Camillas unartikulierten Schrei, als er den Wirt grob beiseite schob und zur Tavernentür hinausging.

Sie brachte kein einziges Wort heraus, denn sie wußte, daß Zorn, Kummer und bittere Kränkung sich jeden Augenblick in einer hilflosen Flut von Tränen entladen würden. Sie stieß den Sovereign, der ihr mit solcher Verachtung zugeworfen worden war, mit der Schuhspitze ihrem verhaßten Vater hin und wandte sich ab, als dieser beide Münzen gierig aufhob und knurrend in die Taverne zurückkehrte.

Camilla spürte, wie ihr Herz sich vor Schmerz zusammenzog. Nie würde sie ihren Sir Michael wiedersehen. Sie durfte sich nicht einmal mehr das einfache Vergnügen erlauben, in der Curzon Street einen Blick auf ihn zu erhaschen, denn wenn er sie wiedererkannte, wäre die Verachtung in seinem Blick unerträglich.

Mit Tränen in den Augen holte sie einen Eimer aus dem kleinen Besenschrank neben der Treppe und kehrte die Scherben zusammen. Unfähig, die Schluchzer zu unterdrücken, ging sie zum Schrank zurück und lief direkt Mrs. Fernaby in die Arme.

»Mein Liebling, was ist passiert?« fragte sie alarmiert, als Camilla die Arme um ihren Hals schlang. Noch nie hatte Mrs. Fernaby Camilla so herzzerreißend weinen hören.

Das Mädchen war im Augenblick nicht in der Lage, irgendwelche Fragen zu beantworten. Zärtlich streichelte Mrs. Fernaby ihr schönes, seidiges Haar und murmelte dabei tröstende Worte, so wie man ein unglückliches Kind beruhigt.

Mrs. Fernabys Augen wurden zuerst ausdruckslos, dann ängstlich, und ihr freundlicher Mund verhärtete sich. Was hatte ihr Mann dem Mädchen angetan, daß er das strahlende, sorglose Wesen, das vor kaum zwei Stunden nach Hause gekommen war, so verwandelt hatte?

In diesem Augenblick erschien Thomas Fernaby oben an der Treppe, und seine geröteten Augen musterten die Szene mit wachsendem Ärger.

»Hör auf, diese Schlampe zu verhätscheln, Hannah!« schrie er. »Sie ist sich nicht zu gut, nach Belieben einen der feinen Herren im Dunkeln zu küssen und zu herzen. Du schickst sie augenblicklich in den ersten Stock hinauf, oder es geht euch allen beiden schlecht.«

Camilla zitterte, und Hannah Fernaby zog sie noch fester an sich.

»Du bist ein Lumpenkerl! Kümmere dich um deine Pflichten, falls du dazu überhaupt fähig bist, so betrunken wie du dastehst. Das Kind ist krank, und du rührst es nicht an!«

Fernaby war verblüfft, denn er hatte in der Stimme seiner Frau noch nie einen solchen Haß und solche Auflehnung gehört. Vorübergehend ernüchterte es ihn ein wenig. Er zögerte und spielte seinen letzten Trumpf aus, ehe er sie stehenließ. »Wir werden ja sehen, wer hier der Herr im Haus ist, wartet nur ab!«

Als er weg war, lastete das Schweigen auf Mutter und Tochter. Camilla hatte während seiner Worte aufgehört zu weinen. Mrs. Fernaby fürchtete sich, obwohl sie dies vor Camilla zu verbergen suchte. Konnte sie Camilla jetzt sofort zu den Castles bringen? Ein

Blick auf die Küchenuhr sagte ihr, daß dies zu dieser späten Stunde unmöglich war. Camilla beruhigte sich langsam und ergriff zärtlich die Hände ihrer Mutter.

»Liebe, liebe Mama, er wird dir nichts zuleide tun, das verspreche ich dir. Und ... ich habe mich mit Sir Michael nicht ungebührlich benommen. Er ist der höflichste junge Mann, den ich kenne. Er hat sogar mit mir die Scherben des Kruges aufgesammelt, den ein widerlicher Bursche, der mich küssen wollte, zerbrochen hat.« Sie hielt inne, denn sie wollte ihre Mutter nicht noch weiter beunruhigen, aber in ihrer Erregung konnte sie es nicht für sich behalten. »Und ... Fernaby ... ich werde ihn nie wieder Vater nennen ... hat ihn ganz furchtbar beleidigt. Ich habe mich noch nie so geschämt ...«

Mrs. Fernaby nahm ihre ganz Kraft zusammen, so daß ihrem faltigen Gesicht jetzt keine Spur von ihrer Furcht mehr anzusehen war.

»Ich weiß, daß du niemals etwas Unrechtes tun würdest, Camilla. Und habe keine Angst um mich. Thomas ist zu betrunken, um sich später an das erinnern zu können, was heute abend geschehen ist. Denke nicht mehr daran. Komm, ich koche uns jetzt eine große Kanne Tee. Ich glaube, wir beide können einen gebrauchen.«

Mrs. Fernaby machte sich in der Küche am Teekessel zu schaffen, während Camilla wie in Trance Tassen und Untertassen auf den Tisch stellte. Beide waren zu sehr mit ihren Gedanken beschäftigt, um jetzt offen miteinander sprechen zu können. Aber zum erstenmal verlangte es Camilla danach, ihrer Mutter alles zu erzählen, ihre närrischen Träume, daß sie sich im West End wie zu Hause fühlte, und daß sie Sir Michael in der Curzon Street beobachtet hatte, und schließlich das Wunder ihrer heutigen Begegnung, die nun alle ihre Hoffnungen zunichte gemacht hatte.

Aber Mrs. Fernabys Gedanken kreisten um den Abschied von Camilla. Sie würde ihr am nächsten Morgen die ganze Wahrheit über ihre Herkunft unterbreiten, und sie fürchtete, daß Camilla sich dann für immer von ihr abwenden könnte.

Der Tee war stark und belebend, doch sie schwiegen beide.

Schließlich begann Mrs. Fernaby zögernd: »Du sprichst von Sir Michael so warmherzig, mein Liebes. Ist er einer deiner Kunden im West End?«

»Nein, und ich bete darum, daß er nie ins Geschäft kommt, denn wenn er mich dort wiedererkennt, sterbe ich vor Scham.«

Der Gedanke daran entsetzte sie, und ihre grauen Augen verdunkelten sich. »Er... er war mein Traum, Mama, ein törichter, kindischer Traum...«

Stockend erzählte Camilla ihrer Mutter von den beglückenden Augenblicken in der Curzon Street, und dann schloß sie: »Ich hatte nicht zu hoffen gewagt, daß ich ihn jemals kennenlernen würde. Viele junge Männer sind stattlich und galant, aber Sir Michael ist auf eine besondere Art vornehm.«

»Und du hast dich in ihn verliebt?«

»Ja, und noch mehr nach dem heutigen Abend. Er ist so freundlich und ritterlich.« Camillas Stimme wurde rauh. »Aber nach dieser häßlichen Szene muß ich ihn vergessen. Selbst wenn ich ihm als eine Prinzessin vorgestellt werden könnte, würde er in mir nur das lose Mädchen sehen, die Dirne, wie Mr. Fernaby mich genannt hat. O Mama, er ist ein böser, teuflischer Mann, und ich will Tag und Nacht arbeiten, damit ich dich hier herausholen kann.«

Mrs. Fernabys Augen waren zärtlich, aber unendlich traurig. »Das ist unmöglich, mein Liebes, denn du gehst von jetzt an einen anderen Weg.« Sie stand auf. »Komm, räumen wir die Küche auf. Wir werden darüber sprechen, wenn dein Vater... mein Mann...«, verbesserte sie sich rasch, »zu Bett gegangen ist. Dann sind wir ungestört!«

Während Camilla die Ärmel aufrollte und an dem kleinen Ausguß die Gläser und das Geschirr spülte, scheuerte Mrs. Fernaby am großen Ausguß mit der üblichen Sorgfalt die Backbleche, Töpfe und anderen Küchengeräte. Einige schrubbte sie sogar ein zweites Mal, obwohl sie bereits makellos sauber waren, nur um den Zeitpunkt hinauszuschieben, an dem sie Camilla Rechenschaft ablegen mußte.

Es war Feierabend, und die letzten Kunden kamen von oben herabgepoltert. Derbes Gelächter füllte das Treppenhaus.

Camilla lauschte aufmerksam, und als eines der Mädchen eine unanständige Bemerkung schrie, hätte sie schwören können, daß sie die Stimme kannte.

Ein Blick auf das verschlossene Gesicht ihrer Mutter genügte, und sie schwieg. Zu gegebener Zeit würde sie die ganze Wahrheit erfahren. Inzwischen zwang sie ihre Gedanken, bei Sir Michael zu verweilen, bei seinem Lächeln, der Wärme seiner dunklen Augen und seinen langen, schmalen Händen, die so sorgfältig die Scherben aufgesammelt hatten. Oh, wenn nur... ja, wenn nur was? Ihre Träume darüber, wie sie durch einen Zauber in die wohlhabende

Welt der oberen Zehntausend getragen wurde, waren zerbrochen. Nach dem heutigen Abend wußte sie, daß es keinen Zauber gab. Sie war in einen niedrigen Stand hineingeboren, und nichts, nicht einmal die Mühe, die sich ihre Mutter während der ganzen Jahre gegeben hatte, damit sie ohne eine Spur Cockney-Akzent sprach, konnte etwas an den Tatsachen ändern. Sie seufzte.

Mrs. Fernaby ging hinaus zum Fuß der Treppe und lauschte. Dann kam sie zurück.

»Endlich hat er die Taverne geschlossen«, sagte sie tonlos. »Ich höre oben nur noch zwei oder drei Stimmen. Sicher ein paar reiche Stutzer mit viel Geld in den Taschen, denen er die Gunst erweist, dableiben zu dürfen. Als ob sie nicht schon genug getrunken hätten. Ich glaube, sie werden bis in die frühen Morgenstunden zechen.«

Sie sprach nur so umständlich, um Zeit zu gewinnen. Camilla spürte diese Unruhe und fühlte sich unbehaglich. Was stand ihr an diesem schrecklichen Abend noch bevor?

Mrs. Fernaby deutete auf einen Küchenstuhl und setzte sich Camilla gegenüber. Eine Weile ruhte ihr Blick liebevoll auf dem schönen Mädchen, das sie vielleicht nie wiedersehen würde.

»Camilla, mein kleiner Liebling«, begann sie zögernd. »Es bekümmert mich über alle Maßen, aber nachdem du jetzt achtzehn Jahre alt geworden bist, ist es dein Recht, die Wahrheit über deine Herkunft zu erfahren. Ich hätte es dir schon viel früher sagen sollen, aber ich war selbstsüchtig und fürchtete mich davor, dich, die einzige Freude meines Lebens, zu verlieren.«

Camillas graue Augen weiteten sich angstvoll. »Aber Mama, warum solltest du mich verlieren? Du bist meine Mutter und mir das Liebste auf der ganzen Welt.« Die Worte ihrer Mutter hatten im Augenblick sogar die Gedanken an Sir Michael verdrängt.

Mrs. Fernaby knetete ihre Hände. Dann fuhr sie mit fester Stimme fort: »Camilla, du sagst, selbst wenn man dich Sir Michael als Prinzessin vorstellen könnte, würde er dich immer als eine... eine lose Frau sehen.«

»Ja, in der Tat.« Noch während sie sprach, begann Camillas Herz schneller zu schlagen. Sollte alles doch eine märchenhafte Wendung nehmen?

Mrs. Fernaby fuhr leise fort: »Ich wünschte aus ganzem Herzen, ich könnte aus dir eine Prinzessin machen, doch das ist leider unmöglich.« Sie lächelte gequält. »Aber du bist nicht niedriggeboren, Kind. Du bist eine Aristokratin. Du gehörst ins West End, in die vornehme Gesellschaft.«

»Das ist unmöglich«, stammelte Camilla. Ihre Augen schimmerten.

»Doch, Kind. Du bist eine französische Comtesse und stammst von adeligen Vorfahren ab.«

Viertes Kapitel

Eine Comtesse! Wie konnte eine so berauschende Wahrheit möglich sein?

Während sie nach einer Erklärung fieberte, war Camillas Sorge um ihre Mutter, die jetzt müde und unglücklich wirkte, stärker als alles andere. Sie ging zu ihr hinüber und setzte sich neben sie auf den Fußboden, wie sie es so oft getan hatte.

»Liebste Mama, bitte erzähle mir die ganze Geschichte, und habe keine Angst, daß ich dich jemals verlassen könnte. Wenn ich wirklich adelig bin, vergrößert es nur meine Liebe und meine Hoffnungen, denn es könnte mir vielleicht helfen, dich aus diesem ... diesem schrecklichen Leben herauszuholen.«

Mrs. Fernaby war gerührt. »Warte erst einmal ab, mein Liebes, ich muß dir noch viel mehr erzählen.«

Leise begann Mrs. Fernaby über Camillas Geburt zu sprechen und über ihre schöne, junge Mutter.

»Sie kam mit deinem Vater mittellos aus Frankreich, und als er starb, hatte sie keinen einzigen Penny. Ich habe sie nach den Namen irgendwelcher Bekannter in England gefragt, nach französischen Freunden, die ihr vielleicht hätten helfen können und denen sie vertrauen konnte. Aber sie nannte keine Namen. Sie sagte mir nur, daß sie alle ihre großen Ländereien und das Familienvermögen an die Revolutionäre verloren hatten.«

»Wie hieß sie?« fragte Camilla ruhig.

»Ihr Name ist auch der deinige, Camilla – Gräfin de Courville. Sie sagte, es sei dein rechtmäßiger Titel, ich weiß nicht inwiefern, denn ich verstehe von solchen Dingen nichts.«

»Gräfin de Courville«, wiederholte Camilla und fand den Klang über alle Maßen angenehm, obwohl das Vermögen fehlte, das eigentlich dazu gehörte. Sie war jung und intelligent, und irgendwie würde sie diejenigen ausfindig machen, die ihre Eltern in England gesucht hatten.

Inzwischen fuhr Mrs. Fernaby fort: »Ich konnte die Wahrheit vor meinem Mann nicht verbergen, als er dich weinen hörte, denn du hattest kräftige Lungen, mein Liebling, und Thomas hätte taub sein müssen, um dein Schreien nicht zu hören.«

»Hatte er etwas gegen mich?«

Ihre Mutter seufzte. »Ja, wenn du ein Junge gewesen wärst, hätte er es leichter genommen. Ein Mädchen bedeutet in seinen Augen nur einen weiteren Esser, einen Handlanger und nicht ein paar kräftige Arme, die zupacken können.«

»Wußte er, daß ich eine Comtesse bin?«

Mrs. Fernaby seufzte. »Ja. Anfangs machte er sich Hoffnungen auf eine große Belohnung. Aber als er hörte, daß ich nicht wußte, wo ich nach den Freunden und Verwandten deiner Familie suchen sollte, wurde er ärgerlich.«

»Deshalb liebt er mich nicht. Mama, bitte erzähle mir alles, ich möchte alles wissen, was seit meiner Geburt geschehen ist.«

Camilla hatte sich bereits entschlossen, ganz England auf der Suche nach jemandem, der die Courvilles gekannt hatte, zu durchstreifen, aber vor allem anderen wollte sie Mrs. Fernaby, die für sie alles auf der Welt bedeutete, das Schuldgefühl nehmen, an dem sie offensichtlich litt.

»Zuerst wollte Thomas dich in ein Armenhaus bringen«, erzählte Mrs. Fernaby weiter. »Du warst ein armes, kleines Würmchen. Doch ich schwor, dich zu behalten, denn mein Mann konnte mir kein eigenes Kind schenken, das ich hätte in den Armen wiegen können.«

Camilla griff nach ihren abgearbeiteten Händen. »Liebste Mama, was hast du für mich gelitten! Wenn ich die Courvilles finde, und ich versichere dir, ich werde sie finden, wirst du für deine Liebe belohnt werden, und ich werde dich lieben, so lange ich lebe.«

Hannah Fernaby wischte sich über die feuchten Augen, überwältigt von der Zuneigung ihrer Camilla.

»Du bist meine ganze Freude gewesen, Camilla. Ich brauche keine andere Belohnung.«

Camillas Gedanken überschlugen sich, denn jetzt sah ihr ganzes künftiges Leben anders aus. Es kam ihr gar nicht in den Sinn, daß die Suche nach fernen Verwandten vergeblich sein könnte, und ein Gedanke beglückte sie vor allen anderen.

»Mama, ich bin so dankbar, daß Thomas Fernaby nicht mein Vater ist. Es hat mich gequält, daß ich mich immer vor ihm fürchtete, so sündhaft fürchtete.«

Mrs. Fernabys Miene verhärtete sich. »Das war keine Sünde, Kind. Es...«

Camilla unterbrach sie: »Aber jetzt, nachdem ich die Wahrheit kenne, wird das Leben hier ganz anders sein. Wenn er mir wieder befiehlt, Bier und Wein zu servieren, werde ich mich wie eine Comtesse benehmen.« Sie lachte glücklich. »Ich könnte sogar arrogant werden, und ›guter Mann‹ zu ihm sagen, und dies in einem Tonfall, den die Adeligen gelegentlich in unserem Geschäft anwenden.«

Jetzt war der Augenblick gekommen, den Hannah Fernaby am meisten gefürchtet hatte.

»Camilla, leider wirst du dazu keine Gelegenheit mehr haben, denn du darfst nicht länger hier im Haus bleiben.«

Camilla blickte erschrocken auf. Mrs. Fernaby fuhr hastig fort: »Es war meine Selbstsucht, mein Egoismus, daß ich dich bis jetzt nicht fortließ. Ich... ich wünschte mir so sehr, deinen achtzehnten Geburtstag mit dir zu erleben, sonst hätte ich schon lange Mrs. Castle darum gebeten, dich bei sich aufzunehmen.«

»Ich soll hier weg? Mama, bitte schick mich nicht fort. Siehst du nicht, daß das, was du mir erzählt hast, alles ändert? Er kann mir keine Befehle mehr geben. Und ich werde dich vor ihm beschützen... ein wenig... ein bißchen wenigstens.«

»Ein Titel ist etwas sehr Schönes, mein Kind, aber ohne Geld gibt er dir keine Macht. Thomas ist wirklich böse, aber er sagt die Wahrheit, wenn er erklärt, daß du ihm über die ganzen Jahre hin viel schuldest, und er hat sich eine grauenhafte Art ausgedacht, dich alles zurückzahlen zu lassen.«

Camilla blickte fragend auf, und deshalb rang sich Mrs. Fernaby die furchtbaren Worte ab, die ihre Seele erschütterten.

»Ich habe dich heute abend angelogen, Camilla. Es war die erste Lüge, die ich dir in deinem ganzen Leben erzählt habe. Die Leute oben im ersten Stock...« Ihre Stimme versagte. Aber sie holte tief Luft und sagte gequält: »Sie sind... mein Mann hat heute abend gegen meinen Willen ein Bordell eröffnet.«

Camilla rang sich einen erstickten Schrei ab. Blankes Entsetzen spiegelte sich in ihrem Gesicht wider.

Mit rauher Stimme sprach Mrs. Fernaby weiter: »Hier, unter unserem Dach, hat er ein Freudenhaus eingerichtet, einen Platz, wo Frauen von der Straße ihrem abscheulichen Treiben nachgehen, während Thomas Fernaby das Geld einsammelt.«

Camilla mußte an Sir Michael Monford denken. Kein Wunder, daß dieser ritterliche, vornehme Mann sie mit solcher Verachtung zurückweisen mußte. Sie verstand nun seine Haltung, und sie fürchtete, daß er in ihr die ›Dirne‹ aus der Taverne sehen würde, gleichgültig, was für Enthüllungen über ihren gesellschaftlichen Rang sie noch machen mochte.

Mrs. Fernaby unterbrach ihre Gedanken. »Mein Mann besteht darauf, daß du eine dieser... dieser sündhaften Kreaturen wirst. Aber ich werde dich davor bewahren, und wenn ich dafür sterben müßte. Deshalb mußt du morgen Mrs. Castle bitten, dich bei sich aufzunehmen. Du darfst nie wieder in die Taverne zurückkehren.«

Tränen rollten über ihre zerfurchten Wangen, und Camilla legte ihr tröstend einen Arm um die mageren Schultern.

»Bitte, bitte weine nicht, Mama. Es bricht mir das Herz, daß ich dich verlassen muß, aber ich versichere dir, es ist nur für kurze Zeit.«

Mrs. Fernaby rang nach Fassung. »Ehe du gehst, will ich dir noch ein Päckchen geben. Ich habe deiner Mutter versprochen, es für dich aufzubewahren. Ich weiß nicht, was es enthält, denn dein Name steht darauf, und ich wollte, daß du es selbst öffnest, wenn du achtzehn bist. Ich habe es die ganzen Jahre vor meinem Mann versteckt, falls Geld darin sein sollte. Es ist in meinem Strohhut eingenäht, den ich nur zu Beerdigungen trage.«

Mit äußerster Selbstbeherrschung drängte Camilla: »Bitte, Mama, hole ihn sofort. Mr. Fernaby ist noch in der Taverne, und es bleiben uns vielleicht nur noch wenige Minuten, bis er zu Bett geht.«

Mrs. Fernaby eilte aus der Küche die Treppe hinauf in ihre Schlafkammer.

Camilla wartete angespannt und spürte, daß ihr Leben an einer Wende stand. Sie wußte jetzt, daß sie nicht Fernabys Tochter war, und seine Macht über sie war gebrochen. Sie konnte ihrem Haß freien Lauf lassen.

Sekunden später kehrte Mrs. Fernaby mit dem Strohhut in der Hand zurück.

»Hier ist er, Camilla. Mir fehlt die Kraft, das Futter aufzutrennen, falls es eine Enttäuschung für dich sein sollte.«

Camilla nahm mit zitternden Händen den Hut und begann vorsichtig, das Futter herauszutrennen. Mrs. Fernaby sah ihr nervös zu, bis Camilla schließlich einen großen, vergilbten Pergamentumschlag herauszog. Sie sahen ihn beide ehrfürchtig an, neugierig und doch ängstlich, was er wohl enthalten mochte.

Schließlich erbrach Camilla das brüchig gewordene Siegel und zog drei Blatt Papier heraus. Das erste war von ihrer verstorbenen Mutter mit zitternder Hand in mangelhaftem Englisch geschrieben:

›Liebstes Kind, Junge oder Mädchen, ich weiß es noch nicht. Papa und ich lieben Dich sehr. Er hilft mir, dies auf Englisch zu schreiben, denn Du wirst Engländer sein. Aber Du heißt de Courville – ein stolzer Name *en France. Hélas,* wir können Dir nichts geben als diesen stolzen Namen und ein wenig Schönheit, wie wir glauben. Suche, *petite,* denn Du wirst vielleicht vieles finden. Liebe ist alles, was wir haben.

Maman.‹

Camilla schluchzte, als sie Mrs. Fernaby den Brief reichte, und nachdem diese die Zeilen überflogen hatte, weinte sie ebenfalls.

»Liebstes, sie war in der Tat sehr schön – und so sanft wie du. Dein armer Papa war schon tot, als sie zu mir kam, aber ich bin sicher, daß auch er jung und schön war.«

Camilla wollte ihr nicht wehtun, aber sie hatte das Bedürfnis, den weiteren Inhalt des Briefumschlags allein zu ergründen. Stolz regte sich in ihr, denn wenn ihr eine Enttäuschung bevorstehen sollte, so wollte sie dieser lieber allein ins Auge sehen. Sie wischte sich die Tränen ab und sagte zögernd: »Ich weiß, daß Mr. Fernaby die Talglichter eifersüchtig bewacht, aber dürfte ich eines davon mit auf mein Zimmer nehmen, Mama? Ich schwöre, daß ich mit der einen Kerze, die mir wöchentlich zusteht, sparsam umgegangen bin, aber sie ist schon ziemlich weit heruntergebrannt, und ich würde so gern noch die anderen Schriftstücke eingehend studieren.«

Erleichtert darüber, daß sie ihre Pflicht der verstorbenen jungen Gräfin gegenüber endlich erfüllt hatte, kramte Mrs. Fernaby in einem großen Krug, nahm zwei Kerzen heraus und gab sie Camilla.

»Hier, mein Liebes. Ich danke Gott, daß er dir einen Beweis für deine edle Herkunft gegeben hat. Wenn mein Mann die Kerzen nachzählen sollte, sage ich, ich hätte eine für mich selbst gebraucht.«

Sie standen sich gegenüber und sahen sich lange an. Dann umarmte Camilla die ältere Frau heftig.

»Mama, nichts wird jemals etwas an meiner Liebe zu dir ändern, das schwöre ich. Und wenn ich auf meiner Suche nach Verwandten zufällig auch auf ein Vermögen stoßen sollte, dann verspreche ich, daß ich dich aus diesem Haus hier heraushole, aus diesem gräßlichen und unwürdigen Leben.«

Dann ging sie mit den beiden Kerzen und den kostbaren Dokumenten rasch in ihre Dachkammer hinauf.

Um in ihrer Abgeschiedenheit vollkommen sicher zu sein und nicht gestört zu werden, zündete Camilla die Kerze nicht sofort an. Sie legte sich voll angekleidet auf ihr Bett und sah mit großen Augen in die Dunkelheit, bis die schweren, unsicheren Schritte von Thomas Fernaby die Treppe heraufpolterten und dann in der benachbarten Dachkammer zu hören waren. Nach einer Weile sagte ihr ein Knarren, daß er zu Bett gegangen war. Aber selbst jetzt zündete Camilla noch keine Kerze an. Sie überdachte den Tag und was für einen Wandel ihr achtzehnter Geburtstag in ihr Leben gebracht hatte: Am frühen Morgen die Begegnung mit Sir Michael und später die wunderbare Erkenntnis, daß ihre Träume möglicherweise doch keine märchenhaften Fantasiebilder mehr waren. Sie war eine Aristokratin und trug einen hohen Titel, der sie an die Spitze der Gesellschaft stellen konnte.

Als es im Haus bis auf Mr. Fernabys lautes Schnarchen ganz ruhig war, zündete sie eine Kerze an und nahm die noch ungelesenen Dokumente aus dem Umschlag.

Zuerst war die Angst vor einer Enttäuschung so groß wie ihr Verlangen nach weiteren Aufschlüssen und Beweisen. Aber als sie dann das Schriftstück in der Hand hielt, das in Englisch abgefaßt war, jubilierte sie. Es war ein amtliches Dokument, unterzeichnet und versiegelt von einem französischen Rechtsanwalt. Sein Englisch war zwar nicht perfekt, aber das Datum sagte ihr, daß es kurz vor der Flucht ihrer Eltern aus Frankreich niedergeschrieben worden sein mußte. Es war unmißverständlich an ein englisches Gericht adressiert, das ihre Ansprüche auf den Titel de Courville und die Restauration ihrer Besitztümer zu prüfen hätte.

Begierig las sie den Text und fand die formale Ausdrucksweise anfangs schwer verständlich. Aber ein Abschnitt war ihr besonders wichtig:

> ›Das Kind, das dem Grafen und der Gräfin de Courville geboren wird, sei es männlich oder weiblich, soll für alle Zeit den Familientitel nach seinem oder ihrem eigenen Recht tragen. Dies wurde von unserem gnädigen, erlauchten König, Ludwig XIV., dekretiert, dem es gefallen hat, den Titel für alle Ewigkeit aufgrund der außergewöhnlichen Tapferkeit des Ersten Grafen Henri de Courville zu verleihen.‹

Camilla lehnte sich zurück und hielt das kostbare Papier so ehrfürchtig, als hätte sie den heiligen Gral in Händen. Sie hatte noch nie gehört, daß eine Frau einen Familientitel erbte. Aber das Ansehen ihres Großvaters mußte so groß gewesen sein, daß sein König bewogen wurde, mit der Tradition zu brechen.

Sie hatte keine Eile, das dritte Schreiben zu lesen. Sie schloß die Augen und versuchte, sich ihren Großvater vorzustellen. Daß er außergewöhnlich stattlich gewesen sein mußte, stand außer Frage. War er allein ausgeritten in voller Rüstung, mit einem federgeschmückten Helm, um den Feind zu besiegen? Oder hatte er in eleganter Hofkleidung die Feinde seines Königs durch sein diplomatisches Geschick aus dem Felde geschlagen?

Es gelang ihr nicht, sein Bild heraufzubeschwören, aber sie gedachte seiner dankbar in ihrer kleinen Dachkammer, denn durch seine Taten war sie eine richtige Comtesse.

Zuletzt entfaltete sie einen Brief, der sich ihren Bemühungen um weitere Aufschlüsse widersetzte. Er war in krakeliger Schrift auf französisch geschrieben.

»Das ist die Sprache meiner Mutter, und ich verstehe kein einziges Wort davon«, murmelte Camilla ärgerlich. Nur zwei Dinge waren leicht zu entziffern: die kühne Unterschrift ›Claudette de Courville‹ und in der Mitte der zweiten Seite ein Name und eine Adresse, die in Großbuchstaben geschrieben waren.

Es war nur ein Strohhalm, aber Camilla klammerte sich daran und las die Adresse immer wieder, als enthielte sie eine geheime Botschaft:

Le Marquis de Fouchet
Château Fouchet
Bois de Boulogne
Paris

Höchstwahrscheinlich war es die Adresse irgendeines Freundes der alten Dame oder vielleicht nur die Adresse, wo ein Ball stattfinden sollte. Dann fiel ihr Blick auf den Satz, der unmittelbar danach folgte:

›Il vous aidera toujours, chérie.‹

Ein Hoffnungsschimmer lebte in ihr auf. *›Aidera‹* mußte doch sicher auf englisch ›aid‹ – ›helfen‹ – heißen. Der Brief war laut Datum sehr alt – älter als sie selbst, und die Tinte war schon verblaßt. Vielleicht war dieser Marquis de Fouchet gar nicht mehr am Leben. Wenn er es aber war, dann wohnte er nach der Revolution sicher nicht mehr in seinem Schloß in Paris. Doch dies war im Augenblick alles, was sie besaß, da die Signatur des Anwalts am Fuß des kostbaren Dokuments, das ihren Titel bestätigte, nur ein unleserlicher Kringel war.

Camilla faßte Hoffnung: Sie würde an diesen Marquis schreiben, denn selbst wenn er gestorben war, würde er vermutlich noch Verwandte haben, die etwas über die Familie de Courville wußten.

Ihre Gedanken waren so erfüllt von einer leuchtenden, wenn

auch fernen Zukunft, daß sie nicht an den bevorstehenden Abschied von ihrer geliebten Mama und ihrem Zuhause dachte. Sie konnte nicht schlafen, aber sie legte sich aufs Bett, drückte die kostbaren Dokumente an sich und ließ ihrer Fantasie freien Lauf.

Mrs. Fernaby konnte ebenfalls nicht schlafen, denn sie war hin und her gerissen zwischen dem Kummer darüber, daß sie Camilla wegschicken mußte, und der Dankbarkeit dafür, daß ihre Stieftochter jetzt endlich zu ihrem Recht kommen würde.

Entnervt von dem Schnarchen ihres Mannes stand sie schließlich auf, zog Rock und Bluse an und stahl sich leise aus der Kammer. Sie schob mit angehaltenem Atem den Riegel wieder vor.

In der Küche glühte die Asche noch schwachrot, und als sie sie schürte, erwachten die Flammen erneut zum Leben. Sie zündete ein weiteres Talglicht an, holte einen Federkiel, eine Flasche Tinte und ein Blatt billiges, grobes Schreibpapier aus der Kommodenschublade, das sie dort aufbewahrte, um darauf die Rechnungen der Gäste auszuschreiben.

Mrs. Fernaby hatte bei ihrem Onkel, der in Holborn ein gutgehendes Pfandleihhaus betrieb, Lesen und Schreiben gelernt, als Camilla noch ein Baby gewesen war, denn sie wollte es dem Kind beibringen, wenn es älter wurde. Das Schreiben fiel ihr nicht leicht, denn sie hatte darin wenig Übung. Sie setzte sich an den Küchentisch und begann:

Liebe Thomasina,

Ich hoffe zu Gott und vertraue auf Dein gutes Herz, daß Du meine Tochter Camilla von heute an bei Dir in Kost und Logis nimmst. Sie ist hier in Gefahr.

Deine wahre Freundin

Hannah Fernaby.

Als sie sich vergewissert hatte, daß alles richtig geschrieben war, hörte sie draußen leise Schritte. Camilla trat in die Küche und war überrascht, ihre Mutter hier anzutreffen.

»Mama, konntest du auch nicht schlafen? Ich stelle uns einen Wasserkessel auf.«

»Ich habe eben einen Brief an Mrs. Castle geschrieben, Kind. Du kannst sie nicht ohne eine Erklärung um Obdach bitten.«

Mrs. Fernabys Blick ruhte liebevoll auf ihrer Pflegetochter, aber sie war entschlossen, den Augenblick nicht mit Gefühlen zu belasten. »Ich gehe jetzt hinauf, hole deine paar Sachen und wickele sie in einen Schal. Wir haben nichts Besseres.«

Plötzlich überschattete der Gedanke an die unmittelbare Trennung Camillas goldene Zukunftsträume. Bittend streckte sie ihre Hände aus.

»Mama, muß ich dich denn wirklich verlassen? Fernaby wird es jetzt nicht wagen, mich anzurühren. Ich würde so gern bei dir bleiben.«

Hannah Fernaby schüttelte den Kopf. »Das ist unmöglich, mein Liebes. Mein Mann ist böse, und er schreckt vor nichts zurück. Nein, du bereitest uns jetzt den Tee, während ich deine Sachen hole.«

Sie seufzte. »Sie sind schäbig genug für eine Comtesse. Hast du deine Papiere bei dir?«

Camillas Augen leuchteten, und sie berührte ihr Mieder. »Ich bewahre sie an meinem Herzen, Mama. Ich habe sogar die Adresse eines Marquis gefunden, dem ich schreiben werde. Oh, alles wird gut werden, ich weiß es.«

Mrs. Fernaby eilte hinaus und ging schweren Herzens die Treppe zur Dachkammer hinauf.

Camilla hatte ihre Fürsorge unbewußt schon von sich abgeschüttelt, und das war gut so, aber der Trennungsschmerz war trotzdem kaum zu ertragen.

Thomas Fernabys Schnarchen war noch lauter geworden und machte genügend Lärm, daß Mrs. Fernaby ohne Zwischenfälle in der kleinen Dachkammer alle Habseligkeiten Camillas zusammenpacken konnte.

Camilla wartete, bis das Teewasser kochte, und konnte der Versuchung nicht widerstehen, sich wieder ihren Träumen hinzugeben. Sie baute ihre ganz Hoffnung auf eine Antwort des Marquis, denn sie hatte keinen anderen Zugang zur Vergangenheit. Nun würde sie sicherlich Sir Michael bei einem großen Ball oder einer Abendgesellschaft wiedersehen, und dann wäre sie nicht mehr das bescheidene Dienstmädchen aus der Taverne, sondern eine gutgekleidete Comtesse, geschult in geistreicher Konversation und mit vorzüglichen Manieren, und sie würde sein Herz gewinnen oder wenigstens seine Aufmerksamkeit erlangen. Sie wollte nicht daran denken, daß der alte Marquis vielleicht gar nicht antworten könnte. Hatte sie nicht immer gespürt, daß sie zur *haute monde* gehörte? Sie hatte viele Fantasiebilder ausgesponnen, aber dieses eine beruhte jetzt auf der Wahrheit.

Mrs. Fernaby kehrte in die Küche zurück, und gemeinsam legten sie die wenigen Habseligkeiten in ein großes Umschlagtuch: Kleider, Unterwäsche, die Hannah liebevoll genäht hatte, Haarschleifen, einen Hornkamm und ein paar Kleinigkeiten, die sich im Laufe der Jahre angesammelt hatten.

Die blauen Kleider, die Mrs. Castle für Camilla hatte nähen lassen, wurden in Maison Castle aufbewahrt, damit Camilla sie nicht privat trug. Jeden Morgen hing dort ein frisch gewaschenes Kleid an der Küchentür.

Die Sonne war eben aufgegangen, und der Tag versprach, schön zu werden. Deshalb sagte Camilla: »Das Umschlagtuch ist sehr hübsch, Mama, und ich werde mit dem Bündel nicht wie eine Landstreicherin aussehen. Wenn ich rasch gehe, werde ich nicht einmal die Morgenkühle spüren.«

Als sie ihre Haube und das kleine Handtäschchen aufnahm, glaubte Camilla zu spüren, wie sich alle Bande zur Taverne, außer denjenigen zu ihrer Stiefmutter, lockerten.

»Du gehst aber nicht mit leerem Magen, mein Liebes«, sagte Mrs. Fernaby und wollte damit den Abschied hinauszögern. »Ich habe von gestern noch Pasteten übrig, die ich wärmen kann, und eine Menge gutes Brot und Schmalz.«

Camilla war allerdings gar nicht nach Essen zumute, genausowenig wie sie hatte schlafen können. Doch sie wollte ihre Mutter nicht kränken. Deshalb setzte sie sich gehorsam an den Tisch, knabberte ein wenig an der Pastete, zerkrümelte ein kleines Stückchen Brot, trank aber dankbar den Tee, denn sie war durstig.

Dann kam der Augenblick des Abschieds. Sie standen beide auf. Mrs. Fernaby breitete die Arme aus, und schluchzend warf sich Camilla in ihre Arme.

»Mama – er darf dir nichts zuleide tun. Ich schwöre dir bei meinem Leben, daß ich dich heraushole.«

Mrs. Fernaby traten Tränen in die Augen. »Gott segne dich, mein Kind. Geh jetzt, ich bitte dich, und blicke nicht zurück.« Sie schob sie zur Hintertür, und mit einem letzten Blick auf die vertraute Küche verließ Camilla für immer die Taverne und alles, was schützend und für sie Heimat gewesen war.

Als sie außer Sichtweite der Taverne war, blieb sie einen Augenblick stehen, trocknete ihre Augen und atmete tief ein. Mit einem Anflug von Stolz ging sie energisch weiter. Jetzt war sie allein mit zwei lockenden Zielen, die ihr während der Kämpfe, die sie auszutragen hatte, Kraft geben würden: Das eine war der Beweis für die Rechtmäßigkeit ihres Titels, und das andere der Gewinn der Liebe und Achtung ihres Märchenprinzen – Sir Michael.

Als sie in die Nähe von Maison Castle kam, mischten sich Zweifel in ihre Visionen: Angenommen, Mrs. Castle wies Mrs. Fernabys Bitte ab und weigerte sich, sie bei sich aufzunehmen, weil Kost und Logis wesentlich mehr als einen Shilling in der Woche ausmachten und sie sich vor allen Ausgaben scheute?

Ein Frösteln überlief Camilla, denn dann wäre sie eine Obdachlose, die nirgends Hilfe fand und sich an niemanden wenden konnte.

Rasch rief sie sich zur Raison. »Ich darf jetzt nicht ängstlich werden«, schalt sie sich, »das ist ja nur der erste Schritt in Richtung auf mein neues Leben.«

Entschlossen schritt sie weiter geradeaus.

Sie kam früher als sonst ins Geschäft. Mister und Mistreß Castle beendeten gerade ihr Frühstück, als sie an die Ladentür klopfte. Mrs. Castle sah sie nicht allzu erfreut an, als sie sie einließ. Sie verlangte zwar Eifer und Pünktlichkeit, aber dies bedeutete eine Störung.

»Was bringt dich so früh hierher?« fragte sie ärgerlich. »Mr. Castle wird nicht gern beim Frühstück gestört.«

»Ich ... es tut mir furchtbar leid ... ich wußte nicht genau, wieviel Uhr es ist. Ich werde im Laden warten, ohne Sie zu belästigen.« Nervös zog sie Mrs. Fernabys Brief aus der Tasche. »Darf ich Ihnen diesen Brief meiner Mutter geben, damit Sie Zeit haben, ihn zu überdenken ...«

»Überdenken? Was soll das heißen, bitte?« Mrs. Castles Augen wurden schmäler.

»In dem ... Brief steht alles«, sagte Camilla, und ihre Knie zitterten trotz ihres Vorsatzes, tapfer zu sein.

Das zusammengefaltete Papier wurde ihr fast aus der Hand gerissen.

Camilla sagte entschuldigend: »Es tut mir leid, daß das Papier nicht von der Qualität ist, die Sie hier benützen, und wir hatten auch keinen Umschlag, aber wir brauchen in der Taverne solche Dinge nicht.«

»Hmm!« brummte Mrs. Castle. Sie hielt das Papier zwischen Daumen und Zeigefinger, als wäre es vergiftet, und weder ihr Brummen, noch ihre wortlose Rückkehr in die Küche gaben Camilla Zuversicht. Mrs. Castle schloß laut die Tür hinter sich.

Zum erstenmal fand Camilla die Stille in dem hübschen Geschäft niederdrückend. Die Morgensonne hatte ihr Versprechen nicht gehalten, und der Himmel verfinsterte sich, so daß sogar die kleinen

Karaffen und Schmuckfläschchen ihr übliches Funkeln eingebüßt hatten.

Camilla saß verloren neben ihren irdischen Besitztümern, als gehörten diese ihr nicht mehr. Die Minuten verstrichen, und aus der Küche hörte sie nur leises Gemurmel. Würde Mr. Castle ein gutes Wort für sie einlegen? Ober würde sich diesmal seine Frau durchsetzen, da Kost und Logis in ihr eigenes Aufgabengebiet fielen?

Endlich, als das Warten schon fast unerträglich geworden war, wurde Camilla gerufen.

Sie stand zögernd auf und fürchtete den Augenblick, in dem sie die Küchentür öffnen mußte.

Schüchtern und nervös trat sie in die Küche und hielt dabei die Hände gefaltet und den Kopf ein wenig gesenkt. Mr. Castle sprach zuerst, und seine Stimme klang freundlich.

»Komm, Kind, warum so ängstlich? Wir sind doch deine Freunde, meine liebe Frau und ich. Ich höre, du hast zu Hause Schwierigkeiten?«

»Ja, das stimmt.«

Sie hielt mit Mühe die Tränen zurück, denn Mrs. Castle würde ihr niemals ein Heim geben, wenn sie wüßte, daß die ›Crown‹ jetzt ein Bordell beherbergte.

Mr. Castle stand auf.

»Du brauchst keine Angst zu haben, Kind. Meine Frau hat ihren Entschluß gefaßt.« Er ging hinaus, und Camilla blieb allein mit Mrs. Castle zurück.

Ihre kleinen Lippen waren spitz, und ihr Blick war immer noch kühl, als sie sagte: »Deine Mutter stellt eine Menge Ansprüche an eine alte Freundschaft. Du begreifst, daß ich wesentlich mehr Dienste von dir verlangen muß als Gegenleistung, wenn ich ihre Bitte erfülle?«

Camilla nickte. Sie wagte nicht zu sprechen, denn so schlecht der Handel auch ausfallen würde, sie hatte keine andere Wahl, als ihm zuzustimmen.

Freundlicher fuhr Mrs. Castle fort: »Ich habe schon lange daran gedacht, eine Haushaltshilfe einzustellen, aber wenn du das Putzen im Haus übernimmst, das Säubern der Kamine, das Abstauben und so weiter, will ich dich gern nehmen. Da du sonst auf der Straße säßest, wirst du mein Angebot sicher akzeptieren. Es ist wirklich großzügig.«

»Ja, ich nehme es an. Vielen Dank.« Camilla brachte die Dankesworte nur mit Mühe heraus. Sie hatte keine Illusionen darüber, was ihr bevorstand. Aber es war ihr erster und wichtigster Schritt auf dem Weg, den sie nun eingeschlagen hatte, und es gab für sie kein Zurück.

Bei der ersten Gelegenheit würde sie dem Marquis de Fouchet schreiben, und im stillen betete sie inbrünstig: »Bitte, lieber Gott, laß ihn noch am Leben sein!«

Fünftes Kapitel

Mrs. Castle nützte Camilla so rücksichtslos aus, daß diese kaum Zeit fand, das hübsche, kleine Zimmer mit den duftigen Barchentvorhängen und einem dazu passenden Bettüberwurf mit Rosenknospenmuster zu würdigen, das man ihr zugewiesen hatte. Statt dessen war Camilla abgearbeiteter, als sie es je in der Taverne am Ende eines langen Tages gewesen war. Sobald sie im Bett lag, schlief sie ein, noch ehe ihr Kopf das Kissen berührte.

Aber ihre Jugend kam ihr zu Hilfe. Sie gewöhnte sich rasch an die Hausarbeit neben der Tätigkeit im Geschäft, und am fünften Tag bekam sie die Chance, mit Mr. Castle allein zu sprechen.

Sie wollte das kostbare Geheimnis ihres Titels vorerst für sich behalten und hatte sich genau überlegt, was sie ihm sagen würde.

»Mr. Castle, wie Sie wissen, kann ich lesen und schreiben. Aber ich gestehe, daß ich in vieler Hinsicht schrecklich unwissend bin.«

Seine freundlichen Augen zwinkerten. »Ich fürchtete schon, daß meine Frau dich überbeansprucht, mein Kind. Willst du mir sagen, daß du außerdem noch Stunden nehmen willst?«

»Nein, nein.« Camilla lächelte. »Das ist es nicht. Ich möchte einen Brief an jemanden schreiben, mit dem ich befreundet war und der jetzt in Frankreich lebt. Aber... ich habe weder Schreibpapier noch Federkiel und Tinte.« Sie errötete bezaubernd. »Ich hoffe, Sie können mir behilflich sein, denn ich möchte Mrs. Castle nicht belästigen.«

Mr. Castle lächelte erfreut. »Meine Liebe, das ist wirklich eine kleine Bitte.« Er öffnete eine Schreibtischschublade in seinem Labor. »Wenn du einen Liebesbrief schreiben möchtest, nimm am besten viel Papier.«

»Oh, es ist kein Liebesbrief. Mein Freund ist schon sehr alt, und ich wüßte gern, wie es ihm geht.«

»Sehr lieb von dir, Camilla, sehr lieb. Darf ich fragen, ob du weißt, wie man einen Brief zur Post gibt? Es kostet eine kleine Gebühr.«

Sie wurde unsicher. »Ich glaube, es war dumm von mir, daß ich nicht daran gedacht habe. Natürlich kostet es etwas.«

Sie überlegte, und dann strahlte sie. »Der Onkel meiner Mutter hat eine Pfandleihanstalt in Holborn. Er war immer sehr gut zu uns.

Da es Frühling ist, kann ich ihm meinen Umhang bringen. Er wird mir sicher dafür etwas Geld geben. Das Porto wird ja nicht viel kosten, oder?«

Mr. Castle wußte, daß dies ihr voller Ernst war, denn ihre grauen Augen waren ehrlich und ihr Lächeln offen. Wenn sie um ein oder zwei Blatt Schreibpapier bat, war dies nicht gebettelt, aber sie wollte ihn nicht um Geld bitten.

Er klopfte ihr liebevoll auf die Schulter. »Meine Liebe, wenn du dich von deinem warmen Umhang trennst, beschwörst du sicherlich schlechtes Wetter herauf. Ich schicke regelmäßig Post nach Frankreich. In Grasse ist ein Kloster, das seltene Zutaten für Parfums herstellt. Wenn du mir deinen Brief anvertrauen willst, schicke ich ihn mit meiner Post für dich ab.« Mit einer Handbewegung schob er ihre Proteste beiseite. »Kein Wort mehr. Du hast neues Leben in unser Haus gebracht, und diese kleine Gegenleistung bereitet mir große Freude.«

Als dieses Problem so großzügig gelöst war, stand Camilla immer noch vor der Aufgabe, an den Marquis de Fouchet zu schreiben. Den ganzen Tag, während sie pflichtbewußt im Geschäft bediente, überlegte sie, was sie schreiben sollte. Schließlich fand sie die Lösung. Für den Fall, daß der alte Herr schon tot war, mußte ihre Botschaft kurz sein und nur die nackten Tatsachen enthalten, die in dem Adelsbrief erwähnt waren: ihr Name, ihre Adresse, ihr Alter, und daß sie nicht wußte, wo sie nach Freunden und Verwandten ihrer Familie suchen sollte. Sie schloß den Brief mit den Worten: ›Ich bete darum, daß Sie mir helfen können, Mylord.

Ihre gehorsame Dienerin,
Camilla de Courville.‹

Lange saß sie da und blickte auf ihre Unterschrift. Wie leicht war sie ihr aus der Feder geflossen, und doch wie fremd war sie ihr immer noch. Sie hatte auch gezögert, ihren Titel niederzuschreiben und instinktiv gefühlt, daß dies nicht richtig gewesen wäre. Jedenfalls hatte ihre Großmutter ihren eigenen Titel am Ende ihres langen Briefes nicht niedergeschrieben.

Als der Umschlag versiegelt war, drückte ihn Camilla einen Augenblick lang an ihre Brust und betete:

»Lieber Gott, unser aller Vater, laß den Marquis noch am Leben sein.«

Am nächsten Morgen schlüpfte sie schüchtern in das Labor

und gab Mr. Castle den Brief, der ihr versicherte, daß er mit dem allernächsten Paketboot nach Frankreich abgehen würde.

Nun blieb nichts mehr zu tun, als zu warten. Sie wollte nicht einmal daran denken, daß das Warten umsonst sein könnte. Nachdem sich ihr Schicksal nun zu wenden begonnen hatte, indem es ihre Träume, ihren Platz in der *haute monde* einzunehmen, erfüllt hatte, durfte es keine Ängste mehr geben. Wenn der Marquis tot war, würde irgend jemand aus seiner Familie ihren Brief lesen.

Wie immer fand sie Zuflucht bei den Gedanken an Sir Michael. Seine Eleganz, seine Freundlichkeit, die Wärme seines Lächelns hatten in ihrem Herzen ein Licht entzündet, das nicht auszulöschen war. Sie blieb ihrem Vorsatz treu, nie mehr an der Ecke der Curzon Street zu verweilen, denn sie wollte nicht, daß er sie als Ladenmädchen wiedersah. Nein, ihre nächste Begegnung mit ihm sollte als gut gekleidetes und frisiertes Mitglied der *haute monde* stattfinden. Aber sie sehnte sich danach, auch nur einen einzigen Blick auf ihn zu erhaschen.

Aus den Tagen wurden Wochen, und Camillas Hoffnungen schwanden, als keine Post aus Frankreich kam.

Sie fragte Mr. Castle, wie lange Briefe nach Frankreich unterwegs waren, und er informierte sie:

»Der Postverkehr hat sich in letzter Zeit verbessert. Antworten aus Grasse erreichen mich gewöhnlich innerhalb von sechs, sieben Tagen. Ich verstehe, daß du ungeduldig bist, von deinem Freund zu hören, meine Liebe. Aber du sagst, er sei schon sehr alt? Vielleicht ist er erkrankt oder er hat sich zufällig gerade aufs Land begeben.«

Trotz dieser tröstenen Worte war Camilla an diesem Tag deprimiert und niedergeschlagen. Sie sah im Geist ihren Brief unbeachtet auf dem Fußboden eines großen Hauses liegen, das seit langem unbewohnt war, weil der Marquis verstorben war.

Diese Gedanken waren so niederdrückend, daß sie es kaum wahrnahm, als drei Kunden das Geschäft betraten. Mrs. Castle saß hinter dem Ladentisch und bediente gerade die Herzogin. Camilla ordnete gleichgültig neue Parfumkaraffen in ein Regal ein.

Plötzlich erstarrte sie und hielt in ihrer Arbeit inne. Sie kehrte den Kunden den Rücken zu. Sir Michaels vertraute Stimme sagte gereizt:

»Bitte, Augusta, vertrödele nicht den ganzen Tag wegen dieses kleinen Einkaufs. Ich weiß immer noch nicht, warum du darauf bestanden hast, daß ich dich begleite. Ich habe dir doch versprochen, jedes Geburtstagsgeschenk zu bezahlen, das du dir wünschst.«

»Oh, quäle mich nicht so, Michael. Weil ich deine Vorliebe für schöne Dinge kenne, dachte ich, daß du dieses hübsche Geschäft vielleicht reizvoll finden würdest. Mama und ich mögen es sehr.« Die weibliche Stimme klang jung und alles andere als selbstsicher.

Camilla, die den Atem angehalten hatte, war erleichtert. Einen Augenblick lang hatte sie gefürchtet, daß Sir Michael von seiner Frau begleitet würde, aber nur ein älterer Bruder würde es wagen, so mit einem jungen Mädchen zu sprechen.

Sie wandte den Kopf halb um und betete inbrünstig, daß er sie nicht erkennen möge.

Sie waren eine auffallende Familie. Lady Monford besaß die Größe, die Anmut und das gute Aussehen, das sie ihrem Sohn vererbt hatte. Die Tochter, namens Augusta, war mit ihren siebzehn Jahren eher unscheinbar und pummelig. Das einzig Schöne an ihr waren die Augen, mehr bernsteinfarben als braun und von langen, seidigen Wimpern umrahmt.

Camilla gefiel dieses Mädchen, vielleicht auch deshalb, weil sie Michaels Schwester war und nicht seine Frau, aber sie gab sich über diese unschöne Regung keine Rechenschaft.

Mrs. Castle war aufgestanden und machte vor Lady Monford einen kleinen Knicks. Sie war während ihrer seltenen Besuche in London offensichtlich eine geschätzte Kundin, und es entspann sich ein freundliches Gespräch über Mr. Castles neueste Kreationen.

Während Augusta ein wenig hilflos die Regale absuchte, stand Sir Michael gelangweilt neben der Tür. Ohne aufgefordert worden zu sein, trat Camilla neben das Mädchen, und Augusta lächelte erfreut.

»Bitte helfen Sie mir. Mama hat mich bisher für zu jung gehalten, um ein Parfum zu benutzen. Aber ich mache mein Debut, sobald ich Tanzstunden genommen habe. Bis jetzt bewege ich mich wie ein Kutschengaul. Das sagt wenigstens mein grausamer Bruder.«

Sie lächelte in seine Richtung, was ihn veranlaßte, sie liebevoll, wenn auch ungeduldig anzusehen. Dann wanderte sein Blick kurz zu dem schönen Mädchen, das neben seiner Schwester stand, und Camilla zuckte innerlich zusammen.

Die Ähnlichkeit ist bemerkenswert, dachte er, aber es ist unmöglich, daß eine Dirne aus einer Taverne im East End bei einer so korrekten Frau wie Mrs. Castle angestellt war und außerdem in einem Geschäft, das von den besten Kreisen frequentiert wurde. Aber eine Ähnlichkeit war vorhanden und weckte in ihm unangenehme Erinnerungen.

Trotz des Abscheus, den er empfunden hatte, als er an jenem schicksalhaften Abend die Taverne verließ, hatte ihn das Gesicht, das er ›bezaubernd‹ genannt hatte, tagelang verfolgt. Aber das Mädchen war schlecht und verdorben, sagte er sich. Unbewußt suchte er nach einer solchen Schönheit in den Kreisen, in denen er sich bewegte, also unter den jungen Töchtern des Adels. Seine Schwester hatte die Wahrheit gesagt, als sie erwähnte, daß er die Schönheit liebte. Er suchte sie begierig in alten Büchern und den Gemälden der großen Meister. Es war ihm ein Bedürfnis, und er wußte, daß er niemals sein Herz ganz verschenken würde, wenn die Frau seiner Wahl dieser Vorstellung nicht entsprechen würde oder keinen lebhaften Geist und keinen starken Charakter besitzen würde.

Erleichtert darüber, daß er nur kurz gestutzt und sie dann nicht weiter beachtet hatte, wandte Camilla ihre ganze Aufmerksamkeit wieder Augusta zu. Sie öffnete kostbare Flakons, ließ das Mädchen daran riechen und zeigte ihr die hübschen Schachteln mit der Seife. Camilla drängte das Mädchen nicht. Sie war glücklich, mit jeder Faser ihres Seins zu spüren, daß Sir Michael hier war, daß er ihr nahe war.

Schließlich wandte sich Lady Monford an ihre Tochter. »Augusta, du hast dich doch sicher endlich entschieden? Wir sind bei der Herzogin von Wentworth zum Tee eingeladen, und du kannst Mrs. Castles Zeit nicht länger in Anspruch nehmen.«

Augusta errötete und sah Camilla hilfesuchend an. »Bitte wählen Sie ein Parfum für mich aus. Sie sind alle so wundervoll, und ich weiß wirklich nicht, ob ich dieses nehmen soll oder das herrliche dort drüben. Und ebenso geht es mir mit den Seifen...«

Sir Michael drehte sich um. Er war ungeduldig und wollte endlich gehen, fort von dem Anblick des Ladenmädchens, das ihn so merkwürdig beunruhigte.

»Bitte wickeln Sie alles ein«, sagte er kurz. »Parfums, Seifen... alles, was meine Schwester möchte. Der Preis spielt keine Rolle.« Fast hätte er hinzugefügt: »...um hier zu entrinnen.« Aber er schwieg. Entrinnen vor was? Vor seinen Träumereien, die seine Ansprüche, was Frauen anbetraf, in eine offensichtlich unerreichbare Höhe geschraubt hatten? Oh, er würde sofort ausreiten, nur um Rotten Row herum, denn für einen größeren Ausritt war es schon zu spät, um alle diese lächerlichen Fantasiebilder aus seinem Kopf zu verscheuchen.

Camilla tat, was er befohlen hatte. Ihre Hände zitterten ein wenig. Sie wählte drei der teuersten Parfums und zwei Schachteln Seife aus, verpackte sie sorgfältig und ließ Mrs. Castle den Preis nennen. Sie wußte, daß ihre Stimme ungewöhnlich dunkel und melodiös war, und sie wollte nicht, daß Sir Michael sie noch einmal so durchdringend ansah.

Als die Familie Monford das Geschäft verließ, gelang es ihr, sich neben dem Fenster zu beschäftigen, so daß sie beobachten konnte, wie sie die Cavendish Row hinaufgingen, bis sie außer Sichtweite waren. Sehnsüchtig dachte sie, daß Lady Monford sie als Comtesse bereitwillig akzeptieren würde und Augusta gut ihre Freundin sein könnte, eine Freundin, die sie noch nie in ihrem Leben gehabt hatte und der sie vertrauen konnte.

Ihr Verlangen, nein, ihre Sehnsucht, endlich eine Antwort aus Frankreich zu bekommen, vertausendfachte sich. In knapp einem Monat begann in London die Saison, und sie wünschte sich leidenschaftlich, an den Festlichkeiten teilnehmen zu dürfen. Aber ohne eine Nachricht vom Marquis würde ihre Suche nach den Courvilles erschwert sein.

Am nächsten Morgen kam Miß Augusta Monfort ohne Begleitung ins Geschäft. Camilla bediente allein. Das jüngere Mädchen schien ein wenig nervös und unsicher zu sein, und Camillas Herz erwärmte sich für sie.

»Miß Monford, das ist wirklich eine angenehme Überraschung. Kann ich etwas für Sie tun?«

»Ich weiß nicht, ob Sie mir helfen können«, begann Augusta zögernd und knetete ihre Glacéhandschuhe in den Händen. »Ich... ich habe Sie gestern sehr schön gefunden. Ja, und Mama hat auch eine Bemerkung darüber gemacht. Nur mein Bruder stürmte sofort wortlos zu seinem geliebten Pferd!« In ihren bernsteinfarbenen Augen blitzte der Humor. »Er hat es leicht, er ist so stattlich und so umschwärmt. Bitte verzeihen Sie mir, aber ich dachte, Sie könnten mir vielleicht helfen, ein wenig hübscher zu werden.« Ihr Blick glitt über die gefüllten Regale. »Würden Gesichtscremes mir vielleicht helfen? Oder etwas anderes?«

Camilla kam hinter dem Ladentisch hervor, damit sie leise miteinander sprechen konnten.

»Leider führen wir so etwas nicht. Wir haben nur Seifen und Parfums. Aber ich will Sie gern beraten, Miß Monford. Bitte setzen Sie sich. Sie sind ein wenig außer Atem.«

Augusta gehorchte und sagte entschuldigend: »Ich denke, ich bewege mich zu wenig, Miß Castle. Das Tanzen ermüdet mich so schrecklich. Außerdem bekomme ich jetzt Anstandsunterricht bei Madam Suzanne, und ich finde das alles so schwierig.«

Camilla sprach mitfühlend und hoffte, daß ihre Worte nicht kränkend klangen:

»Ich fürchte, es gibt nirgends Cremes oder Tinkturen, die ihre Probleme lösen könnten. Verzeihen Sie mir, wenn ich offen spreche, aber vielleicht liegt die Lösung in Ihnen selbst?« Sie musterte das Mädchen kritisch. »Es sind noch vier Wochen bis zu Ihrem Debut, glaube ich. Das ist Zeit genug, um sich täglich ein wenig Bewegung zu verschaffen und die nahrhaften Kuchen zu meiden, die Sie möglicherweise in Versuchung führen.«

»Ja, allerdings«, klagte Augusta. »Aber die schaden mir doch sicherlich nicht. Sie haben nichts mit meinem Aussehen zu tun.«

»Aber natürlich, ganz bestimmt, Miß Monford«, sagte Camilla lachend. »Sie haben sehr schöne Augen und schönes Haar. Nichts hindert Sie daran, eine Schönheit zu werden, außer Ihrem Gewicht. Es ist doch nicht anmaßend von mir, so mit Ihnen zu sprechen, oder? Ich bitte um Verzeihung, aber Sie haben mich um einen Rat gebeten, und ich weiß keine andere Antwort.«

Was würde Mrs. Castle dazu sagen, wenn sie plötzlich dazukäme, überlegte Camilla. Sie fände das Gespräch zwischen ihr und der Tochter einer wohlhabenden, geschätzten Kundin sicherlich gänzlich unschicklich.

»Ich fürchte, ich war zu offen«, sagte Camilla leise.

Augusta stand auf und schüttelte den Kopf.

»Das waren Sie nicht. Sie haben mir die Wahrheit gesagt. Und obwohl es mir schwerfallen wird, mein geliebtes Gebäck und die Süßigkeiten stehenzulassen, will ich mein Möglichstes versuchen, das verspreche ich Ihnen.«

»Es wird Ihnen gelingen, Miß Monford«, versicherte ihr Camilla mit einem strahlenden Lächeln.

Als Augusta Monford den Laden verlassen hatte, dachte Camilla lange über das unverhoffte Gespräch nach, und sie wurde ein wenig ängstlich. Ihre Sympathie für Sir Michaels Schwester hatte sie dazu verführt, vertraulich mit ihr zu sprechen, und nicht so, wie es einem zurückhaltenden Ladenmädchen zukam. Aber wie, wenn ihre Gebete erhört wurden und sie durch irgendein Wunder noch in dieser Saison ihr Debut als Comtesse de Courville machen konnte? Dann würde sie Augusta als Gleichgestellte gegenübertreten. Natürlich bestand keine Hoffnung, daß das Mädchen sie nicht als die freundliche Bedienung von Maison Castle erkannte. Augusta würde nicht nur ihrer Mutter, sondern auch Sir Michael davon erzählen. Und was würde das für einen Gesprächsstoff geben!

Niedergeschlagen dachte Camilla daran, daß ihre ersehnte Aufnahme in die Gesellschaft plötzlich überschattet war von ihrer Vergangenheit, und – noch schlimmer – Sir Michael würde seinen vagen Verdacht bestätigt finden, daß die Verkäuferin, die Comtesse und das Mädchen in der Taverne, in dem er sich so geirrt hatte, ein und dieselbe war!

Camilla schloß die Augen und kämpfte gegen die Hoffnungslosigkeit an, die ihrem Wesen so widersprach. Wenn sie nur endlich Nachricht von dem Marquis bekäme.

Als drei Wochen und zwei Tage vorübergegangen waren, seitdem Mr. Castle ihren Brief aufgegeben hatte, fand sich Camilla mit der Tatsache ab, daß sie nie eine Antwort erhalten würde. Aber es mußten doch in England Menschen leben, die ihr helfen konnten? Ihre Eltern waren hergekommen, um sie zu suchen, also mußte es sie geben. Aber wo sollte sie einen Anhaltspunkt finden, einen Hinweis darauf, wo sie beginnen sollte?

Vergeblich las sie immer wieder die wenigen Zeilen ihrer Mutter, brütete über dem Adelsbrief und überflog dann den langen Brief der Gräfin Claudette. Wenn sie nur französisch könnte!

Sie überlegte, ob Mr. Castle ihr den Brief übersetzen würde. Wenn das Schicksal ihre Hoffnungen nur geweckt hatte, um sie so rasch wieder zunichte zu machen, mußte sie das bescheidene Ladenmädchen bleiben, das seinen Lebensunterhalt verdiente. Ihr Titel wäre dann bedeutungslos.

In dieser Nacht schlief sie wenig. Sie warf sich unruhig hin und her, während ihr ein undurchführbarer Plan nach dem anderen durch den Kopf ging. Konnte sie den Prinzregenten selbst von dem Adelsbrief überzeugen? Aber bei dem Gedanken an die Gerüchte, die sie über seine Geldgier gehört hatte, ließ sie die Idee sofort fallen. Wenn sie sich ihm reich, mit Juwelen beladen nähern könnte, würde er ihrem Ansuchen vielleicht ein offenes Ohr schenken. Sie wälzte viele Pläne und schob sie dann als absurd und unrealistisch beiseite.

Am nächsten Morgen war Mrs. Castle in gereizter Stimmung

und trug Camilla Extraarbeiten auf, die nicht in ihren Aufgabenbereich fielen. Aber Camilla wehrte sich nicht, denn sie war körperlich und seelisch auf einem Tiefpunkt angelangt.

Als es neun Uhr schlug, ging sie erleichtert in den Laden und öffnete dem Sonnenschein weit die Tür. Mrs. Castle hatte die Absicht geäußert, in ihrem Salon zu bleiben und ihr schmerzendes Knie zu pflegen. So würde wenigstens im Geschäft Frieden herrschen.

Als sich Camilla in dem Spiegel hinter einem der Regale sah, war sie erstaunt darüber, daß sich in ihrem Gesicht nichts von ihrer inneren Spannung zeigte. Die grauen Augen leuchteten wie immer, und ihre Haut schimmerte sanft. Die Tatsache, daß die schlaflose Nacht keine Spuren in ihrem Gesicht hinterlassen hatte, faszinierte sie so sehr, daß sie immer noch ihr Spiegelbild betrachtete, als leise Schritte und ein taktvolles Husten hinter ihr sie aufschreckten.

Zu dieser frühen Stunde kamen gewöhnlich noch keine Kunden, aber heute stand ein älterer Herr von kleiner Statur in der Tür und betrachtete sie eingehend. Er stützte sich auf einen Ebenholzstock mit goldenem Knauf. Sein weißes Haar war auf altmodische Art gepudert und sorgfältig nach hinten gekämmt. Er war außer einem schneeweißen Halstuch und einem Rüschenhemd mit Spitzen an den Handgelenken ganz in Schwarz gekleidet. Seine blauen Augen waren wachsam, als er Camilla interessiert betrachtete.

»Ah«, sagte er schließlich mit einer silbrigen, hohen Stimme. »Ich brauche nicht weiter nach Camilla de Courville zu fragen. Kommen Sie näher ans Licht, mein Kind. Meine Augen sind nicht mehr so gut wie früher.«

Obwohl sein Englisch perfekt war, sprach er mit einem leichten ausländischen Akzent, besonders das R rollte er ein wenig in der Kehle.

Überwältigt und kaum eines zusammenhängenden Gedankens fähig, ging Camilla auf ihn zu.

Er wartete, bis sie nur noch wenige Schritte von ihm entfernt war und hob dann ein in Gold gefaßtes Monokel an sein rechtes Auge. Er musterte schweigend jede Linie ihres schönen Gesichts. Schließlich ließ er seufzend das Monokel fallen und hielt ihr seine schlanke Hand hin.

»Mein liebes Mädchen, Sie sind das vollkommene Ebenbild Ihrer Großmutter, meiner unsterblichen Claudette!« Seine blauen Augen wurden feucht bei der Erinnerung an sie. »Niemals hätte ich gedacht, daß ich dieses edle Gesicht in unserer traurigen Welt noch einmal sehen würde.«

Camilla erwachte aus ihrer Trance, und ihr ganzes Wesen erfüllte sich ihm gegenüber mit Zuneigung und Dankbarkeit.

»Mylord, Sie sind der Marquis de Fouchet? Oh, ich habe darum gebetet, daß Sie meinen Brief erhalten mögen!«

Sie wurde von ihren Gefühlen überwältigt, als ihr die Bedeutung der Anwesenheit dieses Mannes aufging.

»Sie verschmähen meine Hand, Camilla«, sagte er ein wenig vorwurfsvoll.

Camilla errötete vor Scham, ergriff seine Hand und hob sie auf einen Impuls hin an ihre Lippen und küßte sie. »Sie waren meine einzige Hoffnung«, sagte sie leise. »Aber ich hätte nie gedacht, daß Sie von Frankreich nach London reisen, um meinen armseligen Brief zu beantworten.«

»Das habe ich auch nicht getan«, sagte der Marquis. »Nein, Gott meinte es gut mit uns beiden. Ich wohne seit vielen Jahren mit meiner Frau in London, und nur einmal im Jahr überquere ich diesen unangenehmen Kanal, um unser Château in der Nähe von Paris zu besuchen. Es ist von diesen verdammten Rebellen ausgeraubt worden, aber es steht noch. O ja, es steht noch, und ein treues Dienstbotenpaar hält es in Ordnung. Zufällig war ich im Château, als Ihr Brief dort eintraf, und bitte verzeihen Sie mir, daß ich Ihretwegen meine Rückreise nicht beschleunigt habe, denn ich hielt Ihr Schreiben für das Machwerk einer Hochstaplerin. Aber jetzt, nachdem ich meine Claudette vor mir stehen sehe, sind alle Zweifel verflogen.«

»Marquis, ich hole Ihnen den Brief sofort. Er war an meine verstorbene Mutter gerichtet, und ich muß zu meiner Schande gestehen, daß ich nicht Französisch spreche.«

»Sie haben einen Brief von meiner Claudette und können ihn nicht lesen? Oh, Kind! Bitte holen Sie ihn rasch und auch diese Adelsurkunde, die Sie in Ihren Zeilen erwähnt haben. Von jetzt an muß alles *très comme il faut* sein.«

Ohne an Mrs. Castle oder an deren Tadel zu denken, wenn diese das Geschäft unbeaufsichtigt fand und ein französischer Aristokrat dort wartete, eilte Camilla die Wendeltreppe hinauf. Nach einer Minute kehrte sie mit ihren Kostbarkeiten wieder, die sie dem Marquis überreichte.

»Es ist alles in dem Umschlag, Mylord, auch die traurige Notiz, die meine Mutter kurz vor ihrem Tod niedergeschrieben hat.«

Sie stand ruhig da und unterdrückte ihre brennende Neugier zu erfahren, was als nächstes geschehen sollte, während der Marquis liebevoll das vergilbte Papier und die verblassenden Buchstaben des langen Briefes betrachtete, den seine erste große Liebe geschrieben hatte. Dann blickte er auf.

»Mit Ihrer Erlaubnis, mein liebes Kind, würde ich diese kostbaren Zeilen gern ausleihen und sie in aller Ruhe studieren, denn sie wecken so viele Erinnerungen in mir.«

»Aber gewiß, Mylord«, rief Camilla eifrig. »Und wenn ich Sie einmal besuchen darf, würden Sie diese dann für mich übersetzen?«

Er nickte geistesabwesend, denn er las jetzt mit großer Aufmerksamkeit das Dokument des Anwalts. Schließlich sagte er:

»Was genau ist Ihre jetzige Stellung, Camilla?«

Sie sah ihn mit ihren schönen Augen offen an. »Ich verdiene meinen Lebensunterhalt, indem ich Mrs. Castle im Haushalt helfe und hier im Geschäft bediene. Ich habe leider kein Vermögen, wie aus den wenigen Worten, die meine Mutter niedergeschrieben hat, hervorgeht. Vielleicht können Sie mir helfen, Verwandte zu finden, Courvilles, die während der Revolution nach England kamen und mir über unsere verlorenen Besitztümer etwas sagen könnten und auch, an wen ich mich um Hilfe wenden kann, um wieder in ihren Besitz zu kommen.«

»Hilfe? Verwandte?« Der alte Herr wiederholte die Worte gereizt, und Camilla sah ihn erschrocken an. Hatte sie etwas Falsches gesagt? Hatte sie ihn beleidigt?

Er fuhr fort, indem er das vertraulichere Du benutzte: »Dies ist nicht die rechte Stunde, um dir deine Familiengeschichte zu erzählen, mein Kind. Aber wenn ich mich nicht irre, bist du die einzige überlebende Courville. Deine verehrungswürdige Großmutter hatte nur einen Sohn, deinen Vater, und du bist sein einziges Kind. Was die Güter anbelangt, so fürchte ich, daß du von diesen traurigen Ruinen nicht viel haben wirst. Nein, von jetzt an mußt du mir und natürlich auch meiner Frau deine Zukunft anvertrauen.«

»Ihnen?« flüsterte Camilla. »Sir, ich hatte nicht erwartet... ich wollte mir nicht anmaßen...«

»Anmaßen«, er schob das Wort mit einem Augenzwinkern beiseite. »Ich muß gestehen, daß ich sehr viel Geld besitze und keine Erben habe. Wenn ich die Wünsche deiner Großmutter erfülle, ist es mehr, als nur ein außerordentlich schönes Mädchen bei mir aufzunehmen. Nun, wo ist diese Mrs. Castle? Ich möchte sofort mit ihr sprechen.«

»Ich werde sie holen, Mylord.«

Camilla war wie betäubt, als sie auf die Salontür zuging.

»Nein, nein, ich möchte sie allein sprechen. Führe mich bitte zu ihr.«

Ängstlich klopfte Camilla an die Tür. Mrs. Castle wäre früher über eine solche Aufdringlichkeit außer sich gewesen, aber der Marquis war bei ihr und sagte beruhigend: »Zittere nicht so, Kind, du brauchst dich von jetzt an nicht mehr vor ihr zu fürchten.«

Ohne darauf zu warten, daß Camilla ihn ihr vorstellte, betrat er Mrs. Castles Privatdomäne und schloß die Tür hinter sich.

Camilla, deren Knie nachzugeben drohten, lehnte sich an den Ladentisch und begann zu ihrem eigenen Entsetzen zu lachen. Es war ein leises, aber hysterisches Lachen. Es kam ihr alles so unwirklich vor, sogar der Marquis selbst.

Die kleine Silberuhr schlug zehn. Von jetzt an konnten Kunden eintreffen. Bei diesem Gedanken wurde Camilla wieder ernst. Aus dem Salon hörte sie nur das beständige Murmeln leiser Stimmen.

Drei junge Herren kamen herein, und sie bediente sie in ihrer reservierten Art und wehrte alle Flirtversuche ab, die sie schon lange für das nahm, was sie wert waren, nämlich nichts. Als sie die Päckchen verschnürt hatte, das Geld in Empfang nahm und sich höflich ›Guten Morgen‹ sagen hörte, hätte sie am liebsten vor Freude und Glück gejubelt. Was hatte der Marquis damit gemeint, als er sagte ›... ein außerordentlich schönes Mädchen bei mir aufzunehmen?‹ Bot er ihr sein Heim an, oder versprach er ihr nur, sie angemessen unterzubringen? Wenn er nur endlich herauskommen und ihr sagen würde, was er plante! Es schien eine Ewigkeit her zu sein, seitdem er die Tür hinter sich geschlossen hatte, und doch sagte ihr ein Blick auf die Uhr, daß erst zwanzig Minuten verstrichen waren.

Als die Uhr die halbe Stunde schlug, öffnete sich die Tür, und der Marquis sowie Mr. und Mrs. Castle kamen in den Laden. Beide sahen verwirrt aus. Aber Mr. Castle ergriff sofort Camillas Hand, beugte sich darüber und küßte sie. »Comtesse, darf ich Ihnen gratulieren, daß Sie endlich zu Ihrem Recht kommen? Kein Wunder, daß Sie so ungeduldig eine Nachricht aus Frankreich erwarteten.« Er lächelte.

Camilla lächelte zurück und sagte: »Ich fürchte, ich habe Sie ein wenig angeschwindelt, Mr. Castle, als ich sagte, der Marquis sei ein alter Freund von mir. Er war ein guter Freund meiner Großmutter.«

Mrs. Castle setzte sich auf den Stuhl hinter dem Ladentisch und war ganz überwältigt. Sie wischte sich über die feuchten Augen.

»Wenn ich daran denke, daß eine adlige junge Dame meine Kamine geputzt hat! Diese Schande! Ganz London wird über mich herziehen.«

Camilla ging rasch zu ihr hinüber. »Mrs. Castle, fürchten Sie meinetwegen nichts. Der Spott würde mich ebenso sehr treffen wie Sie. Wollen wir uns gegenseitig versprechen, daß wir meine Dienste hier bei Ihnen geheimhalten? Ich verspreche es Ihnen hoch und heilig.«

»Mylady, Sie sind zu freundlich«, murmelte Mrs. Castle und weinte vor Dankbarkeit.

Der Marquis wurde ungeduldig. »Es ist alles vereinbart, mein Kind. Ich werde mit der Marquise de Fouchet dafür sorgen, daß in unserem Haus alles für deine Ankunft vorbereitet wird. Morgen, Punkt vier Uhr nachmittags, wird dich meine Kutsche am Berkeley Square erwarten.«

Alle drei sahen ihm nach, als er das Geschäft verließ. Mrs. Castle fing sich rasch und sagte erstaunt:

»Stellen Sie sich vor, Mylady, Sie werden in einem großen Haus wohnen, das nur hundert Schritte von der Residenz Seiner Königlichen Hoheit entfernt liegt.«

Camilla legte einen Arm um Mrs. Castles Schulter und reichte gleichzeitig Mr. Castle eine Hand, der sie dankbar ergriff.

»Bitte, bitte nennen Sie mich weiterhin Camilla. Sie haben mir so viel Freundlichkeit erwiesen und mich bei sich aufgenommen, als ich kein Heim hatte. Das ist eine Schuld, die ich niemals begleichen kann, aber ich werde es nie vergessen.«

Sechstes Kapitel

Mrs. Castle hatte darauf bestanden, Camilla eines der blauen Baumwollkleider zu schenken, die sie im Geschäft getragen hatte, und obwohl es sehr einfach war, sah Camilla darin bezaubernd aus. Sie trug dazu ihren cremefarbenen Umhang und einen Strohhut.

Sie war nervös, als mit dem Glockenschlag vier ein livrierter Diener an der Ladentür erschien und erklärte, er sei gekommen, um die Comtesse de Courville zur Kutsche zu begleiten.

Ihr Abschied von den Castles war kurz, denn sie hatte ihnen versprochen, sie so bald wie möglch zu besuchen und ihnen alle Neuigkeiten zu berichten.

Mit erhobenem Kopf folgte sie dem Diener zum Berkeley Square, wo er ihr mit einem Kratzfuß die Kutschentür öffnete.

Camilla mußte sich zusammennehmen, um ihrem Entzücken nicht laut Ausdruck zu geben, denn es war bei weitem die schönste Equipage, die sie je gesehen hatte. Sie glänzte schwarz, war mit goldenen Ornamenten verziert und trug auf jeder Tür ein prächtiges Wappen. Stolz stieg sie ein und fühlte sich wie eine Prinzessin, als sie auf dem mit Quasten verzierten Samtpolster Platz nahm.

Sie saß aufrecht da und war gespannt darauf, ihr neues Zuhause zu sehen. Sie sollte nicht enttäuscht werden. Die weißen Herrenhäuser in Carlton Terrace waren vornehm und repräsentativ.

Als die Kutsche anhielt, wappnete sie sich mit Gelassenheit für die kommende Begegnung. Ein Butler führte sie durch die marmorne Halle zum Salon, der ganz in Weiß und Gold gehalten war. Der Marquis erwartete sie vor einem riesigen Kamin, während die Marquise, eine kleine, elegante Gestalt, in einem Armsessel saß.

Beide begrüßten sie herzlich. Überwältigt knickste Camilla, doch der Marquis sagte:

»Sehr hübsch, mein Kind, aber diese Formalität ist nicht nötig.«

Er wandte sich an seine Frau. »Meine Liebe, darf ich dir Camilla, Comtesse de Courville, vorstellen? Camilla, die Marquise de Fouchet.«

Die Marquise streckte ihr eine zierliche Hand entgegen, die mit kostbaren Ringen geschmückt war, und Camilla küßte sie pflichtschuldigst.

»Bitte erhebe dich, mein Kind«, sagte die Marquise. Ihre Stimme klang hell und resolut. Eine Weile musterte sie mit scharfen Augen die zarte Gestalt, die vor ihr stand, sah beifällig die großen, blauen Augen, die schimmernde Magnolienhaut, die zarten Gesichtszüge und dann das üppige, dunkelgoldene Haar. Schließlich nickte sie und lächelte warmherzig.

»Camilla, dir steht Großes bevor. Hat mein Mann dir gesagt, daß deine Großmutter am Hof Ludwigs XIV. *la grande Belle* war?« Ohne auf eine Antwort zu warten, fuhr sie fort: »Aber, *mon dieu*, wir haben noch viel zu tun, wenn du in dieser Saison dein Debut machen willst. Du benötigst viele schöne Gewänder und eine neue Frisur.«

Sie war bis zu den Spitzen ihrer kleinen, schwarzen Samtschuhe mit den diamantenverzierten Schnallen eine echte französische Aristokratin. Sie gestikulierte lebhaft mit den Händen, während sie sprach. »Das Kleid, das du trägst, ist erbärmlich.« Auch sie hatte einen starken französischen Akzent und sagte mißbilligend: »Ich möchte nicht in Begleitung einer Comtesse gesehen werden, die sich als Dienstmädchen verkleidet hat, wenn ich zu meiner Schneiderin fahre, de Fouchet.«

Ihr Gatte wandte sich ihr amüsiert zu, und Camilla stellte zu ihrer Verwunderung fest, daß die Marquise ihren Mann stets in dieser Art anredete.

»Schicke sofort eine Kutsche zu meinem Schneider, Monsieur Paul, und ebenso zu meinem Friseur.« Sie wandte sich an Camilla. »Ich werde dich im Nu verwandeln, *chérie*.«

Camilla empfand sofort große Zuneigung zu der alten Dame, während ihre Dankbarkeit dem Marquis gehörte, der wegen seiner alten Leidenschaft für ihre Großmutter, Claudette de Courville, im Begriff war, für Camilla ein Vermögen auszugeben. Camilla wußte, daß dieses Gefühl echt und vielleicht das wichtigste Erlebnis in seinem Leben gewesen war. Und doch verwirrte es sie ein wenig, denn die Harmonie zwischen dem alten Herrn und der Marquise war so groß, daß man sie fast greifen konnte. Mit zunehmendem Alter und zunehmender Desillusionierung über sein geliebtes Frankreich hatte der Marquis seine Jugendliebe als ein Symbol für all das, was er verloren hatte, heilig gehalten, und in der Erinnerung blieb es für ihn die große Liebe, die am französischen Hof zu dessen Blütezeit so wichtig gewesen war.

Die Marquise verstand und achtete den lange vergangenen Traum ihres Gatten. Es war eine Zuflucht aus dem aufgezwungenen Exil in England. Sie selbst hatte nichts zu beklagen. Die Liebe zwischen ihr und de Fouchet war tief und dauerhaft, seitdem er reifer geworden war, und Claudette hatte sich längst auf das Schloß ihres Gatten an der Loire zurückgezogen. Ja, seine unerfüllte Liebe hatte die ihre nur um so stärker wachsen lassen, denn während der ersten Jahre ihres Zusammenlebens sprach er von Claudette und seinen Gefühlen mit sehnsüchtiger Selbstironie. Erst in jüngster Zeit hatte er seinen Traum wieder lebendig werden lassen, wie es ältere Männer oft tun.

Camilla betrachtete ihre Gesichter und liebte sie beide. Das war in der Tat das einzige, was sie ihnen für die Wunder, mit denen sie nun ihr Leben füllten, geben konnte.

Der Nachmittagskaffee wurde auf einem Rosenholztischchen hereingefahren. Camilla hatte in ihrem ganzen Leben noch nie Kaffee getrunken. Es war eine französische Sitte, und die Tasse, die ihr gereicht wurde, kam ihr wie purer Nektar vor.

Bald glich das Haus einem Bienenstock. Monsieur Paul, ein großer, gutaussehender Mann französischer Herkunft, war der teuerste Schneider von London. Während Camilla in dem wunderschönen Schlafzimmer, das man ihr zugewiesen hatte, im Hemd und Petticoat dastand, war sie hin und her gerissen zwischen Begeisterung und Ängsten. Die Marquise und Monsieur Paul unterhielten sich französisch miteinander und stießen dabei abwechselnd Entzückensrufe aus oder Unmutsbezeugungen, während bei Camilla Maß genommen wurde, Gehilfen Stoffe ausbreiteten, und Monsieur Paul Entwürfe in die Luft zeichnete.

Dann begriff Camilla plötzlich, daß die beiden alte Freunde waren und Vergnügen an ihrer angeborenen Leidenschaft für Streitgespräche hatten, eine Leidenschaft, die die Engländer weder teilten noch verstanden. Beruhigt über diese Erkenntnis unterwarf sich Camilla allen ihren Anordnungen und erlaubte ihnen, sie wie eine Ankleidepuppe zu behandeln, aber eine, die sie ihrer Aufmerksamkeit für wert hielten.

Kurz nachdem Monsieur Paul gegangen war, traf der Friseur ein. Er war klein, geschäftig und hatte in einem Auge einen Tick, so daß man glaubte, er zwinkere fortwährend. Aber sobald er Camillas volles, seidiges Haar gebürstet und es von allen Seiten begutachtet hatte, war das Zwinkern vergessen.

»À la pauvre Princess Charlotte«, erklärte er und trat einen Schritt zurück. Die Marquise nickte zufrieden.

Camilla sollte erst später erfahren, daß die Prinzessin das angebetete Kind des Prinzregenten gewesen und kurz nach einer fürstlichen Hochzeit gestorben war.

Camilla schloß vor der blitzenden Schere die Augen. Mrs. Fernaby hatte ihr immer gesagt, daß ihr langes Haar ihr ganzer Stolz war und man es schätzen und pflegen mußte wie ein Juwel. Nun fielen die üppigen Locken zu Boden, und sie behielt die Augen geschlossen, denn die Schere war immer noch am Werk.

»*C'est bien, tres bien,* Monsieur Guillaume.«

Camilla wollte schreien und den Kopf mit ihren Händen schützen, aber das wäre töricht gewesen. Hatte sie nicht darum gebetet, in eine junge Dame verwandelt zu werden? Und plötzlich kam ihr ein anderer Gedanke, der sie besänftigte. Sobald ihre Frisur verändert war und sie elegante Gewänder trug, würde sicherlich nicht einmal Augusta Monford sie wiedererkennen, und noch viel weniger ihr Bruder. Ihre Schläfen pochten. Sie hätte gern die Augen geöffnet und in den Spiegel gesehen, aber sie wußte, daß sie warten mußte, bis die Marquise ihre Zufriedenheit ausgedrückt hatte.

Endlich hörte die Schere auf zu klappern. Sie spürte, wie die geübten Hände von Monsieur Guillaume sie kämmten und kleine Löckchen auf ihrer Stirn formten und die Haare am Hinterkopf geschickt aufsteckten. Dann war ihre neue Frisur fertig.

Die Marquise klatschte entzückt in die Hände.

»Sieh dir das an, Camilla! Ich schwöre, du wirst dich nicht wiedererkennen.«

Langsam öffnete Camilla die Augen und blickte ihr Ebenbild an. Das konnte unmöglich sie selbst sein, dieses Mädchen mit dem vollendet geformten, kleinen Kopf auf einem schlanken, weißen Hals, dessen Haar ihr Gesicht mit zarten Löckchen umrahmte. Die Lockenbüschel auf dem Hinterkopf waren von einem goldenen Band zusammengehalten.

Nervös lächelte Camilla ihr Spiegelbild an. Die Marquise und Monsieur Guillaume strahlten.

Schließlich sagte Camilla schüchtern: »Sie haben mich wirklich hübsch gemacht. Es ist wie ein Wunder.«

»Hübsch?« wiederholte die Marquise vorwurfsvoll. »Du bist schön, mein Kind. Du wirst das schönste Mädchen von ganz London sein, dessen mußt du dir immer bewußt sein.«

Bescheiden bedankte sich Camilla bei Monsieur Guillaume, der unerschüttert anordnete: »Sie werden jeden Morgen in meinen Salon kommen, Comtesse, damit ich *les petits arrangements* machen kann, je nach Ihren Plänen für den Tag.«

Das Dinner wurde um neun Uhr abends bei Kerzenlicht in dem riesigen Speisesaal serviert, in dem manchmal hundert Gäste empfangen wurden.

»Das Gaslicht ist zu ungemütlich, wenn wir nur zu dritt speisen. Aber bei Kerzenlicht ist es hier romantisch und heimelig.«

Das war es in der Tat. Das sanfte Licht flackerte auf dem schimmernden Silber und dem kostbaren Kristall. Camilla war sehr müde. Der Tag hatte eine so große Veränderung gebracht, die alle ihre mädchenhaften Träume in den Schatten stellte.

Die Marquise riß Camilla aus ihren Gedanken, als sie sagte: »Leider wird es morgen ziemlich still hier sein, Chérie. Selbst Monsieur Paul kann seine bezaubernden Toiletten nicht vor dem übernächsten Tag fertigstellen, und du darfst dich in diesem gewöhnlichen, blauen Kleid wirklich nirgends blicken lassen.«

»Dann...« begann Camilla zögernd, denn sie scheute sich, um eine Gunst zu bitten, »... dann darf ich vielleicht Mrs. Fernaby besuchen, die meine Mutter gepflegt und mich mit solcher Sorgfalt aufgezogen hat? Ich würde ihr gern erzählen, wie gut Sie zu mir sind, und wie sehr sich mein Schicksal durch Sie gewendet hat. Ich werde ganz heimlich durch den Hintereingang hinausschlüpfen. Mama wohnt im East End, in Cheapside. Es ist kaum drei Meilen zu Fuß von hier.«

Der Marquis und die Marquise tauschten Blicke aus. Ihr reizender Schützling besaß ein warmes, treues Herz, was äußerst selten war.

»Du gehst natürlich nicht zu Fuß, Camilla«, sagte der Marquis. »Du nimmst meine Kutsche und bringst diese ›Mama‹ hierher. Wir möchten ihr danken, findest du nicht, meine Liebe?«

Die Marquise hob eine Augenbraue, dann lächelte sie. Ihr de Fouchet war so ungestüm! Aber ja, sie schuldeten dieser Frau großen Dank. An Camilla gewandt, sagte sie: »Bitte lehne dich während der Fahrt in der Kutsche zurück. Ich möchte nicht, daß man dich in der Öffentlichkeit in diesem bourgeoisen Aufzug sieht.«

Camilla strahlte. »Das will ich gern tun. Aber es würde Mama erschrecken, wenn ich zu sehr verändert bei ihr auftauchen würde. Deshalb werde ich auch meine Haube aufsetzen. Sie hat sich immer mit meinen Haaren so viel Mühe gegeben.«

Camilla wählte ihre Besuchszeit sorgfältig. Wenn das Glück sie begünstigte, wäre Thomas Fernaby am Spätnachmittag bei einem Hahnenkampf oder einer Bärenhatz, und dann würde er ihre Kutsche nicht bemerken.

Aber sie hatte kein Glück, Mr. Fernaby war in cholerischer Stimmung. Der reiche, junge Stutzer, Sir Caspar Randal, bedrängte ihn jeden Abend, er möge endlich die ›Perle‹ vorzeigen, wie er seine verschwommene Vision von Camilla nannte. Ja, er drohte ihm sogar, daß seine wertvollen, neuen Kunden anderswo ihr Vergnügen suchen würden, wenn sie nicht bald auftauchte.

Als Camilla leise durch die Hintertür eintrat, schrie er gerade auf seine eingeschüchterte Frau ein.

»Du hast dieses verhätschelte Mädchen versteckt, und ich verlange, daß du sie wieder herholst, oder es geht dir schlecht. Ich breche dir jeden einzelnen Knochen...«

»Nein, Mr. Fernaby, das werden Sie nicht tun«, sagte Camilla bestimmt und betrat die Küche. »Endlich kann ich Ihnen sagen, wie sehr ich Sie verabscheue, wie sehr ich Sie verachte.«

Sie wandte sich an die verwirrte Mrs. Fernaby, während Thomas mit offenem Mund dastand und sein umnebelter Geist ihn im Stich ließ.

»Nimm deine Haube und dein Tuch, Mama, ich bin gekommen, um dich zu einem Besuch abzuholen.«

Ihre neue Umgebung und das Bewußtsein, daß sie unter ihrer bescheidenen Haube eine modische Frisur verbarg, hatte Camilla eine ungewohnte Autorität verliehen. Sie sprach im Tonfall einer Aristokratin.

»Außerdem, Mr. Fernaby, wenn Sie es je noch einmal wagen sollten, die Hand an Ihre Frau zu legen, werde ich sie in Sicherheit bringen.«

Mrs. Fernaby war ebenso sprachlos wie ihr Mann, aber sie beeilte sich zu tun, was Camilla verlangte. Als das Mädchen sie zur Kutsche führte, polterte Mr. Fernaby durch die Taverne und sah zu, wie das vornehme Fahrzeug abfuhr.

Das Mädchen trat also großspurig auf, wie? Hatte einen reichen Stutzer gefunden und folglich vergessen, was sie ihrem liebenden Vater schuldete. Nun, er würde sehen.

Inzwischen erzählte Camilla Mrs. Fernaby, wie sich ihr Leben gewandelt hatte, wobei sie ihre immer noch zitternde Hand in der ihren hielt, während die Kutsche sie rasch aus Cheapside trug. Bald vergaß Mrs. Fernaby ihren Mann und ihr trostloses Leben, und sie empfand nur noch Freude und Dankbarkeit, denn ihre geliebte, kleine Camilla war endlich zu ihrem Recht gekommen.

Mrs. Fernaby bemühte sich, ihr ehrfürchtiges Erstaunen vor dem großen Haus zu verbergen, als Camilla sie in den großen Salon führte, wo der Marquis und seine Frau sie erwarteten. Sie gaben sich charmant und wußten, wie sie mit ihr umgehen mußten, damit sie sich wohl fühlte.

Camilla hatte schon in der Kutsche ihre Haube abgenommen und von Mrs. Fernaby Tränen gefürchtet, aber diese sagte nur: »Es steht dir ausgezeichnet, Camilla. Man erkennt dich kaum wieder. Und du wirst Kleider tragen, die zu dieser Frisur passen. Ich versichere dir, ganz London wird dir zu Füßen liegen, und das mit Recht.«

Jetzt saß Hannah Fernaby auf einem goldbrokatenen Sofa neben der Marquise und trank zum erstenmal in ihrem Leben Kaffee. Obwohl das Gespräch kurz war, war es doch herzlich. Und am Ende sagte die Marquise:

»Mrs. Fernaby, Sie haben der Familie de Courville einen großen Dienst erwiesen. Wir sind Ihnen zu großem Dank verpflichtet. Camilla spricht gewählt und ohne Akzent. Sie kann außerdem fließend lesen und schreiben. Das ist mir sehr recht, vor allem, weil es nicht selbstverständlich ist, da viele Eltern größeren Wert auf Handarbeiten und Klavierspiel legen.«

Der Besuch war ein Erfolg. Der Marquis bestand darauf, daß seine Kutsche Mrs. Fernaby wieder nach Hause brachte. Sie ließ sie in einiger Entfernung von der Taverne anhalten und erklärte, es sei klüger, unauffällig nach Hause zu kommen.

Zum erstenmal hatte Camilla den Mut, die pergamentenen Wangen ihrer beiden Wohltäter zu küssen, und beide waren gerührt.

»Bitte vergeben Sie mir die Freiheit«, sagte sie schüchtern, »aber Sie sind so gut zu Mama, weil sie so lieb zu mir ist.«

»Wir sind ganz deiner Meinung, mein Liebes«, sagte die Marquise. »Ich bezweifle, ob du ohne ihre liebende Fürsorge die junge Frau geworden wärst, die du jetzt bist.«

Am nächsten Morgen trafen die ersten Garderoben von Monsieur Paul ein. Camilla, die an ihrem ersten Tag im Hause Fouchet sehr schüchtern gewesen war, hatte nicht gewagt, die Marquise nach den Farben und Schnitten der Kleider zu befragen. Aber jetzt war sie begeistert. Die Farben entsprachen genau jenen, die sie selbst für sich ausgewählt hätte: Creme, helles Gold, zartes Grau, das in Silber und Grün überging. Und dies sei erst der Anfang, sagte die Marquise lächelnd. Die Gewänder für den Grand Ball sollten erst noch kommen.

»Aber in der Zwischenzeit haben wir noch viel zu tun, mein Kind. Du mußt lernen, dich anmutig zu bewegen und den Kopf hochzuhalten, wie es deinem Rang entspricht. Du wirst Anstandsunterricht bei Madame Suzanne nehmen.« Die Marquise lachte. »*La pauvre,* sie ist in Wirklichkeit eine Mrs. Brown, aber französische Namen sind jetzt in London *en vougue,* und ihr Unterricht ist ausgezeichnet.«

Madame Suzanne! dachte Camilla ängstlich. Das war der Name, den Augusta Monford an jenem Tag erwähnt hatte, als sie allein in das Geschäft gekommen war, um Camillas Rat bezüglich ihres Aussehens einzuholen. Ihre Freude über ihr neues Leben wurde einen Augenblick gedämpft. Bei diesem Unterricht würde ihre erste wirkliche Probe stattfinden. Würde Miß Monford in der eleganten Garderobe einer Comtesse das Ladenmädchen wiedererkennen, mit dem sie sich etwas angefreundet hatte?

Aber dann machte sie sich Mut und bereitete sich sorgfältig auf die Herausforderung vor. Der Weg, der vor ihr lag, war mit möglichen Mißgeschicken gepflastert, aber war es wirklich so diskreditierend, seinen Lebensunterhalt selbst verdient zu haben, ehe die Fouchets ihr zu Hilfe gekommen waren?«

»Du wirst auch Tanzstunden nehmen«, fuhr die Marquise bestimmt fort.

Tanzstunden! Camillas Augen leuchteten auf, aber dann machte sie ein bekümmertes Gesicht. »Ist das nicht sehr schwierig?«

»Unsinn!« Die Marquise sprang wie ein junges Mädchen vom Stuhl auf und hob ihre Röcke ein wenig an, denn sie bevorzugte immer noch Gewänder, die an den Seiten auf kleine Reifen gestützt waren, streckte eine Schuhspitze vor und tanzte ein bezauberndes Menuett.

»*Voilà!* Das ist ein wenig altmodisch, aber in Frankreich war es mein Lieblingstanz. Und denke daran, Chérie, all die galanten jungen Männer, die mit dir tanzen werden, haben selten Geschick dazu. Das viele Reiten macht die Engländer leider untauglich für die zarteren Künste.«

Camilla lachte, und ihre Angst war teilweise gebannt. Sie dachte an Sir Michael und war sicher, daß er auf einem Ball Aufsehen erregen würde.

Laut sagte sie: »Ich will mein Möglichstes tun, um Ihnen zu gefallen, Marquise. Ich habe mir immer gewünscht, tanzen zu können und durch einen großen Ballsaal zu schweben.«

»Jetzt darfst du es. Nur sollst du es nicht mir zuliebe tun, Kind, sondern um dem stolzen Titel, den du trägst, Ehre zu machen, und um würdig in die Fußstapfen deiner Großmutter zu treten.«

Der Marquis war eingetreten und hatte die letzten Worte mitangehört. »Ich versichere auch, sie war die göttlichste Tänzerin, die ich in meinem ganzen Leben gesehen habe.«

Ein Anflug von Wehmut lag in seinen alten Augen.

Als Camilla sie verlassen hatte, tippte ihm die Marquise leicht mit dem Fächer auf den Arm.

»Es ist ein Jammer, daß dich die *belle* Claudette nie geliebt hat, mein armer, alter de Fouchet.«

Ihr Tonfall war amüsiert und mitfühlend. »Du bist ein Träumer, mein Guter, aber ein liebenswürdiger.«

Er tätschelte ihre Hand und erwiderte galant: »Du vergißt, daß ich dich damals noch nicht gekannt habe, Michelle, und die erste Liebe eines Mannes vergöttert er immer als ein unerreichbares Ziel.«

Am nächsten Morgen betrachtete sich Camilla prüfend in dem großen Drehspiegel, den man in ihr Zimmer gestellt hatte. Sie tat es nicht bewundernd, aber sie war zufrieden mit dem Wandel, der mit ihr stattgefunden hatte. Doch genügte das?

Das neue Kleid aus rotbrauner, geriffelter Seide im Empirestil betonte ihre schlanke Figur so, wie sie es noch nie an sich gesehen hatte. Nach Monsieur Guillaumes morgendlicher Beschäftigung mit ihrer Frisur schimmerten ihre dunkelgoldenen Locken unter einem kleinen Samthut, den sie keck auf dem Kopf trug und dessen zwei schöne Reiherfedern ihr bis zum Nacken herunterfielen. Da der Morgen warm war, benötigte sie nur noch ihre langen, weichen Glacéhandschuhe, die ihr bis zu den Ellenbogen reichten, und das hübsche Goldlamé-Handtäschchen, das an einer goldenen Kette an ihrem Handgelenk hing.

»Ich glaube, es wird Augusta schwerfallen, mich mit ›Miß Castle‹ anzureden.« Sie sagte die Worte laut, um sich selbst Mut zuzusprechen.

Madame Suzannes Anstandsunterricht für junge Damen fand in einem großen, kahlen Raum in der Dover Street in Mayfair statt, der abends für musikalische Rezitationsabende und dramatische Monologe benutzt wurde. Außer einem Klavier und Notenständern bestand die einzige Möbilierung aus Stühlen, die die Wände säumten, und Stapeln von schweren Büchern, die Madame selbst mitgebracht hatte.

An diesem Morgen versammelten sich fünfzehn junge Mädchen, darunter Camilla und Augusta Monford. Sie war eindeutig schlanker geworden, wie Camilla zu ihrer Freude bemerkte. Als Augustas

Blick auf ihr ruhte, drückte er Bewunderung, aber nicht Wiedererkennen aus.

Madame Suzanne befahl ihnen allen, Hüte und Handschuhe abzulegen. Dann legte sie jedem Mädchen ein schweres Buch waagrecht auf den Kopf und schlug mit einem Stock den Takt auf den Fußboden, wobei sie kommandierte:

»Gehen! Die Köpfe hoch! Bilden Sie einen Kreis! Nach rechts gehen! Jeden Fuß gleichmäßig vor den anderen setzen! Eins, zwei, drei, vier, fünf – Miß Tremyine, Lady Dufney, Ihre Bücher fallen gleich herunter – sechs, sieben – Miß Monford, schlurfen Sie nicht – und ausschreiten...

Nachdem sie endlos im Kreis gegangen waren, wurden ihnen die Bücher nicht etwa abgenommen, sondern Madame Suzanne befahl:

»Jetzt werden Sie mit hocherhobenem Kopf Knickse einüben! Zuerst zwei Schritte nach links und hinunter – dann zwei Schritte nach rechts und wiederholen!«

Daraufhin plumpsten etliche Bücher auf den Boden. Madame Suzanne trat neben jede einzelne Missetäterin und erteilte mit ihrem Stock Rügen.

»Das ist gut, Comtesse, ausgezeichnet! Aber das genügt nicht, Miß Monford! Sie haben ihre Knie kaum gebeugt. Üben Sie und bewegen Sie sich anmutiger.«

Augusta warf Camilla einen flehendlichen Blick zu, die mühelos in einer einzigen Bewegung herab- und wieder hinaufglitt.

Da Camilla Augustas Unsicherheit kannte, fragte sie Madame Suzanne: »Darf ich mit Miß Monford zusammen üben, Madame? Vielleicht kann ich ihr ein wenig helfen?«

Von da an probten sie alle Übungen zusammen, und als der Unterricht beendet war, sagte Augusta:

»Comtesse, wie kann ich Ihnen danken? Ich bin sicher, ich hätte es nie allein geschafft, und Mama würde sich meinetwegen schämen.«

»Das wird sie nicht tun«, sagte Camilla herzlich. »Wenn es Ihnen hilft, frage ich die Marquise de Fouchet, bei der ich während dieser Saison in Carlton Terrace wohne, ob ich Sie zu uns zum Kaffee einladen darf. Dann können wir vor dem nächsten Unterricht noch einmal die Übungen durchgehen.«

Außer sich vor Freude, ergriff Augusta ihre Hand. Sie hatten Freundschaft geschlossen, und Camilla hatte ihre schwierigste Hürde genommen.

Noch am selben Nachmittag hatte Camilla ihre erste Tanzstunde. Mr. Mainwaring war darüber erhaben, ein französisches Pseudonym zu tragen und so seinen Ruf aufzupolieren.

Er war der beste Tanzmeister in England und zog es vor, jeden Schüler einzeln in seinem Heim zu unterrichten. Dadurch hatten sie eine halbe Stunde seiner ungeteilten Aufmerksamkeit und seiner fachmännischen Partnerschaft. Sein Honorar war exorbitant, aber jede Mutter einer Debütantin bezahlte gern schon allein für das Privileg.

Er brachte einen Pianisten mit, denn wenn in einem Haus kein Klavier stand, war es seiner Aufmerksamkeit nicht würdig. Die Marquise besaß ein großes Musikzimmer, in dem sie Soireen abhielt. Als die Diener das Mobiliar an die Wände gestellt hatten, entstand ein Tanzparkett, das sogar Mr. Mainwaring zufriedenstellte, denn er erklärte:

»Perfekt, Madame la Marquise, absolut perfekt.«

Camilla war nervös. Sich korrekt zu benehmen, fiel ihr leicht, denn das hatte sie schon in Cheapside als Kind gelernt. Aber tanzen – dieses magische Portal zum Erfolg erschreckte sie.

Nach einem prüfenden Blick auf die junge Comtesse verfiel Mr. Mainwaring ihrem Charme. Unter seiner Anleitung würde sie unzweifelhaft die Schönheit der Saison werden. Bei vielen Mädchen hatte er seine Zweifel. Aber dieses Juwel hier würde sein Erfolg werden. Dafür würde er sorgen.

Er begann die Unterrichtsstunde auf eine ungewöhnliche Art. Er führte Camilla zu einem Stuhl und rief seinem Begleiter zu: »Spielen Sie alle modischen Tänze, damit sich die junge Dame in die Rhythmen einhört.«

Der Pianist gehorchte überrascht.

Allmählich bemerkte Camilla, daß ihre Füße den Takt zur Musik schlugen, und ihr Wunsch, sich zu den mitreißenden Walzern, Polkas und Galliarden zu bewegen, wurde immer stärker. Plötzlich führte sie Mr. Mainwaring auf das Parkett, und sie tanzten nebeneinander, bis sie mühelos seinen Schritten folgte. Dann legte er leicht eine Hand um ihre Taille, und der eigentliche Tanz begann.

»Das ist wirklich ein herrliches Gefühl!« rief sie.

»Ihre Partner können sich glücklich schätzen, Comtesse. Aber ich werde Sie bei Ihrer nächsten Stunde ein wenig härter herannehmen.«

So vergingen die Tage, und unmerklich wuchs Camillas Selbstvertrauen. Sie war die Comtesse de Courville, und ihre Furcht, daß dies angezweifelt werden könnte, schwand.

Aber ebenso wichtig war es, daß sie mit den jungen Damen bei Madame Suzanne Freundschaft schloß, besonders mit Augusta Monford, deren Bewunderung für sie grenzenlos war.

Eines Morgens sagte Augusta schüchtern:

»Mama sagt, ich darf Sie zu uns zum Tee einladen, Comtesse. Werden Sie kommen?«

Eine Sekunde lang glaubte Camilla, der Boden würde unter ihren Füßen nachgeben – sie wurde in Sir Michaels Haus in der Curzon Street eingeladen! Sie würde, auch wenn er nicht zugegen war, das Interieur des Hauses sehen, die Einrichtung, die Schätze, mit denen er zu leben sich entschieden hatte, und sie würde sich ihn dort im Geiste vorstellen.

»Das ist sehr freundlich von Ihnen«, brachte sie gepreßt heraus.

»Bitte, nennen Sie mich Augusta. Ich möchte so gern, daß wir Freundinnen werden, und ›Miß Monford‹ klingt so steif.«

»Sehr gern, wenn Sie mich einfach Camilla nennen. Ein Titel kommt mir ein wenig absurd vor, wenn man noch so jung ist.« Sie lachte insgeheim über sich selbst, denn einen Titel zu besitzen, war der Höhepunkt ihrer Träume gewesen, und jetzt war sie in der Lage, ihn absurd zu nennen.

Augusta errötete vor Freude. »Wenn Sie es nicht für anmaßend halten«, bekannte sie leise, »ich habe Sie schon die ganze Zeit im stillen Camilla genannt. Es ist ein so hübscher Name. Ich werde Mama bitten, noch heute den Diener mit einer formellen Einladung zu schicken.«

Als Camilla der Marquise von der bevorstehenden Einladung erzählte, klopfte ihr diese zufrieden auf die Schulter. »Es ist gut, Chérie, daß du Freundschaften schließt. Aber heute nachmittag möchte ich, daß du direkt nach der Tanzstunde dieses bezaubernde Cremeseidene von Monsieur Paul anziehst. Ich habe einen ganz besonderen Gast, den du kennenlernen sollst. Sie kann dir während der Saison nützlicher sein als ich.«

»Wer ist es?« fragte Camilla begierig.

»Mrs. Fitzherbert.«

»Mrs. Fitzherbert? Doch nicht etwa...« Alle Gerüchte, die sie in Maison Castle gehört hatte, kamen Camilla in den Sinn, und sie wußte nicht, was sie davon halten sollte.

Ärgerlich ließ die Marquise ihren kleinen Fächer aufschnappen, der immer an einer schwarzen Seidenkordel an ihrem Handgelenk hing, und gab mit einer ungeduldigen Handbewegung ihrem Unmut Ausdruck.

»Denk bitte daran, Camilla, du bist kein Kind mehr. Außerdem will ich in diesem Haus keine üblen Gerüchte oder anderen unangenehmen Klatsch hören, wenn du von einer meiner geschätztesten Freundinnen sprichst. Mrs. Fitzherbert ist die treue Gefährtin Seiner Königlichen Hoheit, und es wäre eine große Ehre, wenn sie deine Gönnerin werden würde. Vielleicht bekommst du eine persönliche Einladung zum Königlichen Ball im Carlton House.«

»Ich wollte Sie nicht kränken«, stammelte Camilla zerknirscht.

Die Marquise lächelte und schloß den Fächer wieder.

»Gut, Chérie, komme bitte um vier Uhr in den Salon und benimm dich tadellos. Du bist charmant, und ich möchte, daß meine Freundin den allerbesten Eindruck von dir bekommt.«

»Sie sind sehr freundlich.«

Camilla hielt es für klüger, keine weiteren Unmutsäußerungen hervorzurufen und die hundert Fragen, die ihr über die vornehme Besucherin auf der Seele brannten, nicht zu stellen.

Nach der Tanzstunde eilte sie sofort in ihr Zimmer, denn es blieb ihr nur eine knappe Stunde, um sich auf diesen einflußreichen Besuch vorzubereiten.

Die Marquise hatte diesmal ihre eigene französische Zofe beauftragt, der jungen Comtesse beim Ankleiden behilflich zu sein. Deshalb war Camillas Cremeseidenes bereits hergerichtet und die dazu passenden Schuhe. Marie kümmerte sich auch um ihre Frisur, und fünf Minuten vor vier sagte sie:

»Es ist Zeit hinunterzugehen, Comtesse.«

Camilla war übermäßig nervös. Dies war die erste Prüfung, der die Marquise sie aussetzte, und bei ihrer angeborenen Ehrfurcht vor dem Königshaus war es äußerst furchteinflößend.

Als es in der Halle vier Uhr schlug, betrat Camilla den Salon und machte ihren schönsten Knicks, ehe sie vorgestellt wurde.

Mrs. Fitzherbert war alles andere als die *femme fatale*, die der Klatsch aus ihr gemacht hatte. Camilla stand vor einer freundlichen, korpulenten Dame mit mindestens zwei Doppelkinnen. Sie war in dunkelblaue Seide gekleidet, und auf den üppigen, ergrauenden Locken saß ein Hut, der größer war, als es die Mode verlangte. Ihre Juwelen allein schon bewiesen ihren inoffiziellen Status als Favoritin des Hofes.

Camilla fiel es schwer, sie nicht mit offenem Mund anzustarren. Die Halskette aus Diamanten und Rubinen an ihrem dicken Hals funkelten, und die schweren Ringe an ihren gedrungenen Händen rivalisierten mit ihrem Feuer.

Die Marquise stellte Camilla vor, die wieder in einen Knicks versank, ehe sie mit ihrer melodiösen Stimme sagte:

»Es ist mir eine Ehre, Madame.«

›Madame‹ war die übliche Anrede für die königliche Prinzessin, und Camilla hatte damit Mrs. Fitzherbert sofort für sich gewonnen.

Sie klopfte auf das Sofa neben sich, und Camilla setzte sich aufrecht und doch bescheiden neben sie, während Mrs. Fitzherbert sie durch ein juwelenbesetztes Lorgnon eingehend musterte.

Von da an wurde nichts mehr von Camilla verlangt. Nachdem Mrs. Fitzherbert ihr ungeteiltes Lob über die junge Comtesse ausgedrückt hatte, unterhielt sie sich mit der Marquise so, als wäre Camilla gar nicht anwesend.

Ungläubig hörte Camilla zu, wie über ihre Vorzüge gesprochen wurde und über die Pläne für ihr aufsehenerregendes Debut. Als Mrs. Fitzherbert die Tasse chinesischen Tee ausgetrunken hatte, den die Marquise servierte – denn der Prinz liebte alles Chinesische, angefangen von den Möbeln über Kunstgegenstände bis zum Tee –, klopfte sie Camilla liebevoll auf den Arm.

»Prinny wird Sie mögen, mein Kind.« Sie lachte mit wohlklingender, voller Stimme. »Er kann nie genug hübsche Gesichter um sich sehen, und Sie sind außergewöhnlich hübsch, mein Kind. O ja, Sie werden das Idol von London werden und von Brighton, denn Sie müssen uns dort unbedingt besuchen kommen.«

Nach dieser feierlichen Rede stand sie auf und verabschiedete sich.

Camilla blieb wie benommen zurück. Nun schienen all die goldenen Tore nicht mehr nur in ihren Träumen, sondern auch in Wirklichkeit vor ihr aufzugehen.

Siebentes Kapitel

Während der drei Tage, ehe Camilla zum Tee zu Lady Monford und Augusta in die Curzon Street ging, wurde sie mit vielen Einladungen überschüttet, die livrierte Diener brachten und in denen um die Ehre des Besuches des Marquis und der Marquise de Fouchet und der Comtesse de Courville gebeten wurde.

Die Marquise war sehr zufrieden.

»Es ist großartig, Chérie!« rief sie aus. »Die Kotillons werden deine Tanzkünste verbessern, und bei den Soireen wirst du alle jungen Herren der Gesellschaft kennenlernen. Die Musik ist zwar gewöhnlich langweilig, aber was will man machen. Ich fürchte, de Fouchet wird uns nicht oft begleiten. Er haßt große Gesellschaften, aber das spielt keine Rolle.«

Es beunruhigte Camilla, daß sie den Marquis außer zu den Mahlzeiten nur selten sah, und sie fürchtete, daß ihre Anwesenheit ihn vielleicht aus dem Gleichmaß gebracht haben könnte.

Eines Nachmittags klopfte sie schüchtern an seine Bibliothekstür. Er stand sofort aus seinem tiefen Ledersessel auf und hieß sie erfreut willkommen. Er schob sowohl ihre Dankesbezeugungen als auch ihre Entschuldigung beiseite, als sie erwähnte, daß sie so viel Unruhe in sein Haus gebracht habe.

»Aber mein liebes Kind, deine Ankunft hat mir und meiner Frau nur Freude gebracht. Ich habe jetzt vor meiner geliebten Frau kein schlechtes Gewissen mehr, denn schon seit vielen Jahren sitze ich lieber still zwischen meinen Büchern. Ich bin zu alt für die endlosen Vergnügungen der Gesellschaft, doch ich konnte natürlich die Marquise nicht im Stich lassen. Deshalb habe ich ihr zuliebe die gesellschaftlichen Pflichten auf mich genommen.«

Camilla bemerkte, daß der Brief ihrer Großmutter offen auf seinem Schreibtisch lag, die teure Reliquie seiner Jugendliebe. Aber sie ahnte, daß sie nicht in seine Erinnerungen eindringen durfte. Deshalb bat sie ihn auch nicht, die Zeilen ihrer Großmutter für sie zu übersetzen. Sie war froh, daß sie ihn aufgesucht hatte, denn nun war ihr Gewissen beruhigt.

Camilla war nervös, als die Kutsche sie zur Curzon Street brachte. Sie fragte sich, ob Sir Michael wohl zu Hause sei. Aber allein schon stilgerecht vor seinem Haus vorzufahren, war für sie wie ein Wunder. Als sie die breite Eingangstreppe hinaufschritt, sah sie kurz zu der Ecke hinüber, wo sie so oft gestanden hatte, um einen Blick auf ihn werfen zu können.

Die Haustür wurde geöffnet, und ein Butler führte sie durch die eine große Halle, an deren Wänden Jagdtrophäen hingen, in einen bezaubernden, kleinen Salon, der offensichtlich Lady Monfords persönlicher Bereich war.

Lady Monford erwartete sie mit Augusta und hieß sie lächelnd willkommen.

»Ich freue mich, Sie kennenzulernen, Comtesse. Augusta spricht von früh bis spät von Ihnen. Wie ich höre, haben Sie ihr sehr geholfen, und ich bin Ihnen dankbar dafür.«

»Sie ist mir eine liebe Freundin geworden, Lady Monford«, sagte Camilla. »Ich bin entzückt über ihre Gesellschaft.«

»Sie sind übrigens nicht die erste, die mir hilft, Camilla«, lachte Augusta fröhlich. »Die andere war ein sehr schönes Mädchen, das in Maison Castle bediente.« Sie sah ihre Freundin aufmerksam an. »Sie hat eine leichte Ähnlichkeit mit Ihnen. Aber natürlich kommt sie an Ihre Schönheit nicht heran!« fügte sie rasch hinzu.

Lieber Gott, hoffentlich denkt Sir Michael das gleiche, betete Camilla.

Dann gingen die beiden Mädchen zusammen die Einladungen durch, die Augusta erhalten hatte. Sie hatte sie stolz auf dem Kaminsims ausgebreitet, und beide stellten erfreut fest, daß viele davon auch an Camilla gegangen waren.

»Ich werde jede einzelne Einladung genießen«, sagte Augusta eifrig. »Obwohl ich zugeben muß, daß die Kotillons mich ängstigen. Aber Mama hat meinem Bruder das Versprechen abgenommen, mich hin und wieder auf Bälle zu begleiten.« Sie lachte glücklich. »Er wird eine große Stütze für mich sein, aber leider neckt er mich immer, weil ich so miserabel tanze.«

»Unsinn«, unterbrach Lady Monford, »während deiner letzten Tanzstunde hast du es sehr gut gemacht. Mr. Mainwaring hat es selbst gesagt.«

»Ach der«, meinte ihre Tochter abschätzig, »er ist alt. Die jungen Männer sind es, die mich unsicher machen.«

»Die Marquise sagt, daß nur die wenigsten von ihnen gut tanzen können«, erklärte Camilla lachend. »Wir müssen sie nur mit unseren Augen und den schönen Ballkleidern betören, während sie uns auf den Zehenspitzen herumtrampeln.«

Der Tee wurde gebracht, und während Lady Monford einschenkte, sagte sie:

»Für meinen Sohn Michael trifft das nicht zu. Ich habe mir große Mühe gegeben, daß er mit achtzehn Jahren gute Manieren hatte. Ich werde Sie ihm bei Lady Carlington vorstellen. Ihre Abendgesellschaften sind immer ganz reizend.«

Der Besuch war ein voller Erfolg. Lady Monford war von der neuen Freundin ihrer Tochter sehr eingenommen.

Als Camilla nach Hause kam, traf sie Mrs. Fitzherbert mit der Marquise ins Gespräch vertieft an. Sie streckte Camilla die Hand hin und bedeutete ihr, sich neben sie zu setzen.

»Ich habe ein Komplott für Sie geschmiedet«, sagte sie lachend. »Ich bestehe darauf, bei Ihrem Debut eine große Rolle zu spielen. Deshalb haben wir eine Liste der vornehmen jungen Herren für Sie zusammengestellt, mein Kind. Ich werde persönlich dafür sorgen, daß sie Ihnen vorgestellt werden. Soireen langweilen mich, aber Kotillons habe ich sehr gern, und da Prinny immer noch in Bath zur Kur weilt, was ich persönlich verabscheue, habe ich abends nur wenige Verpflichtungen. Nun hören Sie zu«, fuhr sie eifrig fort. »Der junge Herzog von Walsford ist der Begehrteste. Er ist reich und besitzt den imposanten Walsford-Palace in Surrey. Er hat auch ein angenehmes Äußeres, obwohl ich zugeben muß, daß er ein wenig langweilig ist. Aber ich schwöre, das werden Sie bald ändern. Dann kommt...«

Camilla hörte wie betäubt Namen um Namen, verbunden mit ihren Vermögen, Titeln und Zukunftaussichten. Nur Sir Michael wurde nicht genannt.

Schließlich fragte sie zögernd: »Ich war eben bei Lady Monford zum Tee. Sie möchte mich ihrem Sohn, Sir Michael, vorstellen. Steht er nicht auf Ihrer Liste?«

Mrs. Fitzherbert lachte vergnügt. »Michael Monford? Mein liebes Kind, er hat ein Herz aus Stein. Er ist achtundzwanzig Jahre alt geworden, ohne daß er je den Kopf verloren hätte. Er treibt die Mütter zur Verzweiflung, denn man weiß, daß sich ihre Töchter aus Liebe zu ihm verzehren. Comtesse, ich zweifle daran, ob selbst Ihre außergewöhnliche Schönheit diese Bastion fällen kann.«

Camillas Herz schlug vor Freude schneller. Sir Michael, ihre große, heimliche Liebe, hatte noch nie geliebt! Sicher konnte sie, wenn sie sich kennenlernten, seine Gleichgültigkeit durch die bloße Stärke ihrer eigenen Liebe ins Wanken bringen.

Inzwischen hatte Monsieur Paul zwölf kostbare Ballroben abgeliefert und einige bescheidenere Kleider für Soireen.

Camilla verbrachte einen ganzen, glücklichen Nachmittag damit, sie nacheinander anzuziehen und sie der Marquise vorzuführen. Am Ende erklärte diese:

»Mein guter Monsieur Paul hat sich wirklich selbst übertroffen. Ich werde ihm sagen lassen, daß ich äußerst zufrieden bin.« Sie dachte einen Augenblick nach. »Ja, das Weißgoldene, auf dem das stolze Emblem der *Fleur de lis* aufgestickt ist, werden wir für den königlichen Ball reservieren.«

»Aber wir haben dafür noch gar keine Einladung erhalten.«

Die Marquise winkte ab. »Mein Kind, solch eine Einladung ist ein königlicher Befehl und wird immer erst einen oder zwei Tage vorher erlassen. Und doch sagen alle Mitglieder der Gesellschaft ihre anderweitigen Verabredungen für diesen Abend ab, um dabeizusein. Ich gebe zu, es ist manchmal sehr unangenehm, aber es wäre unverzeihlich, wenn man ablehnen würde.«

Camilla bereitete sich sorfältig auf ihre ersten beiden öffentlichen Auftritte in der Gesellschaft vor. Es waren zwei musikalische Soireen. Sie konnten, wie die Marquise sagte, ein wenig ermüdend sein. Augusta und Lady Monford waren ebenfalls eingeladen, und die beiden jungen Mädchen, besonders die reizvolle junge Comtesse, zogen während der Pausen, in denen Erfrischungen und Champagner gereicht wurden, die Aufmerksamkeit auf sich.

Am ersten Abend lernte Camilla den Herzog von Walsford kennen, und trotz seines imposanten römischen Profils strich sie ihn von ihrer Liste, weil seine Eröffnungsrede lautete:

»Äh, Comtesse, interessieren Sie sich für Keiler?«

Camilla riß verblüfft ihre großen grauen Augen auf.

»Ich meine Schweine. Sie müssen wissen, ich züchte sie in Walsford, und sie sind bei Gott faszinierende Tiere. Ich wäre entzückt, wenn Sie meine neuen Ställe einmal besichtigen würden.«

Höflich erklärte Camilla, daß die gesellschaftlichen Pflichten ihr dafür nicht genügend Zeit ließen. Daraufhin schwand sofort sein Interesse an ihr, und sie war frei, sich einer anderen Gruppe zuzugesellen.

Wenn doch nur Sir Michael anwesend wäre, dachte sie.

Das trat vier Abende später ein. Camilla und Augusta besuchten einander nun gegenseitig ohne Formalitäten, da beide Familien ihre Verbindung billigten.

Augusta war aufgeregt. »Ich soll zu Lady Carlingtons Kotillon ein blaues Kleid tragen. Es ist ganz bezaubernd. Welche Farbe hat Ihr Kleid? Unsere Farben dürfen sich auf keinen Fall beißen.«

»Die Marquise trifft für mich die Wahl, aber blau wird es gewiß nicht sein, denn ich besitze gar kein blaues Kleid.«

»Sie sind so schön, Camilla, aber bitte, bitte zeigen Sie sich von Ihrer besten Seite, denn mein Bruder wird mitkommen.« Augusta hielt inne und murmelte dann mit rotem Kopf: »Sie sind eine so liebe Freundin, und ich würde Sie mir gern zur Schwägerin wünschen. Ist das sehr anmaßend? Ich versichere Ihnen, daß Michael wirklich ein begehrenswerter Mann ist. Ich weiß, er ist nur ein Baronet, und Sie werden einmal einen Prinzen heiraten wollen. Deshalb sind meine Hoffnungen närrisch.«

»Keineswegs!« Camilla errötete nun ihrerseits. »Ich mache mir nichts aus Rang und Namen, und ich werde nur aus Liebe heiraten.«

Wenn Augusta wüßte, daß ihr Bruder derjenige war, dem sie schon ihr Herz geschenkt hatte! Aber sie durfte niemals Mrs. Fitzherberts Warnung vergessen, daß Sir Michael sich nicht von einem hübschen Gesicht allein betören ließ.

An jenem Nachmittag wartete sie ungeduldig, bis die Marquise ihr Abendkleid ausgewählt hatte. Zwar waren alle schön, aber Camilla hatte doch gewisse Vorlieben, und schließlich fiel die Wahl auf eines ihrer Lieblingskleider – ein hellgoldenes, das zu ihrem leuchtenden Haar und ihren strahlenden Augen paßte. Sie hatte dazu eine Halskette aus Gold und Bernstein angelegt, und ihre Samtschuhe schmückten Bernsteinrosetten.

Die Marquise trug violetten Samt und eine Diamantenhalskette mit drei Reihen dazu passender Perlen.

Als sie in der Kutsche saßen und zu Lady Carlingtons Haus fuhren, sagte die Marquise:

»Aber Kind, du zitterst ja. Du brauchst dich nicht zu fürchten. Du kannst gut tanzen und hast nach erst zwei Soireen schon zwei Verehrer. Heute abend wirst du noch mehr gewinnen, das versichere ich dir.«

Aber Camilla kam es nur auf einen an. Daß sie von Lord Datchet und Sir Edward Simmons Blumen erhalten hatte, war erfreulich, und doch erinnerte sich Camilla kaum noch an ihre Gesichter. Sie hatten mit ihrer nichtssagenden, affektierten Konversation keinen Eindruck auf sie gemacht.

Zu ihrer Beruhigung stand Mrs. Fitzherbert neben Lady Carlington, als die Gäste eintrafen. Der Rahmen für ihre erste Begegnung mit Sir Michael war so ideal, wie es Camilla sich nur wünschen konnte. Das Regency House, das der berühmte Architekt Nash gebaut hatte, besaß hohe Decken, große Fenster und der verspielte Stuck in Creme und Gold im Grand Salon war fast ganz hinter den großen Blumenarrangements aus Kamelien, Nelken und Rosen verborgen.

Ein Orchester spielte bereits zum Empfang der Gäste einige Stücke von Mozart, und Lady Carlingtons Begrüßung war die Herzlichkeit selbst.

Als die Marquise Camilla vorstellte, sagte Mrs. Fitzherbert leise zu ihrer Gastgeberin: »Hier sehen Sie die Schönheit der Saison.«

Lady Carlington streckte zur Begrüßung beide Hände aus. »Marquise, wie charmant von Ihnen, Comtesse de Courville mitzubringen! Ich sehe, man hat ihre Schönheit nicht übertrieben.« Und an Camilla gewandt: »Ich schätze mich sehr glücklich, Comtesse, denn Sie werden meinen bescheidenen Abend sehr bereichern.«

Die Marquise führte sie in den Grand Salon, wo schon mehrere Gäste anwesend waren. Camilla überflog rasch die Gesichter auf der Suche nach den Monfords und bemerkte dabei, daß sie selbst eingehend gemustert wurde. Dann stockte ihr der Atem. Ein großer, blonder junger Mann sah sie offen an und hob eine Augenbraue, als bemühte er sich, herauszufinden, woher er sie kannte.

Es war Sir Caspar Randal, dessen lüsternes Gesicht sich ebenso unauslöschlich in ihr Gedächtnis eingebrannt hatte wie das edle Antlitz von Sir Michael.

Aus irgendeinem Grund hatte sie nie daran gedacht, daß sie auch ihm auf den Gesellschaften begegnen könnte, da er vorzugsweise Tavernen und Bordelle besuchte, mit denen sie glücklicherweise nichts mehr zu tun hatte. Und jetzt war er hier! Sie dachte fieberhaft darüber nach, wie sie es vermeiden konnte, mit ihm tanzen zu müssen. Die Erinnerung daran, wie seine gierigen Hände sie lüstern gepackt hatten, konnte sie niemals vergessen.

Zum Glück stand die Marquise neben ihr und sagte:

»Camilla, laß deine Tanzkarte jetzt noch nicht ausfüllen. Es kommen noch mehr Gäste.«

Nach ein paar Augenblicken schlenderte Sir Caspar auf sie zu und sprach die Marquise in einem affektierten Tonfall an:

»Marquise de Fouchet, erlauben Sie mir, mich Ihnen vorzustellen. Sir Caspar Randal, zu Ihren Diensten. Dürfte ich um das Vergnügen eines Tanzes mit Ihrer Tochter bitten?«

Die Marquise fand ihn nicht unsympathisch, aber sie verabscheute Affektiertheiten und sagte deshalb: »Leider ist die Comtesse de Courville nicht meine Tochter, Sir Caspar, sondern nur mein Mündel. Ich habe sie eben gebeten, ihre Karte noch nicht ausfüllen zu lassen, denn wir erwarten viele Freunde.«

Es war eine höfliche Abweisung. Camilla brachte ein kleines, frostiges Lächeln zustande, das ihn halb davon überzeugte, daß sie aus der Nähe besehen doch nicht ganz so aussah wie die Dirne in der Taverne. Es blieb ihm nichts anderes übrig, als wegzugehen.

Camilla atmete erleichtert auf, und dann schlug ihr Herz wie rasend, denn unter den Neuankömmlingen hörte sie deutlich die Stimme von Augusta. Er war da!

Mrs. Fitzherbert kam mit einigen Gästen auf sie zu, darunter den Monfords. Während Camilla Augusta und ihre Mutter begrüßte, versuchte sie, die stattliche Gestalt Sir Michaels nicht anzusehen, denn schließlich war er für sie ein Fremder. Sie ließ sich ihm von Mrs. Fitzherbert vorstellen, in deren Stimme eine Spur von Amüsement lag, die Camilla daran erinnern sollte, daß dies der unerreichbare junge Mann mit dem Herzen aus Stein war.

Camilla hob ihre großen, leuchtenden Augen, als er sich über ihre Hand beugte und sich dann zu seiner vollen Größe aufrichtete und sie anlächelte. Sein Blick verweilte ein wenig irritiert auf ihrem Gesicht, und ihr Herz schlug noch rascher. Erinnerte er sich an sie?

Der Augenblick schien eine Ewigkeit zu dauern, aber als er sie ansprach, klang seine Stimme so tief und warm, wie sie sie in Erinnerung hatte.

»Ich bin entzückt, Comtesse. Und wenigstens diesmal hat meine kleine Schwester die Schönheit ihrer Freundin nicht übertrieben.«

Camilla errötete und schämte sich, daß sie den Blick nicht senken konnte, wie es die Bescheidenheit vorgeschrieben hätte, denn ihn so nahe zu haben und ein so charmantes Kompliment von ihm zu hören, das war der Stoff, aus dem ihre Träume waren.

Er sah in seinem königsblauen Samtrock hervorragend aus. Der hohe Kragen und die Weste waren silbern bestickt. Dazu trug er weiße Hosen und Silberschnallen an den Schuhen.

»Sie sind sehr freundlich, Sir Michael«, erwiderte Camilla anmutig. »Es ist für mich, wie für Augusta, der erste Kotillon, und ich gestehe, daß ich ein wenig aufgeregt bin.« Sie lächelte ihn spitzbübisch an. »Unser Tanzmeister gab sich größte Mühe, aber in der Öffentlichkeit zu tanzen, ist wie eine Schicksalsprüfung.«

»Dann erlauben Sie mir bitte, mich für den zweiten Tanz vorzumerken.«

Er nahm ihre Karte, die an einer goldseidenen Kordel an ihrem Handgelenk hing, und stellte fest, daß sie noch leer war.

»Ich kann nicht glauben, daß die jungen Männer so zurückhaltend waren?«

»Die Marquise hat mir verboten, Vormerkungen anzunehmen, bis alle Gäste eingetroffen sind«, sagte Camilla. »Aber ich glaube, jetzt sind alle anwesend.«

»Dann lassen Sie mich verwegen sein und um einen weiteren Tanz bitten. Den sechsten? Sie werden mir dann erzählen, wie es Ihnen gefällt. Ich habe Augusta versprochen, mit ihr den ersten Walzer zu tanzen. Sie hat mehr Grund, aufgeregt zu sein, als Sie, das versichere ich Ihnen.«

Seine Unterschrift neben den Zahlen war klar und energisch, und Camilla versuchte, ruhig zu bleiben, denn um einen Tanz mit ihm hatte sie gebeten. Und nun schenkte er ihr zwei!

»Sie sind sehr liebenswürdig, Sir Michael«, sagte sie. »Aber ich verspreche Ihnen, Sie von Ihrem zweiten Tanz zu entbinden, wenn es sich herausstellen sollte, daß ich zu unbeholfen tanze.«

Nur mit ungeheurer Anstrengung wandte sie sich von ihm ab, um sich weiteren jungen Männern vorstellen zu lassen, die jetzt um einen Tanz mit der schönen Fremden baten.

Sir Caspar Randal entging nichts davon. Nach ein paar Minuten trat er wieder neben sie, um seine Bitte für einen Tanz zu wiederholen, denn die Comtesse ähnelte seiner Meinung nach zu sehr der Dirne aus der Taverne, nach der er sich so leidenschaftlich verzehrte. Zum Glück konnte Camilla nun eine volle Karte vorweisen.

Mit scheinbar ehrlichem Bedauern sagte sie: »Ich fürchte, ich bin belagert worden, Sir. Vielleicht ein anderes Mal?«

In diesem Augenblick kam ihr erster Tanzpartner, um sie auf das Parkett zu führen.

Sir Caspar Randal fühlte sich zurückgestoßen, und da er nachtragend war, hatte Camilla sich unwissentlich einen gefährlichen Feind gemacht.

Camilla stellte zu ihrer Freude fest, daß sie völlig ungezwungen tanzen konnte, und ihre Nervosität legte sich.

Als Sir Michael leicht ihre Taille umfaßte, fürchtete sie sich nicht mehr vor der raschen Polka und fand bestätigt, was Lady Monford gesagt hatte, daß er ein ausgezeichneter Tänzer war. Es war ein Tanz, der wenig Konversation erlaubte, aber ihre Blicke trafen sich immer wieder, und am Ende sagte er:

»Ihr Tanztalent kommt Ihrer Schönheit gleich, Comtesse.«

Sie schwebte im siebenten Himmel, bis er sie wieder zum Tanz holte. Diesmal war es ein imtimer Walzer.

»Sie sind Französin, wie ich höre. Aber Sie werden die englische Gesellschaft sicher nicht viel anders finden, als Ihre eigene. Jedenfalls werden Sie unsere Saison sehr bereichern.«

»Ich kann leider keine Vergleiche ziehen, Sir Michael, da ich nie in meinem Heimatland gelebt habe. Die Revolution hat die Courvilles aller ihrer Besitztümer beraubt, und ich bin hier in der Abgeschiedenheit aufgewachsen, bis der Marquis und die Marquise de Fouchet mich als ihr Mündel aufgenommen haben. Sie sind alte Freunde meiner Familie.«

Seine nächsten Worte zerstörten ihre Hoffnungen, daß er sie mehr nach seinem Geschmack finden möge als die anderen jungen Damen. »Ich sehe, Sie haben an diesem Abend schon eine Menge Eroberungen gemacht. Zweifellos werden wir in wenigen Monaten auf Ihrer Hochzeit tanzen.«

Danach konnte Camilla beobachten, wie er sich anderen Tanzpartnerinnen gegenüber verhielt, nämlich dann, wenn sich das Gespräch mit ihren eigenen Partnern als langweilig erwies und deren Tanzkünste mangelhaft waren. Es tröstete sie allerdings keineswegs. Bei jeder war sein Lächeln freundlich und seine Aufmerksamkeit ungeteilt. Sir Michael war einfach zu gut erzogen, und so sehr sie es auch wünschte, mehr konnte sie der Freundlichkeit, die er ihr entgegenbrachte, nicht entnehmen.

Auf der Heimfahrt in der Kutsche faßte die Marquise ihre Begeisterung in Worte:

»Chérie, ich muß dich beglückwünschen. Du hast meine Hoffnungen mehr als erfüllt. Zwei junge Pairs und die meisten der begehrenswertesten jungen Männer haben dich umschwärmt.« Sie lachte. »Ich bin sicher, daß unser Nachmittagskaffee von deinen Verehrern überschwemmt werden wird.«

Es war ein schaler Triumph. Und nachdem Camilla, wie es sich gehörte, ihre Dankbarkeit ausgedrückt hatte, verschloß sie sich in ihr Zimmer und weinte unglücklich.

Am nächsten Morgen besuchte Augusta aufgeregt ihre Freundin.

»Camilla, wie finden Sie meinen Bruder? Ist er nicht der herrlichste Mann von London? Als wir nach Hause kamen, hat er mich nach Ihnen ausgefragt. Er behauptet, Sie erinnern ihn an ein Gemälde.«

Oder an ein einfaches Mädchen in einer Taverne, dachte Camilla traurig. Sie war immer noch niedergeschlagen. Hatte sie nicht zweimal in den Armen des Mannes, den sie liebte, getanzt? Und doch schien sie keinen stärkeren Eindruck hinterlassen zu haben als all die anderen hübschen Mädchen.

Glücklich erzählte Augusta von ihren eigenen, kleinen Erfolgen. »Sir Christopher Stanwell und Mr. Edwards, den ich sehr nett finde, haben um die Erlaubnis gefragt, mich besuchen zu dürfen. Und ob Sie glauben oder nicht, Michael hat mir versprochen, mich nun öfter auf Gesellschaften zu begleiten. Bitte sagen Sie mir, finden Sie ihn nicht wenigstens ein klein wenig attraktiver als die anderen Männer?«

»Er ist in der Tat sehr stattlich«, versicherte Camilla wahrheitsgemäß, fügte aber kläglich hinzu: »Ich fürchte, Mrs. Fitzherbert hat recht. Er läßt sich von den jungen Damen nicht beeindrucken. Vielleicht ist er zu sehr mit seinen Studien beschäftigt und mit seinen Pferden.«

Augusta lachte. »Unsinn, Camilla! Er hat doch zugegeben, daß Sie sehr schön sind. Mama war ganz aus dem Häuschen, als er dies gestern abend erwähnte.«

Bei diesem kleinen Hoffnungsschimmer meldete sich Camillas natürliche Fröhlichkeit wieder. Wenn er seiner Schwester versprochen hatte, sie während der Saison häufiger zu begleiten, würde sie ihn regelmäßig sehen.

Um sich seiner Gesellschaft würdiger zu erweisen, suchte Camilla den Marquis de Fouchet in seiner Bibliothek auf und fragte ihn, ob sie einige seiner Kunstbücher ausleihen und sich außerdem über Musik und Dichtkunst informieren dürfe.

Der alte Herr war begeistert. »Mein liebes Kind, dann teilen Sie meine Interessen, wenn Sie die Zeit dazu haben? Meine Frau sagte mir, daß Sie ein großer Erfolg und sehr begehrt sind, aber Wissen ist dauerhafter.«

So kam es, daß Camilla oft in der Bibliothek saß und das Studieren der Bücher ihre Lieblingsbeschäftigung wurde. Wenn sie das nächste Mal Sir Michael wiedersah, würde außerdem ihr Gesprächsstoff vielseitiger geworden sein. Besonders Kunstbücher fesselten sie.

Eine Woche lang sah sie Michael weder bei Soireen noch auf Bällen. Augusta erklärte ihr, er sei auf dem Land, um einen jungen Hengst einzureiten.

Inzwischen bestätigte sich die Voraussage der Marquise, und jeden Nachmittag erschienen um fünf Uhr höfliche junge Herren in

Carlton Terrace. Aber keiner weckte in Camilla irgendwelche tieferen Gefühle. Doch die Konversation lehrte sie viel über den gesellschaftlichen Umgang und trug dazu bei, daß sie selbst sicherer wurde.

Dann kam Sir Michael nach London zurück. Er hielt sein Versprechen, Augusta auf Gesellschaften zu begleiten. Aber er war nicht darauf aus, sich mehr als einmal während des Abends mit Camilla zu unterhalten.

Augusta hatte ihre eigenen Vorstellungen und Wünsche und stellte sich Camilla nicht nur als Freundin vor, sondern als künftige Verwandte. Sie berichtete ihr eines Tages über Beobachtungen, die sie aufmerksam verfolgt hatte. »Camilla, ich glaube, mein Bruder fürchtet sich vor Ihnen«, begann sie nachdenklich.

»Was für ein Unsinn, Augusta«, wehrte Camilla ab. »Ich bin doch nicht furchterregend, und außerdem ist Ihr Bruder kein Feigling.«

Augusta sah sie vielsagend an. »Nein, ich meine, er fürchtet sich davor, daß er sich in Sie verlieben könnte. Sie sind für jeden Tanz ausgebucht, aber ich nicht, und deshalb kann ich ihn beobachten. Er verfolgt sie ständig mit seinen Blicken, wenn Sie tanzen. Sie machen sich keinen Begriff davon.«

Ein leichtes Zittern überlief Camilla. »Aber diese Blicke sollen doch vermutlich Abneigung ausdrücken?« fragte sie.

»Wer hat je gehört, daß verhangene Blicke Abneigung ausdrükken? Sie selbst machen sich nichts aus ihm!«

Camilla wußte, daß sie Augusta vertrauen konnte, und plötzlich hatte sie das überwältigende Bedürfnis, über ihre wahren Gefühle zu sprechen.

»Augusta, natürlich mache ich mir etwas aus ihm. In Wirklichkeit bringt er mich zur Verzweiflung, weil er mir anscheinend aus dem Weg geht. Ich... ich habe mich in ihn verliebt, als ich ihn einmal ausreiten sah!«

Dies war nur die halbe Wahrheit, denn selbst Augusta gegenüber wagte sie es nicht, über ihren Platz an der Ecke der Curzon Street zu sprechen.

»Offen gestanden, ich habe in letzter Zeit viel in der Bibliothek des Marquis studiert, um mich mit Michael anspruchsvoller unterhalten zu können, aber er gibt mir gar keine Gelegenheit dazu.«

Augustas Augen leuchteten vor Freude. »Ja, Sie lieben ihn wirklich, das spüre ich. Kommen Sie, wir denken uns etwas aus, wie ihr beide euch miteinander aussprechen könnt. Vielleicht bei uns zu Hause?«

Camilla war entsetzt. »Auf gar keinen Fall, Augusta«, erklärte sie heftig. »Wenn Sie mit Ihrer Vermutung recht haben, daß er sich davor fürchtet, sich in mich zu verlieben, wäre es das Schlimmste, was wir tun könnten! Ihm meine Gesellschaft aufzudrängen! Nein, Augusta, Sie meinen es gut, das weiß ich, aber mein Instinkt sagt mir, daß man Männern niemals nachlaufen darf.«

Augusta schluckte enttäuscht. »Daran habe ich nicht gedacht«, gab sie kleinlaut zu. »Es wäre wirklich nicht gut, weil Michael jahrelang von Mädchen schamlos verfolgt wurde und sie für Dummköpfe hält. Und doch möchte ich so gern Ihre Liebe fördern, Camilla.«

»Dann behalten Sie das Geheimnis für sich und lassen Sie die Dinge ihren Lauf nehmen, meine Gute.« Camilla war gerührt über Augustas Mitgefühl. »Die rechte Zeit wird kommen, ich bin ganz sicher.«

Und sie kam in der Tat schon am nächsten Abend. Beide Familien waren zu einer Soiree bei der Herzogin von Wentworth eingeladen. Sie war eine enge Freundin von Lady Monford und gleichzeitig Sir Michaels Patentante. Deshalb konnte er die Einladung nicht abschlagen. Außerdem besaß die Herzogin einen vorzüglichen Geschmack und hatte ein berühmtes Quintett engagiert, das die Gäste unterhalten sollte.

Vielleicht hatte Augusta ein wenig die Hand im Spiel, es war nicht deutlich erkennbar, aber als die Monfords ihre Plätze einnahmen, wurden Camilla und die Marquise zufällig neben sie gesetzt. Entzückt stellte Camilla fest, daß Sir Michael neben ihr Platz nahm. Er begrüßte sie mit einem charmanten Lächeln.

Das Programm war Mozart gewidmet, dessen Biographie, die jetzt kurz nach seinem Tod veröffentlicht worden war, sie bereits gelesen hatte. Und sie beschloß, die Gelegenheit zu nützen.

Aus seinem Applaus schloß sie, daß Mozart sein Lieblingskomponist sein mußte. Mit leuchtenden Augen wandte sie sich an ihn:

»Er hat eine herrliche Musik geschrieben, und es macht mich immer traurig, wenn ich daran denke, wie jung er gestorben ist. Und dazu noch in tiefer Armut. Welch wunderbare Werke hätte er mit seinem Genius noch schreiben können.«

Diesmal war Sir Michael überrascht. Camilla de Courville war also nicht nur unbeschreiblich schön, sondern sie besaß dazu noch Geist, den zu prüfen er sich bis jetzt gescheut hatte, falls er sich als oberflächlich herausstellen sollte.

»Ich sehe, wir teilen zumindest ein Interessengebiet. Haben Sie schon viele Stücke von Mozart gehört?«

»Nicht annähernd genug«, antwortete sie bedauernd. »Ich würde sehr gern seine Opern hören, die wunderschön sein sollen.«

»Das werden Sie«, versprach er enthusiastisch. »Ich bin eigens nach Deutschland gereist, um die ›Hochzeit des Figaro‹ zu sehen, und ich will mich darum bemühen, daß sie hier in London aufgeführt wird. Ich will dem Prinzen selbst den Plan vorlegen, denn wenn er interessiert ist, wird die Gesellschaft vielleicht ihre falsche Prüderie ablegen. Das Thema ist zwar in der Tat riskant, aber was spielt das bei der herrlichen Musik für eine Rolle?«

Als die Musiker wieder zu spielen begannen, lebte neue Hoffnung in ihr auf. Ihre Studien waren also nicht umsonst gewesen, auch wenn sie nach so kurzer Zeit noch in den Kinderschuhen steckten. Sie betete darum, daß sich bald eine Möglichkeit ergeben möge, über Malerei zu sprechen. Die Bücher des Marquis waren voll herrlicher Illustrationen, und von allen Gesprächsthemen war ihr dies das liebste.

Die Zurückhaltung Sir Michaels war plötzlich wie weggeblasen, und er schenkte ihr während des restlichen Abends seine volle Aufmerksamkeit. Er brachte ihr in den langen Pausen Erfrischungen und Champagner, und sie sprachen über Bach und Beethoven, wobei er ihr unwissentlich kostbare Informationen gab, die es Camilla ermöglichten, ihre eigenen Bemerkungen darauf abzustimmen.

Beim nächsten Ball trug sich Sir Michael nicht nur für einen, sondern für drei Tänze in ihre Karte ein. Camilla lenkte das Gespräch geschickt auf die Malerei, denn sie waren in einem Haus zu Gast, das für die alten Meister, die an allen Wänden hingen, berühmt war.

Sir Michael wagte kaum, an sein Glück zu glauben. War es möglich, daß er sein Traumbild gefunden hatte, die vollkommene Schönheit, verbunden mit Intelligenz?

Er dachte nicht mehr an Camillas leichte Ähnlichkeit mit dem Tavernenmädchen, bis er zufällig in White's Club Sir Caspar Randal traf.

Sir Michael wäre ihm gern aus dem Weg gegangen, aber Sir Caspar verhinderte das. Die Zurückweisung der Comtesse hatte seinen niederen Geist geweckt.

»Ah, Monford, es scheint, daß unsere Schönheit Sie bevorzugt. Ist Ihnen noch nicht aufgefallen, wie sehr sie der Edelhure in der ›Crown‹ ähnelt? Sie könnten Zwillingsschwestern sein. Der Unterschied ist nur der, daß unsere berühmte Schönheit geziert und arrogant ist, was mich zu Tode langweilt.« Sein Blick wurde stechend. »Ich steige ihr nicht nach, weil ich ja jeden Abend die berückenden Reize ihres Doubels genießen kann. Weshalb probieren Sie es nicht selbst?« höhnte er.

Sir Michael fand die ganze Angelegenheit abstoßend. »Ich besuche keine Bordelle«, erwiderte er eisig und drehte sich um. Er versuchte, die unangenehme Begegnung sofort zu vergessen.

Sir Caspar Randal beherrschte mühsam seinen Haß und die Eifersucht auf Monfords gutes Aussehen, seinen Charme und enormen Reichtum. Und jetzt besaß er zu alledem auch noch die Aufmerksamkeit der Comtesse de Courville, die Randals Blut in Wallung brachte, wie es bisher noch keine Frau getan hatte.

Der Wunsch, sie zu besitzen, war zu einer fixen Idee in seinem verdorbenen Geist geworden. Schon der bloße Gedanke daran, daß ausgerechnet Monford diesen lieblichen Mund küssen und ihren schlanken Körper umfassen durfte, war ihm unerträglich. Er suchte nach Mitteln und Wegen, seinen Rivalen aus dem Feld zu schlagen, und er faßte seinen Entschluß.

Noch am selben Abend wollte er zur Taverne hinausfahren, den stets betrunkenen Thomas Fernaby beiseite nehmen und dieser niederträchtigen Seele eine Menge Gold anbieten für die Information, die er brauchte. Er zweifelte keinen Augenblick daran, daß die ›Comtesse‹, wie er sie im Geiste verächtlich nannte, und die Dirne im Bordell ein und dieselbe Person waren. Wenn er das beweisen konnte, würde er die tödliche Waffe in der Hand halten, um sie beide auseinanderzubringen. Denn wenn er, Randal, sie nicht haben konnte, sollte auch Sir Michael sie niemals besitzen.

Achtes Kapitel

Neue Hoffnung lebte in Camilla auf, und sie war in Hochstimmung. Sir Michael suchte bei jeder Gelegenheit ihre Gesellschaft und war offensichtlich entzückt davon, sich mit ihr zu unterhalten und mit ihr zu tanzen. Er hatte seine Zurückhaltung abgelegt, und wenn sie über eines seiner Lieblingsthemen sprachen, klang seine Begeisterung fast überschwenglich.

Camilla nahm sein waches Interesse natürlich wahr und verbrachte jeden Morgen mehrere Stunden in der Bibliothek des Marquis, um ihre Kenntnisse zu mehren.

Die enger werdende Verbindung zwischen beiden blieb nicht unbemerkt, und die Gastgeberinnen lächelten wissend und nickten beifällig. Einige hartnäckige Verehrerinnen schworen, sie würden diesen Verlust für die übrige Weiblichkeit nicht überleben, aber Jugend ist bekanntlich flexibel. Als es feststand, daß Sir Michael sich nur mit der reizenden Comtesse befaßte, wandten sie sich schließlich achselzuckend anderen Verehrern zu. In dieser Saison gab es noch so viele attraktive junge Männer.

Sir Caspar Randal begnügte sich damit, aus der Ferne zu beobachten. Sein Lächeln glich eher dem Ausdruck eines satten Raubtieres, denn er besaß das Mittel, die romantischen Träume der beiden zu zerstören.

Er hatte gewartet, bis der letzte Gast der Taverne gegangen war. Dann hatte er vier Goldmünzen vor den betrunkenen Wirt gelegt und gesagt:

»Aber die müssen Sie sich verdienen, Fernaby. Ich lege noch eine dazu, wenn Sie mir die Auskunft geben, die ich haben möchte. Ich will die ganze Wahrheit über die junge Schönheit wissen, die kürzlich in die Gesellschaft eingeführt wurde und sich Camilla, Comtesse du Courville, nennt. Ich will verdammt sein, wenn sie nicht das Ebenbild Ihrer hübschen Edelhure ist, die meine Avancen zurückgewiesen hat. Ist das nicht komisch, Fernaby? Nun reißen Sie sich zusammen, Mann, ich möchte die Wahrheit hören!«

Thomas Fernaby konzentrierte sich mit einiger Mühe auf die schimmernden Guineas, die vor ihm lagen.

»Comtesse, eh?« Er spuckte auf den Fußboden. »Ich will Ihnen von dieser feinen Dame erzählen, Sir.«

Er legte vorsichtshalber seine große Hand auf das Geld. Dann sprudelte die ganze Geschichte aus ihm heraus, verbrämt mit Bitterkeit über die Widerspenstigkeit des Mädchens gegen den ›armen, alten Vater‹ und ihre grausame Undankbarkeit.

Sir Caspar Randal sog alles begierig in sich auf. Er unterbrach Fernabys Redestrom nicht. Dieser verfluchte am Ende Camilla mit den bösartigsten Worten, die ihm einfielen, und schloß:

»Bringen Sie diese feine ›Comtesse‹ nur hierher. Ich schlage sie tot!«

»Ich glaube nicht, daß das notwendig sein wird«, sagte Sir Caspar ruhig. Er legte eine zusätzliche Guinea auf die Theke, denn er hatte für sein Geld wirklich viel bekommen.

»Ich denke mir eine grausamere Bestrafung für sie aus. Sie wird daran zu Grunde gehen, darauf können Sie sich verlassen.«

Camilla ahnte nichts von dem Damokles-Schwert, das über ihr hing. Sie bemerkte Sir Caspars gelegentliche Anwesenheit bei den verschiedenen Gesellschaften kaum.

Augusta war überglücklich. »Camilla, Michael wird sich Ihnen in Kürze erklären.« Sie strahlte. »Er ist zu Hause völlig geistesabwesend und hört kaum zu, wenn Mama oder ich ihn anreden. Er hat sich sehr verändert.«

Camilla lächelte. »Nur keine Eile, Augusta. Die Saison hat ja kaum begonnen.«

Die gesellschaftlichen Ereignisse waren in vollem Gange. Mrs. Fitzherbert kam eines Nachmittags zu Besuch. Ihr freundliches Gesicht strahlte vor Erregung.

»Meine liebe, liebe Marquise. Seine Königliche Hoheit ist nach London zurückgekehrt. Ist das nicht eine frohe Botschaft? Ich bin so glücklich wie ein junges Mädchen, das sich eben erst verliebt hat. Und ich habe noch eine Neuigkeit, ich bringe Ihnen die Einladung persönlich.«

Sie zog einen höchst eindrucksvollen Briefumschlag, auf dem das königliche Wappen in Gold prangte, aus ihrem Muff. Auch die goldgeränderte Karte, die viel größer als jede andere gewöhnliche Einladung war, trug das königliche Wappen.

Camilla hielt die Karte ehrfürchtig in der Hand. Es war die Einladung zum königlichen Ball, und unter den Namen des Marquis und der Marquise stand ihr eigener – Comtesse de Courville.

Ungestüm beugte sich Camilla zu Mrs. Fitzherbert herab und küßte ihre volle Wange. Ihre Augen leuchteten vor Freude.

»Meine liebe Mrs. Fitzherbert, ich bin so glücklich, daß Sie meinen Namen hinzugefügt haben. Der Ball wird das größte Erlebnis meines Lebens sein. Ich bin jetzt schon aufgeregt.«

Mrs. Fitzherbert und die Marquise lachten.

»Unsinn, meine Liebe. Ich werde die Gastgeberin sein, und Sie werden feststellen, daß mein Prinny höchst gnädig ist. Ich selbst werde Sie ihm vorstellen. Er wird Sie kritisch mit seinem Monokel betrachten – das viele ein wenig einschüchternd finden –, aber er tut das nur, damit er Sie besser sehen kann. Ich habe ihm schon gesagt, daß Sie die Schönheit des Balles sein werden und eine Bereicherung für die ganze Saison.«

Camilla errötete über die Komplimente und stammelte nochmals ihren Dank.

Um den Tag zu krönen, kam wenig später Augusta mit der Neuigkeit, daß auch alle Monfords eingeladen worden waren.

»Und Sie werden so schön aussehen und die königliche Gunst genießen, daß Michael gar nichts anderes übrigbleibt, als hingerissen zu sein.«

Camilla sah sie liebevoll an.

»Was für eine wunderbare Freundin Sie doch sind, Augusta. Ich glaube wirklich, Sie sind frei von jeglichem Neid. Aber auch Sie sind schön, das wissen Sie. Ich möchte nicht, daß unsere Verbindung einseitig ist. Erzählen Sie mir, welchen Ihrer Verehrer ziehen Sie am meisten vor? Sie haben mir so viel geholfen, daß auch ich Ihnen gerne helfen würde.«

Augusta blickte bescheiden zu Boden, lächelte dabei aber verschwörerisch.

»Ehrlich gesagt, ich habe mein Herz an Mr. Edwards verloren. Mama erwartet natürlich von mir, daß ich einen Herzog heirate. Aber niemand könnte so sehr meinen Vorstellungen entsprechen, wie Brent Edwards. Er ist amüsant und sympathisch, und im Gegensatz zu Michael verlangt er glücklicherweise von einer Frau nicht, daß sie intelligent ist.« Sie lachte übermütig. »Das Lernen langweilt mich zu Tode. Mr. Edwards hat ein schönes Haus in Chelsea und ist sehr wohlhabend, und deshalb hoffe ich, daß auch Mama ihre Einwilligung geben wird.«

»Ich bin sicher, daß sie das tun wird. Schließlich liebt sie Sie von ganzem Herzen und hat vor allem anderen Ihr Glück im Auge.«

»Ja, das hoffe ich, Camilla, und ich bete darum, daß auch er zum

Ball kommt. Ich habe ein entzückendes Ballkleid. Ich komme mir darin wie eine Prinzessin vor. Es ist schneeweiß, mit einem silbernen Blumenmuster bestickt, und ich wirke darin direkt schlank.«

An diesem Abend beim Kotillon sprachen alle über den königlichen Ball, und es schien, als ob alle Mädchen, die ihr Debut machten, eine Einladung erhalten hätten.

Sir Michael forderte Camilla zu drei Tänzen auf, was nun allgemein ohne Murren akzeptiert wurde.

Während des ersten Tanzes neckte er sie.

»Ich bin sicher, Sie werden bei diesem Anlaß weit vornehmere Partner vorziehen als mich, Comtesse. Ich bin versucht, gar nicht auf den Ball zu gehen.«

Sie kannten sich inzwischen so gut, daß Camilla erwidern konnte: »Weshalb sollte ich einen Freund Fremden zuliebe ignorieren, Sir Michael?«

Er antwortete ernst: »Sie haben eine hohe Position inne, wie Sie wissen. Eine Comtesse rangiert nur knapp unter einer Herzogin. Außerdem werden zweifellos viele vornehme französische Aristokraten anwesend sein, die mit Ihrer Familie freundschaftlich verbunden sind, und wie ich höre, neigen sie zu charmanten Schmeicheleien.«

Camilla lachte fröhlich. »Schmeicheleien? Glauben Sie mir, ich kann sie nicht ausstehen. Aber es wäre angenehm, Menschen kennenzulernen, die mit den Courvilles Verbindung hatten. Ich weiß so wenig von ihnen, weil ich in England aufgewachsen bin.«

Einen Augenblick lang glaubte sie, sie sei zu offen gewesen. Aber Sir Michael lächelte, und die Besorgnis war aus seinen dunklen Augen verschwunden.

»Dann darf ich um einen Tanz bitten?«

Sie blickte zu Boden. »Ich wäre sehr verletzt, wenn Sie es nicht tun würden.«

Sir Caspar Randal, der sie beobachtete, grinste boshaft. Der Augenblick seines Triumphs würde nun nicht mehr lange auf sich warten lassen. Es verschaffte ihm ein zusätzliches Gefühl der Macht, daß er es sich leisten konnte, Monford und die Comtesse ihre letzten gemeinsamen Abende ungestört genießen zu lassen.

Am Morgen des königlichen Balles war Monsieur Guillaume sehr beschäftigt, da die vornehmen Damen seine Dienste in Anspruch nahmen. Aber die Comtesse de Courville hatte vor allen anderen Vorrang. Er wußte so gut wie jedermann, daß sie bereits der Liebling von London war. Außerdem war es bei ihrem schönen Haar ein Vergnügen, sie zu frisieren. Er wandte sein ganzes Geschick an, arrangierte die kurzen, schimmernden Locken und Löckchen meisterhaft und befestigte eine kleine Lockenkrone auf ihrem Hinterkopf mit einem goldenen Band, auf dem in Weiß die französische *Fleur de lis* gestickt war, die die Marquise eigens bestellt hatte. Es paßte vorzüglich zu ihrem weißen Abendkleid mit den goldenen *Fleur de lis*.

Monsieur Paul selbst ließ sich an diesem Abend herab und zollte dem Ergebnis größten Beifall. Camilla war gerührt und zugleich amüsiert über seine Schmeicheleien und mußte dabei an Sir Michaels Worte denken. Sie sah hinreißend aus. Nur ein Schatten fiel auf den Abend, denn der Marquis klagte über zunehmende rheumatische Schmerzen und entschloß sich, zu Haus zu bleiben.

Aber auch diese Enttäuschung konnte ihre Erregung nicht dämpfen, als sie und die Marquise in die Kutsche stiegen, um die zweihundert Schritte zu dem hell erleuchteten Carlton House zu fahren.

Kostbare Kristallkronleuchter erstrahlten in allen Räumen. Der Baldachin, der zu den großen Türen führte, war aus königsblauer Seide und goldgerändert.

Beide Kutschentüren wurden von zwei Dienern mit Perücken geöffnet. Die Röcke ihrer Livree waren mit dem königlichen Wappen bestickt.

Die Vornehmheit der Gäste übertraf alles, was Camilla bisher gesehen hatte. Einige ältere Damen hatten ihre weißen Perücken mit Reiherfedern und funkelnden Juwelen geschmückt. Sie trugen Roben aus seltenen Brokatstoffen, Samt und Taft, über kleinen Reifröcken, die die Marquise so liebte. An ihren Dekolletés und Armen glitzerten Smaragde, Rubine und Diamanten.

Die Herren wetteiferten mit dieser Pracht. Viele trugen Röcke aus herrlichen Goldstoffen, schwerem Samt und kunstvoll gearbeitete, juwelenbesetzte Stickereien zur Schau und ihre Schuhe waren verziert mit Edelsteinschnallen.

Camilla fühlte sich daneben wie ein Bauernmädchen. Ihr Abendkleid war ihr in der Abgeschiedenheit ihres Zimmers großartig erschienen, aber gegen diesen Reichtum kam sie sich armselig vor. Da sie nicht eitel war, konnte sie nicht wissen, daß sich ihre jugendliche Schönheit wie eine kostbare Perle inmitten dieses Prunks heraushob.

Auch das Carlton House schüchterte sie ein. Der Prinzregent stellte seine Leidenschaft für die asiatische Kunst ebenso in seinem

Londoner Haus zur Schau, wie er es in dem königlichen Pavillon in Brighton tat. Über der lebhaften Menschenmenge erkannte Camilla mit Ehrfurcht chinesische Tapisserien in zarten Pastellfarben mit gestickten, fragilen Figuren, die alle Wände der Empfangshalle bedeckten. Ein großer, bronzener Drache, der bis zur Decke reichte, wirkte beängstigend. Doch statt Flammen spie er Lotosblüten aus seinem Riesenmaul.

Inzwischen hatten Camilla und die Marquise die Gastgeber fast erreicht. Seine Königliche Hoheit war dicker, als es seiner Gesundheit guttat. Er beherrschte die Szene souverän. An seinem türkisfarbenen Samtrock schimmerten die gestickten Insignien, und in seinem diamantbesetzten Monokel reflektierten sich die Lichter, die ihn umgaben.

Neben ihm stand Mrs. Fitzherbert in purpurrotem Samt und mit einer schweren Kette aus blitzenden Diamanten und dunklen Amethysten um den Hals.

Als die Marquise und Camilla näher kamen, streckte sie ihnen beide Hände entgegen, während der Prinzregent sie nachsichtig ansah.

Sie wandte sich an ihn: »Bitte erlauben Sie mir, Ihnen meine liebste Freundin, die Marquise de Fouchet und ihr Mündel, die Comtesse de Courville, vorzustellen. Sie ist die Schönheit der Saison.«

Die Marquise machte einen tiefen Knicks, und Camilla folgte wie benommen ihrem Beispiel. Alles kam ihr so unwirklich vor. Sie, Camilla Fernaby, die sie so lange gewesen war, wurde vom höchsten Herrn Englands empfangen.

Mrs. Fitzherbert hatte die Nervosität des jungen Mädchens vorausgesehen. Deshalb ergriff sie ermutigend Camillas Hände und sagte zum Prinzregenten:

»Sehen Sie, Sire, ich habe Ihnen nicht zuviel versprochen, was unsere Schönheit, die Comtessa de Courville, anbetrifft.«

Seine Lippen kräuselten sich, als er das Mädchen durch sein Monokel musterte. Es kam ihr wie eine Ewigkeit vor, aber schließlich lächelte er beifällig.

»Sie sind in der Tat eine Schönheit, Comtesse. Ich nehme an, Sie haben dazu auch einen lebhaften Geist?«

Mit ihrem bezauberndsten Lächeln erwiderte Camilla: »Das zu beurteilen, liegt nicht an mir, Sire.«

Er strahlte: »Sie sind geistesgegenwärtig. Sie werden zweifellos eine ganze Menge Herzen brechen, und es wird Ihnen guttun, wenn Sie sie munter machen.« Er lachte. »Ich hoffe, Sie besuchen uns auch in Brighton.«

Man bemerkte die Gunst, die der Comtesse gewährt wurde, und sie stand im Mittelpunkt aller Blicke.

Die Marquise hielt den richtigen Moment für gekommen und führte Camilla am Ellenbogen in den großen Ballsaal.

Camilla hielt den Atem an. Das Dekor war im spielerischen Rokokostil gehalten. Sie fand es ein wenig überladen, aber an Extravaganz war es unübertroffen.

Dann sah sie Sir Michael, noch ehe Augusta sie bemerkt hatte, und ihr Herz schlug heftiger. Er wirkte eleganter als alle anderen buntgekleideten Herren. Sein Rock und seine Hose waren aus schwarzem Samt. Weiße Seidenstrümpfe und schwarze Schuhe mit Schnallen aus purem Gold vervollständigten seinen Anzug. Sein hoher Kragen war goldgerändert, die Manschetten waren aus feinster Goldspitze, die auch sein Rüschenhemd unter einer steifen, weißen Halsbinde zierte. Sein schwarzes Haar war glatt gekämmt. Er stellte die Verkörperung aristokratischen guten Geschmacks dar.

Augusta eilte strahlend auf sie zu, und sie tauschten gegenseitig Komplimente. Doch Camilla überkamen plötzlich nagende Zweifel. War es möglich, daß sie das Herz eines so gutaussehenden, kultivierten Mannes gewinnen konnte? Sie blickte sich verstohlen im Ballsaal um, der sich jetzt mit jungen Mädchen füllte, die wesentlich hübscher und eleganter gekleidet waren als sie selbst.

Dann stand er neben ihr, und sein Lächeln und sein Blick drückten ehrliche, uneingeschränkte Bewunderung aus.

»Nachdem Sie vom Prinzregenten geehrt wurden, wage ich kaum, Sie um einen Tanz zu bitten, den Sie mir versprochen haben.«

Sie lächelte dankbar zu ihm und hielt ihm ihre Tanzkarte hin.

»Wie Sie sehen, Sir Michael, hoffe ich auf Sie, um an diesem großartigen Abend kein Mauerblümchen zu werden.«

Als er ihre Karte nahm, lag in seinen Augen der amüsierte Ausdruck, den sie so sehr an ihm liebte.

»Ich bin sicher, das werden Sie niemals sein. Sie sind nur klugerweise wählerisch gewesen. Die meisten jungen Mädchen sind viel zu begierig darauf, eine volle Karte vorzuzeigen. Als Emblem des Erfolges. Aber Sie sind klug, Mylady.«

Er schrieb in seiner kühnen Handschrift zweimal seinen Namen, und einmal war es, wie sie mit Stolz bemerkte, der begehrte Tanz vor dem Abendessen, das höchste Kompliment, das man einer Frau machen konnte.

Als wäre dies ein Signal gewesen, wurde Camilla danach von den jungen Herren belagert. Die Neuigkeit über die wachsende Freundschaft zwischen der bildschönen Comtesse und dem jungen Monford hatte sich in der Gesellschaft herumgesprochen. Würde sie diejenige sein, die sein Herz gewann, nachdem es so vielen nicht gelungen war? Sie dachte an Sir Michaels Worte und reichte ihre Karte nicht sofort dem jeweiligen Bewerber, sondern behielt sie bei sich, musterte ihn rasch und nahm dann entweder an oder lehnte auf charmante Weise mit scheinbar aufrichtigem Bedauern ab, denn sie wollte niemanden verletzen.

Daß sie bis zum dritten Tanz auf Sir Michael warten mußte, bekümmerte sie nicht im gerinsten. Ihr Glück war jetzt so groß, daß ihre Füße kaum den Boden berührten und sie selig über die Tanzfläche schwebte. Hatte Augusta recht? Würde sich ihr Bruder an diesem Abend erklären?

Seine Königliche Hoheit und Mrs. Fitzherbert saßen in thronartigen Sesseln auf einem Podest in einem flachen Alkoven, der mit Rosen geschmückt war, und sie sahen zu, als Sir Michael zum erstenmal seine Hand um die schlanke, goldweiße Taille Camillas legte und sie zu einer Polka führte.

Er verzog das Gesicht zu einer Grimasse, und seine Augen lachten. »Das Schicksal ist wirklich ungerecht! Ich habe Sie mit seiner Hoheit einen Walzer tanzen sehen, dann mit diesem Dodswell, und jetzt, da meine Chance gekommen ist, sind wir gezwungen, wie Marionetten herumzuhüpfen.«

Camilla lachte glücklich, als sie anmutig die ganze Länge des Ballsaals durchtanzten. »Vielleicht ist uns das Schicksal das nächste Mal günstiger gesonnen. Ich hoffe, der Tanz vor dem Essen wird nicht so hektisch sein.«

»Es wird wahrscheinlich ein Galopp sein, damit wir Appetit bekommen.«

Aber es kam anders. Der Kapellmeister wußte, daß die Herren zu diesem besonderen Tanz die Dame ihres Herzens wählten und stimmte einen langsamen Walzer an.

Zuerst schwieg Sir Michael. Dann sah er Camilla in die schimmernden grauen Augen und sagte leise:

»Ich weiß nicht, wie ich es ausdrücken soll. Glauben Sie mir, ich habe keine Erfahrung darin... aber, Comtesse Camilla, ich kann es nicht länger für mich behalten, sonst könnte mein Herz überfließen.« Er hielt inne, als stünde er am Rande eines Abgrunds. Sie sah ihn unverwandt an. Schließlich gelang es ihm fortzufahren: »Sie sind über die Maßen schön, und heute abend übertreffen Sie alles. Aber meine Gefühle für Sie gehen tiefer. Ich liebe Sie aus ganzem Herzen, und ich möchte Sie für immer an meiner Seite haben.«

Camilla empfand eine merkwürdige Schwäche. Sie lehnte sich einen Augenblick an ihn.

Besorgt fragte er: »Habe ich Sie gekränkt? Lege ich in unsere Freundschaft zu viel hinein?«

Sofort kehrte ihre Kraft zurück. Sie sah zu ihm auf, und ihre Augen gaben ihm die Antwort, noch ehe sie sprach.

»Sir Michael, Sie haben mich zur glücklichsten Frau der Welt gemacht. Ich war nur vor Freude überwältigt, das ist alles. Aber ich versichere Ihnen, daß mein Herz Ihnen gehört und Ihnen immer gehören wird.«

Seine Hand umfaßte ihre Taille fester, und einen Augenblick lehnte Camilla ihren Kopf an seine Schulter. Dies entging keiner der Damen, die auf den goldenen Stühlen saßen, und vor allem nicht Mrs. Fitzherbert.

Aber auch einem anderen Zuschauer war es nicht entgangen. Sir Caspar Randal, der zwischen verletztem Stolz, Begierde und Haß hin und her gerissen war, hatte jede Bewegung beobachtet, und sein heimliches Machtgefühl steigerte sich zum Triumph. Der Augenblick war gekommen, und obwohl er dem Champagner eifrig zugesprochen hatte, war er noch nicht betrunken. Nachdem er so lange gewartet hatte, um seine niederträchtige Rache an Monford zu nehmen, kam es ihm auf einige Minuten nicht an.

Als die Musik geendet hatte, verweilte Sir Michael länger als die anderen Tänzer auf der Tanzfläche, weil er den körperlichen Kontakt und die geistige Verbindung mit Camilla nicht abbrechen wollte, die sie in ihre eigene Welt versetzt hatten. Sie wären jetzt gern allein in einem stillen Garten gewesen, statt von plaudernden Gästen umringt zu sein, von denen jeder nur allzu bereit war, das höfliche Lächeln aufzugeben und maliziös über sie zu reden.

Aber das Protokoll verlangte, daß sie die Regeln befolgten. Camilla legte ihre Hand auf Sir Michaels Arm und wappnete sich gegen ein Heer neugieriger Blicke.

Denn ihrer beider Glück war nur allzu deutlich zu erkennen, als sie den großen Speisesaal betraten. Diener in der königlichen Livree eilten eifrig zwischen den Gästen hin und her und boten Delikatessen an: Schottischen Lachs in Aspik mit gewürzter Mayonnaise und Salat, kaltes Beaf, in Honig gerösteter Schinken von den königlichen Gütern, kalten Schweinskopf, geräucherte Forelle, Lammzungen in Kräutergelee.

Camilla war die unangefochtene Schönheit des Abends. Ihr weißgoldenes Ballkleid bildete einen idealen Kontrast zu Sir Michaels schwarzem Samtanzug. Als er sie durch den Saal führte, erhob sich unter einigen der Gäste spontaner Beifall, aber Camilla war zu glücklich, um es überhaupt wahrzunehmen. Sie schwebte wie auf Wolken.

Das strahlende Paar wurde zu einem Tisch geführt, an dem Augusta und Mr. Edwards saßen. Augusta hatte in weiser Voraussicht ihre Spitzenstola über die freien Stühle gelegt, und sie waren das glücklichste Quartett im ganzen Saal.

Man konnte unmöglich sagen, welches Mädchen mehr strahlte, denn beider Herzensangelegenheiten waren während des Tanzes geregelt worden.

Als die Herren das Essen auswählten und bestellten, drückte Camilla unter dem Tisch Augustas Hand und flüsterte ihrer Freundin zu: »Meine Prophezeiungen haben sich erfüllt, Augusta. Sie sind bildschön geworden.«

Augusta errötete vor Freude und wisperte: »Mein Glück ist das Geheimnis. Aber auch Sie strahlen, und ich habe meinen Bruder noch nie so glücklich gesehen.«

Dann bewegte sich das Gespräch in konventionellen Bahnen, denn Sir Michaels Erziehung gebot ihm, *comme il faut* zu sein. Zuerst mußte er den Vormund Camilla offiziell um ihre Hand bitten, und erst danach durfte die frohe Neuigkeit publik gemacht werden.

Das Abendessen wurde auf dem berühmten Goldservice gereicht, und sie lachten viel und waren in Hochstimmung.

Sir Michael fragte sich sogar, weshalb er Brent Edwards immer so langweilig gefunden hatte, denn wenn er auch nicht gerade witzig war, so war er doch amüsant.

Sir Michael hob sein Champagnerglas, wandte sich an Camilla und legte seine schlanke Hand ohne Scheu auf die ihre. Er brachte einen wortlosen Toast auf sie aus.

Camilla erwiderte ihn mit einem zärtlichen Lächeln, als sie den ersten Schluck nahm.

Dann brachte eine hohe, gezierte Männerstimme, die ungewöhnlich laut und deutlich klang, von einem Tisch in der Nähe das fröhliche Geplauder zum Schweigen.

»Es ist wirklich erstaunlich, denn ich schwöre, daß unsere Schönheit, die Comtesse de Courville, wie sie sich unverfroren nennt, nur eine gewöhnliche Tavernendirne ist, die sich als Dame von Welt aufspielt. Diese unverschämte Person ist eine Hochstaplerin! Als ich ihr zum erstenmal begegnete, trug sie Dienstbotenkleider und schmückte sich noch mit fremden Federn. Ich spreche die Wahrheit! Ich habe sie vor etwa zwei Monaten im Bordell der ›Crown-Taverne‹ in Cheapside kennengelernt, als sie dort ihrem Gewerbe nachging.«

Ein aufgeregtes Raunen ging durch die Menge, und jeder starrte Camilla neugierig an.

Sir Michael wurde weiß vor Empörung und wollte Camillas Hand beruhigend festhalten. Doch sie machte sich frei, sprang auf und sah mit blitzenden Augen zu Sir Caspar Randal hinüber.

»Wie können Sie es wagen, Sir! Ich leugne unsere erste Begegnung nicht, aber da Sie damals betrunken waren, trügt Sie ihre Erinnerung. Ich war weit davon entfernt, Ihre Avancen zu dulden und wies Sie mit aller Kraft, die mir zur Verfügung stand, zurück. Und ich bin keine Hochstaplerin. Ich nehme stolz mein Recht auf den Titel in Anspruch. Sie... Sie...«

Sie wurde von ihren Gefühlen überwältigt. Übelkeit und Verzweiflung stiegen in ihr hoch. Mit einem halb erstickten Schrei drehte sie sich um und stürmte aus dem Saal, ehe Sir Michael begriff, was geschah.

Blind vor Tränen lief sie durch den überfüllten Raum zur Tür. Das Wort ›Hochstaplerin‹ dröhnte ihr in den Ohren.

Sir Michael versuchte, ihr nachzulaufen, aber er wurde daran gehindert, denn viele der Gäste waren aufgestanden, um die Neuigkeit an Freunde wiederzugeben, die den Wortwechsel nicht miterlebt hatten.

Camilla hatte die Empfangshalle erreicht. Tränen strömten ihr die Wangen herab, da sie glaubte, Michael kompromittiert zu haben.

»Oh, Michael, mein Geliebter, mein Herz, ich habe Schande über dich gebracht, und der Schmerz darüber ist mehr, als ich ertragen kann.«

Zwei Diener, die vor sich hingedöst hatten, sprangen erstaunt auf, als Camilla schluchzend verlangte: »Ich möchte an die frische Luft, wo ist der nächste Ausgang?«

Da sie glaubten, ihr sei schlecht geworden, zeigte ihr einer der beiden höflich den Weg zur Damentoilette. Aber sie blickte sich gehetzt um und sah am Ende des Ballsaals ein offenes französisches Fenster.

Als Sir Michael die Halle erreicht hatte, war Camilla schon draußen in dem kleinen Garten, in dem vereinzelte Büsche standen. Ohne auf ihr Kleid zu achten, kauerte sie sich hinter den größten. Sie versuchte, ihr verzweifeltes Schluchzen unter Kontrolle zu bekommen.

Wenn sie nur mit Michael über ihre Vergangenheit gesprochen hätte, als ihre Freundschaft wuchs! Sie hatte es nicht aus Scham unterlassen, aber sie war zu sehr darauf aus gewesen, ihm zu gefallen und mit ihren neuerworbenen Kenntnissen über die schönen Künste sein Interesse an ihr zu wecken. So wie ihre Vergangenheit jetzt bekannt geworden war, schadete es seiner Ehre und seinem Ruf. Wie sehr mußte er seinen Antrag bereuen! Sie hätte ihn warnen müssen, daß er nicht genug über sie wußte, und erst, wenn sie alles erzählt und ihm die Möglichkeit gegeben hätte, es sich gut zu überlegen, hätte sie ihm ihr Herz öffnen dürfen.

Aber nun war es zu spät. Sir Caspar Randal hatte durch sein niederträchtiges Handeln ihre Träume und ihre große Liebe zerstört.

Plötzlich hörte sie Michaels Stimme.

»Comtesse Camilla! Comtesse! Bitte antworten Sie mir, wenn Sie hier sind!«

Seine Stimme war von tiefer Sorge erfüllt, aber in ihrer Verzweiflung glaubte sie, sie klänge vorwurfsvoll, und sie preßte sich noch enger auf den Boden, um nicht von ihm gesehen zu werden.

Als Sir Michael keine Antwort erhielt, kehrte er in den Saal zurück, und Camilla sagte ihm stumm ›Lebewohl‹, denn sie war überzeugt, ihn niemals wiederzusehen.

Als sie sich zum Tor schlich, wußte sie nicht, wie sehr sie seine Treue und seinen Mut unterschätzt hatte. Er kümmerte sich keinen Deut um ihre Vergangenheit. Er ging energisch in den Speisesaal zurück, der jetzt in Aufruhr war, entschlossen, Sir Caspar vor allen Leuten aufzufordern, seine infamen Anschuldigungen zurückzunehmen.

Als Camilla den Garten verlassen hatte, fand sie sich auf einem gepflegten Weg wieder, der hinter den großen Herrenhäusern zu den Lieferantengängen führte. Sie hatte nur einen Gedanken – in die tröstenden Arme von Mrs. Fernaby zu eilen, an deren Liebe und Verständnis sie niemals gezweifelt hatte. Sie war viel zu erregt, um daran zu denken, wie unpassend sie für diese Zeit gekleidet war, um aus dem wohlhabenden West End durch das ärmliche

Cheapside zu laufen. Sie hatte nicht einmal daran gedacht, ihren Mantel zu holen.

Sir Michael stellte im Speisesaal fest, daß es ihm an Unterstützung nicht mangelte, als er den guten Namen Camillas verteidigte. Nicht nur die Marquise sprach in seinem Sinn, sondern auch Mrs. Fitzherbert, die aus dem Privatzimmer geeilt war, wo sie mit dem Prinzregenten gespeist hatte.

Die Marquise legte beruhigend eine Hand auf Sir Michaels Arm, als er auf Sir Caspar losstürmen wollte.

»Nein, Sir. Bitte begleiten Sie mich nach Hause, wo wir sicher Camilla wiederfinden und wo mein Mann einen unwiderlegbaren Beweis für ihre Herkunft hat.«

Auch Mrs. Fitzherbert rief: »Das wird das Klügste sein, Sir Michael. Ich habe die Urkunde selbst gesehen, und dieser Schurke Randal darf gegen das Mädchen, das uns allen so teuer ist, keine Verleumdungen vorbringen.«

Sir Michael unterdrückte den übermächtigen Wunsch, Caspar Randal an der Kehle zu packen. Widerstrebend stimmte er den Damen zu. Camilla zu finden und sie in die Arme zu nehmen war jetzt wichtiger als alles andere.

Als er mit der Marquise den Speisesaal verließ, rief er Caspar Randal zu: »Ich werde Sie morgen zur Rechenschaft ziehen, Sir! Halten Sie sich bereit!«

In der Zwischenzeit hatte Camilla, halb von Sinnen vor Kummer, die Hauptstraße erreicht und bog wie ein Gespenst in ihrem weißen Ballkleid in eine ihr vertraute Seitenstraße ein. Bald würden sie die liebevollen Arme von Hannah Fernaby vor den schlimmsten Schicksalsschlägen beschützen.

Neuntes Kapitel

Es war normalerweise schon gefährlich für ein junges Mädchen, unbegleitet und noch dazu in einem kostbaren Ballkleid das Londoner East End zu durchqueren. In Camillas Fall wurde alles jedoch verschlimmert durch den Vollmond, der im Zenit stand und die Straßen hell beschien. Es war ihr bei ihrer überstürzten Flucht nicht in den Sinn gekommen, einen dunklen Umhang überzuwerfen, und selbst jetzt war sie sich nicht bewußt, daß sie wie ein Opal in dem silbernen Licht schimmerte.

Einige Männer, die nach einem Zechgelage schwankend auf dem Heimweg waren, wollten sie am Arm packen, aber sie wand sich frei. Sie dachte nicht daran, daß sie persönlich in Gefahr war, sie dachte nur an Michael und ihre eigene Schuld. Da sie nichts von der Bosheit Sir Caspars und der Habgier Thomas Fernabys gewußt hatte, war sie der Meinung gewesen, sie habe endlos Zeit, mit Michael über ihre Vergangenheit zu sprechen und ihm alles zu erklären.

Jetzt war es zu spät. Sie würde ihm schreiben und ihm ihr Herz ausschütten, aber sie würde nie wieder sein vertrautes Gesicht sehen, das so edel und voller Liebe war.

Sie ermüdete, und der fast vergessene Gestank der Gassen im East End bereitete ihr Übelkeit. Aber da sie wußte, daß sie höchstens noch eine Meile von der Taverne entfernt war, beschleunigte sie ihre Schritte wieder. Bald würde sie in der vertrauten Küche ausruhen können, und Mrs. Fernaby würde sie trösten.

Sie war so abgelenkt durch ihre Gedanken, daß sie die vier Gestalten nicht bemerkte, die aus einem dunklen Hauseingang zu ihrer Rechten auftauchten. Sie bewegten sich verstohlen, und als sie das Mädchen allein auf sich zulaufen sahen, blieben sie stehen und starrten sie an. Dann murmelte ihr Anführer leise etwas, und als Camilla schon fast an ihnen vorbei war, wurde sie von hinten gepackt, ihre Arme ruckartig zurückgezogen und hinter ihrem Rükken gefesselt.

Sie kämpfte wie ein wildes Tier, um sich zu befreien. Sie drehte sich, strampelte und schrie, wurde aber um so fester an den Armen gepackt, so daß sie vor Schmerz nach Atem rang. Man zerrte sie durch einen dunklen Flur, eine Tür wurde aufgestoßen, hinter der sie einen schwachen Lichtschimmer von einem bereits heruntergebrannten Feuer erkennen konnte.

Einen Augenblick hörte sie nur schweres Atmen, dann eine schwache Bewegung, als jemand ein dünnes Hölzchen an die glühende Asche hielt und eine kleine Öllampe damit anzündete, die flackerndes Licht auf einen kahlen Raum warf.

Camilla bemühte sich, ihre Kidnapper zu sehen, aber sie standen hinter ihr und ließen sie nicht los. Dann postierte sich einer vor ihr, die Hände in die Hüften gestemmt, das Gesicht raubvogelartig, ein Auge war mit einer schwarzen Binde bedeckt, von der aus eine häßliche Narbe bis zum dünnen Mund reichte.

Verwundert stellte Camilla fest, daß es eine Frau war, und einen Augenblick später, daß sie die Anführerin der Bande war.

»Laßt sie los!« befahl sie mit rauher, leiser Stimme.

Als das Blut in ihre Arme zurückschoß, wurde der Schmerz für eine Weile noch größer. Die drei Männer schlurften nach vorn und stellten sich neben die Frau. Vier Paar dunkle, stechende Augen musterten sie von Kopf bis Fuß und schätzten ihren Preis ab.

Camilla verschränkte bebend ihre Arme vor der Brust.

Einer der Männer lachte dröhnend.

»Ich denke, wir machen uns einen Spaß mit ihr, wie?«

»Sie hat es so gewollt!« knurrte ein anderer.

Die Frau stellte sich mit einem Aufstampfen ihrer Füße vor Camilla und schnauzte die Männer an:

»Ihr seid alle Idioten«, zischte sie. »Wir haben heute nacht einen ›goldenen Topf‹ ergattert! Eine vornehme Dame, die ihr Gewicht in Goldsovereigns wert ist, mehr, als wir jemals in unserem Leben mit kleinen Diebstählen zusammen bekommen. Das gibt Lösegeld, Jungens, solange die Ware unbeschädigt bleibt! Ich ziehe euch lebendig die Haut ab, wenn ihr sie anrührt! Hinaus und macht euch an die Arbeit! Ihr könnt euch vergnügen, wo ihr wollt, aber nicht hier. Tom, bring deine Brüder dorthin, wo sie hingehören.« Sie sah einen älteren Mann an, der sich den Vergnügungsvorschlägen der anderen nicht angeschlossen hatte. »Wir können etwas Geld gebrauchen, bis wir das Lösegeld bekommen.«

Er erwies sich als überraschend behende. Während seine Brüder fluchten, weil man ihnen ihre Beute abspenstig machte, drängte er sie wortlos hinaus, und die Tür fiel hinter ihnen zu.

Die plötzliche Stille war unheimlich. Die Frau regte sich nicht. Camilla sah, daß sie in eine heruntergekommene, spärlich möblierte Küche gebracht worden war. Die Wände waren feucht, und der Putz blätterte ab. An dem rostigen Herd war die Backofentür lose, und der Fußboden bestand aus kaltem, nackten Stein. In einem Alkoven befand sich eine Art Bett, auf dem schmutzige Dekken lagen. Camilla schauderte. Kälte, Müdigkeit und Entsetzen forderten ihren Tribut.

»Darf ich...« begann sie stockend, »darf ich näher an das Feuer gehen? Ich... ich friere schrecklich.«

Die Frau warf mürrisch ein wenig Brennmaterial auf die glimmende Kohle.

»Von mir aus. Ich möchte nicht, daß du krank wirst, bevor deine hochherrschaftliche Familie gezahlt hat.«

Es gab kaum Sitzgelegenheiten. Deshalb hockte sich Camilla so nahe sie konnte an das flackernde Feuer auf den Fußboden. Ihr Ballkleid war bereits ruiniert, und bekümmert dachte sie daran, daß sie es sowieso nie wieder tragen würde.

Die Frau zog sich den einzigen Holzstuhl heran und setzte sich rittlings darauf.

»Wie heißt du?«

»Camilla.«

Es entstand eine Pause. »Darf ich Ihren Namen wissen?« fragte Camilla. »Sie tun mir leid wegen Ihrer Narbe. Sie sieht sehr schmerzhaft aus.«

Das war ein Fehler. Mit wutverzerrter Stimme fuhr die Frau sie an: »Niemand braucht Mitleid mit Sal Perkins zu haben und am allerwenigsten du! Es war einer deiner feinen Herren, dem ich sie zu verdanken habe. Wo kommst du her?«

Camilla zitterte noch stärker, sagte aber nichts. Gleichgültig, was für Martern ihr auferlegt wurden, sie würde lieber sterben, als diesen Unholden den Namen des Marquis und der Marquise de Fouchet preiszugeben.

Sal Perkins musterte sie aufmerksam und zuckte dann die Achseln. Sie nahm eine schmutzstarrende Decke vom Bett und legte sie um Camillas nackte Schultern.

»Du brauchst mir nicht zu danken«, brummte sie. »Ich schütze nur meine Ware.«

Zuerst schauderte Camilla vor dem groben, säuerlich riechenden Stoff. Aber ihr Verlangen nach Wärme war unwiderstehlich, und da die Decke nicht schlimmer roch als der Raum, zog sie sie eng um sich.

Sal Perkins setzte sich wieder auf den Stuhl.

»Mach mir keine Schwierigkeiten, Mädchen. Je eher du mir den

Namen von deinem Vater sagst, um so eher bist du frei.« Sie lächelte maliziös. »Oder ist es ein Zuhälter, der dich wie eine große Dame herausgeputzt hat und dein Haar so schön frisieren läßt? Mir ist das egal. Bezahlen werden sie so oder so.«

Camilla hatte angestrengt nachgedacht. Sie blickte auf und sagte: »Geben Sie Mrs. Fernaby in der Crown Taverne Bescheid. Sie ist meine Mutter und wird Ihre Forderungen erfüllen.«

Sal Perkins lachte hämisch. »Hannah Fernaby? Die kriegt doch von ihrem Thomas keinen Penny! Und woher kennst du überhaupt ihren Namen? Du warst wohl eine von ihren Huren und hast dir dort einen reichen Fisch geangelt, wie?«

Camilla zuckte bei diesen Worten zusammen.

»Nein«, erwiderte sie hitzig. »Ich sage die Wahrheit! Hannah Fernaby ist meine Mutter!«

Sie wußte, daß sie Mrs. Fernaby damit nicht in Gefahr brachte. Hannah war klug und kannte sich in der Welt des East End aus. Sie hatte hier viele einflußreiche Freunde, und sobald sie von Camillas Notlage erführe, würde sich alles zu ihren Gunsten wenden.

»Bitte benachrichtigen Sie sie«, bat Camilla.

Sal Perkins hielt dies offensichtlich für dummes Gerede.

»Gut, beharre darauf, wenn es dir gefällt. Ich werde deine Entführung im West End verbreiten lassen, und das ist nicht das erste Mal. Irgendein reicher Schnösel wird sich schon melden. Wir haben noch jedesmal den vollen Preis bekommen. Mein Junge wird jetzt jeden Augenblick heimkommen. Er ist nachts unterwegs, verkauft Blumen und erzählt es überall herum. Wenn du es so willst, kannst du es haben!«

Camilla erschrak. Wie, wenn solch eine Botschaft die Marquise erreichte? Sie wurde mutlos. Niemand auf der ganzen Welt, der Sir Caspar Randals verleumderische Worte gehört hatte, würde sich darum scheren, was nun aus ihr wurde. Nur Mrs. Fernaby würde zu ihr halten, weil sie die Wahrheit kannte. Alle anderen würden glauben, daß sie zwar eine Comtesse war, auf jeden Fall aber eine übel beleumundete Frau, eine Verräterin ihres gesellschaftlichen Standes.

Sir Michael Monford schritt in der Bibliothek des Marquis de Fouchet unruhig auf und ab, während der alte Herr und seine Frau blaß in den Sesseln lehnten.

»Wenn Camilla nicht hier ist, wo kann sie dann sein?« fragte Sir Michael erregt.

Langsam faßte sich die Marquise wieder, die von der Szene, die sich auf dem königlichen Ball abgespielt hatte, noch stark mitgenommen war.

»Vielleicht ist sie zu Mrs. Fernaby in die Taverne gelaufen. Die gute Frau hat Camilla aufgezogen, als ihre Mutter gestorben war. Bis Fouchet Camilla fand, hat sie Mrs. Fernaby als ihre Mutter angesehen. Sie lieben einander sehr, und ich hoffe, daß sie zu ihr gegangen ist.«

Sir Michael war entsetzt. »In einem kostbaren Ballkleid ins East End? Sie ist dort auf Schritt und Tritt in Gefahr. Die Crown-Taverne, sagen Sie?«

Die Marquise nickte.

Er legte gequält eine Hand über die Augen, als die Erinnerungen auf ihn eindrangen. Er sah im Geist, wie das schöne Mädchen die Annäherungsversuche des betrunkenen Caspar Randal mit aller Kraft abwehrte, wie sie dann neben ihm auf dem Boden kniete, als sie zusammen die Scherben des zerbrochenen Kruges auflasen, und wie sie ihre Sorge wegen seiner beschmutzten Hosen äußerte und schließlich, wie er sie grausam abgekanzelt und dann stehengelassen hatte.

Und dies war seine geliebte Camilla gewesen! Damals hatte ihm sein Stolz verboten, sich in sie zu verlieben, da sie nur eine niedriggeborene Gastwirtstochter war. Er hatte ganz London nach einem Ebenbild ihres lieblichen Gesichtes abgesucht, bis er es fand. Scham und Selbstvorwürfe marterten ihn, denn sie hatte ja die gleichen Erinnerungen.

Sie mußte ihn sofort erkannt haben, und doch war kein einziges Wort des Vorwurfs über ihre Lippen gekommen.

Und darauf hatte Randal heute abend seine infamen Anschuldigungen aufgebaut!

Plötzlich bemerkte Sir Michael, daß der Marquis aufgestanden war, ihn anredete und ihm ein Pergament hinhielt.

»... ich habe es versäumt. Hier sind die Urkunden, Sir Michael, die Camillas Recht auf den Titel belegen.«

»Ich brauche sie nicht. Ihr Aussehen, ihre Gedanken, Worte und Taten beweisen die edle Herkunft. Ich benötige keinen schriftlichen Beweis dafür. Bitte vergeben Sie mir, aber ich habe mich schon zu lange bei Ihnen aufgehalten. Ich muß sofort in die Crown-Taverne.«

Er eilte zur Tür, drehte sich aber noch einmal um. »Ich danke Ihnen von ganzem Herzen. Sie werden in Kürze von mir hören.«

Ein Diener eilte herbei, als Sir Michael in die Halle stürmte und rief: »Meine Kutsche, bitte! Sie ist beim Carlton House. Sie soll sofort vorfahren!«

In der Ferne hörte Camilla den Nachtwächter rufen:

»Die Uhr hat eben drei geschlagen...«

Sie mußte also in der Nähe der Hauptstraße sein, vielleicht in Holborn, wo sie bei Mrs. Fernabys Onkel, dem Pfandleiher, Zuflucht suchen würde, wenn sie nur aus diesem Loch entrinnen konnte. Dieser schwache Hoffnungsschimmer bewirkte, daß ihre Gedanken wieder lebendig wurden, denn während der vergangenen Stunde war sie vor Kälte, Angst und Müdigkeit wie gelähmt gewesen.

Ich bin auf mich allein gestellt, überlegte sie jetzt nüchtern. Kein Mensch im West End wird ein Lösegeld für mich bezahlen. Weshalb sollten sie auch? Deshalb muß ich eine Möglichkeit finden, zu Mrs. Fernaby zu kommen.

Sal Perkins, die die ganze Zeit reglos dagesessen hatte, erschreckte sie, indem sie plötzlich sprach.

»Ich möchte, daß du das Kleid ausziehst, bevor es noch schmutziger wird. Los, zieh es aus!«

»Nein! Ich habe nur einen Unterrock darunter an und ich werde mich Ihren abscheulichen Männern nicht im Unterrock zeigen«, wehrte Camilla ab.

Sal Perkins stand auf und lachte schrill.

»Du glaubst wohl, ich habe den Verstand verloren? Sie werden dich danach nicht wiedererkennen, und deinem Vater oder Zuhälter wird es egal sein, wie du aussiehst, wenn sie dich nur wiederbekommen. Dein Kleid ist einen Sovereign wert, und den lasse ich mir nicht entgehen.«

»Und wie, wenn ich mich weigere?«

»Das wäre übel für dich! Dann lasse ich eine Peitsche auf dir tanzen!«

Sal Perkins war zornig geworden, doch Camilla, die immer noch von ihrem neugewonnenen Mut beseelt war, erwiderte kühn:

»Dann bin ich eine ›beschädigte Ware‹, und kein Mensch wird das zahlen, was Sie haben wollen, wenn ich blaue Flecken und Striemen habe.«

Sal Perkins fluchte, ging zu dem Bett und zog etwas unter der Matratze hervor. Als sie sich umdrehte, hatte sie ein graues, grobes und sehr schmutziges Kleidungsstück in der Hand, das eher einem Sack als einem Kleid ähnelte.

»Wenn du wirklich in der ›Crown‹ aufgewachsen bist, dann schwöre ich, daß du schon schlimmere Sachen getragen hast.«

Sie stelle Camilla auf die Probe. Vielleicht würde ihr Sal Perkins endlich glauben und Mrs. Fernaby benachrichtigen, wenn sie das gräßliche Ding anzog, dachte Camilla. Sie unterdrückte ihren Ekel und begann mit einiger Mühe, die Haken und Ösen ihres Kleides zu lösen, denn bisher hatte ihr die französische Zofe der Marquise beim An- und Auskleiden geholfen.

Sal Perkins wurde ungeduldig und drängte:

»Los, beeile dich! Ich warte nicht die ganze Nacht!«

Sie riß grob die kleinen seidenen Knöpfe und Haken auf und zog Camilla das Kleid über den Kopf.

Der derbe Stoff des Sackkleides fühlte sich so unangenehm an, wie Camilla es gefürchtet hatte. Er kratzte unerträglich auf ihrer nackten Haut, aber sie ließ sich nichts anmerken.

»Glauben Sie mir jetzt, daß ich in der Taverne aufgewachsen bin?« fragte sie herausfordernd.

Aber Sal Perkins war zu sehr damit beschäftigt, das herrliche Abendkleid, das sie in ihren groben Händen hielt, abzuschätzen. Wenn kurz ein Anflug von Sehnsucht ihren harten Gesichtsausdruck milderte, so sah es Camilla nicht, denn das war in Sekundenschnelle vorüber.

Dann hörte man von draußen ein beharrliches, kratzendes Geräusch an der Tür, und sofort warf Sal Perkins das Kleid in eine dunkle Ecke, ehe sie den schweren Riegel zurückschob und den Schlüssel umdrehte.

Die Crown-Taverne lag in völliger Dunkelheit, als Sir Michael aus der Kutsche stieg. Er wurde mutlos. Wenn Camilla durch irgendein Wunder ihr altes Heim unbehelligt erreicht hatte, würde wenigstens ein Licht brennen. Niedergeschlagen ging er den Seitenweg hinab in den Hof, der zur Hintertür führte. Totale Finsternis umgab ihn. Dann bemerkte er die Außentreppe, die zum Dachgeschoß hinaufführte. Da er nicht unverrichteterdinge gehen wollte, stellte er sich unter die Treppe und rief leise hinauf:

»Mrs. Fernaby! Mrs. Fernaby, sind Sie da?«

Zuerst regte sich nichts, aber dann wurde vorsichtig ein hölzerner Riegel zurückgeschoben, die Tür ging auf, und eine Frauenstimme sagte leise:

»Wer ist da?«

»Sir Michael Monford. Ich komme wegen Ihrer Pflegetochter, der Comtesse de Courville.«

Er flüsterte, weil er Thomas Fernaby nicht aufwecken wollte.

Mrs. Fernaby kam die Treppe herabgeeilt, und ihr Gesicht war blaß und angsterfüllt.

»Es... es ist ihr doch nichts passiert?«

»Das weiß ich nicht«, erwiderte er ernst. »Können wir ins Haus gehen?«

Mit einer Kopfbewegung bedeutete sie ihm, ihr zu folgen. Sie zog einen Schlüssel aus der Tasche, öffnete die Küchentür und ging hinein. Dort zündete sie eine Kerze an.

Er schloß leise die Tür hinter sich. »Sie ist also nicht bei Ihnen?« fragte er.

»Nein! Sie sagte mir, heute sei der größte Abend ihres Lebens. Sie ist zum königlichen Ball eingeladen worden. O Sir, bitte sagen Sie mir, was geschehen ist. Sie sind so blaß. Bitte setzen Sie sich.«

Aber Sir Michael hatte keine Ruhe. Er lief in der Küche auf und ab, so wie er ruhelos in der Bibliothek des Marquis auf und ab gegangen war, und seine Angst um Camilla wuchs.

Hannah Fernaby hörte ihm zu, ohne ihn zu unterbrechen, als er ihr erzählte, was bis zur Flucht Camillas geschehen war.

»Wir hatten uns unsere Liebe gestanden. Als dann während des Abendessens Randal seine infamen Anschuldigungen vorbrachte, antwortete sie ihm hitzig und floh, und kein Mensch weiß wohin.« Sein Gesicht hatte jede Farbe verloren. »Sie waren meine letzte Hoffnung, Mrs. Fernaby. Ihr muß etwas zugestoßen sein! Sie nahm nicht einmal ihren Mantel mit, sondern rannte in einem kostbaren, weißgoldenen Ballkleid auf die Straße hinaus.«

Mrs. Fernaby, deren Gesicht ebenso weiß geworden war wie das seine, stellte den Teekessel auf das wieder angefachte Feuer.

»Sie hatte schon immer einen Dickkopf, meine kleine Camilla. Und sie ist furchtlos. Sie können nichts weiter unternehmen, Sir Michael, glauben Sie mir. Dieser Stadtteil von London ist nichts für vornehme Herren. Ich fürchte, sie ist entführt worden, und irgendeine Bande hält sie für ein Lösegeld gefangen. Sie machen in der Nacht die Straßen unsicher. Wenn meine Vermutung stimmt, hören Sie morgen früh von ihr.« Sie überlegte und sagte dann: »Nein, wahrscheinlich eher erst am Nachmittag.«

Mrs. Fernaby kannte ebenso wie Sal Perkins die Botenjungen,

obwohl sie bis jetzt keinen Grund gehabt hatte, sie für ihre Dienste in Anspruch zu nehmen.

»Erst am Nachmittag!« rief Sir Michael entsetzt. »Camilla soll so lange in irgendeiner Verbrecherhöhle festgehalten werden? Was kann ihr bis dahin alles geschehen!«

»Nichts wird ihr geschehen, wenn sie Lösegeld haben wollen. Da bin ich ganz sicher, Sir.«

Mrs. Fernaby gelang es zu lächeln, um ihn zu trösten. »Man wird gut auf sie aufpassen, das versichere ich Ihnen, und meine Camilla hat Mut, glauben Sie mir. Wie wäre es, wenn Sie nun nach Hause führen, Sir Michael? Ich muß sofort etwas unternehmen und darf keine Zeit mehr verlieren.«

»Kann ich Ihnen wirklich nicht behilflich sein?«

Er wäre am liebsten mit ihr durch die schmutzigen Gassen gelaufen, um Camilla mit dem Degen zu befreien. Untätig abzuwarten widersprach seiner Natur.

Mrs. Fernaby ahnte seinen inneren Aufruhr.

»Ich weiß, es ist hart für einen tapferen Mann, der so verliebt ist wie Sie, Sir, aber bitte glauben Sie mir, wenn ich Ihnen sage, daß Sie Camilla in große Gefahr bringen, wenn Sie sich hier einmischen. Tatenlos warten zu müssen ist qualvoll, aber nur so können Sie ihr helfen.«

Er wußte, daß sie recht hatte, und verabschiedete sich niedergeschlagen.

»Bringen Sie sie mir rasch wieder, Mrs. Fernaby. Ich zahle alles, was man verlangt, wenn ich sie nur wiederbekomme.«

Mrs. Fernaby lächelte ihm traurig nach. Dann nahm sie rasch ihren Überrock und ein Tuch, die in der Küche hingen. Da ihr Mann in letzter Zeit noch unerträglicher geworden war, ging sie so wenig wie möglich in das Dachgeschoß hinauf. Während sie durch die Hintertür aus dem Haus schlüpfte, betete sie inbrünstig: »Bitte, lieber Gott, lasse Camilla in Sicherheit sein und gib, daß man sie gut behandelt.«

Camilla versuchte angestrengt zu hören, was zwischen Sal Perkins und ihrem Besucher gesprochen wurde. Aber das Gespräch wurde flüsternd geführt und war für sie nicht zu verstehen. Sie dachte wieder an Flucht. Das Fenster bot die beste Gelegenheit dazu, obwohl es klein war und schulterhoch in der Mauer angebracht war. Ein rostiger Riegel war davorgeschoben, doch sie glaubte sicher, daß sie hinaufreichen und mit ihrer ganzen Kraft das Fenster aufstoßen könnte. Es führte vermutlich in die dunkle Gasse hinaus. Das grobe Sackkleid wäre allerdings hinderlich. In ihrem dünnen Seidenkleid würde sie wahrscheinlich besser durch das Fenster passen.

Aber solche Pläne waren nutzlos, wenn Sal Perkins sie nicht wenigstens einige Minuten allein ließ. Und die Frau machte keine Anstalten zu gehen. Im Gegenteil, als sie von der wieder verriegelten Tür zurückkam, triumphierte sie:

»Der Junge sagt, daß heute morgen nach dem königlichen Ball viele Blumen ausgetragen werden müssen. Du bekommst bestimmt auch viele von reichen Dummköpfen. Also vergeude nicht weiter meine Zeit, indem du mir deine Adresse verschweigst. Ich gebe dich nicht her, bis meine Forderungen erfüllt sind.«

»Wie lange wird es dauern, bis Ihr Bote wiederkommt?«

Sal Perkins zuckte die Achseln. »Vielleicht bis Mittag, vielleicht auch länger. Aber glaube ja nicht, daß er deinen Kerl hier vor meine Tür führt. O nein, ich treffe meine Arrangements selbst.«

Camilla wurde mutlos. Wenn der Junge mit der Nachricht kam, daß niemand daran interessiert war, eine größere Summe für ihre Freilassung zu bezahlen, war sie verloren. Sal Perkins' Mann und seine verdorbenen Brüder würden dann hier sein und die Neuigkeit mitanhören und – sie schauderte, an das, was danach kommen würde, auch nur zu denken.

Sie versuchte es noch einmal. »Warum wollen Sie mir nicht glauben und Mrs. Fernaby benachrichtigen? Ich schwöre, sie würde Mittel und Wege finden, die Summe aufzutreiben, die Sie fordern. Bitte, bitte tun Sie es!«

»Tausend Gold-Guineen?« Sal Perkins lachte höhnisch. »Hannah Fernaby hat ja nicht einmal tausend Pennys.«

Sal Perkins rührte in einem schwarzen Eisentopf auf dem rostigen Herd und legte etwas Brennholz ins Feuer.

»Es ist eine Schande, daß so jemand wie du uns auf der Tasche sitzt! Aber wenn das Geld kommt, gibt es wieder gutes Fleisch.«

Camilla war froh, daß das Feuer angefacht war. Der Geruch, der von dem Topf aufstieg, bereitete ihr allerdings Übelkeit, und doch lehnte sie das Essensangebot nicht ab, denn sie war hungrig.

Sobald die Suppe dampfte, nahm Sal Perkins eine eiserne Kelle und schöpfte zwei Portionen in irdene Schalen. Der Löffel, den sie Camilla gab, war aus zerbeultem Zinn, und er war schmutzig. Aber auch das war eindeutig eine Prüfung, um herauszufinden, ob Camilla tatsächlich jemals im East End gelebt hatte. Wenn sie diese

Probe bestand, würde Sal Perkins vielleicht doch noch einen Boten zu Mrs. Fernaby schicken.

Auf der Heimfahrt befahl Sir Michael seinem Kutscher, einen Umweg nach Carlton Terrace zu machen. Der Marquis war vermutlich begierig darauf, etwas über das Gespräch mit Mrs. Fernaby zu erfahren, und es würde ihn trösten, sich mit jemandem während der zermürbenden Stunden des Wartens zu unterhalten, denn an Schlaf war ohnehin nicht zu denken.

Im Haus brannten noch viele Lichter. Sir Michael ging rasch zur Haustür und wurde sofort eingelassen.

Der Marquis und die Marquise saßen immer noch in der Bibliothek, fast so, wie er sie verlassen hatte, nur daß die Marquise inzwischen ihr Ballkleid abgelegt hatte und jetzt ein rosarotes Morgenkleid trug, das mit weißen Spitzenmanschetten besetzt war.

Als Sir Michael eintrat, blickten beide erwartungsvoll auf.

»Haben Sie Camilla gefunden?« fragte der Marquis.

»Nein, sie ist nicht in der Taverne.«

»Dann ist ihr etwas zugestoßen«, sagte die Marquise und sprang vom Sessel auf. »Meine arme, kleine Camilla!« Sie schwankte und ließ sich wieder in den Sessel zurückfallen. Sie atmete rasch. »Fouchet... mein Riechfläschchen, bitte. Ich fürchte, ich falle in Ohnmacht...«

Der Marquis eilte nach dem Fläschchen, während Michael zum Seitentisch ging, wo Flaschen und Gläser immer für einen Nachttrunk bereitstanden. Er goß einen Kognak ein, und als sich die Marquise mit Hilfe des Riechfläschchens ein wenig erholt hatte, überredete er sie, ihn zu trinken.

»Bitte verzeihen Sie mir, wenn ich Sie erschreckt habe. Aber Mrs. Fernaby ist voller Hoffnung. Sie ist sicher, daß Camilla von Gaunern für Lösegeld festgehalten wird, und sie eilte sofort weg, um Erkundigungen einzuziehen. Ich habe ihr gesagt, daß ich mein ganzes Vermögen hergebe, wenn es sein muß, um Camilla wiederzubekommen. Ich wollte bei Mrs. Fernaby bleiben und ihr helfen, aber sie lehnte ab.« Er lächelte unglücklich. »Offenbar ist unsereiner im East End unwillkommen. Es ist mir unerträglich, tatenlos dazusitzen, wenn so viel für Camilla auf dem Spiel steht.«

»Mrs. Fernaby hat leider recht«, sagte die Marquise. »Erwähnte sie, wann wir mit einer Nachricht rechnen können?«

»Frühestens um die Mittagszeit. Wahrscheinlich wird es Nachmittag werden, ehe wir etwas Definitives erfahren.«

»So spät?« murmelte die Marquise. »Ich bete zu Gott, daß er Gnade walten läßt und wir das Kind unverletzt wiederbekommen.«

»Willst du dich nicht ein wenig hinlegen, meine Liebe?« fragte der Marquis besorgt. »Es würde Camilla das Herz brechen, wenn sie wüßte, daß du dich wegen ihr so aufregst. Bitte erlaube mir, Marie zu rufen. Sie wird dich in dein Zimmer bringen. Morgen kannst du noch viele Stunden lang beten, und meine Gebete werden sich den deinen anschließen.«

»Und die meinen«, sagte Sir Michael. »Es tut mir sehr leid, Marquise, daß ich Ihnen keine guten Nachrichten gebracht habe.« Er hob ihre Hand an die Lippen und küßte sie galant. »Bitte, befolgen Sie den Rat Ihres Gatten und ruhen Sie sich ein wenig aus. Mrs. Fernaby wird Camilla finden. Das einzige, was wir tun können, ist, uns in Geduld zu fassen, so schwer es auch fällt. Ich komme morgen wieder und hoffe, daß wir bis dahin eine Nachricht über Camilla haben.«

Er verbeugte sich vor der Marquise und dem Marquis und wußte, daß sie alle in dieser Nacht weder Ruhe noch Schlaf finden würden.

Der erste Schimmer der Morgendämmerung fiel durch das hohe, mit Spinnweben verhangene Fenster in Sal Perkins' Küche. Das bedeutete, daß die Männer nach ihren nächtlichen Raubzügen bald zurückkommen würden. Niedergeschlagen seufzte Camilla. Dann war ihre schwache Hoffnung auf eine Flucht endgültig dahin.

Während sie noch angestrengt überlegte, geschah ein Wunder. Sal Perkins stand von dem harten Stuhl auf, streckte sich und ging zu einer kleinen Tür neben dem alten Herd.

»Mach keine dummen Sachen, das rate ich dir! Du kannst die Tür sowieso nicht öffnen, denn ich habe den Schlüssel in der Tasche. Außerdem ist der Hof dahinter klein, und ich höre jede Bewegung.«

Ungeachtet dieser Warnung kehrte Camillas Mut zurück. Sal Perkins ging hinaus, um Wasser an der Pumpe zu holen. Aus eigener Erfahrung wußte Camilla, daß es mindestens fünf Minuten dauern würde, bis ein paar Eimer gefüllt waren. Es war die Antwort auf ihre Gebete.

In diesem Augenblick, in dem Sal Perkins aus der Küche ging und die kleine Tür weit offenstehen ließ, erhob sich Camilla leise von ihrem Lager neben dem Feuer und schlich zu dem hohen, kleinen Fenster.

Zehntes Kapitel

Lange bevor die Morgendämmerung anbrach, eilte Mrs. Fernaby durch die Straßen in der Nähe der Taverne. Ihre dunkle Gestalt blieb unbehelligt, denn kein Schurke, so finster seine Absichten auch waren, hätte Hannah Fernaby belästigt.

Sie lief zu einem zweistöckigen Haus, das schon bessere Tage gesehen hatte, und ging zur Hintertür. Sie war wie immer unverschlossen.

Der Riegel war gut geölt, so daß sie ihn lautlos öffnen konnte.

Die alte Ma Hewitt saß neben einem lodernden Feuer in einem Schaukelstuhl und wippte in gleichmäßigem Rhythmus vor und zurück. Niemand hatte sie je anders gesehen, ob bei Tag oder bei Nacht, und es hieß, sie schlafe niemals, denn wenn sie selbst auch das Gesetz nicht brach, so war ihr Haus doch zu jeder Stunde eine Zufluchtsstätte für Verbrecher und Diebe, die sich etwas ausruhen wollten.

Sie begrüßte Hannah Fernaby erfreut.

»Meine Liebe, komm herein und sei willkommen. Wenn dein brutaler Mann dich schlagen will, bist du hier sicher.«

Mrs. Fernaby lächelte. »Ich komme nicht wegen Thomas, Ma. Es ist wegen etwas, das mir viel mehr am Herzen liegt. Ich fürchte, meine Pflegetochter ist hier in der Gegend entführt worden.«

Ma Hewitt kniff die Augen zusammen. »Die hübsche Kleine, die du Camilla nennst? Ich erinnere mich. Sie hat mir gut gefallen. Ein schönes Kind. Aber wer sollte sie dir vor der Nase wegstehlen und warum?«

Hannah erzählte in kurzen Sätzen die Wendung, die Camillas Leben während der letzten drei Monate genommen hatte.

»Sie ist heute nacht halb von Sinnen vor Kummer von dem königlichen Ball weggelaufen, den der Prinzregent gegeben hat, und wollte vermutlich Trost bei mir suchen. Sie trug eines der kostbarsten Ballkleider, die man je gesehen hat, wie ich hörte.« Hannah Fernaby schwieg einen Augenblick und sagte dann: »Ich habe immer gewußt, daß sie zu mir kommen wird, wenn sie in Not ist. Ich bin außer mir vor Sorge. Hast du nichts von ihr gehört?«

Die alte Frau schüttelte stumm den Kopf. Sie zog ihre dünnen

Lippen über die zahnlosen Kiefer und dachte angestrengt nach. »Was für eine Belohnung gäbe es für eine Information, Liebste?« Mrs. Fernaby dachte an die Münzen, die Sir Michael beim Weggehen auf ihrem Küchentisch hatte liegenlassen und die sie sorgfältig im Mehlkrug versteckt hatte, wo ihr Mann sie niemals suchen würde.

»Sagen wir, eine Guinea für dich und eine für den, der die Nachricht bringt.«

Ma Hewitt nickte. »Das ist in Ordnung.« Sie hatte ein gutes Herz, aber sie war kein Wohltätigkeitsverein, und sie nahm auch von ihren Kundschaftern Provision, so daß es sich für sie lohnte.

»Ich werde herumfragen, Hannah, und wenn ich etwas weiß, gebe ich dir Bescheid. Vielleicht um Mittag.« Sie unterbrach ihr Schaukeln und schürte das Feuer. »Es ist am besten, du gehst jetzt. Ich erwarte Besuch, und sie würden dich nicht gern hier sehen.« Sie grinste. »Das sind Nachteulen, die sich selbst ungern sehen lassen.«

Mrs. Fernaby verließ Ma Hewitt, und es war ihr ein wenig leichter ums Herz. Das Netz der Alten war weit gespannt, und sie wurde nicht oft in Guineas bezahlt. Als Mrs. Fernabys Schritte verklangen, tauchten bei Ma Hewitt zwei nächtliche Besucher auf. Der eine war ein geschickter Taschendieb, der in den Tavernen arbeitete, und wenn überhaupt jemand wußte, wo Camilla festgehalten wurde, dann war er es. Der andere war ein Bursche von fünfzehn Jahren, der nachts kleine Diebstähle beging und tagsüber als Austräger für einen Blumenhändler im West End arbeitete. Ma Hewitt wußte, daß alle Burschen in der Gegend zusammenarbeiteten, wenn Informationen gebraucht wurden, und sie arrangierte es so geschickt, daß die Nachrichten sie immer zuerst erreichten und sie die Belohnungen nach ihrem Ermessen verteilen konnte.

Inzwischen hantierte Camilla fieberhaft an dem kleinen Fenster.

Mit angehaltenem Atem zog sie am Riegel und versuchte ihn anzuheben. Sie holte tief Luft und verdoppelte ihre Anstrengung. Sie wurde mit einem knirschenden Geräusch belohnt, als der rostige Riegel unter ihrem Druck nachgab. Erschrocken hielt sie inne und lauschte. War das Geräusch bis zu Sal Perkins hinausgedrungen? Aber das Glück war auf ihrer Seite, denn gerade in diesem Augenblick hörte sie das Wasser aus der Pumpe fließen. Sie preßte mit aller Kraft ihre Hände gegen das Fenster, und langsam ging es nach außen auf.

Aber es war zu hoch. Sie mußte den Stuhl holen und daraufsteigen, ehe sie sich durch die Öffnung hindurchzwängen konnte. Sal Perkins mußte inzwischen draußen fast fertig sein. Das Wasser sprudelte stärker, als würde die Pumpe sehr rasch betätigt.

Camilla rannte hinüber zum Stuhl, trug ihn zum Fenster, stieg hastig darauf und packte den verrosteten Fenstersims. Ihr Kopf und ihre Schultern paßten leicht durch die Fensteröffnung. Sie versuchte, sich am äußeren Fensterrahmen festzuhalten und die Füße nachzuziehen.

Doch das Sackkleid war zu sperrig und hatte sich wie eine Wurst um ihre Taille geschoben. Sie wollte nicht aufgeben. Ihr Oberkörper war bereits im Freien. Noch einen starken Ruck, dachte sie, und ich bin frei.

Dann blieb ihr fast das Herz stehen. Grobe Hände packten sie an den Beinen und zogen sie brutal in die Küche zurück.

Sal Perkins war so außer sich, daß die Narbe in ihrem weißen Gesicht feuerrot leuchtete.

»Du elendes, kleines Biest!« kreischte sie. »Wolltest mich übertölpeln, wie?«

Sie schleuderte Camilla mit solcher Kraft von sich, daß diese auf den harten Steinfußboden fiel. Wilder Schmerz durchzuckte sie, und ihre Augen füllten sich mit Tränen.

Sal Perkins funkelte sie wütend an. »Ich habe gute Lust, meinen Burschen ihren Willen zu lassen. Dein Zuhälter würde es sowieso nicht merken, und es wäre eine gerechte Strafe für dich!«

Camilla richtete sich mühsam auf.

»Nein, bitte, bitte, tun Sie das nicht«, stammelte sie entsetzt. Zweifellos würde sich ihr Schicksal in dieser Form erfüllen, wenn kein Lösegeld bezahlt wurde. Aber noch war es nicht soweit. Sie nahm ihre ganze Kraft zusammen. »Ich erzähle es ihm, wenn Sie mich anrühren, und dann bekommen Sie es mit dem Gesetz zu tun, das versichere ich Ihnen.«

Das wirkte erstaunlicherweise, obwohl Sal Perkins wiehernd den Kopf zurückwarf. »Du glaubst wohl, das Gesetz wird Sal Perkins finden, wie?« höhnte sie. »In deinem ganzen Leben nicht!«

Aber sie wußte, daß es doch möglich war. Sie war in dieser Gegend zu bekannt, und wenn gutes Geld für sie geboten wurde, konnte sie ihren sogenannten Freunden und Komplizen nicht trauen.

»Also gut«, sagte sie endlich zögernd, »ich will dich beschützen, bis mein Bursche mir Neuigkeiten bringt. Hier, decke dein Haar damit zu und mache dein Gesicht schmutzig, denn ich höre, sie kommen schon.«

Rasch legte Camilla einen schmutzigen, grauen Lumpen über ihr noch immer leuchtendes Haar und beschmutzte ihre Stirn und die Wangen.

Sal Perkins prüfte das Ergebnis und sagte befriedigt: »Nun kauere dich wie ein altes Weib auf den Fußboden und rühre dich nicht, wenn sie hereinkommen. Sie sind betrunken.«

Camilla gehorchte und zog die Decke, die immer noch neben dem Herd lag, wo sie sie hatte fallen lassen, so eng um sich, wie sie nur konnte.

Die Männer kamen lärmend in die Küche. Sie lachten und rissen unanständige Witze, als sie die Beute der Nacht vor Sal Perkins ausschütteten. Von der Gestalt am Fußboden nahmen sie keine Notiz.

Sal Perkins war kurz angebunden. »Das ist aber eine klägliche Ausbeute, kaum fünf Sovereigns und eine Menge nutzloser Plunder. Geht schlafen, ehe ihr umfallt. Tom?«

Ihr Mann trat neben sie, während seine Brüder ins Bett taumelten. Camilla bemerkte, daß er nüchtern war.

»Wo ist das Mädchen?«

»Hier!« Ihre Stimme klang triumphierend. »Sie wollte durch das Fenster abhauen, aber ich war schneller.«

»Glaubst du wirklich, daß wir Geld für sie bekommen?« fragte er.

»Aber natürlich! Sie ist eine Schönheit, und irgendein reicher Trottel wird sie wiederhaben wollen.«

Sie gingen außer Hörweite und flüsterten miteinander.

Camillas Gedanken wanderten zurück zu Sir Michael. Sie malte sich aus, wie er die Botschaft ihrer Entführer teilnahmslos aufnahm. »O Michael«, flüsterte sie und konnte es sich nicht verzeihen, daß sie sich durch ihre eigene Torheit ihres Glückes beraubt hatte. Sie fing leise an zu weinen.

Wenn Camilla die Wahrheit gekannt hätte, so hätte ihr Herz höher geschlagen. Die Menschen, die ihr am teuersten waren, fanden in dieser Nacht keinen Schlaf.

Sir Michael wanderte in seinem Haus in der Curzon Street ruhelos durch die Halle, die Bibliothek und das Speisezimmer. Die Stunden zogen sich endlos hin.

Seine Schwester Augusta, die fast ebenso außer sich war wie er selbst, wollte ihm Gesellschaft leisten, aber um drei Uhr morgens übermannte sie der Schlaf.

Für Augusta war der Abend erfolgreich gewesen. Sir Edwards hatte ihr seine Liebe gestanden. Dann hatte er ihrem Bruder seine Dienste angeboten und erklärt: »Ich stehe Ihnen als Ihr Sekundant immer zur Verfügung, wenn Sie diesen Schurken Randal zum Duell herausfordern wollen.«

Als Augusta in den Schlaf sank, wußte sie, daß ihr Bruder nichts dergleichen unternehmen würde, bis er Nachricht von Camilla hatte.

Der Marquis konnte ebenfalls nicht schlafen. Nachdem er seine Frau in die Obhut ihrer Zofe gegeben hatte, ging er in die Bibliothek und dachte an seine unsterbliche Liebe zu Claudette de Courville, deren Ebenbild in Gestalt ihrer schönen Enkelin wieder in sein Leben getreten war. Es war so, als hätte sie ihm den Auftrag gegeben, das Mädchen zu beschützen, und er hatte versagt. Wenn er nur mit zum Ball gegangen wäre, statt seiner Bequemlichkeit nachzugeben! Er hätte das Unheil vielleicht vermeiden oder zumindest Camillas Flucht verhindern können.

Hannah Fernaby verbrachte die letzten Stunden der Nacht in ihrer Küche und dachte krampfhaft nach, was sie noch tun konnte, um in Erfahrung zu bringen, wo Camilla versteckt gehalten wurde. Sie kannte viele kleine Diebe, aber niemanden, dem sie zutraute, daß er Menschen um eines Lösegelds willen entführen würde. Sal Perkins wohnte in Holborn, wie Camilla vermutet hatte, und war deshalb in Cheapside kaum bekannt und Mrs. Fernaby schon gar nicht.

Deshalb war Ma Hewitt so wertvoll. Ihr Haus lag auf halbem Weg zwischen Cheapside und Holborn, so daß sie aus beiden Vierteln Neuigkeiten erfuhr.

Um sechs Uhr morgens hielt es Sir Michael nicht länger im Haus. Da er vor Mittag keine Nachricht erwartete, wollte er ausreiten, um seiner Unruhe Herr zu werden, denn das Warten war für ihn unerträglich. Er war auch mißgestimmt, weil er seine Drohung nicht wahrmachen und Sir Caspar zum Duell herausfordern konnte, bis er etwas Genaues über Camilla wußte. Seine Liebe zu ihr wuchs und vertiefte sich mit jeder Stunde, die vorüberging.

Aber wenn das Warten für diejenigen, die sie liebten, eine Qual war, so war es für Camilla eine Tortur. Als sich Tom Perkins neben seine Brüder schlafengelegt hatte, wurde Sal Perkins gereizt und mißgelaunt. Sie befahl Camilla, die Asche aus dem Herd zu putzen und ihn auszufegen, da sie glaubte, das Mädchen würde dabei Fehler machen, so daß sie sie anfahren und ihrem Ärger Luft machen konnte.

Aber Camilla hatte darin lange Übung und führte die Aufgabe perfekt aus.

»Ich habe diese Arbeit seit meiner Kindheit für meine Mutter in der Taverne machen müssen«, sagte sie. Die Bemerkung saß, und Sal Perkins gestand sich ein, daß es vermutlich ein Fehler gewesen war, Mrs. Fernaby nicht doch zu benachrichtigen.

Das Schlimmste war, daß es in der dunklen Küche keine Uhr gab und es ganz unmöglich war, die Zeit nach dem Stand der Sonne abzuschätzen, denn diese erreichte die schmale Gasse draußen kam. Es fiel nur ein schwaches Licht durch das schmutzige Fenster.

»Es muß schon Mittag sein«, sagte Camilla nach langem, unbehaglichem Schweigen.

Das war es in der Tat, und auch für alle anderen, die sorgenvoll auf eine Nachricht warteten, zog sich eine Stunde länger hin als die andere.

Hannah Fernaby weckte den Zorn ihres Mannes, als sie einen Krug in den Ausguß fallen ließ.

Die Marquise trieb de Fouchet zur Verzweiflung, weil sie fortgesetzt ihren Fächer auf- und zuklappte.

Und in der Curzon Street wußte Augusta Monford nicht, wie sie ihren Bruder beruhigen sollte. Sein Ausritt hatte ihn nicht abgelenkt, und er nahm sein endloses Auf- und Abgehen wieder auf.

Es war fast drei Uhr, als der Türklopfer an der Eingangstür betätigt wurde. Ein Diener ging, um zu öffnen.

Draußen stand ein Botenjunge mit einem Arm voller Blumen, die für Miß Augusta bestimmt waren. Als er sie dem Diener übergab, fügte er hinzu: »Ich habe eine Botschaft für jedes Haus. Es ist eine Nachricht, die ...«

Sir Michael, der gerade wieder ruhelos durch die Halle ging, rannte zur Haustür.

»Was für eine Nachricht? Rede!«

»Es heißt, ein reiches Mädchen wird für ein hohes Lösegeld festgehalten. Aber ich weiß nicht wo«, fügte er hastig hinzu und sagte dann mit unschuldiger Miene: »Der Preis ist tausend Guineen. Wenn Sie eine Angehörige vermissen sollten, kann ich Ihnen auch den Rest sagen.«

»Sag es, sofort!«

»Man soll heute abend um 18.30 Uhr eine Kutsche und das Geld nach Charing Cross schicken. Dort wird das Mädchen sein, wenn das Geld stimmt.«

»Du brauchst die Botschaft nicht weiter zu verbreiten«, sagte Sir

Michael, zog einen halben Sovereign aus seiner Börse und gab ihn dem Jungen. »Die Kutsche wird dort sein.«

Der Junge grinste und ging. Es gehörte nicht zu seinem Geschäft zu erwähnen, daß er von einem anderen Herrn noch besser bezahlt worden war. Augusta, die ebenfalls in die Halle gekommen war, hielt die Blumen schon im Arm, als Michael sie ohne Rücksicht auf das Bukett heftig an sich drückte und rief: »Ich muß sofort zu den Fouchets. Sie haben die wunderbare Nachricht vielleicht noch nicht bekommen. Camilla ist in Sicherheit, sie wird noch vor dem Abend bei uns sein.«

Die Fouchets waren in der Tat dankbar. Die Marquise umarmte Michael, als wäre er ihr Sohn.

»Mein Lieber, was Sie uns berichten, macht uns so glücklich! Bitte bringen Sie das Kind sofort zu uns. Sie wird viel gelitten haben.«

Der Marquis drückte ihm herzlich die Hand. »Charing Cross? Das ist eine einsame Gegend. Die Entführer werden ungestraft davonkommen, aber das spielt keine Rolle, wenn nur Camilla nichts zugestoßen ist.«

Die Nachricht sickerte erst später ins East End durch, denn die Botenjungen hatten einen anstrengenden, langen Tag gehabt. Aber kurz vor vier Uhr mittags ließ das gleiche kratzende Geräusch wie in der Morgendämmerung Sal Perkins und Camilla aufhorchen.

Sal eilte zur Tür, aber wie zuvor verstand Camilla auch diesmal nichts von dem, was an der Tür geflüstert wurde. Sie entnahm aber Sal Perkins Miene, daß durch irgendein Wunder das Lösegeld bezahlt werden sollte.

Dann wandte sich Sal Perkins an sie. »Du wirst uns um Punkt fünf Uhr verlassen. Dein reicher Narr von einem Mann will den geforderten Preis zahlen«, grinste sie triumphierend.

Camillas Puls schlug rascher. Ein Mann bot die ungeheure Summe für sie. Wer anders als Sir Michael konnte es sein? Selbst wenn er seine Liebeserklärung zurücknehmen sollte, würde sie ihn wiedersehen, seine Stimme hören und ihm erklären können, weshalb sie ihr Geständnis so lange hinausgezögert hatte.

Ma Hewitt bekam um vier Uhr Nachricht. Sie hielt ihr Wort und schickte den Jungen sofort zu Hannah Fernaby.

Mrs. Fernaby saß in der Küche, als der Junge kam. Sie zog ihn rasch hinein.

»Du hast Nachricht von meiner Tochter Camilla?«

»Ja, Mistreß, wenn Sie mir eine gute Belohnung geben«, sagte er frech.

Hannah Feraby gab ihm einen ganzen Sovereign, doppelt soviel, wie er bisher bekommen hatte.

»Setz dich«, sagte sie. »Du bekommst dazu noch einen von meinem Kuchen, wenn du mir die ganze Geschichte erzählst.«

Für eine Goldguinea war er bereit zu sprechen, und während er den warmen Kuchen aß, sagte er: »Es war ein stattlicher, junger Mann.«

Hannah Fernaby faßte Zuversicht. »War es Sir Michael Monford?«

»Er wohnt in Chambers«, sagte der Junge. »Ganz großartig. Er muß sich um das Mädchen Sorgen gemacht haben, denn er kam sofort in die Halle und schickte den Diener weg, um mit mir allein zu reden.«

»Was für eine Nachricht hast du ihm überbracht?«

Der Junge zögerte. Er war erst fünfzehn Jahre alt, und eine einträgliche Zukunft lag vor ihm, wenn er keine Geheimnisse ausplauderte.

»Die, die man mir aufgetragen hat«, antwortete er ausweichend. »Mehr darf ich Ihnen nicht sagen, Mrs. Fernaby.«

»Nein, natürlich nicht«, nickte Hannah Fernaby. »Ihr Burschen verrichtet wertvolle Dienste, ich weiß, Aber da ich dir eine Guinea gegeben habe, möchte ich auch gern die Adresse dieses Herrn wissen.«

Der Junge überlegte, während er den Kuchen kaute. Dann faßte er einen Entschluß. Die Adresse des reichen Herrn würde denjenigen gleichgültig sein, die das Mädchen festhielten, und Mrs. Fernaby sah so aus, als wäre sie fähig, die kostbare Goldmünze wieder an sich zu nehmen.

»Es war in Albemarle Chambers Nr. 5, wenn ich mich recht erinnere«, murmelte er.

»Und wo soll das Mädchen abgeliefert werden?« fragte Mrs. Fernaby scharf, denn die Adresse machte sie besorgt. »Keine Ausflüchte. Ich weiß, daß diese Schurken einen Treffpunkt genannt haben.«

Er riß unschuldig seine blauen Augen auf. »Ich weiß es nicht, Mistreß, ehrlich. Das regelt ein anderer Junge.«

Mrs. Fernaby seufzte. Sie wußte, daß das gelogen war, aber der Junge hatte ihr seiner Meinung nach für eine Guinea genug verraten. Sie dankte Gott, daß Thomas Fernaby nicht zu Hause war, nahm ihr Tuch und lief ins West End.

Camilla sagte inzwischen zu einer wesentlich besser gelaunten Sal Perkins:

»Wenn ich schon nicht mein eigenes Kleid tragen darf, erlauben Sie mir bitte, daß ich mich an Ihrer Pumpe wasche. Ich möchte nicht so schmutzig meinem Retter gegenübertreten.«

Brummig stimmte Sal Perkins zu und begleitete Camilla in den kleinen Hof. Als sie einen Eimer voll Wasser gefüllt hatte, wusch sich Camilla immer wieder die Arme und das Gesicht in dem kalten Wasser und war froh, daß sie weder Puder noch Schminke benötigte. Aber ihr Haar war in schrecklichem Zustand. Strähnenweise hingen ihr die ehemals gepflegten Locken ums Gesicht.

»Haben Sie einen Kamm?« fragte sie.

Sal Perkins starrte sie mißbilligend an. Ihr eigenes Haar war glanzlos und schmutzig.

»Was sollte ich mit solch einem unnützen Ding anfangen?« raunzte sie verächtlich. »Nimm deine Finger wie die anderen Leute auch.«

Camilla versuchte ihr bestes, aber ohne viel Erfolg. Deshalb nahm sie sich vor, Michael zu bitten, ihr ein paar Augenblicke Zeit für ihre Toilette zu lassen, ehe sie miteinander sprechen würden.

Bald wäre sie frei.

Kurz nach fünf Uhr erschienen zwei mürrische Männer an der Tür und musterten Camilla aufdringlich. Sie sollten sie begleiten.

»Beherrscht euch gefälligst«, drohte ihnen Sal Perkins noch. Und an Camilla gewandt sagte sie: »Es ist am besten, du bedeckst damit deinen Kopf und ziehst dir das Tuch bis weit über die Stirn herunter.« Sie warf ihr einen grauen Lumpen zu.

Camilla, die sich vor den Männern fürchtete, gehorchte willig.

Sal Perkins gab letzte Anweisungen. »Punkt fünf Uhr dreißig, denkt daran. Ein Mann wird mit dem Geld in einer Kutsche kommen. Gebt das Mädchen nicht eher heraus, bis ihr das Geld gesehen habt.«

In der Zwischenzeit wurde Mrs. Fernaby in die Bibliothek des Marquis de Fouchet geführt, wo sie herzlich begrüßt wurde.

Sir Michael war nicht anwesend, was sie wunderte. Doch dann

dachte sie daran, daß es ein Mann gewesen war, der das Lösegeld für Camilla angeboten hatte. Er mußte jetzt auf dem Weg zu ihr sein.

Als sie Wort für Wort erzählt hatte, was sie in Erfahrung gebracht hatte, tauschten die Marquise und ihr Mann besorgte Blicke aus.

»Mrs. Fernaby, wir waren bis jetzt der Meinung, daß Sir Michaels schönes Haus in der Curzon Street steht«, sagte die Marquise überrascht. »Camilla hat dort regelmäßig seine Schwester besucht.«

Eine zierliche, figurenreiche goldbronzene Uhr auf dem Kaminsims zeigte bereits Viertel nach fünf, und Mrs. Feraby wurde unruhig.

»Dann bleibt uns nur noch wenig Zeit. Bitte sagen Sie mir rasch die Hausnummer, ich laufe zu ihm hinüber. Ich kann es nicht glauben, daß noch ein anderer Herr so viel Geld für meine Tochter bieten würde.«

Der Marquis zog an dem Klingelzug.

»Ich lasse sofort meine Kutsche vorfahren. Sie wird in zehn Minuten da sein.«

Die Angst wuchs in Mrs. Fernaby. Sie lief zur Tür. »Herzlichen Dank, Mylord, aber ich bin schneller zu Fuß dort. Bitte die Adresse.«

Die Marquise nannte ihr rasch die Hausnummer, denn auch sie war nun alarmiert.

Camilla ging mit ihren Begleitern durch mehrere Seitenstraßen nach Ludgate Hill und dann die Fleet Street hinab zur Strand. Diesmal hatte sie Grund, Sal Perkins dankbar zu sein, denn die Männer hätten sich als gefährlich erweisen können. Aber als einer von ihnen über die Schulter zurückblickte, sagte er: »Teufel noch mal! Wir haben zwei Spürhunde auf den Fersen – Tom Perkins und seinen Bruder.«

Camilla hätte niemals gedacht, daß sie einem Erpresser dankbar sein würde, aber Tom hatte kein unfreundliches Wort zu ihr gesagt, und jetzt war sie froh über seinen Schutz.

Die Strand säumten viele vornehme Häuser, deren Gärten auf der Rückseite bis zur Themse hinunterreichten. Auf den Straßen waren Händler, die Früchte, Blumen und ihre Dienste anboten und immer noch auf späte Kunden warteten. Sie achteten nicht auf die beiden finster aussehenden Gestalten mit dem jungen Mädchen. Es war für sie kein ungewohnter Anblick.

Charing Cross selbst war menschenleer. Das steinere Kreuz

stand im hohen Gras, das Pflege nötigt gehabt hätte. An dieser Stelle liefen mehrere Straßen zusammen, aber da sie ein wenig zu früh ankamen, war noch keine Kutsche zu sehen.

Camillas Sehnsucht nach Sir Michael wuchs. Wenn er doch nur ungeduldiger gewesen und früher eingetroffen wäre. Wieder überkamen sie Zweifel. Weshalb sollte er sich noch wie ein Liebender benehmen? Vermutlich empfand er nur noch Verachtung für sie.

Ihre Begleiter sprachen leise miteinander, während Tom Perkins und sein Bruder in einiger Entfernung stehengeblieben waren.

Hannah Fernaby brauchte mehr Zeit, als sie gedacht hatte, bis sie die Curzon Street erreichte, denn sie verlief sich zweimal und war atemlos, als sie endlich vor der Haustür stand und den großen Türklopfer betätigte. Es war dreiviertel sechs.

Sir Michael selbst öffnete ihr und riß überrascht die Augen auf.

»Mrs. Fernaby! Bitte kommen Sie herein! Ich breche eben nach Charing Cross auf, wo ich um halb sieben Camilla in Empfang nehmen will. Möchten Sie mich begleiten?«

»Ich will mich nicht aufdrängen. Aber die Adresse macht mich besorgt.«

Er zog sie rasch herein. »Was für eine Adresse? Der Junge hat Ihnen doch sicher meine Adresse genannt?«

»Nein, Sir«, sagte sie und erzählte in aller Kürze, was sie erfahren hatte.

Er wurde sehr ernst, und noch während sie sprach, griff er nach seinem Degengürtel, der in der Halle auf einer geschnitzten Holzbank bereitgelegen hatte.

»Meine Kutsche fährt jeden Augenblick vor, Gott sei Dank. Kommen Sie, Mrs. Fernaby, und beten wir, daß wir rechtzeitig dort sind.«

Als sich die dunkle Droschke Charing Cross näherte, gab es eine kurze Unterbrechung. Ein gedrungener Mann in Livree stieg vom Kutschbock.

»Habt ihr das Mädchen?« fragte er.

»Ja, aber zuerst das Geld her!« schnauzte einer ihrer Begleiter.

Camilla wollte zur Kutsche laufen, weil sie annahm, daß Sir Michael darin saß. Aber der zweite Mann hielt sie eisern am Arm fest.

Der gedrungene Mann schüttelte den Kopf. »Mein Herr bezahlt das Doppelte und will zuerst die Ware sehen, bevor er für seine Cousine das Lösegeld herausgibt. Wenn es eine andere ist, bekommt ihr nichts!«

Camilla hatte den Wortwechsel nicht mitangehört, da die beiden Männer außer Hörweite von Tom Perkins gegangen waren, den sie konsultieren mußten. Er stimmte zögernd zu.

Schließlich hatte kein anderer reicher Tölpel zweitausend Guineas für das Mädchen geboten. Aber es war ihm trotzdem unbehaglich zumute, und er gab mit leiser Stimme Anweisungen.

»Ihr beide geht ihr nicht von der Seite. Zeigt sie ihm nur kurz an der Tür und bringt dann sofort das Geld, sonst geht es euch schlecht!«

Einem der Gauner gefiel die Verabredung nicht. Er wollte nicht von einem Bewohner des West End gesehen und möglicherweise wiedererkannt werden. Außerdem konnte es ein Komplott sein, um die Entführer in die Falle zu locken. Der Mann verlangte eine hohe Belohnung für den Dienst, und Tom Perkins mußte sie ihm zugestehen. Er wollte auf keinen Fall selbst mitgehen, denn wenn es sich als Trick herausstellte, wäre Sal seinen Brüdern auf Gnade und Ungnade ausgeliefert.

Ein paar Minuten später wurde Camilla zur Kutschentür geschoben. Sie war überrascht, daß die Jalousien heruntergezogen waren, und sie fragte sich, ob Sir Michael damit nur vermeiden wollte, daß er erkannt wurde.

Als sie in die Kutsche stieg, wollte sie seinen Namen rufen, aber die muffige Kutsche war leer, und was noch schlimmer war, ihre Begleiter stiegen ebenfalls ein. Verwirrt und ängstlich preßte sie sich dicht an das Fenster. Sie hob vorsichtig die Jalousie einen Spalt an, da sie sich nach den vertrauten Straßen und besonders nach der Curzon Street sehnte. Ihre Stimmung hob sich. Sobald sie Michael gegenüberstand, würde sie ihm alles erklären. Und da er das Lösegeld für sie bezahlen wollte, würde er sie anhören.

Sie versuchte, so gut sie konnte, mit den Händen ihr Haar zu ordnen, nachdem sie den schmutzigen Lumpen weggeworfen hatte. Ihr Aussehen würde ihrer Sache nicht dienlich sein, dachte sie unglücklich und spürte, wie das grobe Leinen in der Enge der Kutsche auf ihrer Haut kratzte. Nach einem weiteren Blick aus dem Fenster verstärkte sich ihre Hochstimmung, denn sie bogen in den Berkely Square ein. Sie schaute nun nicht länger hinaus, denn in knapp zwei Minuten würden sie vor seiner Tür anhalten.

Sie bemühte sich, ruhig zu bleiben, was ihr fast unmöglich war, da ihr Puls raste.

Aus diesem Grund bemerkte sie nicht, daß es übermäßig lang dauerte, bis die Kutsche anhielt. Ihr Herz klopfte wie rasend. Die beiden Begleiter stiegen aus, und sie folgte ihnen mit erhobenem Kopf und einem strahlenden Lächeln, denn sie glaubte sich nun in Sicherheit.

Da bemerkte sie, daß ihr sowohl die Straße, als auch der Hauseingang fremd waren. Aber sie dachte, daß Michael klugerweise einen geheimen Treffpunkt ausgemacht habe. Deshalb folgte sie dem Mann in den Toreingang, dann über einen gepflasterten Hof, auf dem Büsche in Kübeln standen, bis zu einer geöffneten Tür am anderen Ende.

Mit erstaunlicher Behendigkeit wurde sie in das Haus gezogen, und die Tür vor der Nase ihrer Begleiter, die das Lösegeld in Empfang nehmen wollten, zugeschlagen.

Der gedrungene Mann verschwand, und Camilla ging durch eine mit dicken Teppichen ausgelegte Halle, in der wertvolle Gemälde an den Wänden hingen, auf eine offene Tür zu, durch die gedämpftes Lampenlicht und der Schein eines knisternden Feuers fielen.

Sie holte tief Luft, betrat den Raum und streckte die Arme aus.

Dann blieb sie wie angewurzelt stehen, und ihre strahlende Miene erstarrte zu einer Maske. Vor dem Kamin, auf der anderen Seite des eleganten Raumes, stand breitbeinig nicht Sir Michael, sondern Sir Caspar Randal.

Elftes Kapitel

»Sie!« flüsterte Camilla, und ihre Lippen wurden trocken vor Furcht.

Sir Caspar stand reglos da. Er musterte sie stumm in ihrem erbärmlichen Zustand und war sichtlich befriedigt.

»Weshalb haben ausgerechnet Sie für meine Freiheit bezahlt?« fragte Camilla, die das Schweigen noch unerträglicher fand als seine abschätzige Musterung.

»Bezahlt?« wiederholte er lachend. »Ich würde für Ihre Freilassung keinen Penny bezahlen, meine Liebe. Gauner sind Narren und lassen sich leicht übertölpeln.«

»Ich... ich verstehe Sie nicht, Sir.« Dann kam ihr ein unglaublicher Gedanke, und in ihrer Liebe zur Wahrheit und Gerechtigkeit fuhr sie fort: »Oder wollten Sie das Unrecht wiedergutmachen, daß Sie mir auf dem Ball angetan haben?« Sie brachte ein kleines Lächeln zustande.

»Ha! Unrecht nennen Sie es«, höhnte er. »Ich bin derjenige, dem Unrecht geschah und der durch Ihre Hochstapelei betrogen wurde. Sie sind schließlich nur eine gewöhnliche Hure!«

Das Blut schoß ihr in die Wangen. »Das bin ich nicht! Wenn Sie damals nicht zu betrunken gewesen wären, würden Sie sich daran erinnern, daß ich Ihre derben Annäherungsversuche in der Taverne mit aller Kraft abgewehrt habe. Sie waren abstoßend für mich und werden es immer sein!«

»Die kleine Katze zeigt ihre Krallen«, sagte er spöttisch und lachte. »Das vergrößert nur meinen Appetit!«

Camilla trat einen Schritt zurück, aber er war unverzüglich wie ein Schatten neben ihr. Seine Augen funkelten.

»Ich wollte dich schon damals haben, und daran hat sich bis heute nichts geändert, ›Comtesse‹. Endlich bist du in meiner Gewalt und meine Gefangene. Keine lebende Seele in ganz London weiß, daß du bei mir bist. Und erwarte keine Hilfe von diesen Erpressern. Sie haben die Beine unter den Arm genommen und laufen um ihr Leben.«

Camilla spannte jeden Muskel ihres Körpers und war entschlossen, sich ihm zu widersetzen, selbst wenn es sie das Leben kosten sollte. Haß belebte ihre großen, grauen Augen.

»Ich werde Ihnen niemals zu Willen sein, das schwöre ich Ihnen.«

»Du hast keine andere Wahl«, triumphierte er gierig. »Du hast mich verhext, Camilla, und es dann noch schlimmer gemacht, indem du mich wochenlang öffentlich zurückgewiesen hast, und das ausgerechnet wegen Monford! Ich hasse ihn, und er soll nicht das bekommen, was ich haben möchte, denn wenn diese Nacht vorüber ist, wird er dich nicht mehr anrühren.«

Sein Atem roch nach Alkohol. Er rückte immer näher. Camilla verschränkte die Arme vor der Brust und berührte dabei unglücklicherweise seinen Ärmel. Sofort packte er ihre Arme und preßte seine schmalen Lippen hungrig auf die ihren.

Camilla biß die Zähne zusammen und wehrte sich verzweifelt. Aber seine Lüsternheit gab ihm die Kraft von zehn Männern. Hätte sein Mund nicht immer noch auf dem ihren geklebt, hätte sie über den Schmerz in ihren sowieso schon malträtierten Armen aufgeschrien.

Sie versuchte, sich zu befreien, aber es gab kein Entrinnen, da er sich leidenschaftlich an sie klammerte. Sie versuchte, sich an die Halle zu erinnern, die breit, aber nicht sehr lang war. Irgendwo mußte der gedrungene Mann, der sie eingelassen hatte, hinter einer der Türen sein. Er würde ihr doch sicherlich helfen. Aber dann dachte sie an seinen harten Blick, als er die Haustür vor den Erpressern zugeschlagen hatte, und sie wußte, daß er nichts unternehmen würde. Aber die Haustür selbst? Hatte er sie hinter ihr verriegelt? Nein, er war in zu großer Eile gewesen. Wenn sie nur die Tür erreichen könnte.

Aufgebracht über ihren Widerstand griff er in den Halsausschnitt ihres Kleides und riß in seiner Raserei so heftig daran, daß der grobe Sackstoff nachgab und ihre Brüste entblößte.

Sie kämpfte wie eine Furie und ging dabei Schritt für Schritt in Richtung Halle zurück. In seiner Entschlossenheit, ihre Hingabe zu erzwingen, bemerkte er es nicht.

Ihr Mund war jetzt wund und schwoll an. Sie roch seinen Atem, und tiefer Ekel stieg in ihr hoch.

Sie hämmerte noch immer mit den Fäusten auf seinen Rücken. Er hob sein Gesicht und knurrte: »Je mehr du dich wehrst, um so süßer ist mein Sieg.«

Sie holte tief Luft und sah an den Gemälden, die ihr beim Hereinkommen aufgefallen waren, daß sie jetzt kaum mehr als zwei Schritte von der Haustür entfernt sein mußte. Sie wußte nicht, wie sie die Tür öffnen sollte, da er sie an den Armen festhielt, aber sie mußte die Tür erreichen, denn es war ihre einzige Rettung.

Sir Caspars wilde Lüsternheit kam ihr zu Hilfe, denn als er sah, daß ihr weißer Hals und ihre Brüste entblößt waren, hob er eine Hand, um ihr Kleid noch weiter aufzureißen. Sie konnte mit ihrer rechten Hand hinter sich greifen. Er preßte seinen Mund auf ihren Hals und taumelte zwei Schritte vor, ohne zu bemerken, was sie tat.

Camilla warf in scheinbarer Unterwerfung den Kopf zurück und betete, daß er nicht aufblicken möge, während sie ihn einen weiteren Schritt mit sich zog. Sie tastete nach der Türklinke und fand sie.

Die Tür war schwer. In diesem Augenblick glaubte sie, das Geräusch rascher Schritte zu hören. Oder war es nur das Hämmern ihres Herzens? Mit aller Kraft drückte sie die Türklinke herunter. Aber da Randals Gewicht auf ihr lag, konnte sie die Tür nicht nach innen ziehen. Sie schrie auf. Für sie war es nur ein schwaches Geräusch, aber ihr Schrei mußte weit genug gedrungen sein.

Denn nun wurde die Tür von außen so kräftig nach innen gestoßen, daß das Gewicht der Tür sie beide in die Halle zurückstieß. Randal war vom Wein und der Leidenschaft so benommen, daß er nicht sofort realisierte, was geschehen war.

Als Camilla hochblickte, sah sie in das geliebte Gesicht von Sir Michael. Er war dunkelrot vor Zorn, und sie murmelte nur noch seinen Namen.

Danach nahm sie nichts mehr wahr, bis sie sich vor dem Haus in den liebenden Armen von Mrs. Fernaby wiederfand und deren vertraute, tröstende Stimme hörte.

»Mein Kleines, jetzt bist du in Sicherheit, Gott sei Lob und Dank. Komm, ich bringe dich zu Sir Michaels Kutsche.«

Zärtlich führte sie sie auf die Straße, doch da kam Camilla zu sich. Sie blieb wie angenagelt stehen.

»Mama, du und Michael! Ich habe nicht zu hoffen gewagt, daß ich ihn noch einmal wiedersehen würde. Ist er nicht verärgert über mich?«

»Verärgert? Er hat während der letzten Stunden weder schlafen noch essen können, seit du gestern abend verschwunden bist. Wenn je ein Mann geliebt hat, dann ist er es.«

Camilla legte ihren Kopf an Mrs. Fernabys Schulter, denn der Fußboden hatte plötzlich die unangenehme Eigenschaft, sich vor ihren Augen wellenförmig zu heben und zu senken.

»Ich bin ihm so dankbar«, sagte sie inbrünstig. »Aber ich werde mich nicht von der Stelle rühren, bis ich weiß, ob ihm nichts zugestoßen ist.« Sie zitterte, als sie an das eben Vorgefallene dachte. »Randal ist wie ein wildes Tier. Ich war in einer entsetzlichen Lage, Mama. Was wird Michael von mir denken?«

»Er wird sich nicht an deinem Aussehen stören, Kind«, versicherte ihr Mrs. Fernaby. »Guter Gott, wir hätten dich ertrunken im Fluß oder übel zugerichtet in einer der Gassen finden können. Ich wage gar nicht, daran zu denken.«

Mrs. Fernaby schluchzte, und jetzt war es an Camilla, sie zu trösten, so gut sie konnte.

»Du mußt wegen mir nicht weinen, Mama. Jetzt ist ja alles vorüber.« Sie warf einen ängstlichen Blick auf die Tür, die Michael hinter sich zugeschlagen hatte. »Was mag wohl im Haus vorgehen? Ich habe Angst um ihn. Randal war vorhin wie vom Teufel besessen.«

Sie wollte zum Haus zurückgehen, aber Mrs. Fernaby hielt sie zurück.

»Nein, nein, Kind. Sir Michael hat mir befohlen, dich gleich in seine Kutsche zu bringen, fort von jeder Gefahr. Das ist jetzt eine Angelegenheit zwischen Männern, und du darfst dich nicht einmischen.«

Camilla gehorchte. Hineinzugehen wäre in der Tat eine Torheit gewesen und hätte vermutlich Michaels Pläne durchkreuzt. Aber die Ungewißheit war kaum zu ertragen.

Camilla hielt sich an Mrs. Fernaby fest, und beide beteten stumm, daß Michael nichts zustoßen möge. Camilla wußte, daß Randal zu jeder Niedertracht und sogar zum Meuchelmord fähig war, um seine Wünsche zu befriedigen. Es bestand die Gefahr, daß er derjenige wäre, der zur Tür herausstürzte.

»Mama, ich flehe dich an, bitte geh zur Kutsche. Ich will nicht, daß du durch mich in Gefahr gerätst. In der Kutsche bist du sicher. Bitte!«

»Wie, ich soll davonlaufen, wenn für dich Gefahr droht? Schäme dich, Mädchen. Ich bin sicher, daß Sir Michael schließlich der Sieger sein wird, was auch immer geschieht. Und wenn das Schlimmste eintreten sollte, sind wir beide zusammen stärker als eine allein, besonders, wenn du schon jetzt halb ohnmächtig vor Angst bist.«

Camilla lächelte schwach. »Du bist wirklich ein Engel. Aber es ist keine Schwäche... es ist nur... nur...«

»Ja, ich verstehe dich. Zuerst warst du in den Händen von diesen Halsabschneidern und dann dies. Es ist ein Wunder, daß du überhaupt noch die Kraft hast, aufrecht zu stehen.«

Sie lauschten, aber es drang kein Geräusch aus dem Haus. Da Camilla die Kräfte Randals kannte, ängstigte sie sich um Michael mehr, als sie um sich selbst gefürchtet hatte, denn er war ihr Leben und ihre einzige, wahre Liebe.

Im Haus musterte Sir Michael mit gezogenem Degen angewidert Randals unordentliche Kleidung und sein verzerrtes Gesicht.

»Ich bin gekommen, um Sie zu töten, Randal. Sie sind eine Ratte. Aber ich werde es nicht kaltblütig tun. Ich habe Sie schon auf dem Ball herausgefordert, und ich fordere Sie jetzt noch einmal heraus. Holen Sie Ihren Degen!«

Caspar Randal zögerte, doch dann raffte er sich auf. Er würde siegen, denn er war geschickt mit dem Rapier.

Sobald Randal bewaffnet war, grüßte Sir Michael ihn formell mit seiner Klinge und machte einen Ausfall. Er traf dabei Randal am rechten Arm, riß ihm den Ärmel auf und schlug eine blutige Wunde. Randal zog sich in den schwach beleuchteten Salon zurück. Nun waren auch die letzten Spuren seiner Lüsternheit verflogen. Der Mann, den er seit langem haßte, mußte sein Opfer werden, und er würde den Sieg erringen.

Sie griffen wieder an und parierten. Ein rascher Degenstoß Randals riß den Rock seines Rivalen auf, aber er hatte nicht sein Herz erreicht. Im nächsten Augenblick war Monfords Degenspitze an Randals Hals, und er zwang ihn langsam und unnachsichtig auf die Knie.

Mit gepreßter Stimme sagte er: »Warum, Randal? Ich möchte wissen, warum Sie sich wie ein Schurke benommen haben. Ich habe Ihnen doch weiß Gott nie etwas getan, und was meine Verlobte, Camilla de Courville, anbetrifft, sie kennt Sie kaum.«

Mit zusammengebissenen Zähnen zischte Randal: »Natürlich kennt sie mich! Sie ist die Edelhure aus der Taverne. Fernaby ist mein Zeuge. Sie hat mich zurückgewiesen, sie hat meine Ehre beschmutzt. Das ist unverzeihlich!«

»Ihre Ehre!« Sir Michaels Stimme klirrte wie Stahl. »Welcher Ehrenmann belästigt eine Dame, die seine unwillkommenen Annäherungsversuche zurückweist? Sie vergessen, daß auch ich in der Taverne war und diese unschöne Begegnung miterlebt habe. Stehen Sie auf!«

Langsam erhob sich Randal und kreischte mit hoher Stimme: »Zumindest habe ich Camilla vor diesen Erpressern gerettet. Statt meinem Diener habe ich einen Ringkämpfer hingeschickt, der sie in Empfang nahm. Und als sie die Hände gierig nach dem Geld ausstreckten, stieß er sie von meiner Tür und sie fielen übereinander.« Sein Lachen klang rauh, denn er fürchtete sich, und die Kehle zog sich ihm zusammen. »Jetzt können wir uns die Beute teilen.«

Das Wort Beute, das auf seine Camilla, auf seine Liebe gemünzt war, empörte Sir Michael derartig, daß sein Degen wie von selbst zuschlug.

Randal stand trotzig und breitbeinig vor dem Kamin, so wie er dagestanden war, als Camilla den Salon betreten hatte.

Mit einem letzten Ausfall zielte Sir Michaels auf Randals Herz und traf sein Ziel. Randal brach zusammen, und in seinem Blick lag ein Ausdruck des Erstaunens.

Caspar Randal war tot.

Als Camilla alle Hoffnung zu verlassen drohte, ging die Haustür auf.

Sir Michael kam aus dem Haus und steckte einen Degen in die Scheide. Sein Gesicht war aschfahl. Auf der linke Seite seines dunkelgrünen Rockes klaffte ein großer Riß.

»Randal wird Sie nie mehr belästigen«, sagte er mit brüchiger Stimme.

»Sie sind verletzt!« rief Camilla ängstlich und eilte auf ihn zu. Ihre ganze Schwäche war vor Erleichterung darüber, daß er am Leben war, vergessen.

»Mein Liebster, Sie sind verwundet!«

Michael sah überrascht an seinem Rock herab. »Ich glaube nicht. Randal versuchte es. Es war ein fairer Kampf, aber kein ehrenhaftes Duell.« Dann sah er erschrocken Camillas weißes Gesicht und streichelte zärtlich ihre Wange. »Meine arme, kleine Geliebte. Allein der Gedanke daran, was Sie gelitten haben, ist unerträglich.«

»Jetzt, da auch Sie in Sicherheit sind, ist alles vergessen«, erklärte sie mit leuchtenden Augen. »Wir müssen sofort in Ihr Haus, damit Ihre Mutter und Augusta sich um Sie kümmern können. Ich fürchte, Sie sind doch verletzt.«

Er lächelte gequält. »Leider kann ich mich ihrer liebenden Fürsorge nicht anvertrauen, mein Liebes. Ich habe einen Mann getötet. Die Pflicht verlangt von mir, daß ich mich in die Hände des Gesetzes begebe.«

»Nein!« schrie Camilla entsetzt. »Wenn je ein Mann schuldlos getötet hat, dann waren Sie es, Michael. Ich will nicht, daß Sie meine Torheit büßen müssen. Wenn ich Vertrauen in Ihre Liebe und die der anderen gehabt hätte, wäre das alles nicht passiert. Ich beschwöre Sie, Michael, warten Sie, bis wir beide uns ausgesprochen haben.«

»Kommt erst einmal zur Kutsche«, unterbrach Mrs. Fernaby resolut.

Sir Michael legte Camilla den Arm um die Schulter, und beide folgten ihr gehorsam wie Kinder, obwohl Michael wußte, daß er dadurch seine Pflicht nur hinausschob.

Männer seines Standes wurden niemals als Mörder verfolgt. Das Gesetz vertraute ihnen, daß sie sich selbst stellten und ein Geständnis ablegten.

Sir Michaels treuer Kutscher war von seinem Kutschbock herabgestiegen und beeilte sich, den drei jammervollen Gestalten beim Einsteigen behilflich zu sein. Er hatte seinen Herrn noch nie so blaß gesehen und die Frauen!

»Nach Hause, Sir?« fragte er besorgt.

Zu seiner Überraschung antwortete ihm die Comtesse: »Warte bitte einen Augenblick. Wir müssen noch eine dringende Angelegenheit besprechen.«

Sie hatte einen Plan gefaßt, einen Plan, der so einfach und doch so gewagt war, denn sie setzte damit alles auf eine Karte.

Aber sie hatte Sir Michaels Fürsorge und seine Beschützerrolle außer acht gelassen. Als sie sprechen wollte, gebot er ihr Einhalt.

»Meine Geliebte, daß Sie gequält worden sind, weiß ich, aber bitte sagen Sie mir ehrlich, hat man Ihnen etwas zuleide getan? Ich muß es wissen. Ich habe Höllenqualen ausgestanden, seit Sie aus dem Ballsaal fortgelaufen sind.«

Sie sah seine dunklen, fragenden Augen im Schein der Kutschenlampen. »Nein, mein Liebling. Ich schwöre es, Michael. Aber können Sie mir meine Torheit verzeihen? Es war alles meine Schuld. Ich war selbstsüchtig und über Randals Beleidigungen so außer mir... ich... ich konnte nicht glauben, daß Sie mich immer noch lieben würden. Die ganze Zeit, als ich gefangengehalten wurde, empfand ich es als Strafe für meine Torheit.«

»Camilla!« Er zog sie zärtlich an sich und hätte sie gern geküßt. »Was wäre das für eine Liebe, die bei jeder Lüge, die andere verbreiten, wankelmütig wird? Ich war so begierig darauf, Sie zu finden, daß ich meine Herausforderung an diesen infamen Kerl nicht sofort wiederholen konnte, wie ich es ihm geschworen hatte.«

»Dies macht Ihren Degenkampf ehrenwert. Bitte sehen Sie doch ein, Michael, daß es ein Duell war, das im Haus anstatt auf dem freien Feld stattgefunden hat. Sie können sich unmöglich des Mordes bezichtigen.«

Er seufzte. »Nicht einmal Sie können mich von meiner Pflicht abbringen, meine geliebte Camilla. Es ist grausam, daß wir uns so rasch wieder trennen müssen, nachdem wir uns endlich gefunden haben. Es war Mord, den ich aus Haß begangen habe und den ich nicht einmal bereue. Ich muß mich stellen.«

Mrs. Fernaby hatte still in der anderen Ecke der Kutsche zugehört, und ihr Herz wurde schwer. Leise sagte sie: »Es wird das beste sein, Camilla, und die Richter sind bestimmt gnädig, wenn sie die Wahrheit erfahren.«

»Nein«, sagte Camilla aufgebracht. »Bitte hören Sie auf mich, Michael. Ich habe einen ungewöhnlichen Plan, und wenn er gelingt, wird er Ihre Ehre von jedem Makel befreien und Ihnen das Leben retten.«

Er hob überrascht eine Augenbraue, und Camilla fuhr rasch fort: »Wir fahren sofort zum Carlton House und bitten um eine Audienz bei Seiner Königlichen Hoheit. Er ist der oberste Richter von England, und wenn es stimmt, was Mrs. Fitzherbert sagt, dann hat er ein mitfühlendes Herz. Bitte glauben Sie nicht, ich sei verrückt geworden, Michael.«

Sie umfaßte seine Hände. »Er war sehr gnädig, als ich ihm vorgestellt wurde. Und ich bin sicher, Mrs. Fitzherbert ist auf unserer Seite.«

»Meinen Sie?«

»Aber natürlich! Warum wollen Sie nicht einsehen, daß all die schrecklichen Dinge, die geschehen sind, meine Schuld sind? Ich werde bei Ihnen bleiben, was immer auch geschieht. Wenn dadurch, daß Sie Randal getötet haben, Ihre Ehre befleckt würde, so haben Sie es nur um meinetwillen getan.«

Sie hielt inne, denn sie wußte, daß sie nicht länger auf ihn eindringen durfte. Als er sich von ihr abwandte und auf das dunkle Straßenpflaster hinausblickte, ließ sie seine Hände nicht los. Im stillen betete sie inbrünstig darum, daß er auf ihren Vorschlag eingehen möge. Auch Mrs. Fernaby schwieg. Es war so, als stünde ihrer aller Zukunft auf dem Spiel und als hinge sie nun von Michaels Entscheidung ab.

Schließlich sagte er zögernd: »Prinny wird aufbrausen, wenn wir ihn stören.«

Camilla stieß einen Seufzer der Dankbarkeit aus. Sie hatte gewonnen.

»Außerdem könnte es sein, daß er gerade für seine engeren Freunde ein Essen gibt«, fuhr Michael fort. »Wir können in unserem jetzigen Aufzug nicht bei ihm erscheinen.«

»Doch, ich werde genau so hingehen, wie ich jetzt bin«, Camilla warf den Kopf zurück. »Dieses häßliche Sackkleid hat Randal zerrissen, und mein verletzter Mund ist ein weiterer Beweis seines schändlichen Verhaltens. Unsere Worte wären wenig wert, wenn wir elegant gekleidet und gut frisiert vor ihn träten, und ich meine Verletzungen sorgfältig kaschierte. Bitten Sie mich nicht, es mir anders zu überlegen.«

Sir Michael lächelte. »Ich sehe, ich habe ein Mädchen gefunden, das nicht nur außerordentlich schön und charmant, sondern auch mutig ist.« Dann rief er seinem Kutscher zu: »Zum Carlton House.«

Die Fahrt dauerte kaum fünf Minuten, und während dieser Zeit sprach in der Kutsche niemand. Camilla wurde plötzlich ängstlich; wie, wenn der Prinzregent über die Störung empört war und sie ihren Geliebten dadurch in noch größere Gefahr brachte? Aber er hatte ihr beim Ball viele Komplimente gemacht, und bei dem Gedanken daran faßte sie wieder Mut. Da an diesem Abend augenscheinlich kein Staatsempfang stattfand, würde Mrs. Fitzherbert sicher ebenfalls anwesend sein. Sie war eine Frau mit einem großen Herzen und würde die Bitten der Liebenden freundlich aufnehmen.

Die Kutsche fuhr vor. Mrs. Fernaby drückte sich noch enger in ihren Sitz, als Sir Michael und Camilla ausstiegen. Die großen Tore waren geschlossen, ein Wachposten stand davor. Sir Michael ignorierte ihn und führte Camilla die Treppen hinauf. Er betätigte die goldene Glocke.

»Ich habe mich Ihrem Willen gefügt«, sagte er und lächelte Camilla zärtlich an. »Jetzt bitte ich Sie, lassen Sie mich meine Sache selbst vortragen, falls wir eine Audienz bekommen.«

Sie hatte keine Zeit zu antworten, denn zwei Diener öffneten die Tür.

»Bitte sagen Sie Seiner Königlichen Hoheit, daß Sir Michael Monford und die Comtesse de Courville ihm um eine kurze Privataudienz ersuchen und ich um Verzeihung bitte, daß wir ihn zu dieser Stunde belästigen.«

Einer der Diener verbeugte sich und zog sich zurück. Der andere blieb in der Nähe stehen, um das verwegen aussehende Paar im Auge zu behalten. Er wollte sie mit Wonne hinauswerfen, wenn der Prinzregent ihnen eine Abfuhr erteilte, was er zweifellos tun würde.

Der Mann schien eine Ewigkeit weg zu sein, und Camilla wurde unruhig.

Endlich kam er zurück, verbeugte sich und sagte mit einem schwachen Lächeln: »Bitte folgen Sie mir.«

Normalerweise hätte sich Camilla im Palast interessiert umgesehen, denn sie wurden in die Privaträume des Prinzregenten geleitet, und die Gänge, die dorthin führten, waren noch kostbarer möbliert als die Haupthalle vor dem Ballsaal. Aber sie war im Augenblick zu aufgeregt.

Der Diener blieb vor einer weißgoldenen Tür stehen und fragte: »Wen darf ich melden, Sir?«

»Sir Michael Monford und die Comtesse de Courville«, sagte Camilla bestimmt, ehe Sir Michael antworten konnte.

Die Tür ging auf, und sie wurden mit lauter Stimme angekündigt.

Sie traten Hand in Hand ein. Der Prinzregent und Mrs. Fitzherbert waren allein. Sie legten Patiencen auf einem Intarsientischchen. Seine Königliche Hoheit schmollte. Er war mißgestimmt, weil sein Privatleben so rüde gestört wurde.

Mrs. Fitzherbert starrte sie ungläubig an, zuerst Camillas häßliches Sackkleid, das außerdem noch zerrissen war, dann ihr zerzaustes Haar und ihr malträtiertes Gesicht. Camilla war kaum wiederzuerkennen. Aber dann leuchteten Mrs. Fitzherberts Augen auf. Sie sprang auf und warf dabei zum weiteren Ärger des Prinzregenten das Tischchen um, denn die schwierige Patience hatte sich gerade zu seinen Gunsten gewendet, und er gewann gern.

»Camilla, mein armes, armes Kind! Was ist geschehen?« Sie breitete mütterlich ihre Arme aus. Dankbar ließ sich Camilla von ihr umarmen. »Wie habe ich mich heute mit meiner lieben Freundin, der Marquise, um dich gesorgt. Sie ist ganz außer sich. Waren Sie schon bei ihr?«

»Leider noch nicht«, sagte Camilla, »denn das, was uns so ungelegen für Sie hierherführte, ist äußerst dringend.«

Sie löste sich aus den tröstenden Armen und machte einen tiefen

Knicks vor dem Prinzregenten, der jetzt verblüfft genug war, um sein Monokel aus einer gestickten Westentasche zu ziehen. Wer war dieses zerschundene Mädchen, das von seiner Geliebten so warm willkommen geheißen wurde? Er musterte Camilla eine Minute lang und schüttelte verwirrt den Kopf.

Nun trat Sir Michael vor und verbeugte sich ebenfalls.

»Königlich Hoheit sind die Güte selbst, da Sie uns dieses kurze Gespräch gewähren. Ich versichere Ihnen, wir werden Sie nicht lange aufhalten.«

»Dann schießen Sie los, Monford. Sie sehen ganz schön mitgenommen aus.«

»Ich habe eben Sir Caspar Randal getötet«, sagte Sir Michael tonlos. »Es geschah in seinem Haus.«

»Wie?« Der Prinzregent war sichtlich beunruhigt. »Dann müssen Sie sich an einen Juristen wenden, Sir, und nicht an uns.«

Camilla konnte nicht länger schweigen. Mit fester Stimme sagte sie:

»Königliche Hoheit werden sich nicht mehr an mich erinnern, so wie ich jetzt aussehe. Ich bin die Comtesse de Courville, zu der Sie gestern höchst gnädig waren. Während des Balls haben Sir Michael und ich uns verlobt. Und dann verleumdete mich Sir Caspar Randal, und zu meiner eigenen Schande lief ich davon, weil ich mich vor einem Skandal fürchtete. Ich bitte für Sir Michael. Denn alles, was danach geschehen ist, ist allein meine Schuld, verursacht durch meine Torheit.«

Sie spürte, daß sie sein Interesse geweckt hatte. Während er mit der einen Hand sein Monokel an das Auge hob, kniff er sich mit der anderen in die Lippen und überlegte.

»Erzählen Sie weiter, Comtesse. Sie sind also zu Sir Caspar gelaufen?«

»O nein!« Camillas Entsetzen über eine solche Vorstellung war so groß, daß sie die formelle Anrede vergaß, die jeder Äußerung vorausgehen mußte. »Mein einziger Gedanke war es, zu meiner Pflegemutter in Cheapside zu laufen, weil ich glaubte, daß mich die Gesellschaft nun verachten würde.«

»Aber Sie konnten doch Sir Michael nicht so falsch einschätzen?« unterbrach Mrs. Fitzherbert sanft.

»Zu meiner Schande muß ich zugeben, daß ich es tat.« Sie warf Michael einen so liebevollen Blick zu, daß der Prinzregent noch interessierter wurde.

»Mein Gott, was Frauen doch für einen Unsinn reden. Ich warte auf Ihre Geschichte, Madame, auf die ganze Geschichte«, drängte er.

»Ja, Königliche Hoheit. Ich lief ohne Mantel, so wie ich war, aus Ihrem Haus und wurde von Straßendieben gefangen und für Lösegeld festgehalten.«

Der Prinzregent riß erstaunt die Augen auf. »In London? In unserer Hauptstadt gehen solche Dinge vor?«

»Ja, Sir.« Camilla war verblüfft, wie wenig er von seinen Untertanen wußte, aber um ihn nicht zu reizen, fuhr sie rasch fort: »Das Lösegeld wurde angeboten und ein Plan für meine Übergabe ausgehandelt. Als ich hörte, daß das Geld von einem Herrn gezahlt werden sollte, dachte ich, das müsse Sir Michael sein. Er war auch bereit, die geforderte Summe zu zahlen, aber ein anderer Mann bot den Erpressern das Doppelte an.«

»Und arrangierte außerdem eine frühere Begegnung mit den Entführern«, unterbrach Sir Michael. »Ich schwöre, wenn ich sie zu fassen bekäme...«

Der Prinzregent zwinkerte ihm zu: »...dann wären sie zweifellos bald wieder hier, um weitere Morde zu gestehen.«

»Königliche Hoheit, als er Randal tötete, war es kein Mord. Er tat es, um meine Ehre zu retten«, unterbrach Camilla aufgeregt. »Gegen meinen Willen wurde ich in Sir Caspar Randals Haus gebracht. Er hat die beiden Männer, die mich dort hinführten, nicht einmal bezahlt. Und dann...« Sie wurde blaß, und es fiel ihr schwer, weiterzusprechen.

Mrs. Fitzherbert trat voller Mitleid neben sie.

»Sie müssen Seiner Königlichen Hoheit alles sagen, mein Kind. Wie soll er sonst über Sir Michaels Handlungsweise urteilen?«

Camilla lächelte sie dankbar an und fuhr dann fort: »Er... Sir Caspar... verunglimpfte mich aufs Gemeinste, und dann... dann packte er mich und...« Ihre Stimme war nun kaum hörbar, und sie senkte den Blick vor Scham bei dem Gedanken daran. »...Er wollte mich vergewaltigen. Ich glaube, er war von Sinnen. Er zerriß dieses elende Kleid, das ich tragen mußte... Ich versuchte, zur Haustür zu gelangen, und zog ihn schrittweise mit mir. Ich kann nicht sagen, warum ich glaubte, daß dies meine einzige Rettung war. Aber sie war es, Gott sei Dank. Sir Michael war gerade vor dem Haus angekommen, und als es mir gelang, die Türklinke herunterzudrücken, stieß er mit aller Macht die Tür auf, so daß wir zu Boden fielen.« Sie konnte nicht weitersprechen.

»Mein armes, armes Kind«, sagte Mrs. Fitzherbert und legte tröstend einen Arm um sie.

Sir Michael ergriff das Wort. »Ich gestehe, Sire, daß ich noch nie vor Zorn so außer mir war. Ich hätte Randal am liebsten auf der Stelle getötet, als er am Boden lag. Aber er griff nach seinem Degen, und ich war froh, daß auch er bewaffnet war. Er war immer noch von seinen niedrigen Leidenschaften besessen und konnte sich nur schwer auf den Kampf konzentrieren. Ich habe ihn eindeutig getötet.« Sir Michael senkte den Kopf. »Ich leugne meine Schuld nicht. Und ich entschuldige sie auch nicht, nur daß...«

»... nur daß«, unterbrach Camilla rasch, »wenn Sir Michael nicht gekommen wäre, mein Leben zerstört worden wäre und ich mich aus Scham getötet hätte. Hoheit, unser beider Leben liegt in Ihren Händen.« Sie sah ihn furchtlos an, doch ihr Herz klopfte wie wild. »Ich flehe um Ihre Gnade, denn nur Sie können Sir Michael Gnade erweisen.«

Mrs. Fitzherbert zog sie noch fester an sich, da sie die Angst des Mädchens spürte. Ihr Blick traf den Prinzregenten, und auch sie bat für Sir Michael.

Das Schweigen schien eine Ewigkeit zu dauern, während sie warteten und ihr Leben an einem seidenen Faden hing. Der Prinzregent war für seine unberechenbaren Launen bekannt, die sich so rasch ändern konnten. Seine Miene verriet nichts von seinen Gedanken, als er sie nacheinander durchdringend ansah.

In Wirklichkeit dauerte das Schweigen kaum eine Minute, bevor er mit einer seltenen Wärme in der Stimme das Urteil sprach.

»Kaltblütiger Mord ist ein Verbrechen, das wissen Sie so gut wie ich, Monford. Aber dies war kein Mord. Ich habe Randal nie gemocht, und was ich eben gehört habe, bestätigt mein Urteil über ihn. Für solch ein Benehmen einer Dame gegenüber verdient er es, wie eine Ratte zu sterben. Sie haben meinen vollen Respekt, Monford, und ich wünsche Ihnen und der Comtesse ein langes, glückliches Eheleben.«

Sir Michael verbeugte sich tief, aber Camilla ging in ihrer Dankbarkeit noch weiter. Sie lief vor, machte einen tiefen Knicks und küßte die beringte Hand, die auf einer Sessellehne lag.

Der Prinzregent sah sie angenehm überrascht an. »Aber meine liebe Comtesse!« Dann lachte er. »Fahren Sie jetzt nach Hause und machen Sie morgen früh, in einem geeigneten Aufzug, Ihre Aufwartung.«

Er entließ die strahlenden Liebenden und gab dann rasch seine

Anweisungen. Er ließ sofort die obersten Richter zu sich kommen, denn er war entsetzt über das, was in seiner Stadt vorgefallen war. Obwohl Sal Perkins sich vor Camilla gerühmt hatte, daß das Gesetz sie niemals aufspüren würde, wurden sie und ihre Kumpane innerhalb von vierundzwanzig Stunden gefangengenommen und in das Newgate Gefängnis gebracht, wo sie ihre Verurteilung und die gerechte Strafe für ihr Verbrechen der Entführung und Erpressung erwarteten. Sals ›Freunde‹ verrieten sie nur zu bereitwillig, wenn sie dadurch ihre eigene Haut retten und das Gesetz von ihren eigenen Vergehen ablenken konnten.

Zwölftes Kapitel

Die Wiedersehensfreude im Hause Fouchet war überschwenglich. Nachdem die Marquise ungläubig den Atem angehalten hatte, eilte sie auf Camilla zu und umarmte sie. Sie murmelte immer wieder ihren Namen. Während der Marquis Camilla auf beide Wangen küßte, liefen Tränen an seinem alten Gesicht herab, und er flüsterte: »Mein Kind, meine liebe, kleine Claudette-Camilla.« Zwischen Weinen und Lachen fügte er hinzu: »In solchen Augenblikken ist es ein Glück, daß man Franzose ist, die Engländer mögen keine Tränen.«

Dann umarmten beide Sir Michael und schüttelten Mrs. Fernaby dankbar die Hand. Ihnen war bewußt, wieviel sie ihr zur Rettung Camillas zu verdanken hatten, und in welcher Gefahr Camilla gewesen war.

Als die kleine französische Uhr acht schlug, blickte Mrs. Fernaby erschrocken auf.

»Verzeihen Sie mir, aber ich muß nach Hause. Ich muß mich beeilen. Mein Mann hat noch keinen Tee bekommen und wird in diesem Moment die Taverne öffnen. Er wird wütend sein...«

Sie war blaß und ängstlich geworden, als sie an die Szene dachte, die sie in der Taverne erwartete.

Camilla, die ihre Ängste kannte, ergriff rasch ihre Hände. »Nein, nein, Mama, du darfst nie wieder dorthin zurückkehren. Wir werden dich beschützen, für dich sorgen...«

»Ich bin ganz deiner Meinung, Camilla«, unterbrach die Marquise mit ihrer silbrigen Stimme. »Wir kennen Sie kaum, Mrs. Fernaby, aber von Camilla wissen wir, wie viel Sie für sie getan haben. Ich suche schon lange eine englische Haushälterin, die sich mit unserer französischen Lebensweise abfindet, ohne ungeduldig zu werden. Wir würden uns sehr freuen, wenn Sie bei uns blieben.«

Camilla errötete vor Dankbarkeit und Freude.

»Mama, hast du das gehört? Ist das nicht die Krönung dieses schrecklichen Tages?«

Mrs. Fernaby knetete aufgeregt ihre mageren Hände.

»Mylady, Sie sind zu gütig, aber ich möchte keine Schwierigkeiten in Ihr Haus bringen. Ich fürchte, mein Mann wird mich finden und Ihnen Unannehmlichkeiten machen. Außerdem habe ich in der Taverne meine Sachen. Sie sind zwar armselig, aber ich möchte sie nicht verlieren.«

Es war Sir Michael, der die Angelegenheit zu Ende brachte. Er legte eine Hand auf Mrs. Fernabys Schulter und sagte freundlich:

»Mutter Fernaby – für mich werden Sie das von jetzt an immer sein –, bitte vergessen Sie alle Schwierigkeiten, denn es ist nun unsere Aufgabe, für Sie zu sorgen.« Er sah Camilla lange und zärtlich an und fuhr dann fort: »Ich weiß, daß Camilla zustimmen wird, wenn ich sage, daß wir später niemand anderem als Ihnen die Obhut über unsere Kinderzimmer anvertrauen wollen. Wenn Sie für die künftige Generation der Monfords so gut sorgen, wie Sie es für Camilla getan haben, könnten unsere Kinder keinen besseren Start ins Leben haben.«

Camilla warf ihm einen dankbaren Blick zu, als sie zärtlich die tränenüberströmte Wange von Mrs. Fernaby küßte.

»Mama, dein Glück ist für dich geplant, und nie wieder sollst du in Angst und Furcht leben. Wir sind heute abend alle so glücklich, und wie könnten wir es noch sein, wenn wir wüßten, daß du dich in Lebensgefahr begibst? Ich werde jemanden schicken, der deine Sachen holt. Bitte nimm das großzügige Angebot der Marquise an, und dieser Tag endet für uns alle glücklich.«

Mrs. Fernaby fand keine Worte, aber sie machte einen Knicks vor der Marquise und brachte ein kleines Lächeln zustande. Dann wandte sie sich an Camilla und sagte beinahe brüsk: »Komm, Kind, laß mich deine Wunden verarzten und dich für deinen Verlobungsabend herausputzen.«

Gehorsam und mit leuchtenden Augen nahm Camilla ihre Hand und führte sie in ihr Zimmer.

Nach einer Woche waren Camillas blaue Flecken und Schürfungen vergessen. Wie hätte es auch anders sein sollen, da jeder Tag von Glück erfüllt war! Nicht nur der Marquis de Fouchet hatte mit Freude seine Zustimmung zur Hochzeit gegeben, sondern auch Lady Monford war glücklich darüber.

»Es ist höchste Zeit, daß Michael heiratet«, strahlte sie. »Und seine Wahl hätte nicht besser ausfallen können. Komm, mein liebes Kind, und erlaube mir, dich zu umarmen.«

Augusta war außer sich vor Freude und sagte zu ihrem Bruder: »Jetzt kannst du mir endlich zuhören und dir Zeit nehmen, meinen Edwards zu empfangen! Er möchte deine Zustimmung einholen, ehe wir uns formell verloben.«

»Ganz recht«, erklärte Michael und zwinkerte ihr verschmitzt zu. »Ich werde es mir überlegen.«

»Wage es ja nicht!« rief Augusta erregt.

Camilla sagte lachend: »Keine Angst, du weißt doch, wie gern er dich neckt.«

Die einzige ungeklärte Frage war, wo die Hochzeit von Sir Michael und Camilla gefeiert werden sollte.

Lady Monford dachte an die kleine Kirche auf ihrem Landgut. »Das wäre für die Pächter ein großer Tag. Du kannst sie wirklich nicht anderswo feiern.«

Aber Sir Michael wünschte sich ein großartigeres Fest. Er wollte, daß seine Braut von allen Mitgliedern der Gesellschaft geehrt wurde, um ein für alle Male dem bösartigen Klatsch ein Ende zu bereiten, der nach der unglückseligen Szene auf dem königlichen Ball immer noch hier und da zu hören war.

Camilla ergriff nicht Partei. Sie hatte nur einen Gedanken: das Wunder, daß sie Michaels Frau wurde.

Und dann wurde die Entscheidung über ihre Köpfe hinweg gefällt.

Mrs. Fritzherbert besuchte die Marquise, und sie glühte vor Freude.

»Meine Liebe, ich bringe Neuigkeiten, ganz besondere Neuigkeiten. Ich habe Ihnen oft gesagt, daß mein Prinny trotz seiner Schwächen ein gutes Herz hat. Er hat solche Zuneigung zu Camilla gefaßt, daß er ihr eine königliche Hochzeitsfeier gewähren möchte.«

In diesem Augenblick kam Camilla in den Salon. Sie trug ein elegantes Reitkostüm aus rotem Samt, einen kleinen Dreispitz mit einem Schleier, der ihr leuchtendes Haar und das strahlende Gesicht einrahmte. Sir Michael gab ihr täglich Reitstunden, denn er erklärte: »Du möchtest doch nicht, daß ich mein Herz in zwei Teile reiße, indem ich mich jedesmal, wenn ich ausreite, von dir trennen muß. Oder, mein Liebling? Ich bin sicher, du wirst eine gute Reiterin, und vielleicht macht es dir sogar Spaß, sobald du deine Angst vor Pferden überwunden hast.«

Sie war errötet und mußte jetzt daran denken, wie sie ängstlich und erschrocken zurückgefahren war, als er sie seinem herrlichen Hengst Spartakus vorstellte und dieser sich wiehernd aufgebäumt hatte.

Jetzt liebte sie zu ihrer eigenen Überraschung die sanfte, kastanienbraune Stute, die er ihr geschenkt hatte, und sie ängstigte sich auch nicht mehr vor Spartakus.

Sie machte vor Mrs. Fritzherbert einen tiefen Knicks und umarmte sie. Mrs. Fritzherbert erwiderte ihre Zuneigung. Dann schob sie sie von sich und musterte sie eingehend.

»Du wirst eine königliche Braut sein, mein Kind«, erklärte sie lächelnd.

»Eine was?« staunte Camilla verwirrt.

»Der Prinzregent möchte, daß ihr in Windsor Castle, in der königlichen Kapelle, getraut werdet. Da du keinen Vater mehr hast, wünscht er, selbst als dein Brautvater zu fungieren.« Sie wandte sich an den Marquis: »Das heißt, wenn Sie, Marquis, als ihr Vormund, keine Einwände dagegen haben.«

Alle wußten, daß dies reine Höflichkeit war, denn wenn der Prinzregent einen Entschluß gefaßt hatte, duldete er keine Einwände.

Der Marquis lächelte. »Es ist mir eine Ehre und eine Freude. Bitte sagen Sie dies Seiner Königlichen Hoheit. Es wäre kein guter Anfang für Camilla, wenn sie am Arm eines hinkenden Rheumatikers zum Altar geführt würde.«

Camilla konnte es kaum glauben. »Sie meinen, Seine Königliche Hoheit ist nicht verärgert über uns, weil wir ihn an jenem Abend gestört haben?«

»Nein. Deine Geschichte hat ihn so gerührt, daß er seither immer wieder davon spricht.« Gedehnt fragte sie dann: »Benehmen sich alle einfachen Leute so gräßlich?«

Camilla war verlegen, denn die Frage traf sie unerwartet. »Ich glaube...« begann sie leise und nahm dann allen Mut zusammen. »Im East End von London gibt es so große Armut, und sie vergleichen den Reichtum des Adels mit ihrer eigenen Not, deshalb stehlen sie und betrachten dies als ihr Recht.«

Sie sah Mrs. Fritzherbert gequält an. »Bitte erzählen Sie das nicht Seiner Königlichen Hoheit. Ich möchte nicht, daß man sie verfolgt. Ich habe meine Kindheit unter ihnen verbracht, und ich verabscheue ihre Haltung, aber ich kann sie nicht verurteilen.«

Mrs. Fritzherbert, die mit dem Prinzregenten eine morganatische Ehe führte, sagte ernst: »Nein, Kind, aber du unterschätzt den Takt, der mich zu einer Vertrauten gemacht hat. Wenn sich eine Möglichkeit ergibt, werde ich um deinetwillen versuchen, ihn zu einer liberaleren Haltung seinen Untertanen gegenüber zu bewegen, und nun wollen wir über angenehmere Dinge sprechen... über deine Hochzeit.«

Sogar Lady Monford war durch die überraschende Wendung der Dinge versöhnt. Daß ihr einziger Sohn in der königlichen Kapelle getraut werden sollte, übertraf ihre kühnsten Träume. Sie würden später auf ihren Gütern die Hochzeit mit dem Personal traditionsgemäß nachfeiern und sie fürstlich bewirten.

Im Hause Fouchet hätte Chaos geherrscht, wenn nicht der beruhigende Einfluß von Mrs. Fernaby gewesen wäre. Sie trug jetzt ein schwarzes Seidenkleid und eine rüschenbesetzte Musselinschürze. An einem silbernen Gürtel hingen die Schlüssel der vielen Vorratskammern und Anrichten. Ihr Regiment über den Haushalt war energisch, aber freundlich. Der Ruhm als Heldin war ihr vorausgegangen, so daß sogar der würdevolle Butler sie als ebenbürtig aufnahm. Für Camilla, die in Bergen von Aussteuer und ihrer Hochzeitsgarderobe fast erstickte, war die Anwesenheit Mrs. Fernabys tröstlich. Sie wagte sogar, Monsieur Paul und die Marquise zu besänftigen, wenn diese einen ihrer französischen Temperamentsausbrüche hatten.

Sir Michael schrieb einen Brief an den Prinzregenten, in dem er seine Dankbarkeit für dessen wahrhaft königliche Geste ausdrückte. Eine derartige Hochzeit würde die letzten noch verbliebenen Gerüchte über Camilla aus dem Wege räumen. Sir Michael lächelte fein, wenn er daran dachte, wie sich die Gesellschaft um eine Einladung zu dem Fest reißen würde.

Trotz der Proteste der Marquise verbrachte Camilla einen ganzen Tag mit ihrem Bräutigam. Sie sehnte sich nach einer Aussprache mit ihm, bei der sie ihm ihre Vergangenheit in allen Einzelheiten enthüllen wollte, so daß es in Zukunft nichts geben würde, was ihn irritieren könnte. Er nahm ihren Vorschlag freudig auf, einen Tag fern von allen Hochzeitsvorbereitungen zu verbringen, und sie fuhren in seiner Kutsche nach Richmond, zu einer verträumten Stelle am Fluß. Dort gingen sie spazieren. In der Nähe stand ein altes Gasthaus, in dem Michael gewöhnlich ein einfaches Mahl zu sich nahm, wenn er stundenlang durch den Park von Richmond geritten war.

Zuerst war Camilla unerwartet schüchtern. Es war für sie ein so unvorstellbares Glück, endlich mit Michael allein zu sein und die Geschichte, die sie zu erzählen hatte, kam ihr plötzlich so elend vor. Aber er drängte sie dazu, denn er wollte ihr früheres Leben kennenlernen.

Als sie auf ihre Zeit in Maison Castle zu sprechen kam, war es an ihm, ein verlegenes Geständnis abzulegen.

»Mein teures Herz, wenn ich daran denke, daß ich dich dort gesehen habe, ja, daß ich sogar glaubte, dich wiederzuerkennen und doch zu stolz war, um mir die Wahrheit einzugestehen!« Er ergriff ihre Hände. »In deiner Geschichte gibt es nichts zu verzeihen. Ich empfinde nur tiefe Hochachtung vor dir. Aber für mich gibt es keine Entschuldigung, und ich wage es nicht einmal, um dein Verständnis zu bitten.«

Sie küßte zärtlich seine Wange. »Du brauchst nicht darum zu bitten, mein Liebling. Ich habe dir längst verziehen. Wir leben in einer Zeit, die an Konventionen hängt, daran, welche Stellung wir bei der Geburt zudiktiert bekommen haben. Du bist der edelste, ehrenhafteste Mann, den ich kenne.«

Danach sprachen sie nur noch über ihre Liebe und über ihre Zukunftsträume. Schließlich sagte er: »Jetzt gibt es zwischen uns keine Geheimnisse mehr, unsere Herzen sind wie ein offenes Buch.«

»Keine Geheimnisse«, wiederholte sie leise, als er sie in die Arme nahm. Aber ein Geheimnis gab es doch noch, ihre stummen Beobachtungen an der Ecke der Curzon Street, wo sie, das arme Ladenmädchen, ihr Herz an den Mann verlor, der sie nun auf so wunderbare Weise wiederliebte.

Er führte sie zu dem Gasthaus, wo sie miteinander lachten, sich neckten und bei einem ausgezeichneten, aber einfachen Mahl die glücklichsten Menschen der Welt waren.

Da der Prinzregent darauf bestand, daß die Hochzeit vor seinem Aufbruch in seine Sommerresidenz in Brighton stattfinden sollte, wurde die Zeit sehr knapp. Aber die Näherinnen, Putzmacherinnen und Schuhmacher arbeiteten so emsig, daß alles pünktlich fertig wurde.

»Ich weiß, wie verliebt du bist, Chérie«, sagte die Marquise, »aber ich glaube, du zeigst Monsieur Paul nicht die Anerkennung, die er verdient. Ich finde, eine kleine Geste der Dankbarkeit wäre angebracht.«

Camilla war sofort zerknirscht. »Oh, ich habe ihm wirklich gedankt. Aber wäre ein Besuch in seinem Salon mit einem Geschenk und Blumen für seine Mädchen angebracht?«

Die Marquise klatschte beifällig in die Hände. »Das wäre genau das Richtige! Nun... *mais oui,* ich meine eine Kiste vom besten Champagner wäre sehr passend, und du darfst die Blumen selbst auswählen.«

Camillas Besuch bei Monsieur Paul wurde fast zu einer königlichen Prozession, als sie von ihm selbst durch seine Werkstatt geführt wurde. Das Hochzeitskleid und die gesamte Brautausstattung waren sein *chef-d'œuvre,* das Meisterwerk seiner Karriere.

»Keine der eleganten Damen kann es schöner zur Wirkung bringen als Sie.« Es war seine höchste Huldigung.

Aber auch Augusta war entzückt von ihrem Brautjungfernkleid. Ihre eigene Hochzeit würde in knapp einem Monat stattfinden, wobei Michael als Brautvater und Camilla als Ehrendame fungieren würden. Ihre Schönheit, die Camilla ihr vor vielen Wochen vorausgesagt hatte, war voll erblüht, und sie sah entzückend aus.

Dann war es soweit, und alles mußte gepackt und nach Windsor Castle gebracht werden, denn sie waren dort für den Vorabend der Hochzeit zu einem königlichen Bankett eingeladen worden und sollten dort auch die Nacht verbringen.

Nun war Mrs. Fernaby in ihrem Element. Äußerlich gefaßt, beaufsichtigte sie die Schar der Frauen, die die großen Koffer packten, welche die Braut auf ihre Hochzeitsreise und dann in ihr neues Heim begleiten sollten. Aber innerlich war sie erregt, denn auch sie sollte nach Windsor mitkommen und die Mädchen überwachen, die sich an diesem großen Tag um die Garderobe ihrer geliebten Pflegetochter kümmerten.

Am Abend, ehe sie aufbrachen, ging sie in Camillas Zimmer. Sie waren allein, und Camilla warf sich in ihre Arme, wie sie es ihr ganzes Leben lang getan hatte.

»Mama, Liebste, dir verdanke ich mein ganzes Glück.«

»Ja, als wir zusammen in der Küche in Cheapside saßen, dachten wir nicht, daß du einmal so glücklich werden würdest. Sir Michael ist der beste Mann der ganzen Welt. Und daß du in der königlichen Kapelle getraut wirst, mit dem Prinzregenten an deiner Seite, übertrifft alle unsere Träume.«

Auch Mrs. Fernaby war vor Glück gerührt. Camilla zog sie neben sich auf das Sofa, und sie sprachen lange miteinander, wobei sie abwechselnd weinten und lachten.

»Aber für mich ist die Krönung von allem, daß du endlich frei bist. Hat sich Thomas Fernaby nicht gemeldet?« fragte Camilla.

»Er hat es einmal versucht, aber ich glaube, er wird es nicht wieder tun. Er ist in seine eigene Grube gefallen, wie man mir sagt. Er trinkt viel und findet, daß die Frauen von der Straße eine bessere Gesellschaft für ihn sind als ich.«

»Dann verdient er es nicht besser«, sagte Camilla.

Mrs. Fernaby erinnerte sich an ihre Pflichten und stand auf. »Es ist Zeit, daß du ins Bett gehst, mein Kind. Ich brauche dir keine glücklichen Träume zu wünschen. Morgen mußt du so frisch wie der Tau sein.«

Camilla gehorchte. Sie litt weder an Schlaflosigkeit noch an Nervosität. Sie war so beflügelt und voller Sehnsucht nach ihrem Bräutigam, daß sie nur wünschte, die Stunden mögen rascher vergehen.

Das königliche Bankett in Windsor Castle wurde zu einem ungezwungenen Fest. Der Prinzregent hatte nur seine engsten Freunde eingeladen, und deshalb war es sowohl für die Fouchets als auch für die Monfords eine intime Feier, dadurch aber nicht weniger großartig.

Der Prinzregent ließ alles auftischen, was er selbst am meisten schätzte, gute Weine, Störrogen – ein seltener neuer Importartikel namens Kaviar – Wachtelsuppe, gefolgt von am Spieß gebratenem Beaf, gewürzt mit feinen Kräutern, Cognac über Eiersoufflé und dazu Konfekt aus Marzipan, denn er hatte eine Vorliebe für Süßigkeiten. Zum Abschluß gab es aus den königlichen Gewächshäusern handtellergroße Pfirsiche, blaue Trauben, grüne Feigen und kleine, frische Aprikosen.

Die Musikanten spielten leise auf der Galerie Galliarden, Walzer und sogar die altmodischen Menuette, zur Freude der Marquise und des Marquis.

Camilla war schüchtern, was ihr als Braut gut stand. Über grüner Seide, die mit juwelenbesetzten Blumen bestickt war, trug sie ein Gewand aus fein plissiertem Batist, das die offene Bewunderung der Gäste fand. Als sie zwischen dem Prinzregenten und Sir Michael Platz nahm, sagte Seine Königliche Hoheit gutgelaunt: »Meine beredte Bettlerin hat sich in einen bezaubernden Engel verwandelt. Wenn Sie nicht schon versprochen wären, meine Liebe, würde ich selbst um Sie anhalten.«

»Hoheit sind zu gütig.« Camilla lächelte verschmitzt. »Ich bin sicher, nur wenige Mädchen können Ihnen widerstehen.«

Er war in bester Stimmung.

Und Mrs. Fritzherbert, die neben ihm saß, wünschte mehr als alle anderen, daß Camillas großer Tag gut vorübergehen möge.

Camilla erwachte früh an ihrem Hochzeitstag und lief sofort zum Fenster. Es versprach ein herrlicher Sommertag zu werden. Weißer

Nebel, der Sonne und Wärme ankündigte, lag auf den Wiesen hinter den Gärten.

Plötzlich fiel eine Rose auf den Fenstersims, dicht neben ihr. Sie blickte hinab und sah Michael, der zu ihr heraufläachelte. Er war lässig gekleidet – ein weißes Hemd, ein mit Spitzen besetzter Wams und rehbraune Reithosen, wie er es auf seinen Ländereien zu tragen pflegte.

Camilla lächelte zärtlich und warf ihm eine Kußhand zu. Es konnte Unglück bringen, wenn sie an ihrem Hochzeitsmorgen miteinander sprachen, aber die Geste beglückte sie.

Bald danach war ihr Zimmer angefüllt von fröhlichen Mädchen, die, von Mrs. Fernaby angeführt, gekommen waren, um ihr beim Ankleiden zu helfen. Die Trauung sollte um elf Uhr stattfinden. Der Prinzregent hatte diese frühe Zeit ausgewählt, da er sein Mittagessen genießen und nicht beim Champagner danach gestört werden wollte.

Monsieur Paul hatte sich selbst übertroffen. Die Hochzeitsrobe war aus einem Stoff, aus dem Träume gewoben werden. Ehrfürchtig nahmen die Mädchen sie aus der Musselinhülle und breiteten sie auf dem Bett aus. Sie war nicht weiß, sondern aus hellem Gold, passend zu ihrem Haar. Das Mieder war mit kleinen *Fleur de lis* aus Perlen bestickt, und kleine Diamanten mit Smaragden bildeten die schlanken Blätter, die jede der Lilien einrahmten. Auch der Schleier war eine Wolke aus hellgoldener Gaze und wirkte wie ein Heiligenschein. Gekrönt wurde er von einem Kranz aus Orangenblüten, der wie ein Diadem gesteckt war, ein Tribut an ihren Rang als Comtesse, den sie nun so gern gegen den Titel einer Lady Monford eintauschte.

Mrs. Fernaby hielt energisch alle Besucher ab, bis Camilla fertig angekleidet war. Selbst die Marquise und Augusta mußten ungeduldig vor der Tür warten. Nachdem Mrs. Fernaby einen dankbaren Kuß ihrer Pflegetochter erhalten hatte, führte sie ihnen Camilla vor, die tatsächlich wie ein schöner Traum wirkte.

Seine Königliche Hoheit war bester Laune und in königliche Pracht gekleidet, wobei seine Brust mit Orden übersät war. Er erwartete ungeduldig das Erscheinen der Braut, die er zum Altar führen sollten. Doch als Camilla wie eine Fee die breite Treppe herunterschwebte, fiel ihm in offener Bewunderung die Kinnlade herab.

»Monford ist wirklich ein beneidenswerter Mann.« Er war so überwältigt, daß er sogar das Fluchen vergaß.

Hinter Camilla kam Augusta, ganz in Hellblau. Sie trug Camillas

Brautbukett aus goldenen Lilien und Rosen, während die Marquise, in alpenveilchenfarbener Seide und mit Diamanten geschmückt, folgte. Sie betupfte sich schon jetzt die Augen mit einem kleinen Spitzentaschentuch.

Nur Camilla war nicht nervös, und am allerwenigsten war ihr nach Tränen zumute. Sie nahm anmutig den Arm des Prinzregenten, und gemeinsam verließen sie das Schloß und schritten über den Hof zur Kapelle. Bewundernde Dienstboten brachten leise Hochrufe aus und warfen Rosenblätter vor die Füße der Braut.

Der Erzbischof erwartete sie vor der großen Tür, dann führte er seine Prozession von Bischöfen und Geistlichen zum Hauptaltar.

Während Augusta Camilla ihre Blumen reichte und ihr Kleid zurechtzupfte, erscholl hell eine Fanfare von silbernen Trompeten. Es war eine Ehre, die gewöhnlich der königlichen Familie vorbehalten war, aber Seine Königliche Hoheit hatte sie eigens zu diesem Anlaß angeordnet.

Als Camilla schließlich die Kapelle betrat, wurde sie doch leicht nervös. Die Kapelle war viel größer, als sie erwartet hatte und war bis auf den letzten Platz mit ausgewählten, festlich gekleideten Gästen gefüllt, die neugierig die Braut betrachteten – die meisten Frauen neiderfüllt, die Männer dagegen mit unverhohlener Bewunderung.

Wenn ich doch nur Michael sehen könnte, dachte Camilla sehnsüchtig. Aber die lange Prozession der Geistlichen versperrte ihr den Blick.

Der Prinzregent spürte, daß ihr Arm zitterte, und streichelte beruhigend ihre Hand. Er war in gnädiger, väterlicher Stimmung und mit sich selbst äußerst zufrieden.

Endlich hatten die Bischöfe ihre Plätze erreicht, und Michael stand an ihrer Seite. Er streckte ihr die Hand entgegen, und seine dunklen Augen leuchteten vor Liebe und Bewunderung.

Als sie seine Hand ergriff, verflog ihre Unsicherheit. Durch den goldenen Schleier leuchteten ihre grauen Augen wie Sterne, und die Menschen und die Kapelle vor ihr schienen zu verschwimmen.

Sir Michael und Camilla waren in ihre Liebe eingehüllt, und die Welt um sie herum versank für sie, als sie ihr Eheversprechen ablegten.

BARBARA CARTLAND
Wende des Schicksals

Erstes Kapitel

1930

»Wie ist die Party?« fragte Diana Headley, als sie das Schlafzimmer betrat, dessen luxuriöse Möblierung fast völlig unter Stapeln von etikettierten Mänteln verborgen war.

Das Mädchen, das sich kritisch in einem goldgerahmten Spiegel musterte, stand langsam auf.

»Nicht schlecht«, sagte sie gleichgültig. »Ich muß weiter zu den D'Alroys, aber ich komme vielleicht wieder.«

Diana gab ihr Hermelincape dem wartenden Dienstmädchen und strich vor dem Spiegel ihr weißes Kleid zurecht.

Sie hatte das gleiche, vornehme, gelangweilte Flair wie ihre Freundin, und es wirkte auf einen Außenstehenden so, als wären sie von ihrer unmittelbaren Umgebung losgelöst.

Beide Mädchen hatten jene oberflächliche Ähnlichkeit miteinander, die unter den sogenannten höheren Schichten Mode geworden war.

Ihre Kleider ähnelten sich in Form und Schnitt. Sie benutzten das gleiche Make-up und Rouge, und ihre Haare wurden vom selben Modefriseur gewellt und gelockt.

Und doch unterschied sich Diana Headley deutlich von ihren übrigen Zeitgenossinnen.

Es war nicht nur ihr Bekanntheitsgrad, der sie von den anderen abhob, wenn dieser auch beachtlich war, oder die Tatsache, daß sie eine reiche Erbin war.

Ihr Vater, Sir Robert Headley, war einer der führenden Finanziers Großbritanniens; sein Name war in der ganzen Welt bekannt.

Diana selbst war sein ältestes Kind und seine einzige Tochter.

Ihre Mutter war gestorben, als sie noch recht klein war, und so weit sie sich zurückerinnern konnte, hatte sie in dem großen Haus in der Park Lane und auf dem Landsitz ihres Vaters in Sussex die Gastgeberin gespielt.

Es war kein Wunder, daß ihr dieses Leben, das so wenig ihrem Alter entsprach, Gelassenheit und eine kultivierte Lebensanschauung gegeben hatte.

Aber sie besaß auch Persönlichkeit. Als sie das Zimmer verließ und langsam die Treppe zum Ballsaal hinunterging, wurde sie von allen Seiten mit Aufmerksamkeit und Freundlichkeit begrüßt.

Frauen jeden Alters eilten herbei, um sie zu küssen und ihr extravagante und übertriebene Komplimente zu machen.

Die Männer waren zurückhaltender, aber schon nach wenigen Augenblicken hatte sie für den Rest des Abends keinen Tanz mehr frei.

Auf die vielen Aufforderungen, die sie erhielt, antwortete sie:

»Tut mir leid, aber für diesen Tanz bin ich schon vergeben.«

Als sie schließlich die Tanzfläche erreichte, wandte sie sich lächelnd einem großen Mann zu, der auf sie gewartet hatte.

»Ich dachte schon, du würdest überhaupt nicht kommen«, sagte er, legte eine Hand auf ihren Arm und führte sie durch die Menge.

»Ich habe dich nicht lange warten lassen, oder?« fragte sie gleichgültig und sichtlich teilnahmslos.

»Mir kam es so vor«, sagte er.

Er legte seinen Arm um ihre Taille und begann in der ruhigen, lässigen Art zu tanzen, die zeigte, daß er ein guter, konventioneller Tänzer war.

Lord Dalk war siebenunddreißig. Er lebte schon lange in London und hatte hier und dort sein Vergnügen gesucht, so daß die Leute schon fast aufgehört hatten, darüber zu spekulieren, wen er schließlich heiraten würde, bis er sich in Diana verliebte.

Es bestand kein Zweifel daran, daß er, der gewöhnlich eher anspruchslos war, sich tatsächlich in sie verliebt hatte, und sofort wurden die Klatschbasen tätig und verkündeten, es sei eine passende Verbindung.

Hugo verfügte zwar nicht über viel Geld, aber dieser Umstand wurde reichlich aufgewogen durch Dianas sehr beträchtliche Mitgift.

Er besaß einen alten Titel, einen Familiensitz, für den er Geld ausgeben mußte, er sah gut aus, war ein Gentleman und ein Lord.

Was konnte man heutzutage mehr verlangen? sagten sie.

Ein etwas zweifelhafter Ruf, den er vielleicht schon zu lange hatte, als daß man ihn seiner jugendlichen Sturm- und Drangzeit zuschreiben konnte, war nur ein geringfügiger Makel.

Diana wiederum war schön, besaß Geld und mütterlicherseits eine einigermaßen gute Herkunft.

Ihr Vater war ein Selfmademan, aber so erfolgreich, daß selbst die größten Snobs bereit waren, seine bescheidene Herkunft zu vergessen.

Während Diana und Hugo in dem überfüllten Ballsaal tanzten, lächelten jene, die ihnen zusahen, auch wenn dieses Lächeln oft mit Neid vermischt war.

»Du siehst heute abend bezaubernd aus«, sagte Hugo leise.

Diana dankte ihm mit einem raschen, aber leicht spöttischen Lächeln. Sie hatte nie das Gefühl, daß Hugos Komplimente wirklich ernstgemeint waren.

Er äußerte sie anmutig und charmant, aber sie mußte unweigerlich daran denken, daß er sie aus langer Erfahrung heraus so gekonnt vorbrachte.

Er wirkte etwas hochnäsig und ließ sich gern anmerken, daß er das Produkt einer guten Erziehung war.

Sie konnte beinahe seine Mutter hören, wie sie sagte:

»Ich hoffe wirklich, Hugo verliebt sich zuerst in eine charmante verheiratete Frau. Für einen jungen Mann ist eine solche Verbindung sehr lehrreich.«

Als sich Diana an diesem Abend im Ballsaal umsah, wußte sie genau, was ihre Bekannten dachten.

Ihre Freundinnen beneideten sie um ihr Glück, weil die meisten von ihnen irgendwann einmal vergeblich in Hugo verliebt gewesen waren.

Einige von Dianas männlichen Freunden waren zweifellos enttäuscht, doch die meisten von ihnen akzeptierten die Tatsache philosophisch, da sie früher oder später heiraten mußte, und Hugo war so gut wie jeder andere – nach dem Prinzip, der Teufel, den man kennt, ist besser als der Teufel, den man nicht kennt.

›Wie gleichgültig mir das alles ist‹, dachte Diana.

Sie schalt sich selbst, weil sie so pessimistisch war.

»Ich bin deprimiert«, sagte sie zu Hugo. »Gehen wir etwas trinken.«

Sie bahnten sich ihren Weg durch den überfüllten Speisesaal, und Hugo gelang es, eine Flasche Champagner zu besorgen.

»Keine schlechte Marke«, sagte er und füllte zuerst Dianas Glas und dann sein eigenes. »Besser als das übliche Zeug, das man bei solchen Anlässen vorgesetzt bekommt. Wer gibt heute abend die Party?«

»Eine Mrs. Schniber«, antwortete Diana. »Haken und Ösen – oder so etwas. Sie bilden sich etwas ein; Aufsteiger natürlich. Das ist die Tochter.«

Diana deutete auf ein recht attraktives junges Mädchen, das unter der Tür stand und sich suchend umblickte, als hoffe es, ein freundliches Gesicht oder eine anregende Tischgesellschaft zu finden.

»Sieht nicht übel aus«, antwortete Hugo. »Aber nicht mein Typ. Kennt sie irgend jemanden hier?«

Diana lachte.

»Ich glaube nicht. Die Einladungen wurden alle von Mary Carter verschickt – der Gesellschafts-Organisatorin. Sie nimmt alle goldenen Gänse unter ihre Fittiche, wenn sie nur golden genug sind. Wir verehren sie. Sie weiß genau, was für Partys uns gefallen, und deshalb kommen wir auch alle. Es spielt keine Rolle, wer bezahlt, sofern Mary die Partys organisiert.«

»Und was haben die Schnibers davon?« fragte Hugo.

»Nun, sie werden bekannt und haben die Befriedigung zu wissen, daß die richtigen Leute über ihre Türschwelle treten, nehme ich an«, sagte Diana. »Sie bekommen am nächsten Morgen die Rechnung, sofern Mary sie nicht im voraus bezahlen ließ, was ich für sehr wahrscheinlich halte.«

»Auf die Schnibers!«

Er hob sein Glas.

In diesem Augenblick zwängte sich ein kleiner Mann zwischen den vollbesetzten Tischen hindurch, und ein Blitzlicht hielt die Tatsache fest, daß es ihm gelungen war, ein zwangloses Foto von *der schönen Miß Diana Headley beim Essen mit Lord Dalk, dem bekannten sportlichen Peer* zu machen.

Die Stunden verstrichen langsam.

Champagnerflaschen leerten sich rasch, und in Lancashire sorgte die Nachtschicht dafür, daß sich die Räder der Maschinen in Schnibers Fabrik unermüdlich drehten.

In seiner makellosen weißen Hemdbrust und dem tadellos geschneiderten Abendanzug aus der Saville Row unterschied sich Mr. Schniber nicht von der Mehrzahl seiner Gäste.

Noch vor zehn Jahren hatte er zu dieser Abendstunde in einem schmierigen Overall vor einer seiner Maschinen gestanden, ihren Lärm in den Ohren, und seine Handgriffe hatten beständig ihren Lauf gesteuert.

Heute abend bewegte er sich dank dieser gleichen Maschinen unter Menschen, die niemals gearbeitet und nie die Notwendigkeit zu arbeiten gekannt hatten.

Er lauschte mit Respekt und Interesse ihren Ansichten über das Leben. Er beneidete sie um ihre zarten Hände, ihr lässiges Benehmen und ihre Verachtung für ihn.

Er hatte fünfzig Jahre seines Lebens manueller Arbeit gewidmet. Er hatte gehungert, sich abgerackert, und hatte durch die bloße Kraft der Entschlossenheit etwas erreicht.

Haken und Ösen hatten ihn aus seiner Mietwohnung in ein Haus am Grosvenor Square gebracht; Haken und Ösen hatten die gutmütigen, schwerarbeitenden, biertrinkenden Gefährten seiner Jugend durch die nörglerische, hochnäsige Undankbarkeit des verwöhnten Mayfair ersetzt.

Mr. Schniber war dankbar, daß er Geld besaß und daß die Gesellschaft seine Gastfreundschaft annahm.

Er blickte zu seiner Frau hinüber, die im Ballsaal stand und mechanisch fremden Leuten die Hände schüttelte und ängstlich immer wieder dorthin sah, wo Mary Carter Hof hielt, um sich zu vergewissern, ob sie auch alles richtig machte.

Mrs. Schniber war wohlproportioniert. Ihr erstes Abendkleid, das sie vor vielen Jahren in der High Street in einem Vorort von Liverpool gekauft hatte, war aus zinnoberrotem Samt gewesen.

Sie hatte großartig darin ausgesehen, dachte Mr. Schniber, und seine ersten Ersparnisse waren in einen schweren goldenen Ring mit einem etwas zweifelhaften Diamanten gegangen. Heute abend trug Mrs. Schniber schwarzen Samt, den Mary Carter für sie ausgewählt hatte. Man hatte Mr. Schniber gesagt, daß sie dies tragen solle.

In ein paar Tagen würde er davon überzeugt sein, wenn er die Rechnung dafür erhielt, aber heute abend schien es ihm ein wenig trist und kaum der Fröhlichkeit der Veranstaltung angemessen.

Sogar die drei Reihen herrlicher Perlen, die auf Mrs. Schnibers Busen ruhten, und die Diamantohrringe trösteten ihn nicht über den Mangel an Farbe hinweg.

Aber daß der Abend Mutter und Ruth gefiel, war für ihn das wichtigste.

Und Ruth gefiel er – daran bestand für ihn kein Zweifel. Er folgte seiner Tochter mit einem beifälligen Blick, als sie auf ihn zukam. Ihm gefiel ihr gelocktes Haar, das sich an ihre weiße Haut preßte. Ihr roter Mund schockierte ihn aber immer noch ein wenig.

In Lancashire hatte man darüber geredet, als die Fabrikmädchen sich während des Krieges und auch danach ihre Gesichter übertrieben anmalten.

Ruth schob ihre Hand unter den Arm ihres Vaters.

»Komm, laß uns etwas essen, Dad, Lieber«, sagte sie. »Ich habe schrecklichen Hunger.«

Mr. Schniber strahlte. Das war echt seine Tochter, daß sie sich für ihn zum Essen freihielt. Er wußte nicht, daß er rührend ausgesehen hatte, als er gedrungen und klein dastand, und daß Ruth einen blassen jungen Mann, dessen einziger Vorteil sein Oxfordakzent war, hatte fragen hören:

»Wer ist dieser unförmige, kleine Außenseiter dort unter der Tür? Ein Detektiv?«

Diana war in den Ballsaal hinaufgegangen, und nachdem ihre Verabredungen zum Tanz hoffnungslos durcheinander geraten waren, hatte sie die Dinge noch verschlimmert, indem sie ununterbrochen mit Hugo tanzte.

Der Ballsaal war jetzt weniger überfüllt, da die Gäste essen und trinken wollten. Hugo tanzte sehr gut, und Diana empfand es als eine Erleichterung, in seinen Armen dahinzugleiten, ohne Konversation zu machen oder zu denken.

Sie mochte Hugo, und sie war gern mit ihm zusammen. Er war ein angenehmer Partner.

Sie tanzten so lange, bis Diana zu ihrer eigenen Überraschung feststellte, daß es schon zwei Uhr vorbei war.

»Ich muß nach Hause«, sagte sie.

Sie ging die Treppe hinauf, holte ihr Hermelincape und betrachtete ihr Gesicht im Spiegel. Es war ein wenig gerötet, zeigte aber keine Anzeichen von Müdigkeit.

›Ich habe mich heute abend amüsiert‹, dachte sie. ›Und ich mag Hugo wirklich sehr.‹

Als sie die Treppe hinunterging, wartete er auf sie. Ihr Wagen war vorgefahren und sie brachen auf, ohne sich von den Schnibers zu verabschieden oder für das Fest zu bedanken.

Als Diana sich in die Polster ihres Rolly Rocye lehnte, legte sie ihre Hand in Hugos Hand.

»Es war ein schöner Abend«, sagte sie. »Ich habe mich gut unterhalten.«

Gebieterisch zog er sie in seine Arme, und als ihr Kopf auf seiner Schulter lag, hob er ihr Kinn an und küßte sie. Es war nicht das erste Mal, daß Hugo sie küßte, aber heute abend schien es anders zu sein.

Er sagte sehr sanft:

»Wann werden wir heiraten, Diana?«

Sie saß still mit geschlossenen Augen da, in ihren Gedanken verloren, und hörte seine Frage kaum.

Etwas widersetzte sich in ihr gegen die lässige Selbstsicherheit, mit der er annahm, daß sie ihn heiraten würde. Es ärgerte sie, daß er annahm, sie wäre so leicht zu haben.

Sie kannte Hugo zu gut, um nicht zu wissen, daß er sich dessen wohl bewußt war, was für eine glänzende Partie er war, sowohl als Ehemann wie auch gesellschaftlich.

In diesem Augenblick zog sie sich ein wenig von ihm zurück, und Spott trat in ihre Augen, als sie neckisch antwortete:

»Das kommt so plötzlich, liebster Hugo.«

Hugo zog sie wieder an sich und küßte sie noch einmal, und es war ein ungestümer, heftiger Kuß, der sie ein wenig benommen machte.

Der Wagen hielt an.

»Adieu, Hugo«, sagte Diana und schob den Pelz zurück, als der Chauffeur die Wagentür öffnete.

»Du hast meine Frage noch nicht beantwortet«, sagte Hugo und hielt ihre Hand fest.

»Ich werde darüber nachdenken«, sagte sie und sah amüsiert Hugos überraschte Miene.

Sie entzog ihm ihre Hand und ging langsam die Stufen hinauf. Sie öffnete die Tür mit ihrem Hausschlüssel. Hugo folgte ihr, aber unter der Tür drehte sie sich um und sagte:

»Gute Nacht, Hugo.«

»Darf ich auf einen Drink hereinkommen?«

Sie schüttelte den Kopf.

»Ich bin heute zu müde. Ruf mich morgen früh an.«

Und ehe er noch etwas sagen konnte, war sie ins Haus geschlüpft und hatte die Tür hinter sich geschlossen, so daß er beim Wegfahren nicht ganz sicher war, wie er ihr Verhalten deuten sollte.

Es war nach zehn Uhr, als Diana am nächsten Morgen aufwachte. Sie hatte zwar viele Briefe bekommen, aber sie waren nicht sehr wichtig.

Sie lag auf ihren gestickten Kissen und blickte in den Sonnenschein, der durch die dünnen Vorhänge hereinflutete und die goldenen und gläsernen Verzierungen an ihrem Toilettentisch blitzen und tanzen ließ.

»Hugo hat mir heute nacht einen Heiratsantrag gemacht«, sagte sie sich. »Und doch bin ich darüber erstaunlich wenig erregt.«

Für Diana war es selbstverständlich, daß alle Männer, die sie kennenlernte, sie auf die gleiche Weise verehrten.

Sie wurden ihr vorgestellt, sie luden sie zum Mittagessen ein, zum Abendessen, zum Tanz, und dann, nach etwa einer Woche, machten sie ihr einen Heiratsantrag mit einem erstaunlichen Mangel an Originalität und für Diana nicht überraschend.

Sie hatte gewußt, daß Hugo sie fragen würde, aber an diesem Morgen dachte sie, er hätte es geistvoller tun können.

Es war absurd, daß sie so wenig empfand und ihr alle Männer die gleiche, spannungslose Zuneigung einflößten, so daß sie lieber mit ihnen befreundet als verheiratet sein wollte.

Bei Hugo hatte sie jedoch zunächst das Gefühl gehabt, hier sei endlich jemand, bei dem es nicht nur vernünftig, sondern auch angemessen war, ihn zu heiraten.

Sie hatte ihn von Anfang an gemocht. Sein Ruf als Schwerenöter hatte sie fasziniert, aber jetzt war er wie alle anderen ein Bewunderer mit ernsten Absichten geworden, dem sie mit ›Ja‹ oder mit ›Nein‹ antworten mußte.

Ihr war nicht wohl zumute. Es war so, als hätte sie ein Abenteuer erwartet und statt dessen etwas Eintöniges und Stereotypes erlebt.

›Also schön‹, dachte sie, ›ich werde ihm eine Zeitlang nicht antworten. Andererseits frage ich mich, ob es etwas einbringt, wenn ich die Antwort hinauszögere. Ist es wahrscheinlich, daß ich einen anderen finde, der mich mehr amüsiert?‹

Sie kannte die Antwort auf die Frage. Träge betrachtete sie den Sonnenschein und döste vor sich hin.

Sie war sehr schön, aber ihr entspanntes Gesicht war dadurch beeinträchtigt, daß sich Enttäuschung in ihm spiegelte.

Diana war fast fünfundzwanzig Jahre alt, und seit sieben Jahren hatte sie die Früchte genossen, die Geld und Mayfair ihr bieten konnten. Nun stellte sie fest, daß es nicht mehr nach ihrem Geschmack war. Menschen wie Dinge wurden sehr alltäglich, sobald man sie kannte. Ihr fehlte etwas, und doch war sie nicht sicher, was es war.

Sie wünschte mehr, und doch wußte sie nicht, wie sie es finden sollte.

Wie alle einsamen Kinder hatte sie die Welt mit ihren eigenen Ideen und Fantasien bevölkert.

Ihre Mutter war gestorben, als sie zehn Jahre alt war. Sie war immer zierlich gewesen, und die Geburt zweier Kinder hatte ihre Konstitution so geschwächt, daß sie dahinwelkte. Sie bedeutete ihren Kindern wenig und ihrem vielbeschäftigten Gatten noch weniger.

Diana hatte einen Bruder namens Jimmy, der vier Jahre jünger war als sie.

Als Kind hatte sie ihn selten gesehen, und jetzt, da er erwachsen war, sah sie ihn noch weniger.

Sein Schulbesuch hatte ihn von ihr getrennt, und die Ferien hatte er gewöhnlich im Ausland mit einem Tutor verbracht, denn Sir Robert wünschte, daß sein Sohn Fremdsprachen lernte, ein Privileg, das ihm selbst vorenthalten geblieben war.

Diana wuchs von einem hübschen, selbstbewußten Kind zu einem schönen jungen Mädchen heran. Sie hatte die Gesichtszüge ihrer Mutter geerbt, mit einem wesentlichen Merkmal, das ihren Vater charakterisierte.

Sie besaß seine lebhaften, aufmerksamen Augen mit den dunklen Wimpern unter dunklen Augenbrauen, die auf irische Ahnen hindeuteten.

Ihr Haar, das in ihrer Kindheit die Farbe von reifem Korn gehabt hatte, verwandelte sich mit den Jahren in ein goldenes Rotbraun und lockte sich vor ihrer hellen Haut.

Sir Robert Headley hatte Mortons gekauft – einen alten Herrensitz ungefähr eine Stunde von London entfernt.

Ursprünglich war es ein Tudorhaus gewesen, aber jede nachfolgende Generation hatte es erweitert, bis es modernen Komfort mit alter Atmosphäre und einem Charme verband, den ein einzelner Architekt nicht hätte erreichen können.

Dort lebte Diana mit ihren Pferden und Hunden, die sie wesentlich mehr liebte als ihre vielen sogenannten Freunde und Bekannten.

Jimmy hatte ein College besucht, aber Diana war in Mortons vollkommen glücklich gewesen.

Sie hatte eine Gouvernante gehabt und war gelegentlich nach London gefahren, um besondere Unterrichtsstunden zu nehmen. Aber ihr eigentlicher Lehrmeister war die riesige Bibliothek gewesen, die die ganze Länge eines Flügels des Hauses einnahm und die vom vorherigen Besitzer zusammengetragen worden war.

Sir Robert hatte Mortons so wie es war von einem berühmten Staatsmann gekauft, der hier die letzten dreißig Jahre seines Lebens verbracht hatte.

Seine Bibliothek hatte er nicht nur mit Klassikern gefüllt, sondern mit Büchern aller Interessengebiete, darunter auch mit einigen leichten Romanen, die er für besonders gut hielt.

Nach seinem Tod war Sir Robert in das Haus gezogen, ohne auch nur das Löschpapier auf dem Schreibtisch auszuwechseln, und als Diana herangewachsen war, hatte sie der Inhalt der Bibliothek immer mehr gefesselt.

Mit siebzehn Jahren hatte Diana ihren Vater davon überzeugen können, daß sie keine Gouvernante mehr benötigte.

Sir Robert war zu beschäftigt gewesen, um mit Diana über diesen Punkt zu diskutieren, und er war nur zu erfreut gewesen, als er feststellte, daß seine Tochter für ihn in seinem Londoner Haus und bei den Wochenendgesellschaften in Mortons, die immer in seinem geschäftlichen Interesse lagen, die Gastgeberin zu spielen bereit war.

Die Frau eines seiner Freunde, die selbst eine bekannte Londoner Gastgeberin war, hatte für Diana einen Einführungsball gegeben. Da sie Sir Robert mochte, war es nicht ausschließlich Nächstenliebe gewesen, daß sie seiner Tochter diesen Gefallen erwies.

Sie hatte Diana an einem Wochenende in Mortons kennengelernt und sofort die Möglichkeiten des Mädchens erkannt.

Für vierzehn Tage war sie mit Diana nach Paris gereist, hatte sie dort eingekleidet und ihr Haar von einem Experten schneiden und frisieren lassen.

Diana hatte England als hübsches Schulmädchen verlassen und war als Schönheit zurückgekehrt.

Von dem Augenblick an, in dem sie in die Londoner Gesellschaft eingeführt worden war, hatte die Regenbogenpresse sie bejubelt und sie zur interessantesten Debütantin des Jahres erklärt.

»Da ist eine Schönheit, über die zu reden sich lohnt«, sagten sie, und sie redeten.

Mit dem Ergebnis, daß Diana so bekannt wurde wie eine erstklassige Schauspielerin oder eine professionelle Schönheit der Ära Edwards.

Bilder von ihr im Garten, in ihrem Salon, in ihrem Sportwagen, auf ihrem Pferd wurden Woche um Woche der bewundernden Öffentlichkeit gezeigt.

Ein Schnappschuß von ihr auf einer eleganten Party oder einer Premiere war für die Fotografen immer zehn Shilling und ein Sixpencestück wert und ein neues Porträt von ihr drei Guineas für das Atelier.

Es war nicht verwunderlich, daß ihre Post jeden Morgen aus Einladungen zu Fototerminen bestand und ihr Telefon endlos läutete und sie um Interviews gebeten wurde oder um ihre Meinung darüber, was sie von solchen Dingen wie Gymnastik halte, von der wiederkehrenden Mode des engen Rocks oder von ihren Erlebnissen in einem Drehflügelflugzeug.

Als Diana an diesem Morgen im Sonnenschein in ihrem Bett im Haus der Park Lane lag, dachte sie an Mortons.

Ihr wurde bewußt, wie lange sie nicht mehr dort allein gewesen war.

Viele Wochenenden hatte sie in Mortons mit amüsanten, fröhlichen, lärmenden Bekannten verbracht und ihre Lieblingsspaziergänge in Gesellschaft anderer Menschen gemacht.

Sie waren im See geschwommen, auf dem Fluß Boot gefahren, über die grasigen Reitwege geritten, aber immer war sie begleitet gewesen von Menschen, die ihr im Augenblick am meisten zusagten.

»Ich fahre heute nach Mortons«, beschloß sie. »Allein!«

Als sie daran dachte, läutete das Telefon.

Zweites Kapitel

Diana fuhr an diesem Tag nicht nach Mortons. Statt dessen blieb sie in London und speiste am Abend mit Lord Dalk.

Er holte sie in der Park Lane ab, und sie fuhren beinahe schweigend zum ›Embassy Club‹.

Als sie das Essen bestellt hatten, saßen sie auf einem der feuerfarbenen Sofas und beobachteten die Menschen, die durch die verzierten Glastüren hereinkamen. Da sie einander wenig zu sagen hatten, herrschte zwischen ihnen eine etwas angespannte Atmosphäre.

Schließlich brach Hugo das Schweigen.

»Ich liebe dich, Diana.«

Als er sprach, fiel ihr auf, wie außergewöhnlich anziehend er war, aber sie sah auch, daß sein Erfolg auf eine Faszination zurückzuführen war, die ausschließlich physisch war und die auf die meisten Frauen unwiderstehlich wirkte.

Er sah sehr gut aus, war kräftig und breitschultrig, und wenn er vom guten Leben und dem Luxus ein wenig zu schwer geworden war, so hatte er sich trotzdem fit gehalten.

Diana wurde sich bewußt, daß sie Hugo an diesem Abend so kritisch betrachtete wie noch nie zuvor.

Sie mochte Menschen oder mochte sie nicht, ohne sich selbst ihre Vorlieben logisch zu erklären. Sie ließ lediglich den Zufall und ihre Gefühle entscheiden.

Sie war sich jedoch bewußt, daß Hugo in ihr eine gewisse physische Reaktion auf seine Anziehungskraft geweckt hatte, und daß er, wenn sie es nicht zu ernst nahm, sie weiterhin anziehen konnte.

Zufrieden damit, wie leicht die meisten Frauen seinem Charme erlagen und ihm nur zu gefällig waren, schreckte Hugo Dianas Kühle nicht im geringsten ab, im Gegenteil, sie regte ihn zu weiteren Bemühungen an.

Je zurückhaltender sie war, um so mehr verlangte er nach ihr, bis ihm bewußt wurde, daß er sich tatsächlich ernsthaft in sie verliebt hatte.

Hugo, der es gewöhnt war, daß die Frauen an seinen Lippen hingen, über seine Scherze lachten und ihm fasziniert zuhörten, war mißgestimmt und gleichzeitig verwirrt gewesen.

Er hatte Diana zum Essen eingeladen und in das ruhigste Restaurant geführt, das er kannte. Diana war charmant und unterhaltend gewesen, aber trotzdem hatte Hugo das Gefühl gehabt, daß er nicht weiterkam.

Dann hatte Diana ihn zu einer Wochenendparty nach Mortons eingeladen. Er war hingefahren und sie hatte ihm in ihrer eigenen Umgebung noch besser gefallen.

Das Wetter war sommerlich warm gewesen. Die Männer waren nach dem Essen mit ihren Zigarren auf die Terrasse gekommen, wo die Frauen in ihren hellen Kleidern auf sie warteten.

Und geschickt – denn wer war ein besserer Taktiker in solchen Dingen als er? – hatte Hugo Diana von den anderen weggeführt.

Sie waren die Terrasse hinab und über den weichen Rasen zum Rosengarten gegangen.

Die Luft war mit dem Duft der riesigen Levkojenblüten angefüllt gewesen, und ein blasser Mond hatte die Schatten der Bäume auf den Weg vor ihnen geworfen.

Neben dem Lilienteich waren sie schweigend stehengeblieben. Ein schwacher Wind hatte die Blätter bewegt und eine Eule heulte weit von ihnen entfernt am Flußufer.

Sie schienen meilenweit von jeder Zivilisation entfernt zu sein.

Ohne ein Wort zu sagen, hatte Hugo Dianas Hand genommen und sie an seine Lippen gehoben, und dann hatte er sie sehr sanft in die Arme genommen, und zu seiner eigenen Überraschung hatte ihn bei ihrer Berührung ein Schauer durchlaufen.

Die Nacht und Diana hatten einen Zauber an sich gehabt, den er seit vielen Jahren nicht mehr erlebt hatte. Diana hatte sich von ihm küssen lassen, aber sie hatte seinen Kuß nicht erwidert, und dann waren sie immer noch schweigend zu den anderen zurückgegangen.

Die Gäste waren ins Haus zurückgekehrt, das Radio hatte gespielt und man hatte getanzt. Im hellen Licht des Raumes hatte Hugo Diana angesehen.

Ihr Gesicht hatte keinerlei Gefühl ausgedrückt. Er hatte sich nicht einmal einbilden können, daß ihre Augen mehr strahlten als sonst.

Er war zuerst erstaunt darüber gewesen, doch dann war in ihm der Jagdinstinkt geweckt worden. Daß dieses junge Mädchen so wenig für ihn empfand, war nicht nur ungewöhnlich, es war überwältigend!

Begierig hatte er sie zum Tanz aufgefordert. Er hatte sie fest an sich gepreßt, und nun wäre es an ihr gewesen, ein wenig verlegen auszusehen oder ihn flirtend anzulächeln – denn teilten sie nicht miteinander ein Geheimnis?

Statt dessen war Dianas Konversation so unbeschwert und freimütig gewesen, als wären sie direkt vom Eßtisch hierhergekommen. Von diesem Augenblick an hatte Hugo sich in sie verliebt.

Und heute abend im ›Embassy‹ fand Hugo, daß er sie noch nie schöner gesehen hatte.

Sie trug Weiß und ein Silberfuchscape mit russischen Hermelinschwänzen.

Ihr einziger Schmuck waren zwei riesige Diamantschnallen an der Vorderseite ihres Kleides, während sie an der Schulter nur eine einzige Orchidee von dem großen Zweig trug, den Hugo ihr vor dem Essen geschickt hatte.

»Ich liebe dich, Diana.«

Diana sah ihn lächelnd an.

»Danke, Hugo.«

»Ich habe dich gestern abend etwas gefragt. Bekomme ich heute abend meine Antwort?«

Diana lächelte wieder.

»Deine Frage von gestern abend hätte mit ›Werden wir‹ anstatt mit ›Wann‹ beginnen sollen«, sagte sie.

»Müssen wir so formell sein?«

Diana nickte.

»Natürlich«, sagte sie. »Du kannst von mir nicht erwarten, daß ich auf den ganzen Spaß verzichte.«

In ihrem Tonfall lag etwas, das Hugo übermäßig verstimmte.

»Ich finde, du solltest nicht darüber scherzen.«

Hugo besaß genügend Humor, um über seine eigenen Worte zu lachen, ehe Diana ihn zu necken begann.

»Wirklich, Hugo, du wirst neuerdings unglaublich viktorianisch. Ich bin sicher, wenn ich dich heirate, erlaubst du mir weder, mich zu schminken, noch etwas ohne deine Erlaubnis zu tun.«

»Aber – im Ernst, Diana.«

Sie schüttelte den Kopf.

»Ich will nicht ernst sein. Ich war den ganzen Tag ernst. Ich habe es satt. Sprechen wir über etwas anderes.«

Diana wollte Zeit gewinnen. Sie wollte ihm keine eindeutige Antwort geben, auf jeden Fall nicht an diesem Abend.

Rasch blickte sie sich im Restaurant um und suchte nach einem Gesprächsthema.

Es waren die üblichen unbeschwerten jungen Frauen da mit ihren smarten Begleitern, gelegentlich auch in Gesellschaft ihrer Ehegatten, die dann den deplacierten Dritten in der Runde abgaben.

Eine Gruppe Ex-Debütantinnen kicherte miteinander oder lächelte befangen in den Spiegel.

Ein Angehöriger des Königshauses war anwesend und wurde von einer attraktiven Dame zweifelhafter Herkunft, aber unzweifelhaftem Charme unterhalten.

Drei junge Männer, deren Namen in Debretts Adelskalender standen, waren in Begleitung von drei platinblonden Amerikanerinnen da, die feststellten, daß auf dieser Seite des Atlantiks das Kaugummikauen als eine faszinierende Attraktion galt.

Am Tisch daneben entdeckte Diana eine alte Freundin, Loelia Standish, die allein mit ihrem Mann speiste.

Diana entschuldigte sich rasch bei Hugo und ging zu ihnen hinüber.

»Loelia, Liebste«, rief sie. »Ich hatte keine Ahnung, daß ihr in London seid!«

»Wir sind heute abend angekommen.«

Loelia Standish war ungefähr fünfunddreißig Jahre alt und eine der wenigen Frauen, für die Diana aufrichtige Bewunderung und Zuneigung empfand.

Sie hatte Loelia vor mehreren Jahren bei einer Wochenendparty kennengelernt, die sich als einmalig langweilig herausgestellt hatte. Während der paar Tage dort hatten sie sich angefreundet, und Diana war in ihr Landhaus in Worcestershire eingeladen worden.

Dort hatte sich der erste Eindruck als richtig herausgestellt, daß Loelia Standish die einzige Frau war, die Diana wirklich zur Freundin haben wollte.

Loelia hatte mit ihrem ersten Mann ein trauriges Leben geführt. Sie hatte sich von ihm scheiden lassen und Jack Standish geheiratet, den sie verehrte und der sie verehrte.

Sie waren so glücklich miteinander, daß keiner von beiden auf weitere Gesellschaft aus war, aber Loelia mochte Diana und hatte ihr möglichstes getan, um ihr den Aufenthalt so erfreulich wie möglich zu gestalten, denn sie hatte ein wenig von der verborgenen Einsamkeit eines Lebens gespürt, daß der Außenwelt so reich und beneidenswert zu sein schien.

»Ich wollte dich morgen früh anrufen«, sagte Loelia jetzt. »Wir sind erst seit zwei Stunden hier, und wir bleiben bis Montag, weil

Jack bei Tattersall ein Pferd kaufen möchte. Mit wem bist du hier? Setzt euch doch zu uns.«

Die Einladung war genau das, was Diana gewünscht hatte, und zu Hugos Verdruß fand er sich am Tisch der Standishs wieder.

Als der Abend fortschritt, fand er, daß die Standishs ganz nette, aber ziemlich langweilige Leute waren. Er hatte Jack Standish bei einer Jagd kennengelernt. Mrs. Standish war nicht sein Typ, und er gab sich keine besondere Mühe, ihr zu gefallen.

Er wäre überrascht gewesen, wenn er gehört hätte, wie genau und treffend Loelia ihn später vor ihrem Mann charakterisierte.

Hugo wurde noch mißgelaunter, als er hörte, daß Diana mit den Standishs verabredete, in der nächsten Woche bei ihnen zu Gast zu sein, zumal Diana sich bei ihnen mehr oder weniger selbst einlud.

»Ich weiß nicht, ob es dir dieses Mal bei uns gefallen wird«, sagte Loelia. »Ich fürchte, es wird nicht sehr amüsant, denn Barry Dunbar kommt, und er haßt Menschenansammlungen. Aber Jack und ich mögen ihn sehr. Er ist einer der brillantesten Männer, die wir kennen, aber ich fürchte, du wirst feststellen, daß er keinerlei Konversation treibt.«

»Barry ist einer der geistreichsten Männer im heutigen Europa. Das ist natürlich meine persönliche Meinung, aber zufällig ist es auch die Meinung sehr vieler anderer Menschen«, sagte Jack Standish.

»Ich glaube, ich habe schon von ihm gehört«, sagte Diana. »Hat er nicht etwas mit dem Fernen Osten zu tun?«

»Ganz recht«, stimmte Loelia zu. »Er hat ganz Indien und China bereist und einige herrliche alte Schriften nach Europa gebracht, die noch nie übersetzt worden sind. Die Schriften sind unbezahlbar. Barry sagt, sie seien nicht nur für Gelehrte und die Forschung wertvoll, sondern sie könnten wegen ihrer Philosophie für jedermann heutzutage hilfreich sein, wenn sie jemand liest.«

»Die wenigen, die sich die Zeit für philosophische Studien nehmen«, sagte Hugo.

»Das ist um so bedauerlicher«, sagte Loelia. »Deshalb sind so viele Menschen auch so unglücklich. Jeder Mensch, der in Schwierigkeiten ist, braucht eine Philosophie, die ihm weiterhilft.«

»Ich würde Mr. Dunbar gern kennenlernen«, sagte Diana. »Was du über ihn erzählst, hört sich interessant an.«

Loelias Blick traf einen Moment den ihres Gatten, und sie hatten beide den gleichen Gedanken:

›Was wird Barry von Diana halten?‹

Das Haus der Standishs in Malvern, Worcestershire, war seit vielen Generationen in der Familie.

Es hatte mit dem Wandel der Jahre viele Veränderungen durchgemacht, aber der Stil aus der Zeit Georgs V. herrschte vor mit Bogenfenstern und großen, wohlproportionierten Räumen, von denen man in einen schönen Park hinaussah.

Es war als ›Huntsman's House‹ bekannt und hatte seinen Namen von jenem Standish erhalten, der es ungefähr in der Mitte des 18. Jahrhunderts hatte bauen lassen.

Die Standishs hatten oft Gäste, aber sie waren klug genug, nicht Leute zusammenzubringen, die keine gemeinsamen Interessen hatten.

Wenn Jack seine intellektuellen Freunde zu Gast hatte, wurden die Fuchsjagdherren der Gegend und ihre Damen nicht in das Huntsman's House eingeladen.

Der Besitz umfaßte ein großes Stück Land, zu dem ein See und viel Wald gehörten, und er erstreckte sich bis zum fernen Ende der Kette der Malvern Hills.

Dort, hoch über dem umliegenden Land, stand die Ruine der alten Burg.

Als Jack Standish das Besitztum geerbt hatte, war die Burg kaum von irgendeiner anderen Ruine zu unterscheiden gewesen. Sie hieß ›Standish Castle‹, und dies nur deswegen, weil sie auf dem Besitztum stand.

Was immer auch ihr Ursprung gewesen sein mochte, die Zeit hatte von den hohen grauen Steinmauern, die jetzt von Efeu zugewachsen waren, ihren Tribut gefordert. Nur ein kleiner Turm hatte den Jahren und dem Wetter getrotzt und war das Bollwerk geblieben, als das es ursprünglich gedacht gewesen war.

Jack hatte sich damit vergnügt, die Mauern des Turmes zu erneuern und schließlich die beiden Räume möbliert, die dadurch bewohnbar geworden waren. Er hatte daraus ein besonderes Heiligtum für sich gemacht.

»Wenn du mich ernstlich ärgerst, kann ich dort allein leben«, hatte er zu Loelia gesagt.

Sie hatte über seine Drohung gelacht, denn keiner von beiden konnte sich vorstellen, daß so etwas jemals geschehen würde.

Und so blieb die Burg ganz speziellen Freunden vorbehalten, die manchmal darum baten, sie benutzen zu dürfen und die dort nicht nur die Einsamkeit genossen, sondern auch einen der schönsten Ausblicke der Midlands.

Von den Fenstern der Burg aus konnte man weit über das Land sehen, wo der Fluß Severn sich in silbernen Kurven durch die Gegend schlängelte bis dorthin, wo er bei Tewkesbury in den Avon mündete und weiterfloß zum schönen Vale of Evesham und den Cotswold Hills.

Nachts wirkten die Lichter der Städte wie eine Spiegelung der Sterne darüber.

Jack Standish würde niemals ausgelassene Partys in der Burg dulden. Diana und die jungen Leute, die das Haus besuchten, baten oft darum, eine Mitternachtsparty oder ein Geisteressen in der Ruine veranstalten zu dürfen. Aber Jack hatte es immer untersagt.

»In der Burg herrscht eine so außergewöhnliche Atmosphäre des Friedens«, sagte er. »Loelia und ich haben sie so vorgefunden und möchten nichts davon zerstören.

Ich habe in den letzten Jahren die Burg einige Male Leuten überlassen, die unglücklich und krank waren, aber alle schienen von ihrem Aufenthalt dort Nutzen gezogen zu haben.

Ich möchte nicht, daß eure sogenannte Zivilisation mit ihrem Lärm und Getöse und mit den Radios den fast mittelalterlichen Frieden stört.«

»Mit anderen Worten«, hatte Diana lachend gesagt, »du findest nicht, daß wir sehr zivilisiert sind.«

Es war ein schöner Sommertag, als Diana mit ihrem Auto zu den Standishs fuhr.

Ihr Rolls bewegte sich sanft und augenscheinlich mühelos durch Oxford und über die breiten Straßen, die sie zum Gipfel des Broadway Hill führten, ehe sie in das Vale of Evesham gelangte.

Sie lehnte sich entspannt zurück, aber bemerkte nichts von dem Sonnenschein und den Schönheiten des Landes, durch das sie fuhr. Sie dachte an Hugo und fragte sich, was für eine Entscheidung sie schließlich treffen würde.

Hugo war verärgert gewesen, weil sie an diesem Wochenende wegfuhr, und doch hatten seine Einwände sie irgendwie eher angetrieben, nicht nur, weil sie seiner Gesellschaft entkam, sondern auch, weil sie spürte, daß sie jetzt die Nähe von Loelia und Jack brauchte.

Sie fand, daß sie von allen ihren Freunden die angenehmsten und ausgeglichensten waren, und irgendwie wollte sie jetzt, da sie vor einer grundlegenden Entscheidung stand, mit ihnen zusammen sein.

Sie fragte sich, ob sie mit Loelia über ihre Probleme sprechen könnte. Sie hatte das unbehagliche Gefühl, daß Loelia Hugo als Gatten mißbilligen würde. Warum Loelia dieser Ansicht sein könnte, konnte Diana nicht sagen, und doch war sie sicher, daß ihr Gefühl sie nicht trog.

›Ich weiß nicht, was ich tun soll‹, sagte sie sich immer wieder.

Und doch glaubte sie, daß sie nach ihrer Rückkehr Hugos ständigem Drängen nachgeben und ihrer Verlobung mit ihm zustimmen würde.

Seit dem Abend, an dem sie im ›Embassy Club‹ gewesen waren, hatte er sie um ihre Antwort gebeten – nicht, als ob Hugos Bitten bescheiden gewesen wären, es waren eher Forderungen, und Diana fiel es immer schwerer, gleichgültig zu bleiben.

Jeden Morgen hatte er ihr Blumen geschickt und sie angerufen, klug genug, am Telefon unbeschwert mit ihr zu flirten und sie doch beharrlich zu verfolgen.

Am Abend zuvor hatte sie mit ihm diniert, und sie hatten vorgehabt, danach in ein Kino zu gehen.

Sie hatten im ›Aperitif Grill‹ gegessen, einem neu eröffneten, intimen, kleinen Restaurant in der Jermyn Street.

Hugo hatte ein ausgezeichnetes und ungewöhnliches Essen bestellt und sich dann so große Mühe gegeben, ihr Interesse zu wekken, daß Diana nicht bemerkt hatte, wie rasch die Zeit verstrich, bis es für das Kino zu spät war.

Hugo hatte perfekte Manieren, dachte sie, nicht nur gegenüber seinen Freunden, sondern gegenüber jedermann, mit dem er in Verbindung kam. Und doch war da etwas, was sie zögern ließ, etwas an ihm, das sie ein wenig unsicher machte.

Vielleicht war es eine zu große Verfeinerung, ein zu perfektes Verhalten, so daß man sich fragte, was unter einer so glatten Oberfläche verborgen war. Wo war der echte Hugo, und wer war er unter der zivilisierten Politur?

Es gab etwas, das Diana nachdenklich stimmte, etwas, das sie davon abhielt, sich ihm in die Arme zu werfen und seinen Heiratsantrag ohne Bedenken anzunehmen.

›Was ist es nur?‹ fragte sich Diana und konnte keine Antwort finden.

Vor sich sah sie jetzt die Malvern Hills und achtete zum erstenmal auf ihre Umgebung. Die Hügel standen scharf und kahl vor dem hellen Nachmittagshimmel, und der Sonnenschein entblößte ihre baumlosen Hänge, die im Herbst golden leuchten würden vom Farnkraut.

Diana bog von der direkten Straße nach Malvern ab und fuhr auf den Süden der Hügel zu, wo hoch gegen den Himmel das Standish Castle und der dichte grüne Wald, der das Huntsman's House von der Hauptstraße trennte, zu sehen waren.

Sie fuhr die große Ulmenallee hinauf und blieb vor dem überdachten Portal stehen.

Mehrere Hunde begrüßten sie bellend und kamen auf sie zugerannt, als sie aus dem Wagen stieg. Eine freudig strahlende Loelia eilte von den Blumenbeeten her auf sie zu.

Beim Anblick ihrer Freundin war Diana plötzlich überwältigend glücklich, daß sie London verlassen hatte.

›Hugo muß warten‹, dachte sie. ›Ich kann mich noch nicht entscheiden.‹

Sie lief auf Loelia zu und küßte sie liebevoll.

Drittes Kapitel

»Wir sind heute eine sehr kleine Gesellschaft, Liebste«, sagte Loelia später, als sie Diana in ihr Zimmer geführt hatte.

Es war ein großer Raum, der mit magnolienfarbenem Chintz dekoriert war und dessen Fenster auf den Rosengarten hinaussahen. In der Ferne erhaschte Diana einen Blick auf den See.

»Gott sei Dank«, sagte Diana. »Ich bin ganz erledigt. Diese Woche kam ich nie vor drei Uhr nachts ins Bett. Sag mir, wer ist da?«

»Nun, Barry Dunbar, von dem ich dir schon erzählt habe«, erwiderte Loelia. »Er ist Jacks bester Freund, wie du weißt. Und dann haben wir noch Colonel Stanmore und seine Frau zu Gast. Sie sind schon älter, aber ganz reizende Leute. Sie brechen nächste Woche nach Khartum auf. Zusammen sind wir sechs. Ich hoffe, daß du dich nicht langweilen wirst, liebste Diana.«

Loelia sah Diana an, während sie sprach, und dachte, wie außergewöhnlich hübsch sie war, als sie am Fenster stand und das Sonnenlicht auf ihrem goldbraunen Haar spielte.

Dianas Teint war sehr weiß und klar trotz der langen Nächte, die ihre einzige Spur offenbar in kleinen blauen Schatten unter den Augen hinterlassen hatten, die ihre Schönheit eher noch betonten als beeinträchtigten.

Sie sah sehr schlank aus in ihrem blaßgrünen Kleid mit einem Anflug von Purpurrot an der Taille, das wie ein Echo auf ihren scharlachroten Mund und ihre rosaroten Fingernägel wirkte.

›Sie ist außergewöhnlich hübsch‹, dachte Loelia. ›Wie schade, daß sie ein so zielloses Leben führt.‹

Loelia selbst hatte mit achtzehn Jahren einen Mann geheiratet, der fünfunddreißig Jahre älter gewesen war als sie. Er war sehr reich gewesen, und man hatte darin eine gute Verbindung für die Tochter eines erfolglosen Anwalts gesehen.

Ihr Gatte hatte sein Geld geerbt, und das bißchen Verstand, daß er besessen hatte, war durch seine Gewohnheit nicht verbessert worden, zu jeder Tages- und Nachtzeit zu trinken.

Während der Jahre, in denen sie mit ihm verheiratet gewesen war, hatte ihn Loelie niemals volltrunken gesehen, aber sie hatte ihn auch niemals nüchtern erlebt.

Sie hatte nach einer überstürzten Werbung von nur drei Wochen geheiratet, einer Werbung, die ihr Vater gebilligt und gefördert hatte. Er hatte ihr Malcolm Fenton während der Zeit, in der er ihn in einem kleinen Prozeß beriet, zu Hause vorgestellt.

Loelia war von Malcolm Fentons Aufmerksamkeiten geschmeichelt gewesen, und wenn sie irgendwelche Einwände gehabt hätte, so wären diese von ihrem Vater und ihrer Tante weggewischt worden, die ihr beide versichert hatten, wie glücklich sie über diese Verbindung doch sein konnte.

Da sie immer ein verhältnismäßig beschütztes, ereignisloses Leben geführt hatte, waren ihre einzigen männlichen Bekannten ihr Vater, zwei oder drei Onkel und der ansässige Geistliche gewesen, und deshalb war es kein Wunder, daß sie nicht bemerkt hatte, wie völlig ungeeignet Malcolm Fenton für sie als Gatte gewesen war.

Ja, es hatte sogar nach ihrer Hochzeit noch mehrere Wochen gedauert, bis Loelia feststellte, daß er mehr trank, als er sollte.

Die darauf folgenden zehn Jahre waren dadurch zu einem Alptraum geworden, daß ihr Gatte den Alkoholkonsum weiter gesteigert hatte, um sich in einen behaglichen Zustand der Geistesabwesenheit zu versetzen.

Als seine Konstitution gegen eine solche Behandlung rebellierte, ließ er den Zorn über seine lästigen Verdauungsstörungen an seiner Frau aus.

Er war weder brutal noch eigentlich grausam zu ihr gewesen, aber für sie wurde das Leben zu einer ausgedehnten Marter.

Malcolm Fenton hatte an allem herumgenörgelt. Nichts war ihm recht gewesen, bis alle Dienstboten gekündigte hatten, mit Ausnahme seiner Frau.

Tagein, tagaus hatte sie ihm nichts recht machen können. Das Essen war entweder schlecht gekocht oder es war nicht das, was er sich vorgestellt hatte. Wenn Loelia ausgegangen war, hatte sie ihn seiner Meinung nach vernachlässigt, blieb sie zu Hause, war sie ihm auf die Nerven gegangen.

Als Loelia achtundzwanzig Jahre alt war, hatte sie den Eindruck gehabt, als wäre ihr ganzes Leben schon vergangen und sie hätte nichts erlebt als betäubendes Elend.

Und dann, als sie geglaubt hatte, ihre Nerven würden nicht länger mitmachen und sie apathisch geworden war und es aufgab, auf eine andere Zukunft zu hoffen, hatte sie zufällig Jack Standish kennengelernt.

Er war in ihr Haus gekommen und hatte um etwas Benzin gebeten. Dabei hatte er sich nach dem Weg zum Haus eines Nachbarn erkundigt, der ihn für einige Tage eingeladen hatte.

Jack war gerade mit seinem Freund Dunbar aus dem Fernen Osten zurückgekehrt. Als er groß, schlank und sonnengebräunt das Haus betrat, schien er Loelia der attraktivste Mann zu sein, den sie je gesehen hatte.

Das Benzin wurde aus der Garage geholt, und sie tauschten einige Gemeinsätze aus, und doch reichten diese wenigen Augenblicke aus, um ihrer beider Leben zu verändern.

Jack Standish hatte sein Regiment verlassen und war nach Hause zurückgekehrt, um den Besitz seines Vaters zu verwalten, nachdem er ein Jahr lang den Fernen Osten bereist hatte.

Eigentlich hatte er nach sechs Monaten zurückkehren wollen. Er hatte niemals vorgehabt zu heiraten, außer während der Zeit seiner ersten Liebe, als er sich in eine Schauspielerin verliebt hatte, die seine Mutter hätte sein können.

Aber als Loelia mit ihren traurigen Augen, unelegant und nicht besonders hübsch, vor ihm stand, verliebte er sich augenblicklich auf überwältigende Weise in sie, und sie sich in ihn.

Jack Standish bemühte sich unermüdlich, mit Loelia allein zu sein. Er arrangierte alles, mißachtete ihre Ausflüchte und zwang sie auf eine Art und Weise, seinen Plänen zuzustimmen, die sie atemlos machte.

Schließlich – fast noch ehe sie voneinander die Vornamen kannten, wie sie später sagte – sprach er mit ihrem Mann. Ein paar Stunden später nahm er sie in seinem Wagen mit.

Wie zum Ausgleich für die Jahre, die in Trübsal vergangen waren, wurde ihr Leben mit Jack vollkommen und glücklich.

Sie waren ein Jahr lang auf Reisen, während die Scheidung lief, und als sie nach England zurückkehrten, kümmerten sie sich wenig darum, ob es den Leuten recht war oder nicht, wenn sie nur zusammensein konnten.

Im Jahr darauf starb Jacks Vater, und sie bezogen das Huntsman's House. Ein Jahr später wurde ihnen der Sohn und Erbe geboren, den sie abgöttisch liebten.

Loelia sprach niemals über ihre Vergangenheit, aber sie fand, daß es ihre Pflicht im Leben war, anderen Menschen zum Glück zu verhelfen.

Sie konnte es nicht ertragen, andere leiden zu sehen, denn sie wußte, daß seelisches Leid ebenso schlimm war wie körperliches Gebrechen.

Die Menschen, die sie gut kannten, wußten, daß ihr Interesse außer ihrem Heim denen galt, die durch eigene Fehler oder auch ohne eigene Schuld ein Leben führen mußten, das die Hölle war.

Hunderte von Menschen schrieben ihr jedes Jahr und verließen sich auf ihre Anleitung und Hilfe.

Obwohl sie niemals jemandem ihre Anteilnahme aufdrängte, hatte ihre Persönlichkeit etwas außergewöhnlich Mitfühlendes an sich, so daß fast jeder, mit dem sie in Verbindung kam, sich ihr anvertraute und ihren Rat suchte.

Jack neckte sie manchmal deswegen und sagte, er brauche sie nur beiläufig einem Mann oder einer Frau vorzustellen, und schon erzählten diese ihr ihre Lebensgeschichte. Doch Jack arbeitete auf seine Art in der gleichen Weise.

Als er nach Oxford gegangen war und später, während der vier Kriegsjahre, hatte er nur an sich selbst geglaubt.

Das Bewußtsein hatte ihm ein zynisches Vergnügen bereitet, daß er außen stand und unabhängig war von den Glaubensbekenntnissen der anderen, und daß er ohne äußere Hilfe und auch ohne Erlöser von seinen Sünden auskommen konnte.

Als er in den Krieg eingezogen wurde, hatte er angenommen, daß er mit seiner Vorstellung, daß es kein individuelles Überleben gab, weit besser daran war als die anderen, die an ein himmlisches Paradies oder an eine finstere Hölle glaubten.

Und dann hatte er gegen Ende des Krieges Barry Dunbar kennengelernt.

Barry war der tapferste Mann in seinem Regiment. Man hatte ihn zweimal für das Viktoriakreuz vorgeschlagen, und er war für die Männer, die unter ihm dienten, ein solcher Held geworden, daß sie bereit waren, ihm nachzueifern, was immer er auch tat.

Jack hatte von ihm gehört; Legenden hatten sich um seinen Namen gerankt, und mit der Abneigung aller Engländer gegen jegliche Form von Heldentum hatte er sich auf einen eingebildeten, selbstgefälligen Heroen gefaßt gemacht, auf eine Empfindungslosigkeit, die als Mut galt und eine Prahlerei, die sich als Heldentum maskierte.

Statt dessen lernte er einen großen Mann mit einer ruhigen Stimme kennen, der niemals über sich selbst sprach und dessen Konversation von fesselndem Interesse war, gleichgültig, über welches Thema er redete.

Gegen seinen Willen faßte Jack zu Barry in dem Augenblick, in dem sie sich kennenlernten, eine große Zuneigung. Eine enge

Freundschaft entwickelte sich zwischen ihnen, und als der Frieden kam, verbrachten sie ihre ganze verfügbare Zeit miteinander.

Jack kannte Barry schon längere Zeit, ehe er sich dazu überwinden konnte, mit ihm über Dinge zu sprechen, die ihn bewegten, und als er es tat, stellte er fest, daß sich neue Wege des Denkens vor ihm öffneten, und er begann zu verstehen, was eine philosophische Religion für einen denkenden Menschen bedeuten konnte.

Wo er gehöhnt hatte, begann er zu verehren, und wo er gespottet hatte, zu bewundern; wie ein Kind, das ganz von vorn anfängt, lernte er Schritt für Schritt die größten Philosophen der Welt kennen.

Als Barry begonnen hatte, Philosophie zu studieren und nach den alten indischen Weden zu suchen, den Grundlagen, auf denen große Denker aufgebaut hatten, stellte er fest, daß dem westlichen Leser nur wenig Literatur zugänglich war.

Die Übersetzungen vom Ende des 19. Jahrhunderts waren so schlecht, daß sie für die wissenschaftliche Forschung fast unbrauchbar waren, und die Schwierigkeiten, die Originale zu erhalten und neue Übersetzungen anfertigen zu lassen, waren groß.

Verschlossen in den Klöstern von Nordindien und China befanden sich Werke, die Tausenden von Menschen Gewinn bringen konnten, wenn sie allgemein bekannt wurden. Aber diese Werke konnte man im allgemeinen nur dadurch beschaffen, daß man das Vertrauen der Llamas oder der Mönche gewann und fast einer der ihren wurde.

Jahrelang war Barry mit diesem Ziel herumgereist. Er kannte viele Hindu-Dialekte und hatte den größten Teil der unbekannten Gebiete um den Himalaja erforscht, und er fand in der Einsamkeit nicht nur Philosophie, sondern auch Glück.

Im Krieg war er nach Europa zurückgekehrt, um für sein Land zu kämpfen, aber jetzt, da Frieden herrschte, widmete er sich wieder seiner selbstgestellten Aufgabe.

Er hoffte, schließlich Zugang zu Tibets Schätzen zu erlangen, die nur für die Privilegiertesten des wahren Glaubens erreichbar sind.

Es war eine Lebensarbeit, die er sich vorgenommen hatte, aber eine fesselnde und anspruchsvolle Arbeit, über die sich niemand wunderte, da Barry ein außergewöhnlicher Mensch war.

Jack war in der Lage, ihm zu helfen. Barry besaß zwar genügend Geld für seine persönlichen Bedürfnisse, aber er konnte es sich nicht leisten, alle Unkosten zu tragen, die mit der Übersetzung und der Betreuung der Manuskripte zusammenhingen, die er erhalten hatte.

Jack bat Barry darum, daß dies sein Anteil an ihrem Dienst an der Menschheit sein möge und traf infolgedessen Abmachungen mit einigen berühmten Autoritäten des Landes.

Es war eine hervorragende Vereinbarung, denn während Barry für etwa sechs Monate oder ein Jahr durch den Fernen Osten reiste, ohne daß irgend jemand etwas von ihm hörte, betreute und beaufsichtigte Jack die Schätze, die sie bereits besaßen und arbeitete mit ihnen. Die Regierung erteilte ihnen inoffiziell ihre Unterstützung und bot Barry jegliche Hilfe an, war aber nicht in der Lage, sich direkt einzumischen. Es war allein Barrys Persönlichkeit, die den Erfolg möglich machte.

Die Llamas und Mönche bewachten eifersüchtig ihre Schriften, von denen einige mehrere hundert Jahre vor Christus geschrieben worden und tadellos erhalten waren.

Daß Barry diese Schriften in seinen Besitz oder auch nur ausgeliehen bekam, hatten diejenigen für unmöglich gehalten, die es Jahre zuvor ebenfalls versucht hatten.

Aber Barry war erfolgreich, wo andere versagt hatten.

Als die Manuskripte schließlich in seiner Obhut waren, mußte man Zeit und Arbeit aufwenden, um sie zu übersetzen, denn sie waren in toten oder fast vergessenen Dialekten abgefaßt.

Loelia hatte nicht versucht, Diana Barry Dunbar zu beschreiben. Sie zögerte, über ihn zu sprechen, so daß Diana ein wenig neugierig auf ihn war, als sie die Eichentreppe zum Speisezimmer hinabging in einem Kleid aus blaßblauem Chiffon, das sie hinter sich herzog, während ihre großen Saphir-Ohrringe fast ihre weißen Schultern berührten.

›Steif und ernst wie die meisten Gelehrten‹, dachte Diana seufzend.

Als sie die Bibliothek betrat, erhob sich eine große Gestalt von einem Sessel neben dem Kamin, und während sie nähertrat, sagte eine ruhige, merkwürdig anziehende Stimme:

»Darf ich mich bekannt machen? Ich bin Barry Dunbar.«

Während des Essens studierte Diana, die zur Linken ihres Gastgebers saß, Barry, der auf der anderen Seite des Tisches Platz genommen hatte. Zu ihrer Überraschung stellte sie fest, daß sie selbst sehr wenig sprach.

Sie war es gewohnt, daß sie immer, und zumal bei den Standishs, mehr oder weniger die Seele der Gesellschaft war.

Sie stand in dem Ruf, witzig zu sein, aber fast zum erstenmal erlebte Diana das Gefühl, daß sie nicht beteiligt war.

Eine lebhafte Konversation erforderte nicht nur eine Zuhörerschaft, sondern einen Vertrauten, und Dianas Konversation hing von einem Gesprächspartner ab, der ihr die Bälle zuwarf.

Alle glänzenden Bemerkungen von Dianas Bekannten betrafen Dritte, und um die volle Bedeutung der Worte würdigen zu können, mußten die Zuhörer diejenigen, über die gesprochen wurde, kennen.

Heute abend bemerkte Diana, daß niemand am Tisch einen ihrer Freunde näher kannte.

Loelia und Jack waren natürlich mit vielen Menschen in London bekannt, aber deren Freunde waren nicht unbedingt ihre Freunde.

Die Standishs hatten die letzten fünf Jahre im Ausland verbracht, und Barry wußte nicht einmal etwas von der Existenz des strahlenden und glitzernden Mayfair.

Sie fand, daß Barry auf eine ungewöhnliche Weise gut aussah, vielleicht war er ein wenig zu hager, aber es war die Schlankheit eines Mannes, der vollkommen gesund ist und kein Gramm Fleisch an seinem Körper zu viel hat.

Sein Gesicht war markant und braun, da es jedem Wetter ausgesetzt war, und seine Augen waren überraschend blau. Sein Haar war dunkel und an den Schläfen leicht ergraut.

Er hatte kantige Züge, aber sie vermittelten den Eindruck, daß sie eher von seinem Charakter geprägt als das zufällige Ergebnis seines Erbes waren.

Er wirkte sehr lebendig.

Gleichzeitig aber hatte Diana das Gefühl, daß er weniger Nerven besaß und ruheloser war als irgendein anderer Mensch, den sie je kennengelernt hatte.

Er hatte die Gewohnheit an sich, plötzlich schweigsam zu werden, und es wirkte so, als wäre sein Geist in weiter Ferne und konzentrierte sich so intensiv, daß sein Körper absolut reglos blieb.

Er besaß eine vollständige Kontrolle über seinen Körper und machte nicht die tausend kleinen Bewegungen, die mit einem normalen ruhelosen Geist verbunden sind, der in Gedanken wie ein Affe von Ast zu Ast springt.

Wenn Barry sprach, schien jedes seiner Worte wichtig zu sein.

Diana bemerkte, daß er niemals nur um des Sprechens willen plauderte oder diskutierte.

Und sie sollte später erfahren, wie schon viele andere vor ihr, daß es in seiner Gegenwart unmöglich war, einfach ›über nichts‹ zu sprechen. Er lenkte das Gespräch immer auf wichtige Themen.

Sein Lächeln war charmant und entwaffnend wie das eines glücklichen Kindes. Es wirkte anziehend und erstickte jede Kritik.

›Interessant‹, sagte sich Diana und beschloß, sich einmal allein mit ihm zu unterhalten, ehe sie Huntsman's House verließ.

Sie fragte sich, was er wohl über sie dachte. Sie hatte zuviel über ihre Schönheit gehörte und gelesen, um in dieser Hinsicht bescheiden zu sein.

Sie wußte sehr gut, daß sie auf einen Mann aufreizend wirken mußte, der die letzten Jahre in Ländern gereist war, wo eine weiße Frau zwar bekannt, aber doch eine Seltenheit war.

Sie bemerkte, wie Barry sie ein paarmal über den Tisch hinweg ansah, und meinte, er habe dies mit einer leicht spöttischen Miene getan.

Sie setzte sich ein wenig in Pose, wie es Frauen tun, wenn sie eine Eroberung machen wollen. Sie lächelte etwas lebhafter, bewegte sich verführerischer und sprach mit jener tiefen Stimme, die einen erregenden Klang hatte.

Es war kein völlig bewußter Vorgang, aber der Wunsch zu gefallen stand dahinter, und Loelia war feminin genug, um zu erkennen, daß Barry Diana gefiel. Sie fragte sich, wie wohl Barrys wahre Gefühle aussahen unter dem Schleier der Höflichkeit, mit der er Diana behandelte.

Nach dem Essen gingen sie auf die Veranda, von der aus man hinunter in den Garten gelangte.

Es war eine herrliche Nacht, sehr still und nicht sehr dunkel.

Vor ihnen standen die Hügel als mattes geheimnisvolles Blau vor einem helleren Himmel. Der See, silbern und glatt, spiegelte einen Mond, der gerade in sein letztes Viertel getreten war. Man sah nur vereinzelte Sterne, die an einem wolkenlosen Himmel spärlich leuchteten.

In der Ferne im Wald heulte eine Eule, und Fledermäuse pfiffen hoch über ihren Köpfen, als sie über den weichen Rasen gingen.

Sonst war die Welt sehr still und unberührt von dem Getriebe, das nicht weit entfernt Tausende von Menschen in Bewegung hielt und antrieb.

»Sind Sie froh, daß Sie wieder hier sind?« fragte Diana.

»Sehr«, antwortete Barry. »England hat etwas außerordentlich Befriedigendes an sich. Ich glaube, es liegt an der Sicherheit dieses Landes. Nirgends anderswo in der Welt hat man dieses Gefühl, daß ein Land so gut verwaltet wird und wie ein wohlgepflegter Garten wirkt.«

Diana lachte.

»Ich nehme an, daß wir, die wir zu Hause bleiben und deshalb die Gärtner sind, Ihnen für das Kompliment danken sollten.«

Barry sah sie ernst an.

»Ich habe mich oft gefragt«, sagte er, »wieviel Schaden ihr ausgelassenen jungen Leute wirklich euerem Land antut oder ob ihr einfach unwichtig seid.«

»Schaden?« fragte Diana. »Was meinen Sie damit?«

Barry blieb stehen und sah einen Augenblick zu den Hügeln hinauf, ehe er antwortete. Sie hatten sich von den anderen getrennt und gingen auf den See zu.

»Ich will es Ihnen sagen«, antwortete Barry. »Ich war einmal an der nordindischen Grenze, ungefähr vor einem Jahr, vielleicht ist es auch länger her. Ich stieß dort auf eine kleine christliche Kolonie, die von einem Priester geleitet und von zwei weißen Männern und ein paar indischen Soldaten betreut wurde.

Sie bekamen gewöhnlich nicht viele Besucher, und sie behandelten mich mit der größten Gastfreundschaft.

Vielleicht kann man sich diese Herzlichkeit nicht vorstellen, wenn man keine Ahnung davon hat, was die Einsamkeit für die Menschen bedeutet, die Jahr für Jahr in solchen Orten leben.

Ich führte ein Gespräch mit dem Priester. Er war römisch-katholisch, ein guter Mann, nicht sehr gebildet. Fünfzehn Jahre vorher war er als Missionar nach Indien gekommen und seither nicht wieder in England gewesen. Seine Arbeit war außerordentlich schwierig.

Die einheimische Bevölkerung war wohl bereit, ihn ihre Kinder unterrichten zu lassen und aus der Mission alle Vorteile zu ziehen, die sie erlangen konnten, aber in der Not oder in der Freude kehrten sie unweigerlich zu ihrem alten Aberglauben und zu ihren Göttern zurück, die sie für sehr viel mächtiger hielten.

Das Großartige war jedoch, daß sie eine bemerkenswerte Hochachtung vor den Weißen hatten.

Es waren einfache Menschen, unberührt von revolutionären Ideen, die das südlichere Indien beeinflußten, und sie führten ein einfaches, ruhiges Leben.

Eines Tages sagte der Priester zu mir:

›Ich stelle mir oft die Frage, Dunbar, ob ich England sehr verändert antreffen würde.‹

Ich erwiderte ihm, daß er keinen sehr großen Wandel feststellen würde, außer der starken Zunahme des Verkehrs.

Er antwortete: ›Ich weiß nicht. Neulich ertappte ich drei meiner Schüler, um die ich mich sehr bemüht habe, sie gläubig unter meinen Fittichen zu halten, wie sie einen sechs Monate alten *Tatler* durchblätterten, den einer der Soldaten auf den Müll geworfen hatte. Da ich neugierig war, was sie so faszinierte, ging ich zu ihnen hin und habe das hier gefunden.‹«

Barry hielt einen Augenblick inne.

»Der Priester zeigte mit den *Tatler*. Darin war ein großes Foto von Ihnen«, fuhr Barry fort.

»Von mir?« fragte Diana erstaunt. »Wie interessant.«

»Ja, allerdings«, sagte Barry. »Es war ein Foto, auf dem Sie mit zwei anderen jungen Leuten auf einer sogenannten Freak-Party abgebildet waren. Die Überschrift teilte dem Leser mit, daß Sie ›Miß 1950‹ darstellten, glaube ich. Ihre Freunde waren so fantastisch gekleidet, daß man es schwer beschreiben kann.«

Diana errötete unwillkürlich, als sie die Verachtung in Barrys Stimme hörte. Sie erinnerte sich jetzt sehr gut an das Foto und mußte daran denken, wie sie selbst sich damals darüber geärgert hatte, daß es veröffentlicht worden war.

Es war eine verrückte Party gewesen, auf der sich alle konstümiert hatten. Sie selbst hatte einen sehr knappen Badeanzug getragen, der über und über mit Goldmünzen besät war; nichts von ihrer Figur war der Fantasie überlassen geblieben.

Auf dem Kopf trug sie einen Zylinder und Handschellen an beiden Handgelenken. Zwei von ihren flegelhafteren Freunden hatten darauf bestanden, daß sie mit ihnen fotografiert wurde.

Der junge Peer, der kürzlich aus der Oxford-University geflogen war, hatte sich als Tarzan verkleidet oder eher entkleidet. Sein Freund, dessen Familienname aus den Geschichtsbüchern ebenso bekannt ist wie er selbst an der Bar eines jeden Nachtclubs in London, hatte sich hinreißen lassen, die Kleider umgekehrt zu tragen – das Hemd als Hose und die Hose über den Schultern.

Sie lachten vergnügt in die Kamera auf die stupide, ausgelassene Art von Leuten, die zu viel getrunken hatten. Diana stand in der Mitte zwischen ihnen, und das Ergebnis war eine Fotografie, die man nicht gern seinen seriöseren Verwandten gezeigt oder sie über die Welt verbreitet gesehen hätte.

Diana schämte sich, als sie daran dachte, aber ehe sie etwas sagen konnte, fuhr Barry fort:

»›Ist das wirklich unsere Gesellschaft?‹ fragte mich der Priester und fügte hinzu, daß er den Vater des einen jungen Mannes kannte. Sie hatten zusammen die Universität besucht. Er war ein ernster junger Mann gewesen und nur darauf bedacht, sich in der Politik einen Namen zu machen.«

Barry schwieg, als sie weitergingen, und plötzlich war Diana verstimmt. Sie fand, daß er die Geschichte nicht in diesem kritischen Ton hätte erzählen sollen. Schließlich wurden die Leute heutzutage in allen möglichen Aufmachungen und an vielerlei Orten fotografiert. Keine Party war zu intim für einen Gesellschaftsfotografen, kein Skandal zu privat, um nicht in den Klatschkolumnen zu erscheinen.

»Ich glaube, daß Sie einem sehr amüsanten Abend eine unangemessene Bedeutung geben«, sagte Diana. »Schließlich hatte jede Generation ihre Kostümbälle. Es ist nichts Außergewöhnliches daran, nichts Neues, wenn man sich verkleidet.«

»Historisch gesehen stimme ich Ihnen zu«, sagte Barry. »Aber ich glaube, daß unsere Vorfahren mehr Würde besaßen, und auf jeden Fall erregten sie nicht so viel öffentliches Aufsehen. Außerdem befand sich die Welt nicht in einem so beunruhigenden Zustand wie heute. Meiner Meinung nach richten solche Zurschaustellungen eine Menge Schaden an.«

Diana zuckte die Achseln.

»Ich weiß nicht, ob Sie die Welt oder sich selbst so ungeheuer wichtig nehmen, Mr. Dunbar«, sagte Diana.

Barry antwortete nicht.

Loelia trat zu ihnen.

»Worüber sprecht ihr?« fragte sie. »Ist das nicht eine himmlische Nacht?«

»Mr. Dunbar begibt sich in die Position eines Kritikers der Moralvorstellungen von Mayfair«, antwortete Diana leichthin. »Du mußt ihn dir einmal vornehmen, Loelia, und ihn davon überzeugen, daß seine Vorstellungen von Laster, Cocktails und Amoralität ein wenig provinziell sind.«

Loelia erkannte sofort, daß Diana zornig war. Sie sah Barry an und konnte im Dunkeln undeutlich erkennen, daß er lächelte.

Er fragte sehr sanftmütig:

»Ich habe Miß Headley gesagt, daß ich mir noch nicht im klaren darüber bin, ob das junge Mayfair Schaden anrichtet oder ob es nur unbedeutend ist, Loelia.«

»Ich hoffe wirklich, daß wir Ihr Urteil darüber erfahren, sobald Sie zu einem Ergebnis gekommen sind«, sagte Diana sarkastisch.

Sie drehte sich um und ging über den Rasen zu Jack und Colonel Stanmore, die dastanden und sich unterhielten.

Loelia wandte sich an Barry.

»Barry, Liebster, du hast Diana wütend gemacht. Das war gar nicht nett von dir! Worüber habt ihr gestritten?«

»Wütend?« wiederholte Barry. »Hoffentlich. Sie ist das typische Produkt der modernen jungen Gesellschaft.«

»Typisch«, sagte Loelia lachend. »Mein lieber Barry, sie ist ein Glanzstück, und sie ist bei weitem die netteste von allen. Ich mag sie wirklich sehr. Du darfst nicht unfreundlich zu ihr sein. Sie redet eine Menge Unsinn, ich weiß, aber in Wahrheit ist sie eine reizende Person, und wenn sie endlich einmal aufwacht und nachzudenken beginnt, wird sie sehr anziehend sein, davon bin ich überzeugt.«

Barry nahm Loelias Hand und hob sie an seine Lippen.

»Loelia, Liebste«, sagte er, »du würdest sogar bei Belzebub selbst noch entlastende Tugenden finden. Ich bin bereit, dein Urteil über deine Freundin zu akzeptieren, aber ich brauche es nicht selbst zu prüfen, oder?«

»Barry, wie scheußlich du bist!« sagte Loelia bekümmert. »Ich möchte, daß du Diana gern hast.«

Barry lachte.

»Wenn du anfängst, Ehen zu stiften, Loelia, dann gehe ich sofort in ein Kloster und bleibe dort. Versprich mir, daß du es nicht tust, ein für alle Mal.«

»Ich verspreche es«, sagte Loelia. »Du bist sowieso ein hoffnungsloser Fall. Keine Frau würde mit dir auskommen.«

Loelia schob ihren Arm unter den seinen, und sie gingen zusammen zu den anderen.

Barry setzte sich und begann, Mrs. Stanmore Geschichten über das Leben der einheimischen Bevölkerung in Indien zu erzählen.

Er ignorierte die Tatsache, daß Diana verächtlich so tat, als höre sie nicht zu.

Viertes Kapitel

Der Samstag war ein klarer, warmer Tag.

Die Hügel standen wie Wächter über den mit Früchten beladenen Obstgärten, den Feldern mit Himbeeren und Johannisbeeren und dem Versprechen einer großen Pflaumenernte.

Die Standishs überließen ihre Gäste gern sich selbst. Auf dem nahen Malvern-Golfplatz konnte man sich vergnügen, wenn man wollte. Man konnte aber auch angeln, und im Stall standen Pferde, wenn man reiten wollte. Es gab keine organisierten Spiele oder Vergnügungen, an denen teilzunehmen sich die Gäste verpflichtet fühlen konnten.

Das Frühstück war ein bewegliches Fest. Die Frauen nahmen es vorzugsweise oben auf ihren Zimmern ein, und als Diana um zehn Uhr aufwachte und aus dem Fenster blickte, stand die Sonne schon hoch am Himmel.

Diana sah Jack und Barry von einem Spaziergang den Weg herabkommen, der an der Burg vorbei und weiter zum Gipfel des höchsten der Malvern Hills führte.

Sie zog sich langsam an und dachte dabei an ihr gestriges Gespräch mit Barry. Sie war wütend über seine Kritik, aber sie gestand sich ein, daß er sie interessierte.

Sie wußte, wie sehr Jack und Loelia, deren Meinung sie schätzte, ihn verehrten, und sie hatte bemerkt, mit welchem Respekt sie seine Ansichten anhörten.

Es war nicht sein Äußeres, das einem Bewunderung abverlangte, es war seine Vitalität, eine besondere Ausstrahlung, seine Persönlichkeit, die fesselten.

Als Diana gebadet hatte, beschloß sie, Barry näher kennenzulernen, selbst wenn dies bedeutete, daß sie ihre, wie sie meinte, berechtigte Entrüstung über sein Verhalten ihr gegenüber unterdrückten mußte.

Als sie die Treppe herunterkam, brachen die anderen gerade auf, um vor dem Mittagessen in den Stall zu gehen.

»Du mußt nicht mitkommen, wenn du nicht willst, Diana«, sagte Loelia. »Ich weiß, es ist wie eine schreckliche Landhausparty, aber Barry und Colonel Stanmore möchten gern Jacks neue Jagdpferde sehen.«

»Ich komme gern mit«, sagte Diana.

Sie gingen langsam zum Stall hinüber.

Die Pferde waren einen Besuch wert. Jack Standish verstand etwas von Pferden, und obwohl er keineswegs übertriebene Preise zahlte, war es ihm gelungen, einen Stall zusammenzubringen, dessen sich kein Reiter hätte zu schämen brauchen.

Barry betrachtete die Tiere mit Kennerblick.

»Hast du immer noch so viel für ungezähmte Pferde übrig wie früher?« fragte ihn Jack, und dann sagte er an seine Frau gewandt: »Barry kann wunderbar mit Tieren umgehen. Als wir zusammen in der Wildnis waren, wurde er sogar mit dem wildesten Pony oder dem störrischsten Maulesel fertig, und du weißt, wie die sind.«

Barry lächelte.

»Ich glaube, wenn man Tiere wirklich mag, dann verstehen und schätzen sie es«, sagte er. »Aber es muß ein echtes Gefühl sein. Sie wissen genau, wenn es vorgetäuscht ist, ebenso wie Kinder, die unweigerlich spüren, wenn Leute sich nur herablassen, um mit ihnen zu spielen, anstatt in ihrer Gesellschaft natürlich zu sein.«

Als sie den Stall verließen, sagte Loelia:

»Da wird gerade von Kindern sprechen – dort kommt der Sohn und Erbe.«

Ein kleiner Junge von drei Jahren kam mit dem Kindermädchen offensichtlich von einem Morgenspaziergang zurück.

Als er Loelia sah, kam er angelaufen, küßte sie und rannte dann sofort zu Barry und umklammerte dessen Bein.

»Onkel Barry, Onkel Barry!« rief er. »Ich habe einen kleinen Hund!«

Diana versuchte, mit dem Kind zu sprechen, aber Robins einziger Wunsch war es im Moment, daß Barry sich seinen kleinen Hund ansah.

Daher verschwanden sie Hand in Hand und überließen es den anderen, ins Haus zum Mittagessen zu gehen.

»Robin liebt Barry«, sagte Loelia. »Wenn Barry nicht hier ist, spricht er fast täglich über ihn. Und obwohl er ihn zwischen seinem ersten und zweiten Lebensjahr fast ein Jahr lang nicht gesehen hat, vergaß er ihn nie. Ich finde das sehr außergewöhnlich, du nicht?«

»Alle Kinder lieben ihn«, sagte Jack. »Ich habe kleine Eingeborenenjungen gesehen, lustige, kleine nackte Knirpse, die ihm stundenlang nachliefen. Im Grunde waren sie verdammt lästig, und wir mußten sie manchmal wegscheuchen wie die Hühner. Aber Barry faszinierte sie auf irgendeine besondere Art ebenso wie die Tiere.«

»Ich wollte, ich könnte an deinem Freund Barry auch nur einen einzigen Fehler finden«, sagte Diana, als sie das Haus erreichten. »Nach allem, was ich während der letzten vierundzwanzig Stunden von ihm gesehen und über ihn gehört habe, sollte man ihn im Britischen Museum in einem Glaskasten ausstellen mit einem Schild ›Der vollkommene Mann‹!«

Sie ging ins Haus, ohne auf eine Antwort zu warten, und Loelia sah mit einem leicht konsternierten Gesichtsausdruck ihren Gatten an.

Nach einem guten Mittagessen fuhren die Stanmores weg, um Bekannte in der Nachbarschaft zu besuchen.

Loelia verschwand im Kinderzimmer, und Diana beschloß, ein paar Briefe zu schreiben.

Sie ging in den kleinen Salon, wo die weit offenen Fenster die Gartendüfte hereinließen, und setzte sich an den Tisch.

Sie überlegte, ob sie an Hugo schreiben sollte. Sie hatte an diesem Morgen einen Brief von ihm erhalten, den er nach ihrem Aufbruch am vergangenen Abend geschrieben hatte.

Außerdem kam von ihm ein Telegramm, in dem er ihr mitteilte, daß er an sie dachte.

Sie nahm ein Blatt Papier, aber statt mit dem Schreiben zu beginnen, malte sie Linien darauf, die sich zu einem seltsamen Baum formten.

Sie wußte nicht, was sie ihm schreiben sollte. Sie konnte sich nicht entschließen, Gefühle zu Papier zu bringen, über die sie sich selbst noch nicht im klaren war.

Sie dachte über den Schreibtisch gebeugt so intensiv nach, daß sie den Blick nicht hob, als sie vor dem Fenster Schritte hörte.

Stühle wurden draußen auf der Veranda gerückt, und der Duft von Jacks Zigarre wehte durch das offene Fenster zu ihr herein. Jack sprach, und schließlich nahm sie den Inhalt seiner Worte wahr.

»Dieses neue Manuskript von Ko Tuen ist großartig, Barry«, sagte Jack. »Wir haben es noch nicht zu Ende gelesen. Die Übersetzung ist außerordentlich schwierig, wie du gesagt hast. Lysaght hat einen erstaunlichen Burschen gefunden. Er sagt, er habe das Manuskript in seiner letzten Inkarnation gekannt. Ob das stimmt oder nicht, er ist offenbar der einzige Mensch, der fähig ist, die Worte zu übersetzen. Die Schönheit und Weisheit dessen, was wir bis jetzt zu sehen bekommen haben, ist ganz wunderbar.«

»Ich wollte, du hättest das Ko Tuen-Kloster sehen können«, sagte Barry. »Es hängt an einem steilen Felsen, viele hundert Fuß über dem Fluß, und es kommt einem fast unglaublich vor, daß so etwas je gebaut werden konnte.

Schon der Zugang zum Kloster ist schwierig, und obwohl ich schwindelfrei bin, muß ich sagen, daß ich manchmal froh war über die Seile des Führers.

Man meint, kein Tier außer einem Yak könnte dort hinaufgelangen, und doch tragen diese merkwürdigen Geschöpfe jeden Tag Butter und Getreide vom Tal zum Kloster hinauf auf einem Weg, der kaum breit genug ist für eine Katze, geschweige denn für einen Menschen.«

»Es sind natürlich Buddhisten.«

»Ja, von der allerbesten Art. Völlig unverdorben durch irgendwelche zeremoniellen Zusätze, die die Einfachheit dieser wunderbaren Religion in modernen Klöstern verderben. Der Abt ist einer der interessantesten Menschen, die ich je kennengelernt habe.

Gerüchte besagen, er sei zweihundert Jahre alt. Ob das stimmt oder nicht, er hat jedenfalls ein ungeheures Gedächtnis und ist erstaunlich gut informiert.

In dieser Höhe und mit Hilfe von Yoga können die Mönche natürlich leicht über hundert Jahre alt werden, aber die Zeit bedeutet für sie so wenig, daß eine Fehlrechnung von fünfundzwanzig Jahren oder so leicht möglich ist.«

»Machst du selbst immer noch Yoga?« fragte Jack.

»Ja, natürlich. Abgesehen davon, daß man dadurch eine feinere Wahrnehmung bekommt, finde ich es erstaunlich, wie sehr es einem hilft, mit der Höhenlage fertig zu werden und wie sehr es die körperliche Ausdauer stärkt.«

»Und zu welchen persönlichen Ergebnissen bist du dabei gekommen?«

»Zu wunderbaren wie immer«, antwortete Barry leise.

»Ich glaube, die Zeit ist gekommen, daß wir unser erstes Buch veröffentlichen, das wir aus dem Sanskrit übersetzt haben«, sagte Jack.

»Glaubst du, es gibt ein Publikum dafür?« fragte Barry.

»Ja«, antwortete Jack bestimmt. »Die einzige Hoffnung der westlichen Welt und Englands selbst ist eine geistige Erneuerung. Die Menschen verlangen danach. Sie finden, daß der Materialismus sie allmählich im Stich läßt. Sieh dir Amerika an. Noch vor fünf Jahren glaubte man dort, daß Geld und immer mehr Geld einem das Glück bringen könnte. Heute, nach der Krise, sind die Menschen dort nicht mehr so selbstsicher. Überall treffe ich Menschen aller Schichten, die den Nutzen des Wohlstands anzweifeln.«

»Dann werden sie Gott sei Dank endlich vernünftig«, sagte Barry. »Und wie steht es mit den jungen Leuten, mit diesen jungen Narren, die ich zusammen mit Miß Headley auf der Fotografie gesehen habe, die Geld und Position besitzen und nichts Vernünftiges damit anfangen?«

Diana hatte keine Skrupel zu lauschen. Sie interessierte sich für das Gespräch, obwohl sie nicht ganz verstand, worüber sich die beiden Männer unterhielten. Als ihr eigener Name fiel, erschrak sie, lehnte sich in ihrem Stuhl zurück und hörte aufmerksam zu.

»Warte einmal – wer waren sie doch gleich?« fragte Jack. »Ach richtig, ich erinnere mich. Es waren der junge Doon und Readhams ältester Sohn. Doon muß ein ziemlich übler Bursche sein nach allem, was ich höre. Der andere ist nur ein reicher junger Narr. Sie werden es im Laufe der Zeit überwinden, aber Barry, sie sind nur eine sehr kleine Minderheit und völlig unbedeutend.

Überall treffe ich heutzutage junge Männer, die sich für die Probleme der Menschheit interessieren, ob sie sich nun Nationalisten oder Weltbürger nennen, und das ist es, was wichtig für uns ist.

Sie arbeiten und denken. Aber ich muß zugeben, daß die besten von ihnen oft kein Geld haben.«

»Die Armut ist manchmal ein guter Lehrmeister«, unterbrach ihn Barry. »Mir wird übel, wenn ich sehe, wie sinnlos Geld ausgegeben wird, vergeudet und verschleudert von so leichtsinnigen, oberflächlichen Geschöpfen wie Diana Headley.«

Diana ballte die Fäuste und hielt sich nur mit Mühe davon ab, aufzuspringen und dadurch ihre Anwesenheit kundzutun.

»Ich habe Diana recht gern«, sagte Jack. »Und Loelia mag sie sehr. Sie ist natürlich durch das Geld verdorben. Weil sie reich ist, laufen ihr viele nach. Außerdem ist sie recht hübsch, findest du nicht?«

»Ich fürchte nein«, antwortete Barry. »Ich habe mich so sehr daran gewöhnt, in Gesichtern den Charakter zu suchen. Das tut man, wenn man so lebt, wie ich es während der letzten Jahre getan habe. Ich nehme an, daß sie reizend ist, wie die Illustrierten sagen, wenn du sie nach deren oberflächlichen Maßstäben beurteilst. Aber ein Geist, der brach liegt, kommt mir bemitleidenswert vor, zumal sie in ihrer Position viel Gutes tun könnte, statt dessen aber so großen Schaden anrichtet.«

Barry lachte kurz.

»Ich glaube, Loelia möchte eine Ehe stiften«, fügte er hinzu. »Kannst du dir vorstellen, daß ich eine solche Frau heiraten würde?«

»Ich weiß nicht, wer mir mehr leid täte«, sagte Jack, »ich glaube das Mädchen. Aber im Ernst, Barry, alter Junge, ich wollte, du fändest eine Frau, die zu dir paßt. Du weißt, wie glücklich Loelia und ich miteinander sind, und es ist einfach wunderbar, daß wir Robin haben.«

»Jeder Mann fürchtet die Ehe, aber die meisten Männer wünschen sich ein Kind«, sagte Barry. »Ich will nicht so tun, als wünschte ich mir keinen Sohn, der einmal meine Arbeit fortsetzt.

Aber welche Frau würde sich mit meinem unsteten Leben abfinden? Und du weißt, wir können nicht mehr zurück, Jack, oder das aufgeben, was wir einmal begonnen haben. Ich glaube, wir haben wirklich einen Weg gefunden, um dieser Generation und den nachfolgenden zu helfen.

Das letzte Buch, das wir veröffentlicht haben, wurde allein in Amerika über eine Million mal verkauft, und Lysaght erzählte mir, daß er Tausende von Briefen erhalten hat, in denen er um weitere gebeten wurde, von Menschen, die langsam erkennen, wo das wahre Glück liegt.«

Barry hielt einen Augenblick inne, und dann sagte er sehr ernst:

»Ich bin sehr glücklich, Jack.«

Ein langes Schweigen trat ein, und dann sagte Jack:

»Gehen wir hinunter zum See, alter Junge. Ich möchte dir den neuen doppelhäubigen Enterich zeigen, den ich letzte Woche bekommen habe.«

Ihre Schritte verloren sich in der Ferne.

Draußen war es still, nur die Vögel zwitscherten und die Bienen summten zwischen den Blüten.

Diana saß ruhig da und blickte ohne etwas zu sehen auf das Blatt Papier vor sich.

»In einem guten englischen Haushalt gibt es als Sonntagsessen nichts anderes als Roastbeef, Yorkshire-Pudding und Apfeltorte«, sagte Jack. »Aber meine liebe Frau gibt wie gewöhnlich meine Bestände für ein wildes Leben aus und setzt uns etwas anderes vor. Ich hoffe und erwarte, daß jeder in England geborene Mensch in diesem Haus den wahren Geist beweist, indem er Roastbeef ißt oder gar nichts.«

»Höre nicht auf ihn«, sagte Loelia lachend. »Hättest du gern Ente, Diana?«

»Da hast du es«, stöhnte Jack. »Frauen kennen keinen Patriotismus.«

Nach dem Essen fragte Loelia, ob sie alle vier zusammen den Hügel hinauf zur Burg gehen wollten.

»Ich möchte dem alten Wärter etwas Tee bringen«, sagte Loelia. »Ich bekam einen speziellen Tee aus Thailand geschickt. Er trinkt ihn gern, weil er stärker ist als der, den wir hier kaufen können.«

Der Tag war sonnig, aber eine kühle Brise wehte von den Hügeln herab, so daß sie rasch gehen konnten. Die Hunde liefen vor ihnen her und jagten in jedem Stück Unterholz oder Farn imaginäre Kaninchen und bellten die Eichhörnchen an, die die Bäume hinaufhuschten, wenn sie näherkamen.

»Ich glaube nicht, daß ich schon einmal in der Burg gewesen bin«, sagte Diana.

»Wie nachlässig von uns«, antwortete Loelia. »Es ist eine von Jacks Lieblingsbeschäftigungen, unsere Gäste jeden einzelnen Stock und Stein bewundern zu lassen. Und von der Burg aus müssen sie raten, wie viele Grafschaften man vom Fenster aus sehen kann. Jack fügt immer noch ein paar mehr hinzu, um die Lösung eindrucksvoller zu machen.«

Es war ein steiler Aufstieg zur Burg, aber der Ausblick war es wert.

Loelia und Jack blieben im untersten Stock des Turmes stehen, um mit dem Wärter zu sprechen, während Barry auf ihre Bitte hin Diana in die oberen Räume führte.

Der Wohnraum im ersten Stock war mit großen Teppichen, einem riesigen Sofa und bequemen, kräftigen Stühlen ausgestattet, die um einen großen, offenen, steinernen Kamin gruppiert waren.

Ein Schreibtisch am Fenster lud zur Arbeit ein. Von dort überblickte man das großartige Panorama, während die gefüllten Bücherregale zeigten, daß ein Gast keinen Mangel an Gesellschaft zu fürchten brauchte.

Eine schmale Steintreppe in einer Ecke des Raumes führte in das Schlafzimmer hinauf, an das Jack ein Badezimmer hatte anbauen lassen.

»Wie hat man die ganzen Sachen hier heraufgebracht?« fragte Diana.

»Mit den größten Schwierigkeiten«, erwiderte Barry. »Sie mußten alles außen mit Seilen heraufziehen, ein Loch in das Dach schlagen und von dort herunterlassen.«

Das Dach war repariert und flach gemacht worden, damit man darauf sonnenbaden konnte. Es war ein merkwürdiges Gefühl, auf der Gummimatratze zu liegen und nur einen riesigen blauen Himmel über sich zu sehen und die saubere, reine Luft zu atmen.

»Ich schlafe oft hier draußen«, sagte Barry, als Diana mit ihm auf dem Dach stand. »Ich habe in meinem Leben unzählige Male im Freien geschlafen und fühle mich unter dem offenen Himmel wesentlich wohler aus unter einem Dach.«

Sie lehnten sich an die Brüstung und sahen dorthin, wo zwei Meilen unter ihnen Huntsman's House lag und man die Dächer von Malvern dicht aneinandergedrängt sah, die sich wie Flechten an den ansteigenden Hügel klammerten, an dem die Stadt gebaut war.

Auf einen Impuls hin sagte Diana:

»Mr. Dunbar, Sie haben mehrere Bücher über Philosophie veröffentlicht. Würden Sie mir bitte die Titel sagen? Ich würde gern eines Ihrer Bücher lesen.«

Ohne sie anzusehen, fragte Barry:

»Warum?«

»Ich weiß nichts über Philosophie«, antwortete Diana. »Ich habe einiges über die Religionen gelesen, den Katholizismus, die Christian Science und die verschiedenen Richtungen der Kirche von England, aber mir ist erst jetzt bewußt geworden, daß ich nichts über die Religionen des Ostens weiß, an die natürlich – wenn ich es mir jetzt überlege – die Hälfte der Weltbevölkerung glaubt.«

»Sie sind es wert, studiert zu werden«, sagte Barry ernst, »und ich glaube, Miß Haedley, Sie werden feststellen, daß alle Menschen ein wenig glücklicher wären, wenn sie sich von einer Philosophie helfen ließen, anstatt sich auf Äußerlichkeiten zu stützen.«

Sie fand keine Zeit, ihm zu antworten, denn Jack und Loelia kamen zu ihnen, aber als Diana an jenem Abend in ihr Zimmer ging, fand sie ein Buch auf ihrem Toilettentisch. Es war ganz einfach. ›Ein Weg‹ betitelt.

Als sie das Buch in die Hand nahm, fragte sie sich, warum sie Barry darum gebeten hatte, und auch warum sie keine Abneigung gegen ihn empfand nach dem, was er über sie gesagt hatte.

›Leichtsinnig, oberflächlich‹ – das war kein nettes Kompliment. Und für ihn war sie nicht einmal hübsch.

Und doch mußte sie ständig an ihn denken. Im Bett lehnte sie sich gegen die Kissen und schlug das Buch auf.

Am Montag morgen fuhr sie nach London zurück, nachdem sie beim Frühstück festgestellt hatte, daß Barry bereits abgereist war. Sie war erleichtert.

Sie hatte gefürchtet, er würde sie fragen, was sie von seinem Buch hielt, das er ihr geliehen hatte, und sie wußte im Augenblick keine Antwort darauf.

Die Worte, die ohne Zusätze aus dem Original übersetzt worden waren, bestachen durch ihre Schönheit, und doch hatte Diana das Gefühl, daß sie ihre wahre Bedeutung nicht begriff.

Die Schönheit der Worte sprach ihren Geist an, aber sie spürte instinktiv, daß sie ihr mehr bedeuten sollten.

Sie erwähnte vor Loelia nichts über ihre Empfindungen oder über das Buch. Sie fuhr nach London zurück und bemerkte zum erstenmal in ihrem Leben, daß in ihrer alltäglichen Existenz vielleicht doch etwas fehlte.

Niemals zuvor hatte sie dies empfunden. Sie hatte bisher immer das Gefühl gehabt, alles zu erhalten, was sie sich wünschte. Wenn sie eine Party geben wollte, lud sie einfach Gäste ein; wenn sie irgendwo hingehen wollte, brauchte sie sich nur die Zeit dafür zu nehmen.

Besitztümer wie Autos, Kleider, Juwelen standen ihr immer zur Verfügung. Ihr Bankkonto war, wie sie annahm, ansehnlich, auf jeden Fall reichte es für ihre Bedürfnisse aus.

Und doch spürte sie nun, daß sie nicht alles bekommen hatte, und sie erkannte, daß sie allem um sich herum und vielleicht sogar sich selbst unbefriedigt gegenüberstand.

Zum erstenmal betrachtete sie sich objektiv und fragte sich, ob sie wirklich so glücklich war, wie sie immer gemeint hatte.

Genoß sie wirklich die Partys und den ganzen gesellschaftlichen Rummel, in den sie sich stürzte? Oder besser gesagt, in den sie sich in der Vergangenheit gestürzt hatte?

War es wirklich so ungeheuer amüsant, wie es ihr früher vorgekommen war, acht oder zehn Leute zum Abendessen einzuladen, ins Theater zu eilen, vom Theater zum Essen, von dort zu einer Bottle-Party, von der Bottle-Party in irgendeine Wohnung wegen ein paar Drinks und der letzten lärmenden Ausgelassenheit?

Fand sie nicht oft, daß der ganze Abend nur ermüdend gewesen war? War sie nicht oft erleichtert gewesen, wenn endlich die

Morgendämmerung über die Kamine Londons kroch und sie allein in ihrem Schlafzimmer lag?

Sie hatte Dutzende von Freunden. Aber bedeuteten sie ihr wirklich etwas? Wenn einer von ihnen morgen sterben sollte, wäre er dann in ihrem Leben wirklich unersetzlich?

Gegenüber wie vielen Frauen konnte sie vollständig ehrlich und aufrichtig sein? Wie viele Männer bedeuteten ihr etwas, abgesehen von ihren Tanzkünsten und davon, daß sie auf ihren Wunsch den Kavalier spielten?

Ganz plötzlich gestand sie sich ein, daß sie das Wochenende im Huntsman's House genossen hatte, obwohl sie nicht im Scheinwerferlicht gestanden und die Hauptrolle vor einem bewundernden Publikum gespielt hatte.

Zu Hause fand Diana einen Brief und eine telefonische Nachricht von Hugo vor, und dazu ein riesiges Bukett aus Orchideen und eine Einladung, mit ihm an diesem Abend zu speisen.

Als sie in das Haus in der Park Lane gekommen war, hatte sie plötzlich eine Abneigung gegen den Luxus empfunden, den es enthielt, gegen den Diener, der ihr aus dem Wagen geholfen hatte, gegen die weichen Teppiche in der großen Marmorhalle und die in Pose dastehenden Statuen und die sanfte Beleuchtung.

Ein Stapel Visitenkarten auf einem großen Silbertablett berichteten von denjenigen, die sie oder ihren Vater hatten besuchen wollen.

Sie sah die Karten rasch durch – Angehörige ausländischer Botschaften, Amerikaner, Leute aus Übersee und ein paar formelle Besucher, die sich nicht an die burschikosen Manieren der Nachkriegsgesellschaft gewöhnt hatten.

Viele Briefe erwarteten sie in ihrem Boudoir, das in Grün und Silber dekoriert war, im Kontrast zu ihrem Schlafzimmer, das in Weiß und Gold gehalten war.

Das riesige Himmelbett hatte goldgeschnitzte Pfosten, die die Behänge aus weißem, mit goldenen Bordüren gesäumten Samt stützten.

Ein fantastisch luxuriöser Raum, der praktisch in jedem Boulevardblatt des Vereinigten Königreichs beschrieben und abgebildet worden war und der viele hundert Pfund gekostet hatte.

Große Schalen mit weißen Rosen füllten den Raum mit ihrem Duft, während in ihrem Boudoir die Blumen alle rot und purpur waren, in einem effektvollen Kontrast zu den grünen Wänden.

Während sie träge die Briefe öffnete, ging die Tür auf, und zwei ihrer Freunde wurden angekündigt – Bébé Brownlaw, eine kleine, lebhafte Blondine ihres Alters, die London mit ihrem Debüt verblüfft hatte und sie seither immer wieder von neuem überraschte, und Cecil Bacon, ein magerer, nervöser junger Mann, der von Cocktails und seinem Verstand lebte.

»Diana, Liebling!« riefen beide. »Wir sahen deinen Wagen draußen vor der Tür stehen, deshalb wußten wir, daß du zu Hause bist. Hast du etwas für uns zu trinken? Wir sind am Sterben.«

Diana öffnete ihren Cocktailschrank, der hinter einem Gemälde eines modernen Künstlers verborgen war. Er war in die Wand eingelassen.

Das Grammophon, das wie ein Bücherständer angemalt war, wurde in Betrieb gesetzt, und nach einem Augenblick füllten die Klänge der beliebtesten Blues-Melodie den Raum.

»Liebste, du siehst verdrießlich aus«, sagte Bébé und warf sich auf den mit Seidenkissen bedeckten Diwan. »Geben wir heute abend eine Party? Können wir nicht bei dir essen?«

Diana nickte zustimmend, denn sie wußte im voraus, daß sie für jede Party bezahlen mußte, die Bébé und Cecil vorschlugen.

Keiner von beiden besaß Geld, aber sie waren immer bereit, auf Kosten anderer Leute wilde Partys zu organisieren für jeden, der das nötige Geld dafür ausgab. Sie selbst trugen mit ihrer Konversation, ihrer guten Laune und ihrem ungeheueren Trinkvermögen zur Geselligkeit bei.

»Schön, geben wir eine Party«, sagte Diana träge. »Aber du mußt die Leute zusammentrommeln, Bébé, ich kann mich nicht damit abgeben.«

Nichts hätte Bébé lieber getan. Dies bedeutete, daß sie viele Leute herbeischaffen konnte, die sich dann bei ihr revanchieren mußten, und daher waren wieder viele kostenlose Mahlzeiten gesichert.

»Welchen Mann sollen wir für dich einladen, Liebste?« fragte Bébé.

»Natürlich Hugo«, antwortete Cecil vom Schrank her, wo er sich gerade einen zweiten Cocktail mixte. »Sei nicht einfältig, Bébé, wir alle wissen, daß Diana ihn heiraten wird.«

»So?« sagte Diana überrascht. »Dann weißt du mehr als ich.«

»Natürlich wirst du ihn heiraten«, sagte Bébé. »Denke nur daran, was das für ein Triumph über diese Katze Betty Lee wäre, die so sicher war, daß sie ihn bekommen würde und so hochnäsig zu allen Leuten wurde und sie fallenließ, aber dann, als Hugo sie wiederum fallenließ, klein beigeben und sich den Arm auskugeln mußte, ehe man ihr verzieh. Natürlich wirst du Hugo heiraten, und du wirst himmlisch aussehen mit dem Diadem bei der Eröffnung des Parlaments.«

»Danke«, sagte Diana lachend.

Doch als sie in ihrem Schlafzimmer war und die beiden für einen Augenblick allein ließ, fragte sie sich, weshalb sie noch nie bemerkt hatte, wie geistlos Bébé war und wie Cecils feminines Gebaren ihr auf die Nerven ging.

›Himmel‹, dachte sie, ›ich werde seriös! Ich muß damit aufhören.‹

Sie rief Bébé, sie möge ihr etwas zu trinken bringen, und als sie einen der ziemlich starken Cocktails getrunken hatte, die Cecils erfahrene Hand mixte, spürte sie, daß die Seriosität, die das Wochenende in ihr ausgelöst hatte, eine Illusion gewesen war, die sich aufzulösen begann wie ein früher Morgennebel.

Ein wenig später erschienen Hugo und einige andere Bekannte, die vorbeischauten, weil sie wußten, daß es hier kostenlos Getränke gab.

Mehr Gin wurde für die Cocktails gebraucht, und der Diener brachte noch mehr Flaschen Alkohol die Treppe herauf.

Silbertabletts mit kleinen Delikatessen wurden herumgereicht, das Grammophon übertönte jede Konversation, und liebenswürdige Kosenamen gingen jedermann flüssig über die Lippen.

»Hast du mich vermißt?« fragte Hugo Diana unter dem Schutz des allgemeinen Lärms.

»In gewisser Weise«, antwortete sie.

»Bitte, Diana«, sagte er.

»Also gut, ein klein wenig«, antwortete sie und sah ihn unter ihren langen, dunklen Wimpern hervor an.

»Liebling! Gehst du heute abend mit mir essen?« fragte Hugo.

»Du kannst bei mir essen«, antwortete Diana. »Bébé arrangiert hier eine Party.«

»Verdammt, ich wollte mit dir allein sein«, erwiderte Hugo.

»Nun geht das eben nicht«, sagte Diana. »Du darfst nicht so egoistisch sein, Hugo.«

»Darf ich das nicht?« Er sah sie auf seine besondere Weise an, so daß sie zur Seite blickte und sich etwas hastig an der Konversation beteiligte, die in ihrer Nähe im Gang war.

»Kinder, wir müssen uns anziehen«, rief Bébé schrill in den allgemeinem Tumult. »Wir essen hier um halb zehn. Beeilt euch, beeilt euch!«

Sie drängte die anderen aus dem Zimmer.

Diana öffnete ihre Schlafzimmertür.

»Ich werde nicht rechtzeitig fertig, wenn ich jetzt nicht gehe«, sagte sie. »Bis später, Hugo.«

Er kam rasch auf sie zu, und ehe sie ihn davon abhalten konnte, trat er durch die Tür in ihr Schlafzimmer und schloß sie hinter sich.

»Diana, du bist ekelhaft zu mir«, sagte er.

Er nahm sie in die Arme und küßte sie leidenschaftlich.

Benommen von den Cocktails, die sie getrunken hatte, empfand sie ein Gefühl warmer Trägheit. Sie reagierte weder auf seine Küsse, noch stieß sie ihn zurück, und nachdem er einen letzten Kuß auf ihre Handfläche gedrückt hatte, verließ er sie so rasch, wie er eingetreten war.

Sie ging müde durch das Zimmer und schob sich das Haar aus der Stirn.

»Ich kann gar nicht begreifen, weshalb ich heute abend eine Party gebe.«

Und nachdem sie nach ihrem Mädchen geläutet hatte, warf sie sich auf ihr großes Bett und preßte ihren Kopf in die vielen Kissen.

Sie lag halb schlafend da, bis ihr Bad gerichtet war, und dachte an Barry.

Fünftes Kapitel

Auf der Party hatte es genügend zu trinken gegeben, man hätte sogar leicht sagen können zu viel.

Es war ungefähr drei Uhr morgens, als sie sich schließlich im ›Papageienkäfig‹ wiederfanden, einem schlecht beleuchteten, schlecht gelüfteten und außerordentlich merkwürdigen Untergrund-Club in der Nähe der Shaftesbury Avenue.

Die meisten Leute machten beim Eintreten den platten Scherz: »Wenn dies der Papageienkäfig ist, dann muß er dringend ausgemistet werden.«

Aber Dianas Party war längst über das Stadium hinaus, in dem man Kritik übt.

Sie hatten eine gemeinsame Idee, und zwar so lange Champagner zu trinken, wie jemand ihn bezahlte.

Sie hatten schließlich doch nicht in der Park Lane diniert, weil der Butler heraufgekommen war und verkündet hatte, Sir Robert habe angerufen, er käme kurz nach neun Uhr zum Dinner nach Hause.

Diana hatte angenommen, daß er Geschäftsfreunde mitbringen würde und gefunden, daß ihre eigene Party bei diesem speziellen Anlaß nicht gut dazu passen würde. Deshalb hatte sie alle in ein Restaurant eingeladen.

Dort hatten sie sich ebensogut, wenn nicht noch besser unterhalten, denn das war ihr gewohnter Tummelplatz.

Diana hatte ihr Mädchen Bébé anrufen lassen, damit sie den anderen Bescheid geben konnte, aber trotzdem brauchte sie selbst so lange, bis sie angekleidet war, daß alle schon anwesend waren und bereits mehrere Runden Cocktails konsumiert hatten, als die Gastgeberin erschien.

In ihrem feuerroten Chiffonkleid mit einem Cape aus dunklem russischem Zobel sah sie hinreißend aus, als sie unter unterwürfigen Verbeugungen des *maître d'hôtel* in die Lounge geführt wurde.

Während sie an ihrem ersten Cocktail nippte, fiel ihr etwas ein, und sie stieß einen leisen Schrei aus.

»Was ist?« fragte Hugo, der neben ihr stand.

»Mir ist eben eingefallen, daß Vater mich heute abend, ehe ich ausging, unbedingt sprechen wollte«, sagte Diana.

Sie sah auf die Uhr.

»Es ist viertel vor zehn – jetzt ist es sowieso zu spät – ich werde morgen früh zu ihm gehen.«

»Ich bewundere deinen Vater«, sagte Hugo.

»Er ist sehr klug«, stimmte Diana zu. »Manchmal wünschte ich, ich könnte ihn öfter sehen.«

»Ihr seid die ungebundenste Familie, die ich kenne«, sagte Hugo. »Ich habe dich nie über deinen Bruder sprechen hören.«

»Das liegt an dem großen Altersunterschied«, sagte Diana. »Jimmy paßt nicht gut zu meinen Freunden, so daß er, selbst wenn er zu Hause ist, nicht an meinen Vergnügungen teilnimmt. Er macht augenblicklich eine schwierige Periode durch. Den meisten Menschen geht es so, wenn sie neu an der Universität sind. Gehen wir und essen wir etwas. Ich bin ziemlich hungrig.«

Plaudernd und lachend gingen sie in den Speisesaal, und die Mädchen bewegten sich auf jene affektierte Weise, die Bewunderung hervorrufen soll.

Das ausgezeichnete Mahl war an den Partygästen völlig vergeudet. Alle rauchten ununterbrochen zwischen und während der einzelnen Gänge.

Und keiner von ihnen würdigte den Wein, denn ihre Gaumen waren vom ständigen Cocktailtrinken bereits verdorben.

Champagner war das Getränk, das sie am meisten schätzten, mit Ausnahme einiger junger Männer, die die gleiche Vorliebe wie Cecil hatten und Gin vorzogen.

Alle sprachen gleichzeitig, niemand hörte zu, aber es wurde auch nicht viel gesagt, dem zuzuhören sich gelohnt hätte.

Diana hatte sich noch nicht ganz von jener Stimmung, die sie seit ihrem Wochenendbesuch überkommen hatte und die sie ›Depression‹ nannte, befreit.

Um sie abzuschütteln, ließ sie ihr Glas immer und immer wieder füllen, bis schließlich Hugos Konversation geistreich und amüsant wirkte und Cecils boshafte Epigramme wiederholenswert schienen, und sie empfand sogar Verständnis für Bébés überschwengliches Besitzergreifen.

»Fahren wir in das nächste Lokal«, riefen alle unmittelbar nach dem Essen, und kurz darauf zwängten sie sich in den Wagen, die Mädchen saßen auf den Knien der Männer, und alle redeten und lachten, bis sie das nächste Ziel erreicht hatten.

Während der folgenden zwei Stunden fuhren sie zu drei oder vier verschiedenen Lokalen, sahen hier ein Kabarett, tanzten dort ein paar Minuten zur Musik einer lärmenden Kapelle, eilten weiter, um einen letzten Drink in einer bekannten Bar zu sich zu nehmen, bevor diese ihre Tore schloß, und dann waren sie im ›Papageienkäfig‹ gelandet.

Eine kleine Kapelle tat ihr möglichstes, um einen betäubenden Lärm zu machen. An den Tischen, die um die winzige Tanzfläche herumstanden, drängten sich die unterschiedlichsten Leute.

Dicke, alte Frauen mit juwelengeschmückten Fingern tätschelten aufgetakelte junge Männer; unzufriedene, wasserstoffblonde Mädchen zogen Schmollmündchen über halbleeren Whiskyflaschen, die sie eher niedergedrückt als belebt hatten.

Frauen in Nachmittagskleidern, Männer in Tweedanzügen mit gepolsterten Schultern, Gastgeberinnen aus der höheren Gesellschaft in Samt und Diamanten, begleitet von makellos gekleideten Eskorten mit weißen Krawatten und Frackschößen.

Die Beleuchtung war grell und schmeichelte den Gesichtern nicht. Gerötet vom Trinken oder von der Hitze oder weiß durch Ausschweifung oder Drogen waren sie für einen objektiven Beobachter keine nette Gesellschaft.

Dianas Gruppe fand rasch einen Tisch, denn der *maître d'hôtel* kannte sie alle. Der Geschäftsführer, ein junger Mann, der ursprünglich in der Wachbrigade gewesen war und augenscheinlich jetzt keine bessere Beschäftigung finden konnte, eilte auf sie zu, um sie willkommen zu heißen.

Er wurde von den meisten der Gruppe überschwenglich begrüßt.

»Bobby, Liebling!« riefen sie. »Eine Menge Champagner für uns! Du weißt, wir haben schon vor Stunden telefonisch eine Kiste bestellt.«

»Ganz recht«, antwortete Bobby. »Sie wartet auf euch.«

Mit einem Augenblinzeln ging er hinter die Kulissen und schickte ein halbes Dutzend Flaschen mit süßem und teurem Champagner an ihren Tisch.

»Komm nach Hause, Diana, Liebling. Ich möchte mit dir sprechen«, sagte Hugo. Er hielt unter dem Tisch ihre Hand und beugte sich besitzergreifend zu ihr hinüber.

Diana gab auf seine Bemerkung keine Antwort.

»Hast du mir nicht zugehört?« fragte er und nahm gebieterisch ihre andere Hand und preßte sie.

»Nein«, sagte Diana.

Sie entzog ihm ihre Hände und sah ihn mit vorgetäuschter Strenge an.

»Ich möchte tanzen, Tony!« rief sie über den Tisch einem großen, gutaussehenden jungen Mann zu, der neben Bébé saß.

»Tanzt du mit mir?«

»Natürlich«, antwortete er bereitwillig.

»Ich lasse dich nicht weg«, sagte Hugo und schlang einen Arm um sie, aber Diana befreite sich lachend und lief auf die Tanzfläche.

Sie warf Hugo über Tonys Schulter hinweg einen flirtenden Blick zu und zog eine kleine Grimasse.

»Diana, du bist anbetungswürdig«, sagte Tony in ihr Ohr.

Diana lächelte, denn sie wußte, daß Tony jeder Frau, mit der er tanzte, seine Liebe beteuerte, und daß dies charmant, aber vollständig unaufrichtig war.

Es war jedoch spät genug in der Nacht, daß sie sein leidenschaftliches Geflüster ganz unterhaltsam fand. Sie lachte und genoß den Tanz mit ihm, zumal sie jedesmal, wenn sie an ihrem Tisch vorbeitanzten, Hugos mürrisches Gesicht sah.

Bébé, die mit Cecil tanzte, stieß mit ihnen zusammen.

»Hugo ist wahnsinnig eifersüchtig«, sagte Bébé mit schriller Stimme. »Du bist sehr widerlich zu ihm, Diana. Er hat mir gerade den Kopf gewaschen, und ich bin sicher, er wird Tony erdolchen.«

»Wer fürchtet sich vor dem großen, bösen Lord?« fragte Cecil und wirbelte mit Bébé schwungvoll davon, bis sie an einen Tisch stießen.

Diana, der es Vergnügen machte, Hugo zu ärgern, tanzte so lange mit Tony, bis Hugo schließlich aufstand, zu ihnen herüberkam und eingriff.

»Es ist an der Zeit, daß du mit mir tanzt, Diana«, sagte er ärgerlich, nahm sie aus Tonys Armen und tanzte mit ihr davon.

»Was für ein Benehmen!« sagte Diana.

»Ich will verdammt sein, wenn ich dich die ganze Nacht mit diesem Burschen flirten lasse«, erwiderte er.

Diana lachte.

»Was für ein stürmischer Liebhaber!« neckte sie ihn. »Durch und durch herrisch und streitsüchtig!«

»Wir gehen jetzt nach Hause«, sagte Hugo und führte sie zum Ausgang.

»Also wirklich, Hugo!« protestierte Diana. »Ich will noch nicht nach Hause. Außerdem habe ich die Rechnung noch nicht bezahlt.«

»Ich habe Bébé schon das Geld gegeben«, antwortete er. »Du kommst jetzt mit! Ich muß mit dir sprechen!«

Diana, die sich heimlich amüsierte, tat so, als wäre sie gekränkt.

»Ich lasse mich nicht herumkommandieren«, sagte sie. »Du benimmst dich abscheulich!«

Hugo packte sie fest am Arm.

»Komm mit!«

»Aber mein Cape, ich muß mein Cape holen«, sagte Diana. »Ich habe es auf dem Sofa liegengelassen.«

»Ich hole es«, sagte Hugo. »Es dauert nur einen Augenblick. Du gehst nicht wieder hinein!«

Diana ging langsam die Treppe hinauf, während Hugo sich einen Weg durch die Menge der Rumbatänzer auf ihren Tisch zu bahnte.

Die frische Luft, die durch die Eingangstür hereinkam, ließ Diana einen Augenblick schaudern, aber dann war ihr die Kühle willkommen nach der stickigen, übelriechenden Luft im Tanzlokal.

Es war eine schöne Nacht, und als Diana aufblickte, sah sie den Mond, und plötzlich dachte sie an den vergangenen Freitag, als sie im Garten vom Huntsman's House spazierengegangen war und mit Barry Dunbar gestritten hatte.

Auf einen Impuls hin sprang sie in ein wartendes Taxi und nannte dem Fahrer ihre Adresse in der Park Lane.

Als sie abfuhren, blickte sie zurück und sah Hugo mit ihrem Zobel auf der Türschwelle des ›Papageienkäfigs‹ stehen und die Straße nach ihr absuchen.

Sie lehnte sich im Sitz zurück und lächelte. Das war ein Triumph über Hugo! Schließlich durfte er nicht so sicher sein, daß er ihr Befehle geben konnte. Sie war froh, daß sie allein nach Hause fuhr.

Irgendwie war sie nicht in der Stimmung für seine Küsse. Sie war müde, es war spät, und sie glaubte, er hätte ihr vermutlich sowieso nur Vorhaltungen gemacht, weil sie mit Tony getanzt hatte.

Als sie in der Park Lane ankam, bezahlte sie den Taxifahrer, nahm ihre Hausschlüssel aus der goldenen Handtasche und öffnete die Tür. Es war sehr still in der Halle.

Nur ein kleines Licht brannte für sie, aber der Mondschein fiel durch das lange, vorhanglose Fenster und warf merkwürdige Schatten auf die Treppe und beleuchtete das lebensgroße Ölgemälde ihrer Mutter an der Wand. Sie war nach der häßlichen Mode der Jahrhundertwende gekleidet und doch eine außergewöhnlich schöne Frau.

Diana blieb einen Augenblick stehen, betrachtete das Bild und nahm es doch eigentlich nicht wahr, denn es war ihr zu vertraut, um ihre Aufmerksamkeit zu erregen. Plötzlich hatte sie ein merkwürdiges Gefühl.

Im Haus war es sehr still, und doch war ihr so, als ob irgend etwas nicht stimmte.

Sie horchte.

Bis auf das Ticken der Standuhr in der fernen Ecke war es vollkommen still.

»Was ist?« fragte sie. Sie war unwillkürlich irgendwie beunruhigt.

Während sie noch wartete, hörte sie ein Taxi vor dem Haus vorfahren. Jemand kam die Treppe heraufgelaufen, und dann klopfte es laut an die Haustür.

Es war Hugo – sie wußte das –, und sie ging durch die Halle und öffnete die Tür.

»Sei nicht albern«, sagte sie. »Wenn du Lärm machst, weckst du das ganze Personal.«

»Laß mich hereinkommen und mit dir sprechen«, drängte er.

Diana schüttelte den Kopf.

»Ich möchte zu Bett gehen. Ich bin müde. Wirklich. Bitte mache heute nacht keine Szene.«

»Laß mich nur einen Augenblick herein«, bat er.

Aber Diana blieb unter der Tür stehen und ließ ihn nicht rein.

»Ich werde morgen früh über alles, was du willst, mit dir sprechen«, sagte sie. »Ehrlich. Ich bin jetzt zu müde.«

Er nahm ihre linke Hand.

»Mußt du immer vor mir weglaufen?« fragte er.

»Ich weiß nicht«, antwortete sie.

Er küßte ihre Hand.

»Eigentlich sollte ich ärgerlich über dich sein, und doch fällt es mir schwer.«

Er lächelte sie an.

»Du bist sehr nett«, sagte Diana, »und ich mag dich deswegen. Aber ich möchte jetzt schlafen gehen. Ich bin todmüde. Rufe mich morgen an, vielleicht essen wir am Abend zusammen.«

Er drehte ihre Hand um und küßte sie noch ein paar Mal.

»Gute Nacht, meine Geliebte«, sagte er. »Schlafe gut und träume von mir.«

Er drehte sich um und ging.

Sie schloß die Haustür.

›Der gute Hugo‹, dachte sie. ›Das war sehr nett von ihm.‹

Sie legte eine Hand auf das Treppengeländer und stellte ihren Fuß auf die erste Stufe, und dann überkam sie wieder dieses merkwürdige Gefühl, daß irgend etwas nicht in Ordnung war.

›Ich bin nur nervös‹, dachte sie.

Sie blickte sich um, und dann merkte sie einen Lichtschein unter der Tür des Arbeitszimmers.

›Vater ist noch auf‹, dachte sie. ›Ich gehe zu ihm.‹

Sie durchquerte die Halle und öffnete leise die Tür.

Sir Robert schlief oft in diesem Zimmer, wenn die Müdigkeit ihn während der Arbeit übermannte und ihn niemand weckte.

Er war kein guter Schläfer, und ein paar wenige Stunden, die er unbequem in seinem Sessel schlief, waren besser als nichts, gleichgültig zu welcher Tages- oder Nachtzeit. Leise betrat sie das Zimmer. Sir Robert saß nicht in seinem Lieblingsarmsessel neben dem Kamin, sondern an seinem Schreibtisch.

Diana stand einen Augenblick reglos da, dann stieß sie einen überraschten Schrei aus. Ihr Vater hatte die Arme vor sich ausgestreckt, und sein Kopf lag auf der Schreibunterlage.

Einen Augenblick lang dachte Diana, er schliefe, und dann sah sie etwas, bei dessen Anblick ihr Herz sich plötzlich zusammenzog und stillzustehen schien und alle ihre Gedanken lähmte.

Sir Robert hielt in der rechten Hand einen Revolver.

Es dauerte ein paar Sekunden, ehe Diana sich bewegen konnte, und dann, während sie »Vater!« schrie und auf ihn zulief, wußte sie, daß er tot war.

Diana saß in ihrem Zimmer und sah mit leerem Blick aus dem offenen Fenster.

Sie saß regungslos da und bemühte sich, ihre Gedanken unter Kontrolle zu bringen. Sie war wie gelähmt und stellte sich immer und immer wieder die gleiche Frage und fand keine Antwort.

Es kam ihr vor, als wären die Ereignisse der vergangenen Stunden in großen Schlagzeilen in ihren Geist eingeätzt worden, Schlagzeilen, die mit Megaphonstimmen in ihr Gehirn schrien, obwohl sie selbst völlig unfähig war, die Ungeheuerlichkeit dessen, was geschehen war, zu begreifen.

Fetzen ihrer eigenen Konversation, die Ereignisse, die einander in rascher Folge abgelöst hatten, Menschen, die kamen und gingen, das schreckliche Schweigen ihres Vaters – alles kam ihr wieder in den Sinn, als sie im Sonnenschein dasaß.

Sie konnte ihre eigene Stimme am Telefon hören, als sie mit Sir Leverson Parker gesprochen hatte, dem Arzt, den sie seit ihrer Kindheit kannte und liebte.

Sie hatte bei ihm zu Hause angerufen, und das Telefon schien endlos zu läuten.

Schließlich hatte er geantwortet; die knappe, ruhige Stimme, aufmerksam, aber gelassen, obwohl er aus dem Schlaf geweckt worden sein mußte.

»Hallo, wer ist da?«

Dann ihre eigene Antwort:

»Hier ist Diana – Diana Headley. Sir Leverson, bitte kommen Sie... kommen Sie sofort... Vater... er ist tot...«

Und Sir Leversons ruhige Antwort:

»Ich bin in wenigen Augenblicken da.«

Das Alleinsein in jenem Raum. Das schreckliche Schweigen, nachdem sie den Hörer eingehängt hatte, diese hingestreckte, regungslose Gestalt, die Finger geöffnet, das Gesicht verborgen.

Sie hatte bemerkt, daß sein Haar ein wenig schütter geworden war, daß ein Faden weißer Baumwolle am Ärmel seines Rockes haftete, daß an einem Fingernagel ein Tintenfleck war. Dann hatte sie gesehen, daß vor ihm auf der Schreibunterlage ein Brief lag.

Von dort, wo sie stand, hatte sie die auf dem Kopf stehenden Worte lesen können: ›An meine Kinder‹.

Während Diana sie las, fiel ihr ein, daß ihr Bruder benachrichtigt werden mußte. Er studierte in Cambridge. Sie fragte sich, ob sie ihn zu dieser Stunde anrufen konnte.

Aber dann sagte sie sich, daß Sir Leverson jeden Augenblick vorbeikommen würde und sie ihn in der Halle abfangen mußte, weil sie nicht wollte, daß die Dienstboten geweckt würden.

Sie hatte plötzlich Angst davor, daß jemand anderer erfuhr, was in dieser Nacht geschehen war, und sie fürchtete plötzlich, einer der Dienstboten könnte die Treppe herunterkommen.

Sie ging aus der Bibliothek in die Halle, und es kam ihr vor, als wären Jahre verstrichen, seitdem sie mit der Hand am Treppengeländer dagestanden hatte und im Begriff gewesen war, zu Bett zu gehen.

Sie hörte draußen einen Wagen vorfahren, und einige Augenblicke später öffnete sie Sir Leverson die Haustür.

Er ging sofort in das Arbeitszimmer und ließ Diana in der Halle warten. Kurze Zeit später kam er zurück und schloß die Tür hinter sich. Sir Leverson nahm sanft Dianas Hand.

»Es tut mir leid, Diana, mein Kind«, sagte er, »aber ich muß die Polizei rufen.«

Bei diesen Worten stieß Diana einen leisen Schrei aus.

Der Arzt führte sie in den kleinen Salon.

»Warten Sie hier. Ich kann Sie leider nicht zu Bett gehen lassen, denn ich fürchte, Sie werden ein paar Fragen beantworten müssen. Seien Sie tapfer. Ich will versuchen, Ihnen so viel wie möglich zu ersparen.«

Er ging zur Anrichte, wo gemäß Sir Roberts Wunsch immer Getränke und Sandwiches bereitstanden für jeden, der spät nach Hause kam und vielleicht hungrig war.

Sir Leverson schenkte Diana ein Glas ein, und sie trank es mechanisch aus und spürte, wie der Alkohol in ihrer Kehle brannte.

»Was ist mit Jimmy?« fragte sie, als sie Sir Leverson das Glas zurückgab.

»Ich werde ihn sofort benachrichtigen lassen«, sagte Sir Leverson. »Bleiben Sie hier ruhig sitzen, meine Liebe. Ich komme so bald wie möglich wieder zu Ihnen.«

Er tätschelte ihre Hand und ging hinaus.

Fragen, Menschen, Bewegung, Stimmen, das schwere Poltern von Füßen, das Schluchzen eines aufgeweckten Dienstmädchens – die nächste Stunde schien wie in einem Kaleidoskop vorüberzugehen und ließ Diana erschöpft zurück.

Und doch hatte sie sich unter Kontrolle, als sie fast ohne zu denken tat, was von ihr verlangt wurde. Sie gehorchte automatisch und beantwortete Fragen, bis Sir Leverson sie schließlich nach oben brachte und mit einem Schlaftrunk ins Bett schickte.

Sie trank ihn, ohne Fragen zu stellen, gehorchte ihm wie ein Kind, zu müde, um zu rebellieren.

Nach drei Stunden eines traumlosen Schlafs wachte sie auf und sah Jimmy neben ihrem Bett stehen.

Sie blickte ihn erstaunt an und hatte einen Augenblick lang vergessen, was geschehen war, aber dann fielen ihr die Ereignisse der letzten Nacht ein, und sie spürte, wie die Erinnerung daran ihren Geist lähmte, so daß sie schweigend ihre Arme nach ihm ausstreckte.

Er nahm sie und lächelte Diana sehr zärtlich an.

»Armes, altes Mädchen«, sagte er und setzte sich auf ihren Bettrand. »Ich konnte nicht früher kommen. Sir Leverson sagt, du hast dich großartig verhalten.«

Diana sah ihn kurz an, und dann fragte sie ganz ruhig:

»Jimmy, warum hat er das getan?«

Jimmy stand auf, ging zum Fenster hinüber und blickte lange Zeit hinaus. Dann drehte er sich zu seiner Schwester um. Er sprach bedachtsam, und seine Stimme klang etwas rauh, als wäre er wider Willen erregt.

»Weil er ein Betrüger war.«

Diana richtete sich ruckartig im Bett auf.

»Was meinst du damit?«

Jimmy zog ein Blatt Papier aus der Tasche und reichte es ihr schweigend. Diana erkannte den Brief, den sie in der Nacht vor den Händen ihres Vaters auf dem Schreibtisch hatte liegen sehen.

›*An meine Kinder*‹, stand da in seiner klaren, runden Handschrift mit den kräftigen Abwärtsstrichen, die für seine Entschlossenheit sprachen. Es war ein kurzer Brief, geschrieben von einem Mann, der sein ganzes Leben lang Gefühlsseligkeit verabscheut hatte und sich ihr auch jetzt nicht hingab.

Er bat sie nicht um Entschuldigung für das, was er ihnen antat. Er berichtete ihnen offen die Wahrheit und unterzeichnete mit seinem vollen Namen.

Es war für Diana nicht ganz verständlich, aber selbst ein Mensch, der selten über finanzielle Dinge nachdachte, hätte das Wesentliche verstanden. Sir Robert hatte seinen Verpflichtungen nicht mehr nachkommen können und, anstatt eine Haftstrafe auf sich zu nehmen, das getan, was ihm als der leichteste Ausweg zu sein schien.

Nachdem Diana den Brief gelesen hatte, legte sie ihn vor sich auf das Bett und sah Jimmy an, der mit den Händen in den Hosentaschen vor ihr stand und sie beobachtete.

»Können wir irgend etwas tun?« fragte Diana.

Jimmy schüttelte den Kopf.

»Nichts«, sagte er.

»Steht es schon in den Zeitungen?« fragte Diana.

»In den Mittagsausgaben wird es erscheinen«, erwiderte er. »Unten treiben sich schon Reporter herum.«

»Was sollen wir tun?«

Jimmy zuckte die Achseln.

»Wir müssen den Tatsachen ins Auge sehen, glaube ich.«

Sie schwiegen. Beide dachten an den letzten Selbstmord eines berühmten Finanziers, an das Aufsehen, das dadurch entstanden war und den enormen Schaden, den sein Tod in und bei vielen ihnen bekannten Menschen angerichtet hatte.

Dianas Bekannte hatten auf unterschiedliche Weise darunter gelitten; mehrere von Jimmys Freunden hatten das College verlassen müssen, weil sie die Studiengebühren nicht mehr zahlen konnten, und sie erinnerte sich daran, wie sie geächtet und verurteilt worden waren, auch von ihnen selbst.

Der Name des Mannes war in herabsetzender Weise in aller Munde gewesen, und jetzt war es ihr Vater, und sie, die seinen Namen trugen, würden unter der Schmach leiden.

Die ganze Geschichte kam ihnen wie ein Alptraum vor, sie schien unrealistisch und auf fantastische Weise unwahr zu sein.

Sie wußten nichts von Sir Roberts Geschäften. Er hatte niemals mit seinen Kindern oder überhaupt mit irgend jemandem über seine Arbeit gesprochen.

In den nächsten Tagen sollten sie erfahren, daß der Schock für die engsten Freunde ihres Vaters ebenso groß war. Selbst seine Sekretäre hatten keine Ahnung gehabt, daß ihr Vater in einer Krise steckte.

Er hatte so viele Fäden in Händen gehalten, war an so vielen großen Konzernen beteiligt, und bei jeder Firma, mit der er verbunden war, hatte er darauf bestanden, der oberste Kontrolleur zu sein und die Zügel straff zu führen, so daß niemand etwas von dem Kampf bemerkte, den er seit einiger Zeit führte.

In dem Augenblick, in dem die Börse die Nachricht von Sir Roberts Tod erfuhr, gab es die gewöhnliche Panik unter den Anlegern, und in den Zeitungen stand immer wieder jedes einzelne düstere Detail.

Auf den Zeitungsplakaten stand sein Name in riesigen Lettern. Die gerichtliche Untersuchung und die darauf folgende Beerdigung waren Alpträume, aus denen Diana und Jimmy bleich, aber gefaßt hervorgingen.

Keiner von beiden zeigte Anzeichen von Schwäche. Diana sah nun ihren Bruder in einem neuen Licht. Er war erst einundzwanzig Jahre alt, und doch schien er jetzt der ältere von ihnen beiden zu sein.

Er sorgte für sie, er verbarg vor ihr, soweit es möglich war, quälende Details, um die er selbst oder Sir Leverson sich kümmern konnten.

Erst nach der Beerdigung, als sie mit dem Anwalt sprachen, stellte sich ihnen beiden das größte Problem.

Der Anwalt beschönigte ihre Zukunftsaussichten nicht. Die Gläubiger würden alles erhalten. Das einzige Unangreifbare war das Geld ihrer Mutter, das diese ihnen bei ihrem Tod vermacht hatte. Es war so wenig, daß sowohl Jimmy als auch Diana es völlig vergessen hatten. Die Dividenden waren unbeachtet auf ihren Bankkonten eingegangen.

Nun waren sie begierig, den genauen Wert der einzigen Rettungsboje zu erfahren, die ihnen in dem Sturm geblieben war, der innerhalb von drei Tagen ihren gesamten Besitz hinweggeschwemmt hatte.

Einhundertfünfundzwanzig Pfund im Jahr für jeden war alles, was ihnen blieb, wie sie feststellten.

Diana versuchte vergeblich zu begreifen, was das bedeutete.

Hundert Pfund hatten für sie ihr Leben lang sehr wenig bedeutet – zwei oder drei Kleider, eine Armbanduhr, die ihr im Schaufenster bei Asprey aufgefallen war, ein Pferd oder die Ausgaben für eine kurze Reise ins Ausland.

Und jetzt sollte sie mit ein wenig mehr als dieser Summe ein ganzes Jahr lang sich kleiden, ernähren und ihre anderen Ausgaben decken.

»Wir schaffen es nicht«, sagte sie verzweifelt zu Jimmy.

»Wir müssen es schaffen«, antwortete er.

Zum erstenmal erkannte Diana, daß Jimmy in gewisser Weise wir ihr Vater war. In diesem Augenblick bewunderte sie ihren Bruder.

Sie konnte sich ungefähr vorstellen, was es für ihn bedeutete, Cambridge zu verlassen. Er hatte es geliebt, er hatte dort jeden Augenblick genossen, und er war beliebt gewesen und ehrgeizig, das blaue Ruderband zu erwerben.

Als er am vergangenen Abend den Brief an die Universität geschrieben hatte, in dem er mitteilte, er würde nicht nach Cambridge zurückkehren, hatte sie beobachtet, wie er plötzlich die Faust ballte, als hielte er sich nur mit Mühe davon ab, den Brief zu zerrreißen.

Aber als er dann mit ihr sprach, hatte seine Stimme völlig normal geklungen.

»Was soll ich nur tun?« fragte Diana Jimmy an diesem Abend.

Sie hatten am Nachmittag die Benachrichtigung bekommen, daß sie das Haus so rasch wie möglich verlassen mußten, da es zum Verkauf ausgeschrieben worden war.

»Kannst du nicht vorübergehend bei irgend jemandem wohnen?« fragte Jimmy.

Diana schüttelte den Kopf.

Aber dann fiel ihr der Brief von Loelia ein. Es sollte noch Wochen dauern, bis Diana sich bewußt wurde, wie wenige Menschen ihnen geschrieben oder Teilnahme und Bedauern über die Tragödie ausgedrückt hatten, in die sie und ihr Bruder verwickelt waren.

Von den Hunderten von Menschen, die sie in der Park Lane und in Mortons gastlich empfangen und die mit ihnen Feste gefeiert hatten, schrieben etwa ein Prozent den beiden verwaisten Kindern, die mit einem Chaos fertig zu werden versuchten, das ihre Kraft überstieg.

Ihre eigenen Freunde tanzten und vergnügten sich unbekümmert weiter, während die älteren Bekannten ihren Vater verurteilten und verdammten, dem sie einmal geschmeichelt und den sie umworben hatten, begierig nicht nur auf seine Freundschaft, sondern auch auf seinen finanziellen Rat.

Von keinem dieser Menschen war zu erwarten, daß er eine helfende Hand reichen oder auch nur ein freundliches Wort für die Kinder des Mannes erübrigen würde, der in ihre Taschen gegriffen hatte.

Später erinnerten sich Diana und Jimmy an jene letzten Tage im Haus in der Park Lane mit Beklemmung.

Es kam ihnen so vor, als stünden sie unter den Trümmern von allem, was ihnen einmal wichtig und was so sehr ein Teil ihrer Existenz gewesen war, daß sie meinten, es sei absolut unentbehrlich.

Außenstehende hielten sie für hart und gefühllos, da sie weder klagten noch weinten und sich nicht hysterisch benahmen. Die Leute legten ihre Selbstbeherrschung als Gleichgültigkeit aus.

Diana und Jimmy spürten, daß sie auf sich allein gestellt waren, sie kamen sich vor, als stünden sie auf einem nackten Felsen, der öffentlichen Meinung schutzlos ausgesetzt.

Aber das einzige, was sie wirklich ängstigte, war, daß sie ihren Mut verlieren und in den Wellen, die höher und höher um sie aufbrandeten, untergehen könnten.

Wenn sie auch nur einen Augenblick hätten vergessen können, was geschehen war, erinnerten sie die neugierigen Menschen draußen vor der Haustür daran oder die verunsicherten Dienstboten im Haus und die Reporter, die ihnen begierig auflauerten wie Jäger einem seltenen Tier.

Loelias Brief war der freundlichste, den Diana bekam, und der einzige, der eine Einladung enthielt.

»Komm zu uns ins Huntsman's House«, schrieb Loelia. »Wenn du uns aber nicht sehen willst, steht dir die Burg zur Verfügung, in der Du allein sein kannst. Ich hoffe wirklich, Du kommst zu uns, Diana, Liebling, und wenn wir Dir in irgendeiner Weise helfen können, weißt Du, daß wir es gern tun.«

Diana zeigte Jimmy den Brief.

»Du solltest hinfahren«, sagte er, nachdem er ihn gelesen hatte. »Du gewinnst dadurch Zeit, um über deine Zukunft nachzudenken.«

»Willst du mich nicht begleiten?« fragte Diana.

Jimmy schüttelte den Kopf.

»Ich werde mir eine Arbeit suchen«, erwiderte er.

»Was für eine Arbeit?« fragte Diana.

»Das weiß Gott. Aber ich werde etwas finden, und du wirst das gleiche tun müssen, altes Mädchen, oder heiraten.«

Zum erstenmal seit dem Tod ihres Vaters dachte Diana an Hugo.

Sechstes Kapitel

Der Selbstmord von Sir Robert Headley war eine Sensation.

Seine Lebensgeschichte interessierte die Öffentlichkeit, die er betrogen hatte, ungeheuer. Bilder von ihm als Kind, als Schuljunge, als junger Mann wurden aus allen Ecken der Welt zusammengetragen und sein Werdegang in Artikeln, Geschichten und Zeitungsinterviews veröffentlicht.

Dienstboten, die er vor mehr als zehn Jahren beschäftigt hatte, stellten fest, daß man sich ihre Meinungen über ihn mit Interesse und Wohlwollen anhörte.

Chauffeure, die er entlassen hatte, konnten sich nun Luft machen nach einer langen Verstimmung. Gärtner wurden bezahlt für seine angeblichen Äußerungen über Sämlinge oder landwirtschaftliche Erzeugnisse.

Alle, die ihn im Finanzdistrikt gekannt hatten, waren nun bereit zu schwören, daß sie seinen Machenschaften schon immer mißtraut hatten.

In Wahrheit war Sir Robert nicht so sehr ein geschickter Spekulant gewesen, sondern ein Mann, der versagt hatte, wo viele andere erfolgreich waren.

Die Märkte waren gegen ihn gewesen, und um sich zu retten, war er immer tiefer in den finanziellen Abgrund geraten, bis er schließlich das Unheil nicht mehr hatte abwenden können.

Ein kleines bißchen Glück, und seine Geschäfte wären gelungen und seine Freunde hätten sich um ihn geschart wie zuvor, bereit, ihn hochleben zu lassen, auch wenn die Scharfsinnigeren unter ihnen vielleicht geargwöhnt hätten, daß sich seine Geschäfte der Grenze der geraden und schmalen Wege der Ehrlichkeit näherten.

Sir Robert war ein Selfmademan, aber seine Herkunft war nicht ganz so bescheiden, wie er gerne vorgab. Die meisten Männer, die etwas Großes erreicht haben, geben sich gern als genialer aus, als sie es sind, indem sie versichern, daß sie ganz unten angefangen haben.

Sir Robert schilderte in öffentlichen Reden und nach einem guten Mahl immer bereitwillig, wie er barfuß zur Schule gegangen war.

In Wirklichkeit war sein Vater ein kleiner Händler im Norden Englands gewesen, der seinen Sohn sparsam, aber gewiß ohne

Härte aufgezogen und ihm die beste Ausbildung hatte zuteil werden lassen, die er sich leisten konnte.

Als er vierzehn Jahre alt war, starb sein Vater, und er hatte von da an bei einem Onkel gelebt, der im Transportwesen tätig war.

Mit achtzehn Jahren hatte Robert Headley in Canada gearbeitet; mit vierundzwanzig Jahren war er auf einfache, unluxuriöse Weise viel gereist.

Mit achtundzwanzig Jahren war er in den Handel gegangen und hatte ein Gehalt verdient, das ihm wie ein stattliches Vermögen vorgekommen war.

Zwanzig Jahre später war sein Name im Finanzdistrikt von London bekannt gewesen. Und mit zweiundfünfzig Jahren war er wegen seiner finanziellen Verdienste für das Land geadelt worden.

Aber die wahre Geschichte seines Lebens interessierte die Öffentlichkeit nicht. Man wollte Geschichten über seine Rücksichtslosigkeit im Geschäftsleben hören, über seine Interessen zu Hause oder im Ausland, über seine Grobheiten gegenüber Reportern und über seine häuslichen Vorlieben und Abneigungen.

Die Geschichten über seine luxuriöse Lebensweise waren so übertrieben, daß Diana und Jimmy in den Beschreibungen ihr eigenes Elternhaus nicht wiedererkannten.

Normal eingerichtete Zimmer wurden so beschrieben, als wären es Schatzhäuser voll überladener Pracht.

Badezimmer, Keller und sogar die Toiletten des Hauses wurden in so leuchtenden Farben geschildert, daß die Berichte darüber, selbst wenn die Räume mit Gold ausgelegt und mit goldenen Armaturen versehen gewesen wären, keine fantastischeren Vorstellungen von überflüssigem Luxus hätten vermitteln können.

Aus einem Finanzier mit Weitblick, dem es nicht gelungen war, Geschäfte zum Erfolg zu führen und der deshalb eine große, aber nicht unersetzliche Menge Geldes verloren hatte, wurde Sir Robert, das Ungeheuer, das bewußt unschuldige Menschen zu seiner eigenen dämonischen Befriedigung betrogen hatte.

Auch Diana entkam einer solchen pauschalen Verdammung nicht. Man veröffentlichte Fotos von ihr, auf denen sie kostbaren Schmuck trug, und die Beschreibungen ihrer Pelze, ihrer Autos und andere Berichte über sie, die irgendwann einmal in der Presse erschienen waren, wurden gesammelt und zu einem Handbuch über das arme kleine reiche Mädchen zusammengestellt.

Als Diana im Paddington-Bahnhof in den Zug stieg und sich dabei vorkam, als wäre sie selbst eine Kriminelle, die sich bemüht, nicht erkannt zu werden, sah sie Bilder von sich selbst in den Zeitungsständern ausgestellt.

›Das Privatleben von Sir Robert Headley‹, konnte man im *Tittle-tattle* dieser Woche lesen, während seine ›Intime Geschichte von einem, der ihn gut kannte‹ am Sonntag in der *News of the Town* beginnen sollte.

Man wurde aufgefordert, wegen der gewachsenen Nachfrage schon jetzt ein Exemplar zu bestellen, um es auch sicher zu bekommen.

Zum erstenmal in ihrem Leben reiste Diana dritter Klasse.

Jimmy begleitete sie zum Zug und fand für sie ein verhältnismäßig leeres Abteil.

Er küßte sie liebevoll.

»Gib auf dich acht«, sagte er. »Ich lasse dich in den nächsten Tagen meine Adresse wissen. An deiner Stelle würde ich ein paar Wochen im Huntsman's House bleiben, bis sich die Aufregung gelegt hat.«

»Leb wohl, Jimmy, Liebster«, sagte Diana und ihre Augen wurden feucht.

Sie wollte ihren Bruder nicht verlassen. Er hatte sich in den letzten Tagen ihr gegenüber großartig benommen. Und es war alles leichter zu ertragen, wenn sie beide zusammen waren.

Diana beugte sich aus dem Fenster und winkte Jimmy, als der Zug den Bahnhof verließ. Die Art, wie er seine Schultern durchdrückte, sein Lächeln und seine erhobene Hand gaben ihr Mut. Selbstbeherrscht unterdrückte sie die Tränen und puderte sich die Nase.

Sie hatte Loelia geschrieben, sie würde gern direkt zur Burg gehen und dort ein paar Tage allein verbringen.

»Ich möchte nachdenken«, hatte sie geschrieben, und jetzt wiederholte sie die Worte.

Die Ereignisse der letzten Tage hatten sich überschlagen, und sie hatte nur das bewältigen können, was im Augenblick von ihr verlangt worden war. Diana war darüber verblüfft gewesen, wie Jimmy mit den Ereignissen fertig wurde, und er hatte sie umsorgt, als wäre sie die Schutzbedürftige.

Wenn Diana an die Jahre zurückdachte, die sie mit ihrem Vater zusammengelebt hatte, konnte sie sich nicht daran erinnern, auch nur ein einziges Mal mit ihm über irgendein vertrauliches Thema gesprochen zu haben.

Und doch machte sie sich nun Vorwürfe, daß sie ihn am Ende im

Stich gelassen hatte. Wenn sie an jenem Abend zu ihm gegangen wäre und mit ihm gesprochen hätte, sagte sie sich, dann hätte sie vielleicht verhindern können, was geschehen war.

Sie stellte sich immer wieder die gleiche Frage, wenn sie die Ereignisse von neuem durchdachte, was ihr Vater mit ihr wohl hatte besprechen wollen. Hätte er seine Zurückhaltung aufgegeben und ihr von der Notlage berichtet, in der er sich befand und von dem einzigen Ausweg, der ihm möglich schien?

Diana wußte, daß sie niemals aufhören würde, sich Vorwürfe zu machen, weil sie seine Bitte leichtfertig ignoriert hatte.

Wie anders hätte alles verlaufen können. Und doch war sie ehrlich genug zuzugeben, daß Sir Robert vielleicht den richtigen Weg gewählt hatte.

Die Demütigung des Gerichtsverfahrens für einen Mann seines Temperaments und die Schande, zu einer notwendigerweise langen Haftstrafe verurteilt zu werden, wäre die Hölle für ihn gewesen.

›Es ist nicht wahr, es kann nicht wahr sein‹, dachte Diana.

Das Rattern des Zuges schien es in ihren Ohren zu wiederholen: ›Es ist nicht wahr, es kann nicht wahr sein!‹, während die Räder sich drehten und sie von ihrem Elternhaus forttrugen, das sie niemals wiedersehen würde.

Der Gedanke ängstigte sie, daß sie nun kein Heim mehr besaß, daß Mortons verloren war, ihre Pferde, und sie betete darum, daß diese freundliche Besitzer fänden, die sie ebenso liebten, wie sie es getan hatte.

Sie mußte daran denken, daß einer ihrer Hunde gerade Junge geworfen hatte, und sie fragte sich, was mit ihnen geschehen würde.

Diese trivialen Fragen kehrten in ihrem Geist immer wieder.

Jimmy hatte versprochen, dafür zu sorgen, daß ihre persönlichen Dinge gepackt und irgendwo für sie aufbewahrt wurden. Sie waren das einzige, was sie behalten durfte. Diana hatte angeboten, ihre Juwelen herzugeben, aber sowohl der Anwalt als auch Jimmy hatten es ihr nicht erlaubt.

»Du wirst sie brauchen«, hatte Jimmy gesagt. »Sie werden ein Notgroschen für dich sein. Wenn du sie verkaufen mußt, bringen sie dir etwas ein, allerdings unter diesen Umständen nicht viel, wie ich fürchte.«

»Ihr Angebot ist ganz und gar lobenswert«, hatte der Anwalt hochtrabend gesagt, »aber der Betrag, den Ihre Juwelen einbringen würden, wäre nur ein Tropfen auf den heißen Stein, wenn ich mir erlauben darf, das zu sagen – gemessen an den Defiziten Ihres Vaters, während die erlöste Summe für Sie von Nutzen sein könnte.«

Die beiden Reisenden in ihrem Abteil stiegen in Oxford aus, und Diana war allein.

Sie öffnete ihre Handtasche, nahm einen Brief heraus und las ihn langsam. Er war von Hugo. Es war der zweite Brief, den er ihr geschrieben hatte. Er klang freundlich, sehr rücksichtsvoll, und doch hatte Diana das unbehagliche Gefühl, daß er ihr nur schrieb, weil er sich verpflichtet fühlte, dies zu tun, und nicht, weil es ihm ein Anliegen war.

›Ich werde überempfindlich‹, sagte sich Diana, und doch wußte sie, daß sie recht hatte, auch wenn der Gedanke sie sehr schmerzte.

Hugos Worten fehlte die Spontanität, die Wärme und Herzlichkeit. Diana versuchte, seine Gefühle zu analysieren und verstand, daß die Lage für ihn äußerst peinlich war.

Er hatte sie umworben, als sie die reiche Erbin gewesen war, er hatte sie begehrt und in jener Nacht auf den Stufen ihres Hauses nach ihr verlangt.

Aber am Tag darauf war sie das Mädchen gewesen, dessen Namen in ganz Europa gebrandmarkt wurde, mittellos, mit nur wenigen Freunden und vielen Feinden.

Sie war immer noch das gleiche Mädchen, aber wer ist groß genug, um sich gegen die öffentliche Meinung zu stellen, um abzustreiten, daß materielle Dinge zählen und nicht zuzugeben, daß das, was die Leute über jene sagen, die wir schätzen, in einem gewissen Maß eine Rolle spielt?

Hugo hatte sich korrekt verhalten. Er hatte ihr geschrieben, er hatte sie wiedersehen wollen, er hatte ihr Blumen geschickt.

Diana war klar, daß er sich dessen bewußt gewesen war, wie tadellos er sich benommen hatte. Aber irgendwie konnte sie den Gedanken nicht ertragen, daß er sich wie ein Gentleman benahm, was ihre Verbindung anbetraf.

Sie schrieb ihm einen Dankesbrief und fügte hinzu: ›Ich fahre für einige Zeit weg. Bitte mache Dir keine Sorgen um mich.‹

Die Landschaft wechselte, bis Diana in der fruchtbaren Grafschaft des Vale of Evesham war. Sie mußte daran denken, wie unbeschwert sie erst vor zwei Wochen hierhergefahren war.

›Nun habe ich alles verloren‹, dachte sie, ›sogar meinen guten Namen. Aber ich lebe noch, ich bin immer noch am Leben.‹

Obwohl es ihr nicht bewußt wurde, kam sie zu dem Schluß, der die Grundlage jeder Philosophie seit undenklichen Zeiten war, der Grundstein, auf dem Gedanken und Verständnis aufgebaut werden, der einzige Fels, dessen der einzelne sicher ist:

›Ich bin ich.‹

Siebentes Kapitel

Diana schlief friedlich in der Burg. Die kräftige Luft, die selbst an den heißesten Tagen kühl und belebend wirkte, machte sie schläfrig.

Der alte Wärter hantierte geschäftig und bemühte sich, ihr jeden Wunsch zu erfüllen. Er bestand darauf, daß sie die einfachen Speisen aß, die er ihr vorsetzte, und er war verletzt, wenn sie ein Gericht unberührt ließ, das er ihr gebracht hatte. Dann aß sie es, um ihm eine Freude zu machen, obwohl sie keinen Appetit hatte.

Die Gerichte waren köstlich, und Diana wußte, daß die meisten davon vom Huntsman's House kamen, aber sie wurden ergänzt durch ein paar Speisen aus der kleinen Küche des alten Mannes, und da sie ihm nicht wehtun wollte, wies sie diese nicht zurück.

Zum erstenmal in ihrem Leben war sie allein. In der ersten Nacht lag sie wach und beobachtete die Sterne. Sie hatte die Vorhänge an ihren Fenstern nicht zugezogen, und sie lauschte auf das sanfte Rauschen der Bäume im Nachtwind.

Sie hatte lange am Fenster gestanden, bevor sie zu Bett ging, und die Stille der Nacht und die Weite des Tals hatten ihrem Geist Frieden gebracht.

Sie fühlte sich ruhiger, weniger ängstlich, bereit, darüber nachzudenken, was zu tun war.

Der nächste Tag hatte Sonnenschein gebracht, und sie war über die Hügel gewandert, bis sie erschöpft war, und hatte dann die ganze Nacht in einem traumlosen Schlaf verbracht, der ihr neue Energie gab.

Auf dem Frühstückstisch hatte sie eine herzliche Nachricht von Loelia gefunden, die besagte, daß sie sich darauf freue, sie wiederzusehen, sobald sie sich in der Lage fühle, mit ihnen zusammen zu sein, und sie sollte bei ihnen bleiben, so lange sie wolle, und das tun, was sie wünsche.

So verstrichen einige Tage ereignislos, brachten Gesundheit und Kraft und wieder Farbe auf ihre Wangen, doch die Frage, wie sie ihre Zukunft gestalten sollte, stellte sich ihr immer dringlicher.

Diana fand, daß ihre Erziehung, so umfassend und teuer sie auch gewesen war, sie in keiner Weise darauf vorbereitet hatte, Geld zu verdienen und für ihren Lebensunterhalt zu sorgen.

Sie konnte sich in mehreren Sprachen gut genug unterhalten, um zu reisen und mit Ausländern Gespräche zu führen, aber sie kannte die Grammatik nicht genügend, um diese Sprachen unterrichten zu können. Sie konnte reiten, hatte aber niemals in ihrem Leben ein Pferd versorgt.

Sie konnte gut mit einem Partner tanzen, aber sie hätte niemandem komplizierte Tanzschritte beibringen können.

Sie zweifelte auch an ihrer Fähigkeit, als Verkäuferin tätig zu sein. Sie hatte ihr ganzes Leben lang eingekauft, aber niemals etwas verkauft, nicht einmal auf einem Wohltätigkeitsbasar.

Diana lächelte, als sie daran dachte, wie oft sie als ›gebildet‹, als ›talentiert‹, als ›brillant‹ bezeichnet worden war, lauter Eigenschaften, mit denen sie keine Arbeit bekommen konnte, nicht einmal für ein Pfund in der Woche!

Nachdem sie fast fünf Tage auf der Burg verbracht hatte, erhielt sie einen Brief von Jimmy.

> Ich habe eine Anstellung in einer Autowerkstatt in Chelsea gefunden, schrieb er. Es war ein außerordentlicher Glücksfall, da der Besitzer mit mir in Eton gewesen ist, ja, ich war sogar sein Fuchs. Er ist ein guter Kerl und hat mich unter der Bedingung genommen, daß ich meinen Namen ändere. Also, liebe Schwester, lösche Sir James Headley aus Deinem Gedächtnis und wende Dich an Jimmy Marlowe, Automechaniker. – P. S. Du solltest mich im Overall sehen!

Diana beneidete Jimmy um seinen Humor und seine Fähigkeit zu lächeln, was immer auch geschah, und sie schrieb ihm zurück und wünschte ihm Glück und versprach ihm, daß sie ihr möglichstes tun wolle, so erfolgreich zu sein wie er.

Sie setzte sich mit Bleistift und Papier an den Tisch und versuchte, Berechnungen anzustellen, wie sie mit ihren einhundertfünfundzwanzig Pfund im Jahr am besten auskommen könnte. Aber da sie keine Ahnung von den Lebenshaltungskosten hatte oder wo sie wohnen und wie sie ein billiges Zimmer finden sollte, stellte sie nach etwa einer Stunde fest, daß ihre Berechnungen zu nichts führten.

Sie fand es unmöglich, daß jemand mit so wenig Geld leben könnte, und selbst wenn sie zwei oder drei Pfund die Woche dazuverdienen würde, wußte sie nicht, wie sie mit so wenig Geld auskommen sollte.

Plötzlich nahm sie das Papier, zerriß es und brach in Tränen aus. Es schien alles so hoffnungslos zu sein, und da sie keine Lösung finden konnte, verlor sie ihre Selbstbeherrschung, und das Vertrauen, das sie immer in sich selbst gehabt hatte.

Sie schlug die Hände vor das Gesicht, und die Tränen liefen zwischen ihren Fingern hindurch.

Sie versuchte nicht, sich zu beherrschen, und ließ sich unkontrolliert gehen.

Sie war verzweifelt, und zum erstenmal seit Jahren war sie wirklich natürlich. Sie war durch das Leben, das sie geführt hatte, nie völlig ungestört gewesen. Selbst in der Abgeschiedenheit ihres Schlafzimmers in der Park Lane oder auf dem Land war ihr Dienstmädchen jederzeit zur Hand, wenn sie den leisesten ungewöhnlichen Laut von sich gab.

Sie hatte nicht weinen dürfen. Sie mußte an ihr Gesicht denken. Sie hatte ihren Teint nicht ruinieren dürfen, der in wenigen Stunden von Bekannten gemustert werden könnte.

Menschen, Menschen überall, Sklaven des Geldes, wie sie selbst es gewesen war, Sklaven des Luxus, der einem eines vorenthält, und zwar die Intimität der Einsamkeit.

Es dauerte fast eine Stunde, bis Diana endlich zu weinen aufhörte. Sie trocknete sich ihre geschwollenen Augen, und obwohl sie vom Weinen erschöpft war, spürte sie irgendwie, daß ihr eine Last abgenommen worden war, eine Depression, die wie eine drohende Wolke über ihr geschwebt hatte.

Sie wusch sich das Gesicht ab und spürte, wie das kühle Malvern-Wasser ihrer heißen Haut wohltat.

Dann lief Diana die Steintreppe hinab und weiter zum Hügel.

Der Nachmittag war schon fortgeschritten, die Sonne stand hoch, und es war sehr warm.

Sie hatte sich von der Burg entfernt. Sie setzte sich auf einen umgestürzten Baumstamm und blickte über das Land, das vor ihr lag. Als sie hinter sich Schritte hörte, erschrak sie.

Sie drehte sich um und sah Barry Dunbar den Fußweg, der vom Huntsman's House heraufführte, entlangkommen.

Diana sprang auf, wollte fliehen, blieb aber unschlüssig stehen, weil ihr bewußt wurde, daß es zu spät war.

Barry kam lächelnd auf sie zu und gab ihr die Hand.

»Miß Headley! Ich habe nicht erwartet, Sie hier zu sehen!«

»Ich wohne in der Burg«, sagte Diana.

»Es tut mir leid, daß ich Sie gestört habe, aber ich hatte keine Ahnung, daß jemand hier oben ist. Ich war zuerst im Haus, stellte aber fest, daß Loelia und Jack zu einem Cricketspiel ausgegangen sind. Ich kam eigentlich nur her, um einige Unterlagen zu holen, die ich im Schreibtisch oben in der Burg habe liegenlassen. Ich dachte, ich gehe am besten gleich hinauf und hole sie selbst.«

Sie setzte sich wieder auf den Baumstamm, und Barry nahm ganz natürlich und ohne weitere Worte neben ihr Platz.

Sie schwiegen einen Augenblick, und dann streckte Barry ihr die Hand hin.

»Erlauben Sie mir zu sagen, daß es mir schrecklich leid tut«, sagte er.

Diana legte ihre Hand in die seine und spürte zu ihrem eigenen Verdruß, wie ihr die Tränen in die Augen traten.

Sie blickte vor sich hin und versuchte, die Tränen zurückzuhalten.

Barry hielt ihre Hand fest.

»Sie haben das behalten, worauf es ankommt«, sagte er.

»Und was ist das?« fragte Diana.

»Mut.«

Er stand abrupt auf und ließ sie allein.

Sie blieb still sitzen und fühlte sich ermutigt. Barry hatte es ernst gemeint. Sie wußte, daß er die Bemerkung nicht lediglich als Geste oder aus dem Bedürfnis heraus, mitfühlend zu sein, geäußert hatte.

Er hatte es ernst gemeint, und irgendwie war es ihr ungeheuer wichtig, daß er so über sie dachte.

Ein paar Minuten später kam er mit einem Packen Papier unter dem Arm wieder.

Er blieb neben ihr stehen, und sie sah ihn an.

»Danke«, sagte sie einfach.

Er nahm wieder ihre Hand.

»Ich weiß, daß das, was geschehen ist, von ungeheuerer Bedeutung für sie ist. Aber das wird nicht immer so sein. Das Leben ist ein Abenteuer. Gute oder schlechte Erlebnisse – sie alle sind Zufälle am Wegesrand. Das einzige, worauf es wirklich ankommt, ist das wahre Leben unter alledem. Und denken Sie daran, daß Sie das niemals verlieren.«

Er betrachtete die Landschaft, während er sprach, und Diana kam es so vor, als würden seine Worte alles lebendiger machen – das Leuchten des blauen Himmels, der mit weißen Wolken gesprenkelt war, das Land, die grünen Wiesen oder goldgelben Getreidefelder, die silbernen Flüsse und dunklen frischen Wälder – alles erhielt eine neue Großartigkeit.

Die Bäume direkt unter ihnen, deren Blätter im Sonnenlicht glänzten und deren Stämme rotgolden oder dunkel vom Efeu waren – Diana erkannte, daß alles lebte.

Die Erde unter ihren Füßen vibrierte von der Kraft des Wachstums. Jeder Grashalm, jede winzige Verästelung des smaragdgrünen Mooses – war lebend, war ein Teil ihrer selbst und sie war ein Teil von allem.

Es war so, als ob ihr dieses Bewußtsein durch die Berührung von Barrys Hand vermittelt wurde, als ob er ihr die Augen für die neue Welt geöffnet und ihr die Schönheit des wahren Lebens gezeigt hatte, das unberührt war von der Hektik der Städte und dem Trubel der Menschen.

Als er gegangen war, blieb sie sitzen und spürte, daß er ihr neue Hoffnung und großen Trost gegeben hatte.

Er besaß Kraft, dachte sie, die Kraft der Persönlichkeit, die so sichtbar war wie bei manchen Menschen die körperliche Kraft.

Und so absurd es ihr vorkam, hatte sie das Gefühl, daß er einer der wenigen Freunde war, die ihr noch verblieben waren, und daß er aufrichtiger war als irgend jemand sonst, den sie kannte.

Am nächsten Morgen erhielt sie einen Brief von Mrs. Schniber, der sie überraschte.

Liebe Miß Headley,
mein Mann und ich würden uns freuen, wenn Sie so liebenswürdig wären, als Gesellschafterin unserer Tochter Ruth zu uns zu kommen.
Ich sprach darüber mit Miß Carter, und sie hält es für eine ausgezeichnete Idee.
Wir hätten Sie gern bei uns und glauben sicher, daß Sie mit Ruth gut auskommen würden. Wir sind bereit, Ihnen zweihundert Pfund im Jahr zu bieten und natürlich sämtliche Unkosten zu tragen.
Wir reisen in aller Kürze ins Ausland und hätten deshalb gern bald Ihre Antwort, ob Sie uns begleiten wollen.
Ich hoffe wirklich, Sie stimmen zu. Ihre ergebene
Esther Schniber.

Gesellschafterin von Ruth Schniber. Diana saß verwundert über diese Vorstellung da. Gleichzeitig dachte sie, wie außerordentlich freundlich es von Mary Carter gewesen war, diesen Vorschlag Mrs. Schniber zu unterbreiten.

Dianas erster Impuls war es, sofort abzulehnen. Aber dann wurde ihr klar, daß Bettler nicht wählerisch sein können.

Ruth Schniber in London zu begleiten, sich am Rande der Gesellschaft zu bewegen, die sie einst beherrscht hatte, dem Willen und den Launen der Schnibers mit ihrer gutmütigen Vulgarität unterworfen zu sein, war etwas, das sie sich nur schwer vorstellen konnte.

Doch nach ihrer gründlichen Selbstprüfung gerade an diesem Tag wußte sie, daß sie für etwas anderes ungeeignet war.

Die Vorteile waren natürlich die, daß sie ein Dach über dem Kopf hätte, und sie wußte, daß das angebotene Gehalt sehr großzügig war.

Sie würde weiterhin im Luxus leben, würde sich immer noch in der Welt bewegen, die sie gut kannte – aber mit was für einem Unterschied!

Während sie früher die Herrin gespielt hatte, wäre sie nun ein bezahlter Dienstbote, die Angestellte, die sich dem Willen des Arbeitgebers zu beugen hatte.

»Ich werde es nicht tun... Ich kann es nicht«, sagte Diana laut. Und dann sah sie Jimmys Brief auf dem Tisch liegen.

Jimmy hatte alles aufgegeben; er war nun ein gewöhnlicher Arbeiter in einer Autowerkstatt.

›Wenigstens konnte er seinen Namen ändern‹, dachte Diana.

Was sollte sie tun? Den ganzen Tag überlegte sie und schwankte zwischen Ja und Nein. Die Umstände zwangen sie, dankbar anzunehmen, aber in ihr selbst wehrte sich alles dagegen.

»Ich kann es nicht ertragen... ich kann nicht«, sagte sie sich immer wieder.

Am nächsten Tag traf ein Brief von Mary Carter ein, ein sehr freundlicher, mitfühlender Brief, der Diana klarmachte, wie sehr sie sich glücklich preisen konnte, ein solches Angebot erhalten zu haben.

> Die Schnibers reisen für einige Zeit ins Ausland, schrieb Mary Carter. Das ist ausgezeichnet, meine Liebe, denn wenn Sie zurückkommen, wird alles vergessen sein. Ich bin sicher, Sie werden sich klug entscheiden und die angebotene Stelle annehmen. Außerdem sind die Schnibers nette Leute, mit denen man gut auskommt.

›Alles würde vergessen sein.‹ Diana wußte das. Sie kannte die Gesellschaft zu gut. Wenn sie mit ihren alten Bekannten zusammentraf, würden die achselzuckend sagen: ›Diana Headley – du weißt doch, die Tochter des Betrügers, der sich erschossen hat‹, und man würde sich leichthin dem nächsten Skandal zuwenden.

Wenn sie doch ein Mann wäre, dachte Diana, dann könnte sie ihren Namen ändern und ins Ausland gehen, um ein neues Leben zu beginnen, gleichgültig wie, selbst als Straßenkehrer, ohne den Leuten über den Weg laufen zu müssen, die sie früher gekannt hatten.

›Wenn Wünsche Flügel hätten!‹ Diana nahm ihren Stift und schrieb, daß sie den Posten als Gesellschafterin von Ruth Schniber annahm.

Vierzehn Tage später trat sie ihre Stelle an.

Sie fand bald heraus, daß Mrs. Schniber diejenige in der Familie war, mit der am schwierigsten umzugehen war.

Ruth war gutmütig, träge und neigte zum Neid, aber im ganzen gesehen war sie so warmherzig, daß man sie gern haben mußte.

Mr. Schniber hatte so viel zu tun, daß Diana ihn nur am Abend sah, wenn er müde nach Hause kam. Er war leicht gereizt, bevor er sein Essen bekam, behandelte sie aber mit Hochachtung und Höflichkeit, die sie schätzte, zumal sich das Personal ihr gegenüber sehr unterschiedlich verhielt.

Mrs. Schniber pendelte zwischen einem familiären Ton und Verdrossenheit, als wisse sie nicht recht, ob Diana das Geld wert sei, das sie ihr bezahlte.

Bald nach ihrer Ankunft wurde Diana klar, daß eines der Argumente, mit denen Mary Carter Mrs. Schniber dazu überredet hatte, sie einzustellen, ihre Vertrautheit mit den Angehörigen der höheren Gesellschaft war, die die Schnibers kennenlernen wollten.

Von ihrem Standpunkt aus war es bedauerlich, daß es Dianas einziger Wunsch war, nicht mit ihren früheren Bekannten zusammenzutreffen.

Aber ihre Tätigkeit als Gesellschafterin war während der ersten Tage nicht besonders anstrengend.

Diana begleitete Ruth zum Einkaufen und tat ihr möglichstes, sie davon abzuhalten, geschmacklose, auffällige Dinge zu kaufen, die sie bevorzugte, und sie zu überreden, statt dessen schlichte, gutgeschnittene Kleider zu wählen, die zu ihrem etwas strengen Äußeren paßten und ihre offensichtliche Neigung, Gewicht anzusetzen, einigermaßen verbargen.

Nach dem Einkauf aßen sie im ›Ritz‹ zu Mittag oder einem anderen Restaurant, wo Ruth elegante Menschen zu sehen hoffte. Am Nachmittag fuhren sie mit dem Wagen aus, gingen ins Kino oder blieben zu Hause und Ruth ruhte sich aus.

In einer Hinsicht waren die Schnibers sehr orientalisch – sie waren entweder außer Haus oder im Bett. Sie kamen nicht auf die Idee, in den Salons ihres luxuriösen neuen Heims zu sitzen, sich miteinander zu unterhalten oder zu lesen.

Sowohl Mrs. Schniber als auch Ruth standen spät am Morgen auf, dann zogen sie ihre besten Kleider an und gingen aus.

In dem Augenblick, in dem sie zurückkamen, wechselten sie die Kleider, in der Absicht, ihr ›bestes Stück‹ zu schonen, zogen etwas Bequemeres an und legten sich auf ihre Betten.

Diana fand, daß ihr dies gerade recht war. So hatte sie Zeit, in ihr eigenes Zimmer zu gehen, zu lesen oder zu schreiben, wenn ihr danach zumute war.

Am schwersten fiel es Diana, mit dem Personal umzugehen. Zuerst war sie überrascht gewesen über die herablassende Art der höhergestellten Dienstboten und über die unverhohlene Unverschämtheit von Seiten der jüngeren.

Und wie die meisten Menschen, die Geld gemacht hatten und so weit aufgestiegen waren, daß sie sich eine große Dienerschaft leisten konnten, fürchteten sich die Schnibers vor ihrem eigenen Personal.

Entweder schikanierten sie die Leute, oder sie baten sie um alles, was sie haben wollten.

Der Butler, er war von der alten Schule, war in Wirklichkeit ein außerordentlich tüchtiger Mann, aber er verachtete seinen neuen Herrn gründlich und bemühte sich kaum, seine Gefühle zu verbergen.

Das übrige Personal richtete sich offensichtlich nach ihm.

Die schlimmste von allen, soweit es Diana betraf, war Mrs. Schnibers Zofe, die unglücklicherweise mit einem jungen Mann befreundet war, der bei dem Headley-Skandal ein paar Pfund verloren hatte.

Sie behandelte Diana von dem Augenblick an, in dem sie das Haus der Schnibers betrat, wie eine Ausgestoßene und versäumte selten eine Gelegenheit, spitze Bemerkungen über Dianas Herkunft zu machen.

Wenn Diana in Mrs. Schnibers Zimmer war, während diese sich ankleidete, verschloß die Zofe ostentativ den Schmuck und packte ihn mit einer Selbstgerechtigkeit weg, die aber eher komisch als diskriminierend wirkte.

Im ganzen gesehen waren die Schnibers sehr freundlich zu Diana, und es war nicht deren Schuld, daß sie sich so verloren vorkam, wenn man ihr befahl, dieses oder jenes zu tun, die Treppe hinaufzulaufen und dieses oder jenes zu holen, und daß sie ihre Vorlieben und Abneigungen nicht zeigen konnte.

Mrs. Schniber besaß eine scharfe, bissige Zunge, und da sie sehr temperamentvoll und natürlich war, ließ sie ihren Ärger stundenlang an ihrer Tochter und an Diana aus, wenn jemand zu ihr unhöflich gewesen war.

Diana hielt sich nur mit Mühe davon ab, einige ihrer Freunde leidenschaftlich zu verteidigen, die auf eine solche Weise von Mrs. Schniber angegriffen wurden.

Diana erkannte bald, daß es nutzlos war, etwas anderes zu tun, als Mrs. Schniber zuzustimmen, die im Zimmer auf und ab schritt, wobei sie schwer keuchte und ihre zahlreichen Juwelen im Zorn rasseln und klimpern ließ, und fragte:

»Und warum sprach sie nicht mit mir? Das möchte ich zu gern wissen. Habe ich sie nicht erst letzte Woche kennengelernt? Habe ich nicht hundert Pfund für ihren Wohltätigkeitsball gestiftet? Und doch schneidet sie mich! Sie ist eine widerliche Person, sage ich Ihnen. O ja – sie glaubt, sie kann sich benehmen, wie sie will, nur weil ihr Vater ein Herzog war!

Nun, ich sage Ihnen, eine ganze Menge Leute wissen, was zwischen ihr und dem gutaussehenden Gutsverwalter vorgeht – o ja, eine ganze Menge Leute! Finden Sie, daß man sich so benimmt? Und doch wagt sie es, mich zu schneiden – mich, die ich mein Leben lang anständig war!

Sie ist eine unsittliche Person, Lady hin oder her! Es gibt eine Menge nette Dinge über sie zu erzählen, und außerdem werde ich ihr kein Geld mehr geben. Sie bekommt keinen einzigen Penny mehr von mir!«

Die Tirade ging endlos weiter, oft über eine eingebildete Beleidigung oder auch über eine tatsächliche.

Denn die Menschen, um die sich Mrs. Schniber bemühte, hatten keine Bedenken, große Schecks von ihr für ihre Wohltätigkeitsbälle anzunehmen, ihr dort zu schmeicheln, sie bei Komitee-Sitzungen zu überreden, Geld zu spenden, das ihr Mann schwer verdient hatte, und dann ihren freundlichen Gruß zu übersehen, wenn sie ihr später begegneten.

Diana wußte manchmal nicht, wen sie mehr verabscheuen sollte – Mrs. Schniber wegen ihrer absurden Vornehmtuerei oder die Menschen, die von ihrer Herkunft und ihrer Position Gebrauch machten, um von dieser einfältigen, ehrgeizigen Frau Geld zu erbetteln, und deren Großzügigkeit nicht einmal mit Höflichkeit erwiderten.

Nur wenige von Dianas früheren Bekannten nahmen zur Kenntnis, daß sie nach London zurückgekommen war. Eine Woche nachdem Diana ihren Dienst bei den Schnibers im Haus am Grosvenor Square angetreten hatte, reisten sie zusammen nach Monte Carlo.

Diana hatte gehofft, sie würden den Sommer ruhig verbringen, aber sie wurde enttäuscht. Ende Juli waren sie alle fieberhaft am Packen, nachdem sie eine anstrengende Zeit damit verbracht hatten, Strandkleidung, Badeanzüge, Segelkleidung für den Süden zu kaufen.

Vergeblich hatte Diana Mrs. Schniber davon zu überzeugen versucht, daß sie nur eine kleine Yacht gekauft hatten, die sie mehr oder weniger nur als aufgetakeltes Motorboot benutzten. Doch Mrs. Schniber beharrte darauf, und Diana war erleichtert, daß die Segelmütze und das Jackett mit den Messingknöpfen selten getragen wurden, weil sowohl Mrs. Schniber als auch Ruth schon beim kleinsten Wellengang seekrank wurden.

In Monte Carlo trafen sie die übliche Menge dicker und magerer Frauen, die sich zu einem tiefen Schokoladenbraun zu verfärben begannen, und es wimmelte von den unvermeidlichen Gigolos, die wie Geier auf eine reiche Beute warteten, egal welchen Alters oder welchen Aussehens.

Es gab reiche alte Männer, die eine senile Befriedigung darin fanden, jungen Mädchen beim Baden zuzusehen oder das neueste Varieté, in dem halbnackte Mädchen auftraten, zu besuchen.

Es gab lässige, gelangweilte Frauen, die die neuesten Pariser Modelle zur Schau trugen und hochmütig durch die Straßen schlenderten und das Aufsehen genossen, das ihr Erscheinen bei ihrem eigenen Geschlecht erregte.

Es gab Spieler, die mit knochigen Fingern jeden Franc umklammerten, den sie gewonnen hatten, und Spieler, die ihre *milles* auf den Tisch warfen und so taten, als berühre sie das Ergebnis nicht und die Achseln zuckten, wenn sie verloren.

Und es gab wenige ungebundene junge Männer, die man als begehrenswert hätte bezeichnen können.

Mrs. Schniber bemerkte dies bald, und sie protestierte laut und lange über den Zustand der Welt und darüber, daß es nicht Hunderte von gutaussehenden, reichen Herren gab, die Ruth hätte kennenlernen können.

»Ich habe noch nie eine so erbärmliche Sippschaft beisammen gesehen«, sagte sie, als sie neben dem Schwimmbecken saß. Ihre üppige Figur war grotesk in einen blaugefleckten Pyjama mit einem orangefarbenen Gürtel gezwängt.

Mrs. Schniber hielt die mit Diamanten besetzte Lorgnette vor die Augen und musterte die Gesellschaft mit verächtlichen Blicken.

»Sagen Sie es mir, wenn Sie jemanden sehen, den sie kennen oder über den Sie etwas wissen, Diana«, sagte sie. »Da ist natürlich diese Lady Dashley – sie besitzt keinen Penny, und doch ist sie überall dabei. Ich verstehe das nicht, wirklich nicht. Als ob sie so gut aussehen würde, daß jedermann für sie bezahlen möchte! Wer ist dieser Herr, der eben die Treppe herunterkommt? Ich habe ihn schon irgendwo gesehen.«

Diana blickte dorthin, wo der dicke, juwelengeschmückte Finger hindeutete, und wen sah sie in Begleitung eines großen blonden Mädchens die Treppe herunterkommen? Hugo.

Einen Augenblick stieg Diana das Blut in die Wangen, und sie spürte, wie sie purpurrot wurde. Sie öffnete ihre Handtasche, holte ein Taschentuch heraus, und einen Augenblick später war ihre Hand wieder ruhig und sie hatte sich unter Kontrolle.

Hugo und das blonde Mädchen kamen direkt auf sie zu. Als sie sich ihren Stühlen näherten, sah Hugo Diana.

»Diana!« rief Hugo und streckte ihr beide Hände hin.

Diana brachte es fertig, beiläufig »Hallo, Hugo!« zu sagen und stellte ihn rasch Mrs. Schniber vor.

Mrs. Schniber war entzückt.

»Natürlich sind wir uns schon begegnet, Lord Dalk«, sagte sie. »Ich erinnere mich gut an Sie. Ich sagte eben zu Diana, als ich Sie die Treppe herunterkommen sah: ›Das ist doch Lord Dalk‹. Wir sind eben angekommen. Bleiben Sie hier unten? Sie müssen meine Tochter kennenlernen und auf unsere Yacht kommen – wir haben hier nämlich eine. Nur eine kleine, wissen Sie, zum Herumkreuzen. Ich sagte zu meinem Mann, wir brauchen keine große – nur etwas Kleines, damit wir nette Bootpartys geben können. Es ist so herrlich, sich von all den vielen Leuten abzusetzen, finden Sie nicht auch, Lord Dalk?«

Hugo antwortete ihr höflich, und dann wandte er sich an Diana.

»Wo wohnst du?« fragte er.

»Bei uns«, sagte Mrs. Schniber, ehe Diana antworten konnte. »Kommen Sie doch heute abend zum Essen zu uns. Es wäre sicher nett für Sie und Diana, über die alten Zeiten zu sprechen, und ich hätte es gern, wenn Sie meine Tochter sehen. Ich weiß, sie wird sich freuen, Sie wiederzusehen.«

Hugo wirkte verwirrt, aber er lehnte die Einladung zum Dinner mit einer Entschuldigung ab.

»Leider bin ich zum Essen schon verabredet«, sagte er. »Aber vielleicht sehen wir uns danach im Casino. Sie kommen doch sicher zum Spielen?«

»Natürlich«, sagte Mrs. Schniber strahlend.

»Dann sehe ich dich später, Diana«, sagte Hugo, als seine blonde Begleiterin ihm von einem der Stühle am Schwimmbecken aus Zeichen gab, wo sie sich hingesetzt hatte. »Ich muß unbedingt mit dir sprechen, Diana«, fügte Hugo mit gedämpfter Stimme hinzu und eilte davon.

»Das ist ein sehr netter junger Mann«, sagte Mrs. Schniber. »Ich erinnere mich daran, wie ich ihn auf dem Ball, den wir gaben, kennengelernt habe. Ich fand schon damals, daß er gut aussah, und Mary Carter sagte mir später, er gelte als gute Partie. Ich bin gespannt, ob er sich für Ruth interessieren wird.«

»Sicher«, sagte Diana.

»Schön, wir werden ihn heute abend sehen«, sagte Mrs. Schniber. »Ich frage mich, welches Kleid Ruth am besten anzieht. Alle Kleider, die Sie ihr in London gekauft haben, mißfallen mir. Ruth sieht in Kirschrot immer am besten aus. Ich habe sie als Kind selten andersfarbig gekleidet. Kirschroter Samt im Winter und kirschrote Seide im Sommer – sie sah reizend darin aus, kann ich Ihnen sagen. Die Leute sagten immer zu mir: ›Mrs. Schniber, Sie werden Ihren Gatten noch ruinieren, wenn Sie sein ganzes Geld für das Kind ausgeben‹. Aber ich sagte immer, es lohne sich für Ruth. Oh – da kommt sie ja.«

Mrs. Schniber unterbrach sich, als Ruth auf sie zukam.

Sie sah wirklich reizend aus, dachte Diana, in ihrem einfachen, gutgeschnittenen Strandkleid mit einem großen, weißen Leinenhut, der ihr Gesicht beschattete. Ruth beherzigte die Ratschläge, und Diana hatte ihr empfohlen, die Unmengen breiter Armbänder, die sie so liebte, nicht zu ihrer Strandkleidung zu tragen und auch die viel zu großen Perlen wegzulassen.

Schmucklos, ohne irgendwelche auffallenden Accessoires, sah sie an diesem Morgen wirklich hübsch aus. Sie ging ein wenig befangen, aber langsam an den langen Reihen der Sonnenbadenden vorbei auf ihre Mutter zu.

»Ruthie«, sagte Mrs. Schniber aufgeregt, »mit wem glaubst du wohl haben wir eben gesprochen, und wer hat eigens darum gebeten, dich heute abend im Casino zu sehen? Lord Dalk! Du erinnerst dich doch an ihn, nicht wahr?«

»Natürlich«, erwiderte Ruth, »aber ich glaube nicht, daß er extra darum gebeten hat, mich zu sehen. Er ist Dianas Freund, wie du weißt.«

»O nein, das ist er nicht«, sagte Diana rasch.

»Dianas Freund«, wiederholte Mrs. Schniber. »Ja, jetzt erinnere ich mich – Sie haben ihn auf unseren Ball mitgebracht, nicht wahr, Diana? Jedenfalls sagte er, er würde dich heute abend gern sehen, Ruthie, und er hat nicht damit gerechnet, Diana hier anzutreffen. Ich denke ...«

Sie hielt plötzlich inne, aber Diana konnte sich leicht vorstellen, was sie hatte sagen wollen.

Diana dachte daran, daß Hugo seit dem Finanzskandal nicht mehr so interessiert an ihr war wie vorher.

Es war besser, der Wahrheit ins Auge zu sehen, dachte sie. Gott weiß, daß ich mir nichts vormache.

Sie stand auf.

»Darf ich kurz ins Hotel gehen?« fragte sie. »Ich habe dort etwas vergessen.« Und dann fügte sie hinzu: »Ich versichere Ihnen, Mrs. Schniber, ich bin aus dem Rennen, was Lord Dalk anbetrifft. Außerdem bin ich sicher, daß er sich freuen wird, Ruth wiederzusehen. Soll ich für das Dinner einen Tisch im Casino bestellen?«

Mrs. Schniber nickte.

»Ja, tun Sie das. Es ist eine gute Idee.«

Diana ging langsam zum Hotel. Es war zu heiß, um rasch zu gehen. Die Kuppen der Berge hoch über Monte Carlo bildeten eine perfekte Sonnenfalle, und es herrschte eine Hitze fast wie in einem Backofen.

Diana trat ans Fenster und sah auf das ruhige Meer hinaus. Es war ein Schock für sie gewesen, Hugo wiederzusehen. Es schien lange her zu sein, seit sie ihn zum letztenmal gesehen hatte, als sie seinen Gutenachtkuß gespürt und seinen Bitten zugehört hatte, sie möge ihn für einen Augenblick in das Haus einlassen.

Wie froh war sie jetzt, daß sie ihn abgewiesen hatte. Der Gedanke wäre unerträglich gewesen, mit ihm geflirtet und gelacht und ihn vielleicht ermutigt zu haben, während ihr Vater tot dalag – in jener

Nacht, die ihr ganzes Leben verändert und ihre Existenz bis zur Unkenntlichkeit verwandelt hatte.

Sie fragte sich, was Hugo ihr so dringend sagen wollte. Es gab so wenig, was er sagen konnte. Und doch war sie jetzt irgendwie froh, daß sie sich getroffen hatten.

Sie hatte sich vor diesem Wiedersehen gefürchtet.

Wenn sie in London mit Ruth ausgegangen war, hatte sie gegen ihren Willen in jedem Restaurant die Türen beobachtet, und jeder zweite Mann, der eintrat, hatte ihr Herz schneller schlagen lassen, weil sie fürchtete, es könnte Hugo sein, denn bei fast allen entdeckte sie in der Kopfhaltung und in der Art, wie er die Schultern durchdrückte, eine Ähnlichkeit mit ihm.

Nun hatte das gefürchtete Wiedersehen stattgefunden, und irgendwie war es nicht so schrecklich gewesen, wie sie es sich vorgestellt hatte.

Erleichtert nahm sie ihre Tasche und verließ rasch das Zimmer.

Als sie um die Ecke des Korridors zum Lift ging, stieß sie mit einem großen, gutaussehenden jungen Mann mit hellem Haar und blauen Augen zusammen, der über die Wucht des Zusammenpralls lachte und sie am Fallen hinderte, indem er sie mit beiden Händen festhielt.

»Das tut mir leid«, sagte Diana entschuldigend.

»Mir auch«, erwiderte er. »Nein – wenn ich es mir recht überlege, tut es mir nicht leid! Ich glaube, dies ist eine Vorstellung, finden Sie nicht?« Er lächelte sie so freundlich an, daß Diana unwillkürlich lachen mußte.

›Gewiß nicht!‹ wollte sie ernst sagen, aber sie mußte sein Lächeln erwidern. Er war so jung und so voller Leben.

Sie erinnerte sich daran, daß sie ihn am Abend zuvor aus der Ferne im Casino gesehen hatte. Sie wäre keine Frau gewesen, wenn sie nicht bemerkt hätte, daß seine Blicke bewundernd auf ihr ruhten.

»Bitte«, sagte er flehentlich.

Dann bückte er sich und hob ihre Tasche auf, die zu Boden gefallen war.

Es war eine weiße Segeltuchtasche, eine jener teuren, eleganten Taschen, für die Diana das bezahlt hatte, was jetzt beinahe ein Monatslohn von ihr war. Quer über einer Ecke der Tasche stand ihr Name in Chromlettern: ›Diana‹.

Der junge Mann überreichte ihr mit einer Verbeugung die Tasche.

»Der Name ist in mein Herz eingraviert«, sagte er.

Diana lachte wieder. Es war lange her, seit sie so unbeschwert mit jemandem gelacht hatte.

»Ich muß gehen«, sagte sie.

»Schenken Sie mir heute abend einen Tanz?« fragte er.

»Gewiß nicht«, erwiderte sie.

»Bitte«, sagte er. »Bitte, Diana.«

Sie schüttelte den Kopf und betrat den Lift.

»Adieu«, sagte sie zurückhaltend.

»Bis heute abend«, antwortete der junge Mann unverbesserlich, als der Lift Diana abwärts trug.

»Diana, ich muß mit dir sprechen.«

Hugo nahm ihren Arm und führte sie rasch und zielstrebig durch die Tür des Casinos auf die Terrasse, von der aus man das Meer sah.

»Ich habe seit über einer Stunde versucht, mit dir zu sprechen«, sagte er ärgerlich. »Aber ich wurde von dieser entsetzlichen alten Frau aufgehalten.«

»Sie ist meine Arbeitgeberin«, antwortete Diana.

»Deine was?«

»Ich bin die Gesellschafterin ihrer Tochter Ruth.«

»Guter Gott!« rief Hugo. »Diana, das ist unmöglich! Das kannst du nicht machen! Du kannst nicht... es sind unglaubliche Leute...«

»Mein lieber Hugo«, unterbrach ihn Diana energisch. »Was erwartest du? Schließlich gab mir niemand sonst Arbeit, wie du weißt.«

»Sprich nicht so«, sagte Hugo verstimmt. Er nahm ihre Hand. »Diana, Liebste, ich habe dich so vermißt. Du hast meinen letzten Brief nicht beantwortet. Warum nicht?«

»Ich hatte dir nichts mitzuteilen«, antwortete sie einfach.

»Ich wollte dich sehen, ich wollte dich besuchen«, fuhr Hugo fort. »Aber ich hatte irgendwie das Gefühl, daß du eine Weile allein sein wolltest. Ich rief einmal in der Park Lane an. Dort hatte man keine Ahnung, wo du warst. Oder hast du ihnen Anweisungen gegeben, es mir nicht zu verraten?«

»Es hat sich vieles verändert, Hugo«, sagte Diana. »Ich muß meinen Lebensunterhalt verdienen. Und obwohl meine augenblickliche Beschäftigung nicht gerade eine angenehme Arbeit ist, bin ich für keine andere besonders geeignet.«

»Aber bei solchen Leuten, Diana! Diese Frau ist unmöglich! Ich konnte sie nicht wieder loswerden. Sie heftete sich an mich wie eine Klette. Du könntest doch sicher passendere Leute finden.«

»Oh, sie sind nicht so übel«, sagte Diana.

Etwas in ihr sträubte sich vage gegen Hugos Überheblichkeit. Schließlich waren die Schnibers die einzigen Menschen gewesen, die ihr eine Stellung angeboten hatten.

»Diana, du mußt eine andere Beschäftigung finden«, sagte Hugo. »Ich werde für dich etwas suchen, etwas Passenderes als diese Stelle, etwas, wo wir einander oft sehen können.«

»Ich bin recht zufrieden bei ihnen«, sagte Diana.

Hugo will für mich eine Arbeit suchen, dachte Diana bitter. Noch vor einem Monat hatte er sie bedrängt, eine ganz andere Stellung zu akzeptieren.

Sie hatte von Anfang an gewußt, daß ihre Freundschaft keiner Prüfung standhalten würde, aber obwohl sie dies erwartet hatte, war die Erkenntnis, wie sehr sich die Dinge verändert hatten, irgendwie bitter.

Sie beugte sich über das Terrassengeländer und wandte das Gesicht von Hugo ab. Ihr Kopf war eine Silhouette in dem schwachen Licht vor dem dunklen Himmel, und sie war sehr schön.

Leise Musik drang zu ihnen, vermischt mit dem sanften Plätschern der Wellen unter ihnen.

Hugo streckte plötzlich seine Hände aus und zog sie fest an sich.

»Diana«, sagte er heiser, »Liebste, ich habe mich so nach dir gesehnt.«

Er küßte sie leidenschaftlich. Sie lag passiv in seinen Armen. Aber als er sie losließ, wandte sie sich von ihm ab. Etwas war geschehen, sagte sie sich, Hugos Kuß hatte in ihr keine Reaktion ausgelöst.

Die alte magnetische Anziehungskraft, die sie unweigerlich bei seiner leichtesten Berührung empfunden hatte, war verschwunden. Es war vorbei; die Kraft, die er immer gehabt hatte, sie oberflächlich für ihn zu begeistern, die seine Küsse so aufregend gemacht hatte, war gebrochen.

Und in diesem Augenblick spürte sie, daß ihre Hände ruhig auf der Marmorbrüstung lagen, und sie empfand eine ungeheure Erleichterung.

Sie hatte sich vor der Begegnung mit Hugo gefürchtet, sie hatte gefürchtet, daß er sie verletzen könnte, gefürchtet, daß er auch nur einen Teil von ihr nehmen und sich zueigen machen könnte.

Das alles war vorbei. Es war so, wie wenn man in einem Alptraum plötzlich feststellt, daß man träumt.

Hugo küßte ihre Schultern, murmelte Zärtlichkeiten und versuchte, sie wieder in die Arme zu nehmen.

Sie spürte, daß er nun ein völlig Fremder war, jemand, der sie so wenig anging, daß sie sich fragte, weshalb sie sich jemals vor einem Wiedersehen mit ihm gefürchtet, ja weshalb sie überhaupt an ihn gedacht hatte.

»Diana, ich will dich«, sagte Hugo immer wieder. »Ich will dich.«

Und plötzlich lachte Diana. Sie lachte laut, drehte sich um, sah ihm ins Gesicht und schob ihn dann sanft von sich weg, indem sie beide Hände auf seine Brust legte.

»Guter Hugo«, sagte sie und ihre Stimme klang leicht amüsiert, »wie wunderbar du davongekommen bist.«

Hugo erschrak augenscheinlich über ihre Offenheit.

»Diana, hör mir zu.«

Sie hakte sich bei ihm ein und ging mit ihm zurück ins Casino.

»Hugo, sei nur ein einziges Mal ehrlich und sieh die komische Seite daran – denn es ist wirklich komisch«, sagte sie lachend.

»Ich verstehe dich nicht«, sagte er.

Sie wußte, daß er durch ihr Verhalten aus der Fassung gebracht und beunruhigt war.

»Und ich beginne gerade, mich selbst zu verstehen«, erwiderte sie und schlüpfte in den Saal.

Zu ihrer Erleichterung tanzte Ruth. Diana wußte, daß Mrs. Schniber glücklich am Bakkarat-Tisch war. Als sie einen Augenblick unschlüssig dastand, nahm jemand ihre Hand.

»Ich freue mich, daß Sie meinen Tanz nicht vergessen haben«, sagte eine Stimme, und im nächsten Augenblick tanzte sie mit dem jungen Mann durch den Saal.

»Guten Abend«, sagte er und sah mit lachenden Augen auf sie herab. »Sie sehen schelmisch aus, Diana. Welcher arme Teufel hat dafür bezahlen müssen?«

»Das ist näher an der Wahrheit, als Sie ahnen«, antwortete Diana. »Aber ich möchte betonen, daß ich nicht vorhatte, heute abend mit Ihnen zu tanzen.«

»O doch, das hatten Sie«, erklärte ihr Tanzpartner. »Als ich mich vor dem Essen umzog, warf ich eine Münze und sagte mir: ›Bei Kopf kommt sie, bei Zahl kommt sie nicht‹, und es erschien dreimal Kopf.«

»Dann haben Sie gemogelt«, antwortete Diana.

»Ich heiße übrigens Terry«, fuhr er fort.

»Irisch?«

»Teilweise«, erwiderte er.

Er war ein sehr guter Tänzer, und Diana gab sich dem Genuß der Musik und der unbeschwerten Fröhlichkeit ihres Begleiters hin.

Sie hatte noch nie jemanden kennengelernt, der den Eindruck vermittelte, das Leben mehr zu genießen. Es lag nicht an dem, was er sagte, es war die bloße Tatsache, daß er vor Lebensfreude, Vitalität und Begeisterung zu strahlen schien. Sie kam zu dem Schluß, daß er nicht viel älter als vierundzwanzig Jahre sein konnte.

»Kommen Sie mit hinunter und essen Sie mit mir«, sagte er, als die Musik endete.

»Ich glaube nicht, daß ich das kann«, erwiderte Diana. »Ich muß mich um das Mädchen mit dem dunklen Haar dort drüben kümmern.«

Als sie zögerte, sah sie zu ihrem Erstaunen Ruth zu Hugo unter der Tür treten, und als die Kapelle wieder spielte, begannen sie zu tanzen.

»Ihre Dienste sind offensichtlich nicht erforderlich«, sagte Terry, und Diana folgte ihm die Treppe hinunter.

›Hugo tanzt mit Ruth‹, dachte sie verwundert.

Nun, Mrs. Schniber hatte ihren Willen bekommen, und als sie am Spielsaal vorbeikamen, konnte Diana nicht wiederstehen, sie schlüpfte für einen Augenblick hinein und ging zu Mrs. Schniber. Vor ihr lag ein Stapel Chips. Mrs. Schnibers Blick war unverwandt auf die Karten gerichtet, und ihre Hand zuckte ein wenig, wenn sie gewann oder verlor.

Mrs. Schniber war keine gute Spielerin, aber eine sehr vorsichtige. Wenn sie ein paar *milles* gewann, war der Abend für sie gerettet, sie hatte jedoch das Gefühl, daß es schicker war, so zu tun, als ob sie im Spiel kein Glück hätte.

Egal, wieviel sie gewann, sie gab niemals zu, daß es etwas mehr war als ›knapp über dem Einsatz‹, und Diana hörte sie oft vor engeren Bekannten über ihr Pech beim Kartenspiel klagen, obwohl sie wußte, daß Mrs. Schniber viel zu vorsichtig war, um je dem Casino Gewinn einzubringen.

Jetzt eilte Diana zu ihr und sagte:

»Ich gehe nur rasch etwas essen, Mrs. Schniber. Ruth ist versorgt – sie tanzt mit Lord Dalk.«

Mrs. Schniber strahlte sie an.

»Das ist gut«, erwiderte sie, »sehr gut.«

»Läuft das Spiel gut?« fragte Diana.

»Die Karten sind schrecklich gegen mich«, sagte Mrs. Schniber. »Ich habe offenbar überhaupt kein Glück.«

Aber ihre Stimme klang nicht so traurig, wie man hätte erwarten sollen, und Diana hatte den Eindruck, daß ihr Pech nur vorgetäuscht war.

Diana ging zu Terry zurück und stellte fest, daß er bereits einen Tisch für sie gefunden und eine Flasche Champagner bestellt hatte.

Als sie ihm gegenübersaß und nur ein kleines rosafarbenes Licht zwischen ihnen brannte, die Sterne über ihnen leuchteten und die Wellen gegen die schwimmmende Bühne plätscherten, die Kapelle einen verträumten Walzer spielte und die Kellner herbeieilten, um ihnen Kaviar zu servieren und ihre Gläser nachzufüllen, kam es Diana so vor, als wäre sie in ihr früheres Leben zurückgekehrt.

Wie oft hatte sie in den vergangenen Jahren so wie jetzt dagesessen, vielleicht sogar an dem gleichen Tisch, hatte gelacht und sich unterhalten, glücklich und selbstbewußt und sicher, daß ihr der nächste Tag keine unangenehmen Überraschungen bringen würde, abgesehen von einem flüchtigen Ärger über irgendeine Belanglosigkeit, die so unwichtig war, daß man sich fünf Minuten später nicht mehr daran erinnerte.

Wie absurd war es, daß die Menschen sich über die nebensächlichsten Dinge im Leben erregten und über zweitrangige Störungen in der Behaglichkeit ihrer Existenz gereizt waren, dachte Diana jetzt.

Ein verpaßter Zug, ein lahmendes Pferd, ein schlecht sitzendes Kleid, ein vergeßlicher Dienstbote – wie oft hatten solche Dinge Stunden ihres Lebens verdorben, die glücklich hätten sein können, weil es keine schwerwiegenden Mißhelligkeiten gewesen waren.

Und doch war es merkwürdig, daß die meisten Menschen, wenn etwas wirklich Gravierendes geschah, es im Grunde gefaßt aufnahmen, während sie Nichtigkeiten zur Raserei treiben konnten.

Noch vor einem Jahr hatte sie ebenso empfunden.

Jetzt, da sie es mit anderen Augen sah, schätzte sie das Abenteuer mit Terry und genoß jeden Augenblick davon.

Er lachte und neckte sie und sprach über die Leute in ihrer Nähe, bis Diana herzlich und glücklich lachte, wie seit vielen Monaten nicht mehr.

»Sie lachen bezaubernd«, sagte Terry.

Sie lächelte ihn an.

»Und Sie wissen, daß unser Benehmen äußerst unschicklich ist«, sagte sie. »Wir lesen einander im Korridor auf, essen zusammen zu Abend – es kommt mir vor wie die Eröffnung eines prickelnden Abenteuers.«

»Ich weiß, entweder werden Sie meine Uhr klauen oder ich werde Ihre Juwelen an mich nehmen«, erwiderte Terry lachend.

»Die können Sie gern haben«, sagte Diana und hielt ihm ihren Arm hin, der nur von einem Glasarmband geschmückt war, wie man es für ein paar Franc kaufen konnte. Sie hatte ihre Juwelen noch nicht veräußert, aber sie hatte sich die Versicherung für die Auslandsreise nicht leisten können, die am Quartalstag Ende Juni abgelaufen war.

Terry lachte.

»Sie können auch meine Uhr nicht haben«, sagte er.

»Und warum nicht?« fragte Diana.

»Sie ist im Pfandhaus mit allem anderen«, erwiderte er. »Dies sind meine letzten Ferien.«

»Weshalb?« fragte sie.

»Am Montag in acht Tagen beginne ich ernsthaft zu arbeiten. Sie sehen vor sich einen dieser energischen, ernsten Männer, die jeden Morgen regelmäßig um acht Uhr fünfzehn Golders Green mit ihren steifen Hüten auf dem Kopf verlassen«, erwiderte er. »Aber bevor ich auf den hohen Hocker meiner Bank klettere, bin ich entschlossen, noch einmal wirklich schöne Ferien zu machen.«

»Warum haben Sie bisher nicht gearbeitet?« fragte Diana.

»Weil ich einer jener bevorzugten Leute war, die die sozialistische Presse die ›reichen Müßiggänger‹ nennt. Ich schwelgte bisher im Luxus, ich gehörte der begüterten Klasse an.«

Diana lachte, aber dann sagte sie ernst:

»Was ist geschehen?«

»Mein Vermögen, meine Zukunftsaussichten, mein Erbe, mein Geburtsrecht wurden plötzlich hinweggespült. Mit anderen Worten, ich ging bei einem Finanzskandal pleite, meine Liebe, bei einem wirklich großen, skandalösen Zusammenbruch.«

Diana ahnte nun, was sie hören würde. Sie kannte die Antwort auf ihre Frage, und doch mußte sie sie stellen.

»Bei welchem Finanzskandal?« fragte sie sehr leise.

»Bei dem Headley-Zusammenbruch«, erwiderte Terry, wie sie erwartet hatte. »Ich wachte eines Morgens auf und stellte fest, daß ich nicht mehr reich, sondern ein Bettler war. Es ist eine traurige, sehr traurige Geschichte«, fügte er heiter hinzu, »und deshalb wurde ich aus den marmornen Hallen vertrieben und werde künftig das tun, was man ›das tägliche Brot verdienen‹ nennt, und zwar im staubigen Milieu einer Bank in der City von London.«

Er ließ theatralisch den Kopf auf seine Hände fallen.

Diesmal klang Dianas Lachen gezwungen.

Noch ein Opfer, dachte sie.

Sie beendete das Essen hastig, denn sie konnte den Gedanken nicht ertragen, daß Terry herausfinden könnte, wer sie war.

Angenommen, jemand würde vorbeikommen und sie mit ihrem Namen anreden – sie blickte sich um und betete, daß kein Bekannter in Sicht war oder Ruth sie suchen würde.

»Wann reisen Sie ab?« fragte sie Terry.

»Übermorgen«, antwortete er. »Es ist ein Jammer, nicht wahr? Aber wir werden uns in London wiedersehen. Und jetzt machen wir für morgen Pläne.«

Diana stimmte zu, beschloß aber im stillen, ihm aus dem Weg zu gehen. Sie mochte ihn sehr, den Jungen, der mutig ein neues Leben begann, der alles für einen großartigen Scherz hielt und sich nicht im mindesten über den Streich beklagte, den das Schicksal ihm gespielt hatte.

›Wird mich dies mein ganzes Leben lang begleiten? Werde ich nie frei davon sein?‹ fragte sich Diana, als sie ihm für das Essen gedankt hatte und zurückging, um Ruth zu suchen.

Die Sünden der Väter kommen auf die Kinder – wie recht die Bibel doch hatte. Sie fragte sich, was Terry wohl sagen würde, wenn sie ihm gestand, wer sie war. Fast war sie versucht, zurückzugehen und es herauszufinden.

Sie wollte sich selbst wehtun, ein masochistisches Vergnügen darin finden, eine Ausgestoßene zu sein und es die Leute wissen zu lassen.

Ruth wartete auf sie und saß mürrisch und allein da.

»Wo waren Sie, Diana?« fragte sie ärgerlich. »Ich wollte Sie gerade suchen.«

»Das tut mir leid«, entschuldigte sich Diana. »Ich sah Sie mit Lord Dalk tanzen und dachte, Sie brauchen mich nicht.«

»Das war vor einer Ewigkeit«, antwortete Ruth. »Ich schätze es nicht, allein herumzusitzen oder nach Ihnen suchen zu müssen.«

Diana steckte den Rüffel schweigend ein.

Achtes Kapitel

Die Schnibers kehrten ungefähr Mitte September nach London zurück. Inzwischen hatte Monte Carlo für sie alle langsam seinen Reiz verloren.

Die Yacht war kein Erfolg gewesen, und Ruth hatte keinen passenden jungen Mann finden können.

Deshalb bedauerte es niemand, als sie an einem heißen, stickigen Nachmittag den Blue Train bestiegen und dem strahlenden Himmel und dem Meer Lebewohl sagten und der Zug langsam an der Küste entlang dampfte.

Aber in London war Ruth ebenso unausstehlich wie zuvor. Sie lag träge im Bett, verdarb ihre Figur, indem sie zu viele Süßigkeiten aß, und nörgelte ständig, weil sie nicht auf eine Party oder in jene Häuser eingeladen wurde, die sie gern besuchen wollte.

Die Schnibers erhielten nicht viele Einladungen zu den sogenannten schicken Partys.

Diana war froh darüber, daß es kommenden Winter nur die übliche Anzahl von Wohltätigkeitsbällen geben würde, für die die Schnibers Eintrittskarten für drei Guineas kaufen und sich dann Seite an Seite mit denjenigen Menschen finden konnten, die sie gern sehen und von denen sie gern gesehen werden wollten.

Mary Carter hatte Mrs. Schniber in verschiedenen Komitees untergebracht, die die korpulente kleine Frau tagtäglich beschäftigten.

Sie eilte von einer Sitzung am Morgen zu einer anderen am Nachmittag und zu Presse-Tees, wo sie die Aufmerksamkeit der Fotografen auf sich lenkte, so daß sie jeden Dienstag abend die Seiten des *Tatler*, des *Sketch* und des *Bystander* durchsuchte, in der Hoffnung, sich in den Porträts aus der Gesellschaft wiederzufinden.

Ruth hingegen war zu bequem, um Komitee-Sitzungen zu besuchen.

Allmählich kam Diana zu dem Schluß, daß Ruth zu träge war, um überhaupt etwas zu tun, wenn sie nicht sicher war, einem Mann zu begegnen.

Ruth sehnte sich danach zu heiraten; und wenn sie ehrlich zu sich selbst gewesen wäre, hätte sie zugegeben, daß ein Liebhaber ihren Wünschen ebenso gut entsprochen hätte.

Sie wollte einen Mann haben, und sie fand den gesellschaftlichen Kreis, der ihr keinen zur Verfügung stellte, in jeder Hinsicht unbefriedigend.

In Wirklichkeit war es eine Tragödie. Wären die Schnibers in ihrer Heimat im Norden geblieben, dann hätte Ruth bei den Männern der Umgebung großen Erfolg gehabt.

Sie sah gut aus, und sie konnte, wenn sie wollte, unterhaltsam und fröhlich sein.

Sie hätte die Geselligkeit genossen; sie hätte die anderen Mädchen leicht ausgestochen, und sie hätte in ihrer Vorliebe für leuchtend kirschrote Kleider schwelgen können.

Sobald sie aus dem Süden zurückgekehrt war, traf Diana Jimmy und stellte fest, daß er immer noch in der Autowerkstatt tätig war und dieses Leben weit mehr genoß, als er selbst es erwartet hatte.

»Zuerst hatte ich Schwierigkeiten mit den anderen Mechanikern«, sagte er. »Sie hatten etwas dagegen, daß ich als Außenstehender zu ihnen kam, denn sie sahen in mir einen Dandy. Eine Zeitlang war es ziemlich lästig, das gebe ich offen zu, aber dann erbot ich mich, einen von ihnen zu verprügeln und tat es auch. Danach schüttelten wir uns die Hände und wurden die besten Freunde, und jetzt läuft alles vorzüglich.«

»Hat er dir nicht sehr weh getan?« fragte Diana.

»Ich hatte vierzehn Tage lang ein blaues Auge, was meiner Schönheit nicht zugute kam«, antwortete Jimmy. »Aber ich hatte Glück, ich kannte die Regeln und er nicht, allerdings war er ein kräftiger Bursche. Jedenfalls brachte die Prügelei alles ins Gleis, und das war die Hauptsache.«

»Du weißt, Diana«, fuhr Jimmy fort, »diese Autowerkstatt expandiert, und ich hoffe, daß man mich in einer ihrer Zweigstellen an der Umgehungsstraße zum Geschäftsführer macht. Es gibt keinen Grund, weshalb ich nicht das beste aus der Situation machen sollte. Ich sehe eine Menge Chancen. Aber ich muß behutsam vorgehen.«

Diana war erleichtert zu hören, daß Jimmy sich gut eingelebt hatte. Aber eine Woche später erhielt sie eine dringende Nachricht von ihm, er wolle sie sofort sprechen.

Sie nahm sich den Nachmittag bei den Schnibers frei und fuhr zu Jimmy in die Autowerkstatt.

»Ich kann hier nicht weg«, erklärte er, »aber ich habe die Erlaubnis, zehn Minuten mit dir zu sprechen.«

Er führte Diana in ein kleines, stickiges Büro, das mit einem Rollpult und einem sehr unzulänglichen elektrischen Ofen möbliert war. Jimmy schloß die Tür hinter ihnen, und als Diana sich auf den einzigen Stuhl gesetzt hatte, lehnte er sich gegen das Pult.

»Hör mir zu, altes Mädchen«, begann er. »Ich sitze in der Klemme! Hast du etwas Geld?«

»Warum?« fragte Diana.

»Als ich noch in Cambridge an der Universität war, indossierte ich einen Wechsel für ein Mädchen«, erklärte Jimmy. »Es war verdammt einfältig von mir, ich weiß, aber ich hätte niemals gedacht, daß sie zahlungsunfähig ist, und außerdem, um die Wahrheit zu sagen, Diana, war ich ziemlich verliebt in sie. Du weißt, daß man einem immer wieder einbläut, man soll keine Wechsel gegenzeichnen und nicht wegen Geld zu den Juden gehen.

Aber so ist es nun einmal. Ich habe den Wechsel für sie gegengezeichnet, und jetzt muß ich bezahlen. Natürlich könnte ich die Zahlung ablehnen und bankrott erklären... Aber wenn ich das täte, käme mein echter Name hier heraus und jedermann würde wissen, wer ich wirklich bin.

Schließlich wurde ich nur unter der Bedigung aufgenommen, daß ich meine Identität verberge. Ich habe dir von dieser offenen Stelle des Geschäftsführers erzählt – nun, neulich wurde darüber gesprochen, aber wenn herauskommt, wer ich bin, gibt es für mich absolut keine Chance.«

»Wieviel Geld brauchst du?« fragte Diana.

»Fünfhundert Pfund.«

»Das geht in Ordnung«, sagte Diana. »So viel kann ich für meinen Schmuck bekommen. Er ist im Grunde wesentlich mehr wert, doch du weißt, wie wenig man bekommt, wenn man etwas verkaufen muß. Ich habe vor ein paar Wochen bei einem Juwelier ein Angebot eingeholt, als ich einen Ring reparieren ließ, und der Verkäufer sagte mir, der Ring sei zweihundert Pfund wert. Wir können also leicht die fehlende Summe auftreiben.«

»Deine Saphirohrringe sind sehr wertvoll – ich weiß zufällig, was Vater dafür bezahlt hat«, sagte Jimmy.

»Die besitze ich leider nicht mehr«, erwiderte Diana und erzählte Jimmy, was sie eine Woche zuvor erlebt hatte.

Sie war mit den Schnibers auf einen Wohltätigkeitsball gegangen. Die Eintrittskarten waren nicht teuer gewesen, und die Menschenmenge war riesig.

Sie hatte sich nicht besonders vergnügt, denn die Schnibers hatten an allem herumgenörgelt und nur wenige Bekannte getroffen.

Gelangweilt und enttäuscht beschlossen sie direkt nach dem Kabarett, nach Hause zu fahren. Mrs. Schniber und Ruth gaben Diana die Coupons für ihre Mäntel und baten sie, diese für sie an der Garderobe zu holen.

Dort herrschte großer Andrang. Aber da Diana wußte, wie sehr Mrs. Schnibers es verabscheute, lange zu warten, drängte sie sich vor und zwischen den Menschen hindurch, um außer der Reihe die Mäntel zu ergattern.

Eine magere Frau in einem grellen Lachsrosa protestierte laut und versuchte, Diana zurückzuhalten.

»Ich war vor Ihnen da«, sagte sie aggressiv.

Sie warf ihren Coupon auf den Garderobentisch, und dann sah sie Diana ins Gesicht.

»Miß Headley, nicht wahr?« rief sie. »Miß Diana Headley! Nun, ich würde Ihnen gern sagen, was ich von Ihrem ehrenwerten Herrn Vater halte! Ich möchte zu gern erfahren, was er mit meinem Geld gemacht hat, das ich ihm anvertraut habe. Ihnen scheint es überhaupt nichts auszumachen, daß er uns um unser Geld betrogen hat! Sie kommen hier herein, drängen sich vor ehrliche Leute und sind dazu noch mit Juwelen behängt, die vermutlich von meinem Geld gekauft wurden!«

Diana trug an jenem Abend ein dunkelblaues Kleid, und sie hatte die großen, kostbar eingefaßten Saphirohrringe angesteckt, die ihr Vater ihr vor vielen Jahren geschenkt hatte.

Es waren ungewöhnlich schöne Saphire und groß genug, daß sie überall bewundernde Aufmerksamkeit erregten.

Die Frau in Lachsrosa, die sich in einen hysterischen Zorn hineinsteigerte, deutete jetzt auf Dianas Ohrringe.

»Sie kosten eine ganze Menge Geld«, schrie sie. »Und sie wurden von meinem Geld bezahlt!«

Die Leute in der Garderobe drängten sich um sie, sie wollten hören, was vorging.

Ohne ein Wort zu sagen, zog Diana die Ohrringe ab und drückte sie der erstaunten Frau in die Hand. Dann nahm sie der Garderobiere die Mäntel ab und verließ rasch den Raum.

Auf dem Heimweg saß sie zitternd da, erschüttert über die Würdelosigkeit der Szene, aber sie war froh, daß sie die Ohrringe hergegeben hatte, denn sie hatte das Gefühl, daß nun wenigstens einer der Gläubiger ihres Vaters nichts mehr gegen ihn sagen konnte.

Sie hatte ihren anderen Schmuck seither nicht mehr getragen, und irgendwie war sie jetzt erleichtert, daß sie mit dem, was ihr geblieben war, Jimmy helfen konnte.

Sie brachte den Schmuck am nächsten Tag zum Familienjuwelier, bei dem ihr Vater ihr erstes Kinderarmband aus winzigen Perlen und später das Armband mit den Diamanten und Saphiren zu ihrem einundzwanzigsten Geburtstag gekauft hatte.

Das einzige, was sie behielt, war der Verlobungsring ihrer Mutter, mit Diamanten, die in Gold gefaßt waren.

Wenn Jimmy heiratet, schenke ich ihn seiner Frau, dachte Diana.

Zu ihrer Freude brachte der Schmuck siebenhundert Pfund ein. Sie schickte sechshundert Pfund davon Jimmy. Sie hatte vorgeschlagen, daß sie die übrigen zweihundert Pfund zwischen sich aufteilten.

Aber Jimmy schickte ihr die hundert Pfund mit einem reizenden Brief wieder zurück. Er bedanke sich für ihre Hilfe und fügte hinzu:

> Ein Gutes haben diese ganzen Schwierigkeiten, Diana. Ich weiß nun, was für eine wundervolle Schwester ich habe. Es ist tröstlich für mich zu wissen, daß Du da bist, und ich hoffe, Du wirst für mich immer das gleiche empfinden. Was auch immer in Zukunft geschieht, wir werden zusammen aufsteigen oder fallen.

Als Diana seinen Brief las, traten ihr Tränen in die Augen. Er hatte recht – es war ein wunderbares Gefühl, einen Gefährten im Unglück zu haben.

Nachdem sie von Monte Carlo nach London zurückgekehrt waren, hatte Diana ein schmerzliches Erlebnis, daß sie mehr erschütterte als alles andere.

Ruth wollte eines Abends zum Tanz ins ›Quaglino‹ gehen. Infolgedessen wurden zwei Männer beschafft, und nach einem aufwendigen Dinner gingen sie zu viert aus.

Das Lokal war amüsant und die Dekorationen paßten besonders gut zu Dianas grünem Kleid mit dem kleinen samtenen Cape.

Die Musik ging Diana in die Beine, und sie wollte tanzen. Sie fühlte sich jung, sie war fröhlich – als sie plötzlich aufblickte und Terry unter der Tür stehen sah.

Erfreut und ohne nachzudenken lächelte sie ihn an und winkte ihm zu. Er erwiderte ihren Gruß mit einer steifen, förmlichen Verbeugung.

Einen Augenblick starrte sie ihn ungläubig an, und dann wurde ihr klar, was geschehen war. Er wußte, wer sie war.

Die Fröhlichkeit und das Glück, das sie empfunden hatte, waren plötzlich dahin.

Sie war eine Ausgestoßene, das Paradies des Vergessens war versperrt. Sie war ausgeschlossen.

Schweigend und elend saß sie da, und dann rief jemand ihren Namen und bat Ruth um Erlaubnis, sich zu ihnen setzen zu dürfen. Es war Hugo.

Er war sehr charmant, nicht nur zu ihr, sondern auch zu Ruth, die begierig darauf reagierte, kicherte, errötete und sich weit über den Tisch zu Hugo hinüberbeugte, um kein Wort zu verpassen, das er sagte.

Diana hatte nie erlebt, daß er sich mehr bemüht hätte, freundlich zu sein, und in seiner Gegenwart begann sie sich allmählich wieder wohler zu fühlen.

Schließlich stand Ruth auf um zu tanzen, und Diana fragte leise, ohne daß die anderen es hören konnten:

»Warum, Hugo?«

»Warum ich hier bin? Ich will es dir sagen. Ich wollte dich sehen, ich mußte dich unbedingt sehen, Diana. Du warst in Monte Carlo scheußlich zu mir, Diana, aber ich kann dich nicht vergessen. Können wir uns morgen sehen?«

Diana schüttelte den Kopf.

»Ich bin berufstätig, wie du weißt«, sagte Diana.

»Also gut«, sagte Hugo energisch. »Ich werde ›Mamma‹ anrufen und mich zum Abendessen einladen.«

»Das kannst du nicht tun, Hugo!« sagte Diana lachend. »Du wirst es bei ihnen niemals aushalten.«

»Nicht? Ehe du dich versiehst, bin ich bei den Schnibers als Familienfreund aufgenommen«, sagte Hugo entschlossen.

»Wenn du das tust, dann glaube ich wirklich, daß du mich magst«, sagte Diana lachend.

»Wenn du mir immer noch nicht glaubst«, erwiderte Hugo ernst, »dann bist du sehr töricht.«

»Das bin ich doch immer gewesen«, antwortete Diana leichthin.

Diana hatte sich mit ihrem Leben bei den Schnibers abgefunden. Sie hatte sich daran gewöhnt, herumkommandiert zu werden und zu gehorchen. Ihr vergangenes Leben schien jetzt nur noch wie ein vager Traum zu sein.

Sie sehnte sich nicht nach den alten Tagen, zumal ihre Erinnerungen daran sie unglücklich machten.

Loelia Standish bemerkte den Wandel, der in Diana vorging, und sie war glücklich darüber, aber auch überrascht.

»Das zeigt, daß man niemals jemanden als frivol bezeichnen sollte, solange er keiner Prüfung unterzogen worden ist«, sagte sie zu ihrem Mann. »Obwohl ich Diana liebe, hätte ich wirklich nicht gedacht, daß sie sich in einer solchen Lage bewähren würde.

Es ist erstaunlich, was für ein Mut uns allen gegeben ist, wenn wir mit Schwierigkeiten fertig werden müssen, ganz gleich, welcher Art sie sein mögen. Es ist wahr, jeder Mensch kann ein Held sein, wenn er die Gelegenheit dazu bekommt.«

Jack Standish nickte. »Du hast recht«, sagte er. »Im stillen habe ich mich bei Diana schon für alle meine unfreundlichen Gedanken über sie entschuldigt. Aber merkwürdig ist«, fügte er hinzu, »daß sie jetzt glücklicher wirkt, nicht mehr so herablassend, arrogant, was mich immer an ihr gestört hat. Ich frage mich, was Barry jetzt von ihr halten würde.«

»Ich auch.«

Diana hatte um ein freies Wochenende bei den Schnibers geben.

Sie wollte zum Huntsman's House fahren. Loelia und Jack hatten sie immer wieder eingeladen, aber bis jetzt hatte sie ihren Pflichten nicht entkommen können.

Schließlich hatte sich Ruth mit einer Erkältung ins Bett gelegt und ihre Absicht verkündet, diese von Freitag bis Montag auszukurieren.

Wie Diana wußte, bedeutete dies, daß Ruth sich mit dem neuesten Roman und einer Schachtel Pralinen ins Bett zurückziehen würde und daß das Radio dröhnen würde.

Infolgedessen ergriff Diana die Gelegenheit, nach Worcestershire zu fahren.

Die Erlaubnis war ihr mißmutig gegeben worden. Aber Diana fand, daß sie noch niemals so aufgeregt gewesen war wie jetzt bei dem Gedanken daran, Jack und Loelia wiederzusehen und für zwei ganze Tage ein freier Mensch zu sein.

›Ich könnte vor Freude den Lokomotivführer und den Schaffner umarmen‹, dachte sie, als sie zum Paddington-Bahnhof eilte.

Mehrere Passanten blickten dem großen, lächelnden Mädchen nach, als Diana über den Bahnsteig zum vorderen Teil des Zuges eilte, als ob es sie ihrem Ziel näher brächte, wenn sie dicht bei der Lokomotive saß.

Sie dachte nicht an ihre traurigen Gefühle, die sie beim letztenmal gehabt hatte, als sie diese Strecke gefahren war.

Statt dessen freute sie sich darauf, ihre Freunde wiederzusehen und den Luxus der Freiheit zu genießen.

Am Bahnhof in Malvern erwartete sie ein Wagen, und als sie im Huntsman's House eintraf, war in der großen, eichengetäfelten Halle der Tee serviert, präsidiert von Loelia.

Es war wie eine Heimkehr – das Willkommensgebell der Hunde, die respektvollen Grüße der Dienstboten, Loelias offenen Arme, Jacks warmes Händeschütteln. Und ganz plötzlich traten Tränen in Dianas Augen.

Ehe sie sie unterdrücken konnte, begannen sie zu fließen.

»Ihr Lieben, ich bin so glücklich«, sagte sie.

Sie nahm einen kleinen Terrier in die Arme und legte ihre Wange an sein rauhes Fell.

»Entschuldige«, sagte sie zu Loelia, »ich bin eine Närrin, aber du kannst dir nicht vorstellen, wie sehr ich mich freue, dich wiederzusehen.«

»Und wir freuen uns, daß du da bist, meine Liebe«, sagte Loelia mit ihrer sanften Stimme und berührte leicht Dianas Hand. »Erzähle uns von dir.«

Und so berichtete Diana, was sie seit ihrer letzten Begegnung erlebt hatte. Sie sprach über die vergangenen Monate, über die Schwierigkeiten, die Klagen der unzufriedenen Ruth, die Vornehmtuerei Mrs. Schnibers und des ganzen Personals.

Plötzlich sah Diana die komische Seite der Situation, und sie erzählte die Geschichte nun so, als wären ihre Nöte nur ein großartiger Spaß gewesen.

Sie erzählte weder gehässig noch giftig, sondern humorvoll, als sie über die Schnibers sprach, und sie karikierte ihre Brotherren in jener gutherzigen Art, die selbst gegenüber unseren besten Freunden oder Feinden erlaubt ist.

Jack und Loelia lachten und amüsierten sich, als durch Dianas Bericht die Familie Schniber für sie lebendig wurde.

Sie sahen Mrs. Schniber in Monte Carlo gegen die Seekrankheit ankämpfen, damit sie am Ruder der Yacht fotografiert werden konnte.

Sie sahen Ruth, wie sie einen Arzt nach dem anderen aufsuchte und Abmagerungskuren machte, sofort darauf aber der Versuchung jeder Pralinenschachtel erlag, welche jedes Pfund verdoppelte, das sie stöhnend verloren hatte.

Sie hörten von dem Butler, der majestätisch Befehle gab, voller Verachtung für seine Herrschaft war, aber in der Anrichte Kellys

Handbuch las und nur zu denjenigen Gästen der Schnibers höflich war, von denen er annahm, sie seien aus guter Familie.

Sie erkannten zusammen mit Diana das Rührende an Mr. Schnibers täglichem Kampf, immer mehr Geld zu verdienen, um es zur Unterhaltung von Menschen, die ihn verachteten, auszugeben.

Diana hatte nicht gewußt, daß sie sich über Menschen amüsieren konnte, ohne unfreundlich zu sein.

Sie dachte nicht gehässig über die Schnibers, denn sie hatte sie im Grunde gern.

Sie sah ihre Fehler, sie sah ihre Mängel, und doch wurde ihr die Tragik ihres Strebens täglich bewußter.

Wenn in London Bekannte von ihr ins Haus kamen, verhinderte sie jede Diskussion über ihre Arbeitgeber.

Neuerdings schämte sie sich sogar des achtlosen Benehmens, wenn Leute Gastfreundschaft als eine Selbstverständlichkeit hinnahmen, die sie nicht einmal mit guten Manieren vergalten.

Diana wußte, sie hätte viel billiges Mitgefühl wecken können, und doch war es das erste Mal, daß sie mit jemandem über ihre Arbeitgeber sprach.

Als sie erzählte, wunderte sie sich selbst, wie amüsant sie die ganze Geschichte fand.

›Weshalb habe ich das nicht schon vorher bemerkt?‹ dachte sie plötzlich. ›Warum ist es mir nicht bewußt geworden?‹

Und dann sagte sie zu Loelia:

»Es ist eine Komödie, nicht wahr – die ganze *méne*, und was noch mehr bedeutet – es gefällt mir.«

Nach dem Tee ging Loelia hinauf ins Kinderzimmer, um ihrem Sohn ›Gute Nacht‹ zu sagen.

Diana saß vor dem offenen Kamin, halb träumend, halb schlafend in der Wärme, die die großen Scheite ausstrahlten.

Draußen war es schon dunkel, und als der Butler das Teegeschirr abgeräumt hatte, schaltete er das gedämpfte Licht ein.

Im Huntsman's House herrschte eine Atmosphäre der Behaglichkeit und der Wärme, eine Atmosphäre des Glücks, denn niemand konnte mit Loelia und Jack zusammen sein, ohne von ihrer glücklichen Harmonie beeinflußt zu werden.

Gefühle sind ansteckend, und jetzt lehnte sich Diana friedlich zurück, die Beine ausgestreckt auf dem warmen Fellteppich, während der Terrier seine Nase an ihre Hand drückte und eine Dogge sie mit halb geschlossenen Augen betrachtete.

Wie im Traum hörte Diana draußen einen Wagen vorfahren.

Dann ging die Tür auf und ein Mann trat ein. Er hielt einen Augenblick inne, ehe er Diana sah.

Da sie nicht sicher war, ob sie sich freute, ihn zu sehen, stieg ihr das Blut in die Wangen, und sie richtete sich mit einem leisen Ausruf auf.

Barry rief lächelnd und überrascht ihren Namen und kam mit ausgestreckten Händen auf sie zu.

»Warum hast du mir nicht gesagt, daß Barry an diesem Wochenende zu euch kommt?« fragte Diana am nächsten Tag Loelia, als sie sich an das Geländer der Pferdekoppel lehnten und zusahen, wie die beiden Männer junge Ponys über einige Hindernisse führten.

»Ich war nicht sicher, ob er kommen würde«, sagte Loelia. »Du weißt, Barry betrachtet dies hier als sein Zuhause. Er kann kommen und gehen, wie es ihm gefällt. Jack und ich haben ihm zwei Zimmer im Westflügel zur Verfügung gestellt. Sie sind ausschließlich ihm vorbehalten, und wir geben sie keinen anderen Gästen und holen von dort auch nichts heraus.

Deshalb kündigt Barry sein Kommen niemals an. Wir haben ihn gern bei uns, und abgesehen von allem anderen weiß ich, daß es Jack glücklich macht, wenn Barry bei uns ist.

Du weißt, Diana, wenn eine Frau einen Mann liebt, spürt sie unwillkürlich, daß sie ihn der Freiheit beraubt, die er vor der Ehe genossen hat.

Jack und Barry verbrachten viel Zeit miteinander, und ich weiß, daß sich Jack manchmal danach sehnt, wieder mit Barry auf eine dieser abenteuerlichen Expeditionen zu gehen.

Natürlich will er mich nicht verlassen, und er wird es niemals tun, aber ich weiß, wie gern er reisen und forschen und wandern würde, mehr oder weniger dorthin, wohin sie der Zufall führt. Ich sage nicht, daß Jack unsere Ehe bereut, er ist glücklich, und schließlich haben wir Robin.

Aber es wäre übermenschlich, wenn er nicht manchmal den Ruf der Freiheit hören würde, wenn er sich nicht nach dem Abenteuer sehnen würde. Er weiß, daß er zu Hause gute Arbeit leistet, aber manchmal muß es ihm so vorkommen, als hätte Barry das bessere Los gezogen.

Deshalb ist es gut, wenn ich die Bande, so liebevoll sie auch sind, lockerer erscheinen lasse – nun, und das tue ich!«

»Du bist sehr klug«, sagte Diana impulsiv. »Wenn ich je heiraten sollte, was ich manchmal bezweifle, werde ich niemals so vernünftig sein wie du, Loelia.«

»Ich bin nicht klug«, antwortete Loelia. »Ich liebe aber Jack mehr als alles andere auf der Welt, und wenn man jemanden über alle Maßen liebt, im wahrsten Sinn des Wortes liebt, dann möchte man schenken und schenken und immer wieder schenken.

Ich glaube, alle Frauen, die lieben, fühlen so. Sie würden gern ein Stück von sich selbst hergeben und es für den Mann opfern, den sie lieben.«

»Glaubst du, Männer empfinden das gleiche für Frauen?« fragte Diana.

»Ja, in einem gewissen Maße«, sagte Loelia. »Die Haltung des Mannes gegenüber der Frau, die er liebt, ist die des Beschützers. Er will sie nicht nur vor Schaden beschützen, sondern auch vor sich selbst. Verstehst du, was ich damit sagen will?

Es ist die Selbstlosigkeit auf beiden Seiten, eine spontane Selbstlosigkeit, weil nur die Liebe das wirkliche Glück bringt.

Sage mir nicht, daß ein Mann eine Frau liebt, der in irgendeiner Weise ihren Ruf schädigt oder ihren Namen diffamiert. Keine Frau braucht einen Schutz vor der wahren Liebe, kein Mädchen braucht vor einem Mann beschützt zu werden, der sie wirklich und wahrhaftig liebt.

Die ganze Wahrheit liegt in der Tatsache, daß derjenige, der einen anderen liebt, nur das beste für ihn will und nicht für sich selbst.«

Diana schwieg, beobachtete die hervorragenden Reitkünste der beiden Männer und dachte darüber nach, was Loelia eben gesagt hatte.

Es war ein schöner Tag mit einem Hauch von Frost in der Luft. Ein kalter Wind wehte von den Hügeln herab und pfiff um das Haus und durch die Wälder ringsum.

Hoch über ihnen flogen drei Enten in Formation rund um den See, ehe sie sich schließlich niederließen.

Die Hunde bellten und jagten einander durch den Park.

Barry, barhäuptig im Sonnenschein, trainierte das Pony auf bewundernswerte Weise. Er führte es über die Hindernisse, wie es nur ein geschickter Reiter kann, und erhielt Lob von dem alten Pferdeknecht, der in der Nähe stand.

»Barry sieht auf einem Pferd gut aus«, sagte Loelia und brach damit das Schweigen.

Diana nickte. Sie sah Barry heute mit anderen Augen. Reserviert, ernst, kritisch, zu fast übermenschlicher Größe war sein Bild in ihrer Vorstellung gewachsen.

Er war für sie ein Mann gewesen, der außerhalb des Gewöhnlichen stand, jenseits ihres Verständnisses und jenseits jeder Freundlichkeit und Güte, die Menschen liebenswert machen.

Und dann hatte sie ihn am vergangenen Abend in einer anderen Rolle gesehen und verstand ihn nun besser.

Nach seiner Ankunft waren sie nach oben gegangen, um Loelia zu suchen, und hatten sie im Kinderzimmer angetroffen.

Robins Willkommensschrei hatte gezeigt, daß zumindest er Barry nicht zum Fürchten fand.

Barry hatte sich unbefangen und ohne auf die anderen zu achten mit Robin gebalgt, bis das Kindermädchen eingriff und den Jungen protestierend ins Bett brachte.

Diana hatte nicht den großen intellektuellen Reisenden gesehen, sondern einen Mann mit gerötetem Gesicht und zerzaustem Haar, wie er mit einem kleinen Jungen spielte, der ihn liebte.

Er war unter Kissen begraben worden, hatte den wilden Bären gespielt, hatte Robin Huckepack genommen, hatte ein schnaubendes Schlachtroß gemimt, und plötzlich war Diana aufgegangen, daß Barry nicht so unbegreiflich war, wie sie sich eingebildet hatte.

Der menschliche Geist ist zu leicht geneigt, jeden auf ein Podest zu stellen, der ein wenig vom üblichen abweicht.

In den letzten Monaten hatte Diana Barry für eine Art gottähnlichen Richter gehalten, für jemanden, der die gewöhnlichen, einfachen Gefühle nicht nachempfinden kann.

Ja, sie hatte in ihm gar nicht mehr einen Mann gesehen. Er hatte ihr Mut gegeben und sie angeleitet und sie mit neuer Hoffnung gestärkt.

Er kam ihr wie ein Priester vor, zu dem sie hingehen konnte in der Gewißheit, Trost und Kraft durch ihn zu finden.

Und deshalb erschrak sie, als sie ihn wiedersah und erkannte, daß er ein Mann war, und zwar ein attraktiver Mann. Sie hatte ihn vorher noch nie so heiter gesehen.

Er hatte beim Essen gelacht und sie geneckt, während Loelia und Jack sie animiert hatten, Wortgefechte miteinander zu führen, und sie lachten alle beide.

»Er ist nett«, sagte sich Diana, als sie ihn jetzt mit dem Pony beobachtete.

Er lachte, und sie bemerkte, wie dies seine ernsten Gesichtszüge veränderte und ihn jünger wirken ließ.

Sie begann zu verstehen, daß seine Zurückhaltung, die sie zuerst geängstigt und vielleicht sogar abgestoßen hatte, darauf zurückzuführen war, daß er einen großen Teil seines Lebens allein verbracht hatte.

Monatelang lebte Barry abgeschieden von der Welt nur mit seinen Dienern.

»Erzähle mir über Barry«, sagte sie zu Loelia. »Warum hat er mit dem begonnen, was er jetzt tut?«

»Sein Vater war Offizier in der indischen Armee«, antwortete Loelia. »Seine Mutter war eine der schönsten Frauen ihrer Generation. Barry wurde in Indien geboren und dann wie gewöhnlich zur Schule nach England geschickt. Es ist die Tragik des anglo-indischen Kindes.

Ein paar Jahre danach lief seine Mutter, die er sehr verehrte, mit einem Leutnant aus dem Regiment seines Vaters davon. Barrys Vater war danach völlig gebrochen, aber er verbarg seine Gefühle unter einer strengen Selbstdisziplin. Er sprach mit niemandem über sein Leid.

Damals hielt man eine Scheidung für unschicklich und sündig. Barrys Vater war ein strenger Christ und lehnte es ab, sich von seiner Frau scheiden zu lassen. Jahrelang zog sich die Tragödie hin.

Der Leutnant mußte natürlich das Regiment verlassen und konnte nicht nach England zurückkehren und dort offen mit einer Frau zusammenleben, die nicht seine Gattin war.

Sie blieben im Fernen Osten und kamen vor wenigen Jahren bei einem Erdbeben in Tokio ums Leben.

Es war alles sehr traurig. Barrys Mutter besaß einen starken Charakter, und wenn sie liebte, dann liebte sie ohne Rücksicht auf die Verhältnisse oder irgendwelche Widerstände.

Ich glaube, sie hatte Barrys Vater niemals geliebt, aber sie liebte den Mann, mit dem sie davongelaufen war. Doch er wurde mit diesem Leben nicht fertig und bedauerte den Verlust seines Offizierspatents.

Jedenfalls behandelte er sie schlecht – seelisch und körperlich. Er war brutal zu ihr, aber sie liebte ihn weiterhin.

Was immer er ihr auch antat, was immer auch geschah, sie liebte ihn trotzdem. Barry hat niemals darüber gesprochen, aber andere Menschen, die sie gekannt haben, erzählten uns über sie, weil sie wußten, wie eng wir mit Barry befreundet sind.

Barrys Verwandte hatten versucht, etwas gegen dieses Verhältnis zu unternehmen. Sie bedrängten seine Mutter, den Mann zu verlassen, aber sie weigerte sich. Ich glaube, daß sie auf ihre Weise trotz allem das Glück gefunden hat. Vielleicht ist es besser, abenteuerlich zu leben als überhaupt nicht.

Jedenfalls war das ihr Leben, und sie hatte es so gewollt und hielt durch dick und dünn daran fest. Barrys Vater wurde später Gouverneur einer der kleineren Provinzen Indiens.

Unmittelbar nachdem Barry die Schule verlassen hatte, lebte er einige Zeit mit seinem Vater zusammen in Indien. Er wäre noch länger dort geblieben, aber der Krieg brach aus.

Als er Indien verließ, war er soweit, das Land zu verstehen und zu lieben.

Seine eigentliche Erziehung erhielt er vor dem Krieg in jenen Jahren, die er bei seinem Vater verbracht hatte. Sein Vater bemühte sich, was nur wenige Engländer taten, die Lebensumstände der Menschen, die er regierte, zu verstehen. Er interessierte sich für ihre Ansichten und versuchte, soweit es ihm möglich war, das östliche Denken zu erfassen.

In dieser Zeit lernte Barry einen der großen indischen Philosophen kennen, der damals schon ein alter Mann war. Er lebt nicht mehr, aber wenn je ein Lehrer einen wahren Schüler gefunden hat, dann dieser in Barry.

Er inspirierte den Jungen dazu, einige der tiefgründigen Ideen des Ostens zu begreifen und sie dem Westen zu übermitteln.«

»Und was geschah mit seinem Vater?« fragte Diana.

»Er starb hochgeachtet drei Jahre nach dem Krieg. Er hat viel Gutes für sein Land getan. Ich glaube, daß er im Grunde sein einziges Kind abgöttisch liebte. Aber sein Kummer hat ihn so sehr verbittert, daß er seinem Sohn gegenüber niemals Zärtlichkeit oder Zuneigung zeigte.

Ich glaube, daher kommt Barrys beinahe unmenschliche Selbstdisziplin. Seit er ein kleiner Junge war, hat er niemals Liebe gespürt. Er sah seine Mutter nicht, bis er erwachsen war, und auch dann nur sehr selten.

Ich glaube, jetzt fürchtet sich Barry vor der Liebe. Sein ganzes Leben lang hat er sie, soweit es ihn betraf, nur in ihrer zerstörerischen Form erlebt.

Sein Vater hat alles getan, um ihn dagegen immun zu machen. Natürlich ist er für Frauen attraktiv, aber nur wenige Frauen ziehen ihn an.«

Während sie sprach, kam Barry angeritten.

»Worüber unterhaltet ihr beide euch so ernst?« fragte Barry.

Diana lächelte.

»Sie wären überrascht, wenn Sie es wüßten.«

Er lachte.

»Dann haben Sie sicher über mich gesprochen.«

»Im Scherz wird manches wahre Wort geäußert«, antwortete Loelia. »Es ist Essenszeit. Diana muß schon am Verhungern sein. Sage bitte Jack, er soll kommen.«

Barry galoppierte davon, und ein paar Minuten später gesellten sich die Männer zu ihnen. Jack hakte sich bei seiner Frau ein.

»Ist dir kalt, Liebling?« fragte er. »Du hättest ebenfalls reiten sollen.«

Sie schüttelte den Kopf.

Sie schlenderten auf das Haus zu und pfiffen den Hunden, die nach Kaninchen suchten.

»Wollen Sie morgen früh mit mir ausreiten?« fragte Barry Diana.

»Ich habe keine Reitkleidung«, antwortete sie.

»Du kannst meine anziehen. Wir sind ungefähr gleich groß«, sagte Loelia. »Ich weiß, daß dir meine Schuhe passen. Erinnerst du dich noch daran, als ich mir vor einiger Zeit in London deine Schuhe ausgeborgt habe, weil Jack unbedingt wollte, daß ich das Pferd ausprobiere, ehe er es kauft?«

»O ja, ich entsinne mich«, sagte Diana. »Gut, ich würde gern morgen ausreiten, wenn es keine Umstände macht.«

»Großartig«, sagte Barry. »Wir werden über die Hügel reiten, ungefähr eine Meile nach Hereford hinüber. Es wird Ihnen gefallen.«

»Und was machen wir heute nachmittag?« fragte Loelia. »Was schlägst du vor, Barry?«

»Ich habe etwas Arbeit dabei«, sagte er. »Ich muß wirklich damit vorankommen. Wenn ihr mich zur Burg begleiten wollt, zeige ich euch die ersten Kapitel von Jacks und meiner neuen Arbeit. Ich muß noch die Hälfte der Korrekturfahnen lesen.«

Sie brachen bald nach dem Mittagessen auf, wie Barry es vorgeschlagen hatte. Der Wind brachte Farbe auf Dianas Wangen, und sie war froh, daß sie ihren Jägermantel dabei hatte.

›Gott sei Dank ändert sich diese Kleidung nicht mit der Mode‹, dachte sie, als sie ihn angezogen hatte.

Es fiel ihr bereits schwer, sich neue Kleider zu kaufen.

Sie gingen zügig zur Burg und unterhielten sich fröhlich miteinander.

Sie kamen zu dem Weg, an dem Diana vor einigen Monaten auf

dem umgestürzten Baumstamm gesessen und wo Barry sie überrascht und ihr Trost gebracht hatte.

Sie wußte, daß er ihre Begegnung vor Loelia und Jack nicht erwähnt hatte, und als sie jetzt an der Stelle vorbeikamen, drehte sie sich um und lächelte ihn in geheimem Einverständnis an.

Barrys Blick traf den ihren, und er erwiderte ihr Lächeln.

»Gut gemacht!« sagte er leise.

Diana legte sich genüßlich in ihr heißes Bad und ließ die Wärme ihre steifen Glieder lockern. Sie war von dem Ausritt mit Barry zurückgekommen und fühlte sich herrlich erfrischt, nachdem sie jeden Augenblick ihres Galopps genossen hatte.

Sie liebte es, wenn der Wind in ihr Gesicht blies, sie liebte das Pochen der Pferdehufe und das Gefühl, ein Pferd unter sich und die straffen Zügel in ihren ungeübten Händen zu haben.

Sie hatte auch Barrys Gesellschaft genossen und die Bewunderung, die er gezeigt hatte, weil sie ihr temperamentvolles Tier so gut beherrschte.

Die Stunden, die sie miteinander verbracht hatten, waren ihr allzu rasch vergangen.

Sie hatten sich miteinander unterhalten, und sie dachte jetzt an ihr Gespräch, als sie dalag und ihren Körper verschwommen rosarot in dem von Badesalzen leicht verfärbten Wasser sah.

Sie waren den Hügel hinaufgeritten, und Diana war es so vorgekommen, als hätte sie nie zuvor so viel empfunden und jeden Augenblick mit einer solchen Intensität genossen.

Der Morgen war schön gewesen – der Sonnenschein, der Wind, der stahlblaue Himmel über ihnen, die laublosen Bäume, die mit skelettartigen Fingern nach oben deuteten wie auf einer Zeichnung.

Diana hatte das Gefühl gehabt, daß alles zu überwältigend war, um es zu verstehen – ihre Gesundheit, die Schönheit, die sie umgab, das Glück, das aus ihrem innersten Sein hervorzuströmen schien.

›Wenn man dies nur erklären könnte‹, dachte sie. ›Wenn wir es doch denen, die wir lieben, zum Geschenk machen könnten!‹

Sie mußte an Jimmy denken, der in London arbeitete. Sie wußte, daß die Wochenenden in der Autowerkstatt die anstrengendste Zeit war.

Wenn sie ihm nur ein Paket schicken könnte, das diesen Augenblick enthielt!

Und als ob Barry ein wenig von dem, was sie dachte, gespürt hätte, hatte er nichts gesprochen, sondern war einige Zeit schweigend neben ihr hergeritten.

Erst als sie nach einem langen Galopp ihre Pferde zügelten, um den herrlichen Ausblick über Hereford und die Hügel von Wales zu genießen, begannen sie wieder miteinander zu sprechen.

Sie waren nach Hause zurückgekehrt, und die Worte, die sie nun miteinander wechselten, hatten eine tiefere Bedeutung ... als sie oberflächlich ausdrückten.

Wie freundlich er doch ist, dachte Diana jetzt, wie anders, als sie ihn zuerst gesehen hatte.

Und als sie nun im Bad lag, wurde ihr plötzlich bewußt, daß sie ihn liebte.

»Ich liebe ihn«, flüsterte Diana.

Es war ein Gefühl, das sie noch nie empfunden hatte, denn es bedeutete gleichzeitig ein ungeheures Vertrauen und eine überwältigende Achtung vor ihm.

Oft, wenn sie in einen Mann verliebt gewesen war, selbst wenn er sie anzog, was unter der Oberfläche schließlich ein bloßer physischer Vorgang war, hatte sie ihn nicht unbedingt geachtet.

Selbst wenn sie jemanden lieb gewonnen hatte, hörte sie immer diese kalte, berechnende Stimme ihres Verstandes, die ihr sagte, daß es nicht von Dauer wäre.

Und jetzt hatte sie zum erstenmal einen Mann kennengelernt, der so außergewöhnlich war, daß sie nichts an ihm auszusetzen fand, und sie liebte ihn um seiner selbst willen.

In diesem Augenblick kam es ihr so vor, als hätte es seitdem sie ihn kannte keine Sekunde gegeben, in der sie ihn nicht geliebt hatte.

Sie versuchte, sich an ihren Zorn über ihn bei ihrer ersten Begegnung zu erinnern. Doch alles, was sie jetzt fühlen konnte, war nur ein überwältigender Wunsch, ihm nahe zu sein, seine Stimme zu hören, bei ihm zu sein.

Im Augenblick wünschte sie nicht einmal einen engeren Kontakt mit ihm, sie wollte ihm nur nahe sein.

Sie spürte, daß sie wie Robin empfand, wie die Hunde, die sich um ihn drängten, wann immer er erschien – glücklich, ihn zu berühren, dankbar für seine Anwesenheit.

›Empfinden dies alle Menschen, wenn sie lieben?‹ fragte sich Diana.

Erlebten alle Menschen diese Freude, dieses große Glück, das einen wie eine Flut überkam und jede Zurückhaltung, jede Hemmung wegschwemmte?

Und dann kam ihr die Frage in den Sinn – würde Barry sie jemals lieben?

Sie dachte an sein Leben, wie Loelia es ihr tags zuvor geschildert hatte. Er hatte wenig Erfahrung in der Liebe, wenn Loelia nicht irrte.

Er hatte ein stilles, zurückgezogenes Leben geführt, während Diana ihr Leben unter frivolen Menschen verbracht hatte. Und keiner von ihnen beiden war bis jetzt von jenem Gefühl davongetragen worden, das sich der menschlichen Kontrolle entzieht.

Diana war überzeugt, daß alles wichtig war, was er ihr über das Leben und die Menschen erzählt hatte.

Sie fragte sich, ob sie wirklich im Ernst erwogen hatte, Hugo zu heiraten.

Hatte sie wirklich geglaubt, daß sie niemals dieses erregende Glück empfinden würde, dieses Gefühl, daß sie auf der Schwelle von etwas stand, das zu wunderbar war, als daß man es beschreiben oder in Worte fassen konnte?

Sie betrachtete sich im Spiegel auf der anderen Seite des Bades. War sie das selbst, die das Leben einmal unerträglich gefunden hatte, die einmal voller Mißmut an den morgigen Tag gedacht hatte?

Was immer der morgige Tag für sie bereit halten würde, sie wußte, daß sie ihn ersehnte, denn er würde aufregend und voller Leben sein.

›Ich will nicht bis morgen warten‹, dachte Diana plötzlich. ›Ich will Barry haben, und ich will ihn jetzt haben. Wenn ich warte, könnte dies bedeuten, daß ich ihn vielleicht verliere.‹

Neuntes Kapitel

Diana kaufte für Mrs. Schniber bei Fortnum & Mason's ein.

Sie ging an den Theken vorbei, die mit köstlichen Lebensmitteln beladen waren, Spezialitäten aus allen Erdteilen, die miteinander um die Gunst der Kunden wetteiferten.

Aber ihr Auftrag von Mrs. Schniber galt nichts Eßbarem, und Diana ging hinunter in die Geschenkabteilung.

Es war drei Wochen her seit dem Wochenende, das sie in Malvern verbracht hatte. Weihnachten war vorüber, und der Ansturm der Kunden hatte dem ruhigen Januargeschäft Platz gemacht.

Als Diana Huntsman's House verlassen hatte, war ihr nur halb bewußt gewesen, was ihr widerfahren war.

Die volle Erkenntnis der übergroßen Liebe, die in ihr für Barry erwacht war, wurde von einer Depression abgelöst, die jedoch niemals ihre Hoffnung ganz auslöschte, daß die Zukunft das wahre Glück für sie beide bereithielt.

Als sie sich sehr früh am Montagmorgen von Barry verabschiedete, hatte sie gesagt:

»Ich hoffe, wir sehen uns bald wieder.«

Diana hatte sich vorgenommen, allem zuzustimmen, was er vorschlug, da sie wußte, daß sie alles andere opfern würde, sogar ihre Arbeit, nur um mit ihm zusammen zu sein.

Aber Barrys Antwort war unerwartet gewesen, und sie hatte ihn entsetzt angesehen, als er sagte:

»Ich fürchte, es wird sehr lange dauern, bis wir uns wiedersehen. Ich reise Ende nächster Woche nach Indien.«

»Wie lange werden Sie weg sein?« hatte Diana nach einer langen Pause gefragt, und es war ihr so vorgekommen, als hätte ihre Stimme unnatürlich geklungen, wie aus weiter Ferne und völlig gefühllos.

»Ich weiß nicht. Ich kann nie sagen, wie lange mich Indien festhält«, hatte Barry achselzuckend gesagt.

Diana hatte gefürchtet, sie würde ihr Geheimnis herausschreien, sie würde ihm sagen, daß sie ihn liebe; sie wollte ihn bitten zu bleiben oder sie mitzunehmen. Doch dann brachte sie sich unter Kontrolle.

Sie hatte sich von ihm verabschiedet und war sich dabei dessen bewußt gewesen, daß sie eines der tapfersten Dinge ihres Lebens vollbracht hatte.

›Wenn ich nur etwas von ihm hören würde‹, dachte Diana.

Sie hatte erfahren, daß er gut in Indien angekommen war. Eine der Zeitungen hatte über seine Reise mit dem Flugzeug berichtet. Aber nach jenen wenigen nüchternen, gedruckten Worten hatte das Schweigen ihn verschluckt.

Jeden Abend ging sie mit seinem Namen auf den Lippen zu Bett, und wenn sie am Morgen aufwachte, galt ihr erster Gedanke ihm, und allmählich drang er in ihre Träume ein.

Jeder Tag, der verstrich, schien ihre Liebe und Sehnsucht noch zu vergrößern.

Sie wünschte sich so sehr, bei ihm zu sein, daß sie sich fragte, ob es möglich war, daß die Kraft ihres Wunsches ihn vielleicht erreichte, wo immer er auch war.

Manchmal stand sie am Fenster, dachte an ihn und sandte sehnsüchtige Gedanken zu ihm aus.

Wie oft hatte sie über Gedankenübertragungen gelesen, hatte wundervolle Geschichten gehört von Leuten, die einander über die ganze Welt hinweg riefen.

Aber sie erhielt keine Antwort und keine Nachricht, wie es ihm ging und was er tat.

In der Zwischenzeit wurde Hugo immer hartnäckiger. Wie er vor vielen Monaten im ›Quaglino‹ versprochen hatte, kam er in das Haus am Grosvenor Square und wurde von den Schnibers warm willkommen geheißen.

Diana fiel es schwer, ihm aus dem Weg zu gehen, denn er kam vorbei, wann immer es ihm paßte.

Mrs. Schniber machte zuerst viel Wesens um ihn in der Hoffnung, daß er Ruth heiraten würde, aber selbst ihr mütterliches Auge war nicht blind für die Tatsache, daß er Ruth langweilig fand und seine ganze Aufmerksamkeit sich allein auf Diana richtete.

Als Mrs. Schniber die Wahrheit zur Kenntnis nahm, kam ihre gute Natur zum Vorschein, und sie ermutigte Hugo um Dianas willen, so wie sie es für ihr eigenes Kind getan hätte.

Aber Hugo machte Diana trotzdem keinen Heiratsantrag, sondern ergriff nur die nicht sehr zahlreichen Gelegenheiten, mit ihr allein zu sein, um ihr mit seinem meisterhaften Charme seine Liebe zu erklären.

Diana fiel es schwer, ihm zuzuhören. Sie mochte ihn, und

manchmal spürte sie, daß er auf eine merkwürdige Weise ein letztes Bindeglied zu ihrer Vergangenheit war.

Hugo schmeichelte ihr, und sie konnte sich nicht verhehlen, daß sie manchmal, wenn sie einsam und niedergeschlagen war, seine Komplimente genoß.

Es war schwierig, dachte sie ein wenig bitter, zufrieden mit sich und so voller Selbstvertrauen zu sein, wenn man nur ein bezahlter Dienstbote war.

Komplimente waren das, was sie von ihrem früheren Leben am meisten vermißte.

Wenn Hugo in seiner umwerfenden, charmanten Art mit ihr sprach oder ihr schmeichelte, durch die jedes weibliche Wesen sich wie eine Göttin vorkam und sich sogar das schlichteste Mädchen für eine Schönheit hielt, brachte dies einen gewissen Trost in Dianas alltägliches Leben.

Hugo war der einzige Mensch, der sie genauso behandelte wie früher. Ihre anderen Bekannten waren in ihrer Gegenwart leicht befangen oder herablassend oder etwas unaufmerksam.

Allmählich war das Interesse an ihr abgeflaut. Sie konnte jetzt ein Restaurant besuchen, ohne daß die Leute über ihre Vergangenheit flüsterten oder sie mit jener unverschämten Anmaßung anstarrten, mit der die Gesellschaft die Berühmten oder die Berüchtigten bedenkt, als wären sie eine bisher unbekannte Spezies.

Sie hatte sich darin geübt, weniger empfindlich als am Anfang zu sein, und sie war abgehärteter gegen die Geringschätzung, selbst wenn diese beabsichtigt war.

Trotzdem war sie sich ihrer Sonderstellung immer noch bewußt.

Der finanzielle Zusammenbruch ihres Vaters hatte zweifellos sehr viele Menschen geschädigt, und nicht nur die Anteilseigner der in Mißkredit geratenen Firmen, mit denen er verbunden gewesen war.

Sein plötzlicher Tod hatte die Börsenkurse gedrückt, und es gab viele Leute, die ihn verfluchten, obwohl er ihnen persönlich unbekannt war, da er den Markt und ihre Brieftasche geschädigt hatte.

Der Headley-Skandal war immer noch ein Markstein unter den Ereignissen des letzten Jahres, und Diana erschrak immer noch unwillkürlich, wenn ihr Name fiel, und wünschte, unbemerkt den Blicken all derjenigen entfliehen zu können, die sie und ihre Herkunft kannten.

Jimmy hatte es besser, da seine angenommene Identität es ihm ermöglichte, die peinlicheren Begegnungen zu vermeiden. Aber er lebte ständig in der Furcht, daß seine Maskerade aufgedeckt wurde.

Bis jetzt kam er gut zurecht und hatte sich verbessert, was sowohl seine Stellung als auch sein Gehalt anbetraf. Diana glaubte sicher, daß er früher oder später vorankommen würde, denn er konnte hart arbeiten und war ein konstruktiver Denker.

Mrs. Schniber hatte sie gebeten, ungefähr zweieinhalb Pfund für ein Hochzeitsgeschenk auszugeben, und Diana schwankte zwischen einem modernen Zierrat aus Porzellan in lebhaften Farben und einer gläsernen Tischdekoration.

Als sie aufblickte, um einen Verkäufer zu suchen, sah sie Loelia die Treppe herunterkommen.

»Loelia!« rief sie fröhlich und eilte auf sie zu.

Sie umarmte und küßte ihre Freundin liebevoll.

»Wie schön, dich zu sehen«, sagte Loelia. »Du bist eine Schurkin, Diana! Du hast mir eine ganze Woche lang nicht geschrieben!«

»Ich habe nichts erlebt, was aufregend genug gewesen wäre, um dir darüber zu berichten«, gestand Diana. »Es war lieb von dir, mich zu Weihnachten einzuladen, aber ich konnte nicht weg. Die Schnibers hatten ein Familienfest und wollten, daß ich bei ihnen blieb und die langweiligeren unter ihren Verwandten unterhielt.«

»Armer Liebling«, sagte Loelia. »Ich wollte, du hättest zu uns kommen können. Wir hatten eine wunderschöne Zeit, und ich gab für Robin eine entzückende Kinderparty. Ich glaube, Jack und ich haben es ebenso sehr genossen wir Robin, wenn nicht noch mehr.«

Als Loelia ihren Einkauf getätigt hatte und Diana sich schließlich für eine Tischdekoration entschied, gingen sie zusammen Arm in Arm die Treppe hinauf, plauderten fröhlich miteinander, lachten und planten ein baldiges Wiedersehen.

Als sie oben an der Treppe angekommen waren, stieß Loelia einen leisen Schrei aus:

»Meine Liebe, ich hatte keine Ahnung, daß es schon so spät ist. Ich muß fliegen! Ich treffe Jack am Bahnhof. Wir fahren mit einem früheren Zug nach Hause.«

Die beiden Frauen eilten auf den Haupteingang zu, und der Portier rief für Loelia ein Taxi.

Da stellte Diana die Frage, die ihr schon die ganze Zeit auf der Zunge gelegen hatte.

»Hast du etwas von Barry gehört? Wie geht es ihm?«

»Barry? Oh, es geht ihm sehr gut. Er schrieb Jack im letzten Brief, daß er in ein Kloster eingetreten ist.«

Diana stand ganz still da. Sie versuchte zu verstehen, versuchte zu begreifen, was Loelia eben gesagt hatte, und als die Wagentür geöffnet wurde und Loelia in das Taxi stieg, rief sie:

»Er ist in ein Kloster eingetreten? Was meinst du damit?«

»Barry ist ein buddhistischer Mönch geworden. Das ist alles, was ich weiß. Ich muß jetzt fahren – leb wohl, Liebste.«

Loelia winkte, als das Taxi abfuhr, und ließ Diana auf dem Gehsteig zurück.

Diana sah ihr nach, ohne auf die vorübergehenden Fußgänger zu achten, die an sie stießen, sich entschuldigten und weitergingen, während Diana von ihrer Existenz nichts bemerkte.

Der Portier fragte:

»Taxi, Miß?«

Dann wiederholte er seine Frage, da sie nicht antwortete.

Die Bedeutung seiner Worte drang allmählich in ihr Bewußtsein.

»Nein, danke«, sagte sie, wandte sich um und ging die Duke Street hinab. Dann bog sie in die Jermyn Street ein.

Sie ging ziellos weiter, ohne darauf zu achten, wohin sie ging. Sie bemerkte nichts von ihrer Umgebung.

Es ist nicht wahr, sagte sie. Es kann nicht wahr sein, daß Barry in ein Kloster eingetreten und weiter von ihr entfernt war denn je... Für immer?

Plötzlich wurde ihr schwindelig, und sie konnte nicht weitergehen. Sie blieb stehen und sah sich nach einem Halt um. Da bemerkte sie, daß sie in der Jermyn Street war, direkt gegenüber dem ›Apéritif-Grill‹. Der Name stand in großen, purpurnen Lettern auf der anderen Straßenseite. Sie überquerte die Straße und ging durch die Drehtür.

Es war schon Nachmittag, und die Mittagessensgäste waren fast alle gegangen.

In der fernen Ecke saßen nur noch einige wenige Paare und unterhielten sich miteinander, ohne auf ihre Umgebung zu achten, ganz mit sich selbst beschäftigt.

Der *maitre d'hôtel* kam herbeigeeilt und erkannte Diana.

»Guten Tag, Miß Headley«, sagte er, »kann ich etwas für Sie tun?«

»Mir ist schrecklich schlecht«, sagte Diana. »Würden Sie mir bitte einen Cognac bringen?«

Diana ließ sich in einen der roten Ledersessel nahe der Tür fallen.

Der *maitre d'hôtel* war sehr besorgt. Er brachte ihr rasch ein kleines Glas Cognac – keinen Augenblick zu früh, denn es kam Diana so vor, als würde sich die ganze Welt um sie herum drehen und sie würde jeden Augenblick in Dunkelheit versinken.

Der Alkohol brannte in ihrer Kehle, und das Blut stieg ihr wieder in den Kopf.

»Geht es Ihnen besser?« fragte der *maitre d'hôtel* besorgt. »Kann ich noch etwas für Sie tun?«

Diana dankte ihm mit einem schwachen Lächeln.

»Jetzt geht es mir wieder gut«, sagte sie.

Plötzlich rief eine Stimme ihren Namen, und Hugo eilte durch das Restaurant auf sie zu.

Er nahm ihre Hand, und als sie zu ihm aufblickte, beugte er sich mit besorgter Miene zu ihr hinunter.

Zu ihrer eigenen Bestürzung brach sie in Tränen aus.

»Oh, Hugo, bitte bring mich nach Hause«, sagte sie schluchzend.

Ein Brief von Loelia lag auf Dianas Schreibtisch. Er war etwa eine Woche alt, und Diana hatte ihn liegengelassen und ihn immer wieder gelesen.

Es war kein langer Brief, und der größte Teil davon enthielt lediglich einen Bericht über die alltäglichen Vorgänge im Huntsman's House, aber im letzten Absatz schrieb Loelia:

> Barry hat Jack geschrieben, daß er in das buddhistische Kloster in Baltar eingetreten ist. Er ist sehr glücklich, und das klösterliche Leben sagt ihm offenbar zu. Barry hat ein höchst interessantes Manuskript geschickt. Ich freue mich darauf, die Übersetzung zu lesen.

Nichts weiter – was gab es da auch mehr zu sagen? fragte sich Diana.

Barry ein Mönch! Der heitere, fröhliche Barry, der mit Robin herumgetollt hatte, der sie geneckt und ihren wilden Galopp über die Hügel genossen hatte, trug jetzt eine gelbe Kutte und sollte jeden Besitz außer seiner Bettelschale aufgegeben haben?

›Das kann nicht wahr sein‹, sagte sich Diana.

Seine Religion war eine Philosophie gewesen, eine Philosophie, die nicht an irgendeine bestimmte Richtung gebunden war.

Hatte er die Einsamkeit der Zelle gesucht, die Ruhe des geregelten Lebens, oder war er vom Glauben davongetragen worden, von der Religion, die er seit Jahren studiert hatte?

Diana stellte sich diese und viele andere Fragen und fand keine

Antwort. Sie wußte nur, daß diese Nachricht das Ende aller ihrer Hoffnungen bedeutete.

Sie wollte jetzt nicht mehr weiterleben. Sie hatte kein Interesse an irgend etwas, das die Zukunft ihr vielleicht brachte. Konnte sie vom Leben noch etwas erwarten, das den Verlust des einzigen Menschen wettmachte, der ihr jemals begehrenswert gewesen war? Barry hatte in ihr ein tiefes Gefühl geweckt, das in seiner Intensität fast erschreckend war, denn sie hatte nicht gewußt, daß sie selbst so tiefer Empfindungen fähig war.

Wie oft hatte sie früher über Leute gespottet, deren Herzen gebrochen waren. Sie hatte offen gesagt, daß jeder, der seine Gefühle und seine Liebe nicht kontrollieren könne, unbeherrscht und undiszipliniert war.

›Hysterisch‹ hatte es Diana damals genannt.

Aber nun wäre es für sie in ihrer eigenen Schwäche leicht, in das zu verfallen, was man im viktorianischen Zeitalter ›Auszehrung‹ nannte.

Dahinzuwelken, nur weil sie nicht den Willen hatte, an etwas anderes zu denken, kein Interesse an irgend etwas, das das Leben ihr bot, und weil für sie das einzig Wünschenswerte der Tod war, denn er bedeutete Vergessen.

Sie ließ sich während der nächsten Wochen treiben, als befände sie sich in einem Traum, und die Schnibers waren ernsthaft besorgt.

Sie verstanden diesen plötzlichen Wandel nicht, der in Diana vorgegangen war – ihr blasses Gesicht, ihre Apathie, ihr mangelndes Interesse an allem, was um sie herum geschah.

Wäre sie in diesem Zustand nach dem Tod ihres Vaters zu ihnen gekommen, hätten sie es verstehen können. Aber dieser Wandel war über Nacht eingetreten, und es war, soweit sie wußten, nichts geschehen, was man in irgendeiner Weise als Tragödie hätte betrachten können.

Mrs. Schniber sprach mit Diana, erhielt aber keine befriedigende Antwort. Sogar Ruth raffte sich auf und fragte Diana, was sie bekümmere, bekam aber nur gesagt, es fehle ihr nichts.

Die Tage verstrichen. Sie kamen Diana wie Jahre der Einsamkeit und eines Elends vor, das so groß war, daß es in ihr eine tiefe Depression auslöste. Ihr schien es so, als sänke sie immer tiefer, bis alle ihre inneren Kräfte aufgezehrt sein würden.

Und dann kam Mrs. Schniber zu dem Schluß, daß das ganze Elend durch Hugo ausgelöst worden sein mußte.

Es gab keinen anderen Grund, dachte Mrs. Schniber, was Diana so unglücklich machen konnte. Deshalb beschloß sie, mit Hugo zu reden und ihm ihre Erkenntnis mitzuteilen.

»Ich habe dieses Kind wirklich gern«, sagte sie zu ihrem Mann. »Schließlich ist sie uns sehr nützlich. Ihre Gesellschaft heitert Ruth auf, und ich kann nicht dulden, daß Diana sich wegen eines Mannes verzehrt, Lord hin oder her. Findest du nicht, daß ich recht habe?«

»Natürlich hast du recht«, antwortete Mr. Schniber geistesabwesend.

Hugo, der einen Besuch machte, war überrascht, als er hörte, daß Mrs. Schniber ihn im Boudoir sprechen wollte.

Er ging die breite, mit einem purpurnen Teppich belegte Treppe hinauf in das übermäßig vergoldete und mit zu vielen Kissen und Taftvorhängen ausgestattete Boudoir, das gelegentlich von Mrs. Schniber benutzt wurde, wenn sie mit der Köchin sprach. Ansonsten war es jahrein, jahraus unbewohnt.

Mrs. Schniber kam in einem engen schwarzen Samtkleid, das mit weißem Hermelin verziert war, herangeeilt, als ihr Besucher angekündigt wurde.

Sie war sichtlich nervös, und Hugo fragte sich, was um alles in der Welt geschehen war, ehe sie endlich zum Wesentlichen kam.

»Sie werden es merkwürdig von mir finden, Lord Dalk«, sagte sie aufgeregt, »aber ich muß mit Ihnen unter vier Augen sprechen. Ich weiß natürlich, daß es mich nichts angeht, und ich sollte mich eigentlich nicht einmischen, aber ich mag das liebe Kind so sehr, und es bricht mir das Herz, wenn ich sie so sehe.«

»Wen?« fragte Hugo. »Wen meinen Sie? Diana?«

Mrs. Schniber nickte.

»Ja, Diana. Sie müssen wissen, Lord Dalk, daß sie nicht mehr sie selbst ist. Sie ißt nichts. Sie sieht schrecklich schlecht aus. Ich habe meine eigenen Gründe zu glauben, daß sie sich jeden Abend in den Schlaf weint.«

»Guter Gott«, sagte Hugo. »Was glauben Sie, was ihr fehlt?«

Mrs. Schniber sah ihn an, und ihre kleinen dunklen Augen waren halb geschlossen und sahen ihn wissend an.

Dann legte sie ihre dicke, beringte Hand auf seinen Arm.

»Die Liebe«, sagte sie bestimmt.

»Die Liebe?« wiederholte Hugo erschrocken. »Zu wem?«

»Nun«, sagte Mrs. Schnibers schelmisch, »ich glaube, das müssen Sie selbst beantworten, Lord Dalk. Sicher können Sie es erraten.«

»Ich... Sie meinen... ich?« sagte Hugo und stand auf. »Meine liebe Mrs. Schniber, ich fürchte, Sie irren sich.«

Mrs. Schniber schüttelte den Kopf.

»O nein, ich weiß, daß ich recht habe«, sagte sie.

»Meinen Sie wirklich«, sagte Hugo ungläubig, »daß diese Veränderungen, die in Diana vorgegangen sind – ich habe es während der letzten Tage selbst bemerkt, wie ich zugeben muß – daß diese Veränderungen auf Liebe zu mir zurückzuführen sind?«

Mrs. Schniber nickte.

Hugo sah sie eine Weile irritiert an.

»Ich weiß nicht, ob Sie recht haben«, sagte er schließlich nachdenklich.

»Ich bin sicher, daß ich recht habe, und ich glaube, es ist an der Zeit zu sprechen.«

»Zu sprechen?« wiederholte Hugo fragend. Und dann verstand er. »Oh – Sie meinen, ich sollte Diana einen Heiratsantrag machen.«

»Gewiß«, sagte Mrs. Schniber. »Und es ist höchste Zeit, wenn Sie mir verzeihen, daß ich das sage. Sie haben meines Wissens gut über ein Jahr Diana Ihre Aufmerksamkeit geschenkt. Sie kommen sehr oft hierher, um sie zu sehen – natürlich regt sich ein Mädchen auf, wenn ein Mann ihr keinen Antrag macht.

Ich weiß noch, wie es war, als Simon mir den Hof machte«, fuhr sie fort. »Ich war lange Zeit nicht sicher, ob er es ernst meinte, und ich war so unglücklich. Ich weinte mich oft in den Schlaf.

Oh, Simon war sehr vorsichtig – genau wie Sie! Er zögerte, sagte nie etwas, und als er mich schließlich fragte, nun, ich kann es ruhig zugeben, da sprang ich ihm in die Arme! Ich liebte ihn, wissen Sie, und was mehr ist, ich habe es nie bereut!«

Hugo bewunderte Mrs. Schniber in diesem Augenblick. Sie kämpfte um Dianas Glück, wie sie um das ihres eigenen Kindes gekämpft hätte.

Sie enthüllte unter dem Schein der Oberflächlichkeit, unter dem sie sich die letzten Jahre verborgen hatte, ein gütiges, freundliches Herz, das nicht vergessen hatte, wie sehr die Dinge schmerzen, wenn man jung ist.

Impulsiv streckte er ihr seine Hand hin.

»Ich werde Diana bitten, mich zu heiraten«, sagte er einfach.

Mrs. Schniber strahlte ihn an.

»Warten Sie hier, warten Sie hier!« sagte sie aufgeregt wie ein

Kind. »Ich schicke sie Ihnen her. Du meine Güte, ich komme mir wieder ganz jung vor.«

Sie ging strahlend zur Tür und drehte sich dann um.

»Sie werden sie glücklich machen«, sagte sie. »Sie sind ein guter Mensch.«

Dann wischte sie sich eine Träne aus dem Augenwinkel, ging hinaus und schloß leise die Tür hinter sich.

Hugo, allein gelassen, ging unruhig auf und ab. Er versuchte, nachzudenken, versuchte, seine Gedanken zu sammeln.

Er wollte Diana besitzen, er liebte sie. Ihm war während der vergangenen Monate klargeworden, daß er ohne sie nicht leben wollte und daß er ihr früher oder später einen Heiratsantrag machen würde.

Aber er schob den Tag vor sich her, ließ die Zeit verstreichen, war nicht erpicht darauf, sich jetzt schon festzulegen, weil er sich sagte, daß es nicht schaden könnte, ein wenig Zeit verstreichen zu lassen, bis der Skandal wegen des Todes ihres Vaters in der Erinnerung der Öffentlichkeit verblaßte.

Als die Pleite bekannt geworden war, war es Hugos erster Gedanke gewesen, daß er selbst gut davongekommen war.

Er hatte nie vorgehabt, ein mittelloses Mädchen, das dazu noch einen verrufenen Namen trug, zu heiraten.

Er war mit der Vorstellung aufgewachsen, daß er Geld heiraten mußte, und die Tatsache, daß er sich in Diana verliebt hatte, hatte diese Vorstellung nur noch selbstverständlicher gemacht.

Er hatte in seinem Leben viele reiche Erbinnen kennengelernt. Aber er war wählerisch genug gewesen, darauf zu achten, daß sie, was ihre Schönheit und ihre Jugend anbetraf, seinem Geschmack entsprachen.

Bei den seltenen Gelegenheiten, bei denen er beides in einer Person gefunden hatte, war er in eine hübsche verheiratete Frau verliebt gewesen und hatte deshalb seine ganze Aufmerksamkeit auf seine augenblickliche Liebesaffäre gerichtet.

Und dann hatte ihn Diana mir ihrer kühlen Anziehungskraft begeistert. Und sie war um so willkommener gewesen, als sie eine reiche Erbin war. Vor der Pleite ihres Vaters hatte sich Hugo oft gefragt, ob er Diana auch ohne ihr Geld anziehend finden würde, und er wußte jetzt, daß die Antwort ›Ja‹ lautete.

Aber er hatte die Prüfung einer so großen Tragödie wie Sir Roberts Tod nicht bestanden.

Wenn es nur eine Frage des Geldes gewesen wäre, hätte es ihn nicht weiter gestört, aber Hugo hatte sich während jener Tage wie ein Schurke benommen und seinen Heiratsantrag von der Nacht vor dem Selbstmord Sir Roberts nicht wiederholt.

Die Verbindung seines Namens, auf den er so stolz war, mit dem der Tochter eines Betrügers ließ ihn zögern und vor seinem Gewissen Ausflüchte machen.

Er ging Diana aus dem Weg, aber als er sie zufällig in Monte Carlo wiedertraf, liebte er sie mehr denn je.

Die Wehmut, die sie ausstrahlte, erregte ihn mehr, als es ihre Selbstsicherheit jemals getan hatte.

Hugo mochte es, wenn Frauen Schutz bei ihm suchten, und obwohl er ihren Mut spürte und bewunderte, hatte die neue Diana etwas Hilfloses an sich, das gegen die Welt ankämpfte.

Und trotzdem hatte er immer noch gezögert.

Die Ehe war ein großer Schritt. Und eine Ehe ohne Mitgift bedeutete, daß er einen beträchtlichen Teil seines Wohllebens aufgeben mußte, an das er sich gewöhnt hatte.

Es bedeutete auch, daß er häuslich werden mußte. Nicht, als ob diese Tatsache ihn sehr bekümmert hätte. Seit er Diana kannte, war es Hugo immer schwerer gefallen, in der Gesellschaft einer anderen Frau auch nur ein geringes Vergnügen zu finden.

Irgendwie schienen neben ihr alle Frauen farblos zu sein. Es fehlte ihnen Dianas Vitalität, die fundamentale Kraft, die sie immer besessen hatte und die sich als Persönlichkeit ausdrückte.

Als Mrs. Schniber jetzt mit ihm gesprochen hatte, wollte Hugo über die ganze Situation lauthals lachen. *Er* wurde von einer alten Frau zur Ehe gedrängt!

Er sollte sagen, daß seine Absichten ehrenwert waren!

Während Mrs. Schniber gesprochen hatte, erinnerte sich Hugo plötzlich an jenen Tag, an dem er Diana zufällig im ›Apéretif‹ getroffen hatte.

Er hatte sie später in seinem Wagen nach Hause gefahren. Diana war schweigsam und hatte vor sich hingestarrt, und die Tränen waren noch feucht auf ihren Wangen gewesen.

Er hatte sich gefragt, was sie so erschüttert haben konnte, aber er war zu rücksichtsvoll gewesen, um ihr Fragen zu stellen.

Als sie am Grosvenor Square angekommen waren, hatte Diana ›Danke‹ gemurmelt, während er ihr aus dem Wagen geholfen und dann ihre Hand an seine Lippen gehoben hatte.

Diana einsam – Diana unglücklich!

Ungeduldig ging Hugo im Boudoir auf und ab, und dann öffnete sich die Tür, und Diana stand vor ihm. Ihm fiel auf, wie mager sie geworden war.

Unter ihren Augen waren dunkle Ringe, und sie war sehr blaß. Sie sah ihn fragend an.

»Mrs. Schniber sagt, du wolltest mich unter vier Augen sprechen«, sagte sie.

Sie sah so rührend aus, so kindlich und auf eine merkwürdige Weise so einsam, daß Hugo seinem ersten Impuls gehorchte. Er ging durch das Zimmer auf sie zu und umarmte sie besitzergreifend.

»Diana, Liebling«, sagte er. »Wir werden heiraten. Ich möchte, daß du meine Frau wirst. Ich möchte für dich sorgen. Du wirst mich heiraten, nicht wahr, mein Liebling?«

Diana rührte sich nicht in seinen Armen. Sie legte ihren Kopf an seine Schulter, als wäre sie zu müde, um ihn länger zu halten.

Er konnte ihr Gesicht nicht sehen, nur ihr goldbraunes Haar und die Locken vor ihrem weißen Hals.

Hugo wartete auf ihre Antwort, und beide standen sehr still da.

»Wenn du mich haben willst, Hugo«, sagte Diana mit zaghafter Stimme, »werde ich dich heiraten.«

Zehntes Kapitel

Diana öffnete die drei Päckchen, die in der Halle am Grosvenor Square lagen.

Zwei von ihnen enthielten fast identische Buttermesser, das dritte Päckchen ein besonders häßliches Tintenfaß aus Porzellan.

Diana trug sie durch die Halle und den Korridor hinab in den Ballsaal, wo lange Tische für die Hochzeitsgeschenke aufgestellt worden waren – Dutzende von Gläsern und Vasen, fünf Cocktail-Shaker, Frühstücks- und Teeservice und eine endlose Kollektion von Schreibunterlagen aller Größen und Lederarten.

Sie legte die neuen Gaben zu den passenden Geschenken und notierte sie in einem Heft unter ›Geschenke – noch nicht bedankt‹.

In diesem Augenblick kam Jean, die Sekretärin, herein.

»Hallo, Diana«, sagte sie, »ich habe überall nach Ihnen gesucht. Die *Amalgamated Press* möchte wissen, ob sie ein Foto von Ihnen und Lord Dalk mit den Hochzeitsgeschenken aufnehmen dürfen. Wäre Ihnen fünf Uhr recht? Der Fotograf kommt um diese Zeit.«

»Wie Sie wollen«, sagte Diana gleichgültig. Ihre Stimme drückte vollständige Interesselosigkeit aus.

»Müde?« fragte Jean.

Diana nickte.

»Ein wenig. Ich war eben bei der Anprobe für das Hochzeitskleid.«

»Wie wird es?« fragte Jean.

»Nicht schlecht«, erwiderte Diana teilnahmslos. »Sie hatten recht, als Sie zu Chiffonsamt geraten haben. Ich glaube, er ist hübscher als Samt.«

»Und der Kranz?« fragte Jean.

»Ich habe mir nicht die Mühe gemacht, ihn aufzusetzen«, antwortete Diana. »Er sah am Mannequin recht gut aus.«

Jean schob geistesabwesend ein paar Gläser auf dem Tisch hin und her.

»Was ist los mit Ihnen, Diana?« fragte sie schließlich, nachdem sie sich die Frage gut überlegt hatte.

»Was meinen Sie damit?« fragte Diana.

»Das, was ich sage«, antwortete Jean. »Was ist los mit Ihnen? Sie sind nicht Sie selbst. Sie waren diesen ganzen Monat nicht Sie selbst und den letzten übrigens auch nicht.«

Sie schwieg kurz und fuhr dann fort: »Sie sollten das glücklichste Mädchen der Welt sein. Sie bekommen alles, was Sie sich wünschen. Sie erhalten wieder Ihre alte gesellschaftliche Stellung und den Mann, den Sie lieben.«

Eine Kaffeetasse, mit der Diana gespielt hatte, fiel ihr aus der Hand und zerbrach auf dem Fußboden.

Jean blickte Diana überrascht an.

»Haben Sie jemals geliebt?« fragte Diana.

»Ist das Ihr Ernst?« fragte Jean. »Lieben Sie Hugo nicht?«

Diana sah sie unglücklich an.

»Sie Närrin!« sagte Jean plötzlich. »Sie Närrin, Diana! Warum um alles in der Welt heiraten Sie ihn dann?«

Diana antwortete nicht. Statt dessen bückte sie sich und hob die Scherben auf.

»Machen Sie sich keine Gedanken um mich«, sagte Diana. »Jetzt kann man sowieso nichts mehr daran ändern, Jean. Es ist zu spät, und es ist auch gleichgültig.«

Ohne ein weiteres Wort zu sagen, ging sie hinaus, und Jean stand lange Zeit zwischen den Geschenken da und blickte ihr nach.

Oben dachte Diana an Loelia, die mit Jack zur Hochzeit kommen wollte. Sie hatte Diana versprochen, ihr bei den letzten Vorbereitungen zu helfen.

Diana ging zum Telefon und rief im ›Ritz‹ an, wo sie gewöhnlich logierten.

»Ist Mrs. Standish schon angekommen?« fragte sie.

»Ich verbinde«, war die Antwort, und einen Augenblick später sprach sie mit Loelia selbst.

»Komm sofort vorbei«, rief Loelia fröhlich ins Telefon. »Ich kann es gar nicht abwarten, bis ich die Braut sehe. Liebste, ich habe dir eine Menge zu erzählen, aber was noch wichtiger ist, wir haben ein Geschenk für dich und hoffen, es wird dir gefallen.«

»Wie lieb von euch«, erwiderte Diana.

»Oh, übrigens«, sagte Loelia, »ich weiß, das wird dich interessieren. Wir haben eben erfahren, daß Barry auf der Heimfahrt von Indien ist.«

»Auf der Heimfahrt?« wiederholte Diana mit leiser Stimme. »Was meinst du damit? Ich dachte, er sei in ein Kloster eingetreten.«

»Oh, das war er auch. Das ist eine wahnsinnig interessante Geschichte. Um eines dieser herrlichen Manuskripte ausleihen zu dürfen, diente er drei Monate lang als Mönch und bewies dadurch seine Aufrichtigkeit. Du weißt, buddhistische Mönche müssen kein Gelöbnis ablegen. Sie können kommen und gehen, wie es Ihnen gefällt. Aber Barry mußte sich genauso verhalten wie alle anderen Mönche.

Jack wird dir seinen Brief vorlesen. Es ist eine irrsinnig aufregende Geschichte, und Jack ist ganz aus dem Häuschen wegen des Manuskripts. Es soll aus den echten Diamond-Schriften stammen.«

»Dann... dann... dann ist er wieder frei?« fragte Diana schwach.

»Natürlich«, erwiderte Loelia. »Wenn du bei uns bist, werden wir dir den Brief vorlesen.

Diana hängte hart den Hörer ein. Dann schlug sie die Hände vors Gesicht und flüsterte immer wieder.

»Was habe ich getan?«

Zehn Minuten später saß sie immer noch vor dem Telefon. Schließlich stand sie auf und ließ den Butler kommen.

»Bitte rufen Sie Mrs. Standish im ›Ritz‹ an und sagen Sie ihr, ich sei unabkömmlich und könne sie leider nicht besuchen«, sagte sie.

Sie ging die Treppe hinauf in ihr Zimmer und verschloß die Tür hinter sich.

Dann begann sie fieberhaft den Koffer zu packen. Sie mußte Zeit gewinnen.

Der Zug kam pünktlich um 9.17 Uhr in Dewsbury an.

Auf dem kleinen Provinzbahnhof standen ein ziemlich mürrischer Dienstmann und eine dicke Frau mit einem Marktkorb, die nach Worcester fahren wollte.

Diana stieg mit ihrem Koffer aus dem Dritter-Klasse-Abteil, dessen einziger Fahrgast sie während der letzten drei Stunden gewesen war. Sie stand da und blinzelte in den hellen Morgensonnenschein.

Der Zug dampfte langsam und geräuschvoll und mit zuschlagenden Wagentüren aus dem Bahnhof. Diana gab dem Dienstmann ihre Fahrkarte und verließ den Bahnhof mit der Unsicherheit eines Menschen, der nicht recht wußte, wohin er gehen sollte.

Dewsbury, am Ufer des Flusses Severn, war eine der vielen alten, malerischen Städte, in die die Touristen im Sommer schwärmen.

Vor dem Bahnhof blieb Diana stehen, setzte sich auf ihren Koffer und betrachtete die Stadt, die vor ihr lag.

Sie hatte den Koffer gepackt und dann einige Stunden lang Briefe geschrieben, Briefe, die schwieriger zu formulieren waren als alle, die sie jemals geschrieben hatte.

Als die Morgendämmerung angebrochen war, hatte sie die Vorhänge zurückgezogen, um den Tag willkommen zu heißen. Sie hatte Hut und Mantel genommen und mit ihrem Koffer unauffällig und lautlos das Haus am Grosvenor Square verlassen.

Sie hatte in jenen Stunden Zeit gehabt, über vieles nachzudenken – wohin sie gehen und was sie tun sollte.

Ihr erster Impuls war es gewesen, Loelia um Hilfe zu bitten, aber sie wußte, daß Loelia die erste wäre, bei der sich Hugo nach ihr erkundigen würde.

Man würde dort nach ihr suchen, weil es fast selbstverständlich war, daß sie sich an ihre besten Freunde wenden würde, wenn sie in Nöten war.

Sie spürte auch, daß sie im Augenblick Loelias Fragen nach dem Warum und Wozu nicht beantworten konnte und warum sie sich im letzten Augenblick weigerte, Hugo zu heiraten.

Sie war zu dem Schluß gekommen, daß sie nur eines tun konnte, nämlich davonlaufen.

Sie war in Schwierigkeiten geraten und mußte sehen, wie sie diese allein bewältigte. Sie konnte sich dieses Mal nicht überwinden, jemanden um Beistand zu bitten.

Sie wußte, es war in gewisser Hinsicht feige von ihr, fortzulaufen, anstatt Rede und Antwort zu stehen.

Sie wußte, daß sie sich schändlich benahm, daß sie sich unverantwortlich betrug, und doch sagte ihr eine Stimme, daß sie Hugo jetzt nicht mehr heiraten durfte.

Sie konnte in diesem Augenblick nicht begreifen, daß sie jemals eine Heirat mit ihm erwogen hatte. Sie wußte, es war der Weg des geringsten Widerstandes gewesen, den sie gewählt hatte, weil sie so unglücklich und alles so ausweglos erschienen war.

Aber sie wußte auch, als sie in ihrem Zimmer am Grosvenor Square saß, daß sie Hugo gern hatte, aber sie liebte Barry, und das Leben mit Hugo wäre eine Qual, solange es Barry gab.

Als sie erfahren hatte, daß Barry in ein Kloster eingetreten war, hatte sie das Gefühl gehabt, er wäre gestorben, und sie hatte gehofft, bei Hugo zwar kein Glück, aber Trost und eine Art Zufriedenheit zu finden.

Sie verachtete sich jetzt und verurteilte sich, weil sie sich etwas vorgemacht hatte.

Aber damals hatte sie Schutz in Hugos Armen gesucht und Zuflucht gefunden, und sie war ihren eigenen Gedanken entronnen und der Qual eines Lebens, aus dem alles, was sie für wesentlich hielt, verschwunden zu sein schien.

Und nun mußte sie sich abermals retten, sie mußte alles hinter sich lassen und dann der Zukunft in die Augen sehen.

Sie schrieb einen Brief an Mrs. Schniber, in dem sie ganz offen erklärte, daß sie Hugo nicht heiraten könne und nicht heiraten wolle und daß sie aus diesem Grund davonlief.

Sie entschuldigte sich für die Mißhelligkeiten, die sie ihnen verursachte. Aber irgendwie wußte sie, daß Mrs. Schniber das nichts ausmachen würde. Sowohl sie als auch Ruth hatten durch die Hochzeitsvorbereitungen viel öffentliches Aufsehen erlangt, und jetzt, da die Hochzeit nicht stattfand, würden sie zweifellos erst recht in aller Munde sein.

Als Diana den Brief an Hugo zu schreiben begann, stockte ihre Feder.

Was sollte sie ihm sagen? Was konnte sie sagen? Sie ließ ihn im Stich, nicht nur persönlich in seiner Zuneigung, sondern auch vor der Öffentlichkeit, und das war schlimmer.

Wie konnte sie zu Papier bringen, was sie empfand, oder ausdrücken, wie sehr sie es bedauerte, was sie tat?

> Verzeih mir, verzeih mir. Ich würde Dich nur unglücklich machen, aber es ist mir schrecklich, daß ich Dich verletze. Bitte... bitte verstehe.

Als sie über den Grosvenor Square ging, wurde ihr klar, daß sie ein völlig neues Leben beginnen würde.

Als ihr Vater gestorben war, hatte sie geglaubt, ein neues Leben zu beginnen, aber sie hatte sich in das alte zurückgestohlen, durch die Hintertür, aber trotzdem in das frühere Leben.

Ihre Flucht war in der Tat ein Neubeginn. Sie konnte nicht mehr zurück, und sie würde es nicht einmal tun, wenn sie die Möglichkeit dazu hätte.

Sie wußte, daß Jimmy vielleicht der einzige Mensch war, der verstehen würde, wie richtig ihre Entscheidung war.

Wohin sollte sie gehen?

Sie ging zum Paddington-Bahnhof, weil dieser am nächsten beim Grosvenor Square lag. Sie hatte sehr wenig Geld dabei.

Sie kam sich vor wie die Heldin eines Kitschromans.

Sie fragte einen Dienstmann, wohin der nächste Zug fuhr.

»Erster Halt in Oxford und danach alle Stationen bis Worcester«, erwiderte er.

Diana kannte die Strecke gut. Sie war sie oft nach Malvern gefahren. Und dann, als sie unentschlossen am Fahrkartenschalter stand, dachte sie an Dewsbury.

Sie kannte den kleinen Bahnhof und hatte oft die gepflegten Blumenbeete bewundert, die schläfrige Atmosphäre der Landschaft und den Blick auf die Stadt, die in der Ferne am Flußufer lag.

Deshalb löste sie eine Fahrkarte nach Dewsbury mit dem Gefühl, daß die Würfel gefallen waren. Aber sie wurde etwas nervös, als sie sah, wie wenig Geld ihr noch geblieben war, nachdem sie ihr Fahrgeld bezahlt hatte.

Nun war sie an ihrem Ziel angekommen, planlos, aber es tröstete sie, wenn sie daran dachte, daß sie nur wenige Meilen vom Huntsman's House in den Malvern Hills entfernt war.

Wenn es zum Schlimmsten kommen sollte, konnte sie kapitulieren und zu Loelia fahren, ihren Stolz vergessen und dankbar sein für eine Freundschaft, von der sie wußte, daß sie sie niemals im Stich lassen würde.

Sie nahm ihren Koffer und ging die Straße hinab.

Plötzlich stellte sie fest, daß sie Hunger hatte.

Als sie um die Straßenecke bog und zur Hauptstraße kam, sah sie eine kleine Tankstelle mit einer dazugehörigen Teestube auf der gegenüberliegenden Seite.

Ein Mann putzte gerade die Fenster und pfiff dabei eine populäre Melodie. Neben dem kleinen Haus, das wenig mehr war als ein leuchtend angemalter Schuppen, sah sie eine junge Frau Wäsche auf eine Leine hängen.

Sie überquerte die Straße und ging durch die bunt bemalte Tür. Der niedrige Raum war grob gezimmert und mit kleinen Tischen ausgestattet, auf denen hellgelbe Untersetzer lagen.

Wer immer das Lokal eingerichtet hatte, er hatte sich offenbar große Mühe gegeben, sich ein sparsames und gleichzeitig wirkungsvolles Farbschema auszudenken.

Auf jedem Tisch standen drei oder vier gelbe Blumen in kleinen grünen Vasen, während das Steingutgeschirr grob war, aber leuchtend und fröhlich mit seinem gelben Muster.

Wachstuchvorhänge in lebhaftem Grün standen in einem angenehmen Kontrast zu den Wänden, die mit gelber Temperafarbe gestrichen waren.

Alles war makellos sauber. Die groben Fußbodendielen waren offensichtlich frisch gebohnert, denn es roch nach Putzmittel.

Diana stellte ihren Koffer ab.

Der Mann, der die Fenster putzte, hatte sie eintreten sehen, und sie hörte ihn nach der jungen Frau pfeifen, die sie offensichtlich nicht gesehen hatte, da sie mit ihrer Wäsche beschäftigt gewesen war.

»Rose!« hörte sie ihn rufen. »Es ist jemand in der Teestube!«

Einen Augenblick später kam die junge Frau in das Lokal.

»Entschuldigen Sie«, sagte sie, »ich habe Sie nicht kommen sehen. Was wünschen Sie?«

»Ich hätte gern Kaffee, etwas Brot und Butter«, sagte Diana.

»Wünschen Sie auch ein Ei?«

Diana überlegte.

»Wieviel würde das kosten?« fragte sie.

»Ein verlorenes Ei auf Toast macht acht Pence«, antwortete sie.

Diana schüttelte den Kopf.

»Ich denke, ich nehme nur einen Kaffee und Brot und Butter – und vielleicht könnte ich etwas Marmelade bekommen.

Die junge Frau lächelte.

»Es dauert nicht lange, wollen Sie sich nicht hinsetzen?«

Sie ging hinaus, und Diana setzte sich müde auf einen Stuhl an einem Tisch in der Ecke, wo sie vor dem Durchzug geschützt war.

Sie beobachtete, wie der Mann die Fenster fertig putzte, dann sah sie, wie ein Wagen vor der Benzinpumpe anhielt. Der Mann eilte hinüber, um ihn aufzutanken.

Offensichtlich ein verheiratetes Paar, dachte Diana, zumal die junge Frau schwanger war.

Diana hatte nur etwa drei bis vier Minuten gewartet, bis die Frau mit einem Topf dampfenden Kaffees, einem kleinen Brotlaib und einem Klecks gelber Butter wiederkam.

»Ich dachte, Sie schneiden sich das Brot lieber selbst«, sagte sie. »Das ist immer netter, nicht wahr?«

Diana lächelte sie an. Sie sah, daß die junge Frau kaum älter als zwanzig war. Ihr helles, kornfarbenes Haar war von der

Sonne gebleicht, und ihre großen, grauen Augen schienen alles amüsant zu finden.

»Ist das Ihre eigene Garage und Ihre Teestube?« fragte Diana.

Die Frau nickte.

»Ja! Ist das nicht wunderbar? Es gehört alles uns, endlich! Ted hat vorher für einen Mann an der Straße nach Cheltenham gearbeitet, und wir haben jahrelang gespart, bis wir heiraten konnten. Schließlich konnten wir uns das hier kaufen. Ted ist sehr geschickt, wissen Sie, er hat alles selbst gemacht.«

»Sie sehen aber nicht so alt aus, daß Sie jahrelang hätten sparen können.«

Die Frau lächelte und errötete.

»Ich bin einundzwanzig«, gestand sie, »und ich liebe Ted, seit ich siebzehn Jahre bin. Wir wollten von Anfang an heiraten, aber es war ein bißchen schwierig, weil wir kein Geld besaßen.

Jetzt sind wir verheiratet und alles läuft gut. Wir wohnen hier schon fast einen Monat und haben schon eine ganze Menge Geld eingenommen. Es ist eine gute Lage direkt in der Nähe des Bahnhofs und auch um die Wagen aufzutanken.«

»Ich hoffe wirklich, daß Sie Erfolg haben«, sagte Diana.

»Das werden wir. Ted gelingt alles, wissen Sie. Er ist wirklich sehr praktisch.«

Diana war unwillkürlich von ihrer Naivität gerührt.

Sie mochte die junge Frau, und ihr gefiel auch der Mann, den sie offensichtlich sehr liebte.

Plötzlich, und zu ihrer eigenen Überraschung, hörte sich Diana fragen:

»Sie brauchen wohl nicht zufällig eine Kellnerin in der Teestube, oder?«

Die junge Frau sah Diana erstaunt an. Dann setzte sie sich auf einen Stuhl Diana gegenüber.

»Suchen Sie Arbeit?« fragte sie.

»Ja«, sagte Diana, »ich muß eine finden, weil ich kein Geld habe.«

»Sie sehen nicht ...« Sie zögerte, und dann errötete sie ein wenig. »Ich meine – ich möchte nicht zudringlich sein –, aber Sie sehen nicht wie eine Kellnerin aus.«

»Dafür kann ich nichts«, sagte Diana lachend. »Ich möchte aber eine sein.«

»Wirklich? Ich will Ihnen etwas sagen, wir fragen am besten Ted. Vielleicht weiß er etwas. Ich glaube nicht, daß wir uns hier eine Kellnerin leisten können.«

Ted wurde gerufen, und nach einem Augenblick kam er herein und wischte sich die Hände an einem Baumwolltuch ab.

»Das ist mein Mann«, sagte die junge Frau stolz. »Mr. Alcock.«

»Mein Name ist Marlowe«, sagte Diana, die schon im Zug beschlossen hatte, den gleichen Namen wie Jimmy anzunehmen; sie würde ihn sich leichter merken können, da sie sich schon daran gewöhnt hatte, ihm unter diesem Namen zu schreiben.

»Miß Marlowe«, sagte die junge Frau.

Ted schüttelte ihr herzlich die Hand.

»Ted, Miß Marlowe sucht eine Arbeit. Sie möchte gern wissen, ob sie hier bei uns als Kellnerin arbeiten kann.«

Ted sah sie nachdenklich an.

»Ich glaube nicht, daß wir uns jemanden leisten können. Und vorläufig brauchen wir auch niemanden. Natürlich werden wir in ein paar Wochen Hilfe brauchen«, fügte er hinzu und sah seine Frau bedeutungsvoll an. »Nur für kurze Zeit, während sie im Wochenbett ist, aber ich glaube nicht, daß wir jetzt gleich jemanden nehmen.«

»Wirklich nicht?« fragte Diana.

Irgendwie hatte sie das Gefühl, daß sie mit diesem netten, freundlichen Paar zusammen sein wollte.

Plötzlich wurde ihr bewußt, was es bedeutete, ohne Qualifikation und ohne Referenzen in einer fremden Stadt Arbeit zu suchen.

»Ich könnte einfach nur für Trinkgeld arbeiten«, sagte Diana, »das würde mir zum Leben reichen.«

Ted kratzte sich am Kopf.

»Die Leute hier geben nicht viel Trinkgeld«, sagte er. »Viele Kunden geben überhaupt keines, weil sie wissen, daß es unser Lokal ist. Aber wenn Sie bei uns angestellt wären, würde vielleicht der eine oder andere etwas geben – sofern die Leute Sie nicht für eine Dame halten.«

»Ich will versuchen, keine zu sein«, sagte Diana lachend.

»Das ist genau das, was ich auch gesagt habe«, unterbrach Mrs. Alcock. »Sie sieht nicht wie eine Kellnerin aus, nicht wahr?«

»Oh, mit einem Häubchen und einer Schürze werde ich so aussehen«, versprach Diana. »Wenn ich ein billiges Zimmer finden könnte und nur dafür bezahlen müßte, wäre ich ganz zufrieden. Ich bin nicht darauf aus, eine Menge Geld zu verdienen. Ich möchte nur ein paar Wochen hier bleiben.«

»Ich weiß nicht«, sagte Ted, »das kommt alles ein wenig überraschend und so plötzlich. Aber wenn Sie wirklich bei uns arbeiten wollen und keinen Lohn verlangen, würde es mich freuen. Rose arbeitet sowieso schon zuviel. Wenn die Ausflügler kommen, ist es manchmal anstrengend für sie – unter diesen Umständen, wissen Sie.«

»Wir haben doch an der Rückseite der Garage das kleine Zimmer«, sagte Rose begeistert. »Sie könnte darin wohnen, Liebster. Wir könnten es ihr sehr bequem einrichten.«

»Nun, ich weiß nicht«, sagte der langsamere Ted, »kommen Sie und schauen Sie es sich einmal an, Miß Marlowe, und sagen Sie uns, was Sie davon halten.«

Sie brauchten zwei Stunden, um alles zu besprechen und das Zimmer an der Rückseite der Garage zu begutachten, aus dem leicht ein bequemes kleines Schlafzimmer gemacht werden konnte, wie Diana sah.

Sie beschlossen, daß Diana für Kost und Logis und die Trinkgelder bei ihnen blieb und Rose vorübergehend half.

Ted und Rose waren jung und in vieler Hinsicht so impulsiv und aufrichtig freundlich, daß Diana bald das Gefühl hatte, sie übervorteilte sie, weil sie ihren eigenen Willen durchgesetzt hatte und die Erlaubnis bekam, bei ihnen zu bleiben.

Es war eine gute Lösung. Hier würde sie aller Wahrscheinlichkeit nach keiner von ihren eigenen Bekannten suchen, ja man würde nicht einmal vermuten, daß sie in einem Hotel oder einem Gasthaus dieser Stadt abgestiegen sein könnte.

Man würde die weggelaufene Verlobte eines bekannten Peers auch nicht in der Verkleidung einer Kellnerin mit Haube und Schürze in einer kleinen Tankstelle mit Teestube an der Straße suchen.

Als sie am Donnerstagmorgen aufstand – es war der Tag, an dem ihre Hochzeit hätte stattfinden sollen – und sich in dem kleinen zugigen Zimmer anzog, dachte sie, was für ein Glück sie doch hatte, daß sie nicht zur St. Margaret's Church fahren und zum Hochaltar hinabschreiten mußte, während der Chor ›Die Stimme, die über Eden hauchte‹ sang.

Erstaunlicherweise war sie in diesem neuen Leben sehr glücklich. Je besser sie Ted und Rose kennenlernte, um so mehr mochte sie die beiden.

Sie waren so natürlich und schlicht in ihrer Liebe zueinander und in ihrer Freude am Leben. Das einzige, was sie je gewollt hatten, war genügend Geld, um zusammen leben zu können.

Die Radfahrer gaben Diana niemals ein Trinkgeld, aber die älteren Damen und die Autofahrer ließen regelmäßig ein paar Pennies unter dem Teller liegen, die Diana dankbar einsteckte und in ihrem Zimmer aufbewahrte.

Da Ted und Rose sie verköstigten und ihr das kleine Zimmer zur Verfügung stellten, hatte sie keine großen Ausgaben. Sie wußte, daß ihr Wochenverdienst klein war, aber sie konnte damit gut eine Weile auskommen. Während der nächsten Wochen gewann sie neue Einblicke in die menschliche Natur.

Sie lernte den nörgelnden Kunden kennen, der an allem etwas auszusetzen hatte und an jeder Rechnung etwas zu kritisieren fand.

Sie lernte arme Gäste bemitleiden, die offensichtlich ihre Pennies zählten, ehe sie eine Bestellung aufgaben und jedes Krümelchen Brot aufaßen, als hätten sie lange keine richtige Mahlzeit mehr gehabt und wüßten nicht, wann sie die nächste bekommen würden.

Sie mochte jene Gäste nicht, die Zuckerstückchen stahlen, wenn sie nicht hinsah und sie heimlich in ihre Taschen gleiten ließen.

Die Tage verstrichen ereignislos. Diana stand ungefähr um sieben Uhr auf, räumte ihr Zimmer auf und putzte dann die Teestube.

Um halb neun frühstückte sie mit den Alcocks, und um neun Uhr war alles bereit für die Kunden, sowohl in der Garage als auch in der Teestube.

Wenn das Geschäft flau war, was morgens in der Regel der Fall war, half Diana Rose bei der Wäsche, oder sie bereitete das Mittagessen zu, während Rose in dem kleinen Bungalowzimmer, das sie mit ihrem Mann bewohnte, ihren Pflichten nachging.

Diana war überrascht, als sie feststellte, daß sie eine recht gute Köchin wurde, und sie entdeckte, daß dies mehr oder weniger eine Sache des gesunden Menschenverstandes war.

Einmal verbrannte sie sich allerdings beim Kochen die Finger, und ein anderes Mal zog sie sich am Fuß eine Verbrühung zu, als sie kochendes Wasser verschüttete.

Das Wetter war meistens schön – zum Glück, denn die Teestube war nicht für wirklich schlechtes Wetter gebaut und ließ leicht Wasser herein, wenn es stark regnete.

Bei Regen eilten auch die Kunden lieber in die Stadt und nahmen ihre Mahlzeiten in der Behaglichkeit eines Pubs ein, wo sie ein warmes Feuer und weniger Zugluft hatten.

Am Ende des Monats kam es Diana so vor, als hätte sie schon seit Jahren bei den Alcocks gewohnt. Ihr Leben in London und ihre Verlobung mit Hugo waren in weite Ferne gerückt.

Sie hatte keine Ahnung, was in London geschehen war. Sie war zu nervös gewesen, um in die Stadt zu fahren und Zeitungen zu kaufen, und Ted und Rose konnten sich kein Zeitungsabonnement leisten. Manchmal lag Diana auf ihrem eisernen Bettgestell und fragte sich, ob sich wirklich jemand um sie Sorge machte, und sie versuchte, einen Entschluß zu fassen, wann sie mit Loelia wieder Verbindung aufnehmen sollte.

Sie wollte Loelia wiedersehen. Sie versuchte, Pläne für die Zukunft zu machen, und hoffte, eine Arbeit im Ausland zu bekommen.

Wenn sie ganz ehrlich zu sich war, wollte sie Loelia vor allem deshalb sehen, weil sie sich nach Neuigkeiten über Barry sehnte.

Sie wollte hören, wie es ihm ging, sie wollte hören, was er tat.

Oft dachte sie in diesen Tagen, was für ein Glück sie doch gehabt hatte, und sie fragte sich, weshalb sie jemals des Lebens überdrüssig gewesen war und es geschmäht hatte.

Nun besaß sie kaum einen Penny, aber sie war sehr glücklich und fühlte sich bei den freundlichen jungen Leuten wohl.

Dies war eine Welt, die sie vorher nicht gekannt hatte, und sie versuchte, die Freundlichkeit von Ted und Rose dadurch zu vergelten, daß sie so nett wie möglich zu ihnen war.

Als der Monat vergangen war, wurde sie dadurch belohnt, daß Rose ihr ergeben war.

Aber Diana wußte auch, daß sie nicht für ewig bei ihnen bleiben konnte. Die Trinkgelder waren wirklich sehr bescheiden, und sie hatte ein Paar Schuhe schon völlig abgetragen.

Trotzdem war sie entschlossen, so lange bei ihnen auszuharren, bis Rose ihr Kind zur Welt gebracht hatte.

Obwohl sie immer öfter an Barry dachte, zwang sie sich, ihren eigenen Wünschen nicht nachzugeben.

Und dann, als sie eines Nachts wachlag und auf den Wind und den Regen lauschte, hörte sie draußen jemanden über den Hof laufen.

Ted rief ihren Namen.

»Was ist?« rief sie und setzte sich im Bett auf.

Ted hämmerte an ihre Tür und wartete, während sie in einen Morgenrock schlüpfte und dann öffnete.

Sie schloß sich in der Nacht immer ein aus Angst vor wandernden Erntepflückern, die die Gewohnheit hatten, an jeder Tür zu rütteln in der Hoffnung, für die Nacht ein trockenes Quartier zu finden.

»Rose liegt in den Wehen«, keuchte Ted. »Ich hole rasch den Doktor. Bitte gehen Sie zu ihr.«

»Natürlich«, sagte Diana.

Sie zog sich rasch an und hörte, wie Ted das alte Motorrad startete, das er in der Garage abgestellt hatte und nur bei seltenen Gelegenheiten benutzte, wenn er in die Stadt fahren mußte.

Wenige Augenblicke später verließ Diana ihr Zimmer, und der Wind schlug ihr entgegen, als sie ins Freie trat, und der Regen prasselte auf ihren ungeschützten Kopf.

Es war eine stürmische Nacht. Sie wußte, sie würde am Morgen feststellen, daß es in die Teestube eingeregnet hatte, und sie würde Mühe haben, alles zu säubern.

Sie lief zu Roses Zimmer und trat ein. Rose vergrub ihr Gesicht in das Kissen und stöhnte leise.

»O Gott«, klagte sie, »der Schmerz ist entsetzlich.«

»Alles wird gut«, tröstete Diana. »Der Doktor kommt gleich... Kann ich irgend etwas für Sie tun? Hätten Sie gern etwas warmes Wasser oder eine Tasse Tee?«

Rose wartete einen Augenblick, bis der Schmerz nachließ, und sagte dann atemlos:

»Ich hätte gern eine Tasse Tee. Und es wäre furchtbar nett von Ihnen, wenn Sie das Zimmer ein wenig aufräumen würden.

Diana stellte in der Küche nebenan den Kessel auf den Herd und begann dann, das Zimmer aufzuräumen.

Rose war eine ordnungsliebende Frau, und es gab nicht viel zu tun – nur Teds Kleider waren wegzuräumen und das Bett so ordentlich wie möglich zu machen.

Plötzlich war Diana von der bemitleidenswerten Schäbigkeit des Raumes betroffen – die Möbel waren billig aus zweiter Hand gekauft worden, der kleine Flecken Linoleum bedeckte nicht einmal die Hälfte des Zimmers, und der Toilettentisch hatte nur einen winzigen Spiegel.

Es dauerte nicht lange, bis der Tee fertig war, aber Roses Wehen wurden immer stärker und traten immer häufiger auf.

Immer wieder ging ihr Stöhnen in kleine Schreie über, und sie ballte die Fäuste, damit sie nicht die Selbstkontrolle verlor.

Diana wußte sehr wenig über den Geburtsvorgang, aber sie erinnerte sich daran, daß man warmes Wasser brauchte.

Sie stellte alle verfügbaren Töpfe auf, so daß sie kochen würden, bis der Doktor kam. Der Sturm draußen wurde immer stärker.

Heftige Regenböen schlugen an die Fenster und drohten die

Scheiben einzudrücken und das nicht allzu stabile Dach über ihnen abzutragen.

»Der arme Ted«, sagte Rose. »Es ist eine schreckliche Nacht.«

Sie trank ihren Tee, und dann legte sie sich mit einem plötzlichen Aufschrei zurück, als die nächste Wehe kam.

Diana sah zum Fenster hinaus und fragte sich ängstlich, wo Ted so lange blieb.

Sie wünschte, sie hätte Rose helfen können. Es war entsetzlich, jemanden in solchen Qualen zu sehen und nicht helfen zu können.

Rose begann vor Schmerzen und vor Kälte mit den Zähnen zu klappern, und Diana lief noch einmal in den Regen hinaus, um von ihrem eigenen Bett die Decken zu holen.

Als sie in Roses Zimmer zurückkam, war sie fast völlig durchnäßt. Sie zog ihre nassen Schuhe aus und stellte sie neben das Feuer in der Küche.

Angespannt horchte sie auf das Geräusch von Teds Motorrad und fragte sich, weshalb er so lange wegblieb.

Ihr kam es so vor, als wäre er schon vor Stunden weggefahren. Sie sah auf die Uhr und stellte fest, daß es halb vier war.

Rose begann jetzt zu schreien, verlor ihre Selbstbeherrschung, wenn die Wehen kamen, und jammerte laut.

»Warum kommt er nicht?« dachte Diana. Sie ging zum Fenster, dann wieder zurück zu Rose, die inzwischen ihre Umgebung vergessen hatte und nur noch schrie, wenn die Wehen kamen.

›Was soll ich nur tun, wenn das Baby kommt und der Doktor noch nicht hier ist?‹ dachte Diana.

Die Töpfe summten auf dem Feuer, und der Doktor war immer noch nicht da. Schließlich hörte Diana zu ihrer Erleichterung das Geräusch eines Autos. Und dann klopfte jemand an die Tür der Teestube.

›Das ist nicht Ted‹, dachte sie. ›Ted würde zur richtigen Tür hereinkommen.‹

Sie lief in die Teestube und öffnete die Tür. Ein fremder Mann stand vor ihr.

»Mrs. Alcock?« fragte er.

»Mrs. Alcock ist krank«, erwiderte Diana. »Mr. Alcock ist zum Doktor gefahren – ich hoffte, er sei es.«

»Er hatte einen Unfall«, sagte der Mann. »Ich kam her, um es Ihnen zu sagen.«

»Wer hatte einen Unfall?« fragte Diana.

»Ted Alcock. Er stürzte beim Kruzifix, und man hat ihn ins Krankenhaus gebracht. Sie sagten, ich soll seine Frau holen. Deshalb bin ich hier. Es geht ihm sehr schlecht.«

Diana starrte den Mann fassungslos an. Allmählich begriff sie die Bedeutung dessen, was er gesagt hatte.

»Mrs. Alcock liegt in den Wehen. Sie bekommt ein Kind«, sagte sie leise. »Sie müssen einen Doktor holen – bitte rasch. Fahren Sie wie der Teufel.«

»Verdammt«, sagte der Mann, »hier kommt alles auf einmal, nicht wahr? Ich hole einen Doktor. Halten Sie durch, Miß, ich fahre, so rasch ich kann.«

Er drehte sich um und verschwand im Regen und in der Dunkelheit.

Diana schloß die Tür und ging wieder in Roses Zimmer.

»Ich halte es nicht mehr aus«, schrie Rose. »Ich halte es nicht aus! Oh, Gott«, keuchte sie und trommelte mit den Fäusten auf das Kissen und an die Wand.

Diana ging zu ihr und hielt sie fest.

»Sie schaffen es, Rose«, sagte sie eindringlich. »Halten Sie sich an mir fest. Der Doktor kommt gleich. Es ist alles in Ordnung.«

Aber im stillen betete sie und betete, daß er bald kommen möge.

Der Doktor kam gerade noch zur rechten Zeit und entband Rose von einem gesunden, neun Pfund schweren Jungen.

Aber Ted starb früh am nächsten Morgen im Krankenhaus.

Er war nach dem Unfall nicht wieder zum Bewußtsein gekommen.

Als die Nachricht eintraf, nahm Diana nicht mehr aktiv an den Geschehnissen teil.

Nachdem das Kind gut zur Welt gekommen war und sie ihr möglichstes getan hatte, um dem Arzt und der Gemeindeschwester zu helfen, war sie in Ohnmacht gefallen. Diese hatten zu ihrem Verdruß nun zwei Invalide zu versorgen statt einer.

Die Vorgänge der Nacht waren zuviel für Dianas Nerven gewesen. Sie bekam Fieber, das stark anstieg, weil sie die vielen Stunden in den nassen Kleidern verbracht hatte.

Vierundzwanzig Stunden später lag sie im Delirium und durchlebte immer wieder die Ereignisse der stürmischen Nacht an Roses Bett und betete darum, Ted möge rechtzeitig zurückkommen.

Die Gemeindeschwester war sehr freundlich, riet aber dazu, Diana sofort in ein Krankenhaus bringen zu lassen, denn im Augenblick war eine sorgfältige Pflege für sie das wichtigste.

Der Arzt aber hatte Fantasie und war scharfsinnig. Er hatte sofort gesehen, daß Diana keine gewöhnliche Kellnerin war, ja daß es auch unwahrscheinlich war, daß sie mit Rose eng befreundet war.

Er fragte Rose aus und erfuhr alles, was diese über Diana wußte. Das war wenig genug.

Er kam zu dem Schluß, daß diese geheimnisvolle junge Frau, die augenscheinlich aus dem Nichts aufgetaucht war, keinen Penny besaß und doch teure Unterwäsche mit echter Spitze trug, in ihrem jetzigen Gesundheitszustand jemanden brauchte, der enger mit ihr verbunden war.

Daher hatte der Arzt keine Bedenken, Dianas kargen Besitz durchzusehen, den sie in dem kleinen Zimmer hinter der Garage aufbewahrte.

»Ich weiß, es ist nicht ungefährlich, sie in diesem Augenblick zu transportieren«, sagte er zur Gemeindeschwester, »aber wir müssen es riskieren. Ihre Konstitution ist gut, nur ihr Lebenswille scheint gelitten zu haben. Und außerdem ist sie unterernährt. Andererseits leuchtet mir diese Armut nicht ein, wenn man sich das hier ansieht.«

Er hielt der Gemeindeschwester Dianas Morgenrock hin, ein Gewand aus pfirsichfarbenem Samt, dicht mit ungebleichter Spitze besetzt und an den fülligen Ärmeln mit den dazu passenden Straußenfedern.

Der Morgenrock war ein Relikt aus Dianas reichen Tagen in der Park Lane, und er wirkte seltsam unpassend auf dem wackeligen Bettgestell mit den dünnen Wolldecken und den groben Baumwolltüchern.

Die Gemeindeschwester jedoch schnaubte und ließ sich zu keiner Antwort auf die Frage des Doktors herab.

Sie hatte ihre eigene Meinung darüber, auf welche Weise junge, hübsche weibliche Wesen in den Besitz verführerischer und teurer Unterwäsche kommen konnten, selbst wenn die Mädchen nicht einmal in der Lage waren, sich eine anständige Mahlzeit zu leisten.

Als der Doktor die oberste Schublade der hohen, gelb gestrichenen Kommode aufzog, sah er Haarbürsten aus Schildpatt, von denen er wußte, daß sie nicht billig erworben sein konnten.

Er fand auch die üblichen Kosmetika, die jede moderne junge Frau benützt, und alle waren aus teuren Geschäften, und alle sprachen für eine Besitzerin, die an Luxus gewohnt war.

Aber er fand keine Briefe, Schriftstücke oder Scheckhefte irgendwelcher Art, die ihm hätten weiterhelfen können, auch keine Visitenkarten und nur einen bemitleidenswert geringen Geldbetrag.

Und dann entdeckte er unter einigen spitzengesäumten Taschentüchern ein kleines, dünnes Buch mit dem einfachen Titel ›Ein Weg‹.

Am Fuß der ersten Seite stand ›Huntsman's House‹.

›Huntsman's House‹... überlegte der Doktor, und dann fiel es ihm ein.

Malvern – er kannte das Haus gut. Er war oft an der Einfahrt zum Huntsman's House vorbeigefahren, und er erinnerte sich vage daran, einmal den Besitzer, Jack Standish, kennengelernt zu haben.

Das konnte eine falsche Fährte sein, vielleicht aber auch nicht. Jedenfalls war er bereit, einen Fehler zu riskieren, um Diana zu helfen, die im Delirium lag und immer wieder murmelte:

»Kommt der Doktor... rechtzeitig? Oh, Gott... gib, daß der Doktor... rechtzeitig kommt.«

Dr. Laurenson sollte den Entschluß niemals bereuen. Er rief die Standishs an und bat sie um Rat wegen seiner im Delirium liegenden Patientin.

Jedermann nimmt gern Dankbarkeit entgegen, und in Loelias Augen standen Tränen, als sie dem Doktor ungefähr eine Stunde später dankte, nachdem sie mit ihrem Wagen vorbeigekommen war.

Und Dr. Laurenson wäre kein Mensch gewesen, wenn er nicht dankbar die vielen Wildbret-Geschenke angenommen hätte, die er im Laufe der nächsten Jahre von Jack erhalten sollte, und die vielen Einladungen zu unterhaltsamen Abendessen im Huntsman's House, denen immer sein Lieblingsspiel Bridge folgte.

Loelia und Jack waren beide tiefer Dankbarkeit fähig. Sie vergaßen niemals einen Freund und zeigten lebhaftes Interesse an jedem, der ihnen einmal einen Gefallen getan hatte.

Ja, sie gewannen den fülligen, gutmütigen Doktor lieb, der seine Praxis in dem kleinen Ort auf dem Land manchmal etwas monoton fand.

Während der folgenden Wochen besuchte Dr. Laurenson täglich das Huntsman's House, wo seine Anordnungen von einer tüchtigen Privatkrankenschwester aus London ausgeführt wurden. In dieser Zeit freundete er sich eng mit seinen Nachbarn an, die er seit Jahren flüchtig kannte, mit denen er aber erst durch Dianas Krankheit in engeren Kontakt gekommen war.

Diana genas langsam. Die Aufregungen und Entbehrungen der letzten Monate hatten an ihren Kräften gezehrt.

Ihre mangelhafte Ernährung und die für ihre Verhältnisse harte Arbeit hatten sie sehr mitgenommen und geschwächt.

Eine doppelseitige Lungenentzündung ist keine harmlose Krankheit, und Dr. Laurenson war der erste, der vorschlug, man möge einen Spezialisten hinzuziehen.

Aber dieser wußte keine andere Behandlung als jene, die Diana bereits zuteil wurde, obwohl er ein horrendes Honorar verlangte, verglichen mit Dr. Laurensons bescheidenen Rechnungen, und dies lediglich für die Bestätigung, daß dessen Diagnose und Behandlung richtig waren.

Nach vielen ängstlichen Stunden überstand Diana die Krise und begann sich langsam zu erholen.

Als sie wieder zu Bewußtsein kam und bemerkte, daß sie sich bei Loelia befand, war sie zu schwach, um sich Gedanken darüber zu machen, warum sie bei ihr war. Sie begnügte sich damit, freundlich und dankbar zu lächeln, und ließ sich von Loelias fähigen Händen gesundpflegen.

Und dann galt eine ihrer ersten Fragen Rose und deren Kind.

Sie erzählten Diana längere Zeit nichts von Teds Tod, aber als man ihr davon berichtete, wurde der Schock dadurch gemildert, daß Loelia in ihrer gewohnten impulsiven Großzügigkeit dafür gesorgt hatte, daß Rose vorerst zu ihrer Familie zurückkehren konnte. Loelia hatte auch einen Käufer für die Garage und die Teestube gefunden. So elend der jungen Witwe auch zumute war, so hatte sie doch den Trost, einen kleinen Notgroschen für sich und ihren Sohn zu besitzen.

Aber Loelia hatte es nicht dabei bewenden lassen. Sie hatte viele Stunden mit Besuchen bei Rose verbracht und sich Gedanken über die Zukunft des Kindes gemacht und ihr auf die liebenswerteste Art und Weise über ihren schmerzlichen Verlust hinwegzukommen geholfen.

Von Rose hatte Loelia viel über Dianas Arbeit in der Teestube erfahren.

Loelia erzählte Dianas Geschichte Jack und ließ kein Detail aus. Sie berichtete ihm über Dianas Mut, ihre Energie und Entschlossenheit, mit der sie ihrer Flucht vor Hugo und vor allen ihren gemeinsamen Freunden ins Auge sah.

»Im Grunde wußte ich die ganzen Jahre, seitdem ich Diana kennengelernt habe, daß sie Mut besitzt und mehr in ihr steckt als in der ganzen Gesellschaft, die sie repräsentierte«, sagte Loelia. »Du mußt zugeben, daß ich recht hatte, Liebling.«

Jack stimmte Loelia zu. Er selbst gewann Diana lieb und verbrachte viele Stunden an ihrem Bett und sprach mit ihr über seine Pläne und über seine Arbeit mit Barry.

Er war überrascht, wie sehr sie sich dafür interessierte und wie dringend sie ihn darum bat, ihr die Bücher zu leihen, die sie veröffentlicht hatten. Sie drängte ihn, ihr über seine Expeditionen zu erzählen, die er vor seiner Heirat zusammen mit Barry unternommen hatte.

Jack fühlte sich geschmeichelt von ihrem Interesse an seinen Erlebnissen.

Loelia ahnte, daß Dianas Interesse daran hauptsächlich den Abenteuern Barrys galt, aber sie hütete sich, dies vor Jack auszusprechen.

Sie ließ die beiden Menschen, die sie liebte, so oft wie möglich zusammen sein und ermutigte sie, sich miteinander zu befreunden.

Loelia hatte Dianas Anwesenheit im Huntsman's House vor jedermann außer Jimmy geheimgehalten. Ihm hatte sie geschrieben was geschehen war, und sie hatte ihn darum gebeten, sie sobald er abkömmlich war zu besuchen.

Jimmy hatte mit einem Dankesbrief geantwortet.

»Er ist erleichtert, daß ich Hugo nicht geheiratet habe«, sagte Diana zu Loelia.

»Ich bin es auch«, erwiderte Loelia.

Es war das erste Mal, daß Hugos Name zwischen ihnen fiel, und Diana errötete einen Augenblick.

»Findest du, daß ich mich sehr schlecht benommen habe?« fragte Diana.

Loelia lächelte Diana an, ohne ihr zu antworten.

»Es gab Gründe, weißt du«, sagte Diana.

»Natürlich«, sagte Loelia. »Mache dir weiter keine Gedanken darüber, Liebste. Alle Menschen machen Fehler, aber der schlimmste Fehler ist eine unglückliche Ehe.«

Loelia wurde sehr ernst und ein wenig traurig, wie immer, wenn sie an die langen Jahre ihrer Ehe mit Malcolm Fenton dachte. Nach einer Weile sagte sie fröhlich:

»Egal, sprechen wir nicht mehr darüber. Ich habe Neuigkeiten für dich – gute Neuigkeiten für uns –, und ich hoffe, auch für dich. Würde es dir etwas ausmachen, wenn wir Besuch bekämen?«

Diana lag mit einer warmen Decke über den Füßen auf dem Sofa. Als sie den Tonfall von Loelias Stimme hörte, blickte sie auf.

»Wer ist es?« fragte sie.

»Barry«, antwortete Loelia. »Er ist wieder in England, und er möchte uns besuchen. Stört es dich?«

Kein aufmerksamer Beobachter hätte die freudige Erregung übersehen, die sich in Dianas Miene zeigte. Sie errötete, und die Farbe verblaßte wieder, als sie sich unter Kontrolle zu bringen versuchte.

»Ich glaube, das wäre sehr nett«, sagte sie schließlich sehr ruhig.

Loelia beließ es dabei ohne weiteren Kommentar.

Doch als Diana allein war, ergriff sie plötzlich Panik bei der Vorstellung, Barry wiederzusehen.

Es war fast ein Jahr her, seitdem sie sich gesehen hatten, und es kam ihr so vor, als hätte sie sich inzwischen vollständig verändert.

Sie war ein anderer Mensch geworden, anders als alle Dianas, die er früher gekannt hatte – die fröhliche, verwöhnte, elegante Diana, die traurige, die gebrochene Diana, der er geholfen hatte, oder jene Diana, die gegen das Leben und sich selbst angekämpft und es gelernt hatte, ihn mit ganzem Herzen und ganzer Seele zu lieben.

Jetzt sah sie im Licht der letzten paar Monate, wie frivol sie Barry vorgekommen sein mußte, wie töricht und oberflächlich mit ihren sinnlosen Beschäftigungen und ihrer beschämenden Wertschätzung von Dingen, die absolut unwichtig waren.

Sie erkannte, wie recht er gehabt hatte, als er sagte, daß nur wenige Menschen im eigenen Leben eine Rolle spielen, gleichgültig, ob sie für oder gegen einen sind, ob sie einen schätzen oder nicht.

Nur jene, die einem weit überlegen sind, spielen in Wirklichkeit eine Rolle bei den großen Schlußfolgerungen des Lebens. Aber die wichtigste Person ist man selbst. Wenn man sich selbst aufgibt, fällt man unter jegliches Richtmaß.

Warum war ich nicht einsichtiger, als ich Barry kennenlernte? fragte sich Diana jetzt bitter.

Sie fürchtete sich davor, Barry wiederzusehen. Sie fürchtete sich, weil ihr seine Meinung so wichtig war und weil sie sich so sehr nach ihm sehnte.

Sie wußte, daß Barry der einzige Mensch war, nach dem sie ihr ganzes Leben lang wirklich verlangen würde.

Außer ihm und ihrer Liebe zu ihm zählte nichts mehr, und sie begriff, was Romanautoren meinen, wenn sie schreiben, daß man bereit sei, barfuß um die Welt zu laufen, um den Menschen zu finden, den man liebt.

Ein Gefühl, das in nichts den kleinen Erregungen und rasch aufkeimenden Wünschen ihrer alten Liebschaften ähnelte, überwältigte sie und hielt sie gefangen.

Sie liebte Barry auf eine Weise, daß sie meinte, jede einzelne Faser ihrer selbst gehöre ihm.

Es gab nichts, was sie nicht auf seinen Wunsch hin geopfert hätte, was immer es auch war.

Es war ein merkwürdiges Gefühl, ganz unähnlich den einfältigen Vorstellungen, die sie bisher für Liebe gehalten hatte.

Es war so, als hätte sie aufgehört, sie selbst zu sein, und wäre geistig und körperlich nur noch die Sklavin des Mannes, der ihr je etwas bedeuten würde.

Diana stand vom Sofa auf, ging durch das Zimmer zu dem langen, goldgerahmten Spiegel hinüber und betrachtete sich darin.

Sie war schlanker als vor ihrer Krankheit, und ihr Haar hatte etwas von seinem goldenen Schimmer verloren.

Aber ihre Augen waren groß und strahlend, und ihr dunkles Kleid betonte ihre makellose weiße Haut.

Sie betrachtete sich und dachte daran, daß Barry sie vor zwei Jahren nicht für hübsch gehalten hatte.

Die Worte, die er im Garten gesprochen hatte, kamen ihr jetzt wieder lebhaft in den Sinn, und da sie sehr verliebt war, füllten sich ihre Augen langsam mit Tränen.

»Oh, Barry«, flüsterte sie, und dann verbarg sie das Gesicht in ihren Händen.

Elftes Kapitel

Barry lachte, Robin klatschte in die Hände und schrie vor Vergnügen, und die Hunde bellten vor Aufregung, als Barry immer wieder den Ball für sie über den grünen Rasen warf.

Sie jagten hinterher, schnappten nacheinander, aber nur zum Spaß, und dann kam der Sieger zurückgerannt, hatte den Ball fest zwischen den Zähnen, wedelte vor Freude mit dem Schwanz und legte den Ball Barry vor die Füße.

Diana, die einen großen Blumenstrauß in der Hand hielt, den sie zu dritt im Küchengarten gepflückt hatten, sah ihnen zu und lachte gelegentlich über eine lustige Bemerkung von Robin.

Als Loelia die Stufen vom Haus herabkam, dachte sie, was für eine reizende Gruppe sie doch waren, und im Geist wünschte sie ihnen für die Zukunft Glück, und dies mit einer Inbrunst und einer Voraussicht, über die sie beide errötet wären, wenn sie ihre Gedanken gekannt hätten.

Schließlich waren sogar die Hunde zu erschöpft, um weiter zu toben, und Loelia ging mit dem prostestierenden Robin ins Haus und ließ Barry und Diana allein.

Barry lächelte Diana an, als sie ruhig dastand und das Sonnenlicht auf ihrem gelösten Haar spielte. Der Blumenstrauß bildete einen farbenprächtigen Kontrast zu ihrem weißen Leinenkleid.

Gemeinsam schlenderten Barry und Diana über den Rasen auf die Liegestühle zu, die um einen Tisch gruppiert waren, auf dem der Tee für sie bereit stand.

»Geht es Ihnen wirklich gut?« fragte Barry.

Diana nickte.

»Es geht mir so gut wie seit Jahren nicht. Ich wurde während der letzten Wochen so verwöhnt, daß ich nicht nur wieder völlig genesen, sondern auch gründlich erholt und zu allem bereit bin.«

Barry lachte.

»Gut«, sagte er, »und was ist ›zu allem‹?«

»Darauf kommt es gerade an.«

»Mit anderen Worten, Sie haben einen Entschluß gefaßt«, sagte er.

»Loelia und Jack waren sehr freundlich zu mir«, antwortete Diana und setzte sich auf einen Liegestuhl, »aber ich kann hier nicht ewig bleiben. Ich muß etwas unternehmen. Zu einem aber bin ich fest entschlossen: Ich werde nicht wieder in meine alte Welt zurückkehren. Ich will der Londoner Gesellschaft nicht mehr gegenübertreten, selbst wenn man bereit wäre, mich zu akzeptieren. Aber sprechen wir nicht mehr darüber. Erzählen Sie mir von sich. Was haben Sie vor?«

»Ich fahre in wenigen Tagen von hier nach Cornwall. Ich besitze dort ein kleines Haus. Es steht auf einer Insel, eine Meile vom Festland entfernt. Der Küstendampfer legt einmal in der Woche an. Dort kann ich in Ruhe arbeiten und mich konzentrieren. Übrigens beende ich gerade ein Buch.«

»Ein Buch?« fragte Diana interessiert.

»Ja. Jack hat mich überredet, eines zu schreiben – teils über meine Abenteuer, teils über die Menschen, die ich während der letzten drei Jahre in Indien und in den Klöstern kennengelernt habe. Ich glaube, es wird interessant. Es ist immer lehrreich zu erfahren, wie andere Menschen leben, was sie denken, wenn sie weit vom Trubel der modernen Zivilisation entfernt sind.«

»Werden Sie auch über Ihren letzten Aufenthalt im Kloster schreiben?« fragte Diana.

»Sie haben davon gehört? Ja, natürlich, Loelia wird Ihnen darüber berichtet haben. Es war eine äußerst wichtige Erfahrung für mich. Der oberste Mönch oder Abt, wie wir ihn, glaube ich, nennen sollten, ist ein alter Freund von mir, und er erzählte mir von den außergewöhnlichen Schriften, die dort zum Gebrauch der Mönche aufbewahrt werden.

Als mir klar wurde, was für Schätze sie im Kloster besitzen, war ich von der Idee besessen, diese Manuskripte kennenzulernen.

Aber dann stellte ich fest, daß es Schwierigkeiten gab. Einige der alten, ehrwürdigen Mönche, die seit vielen Jahren diese Bibliothek in ihrer Obhut haben, weigerten sich, mir Einblick zu gewähren. Sie hegen großes Mißtrauen gegenüber Fremden und Touristen, und für einen solchen hielten sie mich, deshalb wollten sie mich auch ihren kostbaren Besitz nicht sehen lassen.

Außerdem wissen sie, daß der materielle Wert der Werke unermeßlich ist, abgesehen vom religiösen Wert.

Um eine lange Geschichte kurz zu machen, ich erkannte, daß ich nur dann die Manuskripte einsehen konnte, wenn ich Mönch wurde, und deshalb trat ich in ihren Orden ein.

Wie Sie wissen, ist in der buddhistischen Religion ein Mönch nicht durch ein Gelöbnis gebunden.

Der einzige, der meine wahre Absicht kannte, war der alte Abt, und er war mir in jeder Weise behilflich.

Nachdem ich mehrere Monate lang bei ihnen gelebt hatte, gewann ich auch das Vertrauen der Bibliothekare und überzeugte sie davon, daß es ihre Pflicht ist, ihr Gedankengut der Welt außerhalb der Klostermauern zugänglich zu machen.

Am Ende kam ich letzte Woche mit zwei Manuskripten nach Hause und mit dem Versprechen, daß ich mich auch künftig an sie wenden darf.«

»Wie wunderbar«, sagte Diana.

Während sie ihm fasziniert zuhörte, mußte sie daran denken, wie schrecklich sie ihn an jenem Tag vor nicht allzu langer Zeit mißverstanden hatte, als er ins Kloster eingetreten war.

»Werden Sie in nächster Zeit wieder nach Indien fahren?« fragte sie.

»Ich weiß es noch nicht«, antwortete Barry. »Auch ich muß einen Entschluß für die Zukunft fassen, aber das bleibt unter uns. Einige meiner Freunde wünschen, daß ich mich die nächsten zwei Jahre dem öffentlichen Dienst in England widme.

Es gibt viel zu tun. Wir müssen das Problem der Arbeitslosigkeit bewältigen, und ich würde gern dabei helfen, besonders im Norden. Manche Männer haben dort schon seit zehn Jahren keine Arbeit mehr.

Mit der richtigen Botschaft und einer schöpferischen Politik könnten wir etwas für sie und für England bewirken.

Wenn wir aber keine Arbeit für sie finden, müssen wir uns wenigstens um ihr geistiges und physisches Wohl kümmern.

Ich glaube, das ist im Augenblick meine Mission, die Arbeitslosen aus ihre Apathie zu reißen und sie dazu zu bringen, sich aktiv und schöpferisch zu betätigen.

Aber vorher muß ich das Buch zu Ende schreiben. Es wird mich noch ungefähr einen Monat in Anspruch nehmen. Dann stehe ich in der Schlachtlinie, wie ich es nenne, wo ich am meisten gebraucht werde.«

Sie schwiegen, und Diana blickte über den Garten mit seinem grünen Rasen, den Bäumen, schwer von Früchten, und zu den Schwänen auf dem stillen See.

Um sie herum war alles so friedlich, so ruhig, so still.

Doch die dynamische Kraft ihres Begleiters, seine Energie und Männlichkeit machten die Atmosphäre lebendig, und Diana wußte, daß ein Mann so sein sollte – bereit, für die Schwachen zu kämpfen und sicher in dem Glauben, erfolgreich zu sein, weil das Recht auf seiner Seite stand.

Aber Diana war schließlich eine Frau, und zwar eine verliebte Frau, und die Frage, die sie die ganze Zeit beschäftigte, während sie Barry zugehört hatte, lautete:

›Wie passe ich in seine Pläne?‹

Spät in der Nacht lag sie wach im Bett und dachte über sich und Barry nach, und sie verschmolzen beide miteinander, als wären sie eine einzige Person. Sie wußte, daß durch die Kraft der Liebe seine Pläne in irgendeiner Weise auch die ihren werden würden.

Sie weinte nicht mehr, und wenn jemand sie hätte sehen können, hätte er in ihrem Gesicht keine Schwäche entdeckt. In ihrem energischen Kinn drückte sich Sir Roberts Willenskraft aus, und in ihren angespannten Augenbrauen seine kraftvolle Entschlossenheit.

In jener Nacht faßte Diana den Entschluß, daß sie Barry dazu bringen wollte, sie zu lieben.

Am Morgen ging sie zu Loelia in den Salon, wo diese an der Haushaltsabrechnung saß.

»Kann ich dich einen Augenblick sprechen, Loelia?« fragte Diana.

»Was ist, Liebste?« fragte Loelia ein wenig überrascht über Dianas entschlossenen Tonfall.

Diana setzte sich neben den Schreibtisch, an dem ihre Freundin arbeitete.

»Würdest du mir bitte die Adresse von Barrys Haus in Cornwall geben?« fragte sie.

»Warum?«

Diana sah ihre Freundin direkt an.

»Ich will es dir erklären, Loelia«, sagte Diana. »Ich weiß, ich kann dir vertrauen, und wenn ich dich bitte, es niemandem zu sagen, nicht einmal Jack, wirst du es auch nicht tun. Nun – ich liebe Barry.«

»Das dachte ich mir«, sagte Loelia.

»Aber er liebt mich noch nicht.«

»Da bin ich nicht so sicher«, sagte Loelia. »Barry ist ein merkwürdiger Mensch. Ich glaube, er bemerkt die Liebe gar nicht, wenn es um Frauen geht. Wahrscheinlich wird ihn eines Tages die Liebe unversehens überraschen und überwältigen. Diana, Liebste, du weißt, ich wünsche mir mehr als alles andere, daß sich meine beiden besten Freunde verheiraten.

So seltsam es klingt, aber ich habe immer irgendwie gespürt, daß ihr beide zueinander paßt. Und ihr habt eines gemeinsam, eine Unversehrtheit, glaube ich, etwas Unzerstörbares, das euch befähigt, weiterzumachen, nicht aufzugeben, was immer euch auch widerfährt.«

»Danke, Liebste«, sagte Diana und berührte kurz Loelias Hand.

»Weißt du, ich glaube wirklich, daß Barry dich liebt, auch wenn er es selbst noch nicht weiß. Offen gesagt, als du gestern abend zu Bett gegangen warst, sprach ich mit ihm über dich und über deine Arbeit in der Teestube, ehe du so krank wurdest und wir dich wiederfanden. Am Ende sagte ich:

›Sogar Jack gibt zu, daß ich recht habe, was Diana anbetrifft. Sie ist ein fantastischer, großartiger Mensch.‹

Ich schmeichele dir nicht, Liebste, das habe ich gesagt. Und Barry sah mich an und antwortete:

›Natürlich ist sie das.‹«

Diana legte die Fingerspitzen aneinander und sagte leise:

»Noch vor einer Woche hätte ich nicht gewagt, das zu tun, was ich jetzt vorhabe, weil ich meiner nicht sicher war. Aber nun bin ich überzeugt davon, denn ich liebe Barry und weiß, daß er der richtige Mann für mich ist und ich die richtige Frau für ihn bin, und ich muß dafür sorgen, daß er es zur Kenntnis nimmt.«

»Was willst du tun?« fragte Loelia.

»Ich fahre zu ihm nach Cornwall«, antwortete Diana.

Ein kleines Motorboot trug Diana an der Küste entlang und an den rauhen Klippen vorbei, vor denen weiße Seemöwen schreiend kreisten.

Kormorane, die auf den Felsen saßen, tauchten unter, wenn sie sich näherten, und tauchten ebenso unbesorgt wieder auf, weil sie wußten, daß ihnen keine Gefahr drohte.

Das Meer war ruhig, tief smaragdgrün am Horizont, wo es den blauen Himmel berührte, der nur von einem schwachen Dunst verschleiert war, was eher von der Hitze herrührte als von drohenden Unwettern.

Der junge Fischer in dem blauen Trikot, der das Boot steuerte, war dankbar über den Fahrgast, der ohne Rücksicht auf die Kosten lieber sein Boot für mehrere Pfund charterte, statt auf den Küstendampfer zu warten, der an diesem Nachmittag die Insel anlaufen würde, zu der sie jetzt fuhren.

Diana, die neben ihrem Koffer saß, war glücklich im Sonnenschein. Sie liebte den Geschmack des Salzes auf den Lippen und die Brise, die ihr das Haar ins Gesicht wehte.

Es war ihr nicht schwergefallen, in dem kleinen Dorf an der Küste das Motorboot zu mieten.

Die Leute hatten sich zwar darüber gewundert, daß sie nicht auf den Dampfer warten wollte, aber wenn sie unbedingt ihr Geld ausgeben wollte – der Fischfang war nicht so lukrativ, daß ein junger Mann nicht gern bereit wäre, seine Abendverabredung zu verschieben, um Diana im Motorboot zur Insel zu fahren.

Glücklicherweise war es ein schöner, ruhiger Tag. Die Küstengewässer können bei rauhem Wetter heimtückisch und gefährlich sein. Und das Boot mit dem kleinen Motor war nicht für große Touren gebaut, sondern nur für Ausflügler, die die Flußmündung hinauffahren oder sich ein kurzes Stück auf die See hinauswagen wollen.

Diana war seit dem frühen Morgen unterwegs. Sie verfolgte Barry zu seinem eigenen Haus. Loelia war bereit gewesen, ihr zu helfen, und so erfuhren weder Jack noch Barry etwas davon, daß Diana schon Stunden vor Barry aufgebrochen war, ehe dieser Huntsman's House verließ.

Diana hatte ihre Pläne sorgfältig durchdacht. Barry durfte keinesfalls wissen, daß sie auf seine Insel fuhr.

Sie wußte, daß sein Haus das einzige auf der Insel war. Er hatte die Insel gepachtet, um dort völlig ungestört in der Einsamkeit zu leben.

Nach Loelias Beschreibung hatte sie etwas Außergewöhnliches erwartet, aber trotzdem war sie nicht auf die Lieblichkeit vorbereitet, als sie einen Landvorsprung umfuhren und *Berg Island* vor ihnen lag.

Barrys Haus stand an der höchsten Stelle der Insel, sehr klein, aber im Mittelpunkt, und die roten Klippen fielen auf der Seeseite steil und gefährlich ab und gingen in eine Art natürlichen Hafen auf der Festlandseite über.

Das Haus war weiß getüncht und offenbar von einem Architekten entworfen worden, der seine Arbeit verstanden hatte. Es ähnelte einer der Villen von Capri.

Mit seinem flachen Dach stand es als Silhouette vor dem blauen Himmel, und die dunklen Bäume und Büsche, die es einrahmten, zogen sich zum Garten hinab, der am Rand der Klippen lag und in dem im Sommer seltene Pflanzen blühten.

Eine Viertelstunde später hatte Diana den Fischer für die Fahrt zur Insel entlohnt. Sie beobachtete, wie das Motorboot zur Küste zurückfuhr.

Dann nahm sie ihren Koffer und begann langsam, den schmalen Weg zum Haus hinaufzusteigen.

Plötzlich empfand sie auf dieser Insel ein Gefühl der Freiheit. Stille umgab sie, bis auf das Zwitschern der Vögel und das Rauschen der Wellen, die sich an den Klippen brachen.

Es war so, als hätte sie ein fremdartiges Paradies betreten oder wäre die einzige Bewohnerin eines neuen Planeten, auf dem es nur die schönen und guten Dinge der Welt gab.

Loelia hatte ihr erzählt, daß Barry zwei chinesische Diener beschäftigte, die für ihn sorgten.

Sie waren sowohl die Treuhänder seines Besitztums als auch die Dienstboten in seinem Haus, und als Diana zum Haus hinaufstieg, stellte sie fest, daß sie auch gute Gärtner waren.

Blumen blühten in allen Farben und wucherten üppig, denn es war kein gewöhnlicher Garten, sondern eine fröhliche Vielfalt von Farben, umrahmt von dunklen Büschen und kleinen Bäumen, die das Haus vor den Winterstürmen schützten.

Die Eingangstür befand sich unter einem großen, weiten Mauerbogen, und die Tür selbst war aus rohem Holz und mit einem silbernen Türklopfer in Form einer Schildkröte versehen.

Diana war atemlos, nicht nur vom Aufstieg, sondern von dem Abenteuer selbst. Sie klopfte an die Haustür.

Ein paar Augenblicke später hörte sie Schritte, und die Tür ging auf.

Der chinesische Diener sah sie überrascht an, soweit seine unbewegliche Mine überhaupt Verwunderung ausdrücken konnte.

»Ihr Herr erwartet mich«, sagte Diana. Sie hatte die Worte einstudiert. »Er selbst kommt erst mit dem Abendschiff. Ich bin vorausgefahren.«

Der Diener zögerte einen Augenblick, dann verbeugte er sich tief, nahm ihr das Gepäck ab und ging voraus ins Haus.

Sie folgte ihm durch eine mit Steinplatten ausgelegte Eingangshalle in ein großes Wohnzimmer. Als sie eintrat, hielt sie vor Überraschung den Atem an. Große Fenster öffneten sich auf eine Veranda, von der aus man das Meer und den Himmel sah.

Es vermittelte ihr ein Gefühl von Höhe und Abgeschiedenheit von der Welt, als blicke sie aus einem Flugzeug herunter.

Es war schön und sehr ungewöhnlich, und Diana fand, daß es Barry ähnlich sah, etwas so Ausgefallenes zu besitzen.

Die Polstermöbel waren mit farbigem Chintz bezogen, und an den weißen Wänden hingen Spiegel in geschnitzten Rahmen und einige Seebilder.

Der Raum hatte einen unendlichen Charme, und wenn man sich mit dem herrlichen Panorama vertraut gemacht hatte, umgab einen großer Friede.

Diana glaubte, daß in diesem Haus niemals ein lautes Wort gefallen war, es niemals eine Störung der Atmosphäre gegeben hatte, seit es gebaut worden war, und daß jeder, der es besuchen durfte, hier Ruhe und Frieden und Sicherheit vor der Welt gefunden hatte.

Sie zog ihren Mantel aus und stand lange da, sehr schlank und zierlich in ihrem grünen Jerseyrock, und blickte auf das Meer hinaus.

Kurze Zeit später brachte der Diener Tee. Sie trank ihn, rührte aber die selbstgebackenen Kuchen und das Brot, die dazu gereicht wurden, nicht an.

Sie empfand jetzt eine innere Spannung und eine wachsende Erregung. Sie wagte viel, aber das Ziel war das Risiko wert.

Langsam sank die Sonne in glühenden Farben tiefer und tiefer auf den Horizont. Rosarote und scharlachrote Wolken türmten sich zu fantastischen Formen, und dann erschien über ihnen, schwach neben der Pracht der untergehenden Sonne, der erste Abendstern.

Ein Stern hat etwas Fantastisches und Erregendes an sich, dachte Diana. Er ist ein Symbol der Hoffnung und lenkt den Geist in Höhen und darüber hinaus.

Während sie nachdachte und sich zur Ruhe zwang, war jeder Nerv angespannt, und sie fieberte dem entgegen, was kommen würde, als sie Barrys Stimme in der Eingangshalle hörte.

Er begrüßte seine beiden chinesischen Dienstboten in ihrer Muttersprache, wechselte gutgelaunt einige Worte mit ihnen und öffnete dann immer noch sprechend die Wohnzimmertür.

Die Worte erstarben auf seinen Lippen, und er blieb überrascht stehen, als er Diana am Fenster sah.

»Diana… was um alles in der Welt tun Sie hier?« rief er erstaunt.

Diana lächelte ihn mit einer Unbeschwertheit und Gelassenheit an, die erfolgreich ihr heftiges Herzklopfen vertuschte.

»Ich bin gekommen, um bei Ihnen zu bleiben«, sagte Diana strahlend.

»Um bei mir zu bleiben?« Barry legte einen Augenblick die Hand an seine Stirn. »Um bei mir zu bleiben«, wiederholte er. »Mein liebes Mädchen, was meinen Sie damit? Wie kamen Sie überhaupt hierher? Was soll das alles? Ich verstehe das nicht.«

Diana lachte leise.

»Seien Sie nicht so ungastlich«, sagte sie. »Ich kam vor ungefähr zwei Stunden mit einem Motorboot hier an. Ich dachte, es würde Ihnen nichts ausmachen, wenn ich hier bin.«

»Aber...«, begann Barry und hielt dann inne.

Er ging durch das Zimmer, packte sie an den Schultern und zwang sie, zu ihm aufzublicken.

»Was soll das heißen? Erklären Sie mir das«, sagte er.

Diana lächelte ihn an.

»Ich bin gekommen, um bei Ihnen zu bleiben«, erwiderte Diana. »Ich werde Sie nicht stören, das verspreche ich Ihnen, aber ich möchte bei Ihnen bleiben.«

Barry starrte sie an, als glaube er, sie sei verrückt geworden. Und dann, ehe er etwas sagen konnte, ging die Tür auf, und der Diener trat ein und brachte frischen Tee.

Langsam nahm Barry seine Hände von Dianas Schultern und trat zurück.

Er zündete sich eine Zigarette an, und sie bemerkte, daß er vielleicht zum erstenmal in seinem Leben seiner selbst nicht sicher war. Er war so konsterniert, daß er seine übliche Selbstbeherrschung verloren hatte.

»Weiß Loelia, daß Sie bei mir sind?« fragte er schließlich.

Diana nickte.

»Ja.«

»Ist Ihnen klar, daß Sie erst in einer Woche wieder abreisen können? Ich habe dafür gesorgt, daß keine Verbindung zum Festland besteht außer dem Dampfer, der einmal wöchentlich hier anlegt. Ich kann nicht telefonieren, ich kann nicht telegrafieren...«

»Und Sie können mich nicht loswerden«, beendete Diana seinen Satz. »Und das ist gut so, Barry. Ich wußte das. Ich wollte einfach hier sein, das war alles. Und jetzt will ich Ihnen Zeit lassen, sich an diese Tatsache zu gewöhnen. Darf ich bitte in mein Zimmer hinaufgehen? Und würden Sie mir sagen, um wieviel Uhr Sie zu Abend essen?«

Einen Augenblick dachte Diana wirklich, Barry würde die Selbstbeherrschung verlieren und sie anschreien, doch dann lachte er plötzlich.

»Schön«, sagte er, »ich gebe auf. Ich weiß nicht, warum Sie hergekommen sind, aber da Sie nun einmal hier sind...«

Er zuckte die Achseln.

»Das ist doch nicht zufällig eine dieser Überraschungspartys?« fragte er. »Ich würde nur gern wissen, ob noch alle möglichen anderen Leute aus den Büschen springen und nach Champagner und Musik verlangen.«

»Ich versichere Ihnen, ich bin Ihr einziger Gast«, erwiderte Diana in gespieltem Ernst.

»Danke«, sagte er und läutete.

Der Diener begleitete Diana hinauf in ein großes Schlafzimmer mit riesigen Fenstern, von denen aus man auf das Meer hinaussah.

Das Zimmer war einfach möbliert und hatte weiße Wände und Vorhänge aus altem italienischem Brokat. Auch das Bett war italienisch. Es war einst in leuchtenden Farben angestrichen worden, die aber im Laufe der Zeit zu einer weichen Patina verblaßt waren.

Diana packte den Koffer aus und fand den Weg von ihrem Schlafzimmer in ein Badezimmer, das jeglichen Komfort enthielt.

›Barry hat es hier wirklich sehr bequem‹, dachte sie.

Das ganze Haus war makellos sauber, aber es machte einen sehr maskulinen Eindruck auf sie. Die kleinen femininen Dinge wie Blumen, Fotografien und Nippessachen, mit denen Frauen sich so gern umgeben, fehlten.

Überall waren Unmengen Bücher, selbst in den Korridoren standen Regale, und es gab nur ein oder zwei besonders schöne Möbelstücke, die Barry offensichtlich von seinen Reisen mitgebracht hatte.

Trotzdem war das Haus fantastisch, und vor allem seine Lage vermittelte ihr diesen Eindruck. Doch im Winter könnte es hier trostlos sein, dachte sie.

Und doch konnte man bequem hier wohnen. An den Fenstern waren dicke Läden angebracht, und es gab große, offene Kamine, in denen lange Holzscheite Platz hatten.

Die Vorhänge waren nicht dünn, wie man sie in einer südfranzösischen Villa vorgefunden hätte, und die Teppiche auf den Fußböden waren dick und warm.

Barry hatte das Haus zu seinem Heim gemacht, und doch war es gleichzeitig eine Festung der Einsamkeit.

Nachdem Diana gebadet hatte, zog sie ein Kleid aus weißem Chiffon an, das ein Strauß seidener Rosen an der Taille zierte.

Loelia hatte ihr das Kleid geliehen, und es stand Diana vorzüglich. Sie betrachtete sich im Spiegel. Trotz der warmen Nacht zitterte sie ein wenig vor Furcht und Erregung.

Dann hob sie energisch ihr Kinn und ging langsam die Treppe hinab zum Salon.

Das Essen wurde auf der Veranda serviert. Große Kerzen beleuchteten den Tisch, und unter ihnen im Dunkeln lag das Meer, und über ihnen war der mit Sternen besäte Himmel.

Alles schien unwirklich zu sein, wie eine Szene in einem Schauspiel. Das Silber und das Kristall schimmerten im Kerzenlicht, und es beleuchtete ihrer beider Gesichter, als sie sich unterhielten, während die Diener ruhig die Speisen servierten und sich dann bis zum nächsten Gang wieder zurückzogen.

Diana und Barry sprachen über hunderterlei Dinge, über die Männer und Frauen reden, wenn sie sich füreinander interessieren; belanglose Dinge mit einem ernsten Unterton.

Barry sprach nicht mehr über ihre Anwesenheit.

Als sie zum Essen heruntergekommen war, hatte er ihr mit dem Charme eines guten Gastgebers einen Cocktail angeboten, und dann hatten sie sich unaufhörlich miteinander unterhalten, vielleicht weil sie beide fürchteten, daß Schweigen zwischen ihnen mehr als jedes gesprochene Wort sagen könnte.

Sie saßen lange am Tisch, verweilten bei Kaffee und Likör und beobachteten, wie der Mond am Himmel aufstieg und einen silbernen Schimmer auf das Wasser warf.

Schließlich stand Diana auf und ging ins Zimmer.

»Ich möchte schlafen gehen«, sagte sie. »Ich bin müde von der langen Reise.«

»Natürlich«, sagte Barry.

Er zündete in der Halle eine Kerze an.

»Hier gibt es kein elektrisches Licht, wissen Sie«, sagte er. »Und ich hasse Laternen«.

Die Kerze flackerte, als sie die Treppe hinaufgingen und warf unheimliche Schatten an die Wände.

Diana öffnete ihre Zimmertür. Die Vorhänge waren nicht zugezogen worden, und sie konnte in die Sternennacht hinaussehen.

Zwei Kerzen brannten zu beiden Seiten des Bettes und warfen einen sanften, rosaroten Schimmer auf die weißen Kissen und das geschnitzte, bemalte Kopfteil.

»Haben Sie alles, was Sie brauchen?« fragte Barry. »Meine Diener sind keine weiblichen Gäste gewöhnt.«

Diana schwieg. Sie blickte auf das Meer hinaus, und ihre Augen mit den dunklen Wimpern und ihr Mund wirkten weich und ein wenig sehnsüchtig.

Plötzlich rührte Barry etwas in ihrer Haltung, in ihrer Hilflosigkeit.

»Diana, warum sind Sie hergekommen?«

Sie wandte ihm langsam das Gesicht zu und sah ihn an.

»Warum?« fragte er noch einmal.

Seine Stimme klang so, als kenne er die Antwort und fürchte sich vor ihr.

»Ich wollte ... einfach bei Ihnen ... sein.«

»Allein hier – in meinem Haus?«

»J ... ja.«

»Ich verstehe das nicht. Oder bin ich etwas beschränkt?«

»Das ist ganz ... offensichtlich ..., fürchte ich ...«

»Wollen Sie damit sagen ...«

»Ja, Barry ... ich liebe Sie ... ich liebe Sie schon seit sehr langer ... Zeit.«

Einen Augenblick war Barry sehr ruhig, und dann umarmte er sie, als würde er von etwas angetrieben, das stärker war als er selbst.

Diana hob ihr Gesicht zu dem seinen. Er küßte sehr sanft zuerst ihre Stirn, dann ihre Augen. Seine Lippen waren weich und zärtlich, als sie über ihre Haut glitten.

Dann küßte er ihre Mundwinkel. Sie atmete rasch und wollte, daß er ihre Lippen küßte, mehr als sie je in ihrem ganzen Leben etwas gewünscht hatte, und dann nahm sein Mund Besitz von ihr.

Einen Augenblick glaubte sie, sie könne nicht mehr atmen. Das Zimmer wirbelte um sie, und sie glaubte zu schweben.

Sie spürte, wie ihr Körper mit dem seinen verschmolz, als er sie fester und immer fester an sich zog.

›Ich liebe dich ... ich liebe dich‹, wollte sie sagen, aber er hielt sie völlig gefangen.

Etwas Wildes, Wunderbares und Ekstatisches durchdrang sie beide wie eine Flamme.

Diana kam es vor, als trüge Barry sie zu den Sternen empor und als besäße sie kein eigenes Ich mehr.

Es war so vollkommen – so wunderbar, daß sie sich nur an ihn klammern konnte und wußte, daß sie ganz und absolut ihm gehörte.

Das Ende des Regenbogens

Die Kerzen warfen seltsame Muster an die Wand, als die Flammen in der Brise flackerten, Vorboten der Morgendämmerung, die über das Meer kam.

»Mein Liebling, mein süßer Liebling«, sagte Barry mit tiefer, leiser Stimme. »Liebst du mich immer noch?«

»Es... gibt... nur... eine... Liebe«, flüsterte Diana. »Ich liebe dich schon so lange... Ich kann mich nicht mehr daran erinnern, wie mein Leben ohne dich war.«

»Aber warum habe ich es nicht bemerkt?« fragte Barry. »Du warst in meinem Herzen, in meiner Seele, und ich wußte nicht, daß es Liebe war oder wie sehr ich dich besitzen wollte, bis ich dich berührte.«

»Bist du jetzt... sicher?«

»Wir können erst in einer Woche heiraten, mein Liebling, aber du gehörst mir, jeder wunderbare, verehrungswürdige Teil von dir, und ich lasse dich nie wieder gehen.«

»Barry... Liebling!«

»Wir werden zusammen leben, wir werden zusammen sein, und ich werde dich lieben und immer mehr lieben, bis wir sterben.«

»Liebe mich... und lehre mich... Es gibt so vieles, was ich lernen muß.«

»Ich werde dich alles lehren, was ich weiß, und wir werden alles andere herausfinden – gemeinsam.«

»Ich bin so... glücklich... so verrückt... so wild... so wunderbar glücklich!«

Barry zog sie an sich. Ihr Körper schmiegte sich weich an den seinen.

»Meine mutige, kleine Liebe«, sagte er. »Du wirst nie wieder allein und unglücklich sein!«

Seine Lippen lagen auf den ihren. Er spürte, wie sie zitterte, und dann gab es nur noch eine Flamme, die sie beide davontrug zu einem grenzenlosen unendlichen Horizont.

Ihre Stimmen, bebend vor Verlangen, sprachen wie eine.

»Ich liebe dich!« – »Ich liebe dich!«

Die Kerzen flackerten und gingen aus.